D1714201

El Espía del Inca

Rafael Dumett

El Espía del Inca

ALFAGUARA

Papel certificado por el Forest Stewardship Council®

Primera edición: abril de 2022

© 2021, Rafael Dumett
© 2021, Penguin Random House Grupo Editorial, S. A.
Avenida Ricardo Palma 311, oficina 804, Miraflores, Lima, Perú
© 2022, Penguin Random House Grupo Editorial, S. A. U.
Travessera de Gràcia, 47-49. 08021 Barcelona

© Diseño: Penguin Random House Grupo Editorial, inspirado en un diseño original de Enric Satué

Printed in Spain – Impreso en España

ISBN: 978-84-204-6256-1
Depósito legal: B-19666-2021

Impreso en Unigraf, Móstoles (Madrid)

A L 6 2 5 6 1

Para Lisset Barcellos,
animal dramático

y

Agustín Camacho Alvarado

Ues aquí, cristianos del mundo, unos llorarán, otros
se rreyrá, otros maldirá, otros encomendarme a Dios,
otros de puro enojo se deshará, otros querrá tener
en las manos este libro y corónica para enfrenar su
ánima y consencia y corasón

FELIPE GUAMAN POMA DE AYALA en
«Nueva crónica y buen gobierno»

Who is there left to respect or admire?
What hero or heroine of our revolution has not been
broken or destroyed?
(¿Quién nos queda por respetar o admirar?
¿Qué héroe o heroína de nuestra revolución no ha sido
doblegado o destruido?)

WALTER KRIVITSKY en
«In Stalin's Secret Service»

Primera serie de cuerdas – presente

Primera cuerda: blanco entrelazado con negro, en Z

Dieciséis está echada en el pajar, resoplando. Hace un cuarto de jornada que ha botado sus aguas, pero apenas gime. Salango sabe, sin embargo, que está lista, que su tiempo ha llegado. Le acaricia el lomo, le jala el pellejo de su nuca y le dice palabras dulces a la oreja.

Dieciséis observa cómo le bailan olas empujadas por un viento de tormenta sobre la laguna de piel de su barriga. La llama empieza a pujar con fuerza inusitada. Salango la sostiene con sus dos brazos, más para hacerle sentir su presencia que para ayudarla: Dieciséis no lo necesita, solo quiere que esté a su lado. El resoplido se hace cada vez menos intermitente, más sonoro. De pronto, Dieciséis puja por última vez soltando un alarido ronco de bestia agonizante que retumba en las paredes de la choza.

Las patas delanteras son lo primero que asoma por su cueva ensangrentada. Presintiendo el peligro si no actúa rápidamente, Dieciséis las jala hacia fuera con delicada firmeza hasta que Doscientos Cincuenta y Seis —Salango le ha puesto el nombre de su madre multiplicado por sí mismo para buen augurio— logra sacar su cabeza y recibir por primera vez la luz muriente del Sol manteño.

Salango contempla en silencio al recién nacido, que se deja lamer aplicadamente por Dieciséis. Lo mira intentar pararse sobre sus cuatro patas. Trastabillar y caer. Levantarse de nuevo. Volver a caer.

No lo ayudará a incorporarse.

Cuerda secundaria: blanco entrelazado con negro, en Z

El forastero entra al pueblo de Colonche por el Sendero de los Mercaderes que viene de Olón, casi desértico desde el tiempo de la Peste. Cruza por la plaza del mercado, construida para albergar cuatrocientos cincuenta comerciantes con sus mercancías sin apretarse, pero donde en estos días de penuria solo trocan dos decenas. Hace preguntas. Le indican un grupo de chozas que rodean a una casa loma arriba.

A dos pasos de los umbrales, se detiene. Grita un nombre. Solo le contesta la loma vecina, devolviéndole su voz. Da un rodeo a la casa. Nadie. Da un vistazo a las chacras de los alrededores. Mira hacia una figura diminuta trazando surcos en una tierra seca, sin vida.

Con paso vacilante, se acerca. Lleva un bolsón de venado raído por el uso y viste de manera miserable: parece un peregrino o un pordiosero con el espíritu trastornado. Pero peregrinos y pordioseros andan siempre en grupo y entonando cánticos de limpieza y este viene solo y en silencio.

Cuando está a casi medio tiro de piedra, Salango advierte que el forastero lleva, como él, el rostro desfigurado por el Mal.

—Busco a Oscollo Huaraca —dice en el Idioma de la Gente.

Jamás, jamás digas quién eres. Quién has sido.

—No conozco el Idioma, Padrecito —responde Salango en lengua manteña—. No entiendo lo que dices.

Y sigue removiendo el terreno con su *chaquitaclla*. El forastero lo observa con aprensión, casi con temor, como quien toma impulso antes de saltar una acequia torrentosa. Se decide y se levanta de golpe la camiseta de bayeta.

—Mira —le dice.

Adosado a su cuerpo, asoma con toda claridad un cinturón de tres franjas de *tocapu* de lana de vicuña, tramadas con esmeradísima factura, que contrasta flagrantemente con la restante pobreza de su vestimenta. Salango reconoce, escondidos entre cuadrados de motivos ordinarios de despiste, las tres escaleras de color encarnado que separan oblicuamente el puñado de estrellas de la Luna a medio morir: la señal secreta del Señor Cusi Yupanqui.

¿Eres tú, hermano y doble? ¿Qué puedes querer de mí, después de toda el agua que ha llovido, que ha corrido por las acequias, en épocas volteadas como estas?

Sin saber por qué, Salango se escucha decir, como si fuera ajeno, el nombre con que era llamado en el tiempo soleado que sirvió como Contador-de-un-Vistazo al Inca Huayna Capac:

—Yo fui Oscollo Huaraca.

El forastero vuelve a mirar a todas partes. Mete la mano dentro del bolsón de venado y extrae una bolsa más pequeña. Deshace el nudo que la ciñe en uno de sus extremos. Sosteniéndola con la otra mano, deja caer su contenido: una larga catarata de granos de maíz. Antes de que la última semilla haya tocado la tierra, la magia del Guerrero ya ha visto a través de sus ojos, y Salango conoce la respuesta antes de oír la pregunta que le hace el forastero:

—¿Cuántos granos hay?

—Ochocientos treinta y cuatro —responde sin mediar respiro—. Doscientos cuarenta y seis blancos. Trescientos cinco amarillos. Ciento uno rojos. Ciento ochenta y dos morados.

La boca del forastero se ahueca y no se cierra durante seis latidos de su corazón, como si estuviera viendo a un *huaca* tomar forma humana enfrente suyo. Salango añade:

—Quince están rajados. Veintiséis partidos. Dieciocho tienen hueco de gusano. Doce mordida de ratón.

El forastero confirma que no hay ningún aliento indiscreto respirando en los contornos. Vuelve a introducir su mano abierta en el bolsón. La saca convertida en un puño cerrado. Lo abre con la palma hacia arriba, descubriendo un amasijo minúsculo de cuerdas. Se lo tiende a Salango.

—Vista Mágica, el Señor Cusi Yupanqui te envía este mensaje.

Salango toma el *quipu*. Extiende sus cinco cuerditas. A primera impresión, sus cifras no le dicen nada. Por su pequeñez, parecen los resultados del censo de los escasos sobrevivientes de un poblado recién pasado por el Mal. Pero entonces Salango advierte el pequeño lazo amarillo que lleva en el extremo. Le resulta familiar.

Se sume en su pepa en silencio, empieza a viajar por dentro hacia el pasado.

Está transitando por la quinta calle de su vida, el tiempo en que, mientras otros chicos espantaban pájaros, él aprendía a ser inca en la Casa del Saber. Cusi y él son estudiantes. Están juntos. Son compañeros de *yanantin*, un nudo que no se puede desatar. Están tramando un *quipu*. Una mano —la suya o la de Cusi— está urdiendo ese mismo lazo amarillo. Los dos se están sonriendo con malicia.

El lazo —todo es claro ahora— indica que el *quipu* en sus manos debe ser leído con la clave secreta que ambos compartían en la Casa del Saber. La clave que cada pareja de compañeros de *yanantin* debía usar para convocarse mutuamente, usando un código que nadie más aparte de ellos debía entender.

Salango examina el *quipu*. De su escueta cuerda principal, que mide apenas una mano, penden cinco cuerditas colgantes. La primera ha sido tramada con hilo rojo y tiene un único nudo y de una sola vuelta, señal de que se trata de un *quipu* de convocatoria inmediata.

La segunda cuerdita, de color neutral, indica las instrucciones para llegar al lugar del encuentro, y tiene cuatro nudos. El primer nudo tiene cuatro vueltas: la reunión deberá darse en la Cuarta Parte del Mundo: el Chinchaysuyo. El segundo nudo tiene dos vueltas —se trata de una *marca*, un pueblo de medianas dimensiones— y ha sido urdido con hilo gris blancuzco, el color del hielo. La cita será en los alrededores del Poblado de Hielo: Cajamarca. El tercer nudo tiene cinco vueltas: tendrá que seguir la quinta línea sagrada. El cuarto y último nudo tiene tres vueltas: la cita será a la altura del tercer santuario.

Salango ha comprendido. Usando el pueblo de Cajamarca como punto de partida, deberá seguir la quinta línea sagrada que parte del poblado hasta llegar al tercer santuario. Cusi Yupanqui le estará esperando ahí.

La tercera y la cuarta cuerditas están ceñidas por una faja común: señalan entre cuándo y cuándo deberá darse el encuentro. Una y otra llevan los colores trenzados del último mes del año, el *Capac Raymi*, pero la tercera tiene dos vueltas y la cuarta tres: Cusi Yupanqui lo estará esperando en el lugar acordado entre el inicio del segundo y del tercer atado de jornadas del mes *Capac Raymi*.

Salango contempla la quinta y última cuerdita colgante del *quipu*. No lleva nudo alguno.

Suspira. Hunde su *chaquitaclla* en el terreno hasta que está bien afirmada y, sin volverse a mirar al forastero, empieza a caminar en dirección a su casa.

—Acompáñame —dice Salango.

Cuando pasan enfrente de la casa, Calanga, su mujer, zurce una prenda desvaída por el uso continuo, mientras Guayas y Jocay, sus hijos, vigilan el fogón balbuceando palabras incipientes en lengua manteña, como cada atardecer antes de que el Mal se los llevara a los tres de un tirón a su Lugar Siguiente hace cinco años. El dolor es una brasa oculta atizada sin avisar. Salango se despide en su adentro de ellos y decide que dejará la casa sin clausurar para que los afectados por la guerra entre los hermanos puedan pernoctar en ella y hacerles compañía en su estadía en el Lugar Siguiente.

Se dirige al corral seguido por el forastero. Se acerca a la puerta. Ocho, Cuatrocientos Doce, Ochenta y Ocho y Veinte ya se apretujan para ser los primeros en lamerle la mano. Salango busca con la mirada a Doscientos Cincuenta y Seis. El recién nacido ha logrado pararse solo sobre sus cuatro patas y trota prendido de la ubre de su madre: podrá defenderse. Sobrevivirá.

Salango abre la leve puerta de madera. Hembras y machos salen empujándose hacia el lugar de su merienda. No lo necesitarán más el resto de su vida. Ya saben llegar solos al camino que da a los pastizales, ya saben regresar al corral para resguardarse en inviernos futuros.

Mientras el forastero mira las llamas alejarse por el sendero cuesta arriba, Salango se le acerca por detrás y le abraza el cuello. El forastero no está acostumbrado a este súbito cariño, fuera del cauce habitual de los afectos entre hombres, pero no lo retira, temeroso de ofender. Es demasiado tarde para reaccionar cuando el brazo empieza a apretarle la garganta, a levantarlo en vilo, a estrangularlo con su propio peso. De nada le sirven sus codos punzando con violencia los costados del que le tiene preso: el brazo permanece firme. Salango no se inmuta al presentir los ojos descuencados y perplejos rogando aire y preguntando por qué.

Cuando todo ha terminado, por si acaso, Salango hace girar cuerpo y cuello de un tirón en sentidos opuestos. El crujido del hueso del cuello rompiéndose, breve pero sonoro, derrama el cuerpo desalentado sobre la tierra.

Antes de cerrarle los ojos para que no se lleve al mundo de los muertos la visión de sus llamas libres trepando la loma, Salango musita al oído del forastero, como disculpándose, lo que la última cuerda sin nudos acababa de mandarle:

—No testigos. Mata al mensajero.

Segunda cuerda: blanco entrelazado con negro, en Z

Salango ha llegado al destino acordado el primer día del segundo atado de jornadas del mes *Capac Raymi*: dentro del plazo prescrito. Ha esperado dos paseos completos dEl Que Todo lo Ilumina al lado del tercer santuario de la quinta línea que parte de Cajamarca: un *huaca* vestido con primor que lo protege del viento vespertino. El *huaca* se yergue majestuoso en la cima de una loma de pendiente redondeada como el pezón de un seno gigantesco. Sobre el seno se esparcen rocas de distintos tamaños que silban y cantan, coreadas por su cortejo musical de piedras menores, matorrales y grillos.

No hay señas de nadie por ninguna parte. ¿Acaso el tiempo le ha nublado la memoria de los signos y le ha hecho malentender el mensaje cifrado en el *quipu* pequeñito?

En su trayecto desde tierras manteñas hasta aquí, compartió caminata con unos *mitmacuna* huayucuntus que creyeron su improvisado disfraz de pordiosero. Eran unos *ayllus* que venían desde Quito, adonde los habían desplazado para poblar tierras incas recién conquistadas por el Inca Huayna Capac a los otavalos.

Habían permanecido allá un atado de años sufriendo no solo la nostalgia del terruño, sino las inclemencias de los terrenos sin domesticar, los estragos de la guerra implacable entre Huáscar y Atahualpa y los ataques esporádicos de grupos de otavalos rebeldes que no se resignaban a la pérdida de sus tierras y los degollaban sin piedad cada vez que podían. Y como si fuera poco, los *huacas* se habían molestado con fuerza y les habían enviado el Mal que se había llevado a su Lugar Siguiente a un tercio de sus hombres y mujeres en edad de producir. Un día, a los *mitmacuna* llegó el rumor de que el Inca había sido capturado por unos emisarios del Dios Huiracocha. Nadie lo creyó hasta que la pareja de funcionarios incaicos que les reclamaba las entregas desapareció sin previo aviso de las casas estatales en que vivían. Solo entonces se atrevieron los *mitmacuna* a empezar a festejar, a discutir entre ellos el regreso a sus tierras de origen. Para su sorpresa, varios *ayllus* se negaron a partir. Eran *ayllus* de *runacuna* muy jóvenes, recién pasados a la edad productiva, que no recordaban otras tierras que las que habitaban y se resistían a dejarlas. Llorando tuvieron que despedirse los que se iban de los que se quedaban, prometiendo visitarse en un futuro que no llegaría jamás.

Después de esperar pacientemente que los viejos terminaran de volver a llorar las lágrimas de su despedida, que evocaban como si hubiera tenido lugar ayer mismo, Salango les preguntó qué habían oído decir de los extranjeros que habían capturado al Inca Huáscar. ¿A Huáscar?, le dijeron como quien habla a un aliento perturbado. No, no es a Huáscar a quien capturaron, sino al Mocho maldito que arrasó con Tomebamba, a Atahualpa.

—Oscollo.

Salango reconoce la voz que habla a su espalda, aunque sea un pozo oscuro y él recuerde uno de agua cristalina. Da la vuelta lentamente. Aunque su antiguo hermano y doble lleva el rostro marcado por el Mal, son suyas esas facciones afiladas ahora a destajo, suyos esos ojos de brasas encendidas, aunque ahora estén orillados de honduras azuladas y tenga los párpados a medio cerrar. Los años transcurridos antes que mellarlo han labrado su cuerpo de hombre en cénit, lo han levantado del suelo, han esculpido su carne como a una piedra civilizada.

El abrazo hondo del Señor Cusi Yupanqui lo devuelve al antaño compartido, al tiempo del otrora en que estudiaban juntos en la Casa del Saber. El *amauta* Cóndor Chahua, su maestro, los está poniendo en pares, frente a frente, tú y tú, tú y tú, mírense bien las caras porque a partir de ahora y a lo largo de toda su estadía en la Casa del Saber van a ser compañeros de *yanantin*, hermanos y dobles, a trabajar juntos como si fueran un solo ser, a proteger el uno al otro del error en las cuentas de los *quipus*, a dar una única respuesta a mis preguntas sobre las historias sagradas, a recibir como propio el castigo merecido por el otro, a pelear como un único guerrero de dos cabezas y cuatro brazos en las batallas rituales, a defender el aliento del otro como si fuera el tuyo, váyanse de una vez acostumbrando a la manera en que servirán al Inca cuando crucen el umbral de la virilidad y les llegue su turno.

—¿Estás seguro de que nadie te siguió? —pregunta Cusi Yupanqui.

—Nadie.

Cusi aprieta su labio inferior con dos dedos. De su boca sale un silbido agudo y potente, como de *chihuaco*. Un silbido similar le responde. De inmediato, de detrás de las rocas repartidas en los contornos asoman guerreros bien armados, vestidos con ropas del color tan similar a la tierra que pisan, que por un instante a Salango se le hace difícil distinguirlos. Sin ponerse de acuerdo, se cuadran cada uno frente a un punto diferente del horizonte, abarcándolo para su defensa.

—Que tu mujer y tus hijos estén gozando de su Vida Siguiente —dice Cusi con un puente de piedra tendido entre sus cejas.

¿Cómo supiste? ¿Quién te contó de su partida?

—Gracias, hermano y doble —responde Salango, recordando que Cusi Yupanqui siempre se las arregló para tener ojos y oídos en todas partes.

El puente de piedra se disuelve, tan rápidamente como apareció.

—Fue difícil dar contigo —dice Cusi. La comisura izquierda se le pliega hacia abajo: ¿sonríe?—. Todos creían que habías muerto. ¿De qué te estabas escondiendo?

—De nada —miente Salango—. Cuando el Mal arrasó con mi familia y casi acaba conmigo, solicité mi retiro del servicio para dedicarme a mis tierras en Colonche. Me fue concedido por Cusi Tupac, el Albacea de las Últimas Voluntades del Inca Huayna Capac.

—Cusi Tupac está muerto —dice Cusi.

—¿Así? —dice Salango, con expresión de que se acabara de enterar.

—Hace seis lunas, en la guerra entre los hermanos.

—Es una pena. El Albacea era un hombre muy generoso.

—¿Con cuál estás?

—¿Qué?

—Te he preguntado con cuál de los hermanos estás. ¿Con Huáscar o Atahualpa?

Otra vez. Vayas a donde vayas, la guerra de los hermanos te persigue. Hagas lo que hagas para sustraerte a ella, termina alcanzándote con sus zarpas agazapadas que te atrapan por detrás sin avisar para levantarte como presa por los aires.

—No comprendo tu pregunta, hermano y doble.

—¿A quién sirves? ¿A Huáscar o a Ticci Capac?

¿Ticci Capac? ¿Ha sido ese el nombre adoptado por Atahualpa al recibir la borla real?

—Yo solo he servido, sirvo y serviré al Único Inca.

La comisura de Cusi se dobla fugazmente de nuevo. ¿Le ha satisfecho la respuesta?

—¿Y quién es hoy el Único Inca del Mundo de las Cuatro Direcciones? —pregunta Cusi.

—Dímelo tú.

—¿No lo sabes acaso?

—En las tierras alejadas donde vivo siempre llegan tarde las noticias.

—¿Cuáles fueron las últimas que recibiste?

Jamás digas más de lo que creen que sabes.

—Que la guerra entre los hermanos no ha concluido y sigue ensangrentando la tierra.

Cusi no aparta sus ojos de los suyos durante varios latidos de corazón, como quien busca, sin hallarla, una grieta escondida en una roca para empezar a trozarla por ahí.

—Pues te entero que la guerra entre los hermanos terminó —dice finalmente Cusi con suavidad casi burlona, para añadir con orgullo apenas retenido por las riendas—. Ticci Capac, el Señor del Principio, es ahora el Único Inca. Yo mismo le ceñí la borla en Tomebamba La Grande, en donde nació y enterró placenta Su padre el Inca Huayna Capac. Yo estuve a su lado cuando supo de la gloriosa victoria final de nuestros ejércitos sobre los de su hermano en la batalla de Andamarca. Cuando oyó de la captura audaz de su hermano por los guerreros Challco Chima y Quizquiz. Y yo fui, por orden suya, el que fue al Cuzco a impartir el escarmiento a todos los que apoyaron al borracho inepto. El que sacó a sus hijos de los vientres de las madres, si habían sido fecundadas por él, o se sospechaba, se podía sospechar o se sospechaba que se podía sospechar que albergaban hijos suyos. Yo fui el que mandó empalar de lado a lado, en picas sembradas a ambas veras del Sendero que viene del Antisuyo, a ellas, a sus padres, a sus tíos, a sus sobrinos, a sus hermanos, a los hermanos de sus hermanos y hermanos de los hermanos de sus hermanos. A vista de todo el que tuviera ojos bajo el cielo del Cuzco, para que sepa lo que le ocurre al que desafía el puño cerrado del Inca.

En los ojos de Cusi Yupanqui hay dos hogueras encendidas cubiertas por las lágrimas.

—Ticci Capac ha sido capturado —dice de pronto.

Solo basta una boca muy abierta para fingir cabalmente una sorpresa.

—¿Por quién? —pregunta Salango.

—Por unos extranjeros venidos de fuera del Mundo de las Cuatro Direcciones. En la plaza de Cajamarca. Dos jornadas después del fin de las ceremonias del *huarachico* de los jóvenes de Cajamarca.

—¿Cómo pudo ser?

—El general Rumi Ñahui, que estaba a cargo de la protección del Inca, vio a los extranjeros y huyó de la plaza con los cinco mil guerreros encargados de Su custodia. ¡El cobarde dejó al Único completamente desguarnecido, acompañado solo por el Señor de Chincha, las comitivas de ambos, unos cuantos guerreros desarmados y los cargadores de litera!

—¿Quiénes son esos extranjeros? ¿De dónde vienen?

—Es para eso que estás aquí. Para que lo averigües. Se dicen algunas cosas sobre ellos.

Del *quipe* terciado a la espalda en que lleva la coca para el camino, Cusi Yupanqui saca un *quipu* pequeñito, del tipo utilizado para los informes de los espías. Cusi se sienta. Lo despliega. Estira la primera de sus cuerdas y engancha su extremo al dedo gordo de su pie derecho. Acerca la mirada a los nudos e hilos de colores. Salango se sienta a su lado.

—Dicen que son pocos —lee Cusi—. Que son blancos en las alturas y se ponen rojos en las tierras yungas, al borde de la Gran Cocha. Que les crece pelo en la cara. Que llevan piel de un metal tan duro que no puede ser traspasado por las flechas y resiste bien los golpes de macana. Que llevan palos del mismo metal que son tan filudos que seccionan la carne y los miembros como si fueran viento. Que algunos están pegados a unas llamas altas y grandes que atropellan cuando corren y pueden matar de un patadón —con rapidez, coloca entre sus dedos la segunda cuerda, la tiende para hacer fluida la lectura—. Pero en lo demás unos dicen una cosa y otros la otra. Hay quienes los consideran emisarios barbudos de Huiracocha que anunciaban las historias sagradas. Otros piensan que son mensajeros del dios Tunupa, pues los han visto apresar al Illapa en varas circulares y bestias de cobre, de donde dizque les hacen botar rayos destructores a donde quieren. Los ñambayecs aseguran que es su dios Naymlap, que ha regresado para alisar la tierra y volver a soplar la Gran Concha de Caracol. Los chimúes que es su dios Xam Muchiq, que ha regresado para lustrar la tierra, devolverle su esplendor, y de paso regresarles el poder. Los yungas no tienen duda alguna de que es su dios Con, que ha vuelto de su viaje por la Gran Cocha para traerles nuevas enseñanzas —el extremo de la tercera cuerda ya ha sido ceñido—. Pero otros dicen que de dioses no tienen nada. Que son ladrones. Que son sucios y usan su mal olor como arma para espantar a sus enemigos. Que son lentos como viejos para trepar montañas. Que diarrean en aguas todo lo que comen. Menos el oro, sin el cual, dicen, no pueden subsistir, y al que devoran y cagan a escondidas. Que se cansan muy rápido, excepto cuando montan a las mujeres. Que son crueles y caprichosos como dioses aunque se comportan como mortales y nadie los ha visto morir —vuelve a plegar el pequeño *quipu*, a guardarlo—. Como verás, los decires sobre los extranjeros fluyen por ríos de corrientes opuestas. Necesito alguien que encauce las que van en el sentido correcto. Alguien que vea a los foráneos con ojos firmes, de los que no se dejan engañar. Alguien dotado de la mordida incisiva y mortal del *amaru*, la audacia temeraria del puma, la astucia sinuosa y fría del zorro, la vista mágica y sin falla del cóndor. Alguien como tú.

Halagar. Sobar el amor que tiene el oponente por sí mismo para usarlo contra él en el momento en que menos se lo espere. Qué bien usas las lecciones aprendidas, hermano y doble.

Cusi vuelve a plegar el *quipu*, lo guarda cuidadosamente en su *quipe* y se pone de pie. Salango le imita.

—Si llegaste hasta aquí es que descifraste el *quipu* que te mandé —dice Cusi—. Si se te dio a descifrar el *quipu* que te mandé es que superaste la prueba de mi mensajero. Y si superaste la prueba de mi mensajero es que tus poderes mágicos siguen intactos.

—Mis poderes siguen intactos.

Cusi balancea la cabeza. La comisura se dobla hacia abajo —a Salango le costará adaptarse a la nueva forma que ha adoptado la sonrisa en su hermano y doble—. Su mirada se vuelve hacia la *llacta* de Cajamarca, que se yergue al pie de la montaña. Apunta hacia ella como un arco tenso listo para soltar su flecha. Su pecho se dilata y se ahueca hondamente, como quien se dispone a bucear un largo tramo por aguas turbias y desconocidas.

—Escúchame bien, Contador-de-un-Vistazo —dice Cusi con gravedad—. Estas son tus tareas. Cruzarás los umbrales de Cajamarca. Averiguarás si el Inca está vivo o muerto. Si está vivo, entrarás en contacto con Él. Sondearás cómo se encuentra, si está herido, si padece hambre, sed o tormento. Si está en condiciones de oírte con todo su aliento, le dirás que estoy haciendo los preparativos para rescatarlo. Si se alarma, encontrarás las palabras para convencerlo de que no pondré en riesgo su vida, pero lo inquietarás lo suficiente para que mantenga la más completa discreción sobre nuestro plan. Te informarás en qué lugar lo tienen alojado, si lo vigilan o hacen rotar de habitación. Calibrarás los poderes de los extranjeros. Me dirás cuántos son, si son divinos o humanos, qué es cierto y qué es falso de lo que se dice sobre ellos y sus poderes. Averiguarás quiénes son sus jefes y cuáles sus intenciones. Cernirás sus costumbres, los dioses en que creen, qué les causa placer, qué les causa temor. Pero también vigilarás a los *curacas*. Los que se han aposentado en Cajamarca y los que están de tránsito en la ciudad. Me dirás cuáles entran, cuáles salen, cuántas gentes les acompañan, si están armadas o no. Me indicarás a los traidores que siempre cunden en los tiempos volteados. No les harás nada, de ellos me encargaré yo. Pero estate listo. Quizá no pueda ocuparme de todos y tenga que apelar a tus dotes para la aniquilación discreta o a tu habilidad para sembrar la discordia y hacer que los enemigos se aniquilen a sí mismos o se destacen entre sí.

Cusi Yupanqui se vuelve hacia él.

—Ten el aliento despierto, hermano y doble —la mirada frontal de Cusi es una punta afilada, amenazante—. No solo hay traidores entre los pueblos extranjeros que chupan la sangre del Inca. También entre los incas de sangre real que, me dicen, ya se andan regalando al servicio de los extranjeros. Algunos de ellos quizá hayan estudiado contigo en la Casa del Saber y puedan reconocerte a pesar de tu rostro pasado por el Mal. No confíes en nadie. Por ningún motivo reveles a nadie quién eres ni cuál es tu servicio final.

El eco lejano de las enseñanzas del maestro Chimpu Shánkutu reverbera de nuevo en el pecho de Salango: el espía del Inca debe ser como el riachuelo que, en su confluencia con el río principal, no deja que sus aguas se distingan de las suyas.

Salango se acerca al borde del abismo, al lado de Cusi Yupanqui. Contempla la *llacta* de Cajamarca: un nido de serpientes emergiendo del Mundo Subterráneo, los colmillos enhiestos, listos para la mordida.

—¿Y cuál es mi servicio final, hermano y doble?

—Liberar al Inca.

Algunos guerreros se inquietan. Uno indica un racimo de semillas de ají que se desplaza en el horizonte: un grupo numeroso de hombres ¿armados? que parece venir en esta dirección. El guerrero le hace una escueta señal a Cusi Yupanqui: mi Señor, es tiempo de partir.

Cusi se acerca a distancia confidencial.

—Trama dos *quipus* iguales con tu primer informe de la situación. Deja el primero en el primer *tambo* de la primera línea sagrada y el segundo en el segundo *tambo* de la segunda. Cada *tambo* tiene un depósito para la vajilla rota, ponlos ahí. Dos *chasquis* pasarán a recogerlos. Repite.

—Primer *tambo*, primera línea; segundo *tambo*, segunda línea. En depósito de vajilla rota.

—En las tres primeras cuerdas de cada informe que me envíes, indicarás en clave secreta los dos lugares en que dejarás las dos copias de tu *quipu* siguiente y el tiempo en que lo harás. Repite.

—Primeras tres cuerdas. Clave secreta. Tiempo y lugar entrega dos copias siguiente *quipu*.

—Bien. Cada medio atado de jornadas, revisa los envíos de hojas de coca que vienen del Poniente para ver si hay un *quipu* para ti. Te lo enviaré en una llama de dos colores. Ese será nuestro modo de comunicarnos. No convoques mi presencia a menos que sea absolutamente necesario. Medio Cajamarca daría su brazo izquierdo por capturarme y confeccionar con el brazo derecho un tambor de mi piel y un vaso de chicha de mi cráneo. Pero si el riesgo lo amerita no dudes en hacerlo. Acudiré a tu llamado.

El gesto del guerrero que lidera la guardia es gentil pero conminatorio: es peligroso seguir aquí, Señor Yupanqui. Cusi obedece y trota en la dirección que este le indica: loma abajo, en sentido opuesto al racimo de semillas de ají que es ya un manojo de granos de maíz hinchándose. Los guerreros le siguen en ordenada dispersión, atentos a no dejar de cubrirle las espaldas. La loma se tiende en su curva lenta de pezón, que termina en unos matorrales espinosos y abigarrados, pero ni Cusi ni su escolta detienen su carrera al llegar frente a ellos. Los atraviesan como si fueran nubes dóciles arreadas por el Illapa a través de las montañas hasta desaparecer sin dejar rastro.

Tercera cuerda: blanco entrelazado con negro (con veta dorada en el medio), en Z

Dos jornadas. Ha llovido. Granizado. Vuelto a llover. Pero el pordiosero sigue ahí. Cantando.

Unan Chullo, el Portavoz del Inca, ha mandado decirle, con uno de los pocos *yanacona* que sigue a su servicio, que líe sus bártulos y regrese al lugar de donde vino, pues ofende la vista y el oído del Portavoz del Inca, que suele ir en andas por ese camino. Pero el pordiosero no parece entender. Sigue sin moverse de la falda del cerro del Templo-Fortaleza del dios Catequil, con los pies desnudos y juntos y los brazos pegados al cuerpo, mirando fijamente a un horizonte que solo él parece vislumbrar, cantando, sin dejar de sonreír.

Le respetan ahora hasta los barbudos extranjeros. La víspera, dos de ellos que pasaban enfrente suyo montados en sus llamas gigantes arremetieron de pronto contra él haciendo temblar la tierra y solo se detuvieron a un dedo gordo de su cara, rociándole con las babas y resoplidos de sus monstruos. El pordiosero no se movió y siguió cantando. Los extranjeros carcajearon con esa carcajada de fuelle que tienen, pero continuaron su camino sin hacerle nada. Ni siquiera los *yanacona* liberados se meten con él —ellos que, desde que fueran soltados por los extranjeros, asuelan sin asco los palacios, muelen a golpes a los orejones y desfloran a las *acllas* que encuentran a su paso—, y más bien lo contemplan con el escrúpulo debido a los *upas* y los tocados por el *illa*, que dan buena suerte y no deben ser perturbados.

La tercera jornada, Unan Chullo mismo se acerca a hablarle.

—Vete, *upa* —le dice.

—No puedo. Soy el nuevo Recogedor de Restos del Inca.

Unan Chullo ríe.

—El Inca ya tiene un Recogedor de Restos.

—Mi Padre me dijo que está a punto de morir. Que viniera a reemplazarlo.

Unan Chullo sonríe.

—¿Quién es tu Padre?

El pordiosero señala vagamente hacia las montañas que se pierden hacia el Collasuyo ¿o a algún *apu* cercano?

Unan Chullo mira de arriba abajo sus prendas de lana cruda, las roturas de su traje raído. Acerca lentamente su rostro al del hombre marcado por el Mal. Se regodea viendo el fondo de los huecos horadados para siempre en su tez grasosa, sus cicatrices como gusanos buceando debajo de su piel. Nota el tocado ceñido a sus sienes. Está desgastado por el tiempo, pero en él pueden verse claramente las insignias del *ayllu* Ayarmaca, el único autorizado a ejercer la función sagrada de El Que Recoge.

—¿Quién te dio esa insignia? —dice Unan Chullo sin poder ocultar su perplejidad.

—Mi Padre *Pururauca*, que mora en la punta de su cerro y me habla en sueños. Me ha dicho: un *huaca* envidioso le ha mandado una enfermedad escondida a tu pariente de *ayllu* Ayarmaca, El que Recoge Sus Restos. Ve a tomar su lugar. Y he venido andando desde la tierra de mi *huaca*.

—¿Dónde queda?

—En el Cuzco.

El peso de las palabras del hombre sagrado es leve, como si el trayecto señalado fuera una breve caminata de un tiro de piedra y no el viaje de cinco atados de jornadas que tardaría un saludable caminante en el cénit de su edad en ir desde la Ciudad Ombligo hasta Cajamarca a pie.

—Pues tu Padre se debe haber equivocado. El Recogedor de Restos del Inca goza de muy buena salud.

El pordiosero retoma su canto de *pututu* roto que raja el aire. A pesar suyo, la suave testarudez del viejo le conmueve.

—Hombre sagrado —le dice. Si te quedas aquí, morirás congelado. Ve al tercer *tambo*, donde se reposan las visitas honrosas y podrás dormir bajo techo. Te enviaré dos mudas de ropa. Cámbiate. Come y bebe. Y vuelve a la tierra de donde viniste.

Para sorpresa del Portavoz, el hombre sagrado deja de cantar, se da la vuelta y se va.

Cuerda secundaria: blanco entrelazado con negro (con veta dorada en el medio), en S

Al día siguiente, el miembro del linaje Ayarmaca que cumple las funciones de Recogedor de Restos del Inca se halla a mitad de camino hacia el depósito sagrado de los Aposentos del Único en donde guarda los pelos y uñas cortados al Inca durante la jornada. Se está preguntando una vez más dónde puede haber dejado olvidada la insignia de la familia y el antiquísimo tocado indicativo del oficio familiar, pasado de padre a hijo de la hermana durante cuatro generaciones y desaparecido misteriosamente de su altarcillo ayer después del viaje cotidiano dEl Que Todo lo Ilumina hacia la oscuridad, cuando lo arroja al suelo una convulsión feroz como una flecha con punta de fuego hundida con fuerza sobre su vientre. Logra incorporarse a duras penas y seguir adelante uno, dos pasos más, pero un nuevo flechazo lo dobla e hinca de rodillas: ¿un castigo divino por su descuido de la víspera? Seguramente. No sé quién serás, Padrecito, igual perdóname por haberte ofendido. Pero ya llegan inmisericordes el tercer y cuarto flechazos laterales, que diseminan el incendio de su pepa por todas sus tripas ¿quemándolas o hirviéndolas? No llega ni siquiera a hacerse la pregunta: el *huaca* misterioso ya lo está vaciando a arcada limpia de todo alimento recibido desde su entrada al Mundo, ya lo está despojando violentamente de su adentro dejándole solo esta baba viscosa que sabe a sopa de ají, que le arranca su último vahído —¿es este el sabor de las cenizas de mi pepa calcinada?

Unan Chullo lo halla hecho una bola de carne con rostro petrificado en una inerte expresión de pregunta. Maldiciendo su propio descreimiento, corre a toda prisa hacia el *tambo* indicado al hombre sagrado, antes de que sea demasiado tarde. Felizmente para él, no ha partido todavía.

—Mi padre *Pururauca* no miente jamás —dice con una mueca de orgullo, la boca empotrada en el rostro tallado por el Mal, después de lamerse las lágrimas que han arado sus mejillas al escuchar la noticia. Pero no hay sorpresa en su voz hendida por el dolor, como si el hombre sagrado hubiera estado esperando desde siempre su turno de servir.

Cuarta cuerda: blanco entrelazado con negro, en Z

En la cueva de los muertos, al pie del Templo-Fortaleza, tallado en forma de caracol en las tobas de las afueras de Cajamarca, Salango avienta cuatro escudillas de chicha —una en cada Dirección del Mundo— sobre la tierra en que ha sido entumbado, con su pequeño ajuar y todas sus pertenencias, el Recogedor de Restos del Inca. Se acerca con zancada corta y contrita ante la tumba de su falso pariente. Se inclina ante él. Murmura su petición. Empújame con tu aliento, ancestro Ayarmaca. Permíteme que cumpla bien con mis tareas. Ayúdame a sucederte en el servicio al Inca con tu misma eficiencia, con tu misma lealtad.

Canta. Su *ayataqui* cansino y lastimero conmueve no solo a los espíritus que se preparan para acompañar al difunto en su viaje, sino también a las lloronas, que, desgarradas por la hondura ronca de la canción fúnebre, se reparten por turnos los gritos agudos del *ayaharahui* de despedida.

No ha terminado de secarse todavía la sal de sus pómulos cuando Unan Chullo ya empieza los preparativos para la ceremonia del traspaso de servicio del recién entrado a Mejor Vida a su sucesor. Tal como Salango ha previsto, fue vana la búsqueda emprendida por el Portavoz del Inca de un pariente calificado para oficiar la ceremonia. Debía ser del *ayllu* Ayarmaca —el *ayllu* de donde han procedido los Recogedores de Restos del Inca desde que el *ayllu* fuera doblegado por los quechuas, antes incluso del inicio del Mundo de las Cuatro Direcciones—, pero no ha quedado nadie de esa alcurnia en todo Cajamarca: o han huido o han muerto a filo de metal extranjero intentando impedir la captura al Señor del Principio.

No cabe ya esperar la incierta llegada de un pariente de *ayllu* desde el Cuzco: el Inca no debe permanecer una jornada más sin su funcionario más íntimo. Por ello, Unan Chullo mismo va donde el *huaca* del ancestro Ayarmaca —una Piedra sagrada ataviada con las prendas llevadas en vida por el primer antepasado de la línea, traída especialmente desde la Ciudad Ombligo para velar por sus descendientes— y le hace su ofrenda: dieciséis llamas blancas y ocho llamas negras con corazones frescos. Luego, le pide permiso para ser el oficiante de la ceremonia a pesar de no ser del mismo *ayllu*, de no tener la sangre apropiada. Felizmente para todos, el ancestro Ayarmaca, que habla por boca de un sacerdote que acompaña a la Piedra a todas partes, está satisfecho con su sacrificio y da su autorización.

Como Unan Chullo no conoce la canción ritual del traspaso, pide a las lloronas que la canten. Con el canto celebratorio de las mujeres como fondo, Unan Chullo enumera solemnemente las tareas que le tocará desempeñar al hijo del *mallqui* Ayarmaca que será el nuevo Recogedor de Restos del Inca. Las lee de un escueto *quipu* hallado en la bolsa con los implementos de servicio de la que el flamante viajero al Lugar Siguiente no se separaba jamás, y el único objeto de su ajuar que no ha sido entumbado con él.

No te apartes del Inca. Corta sus cabellos hasta la altura de un dedo central cada dos atados de jornadas. Cuida que no se pierdan los que se le caen durante sus baños y sus juegos con sus concubinas, sean lisos o torcidos. Poda sus uñas cada muerte de la Madre Luna. Conserva cabellos y uñas en el Primer Depósito sagrado de los Restos del Inca. Ten mucho cuidado: estos cabellos y uñas serán las cabellos y las uñas de los *huauquis*, los grandes bultos-hermanos del Inca vestidos como Él que, como su doble, viajarán en literas por los contornos apartados del Mundo de las Cuatro Direcciones para ser adorados en lugar

Suyo. Entrega al Inca sus cuatro mudas de ropa nueva de *cumbi* para la jornada y sus trajes de piel de murciélago, que debes guardar en el Segundo Depósito sagrado. Quema toda prenda apenas haya sido usada por el Inca —ninguna podrá posarse sobre su cuerpo más de una vez— y esparce las cenizas en un lugar bañado por la brisa del atardecer. Recoge todo hueso de animal que el Inca haya comido y toda coronta de choclo que haya roído, y guárdalos en el Tercer Depósito sagrado. Cerciórate de que todo plato y vasija de plata en que el Inca recibe sus alimentos sea usado una única vez. Prueba —o mejor, haz probar por alguien prescindible— toda comida y bebida antes de que roce Su lengua. Cuida que el Cuarto Depósito sagrado, que albergará la vajilla todavía no utilizada, esté siempre lleno hasta el borde sagrado, indicado por la Gran Raya Roja. Denuncia a todo aquel que profane cualquiera de los cuatro Depósitos ante el Capac Huatac, el Apresador del Inca. El Capac Huatac lo entregará al *chacnaycamayoc*, el Torturador del Inca. Que, después de haberlo descoyuntado con la debida aplicación, lo entregará al *ochacamayoc*, el Verdugo del Inca. Quien arrojará el cuerpo del profanador al Foso de las Alimañas hasta que estas alivien el aliento del condenado con la muerte.

Una vez terminado el rito del traspaso, sucinto por la premura de Unan Chullo, el Portavoz del Inca y Salango se dirigen al quinto *tambo* de las afueras de Cajamarca. El *tambo*, resguardado por un único y temeroso funcionario, lleva aún las huellas recientes del saqueo y la destrucción. Hace un atado de años, esta hubiera sido la marca del feroz Challco Chima, que inauguró en la guerra la costumbre de arrasar las posadas y depósitos del Inca, otrora intocables, y hacerse alimentar por la población, entre otras innovaciones militares de rutilante eficacia. Pero ahora es difícil saberlo con certeza. La táctica, destinada a forzar a los pueblos a abandonar su neutralidad, ha sido usada con saña en muchos pueblos del norte por los que Salango pasó en su trayecto hacia el punto de encuentro con Cusi Yupanqui. Ha cundido como una epidemia contagiosa por todo el Mundo de las Cuatro Direcciones y ya no puede asegurarse quién ha destruido qué.

A pesar del estado de carencia del *tambo*, Salango logra encontrar en sus depósitos ocho prendas de servicio de su talla, ligeramente más ancha de la normal. Se las va probando una a una, cotejándose con su propio reflejo en uno de los charcos que ha logrado filtrarse de los aguaceros de las vísperas a través de las paredes.

Tu rostro. El Mal sí ha ocurrido. El Mal sí ha dejado su huella imborrable en ti. Sí se los ha llevado a ellos a su Lugar Siguiente. De donde no regresarán. Pero aquí está Calanga, de pie delante mío, como siempre que quiere, que debe pescar mi tristeza agazapada. Tendiendo su red salvadora sobre mí. Dime, palomita mía, ¿cuál camiseta irá mejor con mi tocado?, ¿cuál capa me hará fingir mejor mi servicio postizo?, ¿esta?, ¿esa?, ¿aquella? Ella infla y desinfla sus carrillos: su mohín de cuando está con ganas de fastidiar. Cualquiera o ninguna, papacito. Con esa cara de piedra pómez que te ha endilgado el Mal, pongas la que te pongas no tienes arreglo.

—Deja de reírte solo, hombre sagrado —dice Unan Chullo—. Y elige prendas de una buena vez. El Inca nos está esperando. No tenemos tiempo que perder.

Cuerda secundaria: blanco entrelazado con negro, en Z

Unan Chullo y Salango llegan al sendero de piedra labrada que conduce a la plaza de Cajamarca.

A poco de empezar a recorrerlo, las piernas y los pies de Salango lo reconocen. Es un *Capac Ñan*, un Camino del Inca, por el que transitara hace… ¡dos atados de años! acompañando a los ejércitos del Inca Huayna Capac que se dirigían al norte. Pero ya no hay huella alguna de las refacciones y ampliaciones, recién acabadas por entonces para el paso del Inca. Ya no son lustrosas las piedras que pisamos, opacadas por la falta de uso: ahora los ejércitos prefieren senderos más apartados de la vía principal, que no anuncien a todas las brisas la inminencia de su avance y prevenga al enemigo de su ataque. Ya no está fresca mi mirada, como cuando estaba siendo Oscollo Huaraca, el Gato Salvaje

Chiquito, hijo de mentira de Usco Huaraca, Gran Hombre que Cuenta Hombres y Cosas de la región chanca, todavía recién pasado por los ritos del taparrabo que me habían abierto los ojos, que me habían hecho hombre. Sin saberlo, estoy levantando de nuevo la barbilla: ¡soy parte del *amaru* de guerreros, sirvientes y cortesanos que forja el Tercer Movimiento sagrado del Inca para desplegar aún más el Mundo de las Cuatro Direcciones! ¡Estoy yendo a acabar con la insolencia de los pastos, cayanguis, carambis, pifos y otavalos que se han atrevido a degollar a los funcionarios reales y se han negado a seguir cumpliendo con sus entregas! ¡Estoy aumentando el horizonte hacia adelante, mientras me dejo emborrachar por el Padre Sol, que acaricia mi frente, por el calor de la fila de treinta hombres de ancho que se desplaza conmigo al ritmo de los *huancar* y los cánticos de caminata, para perdernos de vista en las colinas de los *apus* dejados atrás!

Unan Chullo y Salango ingresan a la plaza de Cajamarca por la entrada que viene de los Baños de Pultumarca, lugar de recreo favorito de los incas de sangre real aficionados a los manantiales, a siete tiros de piedra de la entrada a la ciudad.

¡Salango! ¡Bota ya los tiempos pasados de tu aliento! ¡Presta atención a lo que te rodea y cumple tus deberes de Espía del Inca!

Lo primero que ha cambiado desde la última vez que estuviste aquí: en el lado izquierdo de la plaza, la muralla de adobe ha sido demolida. Ha sido reemplazada por otra el doble de alto, construida con piedras sin pulir. La obra, de factura recientísima, no oculta el apresuramiento con que ha sido realizada: los adoquines que han quedado de la pared anterior han sido arrimados a las esquinas, los únicos lugares de acceso a la plaza además del camino de Pultumarca. ¿Temen un ataque los extranjeros? ¿De qué? ¿De quién? ¿No confían acaso en su poder divino, si son *huacas*, o en los *huacas* tan generosos que les entregaron al Inca, si no lo son?

Dentro de la plaza circulan en este momento setecientos cuarenta y ocho personas pertenecientes al Mundo de las Cuatro Direcciones. Cuarenta y cuatro son orejones, guerreros o incas de privilegio. Sin embargo, no portan macana ni escudo, llevan una extraña cruz pintada groseramente encima de la camiseta y sus orejas están desnudas de sus aretes de oro —en algunas incluso se ven todavía las huellas de haber sido arrancadas—. Muchos tienen la expresión perdida del niño recién destetado, del hombre al que acaban de despertar en medio de una pesadilla soplada por un espíritu subterráneo. Del que ha visto el Mundo voltearse con sus propios ojos.

¿Adónde se fueron sus *yanacona*? ¿Por qué solo les sirven unos cuantos viejos y viejas?

Más alertas a la Vida presente parecen los *curacas* y los hombres y mujeres principales de los pueblos sometidos —ciento treinta y cuatro—, que, vestidos de ropas finas y el tocado distintivo de su lugar de origen, observan a los barbudos como a nubes negras después de una larga sequía. Siguen con la mirada sus devaneos, atentos a sus menores movimientos, buscando el menor indicio de una orden, de un deseo por satisfacer.

Reconoce a Huacchua Pfuru, Señor de los tallanes, el único que tiene un séquito numeroso. A Huaman y Chuquimis Lonquin, jefes chachapoyas. A los dos hijos de Cajazinzín, Gran Señor de los chimúes.

Identificar a los otros. Cernir a quién se dirige su lealtad.

En una esquina, ciento treinta y seis *mamaconas* al servicio del Inca escoltan a veinticuatro Escogidas aterradas (¿qué hacen fuera del *Acllahuasi*, la Casa de las Escogidas?). Las están defendiendo, a duras penas, de los asedios feroces de un grupo de ciento veintitrés *yanacona*. ¿Qué hacen esos sirvientes perpetuos que no están sirviendo a sus señores? ¿Quién les ha soltado las riendas? ¿Y qué hacen los principales que no van a defender a las Escogidas del Inca y hacer cumplir el castigo a las que las ofenden?

No intervenir.

Observar a los barbudos ahora. Solo hay treinta y dos en medio de la plaza, están juntos, en grupos de dos o tres que se cubren las espaldas entre sí. De cuando en cuando apartan violentamente a algún principal inca o *curaca* que osa acercárseles.

Hay jóvenes y viejos: los barbudos también pasan por las diferentes calles de la vida, también tienen edad. El resto está diseminado en las puertas de entrada de los tres galpones que rodean la plaza. De pie o sentados, están en posición expectante.

Cuarenta resguardan las tres puertas de entrada del primer galpón. Treinta y ocho resguardan las cuatro puertas del segundo. Veinticinco cuidan las seis puertas de los tres depósitos laterales. ¿Esperan? ¿Vigilan?

No hay sorpresas. Los extranjeros corresponden en su mayoría a la somera descripción del *quipu* de Cusi Yupanqui. Pero hay un gigante que llama su atención. Supera en dos cabezas y media la altura de los demás, y no solo lleva matas negras en el rostro sino también en los brazos y los dorsos de las manos. Es corpulento como dos *sintirus*. A diferencia de los otros, lleva aros redondos en las orejas que resplandecen al Sol. Además de su piel de metal, viste prendas de una tela finísima jamás vista que parece más tersa que la piel de murciélago y que es más roja que la esencia más densa de cochinilla. De la altura de sus tetillas —¿tiene tetillas el gigante, debajo de la camiseta convexa de metal que le cubre el pecho?— penden cintas con los colores del arco iris. Es claro que pone en sus atuendos y pieles un esmero que los otros no dedican a sus ropas.

El gigante divisa el horizonte desde una atalaya de madera construida a la izquierda del *ushnu*, el Trono de Piedra del Inca, levantado en el centro de la plaza. Está sentado encima de un enorme pene de metal, erecto: ¿acaso un sexo castrado en una batalla con una tribu de gigantes metálicos y conservado como trofeo? Ruge ¿órdenes? a ocho barbudos parapetados encima de otra atalaya que se alza a la derecha del *ushnu*, en el lado opuesto a las escaleras que ascienden al Trono. Parecen enanos a su lado. Al lado de los barbudos descansan unos troncos de metal delgados como ramas rectas. ¿Serán los que llevan al Illapa encerrado? ¿Cómo hará Salango para saberlo? Y cuando lo sepa ¿cómo hará para calibrar sus poderes?, ¿para liberar, si Cusi Yupanqui lo dispone, al Señor del Rayo de su encierro?

¿Qué propósito tienen estas atalayas que humillan el Trono desde el que el Hijo del Sol dirigía las fiestas sagradas a Su Padre?

¿Desean los barbudos ver a la distancia a sus potenciales enemigos?

¿Se habrán enterado acaso —¿cómo? de los planes de Cusi Yupanqui para liberar al Inca?

La mirada del gigante se cruza fugazmente con la suya. Fingir que no lo estaba mirando a él, sino a uno de los *apus* detrás. Poniendo cara de *upa*, volver lentamente la mirada hacia el suelo que pisas, tropezarte con tus propios pies. Solo soy un tonto, gigante, no desperdicies tu mirada conmigo.

—Presta atención adonde pisas, hombre sagrado —dice Unan Chullo.

Lo estoy haciendo, y cómo. ¿Están aquí todos los extranjeros o hay más en el interior de los galpones? Averiguar.

Un frío de agua helada le recorre la espalda de arriba abajo. Ahí están —jamás podrá olvidarlas— las dos llamas grandes que casi lo mataron hace cinco jornadas, cuando fungía de Recogedor de Restos en ciernes a orillas del Templo del *huaca* Catequil. ¿Lo habrán reconocido? Y si lo han hecho ¿volverán a tratar de embestirlo, como la primera vez?

No mostrarles miedo. Respirar hasta alcanzar el turno en que respira tu corazón. Que se vaya de tu aliento la fuerza con que las bestias hicieron retumbar el suelo con sus zancadas hasta plantarse a medio palmo delante de ti, entre las ¿risas? de los extranjeros pegados a ellas. Pero, aunque la sangre golpeaba tus sienes con cada salto de tu pecho, aunque sentías el resoplido babeante de los monstruos rozándote las mejillas, no te moviste.

No te moverás. No les tendrás miedo.

Averiguar dónde tienen las otras llamas grandes y cuántas hay. Solo hay cinco más enfrente del primer galpón y once al lado del tercero. Pero después, que ya llegamos a los Aposentos.

Los Aposentos del Inca están a la derecha del segundo galpón. Sus umbrales son vigilados por seis barbudos, que reconocen a Unan Chullo y lo dejan pasar. Al cruzar a su lado, Salango siente la vaharada densa de su hedor, que le hace casi desvanecerse.

Al interior de los Aposentos del Inca hay un patio de piedra labrada con un pequeño cuadrado de agua horadado en el centro: el lavatorio de pies del Inca. Al lado de la acequia estrecha que surte el lavatorio, tres extranjeros conversan en lengua barbuda servidos por tres mujeres de servicio. Al verlos llegar, se llevan velozmente la mano derecha a la cadera izquierda, donde portan adheridos a su cintura unos cayados de metal gris. Breve mirada de Salango a los cayados: son más largos y delgados, pero parecen del mismo metal de los troncos que viera en las atalayas.

Robar uno cuando se distraigan. Aprender cómo los usan.

Unan Chullo saluda respetuosamente a los extranjeros del patio, que han reanudado su conversación y no le responden.

Unan Chullo y Salango llegan a la entrada de la Habitación del Inca, resguardada por dos barbudos más. El Portavoz y el flamante Recogedor de Restos se quitan las sandalias. Unan Chullo le entrega un pequeño leño que ha traído consigo y Salango se lo pone sobre la espalda. Tu carga, le dice, y cruzan los umbrales.

Dentro de la Habitación del Inca hay seis extranjeros más. Felizmente, seis troneras horadadas en la pared ventilan su aroma pestilente.

Enfrente suyo, cuatro barbudos están de pie en una esquina departiendo en voz baja, cavernosa, rajada (así suena, se dice Salango, la voz barbuda). Uno de ellos, notablemente más viejo que los demás, habla con tono pausado, mientras los otros tres, dos de ellos abrazados a *acllas*, le escuchan con atención y respeto deferentes. Salango se corrige: uno de sus oyentes viste como extranjero, pero no lo es. Es un chiquillo con los colores de las tierras al sur de Tomebamba —debe ser tumbesino, huayucuntu, lampunaeño, paracamuru o tallán— e imita en todo a sus acompañantes. No debe de haber pasado todavía por sus primeras leches, pero lleva en la mirada la fogata encendida de la precocidad.

En el medio de la habitación, dos barbudos más están sentados en dos taburetes de madera, frente a frente. Extrañamente, no miran a los ojos del que tienen delante, sino a la superficie de un tablero que han colocado entre ellos. Es cuadrado, de madera lijada y en él están pintados unos escaques blancos y negros. Salango diría que es una *taptana*, un tablero para hacer juegos, cuentas y apuestas, pero sobre la superficie se reparten unas estatuillas de madera perfectamente delineadas. Parecen *huaquitas* en miniatura, pero sin vestir. ¿Por qué los extranjeros las miran con tanta fijeza? ¿Qué magia esperan que surja de ellas?

38

—¡*Jaqui*! —grita una voz procedente de una esquina ocultada por la sombra. Todos los presentes voltean hacia el lugar de donde proviene.

De pie, observando la superficie con las estatuillas con la misma intensidad radiante que los barbudos, está Atahualpa. Su rostro, ancho pero afilado, no ha sido tocado por el Mal. En las sienes lleva ceñido un *llautu* de lana con colores del arco iris del que pende, a la altura de la frente, la borla colorada del Inca, la *mascapaicha*. Una venda gruesa le pasa por debajo del mentón y le cubre toda la oreja derecha —su oreja faltante. No muestra signos de haber sido maltratado. Arrodillada delante suyo y oculta discretamente por su elegante túnica de lana de vicuña, una *aclla* le mama la tuna discretamente y con aplicación.

—¡*Jaqui*! —repite el Único Inca con tono triunfante.

Los barbudos vuelven la mirada adonde están las estatuillas. Algunos cabecean, un rumor ¿irritado?, ¿perturbado?, ¿admirado? surge de sus bocas.

Uno de los barbudos sentado a la mesa resopla. Con una mano desplaza una estatuilla de un lugar a otro de la superficie del tablero.

—*Jaqui* —dice el barbudo.

Los barbudos alrededor de la mesa silban y dan de palmadas. La cara del barbudo al otro lado del tablero se contrae en una mueca, como si acabara de recibir un golpe, un maleficio, una amenaza mortal, mientras los que están de pie murmuran entre sí.

—¿Qué dicen? —pregunta Atahualpa.

—Que para ser *indio* eres ingenioso —responde el chiquillo vestido de extranjero, mirando de soslayo a la Escogida acurrucada en la entrepierna del Inca, y Salango le reconoce de inmediato la entonación cantarina del acento tallán al hablar el Idioma de la Gente.

—¿Qué es un *indiu*? —pregunta Atahualpa.

Unan Chullo le interrumpe, haciendo sonar su nariz. Da dos pasos adelante.

—Es el tiempo del corte de pelo del Inca —casi grita el Portavoz. Y luego, dirigiéndose al chiquillo traductor—. Nadie puede estar en la Habitación.

La *aclla* surge de debajo de la túnica del Inca, se pasa el dorso de la mano por la boca, se incorpora y se va. El chiquillo tallán la mira irse mientras traduce lo dicho a lengua barbuda. Los extranjeros intercambian frases, al parecer de alarma. Uno de ellos no luce dispuesto a salir ni siquiera cuando el barbudo viejo apela al tono conciliador para ablandar su reticencia. Finalmente, el viejo se acerca a Salango, le arrebata su *quipe*, vacía su interior y lo muestra al desconfiado: dos piedras de pedernal con borde afilado y una cestilla de paja para el pelo rasurado. El barbudo reacio se calma y todos los otros, y el chiquillo traductor con ellos, salen de la Habitación.

—Señor del Principio —repite Unan Chullo—. Siéntate y alístate. Es el tiempo de tu corte de pelo.

Pero Atahualpa sigue de pie, con su aliento colgado de las pequeñas estatuillas. Parece él mismo una de aquellas estatuas de oro que pueblan los jardines del *Coricancha*, en el Cuzco, y que reproducen cada una de las especies de animales y plantas que moran el Mundo de las Cuatro Direcciones. Recién puede Salango verlo por entero. Es solo un poco más alto que cuando lo conoció, pero su cuerpo se ha vuelto mucho más fornido. El Inca ha llegado en muy buen estado a su cénit.

—*Ticci Capac*, Señor del Principio —dice el Portavoz—. Hijo del Sol y Único Señor del Mundo de las Cuatro Direcciones.

Como quien despierta de un sueño placentero, Atahualpa vierte su mirada hacia el Portavoz. Recién cae en la cuenta de la presencia del extraño. Sus ojos se vuelven severísimos a Unan Chullo: ¿quién es este desconocido que has osado traer ante Mí sin Mi consentimiento?

—Único Inca —dice el Portavoz temblando—. Quítame mi carga y perdóname. No pude avisarte. Tu Recogedor de Restos murió ayer. Un pariente suyo ha venido a tomar su lugar.

Atahualpa convierte su frente en relieves de piedra. Despelleja con los ojos al recién llegado. De pronto, brilla en ellos la luz del reconocimiento.

Salango señala discretamente con la mirada el *quipe* que lleva colgado de la cintura. El Único advierte la insignia cosida en su cubierta, casi invisible a simple vista. Se detiene en las tres escaleras de color encarnado que separan el pequeño manojo de estrellas de la Luna medio muerta: el blasón secreto del Señor Cusi Yupanqui. La frente del Señor del Principio se alisa. Su boca se abre como las fauces de un *amaru* disponiéndose a tragar a su presa sin masticarla. Una larga carcajada sale de lo más hondo de su garganta, que toma desprevenido a Unan Chullo, que no sabe si ocultar o no su desconcierto.

—Vete, Portavoz —dice Atahualpa—. Quiero estar a solas con mi nuevo Recogedor.

Cuando Unan Chullo ha abandonado la Habitación, Atahualpa se sienta en uno de los asientos frente al taburete pintado. Con gesto displicente, ordena a Salango que se quite el peso de la espalda. Salango obedece.

—El disfraz ¿fue ocurrencia tuya o de Cusi?

—Mía, Único Inca.

Unos hoyuelos infantiles se forman en las mejillas del Señor del Principio.

—Me gusta, me gusta… ¿Por qué Cusi no ha puesto al tanto de nada a Unan Chullo? ¿Sospecha de él?

—No lo sé. Pero, como dijo el sabio Chimpu Shánkutu, es más fácil protegerse del traidor que del indiscreto, Único Inca.

Atahualpa cabecea, apreciativamente.

—Quién hubiera dicho. Oscollo hijo de Usco Huaraca, vivo. Pero me mandó decir Cusi que ya no debo llamarte así…

—Ahora mi nombre es Salango.

—¿Como mi isla manteña del norte, en la Gran *Cocha* del extremo Chinchaysuyo?

—Sí.

—Es un nombre horrible. ¿Por qué lo tomaste?

—No lo tomé. Lo acepté. Me lo puso el padre de mi esposa, el *curaca* del pueblo manteño de Colonche.

—¿Colonche? ¿Qué hacías allá? Aparte del *mullu*, no hay nada que valga la pena en ese lodazal.

—Hace seis años tu Padre el Joven Poderoso Huayna Capac me envió a tierras manteñas como civilizador, negociador y embajador de buena voluntad a nombre del Inca.

—¿O sea, como espía?

Sin esperar la respuesta, Atahualpa suelta su carcajada interrupta y profunda.

—Cámbiatelo. Un hombre con un nombre de isla no inspira confianza.

—No puedo.

—¿Por qué?

El flamante Recogedor traga saliva.

—En Salango… En Salango entumbé a mi mujer y a mis hijos.

Atahualpa cabecea de nuevo. Gira lentamente sobre su taburete hasta darle la espalda.

—¿Has practicado el rol con que te encubres o vas a dejarme como alpaca mal trasquilada?

—He practicado —miente el Recogedor.

Atahualpa inclina suavemente la cabeza hacia atrás. Salango se le acerca por detrás. Deshace lentamente la venda que cubre la oreja ausente hasta que se vuelve visible el nudo de carne desmadejada que se ovilla en su lugar. Mientras afila las piedras, evoca la historia que Atahualpa tejió sobre ella y que sus aliados han repetido a todo aquel que quisiera escucharles. Que la perdió en una sangrienta batalla contra los cañaris en que, después de una ardua lucha cuerpo a cuerpo, lograron atraparlo y encerrarlo. Que, a pesar de sus heridas, logró escapar de su cautiverio con la ayuda de su Padre El Que Todo lo Ilumina, que lo convirtió en *amaru* y le regaló una barreta de oro, con la que hizo un agujero en la pared por donde huyó sin que los cañaris se dieran cuenta.

Los bordes de las piedras ya cortan sin ser pulsados con fuerza. Salango empieza su tarea.

Todo es mentira. Atahualpa no se rompió la oreja en el campo de batalla, sino en la Casa de las Escogidas del Cuzco. Salango todavía recuerda el escándalo que se armó en la Casa del Saber, donde Atahualpa seguía su tercer y último año de estudios —Salango estaba en el primero—, y que los principales *Hatun Ayllu*, la *panaca* de Atahualpa, se encargaron de silenciar por todos los medios y esconderlo del Inca. Una *mamacona* lo encontró dentro de la Casa de las Escogidas montándose a una *aclla*. Gritándole perro sarnoso, ¿cómo te atreves a manchar con tu leche a una Escogida?, lo persiguió hasta alcanzarlo. Atahualpa trató de escabullirse como vizcacha, pero la *mamacona* era veloz y lo agarró de la oreja para que no pudiera escapar. Atahualpa, que conocía bien la pena para los que profanan a las *acllas* —ser colgado del cuero cabelludo en el árbol alto del *huaca* Arahuay hasta que se le separara del cuerpo—, no quería ser atrapado dentro de la Casa de las Escogidas, y siguió tirando de su oreja hasta que se la arrancó. Cuando el juez encargado de los castigos de la cuerda llegó hasta él para hacerle confesar, Atahualpa lo negó todo. Dijo que la *mamacona* se había encaprichado con él y lo andaba persiguiendo por todas partes para que se echara con ella, pero como él respetaba a las mujeres de clausura del Inca, no aceptó. Que en venganza, la *mamacona* le había dado una poción para dormir y en su sueño le había roto la oreja. ¿A quién creer, a una *mamacona* vieja y amargada que ya no gozaba de las visitas nocturnas del Inca o al retoño más dotado de una de las *panacas* más lustrosas del Ombligo del Mundo, que podía elegir por esposa a la hija de la *panaca* principal que más le conviniera? El encargado de las cuerdas decidió someter al tormento de los lazos y las sogas a la *mamacona*. Ella, al no soportar la tortura, demostró su culpabilidad y fue enviada a las fronteras del Mundo en el Antisuyo, donde la abandonaron en plena selva para que fuera festín de los pumas o los salvajes chachapoyas, y nunca se volvió a saber más de ella. En cuanto a Atahualpa, al quedar demostrada su inocencia, fue puesto en libertad. Cuando se cruzó con su padre Huayna Capac y este le preguntó qué le había pasado en la oreja, le dijo que le había salido un grano y se lo había tenido que sacar. El Joven Poderoso Respaldado por Muchos se enojó muchísimo y le preguntó por qué no había consultado con sus médicos. Que era mal augurio que se le hubiera roto la oreja. Que eso quería decir que no era apto para soportar el peso de los pendientes de oro del orejón, del principal. Que solo le darían responsabilidades de guerrero. Que, para aprender su nuevo oficio, le acompañaría en cada una de sus batallas de la campaña del norte, que el Inca estaba a punto de iniciar para acabar con las revueltas del Chinchaysuyo y hacer su Tercer Movimiento Hacia la Derecha en el Mundo de las Cuatro Direcciones.

—Ten más cuidado —dice el Único Inca—. Me estás haciendo doler.

—Perdón, Único Inca.

Salango sondea en el silencio la presencia de oídos indiscretos. No hay peligro.

—Señor del Principio —balbucea Salango al oído del Único sin interrumpir el corte de pelo—. Cusi Yupanqui ha convocado el turno guerrero en toda la región. Está reuniendo tres ejércitos para liberarte de los extranjeros y aniquilarlos. Pero necesita de tu aprobación para entrar a Cajamarca.

—No es el momento —replica de inmediato Atahualpa, mirando fijamente las estatuillas—. Les he ofrecido una Habitación como esta llena de oro y dos galpones de plata para que me liberen. No se atreverán a hacerme nada antes de que se los entregue. Si Cusi hace una entrada a la *llacta* se enojarán conmigo y, diciendo que no he cumplido mi promesa, me matarán.

—¿Y qué les impide matarte antes de que hayas culminado con tu entrega, Sapa Inca?

—El oro —sonríe—. Deberías verlos. Son capaces de cualquier cosa por él. Saben que, conmigo en su poder, podrán obtener todo el que desean. No les conviene matarme. Todavía.

—¿Y por qué lo codician tanto?

—Su pueblo padece un Mal devastador como el que arrasó con el Mundo de las Cuatro Direcciones. Usan el oro como medicina.

—¿Qué hacen con él? ¿Se lo comen? ¿Lo funden y se lo beben? ¿Se lo untan? ¿Lo dejan caer? ¿Lo usan como amuleto para hablar con uno de sus *huacas*?

—Lo único que sé es que no se lo comen —Atahualpa se muerde la lengua mientras se rasca la cabeza—. Varios meriendan de cuando en cuando conmigo y jamás los he visto llevárselo a la boca.

La luz que penetra la habitación por una de las ranuras se ensaña con la sombra de su oreja faltante. Parece un gusano de carne congelado por la helada en el momento en que pugnaba por hacerse mariposa.

—¿Te han dicho para qué han venido?

—Me han dicho que vienen en nombre de un dios de Tres Cabezas que tiene su morada más allá de la Gran Cocha que se tiende a lo largo de las costas yungas. Que quieren enseñar sus preceptos a nuestro pueblo.

—¿Les crees?

—No. Pero todos los días me envían a un hombre sagrado gordo acompañado de su traductor tallán para que me cuente y haga repetir sus historias sin sentido —mueve la cabeza a uno de los lados. Escupe con hastío—. Cuentan sobre *huacas* muertos o caducos, a veces que ellos mismos mataron, o *huacas* vivos pero flojos, que no les ayudan en nada en las faenas de los Turnos del Mundo. ¿Para qué guardan sus historias? ¿Para qué pierden el tiempo invocándolos a través de ellas? Solo me intriga cómo el gordo las saca de una caja de cuero que habla sin voz. Tienes que verla. La caja lleva colgadas hojas de pellejo muy fino, como hecha de pétalo tieso, pero llenas de manchas de patas de hormigas —su rostro se ilumina como el de un niño—. ¡Las manchas de patas de hormiga están vivas! ¡Y le cuentan al gordo las historias al oído, aunque duren el tiempo que demora una papa en cocinarse, con exactamente el mismo flujo de palabras, ni una más ni menos, una y otra vez, en voz tan baja que, por más que aguce mi oreja, no la puedo escuchar!

—Señor del Principio —interrumpe calmadamente Salango—. ¿Cuáles crees que son sus intenciones, además de proveerse de las lágrimas de Tu Padre para curar a su pueblo?

—No sé qué decirte —Atahualpa se ladea, ofreciendo a Salango el lado de su oreja sana. Salango, que ha terminado de nivelar el corte por ese lado, empieza a colocar la venda nuevamente en su lugar—. Cuando me tomaron cautivo, me preguntaron varias veces por mi hermano Huáscar. Yo les dije que no sabía dónde estaba. Extrañamente, no insistieron más, pero tampoco hicieron nada para ir en su busca. Incluso ahora. Andan más pendientes del oro y la plata que he mandado recoger para la entrega que de otra cosa. Como si la salvación de mi hermano no fuera en verdad importante para ellos. O pudiera esperar eternamente.

Salango ha terminado. Guarda las piedras afiladas en su *quipe* de servicio. Se inclina al lado del Inca.

—Ticci Capac —dice Salango en voz baja—. Deja que Cusi Yupanqui urda tu rescate. Una pequeña y discreta milicia de guerreros bien entrenados puede filtrarse de noche entre las filas de los extranjeros, sacarte de la *llacta* y matarlos sin siquiera arrancarlos de su sueño barbudo. Si lo que temes es cruzar el Umbral de tu Vida Siguiente de manera intempestiva...

—No es eso —zanja Atahualpa. Sonríe—. Quiero jugar, seguir las reglas del buen vencido. Reuniré el oro y la plata prometidos. Mientras dure mi cautiverio, les serviré fielmente. Compartiré con ellos mi comida y mi bebida, mis mujeres y mis sirvientes. Les haré su estadía en mis predios lo más grata posible. Cuando haya cumplido con mi parte del trato, ellos cumplirán con la suya y me dejarán en libertad. Entonces subiré al *ushnu* de la plaza de Cajamarca y, bebiendo licor fermentado, me divertiré viendo cómo el Señor Cusi Yupanqui entra a la ciudad, los despoja de sus llamas y sus armas, los descabeza, destripa y despelleja para hacer tambores de sus pieles y vasos de chicha de sus cráneos. Pero hasta ese momento, el Señor Cusi Yupanqui no debe intervenir, no debe hacer nada —en Salango atisba un desacuerdo incipiente—. Si hay indicios de que no van a cumplir con su palabra, yo se lo haré saber de inmediato a través de ti. Quiero entretenerme con los barbudos. Han traído cosas nuevas. Nunca vistas ni oídas. Antes de matarlos, quiero que me enseñen. Aprender lo que saben que nosotros no sabemos.

—Es demasiado arriesgado, Señor del Principio —dice Salango—. Hay demasiados cabos sueltos en la prenda que pretendes tejer.

—Este juego, por ejemplo —sigue Atahualpa sin oírle, señalando el taburete con las estatuillas en los escaques pintados—. Es muy extraño. Es una guerra entre dos Incas hermanos que pretenden la borla sagrada, como la mía con el inepto Huáscar. ¿Por qué lo juegan los barbudos? ¿Qué gana ritualmente el vencedor? ¿Qué pierde el derrotado? No lo sé. Pero el tablero es su campo de batalla. Los escaques son los descampados en que libran sus escaramuzas. Las estatuillas, sus ejércitos —las señala a medida que se refiere a ellas—. Estos que están a la vanguardia y que no tienen orejeras son sus guerreros de a pie. Avanzan siempre adelante, un descampado por turno, pero solo matan a sus enemigos si estos los atacan por los flancos. Estas son sus *pucaras*, sus fortalezas de Arriba y Abajo; no esperan al enemigo, como las nuestras, sino que van hacia él desplazándose por el aire como quien traza una línea sagrada, si es necesario de un lado a otro del campo de guerra. Estas, sus llamas gigantes de Arriba y Abajo, que también pelean en sus guerras cojeando como si llevaran una pata rota por la violencia de la lucha, dos descampados a un lado y uno hacia el otro. Estos, sus *yanacona*-generales de Arriba y Abajo, que atacan al enemigo en diagonal, tejiendo de manera invisible la forma sagrada del rombo. Y esta es su Mama Huaco, su guerrera implacable, el arma más poderosa de todo el ejército, capaz de moverse en línea recta o diagonal como quien traza *ceques* hasta donde le alcance el aliento. Estatuilla rara, porque no hay mujeres de raza barbuda. Y aquí… aquí está el Inca.

Atahualpa se levanta. Se acerca a la estatuilla con extraña fascinación, como si quisiera compartir una confidencia de importancia fundamental.

—El Inca. La estatuilla más débil de todas. Que anda huyendo todo el tiempo o buscando protección. Que apenas puede moverse. Pero en cuya derrota consiste todo el juego. Porque los Incas barbudos jamás mueren, siempre abandonan la batalla antes de que sea demasiado tarde. Y, por más que el Inca vencedor amenace a su oponente con la muerte diciendo *jaqui*, o se la anuncie como inminente gritándole ¡*mati*! —el Inca desplaza a la Mama Huaco blanca de su escaque hacia otro vacío al lado del Inca hermano negro. Golpea al Inca negro, haciéndolo caer—, las reglas del juego barbudo les impiden ejecutar al vencido. Debe aceptar su sumisión y perdonarle la vida.

En su rostro asoma la sonrisa torcida de un *supay*.

—Barbudos idiotas.

Segunda serie de cuerdas – pasado

Primera cuerda: marrón como el polluelo del pájaro *allqamari*, en S

—¡Vicha!

La buscó de nuevo en las lomas que daban a la acequia. A algunas llamas les gustaba irse a pastear por allá porque hacía más calorcito. No estaba. Miedoso se fue entonces hacia el desfiladero del sendero por el que habían venido hasta aquí, no fuera a ser que se hubiera desbarrancado cuando no la estaba viendo y estuviera toda despatarrada en la orilla del río. ¿Qué le diría a su mamá entonces? Miró abajo, hurgando entre la floresta mullida y azul del barranco: ni rastro de la Vicha. ¿Dónde se habría metido la muy bandida?

Illapa apareció de pronto en el cielo, iluminándolo por un instante. Con su honda y su porra caminó por el aire haciendo tronar las nubes oscuras de al fondo. Con rabia soltaba su lluvia en los cerros que rodeaban el valle: pronto llegaría a esta parte de la *puna*. ¿Qué haría Yunpacha? ¿Reuniría a las llamas de una vez para llevárselas al corral del caserío, y buscaría después a la Vicha, con riesgo de perderla? ¿O seguiría nomás buscándola hasta encontrarla, y se mojaba todito en el camino de regreso?

El sonido del escupitajo juguetón de la Vicha le sacó de sus pensamientos. Estaba más arriba, casi en la punta del cerro, jajay no me agarras diciendo, cómo se habría trepado hasta allá. Traviesa Vicha, nunca se quedaba tranquila, a veces se escapaba y la encontraban en pastos nuevos, o bebiendo a la orilla de un arroyo que acababa de formarse con los deshielos del verano, a veces se hacía corretear hasta lugares sagrados donde ni siquiera los *runacuna* más curtidos se atrevían a meterse. Pidiendo

51

disculpas al *huaca* del sitio había que entrar entonces a sacarla, y ella escupía molesta como si fuera gente y se estuviera riendo en su adentro de la travesura.

Yunpacha empezó a trepar por la loma, más escarpada y rocosa por esta parte del cerro. Pisaba con cuidado: las piedras estaban flojas y húmedas, y se podía resbalar. Algunas piedritas comenzaban a caerle desde arriba: la Vicha seguía subiendo, llegando casi a la Roca del Guerrero estaba ahora, y a cada movimiento suyo soltaba más piedritas, que golpeaban a otras piedritas que golpeaban a otras piedritas. Yunpacha las eludía hábilmente, pero ya sentía como punzadas las gotas de lluvia que le caían con las ráfagas del viento en la espalda: Illapa se acercaba. Tenía que apurarse en atrapar a la Vicha. Miró hacia arriba para ver dónde estaba, justo a tiempo para protegerse con el brazo de una piedra del tamaño de una bosta de alpaca que venía con mucho impulso. Achacháu.

—¡Vicha!

No podía seguir trepando: las piedras caían ahora como puños lanzados desde el cielo y le golpeaban no solo los brazos con que se cubría la cabeza sino una pierna, la barriga, uno de los hombros, uno de los pies, haciéndole doler harto pero sin darle tiempo para gritar. Miró fugazmente hacia abajo: era más peligroso si se daba la vuelta y bajaba, las piedras llegaban con más viada a la parte de la llanura en que comenzaba la subida.

Fue entonces que sintió en su cabeza, toc, la pedrada ¿o era uno de los rayos de Illapa que lo había atravesado de arriba abajo?, y sintió cómo su cuerpo se derramaba sobre la tierra como si fuera agua derretida, por qué me llevas tan pronto al Lugar Siguiente, padrecito Huacchuayserk'a, diciendo en su adentro, sin que haya podido siquiera acompañar a mi padre a sembrar en las tierras en que hace sus turnos como era mi ilusión, qué será ahora de nuestras llamitas, quién las arreará de regreso a la chacra, quién le dirá a mi mamá que no fue mi culpa sino de la Vicha desgraciada, otra de las suyas ha sido, te lo juro mamá por el *mallqui* de nuestro padre Uscovilca, te lo juro por el *huaca* Huachhuayserk'a, nuestro padre montaña que nos mira, empuja y alimenta, por la laguna de Choclococha, *pacarina* de nuestro pueblo, donde empezaron las llamas y se multiplicaron los *choclos*, de donde salieron nuestros primeros padres chancas, y adonde volveré ahora volando o corriendo, convertido en halcón o puma sagrado.

Cuerda secundaria: marrón como el polluelo del pájaro allqamari, en S

Abrió los ojos. Sobre el cielo, de un celeste purísimo, ni una sola nube. En su lugar, los siete colores en arco. Cerró los ojos: estaba prohibido mirarlos si no querías recibir daño mortal.

Suspiró: ¿para qué respetar la prohibición si ya estaba muerto? ¿Estoy muerto?

Un lengüetazo en la mejilla y el olor a flores podridas de un tufo de hocico. Volvió a abrir los ojos. Una llamita arrecostada a su lado. Quién eres, qué haces aquí, diciendo en su adentro, le hizo su cariño.

Escuchó un par de estornudos en su detrás. Levantó la mirada. Desperdigadas a su lado, como esperándolo, cientos de llamas. ¿Quiénes son ustedes? ¿Por qué me miran así? Miró en su delante: un cerro con una roca grande en la cima.

¿Dónde estoy?

Logró incorporarse después de varios intentos. Se apartó las pajas prendidas de su poncho húmedo. El dolor atravesó su cabeza. Achacáu, achacáu. Se tocó el lugar de donde venía el dolor. Sangre seca. Regresar. Como sea, regresar a… a… ¿adónde?

A su derecha, un sendero. Una luz lejana en su adentro: este sendero lo conoce ¿cómo? ¿de cuándo? No importa, seguirlo. Mantener el equilibrio, no caerse aunque la cabeza me dé vueltas. Seguir el camino hasta donde me lleve. Las llamitas en su detrás, andando lentamente, en silencio.

Llegó al corral. Abrió las puertas y metió a las llamitas. Que no se pierda ni una para que no se enoje… ¿quién?

Cuando todas están dentro, vomitó. Limpiándose la boca, dio un paso atrás para no mancharse la ropa cuando se le iba el aliento.

Protegerme la cabeza para que no se golpee cuando me caí.

Cuerda terciaria (adosada a la secundaria): marrón como el polluelo del pájaro allqamari, en S

Despertó. Una habitación con la única ventana cubierta por una mantilla, a oscuras. Dos frazadas tibias sobre su cuerpo. Hmmm. A la derecha, brasas casi apagadas que aún despedían calor. Unas briznas de ceniza flotando en el aire denso, tibiecito. Olor rico a sopa. Sopa de… de…
—Yunpacha.
Era una voz de mujer. Sentada a su lado.
—¿Cómo te sientes?
¿Quién eres? ¿Te conozco?
—Te encontramos tirado en el suelo del corral con una herida grande en la cabeza. Has estado dos días durmiendo.
La mujer se adelantó. Las llamas opacas del fogón reflejándola. Era una mujer hermosa en el cénit de la vida. El pelo, largo y lacio. Oliendo a maizal. Su cara, demacrada, con huellas de lágrimas. Sonriéndole.
—¿Tienes hambre?
Despertando con la pregunta, unas ganas feroces de comer: sí, sí, tengo.
Abrió la boca, pero ningún sonido saliendo de su garganta. Trató otra vez. Otra. Nada. Una punzada dentro de su cabeza, ayyyyyyyyyyyyyyyy. Se retorció. ¿Cómo sacarse el dolor, cómo aplastarlo hasta hacerlo reventar? Buscó con la mano el lugar cerca de la coronilla de donde provenía, pero el brazo se le extravió a medio camino y la mano nunca llegó a su destino: ni uno ni otro sabían dónde estaba su cabeza. ¿Qué me estaba pasando?
La mujer abrazándolo, no llores, hijito, besándolo en las mejillas. Le acercó una bandeja de papilla. Haciendo un enorme esfuerzo, él se irguió e intentó recibirla. No pudo. Quiso soltar un sordo gemido de impotencia. Tampoco. ¿Dónde se le atragantaban las palabras?
La mujer esperó a que dejara de gemir. Se inclinó y le dio de comer en la boca. Él masticó, bocado a bocado, toda la tarde. Poniendo en ello toda su pepa, logró terminar la sopa. Pero quedó tan cansado que al final lo único que quería era volverse a dormir. Gracias, señora, dijo sin decirle.

—Que descanses, Yunpacha —dijo la voz redonda saliendo de la habitación.

Que descanses… ¿quién?

Cuerda de cuarto nivel (adosada a la terciaria): marrón como el polluelo del pájaro allqamari, en S

La mujer era su madre y se llamaba… Rampac. La niña chiquita que venía a atenderlo todas las mañanas y todas las tardes era su hermanita menor y se llamaba… Anccu. A él lo llamaban Yunpacha. Tenía un padre y un hermano que se llamaban… que se llamaban…

También fueron regresando, en ramalazos de memoria, los nombres de los *huacas* y los *huillcas* de Apcara, de los hijos principales de Uscovilca y Ancovilca, de las llamitas de su corral. Los recuerdos antiguos y recientes de su *ayllu*. La piedra cayéndole encima de nuevo (Vicha bandida, por su culpa le había pasado todo esto).

La herida cicatrizó rápido, pero Yunpacha tardó en recuperarse. Al cuarto día dejó de sentir un precipicio permanente a sus costados y debajo de sus pies: pudo volver a caminar sin temor a perder el equilibrio. Al sexto día, sus manos, que las primeras jornadas ni siquiera lograban asir las tinajas de brazo ancho, ya cardaban la lana con que su madre tejía las prendas del Inca. Al octavo, para alivio de su madre, Yunpacha volvió a hablar de nuevo.

Cuerda de quinto nivel (adosada a la de cuarto nivel): marrón como el polluelo del pájaro allqamari, en S

Catorce jornadas después, Illapa volvió de nuevo de visita al pueblo de Apcara y alrededores y, con su atuendo de guerra, reventó el cielo a pedradas de hielo. Yunpacha, que dormía al lado del fogón, despertó. Recién sería media mañana, pero estaba tan oscuro que apenas se veía. En casa no había nadie. Ni siquiera los cuyes asomaban sus cabezas por los huecos.

—A los depósitos se ha ido —escuchó decir a la voz de Anccu desde su escondite: detrás de la ruma de maderos de *molle* con que su madre cocinaba, y en que ella se metía para calentarse—. Un rayo les ha caído encima con la venida del Illapa, jarúúúúm, y ha tumbado la pared.

Yunpacha se fue corriendo a los depósitos de ropa para el *curaca*, donde se guardaban las prendas que se tejían para él. Anccu le siguió.

Cuando llegaron al depósito, ahí estaban, sudando después de la faena, Rampac, madre de Yunpacha, y el Hablador, un muchacho grandulón con edad suficiente para ser *runa* pero al que tenían espantando pájaros de los maizales, pues era *upa*: hablaba repitiendo las palabras e interrumpiéndose a la mitad, siempre más de la cuenta y en los momentos más inoportunos.

Todavía se veían en el suelo las huellas de la pared caída, pero ya habían puesto las piedras en su sitio a la espera del regreso de Asto Condori, el padre de Yunpacha. Era a Asto a quien le tocaba el turno de ocuparse de los depósitos, pero se había ido con los otros *runacuna* de Apcara a desbrozar las acequias y Rampac había tomado su lugar.

—Ya casi hemos terminado con la pared. Pero todavía nos falta el pozo —Rampac se volvió a su hijo—. ¿Estás seguro de que puedes ayudar?

—Sí, mamá.

—Entonces métete y mira si las prendas se han caído. Desde aquí no se ve.

Con una soga sostenida por Rampac y el Hablador, Yunpacha se deslizó con cuidado en el pozo que estaba en medio del depósito, de dos hombres y medio de profundidad. Esperó hasta que su vista se acostumbrara a la falta de luz y pudo distinguir con nitidez, bien ordenadas, las cuatro pilas de mantas y camisetas que debían entregar al *curaca* de Vilcashuaman, una por cada *ayllu* de Apcara.

—Mamá. Las pilas están en su sitio —dijo Yunpacha.

—Muy bien, hijo. Sube.

Rampac y el Hablador le ayudaron a subir. Cuando llegó a la superficie, Yunpacha llevaba puesta una de las camisetas.

—¿Qué haces con eso puesto? —dijo Rampac, iracunda—. Quítatela en este mismo instante.

—Estaba sobrando de una de las pilas, mamá.

—Nada puede haber estado sobrando, Yunpacha —replicó su madre—. Los viejos contaron tres veces las prendas antes de mandarlas guardar para la entrega.

—No han contado bien, seguro —dijo Yunpacha.

El Hablador soltó una risita burlona.

—¡Mira, Yunpacha! ¡Te quitas ahora mismo esa camiseta y la devuelves donde estaba!

—Pero si no he robado nada…

—¡Obedece!

Yunpacha empezó a quitarse la camiseta, mientras Rampac lo observaba con extrañeza: ¿la herida de su hijo le había dañado la honradez?

Yunpacha ya se disponía a meterse en el pozo para poner la camiseta en su sitio, cuando Rampac se interpuso en su camino.

—Dale la camiseta a tu hermana —dijo.

Yunpacha obedeció.

—Anccu —le dijo Rampac—. ¿Quieres meterte en el pozo tú y poner la camiseta en su sitio?

—Sí, madrecita.

Con Rampac y Yunpacha ayudándola con la soga, Anccu se metió en el pozo.

—Una zurra te va a caer, vas a ver —le dijo Rampac a su hijo, con tono airado—. Ganas te van a quedar de volver a tomar lo que no es tuyo…

—Pero si yo…

—¡Te callas!

—¿En cuál de las pilas la pongo? —dijo Anccu desde adentro del pozo.

Rampac interrogó con la mirada a su hijo.

—En la de la derecha —dijo Yunpacha.

—En la de la derecha —repitió su madre.

—Ya está —dijo Anccu—. Ya me pueden subir.

Rampac reflexionaba.

—Espera, Anccu —dijo Rampac—. ¿Puedes ver bien?

—Puedo, madrecita —dijo Anccu desde el fondo.

—¿Puedes contar bien?

—Puedo, madrecita.

—¿Quieres contar las prendas de las pilas?

Mientras Anccu iba contando, el Hablador miraba a Yunpacha con el rostro risueño, feliz.

—Una zu… zu… zurra te va a ca… ca… caer, vas a ver —dijo con sorna—. Ga… ga… ganas te van a que… que… que… dar de volver a to… to… to… mar lo que no es tu… tu… tu… yo.

Después de un rato, Anccu terminó sus cuentas.

—Primera pila: cincuenta mantas y doscientas cincuenta camisetas —dijo en voz alta—. Segunda pila: cincuenta mantas y doscientas cincuenta camisetas. Tercera pila: cincuenta mantas y doscientas cincuenta camisetas. Cuarta y última pila: doscientos cincuenta mantas y cincuenta y una camisetas.

Rampac se mordió el labio inferior, como hacía cada vez que algo le sorprendía o intrigaba: su hijo tenía razón.

—Sube, Anccu.

Anccu subió, jalada por Yunpacha y el Hablador.

—Bájenme a mí —dijo Rampac.

Rampac se demoró un buen rato abajo, volviendo a contar las prendas, una por una, en voz alta, mientras Anccu interrogaba a Yunpacha con la mirada y el Hablador se paseaba por todas partes con los brazos cruzados, sin saber cómo reaccionar frente a lo que estaba ocurriendo, sin saber qué era lo que estaba ocurriendo.

Cuando Rampac salió de nuevo, llevaba en las manos una camiseta. Se la dio a su hijo.

—Pídele permiso a los viejos para usarla —dijo aventándosela—. Ha sobrado del conteo. Por adivinar bien te la has ganado.

—No he adivinado, he contado —dijo Yunpacha.

Rampac permaneció en silencio, mirándole fijamente. Por primera vez desde que llegara al depósito, los ojos de su madre no le resondraban. Pero había algo de desafío en el tono de su voz al preguntar a su hijo:

—Contado, contado. A ver ¿cuántas piedras hay en la parte de la pared que acabamos de arreglar?

Yunpacha le dio un vistazo fugaz a la pared reconstruida.

—Ciento veintidós.

Sin esperar a que Rampac se lo pidiera, Anccu se puso a contar las piedras, lentamente para no equivocarse, pues no estaban puestas en filas completamente regulares. De todos modos se perdió en las dos primeras cuentas, y no fue sino porque decidió marcar con cal las piedras contadas en la última que no se perdió de nuevo.

—Ciento veintidós —dijo Anccu al final de su última cuenta.

El Hablador graznó como *chihuaco*, como cada vez que algo le admiraba.

—Cht, cállate —dijo Rampac, pero no mirando al Hablador sino a su hijo, con curiosidad—. ¿Cuántas piedras hay en la parte de la pared que no se ha caído?

Vistazo de Yunpacha.

—Cuatrocientas treinta y cinco.

—¿Y en el suelo?

Vistazo.

—Ciento noventa y cuatro.

Rampac enrolló un mechón de pelo y se lo jaló hacia atrás.

—Anccu, anda yendo a la casa —dijo—. Enciéndete el fogón para calentar la comida que ahorita Yunpacha y yo les damos el alcance. Y tú, Hablador, anda vete con Anccu. Que te sirva, que no has comido nada en toda la tarde.

—Sí, ma… madrecita.

Cuando el Hablador y Anccu hubieron partido, Rampac preguntó a Yunpacha, con dulzura en la voz:

—¿Desde cuándo tienes este poder?

—¿Qué poder?

—El de contar rápido así como has contado.

—No sé.

Rampac caminó largo rato en círculo. Al cabo, suspiró.

—Cuéntame cómo te hiciste la herida en la cabeza.

Yunpacha le contó entonces cómo la Vicha se le había escapado cerro arriba, cómo la había perseguido trepando por la ladera y cómo le había caído en la cabeza una piedra soltada por ella en su huida, hasta que despertó.

—¿En la ladera de qué cerro estaba la Vicha cuando te cayó su piedra?

—En el cerro de la Roca del Guerrero.

La Roca del Guerrero: el *Pururauca*. Yunpacha y Anccu se iban a tirar honda por allá, en la larga explanada de la cima, a ver quién le daba primero a su nariz de cóndor, a sus ojos de *amaru*, a cada uno de sus dientes de puma. Su mamá y su papá no debían saber: estaba prohibido jugar en el sitio.

Ya era de noche cuando terminaron de comer. Pero igual Yunpacha y su madre partieron con la Vicha hacia el lugar de la pedrada. No había luna, pero tampoco nubes y pudieron guiarse por la luz de las estrellas para no caer en el abismo que se abría a su costado, y en el que se escuchaba bien abajo, como viniendo de las entrañas mismas de la *Pachamama*, el rumor del río.

—Quinientas cuarenta y seis —dijo Yunpacha.

—¿Qué?

—Estrellas.

Llegaron a la ladera, pasaron por el lugar de la pedrada y siguieron trepando. Su madre le llevaba la delantera, pisando firme y sin resbalar sobre las piedras sueltas a pesar del peso de la bolsa en que llevaba sus ofrendas, y con la Vicha al lado como indicándole el camino.

—¿Sabes quién es este *Pururauca*? —le preguntó Rampac cuando estuvieron en la cumbre, frente a la Roca del Guerrero.

—No.

—Es un guerrero chanca. Sobrevivió a la batalla de Ichupampa, en que el Inca Pachacutec venció a nuestros antepasados, hizo tambores de sus pieles y vasos de chicha de sus cráneos. En piedra se convirtió de tanto llorar, como todos los guerreros que sobrevivieron a la derrota y fueron a repartirse en los cerros que hay desde el río Pampas hasta el río Pachachaca. Ahí están, esperando el Flujo de Vuelta para retomar su forma humana y poner fin a nuestro sometimiento.

Su madre calló: miraba hacia las cumbres de los apus vecinos.

—Por qué el *Pururauca* te ha dado ese poder, no sé, Yunpacha. Pero tenemos que agradecerle.

Abrió la bolsa de ofrendas, en que había dos pedernales, un puñado de hojas de coca, una vasija con maíz recién desgranado y un cuchillo de piedra. Con los pedernales encendió el fuego en que ardieron las hojas y miró en qué dirección salía su humo, puso el maíz en esa dirección y, luego de ponerse enfrente del *Pururauca*, se inclinó ante él y le habló en voz baja largo rato. Luego tomó el cuchillo de piedra con una mano y le dijo a Yunpacha:

—Pásame a la Vicha.

Yunpacha cayó recién en la cuenta. Iba a resistirse, a protestar, por qué justo a la Vicha diciendo, por qué justo a ella y no a otra, a ella que es mi favorita, que se deja agarrar, que me escupe los pies y luego me los lame haciéndome cosquillas, y me sigue a todas partes como si fuera allqo , que se huajayllea y baila como gente, aunque se ande escapando y haciendo trastadas, aunque se ande metiendo a los lugares prohibidos, como Anccu y yo cuando nadie nos ve…

Pero, antes de que Yunpacha hubiera abierto su boca, como si hubiera entendido, pareciendo gente por última vez, solita la Vicha se fue donde Rampac la estaba esperando, se acomodó en su debajo y no dijo nada cuando ella le hizo la incisión, ni cuando metió la mano dentro de su pecho, ni cuando sacó, palpitante, puro aún, su corazón.

Segunda cuerda: marrón como el polluelo del pájaro *allqamari*, en S

A diferencia de Rampac, Asto Condori no se intrigó por el nuevo poder de su hijo cuando regresó con los otros *runacuna* del caserío después de desbrozar las acequias de la *puna* que irrigaban a las tierras de Apcara. Lo trataba como si fuera un ataque de estornudos que no tardaría en desaparecer del mismo modo misterioso en que había aparecido. Incluso lamentó que su mujer hubiera sacrificado una de las llamas finas en agradecimiento.

Asto solo tenía voz y ojos para Ticllu, su hijo mayor, que había acompañado por primera vez a su padre a los trabajos comunales. Aunque Ticllu, por su edad, solo había hecho medio turno en la *minca*, al final de cada jornada los *runacuna* le habían dado su canchita, su papa y su cuy para que comiera y su chicha para que bebiera. Y cuando al cabo de cinco jornadas de trabajo, el Padre Illapa reventó el cielo a hondazos y las aguas de la primera lluvia empezaron a resbalar juguetonas por las acequias, con todos había aullado como zorro de cola negra en las fiestas, con todos había bailado su *cacharpariy* hasta el amanecer, con todos se había emborrachado.

Solo cuando los viejos del caserío, enterados por los chismes del Hablador, supieron del poder de Yunpacha y lo llamaron para que les ayudara a hacer los conteos de todo lo que había en los depósitos de los *ayllus*, Asto Condori empezó a tener curiosidad.

Los viejos estaban preocupados. Macma, un *runa* que se entendía bien con la Madre Coca, había quemado tres veces un puñado de hojas en la cima del Huacchuayserk'a y el humo de las tres había anunciado el infortunio para Apcara. «Un infortunio seco, vacío», había dicho hablando por la boca de Mama Coca con los ojos entornados, y los viejos habían entendido: las nubes vaciadas de agua, las tierras vaciadas de alimento. La sequía.

Aunque las primeras lluvias habían sido fuertes, los viejos no se fiaban y se prepararon para la sequía. Por eso, mandaron a una delegación de *runacuna* a llorar por los cerros vecinos al Huacchuayserk'a pidiendo agua al padrecito Pachacamac. Pero también, por si acaso, decidieron contar todo lo que había en los depósitos comunales y calcular cuánto tiempo podrían resistir sin nuevas cosechas, para organizar un racionamiento preventivo.

Para eso llamaron a Yunpacha. Yunpacha fue al depósito en que estaban y de un vistazo les dijo: aquí hay tantas medidas de papa, tantas de olluco, tantas de maíz y tantas de oca. Luego de pasarse contando las tres jornadas siguientes y confirmar que Yunpacha no se había equivocado, le confiaron los conteos de los quince depósitos restantes, que Yunpacha hizo en el tiempo que tardó en desplazarse a donde estaban, mirar lo que había en el interior de cada uno y enumerar lo que contenía. Gracias a él, supieron que tenían suficiente para pasar ocho años, tres lunas y doce días sin hambre. El *mak'tillo* les había ahorrado dieciséis jornadas y media contando. Como retribución, los viejos le permitieron usar la camiseta sobrante del conteo que le había entregado su madre y le regalaron orejeras de lana para el frío.

Cuando las primeras lluvias arreciaron por fin y acabaron los temores de sequía —el Padre Pachacamac había escuchado las súplicas de los *ayllus* de Apcara y le había jalado las orejas al Illapa—, empezó a correr velozmente la voz por todo Apcara sobre Yunpacha y sus conteos fulminantes. Algunos vecinos invitaban al hijo de Asto Condori a comer con ellos a sus casas, le hacían contar lo que había en sus propios depósitos y le regalaban unos guantes, un ponchito, un animalito. Otros le convidaban pacae y, por jugar nomás, le hacían contar las gotas de lluvia que caían en sus corrales, los loros azules que venían por bandadas para comerse el *choclo* malogrado que habían dejado podrirse en los maizales, las hojas mustias de un bosque de árboles de *molle*, las nubes rojizas que se paseaban por el cielo al final de los atardeceres de finales del verano y comienzos de la primavera.

Cuerda secundaria: marrón como el polluelo del pájaro allqamari, *en S*

Cuando llegó el tiempo de hacer la entrega en Vilcashuaman, la *Llacta* del Halcón Sagrado, fue claro para todos los *runacuna* de Apcara que Yunpacha debía ir con ellos, y así lo dijeron en la reunión preparatoria: no se les fuera a confundir, olvidar o equivocar algún conteo. Aunque habían dividido por bultos con cantidades precisas la papa, el olluco, la sal, el ají y las prendas de ropa que iban a entregar, nunca faltaba un bulto que se desamarraba o se cambiaba de sitio, o una vasija que se rompía o perdía en el camino. Los funcionarios *quipucamayos* de la *Llacta* del Halcón eran muy estrictos en el cumplimiento de las entregas y les gustaba castigar por cualquier cosa.

Ticllu no se sintió relegado cuando le dijeron que su hermano menor iría en lugar suyo a la entrega de lo obtenido en tierras del Inca. Si bien no le faltaban ganas de conocer Vilcashuaman, se había hincado la planta del pie con las espinas de un tunal durante el desbroce de las acequias y le habría costado demasiado caminar la jornada de camino que separaba las afueras de Apcara, en donde estaban los depósitos del Inca, de los Grandes Depósitos Estatales de Vilcashuaman. Por otra parte, confiaba en que las maravillas de la *Llacta* del Halcón desatarían otra vez la lengua de su hermano, que parecía picado por la Mosca del Sueño y hablaba cada vez menos, incluso con él.

Y es que Yunpacha había aprendido a callar ante los otros habitantes de su caserío algunas cosas que el nuevo don otorgado por la Roca del Guerrero le permitía ver, cosas que llamaban su atención pero que le era difícil compartir. Que, por ejemplo, de los quince tunales que había en la quebrada, doce tenían ayer la misma cantidad de pencas: quince. Y que de las quince pencas, doce tenían la misma cantidad de espinas: quince. O que a su madre se le iba cayendo el pelo de la cabeza hasta la noche en que mama *Quilla* se mostraba con toda su blanca redondez —mil trescientos doce pelos—, y que empezaba a recuperarlos lentamente a medida que *Quilla* iba disminuyendo de tamaño, hasta llegar a un máximo de mil cuatrocientos cincuenta, pelos más, pelos menos, cuando había desaparecido por completo de la noche, para empezar a perderlos de nuevo con el comienzo del siguiente turno de Mamacita Caminante de la Noche. O que, por más que eligieran a la suerte la bandada de sapos que iban a cazar en la orilla de la laguna con Anccu, siempre agarraran la misma cantidad de machos y hembras; y si se les daba por matar a los machos y guardar a las hembras, al día siguiente la mitad de las hembras se hubieran convertido en machos. O que su *taita* y su madre tuvieran la misma cantidad de arrugas en la cara al sonreír: cuarenta y dos. O que cada una de las dos murallas de piedra tan lisa como la piel que protegían la *Llacta* sagrada de Vilcashuaman —que cruzaban ahora después de tres días de camino y una parada en un *tambo*, listos para hacer la entrega al *quipucamayoc*— tuviera exactamente la misma cantidad de piedras: cuatro mil trescientos cincuenta y seis.

Era la primera vez que Yunpacha veía una *llacta* incaica y no terminaba de salir de su asombro. Pasaban al lado de casas de paredes rectas —no circulares, como las de los caseríos que conocía—, en donde podían fácilmente caber más de doscientas personas, mientras en las de su caserío no había ninguna en la que pudieran entrar más de veinte. Las casas estaban alineadas unas junto a otras, y no separadas en la tierra, como las de Apcara, en donde solo estaban juntos los recintos de los *runacuna* a los que les tocaba hacer la vigía de todo ataque potencial. ¿Las usarían para vivirlas ellos, para que vivieran sus *huacas* o sus muertos —como hacían sus antepasados en las *chullpas* de su caserío? No se sabía, pero en medio de sus calles apisonadas —por el paso continuo de ¿cuánta gente?— había acequias de piedra por las que corría agua cristalina todo el tiempo.

En el mismo medio de la ciudad, se abría de repente —y la pepa de Yunpacha se movió en su adentro— un amplio espacio cuadrado al aire libre, de tierra tan apisonada como sus calles, y en el que podrían entrar fácilmente veinte mil personas. En este momento habría, en grupos de personas con ropas diferentes, unas mil trescientas cincuenta: no podía decirlo con certeza porque en el centro brillaba con fuerza un edificio imponente, recubierto de placas de metal del color del sol, cuyo reflejo cegaba a Yunpacha por momentos. Este sería pues el metal del que le había hablado tanto su *taita*, las lágrimas que se habían resbalado de las mejillas del sol para secarse como una costra sobre el Mundo.

Podía ver, sí, a los cientos de guerreros incaicos dispuestos en línea alrededor del edificio, con una rodela en una mano y una macana en la otra. Y, delante de la puerta principal, a las dos literas en andas que estaban estacionadas frente a frente, levantadas en vilo por dieciséis cargadores cada una —ocho a cada lado—, y que por la ropa reconoció como gente lucana (como Asto, su padre). Encima de las literas, dos viejos vestidos con tocados de plumas multicolores y borlas amarillas en la cabeza, y de cuyas orejas alargadas pendían grandes aretes del metal solar, discutían a voces en *simi*. Yunpacha podía entender que se ponían de acuerdo sobre los preparativos de unas fiestas al sol que harían en el tiempo del solsticio: aunque decían su idioma de manera más alambicada y llena de giros suaves y corteses, era el mismo que el suyo.

De pronto, Yunpacha recibió la orden de su *taita* de bajar la mirada. Antes de obedecer, vio de un vistazo fugaz a su izquierda a un grupo de chiquillas con trenzas vestidas de camisetas blancas con dibujos complicados a la altura de la cintura. Las seguía un grupo de viejas, tan de cerca que parecían estarles vigilando la sombra.

—Qué bo… bo… bonitas —dijo el Hablador, que también había venido a las entregas.

—Tcht. Son las Escogidas del Inca —cuchicheó Asto Condori.

—¿Y las señoras que les siguen? —preguntó Yunpacha.

—Sus *mamaconas*. Las mujeres que les enseñan a tejer y las preparan para servir al Sapa Inca. Has tenido suerte, Yunpacha. Rara vez salen del *Acllahuasi*. Si por casualidad las viste, agárrate del recuerdo, porque no tendrás derecho a verlas nunca más.

Cuerda terciaria (adosada a la secundaria): marrón como el polluelo del pájaro allqamari, *en S*

Cuando llegaron al edificio en el que harían su entrega, Yunpacha no pudo dejar de contemplar la empinada escalera de piedra por la que ahora empezaba a subir con su padre Asto Condori y los otros delegados del caserío. Estaba perplejo. Sus doscientos treinta y dos escalones habían sido tallados de tal modo que sus mil ochocientos cincuenta y seis pedazos empalmaran exactamente, como si Pachacamac los hubiera esculpido sobre la tierra con el único fin de que pertenecieran a la escalera. O más bien, como si su dios Sol les hubiera enseñado a los Señores Incas el poder de ablandar las piedras y darles forma a voluntad. ¿Por qué el padrecito Pachacamac o alguno de los *huacas* protectores de su *ayllu* no les había revelado a los chancas un secreto parecido?

No había duda posible: el pueblo que los había vencido y al que servían era más adelantado, más ordenado, más sabio, superior. Y en su pepa Yunpacha repitió con su aliento lo que su *taita* le decía: que menos mal que habían sido ellos los que los habían conquistado y no por ejemplo los salvajes chachapoyas, que vivían en cuevas, se comían entre ellos y reducían las cabezas de sus enemigos para tenerlas de adorno, y ni sembrar ni cosechar sabían, ni adorar a sus *apus* protectores, qué hubiera sido entonces de los lucanas y los chancas, Yunpacha, ¿te imaginas?

La escalera por la que terminaban de subir daba a un larguísimo pasadizo en que se alineaban cuatrocientos seis *collcas*, depósitos también de piedra lisa y tan bien construidos como la escalera y las murallas. Asto Condori y los otros delegados de su caserío ya recibían el vaho rancio de lo traído por las otras delegaciones de *ayllus* chancas, y hacían fila ante sus entradas para entregar sus cestos de ají, sus costales de ropa y las *pokchas* de maíz y papa cosechados en tierras del *curaca* y del Inca durante la última temporada.

—Antes de ser colocado en los depósitos, todo debe ser contado y puesto en *quipu* por los *quipucamayoc* —le había dicho su *taita*—. Son los Señores que Cuentan. Muéstrales respeto, no vayas a ponerte a bostezar o a hablar mientras hacen sus conteos y sus nudos.

Mientras esperaba a que llegara el turno de la entrega de la delegación de su caserío, Yunpacha permaneció de pie a un lado de la fila, observando en silencio a los dos *quipucamayos* y al chiquillo que les acompañaba.

El *quipucamayoc* más viejo, que estaba de pie y era el que hacía los conteos con el mismo acento *simi* que escuchara a los viejos con tocados de plumas, debía andar por el comienzo de la segunda calle de la vida, pues tenía el pelo completamente cano. Vestía una túnica en la que, con diferentes combinaciones de colores, se repetía ciento cinco veces un mismo dibujo, en el que Yunpacha reconoció, invertido como en la imagen devuelta por una laguna o de cabeza como si fuera sostenido desde el cielo, a un *amaru* feroz con las fauces abiertas. La túnica, aunque larga, no le bajaba de las rodillas, jalada hacia arriba por una enorme barriga que tensaba la tela del *chumpi* que le rodeaba la cintura, como hacía Rampac con la ropa reventada por el uso para zurcirla mejor.

El *quipucamayoc* joven era el que ponía los números de lo contado sobre el *quipu*, y estaba sentado sobre un taburete de madera de *molle*. Debía estar cruzando, como el *taita* de Yunpacha, el cénit de su primera calle, y por el acento de las pocas palabras que le escuchó decir, debía ser un chanca de la élite, un hijo de *curaca* seguro. Vestía una túnica similar a la del *quipucamayoc* viejo, pero los cuarenta y ocho *amarus* de la suya tenían los dientes menos afilados y no salía candela de sus ojos, como si quisieran inspirar más respeto que miedo.

Al lado del *quipucamayoc* joven, un niño vestido igual que él observaba con todo su aliento la labor de su mayor. Debía ser su hijo, pues se le parecía como una penca recién brotada a su tunal. Yunpacha se huajaylleaba en su adentro al verlos juntos, porque el niño, que debía andar más o menos por la edad de Yunpacha, repetía los gestos de su padre, parodiándolos sin querer.

Los ojos de Yunpacha se volvieron luego hacia el *quipu* que el *quipucamayoc* joven tenía entre sus manos. Era la primera vez que veía uno tan grande. Su padre y los delegados habían hablado de ellos varias veces en la reunión preparatoria y luego en el camino hacia Vilcashuaman, y Yunpacha tenía curiosidad por conocer las cuerdas largas que los incas usaban para hacer *huacas* de los números que ambulaban por el Mundo, invisibles, haciéndoles posarse sobre *algo que se quedaba y no se iba, sobre algo que se podía ver y tocar*.

El *quipu* que tenía el *quipucamayoc* joven era una cuerda de más o menos una braza de largo, y de ella pendían, amarradas, otras cuerdas un poco más cortas, espaciadas entre sí a una falange de distancia. Era sobre estas cuerdas pendientes que el *quipucamayoc* joven hacía sus nudos, después de haber escuchado los números gritados por el *quipucamayoc* viejo, que cuando se movía para sacar y contar lo traído en los costales, las cestas de totora o las vasijas de barro, parecía estar haciendo equilibrio para que no se le cayera la barriga.

El viejo se ayudaba para sus cuentas de una tableta cuadrada hecha de piedra en la que había elevaciones a diferentes alturas pareciendo mesetas, andenes y cerros en miniatura. Pero cada meseta, andén y cerro tenía un bolsillo con una depresión lisa y poco profunda en su adentro, sobre la que el viejo iba poniendo semillas de maíz y frejol a medida que hacía sus conteos. Yunpacha no tardó mucho en darse cuenta, con sorpresa, de que la tableta le servía al viejo para *juntar números, sustraerlos y repetirlos*, y dibujó en su adentro lo que había comprendido.

La línea vertical de cinco casillas a su izquierda servía para guardar los números menores de diez. Si el número por posar era, por ejemplo, siete, ponía dos semillas en las tres primeras casillas y una en la cuarta.

Sin embargo, cuando se contaba un número mayor de diez, se ponía una semilla en la primera casilla de la línea horizontal de abajo, y la semilla iba cambiando de lugar hacia la casilla de la derecha conforme se iba *repitiendo* dos veces. Entonces la segunda casilla valía veinte, la tercera cuarenta, la cuarta ochenta y la quinta ciento sesenta. Si el número de prendas entregadas era, por ejemplo, ciento treinta y dos, se ponía una semilla en la cuarta casilla —la que valía ochenta—, una en la tercera —la que valía cuarenta—, y dos semillas en la primera casilla de la línea de la izquierda.

Pero cuando los números por contar eran mayores que ciento sesenta, empezaban a ponerse semillas en la línea vertical de la derecha, y la semilla iba cambiando de lugar hacia arriba a medida que el número crecía. Solo que ahora el número cambiaba de casilla conforme se iba *repitiendo* cinco veces. Por eso las tres primeras casillas, que eran las únicas en que el *quipucamayoc* había puesto semillas, debían valer, comenzando a contar desde abajo, ochocientos, cuatro mil y veinte mil, y las que estaban vacías cien mil y quinientos mil.

Yunpacha jamás había *imaginado* números tan grandes, y su piel se erizó como si se hubiera zambullido en las aguas heladas de la laguna de Cochapampa, en Apcara, al darse cuenta de que era posible *decir* números que no habían sido atrapados de una sola mirada. Miró los siete andenes y cerros vacíos de semillas en el centro de la tableta, y que se elevaban por encima de las casillas descifradas, que estaban en las «tierras bajas», y exprimió su aliento para imaginar lo que podrían valer, suponiendo que en ellos, como en la línea de la derecha, se hubiera seguido repitiendo los números *cinco veces*. Si era así, entonces la primera casilla valdría dos millones quinientos mil. La segunda: doce millones quinientos mil. La tercera: sesenta y dos millones quinientos. La cuarta: trescientos doce millones quinientos mil. La quinta: mil quinientos sesenta y dos millones quinientos mil. La sexta: setenta y ocho mil ciento veinticinco mil millones. Y la del *apu* más alto: treinta y nueve mil sesenta y dos mil millones quinientos mil. ¿Era ese el número más grande que se *podía* decir con esta tableta? ¿Cuál era el número más grande que se *podía* decir con la tableta más grande del Mundo? ¿Cuál era el número más grande que se *podía* decir?

En verdad, a Yunpacha no le importaba mucho saberlo. En este momento, lo que encendía la pepa de su adentro era descubrir que podía seguir repitiendo —y sin necesidad de *verlo*— el número más alto cinco veces, y luego nueve, trece, quince, veintiséis, sesenta, cien, mil quinientos, un millón de veces, como un caminante que anduviera hacia el horizonte y se sorprendiera de que, por más que caminaba, no llegaba a tocarlo. Descubrir que este extraño ejercicio *le gustaba*.

—Dile a tu *mak'tillo* que no se ría cuando estoy contando. No me puedo centrar en la cuenta —dijo el *quipucamayoc* viejo.

—Perdón, papacito —dijo un Asto Condori atribulado—. Estate en silencio, Yunpacha, que lo distraes al Señor.

Yunpacha se estuvo callado, pero no por mucho rato. Al cabo de algunos conteos, Yunpacha soltó su huajaylleo de nuevo, pero esta vez como si fuera una cascada de aguas limpias cuyas aguas salpicaran a todos los presentes.

—¡Ahoritita me lo botas de aquí a tu *mak'tillo*, *runa* lucana, o le va a doler! ¡No deja trabajar! —gritó el *quipucamayoc* viejo, enfurecido.

—¡Yunpacha! ¡¿Qué te he dicho, muchacho?! —le gritó Asto Condori, pellizcándole el brazo.

Pero Yunpacha, aunque le había dolido el pellizcón, no podía parar de huajayllearse y el *quipucamayoc* viejo puso a un lado la tableta y se dirigió hacia él balanceándose como una tinaja que rodara de izquierda a derecha y de derecha a izquierda, dispuesto a hacer cumplir por sí mismo su amenaza. No había dado tres pasos cuando la voz plena de autoridad del *quipucamayoc* joven sonó en su detrás, en el idioma *aru*.

—¿Por qué te huajaylleas tanto, *mak'tillo*? ¿Qué es lo que te hace tanta gracia?

El *quipucamayoc* viejo se detuvo a media caminata para escuchar la respuesta de Yunpacha, como si la pregunta del *quipucamayoc* joven hubiera salido de él. Yunpacha bajó la mirada, sus mejillas se ponían chaposas.

—¡El Señor que Cuenta te ha preguntado, Yunpacha! —dijo un Asto Condori con voz que se partía de lo dura—. ¡Contéstale!

Después de un largo silencio y con los ojos siempre hacia abajo, Yunpacha habló en *simi*:

—El Padrecito se ha equivocado varias veces en sus cuentas, Señor.

—¿Yo? —preguntó el *quipucamayoc* viejo, sorprendido—. No puede ser.

—El Padrecito te ha dicho números más grandes de lo que te hemos entregado —continuó Yunpacha sin hacer caso del *quipucamayoc* viejo, obedeciendo más bien a una llamada de su pepa—. Ha puesto semillas en las casillas de ochenta cuando le hemos entregado cuarenta. Y en las casillas de ciento sesenta cuando ha querido contar ochenta.

Yunpacha se mordió los labios.

—Es que… no puede ver la casilla de cuarenta —dijo.

—¿Y por qué? —preguntó el *quipucamayoc* joven.

Yunpacha dudaba entre decir y no decir.

—Porque… la cubre con su barriga —dijo, y brotó de él una nueva cascada, caudalosa, cristalina y contagiosa. Los delegados de los *ayllus* presentes rompieron también a huajayllearse, hasta el *taita* de Yunpacha, que no sabía dónde meterse de la vergüenza cuando la catarata había terminado.

El *quipucamayoc* viejo, con candela saliéndole de los ojos, fue donde estaba su talega y sacó un látigo de tres puntas de un metal gris.

—Espera un momento, Gran Hombre que Cuenta —le dijo con suavidad el *quipucamayoc* joven, que había permanecido impasible ante el huajaylleo general.

Se levantó de su taburete y, después de hacer una breve reverencia al *quipucamayoc* viejo, tomó el ábaco, se acercó adonde estaba Yunpacha y se lo entregó.

—A ver. Señala las casillas que dijiste.

Después que Yunpacha hizo lo ordenado, el *quipucamayoc* joven se inclinó a su altura hasta mirarle frente a frente, aunque Yunpacha pusiera de nuevo la mirada en alguna de las piedras de empalme perfecto que pisaba.

—¿Quién te ha enseñado a usar el ábaco? —preguntó el *quipucamayoc* joven.

—Nadie. Solito al señor viejo viéndolo he aprendido, Señor —dijo Yunpacha.

—¿Viejo? ¿Yo? —dijo el *quipucamayoc* viejo.

—¿Dónde aprendiste a hablar la lengua general? —continuó el *quipucamayoc* joven, sin hacer caso.

—Mi *taita* me ha enseñado.

El *quipucamayoc* joven chasqueó la lengua.

—¿Quién es el padre de este *mak'tillo*? —preguntó.

—Yo, Señor —respondió Asto Condori. La voz le temblaba—. En nuestra tierra hablamos todos el *aru* y el *simi*, Señor.

—Deberías estar orgulloso. Tu hijo es hábil. El ábaco no tiene marcas que indiquen las cifras que valen. No solo las ha descubierto sino que las ha sumado. Y eso que eran números grandes.

Asto y Yunpacha permanecían en silencio, aceptando la culpa de lo que les estaban acusando, fuera lo que fuese, esperando el castigo correspondiente.

—Ta… ta… también sabe be… be… hacer con… con… conteos gra… gra… gra… grandes de un so… so… so… solo vista… ta… tazo —dijo de pronto el Hablador—. Y, sin hacer caso de la mueca desesperada de Asto Condori instándolo a callar, tomó de uno de los costales los granos de maíz amarillo que pudo juntar con sus dos manos y los lanzó al aire.

—Trescientos veintiséis —dijo Yunpacha antes de que los granos hubieran terminado de caer.

Ante la expresión angustiada de Asto y los otros delegados, el Hablador se replegó las faldas, se arrodilló al lado de donde estaban las semillas y se puso a contarlas de diez en diez, en voz alta para que los *quipucamayos* escucharan.

—Tre… tre… trescientos veintiséis —dijo con expresión triunfante al terminar la cuenta—. Pero e… e… eso no es to… to… todo.

El *quipucamayoc* viejo y el joven se miraron entre sí ¿ofendidos?, ¿aburridos?, ¿de repente interesados? No se sabía, pero aunque los delegados y Asto Condori se acercaban discretamente a él para decirle en voz baja que te calmaras Hablador, que no era momento para demostraciones, ya el Hablador estaba devolviendo el maíz amarillo a su costal —no todo, se quedaba con un puñado—, y hurgaba con la mano libre entre el costal del maíz morado que habían traído para la chicha, hasta reunir otro puñado. Después de una pausa en la que miró con su sonrisa de zorro tierno a los dos *quipucamayos*, lanzó los dos puñados al aire.

—Ciento doce amarillos y ciento quince morados —dijo Yunpacha antes de que las semillas hubieran terminado de hacer cada una su caminata sobre el suelo.

El Hablador se volvió hacia los *quipucamayoc*.

—De repente los Padrecitos quieren verificar ellos mismos —dijo, y los delegados no supieron si detenerlo o felicitarlo: el Hablador no había trastabillado ni una sola vez.

Ninguno de los dos *quipucamayos* se movió. El silencio se espesaba.

—¡Ya párala, Hablador! ¡Ya has abusado bastante de la paciencia de los Señores! —gritó Asto Condori. Se acercó donde el Hablador y lo jaló del brazo para llevarlo al lugar en que estaban los otros delegados, haciendo reverencias a los *quipucamayos*—. ¡Perdónenlo, Papacitos! ¡Zonzo es! ¡Su sitio no sabe! ¡Respetar no sabe!

Pero los Padrecitos *quipucamayos* seguían mirando hacia las semillas esparcidas en el suelo, en donde el niño que se parecía al *quipucamayoc* joven y que tendría la misma edad que el Yunpacha —¿cómo y en qué momento había llegado hasta allí?— las contaba.

—Las cuentas son buenas —dijo el niño.

—No se muevan de aquí —dijo a los delegados el *quipucamayoc* joven, después de reflexionar.

Como si se hubieran puesto de acuerdo sin decir nada, los dos *quipucamayoc* se fueron juntos a un lugar apartado a discutir en voz baja, mientras Yunpacha, Asto Condori y los otros delegados esperaban, expectantes. No tardaron mucho en regresar.

—Pueden irse. Su entrega ha terminado —dijo el *quipu-camayoc* joven.

Un silencioso suspiro de alivio se dejó escuchar entre los delegados, mientras empezaban a levantar sus cestas, tinajas y costales vacíos. Se detuvieron: el Padrecito no había terminado.

—El *mak'tillo* se queda.

Tercera serie de cuerdas – presente

Primera cuerda: blanco entrelazado con negro, en Z

Ante ojos que se turnan para vigilarlo día y noche, Atahualpa envía y recibe *quipus*, canta, baila y escucha *taquis*, cuenta chistes sobre animales primigenios, habla en voz alta con ancestros invisibles con los que parece mantener disputas interminables, juega y mira jugar al juego de la guerra entre Incas hermanos, dialoga —por intermedio del avispado intérprete tallán— con el Extranjero Mayor, fija las sentencias para los parientes lejanos de su hermano Huáscar capturados en el Cuzco —aún no decide qué hacer con los parientes cercanos y con Huáscar mismo—, elige la Escogida con que habrá de acompañar a su favorita tallana por la noche, come y bebe chicha —solo después de que comida y bebida hayan sido probadas por *yanacona* prescindibles—, acoge y despide visitantes de alta alcurnia, de sangre real o privilegio, funcionarios, *mamaconas* y gente de servicio —que deben pasar por una minuciosa revisión por parte de los extranjeros antes de entrar a servirle.

Curiosamente, son más bien los barbudos los que parecen albergar en su aliento el temor de que alguien atente contra la vida del Inca. Ni siquiera en las jornadas precedentes, en que hicieron grandes celebraciones en honor al nacimiento de uno de sus dioses —¿por qué ofrendaban a una divinidad que no había nacido todavía y que por lo tanto no les podía retribuir sus ofrendas?—, han descuidado sobre el Señor del Principio su guardia cerrada, que no relaja el celo ni de noche ni de día.

Atahualpa parece muy entretenido por el encierro, como si este le permitiera disfrutar furtivamente del placer oblicuo, prohibido para un hombre-dios de poder omnímodo como Él, de estar confinado en un espacio que no es el abarcado por el horizonte, de hallar por fin bordes a sus mandatos, fronteras a su voluntad.

Pero, si bien los barbudos no le permiten salir de los Aposentos, le otorgan plena libertad de movimiento al interior de estos, conformados por siete habitaciones y el patio empedrado de trescientas cuarenta y cuatro piedras que las une. Además, admiten que realice en privado sus faenas rituales de la higiene —el baño, el lavado de pies, las visitas matutinas y vespertinas al Cagadero del Inca—, sus holganzas con la Favorita y las escogidas de turno —si el Inca está de aliento solitario y no quiere regalar *acllas* a los barbudos de mayor jerarquía para que le hagan compañía en la desfloración colectiva— y las tareas íntimas que requieren a su Recogedor de Restos, que nadie está autorizado a presenciar.

El Señor del Principio está solo —porque es soledad la única compañía de su Recogedor— al mudarse de ropa. Tiene cuatro mudanzas por jornada. Esta es su cuarta y última de hoy. La primera fue para su saludo cotidiano al Que Todo lo Ilumina durante los primeros resplandores de la mañana. Como siempre, Atahualpa se atavió con ropas apocadas para dar la bienvenida a Su Padre y convencerlo de que siguiera haciendo Su Paseo por el cielo durante la jornada que estaba comenzando. La segunda fue para recibir a unos altos funcionarios aún leales —aunque Salango no descartaba que hubiera algún partidario de Huáscar infiltrado como espía— venidos desde el Cuzco. Echando suertes, el Inca decidió qué *ayllus* llevarían piedras sagradas desde la Ciudad Ombligo hasta Quito (que él quería convertir en una nueva Tomebamba), cuáles tenderían los puentes nuevos, cuáles repararían los puentes existentes, cuáles harían los taludes en las orillas de los ríos. Luego estableció con ellos en qué orden harían los *ayllus* sus prestaciones en las tierras del Inca durante su ausencia y, jugando con ellos al juego del *machaqway*, puso en marcha los nuevos ciclos rotativos, dando inicio al nuevo año.

Atahualpa no se cambió para la merienda de la hora sin sombra —a la que, curiosamente, no asistieron los barbudos—, pero volvió a cambiarse de ropa para el encuentro con los *quillcacamayoc*, a quienes encargó destruir algunos cuadros obsoletos del Poquencancha, el Recinto sagrado cuzqueño en que se guardaban los Cuadros Importantes. Debían ser destruidas, por ejemplo, las pinturas con las falsas hazañas de su hermano Huáscar durante su breve tiempo con la borla. Atahualpa señaló especialmente aquella en que se veía a su inepto predecesor vestido de ajuar real confiscando las tierras de los *mallquis*, a quienes se presentaba como figuras grotescas y glotonas. En la esquina izquierda del cuadro —Atahualpa recordaba bien— se veía al Sol sonriendo ridículamente, como si El Que Todo lo Ilumina hubiera podido aprobar una insensatez semejante. Pero los *quillcacamayoc* llevaban, además, el encargo de esbozar nuevas pinturas con los nuevos Eventos Importantes. Debía ser pintado, por ejemplo, el sueño premonitorio de Atahualpa. Atahualpa lo contó en detalle, para que los *quillcacamayoc* lo pintaran bien, en varios cuadros si era necesario. En su sueño, una piedra transparente brillaba al sol. La piedra tenía dos cabezas de puma saliéndole de los hombros y tres brazos, dos a los costados y uno en la espalda. Era, por supuesto, el Padre Huiracocha. Lo había reconocido porque así aparecía en los dibujos de los antiguos. La piedra caía de pronto desde lo alto del cielo hasta un lago y se hundía, con lo que le prometía la amistad del Señor Illapa, el Dios del Rayo, el Trueno y el Relámpago, que moraba en las nubes, y la sumisión de las aguas de Arriba y Abajo, que acogían la visita de la piedra en su vientre. Era un sueño auspicioso de complicidad divina y de victoria en la guerra, que, nadie podía dudarlo, se había cumplido plenamente (y aquí los *quillcacamayoc* se miraron discretamente entre sí con expresión interrogativa). Atahualpa solicitó también esbozos para un cuadro en que aparecería su padre Huayna Capac ciñendo solemnemente la *mascapaicha* en la frente de su hijo preferido Atahualpa (y aquí otro de los *quillcacamayoc*, que había acompañado al Señor Cusi Topa Yupanqui, Albacea de las Últimas Voluntades del Joven Poderoso, a presentar ante los oráculos los nombres de los candidatos elegidos por Huayna Capac para sucederlo —entre los que no figuraba Atahualpa—, enarcó ligeramente las cejas) y diciéndole «Tu nombre será *Ticci Capac*, Señor del Principio». Pidió ideas para los cuadros que mostrarían a Ticci Capac aplastando la rebelión de los cañaris y ejecutando masivamente —los traidores se lo tenían bien merecido— a todos sus principales; para la pintura en que se vería a Ticci Capac dirigiendo las tropas que arrasaban la *llacta* de Tomebamba; pisando los restos del templo del dios Catequil en Huamachuco; desbancando a un pasmado Huáscar de su litera real; ejecutando a las mujeres, tíos y sobrinos del inepto; recibiendo la visita de unos mensajeros barbudos de Huiracocha que venían a saludarlo por su victoria; y un cuadro final en que se veía despidiendo a estos en la orilla de la Gran *Cocha* a su regreso a sus tierras en sus cáscaras gigantes.

Después de haber despedido a sus funcionarios, Atahualpa se muda de ropa por cuarta y última vez. Se nota que goza de las tareas públicas, pero también que sabe disfrutar la soledad de sus momentos íntimos, sobre todo los que suele pasar en el vestidor. Se toma su tiempo para probarse cada prenda aunque ya lo haya hecho la víspera, después de haberla elegido entre las rumas innumerables y siempre renovadas del Segundo Depósito. Al Inca le gusta ponerse solo las sandalias, las tobilleras, las *saccsa* —flecaduras que suele llevar apretadas a un palmo por debajo de las rodillas— y el *uncu* real —la túnica encarnada de cuatro franjas de *tocapu* en que lleva tejidas treinta y dos veces las insignias del Señor del Principio—; pero, con la misma docilidad de un niño pequeño con su madre, deja que sea su Recogedor el que cubra sus hombros con el *phullu*, la capelina sagrada, y alise sus pliegues, coloque las *chipana*, los brazaletes de bronce relucientes en sus dos muñecas, ciña el *llautu* con la borla real sobre la venda que le cubre la oreja derecha, y adhiera la placa con tres plumas blancas del pájaro Corequenque sobre la parte superior de su casco de tela brocada. Finalmente, se da la vuelta y, con una sensualidad que recuerda vagamente el de una hembra tallana, ofrece la espalda a la larguísima pelliza de murciélago que el Recogedor tiende sobre ella, y que se lo traga como un gigantesco ocelote manchado sin huesos ni cabeza.

Cuando está listo para la cita, Atahualpa toma su cetro real y emprende camino a la Habitación en que le esperan los extranjeros, seguido a tres pasos de distancia por su Recogedor.

Veintinueve. Ni uno más ni uno menos. Apenas puede divisarse la costura —las tejedoras tumbesinas hicieron un excelente trabajo—, pero esa ha sido la cantidad de murciélagos que fue necesario beneficiar para tramar la capa que lleva.

Sin querer, Salango evoca una antigua historia contada por el sabio enano Chimpu Shánkutu en los tiempos en que todavía se llamaba Oscollo Huaraca. Una historia destinada a prepararlo para sus funciones en las tierras extremas del Chinchaysuyo, donde sería enviado como Civilizador.

El Señor Chimpu Shánkutu había sido destacado por el Joven Poderoso en muchas misiones similares. En una de ellas debía tratar de convencer a los pueblos tumbesinos de ponerse bajo el Inca o aceptar el acuerdo que le proponía a cambio de no ser conquistados por Él. «Un acuerdo destinado a sacarles algo, cualquier cosa, a cambio de nada», dijo Chimpu Shánkutu balanceándose piernas al aire en el taburete demasiado grande que, sin embargo, era su preferido. «Pues lo cierto era que el Joven Poderoso, después de un par de entradas a esas tierras, había terminado despreciándolas y no tenía la menor intención de tomarlas».

Seguía en ello el ejemplo de su padre el Inca Tupac Yupanqui. A cambio de una paz duradera, por ejemplo, los poblados manteños y huancavilcas habían acordado tributar a Tupac Yupanqui El Conquistador, doscientas cestillas de esmeraldas y mil cargamentos anuales de *mullu*, concha requerida para las ceremonias estatales de la fertilidad y usada profusamente para recubrir las paredes del Palacio Real de la entonces bullente Tomebamba, que Tupac Yupanqui había fundado sobre la ciudad cañari de Guapondelic y que el Joven Poderoso quería convertir a toda costa en un segundo Cuzco, pues era en esa ciudad en donde había nacido y enterrado su placenta.

El problema era que los tumbesinos, vecinos sureños de los huancavilcas, no tenían nada de valor que tributar. Aunque sus costas también dieran a la Gran *Cocha* Infinita, alguna divinidad vengativa les había privado de la presencia de la concha sagrada en sus costas. No les faltaba buena voluntad: Chimpu Shánkutu mismo había sido testigo directo de sus esfuerzos. Los tumbesinos ofrendaban generosamente tanto a Huiracocha como a sus dioses y abonaban sus tierras con ceniza, hojas de coca pulverizadas y caca del pájaro *guanay*, que mandaban traer en balsa desde las islas de las costas tallanas. Sin embargo, sus terrenos desérticos y cenagosos no fructificaban nada que no fuera mosquitos y bestias ponzoñosas, y sus animales domésticos portaban la maldición de algún *huaca* despechado: por bien que se les alimentara, seguían escuálidos, aplastando las costillas contra el pellejo de su lomo, como una lúgubre advertencia del daño que podría sufrir el que comiera su carne.

Para resolver el misterio, Chimpu Shánkutu fue con una comitiva de tumbesinos principales a ver por sí mismo a los animales en las tierras en que pastaban. No había ningún indicio útil: las pocas llamas con que contaban comían con voracidad normal, y los terrenos, a pesar de ser arenosos, rendían pastizales respetables. Cuando se hallaba palpando con los dedos la densidad de la tierra, un proyectil compacto pero blando le golpeó el brazo. No bien se dio la vuelta para ver de dónde provenía cuando le cayó otro en pleno rostro, con tanta fuerza que le hizo caer, entre risas remotas de chiquillos que coreaban «enano, enano, enano». Visiblemente avergonzados, los principales no tardaron en atraparlos y traerlos a punta de resondrones, pellizcos y cocachos. Cuando estuvieron de nuevo frente a él, se deshicieron en venias apresuradas, perdón Padrecito, no sueltes tu ira sobre nosotros, mira cómo castigamos a estos mocosos por su insolencia para que aprendan que no se debe ofender a un emisario del Inca, ¿quieres que les seguemos los dedos?, ¿que les rompamos las manos?, ¿que les disloquemos los brazos quizá?

Pero el Señor Chimpu Shánkutu estaba observando los proyectiles que le habían lanzado, que a primera vista parecían cadáveres de ratón gigante. Recogió uno de ellos, le separó las patas delanteras del resto del cuerpo —no eran patas, sino alas—, y estas volvieron de inmediato a su posición inicial de feto risueño. Observó con cuidado sus colmillos enrojecidos de sangre seca, acarició su piel listada y suave. ¿Vivían estos por aquí? Sí, a montones, en las cuevas, los bosques, pero sobre todo en los manglares. ¿Y dónde estaban que no se les veía por ninguna parte? De noche nomás volaban, Padrecito, no les gustaba la luz del Sol. ¿Volaban?, ¿dijiste volaban? Sí, Padrecito, volaban, eso dije.

Chimpu Shánkutu contempló los ojos diminutos e inexpresivos del animal: sí, había visto antes seres de esta raza. Se llamaban murciélagos chupasangre. Eran diferentes de los murciélagos comunes, que solo se alimentaban de bichos y moraban en las cuevas cercanas a los bosques de las tierras chachapoyas. Estos eran ciegos y vivían de la sangre que chupaban al ganado. Los chachapoyas los consideraban malditos a pesar de su tersa belleza, como a todos los seres que hacían su vigilia por las noches, y les dejaban cerca de sus cuevas a los animales viejos o enfermos para que se cebaran con ellos y dejaran de molestarlos.

El aliento de Chimpu Shánkutu de pronto se iluminó. Regresó donde estaban los animales. Fue revisando uno a uno los lomos de las llamas esqueléticas. Sí, ahí estaban, bien escondidos por la espesura de sus lanas, los cientos de cicatrices o heridas aún abiertas de sus dentelladas, repartidas a todo lo largo y ancho de sus carnazas, pero sobre todo alrededor del cuello, justo encima de las acequias por donde les fluía la sangre.

Culminada la inspección, Chimpu Shánkutu dispuso que, hasta que encontraran otra cosa mejor que tributar, los tumbesinos en edad productiva tributarían sesenta y cuatro pellizas de piel de murciélago por año. «¿Sabes cómo las hacen los hijos de Tumbes?», le preguntó el sabio con un brillo oblicuo en la mirada. Oscollo hijo de Huaraca no sabía. Como los cadáveres que podían encontrar en el suelo eran muy pocos y además estaban echados a perder, tenían que ir de noche por turnos a las cuevas y los bosques y dejarse morder por los chupasangre. Cuando los animales estaban desprevenidos chupando la sangre, los atrapaban por la nuca. Ese era, según el sabio había oído decir a los chachapoyas, su punto más vulnerable. Una vez atrapados, debían matarlos con una piedra en la cabeza para no estropearles la piel, despellejarlos de inmediato para que no se les endureciera, escurrirles la sangre y poner las pieles al Sol. Cuando estaban completamente secas, se las entregaban a sus mujeres. Ellas las cosían por los bordes con cabellos muy finos de gente para que no se les viera la costura. Era así como las hacían. «Se necesitan entre veinticinco y treinta murciélagos por cada pelliza», le dijo el Señor Chimpu Shánkutu. Y luego, con media sonrisa ladeada, en voz tan queda que parecía hablar consigo mismo: «¿Cuántas mordidas habrán debido recibir para poder cumplir con el total anual de su tributo?»

Cuerda secundaria: blanco entrelazado con negro, en Z

Cuando Atahualpa cruza los umbrales de la Habitación en que les esperan los barbudos extranjeros, hasta el nuevo Recogedor de Restos siente la aprensión silenciosa de los visitantes.

Sin inmutarse ni intercambiar mirada con ellos, el Señor del Principio camina lento hacia su taburete favorito, al lado del muñón de tronco en que se halla el tablero del juego de los Incas hermanos, con las estatuillas de pie. Después de sentarse y acomodarse largamente la pelliza, hace un leve gesto hacia el atribulado Unan Chullo.

—El Único Inca está listo para la audiencia —dice el Portavoz.

Sin tardanza, el chiquillo tallán se adelanta y habla, dirigiéndose directamente a Atahualpa.

—Apu Machu —dice con insolencia, señalando al Barbudo Más Viejo— me está preguntando si tú eres en verdad el Único Inca. ¿Qué le digo?

Tomándose todo el tiempo del mundo, Atahualpa habla quedo al oído de su Portavoz.

—El Señor del Principio quiere saber por qué tus Señores dudan de que el Inca sea el Inca —dice Unan Chullo.

El tallán traduce lo dicho a la lengua extranjera. Se tensa una cuerda invisible entre las miradas barbudas. Apu Machu es el que responde, con su voz de tinaja agrietada por el uso.

—Porque ya han pasado cuatro atados y siete jornadas desde tu ofrecimiento y no vemos el oro y la plata que prometiste —traduce el tallán, exprimiendo el tono barbudo como si proviniera de su propia garganta—. ¿Acaso tus súbditos han dejado de obedecerte?

Sin mirar a los extranjeros, Atahualpa habla con calma al oído del Portavoz.

—Mi Señor no tiene el poder de acortar los Caminos que unen al Mundo —dice Unan Chullo—. Por grande que sea el amor de los que Le sirven.

El tallán traduce con estudiada displicencia y luego escucha la respuesta del barbudo Apu Machu. Salango lo observa discretamente, evaluando sus posibilidades como informante. Repasa lo que sabe sobre él gracias a unos cargadores que trajeron a los barbudos a Cajamarca. Nadie conoce su nombre tallán, pero los extranjeros lo llaman Martin Illu. Es el sobrino de Maisavilca, un inca amigo de Atahualpa a quien este nombró *curaca* de Poechos. Maisavilca, sabedor de las habilidades de su sobrino para aprender idiomas nuevos, se lo regaló a los extranjeros cuando estos cruzaban sus tierras. Maisavilca enviaba al mismo tiempo, como muchos otros que querían seguir cortando con los dos filos del cuchillo, informes inquietos a Atahualpa sobre el paso de los barbudos. El chiquillo es hábil. Parece hablar la lengua barbuda fluidamente a pesar de haberla aprendido en menos de cinco muertes de Luna, un lapso muy corto incluso para Salango, entrenado a domesticar los idiomas foráneos con rapidez. Pero no hay cómo acceder a él, cómo ganárselo. Imita tanto a sus nuevos amos que Salango se pregunta si no alienta el espejismo de ser como ellos. Habla con los mismos ademanes altaneros. Viste sus mismas prendas de metal. Sus ojos miran con el mismo filo cortante. Como a los barbudos, el Inca no le inspira temor ni reverencia. Nada de lo cual sería una valla imposible de trasponer si hubiera algo con lo que se pudiera coercionarlo. Pero Martin Illu es invulnerable: es demasiado joven para no ser valiente, no tiene apegos ni debilidades notorias. Y, lo peor de todo, no tiene nada que ganar al traicionar a sus Señores.

—Mi Señor Apu Machu quiere saber por qué has matado a los tres cristianos que fueron al Cuzco a recabar tu oro —traduce el tallán, dirigiéndose siempre a Atahualpa—. Te advierte que no mientas, porque tienen piedras transparentes en las que se descubren las mentiras.

Atahualpa frunce el puente entre sus cejas, con auténtica extrañeza. Le habla a su Portavoz al oído.

—El Señor del Principio dice que Él no ha mandado matar a ningún extranjero barbudo. Que, al contrario, ha ordenado que nadie en todo su reino levante la mano contra ellos a su paso.

Nuevo intercambio de palabras entre Martin Illu y su Señor.

—Mi Señor Apu Machu quiere saber por qué entonces no ha recibido noticia de sus andanzas.

Nuevo cuchicheo de Atahualpa al oído de su Portavoz.

—El Señor del Principio dice que deben haberse distraído persiguiendo hembras en los pueblos del camino hacia la Ciudad Ombligo, como suelen hacer los tuyos. Repite que Él no los ha mandado matar. Les pide a tus Señores que consulten su piedra transparente para que vean que no está mintiendo.

Atahualpa se acerca otra vez al oído de su Portavoz. Unan Chullo continúa:

—Añade que si los tres Señores barbudos viajan en nombre del Inca escoltados por guerreros del Inca a través de los Caminos del Inca, no tienen nada que temer. Nada les ha pasado ni puede pasarles. Les pide a tus Señores que tengan paciencia. Solo hace tres atados de jornadas que emprendieron la salida.

De pronto, uno de los barbudos jóvenes se acerca con visible furia hacia Atahualpa, toma el taburete del juego de los Incas hermanos y, como quien lanza un relámpago, lo estrella contra la pared, haciendo volar las estatuillas por todas partes. ¿Qué le ha ofendido de esa manera? No se entiende, pero Apu Machu trata de apaciguarlo con palabras suaves sin conseguirlo. El Barbudo Joven, desbordado aún por su cólera incendiaria, que ninguno de los otros se atreve a interferir, hace retumbar su voz de trueno con los ojos puestos sobre el Inca, quien recibe imperturbable su estallido.

—Dice mi Señor Donir Nandu que no cree una sola palabra de lo que dices —traduce un indolente Martin Illu—. Que si se entera de que estás demorando a propósito la entrega del oro, te matará con sus propias manos. Que ha oído de buena fuente hablar de un templo llamado Pachacamac, que no has mencionado ni una sola vez, que dicen que está lleno de oro hasta los bordes.

Martin Illu hace una mueca: es obvio que la buena fuente ha sido él. Donir Nandu truena de nuevo, al lado de un Apu Machu ya resignado a la indomable violencia de su arranque. El tallán le traduce, aunque se nota que saca agua de su propio pozo en el traslado a la lengua barbuda:

—Dice mi Señor Donir Nandu que le han dicho que el templo está mucho más cerca de Cajamarca que la Ciudad Ombligo. Que tiene las paredes y las puertas recubiertas de oro. Como la vajilla en que comen y beben sus sacerdotes. Las sandalias con que se desplazan. Las varas con que golpean el suelo para hablar con su dios pagano. Hasta el suelo que pisan, aunque resbale por la sangre de los sacrificios —Donir Nandu vuelve a hablar al tallán, que sigue traduciéndole—. Dice que te perdonará que hayas escondido la noticia de este templo si mandas traer su oro de inmediato.

Atahualpa reflexiona. Su rostro no medra, simplemente está tomado por la curiosidad. El Inca habla largo rato al oído de su Portavoz. Que repite:

—Dice el Señor del Principio que...

El golpe de Donir es a contrapié, inesperado y brutal. Lanzado en medio de la cara de Unan Chullo, ha derribado de culo al Portavoz. Que sigue barboteando, por inercia de servicio.

Cayendo recién en la cuenta de lo que acaba de ocurrir —de lo que acaba de ocurrirle—, el Portavoz se pasa las manos por la boca y escupe su contenido. Sobre sus palmas abiertas, navegando en una densa masa sanguinolenta, yacen sus cuatro dientes delanteros.

Atahualpa contempla a su Portavoz con frialdad, como despertando lentamente de un profundo letargo. Observa a Donir como si fuera la primera vez que lo ve. Escucha con nueva atención su grito ronco y amenazante en lengua barbuda.

—Dice mi Señor que a partir de ahora quiere oír tus palabras saliendo de tu propia boca —traduce el tallán.

Atahualpa contempla al Apu Machu. A Martin Illu. Largamente a Donir, deteniéndose en la mirada erecta de un posible pariente del Illapa. Sonríe.

—Te propongo algo mejor —dice el Señor del Principio dirigiéndose a Donir Nandu—. Ve tú mismo a Pachacamac con unos delegados de mi parte y saca, a cuenta de lo que te debo, todo el oro del templo. Yo me quedaré aquí, así que no tienes nada que temer. Si algo te pasa a ti o a alguno de tu comitiva, tu compañero barbudo me matará de inmediato.

Cuando Martin Illu traduce lo dicho por el Inca, Donir Nandu y Apu Machu intercambian miradas ¿de entusiasmo? ¿de desconfianza?

Dice el Señor del Principio:

—La comitiva de hombres que me sirven que habrá de acompañarte estará lista en tres jornadas. Es todo.

Sin hacer caso de la traducción de sus palabras al barbudo, el Inca se vuelve hacia las estatuillas arrojadas al suelo. Las observa detenidamente.

Cuando todas las palabras del Inca ya han sido vertidas a su idioma, Apu Machu cabecea como si tuviera sueño y, sin decir palabra, empieza a andar hacia la puerta de entrada. Como Donir no se mueve de su sitio, encendido aún ante las espaldas de Atahualpa, el Barbudo Viejo se da la vuelta. Va a decirle algo, pero se retiene y abandona a paso cansino y displicente la Habitación. Martin Illu, dividido, no sabe por un instante a cuál de sus amos seguir, pero termina yendo en pos de Apu Machu, al intuir que lo que sea que Donir Nandu tiene que decirle al Inca, no requiere traducción.

Donir Nandu se queda quieto. Al cabo de un momento, convoca desde las profundidades más profundas de su pepa una enorme flema verde y la escupe con regodeada sonoridad a los talones del Inca, antes de partir.

El Inca voltea, mira secarse el escupitajo. Con parsimonia, se dirige donde el tablero con los cuadrados blancos y negros arrojado por Donir Nandu, patas arriba en una esquina de la Habitación. Lo pone de pie. Apoya su cetro real sobre el tablero con inusitada delicadeza. Se despoja despacio de su casco de tela, del *llautu* con la borla sagrada, de la placa metálica que sostiene las plumas blancas del pájaro Ccorequenque, emblemas de su estirpe.

—Agarra —le dice a Salango.

Va lentamente hacia donde Unan Chullo, ya incorporado y recuperado del puñetazo barbudo. Se coloca frente a él. Le sonríe. Recibe la cauta sonrisa sin dientes de su Portavoz. El Inca mira al techo inmediato, como quien comienza una plegaria privada a un ancestro muy querido. Asesta un feroz cabezazo en la nariz, no por repentino menos contundente, que derriba a Unan Chullo de nuevo sobre sus nalgas, en un sonoro palmetazo. Sorprendido por lo inesperado del ataque, el Portavoz no atina a defenderse de la implacable arremetida de puñetazos, nudillazos, codazos, rodillazos, talonazos y patadas que le propina el Inca en la cara y la cabeza —y en manos, brazos y hombros, que tardíamente intentan protegerlos—, en estribación lacerante y reiterada que no cesa hasta que las han convertido en informes cráteres de carne echando sangre por sus bocas.

—Por tu culpa el Inca ha hablado con Su voz con seres inferiores, por tu culpa Se ha rebajado —musita Atahualpa al cuerpo sin aliento—. Inútil.

Sin mirar a su nuevo Recogedor, le hace un gesto en vaga dirección al cadáver:

—Aviéntalo al Foso de las Alimañas.

Un surco verde divide su frente en dos y una mueca en sesgo se dibuja en su rostro al ver los salpicones de sangre sobre la capa de murciélago:

—Y tráeme otro de estos. Este se acaba de arruinar.

Segunda cuerda: blanco oscuro entrelazado con celeste añil, en Z

Es más alta que yo. Es más linda que yo. Tiene cara más bonita que la mía. Hasta sus delantes y sus detrás chiquititos son más bonitos.

No hay nada en que yo la gane.

Dicen que es tallana. Que viene de una familia de *capullanas*, esas curaquesas del país tallán que dice mi mamá que son *pampayrunas*, que yo no sé qué significa.

Dizque las *capullanas* tallanas no rigen con mano dura, como nosotras las huaylas, como mi tía Añas Collque, como mi mamá. Que abandonan a sus maridos, dicen. Que los cambian por otros sin que nadie las castigue. Que se echan con quien les da la gana cuando les da la gana. Aunque el hombre no sea de sangre digna. Igualito que muchas *acllas* sucias con los extranjeros que han venido se abren de piernas.

Dizque saben hacer gozar a los hombres.

Qué bonita su piel. Suavecita. Sin cicatrices de nada, como suelen ser las de su región, todas marcadas por La Enfermedad. Toda tostadita ella, con sus vellitos de color dorado.

¿Cómo hará para ser tan pero tan bonita?

Le he preguntado. Me ha sonreído, le han salido chapitas en sus mejillas y me ha dicho que no sabe.

¿Cómo hago para que me quieran como a ella?

Azarpay, Curi Ocllo, Tocto Oxica, la chiquilla nueva esa que nadie sabe cómo se llama, todas las ñustas la quieren. Las *acllas* la quieren, las *mamaconas* la quieren. Hasta el hombre castrado que cuida el *Acllahuasi* la quiere.

El Inca la quiere.

Todas las noches se la hace llevar. Ocho extranjeros vienen a la residencia que el Inca ha hecho levantar para protegernos de tanto *yana* revuelto que anda por ahí, asaltando a los nobles y manchando a las vírgenes como nosotras. Las escoltan de ida y vuelta. A ella y a la virgen que le toca juntarse con Él para preñarse. La virgen debería pasar toda una Luna con el Inca para estar segura de quedar preñada de Él. Pero el Inca se cansa rápido de ellas. Le duran seis noches a lo más.

De la tallana nunca se cansa. A ella siempre la llama.

Todas las noches.

Deben ser los yuyos. No come maíz, ni papa, ni *charqui,* ni olluco como nosotras. Puro yuyo, puro pescado salado, pura concha que el Inca manda traer de la Gran Cocha Sin Fin especialmente desde las costas yungas para ella.

Especialmente. Para ella. El Inca.

Aunque la tallana no tenga sangre real como yo, que soy hija del Inca Huayna Capac. Aunque ella no sea como yo, hija de Contarhuacho, la curaquesa más principal de todos los huaylas de Arriba y Abajo. Aunque no sea hermana paterna del Inca, como yo.

¿Qué hago?

¿Me dejará que sea su amiga? ¿Ella? ¡¿Tan bonita?! ¿Me llevará donde el Inca con ella? ¿Me enseñará cómo hacer gozar a los hombres? ¿Cómo hacer gozar al Inca?

¿Me volveré tan bonita como ella?

Inti Palla, le dicen. Pero a mí ella me ha dicho su nombre verdadero. Su nombre de tallana. Shánkata.

Yo también le he contado cómo me llamo de verdad. Cuando bordábamos prendas de *cumbi* con la *mamacona* tejedora ha sido. Quispe Sisa. Con sus labios dibujaditos ha repetido. Quis. Pe. Si. Sa.

Linda.

Tercera cuerda: gris teñido de rojo, en Z

—*¡Huiracocha! ¡Sol subterráneo, Gran Nadador que recorres de noche el mundo inferior! ¡Sol diurno, Gran Paseador que riegas tu luz y fecundas la superficie! ¡Dios barbudo que controlas los ciclos de vida y que pones a punto la tierra para que rinda sus frutos! ¡Escucha a tu hijo Carhuarayco, Señor de los cuismancus de Arriba y Abajo! ¡Atiende su clamor, que ha venido a saludarte, a pedirte!*

—¿Qué dize? —pregunta el Gouernador Françisco PiçaRo.

—Vos haze acatamiento, a vuestra merçed y a los que con él uienen —dize Felipillo—. Cree que soys dioses.

—¿Y no lo somos? —pregunta Mena con yntinçión.

No ha oýdo Felipillo la burla del cristiano, procurando de no extrauiar palabra del yndio. Es en uano. Allende la mençión del dios barbudo Uiracocha, no ay cosa que entendiesse el faraute.

Como todos los yndios prençipales destas tierras, el que tyene frente a sí habla en la lengua jeneral que llaman *runasimi*. La maldita lengua que le ua y uiene como las mareas, sienpre en avançando dos passos para rretroçeder tres.

El prençipal, bien engalanado, da vozes a los veynte mançebos que uenieron con él en su corte. Descargan estos su encomyenda ante al galpón do asentó su real el Capitán Hernando PiçaRo antes de su partida a Pachacamac ha dies jornadas. Adereçan los moçuelos los presentes sobre vnas mantas estendidas en el suelo llano. Es vitualla de suerte uaria, pero ay sobre todo ávitos y prendas finas de muchas colores.

—Más ropas —dize Mena—. Como si con todas las que auemos no fuésemos ya uestidos fasta el Día del Juizio.

—Paçiençia, Mena —dize Sauzedo en boz menguada—. Que el corçel te lo están rregalando.

El Gouernador PiçaRo haze una señal para los acallar.

—*¡Huiracocha, Lago Solar de Arriba y Abajo! ¡Acepta estos presentes que te he traído para resarcirte de mi falta, para hacerte mi petición! ¡No he podido venir antes a tenderte mi saludo y recibirte como te mereces pues he estado cumpliendo las ceremonias fúnebres por la muerte de mi hermano!*

—¿Qué dize? —pregunta el Gouernador PiçaRo.

—Que espera vos plazcan sus presentes —dize Felipillo—. Que ay en ellos muy mucha industria e amor por vuestras merçedes.

El prençipal contynúa, con boz aflijida:

—*¡Mi hermano Carhuatongo ha muerto! ¡He ido a las cuevas de Otuzco a lavar su ropa, a guardar las jornadas de luto que se le deben! ¡He esperado a que mis embalsamadores terminen su trabajo y he hecho con el cuerpo los ritos del Buen Viaje! ¡Como al Señor cuismancu de Abajo que fue en Esta Vida lo he entumbado, para que pase bien a su Vida Siguiente; ¡A los sirvientes que querían hacerle compañía los he hecho enterrar con él! ¡Los presentes que te traigo son también de Carhuatongo!*

—¿Qué dize? —pregunta el Gouernador PiçaRo.

—Que los presentes que trahe son de su parte y de Caruatongo, un ermano suyo que quiere presentarvos para que vos sirua —dize Felipillo.

—Preguntalde quándo venrá su ermano —dize el Gouernador PiçaRo.

—*¿Cuándo tu hermano viniendo Cajamarca?* —traslada con travajo Felipillo a la lengua jeneral.

Espántase el Rostro del prençipal. Buélbese con desconçierto hazia vn ançiano de su corte, que está de pie detrás suyo. De prieça trueca velozes e acaloradas hablas con él en la lengua culle, la lengua destas tierras caxamarcas, que Felipillo ynora.

—*No sé, Huiracocha, Supremo Engañador* —dize al cabo el yndio.

—No conosçe —traslada Felipillo.

—Decilde que haga uenir a su ermano —dize el Gouernador PiçaRo—. Que quiero velle sin demora.

—*Dice Huiracocha queriendo ver tu hermano* —dize el faraute—. *Pronto. Con oro, mejor.*

Nueuo murmullo culle entre los dos naturales, que monta rraudamente en aspereça. Tórnanse entranbos al faraute con ayre ¿espantado?, ¿sañudo?, ¿aflijido? Atrabieça de aRiba aBaxo vn calofrío punçante el espinaço de Felipillo. ¿Son por fin auisados los yndios destas tierras que no comprehendo el sentido de lo que dizen? ¿Que por muy mucho que sean mis esfuerços, no logro svjetar su enbrollada lengua jeneral? ¿Qué harán agora? ¿Delatar mi poca potençia a los christianos? ¿Qué hará el Gouernador PiçaRo quando dello tome notiçia? ¿Me dexará auandonado como peRo? ¿Me matará?

¿Será menester estonçes que ponga los pies en huýda? ¿Dó he de yr? ¿A Olón, el poblado manteño en que nazí y fui cryado fasta que me tomaron catiuo los christianos (y del que traygo solo escura menbrança)? ¿A la ysla de Lanpuná, do el *cvraca* Tunbalá tyene agora a los christianos y a los que le siruen por enemigos mortales? ¿A Tunbez, çibdad deuastada por la guerra? ¿A las costas tallanas, ajenas como aquesta sierra ostil en que uenimos a recalar? ¿Qué he de hazer yo en aquestos bohíos de saluajes de la hedad del taparrabo, que ahún porfían en adorar dioses ynpotentes y flacos, ýdolos de arena fechos que se dexaron señorear liuianamente por Jesuchristo y todos los sanctos?

—¿Qué dixo el yndio? —pregunta el Gouernador PiçaRo.

Aýna torna Felipillo de su distraçión. ¿Qué está diziendo el yndio?

—¡¿*Entonces lo desentumbo y traigo su cuerpo ante ti, Huiracocha?!*

—…

—¿Qué carajos dize, Felipillo? —pregunta el Gouernador.
—Esperad.

¿Cómo merda se dize 'repetir' en la lengua jeneral? Lléuase el faraute la mano a la orexa siniestra, faziendo boçina como los sordos para mejor oýr. El yndio vee al faraute como si oviese perdido el çeso.

—*Tú hablas otra vez. Atrás.*

Tras un luengo çilençio, el yndio sacude la cabeça: uiene de entender.

—¡¿*Entonces desentumbo el cadáver de mi hermano Carhuatongo y traigo su cuerpo ante ti, Padre Huiracocha, Hombre que Sabe Mucho?!* —repite lentamente el prençipal—. *¡¿Es eso lo que quieres para aplacar la ofensa que te he hecho, para que se cumpla mi petición?!*

Conçierta Felipillo por fin el propósito de las palabras del prençipal.

—*No, no* —rresponde con la mesma lentitud con que le hablase el prençipal—. *Solo oro. Tú estás trayendo oro y dejando cuerpo podrido. Cuerpo podrido queda aquí.*

—¿Qué le dezís? —pregunta el Gouernador PiçaRo.
—Que trayga el oro de su ermano —dize Felipillo.
—Bien —dize el Gouernador.

—*Sol Subterráneo, ¿estás queriendo su oro profano o su oro sagrado?* —pregunta al cabo el yndio.

—¿…?

El prençipal toma notiçia del despistamyento del faraute.

—¿Quieres las joyas de mi hermano, Gran Paseador, o las estatuillas de su ajuar? —dize el yndio.

—*Sí* —desmándase Felipillo, diziendo por dezir.

El yndio luze confundido de nueuo.

—¡*Tú traes su oro, diciendo Huiracocha!* —grita yRitado Felipillo después de proferir vna maldiçión en la lengua manteña, traýda de sus remotas menbranças ynfantiles—. *¡Todo su oro traes!*

Súmesse de nueuo el prençipal en aRebatada plática en lengua culle con el ançiano consexero de su corte.

—*¡Huiracocha, Almácigo Donador de Vida!* —dize el yndio con nueua preuençión—. *Dime si Te estoy comprendiendo. Cuando traiga el oro de mi hermano ¿cumplirás mi petición?*

—*¿Petición?* —pregunta Felipillo que, para su aliuio, esta bez ha comprehendido la pregunta—. *¿Qué tú pidiendo?*

Ráspase el yndio la garganta con la boz.

—*¡Supremo Engañador!* —dize—. *En mi camino a las cuevas de Otuzco, pasé por Huamachuco para hacer mis pagos al templo del* huaca *Catequil, hijo de Captaguani y mellizo de Piguerao, que Te han servido siempre bien!*

—¿Qué coño ha dicho, Felipillo? —pregunta el Gouernador PiçaRo.

—Ha dicho que… —Felipillo no comprehendió un ápix—. Ha dicho que dessea azer una petiçión a vuestra merçed.

—¿Qué petiçión?

—En la sacando estoy.

—*¡Cuando he llegado al templo de Catequil, lo he encontrado todo destruido!* —prosigue el prençipal con boz congoxada—. *¡Cuando he preguntado por el hacedor de la destrucción, me han dicho que ha sido el Mocho que tienes preso, y que se dice Inca. El Mocho desgraciado ha echado abajo al* huaca *porque le hizo un vaticinio nefasto, ha matado a su sacerdote y, no contento con eso, ha mandado cavar la montaña en que estaba y apisonarla hasta hacerla desaparecer de la tierra!*

—¿Qué dice?

—Que confía en que, con los poderes mágicos de vuestra merçed, no vos será arduo lleuar a buen cabo lo que dessea pedirvos.

Inca el yndio los inoxos.

—*¡Huiracocha!* —dize con los oxos çeRados e boz de ánima reçién reçuçitada—. *¡Tú que tiemblas y destruyes lo que hay en la superficie! ¡Tú que alientas los fundamentos para que sembremos y cosechemos sus frutos! ¡Tú que sueltas las pestilencias o las agarras de tu mano! ¡No permitas que sigamos siendo sometidos por el Mocho Atahualpa! ¡No permitas que siga cometiendo sus fechorías y crueldades contra nosotros!*

—¿Qué dize? —pregunta el Gouernador PiçaRo.

—…

—¡*Acaba con la vida de Atahualpa!* —sigue deziendo el yndio, con furia—. ¡*Mátalo con la saña que él ha matado a sus hermanos y los hijos de sus hermanos! ¡Acaba de una vez con su raza venenosa!*

—¡¿Qué merda está deziendo?!

—…

—¡Maldita sea la puta judía, Felipillo! —Restalla el Governador Piçarro—. ¡Traslada!

—¡Vos lo dixe bien claro, Señor Gouernador! —dize Mena—. ¡Este Felipillo no traduçe ni los peRos!

—¿Y qué otro naype avéys so la manga para los traslados, Mena? —dize Sauzedo con yronía—. ¿Acaso vos?

—¡*Mata a Atahualpa cortándolo en pedazos!* —prosigue el yndio sin parar mientes en el desbarajuste de su entorno.

—¡El Martinillo de Poechos! —dize Mena a biua boz—. ¡Nos oviésemos quedado con ese yndio, que sí faze traslados! ¡No con este, que los perpetra!

—¿Y dexar a don Hernando syn lengua en Pachacamac? —dize Sauzedo—. ¿A luenga merçed de las intrigas de los yndios traydores del camino? Por uentura ¿soys, Mena, o finjís?

—Quiere que matéys al Inca… —dize Felipillo.

—Hablad claro, Sauzedo —rreplica Mena—. Como los onbres.

—¡*Mata a Atahualpa ensartándolo en tus varas de metal filudo!*

—A falta de çeso no hay entendedor —dize Sauzedo sin pestañear—. ¿Soys o finjís, Menilla, ser tollido de cabeça?

—¿Tollido de caveça yo? —dize Mena, allegando el puño ayrado del mango de la espada—. ¿Osáys, Sauzedo, mentar la soga en casa del ahorcado?

—¡Callad de una buena bez! —dize de bozes el Gouernador PiçaRo, assaeteando entranbos christianos con los oxos.

Mena e Sauzedo ouedeçen.

Dize el Gouernador al faraute:

—Felipillo, sigue trasladando.

—Quiere el yndio que hagáys quartos del Inca y lo ensartéys con vuestras espadas —dize el faraute.

—¡Mata a Atahualpa quemándolo con el fuego de los rayos que llevas en tu bolsa!

—Que le fulminéys a boca de mosquete y arcabuz.

—¡Mata a Atahualpa con las patadas de tus llamas grandes!

—Quiere que vuestros cauallos le propinen cozes hasta matalle.

—¡Mata a Atahualpa, separa su cabeza de sus miembros y sepúltalos lejos el uno del otro, para que no puedan unirse debajo de la tierra! ¡Cuando hayamos sido liberados de su tiranía, convocaré a los principales cajamarcas, cutervos, chotas, cuismancus, chuquismancus y huambos hijos de Catequil! ¡Juntos desentumbaremos a nuestros muertos! ¡Sacaremos sus joyas, sus estatuillas, todo lo que reluzca ante Tu luz, y Te lo entregaremos a Ti y a los que vienen contigo! ¡Oh Huiracocha! ¡Sol diurno y nocturno que todo lo iluminas! ¡Liberador final de nuestro pueblo!

Cuerda secundaria: gris teñido de rojo, en Z

Hállase Felipillo apostado en un rincón protejido por las sonbras a menos de treynta passos de la entrada del Arem del Inca, guaresçida por veynte christianos armados de a pie, do puede auistar syn ser auistado.

Aguarda el faraute. Sospirando.

No de fatiga por los sinuosos traslados fechos esta mañana, como todas, para su señor Don Françisco. No por merçed de las myll y vna gradas de piedra que ovo de subir para uenirse a los prelvdios desta Casa aRimada monte aRiba a dos tiros de uallesta de la plaça de Caxamarca.

El faraute sospira de amor.

Como cada bez que se allega la ora de la siesta y el Gouernador PiçaRo le delivra de los traslados —muy muchos desque el sabihondo Martinillo, el lengua tallán, se partió a seruir de lengua con el Capitán Hernando PiçaRo a tieRas de Pachacamac—, allegóse Felipillo a la nueva casa en que moran las Uírjenes del Sol. En que mora su amada.

Es el nueuo *Acllauasi* —ansí llámanlo en *runasimi*— recatado de uista y alcançe ajenos. Fue mandado construyr a toda prieça

97

por el Inca para mantener a sus mvgeres a buen recaudo de los *yanacona* alçados que, como fuesen delivrados de sus faenas por horden de Don Françisco no bien se tomó Caxamarca, bolbiéronse contra sus señores incas y matáronles con cruel ensañamiento. Marcharon los alçados después al antiguo enplaçamiento de la Casa de Escojidas, do forçaron a quanta henbra sin desuirgar toparon en su camino. Vnas pocas *acllas* —ques como dizen a las mançebas del Arem en la lengua jeneral— quedaron sin mançillar y ovieron de fazer presta mudança a la Casa ynprovisada do son agora seruidas en paz por uiejas uírjenes que las ynstruyen en los offiçios de las mvgeres del Inca. No son aquestas como las concvbinas de los *cvracas* de las estorias de las myll y una noches que le contasse Don Bartolomé, que son enbras de plazer. Las *acllas* fabrican licor fermentado, adereçan bollos con sangre de ovexa de tierra —que en estas tieRas dizen *llama*—, entonan cánticos y texen prendas finas de Rica lana para el Inca. Vnas faenas aprehéndenlas en el *Acllauasi* mesmo y otras, segúnd uido el faraute en sus asechos cotidianos a la Casa, en un galpón çercano al que se parten después de la merienda. De que ya ua siendo ora, a dezir de las súpitas ajitaciones de sus cristianos de la guardia, que se aperçiben sobre los mangos de sus espadas entre miradas sospicaçes a su entorno.

Ajítasse con ellos el esforçado coraçón del faraute.

Salen çinco *mamaconas* —ques como nonbran a las uiejas— y un yndio loçano bien enperifollado y enjoyado como marica —el eunvco del Arem.

Salen tras ellos las Escojidas del Inca. Uan tomadas de la mano, resplandeçientes sus túnicas como sederías de Toledo. Uisten aquestas de blanco, estotras de gris, de amarillo las de acullá.

Sale al último, por fin, la dueña de sus desuelos, la única en portar sayo encarnado, la color del Inca.

E como cada vez que pareçe su amada, acallan las aues, rýen las açequias, siluan los cantos rodados, apártanse las nubes, huélgase el Astro Rey de la poder covrir con su cálido manto.

Sin que nadie se lo dixese, sabe Felipillo que a alguyen tan baxo como él no le es permitido ansiar a mvger como aquesta. Dende es doble el deleyte: por la secreta holgança de ueer lo que uee y porque deuería reçebir castigo por ello.

Llámanla Inti Palla. Desque la vido por uez primera en cantando y en dançando al claror de la luna llena en las çerimonias del *Capac Raymi*, en que quatro çaçerdotes fizieron pagano sacrefiçio al Sol de çient *llamas* blancas, no descansó el faraute hasta conosçer su nonbre. E desque lo supo, no çessa de lo repetir fasta en sueños. Uiuir es agora para él Ruda proeça e dulçe tormento, pues lleua el coraçón fecho pedaços, priuado el çeso e perdida el alma (aunque oyesse dezir a algúnd christiano quél, por ser yndio, no la possee).

Es el sonido de la boz de Inti Palla, que Ressuena día y noche en su coraçón, bálsamo para sus cuytas de faraute. Que cuytas ha, y artas. Que ansí como nunca uiene plazer sin contraria çoçobra en esta uida, no hay mal que por bien no acaezca. Pues cada traslado es para Felipillo una çimitaRa apretada contra su garganta, presta al degüello al menor mobimiento en falço. Que no es menester que sea travaxoso el traslado para agotarse el faraute, y cuando se agota troca de horden y sentido las palabras faziendo tal desbarajuste que el traslado es milagro, farsa o entranbos a la mesma bez.

Es su amada oriunda del pays tallán. Óyela hablar agora en *runasimi* con la amiga que la suele aconpañar por doquiera que ua y hale rreconoçido el açento, pues muchos tallanes de los puertos costeros solían uenir de contino al mercado manteño de Olón a trocar mercancías en tienpos de su infançia. Tienpos que, syn que sea de su grado, porfían en tornalle del pasado con el ua y uen de las mareas.

Como agora, en que, con la súpita y cantarina habla de Inti Palla, se le filtra syn la requerir la menbrança, que creyese extrauiada, de su primer encuentro con los christianos. El pvnto remoto de su niñez en que fuesse prendido.

Cuerda terciaria (adosada a la secundaria): gris teñido de rojo, en S

Parece mentira, pero fue hace ya casi seis años. Iba Felipillo en una balsa de gran eslora con los Hermanos Mayores, que viajaba por las costas para conseguir *mullu* fresco a cambio de oro, joyas, ropa fina de lana y algodón y piedras coloreadas.

Habían partido del poblado de Olón, hecho escala en los puertos huancavilcas de Jipijapa y Jocay e iban al puerto manteño de Cancebí, aguas arriba.

Mantarraya Cayche y uno de los Hermanos Mayores —cuya identidad se ha difuminado en la memoria del faraute— maniobraban hábilmente y con firmeza la espadilla principal. Trataban de enmendar el rumbo de la balsa, que había entrado a corrientes desconocidas durante la noche. Otros dos Hermanos sostenían con todas sus fuerzas el mástil para que la cabria no se rompiera, mientras otros tres hacían esfuerzos por atrapar con las velas la brisa más mínima y darse impulso en la dirección opuesta. Todos sabían, sin embargo, que era inútil. Las nubes negras se acercaban a toda velocidad. Solo el Señor de las Aguas de Arriba los protegería de la feroz tormenta que se cernía implacable sobre ellos.

Todos estaban furiosos con Anguila Cayche, que la noche anterior se había quedado dormido durante su turno nocturno con la espadilla. Abandonada a los caprichos de la Madre de Todas las Aguas, la balsa había sido tomada por una de las corrientes del Señor Que Camina Por Debajo Hacia el Poniente y se había alejado de las costas. Hasta los cuatro chiquillos que, como él, se iniciaban en las faenas del viaje de intercambio, y ahora ayudaban a remar con el primer palo a su alcance, le maldecían entre dientes. Anguila no sabía dónde meterse de la vergüenza.

Desde que subió al navío, Anguila solo había acarreado contratiempos con sus negligencias y distracciones. Como no sabía cocinar, limpiaba mal la cubierta y destripaba peor el pescado —las actividades que se asignaba a los aprendices en la balsa—, lo mandaron a ayudar al Hermano encargado de asegurar las cuerdas y los nudos. El Hermano le había mostrado infinitas veces cómo hacer los lazos, pero en la primera ocasión que se le permitió hacerlo por su cuenta, rompió el bejuco que lo sostenía y uno de los maderos traseros se desfondó, perdiéndose la carga que había encima suyo. Le encargaron entonces que cosiera las redes, pero lo hizo tan mal que lograron escaparse las langostas gigantes que les había entregado el *curaca* de Jipijapa para celebrar el buen trueque habido con los *ayllus* de su poblado.

No lo botaron entonces al agua para que se fuera nadando a una de las islas cercanas solo porque Anguila era el primo de madre de Mantarraya Cayche.

Aunque no había pasado aún por sus primeras leches, Mantarraya Cayche era el mejor buceador de todo Olón y sus alrededores. Era el único manteño capaz de bucear desde la isla de Salango hasta la playa de enfrente saliendo solo diez veces a la superficie. Corría el rumor de que era amado por el Señor de las Profundidades, pues jamás había botado sangre por la nariz —el Mal del buceador— y se aventuraba por los bosques espesos de plantas submarinas, oscuros como noche verde, donde hasta los buceadores experimentados se enredaban y morían, y salía de ahí con la redecilla repleta de peces nunca vistos, brillantes como antorchas y sin ojos. Le llamaban Cara de Tollo, pues tenía las facciones suaves y alisadas. Era bueno con el arpón y las cerbatanas y muy hermoso de cuerpo. Las mujeres de Olón ya echaban suertes para ver cuál sería la primera en tomarlo apenas pasara por los ritos de la hombría.

Era difícil creer que Anguila y Mantarraya llevaran la misma sangre. Desde pequeño, Anguila había sido feo y siempre había dado problemas por su torpeza y su facilidad para la distracción. Apenas se le dejaba solo, se escapaba a los pampones de intercambio a perder su tiempo escuchando las historias de los viejos y los *mindalaes* recién llegados de tierras extranjeras. Cangrejo Cayche, su padre, había tratado en vano de integrarlo a los talleres de labrado de *mullu* que la familia paterna tenía en una de las chozas centrales de Olón. Cuando su hijo no rompía con sus gestos toscos las conchas que se le daban para el tallado o coloreado, se demoraba una eternidad hasta en el ensartado más simple, pues su mirada tendía a perderse en algún punto de la pared —¿adónde iría a parar esta concha que estaba trabajando?, ¿a manos de una señora que curaba el mal de susto llamado Pachachari?, ¿a manos de un vidente que, al verle los colores, predeciría los climas de años futuros gracias a la ayuda de la Diosa del *Mullu*?, ¿a manos de un albañil cañari, que iría a engastarla en las paredes de los palacios de Tomebamba, que, según lo que decían los *mindalaes* que venían de la Cuna del

Sol, era la ciudad más hermosa aparecida sobre la tierra desde el fin del Gran Diluvio?, ¿a manos quizá de un sacerdote del Dios sureño de Yschma que, había escuchado Anguila, vivía con una zorra muerta y devoraba la concha en grandes cantidades?—, de donde Cangrejo solo lograba apartarlo a pellizcones.

En un intento desesperado de cernir el mal de Anguila y el remedio para él, Naúma, su madre, fue donde el Hombre de las Hierbas con su hijo para que se hicieran las preguntas. Después de hacer las ofrendas respectivas, el hombre sagrado bebió el Licor de las Visiones y exprimió pepitas de algas contra el cuerpo de Anguila, escuchando atentamente el sonido que hacían al reventar.

—Veo —dijo como ido de su cuerpo—. Tu hijo está trepado encima de una rama mirando hacia las nubes. Se cae. Se vuelve a trepar. Se vuelve a caer. Está limpio: no ha recibido maleficio. Los dioses no están enojados con él. La rama está rota. Tiene que cambiar de rama. No. Tiene que cambiar de árbol.

Naúma comprendió. Habló con su esposo y juntos acordaron que Anguila dejaría a partir de entonces de asistir al taller familiar de labrado del *mullu*. Luego Naúma fue al barrio de los balseros, donde vivía con su familia Guatan, su hermana mayor. Le pidió que colocara a Anguila entre los aprendices que partirían en el próximo viaje hacia las costas del norte en la balsa de su esposo, uno de los Hermanos Mayores que conocían los secretos de la navegación larga. Guatan aceptó de buen grado, pues siempre había creído que la niebla en que vivía su sobrino no era perpetua, y que se podía disipar con solo un poco de atención y paciencia. Y, tras conversarlo con su esposo, puso a Anguila bajo la tutela de su hijo predilecto Mantarraya, el sol de sus ojos, a quien le hizo prometer que velaría por su primo.

Mantarraya cuidó de Anguila. Cuando zarparon de Olón y empezaron los deslices de su primo, Cara de Tollo fue el único que no se sumó a la retahíla de insultos que se alzó contra él. Parecía más bien empecinarse en protegerlo de animosidades ajenas. Incluso ahora, en que su último descuido podía costarles la vida a todos los que iban en la balsa, pues las nubes negras ya estaban aquí oscureciéndolo todo, clavando sobre ellos sus agujas de agua, mientras las olas encrespadas, grandes como montañas, ya los zarandeaban, ya los ponían sobre su lomo y los lanzaban al aire el tiempo de un respiro para acunarlos siniestramente en el siguiente entre sus brazos, como una madre de mala entraña con su bebé llorón, entre violentos estremecimientos que volvían infecundos todos los esfuerzos de los Hermanos Mayores de retomar el control de la balsa, que rechinaba como si fuera a partirse en mil pedazos en cualquier instante. Cuando el primer rayo estalló como un latigazo seguido de su estruendo, los Hermanos renunciaron a seguir intentando sortear la tormenta, sellaron como pudieron las vasijas de provisiones secas, aseguraron a cubierta los remos y la espadilla y se aferraron de los dos palos, con la esperanza de que la ira del Dios de la Tormenta no se ensañara con ellos hasta arrebatarles la vida.

La tormenta duró toda la noche. Nadie sabía en qué momento se habían quedado dormidos, pero cuando Hermanos y aprendices fueron despertando, era ya bien entrada la mañana. El día estaba despejado y felizmente nadie había caído al mar. Mientras los Hermanos hacían un recuento de los daños en la balsa y daban indicaciones para dar comienzo a las primeras reparaciones, se escuchó el grito agudo de Anguila, que señalaba al horizonte, en dirección a una casa gigante absurdamente construida en medio del mar, que se aproximaba con rapidez hacia ellos.

A medida que se acercaba, era más visible la silueta extraña de sus habitantes, que deslumbró a todos, pues los extranjeros relucían al Sol.

—¡Es Naylamp! —dijo Anguila—. ¡Es Naylamp, que ha regresado para soplarnos!

Nadie entendió de quién, de qué hablaba. Uno de los aprendices dijo que, encima de torpe y tonto, a Anguila se le había desinflado la cordura e iba hacia él para hacerlo callar de un manotazo, pero Mantarraya lo detuvo con un gesto. Anguila continuó, ante la atención expectante de todos.

Según Anguila había escuchado decir a un viejo tumbesino, Naylamp era un dios adorado por los ñambayecs en tiempos antiguos. El dios había venido con su corte en una gran balsa, tan grande como esta en que estaban viniendo los de ahora. Pita Zofi, su Tañedor, míralo, ese debía ser, había empujado todas las cosas con el Gran Soplo de la Concha de Caracol, que se escuchó por todas partes. Ñinagintue, su Botiller, que se parecía a ese otro de allá, había traído todas las bebidas que ahora se conocían y Occhocalo, su Cocinero, todas las comidas condimentadas que podían hacerse. Sin embargo, muchos preferían a Xam Muchec, ¿cuál de los otros sería?, que conocía todos los trucos para volver hermoso un rostro horrible y para convertir el algodón y las plumas en ropa bien adornada. Algunos decían que, después de haber soplado todas las cosas, se habían ido volando; otros aseguraban que habían regresado por donde vinieron en sus balsas. Pero todos confiaban en que volverían para soplar de nuevo, con su Gran Soplo en la Concha de Caracol, cuando las cosas se hubiesen detenido y fuese necesario volverlas a mover.

Naylamp y sus sirvientes estaban tan cerca que veían con claridad sus gestos ¿amenazantes?, ¿de bienvenida?, que escuchaban sus gritos ¿diciéndoles que se alejen de la casa?, ¿invitándoles a subir?

Los Hermanos se miraban entre sí sin atinar a nada. De pronto, se oyó un estrépito en el agua. Las miradas no terminaban de volcarse al lugar en la superficie de donde procedía, cuando emergió la cabeza de Anguila con los ojos abiertos. Le siguieron de inmediato sus brazos y sus piernas, que ya se deslizaban con la presteza de la bestia sagrada que le había dado su nombre.

Mantarraya se arrojó de inmediato tras la estela de su primo. Sus brazadas largas y potentes le dieron alcance cuando Anguila topaba la casa —que a ras del mar más parecía una rancia cáscara de coco gigante— y los monstruos les arrojaron dos cuerdas desde arriba. Mientras eran izados, Cara de Tollo pudo ver que casi todos los tripulantes de la balsa se habían arrojado al mar y ahora braceaban con todas sus fuerzas en direcciones opuestas a la casa flotante. Solo quedaban en cubierta un Hermano Mayor y cinco aprendices contemplando hacia aquí con expresión entre horrorizada y fascinada.

No había mujeres a bordo, lo que a Anguila le pareció natural, pues los acompañantes del Dios del Nuevo Soplo tenían que ser varones. El gigante barrigón que les recibió con amabilidad tenía que ser Naylamp, pues los otros le trataban con el respeto reverente debido a un dios.

Naylamp condujo a Anguila y a Cara de Tollo por toda la casa y, atento a todo lo que despertara su curiosidad, se los mostraba o les permitía tocarlo. Anguila pudo trepar así hasta la parte más alta del mástil más alto que había visto en su vida. Pudo columpiarse en las cuerdas, trenzadas entre sí como redes tejidas por enormes arañas desquiciadas. Pudo saltar con fuerza sobre cubierta para probar su resistencia ¡sin que la casa ni siquiera se meciera!

Animado por la osadía de su primo, Cara de Tollo empezó a tocar a su vez una por una las pieles de metal y los adornos que llevaban.

—No es piel —dijo Mantarraya—. Es vestido.

Sin embargo, fue Anguila el del mayor atrevimiento. Se quedó mirando con fijeza la cara de Naylamp. El dios, que adivinó el blanco de su curiosidad, se inclinó hasta estar a su altura. Anguila empezó entonces a mesarle los bordes tupidos de la cara, mientras Pita Zofi, Ñinagintue y otros miembros de su corte observaban con cautela.

—Pobrecito Naylamp —dijo Anguila—. Tanto tiempo ha estado bajo el agua que le ha crecido musgo en la cara.

Y le sacó de raíz, de un solo tirón, un atado de musgo.

Naylamp gritó, llevándose la mano al rostro. Se hizo un silencio turbio, en que los dioses de su corte, que habían volteado su expresión entre un latido y el siguiente, parecieron de pronto dispuestos a degollar al atrevido a una mínima señal de su jefe. Para su alivio, Naylamp rompió a reír a carcajadas y sus sirvientes hicieron lo mismo. Anguila se unió a las risas, mientras Mantarraya suspiraba como si acabase de ir al país de los muertos y no hubiese terminado de regresar (y sonrýe agora Felipillo al menbrarse de su osadía y atreuimiento, pues venýa el faraute de tirar las luengas y tupidas barbas del Maestre Don Bartolomé Ruyz).

No recuerda Felipillo si alguien le forzó o fue por su propia voluntad. Pero, después que Ruyiz —empezaron a decirle así— recogió en su casa flotante al Hermano Mayor y a los aprendices que se habían quedado en la balsa, los remolcó hasta una de las islas cercanas y se despidió de ellos, Anguila estaba aún con los extranjeros. Y Mantarraya con él.

A partir de entonces, compartieron los dos primos tanto tiempo con los dioses visitantes que algunas palabras que ellos usaban para hablar entre sí empezaron a diferenciarse de las otras y a ofrecerles su sentido.

Eran sobre todo palabras para nombrar a las diferentes cosas del barco, que los primos aprendían a la par que descubrían las cosas mismas y los trucos que había en ellas. Para Anguila había sido todo uno, por ejemplo, maravillarse con el gran anzuelo que encontró un día que buceaba al lado del navío, aprender la palabra que los dioses usaban para designarla —áncora— y entender que no la usaban para pescar grandes peces del mar. En un recipiente con agua, Ruyz puso una rama atada con una soguilla a un pedazo del nuevo metal gris que traían con ellos, y el Señor de las Profundidades lo jaló hacia abajo, como hacía con todas las cosas pesadas. Cuando comprendió, Anguila fingió sorpresa para agradar a Ruyiz, pero ya conocía ese truco: los navegantes manteños usaban potalas pulidas con agujeros en el medio para fijar los navíos y no dejarlos a merced de los caprichos de la Señora de los Vientos y los Señores que Caminan por Debajo del Mar. Poco a poco, a medida que fue hilando palabras, cosas y trucos, fue dándose cuenta de que en el fondo no había diferencia mayor entre el navío de los dioses y los de los manteños. Que el verdadero truco de los objetos divinos —el peso que se disfrazaba de anzuelo, sus vestidos de metal que se disfrazaban de piel o este navío que se disfrazaba de casa— era que ocultaban sus verdaderos propósitos.

Lo confirmó unos días después cuando Ruyiz desplegó una de esas láminas delgadas en que los dioses dibujaban, delgadas como el cuero repujado, y en la que habían trazadas unas grietas como las de la tierra cuarteada por el sol en los días de sequía. Al advertir la curiosidad de Anguila, Ruyiz le señaló diferentes lugares de las grietas y dijo varios nombres —Atacames, Cancebí, Caraquez—, que Anguila reconoció como los lugares por los que habían costeado los días precedentes, pero solo entendió de qué se trataba cuando vio la forma de la isla de Salango, que Anguila conocía bien, pues había navegado de paseo por la zona muchas veces. Con la mirada fija en ella, como tocado por el dios Sonámbulo, permaneció sin voz mientras el truco se le hacía comprensible. Al cabo de un momento, Anguila empezó a señalar lugares a lo largo del borde de las grietas y a decir sus nombres en voz alta —Coaque, Colonche, Daule, Jama, Chongón, Lampuná—, con la alegría de estar usando un truco nuevo de utilidad impredecible. Luego, siguió con el dedo el recorrido de las grietas hacia abajo, hasta salir de la superficie de cuero. Y entonces, en un lugar de la mesa que golpeó con los nudillos varias veces, repitió: *Tumbes, Tumbes, Tumbes,* y con gestos trató de hacerle entender que había ahí grandes riquezas de toda especie.

¿Fue al día siguiente, una semana, meses después? No recuerda el faraute. Quizá ya viajaba con ellos el chiquillo parco y silencioso que habían recogido de las costas tumbesinas, que luego llamarían Francisquillo, aunque no está seguro. Lo cierto es que Anguila ya comprendía entonces el idioma extranjero con soltura suficiente para darse cuenta de que los que lo hablaban no eran Naylamp y su corte, sino otra clase de dioses o dioses-hombres. Que a su primo Mantarraya le llamaban Juanillo y a él —en burla, como solo lo supo años después, por un rey barbudo al que los extranjeros apodaban El Hermoso— Felipillo.

Cuerda de cuarto nivel (adosada a la principal): gris teñido de rojo, en Z

—*Sabrosas las princesitas ¿no?*
Tórnase Felipillo como atrabeçado por un rayo. Pero nadie hay en la calçada enpedrada tras él.
Partiríase raudamente desta esquina oculta por las sonbras, do uiene de ser descvbierto. Pornía pies en uýda fasta allegarse de la estrecha callejuela que lleua a la plaça de Caxamarca. Estuerçería a la izquierda. Mesclaríasse a los yndios que aRean qüesta abaxo manadas de ovexas negras de buen talante, lleuan

atados de flores de todas las colores y perfumes o portan tinaxones de chicha para las fiestas y sacrefiçios del *Atunpucuy*, el mes inca de las flores; a aquestos mesmos yndios que, como todos los que topasen hasta agora, de *cvracas* a *yanaconas*, mirarían de mal oxo al faraute y al sayo, manto y alpargatas delatores de su condiçión de seruiente de los christianos. Arriuaría presto a la frugal cámara en que duerme la siesta su Señor Don Françisco. Tenderíase en el atado de paxa trençada que el faraute ha por lecho, fengiendo dende nvnca auerse partido. Si no fuesse porque la boz que le uiene de allegar ha fablado en la lengua manteña, su lengua de leche materna.

—*Tranquilo* —dice la profunda boz, más en mussitando que fablando—. *Hay prohibición de verlas, pero estando el Mundo como está, ya nadie la respeta.*

Con alarma, buélbese Felipillo a Inti Palla y su cuadrilla de uírjenes y christianos de guardia, que uan monte aRiba.

Sospira el faraute de aliuio: no le han uisto ni oýdo.

Más tranquilo, tórnase azia la calçada do saliesse la boz. Ay agora en ella un yndio entrado en carnes y madurez. Su áuito de colores uiuas y lana bvrda aquieta su ánimo: es vn inca de baxo rango, e por ello syn raçón ningvna para le delatar. Pero es su rrostro foradado por las uiruelas como los más destas tieRas, e le sonrýe con desarmante calidez, en sacando del faraute ymediatas confiança e synpatía.

—*Tú eres manteño ¿no?* —pregunta el yndio.

—*Soy* —rresponde el faraute. E añade, en tornando la sonrisa—. *¿Cómo has sabido?*

—*Ayer te vi con los barbudos extranjeros frente al galpón* —dize el yndio y huelga Felipillo en probando que, malgrado del tienpo sin fablar la lengua, la suelta bien—. *Estabas traduciendo para ellos algo que había dicho el curaca Carhuatongo, cuando se te soltaron malas palabras en manteño. ¡Cha!, me dije. ¿Será acaso manteño el chiquillo? A ver si un día de estos me le acerco y hablamos el idioma del terruño, me dije* —mira al faraute con preuençión—. *Si el chiquillo no se hace el sobrado, como muchos paisanos que conozco que apenas empiezan a codearse con los incas se olvidan de las tetas manteñas que les dieron de mamar.*

—*¡Yo te he visto!* —dize Felipillo en recresçiendo los oxos—. *¡Tú eres sirviente del Inca! ¡El que está a su lado todo el tiempo!*

—*Recogedor de los Restos del Inca, ese es mi cargo* —dize el yndio con loçanía—. *Yo, un manteño de cariño, Le traigo y Le llevo Sus mudas de ropa. Le corto Su pelo. Le recojo Sus uñas que se Le caen. ¡Soy inca de privilegio, paisanito!*

—*¿Manteño de cariño?* —dize el faraute—. *¿No naciste allá?*

—*No. Mi mujer y mis hijos son los que eran de la región.*

—*¿Eran?*

—*Se los llevó la Gran Pestilencia. A mí casi también, pero como ves* —señálase el rrostro— *se arrepintió a medio camino. Alga venenosa nunca muere, dicen ¿no?* —sonrýe el manteño con vna brizna de amargura—. *¿De dónde eres tú?*

—De Olón. Cerca de la isla de Salango.

—*Yo conozco. He estado ahí. Trocan mullu ¿no?*

—*Sí. Y también esmeraldas y lapislázuli y…* —fáltanle palabras a nonbrar en lengua manteña la copia de piedras preçiossas que desfilan uelozmente su memoria.

Sospira de congoxa el faraute.

Conténplalo en çilençio el foradado rostro, serio de súpito.

—*¿Cómo te llamas, paisanito?*

—*Felipillo.*

—*¿Pili qué?*

—*Felipillo.*

—*Dime, Firi Pillu* —torna a sonreýr el manteño, paternal la boz—. *¿Cómo así es que andas con los extranjeros?*

—*Me recogieron hace seis años de la balsa de intercambio en que viajábamos a Cancebí. También lo recogieron a mi primo. Los demás saltaron al agua y se fueron nadando a la orilla o a las islas cercanas.*

—*¿Tu primo es el otro chiquillo que habla por los extranjeros?* —gesto de Felipillo: no entiende a quyén menta el manteño—. *¿El que se fue con el Barbudo Joven a Pachacamac?*

Mohín de despreçio del faraute.

—*Ese no, ese es un tallán creído. Mi primo murió. También recogieron a un niño tumbesino que se llama Francisquillo. Viajamos juntos por mar siguiendo la corriente de uno de los Señores que Caminan por Debajo Hacia el Norte. Pasamos por puertos grandes donde viven abarrotados muchos como ellos. Luego viajamos varias lunas por mar hacia la Cuna del Sol. Llegamos a una tierra negra que llaman España, donde viven muchísimos más en fortalezas de piedra* —señala la çima del collado que se çierne sobre la plaça de Caxamarca— *así de altas. Pasamos por ciudades llenas de ellos, tan largas que nos demoramos días enteros en cruzarlas. Después regresamos aquí, pero sin mi primo. Mi primo murió allá.*

—*¡Cha!* —dize el manteño en meçiendo luengamente la cabeça—. *Pobre tu primo.*

—*Pobre.*

—*¿Y dónde está ese otro chiquillo que dices que recogieron, Paransis… Palansis… Faransis…?*

—*Francisquillo. Se quedó en la desembocadura del río Zuricaram. En un poblado tallán llamado Tangarará. Haciendo compañía a los extranjeros que se quedaron allá.*

Contráese el foradado rostro.

—*¡Cha! Entonces ¿hay más extranjeros en Tangarará?*

—*Sí.*

—*¿Cuántos?*

—*Treinta a treinta y cinco.*

—*¿Por qué no han venido a Cajamarca?*

—*Estaban enfermos y no tenían fuerzas suficientes para el viaje.*

—*¡No me digas, paisanito!* —sonrýe el payssano, como en haziendo celebraçión de la noticia—. *¿Se enferman los extranjeros?*

—*¡Claro! Tendrán pelos en todo el cuerpo, pero comen, cagan y se tiran pedos, como tú y yo.*

—*Ajá. ¿Y también mueren, como tú y yo?*

Assiente Felipillo, en holgando de conpartir el secreto saber con su payssano. De fablar en lengua que solo ellos han de conprehender. En lengua ynpune.

—*¿Los has visto morir?*

—*Con estos mismos ojos que te están mirando* —dize el faraute, feliz—. *De hambre, de frío, de calor, a flechazos, a pedradas, ahogados, hinchados, mareados, quemados por las fiebres de los pantanos, hasta cortados en pedazos, cocinados y comidos por los salvajes caribes y quillacingas.*

—*¿Hay más en las tierras del Inca?*

—*No* —dize Felipillo. Piença—. *Todavía no.*

—*¿Qué? ¿Van a venir más?*

Assiente el faraute.

—*¿Cuándo?*

—*No sé.*

—*¿Cuántos?*

—*No sé. Pero muchos.*

Meçe de nueuo la cabeça el manteño, como en fablando para sí.

—*Entonces, paisano. ¿Los extranjeros no son mensajeros de Huiracocha?*

Rýe a mandíbula batiente el faraute.

—*¡No, qué van a ser! Son gente. Gente roja, grande y peluda. Pero gente como tú y yo.*

—*¿Y de qué nacen?*

No entyende el faraute.

—*¿Nacen de semillas?, ¿de huevos?, ¿de mujeres?*

—*De mujeres.*

—*¿Dónde están ellas?*

—*Se quedaron en su país.*

—*¿Cómo son? ¿Barbudas como ellos?*

—*Barbudas de abajo será* —dize el faraute con yntinçión.

Suelta onda carcaxada el manteño. Míralo Felipillo, radiante de la nueua conpliçidad con el payssano que le habla en su lengua perdida.

—*¿Por qué no las trajeron? ¿Son feas acaso?*

—*No* —dize Felipillo. Con picardía—: *Son lisas, blancas, suavecitas. Yo las he probado.*

—*¡Cha!* —sonrýe el manteño con picardía y medya—. *Te voy a estar creyendo, paisanito.*

—*De verdad* —ynsiste el faraute—. *Son tan pero tan sabrosas que les tienen prohibido subir a los barcos. Distraen, dicen. Por eso las dejan en sus tierras. Mujer a bordo, naufragio seguro, dicen.*

—*Son sabios estos barbudos* —sonrýe el manteño.

—*Son.*

—*¿Y sus armas? ¿Es verdad que tienen al Illapa encerrado dentro de sus varas de metal?*

—*¡No!* —dize Felipillo en ryendo—. *¡Tss! ¡Qué va a ser!*

—*¿A qué dios tienen encerrado entonces?*

—*A ninguno. Ponen unos polvos mágicos dentro de las varas y unas bolitas de metal, redondas como huevito de guanay.*

Sin mediar palabra, ymita Felipillo el graznido del páxaro *guanay*. Rýe el manteño. Ymítale el reýr Felipillo con fieldad, la ygualando a la tos del páxaro guanero de las islas quando caga. Tórnase la tos en coxera. La falça coxera del *guanay* quando se allega sinuossamente de la enbra e la pisa, la fecunda.

Ríe el manteño.

—*¡No digas, paisano! ¿Tú eres bueno haciendo la danza del guanay?*

Por toda rrespuesta, enprende Felipillo la ymitación cunplida del páxaro *guanay*, que antaño rrogáuanle para çeRar la uelada en las fiestas consagradas a los Animales Tutelares.

Venía después de la imitación del Cangrejo (la preferida de su padre), el Mono, la Serpiente, el Sintiru, la Zorra, la Foca (la preferida de su madre) y el Puma (la preferida de su primo Mantarraya Cara de Tollo), cuando el Viento en las velas era sostenido y el Señor de las Aguas estaba de buen humor. Esta era la imitación más esperada y la que disfrutaban más, pues tenía el sabor de la prohibición ajena. Entre los pueblos al sur de Tunbez no estaba permitido burlarse del *guanay*: era el dios del guano, su caca sagrada daba fuerza a la tierra haciéndola fértil. Los sacerdotes de allá, había escuchado Anguila decir a los viejos, debían hacerle ceremonias largas y complicadas para solicitarle que dejara a las gentes ir a las islas sagradas a tomar su caca, acumulada en montañas tan altas desde el comienzo de los tiempos que algunos pensaban que no había tierra debajo de ella: que las islas mismas estaban hechas de caca de pájaro para hacer fértiles los terrenos de todo el Mundo conocido. Felipillo es ahora un ave que rompe su cascarón, mira a su alrededor, huele, gesticula —*ej, ej, apesta a caca*, dice su cara—. El manteño ríe. Felipillo extiende las alas, alza un vuelo torpe y desgarbado, se posa con una sola pata y se queda parado, mirando a uno y otro lado con un rápido giro de cabeza. De pronto, suelta un enorme pedo. El manteño ríe a carcajadas. Inmediatamente, inventado por la mirada y los gestos de Felipillo, hay a su lado un montoncito de caca, que los gestos del *guanay* hacen crecer poco a poco hasta volverlo gigantesco. El *guanay* mira su caca como sorprendido, finge creer que es comida, la prueba, está rica, *ej, ej,* se la come (risa del manteño). De la nada, poco a poco al *guanay* empieza a crecerle el pene hasta volverse enorme (nueva carcajada). El *guanay* gira la cabeza de un lado a otro y se queda mirando al manteño como si le gustase (risas), se le acerca, le coquetea (risas), se soba contra él (carcajadas), danza en torno suyo y, en el momento menos pensado, lo pisa (risas). Cuando *ahh,* se ha saciado, se aparta y del culo del hombre saca una bolita del metal gris, una bala de mosquete robada a Pedro de Candia (el hombre observa, sorprendido). Lo pone sobre la tierra y se sienta encima. Al cabo de un momento, de la bolita que funge de huevo revienta un *guanay* chiquito, que al salir, repite el gesto del *guanay* grande —ej, ej, apesta a caca— y con la misma torpeza del *guanay* grande pero en chiquito, levanta vuelo. El *guanay* grande lo mira alejarse por el aire. A medida que se aleja, su cuerpo envejece. Se tira un último y sonoro pedo y expira.

Acauada la faena, tórnase el faraute al manteño. Ay ilos de agua manándole de los oxos e coRiéndole por las mexillas. Pero el foradado Rostro sigue sin amansar. Con el çeño advsto, seuero.

—*¿Sabes usarlas?*
—*¿Qué?*
—*Sus armas.*
—*No.*
—*¿Y estas?* —dize el manteño en señalando reçiamente la bala de mosquete birlada por el faraute a sus Señores—. *¿Sabes usar estas?*
—*No.*
—*¿Puedes aprender y me enseñas después?*
¿...?
—*Tengo que irme* —dize Felipillo, en tomando la bala que le sirue de amvleto.

Y sin despedirse, pártesse en rauda caRera.

Cuarta cuerda: blanco entrelazado con negro, en Z

Salango carda la lana de la que será la cuerda principal del *quipu* que enviará a Cusi Yupanqui. Toma un atado de cuerdas vírgenes del montón que ha traído del depósito. Elige una de ellas y devuelve las restantes a la cestilla. Dobla la cuerda elegida en dos partes iguales. La enrolla como exprimiéndola, dejando un ojal amplio en el extremo. Cuando la cuerda está lo suficientemente ceñida, la enlaza por el ojal a la cuerda principal. Jala ambos extremos hasta que la cuerda se ajusta bien y ya no puede deslizarse hacia los lados. Pone el otro cabo de la cuerda elegida entre los dedos de su pie izquierdo. Estira la cuerda al máximo durante diez latidos de su corazón para que se vaya acostumbrando a su futura rectitud. Está listo para comenzar.

Da un breve vistazo a la angosta ranura por la que entra la luz a su habitación: debe darse prisa en tramar el *quipu*, pues pronto culminará el paseo cotidiano dEl Que Todo lo Ilumina.

Mientras prepara su informe, su pepa íntima se contrae como aplastada por dos piedras planas. Se reprocha de nuevo con dureza los errores garrafales cometidos durante el interrogatorio del informante. A quién se le ocurre hacer tantas preguntas sospechosas juntas en un primer encuentro. Cómo se le pudo olvidar preguntarle por las verdaderas intenciones de los extranjeros en las tierras del Inca, por la enfermedad que pretendían curar usando el oro como medicina, por el inaudito dios de tres cabezas en que decían creer y el otro que dizque renacía cíclicamente. Por qué esa estúpida tendencia suya a reírse exageradamente de los chistes de un informante al que tiene miedo de perder. Tendría que ser *upa* el chiquillo manteño para no haberse dado cuenta. Ahora sí que la regó. ¿Cuándo encontraría otra oportunidad tan propicia como esa primera conversación espontánea en que el informante no sabe que lo es, en que no criba lo que sabe de lo que dice para usar la diferencia a su favor? ¿Cuándo habría ocasión para una segunda charla, si la había? ¿Qué si el chiquillo traductor ahora desconfiaba de Salango? ¿Qué si, asustado por su vehemencia al preguntarle por sus armas, no había ido corriendo a denunciarlo como espía a sus Señores, que lo estarían buscando ahora para matarlo?

No lo ha hecho. Y no lo hará, mi amor.

Con su calidez habitual, Calanga ha irrumpido suavemente en el cuadrado de luz formado en el suelo por la ranura. Aunque está a contraluz, la sombra permite divisar el mismo anillo en la nariz, la misma blusa de bayeta fina sin mangas y falda sin pliegues propias de las mujeres manteñas, el mismo manojo de collares de *chaquira* superpuestos en su cuello de la última vez que la vio con aliento antes de que el Mal la desfigurara hasta arrebatársela.

El chiquillo está feliz. Y cómo no va a ser, amor mío. Por fin ha encontrado con quien hablar en su lengua. Con quien evocar sin miedo el que fue y ya no es, el que no sabía que era pero sigue siendo todavía. Como tú. No fuerces el próximo encuentro ni las preguntas que tienes pendientes. No son tan urgentes. Espera. Deja que sea él el que se te acerque, que sea él el que pida sus encuentros. Pero cuando lo haga, ten las preguntas y la recompensa listas. Cuando sientas que ha llegado el momento, suéltalas como quien no quiere la cosa. Ni el chantaje ni el soborno, sapito mío. Siempre tienen resultados contrarios en gente como él. En gente como tú. A toda recompensa, como bien sabes, le falta el sabor agrio de la coerción.

Calanga abandona el cuadrado de luz, se acerca hasta ponerse a su lado. Salango escucha con dolorosa nitidez la tersa fricción de la *chaquira* al desplazarse. Siente los dedos de su mujer asiendo, jalando un mechón de cabellos de su sien, fingiendo arrancarlos solo para acariciarlos mejor, como era su costumbre cuando andaba en tregua momentánea de su chacota perpetua.

La otra mano de Calanga le desliza una escudilla llena de hojas de la planta sagrada. Separa con lenta delicadeza las hojas listas para mascar de las que aún no han llegado a la madurez y las pone una por una dentro la boca de su esposo. Salango las mastica despacio. El sabor que se desprende es dulce, de buena *callpa*. La voz ronca y tibia de Calanga se acerca a su oído.

No hay primer encuentro perfecto, mi amor. ¿O ya te olvidaste?

Cuerda secundaria: blanco entrelazado con negro, en S

No, a pesar de sus esfuerzos no había olvidado. Y Mama Coca, que le masajeaba la pepa hasta suavizarla, le ayudaba a dejarse recordar.

Todo había ocurrido hacía nueve años, apenas terminada la guerra contra los cayambis y caranguis. Salango portaba aún el nombre de Oscollo Huaraca en el que, a fuerza de años de mérito constante, había logrado disolverse. Aún se hallaba en la pendiente cuesta arriba hacia el cénit de su edad. Hacia el cénit de su vida.

Convertirse en el hijo de Usco Huaraca no había sido nada fácil. Todos esperaban mucho del único vástago del Gran Hombre Que Cuenta y no habían dejado de hacérselo sentir desde el momento mismo en que adoptó su identidad. No había bastado destacar en los estudios en la Casa del Saber del Cuzco ni cumplir exitosamente con el informe que Chimpu Shánkutu le había encomendado en el *huamani* chanca, en lo que sería su primera prueba de fuego como Espía del Inca. Había debido demostrar la calidad de su sangre postiza en la prolongada campaña militar del Inca Huayna Capac en las tierras del norte.

Oscollo lo había hecho, y con creces. Después de infiltrarse con temeridad en la barriga del territorio enemigo, avistaba sus posiciones y rendía a los generales del Inca un informe pormenorizado de sus hombres y pertrechos estacionados y en movimiento. La información, siempre importante, había sido esencial para aplastar a los caranguis y cayambis en la última batalla a orillas de la laguna de Cocharambe, que tuvo que ser nombrada Yahuarcocha, laguna de sangre, por toda la sangre enemiga que en ella se derramó. La derrota había terminado por doblegar la resistencia de los rebeldes y marcado el fin de las hostilidades.

Era por ello que Oscollo se dirigía con el corazón suspendido a *Mullucancha*, el flamante palacio de Tomebamba, ante la presencia del Inca, que le mandaba llamar.

Mullucancha reverberaba ante El Que Todo lo Ilumina como una *mascapaicha* gigante ceñida sobre una cuadrada cabeza de piedra. Los andamios estaban repletos de engastadores apresurándose para terminar de revestir a tiempo las paredes con *mullu* colorado especialmente traído de las costas manteñas, con miras a hacer coincidir las ceremonias de finalización de los trabajos palaciegos con las fiestas de la victoria final del Inca sobre los cayambis y caranguis, después de un asedio feroz de once años. Ni siquiera los *huillahuisa*, los hombres que sueñan los sueños de los Incas para interpretarlos, habrían predicho que, solo tres años después, sería destruido por la saña de Atahualpa por la fidelidad de sus moradores cañaris a Huáscar en la guerra de los hermanos.

Pero en aquel entonces todo Tomebamba, desde el barrio de Pumapungo —en donde se erguían los palacios nuevos del Inca, que replicaban a los de la Ciudad Ombligo— hasta los barrios marginales de extramuros —que habían acogido a los atados de *ayllus* de arquitectos, albañiles, talladores y artesanos extranjeros desplazados desde los confines del Mundo para realizar los trabajos de renovación, ampliación y revestimiento de los palacios— respiraba la serena euforia de la paz recién recuperada. Aunque también la desazón —oculta hasta entonces por las preocupaciones de la guerra— por los muertos que no terminaban de irse, que se aferraban a sus querencias de Esta Vida o demoraban las despedidas haciéndolas más dolorosas. Pues cada uno de los habitantes de la ciudad y de los contornos —cañaris, *mitmacuna* e incluso incas de sangre real y de privilegio— no acababa de llorar a un padre, a un hijo, a un hermano fallecido en el combate.

La entrada del Palacio estaba protegida por una férrea guardia de doscientos cincuenta y seis guerreros incas. Los dos que se hallaban al lado de las columnas descruzaron sus armas ante su arribo: Oscollo podía pasar.

El hijo de Huaraca cruzó los umbrales. Cuatro guerreros incas bien armados le esperaban. Les siguió por los corredores interiores del palacio. No le fue difícil guiarse pues, aunque era la primera vez que penetraba en su recinto, este había sido construido a semejanza del *Amarucancha*, en el Cuzco, al que sí había tenido la ocasión de ingresar, por primera y única vez,

117

a poco de su llegada a la Ciudad Ombligo, cuando vio por primera y única vez al Inca.

Al llegar a la entrada del Aposento del Inca, los guerreros le anunciaron.

—Que pase —dijo la voz severa del sabio Señor Chimpu Shánkutu, maestro y mentor de Oscollo Huaraca en las artes del espionaje, que se había convertido recientemente en Hombre Que Habla a la Oreja del Inca.

Oscollo se descalzó. Se colocó a la espalda el leño de cortesía que se hallaba a un lado de la entrada y entró al Aposento del Inca mirando hacia el suelo e inclinándose profundamente, como en toda buena *mocha* de saludo.

Frente a él, el Joven Poderoso Respaldado por Muchos —que apenas parecía menguado por el tiempo transcurrido desde la primera y última vez que lo vio, hacía trece años—, hablaba en cuchicheos con Cusi Tupac, su fiel Portavoz y futuro Albacea de sus Últimas Voluntades, y con el Fértil en Argucias Chimpu Shánkutu. Sea lo que fuere que habían estado discutiendo, callaron y —Oscollo no lo vio pero pudo sentirlo— se volvieron hacia él. Fue Cusi Tupac, el Portavoz del Inca, quien habló.

El Inca lo mandaba llamar para agradecerle por los invalorables servicios prestados en la guerra. Sin sus osadas incursiones en los cerros vecinos a los campos de batalla, los orejones generales Capac Yupanqui, Coya Tuma, Apu Cari, Huayna Achachi y Apo Mihi no habrían podido repartir con astucia sus tres ejércitos para el asalto final a las *pucaras* y *callancas* caranguis y cayambis, y sus aliados de los pueblos pifos, otavalos y collasquíes. Solo los oráculos de Pachacamac sabían cuántas lagunas de sangre más se habían dejado de verter sobre los campos gracias a él, cuántos años más habría habido que esperar para pacificar la tierra. Por eso, porque el Inca sabía retribuir con creces a los que le servían bien, le hacía dos presentes.

Salango recuerda como si fuera ayer su temor de que los Señores escucharan los brincos de su joven corazón.

El primer presente, seguía diciendo Cusi Tupac, era en verdad un nuevo servicio que le era solicitado, ahora que el anterior había concluido a plena satisfacción del Inca. El servicio le honraría.

Oscollo hijo de Huaraca iría al poblado de Colonche, en tierras manteñas, donde se presentaría ante el Señor del lugar como representante de buena voluntad del Inca Huayna Capac. Una vez instalado, asumiría a partir del siguiente nacimiento de la Madre Luna el cargo de Gran Hombre que Cuenta Hombres y Cosas de la nueva región del extremo Chinchaysuyo, que aún carecía de linderos.

El Señor Chimpu Shánkutu tocó con suavidad el hombro de Cusi Tupac. Le habló largamente al oído.

Sus nuevas funciones no le serían ajenas, siguió diciendo el Portavoz. Se trataría de las mismas que, en su tiempo, había llevado a cabo en el *huamani* chanca su padre, el nunca fallido Apu Usco Huaraca (y aquí escuchó el crujido suave de sus prendas: el Portavoz había hecho una leve reverencia). Pero, sin desmerecer ni una espina las dificultades atravesadas por su esmeradísimo progenitor, la tarea de Oscollo sería muchísimo más ardua. Su labor como Gran Hombre que Cuenta no consistiría esta vez en ir a los pueblos, verificar los conteos de los censos y solicitar los turnos que correspondían a cada poblado, como se hacía en las otras regiones. El problema con las gentes del extremo noroeste del Chinchaysuyo era que no sabían, *no querían saber* lo que era servir en un turno de trabajo en tierras de su *curaca*. Habían acuerdos pactados por el Inca Tupac Yupanqui con los pueblos manteños y huancavilcas, que entregaban a cambio de la paz generosa del Inca *mullu* y esmeraldas. Pero los pueblos tiquizambis, puruhuaes, panzaleos, chimbos, chonos y yumbos, que vivían en esa región fronteriza, eran incultos. El Inca Tupac Yupanqui, El Resplandeciente, había logrado doblegar la férrea resistencia de sus guerreros varias veces, pero cuando ingresaba a los poblados para sellar los términos de la conquista, los pobladores abandonaban la tierra y se replegaban a sus bosques, pantanos, cuevas y manglares de rudísimo acceso para piernas que no fueran las suyas, y de donde nadie podía desalojarlos. Pero además, los pocos salvajes que se lograba atrapar se resistían a ser educados. Por más que se les llevara a la fuerza a hacer las faenas comunales en tierras del Inca, se plantaban con los brazos cruzados preguntando por qué se les obligaba a labrar una tierra que no era suya, y se escapaban a la primera oportunidad que se les presentaba, incluso bajo la amenaza de la muerte, quemando y arrasando todo a su paso. Se les entregaba lana procedente de los finísimos ganados de los corrales del Inca, para que sus mujeres tejieran prendas para Él, como era la costumbre en cualquier tierra civilizada del Collasuyo, el Contisuyo o el Antisuyo, y ellos la guardaban para sí, creyendo que se la habían regalado. Se les pedía entregas regulares de madera de balsa, sal, pieles de animales o lo que fuera que tuvieran de valor, y ellos cumplían puntualmente con la primera, espaciaban la segunda y olvidaban la tercera. Eso, si tenían algo que valiera la pena tributar, pues muchos poblados producían cosas que no servían para nada, como espejitos, dijes de piedra y unas hachas pequeñitas de cobre que se diría fabricadas para habitantes de un país de hombres minúsculos.

Pero la gran mayoría de los salvajes del extremo norponiente del Chinchaysuyo, seguía diciendo el Portavoz, no tenía nada, *absolutamente nada*. No trabajaban la tierra, comían únicamente lo que ella les ofrecía de su natural generosidad y vestían lo primero que encontraran a su alcance, consentidos por la clemencia de sus climas cálidos. Como Oscollo mismo vería por sí mismo, su futuro servicio en estas tierras extremas no consistiría tanto en recaudar con un ojo vigilando con el otro las posibles rebeliones, las tareas usuales de un Gran Hombre que Cuenta normal, sino en enseñar a los pueblos las costumbres correctas, en civilizar. Lamentablemente —y era importante que Oscollo lo supiera o, si ya lo sabía, no lo olvidara jamás—, algunos de estos pueblos, carraspeó el Portavoz, habían degollado a los funcionarios enviados por el Inca que habían descuidado sus espaldas, entrados en confianza por la falsa amabilidad de sus anfitriones. Por eso, para prevenir que pudiera ocurrirle lo mismo, el Inca le entregaba el segundo presente.

Cusi Tupac golpeó sonoramente el suelo dos veces con la planta de su sandalia.

Una lozana chiquilla en los umbrales de su edad productiva entró entonces a la habitación y se detuvo frente al Inca, con los ojos fijos en el suelo. Llevaba un hermoso vestido con los colores vivos del arco que el Illapa suele formar después de la lluvia y una mantilla bordada con los motivos sagrados de Huiracocha. Pero Salango recuerda sobre todo su larguísima cabellera, negra como la brea, a duras penas sostenida por una vincha amarilla y un prendedor de plata. El traje de las *acllas* que van a ser entregadas en matrimonio.

—Su nombre es Coyllur Palla —dijo el Portavoz—. Es la Escogida del Inca que tomarás por esposa.

Yo no me llamaba así. Yo me llamo Calanga, pero no se lo había dicho a nadie y a nadie le importaba. Entre dos *mamaconas* me habían tenido que sujetar para que me dejara enrollar el pelo, pues me gustaba llevarlo suelto, como en mi tierra, hasta cuando preparábamos chicha fermentada para el Inca. Qué disforzada te pones, Coyllur Palla, me había dicho una, jalándome con la peineta de los mechones a propósito para hacerme doler, deberías alegrarte que han venido a pedirte, y la otra: serás tonta ¿no ves que ya no tendrás que quedarte a servir aquí como nosotras? ¿a hacerte vieja entre estas cuatro paredes? Pero, como me seguía resistiendo, me metieron a la fuerza una planta picante en el poto —los palmazos en las nalgas dejan marca y querían entregarme completamente intacta— y me quedé bien tranquilita mientras me embutían en mi traje de novia para llevarme ante el Inca, maldiciéndote sin conocerte. Cuando te vi por primera vez, no me pareciste tan feo como imaginaba, pero noté la cara de asco que ponías al verme y me dije: ¿y este quién se ha creído?, ¿no soy yo acaso suficiente para él?

—¿Qué pasa? —preguntó el Portavoz, después del nuevo cuchicheo del Joven Poderoso en su oído—. ¿No te gusta?

—No es eso —dijo Oscollo, cavando de nuevo el suelo con la mirada.

¿Cómo negarse a un presente del Inca? ¿Cómo explicarLe que Oscollo no quería casarse con ella ni con ninguna otra mujer por bella que fuera? ¿Que seguía aún fresca en su aliento la huella del odio que había visto acumularse entre su padre y su madre, obligados por el Pacificador del Inca a sellar con el cruce planificado de sus sangres —y la de otras veintitrés parejas— la paz permanente entre sus dos pueblos? ¿Que jamás podría forzar a una mujer —ni forzarse a él mismo— a padecer tormentos semejantes, inherentes, por lo que había visto a su alrededor, a todo matrimonio?

Pero yo eso no lo sabía todavía, sapito mío, todavía no me lo habías contado.

—Pues va a tener que gustarte —continuó el Portavoz—. Coyllur Palla es indócil como las hembras manteñas, pero es la compañera ideal para tu nuevo servicio. Habla el Idioma de la Gente y los idiomas bárbaros de los pueblos que vas a civilizar. Y conoce bien cada mata, cada meandro, cada sendero de la región. Con ella a tu lado, no solo entenderás y te harás entender por ellos, sino que serás aceptado con mayor facilidad.

Cusi Tupac se detuvo un instante, destinado a calar la reacción de Oscollo. Pero cuando el hijo de Huaraca se dio cuenta y quiso decir algo, el Portavoz continuó.

—Irás a instalarte a Colonche. Cumplirás con los ritos nupciales siguiendo el hábito local. Te harás uno con sus habitantes. Aprenderás su lengua. Practicarás sus costumbres. Comerás sus comidas y beberás sus bebidas. Venerarás a El Que Todo lo Ilumina, pero respetarás a sus dioses. Preñarás a tu mujer. Que levanten de ti el recelo que sienten por todos los que vienen de parte del Inca.

Y tomaron mi mano y la posaron sobre la tuya. Y, después de dudar un instante eterno en que te odié y te maldije en todas las lenguas que conocía, pusiste la tuya sobre la mía. Y, con una comitiva pequeña, desarmada y repleta de presentes de buena voluntad, partimos a Colonche, mi pueblo de nacimiento, donde llegamos después de un viaje de cuatro jornadas y fuimos recibidos por el *curaca*. Jamás te enteraste, pero discretamente me preguntó en nuestra lengua qué era lo que querías, para qué te habían enviado. Yo le respondí que no lo sabía, que el Inca me había entregado a ti como esposa y te había mandado aquí para que vivieras como manteño, que eso era todo lo que sabía. Entonces, como buen anfitrión, el Señor nos hizo alojar en una cabaña del poblado de los artesanos que trabajaban el *mullu*, el más bonito de los alrededores, y nos ofreció dos de sus hamacas personales para que nos repusiéramos del viaje, nos dio de comer y beber hasta que ya no nos entraba un alga más en la barriga y mandó llamar a mi tío Olón y mi tía Jama. Mis tíos vinieron y al verme me preguntaron con cautela si yo era yo o un espectro perverso. Cuando les dije que era yo, se deshicieron en lágrimas, pues me daban por muerta desde que se enteraron de la masacre de los incas al pueblo de Cansacoto, cerca de Quito, adonde yo había ido en viaje de comercio acompañando a mi madre y en donde tu enano Señor me tomó para su serrallo y me cambió de nombre. Entonces, comenzaron los preparativos para las fiestas de nuestro matrimonio y las invocaciones a los dioses de la fertilidad para que nos bendijeran con prole sana y abundante.

Salango recuerda poco de estas fiestas. Se emborrachó casi de inmediato con la multitud de brebajes que le obligaron a libar, y que él no rechazó para no ofender a sus amables anfitriones. Recuerda que bailó con todos la danza de agradecimiento a los dioses marinos que traían la concha sagrada a las costas manteñas, los festejos por la buena cosecha de esmeraldas del año que acababa de concluir, las ofrendas de primicias para que fuera igual de generosa el año siguiente. Recuerda que rio desde lo más profundo de su vientre las parodias de los dioses vecinos a las tierras manteñas, que, pensaba entonces, eran simples imitaciones de animales. Que alguien imitó al *sintiru*, que el otro a la *anaconda*, que un tercero al puma, que un cuarto al zorro esquivo de cola blanca. Pero recuerda sobre todo una imitación que le hizo reír hasta las lágrimas. La de un pajarraco que cagaba todo el tiempo, ej, y confundía su caca con comida, ej ej, y al *curaca* —risas de todos— con su hembra. Y todos se quedaron callados cuando el pájaro dio a luz un pajarito chiquitito, que repitió la misma cara de zonzo de su viejo. La misma cara final que viera en el remedo del chiquillo traductor que el Espía ahora quiere convertir en informante, que le había arrancado lágrimas sin querer.

Cuando las fiestas terminaron y empezaron los ritos previos a las nupcias, el *curaca* nos llamó. Y te dijo en nuestra lengua, conmigo a tu lado traduciéndote, que para casarte con una manteña tenías que ser un manteño. Que había tres pruebas por las que tenían que pasar todos los extranjeros que querían cruzar su sangre con una persona, volverse una persona, para mostrar que eran dignos. Y un sirviente te puso enfrente una tortilla pestilente. Y el *curaca* te dijo, y yo te traduje tapándome la nariz, que era el potaje favorito de nuestro dios, que lo comieras. Y tú tragaste saliva, tomaste aire y, con cara de asco infinito, de tres bocados te lo comiste, mientras yo me reía para mí. Y el sirviente te trajo entonces una vasija con una bebida amarillenta de aspecto nauseabundo. Y el *curaca* te dijo imperturbable, y yo te traduje, que esa era la infusión preferida de nuestra diosa más potente, que la bebieras. Y tú diste un largo respingo y de un solo envío te la bebiste, conteniendo a duras penas las arcadas. Y el *curaca* te miró risueño y sin decir nada, empezó a andar con paso decidido en dirección a la costa, seguido a distancia por su pequeña comitiva. Y yo empecé a seguirlo y tú a mí. Anduvimos por un octavo de paseo solar hasta que llegamos a la playa. Ahí, como esperándonos, había una hilera de balsas de distintos tamaños estacionadas, listas para la salida. El *curaca* miró largo rato hacia el mar, señaló hacia la Isla Sagrada y te dijo, y yo traduje para ti, la tercera y última prueba, joven extranjero, es nadar hasta la Isla.

Oscollo solo había estado una vez ante una Cocha tan grande como aquella, sin orillas opuestas en el horizonte. Pero la Gran Cocha Titicaca, en las tierras collas a dos jornadas del Cuzco, que había visitado poco después de iniciar su aprendizaje en la Casa del Saber, era tan fría que nadie la nadaba, y las olas apenas peinaban la superficie. Aquí parecían animadas por un dios de dimensiones infinitas, poderosísimo y en perpetua agitación, que bramaba como si estuviera masticando piedras redondeadas unas contra otras sin parar. Puso todo su aliento en que su anfitrión y su futura esposa no lo notaran, pero el pánico le doblaba las piernas. ¿Y si le decía al *curaca* que todo era una equivocación, que él no quería ser manteño, que solo estaba ahí como parte de un premio que no deseaba recibir, que no tenía la intención de casarse con esa mocosa insoportable que le habían asignado por esposa que no hacía sino reírse de él? ¿Y si se daba la vuelta y regresaba por donde había venido hasta llegar a Tomebamba, y se presentaba ante su Señor y le decía que él no quería ser Gran Hombre que Cuenta, y le pedía un premio que se pareciese menos a un castigo?

Sin decir palabra te quitaste la ropa hasta quedarte solo con tu taparrabo, te metiste temblando al mar y cruzaste la rompiente. Comenzaste a nadar con tanta torpeza que se abrió un hueco en mi corazón y empecé a exprimirme por ti. El *curaca* y su comitiva nos trepamos en dos balsas de mediana eslora y comenzamos a seguirte, una a cada lado. Después de estar nadando por cinco tiros de piedra, te habías puesto del color del mar, cada una de tus brazadas parecía la última, pero no te detenías. El *curaca* te gritó, y yo te traduje, que podías parar cuando quisieras, pero tú no hacías caso y seguías braceando. Y de pronto, dejaste de mover los brazos y empezaste a hundirte al fondo. Le increpé al *curaca* para que hiciera algo, pero ni él ni nadie de su comitiva, ni siquiera los buceadores, se movió para ayudarte, así que me lancé al agua y, aunque pesabas como un ancla de piedra, te saqué.

Oscollo solo recuerda que cuando volvió a su aliento estaba tendido boca arriba, con la chiquilla manteña arrodillada a su costado, con expresión concernida. De pie, un poco más allá, el *curaca* contemplaba con fijeza una esmeralda del tamaño de un huevo de albatros, amarrada a su muñeca. Oscollo se incorporó. Dio un vistazo alrededor y se dio cuenta de que estaban en la playa de la isla.

Lo que comiste, dijo el *curaca* y yo traduje para ti, no era el alimento de nuestro dios, era caca. Lo que bebiste no era la bebida de nuestra diosa, era orina. No hay ninguna prueba que pasar para los que van a casarse con una de las nuestras e instalarse entre nosotros. Solo deben desear convertirse en manteños con todo el corazón. Tú lo deseaste tanto que pusiste tu vida en riesgo mortal. De no haber sido por tu esposa futura, ahora estarías disfrutando de la eterna compañía de nuestros hermanos los peces en el fondo del mar.

El *curaca* se arrodilló. Dio varios golpecitos a la arena que pisaba.

—¡Cha! —dijo.

Esta isla sagrada se llama Salango, dijo el Señor y yo traduje para ti. A partir de ahora te llamarás como ella, serás tierra separada de la tierra. Serás manteño como nosotros.

Cuarta serie de cuerdas – pasado

Primera cuerda: marrón como el polluelo del pájaro *allqamari*, en S

¿Qué hago aquí, Padrecito Pachacamac, lejos de mi tierra de Apcara? ¿Separado de mi nombre, de mis padres y mis hermanos, de mis llamitas, de mi *ayllu*, de mi laguna de Cochapampa, que me vio crecer en su reflejo? ¿De mis *huacas* mandones pero generosos, de mi *apu* Huacchhuayserk'a, padre de todos los padres? ¿Por qué pues me has mandado a errar por tierras extrañas, siguiendo como perro a su dueño al Gran Hombre Que Cuenta?

Solo en medio de la multitud, Yunpacha repetía una vez más su letanía a Pachacamac, Señor del Mundo de Abajo, y no recibía respuesta.

En el centro de la plaza del poblado de Soccos, ya empezaban a juntarse los principales y las gentes del común. Usco Huaraca había ordenado, como en todos los poblados chancas por los que habían pasado en su camino, que vinieran todos, que no faltara nadie a la ceremonia de entrega de los *quipus* del censo anual, incluyendo *upas*, sordomudos, jorobados, gentes pegadas y demás tocadas por el *illa*, lisiados, viejos moribundos, soñadores y doblados.

A medida que llegaban, se iban poniendo en la mitad de la plaza que les correspondía, según vivieran en uno de los *ayllus* de Soccos de Arriba o de Soccos de Abajo. Su murmullo respetuoso, atravesado de vez en cuando por el llanto de un niño o por la risa idiota de uno de los *upas*, era el de gentes acostumbradas a esperar. Yunpacha mismo lo había comprobado en el censo de Allpachaqa, un pueblo chanca de La Parte de Arriba. Cuando la comitiva del censo llegó a la plaza del poblado, los *curacas* no estaban en la plaza, pues dos de ellos habían sido soplados por el maleficio de un *huaca* resentido y se habían enfermado de un momento a otro, por lo que había habido que esperar hasta que las plantas mágicas del Curandero mayor del poblado hicieran efecto sobre ellos. En todo ese tiempo, tres días con sus noches, en los que había llovido, granizado y vuelto a llover, los habitantes de Alpachaqa no se habían movido de su sitio.

¿Qué más debía hacer para ser escuchado y respondido? ¿Acaso no había presentado sus ofrendas, hecho sus sacrificios, mascado su coca? ¿Acaso no habían tirado su chicha en el suelo de cada uno de los templos dedicados a Él por los que habían pasado con la comitiva del Gran Hombre que Cuenta en su largo periplo por tierras chancas? ¿Qué más pues debía hacer para limpiarse, para darLe gusto?

Mientras esperaba a que llegaran los *curacas* y *quipucamayos* del poblado y empezara la ceremonia, Yunpacha escarbó en sus recuerdos, en todo lo ocurrido desde que Usco Huaraca despidiera a la delegación de Apcara que había ido a hacer su entrega a Vilcashuaman. Recordó, como si la estuviera viendo de nuevo, la expresión boquiabierta de Asto Condori, del Hablador y de los demás delegados de su caserío cuando Usco Huaraca les dio la orden de partir, su propio llanto desconsolado al verlos alejarse. Y luego el consejo (¿o había sido una amenaza?) de Usco Huaraca cuando hubieron terminado las entregas del día en las *collcas*, y se quedó a solas con él.

—Que nadie más sepa de tu poder. Si no, tu vida está en peligro.

Yunpacha se sentía entonces demasiado abrumado por su desamparo para preguntarse qué había querido decir el *quipucamayoc* joven con eso, a qué peligro se refería, y se había limitado a obedecer. Había seguido en silencio al sirviente con que lo mandaron, llévatelo a las *chukllas* de Vischongo, diciendo, y había subido con él por un sendero que trepaba en meandros por una colina empinada. En lo alto de la colina, surgió frente a él, como de las entrañas mismas de la tierra, una Cocha, una gran laguna que devolvía a la tierra la luz todavía poderosa del Sol cansado al final de su paseo por el día que estaba terminando. A sus orillas, bordeada de cañaverales, se alzaba una pequeña pero imponente ciudad de casas de paredes tan altas, lisas y rectas como las de la muralla de Vilcashuaman que habían movido tanto la pepa de su adentro cuando las viera por primera vez, y en las que empezaban a ser encendidas, por aquí y por allá, las primeras antorchas de la noche.

—Vischongo. Donde viven los Señores de Vilcashuaman —musitó el sirviente ¿envidiando?, ¿odiando?, ¿admirando? De pronto, giró hacia la lomada que acababan de subir—. Mira atrás tuyo. Mira la *Llacta* del Halcón Sagrado.

Yunpacha obedeció y se dio la vuelta. Podía abrazar con su vista a todo Vilcashuaman, ahora a sus pies. No tardó en darse cuenta de lo que el sirviente le mostraba. Ahí estaba bien clarito su pico, bien afiladas sus garras, bien gorda su panza. Y más allá, delineando el borde de sus alas desplegadas, la fila de *collcas* en que habían hecho su entrega, en que había descifrado la tableta de contar, en que lo habían retenido.

—La *Llacta* del Halcón Sagrado tiene forma de Halcón —dijo Yunpacha.

¿Cómo habrían dibujado un halcón tan grande? ¿Para qué?, se preguntaba Yunpacha. De pronto, como si no tuviera permiso para mirarla demasiado, el sirviente apartó la vista de la *Llacta* para fijarla en el rumbo que tomarían, que ya estaban tomando: el de los grupos de *chukllas* rústicas en los alrededores de Vischongo.

Las *chukllas* eran tan diferentes de las residencias como una piedra de una brizna de paja. En los pampones que las separaban a unas de otras había unas enormes rocas a medio tallar, pulidas ya por algunos de sus lados y redondeadas en sus esquinas, que jugaban con sus propias sombras, mudas, como desafiando. Así tumbadas, formaban una descomunal pared caída después de un terremoto devastador —nadie podrá decir jamás que está seguro ante Tu Cólera, Padrecito Pachacamac. Seguro sería aquí que las tallaban para los edificios nuevos en la *llacta* de los Señores de Vischongo o la *Llacta* en forma de Halcón. ¿Se quedaría lo suficiente para ver a los talladores y aprender su secreto?

131

El olor denso que emanaba del lugar estaba estancado como un charco de aire. Pero entre los olores desconocidos, Yunpacha había logrado cernir algunos familiares que lo tranquilizaron y le permitieron dormir esa noche, su primera noche completamente solo en el Mundo, en el rincón de la *chuklla* repleta de tinajas que el sirviente le asignó: el olor a tierra cocida, a *charqui*, a lana recién trasquilada, a sudor.

A la madrugada siguiente, antes incluso de que apareciera sobre el cielo el *cushi pishtag*, estrella del alba, el sirviente lo había despertado, hecho levantar.

—Vamos, levántate. Usco Huaraca te llama.

—¿Quién? —preguntó Yunpacha, sacándose las legañas.

—Usco Huaraca. El Padrecito que te mandó aquí ayer. El Gran Hombre que Cuenta.

Cuerda secundaria: marrón como el polluelo del pájaro allqamari, en S

Había sido esa la primera vez que había escuchado el nombre del *quipucamayoc* joven, del hombre que había decidido su destino, y a Yunpacha le pareció un nombre pesado, con raíces. *Usco* decían al gato salvaje de las zonas altas, más grande y astuto que el zorro mismo, y Uscovilca se llamaba el padre de todos los chancas de La Parte de Arriba: el Gato Salvaje Sagrado. *Huaraca* era la honda potente de los ancestros, la Honda Mágica. Pero también el nombre de uno de los primeros *ayllus* chancas, cuya fama había llegado incluso hasta Apcara. ¿Sería de ese *ayllu* el Gran Hombre que Cuenta? Su padre Asto Condori le había contado:

—Asto Huaraca y Tumay Huaraca se llamaban los que dirigieron el ejército chanca que fue a pelear contra el Inca Huiracocha. Llegaron hasta el mismo Cuzco, la *Llacta* Ombligo, en donde el Inca vivía. Todo sitiado y sin poder salir, Huiracocha mandó decir a los jefes chancas que quería rendirse, y ellos le mandaron a Huaman Huaraca, su hermano el negociador. Huaman le dijo que no le harían nada si se iba de la *llacta*, y Huiracocha, que ya estaba viejo y chocho, se fue nomás con

132

su hijo Urco El Zonzo, y sus mujeres y principales más, a las tierras collas, más luego del Lago Titicaca. Bien había salido todo. Pero el hijo menor del Inca Huiracocha, un chiquillo a quien llamaban el Yupanqui, no aceptó la rendición de su padre y, botando su chicha sobre la tierra, así voy a regar la sangre de nuestros enemigos diciendo, con siete guerreros se encerró en el ombligo del ombligo de la *Llacta* Ombligo a resistir. De tanto estar metidos en la guerra, los Huaraca se olvidaron de hacerle sus sacrificios a sus *huacas* chancas. Y *taita* Huiracocha Pacha Yachachic, el dios de los incas, que todo estaba mirando, hizo que las rocas de los *Apus* que rodeaban el Cuzco se convirtieran en guerreros, y los guerreros ayudaron a Cusi Yupanqui a defender la *llacta*, y no cejaron hasta que los Huaraca fueron derrotados y capturados, y sus ejércitos devueltos a nuestras tierras. El Yupanqui fue proclamado nuevo Inca y tomó el nombre de Pachacutec: el Volteador del Mundo.

—¿Cómo te llamas? —le preguntó Usco Huaraca.

—Yunpacha.

—Yunpacha. A partir de ahora te llamarás *Qanchis*, siete.

Usco Huaraca se levantó del taburete de madera en el que desmadejaba unos *quipus*. Dio una larga ojeada a los guerreros, funcionarios y sirvientes que, en el pampón de enfrente, parecían hacer los últimos preparativos para un largo viaje. Yunpacha aprovechó para mirar por dentro la residencia de piedra en que vivía el *quipucamayoc*: sus paredes eran tan rectas y lisas como por afuera, pero su austeridad le llamaba la atención. Por todos lados, no había más que montones de lana, cuerdas separadas y sin nudos y, bien enrollados y dispuestos en orden, trescientos ochenta y cinco *quipus* de todos los tamaños y colores.

—El siete es un número mágico —continuó Usco Huaraca, sin dejar de mirar hacia afuera, como si no hablara con Yunpacha sino con el horizonte—. Si tomas un puñado de maíz del mejor maizal o una medida de las mejores papas de la cosecha, y el número se puede dividir entre siete o termina en siete o tiene siete, será un buen año. Si tomas al azar un grupo de *runacuna* en buena salud y su número se puede dividir entre siete o termina en siete o tiene siete, será un año de paz, un año sin enfermedades.

Usco Huaraca se volvió hacia él, con una manta de dormir y una honda, que habían aparecido ¿cómo?, ¿en qué momento? entre sus manos. Se los extendió.

—Qanchis. En el viaje, tú serás para todos el *illapacamayoc*, el que hondea las nubes para mantener calmado al Illapa. Pero para el Padre Sol que Todo lo Ilumina, para mí y para nadie más, tú serás el Contador-de-un-Vistazo, el Contador secreto.

Aunque no comprendió todo lo que le decía el Gran Hombre que Cuenta, Yunpacha entendió, con pánico, que él también viajaba ¿adónde?, ¿con quién?, ¿para qué? y que no regresaría ¿cuándo?, ¿en cuánto tiempo? a Apcara. Había sido entonces que le había hecho por primera vez su pregunta al Señor del Mundo de Abajo, llorando en su adentro frente a Usco Huaraca, que lo miraba sin inmutarse: ¿Por qué, Padrecito Pachacamac, me habías separado de los míos para mandarme a errar por tierras extrañas?, ¿por qué pues, Señor *Pururauca* chanca, Guerrero de la Roca, me habías dado mi poder?

La comitiva había partido de Vischongo con la salida del sol, en dirección al norte. Yunpacha iba delante, hondeando de cuando en cuando las nubes negras del camino con piedras untadas con alquitrán, ¡Illapa, no hondees esta nube! ¡No la hagas llover ni relampaguear sobre los caminos en Tu debajo! gritando con toda su voz, precediendo a las andas en que viajaban un Sacerdote muy viejo, Usco Huaraca —acompañado del niño silencioso de la edad de Yunpacha que había visto en las *collcas*, y que debía ser su hijo—, unas *mamaconas* y varios funcionarios, que iniciaban así el viaje de los conteos del censo anual en la región chanca. Las andas eran llevadas al trote por unos cargadores lucanas —había reconocido su acento lucanino al hablar el idioma aru, como el de su padre, pero no se había atrevido a hablarles—, que iban cambiando en cada *tambo* en el que hacían su parada para comer y descansar. La comitiva era escoltada por doscientos guerreros bien armados, que avanzaban al mismo paso que los cargadores, y que eran reemplazados por otros frescos en cada *pucara* por la que pasaban.

Había sido por una *pucara*, una fortaleza de piedra en que vivían destacamentos de guerreros, que los censos anuales habían empezado. Los dos *quipucamayos* que vivían en la *pucara* con los guerreros se habían presentado ante Usco Huaraca con sus *quipus*. Y después de dar gracias al Sol y al Sapa Inca Huayna Capac, Hijo del Sol y Señor del Mundo de las Cuatro Direcciones, con los ojos bajos uno de ellos había extendido sus brazos para entregárselos. Pero Usco Huaraca no hacía el ademán de recibirlos, y los *quipucamayos*, qué pasa pensando, levantaron la vista hacia él, con expresión de extrañeza en sus rostros.

—No recibiré los *quipus* antes que el Sacerdote Solar haya bendecido a toda las guarniciones que viven aquí —dijo Usco Huaraca.

Los dos *quipucamayos* se miraron entre sí, sin entender. La orden no era usual.

—Que todas las guarniciones con sus armas formen delante mío y de todos los funcionarios —dijo Usco Huaraca—. Que traigan todas las armas que les han sido entregadas. Y que no falte nadie a la formación, ni siquiera los guerreros enfermos o heridos en los campos de batalla. ¡Los que defienden con su vida el Mundo de las Cuatro Direcciones deben ser bendecidos!

Los dos *quipucamayos* hicieron una profunda reverencia y partieron.

—¡Padre Uma! —dijo Usco Huaraca.

El Sacerdote viejo, que dormía con la boca abierta embutido en un antiquísimo taburete de madera labrada cuya superficie había tomado la forma de sus nalgas, despertó a medias y tomó de inmediato la escudilla de barro que estaba a su lado, y de la que nunca se había apartado durante el viaje. Tenía el pelo más blanco que Yunpacha había visto jamás. Su pellejo era tan arrugado que debía haber contenido en su juventud a un *runa* dos veces más alto y varias más esbelto, y estaba ennegrecido por las mismas manchas que un odre viejo sin curtir. Parecía seguir vivo gracias al capricho generoso de un *huaca* benéfico.

—¿Dónde está la chicha? —preguntó como buscando con la mirada a un ser perdido en el sueño del que no terminaba de salir.

—No, padre Uma. Todavía no. Espere que formen las guarniciones.

—¿Qué guarniciones?

—Las de la *pucara*. Ya están viniendo a formar. Usted los va a bendecir.

—¿Y dónde está la chicha?

—Ya la van a traer, padre Uma.

—¡Ja jajayllas! Bien bonito voy a bendecir, vas a ver, Usquichu. Arco grande voy a hacer. Y cuando caiga sobre la tierra, fuerte los que la pisan van a sentir. En su pecho bien alto va a saltar su corazón —dijo, y se quedó dormido de nuevo.

Usco Huaraca lo volvió a despertar cuando todo estaba listo. Frente a la *pucara*, se habían puesto en filas todos los guerreros armados con sus macanas, sus hondas, sus lanzas con puntas de cobre, sus astas, sus flechas, sus dardos, sus rodelas y sus porras de piedra labrada. A la orden de uno de sus jefes, todos pusieron sus armas en su delante.

—Qanchis. Trae la chicha —dijo Usco Huaraca.

Yunpacha corrió donde una de las llamas que llevaba las tinajas de chicha y trató de levantar una en peso. ¡Ayalay! La tinaja era tan pesada, mucho más de lo que él había imaginado, que casi lo tumbó. Tuvo que sudar tinte de cochinilla para que no se le cayera en el camino de vuelta, mientras se preguntaba por qué el Gran Hombre que Cuenta le había pedido traerla justamente a él, habiendo tanto sirviente en la comitiva con las manos libres y en la plenitud de su primera calle de la vida, como los que ahora le miraban divertidos avanzar bamboleándose.

Apenas puso la tinaja delante del Sacerdote viejo, este se empinó para llegar a su altura —era tan pequeño que apenas le llegaba al hombro a Yunpacha— y con la habilidad de una acción repetida miles de veces, metió la escudilla hasta el fondo y sacó chicha hasta el borde sin derramar ni una sola gota. Con la otra mano se arrancó cejas, se arrancó pestañas, y las sopló en dirección del Sol. Bebió varios sorbos de chicha y aventó el resto hacia el suelo, haciendo un arco tan redondo como el que dejaba el Illapa sobre su camino después de la lluvia. La chicha sonó al caer como chicote de doble punta latigueando, y el padre Uma abrió amplios los brazos mirando hacia el cielo que cabía entre ellos, ¡*Taita* Inti! ¡*Taita* Inti! gritando con voz ronca su canto de *pinkullo* rajado. Su rostro se encendió, su cuerpo ya no era de hombre sino de cóndor, sus brazos ya no eran brazos sino alas enormes extendidas, sostenidas en el aire por una corriente de aire favorable, los guerreros ya no eran guerreros sino pichones en el nido esperando alimento, protección, su lengua ya no era su lengua sino un idioma áspero, antiguo, lleno de sonidos guturales, el idioma de los Cóndores seguro, cuyo sonido hizo a Yunpacha ponerse un brazo en la espalda, siguiendo el ejemplo de los guerreros, que con el otro se tocaban el corazón para escuchar mejor de boca del Padre Uma la bendición dEl Que Todo lo Ilumina, dEl Que A Todo le Da su Ritmo, su Turno.

La ceremonia no duró mucho y cuando terminó, tuvieron que llevarse discretamente al Sacerdote que, exhausto, había caído rendido sobre el suelo. Con los guerreros todavía formados —muchos de ellos tenían todavía la mirada como soplada por un aire fresco, nuevo—, aparecieron de pronto los dos *quipucamayos* con sus *quipus* en las manos, y se presentaron otra vez ante Usco Huaraca. Yunpacha ya se disponía a apartarse para no interrumpir, cuando escuchó el susurro del Gran Hombre que Cuenta detrás suyo:

—Quédate, Qanchis —y luego, en voz casi inaudible—: ¿puedes ver a todos los guerreros?

Yunpacha miró hacia la explanada.

—Sí —dijo.

—Muy bien —susurró Usco Huaraca.

Uno de los *quipucamayos* dio cuatro pasos hacia Usco Huaraca y le extendió respetuosamente sus *quipus*. Usco Huaraca ni siquiera pestañeó. El *quipucamayoc* miró de costado hacia su compañero —¿qué estaba pasando que el Gran Hombre que Cuenta no los recibía?—, pero el otro le devolvió su misma mirada desconcertada.

—*Pucara quipucamayoc* —dijo Usco Huaraca—. Quiero que leas en voz alta las cuentas de tus *quipus*.

El *quipucamayoc* estaba tomado por la sorpresa.

—¿Ahora, Padre?

—Sí, ahora.

El *quipucamayoc* desenrolló el *quipu* que llevaba. Tomó varias cuerdas. Empezó a leer:

—En nuestra *pucara* han sido asignados nueve *huarangas*. Pero en este momento solo hay siete, y también cuatro *pachaca*, nueve *chunka* y ocho guerreros. Hay… —tomó otra cuerda— hay treinta y siete heridos. El resto ha sido destacado al Sur, más luego del Lago Titicaca, a combatir la rebelión de los collas.

Usco Huaraca pareció de pronto metido en la pepa de su adentro, escarbándose un asunto de suma importancia.

—Dime, *quipucamayoc*. ¿Qué es una *huaranga*? —dijo.

—Una *huaranga*… —empezó a decir el *quipucamayoc*, con expresión recelosa: ¿dónde estaba la trampa?, la pregunta del Gran Hombre que Cuenta podía ser respondida por cualquier *quipucamayoc* desde su primera luna en la Casa del Saber—. Una *huaranga* es una guarnición de mil hombres, Padrecito.

—Has dicho bien. Y una *pachaca* ¿qué es una *pachaca*, *quipucamayoc*?

—Una *pachaca* es una guarnición de cien, Padrecito.

El Gran Hombre que Cuenta silbó, en señal de aprobación: ¿había burla en su silbido?

—¿Y una *chunka*?

—Una *chunka* es una guarnición de diez.

—Muy bien, *quipucamayoc*. Es bueno comprobar que hoy en día los *quipucamayos* son bien enseñados en la Casa del Saber —dijo el Gran Hombre que Cuenta—. Ahora sí, dime lo que sabe tu *quipu*.

De pronto, mientras el *quipucamayoc*, intrigado todavía, repetía las cantidades de su *quipu*, de un fugaz reojo, la mirada del Gran Hombre que Cuenta se cruzó con la de Yunpacha, su ceja izquierda levantando, preguntando. Fue entonces que Yunpacha comprendió todo: la formación, la lectura en voz alta de los *quipus*, las palabras del *quipucamayoc* explicando lo que era una *huaranga*, una *pachaca* y una *chunka*, habían sido urdidos para él. Supo de inmediato lo que Usco Huaraca esperaba. Al mismo tiempo que escuchaba las últimas palabras del *quipucamayoc*, Yunpacha miró hacia el grupo de guerreros formado y, como limpiándose un sudor inoportuno de la frente, hizo una señal con sus dedos al Gran Hombre que Cuenta: sí, había siete mil cuatrocientos dieciocho guerreros en la *pucara*; sí, las cuentas del *quipu* eran correctas.

—Pueden irse —dijo Usco Huaraca—. ¡La bendición de *Taita* Inti a los guerreros que pelean para Él y la entrega de los *quipus* de la *pucara* de Huancasancos han terminado!

El *quipucamayoc* retrocedió entonces hasta que estuvo a la altura de su compañero, y juntos se retiraron, con paso vacilante —¿eso había sido todo?—, mientras los guerreros empezaban a deshacer la formación, tomaban sus armas y regresaban a sus puestos, limpios y serenos sus adentros por la bendición solar que habían recibido.

La ceremonia se repitió sin variaciones en cada *pucara* por la que pasaron en su viaje por tierras chancas. Pero a partir de entonces los *pucara quipucamayoc*, avisados entre sí, esperaban con las guarniciones ya formadas en el campo la bendición del padre Uma, y leían en voz alta las cuentas de sus *quipus*, y recitaban sin que nadie se lo pidiera la nueva fórmula sagrada, antes de entregarlos: *huaranga* es guarnición de mil, *pachaca* es guarnición de cien, *chunka* es guarnición de diez…

Cuerda terciaria (adosada a la secundaria): marrón como el polluelo del pájaro allqamari, en S

Yunpacha no comprendía por qué lo habían traído a este viaje, por qué el Gran Hombre que Cuenta necesitaba que le confirmaran las cifras de sus *quipucamayos*. Salvo algunas equivocaciones pequeñas —que Usco Huaraca sancionaba drásticamente mandando a los responsables al sur a contar cadáveres enemigos a la guerra del Sapa Inca Huayna Capac contra los rebeldes collas—, las cuentas de los *quipus* del censo anual en las *pucaras* eran siempre minuciosamente exactas.

Los *quipucamayos* locales tampoco cometían errores en sus conteos de la gente disponible en los poblados. Como con las *pucaras*, Usco Huaraca hacía reunir a toda la población de las partes de Abajo y de Arriba en la plaza principal. Lo había hecho en los poblados de Acos Vinchos, Tiquihua, Hualla, Cayara, Chuschi, Huarcaya, Paras, Allpachaqa, Totos y Sarhua, y lo hacía ahora en Soccos, donde por fin, después de haberse hecho esperar por un estirado rato, asomaban ya, en una de las esquinas de la plaza, trajeados para la ocasión, los dos *curacas* de Soccos de Arriba y los dos *curacas* de Soccos de Abajo, seguidos del *quipucamayoc* con los *quipus* de su respectiva mitad.

Los *curacas*, cada uno con su vara de oro, venían en dos parejas, una al lado de la otra. Caminaban muy despacio, como si cada uno de sus pasos fuera el resultado de una decisión largamente meditada. En cada pareja, el *curaca* de la derecha estaba un poco antes que el de la izquierda, y todo en él daba a entender su mayor jerarquía: él era el mejor vestido, él marcaba el ritmo en que se desplazaban, él escogía el lugar preciso en que él y su pareja se detenían delante de su mitad, él hincaba primero su vara de oro sobre el suelo, como estaba haciendo ahora: ellos también estaban listos para la bendición.

Como puma a su presa se acercó Yunpacha adonde estaba Usco Huaraca, aprovechando que todos se distraían viendo la llegada de los dos *quipucamayos*. Eran mucho más jóvenes que los *curacas* y sus ropas tenían los colores vivos de las prendas no lavadas todavía, sus insignias de oro en las orejas debían ser lágrimas recientes del sol, de lo lustrosas. La población los contempló, arrobada y orgullosa, haciendo un silencio respetado hasta por los *upas*, los soñadores y las *huahuas* que todavía mamaban, mientras ellos avanzaban con solemnidad recién aprendida hacia sus lugares respectivos delante de su mitad, con sus *quipus* enrollados bajo el brazo.

Mientras el padre Uma hacía su bendición, Yunpacha se cercioraba que podía ver a todos desde donde estaba. Le llamó la atención, como en casi todos los poblados chancas por los que habían pasado, la presencia de grupos de extranjeros. Los había distinguido porque vestían muy distinto a los demás, y en las palabras que había atrapado en el aire de algunos, Yunpacha había logrado reconocer el acento redondo y masticado de los huancas —que a veces atravesaban la región lucanas de La Parte de Arriba para ir a las tierras en que hacían su *mita*— o la tendencia a pronunciar las eres como eles de los *yungas* de las tierras bajas de Nazca, célebres por hacedores de mantas de tinte duradero. Pero había también los que venían de direcciones completamente desconocidas del Mundo, como esos con la cabeza deformada que vestían ropa bien tramada de algodón, o esos que solo tenían dientes en el centro de la boca y se ponían redes encima de la camiseta como recordando un clima en que la gente andaba más desvestida, o esos que se peinaban para arriba como queriendo hacer un cerro de su pelo y parecían más altos que los otros. Todos acentuaban en sus atuendos y adornos lo que los hacía diferentes de las gentes del poblado en que vivían, como si ser confundidos con los otros fuera a contagiarlos de una enfermedad mortal.

Después que se llevaran dormido al Padre Uma, lo que también era ya parte de la ceremonia de la bendición, una de las *mamaconas* de la comitiva de Usco Huaraca pidió que se juntaran en el centro de cada mitad las mujeres jóvenes que estuvieran en la quinta calle de la vida, la edad en que, sin ser todavía mujeres *runacuna*, ya podían quedar preñadas. Luego de separar a las más hermosas, les revisó las chapas de las mejillas, les miró los dientes, les tocó el pelo, les palpó los pechos y la cintura y les hizo un par de preguntas que Yunpacha, desde su aquí, no pudo escuchar. Luego de descartar a algunas, hizo desfilar enfrente suyo a las tres restantes, ante la mirada complacida de la población —y de Yunpacha, que siempre en esta parte del conteo sentía despertar en la pepa de su adentro un río de fuego sordo, hondo y caliente, que corría haciéndose paso entre las piedras blancas para dar a un rápido que terminaba en una silenciosa cascada— y escogió a las nuevas *acllas* que abandonarían Soccos para ir a vivir al *Acllahuasi* de Vilcashuaman. Las tres rompieron a llorar y a huajayllearse de felicidad por el honor de haber sido escogidas, pero no tardaron en calmarse, sintiendo seguro en sus pepas el peso de su nueva dignidad de mujeres del Inca.

—Una *aclla* en Soccos de Arriba. Dos en Soccos de Abajo —gritó la *mamacona*.

Desde donde estaban, los dos *quipucamayos* deshicieron algunos nudos en las cuerdas de uno de los *quipus*. Hicieron nudos en las cuerdas de otro.

Luego, uno de los funcionarios de la comitiva habló en voz alta:

—*Pachaca curacas* ¿dónde están los hijos de ustedes que están pasando por su séptima calle?

Como si hubieran escuchado una palabra mágica, fueron corriendo hacia el pequeño vacío que había en el centro de su mitad los diecinueve hijos de los cuatro *curacas* presentes en la séptima calle de la vida. Los varones, que se ordenaban el pelo con saliva, se alisaban los pliegues de la ropa o se disputaban un pequeño montículo que los haría parecer más altos, estaban, como Yunpacha, en la edad del juego con las piedras y del hondeo de los pájaros. Pero ya usaban camisetas de algodón, *chumpis* con dibujos de pato salvaje y *ojotas* gruesas, como Señores en miniatura. Las niñas, que estaban en la edad de la recolección de la cochinilla y de la fruta silvestre, hacían menos ruido, pero ya en sus gestos se veía la seguridad que Yunpacha había visto siempre en las hijas de los que mandan, que ya vestían como prediciendo la importancia que tendrían al cruzar su primera sangre: con varias capas de faldas espesas que les llegaban hasta los pies y mantillas finas de Señora.

El funcionario los fue viendo de uno en uno y no tardó en elegir a un niño y a una niña.

—Un niño de la séptima calle de Soccos de Arriba. Una niña de la séptima calle de Soccos de Abajo. ¡Para la *capac cocha*! —gritó el funcionario.

Mientras los dos *quipucamayos* deshacían un nudo en una cuerda de su *quipu* para hacerlo en otra, los dos elegidos, radiantes de orgullo y felicidad, llenaban su adentro del canto femenino, delgado y agudo que surgió como espuma de lugares dispersos de las dos mitades. Como puestos de acuerdo, ambos se dieron entre sí una pudorosa ojeada, a ver qué tan guapachosa estaba la futura esposa, qué tan bien imitaba el porte del guerrero el compañero de eternidad con quien sería enterrada viva al inicio de la temporada de la cosecha.

Yunpacha no había estado nunca en una ceremonia de la *capac cocha*, pero uno de los viejos *runacuna* de Apcara le había contado. Dizque la había visto celebrar en Suntuntu, no muy lejos de Apcara, a la muerte del Sapa Inca Tupac Yupanqui y la entrega de la Borla Colorada a su hijo Huayna Capac. Bien cansados estaban los dos niñitos después de regresar de su viaje al Cuzco. Pero los hubieras visto, Yunpacha, igual respondían los *huahuas* todas las preguntas que les hacían sobre la *Llacta* Ombligo. Nos pasearon en procesión, decían. Nos hicieron dar dos vueltas por la plaza en que está el Adoratorio del Sol, *ushnu* le llaman, como al que dizque hay en Vilcashuaman. Y luego y luego nos casó el mismo Vila Uma, el Supremo Sacerdote Solar, con otros miles de niños de todo el Mundo (no dijeras, *runa*), sí, de verdad, Yunpacha, así mismito había sido. Y mientras tanto, uno de los sacerdotes les había ido pasando la jarrita de chicha, y ellos bebían de a sorbitos porque era chicha bien fermentada, con la que uno se emborracha rapidito. ¿Habían visto al Inca? Sí, de lejitos nomás porque estaba prohibido, pero el nuevo Sapa Inca Huayna Capac había estado presente todiiiita, hip, la ceremonia, todo todo había visto el Hijo del Sol, y luego hasta la salida misma del Cuzco nos había acompañado. Y luego y luego habíamos regresado en línea recta, hip, línea recta, con nuestra comitiva de *papachas* y nuestro hombre que canta habíamos ido en línea recta, pasando por los pueblos que estaban en nuestro camino y nadie podía, nadie debía mirarnos, y en línea recta habíamos cruzado los ríos, los, hip, manantiales, los abismos, los valles, los cerros, las quebradas, los ríos, los abismos, los, hip, manantiales... Y se quedaron dormidos, Yunpacha, con su babita saliéndoles de la boca entreabierta, y por ahí mismito los sacerdotes les metieron a los dos un tubito largo y estrecho de caña virgen, y los entumbaron juntos, bien bonito había sido, hubieras visto, con sus servicios de oro y plata, sus ollas y sus vasos, sus escudillas y sus cántaros, sus llamitas y sus estatuillas, su *mullu* y sus telas enrolladas, todo en duplicado como se hace con las parejas de *runacuna* recién casados, pero en pequeñito. Y por cinco días vino el sacerdote a soplarles comida por el tubito hasta que, cuando los dos agarraron fuerza suficiente, abandonaron su aliento y empezaron a vivir su Vida Invisible, hablaron más claro con los *apus* y los *huacas* de su *ayllu*, renueven la Alianza con El Que Todo lo Ilumina, diciendo, vean por los hijos de Uscovilca y Ancovilca que así les han cumplido y así les seguirán cumpliendo, respeten al nuevo Sapa Inca Huayna

Capac, nuevo dueño de la laguna sagrada de Choclococha, *pacarina* de todos los chancas.

Cuerda de cuarto nivel (adosada a la terciaria): marrón como el polluelo del pájaro allqamari, en S

—¡Yauuu, pueblo de Soccos! ¡El gran conteo anual de tus gentes va a comenzar! —dijo Usco Huaraca.

Se hizo el silencio en la plaza. Uno de los dos *quipucamayos* se inclinó en una profunda reverencia, dio un paso al frente y desplegó uno de sus *quipus*.

—En Soccos de Arriba hay ciento treintitrés varones y ciento quince mujeres en la novena y décima calles —dijo.

El otro *quipucamayoc* dio también un paso, para ponerse a la altura del primero.

—En Soccos de Abajo hay ochenta y cinco varones y noventa y cuatro mujeres en la novena y décima calles —dijo.

Los *quipucamayos* siempre juntaban en sus cuentas la novena y décima calle, quizá porque no valía la pena separarlos: los que todavía mamaban de las tetas de sus madres no eran menos inútiles que los que gateaban y los que acababan de decir su primera palabra.

—En Soccos de Arriba hay ciento ocho varones y noventa y cinco mujeres en la octava calle.

—En Soccos de Abajo hay ochenta y cuatro varones y ciento un mujeres en la octava calle.

De un vistazo, Yunpacha confirmó que todos los *pucllacoc* contados estaban ahí. Los envidió: Yunpacha recordó con nostalgia la perdida edad en que solo recolectaba leña, veía por su hermanita Anccu, jugaba y hacía pastar a sus llamitas, a la Vicha.

—En Soccos de Arriba hay cincuenta y dos varones y cuarenta mujeres en la séptima calle.

—En Soccos de Abajo hay cuarenta y cinco varones y treinta y nueve mujeres en la séptima calle.

Faltaba un niño en la cuenta de Soccos de Arriba y una niña en la de Soccos de Abajo, pero Yunpacha recordó que los *quipucamayos* habían sustraído a los dos elegidos para la *capac cocha*. Habían hecho lo mismo con las escogidas para el *Acllahuasi*, restadas de las cuerdas de la quinta calle para ser añadidas a otra al final de su *quipu*. Aparte de eso, la dicción de los conteos transcurría normalmente, fiel a lo que Yunpacha veía con sus ojos. Solo fue interrumpida, como siempre, por el funcionario que, dichas las cuentas de la quinta calle, mandó juntar inmediatamente a los varones de esa edad —la de los que, sin ser hombres ni mujeres completos, ya trabajaban medio turno en las tierras de su *curaca* y del Inca, como el Ticllu— y los hizo correr alrededor de la plaza, para elegir entre los más veloces a los que servirían de *cachaccuna*, mensajeros corredores, o como dizque les decían en la *Llacta* Ombligo, *chasquis*.

Los ánimos, excitados por la carrera, amainaron cuando se pasó a la calle siguiente: la cuarta, que siempre devolvía a los pobladores a un silencio algo intimidado, como si al escuchar el inventario de los tocados por el *illa* sintieran vacilar el orden del Mundo. Los dos *quipucamayos* habían contado un total de diez varones y ocho mujeres. De estos —y aquí los *quipucamayos* tomaban una serie de cuerdas que caían hacia abajo, en oposición a la que estaban leyendo, orientada hacia arriba— un varón era soñador, tres estaban doblados por el peso, dos eran *upas*, uno ciego, uno cojo de la pierna izquierda y dos estaban pegados por la espalda; de las mujeres, una era soñadora, dos enanas, una *upa*, una manca de los dos brazos, dos mudas, a tres el aire no les entraba ni salía del pecho y a una le crecía pelo fuera de los lugares permitidos —Yunpacha la veía ahora, confundidas sus trenzas con el resto de su cuerpo: su cara, sus manos y sus piernas, lo único que no cubría su pollera multicolor, eran bosques tupidos de matorrales negros.

Con algo de ostentación en su voz, los *quipucamayos* informaron a Usco Huaraca que, como constaba en los *quipus* del censo anterior, habían logrado encontrar ocupación para todos. Así había sido hasta para los pegados por la espalda, a quienes habían convertido en tejedores de mantos de diseños a cuatro manos; para los *upas*, a los que hacían espantar los pájaros de los sembríos (como a ti, Hablador, qué será de ti, hermanito);

y para la manca doble, que no había sido tocada por el *illa* en su nacimiento sino que había perdido los dos brazos en el último estornudo, gigantesco, del Padre Pachacamac, en que una pared le había caído encima mientras estaba cocinando, y que no podía tejer ni hacer *charqui* ni preparar chicha como las mujeres de su calle, pero que cantaba con tanta tristeza desde su pérdida que la habían hecho aprender todos los *ayataquis*, cantos con que ella ayudaba a desgarrar mejor el adentro de los que la escuchaban en los entumbamientos, a despedir mejor a los muertos de Soccos.

Usco Huaraca la mandó traer a su presencia.

—Canta —dijo Usco Huaraca cuando ella estuvo frente a él. La manca comenzó a cantar.

Vicuñitay, Vicuñita:
¿Por qué tomas el agua amarga de los puquiales?
¿Por qué no bebes mi sangre dulce,
la sal caliente de mis lágrimas?
Vicuñitay, vicuñita,
Vicuñitay, vicuñita:
No llores tanto, porque mi corazón duele;
eres como yo nomás, sin padre ni madre, sin hogar;
pero tú siquiera tienes tu nieve blanca, tu puquial amargo.

Yunpacha conocía el *taqui* desde *huahua*. Pero, saliendo de la voz de la mujer sin brazos, el canto dejaba de serle familiar: ya no era canto sino hacha filuda rompiendo el aire, atravesándolo como rayo del Illapa caído por sorpresa en día sin nubes, lanzado ¿cómo? a varios puñados de tiros de honda desde su garganta. Su eco lo repetía tres, cuatro, cinco veces en los cerros circundantes, como coro discontinuo de diosas protegidas por los *apus*.

Vicuñita, vicuñita:
llévame con tu manada, correremos llorando sobre el ichu,
lloraremos hasta que muera el corazón,
hasta que mueran nuestros ojos;
te seguiré con mis pies, al fangal, al río, a los montes de k'eñwa.
Vicuñitay, vicuñita.

Cuando las voces de las diosas desaparecieron en la lejanía, ya nada era, ya nada podía ser lo mismo.

—Ve allá —dijo Usco Huaraca (¿era una gota de lluvia esa agüita densa que caía por su mejilla?), señalándole vagamente un lugar detrás de sus andas. Todos entendieron: a partir de ese momento la manca se integraba a su comitiva, como antes en su recorrido lo habían hecho el gigante forzudo de Cayara, el corredor fenómeno de las cumbres de Hualla, en los límites con las tierras huancas, y la niña que hablaba con las vicuñas, de Tiquihua. Nadie protestó. Los cuatro *pachaca curacas* y los asistentes a la plaza sacaron barriga más bien, orgullosos: ¡jajayllas!, a una mujer de Soccos ¡manca encima! la estaban entrando a la comitiva del Gran Hombre que Cuenta, diciendo parecían estar en su adentro.

La huella del canto en los adentros aún persistía cuando prosiguieron con la lectura de las cuentas. Quizá porque la segunda y la tercera calles eran las de los viejos, y todos sentían planear sobre ellos el aliento de la muerte. En Acos Vinchos, donde habían iniciado el censo de los poblados, Yunpacha había tenido que aguzar mucho los ojos, pues nada le era más difícil que distinguir de un vistazo a un viejo que trabajaba de uno que ya no estaba en condiciones de hacerlo. Le había contado su dificultad a Usco Huaraca, y a partir de entonces se pedía a los viejos varones de la segunda calle que llevaran a la ceremonia de la entrega de los *quipus* un leño pequeño en la mano, para indicar que podían realizar el único trabajo al que estaban obligados en esta calle de su vida: recolectar leña ligera y paja. A las mujeres se les solicitaba que fueran con un costalillo bajo el brazo para señalar su ocupación: tejer ropa basta, sacos y costales, cualquier prenda que no requiriera una vista juvenil. A los viejos de la tercera calle, en cambio, ya no se les pedía que llevaran nada. Hubiera sido inútil: si todavía oían, todo lo que se les decía se les salía de su adentro tan rápido como se les había metido. Seguro escuchaban mejor los sonidos de su nueva Vida invisible, en la que no tardarían en ingresar.

Pasaron entonces a los *quipus* de la primera calle, la calle principal, la de los *hatun runa*, con la que normalmente acababan los conteos.

—En Soccos de Arriba hay cuatrocientas ocho parejas en la primera calle.

—En Soccos de Abajo hay trescientas cuarenta parejas en la primera calle.

Yunpacha arrugó el puente entre sus dos cejas y dio un segundo vistazo. Tenía que estar seguro antes de decir nada. En los primeros censos de poblados se había equivocado con los de esta calle: a los hombres y mujeres no se les contaba por separado sino por parejas de *runacuna* casados. Le había costado acostumbrarse a esta manera de contarlos hasta que le había sacado su sentido. No bastaba llegar a la edad del mediodía para convertirse en *hatun runa*. Había que casarse, pues la medida de tierra otorgada por el Tahuantinsuyu para obtener de Mama Pacha todo lo que se necesitaba para estar bien comidos y vestidos era entregada a la pareja —como lo había sido a Asto Condori y a Rampac—, y no al hombre o a la mujer solitos.

Pero su segundo vistazo no hizo sino confirmar que su primero había sido veraz, y Yunpacha le hizo una señal a Usco Huaraca para que los *quipucamayos* repitieran sus cantidades. No fuera a ser que hubiera malentendido la pronunciación engolada con que fungían solemnidad ante el Gran Hombre que Cuenta.

Los dos *quipucamayos* parecieron sorprendidos ante la orden de Usco Huaraca, pero obedecieron.

—En Soccos de Arriba hay cuatrocientas ocho parejas en la primera calle.

—En Soccos de Abajo hay trescientas cuarenta parejas en la primera calle.

No, no había comprendido mal. Con disimulo, Yunpacha se tocó la nariz dos veces, una en el tabique y otra en la punta: ninguna de las dos cuentas era correcta. Usco Huaraca se tocó fugazmente la pendiente de oro de su oreja derecha: dime las cuentas verdaderas, Yunpacha. Como *atoq* de cola blanca, Yunpacha se deslizó detrás de las tinajas de la chicha de la bendición, donde solo el Gran Hombre que Cuenta podría verlo, y desde ahí, haciendo señas con sus dedos, le hizo saber que había cuatrocientas cincuenta y dos parejas en Soccos de Arriba, no cuatrocientas ocho, y que en Soccos de Abajo había cuatrocientas quince, no trescientos cuarenta. Había, pues, Padrecito, ciento diecinueve parejas más en la plaza que las señaladas en los *quipus*.

—¡Ninguna de sus dos cuentas de la primera calle es correcta, *quipucamayos*! —espetó Usco Huaraca con la voz de cueva profunda que ponía cuando se le hinchaba el adentro de ira—. ¡¿Por qué han tratado de engañar al Inca?!

Los dos *quipucamayos* se pusieron pálidos. No solo de susto sino también de aperplejados por haber sido ¿cómo? descubiertos.

—Nadie ha engañado, Padrecito —se animó a decir en voz baja el *quipucamayoc* de Soccos de Arriba—. ¿Cómo pues dices eso?

—¡¿Y cómo no?! ¡Cuatrocientas ocho parejas, dicen tus cuentas, cuando en tu mitad hay cuatrocientas cincuenta y dos! —dijo Usco Huaraca—. ¡¿Y por qué el de Abajo dice que hay solo trescientas cuarenta en la suya, cuando en verdad hay cuatrocientas quince?!

Se hizo un silencio de *puna* alta en toda la plaza. Los dos *quipucamayos* empezaron a temblar, como si les hubieran aventado encima un tinajón de agua helada. En cada uno de sus movimientos, cada vez más torpes, se traslucía el pánico.

—*Taita* Inti ve por tus ojos, Padrecito. Contigo está. Error debe haber habido, no engaño —atinó a decir de nuevo el *quipucamayoc* de Arriba—. Si quieres, podemos resarcir.

—Sí, Padrecito —añadió el *quipucamayoc* de Abajo—. Ordena nomás y al Collasuyu vamos a ir. A contar muertos. A reparar nuestra falta.

—¡Al Collasuyu van los que se equivocan, no los que engañan! —dijo Usco Huaraca—. ¡Diferencia de dos o de tres es error! ¡¿Pero de cuarenta seis y de setenta y cinco?! ¡¿Para qué tienen entonces sus ábacos, sus *quipus* y sus *yupanas*?! ¡¿Para qué son dos ustedes, y no uno?! ¡No me hagan pasto de sus burlas! ¡Ustedes están queriendo esconder de El Que a Todo lo Ilumina a sus *hatun runa*! ¡Ustedes están mintiendo al Único Inca!

Haciendo sonar su garganta como cascajo, sacó una flema y la escupió sobre la tierra enfrente de los *quipucamayos*.

—¡Qanchis! —gritó, como si Yunpacha estuviera en la cima de las *jircas* que velaban por Soccos y no a su lado—. ¡Anda tráeme la bolsa de venado grande que está en las andas!

Yunpacha corrió lo más rápido que pudo hasta donde estaban estacionadas las andas. Sacó con cuidado la gran bolsa de venado al pie del asiento y la cargó: era pesada, pero la llevó rápido donde El Gran Hombre que Cuenta, curioso como estaba de saber lo que habría en su adentro: no había sido abierta hasta ahora en todo el periplo de la comitiva por las *pucaras* y los poblados.

Cuando la tuvo frente a él, Usco Huaraca la abrió y extrajo de ella un atado de varios *quipus*. Los separó y, después de echarles una ojeada, eligió uno de ellos con muchos y vistosos cartuchos de colores y guardó los restantes. Era tan grande que el Gran Hombre que Cuenta tuvo que levantarse de su taburete para desplegarlo por completo sin que sus cuerdas se ensuciaran al contacto con el suelo. Hurgó entre ellas y tomó una cuerda entre sus dedos. Luego la tendió a los dos *quipucamayos*.

—¿Qué dice? —preguntó.

Los dos *quipucamayos* observaron la cuerda. La noche cayó de pronto en sus rostros. No salían de su silencio.

—Como un *supay* les ha hecho un nudo con su lengua, yo les voy a decir lo que dice —dijo Usco Huaraca. Leyó—: «Si un *quipucamayoc* engaña en los conteos de sus *quipus*, una mano de *quipucamayoc* es cortada. El *quipucamayoc* de mano cortada deja de ser *quipucamayoc*».

Una brisa suave empezó a soplar en toda la plaza.

—¡Padre Usco! —gritó de pronto uno de los *pachaca curaca*.

—¿Qué quieres? —respondió el Gran Hombre que Cuenta.

El *pachaca curaca* dio dos pasos al frente. Era de Soccos de Arriba. Separado de los otros, se notaba más que era el mejor trajeado de los cuatro.

—Padre Usco. Tú has sido chanca. Tú comprendes. Estos *quipucamayos* son hijos de Uscovilca y Ancovilca, como fuiste tú antes que te hicieran inca de privilegio. Entre los cerros que rodean a Soccos han botado ellos su placenta, su primer pelo se han cortado, su primer nombre han perdido. Hasta que fueron mandados a instruirse a la Casa del Saber de la *Llacta* Ombligo, con las vicuñas de estas punas han correteado, el agua de estos ríos han bebido. Las mujeres y los hombres de Soccos no son para ellos solo vueltas más o menos en los nudos de las cuerdas de los *quipus*. Son sus hermanos *soccoscuna*. No les pidas pues que no se mojen con sus lágrimas, que sean inmunes a su desgracia.

—¿De qué desgracia me hablas? —dijo Usco Huaraca.

—La de la guerra que se lleva a los *hatun runa* de Soccos a morir en tierras extranjeras. Que nos deja sin brazos para cultivar nuestros sembríos y criar a nuestro ganado. Con más viudas de las que podemos mantener. Sirviendo turnos cada vez más largos en los *tambos* y en las tierras del Inca, y más cortos en las de nuestros *huacas*, que han empezado a resentirse. Nuestros *quipucamayos* viven con nosotros y ven. Saben que, a más *hatun runa* contados en los *quipus*, más guerreros serán tomados de nuestro pueblo para combatir en la guerra del Collasuyo. Por eso nos han hecho caso cuando los *curacas* les pedimos que digan en sus cuerdas menos *hatun runa* de los que hay. ¡Sentir como el pueblo que los crió es su única culpa!

—¡¿Y así en mi cara me lo dices?! —rugió el Gran Hombre que Cuenta, alto para que todos le escucharan—. ¡La desgracia de tu pueblo no es solo de tu pueblo, *pachaca curaca*, es de todo el mundo alumbrado por El Que Todo lo Ilumina! ¡Qué fácil olvidas que la guerra declarada a los collas por el Sapa Inca Huayna Capac, Hijo dEl Que Todo lo Ilumina y Señor de las Cuatro Direcciones, es para defenderte a ti de tus enemigos! ¡¿Y te atreves a quejarte de que tus *runacuna* mueren en ella!? ¡Tu paz cuesta caro, *pachaca curaca*, y todos, escucha bien, todos los pueblos alumbrados por El Que todo lo Ilumina la estamos pagando con la sangre de nuestros hijos! ¡¿Vienes a lloriquearme ahora de que se te pida un turno más largo en las tierras del Inca?! ¡Nada decías cuando el Inca construía tus puentes y los caminos que te unen con tus vecinos! ¡Nada cuando el Inca trabajaba en los canales que ahora irrigan tus tierras hasta en tiempo de sequía, y que te hacen sacarles el triple de lo que antes producían! ¡Chanca fui, dices, y que por eso voy a comprender! ¡Chanca fui, *pachaca curaca*, y por eso no comprendo! ¡Gracias al Inca, las lluvias respetan sus turnos y no se desordenan tus siembras y cosechas! ¡Gracias al Inca, tu pueblo no sabe lo que es el hambre! ¡Gracias al Inca, tienes ropa suficiente para vestirlo cinco veces! ¡Gracias al Inca, los habitantes de Soccos se han multiplicado por dos y tu ganado por diez! ¡Y ni siquiera se te ha pedido que renuncies a tus *huacas*! ¡Solo que respetes tus turnos! ¡Tus turnos en la paz y tus turnos en la guerra! ¡¿Te parece demasiado pedir?! ¡Dime! ¡¿Te parece demasiado pedir?!

El Gran Hombre que Cuenta se detuvo. De un largo vistazo, abarcó a toda la plaza midiendo el efecto de sus palabras en los presentes. Muchos esquivaban su mirada, como avergonzados del atrevimiento de su *pachaca curaca*. Pero unos cuantos —Yunpacha no podía establecer su número, pues variaba en un parpadeo: ahora eran treinta, ahora era trescientos, ahora eran treinta de nuevo— se la devolvían en silencio, con expresión de piedra sobre la que resbalara la lluvia.

Usco Huaraca tomó con una mano un cráneo engastado de esmeraldas del que nunca se había apartado en todo el viaje, y en que los orificios de los ojos estaban recubiertos de oro fundido. Con la otra, asió la tinaja de la bendición y fue virtiendo lentamente dentro del cráneo la chicha que quedaba.

—Gracias al Inca, hemos llegado donde jamás soñaron nuestros padres chancas Uscovilca y Ancovilca —siguió diciendo, con los ojos fijos en el cráneo y en la chicha. Su voz, sin haber perdido su firmeza, tenía ahora un tono confidencial—. Mira más allá de los cerros que rodean a Soccos. Estos son tiempos nuevos, *pachaca curaca*. El Mundo está empezando a voltearse, pero sin hacer ruido. El Sapa Inca Huayna Capac no nombra solo a los nacidos en la *Llacta* Ombligo para los puestos altos del Tahuantinsuyo. No nombra solo a orejones incaicos como generales de sus ejércitos. No preña solo a las mujeres de las doce *panacas* que clavaron su vara en el centro de las Cuatro Direcciones. Tú mismo, un *pachaca curaca* chanca, has recibido en tu familia su simiente, y eres abuelo de hijos suyos que han pasado por el Cuzco. Hijos de Acos Vinchos, de Allpachaqa, de Chuschi, de Cayara, de Hualla, de Soccos, son ahora *quipucamayos* bien sabidos y estudiados en la Casa del Saber. De fuera de la *Llacta* Ombligo salen ahora los hombres que pulen y empalman las piedras de que están hechos sus edificios, los que tejen las prendas de *cumbi* que regala a sus súbditos, los que convierten en vajilla el barro en que come y bebe. De fuera de la *Llacta* Ombligo son los guardias que le protegen de sus enemigos, los ayudantes de los sacerdotes que le miden el trayecto anual de *Taita* Inti por los Doce Pilares del Cuzco, hasta el hombre que le sueña de nuevo sus sueños para hacerles hablar. Sé paciente. Pronto se acabará el turno de la guerra. Y entonces se te retribuirán tus servicios. Igual que los que salieron del Lago Titicaca para pisar primero el Mundo, serás tratado. Igual que los que aprendieron lo que había en Él y lo enseñaron a los pueblos de las Cuatro Direcciones.

El Gran Hombre que Cuenta miró, ahora sí, a los ojos del *pachaca curaca*. Lo ladeó para no dejar de mirarlo mientras tomaba el cráneo con sus dos manos y bebía un largo sorbo de chicha.

—Mírame —dijo—. Soy de Tiquihua de Arriba, del *ayllu* de los Huaraca. Mi abuelo fue Huaman Huaraca, que negoció con el Inca Huiracocha su rendición en el último gran ataque chanca a la *Llacta* Ombligo antes de La Derrota —su voz adquiría el tono con que se narraban las historias antiguas, pasadas de padres a hijos—. Mis tíos abuelos Asto Huaraca y Tumay Huaraca lideraron nuestros ejércitos, pero fue mi abuelo quien logró convencer al Inca Senil, que estaba demasiado viejo para pelear, de que abandonara el Cuzco y huyera con sus hijos y su corte a Jaquijaguana. Hasta allá mismo lo acompañó mi abuelo para estar seguro de que cumpliría su palabra. Pero, cuando la victoria chanca ya parecía decidida, se rebeló el Yupanqui, el menor y el mejor de los hijos del Senil, y con siete guerreros se atrincheró en el Cuzco. Mi abuelo le envió un emisario para negociar, pero el Yupanqui lo castró y lo devolvió a Jaquijaguana, así quedarán los tuyos que no se rindan, diciendo, sin tener con qué preñar a sus mujeres.

En la mirada del Gran Hombre que Cuenta era visible una profunda admiración.

—El Yupanqui hizo buenas ofrendas a sus *huacas* viejos —continuó—. De todo les ofreció: niños, coca, llamas, sebo. Y los *huacas*, complacidos, convirtieron a las piedras que rodeaban a la *Llacta* Ombligo en miles de guerreros *Pururaucas* que se unieron a sus tropas. Juntos, hombres y piedras vencieron a mis tíos abuelos y sus ejércitos y les arrancharon la estatua y el estandarte de nuestro padre Uscovilca. Hasta Jaquijaguana fue con ellas el Yupanqui, donde se las mostró al Senil para que las pisara y reconociera la victoria. Pero el Senil no creyó que fueran

153

despojos chancas de verdad y le preguntó a Huaman Huaraca el Negociador, mi padre. Y Huaman, que era sabido como zorro, reconoció los despojos pero no dijo nada. Y persuadió más bien al Senil de que el Yupanqui conspiraba contra Él y debía asesinarlo. El Senil era tan senil que encargó la tarea a su hijo Urco el Zonzo, a quien había designado para sucederle. Pero el Zonzo era tan zonzo que su trama fracasó, y el Yupanqui terminó matándolo en un desfiladero. Hecho esto, el Yupanqui consultó los oráculos, fue al Cuzco y se hizo llamar Pachacutec, el Volteador del Mundo.

El nombre del Inca legendario retumbó en la plaza.

—Pachacutec fue hasta Ichupampa, a donde habían retrocedido los nuestros. Y cuando les dio alcance, entabló con ellos la Última Gran Batalla y mató a mis tíos abuelos y a todos los otros generales chancas, les cortó la cabeza y las puso en picas, quemó sus cuerpos y aventó sus cenizas en las *jircas* más altas, y ordenó despellejar vivo al que osara enterrar uno de los cadáveres de sus treinta mil guerreros. Que los chancas que han sobrevivido los vean llenar la panza de los *atoq* y los *killinchos*, diciendo, que miren a los gusanos salir de sus hermanos, sus madres y sus padres, y se acuerden.

El Gran Hombre que Cuenta suspiró.

—Pero a mi abuelo, que había logrado corromper a su Inca y al hijo de su Inca, el Volteador del Mundo quiso recordarlo. Y después de descuartizarlo y cortarle la cabeza delante de mi padre, conservó su cráneo y lo hizo enchapar, para beberlo y darle de beber.

Usco Huaraca sirvió lo que quedaba de chicha de la bendición sobre el cráneo, hasta que cayó la última gota.

—Este es —dijo entre fascinado y dolido, sin apartar los ojos de él—. El Volteador del Mundo se lo entregó a mi padre, cuando este terminó sus estudios en la Casa del Saber, cuando se hizo *quipucamayoc*. En lugar de hacerlo matar, como le aconsejaban sus orejones, el Volteador del Mundo le hizo aprehender el Mundo en las cuerdas de sus *quipus*. En lugar de tullirlo, torturarlo o mutilarlo por ser hijo de su padre y sobrino de sus tíos, el Soberano Pachacutec lo hizo su hijo. Toda su juventud mi padre tejió planes para matarlo, pero a su rabia, Él respondió con generosidad. A su odio, con amor. A la violencia de su aliento, con paz. Y cuando sus sienes empezaron a parir pelos blancos y el Volteador fue a reunirse con sus ancestros, fue a mí, al nieto de los que coleccionaban racimos de cabezas en la guerra, a mí, que no he recibido en la mía la sangre de los suyos, a mí, simple y llano huérfano de Tiquihua, a quien su nieto, el Sapa Inca Huayna Capac, nombró *Quipucamayoc* general del *huamani* chanca, Gran Hombre que Cuenta Hombres y Cosas de la Tierra, sabiendo en su sabiduría que jamás, *jamás*, yo falsearía mis conteos, *jamás* lo traicionaría.

Usco Huaraca le entregó el cráneo al *pachaca curaca*.

—Bebe —le dijo.

El *pachaca curaca* tomó el cráneo con delicadeza, como si temiera romperlo sin querer entre sus manos. Estaba turbado de que el Gran Hombre que Cuenta humillara a su propio abuelo, pero era obvio que le halagaba que lo hiciera con él, enfrente suyo. Bebió. Usco Huaraca hizo un breve gesto con la cabeza indicándole que el cráneo fuera pasado a los otros. Uno a uno, los *pachaca curaca* fueron bebiendo, tratando de repetir el aire, los modos solemnes del primero. Cuando el cráneo le fue devuelto, Usco Huaraca esparció suavemente las gotas que quedaban sobre la tierra.

—¡Verdugo! —dijo en voz alta.

Como si hubiera estado esperando la orden desde hacía un buen rato, apareció de inmediato ante él el *ochacamayoc*, un funcionario con un hacha.

—¡Corta una mano a cada *quipucamayoc*!

Se hizo un murmullo aperplejado en toda la plaza, como si despertaran recién del ensueño en que las palabras del Gran Hombre que Cuenta los habían sumido, y en el que habían olvidado que quedaba por castigar el delito de sus *quipucamayos*. Nadie protestó. El *ochacamayoc* afiló su hacha con un anillo de piedra pulida, mientras cuatro guerreros amarraban los dos brazos derechos de los *quipucamayos* en un tronco liso de *molle*. Cuando el filo del hacha brilló ante la luz dEl Que Todo lo Ilumina, el *quipucamayoc* de Soccos de Arriba rompió a sollozar como *huahua*

155

recién destetada. El *ochacamayoc* se acercó donde estaban, bien sujetas sobre el tronco, las muñecas por cortar. Decidió comenzar por el *quipucamayoc* que lloraba. Dejó que el peso del hacha sobre su brazo lo mandara hacia atrás, para tomar impulso.

—¡Gran Hombre que Cuenta! —gritó de pronto el *quipucamayoc* que no estaba llorando, el de Soccos de Abajo.

Algo en su voz hizo que Usco Huaraca ordenara al funcionario detenerse.

—Gran Hombre que Cuenta —continúo el *quipucamayoc* de Soccos de Abajo—. Si un *quipucamayoc* engaña, cortada debe ser una mano de *quipucamayoc*, dice tu *quipu* de la Ley. Somos dos los *quipucamayoc* que te hemos engañado, y son dos las manos que tienes que cortar. A mí las dos córtame. Mi hermano de Arriba es más hábil que yo. Más rápido ha sido siempre su ojo, más exacta su cuenta. No dejes a Soccos con dos *quipucamayos* con una sola mano, pues por tu *quipu* lo habrás dejado con ninguno. Permite que sea el *quipucamayoc* de Arriba y no un extranjero quien haga las cuentas de las dos mitades, hasta que venga de la Casa del Saber un *quipucamayoc* nuevo, de los nuestros, a contar a los de Abajo. Un *quipucamayoc* chanca, como tú.

Usco Huaraca miró con respeto al *quipucamayoc* de Soccos de Abajo. Tasó el silencio aquiescente de los *pachaca curaca* y de los presentes.

—Haz lo que pide —dijo de pronto al funcionario verdugo.

Mientras el *ochacamayoc* cumplía prestamente la sentencia, Yunpacha no apartaba la mirada. No de la sangre de las manos cortadas, que humeó de frío antes de caer en semicírculo sobre la tierra. No de los muñones que los dos guerreros bruñían con antorchas de fuego, haciendo aullar de dolor al flamante *quipucamayoc* manco de Soccos de Abajo. De lo que Yunpacha no apartaba su mirada intrigada y fascinada era del *quipu* de la Ley, el más grande y hermoso que hubiera visto jamás, un *quipu* en que se habían posado racimos de transgresiones y castigos, no números, y que yacía desplegado en una de las rocas laterales del estrado, mostrando desafiante a los habitantes de Soccos sus cartuchos multicolores.

Quinta serie de cuerdas – presente

Primera cuerda: dorado, en Z

Mis tropas andan en permanente movimiento, pero no solo para despistar al enemigo. Son veloces como los rápidos que conducen a una catarata alta. Sin que lo sepa ninguno de mis generales, guerreros ni prisioneros, he dispuesto desplazamientos que forman dibujos sagrados. Sin que nadie se dé cuenta, urdo llamas, manojos de semillas, halcones, cóndores, pumas, hocicos de *atoq*, para que los vean los Dioses de Arriba —desde el cielo— y los Dioses de Adentro —desde debajo de la tierra. Vuelvo a hacernos caminar nuestro último trayecto de despiste, que recorremos en menos del tiempo en que acabo de decirlo. De soñarlo. Volvemos a pasar por las lajas, peñascales y pedregales de Huanucopampa, Tarapaco, Andamarca, por el pasaje sin nombre —sin *huaca*— en que nos encontramos ahora, trazando el dibujo sagrado de la Serpiente de Abajo, del *Amaru*. ¿Ves mi dibujo, Padre Amaru?, pregunto, siendo niño otra vez, volando como gavilán. El Padre Amaru, lo sé, está escondido en una cueva y voy volando hacia Él. ¿Ves mi dibujo, Señor del Mundo Subterráneo?, le vuelvo a preguntar, mi voz chillona de *huahua* estallando contra las paredes y repitiéndose sin fin.

El Señor del Mundo Subterráneo no me responde.

Cusi Yupanqui despierta con el sabor ácido de la urgencia en la garganta. Ha salido de su vigilia solo unos cuantos latidos de su corazón, pero ya olvidó qué está haciendo con la bolsa de venado que lleva entre las manos.

Aparece ante él la imagen del *chasqui* sudoroso que se la acaba de entregar y que, jadeante aún, ya se ha retirado a su merecido turno de descanso.

Aunque Cusi no ha dormido la noche de la víspera, no habrá descanso para él. Debe descifrar, recuerda por fin, el primer informe enviado por el Espía del Inca desde su ingreso a Cajamarca, que estaba esperando con expectativa.

Cusi saca el *quipu* oculto en el doble fondo de la bolsa de venado y lo despliega frente a sí.

El informe de Oscollo —o Salanchi, Salapi o como quiera que se pronuncie el nombre bárbaro tomado por el Espía— es, al mejor estilo del hermano y doble, conciso y prolijo al mismo tiempo.

Tiene siete grupos de cuerdas. El primero, en clave secreta tal como le dijo en sus instrucciones, indica en dos colgantes las ubicaciones de los dos *tambos* de las afueras de Cajamarca en donde el Espía colocará las dos copias del *quipu* siguiente para que sean recogidas por el *chasqui*: los *tambos* de Yanacahua y Cumbe.

Cusi cabecea apreciativamente: los dos *tambos* están convenientemente apartados no solo de la plaza de Cajamarca sino también del Templo-Fortaleza del dios Catequil, donde él o los *quipus* podrían ser descubiertos, pues es ahí donde los cajamarcas suelen hacer sus complicadas ceremonias a su dios.

El segundo grupo de colgantes habla de Ticci Capac. El Inca Atahualpa goza de buena salud, los extranjeros no le han hecho daño alguno. Ha ofrecido dos cuartos de oro y un galpón de plata a cambio de su vida —esto ya lo sabía Cusi por otros informantes— y, como adelanto inicial de su promesa, ha permitido que los barbudos se lleven todo el oro de Huamachuco y los pueblos cuismancus aledaños, sin que hubiera ninguna resistencia por parte de los habitantes. La última colgante lleva un hilo encarnado, marca de información de primera prioridad en todo el *quipu*: el Espía se lo ha propuesto varias veces, pero el Inca se niega a aceptar la entrada de Cusi a Cajamarca para liberarlo.

Cusi se arranca la costra de una herida en la rodilla. Se la come. ¿Qué está esperando Ticci Capac? ¿Ha sido tomado por el soplo de un *huaca* sonámbulo? ¿Teme perder su vida en el rescate? ¿O acaso planea algo tan secreto que no osa confesárselo ni siquiera a su rescatador?

El tercer grupo de colgantes se refiere a los jefes extranjeros. La primera cuerda habla del Viejo que los lidera y al que llaman Apu Machu. Son falsos los rumores que dicen que es Naylamp, el dios barbudo de los ñambayecs, que regresa de su largo viaje en balsa: el Viejo es sorprendemente fuerte para su edad —hace buen tiempo que ha cruzado el cénit de la vida—, pero no ara los montes con su paso. Son falsos los informes que dicen que es Huiracocha: aunque lleva las barbas que algunos le atribuyen al dios, no tiene poder alguno sobre el sol diurno ni el nocturno, ni sobre el mundo subterráneo ni sobre los ciclos de la fecundación de la tierra. La segunda cuerda habla del Barbudo corregente, al que llaman Donir Nandu. Está en su primera calle de la vida, en el cénit de su edad productiva. Parece pariente humano del Illapa, pero el Espía añade un hilo inicial de marca interrogativa: no está seguro. Señala algunas similitudes: así como el Dios del Trueno, el Rayo y la Lluvia anda tronando por el cielo —agrega una cuerda secundaria—, el barbudo anda tronando por la tierra, aunque en vez de porra y huaraca lleve su cayado filudo y sus vestidos del metal nuevo. Una última cuerda con marca prioritaria indica que, aunque el Viejo es el primero en importancia, Donir Nandu es más peligroso: sus arranques de furia son imprevisibles y siempre tienen consecuencias devastadoras.

El cuarto grupo de cuerdas alude a los extranjeros en general. La primera colgante señala que lo que se va a revelar proviene de un informante fiable y con acceso irrestricto a los extranjeros que habla tanto la lengua barbuda como el Idioma de la Gente. No son dioses —dice la segunda. Son mortales —añade una cuerda secundaria atada a ella. La tercera y cuarta colgantes presentan los resultados del censo de los extranjeros realizado por el Espía. Hay ciento sesenta y nueve barbudos. Cuarenta y cinco llamas gigantes. No hay cuerda alguna para las bestias mitad llama mitad barbudo: las dos razas no se cruzan entre sí. Quinta y sexta colgantes: hay doscientos cinco sirvientes no pertenecientes al Mundo —seis de ellos cuya piel es del color del aceite negro que sale de debajo de la tierra, como los *runacuna* traídos del Inca Tupac Yupanqui en sus viajes por la Gran Cocha Infinita. Séptima: hay un enorme Cilindro de Metal que bota relámpagos y truenos que pueden matar centenas de hombres de una sola vez. Octava: también ocho cayados de metal, pero no tienen al Illapa dentro de ellos sino bolitas que son lanzadas lejos por medio de un polvo mágico. El Espía ha visto una —agrega una cuerda secundaria. La novena y décima colgantes también tienen la marca prioritaria y, por su posición, el Espía da a entender que sus cantidades deben ser sustraídas del censo. Señala veintiún barbudos y veintiún llamas gigantes. ¿Qué ha pasado con ellos?, se pregunta Cusi. ¿Acaso han pasado a su Vida Siguiente? No, los hilos ocres y amarillos entrelazados indican que han partido de viaje. ¿Adónde? Los hilos terciados de negro en la cuarta colgante le contestan con la señal del Dios de Abajo. El Templo de Pachacamac. En una cuerda secundaria, el Espía se permite añadir una información que considera importante: ha sido el Señor del Principio mismo quien ha mandado allá a Donir Nandu y su comitiva para extraer el oro del Templo.

Cusi Yupanqui maldice. ¿Por qué el Señor del Principio ha incitado a los extranjeros a profanar el templo de un dios tan venerado en todas las Direcciones como Pachacamac y arrancarle su oro? Todo el oro es del Inca, pero ¿no se da cuenta Atahualpa de la ira que puede desatar entre los *curacas* y principales de todos los pueblos sometidos —y hasta la gente del común? ¿No sabe acaso que vienen desde todos los contornos solo para escuchar los oráculos de los sacerdotes, aunque la peregrinación les dure un atado de nacimientos y muertes de la Madre Luna?

Tratando de calmar su aliento, sigue leyendo el contenido del informe. La undécima colgante le revela los nombres de los acompañantes de la expedición barbuda al templo de Pachacamac, designados por el Señor del Principio. Aparecen los nudos coloreados de los principales Ancamarca Maita, Tito Maita Yupanqui y Cayo Inca, que gozan de la confianza del Inca. ¿Por qué, habiendo tanto enemigo al acecho, se separa el Señor del Principio de algunos de sus pocos aliados en Cajamarca? ¿Trama la muerte de Donir Nandu en el camino al Templo de Pachacamac? ¿Quiere aprovechar la partida del Barbudo Peligroso para matar al Apu Machu? ¿Todo ha sido una trampa para dividir a los extranjeros y, aprovechando su debilidad, acabar con ellos?

El quinto grupo solo tiene dos cuerdas, y es el que Cusi Yupanqui se ha retenido hasta ahora de descifrar, en un esfuerzo por conservar el orden de importancias de la guerra. Es un informe no solicitado —que Oscollo ha tenido la consideración de enviarle— sobre Cusi Rimay, la hermana pequeña de Cusi Yupanqui, que tuvo la mala suerte de hallarse camino a Cajamarca en el momento de la Captura y vive ahora refugiada en la Casa de las Escogidas.

Con sobriedad, el Espía del Inca indica en la segunda colgante que la princesa permanece recluida con nombre falso con un puñado de *acllas* y ñustas en un galpón alejado de la Casa de las Escogidas. Señala que está aprendiendo a tejer prendas de *cumbi* con algunas *mamaconas* que no han huido de Cajamarca, a pesar del abuso permanente a que son sometidas por los *yanacona* revueltos cuando se cruzan en la calle con ellos.

Con la misma humildad de cuando estudiaba junto con Cusi en la Casa del Saber, el Espía del Inca se asigna a sí mismo el sexto grupo de colgantes, formado por una única cuerda. En ella, informa que ha adoptado el disfraz y el servicio de Recogedor de Restos del Inca, que le permite tener contacto permanente con el Señor del Principio.

Una idea excelente. Digna de su antiguo hermano y doble.

Finalmente, el séptimo y último grupo de cuerdas del *quipu* habla de los *curacas* que traman contra el Inca. La primera colgante tiene los que puede nombrar: Guaman y Chuquimis Lonquin, chachapoyas; Huacchua Pfuru, tallán; Chimu Capac de Arriba y Chimu Capac de Abajo, chimúes hijos del Señor Cajazinzín; Huacrapáucar, *hatun curaca* huanca y el cajamarca Carhuarayco. La segunda colgante indica los que no están presentes, pero han enviado delegados con ofrendas y regalos: los huayucuntus; los tarmas; Xancol Chumbi, *curaca* ñambayec; Chilche, *curaca* cañari y Apo Manco Surichaqui, *hatun curaca* jauja, que ha enviado como su delegado a su *pachaca curaca* Ñaupari. En una cuerda secundaria, el Espía se permite un aparte sobre la petición de Apu Manco Surichaqui: no solo ha enviado dos frazadas nuevas de *cumbi*, cuarenta prendas de lana, ciento cincuenta y cinco pocchas de maíz, veinte pares de sandalias, setenta y siete pocchas y media de quinua y cuatrocientas cuarenta y cinco alhajas de oro y trescientos sesenta de plata, sino que ha solicitado a través de Ñaupari el apoyo barbudo para su alzamiento inminente contra el Señor del Principio.

Cusi Yupanqui comprime su aliento, ciñendo su frente. No hay nada menos nuevo que un alzamiento jauja. Desde Pachacutec hasta Huayna Capac han tenido que aplastar su cíclica insolencia, cada uno más de una vez. Pero ahora puede ser fatal perder el tiempo descabezando rebeliones. El Único está cautivo y brotan nuevas camadas de enemigos hasta de debajo de las piedras. Además, andan al acecho de sus pasos —lo sabe por sus espías— milicias de chimúes, collas, chachapoyas, huancas, ishmas, hasta de soras y chancas. Hay partidas de principales de la *panaca* de Tupac Yupanqui —la *panaca* de Huáscar antes de su ceñimiento con la borla— que sobrevivieron escondidos a la masacre del Cuzco y ahora lo buscan clamando venganza feroz contra él y el Señor del Principio. Alguien, posiblemente un infiltrado en sus propias filas, ha estado dejando a propósito trazas de las andaduras de las tropas de Cusi por las sierras altas, pues le terminan alcanzando —Cusi siente el resoplido enemigo en su cogote— a pesar del cuidado puesto en borrar sus rastros, dispersar las cenizas de sus fogatas, ir ligeros de carga para no dejar huella alguna de su paso por los poblados —en los que, para mayor seguridad, no permanecen más de medio atado de jornadas.

Por otra parte, no quiere desprenderse del fiel general Challco Chima, pero no hay otra manera de desatar este nudo. No tiene a nadie más para acabar con los alzados jaujas, y de manera tan aplastante que no les quede ganas de volverlo a hacer por un buen tiempo. El general Ucache, el único que podría suplantarle en el encargo, anda ocupado tratando de apagar la sublevación de los chinchas que, desde la muerte violenta del Señor de Chincha en la plaza de Cajamarca a manos de los barbudos, se han soliviantado y parecen decididos a sacudirse el manto del Inca. Por otro lado, ha sido siempre Challco Chima el encargado de convocar el turno de la guerra en los parajes aledaños a Cajamarca. No hay nadie mejor que él para convocar la leva de la *mita* guerrera. Los guerreros le temen y no se atreverían a desertar con él a la cabeza: a todas partes ha llegado su fama de luchador brutal e inmisericorde, no solo con los enemigos del bando contrario, sino y sobre todo con los del suyo propio que flaquean en la lucha.

Por último está él mismo. Inerte como un charco. Sin poder deshacerse de Huáscar y los otros prisioneros hasta que el Señor del Principio decida qué hacer con ellos.

Un *huayco* de desaliento cae sobre su pepa, abrumándola. Este se extiende velozmente por todos sus miembros, como una enfermedad que le hubiera soplado súbitamente. No opone resistencia a la ventisca fría que se apodera de su cuerpo, que vuelve rígidos sus hombros, que exprime su barriga. Como cada vez que se enfrenta a una dificultad de apariencia insalvable, se contrae en lo más profundo de su pepa, se queda inmóvil y se deja mecer suavemente por ella, respirando, respirando, clavando una estaca en la vigilia para no quedarse dormido de nuevo.

Pliega con celo el reporte de su Espía. Sella sus extremos y lo coloca en el doble fondo de su bolsa de venado. Hace su Nudo Personal con sus cordones exteriores, para que nadie sino él pueda desatarlo. Tercia el *quipu* en su pecho. A menos que lo maten, nadie sino él lo leerá.

Ha olvidado su sueño.

Respira hondo. Sale de la habitación.

Cuerda secundaria: dorado entrelazado con blanco nieve, en Z

—Pongo un peso en mi espalda, Apu Cusi Yupanqui —dice Quilisca Auqui quien, apostado al lado de la entrada, ha respetado la orden estricta de su Señor de no ser interrumpido.

—Dime.

—Chuqui Huipa quiere hablarte.

—¿Para qué?

—No quiere decir —dice Quilisca Auqui—. Dice que eres el único aquí con sangre meritoria para hablar con ella. Que no va a intercambiar palabra con nadie sino contigo.

Cusi Yupanqui sofrena un mohín de hartazgo. Emprende de inmediato la subida por las escaleras de piedra, escondidas por la maleza, que llevan a los depósitos abandonados en que tiene encerrados a los prisioneros. Trepando los peldaños de tres en tres, para mantener despiertas las piernas.

Vigilan la única entrada del recinto el general Challco Chima y una veintena de sus mejores guerreros. Cuando Cusi Yupanqui cruza delante suyo, Challco Chima se pone a su lado. Juntos entran en silencio al precario depósito vacío en que se hallan Challco Yupanqui, Rahua Ocllo, Huanca Auqui, la Señora Chuqui Huipa y dos hijos pequeños de Huáscar. Cruzan la primera puerta, en dirección a la segunda. Por más que lo intenta, Cusi no puede dejar de sentirse incómodo: aunque no ha dudado ni dudará jamás de su lealtad a toda prueba, no se acostumbra todavía a la cercanía intensa del general imbatible.

—¿Para qué me llamas? —pregunta Cusi Yupanqui en los umbrales de la habitación a media luz.

—Quiero hablar con un viejo amigo —responde una voz femenina—. Si él todavía no ha olvidado el pasado compartido en tiempos mejores.

La imagen de Chuqui Huipa se perfila poco a poco gracias a la tenue luz que se filtra por la entrada. La *Coya* está sentada sobre unas mantas de finísima lana brocada, pero demasiado ligeras para un frío de alta *puna* como este. Tiene uno de sus pechos grandes y bien formados al aire: amamanta a un bebé dormido. A su lado, yace un niño de la edad de los primeros juegos con la *huaraca*, inerte con los ojos cerrados y la boca abierta.

—Habla —dice Cusi Yupanqui.

—A solas —dice Chuqui Huipa.

—No tengo nada que ocultar.

—Y yo nada que decirle a un hombre de sangre impura, por general que sea. Menos si es un *yana* arrastrado.

Con un gesto, Cusi Yupanqui le indica a Challco Chima que espere afuera del pasillo. Challco Chima obedece sin chistar.

—¿Qué quieres?

—Es lo que te pregunto yo a ti —dice Chuqui Huipa—. Pídelo y, si nos liberas, te será concedido de inmediato. Me conoces y sabes que cumplo mis promesas.

Cusi sonríe con sarcasmo:

—¿Sí? ¿De verdad las cumples?

Chuqui Huipa vacila. Cusi Yupanqui pasea su mirada sobre los otros prisioneros que se hallan en el cuarto: Rahua Ocllo, la anciana madre de Huáscar, Huanca Auqui, su derrotado general, y Challco Yupanqui, el Sumo Sacerdote Solar depuesto de su cargo por Cusi Yupanqui por favorecer al bando del hermano del Inca en sus plegarias. Los tres contemplan el suelo en silencio, como temerosos de destilar alguna insolencia involuntaria por los ojos.

—Señor Cusi Yupanqui —dice la *Coya* Chuqui Huipa retomando confianza—. Olvidaré tu afrenta suprema a nuestro *mallqui*, la momia de nuestro ancestro Tupac Yupanqui, que tu *yana* arrastrado quemó vilmente ante nuestros ojos. Olvidaré la odiosa masacre sangrienta que hiciste con mis hermanos, mis hermanas y sus hijos y sobrinos nonatos, que eran también los míos y los tuyos. Olvidaré la quema de nuestros cientos de *quipus* de origen, en que los *amautas* mejores recogieron la historia primigenia de nuestra *panaca*, las andanzas de nuestros ancestros. Olvidaré que fuiste el brazo cruel del Mocho despreciable. Haré más. Te convertiré (sabes que tengo los poderes persuasivos para esto) en el nuevo Hombre de Guerra, en el General de Todos los Ejércitos del Mundo de las Cuatro Direcciones hasta que las aguas vuelvan a su cauce, si das la espalda al Traidor y muestras el pecho por el Inca Verdadero. Si nos dejas libres a Huáscar, a mí, a los hijos del Inca, a Su derrotado Encargado de la Guerra y al Verdadero Delegado de Su Padre.

Chuqui Huipa descubre el otro pecho con expresa lentitud, sin apartar la vista de la de Cusi Yupanqui. En delicada maniobra, cambia al bebé de lado para ofrecérselo. El bebé se prende de la nueva teta sin abrir los ojos. La mama con fruición.

—Anoche tuve un sueño —continúa la *Coya*—. Soy el oro de Pachacamac. Estoy triste porque un impostor que funge de Inca va a regalarme a manos extranjeras. De pronto, mi tristeza se trueca en felicidad. Sana, el Sumo Sacerdote del Templo, se ha rebelado contra el mandato del impostor y me ha escondido para no entregarme a los extranjeros.

Silencio.

—¿Eso es todo?

—No —dice Chuqui Huipa—. Mi sueño continúa. Soy el oro de Tomebamba. Estoy triste porque un impostor que funge de Inca quiere regalarme a manos extranjeras. De pronto, mi tristeza se trueca en felicidad. El general Rumi Ñahui ha rechazado a todos los emisarios del impostor y me ha escondido en un lugar seguro para no entregarme a los extranjeros.

—¿Eso es todo?

—No. Mi sueño continúa. Soy el oro del *Coricancha*, el Recinto de Oro de la Ciudad Ombligo. Soy la estatua del Inca Púber, efigie de nuestro Padre Punchau, El Criador de la Luz. Los dos *amarus* y dos pumas de dos cabezas que lo escoltan a su derecha y a su izquierda, efigies de oro del Huiracocha y el Illapa. Soy cada planta, cada animal labrado por los orfebres en el inmenso Jardín de Oro con todas las especies de seres halladas en el Mundo de las Cuatro Direcciones. Soy los *runacuna* de oro convertidos en estatuas en la posición de la siembra y la cosecha. Las cenefas de oro cubriendo de cabo a cabo las paredes. Los maizales de oro perdiéndose en el horizonte. Estoy triste. Un impostor que funge de Inca quiere regalarme a manos extranjeras. Pero mi tristeza se trueca en felicidad. Vila Uma, el nuevo Sumo Sacerdote Solar investido por el impostor, se ha rebelado contra su mandato y se ha negado a entregarme. Las piedras vestidas, los bultos-hermanos de todos los Únicos Incas que han regido el Mundo desde el comienzo de nuestra Vara y que viven su Vida Siguiente dentro del *Coricancha*, se han ataviado y alhajado para la fiesta. Comen, se emborrachan de chicha, cantan *taquis* de alegría —pausa pesada de la *Coya*—. Esperan.

—¿Qué? —pregunta Cusi Yupanqui.

—A ti.

Silencio.

—¿Eso es todo? —pregunta un imperturbable Cusi Yupanqui.

—Eso es todo —responde la *Coya*.

Cusi Yupanqui suspira.

—Ten cuidado, Chuqui Huipa —dice al cabo—. No hay pena mortal para los que traman sueños a la medida de sus deseos, sueñan sueños de otros o hacen vaticinios sin autorización. Pero sí para los que acceden (no sé cómo, ten la certeza que voy a averiguarlo) a *quipus* secretos en mi poder y que no han sido tramados para sus ojos. Si todavía sigues viendo con los tuyos, si no te los he sacado a pesar de la sentencia que cae sobre los que transgreden la ley, que me encantaría ejecutar ahora mismo, no es porque me hayas mostrado las tetas, no es porque hayas encendido en mí la fogata que ardía en mi pecho por ti en el pasado. Ha sido por el mandato generoso del Señor del Principio de mantenerte con vida. A ti y a la lacra corrompida que te acompaña. Así que agradece tu aliento al Mocho que desprecias.

Sin mediar despedida, Cusi Yupanqui sale de la habitación. Para escapar del dolor que quiere apresar su corazón, toma el camino del pasillo hacia la entrada del depósito. Se detiene a la altura de la puerta del primer cuarto.

A pesar de la oscuridad casi completa, puede verse al prisionero, rodeado de decenas de escudillas vacías de chicha. Yace sobre el suelo, contraído como un feto. El eructo lo sacude como a una convulsión invocada por un *huaca* maléfico. Tiene los brazos amarrados a la espalda y las piernas a los brazos. Viste ropas miserables de mujer común, con huellas de sangre seca esparcidas en sus polleras y en las partes en contacto continuo con las cuerdas, que han surcado llagas profundas en su piel.

Los ronquidos de Huáscar se escuchan por toda la habitación. Por todo el depósito. Por todo el Mundo de las Cuatro Direcciones.

Segunda cuerda: blanco oscuro entrelazado con celeste añil, en Z

¿Cómo pedirle?

Shánkata es mi amiga. Es buena con todos, pero solo se junta conmigo. Con nadie más habla sin ponerse chaposita. Sin amarrarse esa lengüita rosada que tiene.

Quién diría. Tan linda y tan solita.

De tanto andar con ella, se me ha contagiado lo bonita. ¡Cómo se nos quedan mirando en todo Cajamarca cuando cruzamos la calle que nos lleva a los talleres de tejido, la que nos lleva a las barracas en que preparamos la chicha! Todos con sus bocas abiertas. Los incas de los once linajes del Cuzco. Los incas de privilegio. Los *curacas* extranjeros. Los barbudos que protegen el serrallo. Sus sirvientes arrastrados. Hasta el chiquillo ese que les traduce, feo como él solo, que babea desde su esquina sombreada cuando nos ve salir del *Acllahuasi*, creyendo el muy zonzo que nadie lo ve.

Solo el Inca no nos ha visto.

Las ñustas y las *acllas*, mamacita linda diciendo, se hacen la que la quieren, pero en verdad le tienen envidia.

También me tienen envidia a mí, porque soy su amiga.

Pampayrunas de porquería. Pendientes nomás andan de los barbudos. Como perras en celo se alegran las *acllas* cuando el Inca las regala a uno de ellos. Y las ñustas no hacen igual solo porque tienen miedo de lo que dirían los parientes dizque finos que tienen en Cajamarca.

¿Cómo pedirle?

Shánkata siempre está juntito a mi lado. Juntas comemos yuyo y pescado —papa y olluco no, porque ella dice que engorda y a ella le gusta estar durita, tiesita. Trenzamos canasta juntas. Tejemos juntas prenda de *cumbi*. Juntas hacemos bollo con sangrecita de llama para los sacrificios al Padre.

Me pongo a su lado cuando nos toca ir a preparar chicha donde la Casa del Licor. Mojamos el maíz bien sequito y lo ponemos entre hojitas de *achira*. Cuando le han salido sus raicitas, lo sacamos para que seque y se vuelva *jora*. Molemos despacito el maíz. Y entonces viene la parte que me gusta: mascamos la masa para que fermente antes de hervirla. Ella está masca que te masca la masa. Y luego, cuando ha formado una bolita, la escupe en la palma de su mano y me la pasa a mí. Yo me la pongo en la boca y la masco también. Y se la paso de nuevo.

Bien rica su saliva, acidita.

¿Es rica la saliva del Inca?

No sabe decir, me dice. No se fija en esas cosas cuando está con Él.

¿En qué se fija entonces?

En nada, me dice. Cuando está con Él no se fija en nada. Juega con las cosas de Él, nomás. Y le cuenta cuentos.

¿Y cómo es el Inca? Quispe Sisa quiere decir ¿cómo es… jugando?

Sonrisa en el cutis lozano de la tallanita.

Como con un animal divino de ocho brazos venido del fondo del mar, me dice.

Mis chapitas se ponen calientes, como cuando un espíritu aprovechado de mi falta de sueños me sopla la fiebre. En el suelo apisonado del cuarto quizá me pueda esconder.

Shankaticha tomándome de la barbilla, mirándome tiernamente a los ojos.

¿Quispe Sisa ha jugado ya con las cosas del hombre?

No.

¿Nadie le ha enseñado?

Nadie.

Las manos suavísimas y tersísimas de la tallana acariciando mi pelo: Es fácil, me dice. Ella le va a enseñar, así no se asusta cuando le toque su turno. Cuando le llegue su tiempo de hacer gozar al Inca o al hombre de valor a quien Él la entregue como esposa.

Pedirle ahora —¿cuándo, si no?— un favor, Shankaticha.

El que Quispe Sisa quiera.

Shánkata tiene ascendiente con el Inca. ¿Le hablaría a Él de su parte?

¿Qué quiere que ella Le diga?

Quispe Sisa quiere ser una de las elegidas por el Inca para ser poseída durante una Luna, para concebir un hijo Suyo. Ella y Ticci Capac son vástagos del fallecido Joven Poderoso: son hermanos. Buena mezcla de sangres sería, buena alianza. Quispe Sisa tiene los méritos necesarios. Es huaylas de buena alcurnia, hija de la Señora Contarhuacho y sobrina de la Señora Añas Collque. Antes incluso de que Atahualpa le quitara merecidamente la borla a Huáscar y tomara el nombre de Ticci Capac, Mama Contarhuacho y Mama Añas Collque ya habían tomado partido por Él. De repente Él ya se había olvidado, pero ellas pusieron a su disposición dos mil hombres bien armados para su guerra contra Huáscar. Y, apenas se enteraron de su victoria final contra el inepto, le enviaron desde el Cuzco dieciséis cargamentos de presentes de parte de los huaylas. También la enviaron a ella, a Quispe Sisa. Pero un atado y medio de jornadas hacía que estaba en Cajamarca y ni siquiera le había podido hacer ella su *mocha* de saludo. El Inca no se dignaba recibirla. No se dignaba tocarla. ¿Podría Shánkata hablarle al Inca de ella? ¿Decirle o recordarle que ella está en Cajamarca, que ha venido desde tan lejos para jugar con Él? ¿Que está lista para concebir un hijo Suyo cuanto antes?

Una arruga en la frente de Shánkata: No ha entendido bien, dice. ¿Lo que quiere Quispe Sisa es que la lleve donde el Inca? ¿Para que el Inca juegue con ella y la preñe?

Sí.

Sonrisa rosadita: ella le va a decir al Inca, ella la va a llevar. La mano de Shánkata besando el dorso de la mano de Quispe Sisa: por el Padre Pachacamac, por las tetas de su mujer la Madre Urpayhuachac, de las que manan los dos ríos caudalosos que alientan la tierra, se lo jura.

Tercera cuerda: gris teñido de rojo, en Z

Cruça Felipillo la plaça de Caxamarca, vaçía aquestas oras de la noche.

Cruça sin porfiar el sigilo, ca ygual le uerán los çeladores chrystianos apostados en atalayas a entranbos lados del *ushnu*, el edifiçio con trono de piedra en el çentro de la plaça do el Inca señorea las fiestas, çerimonias y sacrefiçios al Sol.

Fasta aquí, a sessenta passos del *ushnu*, oye el faraute las crepitaçiones del ogar ante el que se soban las palmas el gigante Pedro de Candia, su inseparable Miguel de Florençia, Martín de Alcántara —medio ermano de Don Françisco— e otros tres que por estar en segvndo término lleuan la faz oculta por la escuridad. Aconpáñanles el graznido de las orquillas que sostyenen a los mosquetes meçidos por el uiento y el canto de las lechvças en amena tertulia con ánimas y dioses noctánbulos.

Fasta bien passada la medianoche ovo el faraute de aguardar para poder partirse de la conpañía de su Señor Don Françisco, a quyen dexasse rregateando entre Ronquidos los seruiçios de una pvta morisca de Trvxillo en su añorada Estremadvra. Pues muy tarde acauó la luenga y áspera junta que ovo Don Françisco con el Capitán Hernando de Soto. Reprocháuale Don Françisco a su Capitán de auer desguarnesçidas las murallas de la plaça, flacas de defensa desde la marcha de Don Hernando PiçaRo a Pachacamac, por andar en contendiendo con el Inca en baladíes juegos de axedrez. A lo qual rrespondía Soto que, ahunque Atao Uallpa mostraua buena disposiçión con los christianos, mejor les ualía abelle con el çeso atareado, pues el demonio tyenta con alçamientos y çeladas a los yndios de alcvrnia que an ynjenio y oçio entre las manos, y ualía el quádruple la preuençión con el Inca por lo de onbre preuenido uale por dos, pues era Atao Uallpa el doble de injenioso que todo yndio que Soto ouiese conosçido de trato e uista. Y en aquestas y estotras raçones se ponýan entranbos una y otra uez asta nvnca rrematar.

—¿Adónde uays?

—Al pasaje entre los dormideros de cavallos —rresponde Felipillo a la tenebrosa boz del gigante Pedro de Candia.

—¿Qué negoçio auéys allá?

—Voy a buscar las qüentas del rosario de mi Señor Don Françisco, que dexé perdidas aí.

—Con esta negrura no hallaréys cossa. ¿Por qué no aguardáys que sea el Sol salido?

Felipillo rebaxa los oxos.

—Mi Señor no sabe de mi yerro —tiénblale la boz. Añade, en tono de súplica—: si mañana lo descvbre, me dará de açotes asta Romperme el alma.

—Pues quedad tranquilo, que por más açotes que él vos dé, no avrá cosa que Romper —dize el gigante.

La réplica de Candia es çelebrada con carcaxadas por los otros çeladores.

Buélbese el gigante al faraute.

—Proseguid en paz por vuestra vía —dize, con el displiçente gesto de quyen otorga liçençia sin que aya meresçer—. Que es de christianos perdonar, y esta noche ando christiano con vos.

Dase el faraute a seguir su camino.

—Aguardad.

Detyénese Felipillo con el coraçón en la boca.

Desçinde el gigante de la atalaya de vn salto. Allégase con espaçioso paso del faraute, en sonryendo de aquella sonrisa estorçida que Felipillo le conosçe bien. Tócale el braço e lo acariçia, en le guiñando un oxo, visible malgrado de la escuridad:

—Si auéys gana dello, ya conosçéys cómo hazer merçed vna destas noches a Pedro de Candia de su christiandad.

Cuerda secundaria: gris teñido de rojo, en Z

El sitio conçertado para el encuentro es la esquina del passaje entre los dormideros. Palpa Felipillo el rrosario en la alforja, que confirma su coartada. Otea el faraute hazia entranbos lados e sospira: no hay moros en la costa. AcuRúcase en vnos cueros de *llama* e conçierta el calor que puede, presto a la segvnda espera desta noche.

Cuerda terciaria (adosada a la secundaria): gris teñido de rojo, en S

Aquesta tarde, como la de los ocho días que preçedieron, assistió Felipillo a la çita con su amada. Tras aguardar su diaria salida del *Acllauasi*, sospiró el faraute en contenplando a Inti Palla. Y, como en las ocho jornadas preuias, fue secretamente a se reunir con el Recojedor de Restos del Inca en la ocvlta cámara do guardan los cauellos, uñas y áuitos del Inca. Juntos platicaron, o más bien, rrespondió Felipillo las inçessantes preguntas de su payssano sobre los christianos.

La cvriosidad de su ermano de tieRa no auía mvrallas. Indagó el payssano Recojedor de Restos cada vno de los auatares estrangeros desque Felipillo fuesse prendido. Fízole el faraute menvda relaçión de cómo los cristianos toparon la balça de yntercanbio en que biajauan él, su primo Mantarraya y otros dies y ocho manteños. Díxole cómo perlongaron las costas uancavilcas, manteñas y quillaçingas y fueron costeando aguas abaxo asta allegarse de vn puerto do rreposauan otros de sus nauíos e morauan artos estrangeros, que llamauan Nonbre de Dios. Cómo de aí enprendieron periplo hazia la Cuna del Sol perseuerando en un oriçonte de mar syn términos que no paresçía en los mapas de caña de banbú de los uiejos balçeros uancavilcas. Cómo aRibaron a vnas negras tieRas estensas y estraordinarias, do quedaron dos años uisitando y morando assentamientos de tan y tanto uer —como vnos que nonbrauan Seuilla e Toledo— que no alcançassen çinco uidas para conplir el uiso de todo lo nueuo que en ellas auía. Cómo recalaron en un escueto y gris rrecodo de la tieRa que dezían Truxillo, do el Capitán PiçaRo —que ahún no hera Gouernador— se holgó tres lunas e conçertó la traýda de sus ermanos Hernando, Gonçalo, Juan y Martín e fizo jvnta de toda la jente que pudo, para luego enprender el rregreso por do uenieron.

Ovo a uoluntad el faraute de platicar a su payssano de su amor por su antiguo Señor el Maestre Bartolomé Ruyz, que le acoRió a sacar la lengua e las cossas de christianos. De cómo estrañaba sus estorias de marinos e *curacas* y se holgaua de su pronto aRibo a Caxamarca en la güeste de Don Diego de Almagro, que quedasse en Panamá.

Pero su payssano desuiaua la charla y más querýa resçebir rrelaçión, y minuçiossa, sobre el Capitán Françisco PiçaRo y sus ermanos, sobre todo del Capitán Hernando PiçaRo, que andaua por Pachacamac. Quiso conosçer el payssano sobre Soto y sus affiçiones, de sus rriñas con Don Françisco y del sentido de su frecuente jugar con el Inca al juego de los Incas ermanos (que tarda el faraute en anotar como el axedrez). Quiso saber de Pedro de Candia y la raçón de su gigantismo. De Don Diego de Almagro y su oxo absente, quando Felipillo le mentasse al desgayre, anssí como su fvtvra uenida a Caxamarca en trayendo más estrangeros. Y luego, quiso auer somero reqüento de los cristianos más prençipales assentados en Caxamarca.

Inquyrió después el payssano por las pestilençias que los christianos aliuian comiendo oro (¿?), por su dios de tres caveças (¿?) y sus yntinçiones en tieRas del Inca. Quiso ynformarse luenga y tendidamente de su país fabuloso. ¿Mora en sus tieRas vn ermano de El Que Todo lo Ylumina? ¿Lleua aqueste buenas migas con los *uacas* que le siruen? ¿Naçen y mueren en sus çielos noturnos ermanas de la Madre Luna? ¿Los pueblan los mesmos animales, los mesmos almáçigos de estrellas? Quiso conosçer menudamente los poderes májicos del Rey y de la Reyna, si son dioses o solo seres sagrados ynbuidos de mucha *callpa*. Preguntó si juegan otros juegos demás del de los Incas ermanos, por los uenenos injeridos y untados de sus curanderos, por sus *uacas* benéficos y maléficos, esforçados y pereçoços, por la longura de los tvrnos de seruiçio en tieRas del Rey, si son aquestas fértiles o estériles y si saben turnallas en la sienbra y la cosecha, por los aparejos de sus jenerales y gueReros para paçificar la tieRa rebuelta, por el metal que siega la carne liuianamente (que solo después de mucho tiento reconosçe el faraute como el hieRo), dó lo obtienen y cómo lo funden en sus ornaçinas, si otros dioses han llorado otros metales semejantes en sus minas (¿?), si confeçionan otras armas demás de las traýdas a estas tieRas, por las *llamas* gigantes (ques como dize el payssano a los cauallos), sus otros animales dóçiles y saluajes, por la raçón de la color de piel de los esclauos caribes que an uenido como siruientes, por las raýces, semillas y plantas masculinas y femininas, por su uariedad de tormentos a los catiuos enemigos, por la raçón de la forma de cáscara de nuez de sus nauíos, si sus mvgeres han rajas entre las piernas como las destas tierras, si ellas apestan tanto como sus maridos, por las plegarias barbudas para convocar al Illapa en tienpos de sequía o apaciguallo en las tenpestades torrençiales, si sus çielos llevan arcos después de la lluvia y de quántas colores, por la dvreça de sus fortaleças, por el tamaño y pesso de sus rrocas y si son çiviliçadas como las de aquí, por el aReglo de sus *llacta*s (ques como llaman a sus çibdades) y qué forma de animales sagrados dessean invocar, por sus comidas y bebidas, por las patas de ormiga que qüentan secretos al oýdo (y que Felipillo, solo después de un luengo Rato de malentendidos pudo rreconosçer como las palabras escritas en el Libro de las Sagradas Escrituras del cura Ualuerde), por sus maneras de juntar çifras y sustraer vnas de otras, de fazer proporçiones, de dibvjar en la tieRa figvras de tiros de piedra de distançia en traçando otras que no caben en una braçada, de fazer procrear a las çifras grandes y luego a su prole y luego a la prole de su prole, de fazer meytades, quartos, otavos y ansí, por el tope máximo de las cantidades que ellos pueden contar de un solo vistaço (¿?).

Ménbrase Felipillo de sus retiçençias iniçiales, sus moños de carne en la garganta ante el rrío de preguntas sin fin. Y cómo fueron doblegados por el loçano plazer de poder hablar de nueuo en manteño, su lengua de leche materna. La íntima goçada de abrirse camino entre la lengua de sus padres para uerter en ella los sentidos indóçiles de las palabras en christiano.

Ménbrase el faraute de cómo, la mañana siguiente de cada encuentro con el payssano, poblauan su memoria reliquias en manteño. Tonadas ynfantiles, chanças de balçeros en doble y triple sentido, plegarias oluidadas a dioses marinos más oluidados aún. Restos de naufragios de una uida biuida en otro cuerpo —vn cuerpo tostado e covierto de sal, más torpe, distraýdo y pequeño queste— que asomauan del mar de su memoria con olores y uisos fugaçes pero biuos. Reliquias de quando era Anguila Cayche y auía la affiçión de fazer junta de estorias de dioses estrangeros, estorias que creýa Felipillo bien muertas y encuevadas y solo yvan rreplegadas en su coraçón, al asecho del regreso.

Poco a poco los días pasavan y, sin saber cómo, le fue saliendo en las pláticas con el payssano una sorna feroz cuyo origen ynoraua. Vna saña sin pyedad contra todo lo que le rrevoltaua en los vsos y costunbres de christianos y que le pujaua a fazer burla fasta de su forma de mear. Pero tanbyén un estraño afán de desmessura que le desbocaua la rrelaçión de las marauillas que avía uisto y oýdo en las Españas, que le fazía llamar tifón a la brisa, contar dies do avía uno, dezir desmessurado lo que avía medida, en començando a creer sus proprias mesclas e invençiones a medida que las dezía. Qué carajos le importaua. Querýa ser oýdo, querýa ser creýdo, querýa ser amado. Por fin era hallada del faraute orexa presta a fazer caso de sus pensamientos y ya no solo de sus traslados. Y un payssano además, uno de su tieRa y lengua de origen. Vno que se reýa, amohinava y espantava de lo mesmo.

Al cabo de una de aquellas jornadas de intensa charla, fízole luenga merçed el payssano por sus confidençias y le dixo que pidiese vn desseo. Qualquier. Que si fuesse en su poder, le sería conçedido syn detenençia.

En creyendo que era burla, dixo el faraute por dezir:

—*Quiero ver desnuda a la tallanita del Acllahuasi.*

Fortificóse el foradado rostro del payssano.

—*¿Inti Palla?*

Felipillo no rrespondió, en aguardando la rreconvençión del payssano ante su pedido. Pero su ermano de tieRa solo rrascávase la nariz.

—*Entre los dos galpones en donde duermen las llamas gigantes hay un sendero estrecho que va directo hacia el templo del dios Catequil* —dixo al cabo—. *Espérame mañana en la primera esquina cuesta arriba, cuando ya sea noche cerrada. Es una esquina oscura, nadie te verá* —con preuençión—: *ve solo, paisanito.*

Cuerda de cuarto nivel (adosada a la principal): gris teñido de rojo, en Z

Y aquí está agora, con el frío calándole las posaderas, en empeçando a ynquirir si la çita auía sido de uerdad o solo de chança, quando vna suave palmada en la espátula le saca de su distraçión. Le faze el payssano vna seña de no fazer bulliçio y seguille.

Juntos uan en çilençio por el passaje entre los dormideros, que iede a caca de cauallo. Estuerçen la esquina a la diestra, a otro passaje más estrecho que el primero e más escuro ahún. Alléganse del fondo, do no se vee cossa, y préndese Felipillo del sayo de su payssano para ny caer ny topar. Baxan por unas gradas de piedra que el faraute jamás ymaginasse estar aí. En oyendo el temible eco de sus proprios passos, andan vna buena e luenga pieça por coRedores en çírculo que le extrauían la orientaçión y quel payssano sigue y sortea con espantosa liuiandad malgrado

178

de la negrura. Por fin, rremontan otras gradas, que acauan sobre vn vnbral de piedra tenuemente yluminado.

Entran a vna pulida cámara de piedra vaçía, rroçiada de la leue luz estelar que penetra por vn tragaluz. Puede soltar por fin Felipillo el sayo que le guió fasta aquí y andar por sí mesmo syn temor de tropeçar. Allégase el payssano a la pared de piedra en que se halla el tragaluz, ynserta vno de sus pies en vn orifiçio oculto por la sonbra y pújase arriba fasta calçar el otro pie en vn aguxero çercano a la mesma altitud del suelo. Buélbese al faraute y fázele ademán que se aveçine. Quando Felipillo es a su lado, baxa el payssano e le çede su lugar.

—*Restriégate bien los ojos* —dize el payssano—. *Lo que veas lo verás por única vez en toda tu vida.*

El tragaluz da sobre la uentana de vna cámara. En ella, vnos candiles de sebo Recortan vnas siluetas que juegan, entre jemidos de animal, vn juego estraño de figvras que se aluengan e contraen como vn latiente coraçón.

Tórnase Felipillo a su payssano. El payssano le faze gesto de que puede proseguir.

Acomódase el faraute para contenplar mejor, ahincada la curiosidad. Los quexidos, cada vez más bulliçiosos, emanan de las siluetas, que dexan ver agora los móuiles cuerpos de do proçeden.

Es el Inca, que huelga con vna joven muy mançeba de luengos cavellos. La enturbantada cabeça de Atao Uallpa le asemeja a vno de aquellos califas y genios de las estorias de las myll y una noches que le fazía rrepetir en castellana lengua el Maestre Bartolomé de luengo de su marino uiaje de tieRas uancavilcas fasta Panamá.

Inca y mançeba están desnudos, estendidos en mantas de colores biuas e rebosantes de monstruos-dioses en mostrando los colmillos. El ynefable Rostro de Atao Uallpa luze como separado de su ajitada entrepierna. Sus fornidas caderas golpean ondulossa pero firmemente las duras nalgas que le ofreçe la moça, doblada en quatro patas como uoraz tigressa presta al salto.

La luz de los candiles, soplada por sus yres y ueníres, desvela la presençia de otras dos mançebas en la cámara. Es vna en el trançe de ponerse, o bolber a ponerse, su sayo gris.

179

Muérdesse la otra, uestida de sayo encarnado, el ynferior labio de la boca en contenplando los travajos del Inca y su mançeba doblada y jimiente.

Es Inti Palla.

¿Avráse oýdo el buelco de mi espantado coraçón?

Entrecruçan el Inca y la tallana miradas luxuriosas. Orada Atao Uallpa con más violençia, con más urgençia, syn dexar de veer a Inti Palla. El Rostro de la doblada mançeba es agora la máscara de vn dios ynorado del dolor, el plazer o entranbos. Sus lamentos tórnanse vozes destenpladas, como si el galopante acosso del Inca la fuesse enpalando poco a poco fasta atrabeçalla de Rabo a cabo en su aRemetida final.

Quando todo es concluydo, Atao Uallpa habla en boz baxa al oýdo de la mançeba, yaziente como una moça muerta de inojos en medio de una plegaria inacauada. La mançeba cabeçea dóçilmente, se yncorpora, se coloca con presteça el sayo gris desenbuelto a su lado y faze vna seña a la otra de áuito de su mesma color. Pártense las dos de la cámara entre venias al Inca, que Atao Uallpa desayra sin lo saber pues lleua puesta su ardiente mirada en Inti Palla.

Quando Inca y tallana están solos, habla Atao Uallpa. Pero es su habla tan queda que al faraute se le escapa lo dicho. Inti Palla sonrýe, se allega del Inca. Con estrema delicadeça, uale desenrrollando poco a poco el turbante fasta le desnudar la caveça y le sacar a la luz de los candiles el amasijo de carne que ha por orexa. Espántasse el faraute, que ynorava que el Inca fuese falto della. Syn ningúnd respeto por la alta ynbestidura del Inca, apodérasse Inti Palla del reboltijo, muerde y tyra dél como si fuesse çeñido laço por desatar. Espántasse de nueuo Felipillo en oyendo la ynfantil alharaca del Inca con los juegos de la tallana: este honbre que salta y rýe como niño de pecho es el Único Rey destas tierras, El que Puja y Anima el Mundo de las Quatro Vías y deçide sus destinos, el suyo proprio entre ellos.

Sin mediar auiso, despójase Inti Palla el sayo encarnado de graçioso mobimiento.

Jamás ovo en todo el vniuerço desde el iniçio de las quatro edades del mundo lisura tan lisa en vna piel, turgençias tan turgentes en vn cuerpo, carnossidades de fruta fresca tan prestas a ser deuoradas en unos labios.

—*Cuéntame tu historia de esta noche* —dize el Inca.

Cuerda de quinto nivel (adosada a la de cuarto nivel): gris teñido de rojo entrelazado con celeste añil, en Z

Llena Inti Palla dos cáliçes de un licor amarillo. Ofreçe vno al Inca. Entranbos beben de espaçio.

—*Me he enterado, Único Inca, que un día en los tiempos antiguos estaba una señora de mi tierra comiendo fruta en una playa desierta* —dize Inti Palla en la lengua general, en asomando su cantarín açento tallán—. *Tiró las pepas en la arena y se quedó dormida. Cuando despertó, había crecido en su sitio un algarrobo. El algarrobo era tan pero tan grande que tapaba con su sombra toda la orilla. Pero, ¡uyuyuy!, en la orilla también había un riachuelo seco en que moraba un huaca renegón. El huaca renegón vio el algarrobo y se puso a renegar. «Tu árbol no me deja recibir la luz del Padre Sol», le dijo. «Si no lo sacas, voy a soltar una epidemia que te matará a ti y a todo tu pueblo», le dijo. La señora de mi tierra era forzuda y trató de sacar sola el árbol donde había hecho su crecimiento, pero su tronco era demasiado grueso y sus raíces demasiado profundas. Pidió permiso al huaca renegón para ir a traer a los hombres de su pueblo tallán, para que la ayuden en la tarea. El huaca aceptó y la señora partió. Apenas llegó a Amotape, de donde yo vengo, la señora les contó a sus hermanos tallanes lo que le había pasado. Pero los hombres de Amotape eran flojos, nunca habían ido al mar aunque estaba tan cerca, echaban en la orilla del río Lachira nomás sus redes y se la pasaban el resto del día durmiendo, ¡guaaa!, bostezando. «Ir hasta allá da flojera», decían. Mi señora no sabía qué hacer para convencerlos y partió de viaje donde vivía una vieja sacerdotisa, pues se sabía que era una mujer de conocimiento, de fuerza. «Hay una manera», dijo la vieja. Y la llevó a un templo debajo de la tierra. Y pasaron por corredores que daban a corredores que daban a cuartos llenos de recipientes hasta que llegaron a uno que en que había diez mil vasijas con forma de mujeres, hombres y animales en todas las posiciones de la caricia y el ayuntamiento. Mujeres solas abriendo las piernas para tocarse mejor, hombres solos ostentando sus penes bien alzados benditos por los dioses del tamaño, mujeres chupando a sus hombres o siendo entradas por ellos, hombres acoplándose con llamas, zorrinas y vicuñas y también otros hombres, mujeres dejándose montar por perros de verga hinchada que mostraban los dientes. «Los señores moches enterraban estas vasijas para que las vieran los huacas de la fertilidad, se arrecharan, derramaran su leche sobre la tierra y la dejaran preñada», dijo la sacerdotisa. «Pero no solo los huacas, también los hombres se calientan al mirarlas. Muéstraselas a los tuyos de Amotape y, cuando estén hirviendo, hazte entrar por ellos. Estarán tan agradecidos contigo que bien contentos irán a talar el algarrobo que ha crecido enfrente del huaca renegón». Y entonces mi señora cargó con todas las vasijas y se las llevó ante los hombres de Amotape. Ellos las vieron, se rieron y siguieron echados en la arena retozando como focas, ¡guaaa!, grande abriendo sus hocicos. «¿Qué zonceras están haciendo estos enanitos de barro rojo que nos has traído?», dijeron. «Nunca hemos visto algo así». Y se volvieron a dormir otra vez. Mi señora regresó compungida donde la mujer de conocimiento y le contó lo ocurrido. «Tus paisanos son ignorantes», dijo la vieja. «Nunca han estado con mujer. Tienes que iniciarlos.» Y le entregó a mi señora las raíces del* chotarpo huanarpo, *la planta que les para sus cosas a los hombres. «Hiérvela y dales a beber la bebida a tus paisanos», le dijo. «Cuando estén listos, hazte entrar por ellos. Estarán tan agradecidos contigo que irán bien contentos a talar el algarrobo que ha crecido enfrente del huaca renegón». La señora de mi pueblo se despidió de la vieja y volvió a Amotape. Hirvió las raíces del chotarpo huanarpo del modo que le dijo. Repartió el caldo a todos los hombres de Amotape. Y ellos bebieron.*

Beben de nuevo Atao Uallpa e Inti Palla de sus dorados cáliçes.

—*Me he enterado, Único Inca, que después de beber, a los hombres de Amotape el pene se les puso duro como tronco de árbol, tanto que se vaciaron ahí mismo sin haber entrado a mi señora. Bien triste regresó ella donde la vieja. «Estoy perdida», le dijo llorando. «Se les salió la leche a mis paisanos. ¿Cómo haré ahora para que me entren? ¿Cómo haré para convencerlos que me ayuden a sacar el algarrobo que ha crecido enfrente del huaca renegón?», le dijo. «Hay una manera», dijo la vieja. «Para preparar al hombre para que pueda ayuntarse con mujer, no hay como las artes de la capullana», le dijo. «¿Qué artes son esas?», preguntó mi señora. «Las artes de sacar a los gusanos de sus capullos y convertirlos en mariposas», contestó la vieja con travesura en la voz. Y entonces, tocándola, le enseñó a jugar a mi señora con las cosas de los hombres. Y cuando ella aprendió, regresó a Amotape, donde sus paisanos tallanes seguían durmiendo. Sin hacer bulla, se acercó a uno de ellos y le acarició la verga así.*

Estiende Inti Palla la mano hazia el gruesso pinçel del Inca. Mueue las yemas de los dedos en lentos çírculos sobre su punta. Quando enpieça alçarse, la cariçia se ahonda, en envaynando y desenvaynando el çusodicho syn prieça y syn pausa fasta lo enduresçer.

—*Dicen que mi señora se acercó a otro de sus paisanos y le chupó así.*

Inclýnasse la tallana ante el alçado pinçel del Inca. Cíñelo con sus labios al desgayre. Syn apartar la su uista de los oxos desproveýdos de Atao Uallpa, explora los rredondeados bordes con lengua ájil, como si oviese anguila en lugar de lengua. Chúpalo con suavidad agora lenta agora rabda, como si diuina fuerça y no humano enpuje agolpasse su tallana caveça en las espessuras de la entrepierna del Inca. Al cabo, los oxos yluminados de Inti Palla emerjen de las seluas y, con fresca liuiandad, RecoRen el onbligo y el pecho de su Señor. Yérguese entonçes la tallanita como si a besar fuese los ençendidos labios del Único. Pero, quando solo le es menester medio dedo para aRibar a su destino, ynterrúnpese.

—*Dicen que a otro* —susurra— *le mordió así.*

De súpito jiro, estuérçese sinuosamente hazia el pescueço de Atao Uallpa y se lo muerde. ÇieRa el Inca la mirada, fuera de su sentido. Muérdele la tallana la barba, la ynçipiente papada, el collar, los húmeros, las tetillas, los sobacos. Vna suaue tenpestad de olas sin uiento aReçia la tenplada baRiga del Señor de las Quatro Uías.

—*... mientras a otro* —continúa la tallanita— *le metía el dedo así...*

Mientras le sigue mordisqueando el costillar, el braço, el antebraço y los braceletes, vna mano de Inti Palla mete vn dedo al oxo del culo del Inca.

—... y a otro le apretaba las bolsas así.

Con estotra, tira de sus testes hazia abajo hasta las tensar, en yrguiendo su pinçel como saeta de carne presta a ser lançada. Inclýnase Inti Palla con aRebato. Es agora sedienta mvger que, reçién aRibada al oasis, se huelga en bebiendo de vna gárgola, agora puma en disputando su presa a enemigos inuisibles, agora aue rreçién naçida alymentada hoçico con hoçico por la madre, myentras el dedo metido en el oxo del culo del Inca, dotado de proprio ánimo, explora sus honduras. El Único, con la uista aún çeRada, suelta luengo y raúco jemido.

—A otro le pellizcó así. A otro le entró en cruz así. A otro le lamió así. A otro le hizo esto, que no tiene nombre en el Idioma de la Gente. Y esto. Y esto...

Como henbra de plazer de las myll y vna noches que se holgase con veynte esclavos negros en la mesma bez, alterna Inti Palla agora cariçias, bulliçiosos palmetaços, pellizcones y lamidas en el cogote, el espinaço, la espátula, cada vna de sus nadgas, de sus zancas, inojos, pantoRillas, tobillos y criadillas. Da fugaz chupada a cada dedo de los pies del Inca myentras, en conplicado malabar, sigue en tocándole el pinçel, inchado a más no poder. De súpito, tiende el Inca a Inti Palla en brusco mobimiento lateral, álçale vna de las piernas y, en teniéndole en alto por vna de las corvas, éntrala por el oxo del culo de trabés. Gime Inti Palla cuando enpieça la entrepierna del Único a golpear como maço las tallanas posaderas myentras, en buffando como animal-dios, tira su braço de los tallanes cauellos, tan luengos que le llegan hasta los talones, como si fuessen rriendas de una yegua desbocada a la que oviesse de amansar. No tarda el Inca en desbordarse en espasmos de gigante ola que rrevienta sus espumas para dar a parar en las orillas.

Quando todo es concluido, échanse Inca y tallana pecho contra espátula. Con el sereno aparejo del hanbre rreçién saçiada, acaricia lentamente el Inca los peçones de Inti Palla, alçados como girasoles buscando el Astro Rey.

Conténplase Felipillo la umedad que uiene de mojalle los fundillos: ase uaciado en los calçones.

—*Me he enterado, Único Inca* —continúa Inti Palla en vn susurro—, *que mi señora logró convencer a todos sus paisanos. Fue así, dicen, que comenzó nuestra raza de señoras que mandan en la tierra de Amotape, nuestra raza de capullanas. Y mi señora, la primera en tener contentos a los hombres de Amotape, fue con ellos a la orilla de la playa llevando hachas para talar el algarrobo que impedía la vista del huaca renegón. Pero cuando llegaron, vieron que ya no había un solo algarrobo sino un montón. ¡En su ausencia, toda una selva había crecido en los sitios en que mi señora había tirado las otras pepitas de su fruta! ¡A su sombra vivían ahora gavilanes, soñas, pacazos, venados grises, osos hormigueros, pumas, chilalos, luisas, hasta lagartijas y macanches! «¿Dónde te habías metido, zonza?», renegó el huaca renegón. Pero antes de que aventara las enfermedades mortales, los amotapeños talaron los algarrobos que le tapaban la vista y le despejaron el cielo. Y el huaca renegón dejó de renegar. Y cuando los hombres de Amotape estaban a punto de volverse a su tierra, vieron toda la madera que había a sus pies. «¿Qué hacemos ahora con ella?», se fueron preguntando. Y mi señora capullana les dijo: «Tiene buena consistencia. ¿Por qué no construyen sus casas aquí?». Y los amotapeños se instalaron en el valle del río Lachira y aprendieron la manera antigua de construir. Cuando los barbudos te liberen y se vayan, ven a mi tierra conmigo y verás que todavía seguimos su ejemplo. Y los hombres de Amotape volvieron al algarrobal para sacar más madera, y de paso cazar venado gris, que da rica carne, sin mucho sebo. Y volvieron al algarrobal para sacar más madera, y de paso pescar a la orilla del mar, que no estaba muy lejos, anchoa, agujilla, barrilete, berrugata, anchoveta, rico pescado. Y los hombres de Amotape se sintieron a gusto en la tierra y se quedaron a vivir. Y tuvieron hijos con mi señora, que tuvieron otros hijos. Y toda la gente de nuestro pueblo, hombres y mujeres de Amotape, eran felices. El valle florecía, los animales se cruzaban y preñaban con gusto, los peces luchaban para ser pescados, los algarrobos se trenzaban en las copas para ser los primeros en cubrir los retazos de cielo libre de los desiertos. Se hubiera dicho que Mamacita la Mar estaba contenta con nosotros y nos había dado su bendición.*

Congóxase de súpito la tallana.

—*Pero un día desaparecieron sin avisar los peces del mar. Y vino una sequía tan fuerte que parecía castigo. Los amotapeños fueron a preguntarle al huaca renegón, pero él dijo que no era culpa suya. Se hicieron las ofrendas al Señor Con, por si acaso, pero los peces no regresaban. Se hicieron las ofrendas al Señor del Rayo, que es como llamamos al Illapa, pero la sequía seguía secando con saña la tierra. Tan pero tan fuerte era la sequía que los hombres y las mujeres de la comunidad regaron sus tierras con su orina, y cuando se les acabó la orina las regaron con sus lágrimas, y cuando se les acabaron las lágrimas las regaron con su sudor. Cuando ya se les estaba acabando el sudor, apareció en Amotape un inca bien trajeado, bien calladito. «He oído de una señora que ha aprendido las artes de la mujer capullana y quiero conocerla», dijo bien campante. Mi señora capullana lo miró de arriba abajo y, sin contestarle, siguió sudando. Al poco tiempo, el inca volvió. «He oído de una señora que conoce las artes de la mujer capullana y quiero acostarme con ella», dijo sin pestañear. Mi señora capullana se rio de su atrevimiento y lo mandó con una escolta de amotapeños a ver si llovía en la entrada de Amotape. Pero el inca regresó. «Soy un señor con muchos poderes», dijo. «He oído de una señora que cultiva las artes de la mujer capullana y quiero acostarme con ella», dijo. «Si ella acepta estar conmigo, le concederé lo que pida», dijo. Mi señora dio un vistazo largo a su alrededor. Vio la tierra seca. Vio a los huahuas agarrados de tetas de las que no manaba la leche. Vio a los amotapeños escarbando la tierra para encontrar el agua de sus espejismos. Vio a los animales muriendo en vida, con la lengua afuera, puro hueso y pellejo. Y le dijo al inca: «Si la señora que buscas se acuesta contigo ¿calmarás la sed y el hambre de estos?» El inca asintió. Mi señora se levantó entonces las faldas, jugó con él, se dejó entrar por él. Después de terminar, el inca, usando sus grandes poderes, hizo desbordar el agua de la laguna vecina, la arreó cuesta abajo por las acequias hasta las tierras de Amotape y la tierra revivió, feliz. Los amotapeños pudieron rociar su garganta y salvaron de morir. Y los peces regresaron. Y la lluvia regresó. El inca, que había disfrutado con mi señora capullana, le dijo: «¿quieres ser una más de mis esposas?» Mi señora se negó. El inca insistió y mi señora de nuevo se negó. Y el inca estuvo insiste que te insiste, con cada vez más impaciencia, hasta que un día mi madre, que no quería casarse con él, se fue al lugar más alto del Mundo, desde donde se veían las tierras florecientes de sus paisanos, gozando felices de la nueva prosperidad traída por el inca, hizo una ofrenda de agradecimiento a su padre el huaca de Amotape por todo lo recibido y se convirtió en piedra. El inca, despechado, tomó a una de sus hijas habidas con los amotapeños, una muy joven, se casó con ella y tuvieron hijos gordos. Los amotapeños estaban muy contentos con el inca, pero la hija de mi señora no lo amaba. Y un día, no pudiendo soportar más, partió de viaje donde la vieja sacerdotisa que había aconsejado a su madre, la señora capullana de mi historia. Y le preguntó cómo deshacerse del inca. ¿Sabes lo que le respondió la mujer de conocimiento?*

Ynóralo el Inca.

Abarca la tallana su entorno de vna uista. Mira hazia la uentana mayor de la cámara. Hazia aquí. A penas dvras logra Felipillo se ocultar.

—*Pronto asomará la Luz de Tu Padre, Único Inca* —dize la tallana—. *Si quieres conocer el resto de mi historia, encontrémonos de nuevo hoy por la noche, juguemos y te seguiré contando. Si, para entonces, todavía no te has hartado de mí.*

Conténplala el Inca como si Inti Palla oviese perdido el çeso y dixese locura. Tiéndese la tallana al lado de su Señor, en çerrando los oxos.

—*Hay una chiquilla huaylas del Acllahuasi. Es amiga mía. Se llama Quispe Sisa. Ha estado esperando media luna para que cumplas Tus obligaciones con ella.*

Ynora el Inca a quyén alude.

—*Quiere ser tomada por Ti, ser preñada por Ti* —continúa la tallana—. *Si quieres, yo podría traértela y enseñarle a jugar contigo, para que la disfrutes mejor. ¿Le digo que venga, mi Señor?*

El Inca dize que sí. Frota delicadamente su mentón contra el de Inti Palla. Con su mano derecha ase una uasija, oculta fasta agora a la mirada de Felipillo, en forma de honbre de barro. Un honbre de barro con un pene enorme.

187

Unde estonçes el Inca el pinçel en la rrendija de la contadora de historias, que torna a jemir como quyen habla en sueños, siguiendo el rrytmo de su Señor, como si fuesse su cuerpo marea ondulante en subiendo y en bajando para syenpre, en cantando una cançión tañida por él.

Cuarta cuerda: blanco entrelazado con negro, en Z

—*Jaqui*.

La palabra mágica extranjera con que se anuncia la emboscada suena en labios del Barbudo Amable como un chicotazo.

Salango, que de tanto ver jugar el juego de los Incas hermanos ha cernido sus reglas, estudia las nuevas posiciones de las estatuillas. El Inca Negro del ejército del Señor del Principio es amenazado frontalmente por la Mama Huaco Blanca del ejército barbudo. Y los cuadrados pintados adonde puede desplazarse son vulnerables como un desfiladero recién rociado por el paso del Illapa.

Atahualpa se rasca la barbilla. Un surco profundo ara su frente. Finalmente, desplaza uno de sus *yanacona*-generales en miniatura de un lado a otro del tablero.

Amanece una sonrisa de maíz mal desgranado en el rostro del Barbudo Amable. Sin mediar palabra y con lentitud de *amauta* que desea bien comprendida su lección, alterna movimientos sucesivos de algunas estatuillas de su ejército y de otras del de su oponente. Si mueves tu *yana*-general de Abajo ahí donde lo moviste, yo muevo mi Mama Huaco hacia aquí y luego tú solo puedes mover tu *yana*-general de Arriba hacia allá y entonces yo muevo mi llama gigante de Abajo hacia acá y tu Inca ya no tiene escapatoria, estás muerto.

El Señor del Principio retrocede, contrae las piernas sobre la *tiana*, el trono real, y, sin apartar la mirada de los cuadrados pintados y las estatuillas, empieza a balancearse.

Salango suspira. Si el Barbudo Amable sigue anunciando por dónde irán sus futuros ataques, el Inca podrá resistir mejor el sitio y la batalla se prolongará aún más que la de ayer. ¿Qué hacer, si Atahualpa ha prohibido de manera terminante ser interrumpido durante sus luchas rituales con el Amable y estas se hacen cada vez más largas y frecuentes? ¿Cuánto habrá que esperar hoy para poder hablar a solas con el Inca e intentar convencerlo una vez más de que dé el visto bueno y se deje rescatar?

La venia de Atahualpa para su rescate no es, sin embargo, lo que más absorbe la pepa del Recogedor de Restos. Día y noche rumia cómo proteger la vida del Señor del Principio en el momento álgido del ataque. No cabe duda de que las tropas de Cusi Yupanqui, cuando se hallen bien informadas de las posiciones de los barbudos, sus armas y sus llamas, los arrasarán sin dificultad. Pero ¿cómo impedir que los guardias extranjeros que resguardan al Inca, cercados por las tropas de Cusi Yupanqui, Le arrebaten el aliento?

Si se deja de lado ese problema aún sin solución, este es el momento óptimo para la entrada del Señor Cusi Yupanqui. El Barbudo Joven Donir Nandu, el más peligroso de todos ellos, está a ocho jornadas de Cajamarca apresurando la recolección del oro en los pueblos aledaños al Templo de Pachacamac. Hay que aprovechar que se ha llevado consigo a veinte barbudos montados en llamas gigantes (dieciocho, si se descuenta a los dos que regresaron ayer a Cajamarca escoltando al Supremo Sacerdote de Pachacamac), cuatro barbudos con varas de metal y el traductor tallán Martin Illu. No hay tiempo que perder. Doscientos barbudos nuevos al mando de un extranjero tuerto —Al Magru, ha dicho el paisano Firi Pillu que se llama— acaban de llegar a las costas de Tumbes y se aprestan a cruzar los pasos de las montañas en dirección hacia aquí. Además, los enemigos del Inca afincados en Cajamarca, que el Espía del Inca enumeró minuciosamente en su primer *quipu* a Cusi, aún no se recuperan de los golpes asestados en represalia a su traición. Uno por uno van siendo escarmentados o eliminados por manos invisibles. Todo Cajamarca y sus alrededores no habla de otra cosa que de unos hombres disfrazados de sacerdotes —el disfraz preferido de los enviados secretos de Cusi Yupanqui— que intentaron asesinar hace cuatro noches a Huaman, el robusto *curaca* chachapoya que ha pedido en varias ocasiones la muerte del Inca a pesar de que Atahualpa mismo lo alzó hasta el puesto máximo en que está. Los falsos hombres sagrados doblegaron a los guardias que protegían la vivienda de Huaman y se metieron en su tienda pero, como no lograron encontrarlo, destrozaron a mazazos el cráneo de los nueve nobles chachapoyas que dormían ahí y se diluyeron mágicamente en la oscuridad.

Atahualpa no se da por enterado. Se conforma con negar ante los barbudos, sobre todo Apu Machu, el Barbudo Viejo, su participación en los ajusticiamientos.

Al Barbudo Amable no parecen interesarle esos asuntos. Es obvio que el Inca disfruta mucho de su compañía. Sutu, que es el nombre con que los otros barbudos se dirigen a él, prefiere prescindir de los servicios de Firi Pillu cuando debe comunicarse con él. Le gusta hacerse repetir palabras en el Idioma de la Gente hasta que comprende su significado por sí mismo. Y no tiene reparos en tratar de enseñar al Inca algunas de la lengua barbuda. Atahualpa ríe como *huahua* cuando logra pronunciar correctamente una nueva palabra extranjera. Da gritos estridentes de placer (extrañamente parecidos a los que le suele escuchar en sus afanes nocturnos con su lasciva *aclla* tallana) al cernir un uso insospechado, sorprendente, de doble sentido o contradictorio con el Idioma de la Gente. Aunque Salango aprovecha también del aprendizaje —para vencer a tu enemigo en la batalla, atrapa su cabeza; para vencer en la guerra, atrapa su lengua, decía el astuto Chimpu Shánkutu—, algo en la facilidad del Inca para apropiarse de los sonidos toscos y roncos de los extranjeros parece absorberle la *callpa* al Señor del Principio, debilitársela ¿de manera irreversible?

En su trato con el Señor del Principio, Sutu despliega una extraña mezcla de deferencia y familiaridad que no disgustan a Atahualpa, acostumbrado al odio mortal o a la más absoluta sumisión. Como nadie en la tribu barbuda, Sutu le afloja sin temor las ataduras de su cautiverio: no solo no le impide salir de sus Aposentos sino que suele llevarlo, entre las ojeadas contrariadas de los centinelas barbudos, a los galpones en que guardan las llamas gigantes. Sutu trepa a la espalda de una, la hace trotar hacia un descampado, incorporarse y sostenerse sobre las dos patas traseras como un *huaca* de carne, girar sobre el sitio y volver a pisar la tierra haciéndola temblar, correr por la explanada hasta casi perderse en el horizonte, dar la vuelta y, a toda velocidad, regresar hasta donde le esperaba el Inca deteniéndose de golpe a menos de cinco dedos de distancia con las narices resoplando y las babas salpicando hasta las mejillas. Los ojos del Inca, Salango los ha visto, son entonces como dos brasas encendidas. Brasas que no arden de miedo o asco, sino de una peligrosa fascinación.

¿Envenenar de una buena vez al entrometido? ¿Hincarle una espina de tuna en el corazón? ¿Derramarle el aliento de un discreto par de cuchilladas bien dadas en el cuello, en el canal de sangre que irriga la vida?

Mejor si son los mismos barbudos los que lo ponen en su sitio. Las larguezas de Sutu con el Inca, le refirió Firi Pillu en la última de sus confidencias, le han costado a Sutu más de una áspera disputa con Apu Machu, quien quiere que se sigan atendiendo las necesidades del Inca, pero sin entrar en demasiadas intimidades con él. Sutu ha defendido con firmeza sus acciones —la mejor garantía contra un alzamiento del Inca es tenerlo ocupado, contento, distraído—, pero sin lograr sofocar los reparos del Barbudo Viejo, que desconfía de todo aquello que es inaccesible para él.

Después de doscientos treinta y cuatro latidos de corazón, Atahualpa levanta por fin una de sus *pucaras* de un extremo oculto del tablero y la interpone entre su Inca y la Mama Huaco enemiga, amenazándola a su vez. La Mama Huaco de Sutu no puede escabullirse, pues protege al Inca barbudo del ataque de uno de los *yanacona*-generales del Señor del Principio. Está perdida.

Atahualpa empieza a tararear con aire festivo un *aylli* de batalla triunfal. Pero una nueva sonrisa ha asomado en el semblante de Sutu mientras su mirada se vuelve burlona hacia el Señor del Principio: ¿estás seguro de lo que estás haciendo?

El Inca balancea la cabeza de arriba abajo: el gesto barbudo de que sí.

Sutu adelanta entonces una de sus llamas gigantes, que desafía al Inca enemigo.

—*Jaqui*.

El Señor del Principio mueve su Inca hacia el único cuadrado que puede servirle de refugio. Sin mediar respiro, Sutu desplaza una *pucara* hacia el fondo del tablero, apuntándole.

—*Mati*.

La palabra barbuda para avisarle al contrincante que ha recibido la muerte atraviesa el aire como un relámpago de metal gris. Dos ríos se agolpan de inmediato en las sienes del Señor del Principio, que queda con el aliento suspendido y la mirada tendida sobre las estatuillas sobrevivientes. Sutu estira su brazo con la palma de la mano abierta y ladeada. Atahualpa la contempla y la aferra, con la fría serenidad del buen vencido. El Amable la sacude con vigor, como suelen los barbudos, mientras el Señor del Principio se deja hacer mordiéndose el labio inferior, como cada vez que asoma alguna nueva costumbre extranjera que le intriga. ¿Es este apretón la manera barbuda en que el ganador se apropia del *camac* de su oponente, de la fuerza interior que animó al derrotado?, ¿en que le advierte que, si lo ataca de nuevo, pagará muy caro su atrevimiento?

Apenas Sutu ha partido de la habitación principal de los Aposentos, Atahualpa barre violentamente el tablero de un solo manotazo y las estatuillas van a desperdigarse por el suelo. El Inca salta entonces sobre la superficie de cuadrados pintados y, mascullando maldiciones, baila con furia guerrera sobre ella, como si alojara despojos enemigos invisibles. Cuando ha acabado con su danza, el Espía del Inca le hace discretamente la pregunta que, de tanto repetida, ya parece parte de su *mocha* de saludo.

—Todavía no —contesta Atahualpa, sentándose en el trono—. Dile a Cusi que espere.

Y, sin darle tiempo a que Salango pueda replicar, toma su vara de oro y la golpea contra el suelo.

Firi Pillu asoma ante la puerta de la Habitación.

—Que lo dejen pasar —murmura Atahualpa al oído del Recogedor.

Salango suspira.

—Dile a tus Señores barbudos —grita el Recogedor de Restos al traductor— que dejen entrar al Sumo Sacerdote de Pachacamac y sus acompañantes.

Cuerda secundaria: blanco entrelazado con negro, con veta marrón arcilla cocida en el medio, en Z

Sana llegó ayer a Cajamarca poco después de la hora sin sombras. El revuelo de los habitantes de la *Llacta* al verlo no se hizo esperar: el hombre sagrado del templo más reverenciado en el Mundo de las Cuatro Direcciones llevaba los brazos y las piernas liados con aros engarzados del metal extranjero, venía desprovisto de la parafernalia con que solía desplazarse, casi sin comitiva y escoltado por dos barbudos montados en llamas gigantes, como uno de los tantos *yanacona* delincuentes, asesinos y violadores capturados en las redadas, que eran paseados por las calles para recibir, antes de ser ejecutados, el escarnio enfurecido de la población.

Corría la voz por todo Cajamarca de que el Sumo Sacerdote, después de darle largas, le había entregado una cantidad misérrima del oro de Pachacamac a Donir Nandu, el Barbudo Joven, a su paso por el templo de la ciudad-santuario. Que había mandado esconder la mayor parte en lugares secretos que se negaba a revelar, decían. Y que el Barbudo Joven, en represalia, había tumbado la efigie sagrada del Templo y la había destruido. Sin resultado, porque el Sumo Sacerdote siguió sin abrir la boca.

A los dos novicios y a los siete sirvientes que le acompañaban los instalaron en una choza de paja trenzada donde dormían las llamas chuscas. A Sana, por el contrario, lo hicieron pasar la noche en medio de la plaza, a la intemperie, asperjado por los chubascos de fines del mes del *Hatun Pucuy*, los primeros del tiempo anual de floración, y celado por el Gigante y los vigías barbudos de turno, que le escupían dicterios incomprensibles en el idioma peludo y le lanzaban piedras desde las dos atalayas empotradas en el *ushnu*.

Cuando Sana cruza los umbrales, un vaho apestoso a humedad se apodera de inmediato de toda la Habitación. Los centinelas barbudos catean con asco al nuevo visitante y, al no hallarle nada que pueda fungir de arma, salen golpeándose las manos una contra otra. Sana cae al suelo no muy lejos de la entrada, ganado por el cansancio y el peso de las ataduras de metal ceñidas a sus tobillos (*cadinas*, dijo Firi Pillu que se llaman) y que le obligan a arrastrar los pies. Le siguen, asustadizos como cuyes, los dos novicios. No deben haber cruzado la edad del espantapájaros y son de una belleza tal que perturba al Recogedor de Restos. Los dos avanzan al mismo tiempo y se colocan ligeramente detrás del Sumo Sacerdote, a la altura de sus talones renegridos por el viaje desde Pachacamac, que debe haberles tomado cuatro jornadas como mínimo, sin contar las paradas en los *tambos* para comer y reaprovisionarse.

—Apu Sana, Gran Señor de Pachacamac. El Único Hijo del Sol, El Que Empuja el Mundo de las Cuatro Direcciones y hace respetar sus turnos te da la bienvenida —dice Atahualpa con tono altisonante ¿y burlón?

Sana levanta la mirada. Algo sorprende o escandaliza a Salango. Quizá el hecho de que, con excepción de los barbudos, no ha visto a nadie atreverse a mirar al Inca con ese desparpajo, esa altivez. La cara inmunda y la túnica cubierta de lamparones alrededor del cuello, las mangas y las axilas no logran empañar su soberana dignidad. Una dignidad que, a pesar de su investidura, no empalma del todo en alguien todavía en el cénit de su cuerpo, pues el Sumo Sacerdote de Pachacamac, a pesar de las arrugas que desembocan de las esquinas de sus ojos y de sus pómulos afilados prematuramente, es de la misma edad que Atahualpa.

—Te agradezco tu hospitalidad, Atahualpa —dice Sana—. Tenían razón los que decían que es tan grande como tu valor en la batalla.

Un par de cuerdas tensas y finas surgen en las mejillas de Atahualpa. Pero hay en su rostro una sonrisa ladeada, inmutable.

—Ahorrémonos las alabanzas, Sumo Sacerdote. ¿Sabes por qué te he traído a mi presencia?

Sana suspira.

—Hagas lo que hagas conmigo, no te diré dónde está el oro de Pachacamac.

Atahualpa balancea la cabeza. Su sonrisa se abre hasta cubrir todo su rostro.

—Apu Sana. Apu Sana. Apu Sana. ¿Crees que te habría mandado traer desde tan lejos por algo tan trivial?

—Te conozco, Atahualpa. Conmigo no puedes disfrazarte. He seguido tus acciones, he cernido tu *camac*. Sé qué eres, qué no.

—¿Y qué soy, Apu Sana?

—Eres un impostor. Un verdadero Hijo del Sol no profanaría las lágrimas de su Padre diciendo que son suyas, como tú. No las entregaría a manos manchadas, manos extranjeras, a cambio de su cogote. Un verdadero Hijo del Sol velaría por los templos de los dioses respetuosos dEl Que Todo lo Ilumina, los defendería contra sus enemigos. Así lo hizo tu abuelo el Inca Tupac Yupanqui el Resplandeciente, quien desde el vientre de su madre supo que en el templo del Señor de Ishma se hallaba la fuerza que alentaba la Vida y, convertido en Inca, fue a hacerle ofrendas, a edificarle, a honrarle con el nombre civilizado de Pachacamac, El Que Hace Temblar la Tierra. Así hizo tu padre el Inca Huayna Capac, el Joven Poderoso, que continuó la obra del Resplandeciente y permitió el culto del dios Llocllayhuancupa y la Señora Urpayhuachac, la de las tetas que manan ríos, hijo y esposa dEl Que Estornuda Terremotos. Los dos se ganaron el amor de Pachacamac y sus súbditos y fueron servidos sin chistar. Tú tienes la sangre de tus ancestros, pero no su *callpa*. Regalas lo que no es tuyo. Ni siquiera a los templos del Cuzco libras de tu falta de respeto —un mohín reseco aflora en su rostro—. Por eso es que Vila Uma, el Sacerdote Solar que tú mismo mandaste poner en la Ciudad Ombligo, no está dispuesto a entregar por ti el oro del *Coricancha* que pides. Por eso Rumi Ñahui, tu propio general de los ejércitos del norte, asesina a los emisarios que le envías para recabar el oro de Tomebamba. No esperes nada de mí. Tú no eres el Hijo del Sol. Tú eres una fuerza corruptora que quiere destruirLo.

Atahualpa contempla al Sumo Sacerdote en silencio ¿ofendido por las injurias?, ¿preocupado de que la revelación de las dificultades del Inca para la recolección del metal solar hayan llegado, cómo, a oídos del Sacerdote?

—Apu Sana. ¿Has comido?

Sin esperar respuesta, golpea una palma contra la otra. Tres *acllas* de servicio entran de inmediato trayendo bandejas de yuca asada con *charqui*, maíz recién cocido y tres vasos de chicha llenos hasta los bordes, que ponen delante de Sana y sus acólitos antes de retirarse con una leve venia a su Señor.

Sana desvía la mirada de la comida frente a él, pero sus dos acólitos no evitan a tiempo la visión del alimento y empiezan a babear ante lo que ven: no deben haber probado bocado desde la última parada en el *tambo* antes de entrar a Cajamarca, hace jornada y media.

—Come, Apu Sana —dice Atahualpa—. Voy a pedirte un augurio y quiero que lo hagas con la barriga llena.

—¿Un augurio?

—¿Para qué sino podría convocar a Cajamarca el Inca al Sumo Sacerdote de Pachacamac?

Sana se muerde los labios.

—Yo no hago augurios, Atahualpa. Es mi Señor Pachacamac el que los enuncia si recibe ofrendas satisfactorias. Yo solo soy Su intermediario, Su Portavoz.

—Es cierto. De todos modos, no debes restarle peso a la experiencia que tienes hablando en Su nombre. Con tanta práctica, debes haber cernido el sentido en que suelen ir sus visiones, sus predicciones.

—Nadie, ni siquiera el Sumo Sacerdote de su Templo puede cernir al Señor de Pachacamac. Sus augurios son impredecibles.

Atahualpa se levanta de su trono. Con paso lento va hacia donde se hallan las bandejas alineadas. Toma un trozo de *charqui*, lo parte en dos y se lleva un pedazo a la boca. Luego bebe un sorbo de uno de los vasos de chicha hasta dejar el *quero* vacío. Chasquea la lengua, sonríe y abre los brazos.

—Sigo vivo, Apu Sana.

El Sumo Sacerdote se incorpora. Con la parsimonia que quien hace un favor, toma el platillo del que ha comido Atahualpa y da una leve mordida a un trozo de *charqui*. De inmediato, sus acólitos se abalanzan sobre sus *queros*, escancian la chicha en sus gargantas y dan rienda suelta a dentelladas a su voracidad postergada con los platillos restantes. Salango observa comer y beber sin apuro y con la mirada fija en el Inca al hombre sagrado, al ritmo acorazonado del roce de sus serpientes de metal. Descubre aquello que, sin saber qué era, había atraído su atención desde el momento mismo de su entrada en la Habitación: más allá de las diferencias de aseo, tocado, atuendo y actitud —y sobre todo por la oreja faltante del Inca, oculta debajo del tocado— Atahualpa y Sana son idénticos.

—¿Qué quieres saber? —pregunta Sana con la boca llena.

—Quiero que hagas visible lo invisible, Apu Sana. Quiero saber el futuro. Dímelo y te dejaré libre a ti y a tus hermosos acólitos.

Sana observa de reojo a Atahualpa. Se demora chupándose uno de los dedos.

—Sé que decapitaste con tu hacha al Sumo Sacerdote del Templo del dios Catequil cuando te dijo un augurio que no te gustaba. Que luego abatiste su *huaca* y aplanaste el cerro en que moraba. ¿Qué me harás si no te agrada lo que predigo para ti?

—El augurio que quiero no es para mí sino para ellos —dice Atahualpa apuntando suavemente a los novicios—. ¿Sabes? Hasta mis Aposentos había llegado la noticia de la belleza legendaria de tus acólitos. He querido traerlos ante mi presencia y verlos con mis propios ojos. Me preguntaba: ¿Cuáles son los poderes mágicos de estos *illas* de gran belleza? ¿Son amuletos vivientes del culto al Señor de Pachacamac? ¿Le ayudan acaso a su Sumo Sacerdote a hacer mejores augurios? ¿O, como los que le antecedieron en el culto de la Zorra Muerta, solo sirven para saciarle la lascivia?

Una bola de carne asciende por el cuello delantero de Sana.

—Haz visible el futuro de tus gemelos novicios —continúa Atahualpa—. ¿Tendrán uno similar o diferente? ¿Feliz o desventurado? ¿Cerca o lejos de ti? ¿Morirán de viejos, en un atado de años o antes de que el Padre Sol se despida de esta jornada? Dímelo. Si aciertas, te dejaré libre. Si no, te haré ejecutar de inmediato.

El rostro de Sana brilla de sudor, quizá de lágrimas.

—Tómame a mí, Señor del Principio. Déjalos libres y castígame a mí con tu ira.

La voz de trueno de Atahualpa rebota en las paredes de la Habitación.

—¡No, Apu Sana! ¡Tú eres el Sumo Sacerdote de Pachacamac! ¡Tú, que has recibido del Señor que Hace Temblar la Tierra el don de la clarividencia, vas a reivindicarlo ahora mismo de sus augurios fallidos del pasado! ¡¿O tienes la memoria corta?! —Atahualpa escupe; el esputo cae a tres dedos del pie izquierdo de Sana—. Mi padre Huayna Capac, cuando había sido tomado por el Mal, mandó preguntarle qué debía hacer para curarse. Pachacamac le respondió por tu boca que debía salir al Sol, mi padre lo hizo y murió. Mi hermano Huáscar envió a preguntarle a Pachacamac quién vencería en la guerra de los hermanos, si él o yo. Pachacamac le respondió por tu boca que sería él, y gané yo. Cuando los barbudos extranjeros cruzaban las tierras tallanas, yo mandé a preguntarle si eran peligrosos o inofensivos. Pachacamac me respondió por tu boca que eran inofensivos y aquí me tienes, capturado por ellos.

Los ojos de *amaru* del Señor del Principio se ciernen sobre el Sumo Sacerdote. Los acólitos se han apelotonado tras el hombre sagrado y aplastan ahora sus cabezas en las axilas de Sana, ahogando sus gemidos.

—Apu Sana. Esta es tu oportunidad de romper la mala racha vergonzosa de tu Señor. De desmentir a aquellos malhablados que dicen que no merece todo el oro acumulado en su templo. Que las ofrendas que recibe solo sirven para engordar a su Sumo Sacerdote, mantener a los parásitos de su corte y sus costumbres desviadas y viciosas. Haz tu augurio. Predice para mí el futuro de tus acólitos.

El Sumo Sacerdote de Pachacamac se contrae largo rato sobre sí, como entonando una plegaria. Conocía bien, como el Recogedor de Restos, el torcido modo de razonar del Señor del Principio. Si Sana predecía que sus novicios tendrían una vida larga o una vida corta, Atahualpa los mandaría matar solo para darle la contra. Como Sana habría fallado en su augurio, lo mandaría ejecutar a él también. Morirían los tres. Si el Sumo Sacerdote predecía que sus novicios no sobrevivirían a la jornada, una de dos. O los mataría y a Sana lo dejaría con vida por haber acertado en su augurio, o dejaría a los acólitos con vida y a Sana, por haber fallado en su augurio, lo mandaría ejecutar. En cualquiera de los casos salía perdiendo.

Cuando Sana alza la cabeza de nuevo, dos riachuelos surcan sus mejillas.

—Si prefieres… —Atahualpa se acerca a Sana; su voz es ahora suave, amable— dime en lugar de tu augurio dónde tienes escondido el oro de los templos de Pachacamac.

—Eso no lo haré, Atahualpa.

Atahualpa, furioso, muele a Sana a patadas.

—¡No perdamos más tiempo, Sumo Sacerdote de Pachacamac! —dice Atahualpa, limpiándose la sandalia—. ¡Dime tu augurio de una vez! ¡Haz visible lo invisible!

Los dos muchachos rompen a llorar. Se abrazan a Sana con desesperación.

—¡Sin ti no quiero la vida, Padrecito! —dice uno.

—¡Mejor morir a sobrevivir en tu ausencia! —dice el otro.

El Sumo Sacerdote, magullado por la pateadura, da un largo respingo.

—Auguro, Atahualpa, una larga y prolífica vida para mis acólitos. Auguro que regresarán a nuestras tierras sanos y salvos. Que, cuando los extranjeros acaben contigo, erigirán juntos una estatua del Señor de Pachacamac aún más imponente y hermosa que la que el Barbudo destruyó. Auguro que llegarán a verte morir a ti y voltearse al Mundo de las Cuatro Direcciones. Y que, cuando sientan que la muerte se aproxima, volverán a las islas de la Señora Cahuillaca y su hijo, donde se convertirán en piedra.

El Señor del Principio chasquea la lengua.

—Que castren a los novicios enfrente suyo —le dice a su Recogedor, señalando al Sacerdote—. Que no pueda disfrutarlos nunca más.

Cuerda terciaria (adosada a la secundaria): blanco entrelazado con negro, en Z

Cuatro jornadas después, aún estremecido por los aullidos frescos de sus acólitos hace tres noches, Sana emprende con ellos la partida de regreso a Pachacamac.

No bien ha cruzado los barrios aledaños a la plaza en dirección a la salida de la *llacta*, el límite de la presencia barbuda en Cajamarca, cuando son interceptados por tres hombres armados de hondas y piedras filudas. Curiosamente, los ladrones vestidos de mendigos no los desvalijan. Se llevan, sin demasiada resistencia, al Sumo Sacerdote y a sus acólitos entre los lloriqueos de su escueta comitiva de sirvientes, que los ven perderse por un sendero escondido entre los matorrales.

Sexta serie de cuerdas – pasado

Primera cuerda: marrón como el polluelo del pájaro *allqamari*, con veta roja en el medio, en S

—Qanchis. Qanchis.

La voz le era familiar, pero no era de ninguno de los *supay* que a veces venían a molestarlo en sus sueños.

—El gran señor Usco Huaraca te manda llamar, Qanchis. Despierta.

El portador de la voz le zamaqueaba ahora los hombros, despertando su aliento, calentando su pepa. Recién entonces Yunpacha reconoció su nuevo nombre, extrañado de seguir formando parte del mundo remoto en que le llamaban mencionándolo. ¿Llegaría alguna vez a acostumbrarse?

Abrió los ojos. Ahí estaba, con su misma mirada esquiva y taciturna, el sirviente que lo había llevado a la zona de las *chukllas* de Vischongo en su primera noche en la *llacta* de los Señores. El que le había mostrado que Vilcashuaman, la *Llacta* del Halcón Sagrado, tenía forma de halcón.

Qanchis se levantó de un salto y empezó a vestirse lo más rápido que pudo con la escasa luz que le ofrecía la antorcha del sirviente. No estaba dormido, solo exhausto. Acababa de llegar la víspera de la *llacta* de Huanucopampa, en donde, por encargo de Usco, se había pasado media luna haciendo el inventario de lo que contenían sus setecientos veinticuatro depósitos. No había sido el inventario en sí lo que le había cansado: de un solo vistazo sabía en detalle todo lo que había en el interior de un depósito y podía evocarlo a voluntad. No solo era capaz de contar enormes cantidades de un único vistazo, sino que lo visto y lo contado no lo abandonaba jamás, como si portara un buril invisible punzando su memoria permanentemente, impidiéndole olvidar toda cifra discernida, contada, calculada. El problema era que los depósitos estaban a grandes distancias unos de otros, y de las catorce jornadas que le había durado la faena, se había pasado doce caminando.

Desde que había terminado el censo anual hacía seis atados de diez jornadas, el Gran Hombre que Cuenta pasaba la mayor parte del tiempo en Vilcashuaman. Las pocas veces que le había visto en su casa en la zona residencial de Vischongo, iba directamente a las habitaciones en que estaban almacenados los *quipus*, dejaba unos que traía consigo, plegaba y desplegaba otros, elegía algunos y partía raudamente sin recibir siquiera las escudillas de comida que sus mujeres de servicio trataban de alcanzarle, para el camino llévate aunque sea padrecito, diciendo. Estaba siempre ocupado, pero aún así se daba tiempo para encargar a Qanchis conteos e inventarios de depósitos y hacérselos dictar al final de la jornada, cuando estaban solos. Él mismo los ponía entonces en *quipu* en su delante, cuando hubiera podido dárselo a cualquiera de los contadores provistos de *quipus* que andaban por Vilcashuaman.

Aunque comía con los otros *yanacona* que, como él, servían al Hombre que Cuenta, tenía prohibido hablar con ellos, con excepción del sirviente de mirada oblicua, que era el que le comunicaba todas sus instrucciones. Era una prohibición inútil: aunque Qanchis hubiera querido, no hubiera podido trocar palabras con ellos: hablaban idiomas que él desconocía y apenas entendían suficiente lengua general para no incumplir las órdenes que les daban sus señores y evitar ser castigados.

—Detrás mío —dijo el sirviente.

El sirviente empezó a trotar y Qanchis lo siguió. La Madre Luna, hoy vestida de toda su redondez, los bañaba con su mejor luz suelta en cielo sin nubes. El sirviente atravesó a trancos largos el pampón que separaba el almacén donde Qanchis dormía, un depósito de *ichu* recién cortado, de la residencia de su Señor. No tardaron en llegar a los umbrales de la entrada lateral del palacio, resguardada por doce guerreros incaicos. Los guerreros estaban armados con macanas de seis puntas (como flores de piedra gigantes, dijo Qanchis en su adentro) y escudos de cuero de llama que brillaron como oro pardo al ser iluminadas por la antorcha del sirviente.

Sin mediar palabra, los guerreros los dejaron pasar y los dos cruzaron la entrada lateral. A medida que se desplazaban con rapidez por el laberinto de corredores de piedra —el sirviente delante y Qanchis detrás—, Qanchis se iba dando cuenta de lo inusual de este llamado de su Señor: hasta ahora solo había entrado al palacio por la entrada principal —que daba directamente a la habitación en que se hallaban los *quipus*—, jamás por la entrada lateral; jamás había recorrido estos corredores que parecían destinados a extraviar al visitante; pero sobre todo, jamás había pisado el interior del palacio de noche.

De pronto, se detuvieron frente a una puerta, cuyo fulgor amarillo le cegó. ¿Sería de oro? Quiso preguntar, pero no se atrevía. Como dándose cuenta de su curiosidad, el sirviente volteó hacia él y, por primera vez desde que Qanchis recordaba, le miró de frente.

Era bizco. Qanchis, que recién se daba cuenta, sintió un súbito cariño hacia él y le sonrió. El sirviente le devolvió la sonrisa y levantó la antorcha hasta que estuvo a la altura de sus labios. Las sombras bailaron entre los poros profundos y espaciados de su rostro brillante de grasa, su rostro sonriente. Entonces, sin dejar de sonreír, el sirviente dio un soplido corto y seco a la punta de su antorcha y esta se apagó.

Qanchis no podía ver nada. Gritó. ¿Qué juego era este? ¿Qué castigo? ¿Por qué falta cometida sin querer cuándo, cómo?

En medio de esta oscuridad de madriguera, Qanchis escuchó el ruido de la puerta de oro que se abría. ¿Para llevarlo al mundo subterráneo? Trató de huir por el corredor de piedra, pero se golpeó contra una de las paredes, cayendo al suelo. Sintió entonces los mismos brazos que le habían zamaqueado en su *chuklla* para despertarlo ciñéndolo ahora por la cintura, levantándolo en vilo, arrojándolo al interior de la habitación abierta. Sintió un súbito golpe de aire en su espalda antes de escuchar la puerta cerrándose en su detrás.

Lo habían encerrado dentro de un cuarto. Podía verle apenas los contornos, pues a través de una ventana cerrada lograba filtrarse un resquicio de la luz entregada al Mundo por la Madre

Caminante de la Noche. Decidió no moverse de su sitio. Separó las piernas y extendió los brazos para no caer.

Fue entonces que se dio cuenta de que no estaba solo. En su delante, alguien respiraba. Se agachó para escuchar mejor. No era uno sino varios —muchos— los que estaban respirando. ¿Gentes, bestias, *amarus* o *supays* serían? ¿Venían a llevárselo, a comérselo? No lo sabía, pero empezó a temblar de miedo, mama Rampac, llévame contigo, diciendo, mátalos a estos, sácame de estas tierras extrañas y devuélveme a las nuestras, llorando, pues las respiraciones trataban de ocultarse de él, esperando el mejor momento para despedazarlo, devorarlo.

Pero poco a poco, sin darse cuenta, sus ojos se fueron acostumbrando a la oscuridad y se iban perfilando cada vez con mayor nitidez los que había creído monstruos o *supays*, y que eran solo hombres, mujeres y niños. Se calló para entreverlos mejor. Estaban echados en el suelo, recubiertos con frazadas. Reconoció a algunos, a todos: los había visto y contado en el censo del *huamani* chanca. Eran de pueblos y *ayllus* diferentes. Pero algo en ellos llamaba su atención. Se ladeó para verlos mejor. Eso había sido: aunque sus ojos estuvieran cerrados, las gentes echadas no estaban durmiendo de verdad. Fingían dormir.

Desde la nueva posición vio también, oculto hasta ahora por una tinaja, a Usco Huaraca. Estaba al fondo de la habitación, de pie. ¿Qué hacía allí tieso, como congelado, agarrándose una de las orejas con una mano y con una gorra de lana en la otra?

Qanchis recordó entonces la señal que el Gran Hombre que Cuenta le hacía en los censos de los poblados para pedirle que verificara los conteos de los *quipus*. No se estaba tocando la oreja derecha sino el arete de oro que pendía de él: Cuenta todo lo que ves, Qanchis.

—¿Listo? —dijo Usco.

—Sí, Padrecito.

—Ven.

Qanchis se acercó. Usco le cubrió la cabeza con el gorro, que parecía tramado especialmente para él, pues le calzaba a la perfección. Tenía una abertura en la nariz que le permitía respirar, pero estaba hecho de lana tejida tan espeso que no podía ver a través absolutamente nada. Escuchó a Usco dar una palmada. De inmediato, se hizo un barullo ordenado de gentes plegando, moviéndose, murmurándose órdenes entre sí en lenguas que no comprendía, pero cuyos sonidos había escuchado antes. Luego, se hizo el silencio.

Cuando Usco le descubrió la cabeza, la habitación, ahora bien iluminada por una antorcha prendida de un gancho en la pared, estaba completamente vacía.

—Dime tu cuenta —dijo Usco.

—Cuarenta y tres hombres, cincuenta y dos mujeres, veintiséis niños y diecisiete cuyes —dijo Qanchis.

—¿De dónde eran?

—Veinte hombres, veintidós mujeres y diez niños del poblado de Huarcaya de Arriba. Veintidós hombres, treinta mujeres y seis niños del caserío de Sarhua… A las gentes las he visto antes. Pasamos por sus pueblos en el censo. Los cuyes no sé de dónde son, Padrecito.

Usco sonrió.

—No sabía que también pudieras contar rápido en la oscuridad…

—Yo tampoco, Padrecito.

Como si recordara una ley que le tuviera prohibido sonreír, Usco retomó de inmediato su aplomo de Señor. Fue hacia donde estaba la ventana. Miró a través, como buscando algo o alguien escondido detrás de la noche.

—Sal del palacio por la puerta de servicio —dijo sin mirarle—. Si alguien te sigue, haz como que no te has dado cuenta y regresa a tu *chuklla* a dormir. Si nadie te sigue, ve al mirador de la laguna de Pomacocha. Ahí te va a estar esperando Oscollo. Sé su sombra. Ve adonde vaya y haz lo que te diga. Ahora vete.

Qanchis salió del palacio por la puerta de servicio. Cuando estuvo completamente seguro de que nadie lo seguía (¿por qué alguien querría seguirlo?), se fue trotando a la laguna de Pomacocha por el camino empedrado y ancho que daba a la salida de la ciudad. Para no ser visto, anduvo pegado a la valla de piedra que se elevaba a uno de los bordes del camino, y la sombra protegió su carrera de la luz de la Madre Luna, redonda de toda su leche.

En el mirador de la laguna le esperaba un niño. Era de su misma altura y debía andar por su misma calle de la vida. Solo cuando estuvo suficientemente cerca pudo reconocer al hijo del Gran Hombre que Cuenta, que iba vestido como *yana* y no como el hijo de señor que era. Parecía tener disfraz en lugar de ropa: se notaba que no estaba acostumbrado a las prendas de *abasca* que usaban las gentes del común, que seguro ya le estaban picando la piel, porque se pegaba un solapado rascón de vez en cuando. Era extraño, pero así, despojado de sus atuendos de hijo de principal, se hacía evidente el parecido entre él y Qanchis, que le había pasado desapercibido durante todo el periplo del censo por tierras chancas, en que Oscollo también había participado, observando proceder a su padre en las ceremonias de las plazas.

Oscollo. Gato Salvaje chiquito. Parecía difícil encontrar mejor nombre para un hijo de Usco Huaraca. A pesar de ser niño, su mirada ya era filuda como la de los pumas que asolaban las tierras altas. Se desplazaba despacio, en silencio, con la misma arrogancia natural de ocelote sagrado que debía haber copiado de su padre. Pero, a diferencia de Usco, que en cada de sus gestos atraía la mirada ajena suscitando su respeto inmediato, Oscollo parecía siempre repelerla, pero no como la raposa astuta y tramposa que se oculta de los ojos que pueden verla por miedo, sino como el puma feroz que ha divisado a su presa y calcula cada uno de sus movimientos para no ser advertido por ella y atraparla mejor.

—Sígueme —dijo Oscollo.

El sendero de tierra que tomó el hijo de Usco era bastante estrecho, como un *amaru* blanco, delgado y larguísimo que trepaba a las partes altas del cerro que había en su delante. Tuvieron que andar con cuidado: a ambos lados del sendero crecían matorrales venenosos que hincaban a traición y dejaban las heridas criando cosquillas que crecían y proliferaban como plantas durante atados de jornadas. No llegaron a la cima. A la altura de un mojón de piedra, Oscollo se detuvo y, luego de mirar a ambos extremos del sendero, trepó por la pequeña muralla y saltó hacia el otro lado. Siguiendo lo que le indicara su Señor, Qanchis hizo lo mismo.

El terreno era un maizal denso. Sus tallos eran altos como tres abrazos bien extendidos y sus granos grandes como dedos gordos del pie. Anduvieron un buen rato siguiendo las líneas de los surcos, que parecían no tener fin, hasta que llegaron a unas casas de adobe que se alzaban casi al otro lado, cerca de lo que debían ser las murallas opuestas del terreno.

Oscollo hizo entonces honor a su nombre. Como ocelote de las altas punas entró en la casa sin hacer ruido, haciendo equilibrio en cada pisada como si tuviera una cola invisible. Qanchis también entró.

Adentro había gentes durmiendo, separadas unas de otras por pequeñas franjas de tierra. Seguro eran familias del mismo *ayllu* que habían venido a hacer su turno a este terreno de principal —tenía que ser de muy principal: Qanchis no había visto granos tan grandes ni siquiera en las tierras fértiles del *curaca* de Apcara— ahora que comenzaba el tiempo de la cosecha. Por acá dormía un *runa* abrazado de la cintura de su mujer, con una *huahua* bien arropada a sus pies; por allá, un *runa* al final de la segunda calle de la vida al que le castañeteaban los pocos dientes que le quedaban; por acullá, una vieja solitaria que cantaba en sueños:

Niño paloma,
hijito
te estuve criando
en mi mano derecha
en mi mano izquierda
entre estas piedras
en ese abismo.
Por qué te fuiste
del lado de la muerte.
Por qué no te quedaste
de mi lado
hijito mío.

Pero Oscollo parecía decepcionado de lo que veía, como si no fuera lo que andaba buscando. Sin mediar palabra, salió de la casa y anduvo con paso decidido a la entrada de la segunda. Pero lo que había en su interior, y luego en el interior de la tercera,

—más grupos de familias durmiendo— tampoco encendía la pepa de su adentro, pues el Gato Salvaje Chiquito salió de ellas con la frente torcida, con el mismo puente entre las cejas ya asentado en el ceño de su padre.

La cuarta casa se hallaba a un tiro de piedra de las otras y para llegar a ella tuvieron que trepar por una loma empinada que daba a una planicie desde donde se podía ver todo el terreno. Era más pequeña y rústica que las otras y se notaba que había sido construida de manera más improvisada. Pero la diferencia más importante la encontrarían al cruzar sus umbrales: solo dormían hombres, no familias.

—Cuéntalos —dijo Oscollo en un murmullo excitado: era esto lo que había estado buscando.

Qanchis los contó, reconociéndolos de inmediato: los había contado antes, en los conteos del censo del *huamani* chanca.

—¿Cuántos son? —le preguntó el hijo de Usco en voz baja cuando hubieron salido.

—Cincuenta.

—¿De dónde?

—Treinta de Acos Vinchos. Veinte de Allpachaqa.

Oscollo sacó una tablita de madera e hizo unas marcas en ella.

Toda la noche se la pasaron yendo de unas tierras a otras, entrando a las casas de los que servían, contando sus habitantes si solo había hombres en su interior y dejándolos de contar si solo había familias. Cuando hubieron terminado los conteos en siete terrenos alrededor de la *Llacta* del Halcón Sagrado —en esa noche de máxima generosidad lunar, había visto desde los altos al Enorme Halcón en siete posiciones diferentes—, empezaron el camino de regreso, en que, exhaustos, los sorprendió el amanecer.

Cuerda secundaria: marrón como el polluelo del pájaro allqamari, *con veta roja en el medio, en S*

Cuando, después de lavarse la cara en una poza a la orilla de la laguna de Pomacocha, regresó al depósito de *ichu* tierno y mullido en donde había dormido casi toda la mañana, Usco le esperaba. Estaba de espaldas a la entrada y no se volvió ni siquiera para hacerse saludar.

—Dime cuántos hombres de la séptima calle censamos en el poblado de Acos Vinchos.

Qanchis hizo memoria. Aunque habían hecho el censo de Acos Vinchos hacía tres lunas y ocho jornadas, las cantidades regresaron a él como si fueran parientes que hubiera dejado de ver por algún tiempo, pero a los que reconocía inmediatamente cuando pasaban por la casa a saludar. Podía verlas. Estaban aquí, ahora mismo, posadas en su delante.

—Quince.

Usco, siempre de espaldas, no se movió.

—¿Cuántas mujeres de la quinta calle? —preguntó.

—Ochenta y seis, sin contar la niñita que van a sacrificar en la *capac cocha* —respondió Qanchis.

—¿Cuántas mujeres de la cuarta?

—Treinta y dos.

Usco emitió un pequeño soplido: las cuentas de Qanchis eran correctas. ¿Dudaba acaso el Gran Hombre que Cuenta del poder de su Contador-de-un-Vistazo? ¿Por qué sino le hacía esta prueba inútil?

—¿Cuántos *runacuna*?

—Doscientos cincuenta y tres.

Usco carraspeó: ¿estaba molesto?, ¿preocupado? Qanchis no lo sabía. Solo podía ver que su señor, siempre de espaldas, se levantaba la camiseta y sacaba un objeto de debajo del cinturón, sobre el que ponía ahora su atención.

—¿Cuántos hombres de la segunda calle censamos en el poblado de Allpachaqa? —dijo la nuca de Usco.

—Doscientos quince.

—¿Cuántas mujeres de la sexta?

—Cuarenta y cuatro.

La nuca suspiró.

—¿Cuántos *runacuna*?

—Trescientos dos.

Usco volteó lentamente. En su ceño se perfilaba, nítido, un puente de piedra.

—¿Estás seguro, Qanchis?

—Sí, Padrecito.

—Pues te has equivocado. Censamos doscientos veintitrés *runacuna* en Acos Vinchos y doscientos ochenta y dos en Allpachaqa.

—No puede ser, Padrecito —dijo Qanchis.

—Comprueba por ti mismo —dijo el Gran Hombre que Cuenta, y sacó, bien ocultos debajo de la capa que cubría su cinturón, dos *quipus*, que arrojó frente a su Contador-de-un-Vistazo.

Qanchis los levantó y los desplegó con cuidado. Sí: eran los mismos que había visto entregar a los *quipucamayos* de Acos Vinchos y Allpachaqa en las ceremonias de las plazas de sus pueblos. Ahí estaban sus mismas cuerdas, sus mismos nudos y vueltas de sus nudos indicando las cantidades señaladas por el Gran Hombre que Cuenta. Pero había algo extraño, algo inusual en ellos.

—Padrecito —dijo Qanchis—. Alguien ha tocado tus *quipus*. Mira el nudo de la cuerda de las decenas de *runacuna*. Le han deshecho tres vueltas. Y mira el nudo de la cuerda de las decenas de *runacuna* en el segundo *quipu*. Le han deshecho dos.

Usco Huaraca se inclinó a la altura de su Contador-de-un-Vistazo, acercó los ojos a las cuerdas que este le mostraba. Por el puente de piedra que emergió de su frente hubiera podido caminar un ejército. Escupió el suelo y, sin decir una palabra, fue hacia la entrada de la *chuklla*. Cuando estuvo seguro de que nadie le veía, partió.

Al poco rato, el sirviente bizco entró cargando un cántaro de chicha con la tapa sellada. Parecía haber olvidado el terror que le había infligido a Qanchis la noche anterior.

—Dice el Señor que cates esta chicha —dijo impasible—. Y que digas si su sabor es igual al sabor que ya conoces. Estaré afuera para que nadie te interrumpa. Llámame cuando hayas terminado.

Cuando el bizco hubo salido, Qanchis abrió el sello de la tapa del cántaro. En su interior había una enorme mata de cuerdas enrolladas que no le fue difícil desenredar, pues habían sido plegadas con cuidado. Eran los *quipus* de los conteos del censo de los cincuenta y seis pueblos del *huamani* chanca por los que habían hecho su periplo. Qanchis, que de tanto escucharlo había aprendido a desentrañar las instrucciones intrincadas de su Señor, supo de inmediato lo que debía hacer y se puso manos a la obra.

Cuerda terciaria (adosada a la secundaria): marrón como el polluelo del pájaro allqamari, *con veta roja en el medio, en S*

—Este es el último terreno —dijo Oscollo—. Con él acabamos.

Se secó una gota de sudor que le atravesaba la mejilla y miró hacia el cielo: todavía faltaba para el amanecer, tendrían tiempo suficiente.

Saltaron al otro lado de la muralla y cayeron sin hacer ruido. Habían agarrado fluidez en las dos noches anteriores, en esta que ya terminaba. Ahora se desplazaban rápido, ya no se resbalaban al pisar las piedras sueltas. Enfilaban directo, como si una voz se los soplara, hacia donde estaban las casas en que dormían los que servían las tierras, deteniéndose de cuando en cuando para escuchar las andanzas de algún *allqo* al acecho, de algún guardia oculto que pudiera descubrirlos. Casi sin mirarlas descartaban las casas en que dormían las familias, encontraban aquella o aquellas en que estaban los hombres que tenían que contar, los contaban, marcaban la cantidad en la tablita y partían sin hacer ruido.

A veces Oscollo imitaba el ronquido del puma o el canto de la lechuza para asustarlo, desprevenido por un instante del peligro —si peligro había, pues la verdad era que hasta ahora solo se habían cruzado con un sonámbulo al que habían tomado por espantapájaros (hasta que le salió una burbuja de la nariz) y con una llama escapada de su corral que les lanzó a cada uno su escupitajo antes de diluirse en dirección a la quebrada.

Pero ahora les era difícil seguir. Este terreno era mucho más grande que los anteriores y crecía en él un *ichu* espeso y bravo que silbaba como los muertos. El *ichu* no solo les aterraba con

213

sus gemidos sino que les borraba los rastros del camino secreto —siempre había uno— que iba hacia la casa de los durmientes.

Igual treparon por la lomada dando rodeos, buscando. Qanchis no sabía dónde, pero sí cuánta gente iban a encontrar. Después que el sirviente bizco abandonara su *chuklla*, había revisado uno por uno los *quipus* del censo y calculado las diferencias entre las cantidades que recordaba de sus vistazos, indelebles en su pepa como el tinte rojo de la cochinilla sobre el *chumpi*. De los cincuenta y seis *quipus* revisados, veintidós tenían cuerdas con cuentas adulteradas, incluyendo a las de Acos Vinchos y Allpachaqa. Desde la primera noche hasta ahora, todos los hombres que habían sido borrados de los *quipus* —siempre de la primera calle, o sea en plena edad productiva—, habían ido apareciendo con los de su mismo *ayllu* y los de su mismo pueblo en alguno de los terrenos. Todos menos los de cuatro *quipus*.

Fue el eco el que les dio la pista. Cuando ya no les quedaba tierra por pistear, casi en la cumbre en que terminaba la lomada, los silbidos lúgubres del *ichu* soplado por el viento empezaron a repetirse, a montarse unos a otros, cada vez con mayor fuerza, con mayor insistencia.

La cueva no se veía a simple vista. Su abertura era estrecha —cabrían a lo más tres hombres puestos hombro con hombro—, pero suficientemente alta para que Oscollo y Qanchis pudieran entrar sin tener que agacharse.

—Parece una tumba —dijo Oscollo en voz baja, señalando algunos granos de maíz dispersos en varias escudillas—. Deben de haberla saqueado. No se ven ni las ropas ni los huesos de los Cuerpos en Viaje.

De pronto, Oscollo enmudeció. Su mandíbula se abrió lentamente, los ojos mirando hacia adentro de la cueva. Una cueva sorprendentemente más profunda de lo que hubiera podido imaginarse desde afuera, y en donde unas fogatas agonizaban perfilando las siluetas de lo que había en su interior.

Cuando hubieron salido de la cueva, la mandíbula de Oscollo seguía sin cerrarse y en su rostro amanecía a toda velocidad la palidez.

—Cuatrocientos hombres —dijo Qanchis, adelantándose a la pregunta atorada en la garganta del Gato Salvaje Chiquito—.

Cien del pueblo de Paras. Cien de Totos de Arriba. Cien de Chuschi. Y cien de Cayara.

Las rayitas le salieron a Oscollo un poco torcidas: el pulso le temblaba. Era comprensible: hasta ahora el máximo de hombres con que se habían topado en una casa era de cincuenta y cinco. Al mismo Qanchis, que conocía de antemano la cifra que iban a encontrar, el corazón le había saltado en su pecho al ver a los hombres dentro de la cueva, apretados en sus mantas de dormir como piedras pulidas que van a ser colocadas en una pared. Cuatrocientos hombres. Cantidad bien cerrada, grande pero fácil de borrar en un *quipu*. Bastaba con deshacer cuatro vueltas en el nudo de las centenas de la cuerda que les correspondía. Pero un ojo suspicaz podía notar el cambio. Quizá por eso —y Qanchis evocaba ahora los últimos cuatro *quipus* adulterados— el deshacedor de vueltas (¿o serían varios?) había preferido borrar cien *runacuna* en un *quipu*, cien en otro y lo mismo en otros dos *quipus*. Así, solo se deshacía una vuelta en el nudo de las centenas en la cuerda de los *runacuna* correspondiente a cada *quipu*. Nadie se iba a dar cuenta.

Pero ¿con qué fin habían sido desplazados de sus poblados estos *runacuna*? ¿y por qué a escondidas? Cuatrocientos hombres eran mucho más de lo que este terreno —grande como era— necesitaba para las faenas de la cosecha. Sobre todo si ya se contaba con las familias haciendo sus turnos para recoger el maíz fresco y llevarlo a los depósitos, desmalezar las tierras que habían descansado y a las que les tocaba su turno, apisonarlas, abonarlas y dejarlas listas para el momento de la siembra, al año siguiente.

Esto decía Qanchis en su adentro bajando a toda prisa la lomada, sorteando de memoria las piedras móviles del sendero, siguiendo al hijo de su señor en su regreso. Pero, en lugar de tomar el camino empedrado que llevaba al palacio de Usco Huaraca, Oscollo siguió por el desvío que daba a la orilla de la laguna de Pomacocha, del lado del magueyal.

—Apúrate —dijo el Gato Salvaje Chiquito—. Tenemos que llegar a la orilla antes de que salga el Padre Sol.

No bien llegaron a la orilla, Oscollo sacó de su bolsillo un cuchillo de fleje y se internó en el espeso magueyal. Emergió de él con varias hojas de maguey fresco, con la sangre verde saliéndole aún por el tajo que las había separado de su planta. Con habilidad, Oscollo cortó varios pedazos en forma de adobes delgados, a los que les fue redondeando las puntas con el filo de su cuchillo.

—¿Alguna vez has lanzado *huicullo*? —preguntó de pronto en el idioma *aru* el Gato Salvaje Chiquito.

—No —respondió Qanchis, sorprendido de ser hablado en su lengua materna por el hijo de su Señor.

Oscollo cogió uno de los cuadraditos de la pequeña ruma formada a sus pies y lo lanzó a la laguna. El cuadradito se elevó en arco a gran altura zumbando como un abejorro gigante para caer en picado y hundirse en el agua. Oscollo aguzó la vista, contemplando el lugar donde había caído.

—Dizque el Inca Amaru Yupanqui era buen *huicullero*. Una vez logró cruzar con su *huicullo* hasta el otro lado —señaló la orilla opuesta de la laguna, apenas visible desde donde estaban—. Por eso los ríos, los lagos, los riachuelos y las acequias lo querían.

Qanchis permaneció en silencio, avergonzado. Oscollo sonrió.

—¿No sabes quién fue el Inca Amaru, verdad?

—No.

—No tienes por qué saber. Es un Inca sacado de los *quipus*.

—Ah.

Oscollo volvió a sonreír.

—¿Sabes qué quiere decir sacado de los *quipus*?

—No.

—Quiere decir que lo desanudaron de los *quipus* que conservan las historias que se deben recordar. Cada nuevo Inca limpia el conocimiento recibido y lo depura, le quita los nudos que ya no sirven.

—¿Y por qué lo sacaron a él?

Oscollo suspiró.

—Primero te cuento por qué lo pusieron. Era el hijo predilecto del Inca Pachacutec. Dizque nació allí —indicó un bloque en otra orilla, a la derecha de la laguna, en donde se alzaba un bloque de piedra, visible gracias a los primeros destellos del amanecer—. Que cuando su madre la Señora Anaguarque enterró su placenta, los volcanes escupieron leche de fuego. Que de las minas brotaron piedras de treinta y dos superficies. Que en las cuatro direcciones del Mundo nacieron animales machos y hembras a la vez y de las cuevas salieron *amarus* con cuerpos anchos como troncos y largos como ríos. Estas eran señales de que su nacimiento era bienvenido por el Sol y las fuerzas vitales de la tierra. Por eso, desde chiquito lo separó de sus hermanos y lo puso a su lado, para que lo mirara gobernar y aprendiera. El Inca Amaru era muy hábil y aprendía rápido todo lo que se le enseñaba. Se metía con todo su corazón en todo lo nuevo, pero le gustaban sobre todo las faenas del agua. Las maneras de juntarla en los tiempos de lluvia. De recogerla de las cumbres de los nevados. De arrearla por canales y andenes para que saciaran mejor la sed de los terrenos por donde pasaba. Y, en los tiempos libres que le dejaba su aprendizaje, supervisó la construcción de los diques de piedra y las grandes redes de acequias que riegan todavía a la *Llacta* Ombligo. Mandó renovar los andenes en círculo que rodean a la *Llacta* del Halcón. Hizo construir miles de depósitos y *tambos* en las cuatro direcciones del Mundo. Todos los que sembraban y cosechaban, todos los que comían y bebían, todos los que caminaban, se cansaban y buscaban reposo lo querían y se decían: «este será buen Inca».

Oscollo lanzó a la laguna cuatro *huicullos* seguidos, con tanta fuerza que el brazo le quedó temblando.

—Pero entonces se rebelaron los collas y Pachacutec mandó al Inca Amaru a sofocar la rebelión —siguió diciendo—. Y el Inca Amaru no perdió la batalla solo porque los generales incaicos enderezaron a tiempo sus errores militares. «Es primerizo», dijeron entre ellos. Y entonces se rebelaron los chiriguanas de la selva y Pachacutec mandó al Inca Amaru a sofocar la rebelión. Y Amaru fue con tres ejércitos frescos y bien entrenados con cinco veces más guerreros que sus enemigos. Pero perdió la batalla. Y los generales incaicos se exprimieron el aliento y fueron a hablar con el Inca Pachacutec. «Ningún Inca ha sufrido jamás la vergüenza de perder una batalla contra los chiriguanas, Sapa Inca», le dijeron. «Consulta con Tu Padre. Quizá no Le has

217

escuchado bien y has elegido al que no debías para conducir el Mundo». Y Pachacutec decidió buscar entre sus otros hijos a quien pudiera reemplazar al incapaz y defender con firmeza las tierras conquistadas. Y su decisión recayó en Tupac Yupanqui, que era diez años menor que Amaru y ni siquiera había pasado por los ritos del *huarachico*, pero ya había mostrado su temple de guerrero feroz, intransigente. Y Pachacutec sometió el nombre de Tupac Yupanqui a los oráculos, y los oráculos fueron favorables. Y, con el dolor de su corazón, le quitó al Inca Amaru la *mascapaicha* y se la dio a su hijo menor.

El Gato Salvaje Chiquito se volvió a Qanchis.

—¿Qué crees que hizo el Inca Amaru cuando se enteró?

—No sé.

El Gato Salvaje Chiquito sonrió.

—Lloró. Pero no de tristeza sino de felicidad. Porque se había dado cuenta antes que nadie que no tenía aliento de Único Inca. Le gustaba construir canales y andenes, planificar *llacta*s nuevas o reparar las que ya habían. Le gustaba diseñar nuevos *tambos* y edificios. Pero no sabía ni quería saber las artes de la guerra. Y sin que su padre Pachacutec se lo pidiera, fue con su mujer al *Coricancha*, donde su hermano hacía sus ayunos preparatorios, y le hizo su *mocha*. «Toda mi vida estaré a tu servicio, hermano», le dijo. No mintió. Amaru fue leal a Tupac Yupanqui hasta que dejó de respirar. Tanta fue la confianza de Tupac en él que le confió la *Llacta* Ombligo todas las veces que se ausentó para hacer sus movimientos por sus tierras. Y Amaru confió la defensa del Cuzco a los mejores generales de su padre mientras seguía construyendo depósitos y *tambos*, mandando traer cerros de caca del pájaro *guanay* desde las tierras yungas para darles aliento a los terrenos, y talladores de canales en piedra desde las tierras collas, para mejorar sus maneras de desviar las aguas que caían de los nevados.

Qanchis empezaba a perderse en el torrente de palabras del hijo de Usco, que parecía haber olvidado a su sirviente para escucharse a sí mismo hablar con la Cocha, con las mismas entonaciones y pausas que su padre.

—Qanchis. ¿Me estás escuchando?

—Sí, Padrecito.

—¿Qué te estaba diciendo, a ver?

—Me estabas contando de la Gran Sequía que asoló al Mundo de las Cuatro Direcciones.

—Y te estaba diciendo que es por ella que los incas aman y recuerdan al Inca Amaru. La Gran Sequía comenzó cuando su hermano el Inca Tupac Yupanqui estaba de viaje por las Cochas Sin Fin. Azotó las Cuatro Direcciones durante siete años. Todas las cosechas se perdieron y la gente pasaba hambre. Cuando vio lo que ocurría, el Inca Amaru mandó abrir los depósitos del Cuzco y dio de comer al que tenía hambre y de beber al que tenía sed. Y cuando todo lo que había en los depósitos se acabó, ofreció lo que daban sus propias tierras. Fue entonces que vino la maravilla por la que todos lo recuerdan: durante toda la sequía, sus tierras siguieron produciendo. Sin que las nubes soltaran una sola gota de lluvia, siguieron dando su papa, su maíz, su oca, hasta su pasto para que comieran los animales, como si tuviera pacto con las aguas del Mundo Subterráneo. Y cuando por eso quisieron adorarlo como a *huaca* viviente, el Inca Amaru se enojó y lo prohibió. Y esperó hasta que regresara su hermano de su viaje para retirarse para siempre a vivir solo en sus tierras y hacerse olvidar. Dicen que fue ahí donde murió, en humildad y rodeado solo de los suyos.

Oscollo miró largamente hacia donde había caído su último *huicullo*, con el ceño fruncido. Parecía un adulto atrapado por error en un cuerpo infantil.

—Cuando las tierras hayan descansado, mi padre me mandará a la *Llacta* Ombligo —dijo, con súbita firmeza—. Ha llegado mi tiempo de estudiar en la Casa del Saber. Quiere que sea funcionario del Inca, como él. Yo haré como él diga. Voy a ser el mejor estudiante, el mejor compañero de *yanantin*, el mejor servidor del Inca. Voy a cumplir con los servicios que me sean encargados. Seré Gran Hombre que Cuenta. Las gentes me escucharán porque hablaré tan bien como él. Me aguantaré los bostezos, aunque los censos sean aburridos. No soltaré el huajaylleo, aunque me dé risa. El Gran Hombre que Cuenta debe ser serio. El Gran Hombre que Cuenta debe ser feroz. El Gran Hombre que Cuenta debe ser implacable…

De pronto, como si un sapo saltara inesperadamente desde su garganta, soltó una carcajada amplia y clara y suspiró. Se veían lágrimas en sus ojos.

—¡Qué suerte la del Inca Amaru, Único Sabio entre los Incas, de tener un hermano que pudiera reemplazarlo!

Oscollo sacó su último *huicullo* y se lo extendió a Qanchis, que aún no terminaba de entender el sentido de lo que el hijo de Usco Huaraca le decía, pero se sentía halagado por la familiaridad con que le trataba. Iba a tomar el *huicullo* cuando dos fuerzas le dieron un tirón de las patillas hacia arriba, levantándolo en vilo. El dolor le atravesó como dos agujas de danzante incrustándose debajo de sus sienes sin piedad.

—¡Auuuu! —gritó.

—¡¿Qué han estado robando de la chacra del Gran Señor Mayta Huillca?! —dijo la voz ronca pegada a sus espaldas—. ¡Contesta, *yana* sarnoso!

No tuvo tiempo de responder, pues un coscorrón en la cabeza lo tumbó al suelo y ahí mismo, de rodillas, un puñetazo en la boca le reventó los labios. Una mano le jaló la cabeza de un mechón y la sostuvo en el aire para darle un nuevo puñetazo certero en la cara.

Con el rabillo del ojo, Qanchis llegó a ver, antes de desvanecerse, a dos hombres pateando y puñeteando a Oscollo con saña en el poto, en los muslos, en la espalda, tratando de abrirse trocha hacia los testículos, que el hijo de Usco protegía firmemente con sus brazos, con sus manos, con su cabeza. Aunque convertido en una dócil bola de carne completamente a su merced, el Gato Salvaje Chiquito resistía sus golpes sin decir palabra.

Segunda cuerda: marrón como el polluelo del pájaro *allqamari*, en S

Como picaduras de bichos invisibles le volvían, evasivas y fugaces, imágenes desordenadas del pasado. De un pajonal

220

trepidante de once mil ciento once tallos de *ichu* en el camino de regreso a Vilcashuaman. De la Vicha prosternada sobre las patas delanteras, bebiendo de su acequia favorita. De Usco Huaraca levantando una ceja para que una cuenta fuera verificada. De Anccu escupiendo un grano de choclo desde su escondite al lado del fogón. De Rampac remendando una camiseta de Yunpacha recién reventada por los codos.

¿Madre? ¿Estabas aquí? ¿Metida conmigo en este hueco apestoso y sin luz? ¿Por qué entonces te sentía floreciendo en mi pepa de nuevo, mamacita, como si el dolor insoportable de mis moretones y mis heridas te hubiera traído de mis lejanas tierras?

La piedra que le cayó en la cabeza le despertó. No, no había sido piedra. Había parecido más bien fruta. Se había deshecho en su coronilla sin hacerle daño, bañándolo de los hombros para abajo con los jugos de su pulpa. Los jugos ya empezaban a quemarle la piel, cuando escuchó carcajadas viniendo desde un arriba incierto. Llegó entonces una lluvia breve, caliente y pegajosa —en medio de más risas— que le disolvió la costra de sangre que le había pegado la camiseta a la espalda y se la hizo arder. Fruta y lluvia soltaron entonces un olor abombado y ácido de tripas evacuando que Qanchis reconoció, y el Contador-de-un-Vistazo se dio cuenta de que no eran ni una ni otra. Supo entonces dónde estaba, para qué servía este pozo profundo al que habían aventado su cuerpo magullado por los golpes después de llevarlo a rastras por los magueyales. La arcada que le vino fue tan poderosa que tuvo que sostenerse en el suelo con las palmas de las manos. Las palmas se hundieron hasta los antebrazos en la materia viscosa, liberando los olores estancados y nauseabundos de la mierda acumulada seguro durante atados de atados de años. Desesperado, trató de limpiarse con la tierra alrededor, pero la mierda no tenía orillas visibles. ¿Algo tendría orillas, bordes aquí? Qanchis se puso entonces al alcance del único rayo de luz que entraba desde arriba, como si pudiera bañarse con él.

—¡Yo te conozco! —gritó una voz raspada desde el cielo.

Con la caca derretida chorreando todavía por la punta de sus dedos, Qanchis levantó los ojos hacia la pequeña redondela celeste desde la que le miraba un rostro gordo, redondo y arrugado. A su lado, dos caras jóvenes sonreían y Qanchis pudo reconocer la de uno de sus atacantes. El viejo del rostro gordo hizo un gesto imperioso con el dedo y las caras jóvenes desaparecieron de la redondela para volver a ella poco después. El extremo de una soga, lanzado dentro del pozo, bajó lentamente hasta llegar a la altura de sus hombros y Qanchis se agarró de él para ser izado hacia el exterior.

Cuando se hubo incorporado en la superficie, tiritando, los dos jóvenes le arrojaron tinajadas de agua, qué pasó, *yana*, ¿solito has querido darte panzada de caca?, diciendo el uno, ¿por qué no has invitado?, diciendo el otro, jua, jua, jua, riendo, como serpiente haciendo sonar su cogote, más para hacerle reír al viejo que para otra cosa. Pero el viejo no sacaba de su cara la expresión severa y seguía paseándose en torno de Qanchis con las manos enlazadas a la espalda. Como si tuviera tinaja en vez de barriga caminaba, dando de cuando en cuando una ojeada al Contador-de-un-Vistazo, que permanecía de pie, inmóvil.

—Váyanse —ordenó de pronto el viejo a los jóvenes. Los jóvenes no se resintieron con él y, sin mediar palabra, partieron sin darle la espalda hasta desaparecer.

—Yo te conozco —repitió entonces el arrugado—. Tú eres el Contador-de-un-Vistazo del Gran Hombre que Cuenta.

Al verle caminar, Qanchis ya le había recordado. Era el *quipucamayoc* viejo de los conteos de Vilcashuaman, el que se equivocaba en sus cuentas porque no podía ver la casilla central de su ábaco, que ocultaba con su barriga danzante.

—Dime —dijo el viejo—. ¿Qué hacías en mis tierras a la hora de la lechuza?, ¿y con el hijo de tu Señor disfrazado de *yana*?

El Gato Salvaje Chiquito. Recién se acordaba de él. Desde la golpiza sufrida por ambos, no sabía nada de él. ¿Adónde lo habrían llevado? ¿Qué le habrían hecho? ¿Estaría todavía en el mundo de los vivos?

—Estábamos lanzando *huicullo* nomás, Padrecito.

—No te creo.

—Te estoy diciendo la verdad, Padrecito.

El viejo escupió, como una llama molesta a punto de patear.

—¿Tú estuviste con el Señor Usco Huaraca en el censo del *huamani*, verdad?

222

—Sí, Padrecito.

—¿Cuándo terminaron con sus faenas?

Qanchis desconfiaba del viejo, pero no tenía por qué mentirle. Al fin y al cabo, él había estado presente cuando Qanchis había sido retenido en la *Llacta* del Halcón Sagrado, y había sido testigo de sus primeros trajines en ella.

—Hace siete atados de jornadas.

—¿Y qué has estado haciendo en Vilcashuaman desde entonces?

—Contando lo que hay en los depósitos de Huanucopampa.

—¿Usco Huaraca te mandó que lo hicieras?

—Sí.

—¿Qué más te mandó?

—Nada más.

El viejo volvió a escupir y su escupitajo llegó a medio tiro de piedra: algo empezaba a hervir en su adentro.

—¿Cuántos pies tengo? —preguntó con rapidez.

—Dos —respondió Qanchis.

—¿Cuántos ojos tienes?

—Dos.

—¿Dónde has estado durmiendo?

—En una *chuklla* enfrente del palacio del Gran Hom...

—¿Dónde has estado comiendo?

—En los *tambos* cerca de los depó...

—¿Cuántos dedos tienen tus manos?

—Diez.

—¿Cuántos puños tienen mis manos?

—Dos.

Golpe.

—¿Cuántos depósitos has contado hasta ahora en Vilcashuaman?

—Trescientos cin...

—¿Cuántos te faltan por contar?

—Ciento cua...

—¿Cómo te llamas?

Qanchis empezaba a desconcertarse. ¿Quería realmente escuchar el viejo las respuestas a sus preguntas?

—Qanchis.

—¡¡No!! ¡¡Ese nombre te lo debe haber puesto Usco!! ¡¡Dime cómo te llamas de verdad!!

El grito rebotó en la tierra y la remeció. ¿Sería el viejo un monstruo del Mundo de Adentro disfrazado? Sin querer, empezó a temblar como las hojas de un árbol sacudido por un viento impostor.

—Yun… Yun… Yunpacha.

—¡Yunpacha! ¡¿Qué hacías en mis tierras ayer en la hora de la lechuza?!

—Estaba lanzando *huicu*…

—¡No, Yunpacha! ¡En mis tierras no lanzaste *huicullo*! ¡Lanzaste *huicullo* en las orillas de la laguna de Pomacocha! —sacó el *huicullo* de Oscollo y lo puso enfrente de Yunpacha—. ¡Este se lo he quitado al hijo de tu Señor! ¡Por última vez antes de que se disuelva mi paciencia! ¡¿Qué estabas haciendo en mis tierras?!

Su adentro era una soga a punto de romperse jalada de sus extremos por dos gigantes.

—Contando —cedió.

—¡¿Contando?! ¡¿Qué estabas contando?!

Qanchis rompió a llorar.

—¡No te pongas a llorar como mujer! ¡Te he preguntado qué es lo que estabas contando!

Qanchis se mordió la lengua para no continuar revelando la verdad, mientras sentía cernirse sobre él una amenaza mortal. No paró de hacerlo hasta que sintió el sabor de su propia sangre. Dio resultado: el dolor le selló su boca. Había visto con sus propios ojos al Gran Hombre que Cuenta castigar a los traidores y nada en el mundo le haría arriesgarse a padecer la misma suerte.

—¿Cómo se llama tu pueblo, Yunpacha? —le preguntó el viejo de pronto. Su voz estaba impregnada ahora de una nueva, inesperada suavidad. ¿Había entendido bien?

—¿Perdón, Padrecito?

—Te he preguntado cómo se llama el pueblo de donde vienes.

—Apcara.

—¿Hace cuánto que no regresas, Yunpacha?

—Tres lunas, dos atados y cuatro jornadas.

—Estarás extrañando, ¿verdad?

El trato del viejo había mudado como un gusano en mariposa. Era amable, tierno como el de un padre con su hijo. Qanchis, desprevenido, sintió que algo empezaba a derretirse en su adentro a toda prisa, mojándole su corazón, y sintió una súbita oleada de afecto por el viejo. No pudo, no quiso hacer nada para impedirlo.

—Sí.

El viejo se le acercó, a pesar del asco que debía causarle este *yana* mojado y embadurnado de caca de pies a cabeza.

—Pues si me cuentas qué era lo que tú y el hijo de Usco Huaraca estuvieron contando en mis terrenos, podrás regresar a Apcara en menos de lo que El Sol hace su paseo —dijo en voz baja, con calidez—. ¿Quieres o no quieres volver a tu tierra?

—Sí —murmuró Yunpacha.

—No escucho.

—¡Sí quiero! —dijo sollozando.

—Pues ahorita mismo ordeno que te devuelvan a Apcara. Que dejes de ser *yana* y vuelvas con los de tu *ayllu*. Nadie irá jamás a molestarte de nuevo a tus tierras. ¿Qué me dices, Yunpacha? ¿Me vas a contar lo que hacían ustedes en mis terrenos, sí o no?

Un río misterioso rompía todos los diques de su adentro, destrabando la lengua de Qanchis, dejándola fluir sin límites ni orillas, haciéndole olvidar por este instante eterno el peligro inminente que corría.

Tercera cuerda: roja con veta marrón como el polluelo del pájaro *allqamari* en el medio, en S

Mientras su llegada era anunciada por un sirviente que voceaba su nombre, Usco Huaraca contaba a los guerreros fornidos y bien armados que protegían los umbrales del palacio de Mayta Huillca. Eran dieciséis —ocho al lado de cada columna, de treinta y dos piedras pulidas cada una. Luego, paseó su mirada por los pares de andas estacionadas al lado de las murallas. Eran ocho (tal como sus espías le habían prevenido), y ocultaban o recortaban con su sombra a sus cargadores descansando, comiendo de sus botijas o estirando las piernas discretamente, para no ofender con su presencia la del nuevo señor que acababa de llegar.

Suspiró: sus regalos serían bien recibidos. Mayta Huillca tenía una irrefrenable manía por los números amables: los que se desdoblaban en dos. En dos andaban siempre los dioses, dos eran el Mundo de Arriba y el de Adentro, la Ida y la Vuelta, el Lugar de la Vida de Aquí y el de la Vida Siguiente, el Padre Sol y la Madre Luna, la estrella de la mañana y la del atardecer, el Puma y el *Amaru*, el Cóndor y su presa, el Inca y su doble, el Hombre y la Mujer, la piedra y su sombra, el pájaro *corequenque* y su hembra, la mitad del cuerpo con su otra mitad.

Y cuando el dos se desdoblaba, se convertía en cuatro. Cuatro eran las Direcciones del Mundo, el número de hermanos que hincaron las primeras varas en las tierras fértiles del Cuzco, la cifra de *curacas* que gobernaban cada pueblo, cada villorrio. Y el cuatro se desdoblaba en dos y se convertía en ocho, como ocho eran los Ayar, los hermanos primigenios que pusieron sus pies en el Ombligo por vez primera, más sus hermanas y esposas, que les acompañaron en su salida del cerro Tamputocco. Y el ocho se desdoblaba y se convertía en dieciséis, como las líneas que partían de Vilcashuaman hacia todas las partes del Mundo, como las *panacas* oficiales que se habían turnado la regencia del Mundo en la historia de las Cuatro Direcciones. Y el dieciséis se desdoblaba y se convertía en treinta y dos. Y al desdoblarse, el treinta y dos se convertía en sesenta y cuatro. El amor de Mayta Huillca se repartía a todos los números que se desplegaban así, y hacía todo lo posible para emularlos, evocarlos, jalarlos del mundo invisible.

Por si acaso, ordenó a sus sirvientes que volvieran a contar las prendas que había traído, y mientras era obedecido, observó las andas como a bestias al acecho. Le admiraban —y le irritaban— sus empaques lujosos, la madera de *molle* con que habían sido fabricadas, las silletas con parasol de plumas de colores que las cubrían del Padre Que Todo lo Ilumina en la mitad de su paseo, marcas visibles de que pertenecían a las ocho principales familias de deudos de la *huaca* de Mama Anaguarque, que fuera esposa del Inca Pachacutec y madre del sabio Amaru Inca Yupanqui y ahora se había convertido en montaña hermana y esposa de la montaña Huanacauri.

Cuando todavía era esposa del Inca, la *Coya* Anaguarque había venido a vivir por un atado de años a la *Llacta* del Halcón Sagrado poco tiempo después de que su esposo, el Inca Pachacutec, hubiera hundido su vara sobre ella, acabada la plaga chanca. Para poblarla, había mandado traer a la *llacta* incipiente a sus hermanos y a los hermanos de sus hermanos, con quienes se había repartido las tierras fértiles que rodeaban el valle. Mientras unos parientes en el Cuzco habían pasado a ocuparse de una línea sagrada de *huacas*, a los que mantenían satisfechos, los deudos de Anaguarque aquí en Vilcashuaman habían ido juntando tierras y expandiéndolas por los alrededores merced a bien planeados casamientos entre los hijos y los hijos de sus hijos.

—¡Usco! —dijo Mayta Huillca desde antes de asomar a la entrada de su palacio. Sus brazos regordetes y flácidos se veían antes que él extendiéndose hacia el recién llegado—. ¡¿Qué haces que no cruzas los dinteles de mi casa, que es la tuya?

—He traído unos presentes para ti —señaló a un sirviente que portaba en su espalda una ruma de prendas—. Dos vasos de plata, para que brindemos. Y sesenta y cuatro prendas de *cumbi* hechas con lana de vicuña blanca. El número esencial desdoblado seis veces. Pero también ocho veces ocho. Que es cuatro veces dos. La cifra sagrada de los opuestos que encierran su punto medio. El número que amas con justicia.

Mayta Huillca tomó uno de los vasos con su mano derecha. Como señal de cortesía, revisó las prendas y chasqueó la lengua: no solo apreciaba el cálculo, también la calidad del don de su invitado.

—También he traído una mujer sin brazos que canta *ayataquis* y *ayarachis* que te ponen el corazón dulce —continuó Usco—. Y un *kurku*, para que te sirva y te dé suerte. Llévalos adonde vayas y te iluminarán.

De detrás del Gran Hombre que Cuenta, ocultos hasta ahora por sus anchas espaldas, asomaron una manca doble —la que había cantado para él en el censo de Soccos, agrietando el aire con sus ecos— y un jorobado enano. Sin que nadie les diera la orden, los lisiados se agacharon hasta tocar la tierra en su reverencia a su nuevo señor.

—Mayta, hermano y doble —dijo Usco—. Acepta mi don. Quiero que sepas que lamento profundamente lo ocurrido. Devuélveme a mi hijo y a mi *yana* y los castigaré. Repararé cualquier daño que hayan podido causar en tus tierras. Y repondré multiplicando por la cifra sagrada cualquier cosa que hayan podido sustraer.

Mayta se rascó la barbilla sonriendo: reflexionaba.

—Todo a su tiempo, hermano y doble —replicó—. Todo a su tiempo. Agradezco y acepto tu don. Te aseguro que pronto tendrás contigo a tu hijo y a tu *yana* sin tener que reponer nada. Pero primero pasa un momento para que saludes a unos amigos míos que han venido a visitarme y que te conocen. Desde que les dije que venías, arden en deseos de verte y beber contigo. No han querido perderse la ocasión. ¡Nunca te dejas ver en nuestras borracheras!

Usco no recordaba haber sido invitado a ninguna, pero no dijo nada. Sus sirvientes entregaron las prendas a los de Mayta, y estos las llevaron de inmediato a las habitaciones interiores, haciéndose seguir por el *kurku* y la manca.

Mayta, más rodando que caminando, se desplazó como una burbuja gigante de carne vestida por los corredores y aposentos de su palacio, seguido de su invitado.

—¿Cómo está tu mujer? —preguntó Mayta Huillca.

Usco no quería hablar con su doble de la nube en que Sumac estaba sumida hacía ya cinco años. La belleza de su esposa, *aclla* nacida en el seno de uno de los *ayllus* más importantes de la *panaca* de Tupac Yupanqui, había sido legendaria en su juventud. Nadie había dudado de que sería enviada a la *Llacta* Ombligo y casada con un alto dignatario de rancia alcurnia, o entregada al servicio del Templo del Sol de Vilcashuaman, y por eso el escándalo había caído entre los principales de sangre real como una roca soltada a gran altura cuando el Inca Tupac Yupanqui la había ofrecido como mujer a un inca de sangre impura, un inca de mentira. Nadie lo había dicho jamás en su delante, pero Usco sabía que en los círculos reales se decía que la postración que mantenía a Sumac enclaustrada en el interior de su palacio había sido el castigo por una mezcla indebida de sangres.

—Está bien —dijo Usco.

No tardaron en llegar a la explanada empedrada de cuatro esquinas que era su patio, en donde otros sirvientes servían chicha a los invitados.

Ahí estaban los ocho principales de sangre real. Como para hacérselo recordar al que hubiera podido olvidarlo, habían colmado sus ropas de señales de su estirpe. Este llevaba tocado de plumas de colores y ropas de *cumbi* de color encarnado bordadas con hilos de oro —era pariente directo del Inca: solo ellos tenían derecho a vestir el color encarnado—, el otro también llevaba tocado pero sin plumas, aunque parecía compensar esta carencia con sendas incrustaciones de plata repartidas por toda la camiseta amarilla; el de más allá no llevaba tocados ni había oro ni plata en sus prendas, pero las vetas de *tocapu* habían sido tejidas con tela brocada y sin ningún punto en falso —seguramente por los tejedores más hábiles de todo Vilcashuaman. Todos se habían esmerado en la elección de cada color, de cada prenda, como librando una competencia sorda de importancias que jamás tendría vencedor.

El Gran Hombre que Cuenta hizo una profunda venia general, imbuida del respeto que les debía un inca de privilegio como él por alta que fuera su posición. Y la suya era una de las más altas que un extranjero a la *Llacta* Ombligo podía alcanzar en el Mundo de las Cuatro Direcciones.

—Apus —dijo el Gran Hombre que Cuenta—. Usco Huaraca se pone un peso en su espalda y los saluda.

—¡Apu Usco Huaraca! —gritó Supno Yupanqui, un orejón en el ocaso de su primera calle—. ¡Deja que bote chicha en tu delante! ¡Estos ojos no te han visto desde el *huarachico* de mi hijo mayor, y el muchacho ya me ha hecho abuelo dos veces!

—Deja que la bote yo ante ustedes, Apu Supno Yupanqui —respondió Usco. Y aventó hacia arriba de la chicha que acababa de servirle un *yana*, gestando un arco que cayó con parsimonia a la orilla de las *ojotas* de los principales presentes—. Soy yo el que se ha ausentado, el que se ha perdido.

—No te disculpes con nosotros, que conocemos la lana con que tejes, Apu Usco Huaraca —dijo Challco Huillca, un principal de canas incipientes en las sienes—. Este ha sido tu tercer año como Gran Hombre Que Cuenta ¿verdad?

—Ha sido, Apu Huillca.

—El tercer año es siempre el más difícil —continuó Challco Huillca—. Todavía recuerdo el mío, como si aún estuviera caliente la piedra en que lo han tallado en mi memoria. Es un año duro, un año de prueba. Se ha desvanecido la ilusión de la primera vez y las cautelas de la segunda. Solo queda al nuevo Gran Hombre que Cuenta el deseo de cumplir cabalmente con su deber. La minucia en las faenas del censo le toma mucho más tiempo que a uno más viejo pero más fogueado, más curtido.

—Y por eso viaja todo el tiempo. Deja de ver a sus amigos. Deja de ver a su mujer. A sus hijos. A su familia. El hilo de su paciencia se rompe más fácilmente —dijo Supno Yupanqui, con el tono del que alude a un susodicho que no es necesario mencionar—. Y en el celo de servir al Inca, es común que sea tomado por una severidad excesiva en el cumplimiento de la ley. Que apriete más de lo necesario a los pueblos mirados por su vista.

Usco Huaraca se volteó lentamente hacia él, listo para lo que se le iba a decir. Conocía de sobra el enredado modo de hablar de los principales. Más desde que se había convertido en uno de ellos.

—Se dice que cortaste manos de *quipucamayos* en los pueblos que declararon menos *runacuna* de los que tenían —dijo Challco Huillca—. Dieciocho, si recuerdo bien.

—Recuerdas bien— respondió Usco.

—Nadie discute que el castigo está contemplado en el *quipu* sagrado de la ley —dijo Supno Yupanqui—. Pero estaba en tu discreción amainarlo. ¿Por qué tanta saña, Apu Huaraca?

—Solo hay algo que se contagia más rápido que el miedo y es el mal ejemplo —respondió Usco—. En las cuentas del año pasado cinco fueron los infractores castigados, y dos en las cuentas del antepasado. Si la sangre de dieciocho manos es la poción amarga que hay que beber para evitar que cunda el mal ejemplo, no dudes que lo haré, Apu Yupanqui.

—¿Y quién te dice que en esas cuentas no había nudos invisibles para ti? —dijo Chimpu Huillca, un anciano de ojos de lechuza que en todo ese tiempo había permanecido detrás, embutido en un taburete de madera bien labrada que parecía clavado en el centro del patio, y que ahora se abría paso firmemente y sin pedir permiso entre sus hermanos de *huaca*, a los que parecía incomodar.

—Ves un *amaru* donde hay un ciempiés —continuó Chimpu Huillca—. Yo cuento gente desde que era joven, desde que era flaco. Por eso puedo decirte. Desde el comienzo mismo del Mundo de las Cuatro Direcciones siempre ha habido pueblos que declaran menos *runacuna* de los que tienen para que no los manden a la guerra. Es signo de que cuidan a sus hombres en edad de trabajar. Buen signo. Castiga a dos o tres pueblos, como hicieron tus sabios predecesores, como hice yo mismo, y deja creer a los otros que han logrado engañarte. Por mis pelos blancos te digo: eso los inhibirá de cometer fechorías más graves. Como dejar de hacer la *mita* en tierras del Inca. O rebelarse contra Él.

Chimpu Huillca bebió largamente de su chicha, los ojos de lechuza clavados en el inca arribista que tenía frente a él.

—Se dice… —dijo como hundiendo una vara en la tierra para ver si estaba suficientemente dura— que has hecho algunos cambios, no muy afortunados, por cierto, en los usos y procedimientos usuales del Gran Hombre Que Cuenta.

Los principales de sangre real intercambiaron algún vistazo, algún codazo fugaz. Usco se sintió como una llama de colores metida por azar en un corral donde solo se criaban llamas blancas.

—¿Qué cambios? —preguntó.

—Se comenta mucho la manera en que haces tus censos.

—¿Quién comenta?

—Se comenta… —Chimpu continuó, sin hacer caso del pequeño escándalo que suscitaba su vehemencia en los rostros de los principales, que, sin embargo, no hacían nada para detenerlo, quizá porque el anciano expresaba en voz alta y abiertamente lo que ellos solo barruntaban—. Corre la voz, por ejemplo, que en tus censos no solo cuentas a los hombres en edad productiva sino a toda la gente. Incluyendo —su voz adquirió el doble filo del sarcasmo— a los *upas*, a los viejos chochos y a los *huahuas* que no han recibido su primer corte de pelo.

Se intercambió alguna que otra sonrisa a medio curtir, congelándose en alguno que otro par de comisuras. Usco Huaraca se sintió, por fin, en terreno conocido: el del profundo e inmutable desprecio de los de sangre real por los incas de privilegio como él.

—El Inca debe tener una relación lo más detallada y precisa posible de todos los que le sirven. Sin excepción —dijo el Gran Hombre que Cuenta.

—Tú lo has dicho. Los que le sirven —las pupilas de los ojos de lechuza crecían—. Y los que le sirven son los *runacuna* cabezas de familia. Son ellos quienes reciben las tareas comunales. Ellos quienes las distribuyen entre los suyos para cumplirlas en su turno y en el tiempo prescrito. Ellos quienes responden si no han sido realizadas cabalmente. Solo ellos son enviados a pelear en las guerras del Inca, y solo ellos mueren para defenderLo de sus enemigos. Por eso, solo ellos son contados en los censos anuales. Quizá hay misterios inaccesibles para los de sangre real que los de sangre impura como la tuya pueden comprender. Pero de todos modos. Trata de hacerme ver la luz que parece iluminarte. ¿Para qué debe el Inca tomarse la molestia de leer las cuerdas en que se dice cuántos viejos chochos tiene el caserío perdido de Paras? ¿Qué supremo beneficio recibirá el Hijo del Sol al serle revelada la cantidad de *huahuas* que no caminan todavía por sí mismas en el pueblo sin aire respirable de Chuschi?

—No tienes por qué contestar, Usco —dijo Mayta Huillca, que durante todo el diálogo había permanecido sentado en silencio en un poyo de piedra oculto detrás de los principales. Estaba visiblemente irritado con el viejo—. Eres mi invitado y no voy a permitir que te ofendan dentro de mi casa. Ya has terminado tu chicha. Debemos ir a lo nuestro.

El Gran Hombre que Cuenta dio un vistazo rápido a su alrededor, por encima y detrás de las miradas que estaban puestas sobre él.

—Quiero responder al Apu, hermano Mayta —dijo—. Apu Chimpu Huillca. Como dices, los *runacuna* son los que cargan con los pesos y por eso deben ser contados. Pero quizá hay entre las gentes que no son cabezas de familia algunos con dones especiales. Si censamos solo a los *runacuna*, jamás podremos cernirlos. Seguirán haciendo su *mita* en tierras del Inca y entregando su lote de prendas, como todos, o serán relegados por sus pueblos a tareas que los desperdiciarán. Por su ceguera y la nuestra, el Inca los perderá. Pero mis censos nuevos quitarán las vendas que el Mundo de las Cuatro Direcciones tiene puestas sobre los ojos.

Inclinó breve y profundamente la cabeza ante los principales, con un respeto excesivo, casi cómico. Mayta quiso hablar, pero Usco se apresuró a interrumpirlo. Si no aprovechaba la ventaja otorgada por el viejo y se dejaba arrebatar el uso de la palabra, estaba perdido.

—Apus. En los conteos de Chuschi llamaron a una muchacha *upa* a la que tenían limpiando los corrales de las llamas en la *puna*. Solo para contarla la hicieron bajar, pues vivía aislada en una cabaña bien arriba, cerca de la cumbre en que hacía compañía al espíritu de su montaña, comiendo solo *chuño* y harina de maíz. Durante toda la ceremonia de entrega de los *quipus*, la *upa* había estado mascullando palabras incomprensibles y sus vecinos la habían hecho callar. Cuando la ceremonia terminó y las gentes se dispersaron, la *upa* reanudó su parloteo, pero ya no había nadie para callarla. Yo estaba enrollando los *quipus* y sellando sus extremos cuando empecé a reconocer mis propias palabras en labios de la *upa*: ¡la desgraciada estaba repitiendo sin corromperlo todo lo que yo había dicho, palabra por palabra, desde el inicio de la ceremonia! ¡y luego, en orden, lo que habían dicho sus *quipucamayos* y el padre Uma! Por supuesto, me la hice regalar por su *curaca* y me pasé varias jornadas calibrando su poder. La *upa* es asombrosa: recuerda absolutamente todo lo dicho en su presencia, haya sido ayer, hace ocho atados de días o dos plenilunios. Y lo mejor de todo: ¡Puede resistir sin revelarlo, la hemos puesto a prueba, créanme, a las peores torturas! ¿Se les ocurre a ustedes una mensajera más eficaz de las órdenes secretas del Inca a sus generales? ¿Una mensajera que no comprende su mensaje pero que puede repetirlo sin mella a voluntad y morir con la boca cerrada por más que el enemigo la viole, corte, desgarre, queme y descuartice?

Las piedras de las murallas que les rodeaban parecían brillar con la refulgente intensidad de los ojos del Gran Hombre que Cuenta.

—Apus, este es solo un ejemplo —continuó—. Hay un viejo ciego de nacimiento encontrado por mí que recita *harauis* por largos que sean sin ayuda de *quipu*, y al que ahora hacen guardar las historias sagradas del Inca. Hay un niño huanca de dos cabezas que adivina el momento propicio para la siembra de maíz guiándose solo por el olor de los gusanos, y que sirve ahora al Inca en los valles profundos donde no llega el Sol. Hay un muchacho hualla que corre, sin cansarse, más rápido que veinticinco relevos juntos de *chasquis*, y que lleva ahora el pescado desde la Gran Cocha de la costa hasta la *Llacta* Ombligo —¡y el pescado llega fresco a la boca del Inca!

Hablaba con calma, pero lo traicionaban las sienes hinchadas, única señal de que empezaba a llover en las cimas tempestuosas de su adentro. De que los ríos de su sangre llevaban su caudal cargado esperando el momento de desbocarse.

—Estos son tiempos nuevos. Pronto, solo harán *mita* en tierras del Inca los hombres y mujeres dotados en las faenas de la tierra. Pronto solo entregarán prendas para los depósitos del Inca los que hayan recibido manos diestras. Así como cierne en sus *Acllahuasi* a las mujeres más bellas de todo el Tahuantinsuyo, el Inca cernirá a sus generales entre los jóvenes de los pueblos sometidos que han mamado leche agria de las tetas de sus madres y las han mordido con los dientes apretados. No esperaremos hasta que hayan cruzado el umbral de su edad productiva para contarlos. Elegiremos a los más hábiles antes incluso de que se den cuenta de que lo son. Y los haremos *yanacona*, sirvientes perpetuos del Inca. Pero para eso nuestros conteos requerirán un censo nuevo. Un censo exhaustivo, detallado, minucioso, pero sobre todo muy preciso. Que utilice un nuevo *quipu* para sus registros. Un *quipu* que no solo tome las cantidades de *runacuna* que tiene cada pueblo, sino que describa también aquello en lo que cada *runa* sobresale sobre los demás. Un *quipu* con claves comunes para todos los *quipucamayos*, y que todos los *quipucamayos* puedan comprender —y no como ahora, en que muchos *quipucamayos* inventan las suyas y nadie sino ellos las pueden descifrar. Un *quipu* que siga hablando incluso después de la muerte del que lo tramó a los *quipucamayos* de cualquier caserío, de cualquier pueblo, de cualquier región del Mundo de las Cuatro Direcciones. Y de cualquier tiempo: hoy, en un año, en una generación, o después de que el mundo se haya volteado en el siguiente Pachacuti. ¡Coloridos y no solo marrones serán nuestros *quipus* de contar! ¡Y sabios como los que guardan las historias sagradas y los turnos del mundo!

Se detuvo. Ahí estaban, por fin, el enano jorobado y la manca que había traído como presentes y que, sin ser vistos, se habían asomado al patio empedrado y, mezclados entre la servidumbre, contemplaban todo cada uno desde una esquina.

Mayta Huillca iba a hablar, pero Usco Huaraca se le adelantó.

—Apu Mayta Huillca, hermano y doble. Disculparás que no pueda quedarme más tiempo contigo y tus invitados. Pero hay muchas tareas que esperan a mi rol. ¿Serías tan amable de mandar llamar a mi hijo y a mi *yana* y decirme cuál será su castigo por haber entrado sin permiso a tus tierras?

Mayta Huillca silbó. Como si hubieran estado esperando su orden desde hacía mucho, entraron caminando a duras penas Oscollo y Qanchis hasta colocarse enfrente de Usco con los ojos avergonzados fijos en el suelo. Les seguía un gigante de dos abrazos y medio de altura, que se colocó entre ellos y les puso una mano en el hombro a cada uno. Era bastante robusto y llevaba la camiseta verde de los *ochacamayoc*. El verdugo llevaba una bolsa de colores algo más grande que una talega, seguramente con las cuerdas que aparecían casi siempre en las sentencias y cuchillos de piedra de diferentes tamaños. Tanto el hijo como el Contador-de-un-Vistazo llevaban las ropas inmundas y se les veían claramente las huellas de los golpes recibidos.

—Lamento mucho el estado en que mis hombres dejaron a Oscollo, hermano y doble —dijo Mayta Huillca haciendo un énfasis ¿burlón? en «hermano y doble»—. Pero es que con la oscuridad de la noche no se dieron cuenta que se trataba de tu hijo. Y como el muchacho no nos dijo hijo de quién era y andaba disfrazado de *yana*… En cuanto a tu sirviente, tuvo lo que se merecía: permaneció tres días en uno de los cagaderos y ya estaría en su Lugar Siguiente si no me decía a tiempo que tú eras su Señor.

—Agradezco tu consideración, hermano y doble —dijo Usco haciendo una ligera venia—. ¿Cuáles serán los castigos que les infligirás antes de devolvérmelos?

—He estado pensándolo —dijo Mayta Huillca, arremangándose la camiseta—. Y, después de los presentes que me has traído, te has ganado el derecho a elegir. Tienes dos opciones. Como verás, no dejo de ser fiel al número sagrado, al número primordial.

—¿Cuáles son?

—La primera es que a tu hijo y a tu *yana* les corten la lengua.

Los principales esperaron la reacción de Usco con torcida curiosidad. Pero el Gran Hombre Que Cuenta permanecía imperturbable.

—¿Por qué un castigo tan severo? —respondió con calma—. Los *mak'tillo*s te han afrentado, pero no han cometido delito alguno.

Mayta Huillca extrajo un *huicullo* de su bolsillo y se lo entregó.

—Estaba en el poder de tu hijo cuando fueron atrapados. Los usan en algunos pueblos chancas para hacer maleficio a las hembras preñadas y hacerlas parir crías tocadas por el *illa*. El que recibe la maldición del *huicullo* nace sin cabeza, con la boca unida a la nariz o los dedos pegados en la mano o en el pie.

—En estas tierras los niños juegan con ellos en sus juegos —masculló Usco—. Oscollo, mi hijo, juega a ese juego desde la edad del gateo.

—¿Sí? Pues entonces ¿qué hacían jugando de noche en mis tierras? ¿Y qué hacía tu hijo disfrazado de *yana*? Me han contado que los brujos *huiculleros* se visten humildemente en señal de sumisión a los *supay*. No necesito recordarte la pena establecida por el *quipu* de la ley para los que dicen falsedades sobre El Que Todo lo Ilumina o hacen trucos que interfieren con su poder.

Usco tomó el *huicullo*, lo miró largamente y lo guardó en su *quipe*. Sonrió levemente, apretando los dientes. En sus ojos asomaban dos llamas de fuego.

—El quinto castigo. La muerte en el campo al aire libre, dejado sin comer hasta morir de hambre. Con la prohibición de ser enterrado, para ser devorado por los buitres.

Qanchis, que cavaba la tierra con los ojos, empezó a gemir y temblar. Oscollo, a su lado, permanecía en silencio.

—Es en retribución de tu don que he conmutado una pena tan severa por la de las dos lenguas —dijo Mayta Huillca—. Como verás, he sido más que generoso.

—¿Cuál es la segunda opción?

Mayta Huillca se adelantó, balanceándose como una tinaja llena hasta los bordes derramando carne a ambos lados.

—La segunda opción es que aceptes un presente que quiero… —su mirada abarcó a los siete principales restantes, deteniéndose en Chimpu Huillca con un leve pero firme gesto de advertencia—, que *queremos* hacerte.

Mayta Huillca se acercó hasta una distancia confidencial, pero Usco Huaraca se apartó de él. Extrañado, Mayta irguió las cejas, pero prosiguió con voz pública:

—Como sabes, hace una luna murió nuestro hermano de *huaca* Tísoc Yupanqui sin dejar descendencia.

—Que tenga buen clima en su viaje hacia la Vida Siguiente —corearon los principales.

—Al quinto día de su muerte, después de haber hecho cantar sus *haraui* y *ayataqui*, lavar sus ropas y preparar su cuerpo para que no sea corrompido en su Viaje, sus tierras fueron devueltas a nuestros *ayllus* —continuó Mayta Huillca—. Juntos nos hemos reunido todos los deudos de Anaguarque, sus hermanos, y hemos acordado. Te pido… te *pedimos* que aceptes cuatro de sus *tupus* (dos veces el número sagrado). Y doscientos cincuenta y seis *yanacona*. Cuatro por cada prenda de *cumbi* que me has halagado regalándome. Dieciséis veces dieciséis. Que es cuatro veces cuatro. Que es dos veces dos. El número sagrado del hombre y su reflejo en la laguna. Como único castigo por las graves afrentas de tu hijo y tu sirviente, recibirás tierras de un hombre sin prole, de un hombre de simiente sucia. Deberás reconocer que nuestra oferta es más que benevolente.

—¿Y los *yanacona* que me quieres regalar? ¿De dónde proceden?

Mayta y los principales se miraron entre sí. Un amago de sonrisa amaneció lentamente en el rostro de Mayta.

—Dejémonos de jugar como los niños, hermano y doble. Sabes que sabemos y sabemos que sabes. Tu Contador-de-un-Vistazo nos contó que lo enviaste a él y a tu hijo a verificar la exactitud de los *quipus* del censo. Los *yanacona* provienen de los pueblos chancas bajo tu vara. Los hemos desplazado a trabajar de manera permanente a nuestras tierras sin permiso del Inca. No pongas esa cara. En todos los *huamanis* lo hacen. Los depósitos de Vilcashuaman están llenos hasta los bordes. Tu Contador-de-un-Vistazo mismo ha hecho los cálculos. Si hoy mismo la Pachamama dejara de hacer fructificar nuestros sembríos, podríamos comer sin parar de los depósitos por catorce años y tres lunas terminadas. Unos hombres más o menos haciendo sus turnos no harán ninguna diferencia. Déjanos compartirlos contigo y quedamos en paz. ¿Qué dices?

Mayta Huillca volvió las mangas de su camiseta a su pliegue original y se apartó el sudor de la frente, como dando por terminada una jornada de faena en un campo invisible que le hubiera costado un esfuerzo excepcional.

El Gran Hombre que Cuenta miraba hacia el horizonte a través del único cuadrado de aire respetado por la piedra empalmada de la habitación.

—Un hombre prudente debe tomar siempre la decisión menos costosa y dolorosa para él —dijo.

—Eso creemos, Usco. Qué bueno que nos vayamos entendiendo —replicó Mayta Huillca. El tono de su voz y el gesto amplio de sus brazos recibían a Usco como a un nuevo miembro de su familia que hubiera llegado de visita prolongada, de visita para siempre. Supno Yupanqui y Challco Huillca se atrevieron a intercambiar una mirada de alivio.

—Pues bien. Mi opción está tomada, Apu Mayta Huillca —dijo Usco Huaraca—. Córtales la lengua a mi hijo y a mi *yana*.

Se hizo un silencio de piedra caída sin avisar. Los principales contemplaban a Usco como a una llama chúcara que hubiera botado su carga y escupiera al que insistía en ponérsela de nuevo.

—¿Por qué? —dijo finalmente Mayta Huillca.

—Porque solo tengo un cuello, hermano y doble. Y El Gran Hombre Que Cuenta tiene prohibido a costa del suyo aceptar tierras que no hayan sido otorgadas por el Inca. Y esto por alta que sea la calidad de los que se las entregan como presente —y aquí Usco hizo una exagerada venia a los principales—. Es el *quipu* de la ley para evitar la corrupción de sus funcionarios. Y en cuanto a tu generosa —y aquí Usco subió el tono con que decía «generosa»— entrega de *yanacona*, no necesito recordarte, puesto que tú mismo me enseñaste, si las nubes de la vejez no han cruzado todavía tu memoria, cuál es el castigo para los que usufructúan los hombres y las *mitas* del Inca en su propio beneficio.

—Apu Usco Huaraca —se apresuró a decir Supno Yupanqui con alarma—. Olvidas que tienes discreción para orientar el curso del río de la ley. Y tú tiendes a desviarla del peor lado para ti.

Mayta Huillca reflexionaba. De pronto, como sacudido por un terremoto, su cuerpo avanzó balanceándose al ritmo de su propio resuello hasta El Que Cuenta. Pero Usco se alejó de inmediato a las mismas tres brazadas de distancia que les separaban al inicio de su charla. En los ojos del viejo asomó la intriga fugaz por esta reticencia reiterada de Usco a estar cerca suyo. No importaba: aunque inca impuro, este era su discípulo dilecto, a quien había preparado durante tres años seguidos para sucederlo bien en el rol de El Gran Hombre que Cuenta. A quien había visto crecer y florecer a su sombra. A quien había instruido en todos los gajes de su oficio. O casi todos. A su pesar, en sus ojos apareció un arco de colores como los del Illapa después de la tormenta. Había tras su aparente severidad una extraña e insondable ternura.

—Usco —dijo con suavidad—. Has vivido poco. Ves mal. Juzgas mal. Eres un árbol joven. En tus ramas fluye tu sangre verde, tu sangre nueva. Quizá tu follaje te impide ver que es ajena la tierra en que has sido sembrado, en que se te ha permitido desplegar tus raíces recientes. Una rama dura, no lo olvides, se rompe más fácilmente que una rama flexible.

—Quizás, Apu Mayta Huillca —dijo Usco—. Pero no más fácilmente que una rama podrida.

Se hizo un silencio de sangre real calentándose. Bullía ya en todos los principales presentes, pero hirvió en la voz de Chimpu Huillca, que se había levantado con dificultad de su taburete, temblando por el esfuerzo, la furia o ambos.

—¡¿Nos estás diciendo podridos, chanca miserable?! —aulló.

—Hermano Chimpu —dijo Mayta Huillca, intentando controlar el desborde inminente de su pariente materno.

—¡No! ¡Ya es tiempo que alguien ponga en su sitio a este *allicaccucha* insolente! —siguió aullando. Miraba a Usco con profundo desprecio—. ¡¿Quién te has creído que eres, inca levantado de la mierda?! ¡Hace menos de dos atados de años, uno de tu pueblo solo habría podido cruzar los umbrales de este palacio hecho tambor o vaso de chicha! ¡Hubieras perdido tu lengua de serpiente con solo dirigirme la palabra, tus ojos de sapo con solo alzarlos a la altura de los míos! ¡¿Y tú, animal que repta, te atreves a rechazar tierras nuestras?! ¡¿Tierras que te ofrecemos solo a cambio de que cierres tu hocico de perro *allícac*?! ¡De eclipse solar, de día maldito debe haber sido la jornada en que el Inca Huayna Capac empezó a elevar a los de sangre impura como tú a alturas que no les correspondían, a alturas de *soroche* para ellos! ¡Pobres los que mezclen su sangre con la tuya, como la *aclla* de estirpe real que tuvo la desgracia de ensuciar su pepa al casarse contigo y desde entonces vive con el juicio nebuloso!

—¡Hermano! —gritó Mayta Huillca— ¡En nombre de nuestra madre Anaguarque! ¡Te prohíbo que censures las sabias decisiones de nuestro Sapa Inca, el Hijo del Sol, el Centro del Mundo de las Cuatro Direcciones, el Respaldado por Muchos Huayna Capac! ¡Y mantén tu río dentro de su caudal cuando estás en mi casa!

Chimpu Huillca calló. Resoplando como animal después de una larga carrera, fue tambaleándose a sentarse obediente a su taburete de madera.

—¡*Ochacamayoc*! —gritó Mayta Huillca mirando a su discípulo. Toda amabilidad había desaparecido de su rostro y su aliento—. ¡Afila los bordes de tus cuchillos de piedra! ¡Vas a cortar dos lenguas!

Un canto fúnebre agudo como punta hendió el aire, remeciendo las piedras con el eco. Era la manca doble, que desde su esquina soltaba toda su voz en un inoportuno *ayataqui*. El sonido, que distrajo a los principales, era tan perturbador que dos sirvientes del palacio fueron a hacerla callar y a llevársela a los aposentos interiores.

El gigante sacó sus cuchillos y empezó a afilarlos. El chasquido de la piedra contra la piedra no era suficiente para ahogar los gemidos de Oscollo y Qanchis ante la inminencia del dolor. Los principales ya se colocaban en posición para ver la ejecución del castigo con comodidad.

—Voy a denunciarlos ante El Que Gobierna en esta región, ante el *Tocrícoc* —dijo Usco Huaraca con sorprendente serenidad—. A todos ustedes.

—¿Sí, perro *allícac*? —preguntó Chimpu Huillca desde su taburete, alentado por la flamante frialdad del anfitrión del palacio con el chanca intruso—. ¿Y quién te servirá de testigo? ¿Tu hijo y tu sirviente sin lengua?

—Tengo en mi poder todos los *quipus* del censo anual —Usco se dirigía ahora solo a Mayta Huillca, como si todos los demás hubieran desaparecido de su vista—. Los *quipus* que te entregué sellados en sus extremos para que se los enviaras al *Tocrícoc*. Y de los que borraste a los hombres productivos que ustedes robaron al Inca.

—¿Y qué harás con ellos? ¿Se los darás? —respondió Mayta Huillca—. ¿Para qué? ¿Para que vea nudos que ya no existen, y de los que hay apenas traza? Pues le diremos que deliras, que el mal de tu mujer te carcome la pepa de tu adentro y empiezas a ver, como ella, cosas que no hay. Lo que te incapacitará para permanecer en tus funciones de Gran Hombre Que Cuenta. Será tu palabra contra la nuestra. Tu palabra leve de inca ascendido frente al juramento de ocho hijos de buena cepa de la *huaca* Anaguarque. Ocho principales de la *panaca* del Inca Pachacutec.

Dos veces cuatro, que es dos veces dos. Como las lenguas que quieres que cortemos. ¡*Ochacamayoc*! ¿Estás listo?

—Estoy —respondió el gigante.

—¡Cumple lo que se te ha ordenado! —dijo Mayta Huillca.

El *ochacamayoc* sostenía la lengua con una mano y el cuchillo con la otra. Un par de asistentes le ayudaban a mantener abierta la boca de Qanchis, que no dejaba de gemir.

—¡Detente, en nombre del Sapa Inca Huayna Capac! —dijo una voz potente y plena de autoridad.

Todos voltearon a mirar a la esquina de donde había procedido. Era el *kurku* enano regalado por Usco al dueño de casa. Antes que demolerlo a golpes por su atrevimiento, les dio ganas de reír viéndolo en su enanez, devorado por su enorme camiseta de bayeta, como colgado de su joroba a una pared invisible. Pero les disuadía la firmeza solemne con que alzaba con las dos manos una sandalia dorada. Una sandalia de oro. La Sandalia Sagrada del Inca.

El *ochacamayoc* arrojó su cuchillo y se hincó de rodillas de inmediato. Los principales, desconcertados, no sabían si imitarle o huajayllearse de los ímpetus del *kurku*, y permanecían inmóviles, como sembrados en su sitio.

—¿Quién eres? —musitó Mayta Huillca.

—Soy el Señor Chimpu Shánkutu —respondió el enano—. Por encargo del Sapa Inca Huayna Capac y su Hombre Que Habla a Su Oreja, el sabio Huaman Achachi, soy el *Tucuyricuy*, El Hombre Que Todo lo Ve, venido desde el Cuzco para ver las cosas extrañas que ocurren en esta región.

Todos los principales se inclinaron con cortesía refleja pero todavía incrédula. Solo Mayta Huillca permanecía desafiante de pie, jadeando.

—Apu Mayta Huillca —continuó el *kurku* enano—. He venido para verificar las graves acusaciones que El Gran Hombre que Cuenta ha lanzado ante el Inca contra las familias deudas de Mama Anaguarque. Con lo que he visto y escuchado tengo suficiente para enviar a tus hermanos a la primera cárcel, el foso de los animales de ponzoña mortal, el lugar que merecen los que delinquen contra los bienes del Inca. Con tortura previa del *chacnaycamayoc* para tu hermano Chimpu Huillca, por maldecir una decisión del Único Hijo del Sol. Y con dislocamiento de huesos con cuerdas para ti, por haber falseado las cuentas del censo.

A medida que Chimpu Shánkutu iba enumerando las penas, los principales se echaban con la barriga tocando el suelo y con la espalda libre, lista para ser pisada. Todos menos Mayta, que seguía sin moverse. Estaba pálido y sudaba copiosamente.

—¿Cómo sé que eres quien dices que eres? —roncó trémulo—. ¿Cómo sé que la sandalia que traes no ha sido fraguada? ¿Que todo esto no es sino una treta más del ocelote astuto Usco Huaraca?

—Mira a través —dijo el *kurku*, señalando la única ventana de piedra del patio empedrado—. Apostados en cada una de las entradas de tu palacio hay ahora doscientos guerreros a mi mando. Han desarmado a los dieciséis tuyos a mi señal, el canto de la mujer sin brazos y voz larga. Ahora esperan una orden mía para entrar por fuerza a este patio si es necesario. Pero eso no va a ser necesario ¿verdad?

Mayta Huillca se balanceó, como una tinaja grande golpeada sin querer que fuera a caer por alguno de sus lados en cualquier momento. De pronto, se abalanzó donde estaba el cuchillo de piedra arrojado por el *ochacamayoc*.

—¡Tu Contador-de-un-Vistazo ha contado suficiente, Usco Huaraca! —ladró mientras rodaba con inesperada velocidad hacia un Qanchis boquiabierto y petrificado—. ¡Ya no volverá a contar más!

—¡*Ochacamayoc*! —gritó Chimpu Shánkutu—. ¡Que no toque a ese *yana*! ¡Lo ordena el *Tucuyricuy*!

El gigante tomó rápidamente una de las cuerdas y se interpuso entre Mayta Huillca y Qanchis, recibiendo un tajo hondo en el costado. Sorprendido, el *ochacamayoc* se observó un instante la herida, que empezaba a sangrarle de manera profusa. Sin inmutarse, inmovilizó la mano culpable de un puñetazo certero en la muñeca, que hizo caer el cuchillo al suelo y a Mayta Huillca sobre él.

Todos los presentes observaban expectantes la reacción de Mayta, pero el principal no llegó a levantarse. Estaba sentado como *huahua*, apretándose con las dos manos el pecho a la altura del corazón, mientras gritaba ronca, ásperamente. Nadie se atrevía a acercársele.

—¡Me llevo dos alientos conmigo a mi Lugar Siguiente, mamacita Anaguarque! —dijo respirando con dificultad cada vez mayor—. ¡Dos y no solo uno! ¡Dos fueron nuestros padres Manco Capac y su madre Mama Huaco, que hundieron su vara dorada en el vientre de tu esposo Huanacauri para fundar la *Llacta* Ombligo! ¡Dos, el número sagrado del Arriba y el Adentro, de la Derecha y la Izquierda, de la Vida y la Muerte!

Fulminado por un rayo del Illapa lanzado directamente a su corazón, Mayta dejó de moverse con una sonrisa en los labios. Enfrente suyo, un perplejo *ochacamayoc* sollozaba, desangrándose sin saber cómo detener el flujo que le marchitaba la pepa a toda prisa. Los sollozos se detuvieron poco después, con el gigante desvanecido con los ojos abiertos.

Los cuerpos fueron retirados por los guerreros del *Tucuyricuy*, que escoltaron afuera del palacio a los principales hijos de Anaguarque que iban a ser enviados a la *Llacta* Ombligo a recibir sentencia.

Usco Huaraca fue donde Oscollo y Qanchis, que permanecían enmudecidos y con los ojos fijos en el suelo en medio del patio. Los ayudó a incorporarse lentamente y a salir del palacio, para dirigirse a donde estaban las andas en que emprenderían el regreso a Vischongo.

—Un momento, Usco Huaraca —dijo Chimpu Shánkutu que había salido del palacio corriendo a medio vestir para darles el alcance. Le seguía una enanita, que le ayudaba a cambiar sus ropas por otras más apropiadas a su rango—. ¿Tú amas al Inca?

Usco sonrió: la pregunta era absurda.

—Con todos los saltos de mi corazón —respondió.

—¿Le darías todo lo que es tuyo, sin importar el valor que pudiera tener para ti?

Usco Huaraca inclinó ligeramente las rodillas para mirar mejor los ojos rasgados de Chimpu: no, no había chanza en sus palabras.

—Nada es mío que no sea ya Suyo. Y que no pueda tomar de mí cuando es su voluntad.

En la mirada de Chimpu Shánkutu afloró una expresión involuntariamente conmovida —¿o era compasiva?—, que se alargó durante el tiempo que su sirviente tardó en terminar de ponerle el *llautu* con plumas de pájaros multicolores y fajarle la cintura con un *tocapu* brocado con cuatro líneas, en donde peces sagrados se perseguían hasta el infinito.

—¿No crees que El Señor del Mundo de las Cuatro Direcciones se merece un presente de tu parte por la presteza con que su mano ha desatado el nudo que te tenía apretado?

—Dime qué presente deseas, padre Chimpu —dijo Usco con gratitud—. Te será concedido de inmediato si está en mi poder.

—Quiero que me entregues a tu Contador-de-un-Vistazo.

Usco Huaraca no atinaba a decir nada. Parecía que un *supay* del mundo subterráneo lo hubiera tomado por los pies, enraizado en la tierra y pasmado su aliento.

—No es para mí, Gran Hombre que Cuenta —dijo Chimpu Shánkutu—. Como tú, tengo por sagradas las normas del *quipu* de la ley y solo tomo *yanacona* otorgados por el Inca o para su servicio. Pero hablé sobre tu Contador-de-un-Vistazo con mi Señor el Sabio Huaman Achachi y el Único Hijo de El Que Todo lo Ilumina Huayna Capac después de recibir tus informes y los dos se mostraron muy interesados en tenerlo con ellos en el Cuzco —mira a un lado y a otro. Baja la voz—: Tienen planes para él en la *Llacta* Ombligo.

Usco Huaraca no le escuchaba. Sin querer, le retumbaba en eco asordinado por la lejanía la risa contagiosa del Contador-de-un-Vistazo la jornada en que vino acompañando a la comitiva de su *ayllu* para hacer su entrega en Vilcashuaman, jajaylla, jajaylla, por qué te reías, *mak'tillo*, y él señalaba, aguantando a duras penas el huajaylleo que se le venía como un terremoto de tos, la barriga de Mayta Huillca (cuyo cuerpo inerte colocaban ahora los guerreros en las andas para alistarlo para su Viaje), disculpa, Padrecito, jajaylla, disculpa, pero su barriga, jajaylla, no le dejaba ver, jajaylla, los huequitos en que había puesto sus semillas. Un hombre de voz pasmada lanzaba ahora dos enormes puñados de granos de maíz al suelo y Qanchis —¿cuál había sido, cuál seguía siendo su nombre verdadero?— ya sabía cuántos eran antes de que hubieran tocado siquiera la tierra, congelando a todos, incluso a él. El *yana* chanca de nombre incierto se tocaba ahora, como en un sueño que se diluye antes de poder ser recordado, el tabique y la punta de la nariz, y a El Gran Hombre que Cuenta le cuesta invocar el sentido del mohín. Sonríe cuando este regresa por fin a su pepa: mi primer vistazo dice que el conteo ha sido incorrecto, Padrecito. Y entonces, reaccionando antes de que sea demasiado tarde, Usco Huaraca se lleva la yema del dedo del silencio al lóbulo en que lleva su pendiente —cuenta de nuevo lo que ves— y al contacto de la yema con la frialdad, siente una tristeza de pozo sin agua. Supo entonces que entre las cuerdas de su corazón y las del silencioso *yana* chanca estaba tramado un tejido de hilos invisibles, de punto espeso y costura para adentro, que le haría resistir los fríos de los tiempos por venir. Aunque el *yana* no volviera a ser su sirviente nunca más.

Suspiró. Hizo una reverencia tan profunda ante Chimpu Shánkutu que casi golpea el hombro del *Tucuyricuy*.

—Sea —dijo.

Cuarta cuerda: marrón como el polluelo del pájaro *allqamari*, con veta roja en el medio, en S

El traje le quedaba grande y era muy incómodo. Se notaba que había sido tramado sin cuidado con fibra de cabuya muy rústica de las que usan los *yanacona* muy humildes, como los hombres de servicio que caminaban ahora a su costado y su detrás. Le raspaban las cicatrices de las heridas recientes, que aún le latían por las noches como si tuvieran vida propia, no dejándole dormir.

La camiseta estaba rellena de lana e *ichu* bravo y le hacía parecer gordo como fardo listo para su viaje al Lugar Siguiente. El pliegue del cuello le trepaba hasta cubrirle la boca y las mejillas dejando apenas una abertura por donde respirar y ver el sendero que pisaba. Si Rampac misma lo hubiera visto no lo habría reconocido.

En su delante, dieciséis cargadores desplazaban a ritmo de paso las andas en que eran portados el Señor Enano Chimpu Shánkutu, la Señora Payan —la enanita que iba con él y que nunca se separaba de su lado— y, un poco más atrás, Oscollo hijo de Huaraca. Iban al final de la comitiva que llevaba a los hijos de principales del *huamani* chanca que iban a estudiar en la Casa del Saber durante el año siguiente. En su infinita generosidad, el Inca Huayna Capac había permitido que se educaran en ella no solo los incas de sangre real sino los hijos de los *curacas* de los pueblos sometidos, que se convertirían merced a la instrucción en incas de privilegio. Cuatro eran los hijos de *curacas* favorecidos de la región de Vilcashuaman y las andas que los transportaban estaban separadas entre sí por un cuarto de tiro de piedra. Qanchis no conocía a los tres primeros —con los que el Señor Chimpu Shánkutu había evitado minuciosamente que Qanchis tuviera el más mínimo contacto—, solo a Oscollo, que era el último.

Había vuelto a ver al Gato Salvaje Chiquito solo la jornada de ayer. Desde que los dos habían sido rescatados por Usco Huaraca y el Señor Enano de manos del Señor Mayta Huillca, Qanchis había permanecido recluido en el cuarto de servicio de una casa de huéspedes de Vischongo, reponiéndose. Unas *mamaconas* iban y venían a arreglar la habitación y la Señora Payan a traerle sus alimentos y aplicarle sobre las heridas emplastos de hojas verdes de llantén, que cambiaba al inicio de cada Paseo del Sol. Una mañana, el Señor Enano Chimpu Shánkutu había pasado por la habitación y, después de examinarle las cicatrices, ordenó a Payan que le cambiara los emplastos también a mitad de la jornada «para estar seguro de que no quede ningún rastro».

—Qanchis —le había dicho Oscollo poniéndole la mano en el hombro.

Había sido en la plaza de Vilcashuaman, a espaldas del *ushnu* en que el Inca se sentaba cuando venía a tutelar ceremonias a la *Llacta* del Halcón Sagrado. Era el punto acordado para el encuentro de la comitiva que partiría al amanecer, y donde acudían los familiares a despedirse de los elegidos. Arremolinados a su alrededor, los padres, tíos, hermanos y entenados bebían chicha con ellos, los abrazaban, les pellizcaban las mejillas saladas de lágrimas ajenas, les acomodaban el tocado rojo y negro distintivo del *huamani* chanca, aprende a ser mejor inca que los incas, muchacho, diciendo, demuéstrales a los engreídos de la Ciudad Ombligo que la sangre chanca de los *curacas* de Vilcashuaman no es menos que la suya.

—Qué gracioso tu disfraz.

—No es disfraz. Es mi nueva ropa de *yana* de servicio.

Incredulidad en el rostro de Oscollo.

—¿De *yana* de servicio doméstico?

—Sí.

Los ojos abiertos, las cejas enarcadas de sorpresa.

—¿Mi padre te ha hecho a ti *yana* de servicio doméstico?

—No voy con él. Voy en la comitiva del Señor Chimpu Shánkutu.

Una profunda compasión en su mirada.

—¿Entonces te estás viniendo al Cuzco con nosotros?

—Sí.

Una amplia sonrisa abriéndose de oreja a oreja en el rostro de Oscollo.

—Ojalá el Señor Enano te mantenga a su servicio. Así no será tan aburrida mi estadía en la *Llacta* Ombligo. En tus tiempos libres podrás visitarme a la Casa del Saber. Hablaremos en *aru*. Nos contaremos historias. Si quieres, me contarás de tus conteos mágicos. Y si hay una Cocha por ahí, nos iremos a tirar *huicullo* también.

—Ojalá.

Oscollo fue caminando a la esquina opuesta de la plaza, donde, mirando hacia el horizonte en que el Sol inicia su Paseo, lo esperaban su padre Usco Huaraca y una mujer con la cara cubierta por un velo, escoltada por dos *mamaconas*. La mujer vestía con supremo donaire una *lliclla* azul sostenida con un alfiler de plata reluciente, una falda verde oscuro y una faja colorada con flecos amarillos. Atuendo de princesa. Una brisa descubrió su semblante lánguido, que ella se apresuró a recubrir, no sin volcar el corazón de Qanchis ante el rostro más triste y hermoso del mundo. No podía ser sino el de Sumac, la princesa de belleza legendaria que había extraviado el aliento y perdido la razón. La esposa de Usco Huaraca y madre de Oscollo.

Usco y la princesa ni siquiera se miraron. El Gran Hombre Que Cuenta habló en voz baja con su hijo, dándole consejos muy precisos que Qanchis no pudo escuchar —estaba a un grito de distancia— y que el Gato Salvaje Chiquito recibía con cara de bostezo contenido. Luego la princesa abrazó a Oscollo. Lo hizo con tal fuerza que sorprendió a Qanchis, que no tenía costumbre de ver a su compañero de conteos clandestino en efusiones afectivas. El abrazo pareció tomar también por sorpresa a Oscollo, quien, a pesar de su visible incomodidad, no se atrevía a separarse de su madre y dejar de ser pasto de sus caricias prolongadas.

De pronto, la mirada de Qanchis se cruzó con la del Gran Hombre Que Cuenta. Un escalofrío le subió por la espalda. ¿Le habría identificado en medio de la muchedumbre de elegidos, familiares, guerreros, cargadores y *mamaconas*? Era imposible: Qanchis estaba ya disfrazado con el traje absurdo dispuesto para él por el Señor Enano Chimpu Shánkutu. ¿Por qué entonces le miraba Usco con esos ojos duros, opacos y espesos, esos ojos llenos de resentimiento?

Cuerda secundaria: marrón como el polluelo del pájaro allqamari, en S

Poco después que dejaron el segundo *tambo* de la ruta hacia el Cuzco, Oscollo se dobló en dos, soltó un largo quejido de perro abandonado por su dueño y vomitó. Fueron tres arcadas largas, copiosas y amarillas, separadas por contracciones profundas como gritos de mudo, que se fueron espaciando cada vez más hasta desaparecer.

—¿Te sientes bien? —preguntó el Señor Chimpu Shánkutu.

—No es nada —dijo Oscollo con apenas voz, completamente pálido—. Debe ser el *charqui* que comimos en el *tambo*.

—¿No quieres que regresemos al *tambo* para que descanses y te vea un Hombre que Cura?

—No, Apu —dijo Oscollo—. Ya estoy bien ya.

No habían avanzado más de medio tiro de piedra cuando, sin mediar palabra, el hijo de Usco se desplomó a la derecha de la silleta.

—Sigan adelante —ordenó el Señor Enano al guerrero que le resguardaba.

—Si quieres te acompaño con mi escolta, Señor.

—No. Ustedes continúen. Yo los alcanzo más adelante.

El guerrero obedeció de inmediato.

El Señor Chimpu Shánkutu se volvió a Qanchis:

—Tú. Arriba.

Los cargadores de uno de los lados se inclinaron. Sin tiempo para desovillar la orden, Qanchis intentó trepar a las faldas de las andas, delante de la doble silleta en que el Señor Enano sostenía al hijo de Usco en su regazo. Lo logró al tercer intento. ¿Por qué el Señor Enano le había obligado a ponerse un traje tan inútil y enrevesado?

—¡Al segundo *tambo*! ¡A ritmo de trote! —dijo el Señor Enano.

Las andas eran mecidas por los tumbos suaves y amortiguados de los cargadores desplazándose. La lengüeta que partía de su cuello para cubrirle la cara bailaba con la brisa que sonaba en sus oídos. Así debía sentirse el Illapa cuando viajaba sentado sobre una nube soplada por el viento, viendo partirse en dos el horizonte en su delante. De lo más profundo de su pepa emergía una serpiente caliente y viscosa que reptaba sinuosa por su pecho, sus brazos, sus piernas, encendiendo todo a su paso con un fuego sordo, soplando de sangre las chapas de sus mejillas, mojándole manos, frente y sobacos, haciéndole saltar su corazón. Era la primera vez que era portado en andas por nadie y no podía dejar de sentir que cometía un delito.

Llegaron al segundo *tambo*, en que la comitiva había hecho la merienda antes de emprender el camino a la Ciudad Ombligo. Para entonces, Oscollo se había puesto verde y respiraba dificultosamente. Dos cargadores bajaron de las andas al hijo de

Huaraca. Uno de ellos metió su cabeza en la entrepierna del Gato Salvaje Chiquito y lo tomó de las canillas; el otro le sostuvo con una mano en la espalda y la otra en la nuca, mientras Chimpu Shánkutu dialogaba rápidamente con el funcionario encargado del *tambo* que se deshacía en desesperadas venias de disculpa por el mal estado del *charqui* en el depósito. Sin perder tiempo, los cargadores corrieron a la entrada del *tambo* llevando al hijo de Usco como si fuera andas de carne descoyuntada.

—Ven —dijo el Señor Enano a Qanchis.

Cuando Qanchis entró al interior del *tambo*, el olor a comida guardada se le metió de inmediato por la nariz, haciéndole daño casi, como cada vez que entraba a una posada del Inca. Los cargadores ya no estaban, solo el Señor Enano despojando a toda prisa de su traje de hijo de principal al cuerpo inerte de Oscollo. El hijo de Usco tenía los ojos abiertos, pero su mirada se perdía más allá de las paredes sin ventanas del depósito del que se servían los peregrinos. De su pecho había desaparecido el vaivén de la vida.

—Quítate la ropa —ordenó Chimpu Shánkutu.

Séptima serie de cuerdas – presente

Primera cuerda: blanco entrelazado con negro, en Z

Desde que el Espía del Inca presenció el encuentro de Atahualpa y el Sumo Sacerdote de Pachacamac hace un atado de jornadas, la sombra de Pusaq no ha dejado de visitarlo.

Lo recordó por ejemplo hoy en el Depósito del Inca, mientras escuchaba a salvo de miradas ajenas lo nuevo que Firi Pillu tenía que decirle. Pusaq rondó de nuevo su corazón mientras el Espía del Inca vertía en *quipu* la información entregada por su paisano manteño, añadiendo en el grupo de cuerdas finales un breve informe sobre la presencia furtiva de Sana en Cajamarca. Pensaba en Pusaq mientras guardaba en su talega el cuchillo de piedra con que le hacía al Señor del Principio su corte de pelo de cada atado de jornadas (que Atahualpa aceleró, incapaz de aguardar más su siguiente batalla de estatuillas con Sutu). Le sigue rondando ahora que, eximido momentáneamente de sus responsabilidades de Recogedor de Restos por el inicio del nuevo juego de los Incas hermanos, puede abandonar por fin los Aposentos del Inca y emprender camino hacia los umbrales de la *Llacta* de Cajamarca para cumplir con la tarea que le queda pendiente.

El aire frío vespertino es una caricia salada sobre sus pómulos. El hormigueo bullicioso de las gentes en las calles ha escampado en la hora sin sombras y ralea al inicio del Tiempo de la Despedida del Padre. Salango contiene el ritmo de su trote para no resbalar sobre las piedras lisas del sendero civilizado que parte hacia el Chinchaysuyo, húmedas aún. Mantiene baja la mirada para no cruzarse con la de algún extranjero perspicaz o la de algún principal pedigüeño presto a solicitar un favor para sus familiares y paniaguados. Los charcos del camino, rezagos de la densa lluvia de la mañana, le devuelven, como un espejo quebrado de fragmentos esparcidos, su propio reflejo en movimiento.

Un espejo roto. Su doble fragmentado oculto debajo de la superficie líquida.

Muchas preguntas exprimían su aliento desde que era pequeño, cuando amanecía aún en su vida el don de contar de un vistazo y todo era pretexto para desbocarse en el placer de *ver* los números que subyacían a las cosas, cernir sin ayuda de ábaco las relaciones ocultas que tenían con otros números. Pero sobre todo, en aquellos tiempos frescos y perdidos le intrigaban las relaciones primordiales entre las formas de todo lo que tenía volumen, ya fuera animado o despojado de aliento. Recuerda sobre todo el problema de la imagen invertida, que acosara con frecuencia su joven corazón. ¿Por qué los cuerpos de todos los animales, desde las hormigas hasta los cóndores, se desdoblaban en dos partes opuestas, en la que una era la imagen invertida de la otra? ¿Por qué la Pachamama había trazado en los seres que salían de su vientre, a menos que algún *huaca* le hubiera lanzado la maldición de la deformidad, esa invisible línea divisoria que hacía al brazo izquierdo el espejo del derecho, la mitad de la cabeza el reflejo de la otra mitad? ¿Por qué no había brindado la misma posibilidad de desdoblamiento a las plantas, los ríos, las piedras sin civilizar?

En los tiempos en que respondía al nombre de Yunpacha le fascinaban los motivos que aparecían en las mantas y las camisetas, en los ponchos y los cinturones. Se pasaba tardes enteras contemplando las figuras que surgían de las manos de los tejedores. ¿De dónde salían esas aves en rombo, esos gatos salvajes en cruz, esas serpientes que se mordían la cola mutuamente, esas franjas y colores que buscaban sin descanso la misma imagen invertida, el mismo despliegue de los cuerpos impulsados por aliento?, les preguntaba. Era por la manera en que los tejían, Yunpacha, le respondían. Al preparar la rueca para diseñar el tejido y los colores de un dibujo, la preparaban también para diseñar el tejido y los colores de un dibujo opuesto similar. Era la manera de tejer de los ancestros, cuyos modelos y patrones ellos respetaban. Por supuesto, no las repetían. Elegían las que más les gustaban y hacían aquí y allá alguna variación —mira esa, inspirada en un diseño venido de las costas yungas—, usaban lana de alguna variedad nueva de alpaca —toca esta, suavecita como piel de vicuña, que viene de un cruce de las altas punas de Andamarca—, algún nuevo tipo de punto. Pero siempre respetando los motivos originales del espejo al derecho y al revés, que no solo son los más bonitos, sino que son los más naturales. ¿Quién había urdido este motivo de motivos?, se preguntaba Yunpacha. ¿Acaso los Primeros Tejedores lo habían descubierto en los tiempos primigenios, y lo imitaban desde entonces en todo lo que tejían para emular la vida y convocarla?

No. El ruido que le acosa y le saca un sudor frío de la espalda no es de pasos que le siguen. Es su propio cinturón, cuyo extremo suelto le golpea la espalda al ritmo de sus propias pisadas. Por si acaso, el Espía del Inca da un largo rodeo por las calles que circundan la plaza, para despistar. Continúa sin detenerse por una estrecha bocacalle que elude las calles más expuestas y conduce al campo de matorrales que marca la frontera de la *Llacta*. Voltea: nadie le ha seguido, nadie ha podido seguirle hasta aquí.

Todo seguía el principio de la imagen invertida. El Mundo de Arriba y el de Adentro, el aliento y la muerte, El Que Todo lo Ilumina y la Madre Luna, el día y la noche, el lucero de la mañana y el del atardecer, la derecha y la izquierda, el Antes y el Ahora, la *puna* y el valle, la esquina y el rectángulo, los números pares e impares, el hombre y la mujer, el padre y el hijo que le reemplazará en el oficio, la torre de piedra y la plaza, el Illapa y la Pachamama, el guerrero y su oponente en la batalla ritual, el estudiante en la Casa del Saber y su compañero de *yanantin*. Una mitad completaba a la otra, la servía, la empujaba, la fertilizaba.

¿Cuándo había cernido por primera vez el motivo del doble idéntico? ¿Cuándo había visto por primera vez a dos gemelos, dos piedras iguales, una manta con el mismo dibujo repetido una y otra vez? ¿Cuándo había empezado a pensar que todos tenemos en algún lugar del Mundo de las Cuatro Direcciones alguien con quien hemos sido tejidos al mismo tiempo en los telares divinos? ¿Alguien que es exactamente igual a nosotros, un gemelo no nacido en el vientre de nuestra madre, esperando solo la aquiescencia burlona de un *huaca* benéfico para darnos el encuentro?

Poco importaba. El motivo había llegado a su vida, alterándola para siempre, mientras luchaba en la fase final de la guerra del Inca Huayna Capac contra los caranguis y cayambis.

Cuerda secundaria: blanco entrelazado con negro, en S

Hacía por entonces sus segundas armas como Espía del Inca. Su rol consistía en infiltrarse en el campo enemigo, echar vistazos panorámicos y, luego de arreglárselas para regresar indemne, rendir ante los generales un informe exhaustivo de sus hombres y sus armas. Eran incursiones muy arriesgadas. Unos espías caranguis, quizá prevenidos por traidores en las filas del Inca, habían logrado averiguar la existencia del Joven de la Vista Mágica que desnudaba sus cifras y los ponía en desventaja mortal, y trataban de eliminarlo por todos los medios. Oscollo hijo de Huaraca, la identidad en que se hallaba diluido por esos tiempos agrestes, había sobrevivido a tres bebedizos envenenados —que se llevaron uno por uno el aliento de tres *yanacona* que probaban sus alimentos—, dos lluvias bien calculadas de flechas de *curare* —que atravesaron las costillas de siete de los guerreros que alcanzaron a cubrirle a tiempo con sus escudos acolchados— y una cuadrilla sigilosa de asesinos que se metieron una noche en su tienda, para ser masacrados por la guardia de guerreros que le protegía día y noche.

Fue entonces que el Fértil en Argucias Chimpu Shánkutu ordenó buscar en todo el Mundo de las Cuatro Direcciones, en el mayor de los secretos, dieciocho chiquillos idénticos a él. La exigua y discreta vivienda de ventanas estrechas en que moraba Oscollo se vio invadida de pronto por visitantes que llegaban de noche de todos los contornos con la cabeza encapuchada, y que, al descubrirse, le devolvían a Oscollo una copia de su propio rostro, de su propio cuerpo. No bien ingresaban a la casucha, los chiquillos se aplicaban a la tarea de observarlo, de imitar cada uno de sus gestos al desplazarse por la habitación, al molestarse, al respingar, al comer, al ponerse y despojarse de sus ropas, al mear y cagar, hasta al dormir. Tenían terminantemente prohibido asomar por las ventanillas, mucho menos salir. De nada servía preguntarles por su procedencia, pues se limitaban a repetir la pregunta tratando de reproducir la voz de Oscollo con la mayor fidelidad. Ver sus propios gestos multiplicados por dieciocho le hizo sentirse en una extraña casa de espejos apuntados hacia él. Sintió un enorme poder, que no tardó en ceder lugar a la sensación de una enorme impotencia. ¿Cómo saber si era suyo ese culo tirado para atrás que se balanceaba ridículamente al caminar, esos hombros contraídos amaneradamente hacia delante, esa asquerosa gárgara que surgía de la garganta de su doble al tomar la sopa, aquella mueca insoportable en las comisuras que asomaba invariable cuando se hartaba de ser copiado hasta la saciedad?

Al cabo de la tercera jornada, Oscollo ya podía distinguir a la mayoría de sus émulos por un matiz cantarín del tono de voz, por una cicatriz en la muñeca, por una ligera desviación de la nariz. Cada vez que hallaba una diferencia con alguno se sumía en un profundo alivio, en una sensación oblicua de triunfo, y sonreía maliciosamente entre dientes (y veía dieciocho veces repetida, desfigurada, su propia sonrisa). A mediados de la quinta jornada, un muchacho de los que le repetía con mayor aplicación bajó los brazos y, completamente inmóvil, empezó a dar de gritos en lengua chachapoya: ya no puedo más, mi cabeza se está revolviendo, me estoy volviendo loco, mátenme o háganme doler con las cuerdas si quieren pero sáquenme de aquí, Padrecitos, por lo que más quieran, sáquenme de aquí. Se le unieron un muchacho huanca —Oscollo lo sacó por el acento en que profería maldiciones— y cuatro otros cuya procedencia no logró discernir pues se limitaban a gemir como niños de pecho. No pararon hasta que un furioso Señor Chimpu Shánkutu ingresó con un par de guardias y, después de hacerles cubrir la cabeza con bolsos de lana, los expulsó de la casa. «Todos pasaremos algún día a nuestra Vida Siguiente», les dijo a los que quedaban. «Algunos llegarán al día anhelado viviendo una vida vulgar, rastrera, una vida de perros», hizo un mohín que apuntaba a los que acababan de salir. «Otros obedeciendo las órdenes del Inca, sirviendo sus altos designios. No es un privilegio al que todos acceden. Solo está destinado a los mejores, los más capaces y valientes. Elijan». Ningún chiquillo más pidió salir. Por el contrario, en el recinto reinó a partir de ese momento una pétrea disciplina. El Fértil en Argucias aparecía cada dos o tres jornadas por la vivienda y, después de comparar a los dobles con su modelo, descartaba a algunos cuantos que, por no ser suficientemente parecidos, podían ser descubiertos. Oscollo nunca supo qué fue de ellos, pero lo imaginaba: no se dejaba con vida a los testigos de las estratagemas del Inca para hacerse con la victoria.

Una mañana el Señor Chimpu Shánkutu ingresó en la vivienda y, después de haber retirado a otros dobles fallidos, se quedó con uno. «Tú serás el que servirá al Inca», le dijo. El ojo del Fértil en Argucias era certero: el chiquillo era tan similar a él que en su presencia Oscollo se había sentido frente a un espejo. No, un espejo no. Los espejos invertían la imagen y el chiquillo destinado a ser su doble la replicaba. Se llamaba Pusaq —ocho, en el Idioma de la Gente— y venía de las tierras collas. Lo supo aquella noche en que, en lugar de dejarse copiar el insomnio, habló con él arropado por la oscuridad y, para su sorpresa, el muchacho no repitió la pregunta sino que la respondió. Sus historias eran parecidas. Los dos compartían la misma afición por los conteos, y a los dos los incas los habían separado de sus familias. Oscollo se había pasado dos años haciendo las faenas del censo. Pusaq había sido capturado muy joven en una redada contra collas revoltosos y se había pasado dos años ayudando a contar muertos en los campos de batalla. Carecía, eso sí, del don de contar de un vistazo. Pero los dos eran hijos de matrimonios arreglados por el Inca para pacificar la tierra. El padre de Oscollo era soras y su madre chanca; el padre de Pusaq era colla y su madre lupaca. Por último, los dos habían cambiado, por los azares de los roles que les había tocado desempeñar para el Inca, varias veces de nombre.

Con todas las cosas que tenían por decirse, Pusaq descuidaba con frecuencia la tarea de parecérsele y Oscollo se veía obligado a recordársela. Para desafiar a su nuevo amigo, Oscollo jugaba a diferenciarse lo más posible de sus propios movimientos cotidianos. En el momento menos pensado se ponía a caminar con los brazos balanceándose, como había visto hacer alguna vez a un mono de las selvas chachapoyas, a chillar como había visto hacerlo a una mujer senil, a arrastrarse por el suelo zumbando como un *amaru* hambriento, a imitar la caminata de botija ambulante del Enano Chimpu Shánkutu, abandonándose con tanta eficacia a la imitación del cuerpo impostado que a veces terminaba olvidándose quién era. Sin embargo, por más alejado que fuera la nueva conducta por imitar, Pusaq se portaba a la altura del reto y lograba repetirla sin falla, entre las risas desbocadas de Oscollo.

¿En qué momento empezó a pensar en él como su doble idéntico?, ¿a ver en Pusaq ya no a alguien distinto de sí sino a una nueva versión de sí mismo que lo expandía, le surcaba un nuevo pasado posible, un futuro alternativo hasta ahora fuera de su alcance?

¿Cuándo empezó a amarlo?

Salango gira bruscamente en los matorrales que marcan la frontera de la *llacta*. Divisa la choza acordada. Una tenue antorcha pende al lado derecho de la entrada, tal como quedó con Cusi en los *quipus* de emergencia. Avanza a paso firme, centrándose en cada pisada para depurar su aliento y estar listo para la tarea. Para ahuyentar mejor el recuerdo. Sin éxito.

Aquella noche ha regresado sin avisar, nítida como un estanque en un día despejado. Ambos estaban desnudos. Comparaban sus cuerpos a la luz del único candil que alumbraba la habitación en busca de rasgos que los desigualaran, examinando minuciosamente cada resquicio, cada pliegue, cada hondura. Al cabo de esfuerzos infructuosos, Oscollo descubrió triunfalmente tres pecas escondidas tras la rodilla de su doble. Ya empezaba a festejar bullangueramente su hallazgo cuando Pusaq, entre apenado y burlón, le dijo: «Oscollo, tú también las tienes». Rieron a carcajadas. Se fundieron en un abrazo fraternal, de doble, que fue cediendo sin querer a otro imbuido de un fuego nuevo, desconocido, que lo quemó todo.

A la mañana siguiente —¿o dos, tres, siete mañanas después?— entró Chimpu Shánkutu al recinto. «Prepárate», dijo. «Ha llegado el momento». Pero, cuando el Fértil en Argucias ya se iba con el chiquillo, Pusaq, el que quedaba en la vivienda, le dijo: «Señor. El doble soy yo». Chimpu Shánkutu se volvió hacia él, inmóvil en el umbral. Miró a Oscollo, que estaba a su lado, y de nuevo a Pusaq. Un rubor fugaz cruzó su rostro, pero fue sometido de inmediato. «Vamos, entonces, que no hay tiempo que perder», le dijo al doble. ¿Había el Señor Chimpu Shánkutu percibido la diferencia? ¿Había llegado a darse cuenta de que, si su doble hubiera permanecido en silencio, el Contador-de-un-Vistazo se habría sacrificado por él y habría intercambiado su destino sin chistar?

Oscollo nunca lo supo. Antes del enfrentamiento decisivo con los caranguis y cayambis, el Señor Chimpu Shánkutu hizo vestir a su doble con el traje de El Que Ve Lejos y lo envió con una escolta sin entrenar a la cumbre de una montaña adyacente al campo de batalla, donde la escolta fue diezmada y Pusaq asesinado. Chimpu Shánkutu esperó varias jornadas hasta que la noticia de su muerte calara en el bando contrincante antes de enviar al Oscollo verdadero, disfrazado de joven sacerdote, a un *huaca* vecino, con la cobertura de una ofrenda a la piedra vestida del lugar. Una vez en la cima, Oscollo avistó con toda claridad las posiciones enemigas, contó sus guerreros y sus armas y entregó la información a los generales del Inca, que pudieron distribuir sus fuerzas y posicionarse de manera apropiada y aplastar a los cayambis y caranguis en la última batalla a orillas de la laguna de Cocharambe, que se llenó de cadáveres y fue vuelto a nombrar Yahuarcocha, laguna de sangre, para que nadie olvidara cuánta regaba el Inca de los enemigos que se atrevían a enfrentársele.

Cuerda terciaria (adosada a la principal): blanco entrelazado con negro, en Z

Salango golpea el portal cuatro veces, la señal convenida. Una *mamacha* diminuta y revejida le abre.

—El Zorro de Arriba busca al Zorro de Abajo —dice el Recogedor.

La *mamacha* se adelanta, mira solapadamente a ambos lados de la calle y lo deja entrar.

Salango entra y escucha el portal cerrarse tras él. Avanza a tientas pegado a la pared de la izquierda del pasillo y llega al borde de un dintel de piedra que da a un cuarto oscuro.

En un rincón, dormido con los brazos atados a la espalda y una mordaza en la boca, está Sana.

El Espía espera a que sus ojos se acostumbren por completo a la oscuridad. Se acerca sin hacer ruido. Con la mano derecha saca el cuchillo de piedra de la talega oculta dentro de la camiseta —el mismo que usó para hacerle su corte de pelo lunar al Señor del Principio— y con la izquierda toma un espeso mechón de la sien izquierda del Sumo Sacerdote, que recién entonces atina a abrir los ojos.

El Espía va a comenzar, pero una urgencia en los gemidos de Sana lo detiene. Busca a tientas la mordaza. Se la afloja.

—¿Qué quieres? —dice Salango.

—Te los llevarás de vuelta al templo ¿verdad?

—Sí.

—Y te harás cargo de que nada les falte. A ninguno de los dos.

—Tal como quedamos.

—Júralo.

—¿Por quién? ¿Por tu Señor Pachacamac?

—Solo júralo.

—Te doy mi palabra.

Sana empieza a jadear. Su jadeo se vuelve cada vez más agitado. De pronto, su respiración empieza a espaciarse, a ralentizarse hasta volver suavemente a su ritmo de descanso (aunque los golpes asustados del corazón contra las paredes de su pecho lo traicionan).

—Hazlo.

Salango le vuelve a poner la mordaza. Hurga entre el cabello del Sumo Sacerdote hasta encontrar el mechón de la sien izquierda que había elegido. De un tajo practicado cientos de veces en su pepa, le secciona la oreja derecha. Sin hacer caso de los aullidos de Sana, que la mordaza sofoca con eficacia, el Recogedor se las arregla para terminar la faena esculpiendo con el gajo residual un ovillo de carne idéntico al de su espejo, su doble idéntico, el Inca Atahualpa, Hijo Predilecto dEl Que Todo lo Ilumina.

Segunda cuerda: marrón tierra removida, en Z

Challco Chima fue donde el *huaca* Huallallo Carhuancho, a quien ellos adoran. No sacrificó perros ni se comió sus tripas en su honor, como hubiera hecho cualquier otro general inca en su posición. Tampoco ofrendó nada al *huaca* menor para ganarse su favor y convencerlo de que disuadiera a sus hijos de su rebelión contra el Único. El general invencible llegó donde la roca, la desvistió, escupió sobre sus ropas, alhajas y estatuillas, las pisó con saña y, sin ayuda de aliento que no fuera el suyo propio, la empujó y desbarrancó en el precipicio, donde fue dando tumbos hasta llegar a la orilla del río.

Nada.

Challco Chima les cortó a los jaujas las vías de acceso a las *collcas* y al *tambo* de la entrada a su ciudad principal de Hatun Jauja, y con ellas el suministro de provisiones. Esperó pacientemente dos atados y medio de jornadas.

Nada tampoco. Los comeperros no se rinden, no salen de su *pucara*. La fortaleza de piedra y adobe ha sido edificada sobre un empinado farallón en la cima del *apu* que protege al pueblo y en ella, le han dicho sus espías, se han parapetado seiscientos cincuenta guerreros armados. Los comeperros desvalijaron de armas los depósitos de Huanucopampa, a pesar de la prohibición de tomarlas que pesa sobre ellos, y saquearon comida y bebida para quién sabe cuántas jornadas más. No tienen el aliento amilanado, como las tropas mezcladas que le ha tocado liderar al general. Por las noches, los malditos incluso soplan sus estridentes melodías macabras a sus *huacas* en sus bocinas de cráneo de perro, que asustan a los ejércitos acampados en las faldas del cerro, les arrebatan el sueño o lo infestan de pesadillas.

Challco Chima no debe esperar más. Hay que romper el sitio de los jaujas cuanto antes.

Antes de que El Que Todo lo Ilumina comience Su lento paseo cotidiano por el cielo, cada uno de los tres ejércitos del Inca ya se ha dispuesto bajo el mando de sus dos jefes en escuadrones de cien y cuadrillas de diez. Challco Chima y Yucra Huallpa y sus quinientos guerreros cubren ordenadamente la planicie entre el cerro y Hatun Jauja; Onachile y Ucumari y sus trescientos veinte, los pastizales que dan hacia el río, y los dos *curacas* collas y sus cuatrocientos cincuenta, que han venido desde sus tierras lejanas a ser fieles con su turno de guerra, el camino llano que conduce a los depósitos. A menos que alguien se voltee a mitad de la batalla —nadie más se atreverá: todos han escuchado de las feroces represalias del invencible contra los traidores—, los comeperros no tienen escapatoria.

Los músicos oficiales se colocan a ambos lados de cada ejército inca. A la voz altisonante de sus mandamases, empiezan a reventar el aire los *pututus*, pero es el redoble de los *huancar* —ralo, pues Challco Chima mandó ejecutar a quince de sus tocadores que intentaron escapar la noche pasada— el que marca el paso incipiente de los guerreros, el comienzo del asalto.

Los honderos de los tres ejércitos avanzan lentamente hasta estar a tiro de piedra del enemigo. Se colocan en primera posición formando cuatro filas bien alineadas, una después de la otra. Por turnos, empiezan a hondear en dirección a la *pucara*, cerniendo sobre ella una compacta e ininterrumpida granizada de pedruscos que va puliendo puntería entre una hondeada y la siguiente. Aunque casi todas las pedradas caen al interior de la *pucara*, Challco Chima solo puede adivinar el daño que le infligen al enemigo, pues lo único que se atisba desde aquí es una que otra cabecita asomando esporádicamente por alguno de los miradores verticales de la *pucara*. No espera grandes bajas en el bando comeperro; solo que el enemigo se aturda, que esté más pendiente de las piedras que caen desde el cielo que de la defensa y el despliegue adecuado de sus propias fuerzas.

Sin embargo, cuando los honderos han avanzado una cuarta parte de la ladera, una feroz flechería procedente de la cima los detiene, después de haberse cobrado el aliento de treinta honderos, que quedan sembrados en las lomas, y mellado el de cincuenta, que se arrastran penosamente en medio de graznidos pavorosos de dolor. Los que atinaron a encogerse a tiempo detrás de sus rodelas esperan inmóviles a que la tempestad de flechas termine, pero hay un manojo pequeño y disperso de guerreros bajando a trancadas la lomada, tomado por el pánico.

—¡Vuelvan al campo, manada de hembras! —aúlla Challco Chima—. ¡Vuelvan, o morirán a fuego de mi antorcha!

Los *apus* que rodean el valle repiten torcha, torcha, torcha, magnificando su grito. Como si la orden proviniera de un *huaca* redivivo en su delante, los desertores regresan gimiendo a sus líneas de lanzada para retomar sus puestos: peor morir quemado que atravesado, el fuego desintegra tu cadáver y tus parientes ya no podrán prepararlo para su Viaje a la Vida Siguiente, ya no podrás entrar en tu Otra Vida, condenado más bien a quedarte en Esta en forma de carbón que se deshace en cenizas para disolverse por el aire como un fugaz olor pasajero que no volverá a ser uncido a un cuerpo, a un objeto, que no será emanado jamás otra vez.

Challco Chima ruge a los porreros y hacheros que se pongan en posición de ataque, maldiciendo no contar con su propia fuerza flechera. La guerra contra Huáscar ha agotado las reservas que había en los depósitos de estas regiones, y los salvajes chachapoyas se niegan a seguir cumpliendo con sus entregas de flechas al Inca. Los comeperros habían llegado antes que él a las *collcas* de Huanucopampa, de las pocas que seguían proveyendo, y las habían vaciado. O quizá tenían sus flechas guardadas en depósitos secretos, ocultos a los funcionarios del Único que venían a pedirles sus entregas, tal como hacían con más y más frecuencia los pueblos corrompidos (como estos comeperros de mierda) que contagiaban el engaño y la traición por toda la tierra, que ayer nomás se desvivían besando la sombra del Inca y hoy escupían sobre ella, atentos a la menor oportunidad para rebelarse o aliarse con Sus enemigos. ¿Por qué eran tan ingratos, tan mezquinos, tan dobles con el Señor que les había traído la Luz? ¿Cómo habían olvidado tan rápido su pobreza de antes, su niñez, su barbarie?

Los guerreros ya se han colocado en línea, hachas y porras en mano, listos para su turno de servicio. A la orden de sus hacheros y porreros mayores, comienzan a trepar por las laderas, protegidos de las flechas enemigas por la intermitente pero intensa lluvia de piedra lanzada a la *pucara* por la pericia eximia de los honderos del Inca. De cuando en cuando, honderos, hacheros y porreros deben cubrirse del acoso de la flechería comeperra, pero esta se ha raleado cada vez más hasta desaparecer por completo y los guerreros avanzan tramos cada vez más largos sin tener que detenerse. ¿Por qué han dejado de pronto de atacarlos?, ¿se han cansado acaso de pelear? Los guerreros no lo saben, pero mientras siguen trepando con sigilo cauteloso hasta el terraplén que se alza delante de la valla, empiezan a escuchar en lengua comeperra procedentes del interior de la *pucara* ¿murmullos?, ¿gemidos?, ¿lamentos?, ¿rezos comeperros a su *huaca*?, ¿balbuceos de peticiones de tregua, de perdón por las afrentas al Inca?, ¿discusiones encarnizadas sobre cómo rendirse salvando la cara ante los suyos, hartos de su sitio sin fin? Debía ser, si no no les estarían dejando llegar a catorce, doce, diez brazadas ya de la entrada de la *pucara*, no podrían verles clarito sus rostros pintarrajeados de sangre de perro para la guerra, listos para la claudicación, tomados por fin por el pánico ante la obvia y abrumadora superioridad de los guerreros del Inca.

La catarata de flechas arrecia de pronto sobre los hacheros, porreros y honderos que subían, que ya casi llegaban, atravesando sus frentes, ojos, gargantas, hombros, pechos, piernas, entre-piernas, pies. Le sigue un chaparrón inmisericorde de pedruscos que, al impactarles, se les incrustan en el cuerpo como avispas de aguijones vehementes o les rebotan arranchándoles jirones de piel viva: cáscaras de pencas de tuna recubiertas de espinas y rellenas de piedras. Los gritos atroces de los guerreros hienden el cielo, lo parten en dos, mientras sus cuerpos traspasados y desgarrados se derraman en el campo, ruedan loma abajo en silenciosa avalancha de carne herida o muerta que se detiene a la mitad de la ladera para hacer compañía a la de los honderos de la anterior arremetida, que yacen aún en el campo de batalla lamiendo su fracaso. Los que han soportado el ataque por sorpresa y todavía siguen a unas brazadas de la cima ya están luchando cuerpo a cuerpo con los guerreros comeperros que, después de haber aturdido al enemigo, han saltado las vallas de sus defensas y los rematan a mansalva.

Ucumari, Onachile y los dos *curacas* collas ordenan a gritos destemplados el repliegue inmediato del resto de sus huestes, que no se hacen de rogar y bajan en estampida por las laderas arrojando sus armas.

Challco Chima abarca con cejas de piedra a los otros generales.

—¡Escolta! —ruge.

Sin esperarla, el general invencible parte a la carrera al campo de batalla, ya está en las faldas del cerro en que se yergue la *pucara*, iniciando el camino loma arriba. Yucra Huallpa, Huaipar, Curambayo y, un poco más atrás, el fiel y antiguo Inga Mita preceden a los otros treinta y cuatro guerreros de la escolta que, acostumbrados a las escapadas inesperadas y temerarias de su jefe, corren a alcanzarlo, ya trepan a su lado cerrando filas sobre él, acogiendo en sus rodelas el impacto continuo de las flechas y proyectiles enemigos que granizan sobre ellos, obligándolos a afincarse de uno en fondo en una hondonada profunda, cavada por las lluvias, no muy lejos de la cima en que se halla la *pucara*. Flechazos y pedradas siguen arreciando con fuerza, pero no logran hacerles mella, pues les protegen las honduras del caudal muerto. Lentamente, arrastrándose como una lagartija, Challco Chima, que va a la cabeza, continúa la subida siguiendo la ruta venosa de la grieta, que les va acercando como una trinchera vertical a la cima de la *pucara*. La flechería y la lluvia de pedruscos y proyectiles han cesado, pero las reemplaza un rumor sordo que pareciera proceder de las entrañas mismas de la Madre, opaco, suave como una gigantesca gárgara subterránea, que se va haciendo cada vez más sonora, como el puchero de Pachacamac antes del temblor, del terremoto.

La primera gran roca cae lejos, pero en su bote irregular ladera abajo se lleva de encuentro a un veintena de guerreros que empezaba a subir la montaña siguiendo el camino desbrozado por Challco Chima y su escolta, mientras los peñascos que le siguen, grandes como casas, van cayendo más y más cerca de la hondonada, dándoles de llano justo encima de la hondura en que han hecho su refugio, haciendo retumbar la tierra, pulverizando el cieno seco de los bordes, aplastando como cuyes a un manojo de lanceros que venían en la cola de la escolta, asfixiando a otros con la espesa polvareda que se desprende de las paredes internas de las grietas, enterrando vivos a los ¿cuántos quedan todavía?, Challco Chima no sabe decir, no puede ver nada, pero cada nuevo bote de rocón sobre la lomada provoca nuevos gritos, nuevos quejidos, nuevas toses, nuevos silencios, hay que salir de aquí ahora o nunca, cueste lo que cueste, levantarse y correr, correr, correr en sesgo hacia un lado, hacia el otro, sin mirar atrás hacia la cima aprovechando que ellos tampoco pueden verme, trepar, ¡escolta!, ¡conmigo! gritando con toda mi garganta, sortear la valla de defensa, asestar un hachazo en mitad de la cabeza al comeperro que me mira sorprendido, crac, otro al que viene corriendo detrás suyo para cerrarme el paso, crac crac, no vas a botarme de la *pucara*, mierda, saltar sobre el cuerpo, a ver comeperros malnacidos, quien quiere morir primero, gritando, quién quiere medirse con el que se tira pedos en la cara de su *huaca*, quién quiere con el invencible guerrero Challco Chima, y ya llegan otros más a toda prisa para masacrarme, pero ya está a mi lado mi Yucra Huallpa, que me cubre el flanco derecho y lancea sin asco a los comeperros que llegan por ahí a impedirnos el avance, y también Huaipar y Curambayo, que muelen a golpes densos de macana los cuerpos enemigos que tratan de cercarnos por la izquierda para provocar la lucha cuerpo a cuerpo, donde los hijos de *pampayruna* tienen las de ganar pues son muchos más que nosotros, y el antiguo Inga Mita que sigue atrasado y no está para cubrirme las espaldas, y me salen cola y garras y suelto mi grito ronco de guerra, me he convertido en puma, ahhhhhhhhhhhhhhhhhhhhh, repetido por los apus y los combatientes del Inca que, como *Pururaucas* que acabaran de tomar forma humana, rodean ahora por decenas al Puma y vuelven a cerrar filas sobre él mientras él se abre paso a zarpazo limpio rebanando brazos, cuerpos y cabezas, dónde está la litera, dónde se ha metido, y ellos vamos a acabar de una vez con los malditos comeperros, destazarlos, tajarlos, trozarlos, triturarlos sin piedad para que aprendan lo que le pasa al que se atreve a resistir a los guerreros del Inca, pero primero dónde está la litera del *curaca*, estiro la cabeza por encima de los tráfagos de la pelea sin cuartel que se libra a mis costados, dónde está, me separo de la escolta y avanzo entre tinieblas de carne que me desafían o defienden, hacheando a todo el que se me ponga delante para zanjarme camino, la sangre ajena mezclándose con mi sudor, hasta que allá está, embutido en su silleta, dando órdenes a los cargadores para que inicien el giro de las andas que le permita la huida por la ladera de atrás, y yo me despido de mi hacha clavándola en una barriga comeperra, arrebato una lanza corta de un brazo comeperro y me la meto en la rodillera, bien pegada a la pierna para que no la vea nadie, me agacho y arrancho una vincha comeperra y me la ciño en la frente para que no me reconozcan como guerrero del Inca, y voy hacia él, brazada a brazada avanzo hacia él hasta mezclarme con los cargadores de andas que, asustados, solo tienen ojos para el lugar a salvo en la bajada adonde deben transportar a su Señor, y ya estoy aquí, ya estoy aquí y el *curaca* no me ha visto, y pongo el hombro como un cargador más y tarareo la canción comeperra de los que llevan en peso a sus Señores y me voy adelantando despacio despacio al lado de la litera hasta que estoy a la altura de su silleta y volteo hacia él y él hacia mí y nos miramos como dos búhos en medio de la noche… ¡mierda mierda mierda!, ¡no es él!, ¡no es Apu Manco Surichaqui sino su hermano!, pero el hermano que funge de *curaca* sí me ha reconocido y se ha quedado pasmado, en sus ojos de *taruca* ha asomado la sumisión de la víctima a su depredador, pero antes que su aliento rebote y se alce contra mí saco mi lanza de su escondite en mi rodilla y de un solo impulso se la incrusto en el corazón con todo el odio de mi pepa hasta clavarlo en el respaldo de su asiento, muere comeperro malparido de la chucha de tu madre, muere en lugar del amujerado de tu Señor, y su alarido agrio y alargado paraliza a los cargadores y luego a los guerreros comeperros que, chupado su aliento, arrojan atolondrados las armas y empiezan a huir en desbandada por las laderas entre gritos y lloriqueos de hembra pariente, algunos resbalando y cayendo en los charcos de sangre vertida para ser pasados a cuchillo por los guerreros del Inca, mueran mierdas comedoras de perros, con la misma saña de ellos con los nuestros en su terraplén.

—¡A los cabezones! —ordena a viva voz Challco Chima—. ¡A los otros déjenlos escapar, pero atrapen a los comeperros cabezones! ¡Vivos!

La voz corre boca a boca como un incendio de sequía. De inmediato, empieza la implacable persecución de nobles jaujas que, traicionados por su costumbre bárbara de prolongarse la cabeza con cilindros de cobre que ciñen a sus sienes desde la edad del gateo, son presa de rastreo fácil para los guerreros del Inca, que ya se abalanzan en su busca con hambre y sed de venganza. Los nobles comeperros incluso les facilitan la tarea, pues se han arrinconado juntos cerca de uno de los miradores para hacer frente al acoso. Que no dura mucho pues, por recia que es su resistencia, los guerreros de Challco Chima ya los superan ampliamente en número y ferocidad.

Cuerda secundaria: marrón tierra removida, en Z

Cuando ha terminado de doblarse la cerviz jauja, es ya la hora sin sombras en que El Que Todo lo Ilumina está en la cúspide de su poder. Las tropas de Challco Chima que no han intervenido en la batalla recogen y guardan las armas de los muertos y rematan a los heridos enemigos, mientras las mujeres de guerra peinan la lomada y la *pucara* en busca de guerreros incas por curar o consolar en su agonía. Finalmente, unos *quipucamayos* cuentan los cadáveres de uno y otro bando para su informe de las bajas propias y enemigas a los generales del Inca.

Los guerreros de las tropas de Challco Chima, que son quienes lograron la victoria, bajan agotados a la ciudad principal de Hatun Jauja, seguidos con agria admiración por los de los ejércitos de Ucumari, Onachile y Chaicari y por los nobles jaujas capturados que, en estrecha vigilancia, son obligados a hacer un alto en los depósitos para sacar picas largas y llevarlas a la plaza.

Ya en la ciudad, Challco Chima dispone que se busque casa por casa por toda la ciudad a Apu Manco Surichaqui, a su hijo Cusichaca y a cualquier cabezón escapado del campo de batalla. Manda que se convoque a la plaza a los habitantes de la ciudad, con orden estricta de no hacer uso de la fuerza. Prohíbe que se viole a las mujeres, que se saquee a la población. Y luego se encierra en una casa muy principal aledaña a la plaza para tramar el escueto informe de la victoria sobre los hatunjaujas que debe enviar a Cusi Yupanqui con el *chasqui* que partirá al amanecer. Acaba de terminar de urdirlo cuando siente la discreta presencia de Yucra Huallpa, que le espera en silencio a la entrada de la puerta.

—Inga Mita está muerto —dice Yucra Huallpa.

—¿Cómo? —pregunta Challco Chima.

—Aplastado por un peñasco.

—¿Has visto tú mismo su cadáver?

Yucra Huallpa asiente gravemente.

—Te lo hemos traído para que te despidas antes de que hagamos con él los ritos del entumbamiento.

Con gesto conciso y suave, Yucra Huallpa deja pasar a dos compungidas mujeres de guerra, que ingresan a la habitación con la camilla en que yacen los despojos macilentos del antiguo Inga Mita, amortajados con delicadeza en un austero sudario de lana cruda. Challco Chima los contempla con el rostro impávido, mientras la mayor de las mujeres solloza en lengua otavala lamentos dulzones de esposa abandonada. Challco Chima se inclina ante el cadáver y acude como una ventisca tibia a su aliento el hastío exhausto del guerrero viejo que ha olvidado el origen de la guerra que libra.

El general acerca su rostro al del escolta muerto, curtido de arrugas. Aparta sus cabellos canos de la frente, los acaricia. Inga Mita le ha servido con lealtad en los ejércitos de Huayna Capac en su campaña de once años contra los caranguis y cayambis, cuando ambos hacían sus segundas armas al servicio del Inca. Le ha acompañado en las batallas contra las tropas de los generales de Huáscar, en que le salvó dos veces de morir. Ha estado con él en Vilcas, cuando Challco Chima descubrió a sus concubinas e hijos nonatos y a los del general Quizquiz desventrados y decapitados por el nefasto general huascarista Atecayche, quien inició el remolino sucio de asesinatos masivos de parientes que, aunque no tenían nada que ver con los bandos enfrentados en la guerra, eran elegidos para herir al enemigo donde más le dolía. El remolino había culminado —por lo menos por ahora— con la masacre de los familiares del inepto Huáscar en el Cuzco. El fiel Inga Mita había estado con Challco Chima en su acoso de cinco jornadas a Atecayche, cuando el nefasto pagó su crueldad con crueldad y media. Después de hacer degollar a toda su familia enfrente de él, Challco Chima le sacó los ojos, el pene y la lengua y, con las heridas aún abiertas, lo encerró en una cueva para que se lo banquetearan las hormigas. Por último, el antiguo Inga Mita le había seguido en esta guerra sin fin contra los enemigos de Ticci Capac, esta guerra ida de las manos que ya no le correspondía por lo avanzado de su edad. Sin otra convicción que la fidelidad irrestricta del escolta a su general y sin otra recompensa que la absoluta confianza de su jefe.

¿Por qué este pozo de agua turbia en su corazón? ¿Challco Chima empezaba acaso a ser tomado por la enfermedad de los guerreros viejos, ese mal insidioso y mortal que los llevaba a proclamar absurda la guerra, absurdas las armas, absurdos los guerreros, que los hacía abjurar de sus hazañas militares del pasado como juegos perversos de niños sedientos de sangre?

Challco Chima coloca su cabeza en el pecho reventado de su escolta. Se abraza a su cuerpo desangrado. Llora sin diques ni canales, en medio del silencio respetuoso y afligido que le abren las dos mujeres de guerra.

—*Yaya* —dice un contrito Yucra Huallpa en voz baja—. ¿Postergamos el evento de la plaza hasta mañana?

—No —responde Challco Chima.

El invencible entra a la plaza de Hatun Jauja cuando El Que Todo lo Ilumina ya ha iniciado su mudanza vespertina de colores, que marca el comienzo del final de su paseo por el cielo. Ha venido a pie —siempre ha preferido las sandalias a las andas— rodeado de Yucra Huallpa, Chaicari, Curambayo, Huaipar y los guerreros selectos de su escolta.

En el horizonte se recortan los techos cónicos de las viviendas jaujas, tan pequeñas que más parecen dormideros que casas, y en cuyos cimientos, le han contado sus espías al general, los comeperros entierran a sus muertos y a sus perros guardianes.

Tres lados de la plaza están repletos de perros, mujeres, ancianos, niños, tullidos y algunos hombres del común de Hatun Jauja que han regresado subrepticiamente del campo de batalla, y ante los que Challco Chima ha ordenado hacerse de la vista gorda. Les circundan, en posición privilegiada, la mayor parte de los guerreros de los ejércitos de Challco Chima y Yucra Huallpa y, un poco relegados hacia atrás, los de Ucumari y Onachile. Los dos *curacas* collas y sus guerreros no están presentes, pues se preparan en las afueras de la ciudad para partir mañana muy temprano de regreso a sus tierras: ha culminado su turno de servicio en la guerra del Inca.

Con fría parsimonia, Challco Chima se dirige a la franja restante, frente al único galpón de la plaza, donde ya se han instalado en sus taburetes los otros generales. Le dejan un espacio sin atreverse a hablarle ni mirarle de frente, entre avergonzados y resentidos aún por el desprecio furioso y público del general en su última arremetida, que les dio la victoria.

En una de las esquinas, se arruman las picas traídas por los nobles comeperros —entre cincuenta y setenta. A una señal de Challco Chima, entran por la otra esquina nobles y principales jaujas capturados, con las manos atadas a la espalda. Son más o menos sesenta y se apretujan en la mitad de la plaza como buscando protección en la cercanía corporal a sus paisanos.

Challco Chima se adelanta ante ellos.

—En dos.

Los jaujas intercambian miradas aturdidas.

—¡He dicho: en dos! —grita Challco Chima, su brazo cortando el aire de arriba abajo por la mitad.

Los cabezones jaujas se dividen, tratando de formar apresuradamente dos grupos de cantidad más o menos similar a izquierda y derecha.

Challco Chima se les acerca. Los observa con detenimiento.

—¡Tú y tú! —señala de pronto a un noble de cada grupo—. ¡Adelante!

Los dos nobles avanzan temblando a su encuentro. Challco Chima se coloca detrás suyo y les desata las manos. Hace un gesto hacia el rincón opuesto de la plaza. Entran dos guerreros del Inca. Uno trae dos boleadoras de nervio de llama con tres puntas de cobre. Entrega una a cada noble elegido. El segundo guerrero lleva un *machaqway*, una culebra de lana multicolor, que ofrece ceremoniosamente a Challco Chima.

Como cada vez que se apresta a jugar al juego antiguo que le ha dado su nombre de guerrero, el corazón de Challco Chima se contrae.

—¿Saben jugar al *challco chima*? —pregunta el general. Sin esperar la respuesta, añade—. Yo lanzo bien alto la culebra, el *machaqway*. Ustedes tienen que atraparla con su boleadora cuando yo grite *challco chima*. Gana el que la atrapa primero —al de la izquierda—. Tú comienzas —al de la derecha—. Luego tú. Y así.

Challco Chima arroja el *machaqway* hacia el cielo, que cruza como una flecha espesa de fuego, libre al fin de su servicio. Cuando la culebra llega al punto más alto de su trayectoria, el general grita:

—¡Challco chima!

El noble de la izquierda arroja entonces su boleadora, con pulso tan trémulo que yerra el blanco por muchas brazadas de distancia. Cuando le toca su turno de bolear, el noble de la izquierda tampoco le acierta. Pero Challco Chima sigue lanzando el *machaqway* como si sus punterías garrafales no le importaran, una y otra vez, haciendo caso cada vez más omiso de sus intentos fallidos por el pánico, que no le levantan el enojo sino una extraña sonrisa radiante.

Mi brazo ya recupera mi lanzada de antes. Estoy siendo *huahua* de nuevo, han terminado las ofrendas a mi Señor Pachacamac y estoy en una loma, tirando una boleadora como esta pero de mi tierra, más chiquita, más brillante, acertando siempre al *machaqway*, mis amiguitos de la *chacra puna* arriba me miran boquiabiertos, me palmean el cogote, me envidian con cariño, yo quiero ser como tú, Umutucha, diciendo, yo quiero ser tocado por el padre Pachacamac y lanzar como tú la boleadora, ganar siempre al juego del *challco chima*. Dos incas grandes venidos desde el Cuzco a Vinchos, el pueblo donde nací y me criaron, me están mirando jugar (¿o estoy fundiendo memorias en mi horno y esto pasó mucho después?), se me acercan, qué bien juegas al *challco chima*, *huahuita*, qué lejos lanzas el *machaqway*, qué fuerte eres, ¿no quieres venir a jugar para el Inca? Y no he terminado de limpiarme los mocos y ya estoy en mi primer campo de batalla contra ¿quiénes? tirando lanza, y ahora ya estoy en mi segundo campo de batalla lanzando *huaraca* ¿cuánto tiempo luego?, peleando como puma sacando su garra en los siguientes, apenas recuerdo, peleando en los valles, las explanadas, los desfiladeros, sobreviviendo, estoy de instructor en la Casa del Saber del Cuzco y ya han empezado a decirme *challco chima*, dizque porque así como yo nunca pierdo en el juego nunca pierdo en la guerra, yo la gano cueste lo que cueste, lanzando el *machaqway* ¡*challco chima*! diciendo, cueste quien cueste, como ahora que la culebra es prensada finalmente por la boleadora certera del noble de la izquierda que, mírale la cara, todavía no sabe cómo hizo para hacerse con la victoria.

Ante un ademán de Challco Chima hacia uno de los lados de la plaza, ingresa un numeroso destacamento de guerreros, hacha en mano. De inmediato, se eleva entre los nobles un coro de gemidos, lamentos y súplicas, que aumenta conforme los hacheros se van colocando frente a los nobles del grupo al que pertenece el cabezón comeperro vencedor.

—Desátenlos —dice el general—. Y entréguenles un hacha a cada uno.

Los guerreros obedecen. Los nobles jaujas se despiertan a palmazos y pellizcones los brazos dormidos por las cuerdas, y contemplan las armas en sus manos libres con incredulidad.

—¡Pueblo de Hatun Jauja! —arenga Challco Chima a toda la multitud reunida en la plaza—. ¡Apu Manco Surichaqui, tu *curaca*, se ha escapado y ha puesto a su hermano en su silleta para que muera por él en el campo de batalla! ¡El hermano ha muerto y él sigue vivo! ¡Tu padre, tu hermano, tu hijo han peleado con valentía, han regado su sangre! ¡¿Y él, qué hace?! ¡Se rasca la barriga bien campante, escondido en su guarida, carcajeándose de ti! ¡¿Te mereces esto?! ¡Tus *runacuna* trabajan sus tierras de él en los turnos prescritos, tus mujeres tejen las prendas que te exige! ¿Y él, qué ha hecho por ti? ¡Se ha embarcado en guerra insensata contra el Inca, el Único que vela por los tuyos! ¡Te ha dejado solo en la derrota, para que seas tú y no él el que sufra la justa represalia del Inca! —señala a los nobles jaujas—. Dime, ¿qué hacemos con estos que lo apoyaron en su rebelión?, ¿estos que lo ayudan a oprimirte?

Largo silencio.

—¡Pueblo engañado de Hatun Jauja! —el rostro de Challco Chima se suaviza, se hace amable—. ¡¿Quieres que los dejemos libres?!

—No —dice tímidamente una mujer.

—¡¿No?! —dice el general—. ¡No te he escuchado bien!

Nuevo silencio.

—¡Habla con toda tu voz, pueblo valiente de Hatun Jauja, o los dejo a estos que se vayan! —dice Challco Chima—. ¡Habla, que has sido convocado para ser escuchado y obedecido!, ¡para que por fin se te haga justicia!

—No los dejen libres —dice un anciano.

—¡No escucho! —dice Challco Chima.

—¡No los dejen libres! —responden varias voces más.

—¡¿Qué quieres entonces que hagamos con ellos?!

—¡Castígalos! —grita un comeperro en el cénit de su edad al que Challco Chima reconoce como uno de los primeros escapados del campo de batalla.

—¡Sí, castígalos! —repite una mujer con un niño en brazos.

Los reclamos aislados se vuelven pronto vocerío, que se enciende y cuaja en una grita multitudinaria.

—¡Castígalos! ¡Castígalos! ¡Castígalos!

Challco Chima se vuelve hacia los nobles:

—Nobles comeperros. Han escuchado la voz sabia de su pueblo.

Los dos grupos de nobles miran a su entorno como si no terminaran de creer lo que acaban de escuchar. Se arrojan al suelo, gesticulan, lloran a lágrima viva, perdónanos, Padrecito, suplicando, por el Padre Sol, por tus *huacas*, por lo que más quieras, perdónanos.

—¡¿Perdonarles?! —mueca sorprendida del general—. ¡¿Por qué ha de perdonarles el Inca lo que su propio pueblo no les quiere perdonar?!

—¡Porque el Inca es generoso! —dice un noble.

—¡Generoso y misericordioso! —dice otro.

Challco Chima camina de un lado a otro con las manos cruzadas a la espalda.

—¡Pues en su suprema generosidad y misericordia, el Inca va a sellar un juramento con ustedes! —tiende su mirada sobre todos los nobles—. ¡¿Juran que ya no volverán a seguir a su *curaca* en sus rebeliones futuras contra el Inca?!

Un murmullo aquiescente prolifera en los dos grupos de cabezones.

—¡¿Juran que ya no volverán a oprimir a su pueblo?!

Los nobles jaujas asienten con insistencia, arrastrándose: nunca más, te lo juramos, Padrecito.

—¡Muy bien, cabezones comeperros! ¡El Inca cree en la sinceridad de su juramento! —en los rostros jaujas asoma alguna sonrisa de alivio—. ¡Para que no lo olviden, vamos a fijarlo con sangre!

Challco Chima se dirige al grupo del cabezón que venció al juego de la boleadora.

—¡Cada uno de ustedes va a cortarle la oreja, la lengua, la pierna, el brazo, la mano o la cabeza a un cabezón del otro grupo!

Toda la plaza enmudece. Antes de que asome algún viso de protesta, Challco Chima se coloca de un salto delante de los nobles del grupo perdedor.

—¡En línea! —gritándoles—. ¡Cara al frente!

Los nobles jaujas, aletargados por la inminencia del castigo, tardan en obedecer.

—¡Oreja, lengua, pierna, brazo, mano, cabeza, oreja, lengua, pierna, brazo, mano, cabeza, oreja…! —se pasea Challco Chima a todo lo largo de la hilera señalando uno por uno a cada noble jauja—. ¡Al que se niegue a cumplir con su tarea, le descoyunto yo mismo todos los huesos del cuerpo con mis propias manos!

Los que van a hachear se acercan a los que van a ser hacheados, murmurando disculpas en medio de sollozos. En voz baja, cada par de nobles jaujas se pone de acuerdo sobre cómo habrá de hacerse el hachazo, se acomoda en diferentes posiciones hasta encontrar aquella en que el dolor será infligido lo más rápido posible, no vayas a gritar mucho nomás, no vayas a ofender al *Apu* invencible. Y, tomando aire, seccionan el miembro que fijará el juramento con el Inca en la memoria colectiva, entre los aullidos omnipresentes de los perros, que corren a lamer los incipientes charcos de sangre. Todos los hacheados revientan el cielo con sus gritos, incluso las cabezas decapitadas, que siguen lamentándose un buen rato todavía después de separadas de sus cuerpos. Muchos mutilados se desvanecen cuando los guerreros del Inca les cauterizan los muñones con maderos encendidos, y también alguno que otro anciano o mujer que presencia los castigos en las franjas de la plaza. Solo los niños permanecen imperturbables, con los ojos abiertos como garras asiendo la sangre derramada.

Cuando todo ha concluido, Challco Chima ordena a los comeperros intactos que ensarten los miembros cortados en las picas traídas de los depósitos y los planten en medio de la plaza, para que sean devorados por los buitres a vista de todos. Nadie podrá bajarlos de ahí bajo pena de muerte.

Con la mirada congelada en los miembros ensartados, los testigos hatunjaujas sobrevivientes a la justicia del Inca envían besos volados a Challco Chima, señal comeperra de la sumisión.

Cuerda terciaria (adosada a la secundaria): marrón tierra removida, en Z

El Que Todo lo Ilumina ha terminado su paseo por el cielo cuando los generales se retiran al interior del galpón al lado de la plaza, donde los ha convocado Challco Chima. Bañados por la luz incipiente de la Madre Luna que entra por las ventanas, el general invencible les recrimina acremente haber ordenado el repliegue de sus tropas en el momento más difícil de la refriega, un acto inadmisible en un Hombre de Guerra del Inca. Les advierte que si esta flaqueza se repite, no dudará en ejecutarlos a todos en el mismo campo de batalla, aunque por ello se quede sin generales de recambio. Que en tiempos volteados como estos, en que todos se alzan contra el Inca, un general no puede darse el lujo de tener la muñeca flexible. Pero… es en las espumas del licor que se rumian mejor los errores cometidos, que se dan las gracias a los *huacas* benefactores por los favores otorgados, que se celebra cabalmente la victoria.

Una seña del general y entran al galpón veinte mujeres de los nobles escarmentados, las más jóvenes de las cien que los guerreros del Inca hallaron escondidas en los depósitos de emergencia a la salida de la ciudad. Llevan tinajas de chicha y *queros* de boca ancha. Reparten los vasos de madera labrada a los generales y escancian con pulso incierto el licor fermentado hasta los bordes, haciéndolos rebosar.

Los generales beben con sed voraz de vencedor. Al tercer *quero* aparecen entre los generales las confesiones ahora que estamos en confianza, los reproches y resentimientos apilados en su corazón que se desfondan para culminar en reconciliaciones a vuelta de *quero*. Pero ni siquiera en los predios de la borrachera cruza ninguno de ellos el muro invisible de respeto que les separa del general de generales.

—Cada uno tome las cinco que más le gusten —dice Challco Chima, señalando con la cabeza a las mujeres de los nobles—. Yo me quedo con las cinco restantes.

Chaicari, Ucumari y Onachile se deshacen en venias de gratitud. Con los ojos chispeantes de deseo, eligen por escrupulosos turnos a las que compartirán su lecho la noche que comienza. La repartición de hembras transcurre sin contratiempos hasta que, en la penúltima ronda, la cuarta elegida de Onachile, una joven muy hermosa, se niega a juntarse con el general que la eligió.

—¿Por qué no quieres irte con él? —pregunta Challco Chima.

—Porque quiero estar contigo —responde la joven con voz resuelta.

Challco Chima calibra con desgano las formas agradables del cuerpo frente a él. Los generales celebran con cacha la calentura de la hembra, seducida seguro por la leyenda viril del general, que dizque sabe domar a sus hembrajes como si fueran enemigos. Ríen, silban, baten, incluso Onachile, que no parece ofendido ni despechado, más bien halagado, y es el primero en incitar a Challco Chima a aceptar el lance de la chica. Entre trastabilleos, cada uno se despide de los otros llevándose a sus mujeres a una de las habitaciones aledañas al galpón.

A solas con las que le tocaron, Challco Chima cabecea de sueño. Cómo decirles que se vayan, que ya no está para estos trotes, que lo único que tiene es ganas de irse a dormir y que lo dejen en paz.

Pero tres de ellas sollozan en silencio, una cuarta tiene la mirada perdida en la luz lunar y la que lo prefirió lo contempla sin rubor con una rara densidad. Perdonarlas y ser perdonado. Protegerlas y ser protegido. Tirárselas para no matarlas. Para no morir.

La tuna se le enciende, primero débilmente y luego con intensidad. Challco Chima se despoja despacio de su camiseta y su taparrabos. Comienza a desvestir, besar, acariciar y penetrar con violenta tosquedad uno por uno los cuerpos extraviados murmurándoles al oído palabras de consuelo que no obtienen respuesta, a forzarlos si son ingratos con sus demandas, ¿no te das cuenta, zonza, que lo hago por tu bien? , ¿que deberías dar las gracias de que sea a mí a quien me toca horadarte? ¿Qué haces entonces cerrándome las piernas, qué haces resistiéndome?

Cuando llega el turno de la que lo prefirió a Onachile, la hembra se le prende del cuello en un extraño arranque de euforia lasciva que no sorprende a Challco Chima, habituado a las reacciones más inesperadas a sus caricias espesas. La hembra le muerde la oreja, le musita a su oído: acuérdate de mí cuando partas, Challco Chima, le clava las uñas en la espalda, incrusta su cintura a la suya, cuando partas a tu Vida Siguiente, general invencible, empieza a moverse en vaivén hondo, enfurecido sobre su vientre, a tu Vida

Siguiente por la mano vengadora de la sangre hatunjaujina que derramaste, sombra furtiva del brazo levantándose para darse impulso, asesino malparido de placenta sucia.

Una presencia surgida de uno de los rincones de la habitación se precipita repentinamente sobre la mujer, se enfrasca en sorda lucha con el brillo metálico que ella sostiene en una de sus manos. Finalmente, Yucra Huallpa logra arrebatarle el prendedor de plata con un seco golpe en la mandíbula, que la lanza por el aire, la estrella contra la pared, en donde se derrama como una bolsa vacía, como una hembra recién saciada de su hambre de abajo.

Challco Chima observa el prendedor, largo y afilado como un punzón de orfebre chimú.

—Que le corten la lengua —ordena Challco Chima a Yucra Huallpa con frialdad—. Y que la violen todos los guerreros de la tropa, uno por uno, en círculo eterno, hasta que le hayan arrancado todo el aliento de su cuerpo.

El general recoge sus ropas. Las arroja a la esquina opuesta de la habitación. Se tiende, indolente a los gemidos llorosos de las mujeres restantes, que no cesan.

—Que nadie me despierte.

Cuerda de cuarto nivel (adosada a la terciaria): marrón tierra removida con veta amarilla en el medio, en Z

Abre los ojos. Aún no recuerda quién es, qué hace aquí, cuánto tiempo ha pasado desde que se quedó dormido, pero ya ha emergido a su boca la espuma agria comprimida hasta ahora en su vientre como un puño de fuego: el *curaca* hatunjauja Apu Manco Surichaqui sigue escapado; el Único Inca Ticci Capac sigue aún en manos barbudas; el Mundo sigue volteado.

Su mirada se cruza con la de Yucra Huallpa. De pie al lado de la puerta, su fiel segundo ha velado su sueño, ya olvidado, esperando su retorno a la vigilia. Challco Chima recién cae en la cuenta que ya han sacado a las mujeres que le tocó forzar anoche, a la que casi le arranca la vida.

—*Yaya* —dice Yucra Huallpa—. Un inca desea darte un mensaje.

—¿Quién es?

—No quiere decir su nombre ni el de su *ayllu* de origen.

—Toma su mensaje y despídelo.

—Dice que no puede darlo a otro que no sea el invencible Challco Chima.

La palabra *invencible* es una roca recién acabada de colocar sobre sus hombros. Se incorpora del lecho, para soportarla mejor.

—¿Qué has cernido sobre él?

—Viene desde muy lejos —dice Yucra Huallpa—. Las sandalias han surcado hasta la sangre los dorsos de sus pies. Sabe ocultar bien las marcas de su acento en el Idioma de la Gente. Los giros de su habla aseguran que es oriundo de una tierra, las trepadas de su tono que de otra y el color de su piel de una tercera. No porta plumas coloreadas en su penacho. Lleva camiseta brocada y capa de principal, pero los dibujos de su *tocapu* no son distintivos de ninguna *panaca*. Se nota que cultiva bien las artes de no ser reconocido.

—¿Vino armado?

—No.

—Hazlo pasar.

El hombre cruza el umbral. Yucra Huallpa no se aparta de sus espaldas, alerta a cualquier movimiento inesperado de los brazos forasteros.

—Dime tu mensaje —dice Challco Chima.

—Solo tus oídos pueden escucharlo.

—Los oídos de Yucra Huallpa —el general indica fugazmente a su fiel segundo con el mentón— son también los míos.

—No para el Señor que me envía.

—¿Quién es?

El recién llegado aprieta los labios como quien sella una cueva habitada por fieras.

—Cualquier guerrero de mi guardia conoce los secretos para arrancarle a un hombre las historias que sabe —sigue diciendo el general—. Hasta las que no sabe que sabe.

—Si permites que te cuente a solas las historias que tengo que contarte, no tendrás que molestarlos.

Challco Chima se sume en su pepa. Da un rápido vistazo a Yucra Huallpa. Sin decir palabra, el guerrero se retira de la habitación. Challco Chima se sienta en su taburete.

—¿Quién eres y quién te manda?

—Soy el guerrero Zopezopahua. Me envía el general Rumi Ñahui.

La ira acude al aliento de Challco Chima mezclada con el resentimiento, se concentra en la agria pelota de fuego que no ha abandonado su barriga y ahora le trepa como una hiedra ácida por la garganta.

Challco Chima se acerca de dos trancadas al recién llegado. De un solo movimiento, saca el cuchillo de su bolsa con una mano, levanta el tocado de colores neutros del recién llegado con la otra y le afeita un mechón de pelo de la parte superior del cuero cabelludo. Sí, ahí está, tatuada en la cabeza del enviado, la marca secreta acordada con su hermano de combate para distinguir a los mensajeros verdaderos de los falsos en la guerra contra Huáscar, en los tiempos en que Rumi Ñahui todavía no era un cobarde y un traidor.

Challco Chima escupe con fuerza visceral. El espumarajo cae entre las sandalias del recién entrado, se disuelve como una maldición fresca.

—¿Qué le hace pensar al traidor de tu Señor que quiero recibir un mensaje de su parte?

—Sabe muy bien que le echan la culpa de que el Inca esté ahora en poder extranjero —dice Zopezopahua sin inmutarse—. No le importan las mentiras sobre él que unos cuentan a sabiendas y otros repiten sin saber. Pero mi Señor desea que tú oigas lo que tengo que decirte y ciernas por ti mismo.

¿Descabezar al enviado de Rumi Ñahui, el antiguo hermano de combate caído en desgracia o escuchar sus palabras? Challco Chima se pasea en torno a Zopezopahua, tratando de socavar los ojos del segundo con su mirada. El segundo la recibe a pie firme y la devuelve limpia como nieve recién derretida. Cristalina. Como la de su Señor.

No ve a su hermano de combate desde el inicio de la Guerra entre los Hermanos. Desde que Atahualpa decidió dividir a sus huestes y enviar a los generales Quizquiz y Challco Chima al sur para enfrentar a las tropas de Huáscar, y conservar en el norte a su lado al Señor Cusi Yupanqui y al general Rumi Ñahui, para que le protegieran y ayudaran a sofocar cualquier rebelión cañari, cayambi o carangui que pudiera surgir en esas tierras levantiscas. Challco Chima y Rumi Ñahui se despidieron entonces con la cálida frialdad de los que se han confiado mutuamente las espaldas en la guerra, de los hermanos de combate que no saben si será la última vez que se verán.

Ha sabido de sus andanzas posteriores por el Señor Cusi Yupanqui, que le ha mantenido al tanto de todo lo que pasa y deja de pasar. Cuando el norte estuvo completamente pacificado, Atahualpa partió al santuario de Huamachuco, a cuyo oráculo quería hacer unas consultas, resguardado por el Señor Cusi Yupanqui y el general Rumi Ñahui. Fue durante su estancia en Huamachuco que Atahualpa recibió la noticia de la derrota y captura de Huáscar por parte de Challco Chima y Quizquiz. De inmediato, envió al Señor Cusi Yupanqui al Cuzco a tomar represalia contra los parientes de Huáscar que habían osado alzarse contra él y a matar a todos los miembros de su funesta *panaca*.

El Señor Cusi Yupanqui partió a cumplir su servicio, pero dejó a algunos espías para que lo mantuvieran informado de lo que pasaba. Los extranjeros fueron a buscar al Inca en los baños de Pulltumarca y el Único se dio cita con ellos en la plaza de Cajamarca. Contaba únicamente con Rumi Ñahui para garantizarle protección. Cuando los barbudos cruzaron los umbrales de la plaza y mostraron sus llamas gigantes, Rumi Ñahui fue tomado por el pánico y huyó despavorido, llevándose con él a sus cinco mil guerreros armados y dejando al Señor del Principio acompañado solamente por sus cargadores de andas. Atahualpa había peleado como puma y matado con sus propias manos a algunos extranjeros, pero finalmente había sido capturado. «Ahora, de la pura vergüenza por su falta, Rumi Ñahui se ha ido a esconder a la *llacta* de Tomebamba La Grande», le había hecho saber Cusi Yupanqui en uno de sus *quipus*. «Ni siquiera se ha dignado contestar a ninguno de los mensajeros que le envié para ordenarle que reúna el oro de los templos y palacios de la *llacta* para entregarlo a los barbudos y rescatar al Único. Que un rayo iracundo del Illapa caiga sobre él».

El invencible suspira. Se sienta. Señala el taburete de madera enfrente suyo.

—Habla.

La historia comenzaba en Huancabamba, camino a Huamachuco. Rumi Ñahui —y Zopezopahua mismo, que había estado presente en todos los hechos que iba a referir— escoltaba a Atahualpa con un ejército rotativo de diez mil combatientes destinados a la defensa del Señor del Principio y su comitiva de principales, funcionarios, mujeres y sirvientes. Fue entonces que llegó un mensajero desde Cangos, cerca de la *llacta* de Cusipampa, en tierras del norte, anunciando que los guerreros de la región habían sido derrotados estrepitosamente por los barbudos en un enfrentamiento armado. Esto sorprendió a todos, pues los cangueños eran excelentes guerreros y hasta entonces se tenía a los extranjeros por un puñado de seres inofensivos que lo único que hacían era pasearse por las costas en cáscaras gigantes de madera, robar joyas y estatuillas de oro y regalar chucherías por donde pasaban —a pesar de los relatos magnificentes del *curaca* tumbesino Chilimasa y de su coetáneo punaeño Tumbalá sobre sus armas, sus adornos y sus llamas corredoras, que nadie creyó pues todos saben que los perros yungas tienden a exagerarlo todo.

De inmediato, Rumi Ñahui propuso que se enviara un ejército de tres mil hombres que los cercara por sorpresa y los matara a todos sin dejar ninguno con vida. Atahualpa se negó. No había que desperdiciar la ocasión de aprendizaje que brinda todo forastero, dijo el Único. Había que arrancarle primero sus secretos y matarlo después. Por eso, un espía iría a observar a los barbudos en los poblados por los que pasaban para desmalezar sus fuerzas y poderes. Para el servicio, Atahualpa eligió a Sikinchara, un inca de su misma *panaca* conocido por su arrogancia, que no había recibido instrucción en las artes del espionaje, pero que tenía una capacidad sin bordes para beber chicha sin emborracharse, que le había convertido en el compañero favorito del Señor del Principio en los festejos del calendario del Padre.

—Mi Señor intentó disuadirlo, pero el Único Inca se empecinó en su decisión —continúa Zopezopahua sin ocultar su zozobra—. Y mandó a Sikinchara a Poechos, el último lugar en que se habían asentado los extranjeros. Por supuesto, lo seguían varios espías enviados por mí, que fueron al asentamiento tallán para calar informes de buena calidad para mi Señor y fueron testigos del pésimo espionaje de Sikinchara. El bocón se había disfrazado tan mal que hasta un *upa* lo habría reconocido. Se puso un traje tallán que le quedaba grande. Llevó con la torpeza de la falta de costumbre la cesta de guabas frescas que debía ofrendar a los extranjeros en señal de buena voluntad. Ni siquiera se tomó el trabajo de tapar con grasa de llama las perforaciones de sus orejas, que clamaban a gritos la pureza de su estirpe. Por supuesto, los tallanes principales delataron de inmediato su identidad a los extranjeros. Quizá por eso los barbudos escondieron sus verdaderos poderes, pues ni siquiera mis espías pudieron cernir entonces todo de lo que eran realmente capaces.

Cuando el arrogante regresó a rendir cuentas de su vistazo ante el Señor del Principio, le contó sus hallazgos entre carcajadas y silbidos de zorrino. Dijo —Zopezopahua se hallaba presente, acompañando a su Señor— que los extranjeros eran demasiado pocos para anudarse el aliento por ellos. Que eran enjutos como *charquis* ambulantes. Que de puro andar vaciándose en cagadas se les había ido la sangre de sus caras, blancas como nubes. Que les faltaba el aire cuando subían una cuesta, por poco escarpada que fuera. Que sus narices eran manantiales eternos de mocos, que salpicaban con sus estornudos a todo el que tuviera la mala suerte de andar cerca. Que llevaban pechos falsos de metal para cubrir sus carnes cubiertas de laceraciones y pústulas. Que eran tan débiles que apenas podían soportar el peso de sus penes larguísimos, que llevaban en cintos amarrados a la cintura. Luego habló de las llamas corredoras. Eran aún menos numerosas que los barbudos. Eran rápidas y fuertes, pero muy torpes y ruidosas. No eran nada cuando estaban solas, sin un extranjero aferrado a su espalda. No podían subir cerros empinados, como las llamas, alpacas o vicuñas. Se quebraban las patas cuando trepaban por los pedregales. Y eran presa fácil cuando cruzaban los pasos estrechos de montaña, donde hasta un chiquillo cualquiera en la edad del espantapájaros podía emboscarlas y reventarlas a pedradas lanzadas desde lo alto. Daba risa verlos caminando por los senderos no civilizados en compañía de sus amos y la miserable delegación de tallanes al mando del perro Huacchua Pfuru. Diciendo a todo el que quisiera preguntarles que su único deseo era venir a servir al Señor que Gobernaba la Tierra. Único Inca, dijo el creído, déjame volver con unos cuantos hombres para ir a amarrarlos a todos y hacerlos mis *yanacona*. ¿Me das permiso para que los mate? ¿Para hacerme hondas con sus tripas? Antes, si quieres, Apu Inca, los arreo a la plaza de Cajamarca, donde quieren entrevistarse contigo, y ahí mismo hacemos *chaco* con ellos, los cercamos, correteamos y ensartamos con nuestras lanzas como a *tarucas*, como a cuyes asustados. Una cosa nomás te pido, Ticci Capac, dijo el arrogante. Que, como premio por habértelos traído, me regales la cabeza del perro Huacchua Pfuru, una llama gigante de color negro y tres barbudos para que me sirvan. A los demás si quieres te ayudo a empalarlos y a sacarles los ojos, pero déjame al trasquilador, al que les clava las *ojotas* de metal a sus llamas y al que les habla en su idioma para convencerlas de que se dejen montar. Me premiarás ¿verdad, mi Señor? ¿Lo harás?

—Después de acabar con su mediocre informe, Sikinchara partió —dice Zopezopahua—. El general Rumi Ñahui, que había escuchado impasible sus dislates, le pidió al Señor del Principio que escuchara lo que yo, su Hombre que Espía, tenía que decirle. El Único Inca asintió y yo me dispuse a contarle lo que mis espías habían descubierto en sus pesquisas.

Los extranjeros eran muy peligrosos. Sus llamas de guerra eran imparables en los terrenos llanos, donde ninguna fuerza conocida era capaz de detenerlos. Lo que llevaban en el cinto amarrado a la cintura no eran penes sino varas de metal que traspasaban sin esfuerzo la carne humana, por espesa que fuera la lana que acolchaba la camiseta de guerra que la cubría. Sus pecheros y cascos de metal gris no podían ser penetrados por ninguna flecha ni lanza aunque fuera lanzada a un tiro de piedra. Corrían rumores sobre los poderes de unos cilindros huecos de metal que llevaban ocultos, y con los que convocaban cuando les daba la gana a las fuerzas del Illapa para agujerear a sus enemigos con sus rayos. Estos no eran rumores infundados de charlatanes. Eran testimonios confiables de espías infiltrados en los pueblos costeños tumbesinos y tallanes, que habían visto a los extranjeros usarlas.

Zopezopahua se queda en silencio. La sangre se le agolpa en las sienes, como un río que se resiste a ser encauzado.

—Cuando terminé mi informe, ni un solo sonido afloró de los labios de Atahualpa, ni una sola expresión de su rostro. Mi Señor Rumi Ñahui, después de esperar con el ceño de piedra por un buen puñado de latidos de corazón, tomó entonces la palabra.

Además de los poderes barbudos, Único Inca, había otra razón para eliminar a los visitantes cuanto antes, dijo entonces Rumi Ñahui. Por donde pasaban, eran bienvenidos por los *curacas* locales, que los tomaban por mensajeros de sus *huacas* y, con ellos a su lado, empezaban a envalentonarse contra el Inca, pues veían en ellos aliados poderosos de sus viscosas aspiraciones. Ya habían acudido ante ellos delegaciones de pueblos huancavilcas, cañaris, tumbesinos, tallanes, chotas, huambos, sechuras, huayucuntus, chuquismancus y cuismancus, y había más en camino. Sin contar a los principales seguidores de Huáscar, que se atrevían a salir de sus covachas para echarse ante los barbudos. Sabidos como *atoq* eran los extranjeros. Recibían regalos de todos de buen grado, sobre todo si de oro y hembras se trataba, pero sin deslindar en nombre de cuál *huaca* venían y cuál era el propósito de su visita. El Inca no podía permitirse el riesgo de esperar a averiguarlo. Guiados por el tallán hijo de perra Huacchua Pfuru, los extranjeros habían emprendido la subida de las costas a las sierras y ahora se hallaban a mitad de camino de Cajamarca, a dos atados de jornadas de aquí, pues la única cosa clara que se había podido cernir de sus intenciones era que querían presentarse ante al Inca.

—Un fuego de flama densa apareció entonces en la mirada del Señor del Principio —dice Zopezopahua. Añade—: pero era un fuego distinto al que mi Señor esperaba.

Cuerda de quinto nivel (adosada a la de cuarto nivel): marrón tierra removida con veta amarilla en el medio, en S

—¿Quieren verme a *Mí*? —preguntó Atahualpa—. ¿No a mi hermano Huáscar sino a *Mí*?

Zopezopahua se volvió hacia su Señor Rumi Ñahui, sin comprender, pero el general parecía padecer su mismo desconcierto.

—¿Mencionaron Mi nombre, Apu general? —dijo el Señor del Principio—. ¿Te contó alguno de tus espías si los extranjeros dijeron «queremos ver al Señor del Principio Atahualpa, Único Inca del Mundo»? ¿O dijeron más bien «queremos ver al Señor Que Gobierna La Tierra», tal como dijo mi fiel Sikinchara?

El general Rumi Ñahui se interpuso.

—Único Señor —dijo—. Mi leal segundo Zopezopahua no recibió la orden de poner esas preguntas en el servicio de sus espías. ¿Por qué Te parece importante responderlas?

El Señor del Principio caminó un buen rato en círculos, como un puma que intenta morderse la cola. Se detuvo frente a una minúscula grieta en la pared.

—¿Tú qué dices, Rumi Ñahui? —dijo—. ¿Los extranjeros son hombres o dioses?

—Nadie lo sabe con certeza, Único Inca —respondió Rumi Ñahui—. Por eso es mejor matarlos cuanto antes. Para no correr riesgos innecesarios.

—¿Para qué correr el riesgo innecesario de tratar de matarlos, si al decir que ellos son *huacas* hablan en el sentido del río? —dijo el Señor del Principio—. ¿Quién puede ser tan insensato de intentar quitarLe la vida a un *huaca* redivivo en lugar de hacerLe ofrendas para ganarse Su favor?

Atahualpa se volvió lentamente hacia Rumi Ñahui y Zopezopahua, la flama de su mirada ahora completamente encendida.

—¿Para qué correr el riesgo innecesario de matarlos, si son los enviados de un aliento divino? ¿Para qué indisponerse por gusto con El Que Los Manda y exponerse a Sus represalias, cuando ha tenido la generosidad de enviarnos a los suyos a compartir sus poderes y saberes con nosotros?

Atahualpa acercó los dedos hacia la grieta y cuando volvió a alejarlos con la palma abierta hacia arriba, sobre ellos había trepado un pequeñísimo caracol, que se arrastraba lentamente como sobre un suave desierto de carne.

—Y si son hombres. Y si son un puñado de simples mortales venidos de tierras lejanas más allá de la Gran Cocha, ¿qué peligro puede correr el Inca? Por muchos y buenos que sean sus poderes y por veloces y fuertes que sean sus animales, tendrían que ser hijos de padre y madre *upa* si, con los alientos débiles y enfermizos que los animan, se les ocurriera tejer en sus corazones la demencia descabellada de enfrentarse al Único Señor, el Hijo del Que Todo lo Ilumina, el flamantísimo Vencedor del inepto Huáscar Inca y Nuevo Volteador y Empujador Supremo del Mundo de las Cuatro Direcciones.

De pronto, Atahualpa cerró la palma y la apretó, y se escuchó el ruido seco del caparazón rompiéndose. El Inca se restregó la mano en la manga de su camiseta, regresó a su taburete y, con el semblante remozado como el de un hombre recién purgado, se sentó.

—Te diré lo que harás, lo que dejarás de hacer —dijo el Señor del Principio orientándose hacia Rumi Ñahui, pero como si se dirigiera a alguien a un tiro de piedra a sus espaldas—. Mi fiel Sikinchara partirá al amanecer a hacerles una nueva visita a los extranjeros de mi parte. Esta vez ya no irá disfrazado de *yana* sino engalanado con sus mejores prendas de principal y acompañado de una comitiva digna del que habla por el Inca. Les entregará en el nombre del Único un atado de patos degollados rellenos de paja y varias *yupanas* de las que usan los *quipucamayos* para contar rápido a los muertos enemigos, para que sepan lo que le espera al que osa tejer contra el Inca. Pero también dos vasos de oro —no de plata, no de madera, de oro— para que sepan que beberé y haré pacto con ellos si traman en Mi favor. Entonces les preguntará si vienen a servir a Huáscar Inca o a Atahualpa Ticci Capac. Si dicen que vienen a servir a mi hermano, Sikinchara tratará de disuadirlos sin violencia, con palabras romas y ladeadas. No se ha descartado que sean *huacas* y nadie quiere provocar una venganza divina sobre nosotros.

Entonces Atahualpa sonrió con su sonrisa nocturna, corta y apretada.

—Pero si dicen que vienen a servirme a Mí —dijo el Señor del Principio—. Si dicen que se someten a la voluntad del Único Inca Ticci Capac y están dispuestos a ayudarLo en sus empresas, es el turno de que tú, Apu Rumi Ñahui, cumplas con el servicio que ahora te encomiendo. Te encargarás, Rumi Ñahui, de que nadie les haga ningún mal camino a Cajamarca. Te cuidarás bien de que no vean a ninguno de los diez mil guerreros de tus ejércitos. No quiero que se asusten, se den media vuelta y regresen al lugar más allá de la Gran Cocha de donde vinieron sin que Me hayan rendido antes sus poderes, Me hayan entregado lo nuevo que traen. Por eso, cuando los extranjeros arriben a Cajamarca, juntarás a tus huestes y te irás a los cerros de las afueras y te apostarás a la espera sin cruzar por ningún motivo los umbrales de la *Llacta*.

—Lo que me pides, Único Señor, es muy imprudente —dijo Rumi Ñahui con el ceño de piedra, sabiendo que se jugaba el pellejo con su sinceridad.

—No se abran más bocas sobre esto —dijo Atahualpa pisando las palabras de su general—. Si los barbudos no son dioses y entregan por las buenas sus armas, poderes y animales, serán bienvenidos a la plaza. Pero si no lo hacen... —el Único empezó a dar saltitos sobre el sitio como un *huahua* recién pasado por su primer corte de pelo— ¡haremos *chaco* con ellos, los arrearemos y los lacearemos tal como ha dicho Sikinchara!, ¡*chaco, chaco*! gritando, ¡huiiii, huiiii! cantando, y cuando estén todos juntitos en el *chaco*, separaremos a los que sepan cómo convocar sus poderes y al resto los ensartaremos con nuestras lanzas hasta que el último haya rendido su aliento y haya pasado a su Vida Siguiente Barbuda.

Cuerda de sexto nivel (adosada a la de cuarto nivel): marrón tierra removida, en Z

—Fue así como mi Señor salió con sus ejércitos a las afueras de Cajamarca, dejando indefenso al Inca —dice el compungido Zopezopahua—. Y desde las alturas de los cerros, vio cómo los barbudos atacaron, al mismo tiempo y desde tres lados de la plaza, al séquito del Inca, que solo llevaba armas de desfile, no de defensa. Cómo hicieron pedazos con sus varas uno por uno a los tres mil cargadores que se turnaban para mantener en alto las andas del Hijo del Sol, regando la plaza de Cajamarca con su sangre. Cómo descabezaron al necio Sikinchara en su primera arremetida, mientras su cuerpo seguía todavía frotándose las manos, ignorantes de su suerte. Cómo asesinaron al Señor de Chincha, que acompañaba a Atahualpa y había venido desde sus tierras costeñas para ver con sus propios ojos a los extranjeros, y recibió en su pecho un agujero de un rayo del Illapa. Cómo capturaron al Inca. Cómo capturaron al Único sin que Él hiciera nada para defenderse, nada para morir ante la ofensa, como si no terminara de creer lo que le estaba sucediendo, como si todo fuera una broma pesada de Su Padre El Que Todo lo Ilumina cuyo sentido no podía vislumbrar —los carrillos de las mejillas se tienden como para dar rienda suelta a un diluvio de lágrimas, pero logran contenerse—. Riendo como zorrino *upa* dicen que dijo —lo imita—. «En la guerra o se vence o se es vencido. Hoy era mi turno de perder».

Zopezopahua se hunde en el silencio. Suspira como quien cava el aire de su propio pecho en busca de las palabras apropiadas.

—Challco Chima, general invencible. La única traición de mi Señor fue obedecer fielmente la insensata orden del Único. Su única falta, no haber contradicho lo suficiente al Inca cuando el Único le exigió cumplir con su servicio —su voz adquiere el nuevo color de la urgencia—. Levántate. Abandona tu servicio a Atahualpa. El que dice ser Señor del Principio no merece la grandeza de tu *callpa*. Él solo se ha metido en las fauces de su enemigo y se ha dejado masticar. Hazte *Sinchi*, Único Guerrero que Manda la Región. Cierra tu puño, toma las riendas de las tierras jaujas y chancas que te ha tocado someter y mándalas como es debido. Sigue el ejemplo de mi Señor Rumi Ñahui, que se ha retraído en las tierras del norte aledañas a Tomebamba. Arranca la tierra de las manos soberbias y torpes de los que se nombran a sí mismos Hijos del Sol, pero ya no convocan Sus turnos, Su favor. Regresa con mi Señor al Tiempo de los Guerreros, en que la tierra era gobernada por los Grandes Combatientes, los que demostraban mayor fuerza y valentía en las peleas para marcar los mojones y linderos de los ríos y las tierras en las Guerras del Agua. Mucho antes del inicio del tiempo en que la guerrera Mama Huaco se casó con su propio hijo el Inca Manco Capac y, con los primeros quechuas, expulsó a los ayarmacas del Cuzco para hundir su vara en la *llacta* sagrada y dibujar sus formas primigenias de Puma.

Zopezopahua se tiende sobre el suelo, mostrando la espalda.

—Álzate, invencible Challco Chima, y empuja con mi Señor el nuevo comienzo, el nuevo regreso a la Era de los *Sinchis*.

Tercera cuerda: marrón teñido de rojo, en Z

Desque uiese a la syn par Inti Palla con el Inca en los Aposentos Reales aquella madrvgada svblime e açiaga en que el payssano le rregaló su desseo más ýntimo de uella desnuda, no çieRa el faraute los oxos syn que la tallanita no los tome catiuos.

Noches enteras atrabiéçanle figvras de la concvbina holgándose con Atahualpa uergüenças al aire en dispares posturas, botando bvffidos que calientan los sueños de Felipillo fasta heruille toda la leche que lleua dentro.

De día las menbranças tornan con más crueça. Con fvria acométenle sus pocos oçios de faraute, sítianle e allánanle el coraçón como pestilençia ueleidossa que uiene e se parte a su grado, en luenga congoxa dexándole svmido.

Congoxa que ha de rrvmiar en soledad: su payssano el Recojedor de Restos del Inca, apretado por sus travajos cotidianos, ayúnale trato, uista e conversaçión, que heran el solaz de Felipillo endemás del diario uiso clandestino de la amada.

En noches como aquesta en que no logra dormir, ymagina el faraute una fvtvra çita con Inti Palla e pone por obra sus aparejos, en los adereçando con ardimiento para ganarse el fabor de la que más que a sí mesmo ama.

No la forçará, como hazen los christianos con las yndias en todas las tieRas que pisan. Como los buenos enamorados, soltará sospiros e gemidos al prencipio del encuentro pero syn confesalle su amor, que ella no enbargante avrá de sospechar. Intrigada por aqueste mançebo que uiste como los barbudos pero no es como ellos, Inti Palla será toda oýdos con él. Començará Felipillo hablar y de su boca brotarán con segvrança en la boz palabras de salvdo en lengua tallana, que ella rresçebirá con su sonrrisa solar.

Felipillo canbiará estonçes a la lengua *simi*, en que dará iniçio a la su estoria, que marauillará a la syn par de la mesma guisa que ella en su trato con el Inca la noche dulçe e açerba que le vio. Acauada la qüenta, atenderá el faraute con paçiençia de enamorado el fuego de rretorno de la amada. Que avrá Inti Palla de dalle de buelta syn detenençia e con yncremento.

Un cruxido rresuena en las afueras de la casa e sale el faraute de sus pensamientos. Yergue la orexa, pero el cruxido no torna y Felipillo buelbe a sus sospiros e a su cuyta.

¿Qué estoria hechiçará a Inti Palla e ganará su coraçón?

Estaua la estoria de vna buena señora llamada Tchereçada, que pasase con su *curaca* (¿o le dezían *califa*?) myll y vna noches haziendo luenga rrelaçión de estorias fengidas para lo distraer de sus trajines asesinos con las donzellas de su pueblo. Hera aquesta estoria muy buena. Pero la aparta el faraute, ca es dilatada y de nunca acauar y el faraute quiere sospiros, que no bosteços.

Estaua la estoria de la Señora Elisena —que le contasse la señora christiana que le arrebató la virjinidad quando fincaua en la çibdad de Sevilla—, que en auiendo un fijo secreto con el fermoso cavallero Perión de Gaula, nombrólo Amadís, púsolo en una balsa con una caxa, una espada y una carta y dexó la encomienda a merzed de la marina corriente. Pero la estoria de cavalleros, nunca uista ni oýda de tallanes, ha menester de muchos ensanchamientos y explanaçiones para alcançar el coraçón de la amada.

Son más del grado del faraute las de señores y señoras flacos y despreçiados de todos, que paresçen syn poder pero quando lo muestran son los más poderossos del mvndo.

Estaua la estoria del señor Cvniraya, que escvchase de vn uiejo mareante de Chincha que uisitaua los mercados de Olón. Proçedýa de más abaxo de las costas tallanas, y la sin par podýa por ello la saber, pero hera la estoria que más querýa el faraute.

Dezía la estoria ansý:

Yva Cvniraya syenpre todo suçio y andraxoso y los otros *uacas* y *uillcas* del mundo no lo convidauan ny a sus comidas ny a sus fiestas. Cvniraya, que hera humildoso de natvra, no curaua de sus desayres e se pagaua de buena soledad.

Vn día passó por los predios de sus tierras la señora Cauillaca. Tanta hera la belleça de la señora que a su paso acallaron las aues, rryeron las açequias, siluaron los cantos rrodados, apartáronse las nubes e holgóse el Padre Sol de la poder covrir con su cálido manto. Cvniraya, que no viesse mvger más fermosa desque fuese parido, quísole hablar, pero Cauillaca vio su suçiedad, sus ropas desastradas, fizo mohín de asco e siguió por su vía.

Cvniraya, que desque conosçió a Cauillaca hera todo sospiros e gemidos, no podía ya pasarse de veer a su amada e yva a los predios de Cauillaca a la contenplar. Viola rreçebir a los *uacas* e los *uillcas*, que le offreçieron animales de raças nunca vistas e semillas de plantas desconoçidas si ella holgaua con ellos, pero Cauillaca los rrechaçó. «Ya he todo lo que me plaze dentro de mis predios», díxoles.

Vn día que Cvniraya cataua a su amada, viola comer con muy mucho grado la fruta del lúcumo que cresçía en los árboles de su jardín. Quando Cauillaca se ovo partido de aí, Cvniraya tornóse pájaro diminuto, voló fasta el lúcumo, fizo vn orifiçio en cada vna de sus frutas y puso su leche dentro.

Otro día que Cauillaca ovo hanbre, fue al lúcumo de su jardín, comió vna de sus frutas e quedó preñada. Cauillaca parió el niño, cryólo e dióle de mamar. Quando la criatura hera de vn año de hedad, Cauillaca mandó llamar a sus antiguos pretendientes. Los *uacas* y los *uillcas*, bien orondos con sus ropas finas, fueron a la çita. Cvniraya no hera conbidado de Cauillaca, pero tanbyén fue. Quando quiso sentarse en vno de los taburetes en çírculo de la terraça de la Señora, los *uacas* y los *uillcas* le estorvaron. «Cómo osas hazer junta con nosotros con esa ropa uieja y apestossa?», dixéronle. «Vete a la mesa de servientes».

Quando Cauillaca entró a la teRaça, todos los Señores echaron chicha ante su pissada. «Vos he llamado», dixo la Señora, «porque quyero conosçer quyén es el padre de mi fijo». Catáronse los *uacas* y los *uillcas* entre sí vna buena pieça, pero persona no abrió su boca. Dixo Cauillaca: «Vos he llamado porque quyero conosçer el padre de mi fijo e holgar con él». «Yo só», dixo vn *uaca*. «No, yo», dixo otro. E ansí todos los *uacas* e los *uillcas* menos Cvniraya fueron deziendo que heran el padre de la criatura. Como ya se yvan a las manos, Cauillaca salió de la teRaça e tornó a poco con el niño. «Ve donde está assentado el tu padre», díxole. Partióse la criatura del çírculo e fuese gateando a la mesa de servientes donde estaua Cvniraya e trepose a sus faldas en subiendo por sus inoxos. No que vio al padre de su fijo, católo Cauillaca de los pies a la caveça e mordióse las uñas de desesperança. «He parido fijo de un onbre miserable», dixo con tristura. Cvniraya descovrió estonçes su rrostro fermoso, atavióse con sus rropas de oro e mostró sus poderes, pero hera demasiado tarde. Cauillaca auía tomado la criatura e, con la cara desangrada de vergüença, auíase dado a coRer a las costas yungas. Cvniraya fue tras ella, ynquirió por el rrunbo tomado por su amada a todos los animales que falló por su vía, pero jamás alcançar la pudo.

Anda el faraute sopessando la historia, que no çierra tan bien como se menbraua (e por ello no conbyene para la çita con Inti Palla) quando torna a oýr crujidos, passos e rrascuños a la puerta, esta bez con claridad.

—Felipillo —dize la boz graue de Pedro de Candia—. Abre. Só yo.

Acalla el faraute en todas las lenguas que hablar conosçe. Porfía el jayán en pujar la puerta, pero no çede por la alta rruma de piedras que le ha puesto delante, en preuençión de las uisitas ynesperadas de Candia, que quyere holgar con él. Ynsiste el jayán vna pieça, fasta que se cansa e se parte de aí maldeziendo.

Queda quedo Felipillo por vn çiento de latidos de su coraçón.

En el nuevo silençio de la noche, ménbrase de vna estoria de onbres, que no de *uacas* ny de *uillcas*. Una estoria de amor

297

puro e ostinado, syn doblezes e syn freno, que no torna para syenpre al amado en amante e al amante en amado, como en las leyendas de dioses antiguos.

Vna estoria de amor ny oýda ny aprehendida de otros, sino vista con sus oxos proprios.

Cuerda secundaria: gris teñido de rojo, en S

Por aquel entonces Anguila y su primo Mantarraya ya se dejaban llamar por los nombres extranjeros de Felipillo y Juanillo. Habían acompañado a Naylamp y su corte durante más de una luna y media, perlongando aguas arriba y abajo las tierras huanca-vilcas y manteñas, intrigados por lo que los dioses buscaban con tanto paseo. Naylamp, a quien sus compañeros llamaban Ruyiz, movía con las manos la redondela de madera que conducía la casa marina. Cuando hacía buen tiempo, se la cedía a los primos que, chillando de contento, ponían a prueba su fresco poder de marcar el rumbo en el extraño navío de los dioses.

Naylamp era algo más grande, gordo y rojo que los otros miembros de su corte. Andaba siempre de buen humor, todo sonriente, menos cuando había fuerte oleaje o se acercaba una tormenta. Era amable con los primos. Se dejaba acariciar el pelo de la cara por ellos, les enseñaba palabras y expresiones en su idioma y les hablaba con voz dulce, de padre cariñoso.

Un día Naylamp y su corte desembarcaron en un poblado en las costas ásperas de los quillacingas que los primos jamás habían pisado. Los manteños tenían prohibido entrar si no querían guerra, así que los primos ingresaron con cautela, aunque también con curiosidad. No fueron recibidos por una lluvia de flechas, tal como temían, sino por un manchón de dioses barbudos. Eran como ochenta, estaban delgados y mugrientos y apenas podían tenerse en pie. Por más que trató, Anguila no supo hacerlos coincidir con ninguno de los demás miembros de la corte de Naylamp ni con ninguno de los dioses remotos que mencionaban los mercaderes de Olón en sus historias, que Felipillo, de tanto escucharlas, se había aprendido de memoria.

Naylamp intercambió saludos con ellos y subió a la balsa de la mercadería de los primos, que había remolcado hasta aquí. Tomó dos vasos de oro y un puñado de esmeraldas y bajó a la orilla. Fue rodeado de inmediato por una maraña de dioses, que, a pesar de su debilidad, hacía grandes esfuerzos por acercarse y tocar los vasos con los ojos mojados de una extraña brillantez.

Seguido por los primos y por los dioses barbudos que contaban con fuerzas suficientes, Naylamp emprendió camino por un cenagal que daba tierra adentro. No había ningún quillacinga en los contornos. No tardaron en llegar a una choza en que vivía un dios barbudo viejo y desdentado. El dios viejo palpó los vasos y mordió sus bordes y salió para ver las esmeraldas a la luz del Sol. Con voz raspada, dijo algunas palabras a Naylamp, quien se volvió hacia Felipillo, le señaló los vasos y las esmeraldas y le preguntó en lengua manteña: *dónde*. Felipillo le indicó un punto a lo lejos aguas abajo, en dirección a Olón, a Lampuná, a Tumbes. La cara del dios viejo, dura como una piedra durante todo el encuentro, se suavizó y arrugó de felicidad.

Mientras los dioses se despedían, Juanillo fue a recoger la mercadería para devolverla a la balsa, pero Naylamp se lo impidió.

—Este no es Naylamp —dijo Juanillo entre dientes mientras caminaban de regreso hacia la playa—. Y estos no son dioses sino piratas.

—¿Cómo sabes? ¿Has visto tripas de peces acaso?

—Míralo —apuntó con el mentón a Naylamp, que conversaba con unos barbudos en la orilla—. ¿Dónde está su Gran Concha de Caracol que dijiste? ¿Qué va a soplar sino para empujar el Mundo de nuevo? —hizo un giro con la mano, señalando a un pequeño grupo de barbudos echados a la sombra de unas palmeras esqueléticas—. Y míralos a esos. Todo sucios. Enfermos. Hambrientos. ¿Cómo es que no saben pescar? ¿Cómo a los dioses de la corte de Naylamp no les han enseñado? Estos son ladrones. Ladrones extranjeros. Dejémosles los vasos y las piedras y vámonos de aquí.

Felipillo no replicó. Para ser sincero, desde hacía tiempo que sospechaba que el barbudo que se portaba tan bien con ellos no era Naylamp, pero se había apegado a él y no le importaba si era un dios de verdad. Cuando estaba cerca suyo, ya no se sentía torpe y tonto, como cuando vivía en Olón y la gente le tiraba anzuelos, lo insultaba o se burlaba de él. Al lado del barbudo, sus manos se volvían hábiles, su pulso seguro, su corazón se despertaba y era capaz de atrapar y retener cualquier cosa. Y no se distraía como en los tiempos en que trabajaba en los talleres del *mullu* y su padre lo sacaba de sus ensoñaciones a puro pellizcón.

Pero no quería contradecir a su primo. Gracias a él, lo habían dejado partir con los Hermanos Mayores en ese viaje que le permitía conocer el mundo más allá de las orillas manteñas. Por eso y por el enorme cariño que le tenía, le dijo que sí, que se plegaría a sus planes y se fugaría con él.

Esperaron la oscuridad. Los barbudos no se orientaban bien de noche y no sabrían perseguirlos. Se escabulleron del campamento de ramas en que dormían y eludieron al chiquillo extranjero que hacía la guardia de la balsa con la mercancía, entretenido por unas llagas abiertas que no paraba de rascarse. Felipillo se las había visto a la luz de la jornada. Parecían frutas podridas que le hubieran reventado en la cara, el cuello, los brazos, las manos y, por lo que parecía, también en las partes, pues ahora el chiquillo se restregaba con desesperación debajo de su áspera y sucia ropa tapapiernas.

Sin hacer ruido, Juanillo entró al mar, nadó hasta la balsa, trepó por las cuerdas que la anclaban a la potala y, una vez dentro, le tendió el brazo a su primo para que subiera. Felipillo lo hizo y la balsa se ladeó peligrosamente, pero sin llegar a volcarse. Por si acaso, los primos se quedaron quietos mientras la balsa recuperaba el equilibrio. Tomaron los remos y, tratando de no tocar las rumas de *mullu* con los pies, se pusieron a remar. Con cuidado de no levantar mucha agua primero, con todas sus fuerzas después: por más que remaban, la corriente los devolvía a la orilla de inmediato.

En eso estaban cuando vieron a Ruyiz, que miraba fijamente en su dirección desde el techo de madera de la casa marina, donde solía dormir las noches calurosas. Era demasiado tarde para intentar esconderse y los primos solo pararon de remar. Ruyiz siguió mirando hacia su lado un rato y luego volvió a meterse al interior de la casa y no volvió a salir más. ¿Los había visto? Si así era ¿por qué les dejaba huir? ¿Tenía acaso un poder mágico sobre las corrientes marinas que impedía la partida de los primos por fuerte que remaran? Ni Felipillo ni Juanillo lo sabían, pero no querían arriesgarse y decidieron posponer la huida hasta un momento más propicio en que Ruyiz no estuviera presente.

A media mañana, Ruyiz les mandó llamar al tejado de la casa marina. Le acompañaba el barbudo viejo, a quien Ruyiz llamaba Donfaranciscu, y un extranjero gigantesco, que los primos no habían visto hasta ahora. Parecía un dios de otra familia, de otro lugar. Le llevaba dos cabezas al resto y vestía ropa vistosa y colorida, no los ropones grises o negros de los demás. En su brazo derecho sostenía un bastón largo y grueso de metal brillante y en la palma de su mano izquierda portaba dos bolitas grises iguales a huevos redondos. A un gesto del barbudo viejo, el gigante metió una bolita por el extremo del bastón. El gigante encendió una soguilla y, con el fuego, prendió la soguillita que salía del cabo opuesto. El fuego se desplazó lentamente, chasqueando como las hojas del algarrobo seco, y el gigante levantó el bastón y lo mantuvo en posición horizontal hasta que, pujúúúúúúúúúmmmmm, de él salió un fogonazo de rayo con su trueno dentro que les retumbó los oídos como nada que habían escuchado nunca. Felipillo se cubrió las orejas buscando en el cielo nubes negras, absurdas en este día soleado. Solo vio bandadas de chirocas que salían volando espantadas de los manchales cercanos en medio de los débiles gritos de alegría que algunos barbudos lanzaban desde la orilla. Pero la verdadera sorpresa vino cuando volteó la vista hacia la balsa con el *mullu*, que estaba amarrada a la casa marina, y vio un hueco humeante por donde las conchas sagradas caían al fondo del mar en una suave catarata. La balsa no se hundió —era de una madera que no podía hundirse jamás—, pero no había cómo reemplazar los troncos afectados en las cercanías de estas tierras hostiles y ya no se podría navegar en ella. Mientras Juanillo la miraba boquiabierto, Felipillo caía arrodillado sobre el sitio, temblando de miedo.

—¡Illapa, Señor del Rayo, perdónanos! —invocó—. ¡Perdónanos! ¡Perdónanos!

Durante los días siguientes, cuando los mandaban a pescar desde el techo de la casa marina o cocinar maíz en las orillas, los primos discutían vivamente sobre lo que habían visto. Juanillo había tenido razón. Los barbudos no eran dioses, eran más poderosos que dioses. Los habían capturado y metido en sus bastones y se servían de sus poderes cuando querían. Nada podían hacer los primos por ahora. Pero apenas vieran una flota de balsas manteñas en el horizonte, correrían a la orilla, entrarían en el mar y se irían nadando. Los barbudos no sabían nadar y, aunque aprendieran, estaban demasiado débiles y no podrían alcanzarlos. Hasta entonces, había que soportar la compañía de los barbudos y seguir aprendiendo de sus poderes.

Después de no haberle hablado desde que la balsa quedara inutilizada, Felipillo volvió al lado de Ruyiz, que lo recibió con la misma amabilidad bonachona de siempre. El barbudo gordo y rojo siguió enseñándolo palabras nuevas en su idioma, que Felipillo absorbía con una facilidad que a él mismo le desconcertaba. Pronto, las palabras se volvieron frases enteras, cortas y largas, que le encantaba repetir una y otra vez entre las sonrisas de los otros barbudos, que también empezaban a intercambiar palabras con él. Juanillo, por su parte, tenía la curiosidad encendida por los bastones que servían de prisión al Dios del Rayo, y andaba todo el tiempo con el gigante solo para contemplarlos. El gigante, a quien los barbudos llamaban Donpéduru o simplemente Candiya, no se molestaba por sus intrusiones. Le dejaba tocar los bastones y también el polvo mágico con que los encendían, le permitía soplar las soguillas de fuego perpetuo y jugar con las bolitas de metal que, Juanillo había por fin entendido, eran expulsadas con fuerza violenta hacia el blanco de su ira, como una flecha hambrienta arrojada por una cerbatana que vuela en pos de su presa.

Pronto, sin embargo, Ruyiz y Donpéduru ya no tuvieron tiempo libre para estar con ellos. La situación de los barbudos seguía deteriorándose y hubo que emprender nuevos merodeos por las costas para buscar nuevas tierras. Por más que buscaban, sin embargo, solo divisaban fangales y poblados abandonados y alguno que otro puñado de maíz. Al hambre, las diarreas, las enfermedades y muertes fulminantes —entre ellas la del joven vigía que habían visto desgarrarse la piel a punta de rascadas, y que pasó a su siguiente vida con la piel cubierta de forúnculos desgranados en pus— se arrimó la desesperación. Aunque les faltaba mucho para comprender bien la lengua extranjera, los primos ya podían traducir los alaridos cada vez más destemplados de los *quiristihanos* —así es como se hacían llamar— a Donfaranciscu como reproches por las promesas incumplidas y reclamos para que los sacara de ahí.

Las cosas se calmaron un poco con la llegada de una segunda casa marina, aún más grande que la de Ruyiz. Traía más *quiristihanos*, ropa, sirintus rosados de una raza nunca vista, aves rechonchas de alas atrofiadas —de carne deliciosa, como comprobarían después— y una treintena de extranjeros no barbudos de aire sumiso y despistado, entre quienes les llamó la atención un muchacho de piel oscura como el aceite de los pantanos, que parecía tener un choclo en en vez de dientes cuando sonreía.

La alegría por la llegada de la segunda casa no duró mucho. Pronto los reclamos a Donfaranciscu volvían a arreciar con mayor ferocidad. La tensión solo se diluyó unos días después, cuando la casa recién llegada partió de nuevo con unos cuantos *quiristihanos* hacia el mismo punto del horizonte por donde vino. Los *quiristihanos* que se quedaban, un poco más de cien, fueron transportados por Ruyiz a la playa de una isla no muy lejos de allí. Eran puro hueso y pellejo. Solo sobrevivían gracias a los cuidados que recibían de los sirvientes que habían traído, que mostraban una sorprendente habilidad para soportar las circunstancias más adversas. No solo pescaban y cocinaban para ellos, también les curaban las heridas con las hierbas y plantas que encontraban en el camino. Uno de los sirvientes hablaba el manteño de los mercaderes —aprendido, dijo, a punta de intercambiar *mullu* con ellos en su vida antes de que los *quiristihanos* lo atraparan— y les contó que eran chorotegas de las orillas de la laguna de Dirihá, entre los lagos de Cociboloca y Xolotalán, quince jornadas en balsa aguas y arriba y una a pie. Eran súbditos del Señor Dirihanigén, el Señor de los dirihanes, los que viven en los lugares altos.

—Los barbudos nos confunden con nuestros antiguos enemigos los niquiranos que servían al Señor que ellos llaman Nicarao, y por eso nos llaman nicaraguas.

Los habían sacado a la fuerza de sus tierras y llevado a un puerto en que quinientos barbudos se habían establecido, y donde los entregaban al servicio de uno de ellos. «No vale la pena rebelarse contra ellos», dijo el chorotega. «A los pocos de los nuestros que lo intentaron los mataron con crueldad.»

Un día, Felipillo, a medio camino de la tienda donde debía dejar la leña recién cortada que cargaba, empezó a sentir que unos mareos le chupaban la fuerza vital. Trató de llegar pero no pudo. Despertó sudando en un lecho improvisado de hojas en un campamento de ramas a la sombra. Le rodeaban Juanillo, Masaya —una mujer chorotega joven, que le daba de beber una poción caliente y amarga— y, con la cara roja contraída por la preocupación, el rojo Ruyiz. ¿O no se había despertado y todo esto era un sueño? No pudo saber. Casi de inmediato entró en un plácido mundo de tinieblas del que emergía por unos instantes solo para zambullirse de nuevo. Y en cada salida del pozo —ya fuera que la luz proveniente de afuera indicara que era de mañana, de tarde o de noche— siempre encontraba a Masaya cambiándole paños, a Juanillo mirándolo con concentración en que se traslucía el miedo o a Ruyiz hablándole despacio (aunque no entendía sus palabras).

No supo cuánto tiempo pasó, pero poco a poco las fiebres empezaron a bajar y la rutina de su entorno cambió. Masaya ya no le cambiaba los paños, solo le daba de comer a mediados de la mañana y luego se iba a hacer sus faenas. El resto del día se la pasaba solo —Juanillo se aparecía poco y sin ganas de hablar—, escuchando el silencio del oleaje. Ruyiz venía a su campamento al final de la jornada, cuando Masaya le servía la comida y la bebida de la tarde y, después de intercambiar palabras sonrientes con ella en su idioma, empezaba a hablar. A hablarle. A Felipillo en un principio le costaba seguirlo, pero no le importaba: la voz redonda y cálida del *quiristihano* barbudo lo acariciaba como una mano protectora, una mano paterna. A medida que se iba recuperando, fue abriéndose paso entre las ramas que no le dejaban entender lo que Ruyiz le decía.

Eran historias de su vida pasada como hombre de mar. Si le estaba comprendiendo, Ruyiz había empezado muy joven, *quando era moçuelo como tú*, sirviendo a un barbudo llamado Colom, que hacía viajes largos por mares desconocidos. Imitaba los destinos de un marino legendario del que le hablaban desde que era niño, y que se llamaba Sinebat. Sinebat —decía Ruyiz con los ojos encendidos— visitaba mares que nadie había visitado antes y en sus viajes encontraba países magníficos, islas flotantes que resultaban ser peces gigantescos, *huacas* que vivían en vasijas de bronce que, apenas las frotaban, salían y cumplían deseos, pájaros enormes que causaban tempestades cuando volaban y hombres que viajaban por el aire encima de mantas (como algunos *huacas* voladores de las historias que Felipillo conocía). Una y otra vez, el barco de Sinebat naufragaba y todos terminaban muriendo menos él y, habiéndolo perdido todo, se veía forzado a regresar a su ciudad natal —que se llamaba Baguidad o Baguedad, Felipillo no estaba seguro—, donde, maldiciendo, se prometía a sí mismo que jamás volvería a salir de tierra firme. De poco le duraba la promesa. Pronto Sinebat olvidaba los peligros y sufrimientos padecidos en su travesía anterior y se embarcaba en un nuevo viaje por el mundo en búsqueda de aventuras.

Un día las fiebres le volvieron y Felipillo volvió al estado nebuloso de antes. Sin embargo, una mecha se había encendido en su interior: en medio de sus nubes, Felipillo luchaba con todas sus fuerzas para recuperarse, pues quería seguir escuchando las historias de Ruyiz. Lo logró. Pronto fue capaz de ponerse de pie de nuevo y salir del campamento. «Las historias de Ruyiz me salvaron», dijo para sí.

En sus primeros merodeos por los alrededores, se dio cuenta de que había menos *quiristihanos*. Los chorotegas le dijeron que doce de ellos habían muerto acosados por las mismas fiebres que él, pero habían sido abandonados por sus dioses por alguna misteriosa razón. O bien no conocían suficientes historias que les hicieran querer seguir vivos para poder escucharlas.

Poco después de dos lunas, regresó la segunda casa marina. Estaba repleta de víveres, pero nadie en la isla se alegró y se siguió respirando el mismo aire denso de motín de antes de su llegada.

Al cabo de dos días, sin embargo, una tercera y una cuarta casas marinas, mucho más grandes que las dos primeras, asomaron en el horizonte y esta vez el júbilo reventó como una ola gigante entre los *quiristihanos*. Las naves no habían soltado todavía sus áncoras cuando más de cien brazos barbudos —de los ciento veinte que aún se mantenían con vida— intentaban treparse encima con las pocas fuerzas que les quedaban. El *quiristihano* que conducía la cuarta y última casa bajó a tierra y fue directamente hacia la choza donde estaba Donfaranciscu. Discutieron largo rato. Donfaranciscu se dirigió a la orilla, donde los *quiristihanos* que habían venido con él se apresuraban a formar almácigos de gente en torno a las pequeñas balsas de madera que los subirían a bordo de las casas que los regresarían a su tierra. Les habló. Felipillo no pudo escuchar lo que decía a pesar de que le oían en completo silencio, pues estaba a medio tiro de piedra de ahí con Juanillo, el de piel de aceite de los pantanos y los sirvientes chorotegas, y los sonidos se perdían entre el rumor de las olas. En un momento dado, Donfaranciscu sacó su espada —el cuchillo largo y de doble filo de los *quiristihanos*— y trazó una línea sobre la arena. Felipillo no entendía las reglas del juego que estaba presenciando, pero la extraña solemnidad con que los barbudos contemplaban a Donfaranciscu lo sobrecogió. De pronto, trece *quiristihanos*, Ruyiz entre ellos, cruzaron la línea y se colocaron a su lado. Donfaranciscu sonrió con su sonrisa sin dientes y los abrazó. El juego barbudo, fuera el que fuera, había terminado.

Después de andar navegando al lado de las otras tres casas por varias jornadas, la casa en que iban Felipillo, Juanillo y los chorotegas, que Ruyiz conducía, se separó y recaló en una isla pequeña y sin playa que habían avistado en una de sus exploraciones anteriores. Estaba completamente deshabitada y era de difícil acceso, por lo que les costó encontrar un sitio donde aportar. Descendieron a tierra Donfaranciscu y catorce barbudos más (los mismos, notó Felipillo, que habían cruzado la línea con él y dos más). Después de una breve conversación con Donfaranciscu, Ruyiz ordenó a los chorotegas, al hombre de piel de aceite de los pantanos y a Felipillo y Juanillo que bajaran a la orilla todos los costales de maíz de la cuarta casa marina. Terminada la tarea, Ruyiz empezó a soltar las amarras.

—¿*Y vos?* —preguntó Felipillo—. ¿*No quedáys?*

—*No. Pártome aguas arriba.*

—*¡Yo quedo con vos! ¡Llevadme!*

—*No. Vos quedarédes con Donfaranciscu. Él ha menester de vuestra ayuda.*

—*¡No!*

Sin poder controlarse, Felipillo se arrojó a los brazos de Ruyiz y rompió a llorar, pero el barbudo lo apartó con firmeza.

—*Tornaré en un mes, Felipillo.*

—¿*Qué es un mes?*

—*Treinta días con sus noches. Fasta estonces, sirve a Donfaranciscu como seruistes mi persona.*

—*¡No! ¡Llevadme con vos!*

A pesar de las lágrimas, Felipillo alcanzó a cernir el discreto y fugaz intercambio de miradas entre Ruyiz y Masaya, la mujer chorotega que lo había salvado de las fiebres. Ambos llevaban en los ojos una expresión desconocida para él, que mezclaba el deseo más ardiente con la tristeza más profunda, que destilaba a pesar suyo la esperanza de verse pronto de nuevo. Cuando Ruyiz subió a bordo, Masaya bajó los ojos. Solo los volvió a subir cuando la casa de Ruyiz había desaparecido en el horizonte.

La estancia en la isla fue muy dura. Tenían bastante maíz y abundaban el pescado y el cangrejo, pero llovía todo el tiempo y los vientos fuertes abatían una y otra vez las chozas que los chorotegas habían levantado trabajosamente con la poca madera que no estaba húmeda y las hojas de palma del lugar. Con un tronco ahuecado de árbol varado en la orilla tallaron una barca más o menos estable con la que hacían de vez en cuando rodeos a la isla, pero no encontraban más que matorrales y manchales infestados de mosquitos.

Lo más difícil, sin embargo, era la soledad. Donfaranciscu y los otros barbudos lo trataban con indiferencia, pero lo que más dolía era que Juanillo ya casi no hablaba con él ni siquiera en los tiempos de faena con los chorotegas, como si algo se hubiera roto entre los dos. En sus tiempos libres, su primo se iba al campo a practicar puntería con su cerbatana o donde los *quiristihanos*, especialmente Donpéduru, que se empecinaba en enseñarle a usar el arco fulminante con que lanzaba flechas a grandes distancias y con fuerza de dios. A veces su primo ni siquiera regresaba por la noche a la pequeña tiendecita donde dormían juntos y a la mañana siguiente los chorotegas, que se daban cuenta de su tristeza, lo invitaban a pescar o recoger leña con ellos. Aquellas tardes, Felipillo se la pasaba buscando en el horizonte alguna balsa manteña de ida o de vuelta de Panamá que pasara lo suficientemente cerca para irse nadando hacia ella sin mirar hacia atrás.

Una luna y media pasó y Ruyiz no regresaba. La desesperación empezó a calar en los *quiristihanos*, pero también en los chorotegas, que debían soportar sus arranques de ira. Tres barbudos enfermaron súbitamente de diarreas y empezaron a consumirse como frutas pasadas, y Donfranciscu ordenó a todos que juntaran madera para construir una casa marina con que retornar al país de donde habían venido. Ya habían reunido suficiente para media casa cuando apareció Ruyiz en la lejanía al cabo de dos lunas de ausencia. Traía provisiones, más animales y al parecer buenas noticias, pues después de su encuentro en tierra firme con Donfranciscu, el jefe de los *quiristihanos* volvió a sonreír.

Abandonaron la isla a la mañana siguiente. Con la promesa de que volverían por ellos en cuanto pudieran, dejaron a los tres enfermos al cuidado de los chorotegas y se hicieron a la mar. Tomaron el rumbo que iba aguas abajo, algo que, por más que los primos estuvieran acostumbrados a los poderes novedosos de la casa de Ruyiz, no dejaba de parecerles transgresor, pues se rebelaba impunemente contra la fuerza del Señor Que Camina por Debajo.

Durante veinticinco días bordearon las costas, manteñas primero y luego huancavilcas, bajando de vez en cuando en alguna playa. Apenas los veían acercarse en la casa, los habitantes de las riberas se alertaban a gritos y desaparecían como soplos entre los árboles y los pantanos, dejando como únicas huellas de su paso por el mundo alguna caldera con comida a medio hervir o alguna fogata de cenizas aún tibias. Cuando aportaron en Olón, nadie salió a recibirlos. Ni el *curaca* ni su padre ni su madre ni los Hermanos Mayores ni los pescadores. Nadie ante quien lucirse, nadie que viera con envidia con qué señores él y Mantarraya andaban, lo poderosos que se habían convertido. ¿A quién le enrostraba ahora Anguila los reproches, los insultos y las burlas del pasado? ¿Con quién se desfogaba el resentimiento acumulado sin darse cuenta contra la gente de su tierra desde su partida? Había deseado tanto regresar y ahora que estaba aquí solo tenía ganas de irse de nuevo. Y no era el único. Juanillo, para su sorpresa, tampoco quería quedarse. Él, que había sido amado por los dioses submarinos, preferido de los Hermanos Mayores y deseado por las mujeres manteñas. Él, que había perdido tanto y seguía teniendo mucho que perder en esta aventura, elegía el futuro incierto de los viajes sin rumbo de los *quiristihanos* en lugar de las seguridades incondicionales del hogar. Quizá por eso, a pesar de que ahora estaban distanciados y casi no se hablaran, se sintió de nuevo hermanado con él.

Cuando la casa partió de Olón y siguió camino aguas abajo, los *quiristihanos* ya habían perdido toda esperanza de encontrar más yndios —así llamaban los *quiristihanos* a todos los que no eran como ellos. Por eso, se sorprendieron cuando, acabando de pasar a lo largo de la isla Lampuná, la casa topó con una escuadra de balsas de guerra. Los balseros, armados con arcos, flechas y lanzas y pintados con rayas blancas en la cara y amarillas en el cuerpo, habían parado de remar y los observaban boquiabiertos, como los primos la primera vez que vieron a los barbudos.

Una sola mirada de Ruyiz y Felipillo supo lo que tenía que hacer. Lo que tenía que tratar de hacer. Sobreponiéndose al miedo feroz que le trepaba por la garganta endureciéndosela, habló a los balseros. Les dijo en idioma manteño que los señores barbudos que venían con él eran dioses poderosos venidos de tierras lejanas y que por su bien debían doblegarse ante ellos pues si no lo hacían pagarían las consecuencias de su atrevimiento y los visitantes les destruirían sus casas con rayos que traían en sus bolsas y…

La mano de Juanillo se posó en su hombro y Felipillo paró de hablar. Los balseros se miraban unos a otros con ojos de pregunta: no habían entendido ni una palabra.

—*Mis señores les dan las gracias por venir a darles la bienvenida* —dijo Juanillo en *simi*, la lengua de los incas, con voz potente y clara.

Se hizo un silencio espeso. Un guerrero con tocado de plumas negras y cara recelosa remó hasta que su balsa estuvo a diez abrazos de la casa *quiristihana*.

—*¿Quiénes son tus señores?* —preguntó en *simi*, el Idioma de la Gente.

—*Son visitantes extranjeros que vienen a conocer a los Señores de aquí y entregarles presentes.*

El guerrero se indicó un dibujo de pescados tatuado en su pecho.

—*Nosotros venimos de Tumbes. Estábamos yendo a castigar a los de Lampuná, que son ladrones y nos robaron nuestras cosechas y unas mujeres. Pero vamos a dejar la guerra para después. Vamos a ser buenos anfitriones y llevarlos a tus señores a nuestra tierra.*

Juanillo tradujo al *quiristihano* todo el intercambio de palabras, que Felipillo había entendido solo a medias, y Donfaranciscu cabeceó, la manera barbuda de decir que se plegaban a sus deseos.

—*Te seguimos* —dijo Juanillo al líder balsero.

De un solo golpe de remo, el guerrero tumbesino hizo girar su balsa en dirección contraria y empezó a remar. Los otros balseros se dividieron en dos grupos, uno a cada lado de la casa marina, y siguieron el rumbo marcado por su jefe mientras en Felipillo burbujeaban sentimientos encontrados. Sentía vergüenza por haber fracasado enfrente de todos en su primera traducción, impotencia por no comprender el Idioma General de los incas —a diferencia de Juanillo, él no había frecuentado la corte del *curaca* y apenas entendía el *simi*—, y miedo de que, apenas pisaran tierra tumbesina, los barbudos lo abandonaran por inútil.

No lo hicieron. La casa marina de Ruyiz llegó a Tumbes aquella misma tarde. En la orilla los esperaba un gentío, alertado sin duda de la presencia extranjera por las balsas de avanzada. Donalonsu, un barbudo joven, se ofreció a bajar a tierra e ir a presentarse ante el *curaca* en nombre de los *quiristihanos*. Donfaranciscu accedió y le dio una pareja de cerdos y un *gallo* y una *gallina* —nombres del ave macho y el ave hembra de alas truncas que los barbudos habían traído de Nomberetyós, el pueblo de donde venían— para que se los entregara al *curaca*. En voz baja, le pidió a Donpéduru que tuviera *el arcabuz aparejado y el braço presto, que ahún no es nazido yndio de fiar*. Donalonsu le pidió a Benito que lo acompañara. Pero apenas los dos bajaron a la orilla, los ribereños rodearon al sirviente de color de aceite de los pantanos y no lo dejaron moverse. Lo tocaban, lo rascaban, lo pellizcaban, alguno le aventó una tinaja de agua y otro le restregaba la piel con piedras pómez para ver si se desteñía mientras Benito, bonachón como siempre, sonreía y aguantaba sin quejarse. Luego de esperar un rato y ver que no lo soltaban, Donalonsu se internó solo por una trocha entre los árboles que iba tierra adentro. Volvió soplado por el Señor del Pasmo —con los ojos salidos, balbuceando, hablando atropelladamente y comiéndose las palabras—, por lo que Felipillo no pudo entender lo que decía. Donfranciscu sí le entendió, pero pareció que no le creía pues pidió a Donpéduru que fuera a tierra y mirara de nuevo lo que fuera que Donalonsu decía haber visto. Vestido con su *cota* —la prenda de metal con que los barbudos se cubrían el pecho cuando les venían ganas de relucir ante el Sol— y acompañado del *arcabuz*, el gigante fue a tierra firme y, rodeado por una turba festiva de curiosos tumbesinos, caminó por el mismo sendero por el que había ido Donalonsu hasta perderse entre la floresta. Tardó mucho más que él en regresar, pero cuando lo hizo —rodeado de una muchedumbre de *yndios* que lo aclamaba— se le veía incluso más soplado que a Donalonsu, pero a él sí se le comprendía cuando hablaba.

El gigante alabó sin reservas los siete muros de defensa de la ciudad y los dibujos en relieve de sus paredes de adobe, pintadas de colores; los campos en que vivían *toromitaryos* (¿?), las casas en forma de círculo donde vivían mujeres. Dijo que las paredes de una casa tenían planchas de oro y que había visto gente bebiendo de cántaros de plata y que las gentes hablaban en una lengua llamada *alhuaraviya* (¿?). Pero se quejó del *curaca*, que cuando menos se lo esperaba soltó dos *tíjeres* (¿?) en su presencia y Donpéduru se vio obligado a espantarlos a *tiros* (que era como llamaban a los vómitos de fuego de su *arcabuz*).

Todos los presentes, asustados por el estruendo, habían corrido entonces a esconderse menos el *curaca*, que tranquilamente se acercó a la boca del *arcabuz* y le dio de beber de su escudilla, susurrándole palabras suaves como a una divinidad enfurecida con la que quisiera congraciarse.

Bien aprovisionados de comida por los tumbesinos, los *quiristihanos* retomaron su viaje aguas abajo. Poco a poco fueron desapareciendo los manchales y fangales y asomando los arenales, interrumpidos por alguno que otro valle frondoso formado alrededor de un río de poco caudal. La voz de su paseo por las costas parecía haber corrido entre los *yndios*, pues en muchas riberas se les acercaban balseros con fruta y pescado y les hacían reverencias. Hablaban en lenguas que ni Juanillo ni Felipillo conocían, pero aún así se dejaban entender: señalaban a Donpéduru, imitaban el sonido de un estallido con la boca y señalaban las orillas en que se hallaban sus poblados: Payta, Tangarará, Motupe y otros de nombres que Felipillo no pudo repetir. Donfranciscu aceptaba sus ofrendas y regalos, pero rechazaba con firmeza cortés todas las invitaciones a desembarcar.

Salvo una que otra noche pasada sin dormir por los aullidos de las focas que abarrotaban una isla, la travesía continuó sin contratiempos hasta que la leña se les acabó. Al pie de una playa colindante con un bosque, Ruyiz soltó el áncora y Donalonsu bajó en una balsa para recolectar ramas secas. Para cuando ya tenía acumuladas suficientes, el viento soplaba tan fuerte y las olas eran tan grandes que no le fue posible salir de la orilla y superar la rompiente con el cargamento. Tres días con sus noches estuvieron esperando los *quiristihanos* de la casa marina —y Benito y Juanillo y Felipillo— a que las aguas se calmaran, pero el mar no hacía sino embravecerse más y Donfranciscu, lamentándolo mucho, tuvo que mandar a Ruyiz que soltara las amarras y siguiera costeando: ya recogerían a Donalonsu al regreso, cuando hubieran terminado con sus exploraciones en contra del sentido en que andaba el Señor Que Camina por Debajo.

Algunos días más adelante, poco después de recibir el saludo bullicioso de los *yndios* de una ribera que ellos llamaban Chicama, divisaron unas islas negras infestadas de manchas blancas y Ruyiz acercó la casa marina para verlas mejor. Parecían frutas gigantes invadidas por el moho que un dios despechado hubiera arrojado al mar. A medida que se aproximaban se fueron afilando sus promontorios llenos de miles de pájaros y se fue haciendo cada vez más penetrante su denso olor a caca. Felipillo cayó fulminado de rodillas. Estas aves larguiruchas y desmañadas eran sin duda los famosos *guanayes*, las aves marinas cuyo excremento sagrado mandaban traer desde estas islas lejanas pues despertaba la tierra y la hacía fructificar. Felipillo nunca las había visto antes aunque conocía los remedos del *guanay* que hacían en Olón durante las fiestas a los Animales Tutelares de las tierras huancavilcas y manteñas, en una danza que sus padres le habían hecho aprender de niño a regañadientes y que hacía reír hasta las lágrimas a hombres y mujeres, jóvenes y viejos. Esperó con ansias el momento en que volvieron a verlas de nuevo en dos islas que los nativos llamaban Guañape, frente a la ensenada de Huanchaco, y se dedicó a observarlas con fascinación. A escondidas, cuando los *quiristihanos* estaban demasiado distraídos regalando anzuelos o peinetas a los habitantes de las orillas, que no paraban de venir a ofrecerles comida y bebida e invitarlos a bajar, Felipillo evocaba los pasos de la danza y los practicaba a solas como si de un amuleto protector se tratara. Poco a poco el animal, con el que se sentía extrañamente identificado, empezó a entrarle en los movimientos del cuerpo. A ser uno con él.

Cuando estaban a alturas del río que los *yndios* del sitio llamaban Shanta, Donfaranciscu ordenó dar la vuelta y empezar el viaje de retorno. Quizá temía que si continuaban los otros barbudos, seguirían el ejemplo de Bocanégara, un *quiristihano* que se escabulló por la borda a las orillas de Huanchaco y ya no quiso regresar. Quizá hacía caso de las incipientes señales de motín que daban algunos de los barbudos a bordo, hartos de las estrecheces del viaje, que no parecía tener fin. En todo caso, el camino de vuelta se les hacía mucho más corto que el de ida: la casa marina iba a partir de ahora en el mismo sentido que los pasos del Señor Que Camina por Debajo y avanzaba mucho más rápido empujado por Él, con la ventaja de que Ruyiz ya estaba familiarizado con las aguas que navegaba y sabía dónde se encontraban los escollos y los arenales submarinos poco profundos, que sorteaba con pasmosa destreza.

Una noche sin luna una gran balsa se les avecinó en medio de la oscuridad. Sus tripulantes abordaron la casa marina tan velozmente que los barbudos apenas tuvieron tiempo de apartarse las legañas y echar mano a sus *espadas*. Ya se aprestaban a usarlas contra la primera sombra que se les pusiera delante cuando la inconfundible voz ronca de Donalonsu —*como ueys, hermanos de auentura, mala hierba nunca muere*— convirtió su sobresalto en alegre bullicio. Después de que sus compañeros dieran rienda suelta a la felicidad de encontrarlo sano y salvo, Donalonsu, que no parecía guardar resentimiento alguno por el abandono de sus compañeros, alabó el clima de la tierra, en que casi no llovía, contó someramente de los regadíos de buena construcción que había visto y presentó a la decena de *yndios* que lo acompañaban. Eran apoderados de una Señora *cacica* llamada *Capullana* que había invitado a Donfaranciscu a bajar en sus tierras de Motupe durante el viaje aguas abajo, pero cuya oferta, como todas, había sido amablemente rechazada. Los apoderados habían cuidado de Donalonsu con gran solicitud desde que se quedara varado en la orilla. Su trato, sin embargo, no se podía comparar con la acogida que le había prodigado la Señora *Capullana* misma —*la mvger más fermosa que cató onbre*, dijo Donalonsu— que lo había recibido en su casa *a cuerpo de Rey*. Los apoderados a duras penas hablaban el *simi*, pero gracias a Juanillo pudieron hacerse entender. Se llamaban a sí mismos *tallanes* y rogaban a Donfaranciscu, en nombre de su Señora, que bajara a tierra en un puerto que no estaba muy lejos de ahí y comiera con ella, que si no ella se enfadaría con ellos. Donfaranciscu intercambió rápidas miradas con Ruyiz y Donpéduru y dijo que iría, pero que primero mandaría a unos enviados suyos a hacerle una visita. No tuvo que pedir voluntarios: Doniculás, Decuhéllar, Alcón y el mismo Donalonsu se ofrecieron para ir al encuentro de la Señora, incluso con la condición, impuesta por Donfaranciscu, de que fueran a la cita sin otra arma que sus *espadas*.

Los voluntarios desembarcaron en el puerto señalado por los apoderados *tallanes* —una rada pequeña de arena muy blanca— y regresaron a bordo esa misma tarde, en una gran balsa escoltada por cientos de barquitos de paja de totora tripulados por un solo hombre, que cubrían todo el horizonte. La balsa, tan grande como la casa marina barbuda, no tenía nada que envidiarle a los mejores navíos huancavilcas. Era de madera y caña, tenía doble techo de paja trenzada y estaba adornada de racimos de flores cuyo aroma embriagador a algarrobo llegaba hasta el mirador, a pesar de encontrarse a más de tiro y medio de piedra. Detrás de los tres pilotos que la conducían —uno manejaba la espadilla central que marcaba el rumbo mientras los otros dos dirigían a las dos hileras de remeros a ambos lados—, estaban los barbudos visitantes. A medida que se acercaban se fueron definiendo sus siluetas y la de una mujer que los acompañaba. La mujer era más alta que los barbudos y sus cabellos le llegaban hasta las honduras detrás de las rodillas. Vestía un espeso y bien labrado traje de gasa blanca que no lograba ocultar del todo su cuerpo de formas suaves y apretadas en el que se adivinaban sus senos amplios, redondos y duros. Cuando estuvo a distancia de mirada, Felipillo pudo ver su tez bronceada que tenía la tersura del canto rodado y sus ojos y cejas negros dibujados por mascareros de dioses.

La conmoción que se produjo en sus entrañas lo desorientó. Nunca había sentido algo así. El vientre le hervía, el corazón le latía rápido como cuando presentía un peligro (pero esto no era miedo, era otra cosa) y tenía que tomar aire de más para poder seguir respirando. Se volvió hacia Juanillo, que estaba como siempre al lado de Donpéduru, para compartir con él el asombro de lo que estaban viendo, pero en la mirada de su primo no había lo que presentía en la suya propia, solo una distante curiosidad. En los barbudos, sin embargo, sí se traslucía el impacto que hacía en ellos la presencia de la señora. Cuando, sin abandonar la postura erguida que realzaba su hermosura, la *Capullana* subió a bordo de la casa marina de la mano de Alcón —que no la abandonaba ni un solo instante—, doblaron una rodilla sobre cubierta e inclinaron profundamente la cabeza, algo que Felipillo no les había visto hacer ante nadie. *La doña porfió en venir*, dijo Doniculás a Donfaranciscu. Y pasó de inmediato y sin que nadie se lo socilitara a alabar el buen trato que habían recibido de los *yndios*, que los habían llevado en hombros hasta el bohío en que la *Capullana* les esperaba con manjares exquisitos, *como yantar de reyes moros que la dueña nos servió de su mano mesma*. Donfaranciscu se volvió hacia la señora, que se adelantó hasta que estuvo enfrente suyo y, mirándole directamente a los ojos, le habló en *simi* con voz grave, lenta y bien modulada. Donfaranciscu se volvió hacia Juanillo, pero este tosió y se señaló la garganta —se había quedado sin voz— y Donfaranciscu giró hacia Felipillo.

—*¿Qué dixo la señora, Felipillo?*

Un ramalazo de angustia casi le dobló las piernas. Confiado en que darían como siempre la traducción a su primo y cautivado por la belleza de la señora, no había prestado atención a lo que esta había dicho. Haciendo un esfuerzo descomunal para superar antes de que fuera demasiado tarde la timidez que empezaba a inmovilizarlo, se volvió hacia la *capullana* y le dijo con la mirada dirigida hacia su cintura, pues no se atrevía a levantarla más arriba:

—*¿Repites, señora?*

Felipillo hubiera jurado que la señora sonreía mientras repetía lo que había dicho. Felipillo alzó la vista y contempló sus labios en movimiento —amplios, bien torneados, jugosos como fruta en su momento máximo antes del inicio inevitable del deterioro—, que lo distraían mientras él trataba desesperadamente de arrancar el sentido de lo que decían, que se le antojaba un abultado amasijo de sonido sin desenredar. Sintió cómo el sudor le mojaba las sienes y le bajaba por las mejillas. Quiso morir. ¿Qué hacía aquí, impostando una faena que no le correspondía? Apenas entendía el *simi*, que era un pocillo de agua que se le escapaba entre los dedos de las manos. Suspiró y los apretó enfrente de su pecho con todas sus fuerzas. Cuando empezaba a desfallecer y maldecirse a sí mismo una vez más, la expresión 'torre de mar' se formó en su corazón. Era lo único que había podido comprender, pero el resto se fue concatenando misteriosamente a medida que repetía para sí lo que había dicho la señora e iba identificando las otras palabras, a la velocidad de un rayo angustioso, inesperado en medio de la oscuridad.

—*Dize la señora* —tradujo por fin—. *Así como ella vino a su torre de mar, vuestra merzed ha de poner pie en tierra y comer con ella.*

Donfaranciscu asintió y se despidió de la Señora. Cuando esta iba de regreso a sus orillas, Juanillo se le acercó y le pellizcó el brazo con disimulo.

—Bien hecho —le dijo al oído con su voz entera, sin mella. Y, apartándose con una sonrisa maliciosa, volvió al lado de Donpéduru.

La mañana siguiente, antes de que saliera el Sol, rodearon la casa marina más de cincuenta balsas. En la más grande de ellas había doce señores vestidos con camisetas de labrado fino, líneas blancas pintadas en los brazos y anillos en la nariz. Venían de parte de su señora la *Capullana* para instalarse a bordo de la casa hasta que Donfaranciscu regresara de su comida con ella. Si algo le pasaba al visitante barbudo o a los que vinieran con él, dijeron los señores, el resto podía matarlos para comérselos o hacer muebles con ellos. Por más que Donfaranciscu les dijo que confiaba en la buena voluntad de la señora y les pidió que bajaran de la casa, los señores no se movieron de su sitio.

Acompañaron a Donfaranciscu Juanillo, Felipillo y todos los barbudos que no habían ido la primera vez. También Alcón, que le rogó al jefe *quiristihano* que le dejara bajar a comer de nuevo con la señora. La *Capullana* y su corte los recibieron en la orilla cantando en corro con espigas de maíz en las manos, que agitaban con sus hojas cada vez que un visitante ponía pie en tierra. Luego fueron con Donfaranciscu y sus invitados por un sendero en medio de la floresta que daba a un descampado, donde un cobertizo hecho de ramas que olía a savia fresca daba una sombra densa y bien ventilada. La Señora les ofreció asiento en unos troncos colocados en círculo y pintados con figuras de señores que viajaban en balsas, y les sirvió en hojas de palma tollo ahumado con maíz cocido, carne de lagartija cocinada al vapor y sazonada con hierbas olorosas. Todo era delicioso. Como por magia, la *Capullana* se aparecía al lado de cada invitado al que empezaba a faltarle bebida —un zumo de fruta fermentada que dejaba un agradable sabor ácido en el paladar— y llenaba otra vez su vaso de madera. Cuando la Señora llenó el vaso de Felipillo, el aroma cautivante que destilaba su cuerpo le irguió las partes de manera tan súbita que tuvo que ponerse las hojas de palma en las faldas del taparrabo para que no se le notara. Alcón, que tampoco apartaba los ojos de la Señora, vaciaba su vaso a cada rato —lo que le ganaba la silenciosa mirada de reproche de Donfaranciscu— y suspiraba cuando ella se le acercaba y le servía de nuevo. Al final de la comida, varias señoras y señores *tallanes* de la corte de la *Capullana* que merendaban al aire libre entraron al cobertizo y empezaron a danzar y cantar. Los *quiristihanos*, siguiendo la orden de Donfaranciscu de ser amables con sus anfitriones, marcaron el ritmo con palmadas y festejaron ruidosamente cuando terminó. Fue entonces que Donfaranciscu se levantó y le pidió a Juanillo que tradujera lo que iba a decir.

Habló —y Felipillo no estaba seguro de estar entendiendo cabalmente lo que dijo— de un dios que tenía más poderes que todos los otros y que estaba sentado en el aire. Este dios tenía dos sirvientes favoritos, un rey y una reina, a quienes Donfaranciscu servía a su vez. Si la *Capullana* y su pueblo permitían que Donfaranciscu y los barbudos que venían con él propagaran las historias de origen de este dios sentado, los *quiristihanos* serían sus aliados y la Señora podría a sentarse en el aire con el dios. Si no lo hacían, entonces —¿entendía bien Felipillo?— los barbudos les harían la guerra, tomarían a las gentes de su pueblo como esclavos, les quitarían todos sus bienes y les harían todo el daño que podrían.

Juanillo, que parecía igual de perdido y desconcertado con las palabras de Donfaranciscu que Felipillo, le dijo en *simi* a la *Capullana* que el jefe barbudo y sus acompañantes estaban muy felices por la manera en que les habían servido y que querían volver con más gente. La Señora se puso muy contenta, fue donde Donfaranciscu y le besó los dorsos de las manos. Donfaranciscu le pidió a Donpéduru una manta con figuras pintadas que había traído y, murmurando palabras ininteligibles en voz baja, se la pasó a la Señora, indicándole con gestos que la alzara tres veces. Ella, visiblemente divertida por la ocurrencia barbuda, obedeció. Los *quiristihanos* estallaron entonces en un alboroto extraño que movió a Juanillo y Felipillo a intercambiar miradas de interrogación cómplice: ¿de qué tanto se reían estos?

En la caminata de vuelta a la orilla, Alcón se acercó tres veces a Donfaranciscu para pedirle que lo dejara quedarse en la tierra. Tres veces se negó el jefe barbudo de manera terminante. Todo el tiempo del trasbordo a la casa marina se lo pasó el *quiristihano* mascullando maldiciones en voz baja. Felipillo, que iba en la misma balsa que él, capturaba al vuelo alguna que otra palabra aislada, casi siempre la misma: *mía, mía, mía.* Apenas subieron a la casa, Alcón tomó una *espada* rota y, con el filo, empezó a dar tajos profundos al mástil mientras decía a gritos que, *como no le dexavan afincar, desposar la Señora Capullana su mvger y tomar poseçión desta tierra, ninguno no tornaría biuo a Panamá.* Donpéduru trató de asirle el brazo y arrebatarle la *espada* en un momento de descuido, pero el lance le costó un corte en la mano, que empezó a manar sangre de inmediato. De pronto, Alcón dio un grito de dolor y se miró el antebrazo, donde tenía alojada una larga espina de maguey, el proyectil favorito de la cerbatana de Juanillo. De un movimiento rápido, Ruyiz tomó uno de los remos de la casa y le dio un golpe a Alcón en la cabeza, que lo dejó tumbado sobre cubierta. Con rapidez, Donalonsu y Decuhéllar se abalanzaron sobre él, le pusieron nudos de metal en las manos y lo llevaron a la barriga de la casa marina, donde Alcón pasó el resto del viaje.

Esa noche, mientras la casa marina se dejaba llevar por El Señor Que Camina por Debajo y remontaba aguas arriba, Felipillo soñó con una mantarraya rodeada de un banco de tollos que le mordían, resondrándole por una falta que había cometido. La mantarraya estaba viva y, cosa rara, no se defendía con su cola, que terminaba en un aguijón muy grueso, largo y venenoso. De pronto, empezó a oírse, cada vez más fuerte, su gemido de protesta. Le pareció raro poder escucharlo con tanta claridad, pues estaban en el fondo del mar. El gemido se hizo poco a poco tan fuerte que terminó por despertarlo.

El gemido provenía de su izquierda, del rincón solitario de la bodega donde dormía su primo. Por el tamaño de la sombra que se recortaba intermitentemente gracias a la poca luz que entraba por la abertura en forma de círculo que les permitía respirar, Felipillo supo que Juanillo no estaba solo. No tuvo que ajustar sus ojos a la oscuridad para saber que se trataba de Donpéduru, que empotraba a Juanillo contra la madera a empellones secos y continuos. Iba a levantarse, tomar una de las piedras que habían recogido de recuerdo en las playas *tallanas* y descargarla en la cabeza del gigante. No lo hizo porque tuviera miedo de Donpéduru. Solo desistió porque, después de afinar el oído, no estaba seguro de si Juanillo gemía porque le dolía o porque le gustaba.

Octava serie de cuerdas – pasado

Primera cuerda: marrón como el polluelo del pájaro *allqamari*, en S

La primera jornada fue la más difícil. Cada vez que alguien le llamaba por el nombre del hijo de su Señor —¿seguía siendo Usco su Señor?—, volvían a Qanchis los ojos grandes y vacíos del Gato Salvaje Chiquito tendidos hacia el techo del *tambo* en que hicieron el trueque de identidades, el atasco sonoro en su garganta, la última burbuja verde saliendo de su boca. Regresaban las palabras roncas del Señor Enano mientras le ayudaba a quitarse la ropa de *yana* de servicio y ponerse a toda prisa la del chiquillo a quien habían arrebatado el aliento a cambio de su nombre.

—A partir de ahora serás Oscollo, hijo de Usco Huaraca, el inca más leal de todos los que el Único ascendió por sus méritos. Estate a la altura de su sacrificio y no reveles a nadie quién eres ni de dónde vienes. Y por supuesto, ni una sola palabra a nadie sobre tu don —la voz del Señor Enano Chimpu Shánkutu se volvió un susurro, como si lo siguiente fuera más para sí mismo que para Qanchis—. Lástima que solo seas un *yana*. Si fueras hijo de *curaca*, nada de esto habría sido necesario.

El vértigo de sensaciones y acontecimientos comenzó no bien cruzaron los umbrales de la Ciudad Ombligo. No hubo tiempo de llorar al chiquillo con que había compartido desvelos en las tierras de los principales corruptos de Vilcashuaman, al casi amigo con quien había tirado *huicullo*, que había confesado sus dudas e intimidades con él. Todo se confabulaba para distraerlo, deslumbrarlo. *Huacapuncu*, el pórtico por el que entraron a la Gran Ciudad, era una gran estela de piedra esculpida sobre dos pilastras. Parecía el umbral de una casa sin paredes construida por gigantes cuyos linderos se extendían más allá del horizonte. Sus pilastras estaban unidas por una larga y espesa cinta de oro tan resplandeciente que parecía recién sobada. ¿Quién habría tallado, con qué truco, los relieves exactos, ordenados y sin falla que adornaban las lisuras de la roca, mucho más lisas y bellas que la más hermosa de todo Vilcashuaman?

Pero era sobre todo el paisaje que se veía desde la Puerta lo que le suspendía el respiro, lo que le hacía sentirse nuevamente ajeno a su piel reciente de Gato Salvaje Chiquito (no soy, no puedo ser digno de esto). Si la primera visión de la plaza de la *Llacta* del Halcón Sagrado le había cegado con los brillos soltados por sus lágrimas solares, creyó quemarse los ojos cuando esparció su mirada brevemente por diferentes puntos de la *Llacta* Ombligo, cuyos resplandores competían con los del Sol mismo. ¿Qué tristezas habrían hecho llorar tanto al Que Todo lo Ilumina en el Ombligo del Mundo para hacerle llenar la ciudad con sus lágrimas?

Las cuatro comitivas siguieron de frente por un largo camino empedrado que descendía en la línea más recta que Qanchis había visto jamás. Era lo suficientemente ancho para permitir el paso de dos andas y sus cargadores a la vez. En el medio, una acequia civilizada y profunda de agua transparente discurría en silencio, atravesada aquí y allá por planchones de madera gruesa que servían de puentes entre sus orillas. En uno y otro sentido del camino se desplazaban siete Señores con trajes de lana espesa y fina repleta de dibujos que se repetían o invertían, brazaletes de metal gris, canilleras y tobilleras de piel, tocados de plumas multicolores y pendientes de oro tan grandes que les jalaban los pendones de las orejas hasta la altura de las tetillas. Vio a doce *chasquis* que venían y quince que partían con talegas de venado terciadas en la cadera. En una esquina treinta y siete mujeres vestidas de gris cantaban un *wanka* de cosecha sin levantar la vista —debían ser *mamaconas*, como las que había visto en Vilcashuaman— mientras lavaban ropa en unos morteros de piedra. Gentes de cuarenta y cuatro rincones distintos del Mundo —esa era la cantidad de tocados distintos plantados sobre las cabezas— conversaban en las calles con hombres trajeados de funcionarios. «El Inca debe saber de un solo vistazo de qué Mundo vienen», había dicho Usco alguna vez, «si son de Arriba o de Abajo y a qué *ayllu* pertenecen, para saber a qué atenerse con ellos: hay que poder distinguir de inmediato al aliado de aquel que solo espera el momento propicio para traicionarte».

Llegaron a la plaza más grande del Mundo. Cabrían en ella sin apretarse treinta y cinco mil personas, aunque en ese momento solo había mil setecientas treinta y dos. El suelo estaba recubierto de una materia blanca que crujía suavemente a cada paso de los cargadores, amortiguándolo. En una de las esquinas dos pequeñas comitivas con sus andas de brocado lujosísimo estaban estacionadas una al lado de la otra, y desde las silletas que los sostenían, dos *mallquis*, momias hincadas como fetos en el vientre de su madre, tan bien conservadas que parecían viviendo todavía en El Lugar Presente, charlaban muy entretenidas por boca de sus Portavoces.

En el medio de la plaza, erigidos sobre pilares de piedra, se levantaban cuatro galpones enormes con techos de paja trenzada recubiertos de mantas negras con dibujos multicolores de dioses desconocidos; en el centro se alzaba un *ushnu* pequeño en forma de teta, rodeado de una pila que daba con sus aguas a un canal que se perdía debajo de la tierra. Dos de los galpones tenían paredes de un adobe liso como pellejo repujado. Los otros dos no tenían paredes y dejaban ver lo que estaba ocurriendo en su debajo: un Sacerdote —debía ser un Sacerdote, pues llevaba la misma túnica de mangas amplias, el mismo cinturón con tres bandas de dibujos de cóndores, lechuzas y *huanchacos* del achacoso padre Uma durante los censos— estaba sacrificando una por una ciento ochenta y dos, ciento ochenta y tres, ciento ochenta y cuatro llamas blancas que, con dos asistentes a cada lado, esperaban en fila su turno de entregar su sangre y su latido. El Sacerdote les hacía una incisión rápida y precisa con una de sus uñas, larga y afilada como un cuchillo, y cuando el animal todavía no había terminado de dar su último estertor, ya pasaba al siguiente, mientras uno de sus asistentes extraía el corazón, otro se llevaba la sangre derramada en un *quero* de oro reluciente y otros dos el cuerpo despojado de su aliento, que conducían a rastras a una pira de fuego bien alimentado crepitando en la esquina opuesta de la plaza. Los asistentes que portaban los vasos con la sangre derramada iban hacia el segundo galpón sin paredes y las vertían en unas grandes tinajas de barro, en donde otro Sacerdote hundía su escudilla, extraía un poco y lo rociaba sobre una roca de hombre y medio de altura (¿cómo la habrían traído hasta aquí?) murmurando palabras que, por el gesto severo, debían investirla de poderes mágicos (no se oían con el crujir de los pasos de los cargadores). Descansando bien aposentadas a la sombra del galpón, otras veinticinco rocas de dimensiones tan descomunales como la primera esperaban su turno de recibir su investidura.

Las andas del Señor Enano se detuvieron frente a un gran edificio de piedra —tan liso y bien empalmado como el pórtico de *Huacapuncu*— que amanecía detrás de uno de los galpones de adobe, en que unas trescientas o cuatrocientas mujeres —no se podía ver cuántas: sus ventanas eran demasiado estrechas para cubrir el interior de un solo vistazo— molían maíz. Un nombre afloró en su recuerdo, traído de la boca de su padre Asto Condori cuando hablaba de las maravillas del Cuzco: el palacio de *Amarucancha*, construido por el Único Inca Huayna Capac para sus estadías en el Cuzco. Sus contornos eran protegidos por guerreros incaicos armados, pero la entrada estaba resguardada por sesenta y cuatro guerreros de atuendo extranjero. No tardó en reconocer de dónde procedían: había visto grupos de *mitmacuna* cañaris instalados en varios pueblos del *huamani* chanca en sus periplos del censo.

Chimpu Shánkutu dio la orden de separarse. Las comitivas de los tres hijos de principales que iban en su delante siguieron de frente para perderse por uno de los caminos empedrados que partía de la plaza.

—Baja —le dijo el Señor Enano.

Qanchis obedeció. El suelo crujió bajo sus pies. Se agachó y tomó un pequeño puñado de la materia reluciente: no era una escarcha mágica que no se derretía, como había creído, sino arena, pero muchísimo más blanca y suave que la que había visto en ninguna orilla de ningún río, de ninguna desembocadura, y tan fina que se colaba entre los dedos.

—Es de las orillas de la Gran Cocha, en las costas yungas —dijo el Señor Enano sin mirarlo.

Sin previo aviso, caminó con decisión hacia los umbrales del palacio, con tanta rapidez que Qanchis tuvo que trotar para alcanzarlo. Hacía gracia verlo con su cabeza grandaza y su *uncu* chiquitito, su capita de *cumbi* barriendo el suelo que acababa de pisar, sus pendientes de oro que le llegaban hasta el ombligo bamboleándose al ritmo de su paso de pato cojo. Pero ninguno de los guardias se rió. Más bien le hicieron una leve y respetuosa inclinación de cabeza y, sin esperar ninguna orden, se hicieron a un lado cuando cruzó ante ellos y cerraron filas de nuevo no bien el Señor Enano y su invitado traspasaron los umbrales.

Continuaron por varios pasadizos empedrados iluminados por antorchas encendidas incrustadas a la pared. Qanchis casi se sintió en el palacio de Usco Huaraca. Pero el sonido áspero que se escuchaba en una de las habitaciones del fondo disolvió cualquier parecido. El eco se fue difuminando a medida que avanzaban por el pasillo, para dejar paso a la voz que lo había originado.

—Dice el Inca que no —dijo la voz, ajada por el tiempo—. Que quiere *mullu* colorado cubriendo todas sus paredes, no planchas de oro.

Llegaron a la puerta de una habitación entreabierta. El Señor Enano le hizo una señal: esperarían ahí, al lado de la ruma de sandalias, sin moverse ni hacer ruido. Asombrado por el súbito silencio, Qanchis, de pie detrás del Señor Enano, ladeó ligeramente la cabeza y pudo ver el interior.

A la izquierda había dos Señores muy muy principales. Debían de serlo, pues llevaban sandalias de oro y vestían túnicas coloradas finísimas con fajas de cuatro franjas (la faja de Usco Huaraca llevaba solo dos). Uno de ellos, alto y fornido, tenía el rostro cubierto con un velo colorado y con una bellísima capa sin pliegues de piel de murciélago en la espalda, y hablaba en voz baja al oído del otro, un anciano con dos guijarros blancos en lugar de ojos.

—Dice el Inca que quiere las paredes muy altas, de diez hombres de altura —dijo el anciano—. No bajas como propones. Dice que corrijas tu maqueta.

327

A la derecha había seis principales. No debían de ser muy altos en la jerarquía del Mundo, pues tenían los pies desnudos —debían ser suyas las sandalias dejadas a la puerta— y fajas de dos bandas, como Usco. Ninguno osaba mirar de frente a los dos muy muy principales. Todos observaban con cara de lechuza adormilada unas casitas de barro de varios pisos adosadas unas a otras que yacían desplegadas en una mesa amplia en el centro de la habitación.

De pronto, uno de los principales se adelantó, la mirada fija en el suelo.

—Único Inca Huayna Capac, Hijo dEl Que Todo lo Ilumina. Como depositarios del legado del Inca Amaru el Constructor, es nuestro deber hablarte siempre con total sinceridad en lo que tiene que ver con los asuntos de la edificación.

Nacieron murmullos preocupados y aterrorizados entre los cinco principales restantes. Uno de ellos intentó tomar del brazo al que acababa de hablar. Pero el principal lo apartó.

—Único Inca Huayna Capac…

Tomó aire, como quien se alista para bucear una laguna en cuyo debajo acechan peligros imprevisibles.

—… es insensato lo que pides. No se debe construir edificios con paredes de más de cinco hombres de altura. Hacerlo es desafiar a Pachacamac, el Dios del Mundo de Abajo, tentar su furia. Todo el que lo ha hecho ha visto destruidos sus intentos, castigada su soberbia. No permitas que los nuevos Palacios que planeas en Tomebamba sean derruidos el día menos pensado por su Ira imprevisible con sus habitantes adentro, tus hijos quizá.

Dio un paso adelante, temblando. Se tendió en el suelo, mostrando la espalda. Los otros lo imitaron.

—Sé que mi atrevimiento es grande. Que el que contradice al Inca debe ser castigado con firmeza. Solo te pido humildemente que eximas a mis hermanos constructores del escarmiento que me tengas destinado.

Se hizo un silencio jalado por sus extremos. El Inca Huayna Capac se levantó el velo. Qanchis vio sus sienes de nieve reciente, sus ojos de ave sagrada contemplando a los principales constructores echados ante él con una serena benignidad. Al cabo de cuatro latidos de corazón, volvió a bajarse el velo y cuchicheó al oído del anciano ciego que hablaba por él.

—Dice el Inca que en tierras de Tomebamba el Señor Pachacamac no tiene el mismo poder que en otras partes del Mundo. Que allá la tierra tiembla menos. Que allá los pueblos construyen edificios altos sin temor a que las paredes caigan sobre los que los habitan. Que Él mismo ha visto y sabe, pues allá nació y enterró su placenta.

Nuevo cuchicheo largo del Inca.

—Dice el Inca que vayas a tu casa y te despidas de tu mujer.

De dos de las espaldas contraídas —no la del atrevido— surgieron sollozos.

—Mañana —continuó el hombre que hablaba por el Inca—, al comienzo mismo del paseo de Su Padre, cuando el humo de las llamas sacrificadas haya llegado hasta las cumbres de los *apus* que velan por el Cuzco y hayan sido bendecidas todas las rocas que esperan su turno en la plaza de Aucaypata, partirás al frente de la delegación que saldrá para Tomebamba. Vigilarás que las rocas sagradas lleguen bien a su destino. Y, cuando hayas cumplido con tu encargo, te quedarás en Tomebamba La Grande y beberás del saber de los constructores que construyen edificios de más de cinco hombres. Por este servicio, te serán entregados dos *tupus* de tierra bien ubicada y abonada en el valle de Yucay y veinticuatro *yanacona* para servirlos por turnos.

Los principales levantaron la cabeza, incrédulos, mientras el Inca volvía a hablar en voz baja al oído de su anciano portavoz. El que había hablado con franqueza seguía tendido, mostrando la espalda.

—En cuanto a ustedes, el Inca les ordena volver a las canteras a picar piedras duras por tres lunas. Y, cuando haya concluido su servicio, regresar ante su presencia y recitar en voz alta veinticuatro veces los sabios preceptos del Inca Amaru que no supieron defender.

Huayna Capac golpeó cuatro veces su vara de oro en el suelo. Los principales castigados se incorporaron trastabillando. El de hablar sincero seguía tendido ante el Inca, mostrando humildemente la espalda.

—Ya puedes levantarte —dijo el Inca.

El constructor obedeció. Cuando alzó la mirada, un par de lágrimas de fuego surcaban sin ruido su rostro resplandeciente.

—Que el Padre Sol te dé larga vida, Joven Poderoso. Que tu aliento puro pueda empujar el Mundo de las Cuatro Direcciones hasta que se acabe el horizonte.

Cuando los principales partieron, ingresó en la habitación el Señor Enano con Qanchis de la mano.

—¿El Único Inca y su fiel Portavoz y Hombre que Habla a la Oreja Huaman Achachi tienen un momento? —preguntó.

El anciano se volvió hacia el Señor Enano.

—Que no sea muy largo, Chimpu Shánkutu —respondió Huaman Achachi, contemplando el vacío con sus pupilas blancas—. Los *curacas* de los *ayllus* que portarán las piedras investidas a Tomebamba quieren despedirse del Inca. El Joven Poderoso debe recibirlos antes de su largo viaje.

—He traído al muchacho del que les hablé.

El anciano emitió una exhalación y su rostro se encendió. El Inca se quitó el velo y sus ojos de ave grande se posaron en Qanchis, cerniéndose sobre él como sobre una presa de valor.

—¿Este es, hijo mío? —preguntó el Inca con suavidad.

—Este —respondió el Señor Enano.

El Señor Huaman Achachi se acercó a tientas con su bastón. Las manos del anciano palparon la cabeza de Qanchis como las de un tallador a una piedra promisoria aún sin civilizar.

En el fondo, Chimpu Shánkutu y el Inca intercambiaban palabras en voz baja. Se volvieron hacia Qanchis.

Sonreían.

Segunda cuerda: marrón como el polluelo del pájaro *allqamari*, con veta roja en el medio, en S

Después de presentarlo ante el Inca, el Señor Enano Chimpu Shánkutu alojó a Qanchis en su casa, que quedaba en un valle a las afueras de la *Llacta* Ombligo, mientras esperaban el inicio de las clases en la Casa del Saber.

La casa había sido construida en una ladera verde y empinada y su pared principal daba a un profundo precipicio de cuya garganta surgía el rumor del río. Estaba hecha a la medida del Señor Enano y de las enanitas que vivían con él. Los doce *yanacona* que hacían las tareas domésticas debían encogerse cuando entraban a la casa para no golpearse la cabeza contra el techo y andaban agachados todo el tiempo que permanecían en su interior. Todo, las vajillas de barro cocido en que comían el Señor Enano y sus parientas, la altura a la que se alzaban las ventanas y los dinteles, hasta el tamaño de las gradas de piedra de los escalones que marcaban la división entre las habitaciones, parecían salidos de un mal sueño habido por gigantes.

Las enanitas andaban por diferentes calles de la vida y se parecían mucho al Señor Enano y entre sí. O quizá solo parecía que se parecían, pues Qanchis solo había visto otros enanos —y a la distancia— en los conteos de los censos del *huamani* chanca, donde formaban grupo con la gente dispensada de los turnos de trabajo por haber sido tocados por el *illa*.

La mayor se llamaba Collana. Debía haber cruzado hacía mucho los umbrales del fin de su edad productiva (aunque era difícil saber si alguien como ella había servido alguna vez: sus manos no llevaban las huellas del trabajo de la mujer del común). Pasaba su tiempo dormitando a la ventana que daba hacia el río, tejiendo en silencio mantas de diseños complicados que jamás terminaba y dando órdenes absurdas a los sirvientes.

—Tú que eres alto, anda tráeme hielo.

Y el *yana* debía dejar lo que estaba haciendo, subir a la orilla de la *puna* donde comienza la nieve perpetua y traer hielo, por más que se hallara a jornada de ida y jornada de vuelta de camino.

—Tú que eres alto, anda tráeme canto rodado.

Y el *yana* debía dejar lo que estaba haciendo, bajar por el sendero de piedra que daba hasta la orilla del río, lo que le tardaba media mañana, y volver a subir para llegar cuando El Que Todo lo Ilumina ya terminaba su paseo y se escondía detrás de las montañas.

Cuando el *yana* estaba de regreso con el hielo, el canto rodado o lo que fuera que había solicitado, Collana ya había olvidado para qué los había mandado traer, insultaba al *yana* que se había deslomado cumpliendo su orden y se quedaba contemplando lo solicitado —el hielo derritiéndose frente a ella, el canto rodado ofreciendo su última sombra antes del crepúsculo— como a enemigos mortales al acecho.

—¿Tú qué me miras?

Qanchis se iba entonces a la habitación que le habían asignado y no salía de ahí, aunque solo pudiera permanecer dentro agachado, echado o arrodillado: todavía no había dado su estirón de hombre hecho, pero ya superaba en más de media cabeza a las enanitas. Cuando, harto de contar una y otra vez las diecisiete grietas de la habitación, la espiaba de nuevo, la anciana no solo había olvidado que lo había descubierto y se había enojado con él, sino que lo tomaba por algún pariente que había venido a visitarla.

—¡Titu! ¡Ingrato! ¡¿Dónde has estado?! ¡¿Dónde te has metido?! ¡¿Quién te ha dado su mama en mi ausencia?!

Y se le acercaba, lo agarraba de la camisa por la espalda y lo apretaba fuerte contra sus pechos vacíos.

Por Payan, la segunda enanita, Yunpacha sentía un cariño de pozo de agua fresca y cristalina, brillante al Sol. Había sido ella quien lo había curado con aplicación maternal de los cortes y golpes propinados por los hombres del Señor Mayta Huillca en Vilcashuaman —en una vida reciente y sin embargo tan lejana que le parecía vivida por otro. Debía de ser un poco menor que Chimpu Shánkutu y tenía su misma caminada de pato cojo, lo que, a primera vista, la hacía parecer una réplica del Señor Enano pero en mujer. Pero sus hoyuelos de sonrisa perpetua, sus palabras dulces y sobre todo sus tetas, enormes como lomas crecidas en su pecho, disolvían cualquier atisbo de confusión. Era amable con los *yanacona* y solo les distraía de sus labores para mandarlos a que le trajeran tal o cual hierba de lugares alejados, con las que luego hacía cocimientos y pociones que hacían tapar la nariz a los enfermos que debían comerlos, beberlos o untárselos para hacerse perdonar por el *huaca* molesto o resentido con ellos por su afrenta. Era legendaria su habilidad para convencer a los *huacas*, incluso los más poderosos, de que revertieran la maldición que había dado origen al mal y, si el *huaca* en cuestión se ponía demasiado terco, su maña para contrarrestarla.

Era Payan y solo ella quien preparaba la comida del Señor Chimpu Shánkutu y hacía catar por los *yanacona* todo lo que él se llevaba a la boca, incluso lo que ella misma había preparado. Aún recordaba Oscollo su propia curiosidad al advertir en el viaje desde Vilcashuaman hasta el Cuzco que Chimpu Shánkutu no probaba bocado en ninguno de los *tambos*; había pensado entonces —y evocaba esto con una sonrisa— que los enanos no comían, que se alimentaban del viento.

Pero quien realmente jalaba sus ojos —a decir verdad, le perturbaba sin que supiera exactamente por qué— era Cayau. Era un poco difícil conocer la edad de la enanita, pero debía andar por su misma calle o ser un poco mayor. Aparte de su frente y sus cejas abultadas, su cabeza y su cuerpo eran los de una chiquilla común. Tenía, eso sí, las piernas muy cortas, pero uno lo olvidaba de inmediato, pues andaba a gran velocidad impulsándose con saltitos rápidos como zancadas de patitas traseras. Cuando le tocaba ir a las tierras de Arriba a dar de comer a los animales, por ejemplo, se zambullía en la espesura de los maizales altos que marcaban los linderos de la casa del Señor Enano y los atravesaba en menos de lo que una piedra lanzada tardaba en caer. Iba siempre sola, pero una vez, fingiendo curiosidad pero en verdad para estar a solas con ella, Qanchis se hizo invitar.

Juntos atravesaron unos pastizales en los que pastaba el ganado común, bien proporcionado y de buena salud, asignado al beneficio de la casa de Chimpu Shánkutu. Luego cruzaron por unos campos de *ichu* y siguieron loma arriba hasta llegar a una cerca de adobe, que la enanita saltó con pasmosa facilidad. Dentro había vicuñas con doble hocico, guanacos que eran macho y hembra a la vez, llamas sin patas —que se les acercaban arrastrándose como *amarus* para bienvenirlos escupiéndoles—, portentos con cabeza de llama y cuerpo de *atoq*, hasta *allqos* jorobados que jugaban a pastorear a todos los otros y aullaban con voz de mujer a la Madre Luna, que había aparecido en el cielo a media tarde.

—Esta es tierra sagrada —dijo Cayau, señalándola con un gesto circular de su bracito—. El Dios del Relámpago, el Trueno y su Lluvia hondean mucho las nubes de por aquí y Sus rayos benéficos la hacen fértil en animales tocados por Él. Estos animales no son bien proporcionados, tienen deformidades o su izquierda no es igual a su derecha. Si sobreviven a su singularidad, aquí los criamos hasta que son sacrificados —sonrió—. Yo también he sido tocada por el rayo, como toda mi familia. Venimos de aquí. Este es nuestro lugar de origen.

Se volvió hacia Qanchis. Lo caló con los ojos, como preguntándose a sí misma algo encerrado dentro de su boca que luchaba por salir de ahí.

—Ven —dijo por fin—. La tierra donde tengo que ir está más arriba.

Y treparon siguiendo un sendero recubierto de maleza, oculto al que no supiera que existía, y Qanchis se puso al lado de Cayau para poder verlo. Mientras subían —ella a paso tan rápido que a Qanchis le costaba seguirla— la enanita empezó a contarle, sin que le faltara el aire y sin que Qanchis entendiera al principio bien por qué, la historia de la Señora Mama Yunto Cayan.

Mama Yunto era la *Coya* del Inca Huiracocha, el octavo Inca. Era una Señora triste, que prefería estar sola a ir a las fiestas y *taquis* de la corte. Día y noche andaba mascando coca, rumiando sus penas. Dizque hasta dormida y en sueños mascaba. No hablaba con nadie, solo con las enanitas y *kurkas* del servicio. Le gustaba andar rodeada de ellas y por eso las había hecho traer a los Aposentos de la *Coya* para que la sirvieran. Fue la primera que llevó a gente tocada por el rayo a los cortejos. Cuando la Señora murió, dejó ordenado que fueran repartidas entre ellas sus tierras y sus casas. Algunas se casaron con gente no tocada por el rayo, de altura normal, y se mudaron a la tierra de sus nuevos esposos. Otras se casaron con otros enanos y *kurkus* y tuvieron enanitos y *kurkichus*, y se quedaron en las tierras que les habían regalado. Pero a una que llamaban Piki Piki, pulguita, porque era muy vivaz, la Señora Mama Anaguarque, la esposa del Inca Pachacutec, la retuvo en su cortejo.

Qanchis tragó saliva. Había reconocido el nombre de Mama Anaguarque, la Señora cuyos deudos habían ocultado las cuentas, sido descubiertos por Usco Huaraca y merecido la justa ira del Inca. Suspiró. Evocaba el rostro capcioso de Mayta Yupanqui recortado con el fondo celeste del cielo. Su propio cuerpo malherido oliente a caca viendo al deudo con impotencia.

Mama Anaguarque era una Señora muy despierta y muy amada de su esposo, continuó Cayau, y Piki Piki le contaba chistes tan buenos que la Señora le cambió el servicio y le encargó que dejara todas sus otras faenas y solo se dedicara a hacerla reír. Cuando tuvieron edad suficiente, las hijas de Piki Piki también entraron al cortejo y luego las hijas de sus hijas, que pasaron al servicio de la *Coya* siguiente, la Señora Mama Ocllo, la esposa del Inca Tupac Yupanqui.

La Señora Mama Ocllo era una sufrida. Había visto cómo su madre la Señora Anaguarque había sido amada por su padre el Inca Pachacutec y se daba cuenta bien clarito de que el Inca, su hermano de padre y madre, no la amaba. No le importaba. No era celosa y dizque incluso se entendía bien con las favoritas de su esposo, pero le dolía ver cómo el Inca favorecía a los hijos que tenía con algunas de ellas y a los suyos los dejaba de lado. Para favorecer al hijo habido con Mama Huayro, una hermosísima señora que tenía al Inca con el aliento revuelto, por ejemplo, el Inca Tupac Yupanqui jugó y perdió con él los pueblos de Nuñoa, Oruro, Asillo, Azángaro y Pucará, en las tierras de la región del Urcosuyo. Y hubiera perdido más si el Señor Huaman Achachi, que felizmente acompañaba al Inca a todo sitio, no lo hubiera convencido de que dejara de jugar.

Pero de quien verdaderamente recelaba la Señora Mama Ocllo era de la concubina Chuqui Ocllo, en cuya palma derecha cabía todo el corazón del Inca. Después de una noche tumultuosa en que le exprimió hasta la última gota de leche, la concubina, astuta como un *atoq* de cola blanca, convenció a Tupac Yupanqui de que nombrara corregente a su hijo Capac Huari, que todavía no había pasado por el *huarachico* y que no había dado señal alguna de capacidad excepcional.

Mientras Capac Huari regía el Mundo con su padre, todos, el Sabio Huaman Achachi, Hombre Que Hablaba a la Oreja del Inca, los delegados de las diez *panacas*, hasta los incas de privilegio que servían en el Cuzco, andaban con las cejas enarcadas y el aliento en vilo, porque Capac Huari fallaba una tras otra todas las pruebas de capacidad que su padre le iba poniendo. A pesar de eso, el Inca, que no era *upa* y se daba cuenta de todo, no se decidía a quitarle la borla de Inca A Prueba por temor a enemistarse de la Señora que le calentaba la leche y la hacía hervir. El nombramiento de Capac Huari, el hijo incapaz de Chuqui Ocllo, como nuevo Único Inca parecía inevitable.

Fue entonces que Chichón de Cuy, una nieta de la enanita Piki Piki, que servía a la Señora Mama Ocllo y estaba al cuidado de sus hijos, notó que el menor de todos ellos, Titu Cusi, mostraba rasgos de gran precocidad. No solo tenía voluntad de roca y temperamento de ají, sino que aprendía con rapidez todo lo que se le enseñaba y, aunque andaba todavía en edad de espantar pájaros, su cuerpo ya tenía forma de hombre.

Chichón de Cuy fue a contárselo a la Señora Mama Ocllo, que nunca se daba cuenta de nada de lo que pasaba con sus hijos. La *Coya* fue corriendo donde el Inca y le rogó que viniera a ver a Titu Cusi y cerniera su potencial. Tupac Yupanqui, que ya no frecuentaba el palacio en que vivía la *Coya* y se criaban los hijos habidos con ella, se quedó con la boca abierta cuando vio cuánto había crecido Titu Cusi desde la última vez que lo había visto. Le hizo preguntas capciosas y lo pasó por pruebas con truco de las que Titu Cusi salió airoso, con el aliento fino de un buen Único. Por fin convencido, el Inca hizo deponer de inmediato a Capac Huari y nombró como corregente del Mundo a Titu Cusi Huallpa.

El tiempo de los festejos por la decisión recién tomada nunca llegó. Las noticias del cambio de corregente no habían empezado a circular todavía entre las *panacas* cuando el Inca Tupac Yupanqui fue atacado por un mal misterioso y fulminante que se lo llevó a su Vida Siguiente en menos de dos jornadas, entre convulsiones espumosas. Corrió la voz de que lo había envenenado Chuqui Ocllo, despechada por la destitución de su hijo, y que la Señora había dado la orden de matar a Titu Cusi antes de que se extendiera la voz de su nombramiento, para así poner de nuevo la borla en la frente de Capac Huari.

Nunca se supo si la voz era certera o no, pero, enterado de esto, el Hombre Que Hablaba a la Oreja del Inca Huaman Achachi, hermano de la Señora Mama Ocllo, envió en secreto a su sobrino Titu Cusi a la *pucara* de Quispicanchis y le puso una guardia de doscientos guerreros. Como la enanita Chichón de Cuy era la única en quien Mama Ocllo confiaba sin reparos, la encerró con Titu Cusi para que solo ella le preparara su comida. Mientras el Señor Achachi aplastaba la serpiente de siete cabezas sin que le temblara el puño, Chichón de Cuy cuidaba de Titu Cusi como si fuera su hijo. Como si fuera su hermano. Como si fuera su amante.

Entre que Chichón de Cuy cuidaba y a Titu Cusi lo cuidaban, los dos entraron en amores. Titu Cusi la disfrutó tanto que dizque ahí mismo le cambió el nombre. Ya no te llamarás Chichón de Cuy, diciendo. A partir de ahora te llamarás Cayau.

—Sí, como yo —dijo Cayau. Añadió con orgullo—: pero no era yo sino mi abuelita.

Cuando el Señor Achachi acabó con la conspiración y a Titu Cusi le pusieron la borla de Único Hijo del Sol y lo nombraron Huayna Capac, Joven Poderoso Apoyado por Muchos, el Inca y Cayau seguían viéndose a escondidas. Pero las confabulaciones continuaban, así como las voces de los que decían que Huayna Capac era demasiado joven para regir el Mundo. Por eso, cuando el *atoq* Achachi se enteró de que la enanita Cayau había quedado preñada de él, su palabra fuerte no se hizo esperar. «Joven Poderoso», le dijo al Inca. «Deshazte de esa enana y manda matar al hijo que has sembrado en ella. Así como protejo al Inca de los otros, protejo al Inca de Ti. Si te sale un hijo tocado por el rayo y los que te sirven se enteran, se preguntarán. ¿Al Elegido dEl Que Todo lo Ilumina le ha salido un vástago enano y jorobado? ¿Para qué necesita Él buena suerte? Será hijo del Illapa, se dirán, no Hijo del Sol. ¿Por qué tenemos entonces que temerle?»

Pero el Inca Huayna Capac no hizo caso de las razones del *atoq* Achachi y mantuvo a Cayau con vida. Y no le importó cuando el hijo de ambos nació y era enanito y jorobadito. Más bien se puso muy contento y le decía «hijo mío» enfrente de todos con amor, sin mostrar vergüenza.

Cayau se volvió a Oscollo.

—Cuando tuvo edad para su primer corte de pelo, a ese enanito le pusieron por nombre Chimpu Shánkutu. El *atoq* Achachi respetó la voluntad del Inca. Pero por si acaso esparció la noticia de que el Joven Poderoso le decía a Chimpu Shánkutu «hijo mío» por chiste y de que en verdad lo había capturado en una de sus campañas militares y traído al Cuzco como mascota de guerra. Y asignó tierras para Cayau y su hijito Chimpu en estos valles sagrados y cálidos, donde el Inca siguió frecuentando a Cayau en secreto.

Cayau infló su pecho, orgullosa.

—Chimpu Shánkutu fue creciendo en edad pero no en tamaño. Y mostró habilidades excepcionales, que el sabio Achachi, que era buen observador, no tardó en cernir. Rápido supo el Achachi que no habría mejores ojos y oídos del Inca que los del enanito *kurkicho* cuya muerte había recomendado. Que en él y no otro vertiría sus conocimientos en las artes del espionaje, acumulados en su larga experiencia en tiempos volteados. Así, cuando Chimpu tuvo edad suficiente para caerse del árbol, empezó a prepararlo, dando gracias a los *huacas* benéficos de que el Inca no hubiera seguido su consejo de pasarlo, de golpe y sin tardanza, a su Enana Vida Siguiente. Y Huayna Capac siguió amando a Cayau y la sembró de nuevo. La enanita parió a otra enanita y la llamó Cayau. Ella también se cambió de nombre y se puso a sí misma Payan. Y cuando Cayau hubo crecido, madurado y abierto su flor, Payan la casó con su hermano Chimpu Shánkutu. Y los dos se amaron y sembraron juntos.

Cayau dio un saltito juguetón sobre el sitio.

—Y entonces me cosecharon a mí —dijo sonriente—. Y mi abuelita se cambió el nombre a Collana. Y mi madre se cambió el nombre a Payan. Y a mí me pusieron Cayau.

Entonces se agachó y, con mucho cuidado, se metió la mano dentro de su amplio camisón. Volvió a sacarla con una expresión de triunfo. Sus dedos estaban manchados de sangre.

—Yo ya puedo dar cría —dijo—. Ya estoy lista para pasar la bendición de nuestra raza a mis hijitos.

Llegaron a un terreno alto y cercado escondido a las miradas advenedizas. En él pastaban una llamita, un alpaquita y una vicuñita muy jovencitas —no debían tener más de dos meses de nacidas—, de visible buena salud y en los que la mitad izquierda era igual a la derecha. Llevaban cintas de tres colores amarrados al cuello y a la cola.

—¿Y estos?

—No son *illa*. No han sido tocados por el rayo.

—¿Para qué los tienen aquí, en estas alturas, separados del otro ganado común, que pasta en los pastizales de abajo?

Cayau no respondió. Abrió una bolsita pequeñita que llevaba terciada a la espalda y vertió su contenido —unas bolitas pardas del tamaño de un dedo gordo del pie— en el abrevadero en que comía cada una.

—¿Qué es? —preguntó Oscollo.

Cayau sonrió con malicia.

—Comidita —dijo—. ¿Regresamos?

Tercera cuerda: marrón como el polluelo del pájaro *allqamari*, con veta dorada pálida en el medio, en S

Los estudiantes miraban dos veces las piedras que pisaban para no caer en el abismo que se abría a su costado. Trepaban lo más rápido que podían para no perder de vista al *amauta* Cóndor Chahua, que les llevaba la delantera en la subida. A pesar del peso de la enorme bolsa de venado que no se despegaba de su cintura, el *amauta* araba su paso ágil entre los arcabucos secos y fragosos de la cuesta. No miraba hacia atrás y cortaba en pedazos a los estudiantes de cuando en cuando con su sombra.

Cóndor Chahua transitaba con paso firme el cénit de su primera calle de la vida. Era bajo y grueso y tenía una voz cavernosa que rebotaba en las paredes. Vestía austeramente y no portaba tocado ni insignias de función, como hacían los *amautas* mayores. Sus maneras suaves y lacónicas engañaban todo primer vistazo, sobre todo si no habías escuchado antes alguna de las historias tejidas sobre él. Lo que era bastante difícil pues, a pesar de ser el maestro más joven de la Casa del Saber, era el más amado y odiado de los estudiantes y tema favorito de sus chismes.

Se decía que había nacido en una cueva y había sido amamantado por una zorra de cola blanca. Que ya hablaba cuando andaba aún en la edad del gateo. Que ya sabía sumar y restar en *quipu* apenas empezó a dar sus primeros pasos de hombre vertical. Que lo había criado un ciego tocado dos veces por el rayo. Que solo había comido pescado salado, quinua y lagartijas durante su niñez. Que ninguna mujer lo había tocado ni él había tocado a ninguna mujer a lo largo de su vida. Que jamás había probado el ají. Que el Inca Huayna Capac lo había encontrado trepado en un árbol de *molle* cuando aún rondaba la edad del espantapájaros en una de sus expediciones en tierras collas —otros decían huancas, otros chachapoyas, otros incluso chancas— y, admirado de su precoz sabiduría, se lo llevó al Cuzco. Que el Joven Poderoso lo había nombrado *amauta* medio atado de años después, apenas Cóndor Chahua cruzó su *huarachico*, y enviado a la Casa del Saber para que empezara a dar instrucción.

El nombramiento de Cóndor Chahua al *Yachayhuasi*, hacía siete años, había sido recibido con una feroz resistencia por parte de los otros *amautas*, que alegaban que Cóndor Chahua era un *allícac*, un inca de privilegio, y que estos nunca habían sido permitidos de ejercer la docencia en la Casa del Saber, reservada únicamente para los hijos de los once linajes reales primigenios. El Inca persistió. Los *allícac* eran incas a justo título, tan o más fiables que los de sangre real en el cumplimiento de sus tareas. ¿Por qué, si los buenos picapedreros buscaban las mejores piedras en todas las canteras del Mundo, el Inca debía limitarse solo a una? ¿Era acaso Él menos que ellos? Su tío materno, el fiel

Huaman Achachi, que había salvado a Huayna Capac tres veces de la muerte violenta y a pesar de ser ciego y bordear la edad de las nubes perpetuas aún velaba por Su seguridad, pidió una audiencia privada con Él. La protesta de los *amautas*, le dijo el Achachi, era el eco de otra que se calentaba en algunas rancias *panacas*, hartas de ver *allicaccuna* ya no solo en los puestos de servicio doméstico sino elevados a funcionarios, a generales, hasta a Hombres Que Cuentan, y empezaban a hablar pestes de la *panaca* de Tomebamba, linaje real de Huayna Capac, y barruntar conspiraciones en contra del Único. Lo más prudente era ceder. Conciliar con los linajes reales en la disputa por Cóndor Chahua los tendría tranquilos por un tiempo, en el que podría avanzarse con otras reformas que, sin tantos aspavientos, seguían el curso del mismo río. No valía la pena ponerlas en peligro solo por un chiquillo recién pasado por su *huarachico*, por grandes que fueran sus luces.

El Inca se negó. Le recordó a su tío, defensor y maestro las polvaredas que habían provocado en su tiempo las innovaciones de su abuelo el Inca Pachacutec. Los remolinos que hubo cuando eliminó la prohibición, establecida por el Inca Roca, de que gente sin sangre real cruzara los muros de la Casa del Saber para recibir educación. Las tormentas cuando no solo les permitió a los hijos de los pueblos sometidos asistir al *Yachayhuasi* del Cuzco sino que los obligó a hacerlo. El tiempo había demostrado que la decisión había sido de una suprema sabiduría. Durante su permanencia en el Cuzco, sus padres no podían tramar nada contra el Único por temor a represalias contra sus vástagos. Y cuando estos regresaban a las tierras de sus padres, ya no eran los mismos que cuando habían partido. No solo hablaban el Idioma del Inca, eran incas que miraban primero por Él y luego por sus pueblos.

Había llegado el tiempo de levantar la prohibición que les impedía ser *amautas* en la Casa del Saber. Los poyos del Mundo seguían tendiéndose hacia el horizonte de las Cuatro Direcciones y no había maestros suficientes para sus hijos y sus futuros funcionarios. Los rastreadores de hombres deberían tener licencia para hallarlos en cualquier lugar. A partir de ahora enseñaría en el *Yachayhuasi* todo aquel que demostrara maestría en el conocimiento del Idioma, de los *quipus* y de los Turnos del Mundo, aunque fuera solo hijo de *curaca* y no de inca. Y si a los *amautas* de los linajes reales no les gustaba, que se mordieran los labios y centraran su *callpa* en hacer bullir su propio corazón y volverse mejores que ellos. Mejores que Cóndor Chahua.

Cuerda secundaria: marrón como el polluelo del pájaro allqamari, con veta dorada pálida en el medio, en S

—¿Qué ven? —dijo Cóndor Chahua abarcando el panorama con un arco de su brazo, que lo peinó de izquierda a derecha.

Los veinticuatro estudiantes, que acababan de poner su pie jadeante sobre la coronilla del padre-montaña Muyu Urco, pasearon su vista por la vastedad del Cuzco, que yacía a sus pies.

—La *Llacta* Ombligo —dijeron todos.

—Sí —dijo el *amauta*—. Miren cómo tiende desde la esquina de las plazas de Cusipata y Aucaypata sus Cuatro Caminos Sagrados a las Cuatro Partes del Mundo. Cómo se pierde cuatro veces en el horizonte siguiendo los Cuatro Caminos. Hacia allá el Contisuyo. Por allá el Collasuyo. En esa dirección el Antisuyo. En esa otra el Chinchaysuyo. Pero no es eso lo que quiero que vean. Díganme ¿qué forma tiene la *Llacta*?

—Forma de animal —dijo Tupac Atao.

—¿Qué animal? —preguntó el *amauta*.

—¿De ratón será? —preguntó Atoq.

—De ratón no.

—¿De halcón acaso? —preguntó Hango.

—Vilcashuaman es la *llacta* que tiene forma de halcón —dijo el *amauta*—. El Inca Pachacutec le dio esa forma para concitar el favor del *Huamani*, el Halcón, el Espíritu Sagrado del Mundo de Arriba. Imitó en esto a los que construyeron la Ciudad Sagrada de Pachacamac, construida en forma de serpiente para atraer los buenos oficios del *Amaru*, el Espíritu del Mundo de Abajo, y aplacar mejor los terremotos.

Silencio espeso de *puna* alta: todos observaban.

—¡Puma! ¡La *llacta* tiene forma de puma! —aulló una voz chillona. El brazo de su portador señaló con el brazo tenso de alegría—. ¡Está sentado sobre sus patas traseras!

—¿Cómo te llamas? —preguntó Cóndor Chahua.

—Tísoc —respondió el portador de la voz, un chiquillo alto y desgarbado—. Soy de la *panaca* del Inca Tupac Yupanqui.

—Eres buen observador, Tísoc —dijo el *amauta*. Levantó la voz—: La *Llacta* Ombligo fue construida por sus primeros habitantes para atraer los favores del Puma, el espíritu mayor del Mundo de En Medio. Miren ahora todos con sus ojos lo que Tísoc ha visto con los suyos.

Todos obedecieron, mientras Cóndor Chahua iba señalando lo que decía.

—El Puma está listo para saltar sobre su presa, sobre su rival. Su hocico son las rocas defensivas de la fortaleza de Sacsayhuaman, que el Inca Tupac Yupanqui comenzó. Miren bien su pelaje frondoso, en los andenes de Collcampata, de donde bajarán para pelear su primera Batalla cuando les toque pasar por el *huarachico*. Su ojo, donde proclamarán la victoria sobre su enemigo simulado, si el bando de ustedes resulta vencedor. Miren con cuidado su lomo curvado: el recorrido del río civilizado Tullumayu. Su panza recta: el caudal cauto del río Huatanay. Sus garras afiladas contraídas pero prestas para el arañazo mortal: las plazas de Aucaypata y Cusipata, que cortan el Arriba del Abajo, la Derecha de la Izquierda. Su cola batiendo de rabia: la plaza de tres ángulos de Pumac Chupan que termina en hueco, por donde bota su orín y su caca al travieso y cochino río Chunchul, que los lleva rumbo del sitio en que El Que Todo lo Ilumina se despide del día para empezar su viaje nocturno debajo de la tierra.

Los estudiantes se miraron entre sí, agradablemente escandalizados por la soltura con que el *amauta* mezclaba las palabras que designaban los lugares sagrados con las que mencionaban los quehaceres del vientre.

—Pero tampoco es eso lo que quiero que vean —continuó el *amauta*—. Háganse sombra sobre los ojos porque van a mirar largo rato a la *Llacta* sagrada y El Que Todo lo Ilumina ciega con sus resplandores a los que quieren mirarla de frente más tiempo del debido.

El maestro se cubrió la vista. Los estudiantes le imitaron.

—Lo que quiero que vean ahora es que el centro de la *Llacta* Ombligo es… un *ombligo* —continuó el *amauta*, contemplando en largo silencio la Ciudad como para darles a los estudiantes tiempo suficiente para beber la importancia de la revelación—. ¿Saben ustedes lo que es un ombligo?

Los estudiantes se miraron de soslayo entre sí. ¿Era este el maestro de preguntas difíciles de quien tanto les habían prevenido en su año del Idioma? ¿O se estaba riendo de ellos?

—¿Nadie sabe, entonces? —preguntó de nuevo el *amauta*, siempre de espaldas a los estudiantes.

—Claro que sabemos, Apu *amauta* —dijo sonoramente Cori Huallpa—. ¿Crees que somos *upas* acaso?

Ya estaba. Al igual que el año pasado, en que se comió vivo al maestro que enseñaba el Idioma, Cori Huallpa se enfrentaba con insolencia al del nuevo año que empezaba.

Cóndor Chahua se dio lentamente la vuelta.

—¿Cómo te llamas? —le preguntó.

—Cori Huallpa —y, sin ser preguntado, añadió—: soy hijo del Señor Auqui Tupac Inca, hermano del Único Inca Huayna Capac.

El estudiante calló, esperando a que se hiciera sentir el peso de la importancia de su alcurnia sobre las espaldas del *amauta*, como había hecho con éxito con el maestro que enseñaba el Idioma el año anterior.

—Muéstrame —dijo Cóndor Chahua.

—¿Qué?

—Muéstrame tu ombligo.

—¿Qué palabras estás diciendo, *amauta*?

—Quiero que todos vean tu ombligo —dijo Cóndor Chahua sin inmutarse—. No queremos que nadie piense que tu ombligo queda un poco más abajo ¿no?

Todos rieron. El rubor ascendió a las mejillas de Cori Huallpa.

—¿Qué esperas?

Con los ojos fijos en los de Cóndor Chahua, Cori Huallpa levantó su camiseta brocada y se bajó el cinturón hasta que fue visible su marca de nacimiento. Lentamente giró hacia todos los lados, mostrando el rastro del cordón perdido en su barriga, amenazando con la mirada al que descubriera en el trance de reírse.

—Bueno, ya hemos visto un ombligo… —dijo Cóndor Chahua y se volvió hacia los demás estudiantes dándole la espalda a Cori Huallpa— … pero seguimos sin saber *qué cosa es*. ¿Alguien puede decir qué cosa es un ombligo?

El silencio era tal que podía escucharse la brisa soplando suave sobre la paja brava.

—Un ombligo es el único rastro que nos queda de nuestra Vida Anterior. Es un nudo de carne en el centro de la línea invisible que divide nuestras dos mitades —continuó el maestro—. Antes, en los tiempos antiguos, se nombraba al ombligo con otra palabra. ¿Alguien sabe qué palabra?

Nadie sabía.

—La palabra *quipu* —continuó el maestro—. ¿Alguno de ustedes sabe lo que es un *quipu*?

Se hizo el silencio de nuevo. ¿Quién, después de un año de estudios en la Casa del Saber del Cuzco, no había visto uno en manos de los Hombres que Cuentan? Pero nadie quería arriesgarse. Por simples que pudieran parecer, las preguntas del nuevo maestro parecían tener un alacrán escondido con el aguijón listo para hincarles.

—¿Tú sabes? —preguntó el *amauta* a boca de jarro a un estudiante que se rascaba la cabeza.

—Son cuerdas con nudos.

—¿Para qué sirven?

—Para registrar las cuentas de las entregas en los depósitos del Inca. Los usan los Hombres que Cuentan.

—¿Cómo te llamas?

—Cusi Yupanqui. Soy de la *panaca* del Inca Pachacutec.

—Muy bien, Cusi Yupanqui —a los demás—. ¿Para qué más?

—Para guardar historias antiguas —respondió una voz grave con acento extranjero.

—¿Cómo te llamas?

—Huacrapáucar.

Se escucharon ladridos mezclados con risas.

—¡Comeperro! ¡Comeperro!

Cóndor Chahua hizo una señal para que se callaran.

—¿Eres huanca?

—Sí —respondió Huacrapáucar luchando por mantener el aplomo—. Soy hijo del *curaca* de los *ayllus* de Jauja de Arriba.

—¿Qué más sabes de los *quipus*?

—Los usan los viejos para contar las pertenencias de su *ayllu*. Las medidas de maíz, papa, olluco, ají, coca, sal —levantó la barbilla, con orgullo—. Yo mismo les he ayudado en sus faenas.

—Sí, claro —dijo una voz detrás del *amauta*, con sarcasmo.

Los demás estudiantes rieron.

Cóndor Chahua se volteó de improviso.

—¿Cómo te llamas? —preguntó al que acababa de hablar.

—Tupac Cusi Huallpa. Soy de…

—¿Para qué más sirven los *quipus*?

Silencio.

—¿Qué pasó? ¿Un cuy te comió la lengüita?

Risas de los estudiantes. Los canales de las sienes de Tupac Cusi Huallpa se inundaron.

—No sé.

—¿No sabes si te comió la lengüita? Deja que te la mire y ahorita mismo averiguamos.

Más risas.

—No sé para qué más sirven los *quipus*.

—Entonces no te rías del compañero que sabe más que tú. Venga de donde venga. Tenga la sangre que tenga —a los otros estudiantes—. Tampoco del compañero que sabe menos que ustedes. Venga de donde venga. Tenga la sangre que tenga. Todos estamos aquí para aprender. Si nos reímos del compañero que aprende, lo distraemos y no lo dejamos centrar su pepa en el aprendizaje. Le impedimos que cierna el conocimiento que le permitirá servir al Inca con todo su aliento. ¿Entendido?

Se escuchó un murmullo: sí.

—¿Alguien más conoce otro servicio de los *quipus*?

Silencio.

—¿Nadie?

El nuevo inclinó la cabeza con timidez: quería intervenir.

—¿Cómo te llamas?

—Oscollo Huaraca.

Cóndor Chahua miró su tocado.

—¿Chanca?

—Sí.

—¿De qué *ayllu*?

—De los Huaraca, de Vilcashuaman. Mi padre es el Señor Usco, Gran Hombre que Cuenta Hombres y Cosas en el *huamani*.

Un rumor leve pero claramente hostil se gestó entre los estudiantes. Algunas miradas se posaron en el nuevo. Se hizo un silencio de *puna* alta a su alrededor.

El *amauta* se le acercó. Le puso una mano en el hombro y se volvió a todos.

—Oscollo acaba de llegar de la *Llacta* del Halcón Sagrado. Ha pasado la prueba del Idioma de la Gente y hará estudios de segundo y tercer año con ustedes —a Oscollo—. Dinos lo que sabes sobre los *quipus*, Oscollo hijo de Huaraca.

El nuevo contempló a su alrededor. Tragó saliva.

—Vamos —le dijo Cóndor Chahua con ojos amables, animándolo.

El nuevo bajó la mirada. Habló como quien cierne el rastro trazado en el suelo de un animal peligroso, presto a atacarnos en cualquier momento.

—Los *quipus* se usan también en los censos. Para guardar las cantidades de *runacuna* que hay en cada pueblo. También de los que no están en edad productiva, para que se les pueda aprovechar y no se les desperdicie. Para contar las niñas escogidas que se envían al Inca. Para contar los niños que son sacrificados en la *capac cocha* en los tiempos adversos. Para cruzar los números chicos entre sí y parir otros más grandes. —Arrugó la frente: lo que quería decir no salía tan fácilmente de su boca—. También para guardar las leyes del Inca y los castigos a los que no las cumplen.

—Muy bien, Oscollo Huaraca —dijo Cóndor Chahua. Dio una ojeada lateral para contener en ella a todos los presentes. Levantó la voz—. Como pueden ver, el *quipu* guarda los números

347

que se esperan y los que se alcanzan, las historias antiguas y recientes, las leyes y las penas para los que las incumplen. Pero hay otro *quipu* que no han visto hasta ahora, un *quipu* sagrado que solo conocen los que han estudiado en la Casa del Saber y con el que ustedes, después de haber pasado su primer año aprendiendo el Idioma de la Gente, tratarán a lo largo de este segundo año que comienza.

Se agachó, abrió la bolsa de piel de venado —oculta hasta entonces por la sombra de unas piedras pequeñas a su lado— y sacó lentamente un enorme amasijo de cuerdas. Las desenredó y extendió con cuidado maternal.

Era un *quipu* de cientos de cuerdas pendientes, algunas de ellas tan largas que superaban al *amauta* en altura. Cóndor Chahua tuvo que levantarlo con sus dos manos y estirar sus cabos para que no tocaran el suelo. Por lo vistoso de sus colores, el *quipu* parecía un loro de las selvas bajas desplegando su plumaje para impresionar a su hembra o limpiarse mejor.

Con mucho cuidado, el *amauta* tendió el *quipu* sobre la superficie lisa de una roca gigantesca al borde de la sima que, por algún misterioso permiso otorgado por los *apus*, se negaba a caer. Apisonó con sus sandalias la tierra que pisaba. Giró hacia el precipicio. Resbaló. Bailó por un instante con el vacío.

El aliento de los estudiantes pendió, como su maestro, de un hilo invisible. Pero Cóndor Chahua recuperó el equilibrio de inmediato sonriendo como un niño atrapado haciendo una travesura. Sin inmutarse, amarró las dos cuerdas que estaban en cada uno de los extremos del *quipu* a unas púas delgadas como punzones que sobresalían de la roca y se volvió hacia donde estaban los estudiantes.

—Este es el *Quipu* de los Turnos Sagrados del Cuzco —dijo con solemnidad—. Y este —señaló el semicírculo que se formaba en la cuerda que sostenía a todas las demás al ser librada a su propio peso—, este es su *ombligo*. Para comprender este *Quipu*, deben ver la forma sagrada que, además de la del Puma, se oculta en la Ciudad Sagrada del Cuzco.

—¿Qué forma? —dijeron varios estudiantes en coro involuntario.

—La forma de un *Quipu*.

Hasta el espíritu del viento calló de perplejidad.

—El Cuzco tiene forma de un *quipu* —repitió—. El *quipu* más grande de todo el Mundo. Tan grande que puede ser visto por El Que Todo lo Ilumina y mostrado a la Madre Luna, el Illapa y todos los dioses y espíritus del Mundo de Arriba. Todo *quipu* tiene su ombligo, o sea su círculo sagrado que se hace al unir los cabos de su cuerda principal.

La mirada penetrante del *amauta* se posó sobre el pie de la montaña, donde empezaba a tenderse la *Llacta*. Las de los estudiantes siguieron intrigadas la de su maestro.

—¿Pueden ver el *ombligo* de la *Llacta* Ombligo?

Silencio: era obvio que no.

—Hoy es un día perfecto para verlo. El Padre Que Todo lo Ilumina se está escondiendo detrás de unas nubes y no los cegará su resplandor. Está en el *Coricancha*, ese brillo que ciega al que lo mira demasiado. ¿Pueden verlo ahora?

Unos murmullos de reconocimiento incipiente ascendieron entre los estudiantes.

El *amauta* se acercó al borde del abismo. Fue señalando con su brazo lo que decía.

—Del *ombligo* del Cuzco salen cuarentaiún líneas sagradas hacia las Cuatro Partes del Mundo, divididas por los Cuatro Caminos Reales —se volvió hacia el *Quipu* de los Turnos, extendido sobre la roca. Los estudiantes seguían su movimiento y sus explicaciones—. Ahora miren el *quipu*. Cada una de las cuerdas es una de esas líneas, solo que en el *quipu* dejan de ser invisibles. Cada grupo de cuerdas es una Parte del Mundo. El primer grupo presenta las líneas del Contisuyu, que son catorce. El segundo, las del Collasuyu: nueve. Luego está el grupo de líneas del Antisuyu: nueve también. Y al final el cuarto grupo, el más reciente, el del Chinchaysuyu, con nueve cuerdas otra vez. No son líneas rectas: las cuerdas del *quipu* gigante metido en la *Llacta* no están tensas —redujo el gesto de tamaño. Habló en tono confidencial—. Acérquense.

Los estudiantes se aproximaron.

—Miren estos nudos —dijo Cóndor Chahua—. Cada uno señala un lugar en el que hay un *huaca*, un espíritu sagrado —fue indicando en el *quipu* lo que decía—. Un río, un manantial, una montaña, un paso de montaña, una roca, un palacio, un templo, un campo llano, una tumba, una cañada, una cueva, un asiento de piedra, una laguna.

Cóndor Chahua se volvió a los estudiantes, hincando su mirada en cada uno: de lo que iba a decir dependía la vida.

—Hay trescientos cuarenta y dos *huacas*. Cada uno con preferencias distintas de ofrendas, de día en que se les debe ofrendar y de *ayllus* que deben ofrendarles. ¡Mucho cuidado! ¡No se debe fallar en el cumplimiento de sus predilecciones, pues los *huacas* son quisquillosos y se molestan cuando no se les ha ofrendado bien! ¡Y cuando les viene el enojo, hacen que tiemble la superficie del Mundo, languidezca la tierra de sed, arrecie la helada, boten su baba caliente los volcanes, se desboquen los ríos, se derramen los lagos, se esparzan como ceniza las enfermedades, suelten lluvia espesa como frazada de agua las nubes, cunda la infertilidad, cale el desorden, escupa granizo duro como piedra el techo del cielo! ¡Y si por error o mala voluntad no se hace caso de sus protestas, hasta se confabulan entre sí para invocar con sortilegios el siguiente Pachacuti, la siguiente vuelta del Mundo!

El *amauta* calló para escuchar el silencio de sus estudiantes y cerciorarse de que el impacto de sus palabras había sido certero, y tenido la fuerza suficiente.

Volteó hacia el *quipu*.

—Es para que eso no ocurra que se ha urdido y tejido el *Quipu de los Turnos Sagrados del Cuzco* —dijo volteándose hacia él, hablándole como quien arrulla a un niño dormido—. Para que el conocimiento de los gustos de los *huacas*, que nos ha costado veintiocho generaciones de Incas discernir hasta en sus más mínimos detalles, no se cuelgue únicamente de las bocas de los *quipucamayos*, pues su paso por Esta Vida es pasajero y hasta ellos olvidan después de pasados a su Vida Siguiente lo que vivieron aquí.

El *amauta* rascó con su dedo una cosquilla invisible: que vinieran hacia él. Los estudiantes se le aproximaron hasta apretujarse unos contra otros.

350

—Miren ahora las bandas de colores de los hilos con que cada nudo ha sido confeccionado —continuó el *amauta*—. ¿Cuántas hay en cada cuerda?

—Dos —dijeron todos al unísono.

—Dos —repitió Cóndor Chahua—. La banda de arriba —señaló, como todo lo que iría mencionando en lo sucesivo— lleva colores mezclados y cruzados que tienen una clave secreta para recordar el nombre de cada *huaca*. Irán aprendiendo la clave a lo largo del año, junto con los saberes nobles que debe portar en su aliento todo hombre digno de llamarse inca. La banda de abajo, que tiene solo un color, indica las ofrendas que le gustan al *huaca*. Este hilo colorado, por ejemplo, indica que a este *huaca* le gusta el *mullu*, la concha sagrada de las ceremonias, que el Inca manda traer desde las costas más lejanas del Chinchaysuyo, en tierras manteñas. El hilo de color nocturno de acá indica que a este *huaca* le gustan las llamas negras. El níveo de este otro, que las llamas blancas. El hilo de color nublado de aquí, que las que tienen manchas de dos colores equilibrados. El amarillo con motas de morado, que el maíz de tierras altas. El morado con motas de amarillo, que el maíz de tierras bajas. El verde claro de follaje fresco, que la coca fresquecita. El rojo sangriento, que el ají. A veces, como pueden ver en estas bandas mixtas, a los *huacas* les gusta no una cosa, sino una combinación de varias. En ese caso, se debe seguir el orden en que aparecen los colores, pues indica la sucesión en que las ofrendas deben presentarse. ¡Mucho cuidado con el orden, que se molestan si este no es respetado! ¡Y mucho cuidado con la cantidad de hilos! ¡Indican las medidas precisas deseadas por los *huacas*, ya sea en *pokchas* de calabaza, pellejo, paja o madera, para la comida destinada a perdurar largo tiempo como el *charqui* o la fruta seca; en tinajas de barro, para la chicha y otras bebidas sagradas; y en *runcus* de mimbre trenzado, para el ají o las hojas de coca nueva! ¡No se les ocurra olvidar la posición en que aparecen los nudos! ¡Indican el día, el atado y el mes en que el *huaca* desea que se le ofrende! ¡No vayan a confundirse y hacerle sus sacrificios en un día que no le corresponde, pues los *huacas* son celosos de su jornada y no les gusta compartirla con otros, por respetuosos que sean de las dignidades ajenas! ¡Tampoco vayan a trastocar o decir sin ganas sus oraciones y fórmulas que aparecen en las cuerdas secundarias en una clave que también aprenderán, y que, si son demasiado largas, llevan su *quipu* aparte! ¡Los *huacas* son astutos y se dan cuenta! ¡Y las preguntas! ¡Nunca hay que dejar de preguntarles si les sigue gustando lo que les gustó la última vez, pues cambian de gusto todo el tiempo! ¡No vaya a ser que les sigan entregando cosas que ya han dejado de gustarles y por culpa de ustedes se resbale y caiga el Mundo!

El *amauta* dejó de pronto de hablar. En los rostros abrumados de sus estudiantes podía percibirse el peso que acababa de deslizarles en la espalda.

—Pero no se expriman el aliento —añadió con un tono bruscamente amable, casi paternal—. Cada día del año que comienza ustedes irán donde el *huaca* que le toque su turno y le harán sus ofrendas de acuerdo con las instrucciones del *quipu*. Haciendo aprenderán. Yo iré con ustedes para leérselas y presentarlos ante el *huaca*. No teman. Son indulgentes con el aprendiz y les gustan las presencias frescas de alientos recientes. Poco a poco las claves del *quipu* dejarán de tener oscuridades para ustedes y cuando el año termine estarán en condiciones de hacer las ofrendas sin tener que recurrir al *Quipu*. Sin olvidos mortales. Sin dudas. Sin errores. Sin miedos —suspiró—. Sin mí.

Suavemente, Cóndor Chahua giró hacia la *Llacta* Ombligo. La miró con una fijeza tiernamente agresiva.

—Con el *Quipu de los Turnos Sagrados del Cuzco* habrá comenzado su iniciación a los *quipus* de los turnos del Mundo, de los ciclos, de las cosas que se repiten. Estarán listos para aprender a leer los *quipus* de los pasos de las danzas principales enseñados por los *huacas*, de las claves mayores para entender las historias sagradas contadas por los dibujos en las mantas, de los anuncios inminentes y a largo plazo de los sabores de la hoja de coca, de los trayectos que deben seguir los niños que serán sacrificados en la *capac cocha*, de las melodías de los *taquis* ceremoniales y las palabras llenas y vacías que se dicen cuando se los cantan y bailan, de los calendarios de los turnos de visita de los animales domados y sin domar en el cielo nocturno, de las cinco edades del Mundo y los Pachacutis entre ellas, de los pasos de las sombras por los doce pilares solares que marcan el inicio de cada mes y los tiempos propicios para la siembra y la cosecha, de las muertes y nuevos nacimientos de la Madre Luna, de los golpes de tambor cuando uno desea comunicarse de cima de montaña a cima de montaña, de las señales de humo en caso de rebelión a gran distancia, de las enfermedades enviadas y no enviadas por *huaca*, sus síntomas y remedios, de las medidas sagradas para calcular los tamaños de las tierras allanadas y sin allanar, los números que hay que dividir para obtenerlos, sus fracciones y las formas geométricas en que se posan, de los significados de los colores de las tripas de las llamas, los pájaros, los cuyes y las arañas de siete patas, de las instrucciones para hacer recta y curvamente dibujos en la tierra que pueden ser vistos desde las nubes en que moran los espíritus de Arriba, de las historias oficiales del origen del Mundo de las Cuatro Direcciones y las hazañas de cada uno de los Incas que lo gobernaron, sus esposas y sus generales.

Volteó bruscamente hacia los estudiantes. Su rostro era el de un *supay* risueño.

—Pero también aprenderán, en racimos, las historias profanas que han tejido los recitadores de *haraui* en sus tiempos libres —sonrió—. Conocerán las historias y canciones chistosas de *kurkus*, de *upas*, de orejones con orejas rotas, de hombres que montan a llamas desquiciadas que dicen el futuro, de mujeres que engañan a sus maridos con sus mejores enemigos, de ancestros moradores de la Vida Siguiente que se aparecen a sus descendientes de Esta Vida, de sacerdotes que vuelven a soñar los sueños del Único Inca y se equivocan al interpretarlos, de guerreros que se tiran pedos enfrente de la cara de sus enemigos, de zonceras de Incas borrados por ineptos de las cuerdas sagradas, de hombres antiguos que se convierten en semen para deslizarse entre polleras de diosas y preñarlas sin que se den cuenta, de *huacas* jóvenes que dicen augurios oscuros que nadie entiende, de *huacas* viejos que no cumplen lo que prometen y terminan desmereciendo el respeto de sus deudos hasta que un día inesperado se reivindican.

Cóndor Chahua se detuvo. Giró la cabeza hasta que hubo incluido a todos sus estudiantes en su vistazo. De su garganta surgió, como un hipo largamente contenido, un torrente de risa sin dique. Dijo:

—De un *amauta* hablador al que sus estudiantes han dejado de escuchar.

Cuarta cuerda: marrón como el polluelo del pájaro *allqamari*, en S

Apenas comenzaron las clases tuvo que mudarse al Barrio de las Escuelas, en donde vivían los estudiantes de la Casa del Saber. Aunque al principio extrañaba a las enanitas y especialmente a Cayau, pronto se acostumbró a su nueva vivienda. Muy pronto les agarró el gusto a los edificios del *Yachayhuasi*, los dormitorios y los depósitos, que parecían diseñados pensando en la luz que entraba por sus ventanas en cada momento del día.

Le caía bien Cóndor Chahua, el extravagante maestro que los guiaba por los senderos del conocimiento, que hablaba como poniendo trampas graciosas con las palabras y que no hacía distinciones en el trato a los estudiantes, ya fueran hijos de incas de sangre real o no. A Qanchis le encantaba perderse en los meandros de las reflexiones en voz alta del *amauta*, que no se detenían ante ningún dique, se metían siempre por recovecos inesperados y le abrían la sed de saber más.

Cóndor los despertaba antes de la aparición del Sol y los convocaba a la plaza de Aucaypata para asistir a la ceremonia en que el Inca saludaba a su Padre. Luego de un ligero desayuno —casi siempre *mote* y mazamorra de maíz recién desgranado y dos escudillas de chicha sin fermentar—, los estudiantes emprendían la marcha hacia el *huaca* que tocaba visitar esa jornada según el *Quipu de los Turnos Sagrados del Cuzco*. Se pasaban casi toda la mañana caminando. Los delegados del *ayllu* encargado de hacer las ofrendas repartían las tareas menores entre los estudiantes. Unos cargaban las medidas de maíz que se llevaban para ofrecer. Otros las estatuillas y las tinajas de chicha. Otros portaban la coca dentro de sus bolsas teniendo cuidado de no aplastarlas para que crujieran más en el momento de ser ofrecidas y convocaran mejor los favores del *huaca* visitado. Eso sí, el *taku*, el polvo rojo de los sacrificios, y el *llampu*, la harina sagrada, solo podían ser llevados por los delegados. Solo ellos habían hecho los ayunos necesarios: no habían comido ni sal ni ají ni se habían acostado con mujer en las últimas tres jornadas.

Mientras los delegados cumplían las exigencias del *huaca*, Cóndor Chahua iba cribando todo aquello que debía llamar la atención de los estudiantes, miren bien qué ofrendas son, diciendo, en qué cantidad, cómo se tiende la mesa con presentes sobre el suelo, señalando con sus ojos, dónde se ponen las vasijas con las semillas, dónde las estatuillas de oro, cuándo y en qué dirección avienta el sacerdote la chicha ceremonial en el suelo delante de la plataforma, qué palabras dice, cómo se debe esparcir el *taku* para que no se le quite lo sagrado, miren y escuchen bien porque por la tarde, cuando desciframos el *Quipu de los Turnos*, van a tener que recordarlo, así decía. Después de terminada la ceremonia, los estudiantes y el maestro merendaban en un *tambo* cercano al *huaca*. Comían *charqui* de zorrino y chicha sin bendecir mientras Cóndor Chahua los hacía recordar en detalle lo que habían visto y oído.

Cuando estaban de regreso en la Casa del Saber, el *amauta* los reunía a su alrededor y, con el *Quipu de los Turnos* bien tendido, les mostraba el nudo que indicaba el *huaca* que habían visitado en la mañana, cernía con los estudiantes en qué serie de cuerdas estaba, cuál era el número de cuerda de la serie, qué posición ocupaba en la cuerda, si giraba a la derecha o la izquierda y de qué colores había sido confeccionado. Al final, los estudiantes se quedaban un rato revisando los nudos de los *huacas* visitados en las últimas jornadas para, como decía el *amauta*, irlos asentando en el corazón.

Qanchis aprendía. Pero también trataba de calzar poco a poco en el cuerpo de su nueva identidad. Imitaba en todo momento el modo pausado de caminar de Oscollo tal como lo albergaba en su recuerdo, su mohín en el ceño cuando algo le intrigaba o el tono cadencioso de su voz. No le era difícil. El hijo verdadero de Usco Huaraca copiaba, sabiendo y sin saber, a su padre. Qanchis, que había observado acuciosamente al Gran Hombre que Cuenta durante los censos y los conteos, tenía congelado en su adentro las cifras que encerraban hasta sus más mínimos gestos.

Lo que sí le costaba era acostumbrarse a la suavidad inmerecida de las prendas de *cumbi* sobre su piel, a no reírse ante las deferencias espontáneas de los sirvientes a su paso, a no ruborizarse y mirar de frente a los ojos cuando era hablado por los hijos de Señores incas de privilegio que ahora eran sus compañeros de estudios. Pero sobre todo, a no dejarse cercar por el pánico cuando, con la guardia baja, se le salía un acento, un ademán, un pensamiento proveniente de sus nombres anteriores y, después de cerciorarse de que nadie en torno suyo se había dado cuenta, seguir como si nada hubiera pasado.

A creer en su impostura.

No tenía amigos. Nadie quería juntarse con él. Los hijos de incas de privilegio se mantenían a distancia y los chiquillos de sangre real lo miraban mal por ser hijo de Usco Huaraca, el *allícac* malnacido que había denunciado por corrupción a los deudores de Mama Anaguarque. Que fueran culpables de lo que se les acusaba no parecía importarles. De vez en cuando el bravucón Cori Huallpa le daba un empellón o un cocacho con los nudillos bien apretados o se le acercaba por detrás y lo levantaba de las patillas, sufre, hijo de Huaraca, sufre, diciendo. Qanchis no reaccionaba, solo se sobaba con disimulo felicitándose de que no hubieran descubierto su verdadera identidad y rogando que se cansara y lo dejara en paz.

El acoso disminuyó con la muerte del Señor Huaman Achachi, que sorprendió a todos a pesar de su muy avanzada edad. Todo el Cuzco se había acostumbrado a la presencia del sabio Hombre Que Hablaba a la Oreja del Inca como a la sombra eterna de una montaña protectora. El Inca Huayna Capac, abrumado por el dolor por la pérdida del tío al que le debía la *mascapaicha*, su fiel consejero por más de veinticinco años, prohibió hacer ruido durante una luna en todo el Cuzco y aguas aledañas. Mandó sacar de la *Llacta* Ombligo a todos los bebitos en la edad del lloriqueo. Ordenó separar en corrales distintos a las llamas machos de las hembras para que no hicieran bulla al aparearse. Prohibió el uso del lenguaje en las calles y las plazas, incluso a los Hombres Que Hablaban Por las Momias. Cuando, durante las ceremonias fúnebres en la plaza de Aucaypata, se desató una gran tormenta, furioso, encargó a los sacerdotes que le hicieran al Señor Illapa, *huaca* de la Lluvia, el Rayo y el Relámpago, ofrendas de tripas de animales enfermos, papa agusanada y hojas amargas de coca, y prohibió que se cultivaran las tierras que le tenían asignadas durante tres lunas.

Cuerda secundaria: marrón como el polluelo del pájaro allqamari, *en S*

El día que tocaba hacer la visita ritual al bulto vestido del Illapa se quedaron en el Cuzco y no salieron a ninguna parte. Mientras esperaban la llegada de Cóndor Chahua, entró al aula un mensajero del Inca diciendo que todas las ceremonias de entrega de dones al Illapa habían sido canceladas hasta nuevo aviso por orden del Único, irritado por la falta de decoro del Señor de la Lluvia, el Rayo y el Relámpago, que había lanzado sus piedras a las nubes sin consideración por el tiempo de duelo por la muerte de Huaman Achachi.

Cuando el mensajero partió, Cusi Atauchi y Titu Atauchi esparcieron en voz baja los rumores que circulaban por todo el Cuzco: que el sabio Huaman Achachi no había muerto de muerte natural sino que había sido asesinado en represalia por la ejecución de los deudos de Mama Anaguarque, a quienes él se había encargado personalmente de ajusticiar. Que en días recientes en cinco ocasiones distintas el *yana* encargado de probar la comida del Inca había muerto envenenado.

—Esos rumores son absurdos —dijo el *amauta*, que había entrado al aula sin hacer ruido—. El sabio Achachi, que esté disfrutando de su Viaje a la Vida Siguiente, murió de vejez. Y todos los *yanacona* del Inca están en perfecta salud. Quienquiera que haya inventado esas historias se deja engañar por el espejismo de sus deseos malsanos.

Carraspeó.

—Puedo entender, sin embargo, a los que las pasan de boca en boca y a los que creen en ellas. Lo ocurrido con los deudos de la Señora Anaguarque tiene las ondas expansivas de una piedra grande lanzada en un estanque. Hay mucha gente molesta. Y no les falta razón.

Los estudiantes hicieron un silencio nocturno, de aliento en vilo. Era común oír opinar al *amauta* sobre asuntos relacionados con los *quipus*, las ofrendas a los *huacas* y los Turnos del Mundo, pero jamás le habían oído comentar las decisiones de un alto funcionario del Inca.

—Muchos le echan la culpa de lo ocurrido al Señor Huaman Achachi —continuó—. Pero el Sabio ejecutó a los deudos de la Señora Anaguarque siguiendo la sentencia del Hombre Que Todo Lo Ve, Chimpu Shánkutu, quien a su vez fue enviado especialmente a las tierras chancas para cernir la denuncia de su Gran Hombre Que Cuenta, el Señor Usco Huaraca.

Se escuchó un silbido de censura, que se apagó de inmediato.

—El Señor Chimpu Shánkutu confirmó que la denuncia del Señor Huaraca estaba fundamentada. Y tomó la decisión que tenía que tomar, basado en lo que estipula el *Quipu* de la Ley y los Escarmientos. Pero también tomó en cuenta el precedente de la traición del Señor Tupac Capac y la sentencia que recibió por ella.

Se hizo el silencio: todos conocían vagamente la historia. Pero querían escucharla de labios de Cóndor Chahua.

—Tupac Capac era uno de los hermanos más amados del Inca Tupac Yupanqui. Uno de los tres a los que su padre, el Inca Pachacutec, encargó el servicio de cuidarle las espaldas al Resplandeciente en sus tiempos iniciales con la borla sagrada. Tupac Capac cumplió su servicio poniendo el pecho por su hermano con un arrojo sin diques que todos admiraban y que le ganó con todo derecho la confianza absoluta de su hermano.

El *amauta* cabeceó, con expresión compungida.

—Quién sabe qué mareas oscuras atraviesan los corazones puros y los convierten en traidores. Un día se descubrió que Tupac Capac había deshecho nudos importantes en el *Quipu* del censo de guerreros disponibles como parte de una conspiración destinada a matar al Inca y sentarse en Su lugar. El traidor quiso ocultar a los funcionarios reales que leían los censos que faltaban seis mil guerreros en la Cuenta General. Felizmente, un *Tucuyricuy* disfrazado de *upa* los descubrió. Estaban escondidos en unas tierras altas y apartadas mientras hacían los preparativos para su levantamiento. Se hacían pasar por artesanos y sirvientes personales, pero en verdad hacían ejercicios militares para estar listos cuando llegaran las órdenes transgresoras de su jefe —suspiró—. Fue una traición muy lamentada por el Inca Tupac Yupanqui, y al Resplandeciente le dolió mucho tener que cortar la cabeza de su hermano. Pero fue una sentencia merecida y debió ejecutarla sin remilgos para que el Mundo siguiera en equilibrio.

El *amauta* empezó a andar en círculo alrededor de los estudiantes con la vista fija en el suelo, como siguiendo el rastro de sus pensamientos.

—El caso de los deudos de la Señora Anaguarque es muy diferente. No debieron ser sentenciados de la misma manera. Tupac Capac fue ejecutado por conspirador, no por haber fraguado las cifras de los *quipus*. Los deudos de Anaguarque no conspiraban contra el Inca, solo seguían Su mal ejemplo.

Se escuchó una exhalación colectiva. «¿El mal ejemplo del Inca?»

—Al Joven Poderoso ya no le basta que los pueblos que le sirven cumplan con sus tributos y sus turnos de servicio y luego regresen al terruño —prosiguió el *amauta*—. Ahora toma hombres, les pide que dejen sus *ayllus*, sus padres y sus madres y le sirvan para siempre como *yanacona*. Es una medida que al Inca le brinda muchos beneficios, pero una costumbre peligrosa, sobre todo cuando la imitan en secreto los demás. Eso es lo que hicieron los deudos de Anaguarque en Vilcashuaman. No estoy diciendo que no cometieran delito. Los tres con que se mancharon las manos figuran claramente en el *Quipu* de la Ley y los Escarmientos —«Nadie debe desanudar a sabiendas los nudos con las cifras de los *quipus*». «Nadie debe apropiarse de los bienes del Inca», y sobre todo: «Nadie debe intentar corromper a los funcionarios del Inca»— y por eso debieron ser castigados. Pero el Inca mismo fomenta estos deslices con sus nuevas formas de hacerse servir. No hay que juzga al ladrón y al traidor con las mismas cuerdas. No hay que castigarlos con los mismos nudos.

Cóndor Chahua giró y empezó a andar en sentido contrario.

—El que conspira contra el Inca se merece la muerte la primera vez que comete su delito. El Único no puede arriesgarse a que intente perpetrarlo una segunda. En cuanto a las sentencias para el que roba, corrompe o falsifica, estas deben ser muy severas, perorespetar la vida del infractor la primera vez que se cometen.

Se detuvo. Abarcó a los estudiantes con un abrazo de su vista.

—El Gran Hombre que Cuenta Usco Huaraca fue demasiado celoso en el ejercicio de sus funciones. Chimpu Shánkutu se equivocó al recomendar la ejecución de los deudos de la Señora Anaguarque. Huaman Achachi se equivocó al ordenarla… —suspiró—. Y el Inca al aprobarla.

Silencio atónito de los estudiantes. ¿Se daba cuenta el *amauta* de que lo que acababa de decir era indecible? ¿Que el que hablaba en contra del Inca era castigado con la muerte? Algunos tragaron saliva: ¿los castigarían a ellos por escuchar?

Una mano se alzó. Era la de Cori Huallpa.

—Ya todo está hecho, Señor Cóndor Chahua —dijo con gravedad inhabitual en él—. El Inca no tiene el poder de revocar la decisión y devolver los muertos a Esta Vida. En tu opinión ¿qué debe hacer ahora?

Cóndor Chahua se detuvo y miró hacia el techo. Se quedó un rato absorto en su pepa.

—Aceptar que los miembros de los linajes reales también tengan *yanacona* pero limitar la cantidad —se rascó la barbilla—. Y encontrar una vara de cobre para esta situación.

—¿Una qué? —preguntaron varias voces al unísono.

—Una vara de cobre. En su tiempo, el Inca Amaru el Constructor mandó clavar largas varas de cobre en diferentes partes deshabitadas de la *Llacta* Ombligo. Cuando el Señor Illapa entraba en furia y lanzaba su honda hacia las nubes, sus rayos iban directamente a las varas y dejaban indemnes al resto del Cuzco —chasqueó la lengua—. Eso es lo que el Inca necesita. Una vara de cobre en que se desfogue la furia acumulada en las *panacas* desde que todo este asunto comenzó. Que la desvíe del Joven Poderoso Apoyado por Muchos y de los sitios en que rige con justicia los Turnos del Mundo.

Cuerda terciaria (adosada a la secundaria): marrón como el polluelo del pájaro allqamari, *en S*

Cóndor Chahua, los estudiantes y los delegados hacían los preparativos para comenzar el periplo hacia el *huaca* de Puñui, ubicado en la cuarta línea sagrada hacia el Chinchaysuyo y venerado por los que no lograban conciliar el sueño o tenían miedo de morir mientras dormían, cuando se hizo presente en la Casa del Saber el Señor Chimpu Shánkutu, acompañado de doce guardias armados.

—El Inca Huayna Cápac, Hijo Predilecto dEl Que Todo lo Ilumina y Empujador de los Turnos del Mundo de la Cuatro Direcciones ha escuchado decir que has hablado mal de Él y te convoca a su presencia.

Los estudiantes y los delegados que lo rodeaban se apartaron inmediatamente de Cóndor Chahua.

Una extraña sonrisa infantil amaneció en el rostro del *amauta*. ¿Dónde Qanchis se la había visto antes? Ah sí. En la coronilla del padre-montaña Muyu Urco. Cuando Cóndor Chahua les mostraba el *Quipu* de los Turnos del Mundo y se movía al borde del precipicio sin prestarle atención. Sonreía: la muerte no está a un paso en falso de distancia como crees. O quizá sí.

—Guíame hacia Él, Señor Chimpu Shánkutu.

No se supo más de Cóndor Chahua durante un atado de jornadas. Muchos estudiantes, asustados, se lavaban los oídos una y otra vez. Otros tenían súbitos problemas de memoria para recordar los enseñanzas del *amauta*. En el Barrio de las Escuelas

Ahua Panti, Huanca Auqui y Cori Atao criticaban ásperamente y sin descanso la tendencia del *amauta* a opinar sobre todo y discutían acaloradamente sobre la modalidad de ejecución que elegiría el Inca para castigar sus exabruptos y ponerlo por fin en su Vida Siguiente en el lugar inferior del que jamás debió salir. El abusivo Cori Huallpa permanecía extrañamente callado.

Después de transcurrido el atado de jornadas, cuatro maestros constructores hicieron ofrendas en cuatro puntos del Cuzco a cada una de las Cuatro Direcciones. Al final de cada ceremonia, se turnaron para clavar en ellos largas varas de cobre, dizque igualitas a las que el Inca Amaru había mandado clavar.

A la mañana siguiente, Cóndor Chahua regresó a la Casa del Saber con la misma sonrisa de antes. Llevaba un cinturón granate ceñido en la cintura: la marca distintiva del nuevo Hombre Que Habla a la Oreja del Inca.

Quinta cuerda: marrón como el polluelo del pájaro *allqamari*, en S

Al final de cada atado de jornadas, Qanchis, que ya respondía sin pensarlo dos veces al nombre de Oscollo y había destilado dentro de su piel hasta los más mínimos gestos del hijo de Huaraca, no se quedaba en el Barrio de las Escuelas como la mayoría de sus compañeros. Iba más bien a las tierras del Señor Chimpu Shánkutu para recibir su instrucción de Espía del Inca.

Las clases tenían lugar casi siempre en alguna de las dos casuchas de adobe con techo de paja trenzada construidas en los predios del sabio Chimpu Shánkutu, ocultos a la curiosidad de los pasantes, o en discretos interiores de la casa solariega de la Señora Payan. Cuando hacían ejercicios al aire libre, Chimpu prefería un descampado apartado aledaño a las habitaciones en que dormían, habilitado en el centro de los maizales que daban de comer a las enanitas.

Sus compañeros eran un chiquillo taciturno llamado Hango, un muchacho sagaz de temperamento de ají llamado Tísoc, los ágiles primos Titu y Cusi Atauchi, y el elegante y parsimonioso Cusi Yupanqui. Obviamente Chimpu Shánkutu los había seleccionado por sus habilidades, aunque era difícil saber cuáles eran y no les estaba permitido revelarlas. También estaba prohibido que revelaran a su familia que ellos y sus compañeros estaban recibiendo ese tipo de instrucción.

Era el mismo Fértil en Argucias —el apodo se lo pusieron los estudiantes pues parecía siempre andar urdiendo alguna— quien impartía las lecciones. Había heredado el rol de instructor de las artes del espionaje de su maestro y mentor el Señor Huaman Achachi, que lo recomendó al Joven Poderoso para el rol cuando decidió retirarse del servicio y consagrarse por entero a su cargo de Hombre Que Habla a la Oreja del Inca.

El Señor Enano les decía cómo despistar a los perseguidores que te seguían el rastro, cómo infiltrarse en territorio enemigo sin ser detectado, cómo enviar y recibir *quipus* a través de mensajeros en tierras hostiles. Les familiarizaba con disfraces eficaces como el del mendigo, el *yana* de servicio, el picapedrero, el cargador de andas, el portavoz de un *huaca* desconocido, el *tupucamayoc*. Les enseñaba trucos para resistir mejor el dolor punzante, el frío prolongado, el fuego que solo mordía y el que achicharraba, la sal sobre las heridas abiertas, los prendedores de plata en las encías. Les mostraba cómo tramar y descifrar claves secretas en *quipu* que solo comprendería un único compañero de espionaje, cómo trasladar información de un *quipu* a pelucas de guerra, talegas, faldas, mantas, franjas de *tocapu*, cómo trazar mapas de arcilla en que se plasmaban los pueblos vistos desde lejos, cómo pasar cifras de *quipus* de conteo a marcas en tablillas de madera o cortezas de árboles, cómo enviar y cernir señales de humo. Les hacía divisar objetos a cada vez más larga distancia, preparar —con la ayuda de la fiel herbaria Payan— pociones que afinaban los bordes de las cosas, inmovilizaban, mataban en el sueño o entre retortijones o espumarajos. Les revelaba maneras rápidas y silenciosas de sacarle los ojos con cucharas de piedra a un prisionero, estrangular a un enemigo o quitarle el aliento usando espinas de tuna, por el pecho o la espalda, por sorpresa o sin ella.

De vez en cuando les asignaba a cada uno ejercicios de seguimiento, casi siempre de algún compañero de clase —y sin que este se diera cuenta—, sobre cuyas actividades cotidianas tenían que hacer un informe lo más detallado posible, así como una lista de sus puntos fuertes y débiles. Por eso a Qanchis no le sorprendió cuando el Fértil en Argucias le encargó que le hiciera un reporte sobre Cóndor Chahua, sus actividades diarias y cualquier opinión o comentario que el *amauta* dijera en alguna de sus clases «y que pudiera ayudar al Inca a aprender de sus errores».

—El *amauta* Cóndor Chahua es un hombre singular y de gran sabiduría —dijo—. No podemos permitir que sus enseñanzas se las lleve el viento. Cuando me entregues tus informes, los guardaremos en sitios perdurables para que no se desperdicien.

Sexta cuerda: marrón como el polluelo del pájaro *allqamari*, en S

Le avisaron que el visitante lo esperaba en el patio en donde los estudiantes recibían a sus familiares los días de visita. Qanchis acudió sorprendido: nadie había venido a verlo hasta ahora en las siete lunas que llevaba haciendo estudios en la Casa del Saber.

En la explanada, trece almácigos de gentes con tocados extranjeros colmaban de atenciones, regalos y chicha a sus trece retoños estudiantes, que los toleraban dando una que otra mirada avergonzada a los costados. A nadie le gustaba recibir en público expresiones de cariño de las madres o las tías, que eran el pasto favorito de las burlas en el Barrio de las Escuelas y la Casa del Saber.

—Oscollo.

Antes de voltear, el corazón ya había saltado de su pecho. Un frío dulce atravesó su espalda al oír la voz familiar.

—Hijo mío —le dijo Usco Huaraca.

Cuando el Gran Hombre Que Cuenta le abrazó, se hizo un nudo súbitamente en la garganta de Qanchis, exprimiendo sus palabras hasta ahogarlas. ¿Qué hacía aquí? ¿No se daba cuenta de la diferencia con su hijo, el Gato Salvaje verdadero? ¿Se habían acaso enturbiado su vista, su corazón?

—¿Te adaptas a la vida en la Casa del Saber?

¿Sonreír como Oscollo, responder a su pregunta en el tono indolente de Oscollo, limpiarse como Oscollo el sudor de las dos, tres gotas espesas que ya se le juntaban en la frente? ¿O permanecer en silencio como Qanchis?

—Sí.

—¿Te gusta?

—Sí.

—¿Cómo te va con tus estudios?

La mirada fija de Usco posada sobre Qanchis. Algo en ella le dijo que estaba al tanto de la impostura. Y que le había dado el visto bueno.

Qanchis iba a contestar, pero Usco, sin aviso previo, giró bruscamente hacia la salida del patio y empezó a caminar en dirección al pasadizo lateral del galpón de Cassana. ¿Tenía Qanchis permiso para ausentarse del patio durante el tiempo de visita? Decidió no pensar: si Usco podía ¿por qué él no? Apuró el paso hasta darle el alcance. Miró a los guardias con el rabillo del ojo. Un escalofrío de alivio le recorrió la espalda cuando cruzaron los umbrales de entrada sin que ninguno les dijera nada.

Entraron a la plaza de Aucaypata. Usco permaneció en silencio mientras doblaban a la derecha y empezaban a subir por el Camino del Chinchaysuyu que llevaba a la puerta de *Huacapuncu*. Parecía metido en sí mismo, tener el aliento en otra cosa.

Solo en ese momento Qanchis se dio cuenta de que no sabía adónde se dirigían, pero no se atrevía a preguntar. Atravesaron el Portal de *Huacapuncu*, que marcaba los límites de la *Llacta* Ombligo, y luego doblaron a la izquierda, hacia una zona en la que Qanchis jamás había puesto el pie. A medida que avanzaban se fue alzando ante ellos un altísimo y extrañísimo cerro blanco sin punta, construido con varas alargadas, recubiertas de tierra y polvo, que no calzaban bien entre sí y dejaban muchos espacios vacíos. Parecía una enorme y mal hecha *pucara* de defensa devastada en tiempos antiguos por el enojo de Pachacamac.

Cuando estuvieron frente al cerro, Usco se detuvo.

—El recuerdo de Carmenca —musitó.

Se acercó al cerro. Lo contempló con mirada penetrante. Qanchis lo imitó.

El cerro estaba hecho de huesos. Ochenta y seis mil cuatrocientos cincuenta y dos. Huesos alargados, de brazos y piernas quizá; enteros y quebrados; brillantes y oscurecidos por el tiempo; desnudos y medio vestidos por alguna prenda desgarrada que menos los cubría que los descubría, asomando por aquí y por allá cráneos abollados que parecían reírse del que los veía.

—«Este es el recuerdo, el escarmiento de Carmenca», recitó Usco en voz alta con un tono que Qanchis tardó en adjuntar al de su Señor, perdón, al de su padre: nunca antes lo había escuchado hablar con amargura. «El puente con los tiempos gloriosos en que el Inca Pachacutec, después de su victoria sobre los chancas invasores, los deslenguó, empaló, castró, descuartizó, hizo tambores de sus pieles y dispuso que nadie sepultara los restos de los bárbaros coleccionadores de cabezas».

Usco se volvió a Qanchis. El hijo postizo de Huaraca se hallaba aún estremecido por el relato, por las palabras *chancas invasores*.

—Mi servicio como Gran Hombre Que Cuenta en el *huamani* chanca no ha sido renovado por el Inca. Mi tiempo en la *Llacta* del Halcón Sagrado terminó.

—…

—El *amauta* Cóndor Chahua, nuevo Hombre Que Habla a la Oreja del Inca, no desaprueba mi conducta pero no juzga prudente que yo continúe al mando de los conteos en el *huamani* en estos tiempos de cambio. Hay muchos principales resentidos que andan diciendo que mi servicio es demasiado extremo, demasiado apartado de la línea. El Inca no debe darles motivos para que se levanten contra Él. Por eso me envía a tierras de los chirihuanaes, donde dicen las buenas y las malas lenguas que puedo rendirLe mejores servicios que en Vilcashuaman

—carraspeó—. Hay rumores… Ha reventado una nueva rebelión en tierras de los chirihuanaes y los charcas, pero más feroz que las anteriores. Quiere que vaya y haga un informe detallado…

Suspiró. Se inclinó hacia Qanchis.

—Es… poco probable que vuelva, que volvamos a vernos.

Usco Huaraca lo abrazó.

—Hijo mío —le dijo al oído. Suspiró—. Estos son tiempos de grandes retos para todos. El Mundo de las Cuatro Direcciones se está extendiendo como los rayos dEl Que Todo lo Ilumina sobre el horizonte cuando amanece. El Inca necesita el concurso de todos los que le servimos para que la luz llegue hasta el último rincón.

Qanchis no vio venir las nubes cargadas que se habían asentado ¿desde cuándo? en su adentro. La tormenta que, sin previo aviso, le doblaba ahora en dos, haciéndole llover en espasmos y convulsiones.

—Absorbe la enseñanza que recibes como la lana bien cardada la tintura de la cochinilla —continuó Usco Huaraca—. Que te tiña de manera permanente. Que la lluvia y el granizo no te laven los dibujos ni los colores que tus maestros marcan y pintan sobre ti. Que tampoco lo hagan el tiempo, las calles sucesivas por las que vas a transitar. Esto no solo depende de los *huacas* que te han bendecido con tu don. Depende también de ti. No mezquines esfuerzos para convertirte en el mejor y más fecundo sirviente del Inca. Cuando lleguen los días en que dudes de tu servicio, recuerda que el lugar que ocupas en la Casa del Saber es una merced otorgada por el Único en su infinita generosidad y sabiduría. No Lo defraudes. No hagas que se arrepienta… —la voz de Usco Huaraca estuvo por un instante a punto de desbarrancarse, pero se detuvo al borde del precipicio—. No hagas que se arrepienta del enorme sacrificio que fue necesario para otorgártelo.

Qanchis vomitó: él *no era*, él *nunca sería* el Gato Salvaje Chiquito. Por más que tratara de convertirse en el hijo del Gran Hombre que Cuenta, *jamás* dejaría de ser el que había sido, de sentir el peso de la impostura sobre sus espaldas, de recordar que el Gato Salvaje Chiquito había muerto para que él ocupara su lugar.

Usco sacó un paño y le limpió las comisuras. Esperó pacientemente que el *shucaqui* de Oscollo terminara. Extrajo un objeto de su bolsa.

Era el *huicullo* que Oscollo, el hijo verdadero de Usco Huaraca, tenía guardado en su bolsillo cuando a él y a Qanchis los atraparon en las tierras del seboso Señor Mayta Yupanqui. El *huicullo* que Usco había recuperado cuando los liberaron.

Se lo dio.

Qanchis lo sopesó sobre la palma de su mano. Pesaba como el Mundo.

¿Fue lo que vio verdad o uno de esos charcos puestos en los caminos desérticos por los espíritus de la noche, que, cuando te acercabas demasiado, desaparecían? Qanchis nunca lo supo, ni en ese momento ni en el largo después que se abría a partir de ese momento, la última vez que veía a Usco Huaraca. Pero en sus futuras evocaciones del Gran Hombre que Cuenta, este se llevaba en ese preciso instante la yema del dedo del silencio a la carne perforada de su oreja derecha y, rociándole una mirada sin filo, una ojeada desnuda de resentimiento, se rozaba fugaz, eternamente, el pendiente brillante, como en los conteos de antaño, rebotándole su luz.

—Adiós, Qanchis, hijo mío, nuevo Gato Salvaje Chiquito.

Séptima cuerda: dorado oscuro con veta dorada clara en el medio, en S

No se veía nada ni a medio abrazo: era noche de Madre Luna muerta en la *Llacta* Ombligo.

Un quejido hondo cortó de un tajo la brisa dormida. Debía venir de muy lejos: pasaron tres latidos entre el quejido y su eco.

Los estudiantes despertaron. O ya estaban despiertos desde antes.

—¿Llama o mujer será?

—Mujer —dijo uno.

—Llama —dijeron tres.

—Atahualpa vuelve a las andadas.

Todos rieron.

—¿La estará haciendo sufrir?, ¿haciendo gozar?

—Los dos. Dizque a ese Atahualpa le salen espinas de su tuna cuando se le para, como a los ocelotes.

Risas.

—Yo he oído que cuando él toca la quena, las vicuñas se quedan quietecitas escuchándolo, él se les acerca y les hace de todo.

Nuevas risas.

—A mí uno de tercero que estudia con él me ha dicho que fue una *mamacona* la que le mochó la oreja. La vieja lo encontró montándose a una *aclla* dentro del *Acllahuasi*. *Allqo* sarnoso, le dijo la vieja. ¿Cómo te atreves a manchar a una Escogida? Tu fruta te voy a cortar con este cuchillo, vas a ver. Pero el Atahualpa salió corriendo y la vieja zás, solo su oreja le pudo romper.

Un nuevo gemido horadó la oscuridad.

—Mujer.

—Espíritu.

—Será la *aclla* esa que se quiso fugar con el chato Rípac. No se querrá ir todavía a su Lugar Siguiente y se andará paseando en la pampa, seguro. ¿Cómo se llamaba?

—Cómo se llamaría.

—Dizque gritaba con todas sus tripas cuando el Equeco Inca la hizo colgar del cuero cabelludo en el árbol alto del *huaca* Arahuay. Más que el chato todavía.

—¿Equeco Inca, el Encargado de los castigos de la cuerda?

—Ese mismo.

—Ese Equeco tiene el aliento maldito. Dizque los puso al chato y a la *aclla* cara con cara, muy cerquita. Quiéranse ahora, dizque diciendo, dénse su prueba de amor, pasen juntitos a su Lugar Siguiente. Y se quedó mirando el muy morboso hasta que el cuero se les separó de la cabeza.

—¡Bruto el chato! A quién se le ocurre fugarse con una Escogida del Inca. Habiendo tanta *pampayruna* rica con la que desfogarse.

—¡*Upa* Rípac!

—¡*Upa*! Solo le faltaba una luna para pasar su *huarachico* con los de su año. Entonces hubiera podido agarrar una buena hembra permitida como esposa.

—A mí que me den una chachapoya. Dice mi tío que chupan bien rico la tuna. Se hizo regalar una por sus servicios en la guerra y la chuncha no paraba de andarle pidiendo que la montara. Ahora no, estoy cansado, le decía mi tío. No, cómo vas a estar cansado, papacito, le respondía la salvaje, si hace ya un cuarto de jornada que me has entrado, déjate nomás que yo te la voy a levantar. Y la chuncha se la chupaba con esa lengua de serpiente de agua que ellas tienen, que se mueve solita, hasta que la tuna se le alzaba a mi tío otra vez como tronco y al rato él ya la estaba horadando otra vez a la salvaje, ay ay ay qué rico.

Risas.

—¡Ardientes chachapoyas!

—Esa no era chachapoya.

—¿Quién?

—La *aclla* que se quiso fugar con el Rípac. No era chachapoya.

—¿Cómo sabes?

—Llevaba flores de retama en su mantilla, como las yungas. Su carita era tersa. Nalguita de recién nacido parecía. Y su pelo, bien lustroso. Como aceite de pantano recién calentado. ¡Auuuuuu!

—«Ay, como aceite de pantano recién calentado» —lo imita alguien en falsete—. ¡Hembra pareces al hablar!

—Ya, pero no pellizques.

—No hables como hembra entonces.

—Así era ella pues.

—¿La viste?

—Sí.

—Anda, mentiroso. No estarías vivo si la hubieras visto.

—El año pasado, cuando el Señor Pachacamac hizo temblar la tierra en el Cuzco. Salió corriendo del *Acllahuasi* con todas las *acllas* al mismo tiempo que nosotros. Tallana debe haber sido.

—¿Talla... qué?

—Ta. Lla. Na. De las tierras calientes del Tallán.

—¿Y eso dónde queda?

—En las costas del norte, entre las orillas de los ríos Lachira y Piura, siguiendo tres lunas el Camino del Chinchaysuyo. Mi padre fue a entregarles presentes en nombre del Sapa Inca. Son tierras de arena. Dizque están gobernadas por mujeres.

—¡¿Por mujeres?! —gritaron varios.

Risas.

—*Capullana* dijo que se llamaba su *curaquesa*. Dizque era la hembra más rica que había visto jamás. Vestía una túnica de lino que dejaba ver todo. Su pelo era tan pero tan largo que dos señoras tenían que sostenérselo. Un sol de rayos negros parecía, me dijo. Que cambiaba de marido cuando quería, y quería a cada rato. Que en lugar de hacer *mita* en sus tierras, los *runacuna* de su región hacían su turno en su chucha.

Risas.

—Y el Inca, ¿ya se la agarró?

—Todavía. ¿Para qué si no crees que está preparando Huayna Capac su nueva Campaña a las tierras del norte?

—Porque ya toca un Nuevo Movimiento Hacia la Derecha. Para qué va a ser si no. El Joven Poderoso se mueve siempre siguiendo el orden sagrado. Primero hacia la derecha, después hacia la izquierda. Mira si no sus campañas. Su primera fue hacia la derecha, contra los soras y lucanas, aquí nomás cerquita, en tierras chancas. La siguiente fue hacia la izquierda, a las tierras collas, pero dizque llegó hasta las tierras de Chile y Tucumán. La Campaña que vino después fue hacia la derecha, a tierras de Cajamarca, Jauja y Vilcas y luego contra los chachapoyas. Luego, ¿qué vino? ¡Otra campaña hacia la izquierda a las tierras del Collao! Ya tocaba una nueva Campaña hacia la derecha. El Inca no puede quedarse quieto. Por eso es que anda tramando su nueva Campaña contra los tallanes en tierras del Chinchaysuyo.

—La nueva Campaña del Inca no va a ser contra ellos.

—¿No? ¿Contra quién entonces?

—Contra los chirihuanaes. Mi hermano que sirve en la *pucara* que defiende Huanucopampa me ha dicho. Han convocado a su guarnición para que se prepare. Dizque van a unirse a los ejércitos del Inca y hacer su *mita* de guerra por allá. Los chirihuanaes han descabezado a los funcionarios que les mandó el Único, dice. Que destruyeron su casa y los depósitos en que se almacenaban las entregas y hacían los conteos.

—¿No era ahí donde mandaron al Señor Usco Huaraca, el viejo del Oscollo?

—Sí. Él fue uno de los que murió.

—¡No! —dijeron varios.

—¿Cómo sabes?

—¿No te has enterado del escándalo que hubo?

—No.

—Vinieron a avisarle a Oscollo hace medio atado de jornadas.

—¿Así?

—¿Y él cómo reaccionó?

—Como hombre, sin llorar ni nada. La que se puso como loca fue su mamá, la princesa Sumac.

—¿Sumac, la ñusta del aliento extraviado, es su mamá?

—Es.

—Qué va a ser. De tamaña hembra como esa no puede haber salido el renacuajo del Oscollo.

—¿Qué fue lo que pasó?

—La princesa fue la que le dio la noticia. Lo mandó llamar al Oscollo después de que llegamos de la visita al *huaca* que nos tocaba esa jornada. Cuando él salió, la princesa estaba hablando sola a borbotones, como es su costumbre. Hablaba como si tuviera a Usco Huaraca en su delante, reprochándole que se hubiera muerto. De pronto se quedó callada mirándolo a los ojos y le preguntó a Oscollo quién era él, que dónde estaba su hijo.

—¡Uuuuuuuy!

—¡Qué loca esa Sumac!

—Oscollo le dijo que él era su hijo y ella se puso a gritar que era mentira, què dónde estaba Oscollo, que qué habían hecho con él. Oscollo le repitió que él era su hijo y a la princesa ahí sí que se le desató la lengua. Empezó a maldecir al Inca, Huayna Capac malparido, diciendo, qué has hecho con mi hijo, hombre de entraña podrida…

—Baja la voz.

—¿Y qué pasó entonces?

—Sus dos mujeres de servicio tuvieron que llevársela a rastras tapándole la boca, disculpen a nuestra Señora, diciendo, mucho ha sufrido, mucho ha llorado. Desde entonces nadie ha sabido de ella. Unos dicen que la encerraron en un pozo lleno de sanguijuelas que le chuparon la sangre hasta morir. Otros que le dislocaron los miembros y la ahogaron en el estanque de Ticci, por haber ofendido al Inca de palabra. Pero también he oído decir que con disimulo la quisieron estrangular, pero no pudieron porque antes se convirtió en piedra y ahora canta *ayarachis* por las noches.

Silencio.

—Bien hecho.

—No hables así. Era una princesa.

—No lo decía por ella, sino por ese Usco Huaraca hijo de *pampayruna* chanca. Bien hecho que se haya muerto.

—Bien hecho.

—Sí, ya era tiempo que se muriera ese *allícac* creído. Por su culpa pasaron por la cuerda, por las piedras y por el pozo a los deudos de la Señora Anaguarque en Vilcashuaman. Ya era tiempo de que los *huacas* protectores de la Señora le dieran su merecido.

—Ya era.

Silencio.

—A mí me han dicho que, además de los chirihuanaes, también ha habido unos brotes de rebelión en tierras caranguis y cayambis. Se han aliado con los pifos y los otavalos, dicen. Que por eso el Inca ha mandado a que remachen los Caminos que van hacia allá.

—¡*Upa* eres! Los Caminos a tierras de los paracumurus son los mismos. Los Caminos del Chinchaysuyo.

—Sí, pero…

—¡Ya cállense!

—¡Sí, cierren el hocico y dejen dormir!

—¡Después en la visita al *huaca* de mañana van a estar como sonámbulos atacados por la mosca del sueño!

—Además, a quién le importa quién se haya levantado. ¡Se viene el siguiente movimiento del Inca! ¡Se viene… la Tercera Campaña Hacia la Derecha!

Gritos de júbilo.

—Ojalá nomás que cuando comience nos agarre ya pasados por el *huarachico*. Que nos lleven y combatamos como hombres. Y que, cuando les hayamos sacado el sebo a esos salvajes, el Inca nos regale mujeres chachapoyas que nos la chupen bien.

Risas.

Nuevo quejido lastimero en la oscuridad, más largo que los anteriores.

Silencio general.

Novena serie de cuerdas – presente

Primera cuerda: dorado, en Z

—¿Quiénes son? —pregunta Cusi Yupanqui a su Hombre que Ve Lejos.

El Que Ve Lejos aguza los ojos en dirección a la pequeña comitiva de guijarros humanos que se recorta en el horizonte a cinco tiros de piedra. Que acaba de doblar el estrecho sendero del cerro que bordea el precipicio. Que viene hacia aquí, a este *tambo* en que Cusi Yupanqui y su séquito de guerreros, sirvientes y prisioneros se han alojado con toda la discreción posible en una comitiva de ciento cincuenta alientos.

—La escolta delantera es de tres atados de guerreros —dice El Que Ve Lejos, una mano protegiendo su vista de la luz del Padre—. Le siguen cinco incas principales. Llevan las insignias del Único Inca Atahualpa, Señor del Principio. No los conozco. Les siguen tres literas portadas por cargadores a ritmo de trote. Cada una lleva un Señor barbudo con cabeza y piel de plata. En una de las literas están trepados un chiquillo de raza yunga, vestido con las mismas prendas de los extranjeros, y un hombre de piel de aceite de pantano. No llevan tocado, no puedo decirte de qué parte del Mundo son. La escolta trasera de la comitiva es de dos atados de guerreros. No sería difícil desarmarlos —se vuelve hacia Cusi—. ¿Qué hacemos, mi Señor? ¿Los atacamos o les damos la bienvenida?

Cusi bosteza. Debe ser la comitiva de la que le informó en su penúltimo *quipu* el Espía del Inca. ¿Por qué Quilisca Auqui no le previno de su arribo? Lo había enviado a cubrir justamente ese paso de la montaña para que avisara con tiempo si venía alguien por allá, aunque fueran, como ahora, partidarios y protegidos de su Señor. Pero ya es demasiado tarde. No hay tiempo para que las cuadrillas líen bártulos, alcen literas a toda prisa y emprendan camino en sentido contrario. Una descortesía semejante con los recién llegados levantaría sospechas.

Escupe el bolo de hojas de coca que tiene en los carrillos. Toma uno nuevo. Empieza a masticarlo lentamente, a sentir la renovada fuerza de la planta sagrada entrando a su cuerpo, que despierta su aliento necesitado de vigilia.

—Inca Huallpa —dice Cusi al jefe guerrero que se halla a su lado—. Esconde a los prisioneros en el último depósito. Al que se atreva a mencionarlos se le hará tragar brasas encendidas y se le cortará la lengua.

A su lugarteniente:

—Atau Cachi. Haz correr la voz por toda la tropa de que, frente a los extranjeros, El Que Ve Lejos y no yo debe ser tratado como el Señor Que Manda. Asegúrate de que todos sepan y se atengan al simulacro.

A El Que Ve Lejos:

—Hombre de Vista Larga. Vístete de Señor y actúa como El Que Manda durante la estadía de los visitantes. Recíbelos con amabilidad. Que no se les niegue nada de lo que pidan y que se les provea de inmediato. Que no encuentren razón alguna para no seguir cuanto antes su camino.

Mientras los subordinados parten a cumplir las órdenes recibidas, Cusi pasea su mirada entre los *yanacona* próximos que les han estado sirviendo chicha y coca cuando se les ofrecía.

—Tú —dice al cernir a uno de su misma talla—. Tus ropas.

A lo lejos, la polvareda espesa juega a cubrir y descubrir a los que se acercan. Cusi termina de ceñirse los taparrabos de sirviente. No quería este encuentro, pero ahora que es inevitable, no deja de cosquillearle la pepa de curiosidad. Podrá cotejar por fin todo lo que se le ha dicho sobre los extranjeros con lo que le dirán sus propios ojos. Sabe, por los informes del Espía del Inca destacado en Cajamarca, que, con una escolta de principales al mando de Lloque Huallpa, se dirigen al Cuzco para empujar la recaudación del oro del *Coricancha*, prometido por Atahualpa a los Barbudos Mayores como parte de su rescate. Sabe, por los informes del general Quizquiz, *Sinchi* de la Ciudad Ombligo, que Vila Uma, el Supremo Sacerdote Solar, se opone frontalmente a la entrega del oro de los templos. «¿Por qué no les entrega el oro de Su *panaca*?», ha preguntado airadamente Vila Uma en el *quipu* secreto enviado a Cusi. «¿Por qué el Señor del Principio quiere regalar a unos extranjeros ladrones el Jardín Sagrado esculpido con las lágrimas derramadas en el Mundo por Su Padre?».

Le enviaría al sacerdote un *quipu* de respuesta diciendo que no lo sabe. Que a veces le resulta difícil cernir las decisiones del Inca. Que nada de esto habría emergido si Él no se siguiera empecinando en no autorizar su propia liberación de las manos extranjeras. Que si por Cusi fuera, los extranjeros ya habrían sido tomados, torturados y muertos por fuego, para que se queden sin aliento hasta en su barbuda Vida Siguiente. Pero no puede permitirse ni esta ni otras confesiones. Sabe demasiado bien que todos los *quipus* que envía y recibe —a Vila Uma, a Quizquiz, a Challco Chima, a Rumi Ñahui y a los espías que le mantienen informado de todo lo que pasa en cada línea del Mundo de las Cuatro Direcciones— son interceptados por un traidor de alto rango infiltrado en sus propias filas que, después de tratar de cernirlos, los deja continuar su senda y llegar a su destino. No hará aspavientos de escarbar para encontrar al culpable. «Lo mejor es hacerse el zonzo y esperar», decía siempre el sabio Chimpu Shánkutu, maestro de los espías del Inca en la Casa del Saber y Gran Hombre que Hablaba a la Oreja del Inca Huayna Capac. «Los que cometen fechorías y piensan que no han sido descubiertos terminan por creerse impunes y delatarse a sí mismos».

Algo exprime su aliento, sin embargo: no tener hasta ahora noticias de Rumi Ñahui. Le han dicho sus espías que el general sigue en Tomebamba La Grande, donde se afincó con sus tropas después de la captura de Atahualpa. Pero el general inca no ha respondido a ninguno de sus *quipus* instándole a cumplir la orden de reunir el oro de los templos de la ciudad y entregarlo a los barbudos. Cusi tampoco ha sabido nada de ninguno de los siete mensajeros que, uno por uno, fueron enviados con el mismo mensaje, con la misma demanda. ¿Habrían aprovechado su libertad para renunciar a su servicio y regresar a sus tierras, como la mayoría de los *yanacona* liberados por los extranjeros? ¿O, como temía, habrían sido reconocidos por alguno de los bandos enemigos que proliferaban como *ichu* venenoso en las tierras del norte, y habrían sido asesinados antes de llegar a su destino?

La comitiva visitante cruza con parsimonia los sembríos que franquean el *tambo* y se estaciona en la explanada. El Que Ve Lejos, intentando caber en su nuevo rol de anfitrión, se adelanta y les da la bienvenida. Todos los que vienen en nombre de Atahualpa, Único Inca y Señor del Principio, serán siempre bien recibidos. Si los Señores quieren, él puede cederles su lugar en los Aposentos del *tambo* para que descansen. El *tambo* ha quedado casi vacío con las últimas guerras, pero, y que le perdonen la nimiedad, él puede surtirles de *charqui*, maíz, chicha, mujeres y *yanacona* frescos de su propia provisión. Así podrán sosegar su aliento y continuar su viaje en paz.

Lloque Huallpa, el emisario de Atahualpa cabeza de la comitiva, acepta y agradece la generosidad a nombre suyo, de los Señores que vienen con él y de los forasteros a quienes sirve de guía y protección. El contingente solo se quedará en el *tambo* un par de jornadas, el tiempo necesario para renovar bastimentos. Que el Señor que tan bien le recibe no lo tome a mal. Le encantaría quedarse más tiempo y emborracharse en regla con su anfitrión, como dicen las buenas costumbres. Pero él y su comitiva llevan prisa. Deben proseguir su viaje hacia el Cuzco, donde les espera un servicio urgente dispuesto por el Señor del Principio, Único Inca y Alentador del Mundo de las Cuatro Direcciones, que tienen que cumplir cuanto antes.

A continuación, el emisario traduce lo dicho a la lengua tumbesina (¿cómo así un orejón *hurin cuzco* conoce tan bien el idioma de Tumbes?), para el chiquillo vestido absurdamente de pájaro de colorinches que han traído como intérprete, y al que llaman Francis Killu. Cusi Yupanqui, que comprende bien el tumbesino, confirma que Lloque Huallpa no ha pervertido la traducción. Pero no tiene cómo controlar que sean fieles las palabras del intérprete cuando este traduce a su vez (¿cómo y dónde la aprendió?) a la lengua áspera de los extranjeros.

Desde el anonimato de su disfraz, Cusi trata de convocar a su memoria lo poco que sabe de Lloque Huallpa: que lideró las huestes de Huáscar en una de las primeras batallas contra los generales de Atahualpa y, después de su derrota, se pasó a su bando y empezó a pelear para él, como muchos generales —como Cusi Yupanqui mismo.

Su vista se posa en los extranjeros. El Espía del Inca es un buen observador: nada hay en los barbudos que no se ajuste a su escueta descripción en los *quipus*. Echa en falta, sin embargo, los trucos de los que el Espía le previno, y que no han traído con ellos: los *illapas* de fuego, las llamas gigantes, las varas de metal. Se pregunta cómo los perros yungas pudieron tomar por dioses a seres de apariencia tan desvalida, tan vulnerable, tan vulgar. Por qué permitió el Padre Sol que fueran estos los que capturaran a Su Hijo.

Los gritos toman a todos a contrapié, incluso a él. Las miradas se vuelven hacia el hombre de pelo largo, desgreñado y sucio, vestido con ropas de mujer común, que se arrastra dando tumbos desde la zona de los depósitos. Tiene la cara tumefacta, está descalzo y lleva pies y manos atados a la espalda. Las sogas que le ciñen le han perforado profundamente las carnes por debajo de las coyunturas, mostrando al aire libre sus llagas abiertas, cerradas y vueltas a abrir.

—¡Huiracocha! ¡Huiracocha! ¡Huiracocha!

¿Cómo hizo Huáscar para salir? ¿Quién le quitó la mordaza que le tapaba la boca? ¿Dónde mierda está Inca Huallpa, que debía estarlo vigilando?

—¡¿Por qué te has tardado tanto en venir a verme, Huiracocha?! —dice el bulto de carne lacerada—. ¡¿Qué tanto has estado chachareando con mi hermano Atahualpa en Cajamarca?!

Lloque Huallpa traduce fielmente las palabras de Huáscar al tumbesino (¿por qué lo hace?!, ¡¿por qué no maltraduce, se queda callado o finge que no entiende?!) y el chiquillo hace lo propio a la lengua extranjera, mientras los barbudos, intrigados, le escuchan. En medio del revoltijo del idioma barbudo, Cusi reconoce en los labios del chiquillo la mención del nombre de Huáscar.

El Inca derrotado, haciendo un supremo esfuerzo, ha logrado levantarse a la posición del feto. Parece un cadáver recién terminado de enfardar, listo para su entumbamiento.

—¡Me han dicho que el Mocho, para que lo dejes libre, te ha ofrecido llenar una vez de oro y dos de plata el cuarto en que lo tienes encerrado! —respira entrecortadamente—. ¿Es verdad?

¿Regresarlo a rastras al depósito y golpearlo en la boca hasta molerle los dientes? No enfrente de los emisarios extranjeros. ¿Ir y degollarlo ahora mismo y acabar de una vez con esta farsa? No puede: Atahualpa no ha dado la orden todavía.

—Es verdad —responde Lloque Huallpa.

—¡Te ha mentido! —dice Huáscar, manteniendo apenas el equilibrio—. ¡No va a poder cumplirte su promesa, porque el oro se le está escondiendo! ¡No quiere irse con él sino conmigo! ¡Yo soy su dueño! ¡Yo soy el Verdadero Único Inca del Mundo de las Cuatro Direcciones!

Lloque Huallpa traduce lo dicho por el Inca al tumbesino (¡¿por qué ninguno de los otros emisarios que vienen con él se lo impide?!, ¡¿no se dan cuenta que ponen en peligro la vida de Atahualpa?!) y el intérprete Francis Killu lo vierte a la lengua barbuda.

—¡Huiracocha! —prosigue Huáscar—. ¡Yo no soy barato! ¡Yo no te ofrezco un miserable cuartucho de oro y dos de plata! ¡Cuando llegues al Cuzco, la *Llacta* sagrada que fundaron mis ancestros, ve a la plaza de Haucaypata! ¡Si me liberas, la llenaré para ti! ¡De oro una mitad, de plata la otra! ¡Hasta donde alcance la mano alzada de un hombre subido en los hombros de otros dos! ¡Quédate si quieres con las minucias que el Mocho ladrón te ha regalado! ¡Pero entrégamelo para que haga con él lo que se merece!

Lloque Huallpa traduce con rapidez. Francis Killu escancia febrilmente sus palabras al idioma barbudo. Los tres extranjeros discuten con intensidad en voz baja, llegan a un acuerdo. Uno de ellos habla largamente al intérprete en frases cortas, precisas. El chiquillo escucha con el aliento en vilo.

El silencio que les rodea es una piel de tambor tensa a más no poder. La desfonda el agudo grito de Huáscar, que mira hacia aquí, que me ha reconocido.

—¡Ahí está mi primo, el traidor, el aliado de las momias!
—dice el fardo, señalándome con su nariz—. ¡Ese peleaba para
mí y me traicionó! ¡Por ese me tienen aquí doblado, humillado!
¡Ese ha despanzurrado a mis generales en los abismos, ha sacado
a mis hijos de las barrigas de sus madres, ha ensartado a mis
mujeres en picas y las ha clavado en las veras de los senderos
que llevan hacia el Cuzco! ¡Préndelo, Huiracocha! ¡Ese es El
Que Manda, y no el que funge de anfitrión! ¡Pásalo por los
tormentos y hazlo confesar! ¡Tejiendo está planes para tomarte
por la espalda! ¡Juntando está ejércitos para arrancar al Mocho
de tus manos y matarte, como hizo con los míos! ¡Por tu salud,
préndelo y mátalo ahora mismo!

A medida que Huáscar habla, Lloque Huallpa ha ido traduciendo sus palabras al tumbesino y Francis Killu haciendo
lo propio a la lengua extranjera. El Que Ve Lejos y su tropa,
completamente quietos y en silencio expectante, ni siquiera
miran al cautivo.

Los barbudos me miran de arriba abajo. Siento sus ojos
calibrando mis prendas descoloridas de sirviente, mi escueto
taparrabos. Hundo los hombros en el pecho sacando joroba,
pongo cara de *upa*: ¿de qué ha estado hablando el pobrecito
Señor que tienen amarrado?, ¿qué le he hecho?, ¿por qué me
ha estado mirando así con sus ojos de rayo?

Los extranjeros sonríen. Debaten de nuevo en murmullos.
Luego, hablan largo rato con el intérprete, que traduce al tumbesino para Lloque Huallpa. Lloque Huallpa reflexiona.

—Señor que me has bienvenido —traduce Lloque Huallpa
a su vez para El Que Ve Lejos—. Dicen los Señores extranjeros
que lamentan mucho que el Inca… que Huáscar haya sido
maltratado. Y, por el cariño que les has demostrado, te piden
a ti y a los Señores que lo tienen cautivo que dejen de hacerlo
de inmediato.

Francis Killu traduce al tumbesino la segunda parte de lo
dicho por los extranjeros. Lloque hace lo propio al Idioma de
la Gente, pero esta vez es a Huáscar a quien se dirige.

—Señor —dice Lloque Huallpa ¿con expresión de dolor
o indiferencia en el rostro?—. Desgraciadamente, los que

vienen conmigo no pueden hacer nada para liberarte. Deben seguir camino al Cuzco a cumplir las órdenes de sus Hermanos Mayores. Prometen, eso sí, hacerles saber de tu oferta a los suyos cuando estén de vuelta en Cajamarca y, si es necesario, venir a liberarte.

—¿Cuándo será eso? —pregunta Huáscar con aprensión.

Lloque Huallpa traga saliva:

—En cinco atados de jornadas. Por lo menos.

El rostro de Huáscar se contrae como si hubiese recibido un golpe. Un golpe a traición. Vuelve la vista hacia los extranjeros. Los contempla largo rato en silencio. Dos lágrimas ardientes empiezan a surcar sus mejillas. Sin apartar los ojos, rumia en voz baja palabras que no llegan a salir sonoramente de sus labios, pero que Cusi, adiestrado en los saberes de los espías del Inca, logra descifrar.

—¿Es en verdad a mí a quien has venido desde tu mundo lejano a favorecer, Huiracocha?

Cuerda secundaria: dorado, en S

Lloque Huallpa, los principales y los extranjeros parten por fin, después de una estadía de dos jornadas. El Que Ve Lejos no ha terminado aún de despedirlos a nombre de la comitiva afincada en el *tambo*, cuando Cusi Yupanqui ya se despoja de sus prendas de sirviente y vuelve a ponerse las suyas. Con el aliento explotándole en el pecho, corre a toda prisa al cuchitril en que fue recluido el prisionero después de su berrinche que casi le cuesta la vida.

Sus ojos se acostumbran lentamente a la casi completa oscuridad de la habitación. Las lagunas de sangre seca se recortan en las polleras de Huáscar. Las secuelas de los golpes se dibujan en sus pómulos como piedras azules. El olor fétido de la habitación es espeso como un pozo de agua estancada asediado por el calor. Los ronquidos que rebotan en las paredes son cuevas en que se ha escondido un animal escapado del mundo subterráneo, un animal funesto que presagia calamidades futuras.

¿Cómo mierda haces para poder dormir?, ¿para deshacer los nudos que comprimen tu garganta?, ¿para entrar al mundo del sueño con tus dos pies?

Cusi ha perdido ya la cuenta de los atados de jornadas que lleva sin conciliar el sueño. Incluso de día, es un puma despierto en medio de la oscuridad. Los paseos por el cielo del Padre Que Todo lo Ilumina y de la Madre Luna ya no marcan sus turnos. Su estado de alerta no ceja ni de día ni de noche. Trama cuando todos se acuestan, come —frugalmente— cuando todos se despiertan, da órdenes cuando todos empiezan su merienda. Los peligros se delinean ante su aliento de inmediato, cuando son aún nubes negras lejanas en el horizonte. Las decisiones, tomadas siempre con buena puntería, salen de su boca sin pasar por su corazón, como centellas que se adelantan a su trueno y lo toman por sorpresa. Hasta sus carnes exhaustas se han encogido, como para ocultarlo mejor del enemigo.

Pero su vigilia permanente tiene sus desventajas, que le acechan por doquier como *allqos* de presa. A pesar de la compañía constante de la madre Coca (gracias hojita redonda de sabor dulce, mamacita que te acomodas en mi *quipe* para depurar mi ánimo y mi fuerza cuando más los necesito), muchas veces se le mezclan los tiempos. Olvida muchas veces, por ejemplo, que este hombre vestido de mujer al que ha estado transportando por los confines del Mundo ya no es el Inca, y debe disimular el impulso de hacerle su *mocha* de saludo. Por otra parte, cada vez le resulta más difícil no sucumbir a las tentaciones del mundo invisible, del mundo de la noche perpetua. Con cada vez mayor frecuencia, se descubre charlando con ancestros que han emprendido hace mucho tiempo su viaje a la Vida Siguiente, y que regresan de manera intempestiva para contarle secretos nefastos al oído. O se halla a sí mismo dialogando animadamente, *como si estuvieran aquí, a mi lado*, con *atoqs* pesimistas de Arriba y de Abajo, *amarus* que anuncian la llegada inminente del próximo Pachacuti (y casi ve, siente y huele el mundo conocido *volteándose*), o llamas que previenen a los *runacuna* del advenimiento del siguiente diluvio que inundará toda la tierra, pero ya no saben señalar la punta del cerro adonde debemos ir para salvarnos. Recibiendo la visita de *japiñuños* y *supays* que no paran de burlarse de él, de cambiarle cuando menos se lo espera las palabras de sitio para hacerle decir cosas que no quería, o que quería demasiado. O cediendo con asombrosa facilidad a las embestidas de un pasado que se tiende sobre el presente como una manta en un cuerpo que, como el tuyo ahora, Señor que fuiste, tirita de frío.

—¿Por qué me has mandado llamar, Único Inca? —está preguntando Cusi hace medio atado de años.

—Atahualpa se ha levantado —le está respondiendo Huáscar en el otrora, con esa costumbre muy suya de no mirar a los ojos sino a las manos, los saquillos, las rodilleras y tobilleras, donde, sospecha, el que se halla enfrente suyo lleva escondida un arma para asesinarlo—. El Mocho ha mostrado por fin su mala entraña. Ha convencido a los generales de mi padre para que apoyen su insolencia en contra de mí. Así que vas a ir con mis ejércitos a Tomebamba, donde se ha enquistado. Vas a guerrearlo. Vas a vencerlo. Y me vas a traer de vuelta su cabeza. ¡Quiero enchaparla de oro y beber chicha dentro de su cráneo!

El Inca Huáscar se está volviendo hacia una presencia más allá de las paredes solo visible para él.

—¡Ja! ¡¿Qué te habías creído, Mocho?! —dice con sorna—. ¡¿Que me ibas engañar con las ofrendas de tus emisarios? ¿Que iba a creerme tus pretextos para no venir al Cuzco a rendirme pleitesía? ¿Que no me iba a dar cuenta de tus planes ocultos de hacerte Inca?!

Cincuenta guerreros cañaris y chachapoyas, los únicos en quienes Huáscar confía, están rodeando al Inca, atentos a cada uno de los movimientos de Cusi Yupanqui, listos para abalanzarse sobre él al menor atisbo de amenaza. No le falta razón para tanta suspicacia. Ni bien se había puesto la borla sagrada cuando se desbarató, gracias a su fiel lugarteniente Titu Atauchi, la conspiración de Chuquis Huaman y Cusi Atauchi para matarlo. Aunque los conspiradores fueron debidamente ejecutados, corrían rumores de que habían otras urdiéndose en cada esquina de la Ciudad Ombligo. Eres tú mismo el que los azuza con tus desatinos, recuerda Cusi que pensó. ¿Por qué, por ejemplo, si has visto cómo se irritan los orejones de rancia estirpe con la presencia de muchos extranjeros en la Ciudad Ombligo, insistes en rodearte de una guardia compuesta solo por guerreros cañaris y chachapoyas? ¿Qué te cuesta incluir unos cuantos orejones nacidos en el Cuzco, aunque sea solo para apaciguar a su casta dándole gusto?

La memoria danzante de Cusi avanza dos lunas y media. Después de lucha desigual, sus tropas acaban de ser derrotadas estrepitosamente en los campos de Tomebamba por las huestes de Challco Chima, Quizquiz, Rumi Ñahui, Yucra Huallpa, Urco Huaranca y Unan Chullo, generales de Atahualpa curtidos bajo el mando del Inca Huayna Capac en las guerras de sometimiento y amansamiento de los pueblos del norte. El general Hango, par de Cusi en la batalla, ha muerto por los pedrones caídos en la última y feroz lluvia de huaracazos, y sus guerreros han partido en estampida, dejando a Cusi a merced del enemigo. Cusi ha visto con sus propios ojos al general Challco Chima acercarse al cadáver de Hango, seccionarle limpiamente la cabeza y rebanarle de un solo tajo la piel de su panza prominente (ideal para los tambores de sonido largo que, dice la leyenda creada en torno suyo, son sus favoritos). Le ha visto volverse impasible hacia él, cuchillo en mano, venir llevando el pellejo recién arrancado. Cusi ya está preparando su aliento para los dolores propios de las mutilaciones sin piedad, que ya por entonces se habían hecho conocidos en sus modos de guerra. Challco Chima llega a él, se planta amenazadoramente enfrente, pero en lugar de un tajo le hace una reverencia.

—Atahualpa quiere verte.

En el camino a Tomebamba se le llena extrañamente de atenciones. Challco Chima le cede su litera, las mujeres de guerra le sirven chicha antes que a los guerreros que mostraron valor en la batalla. Hasta se le entregan raciones de *charqui* más copiosas que las de los generales victoriosos, como si él hubiera sido el vencedor.

Al llegar a los umbrales de Tomebamba La Grande, el mismo Atahualpa le está esperando con los brazos abiertos.

—Bienvenida sea a Tomebamba la luz que ilumina el Capac *Ayllu*, la *panaca* del padre Pachacutec —dice Atahualpa, abrazándole.

Cusi ha olvidado las efusiones posteriores a su encuentro. Solo recuerda su propia perplejidad por la bienvenida, por la mención inesperada de Pachacutec, su ancestro común, pero sobre todo por la alusión sin velos a su rol preeminente en el entorno de Huáscar. Atahualpa se había informado bien del peso de los que le guerreaban.

En la siguiente danza de su memoria, Cusi y Atahualpa deambulan por los corredores de piedra de un palacio de Quito hasta los umbrales del Aposento del Inca. Aunque las atenciones han continuado durante su viaje de Tomebamba hasta la *llacta* norteña, Cusi no sabe en qué condición se le retiene, si de prisionero, rehén o invitado. Atahualpa ha tomado una de las escudillas, la sumerge en la tinaja de chicha de la entrada y se la ofrece. Cusi bebe y se la devuelve. Atahualpa se sirve chicha en ella y bebe a su vez, como si fueran viejos compinches. Evoca someramente sus tiempos de estudios en la Casa del Saber del Cuzco, cuando ambos aprendían a ser incas. Alude a andanzas y mataperradas compartidas (que no fueron ni pudieron ser: Atahualpa estudiaba el tercer año cuando Cusi estaba en el primero). Habla de las sogas que unen —que deben unir— a los hermanos de *panaca*. Invoca al Padre Pachacutec, el que tendió las primeras líneas del Mundo de las Cuatro Direcciones. Yergue su orgullo de ser hijo del Capac *Ayllu*, la *panaca* del Volteador del Mundo. Y lamenta que un engendro de la *panaca* del Inca Tupac Yupanqui, un árbol de raíces podridas que debe ser extirpado antes que cubra el Mundo con su sombra, porte en su frente la borla sagrada.

—Apu Cusi —dice Atahualpa con el rostro encendido por la chicha, llevándose el puño derecho al pecho izquierdo, en gesto de sinceridad sin fondo—. Yo no quise esta guerra. Sé muy bien que, cuando mi padre Huayna Capac fue abrazado por el Mal, yo no estuve entre los que Él propuso en su lecho de muerte ante los Oráculos de la *callpa* para sucederlo. Cuando los Oráculos no aprobaron ninguno de los nombres y mi Padre pasó a su Vida Siguiente sin pronunciar otros, esperé sin abrir mi boca la decisión de Cusi Tupac, el Albacea de Sus Últimas Voluntades. Cuando Cusi Tupac decidió nombrar Inca a mi joven hermano paterno Ninan Cuyuchi, el primer candidato de mi padre, alabé su sabiduría y proclamé en voz alta mi sumisión al nuevo Único Inca. Pero Ninan Cuyuchi ni siquiera pudo enterarse de que había sido elegido para llevar la *mascapaicha*, pues ya se lo había llevado la Gran Pestilencia. Cuando Cusi Tupac decidió ceñir la borla en la frente de mi hermano Huáscar, el segundo candidato propuesto por mi padre, yo descosí mis labios solo para proclamar mi nueva sumisión. Y para que nadie tuviera dudas de ella, mandé confeccionar veinte mantas tejidas de oro de filigrana para él, las más finas que pudo haber tramado aliento alguno en todo el Chinchaysuyo. Una luna duró el viaje en que las hice transportar hasta el Cuzco por una comitiva de veinte emisarios. A la cabeza fue mi mejor sastre, adiestrado en la tradición de los tejedores paracas en las costas de las tierras de Chincha, especialmente enviado para que le tomara las medidas. Así las prendas que fuera a regalarle en el futuro se ajustarían a su talla. ¿Sabes lo que hizo entonces mi hermano?

Cusi no lo sabía.

—Pisó mis mantas de oro y se las regaló a sus sirvientes. Mandó despellejar a mi sastre e hizo un tambor con la piel de su barriga. A los otros los hizo castrar y, tocando canciones con sorna en el flamante tambor que había hecho con mi sastre, les ordenó regresar de vuelta a Tomebamba con un nuevo cargamento: veinte entregas de prendas de mujer. Con un *quipu* en clave pública en que, entre insultos, me conminaba a ir al Cuzco a echarme ante su presencia.

Atahualpa suspira.

—Apu Cusi, hermano de *panaca*. ¿Qué hubieras hecho tú?

El Inca era el Inca, recuerda haber dicho Cusi. Había que respetar sus decisiones aunque no fueran de nuestro agrado.

Eso mismo había dicho Atahualpa en su pepa, le está contando su hermano de *panaca* con los ojos encendidos. El Inca era el Inca. ¿Quién era él para alzarse contra la postrera voluntad de su padre El Joven Poderoso?, ¿contra la sabiduría del Albacea de Sus Últimas Voluntades? Sin embargo, para entonces ya habían llegado a oídos de Atahualpa las noticias de los primeros disparates de su hermano en el Cuzco, que habían empezado ni bien terminaron sus ayunos previos al ceñimiento de la borla. Después de la trama fallida de su pariente Cusi Atauchi para asesinarlo, Huáscar veía enemigos incluso debajo de las piedras y mandaba ejecutar a todo el que le pareciera sospechoso de andar tejiendo contra él. Un gesto, un ademán, una mirada fuera de sitio bastaban para ser arrojado a las fosas de las alimañas, ser despellejado o desbarrancado en un precipicio. ¡Hasta a su propia madre, la sinuosa Rahua Ocllo, la agarró Huáscar a patadas, después de acusarla de acostarse con Atahualpa en Tomebamba y estarlo protegiendo! ¡A ella, que había viajado una luna y media desde el extremo Chinchaysuyo hasta el Cuzco solo para convencer a los *ayllus* de la Ciudad Ombligo de que apoyaran el nombramiento de su hijo como Único Inca! Eso no era todo. Desde la nube que tapaba su entendimiento, Huáscar vociferó que el Gran Señor Chimpu Shánkutu estaba confabulado con Rahua Ocllo, y lo mandó echar a los pumas. ¡¿En qué aliento cabía mandar matar a Chimpu Shánkutu, el ingenioso Hombre Que Todo lo Vio en tiempos del padre Huayna Capac, el que con argucias nunca antes vistas deshizo una por una todas las tramas urdidas contra el Joven Poderoso?! Dizque el conspicuo Chimpu Shánkutu, siempre fértil en astucias, se echó en el cuerpo una sustancia apestosa que mantuvo a distancia a los pumas durante los tres días que permaneció encerrado con ellos. Lo cierto es que no le hicieron ni un rasguño, por lo que Huáscar, que no quería indisponerse con las fuerzas de la vida, no tuvo más remedio que perdonársela. Para compensar, mandó traer sin avisar a la hijita de Chimpu Shánkutu, una enanita joven llamada Cayau, y la aventó a las fieras para ver, diciendo, si la inocencia corría por los canales de la sangre de toda la familia, pero los pumas se banquetearon con ella, probando lo contrario. Chimpu Shánkutu, apenas liberado, lió sus bártulos y, sin decir una palabra de reproche, partió a sus tierras en Yucay, de donde jamás regresó. Los desatinos no acabaron ahí. Huáscar no paraba de beber, y descarriado por el licor fermentado, se dejaba desquiciar por sus sospechas enfermizas. Un día abandonó los palacios del Cuzco de Arriba (que, como sabías bien, fueron la morada del Único Inca desde que los primeros padres hundieron sus varas en la tierra), para mudarse al Cuzco de Abajo. Se rodeó de una guardia y un servicio compuesto solo por extranjeros. Dejó de asistir a las fiestas del Calendario Solar en la plaza de Haucaypata, gritando a voz en cuello que el Cuzco de Arriba era una guarida de *allqos* traidores esperando la menor oportunidad para asaltarlo a dentelladas. (Y aquí está aflorando en el rostro de Atahualpa, recuerda Cusi, una suscinta mueca de malicia). Lo que a esas alturas ya empezaba a ser cierto, pues Huáscar había logrado la hazaña sin par de poner a punta de sandeces a todas las *panacas* contra él. Pero fue lo que hizo después lo que rebalsó la paciencia general y sumió a todos los alientos del Cuzco en alerta. En su demencia, el Inca, después de una borrachera ininterrumpida de tres días, anunció su intención de tomarles sus tierras de coca y maíz a los *mallquis* de los Incas precedentes, las mejores del Cuzco. ¡Las momias son mejor servidas que los que hincan sus varas y conquistan la tierra!, diciendo, ¡enterrémoslas y quitémoles sus bienes!, ¡que los muertos no coman mejor que los vivos!

El sudor humedeció las sienes de Cusi. ¿Sabía Atahualpa que había sido Cusi mismo quien había convencido a Huáscar de la conveniencia del despojo? ¿Jugaba con él como un cóndor perezoso que le arranca la cola a una lagartija antes de descabezarla? Poco importaba ahora. La idea de arrebatarles sus tierras a los *mallquis* no era ni tan nueva ni tan descabellada. La había defendido con mucho sentido hacía un atado y medio de años el legendario *amauta* Cóndor Chahua poco antes de su lamentada muerte prematura. Las mejores tierras del Mundo pertenecían a los Incas muertos y proveían a los miembros de su *panaca*, que ni siquiera tenían que trabajarlas pues de ellas se ocupaban *yanacona* o *runacuna* que servían sus turnos en sus tierras. Cada nuevo Inca, sin embargo, renunciaba a su *panaca* de origen al ponerse la *mascapaicha*, y fundaba la suya, constituida por sus futuros descendientes y sirvientes. Por ello, como no podía usufructuar las tierras de su padre como sus antiguos hermanos de *panaca*, el flamante Inca debía conquistar las suyas propias. Era por esto que el Mundo de las Cuatro Direcciones se había desplegado tanto y tan rápido. Demasiado, según

Cóndor Chahua. Una vara larga es una vara frágil, decía. Para poder sobrevivir, el Inca debía dejar de tomar nuevas tierras y afianzar su poder en las ya sometidas. Pero, como se veía en la obligación de proveer a los miembros de su *panaca*, no tenía otra salida que seguir emprendiendo conquistas militares, cada vez más costosas y difíciles. Debía hacer entregas cada vez más cuantiosas de presentes a los principales de las otras *panacas* para que le ayuden en sus guerras, pues estos preferían quedarse en el Cuzco gozando de las tierras obtenidas por sus ancestros. Debía tolerar sus desplantes, sus disfuerzos, sus engreimientos. Aunque no fueran buenos hombres de guerra, acostumbrados como estaban a la molicie y los lujos del principal que no sabe sudar la victoria. La única manera de salvar al Mundo de su debilitamiento era invocar la generosidad de los *mallquis* y pedirles respetuosamente que compartieran sus cosechas con la nueva *panaca* del Inca, por el bien de todos.

Cusi recuerda haber barruntado todo esto en su aliento mientras Atahualpa trataba de contagiarle sus escándalos. Recuerda que, por prudencia, calló. Pero, como si gozara del poder de adivinar lo que cruza por los alientos ajenos, Atahualpa soltó entonces lo que había en el suyo, mientras llenaba nuevamente hasta el borde la escudilla con chicha y se la tendía a Cusi.

—Apu Cusi. Yo no fui el elegido de mi padre Huayna Capac, pero veo a través de Sus ojos. Y Sus ojos ven un Mundo con dos ombligos en lugar de uno. Un Ombligo de Arriba, el de la *Llacta* del Cuzco, el de nuestra *pacarina*, que brilla con la luz antigua de nuestro Padre Que Todo lo Ilumina, y que ocupan las Once *panacas* primigenias, sus tierras, edificios y sirvientes. Y un Ombligo de Abajo, el de la *Llacta* de Tomebamba, el que brilla con la luz nueva del Sol, en donde mi padre Huayna Capac tendió su *panaca* y donde los Incas siguientes, si son sabios, tenderán las suyas. Pues mi padre vio en su tiempo con justicia que no era necesario quitarles sus tierras en el Cuzco a los *mallquis* de los Únicos Incas para mantener al Mundo unido y fuerte como un nudo. Que, por la salud del Mundo, el Cuzco no tenía por qué seguir siendo su Ombligo. Que había que voltear al Mundo, como hizo nuestro padre Pachacutec, para que el Arriba se volviera el Abajo y el Abajo el Arriba. Que, siguiendo el ejemplo de mi padre Huayna Capac, los Incas futuros debían enterrar sus placentas en Tomebamba, Ingapirca, Intihuasi, Quito o las nuevas *llacta*s que fueran hincadas en el extremo Chinchaysuyo en el porvenir. Para que surgiera un Mundo flexible, sin deudos, en el que el extremo Chinchaysuyo ya no fuera una región más sino que se convirtiera en un nuevo Mundo de las Cuatro Direcciones. Para dar luz al Mundo Nuevo de los dos Ombligos y las Ocho Flechas.

Atahualpa está abrazado al cuello de su hermano de *panaca*, con la voz rauca del que está confesando a un doble de corazón un secreto fundamental, oculto en una cueva. Apu Cusi, hermano de *panaca*, le dice ofreciéndole el lado de su cuerpo en el que yace envuelta en un vendaje su oreja escondida, mutilada. Él no había mandado llamar a nadie, pero el día que el Albacea de las Últimas Voluntades del Inca Huayna Capac, acompañado de los generales Challco Chima, Quizquiz y Rumi Ñahui, se presentaron ante él para decirle que si se levantaba contra su hermano ellos le apoyarían, Atahualpa no se hizo de rogar. Envió de inmediato un mensajero con un *quipu* clandestino al astuto Chimpu Shánkutu —a quien había tratado durante su largo servicio a Huayna Capac en tierras del norte, y que se hallaba retirado en sus tierras de Yucay—, en que le informó su decisión. Le pidió que tanteara a los principales de las *panacas* del Cuzco, para ver si aprobarían su alzamiento. El *quipu* de respuesta del que fuera Hombre que Habla a la Oreja del Inca no se hizo esperar. El Señor Chimpu Shánkutu había sondeado a muchos principales, algunos de ellos del entorno más cercano de Huáscar. No solo aprobarían su rebeldía sino que, con la más absoluta discreción, la respaldarían por todos los medios a su alcance.

Atahualpa y Cusi intercambiaron miradas. Su hermano de *panaca* responde a la pregunta que Cusi no se atreve a formular.

—No te sondeó a ti porque sabía que serías fiel a mi hermano hasta la muerte. Que estabas cegado por la certeza de que, a pesar de sus dislates, él servía los designios de mi Padre El Que todo Lo Ilumina… —dos gusanos de tierra afloran en los extremos en que se unen los labios de Atahualpa: ¿una sonrisa?—. Y que estabas cegado por tu amor a tu prima la *Coya* Chuqui Huipa.

Cusi aún evoca el brinco doloroso que hubo dentro de su pecho, el frío súbito y denso de su aliento desnudo ante su hermano de *panaca*. ¿Quién se lo había dicho? ¿El Señor Chimpu Shánkutu? ¿Cómo lo sabía? ¿Poseía el Enano fértil en argucias la magia de conocer lo que habitaba en los corazones ajenos? ¿Quién más estaba al tanto? ¿Lo sabía Huáscar?

El tiempo es un sapo que da saltos largos hacia delante y hacia atrás. Cusi es ahora un muchacho delgado y larguirucho, con el rostro impoluto por el Mal, que no termina de acostumbrarse a las nuevas dimensiones de su cuerpo después de su estirón. Es el mes sagrado del *Coya Raymi*, el mes de la *Coya*, tres meses antes del *Capac Raymi*, en que Cusi cumplirá los ritos del *huarachico*, que marcarán —por fin— su entrada a la edad del guerrero, a la hombredad. Es el tiempo de las mujeres y por eso casi no se ve ninguna en las calles del Cuzco. Las Señoras andan juntas en alguno de los *tinkus*, los ojos de agua de los alrededores de la Ciudad, que mantienen en secreto de sus esposos. Ningún hombre está autorizado a verlas hacer la ceremonia de Citua, a mirarlas cubrirse el cuerpo de harina de maíz y purificarse en el agua del *tinku*, pues es sabido de todos que las uniones de dos ríos dan agua que espanta mejor a las enfermedades que rondan los extramuros, siempre al acecho de algún incumplimiento en las ceremonias. Una sombra cruza fugazmente frente a la puerta de la habitación en que Cusi hace sus tareas de la Casa del Saber, arroja una peineta de oro en su interior y se aleja a toda prisa en medio de risitas. Cusi no llega a ver quién ha sido, pero reconoce las marcas privativas de su prima Chuqui Huipa inscritas en la superficie de la peineta. Una marea tibia inunda su corazón: la felicidad de los que reconocen el amor correspondido. La petición de buenas lluvias a la Madre Luna, un atado de jornadas después, se hace en otro *tinku*, pero esta vez sí se permite la asistencia de los varones del Cuzco, dizque para ayudar a las mujeres jóvenes cargando las ofrendas pero en verdad para que ellas puedan revelar veladamente quién de ellos le gusta y quién no en los festejos finales (y así los varones sepan a qué atenerse cuando crucen los umbrales del *huarachico* y les toque elegir esposa). Y ahí están todos, buenamozas y buenmozos radiantes, con las ropas mojadas por las plegarias y las ofrendas hechas a la Madre en la encrucijada de los dos ríos, echándose agüita entre risas, palmetazos y empujones, cuando Chuqui Huipa horada uno de los pocos silencios con su grito:

—¡Se me ha perdido mi peineta de oro! ¡Al que la encuentre le entregaré mi corazón!

Una manada alborotada de manos masculinas se sumergen ávidamente en las honduras del agua aledaña a la princesa. Cusi contempla risueño los esfuerzos vanos de sus compañeros. Saca lentamente de su *quipe* la peineta de oro de su amada, envuelta en una tela brocada de su estirpe. Pero cuando está a punto de anunciar el hallazgo, una voz chillona se le ha adelantado.

—¡Yo las encontré, princesa Chuqui Huipa! —está diciendo Tupac Cusi Huallpa, el hijo del Inca Huayna Capac y la Señora Rahua Ocllo.

Cusi Yupanqui y Chuqui Huipa se miran solapadamente, desconcertados.

—¡Pero te has equivocado! —sigue diciendo Tupac Cusi Huallpa—. ¡No has perdido una peineta sino tres!

El futuro Huáscar abre su bolsa y saca de ella tres peinetas gigantes de oro engastadas de esmeraldas, señal de la riqueza de su *panaca*. Por un instante Cusi sonríe por lo ridículo de la treta, pero la sonrisa se le disuelve de inmediato al cernir la mirada evasiva de Chuqui Huipa, su fascinación al contemplar con los ojos babeantes las tres peinetas más hermosas del mundo.

—Gracias, hermano de padre y madre —dice Chuqui Huipa al Huáscar futuro, aceptando las peinetas. Y para Cusi Yupanqui no pasa desapercibido que su amada está labrando con su voz en relieve su doble parentesco con el hijo del Inca: ambos harían buena pareja, son descendientes paternos y maternos de la *panaca* del Inca Tupac Yupanqui y los dos últimos Incas se han casado con hermanas suyas de padre y madre.

Los ronquidos de Huáscar gestan una burbuja que asoma intermitente de su boca semiabierta, amenazando con reventar.

¿Por qué mi dolor antiguo no cesa con la revancha de verte así postrado? ¿Por qué tu humillación de ahora no cura la que padecí —la que me infligí a mí mismo— en los tiempos posteriores a que tú y ella contrajeran matrimonio, cuando acudí con frecuencia a tus palacios solo para poder verla, con la vana esperanza de gozar algún día de su favor? ¿Qué sortilegio de qué *huaca* convirtió mi amor por Chuqui Huipa en lealtad absoluta hacia ti? ¿Cómo me volví, de tanto frecuentar tus palacios, en tu amigo más sincero, en tu partidario más ferviente, en tu doble más leal?

La memoria fluida de Cusi es un río que vuelve a su cauce, a la conversación que Atahualpa ahora conduce por lares distintos, como si jamás mención alguna a Chuqui Huipa hubiera brotado de sus labios. Habla ahora de su profusa correspondencia con el Señor Chimpu Shánkutu en los tiempos previos a su alzamiento. De las recomendaciones para asentar la tierra de su rebelión que El Que Hablaba a la Oreja de Huayna Capac le sugería en sus *quipus* clandestinos. Atahualpa tenía que tratar por todos los medios de ganarse el favor de los del norte. Como primera medida, debía hacer correr el rumor de que era hijo de una princesa cañari, otavala, carangui o cayambi y no de la princesa Tuta Palla, de la *panaca Hatun Ayllu* del Inca Pachacutec. Atahualpa, que había visto los buenos efectos de la sabiduría sin límites de Chimpu Shánkutu en la corte de su Padre, obedeció sin chistar y empezó el rumor de que era hijo de una princesa carangui, pues conocía bien sus tierras, por haber participado en la campaña de su padre Huayna Capac contra ellos. Fue una sabia decisión. En menos de una luna, Atahualpa ya era aclamado por donde pasaba entre Quito y Tomebamba. Las reverberaciones de su alzamiento ya no solo estremecían los alientos de los generales Challco Chima, Quizquiz y Rumi Ñahui, sino el de muchos guerreros como ellos y hasta de incas de privilegio afincados en el norte. Hasta Cusi Tupac, el Albacea de las Últimas Voluntades de Huayna Capac, se sumó a ella aun sabiendo muy bien que la filiación de Atahualpa era fraguada. Por donde pasaba, los mercaderes, campesinos, artesanos y toda la gente llana le saludaba estirando los brazos hacia arriba, mientras murmuraba en voz baja sus revanchas postergadas, ahora verán esos arrogantes incas cuzqueños, diciendo, la cara que van a poner cuando un inca carangui les quite las riendas del Mundo para jalarlas hacia aquí, cuando rija el Mundo recordando sus masacres a los nuestros.

—Apu Cusi, hermano de *panaca* —dice Atahualpa—. Cuando me levanté, Chimpu Shánkutu me informó de inmediato que Huáscar te había elegido a ti para liderar sus tropas en contra mía. Me dijo que te conocía, que habías sido su discípulo en la Casa del Saber. Que tú eras leal al Inca, pero eras más leal a los designios de nuestro padre El Que Todo lo Ilumina, y que sabías cernir muy bien la diferencia entre la primera y la segunda. Me dijo además que sabías escuchar las palabras ajenas y, si eran sensatas, cambiar de rumbo. ¿Habló o no el Señor Chimpu Shánkutu con la verdad?

Cusi recuerda que cuando Atahualpa le hizo la pregunta, ya había amainado la tempestad desatada en su aliento por la mención de Chuqui Huipa. Que estaba listo para persistir en su lealtad a su Señor y enfrentar las consecuencias de su negativa con la muerte. Pero al mismo tiempo, le amanecía el súbito e inesperado deseo de responderle que sí, que el Señor Chimpu Shánkutu no se había equivocado con él, que Cusi sabía recorrer los ríos que iban por diferentes cauces que el suyo y aprender de lo que avistaba en sus orillas. Que era verdad que algunas de las palabras de Atahualpa habían calado en su pepa, que le habían hecho atisbar un horizonte nuevo. Pero, anticipándose a su respuesta, Atahualpa está golpeando sus pies contra el suelo.

Entonces, cruza los umbrales de la habitación la princesa Cusi Rimay Ocllo.

¡¿Qué hacías aquí, hermanita mía, luz de mis ojos?! ¡¿Por qué habían osado tocarte a ti?! ¡¿Y dónde estaba Huáscar, que no supo protegerte de mis enemigos?!

—La princesa Cusi Rimay Ocllo, tu hermana de padre y madre, está intacta —dice Atahualpa en tono tranquilizador—. La he mandado traer a Tomebamba desde el Cuzco no como mi prisionera, sino como mi *pivihuarmi*, mi prometida, mi futura *Coya*. Me casaré con ella apenas el Apu Cusi Tupac me haya ceñido la borla sagrada. La fecundaré apenas ella haya cruzado sus primeras sangres. Juntos sembraremos las tierras del norte con los frutos de nuestra alianza. Y una vez sellado nuestro vínculo, juntos tú y yo expandiremos el Mundo, lo haremos mejor de lo que es —el tono de Atahualpa se imbuye de súbita deferencia—. Si tú, hermano de *panaca*, me das tu autorización.

Cusi sabía que Atahualpa no necesitaba del permiso de nadie para casarse con Cusi Rimay Ocllo, y por eso, halagado, consintió. Cuando, culminados los ayunos, el Albacea puso la *mascapaicha* sobre la frente de Atahualpa, el aliento de Cusi ya había cambiado de rumbo para siempre. Ya no era, ya no podía ser digno de su lealtad el Señor que había puesto en riesgo al Mundo con sus demencias. El que no veía más allá de sus narices cuzqueñas. El que le había arrebatado a Chuqui Huipa. El que no había sabido proteger a Cusi Rimay Ocllo, Luz entre las Luces. El peor, el menos dotado, el menos amado por los *huacas*.

Cuerda terciaria (adosada a la principal): dorado, en Z

Media tinajada de agua sucia se estrella contra el rostro de Huáscar, que deja súbitamente de roncar. El Inca de mentira abre los ojos. Su mirada nada en la oscuridad como un pez en el agua, se fija en Cusi como si fuera uno de los múltiples *supays* que deambulan en sus sueños. Para sacarlo de su error, Cusi le avienta en la cara la media tinajada de agua restante.

—Perro lamedor del culo de las momias —dice Huáscar ásperamente—. ¿Qué quieres?

Cusi Yupanqui camina en silencio a la puerta del cuchitril, donde los escuetos rayos de luz que entran por los resquicios de la ventana se empozan en las ojeras de su rostro. Con desgano visible, Cusi hace pasar a un guerrero que lleva una antorcha en la mano. Detrás del guerrero, entra con la cabeza baja Quilisca Auqui. El hombre de confianza de Cusi ha sido finalmente descubierto como el espía infiltrado en sus filas que interceptaba su correo y avisaba de sus posiciones a sus enemigos. Cusi lo tenía bajo sospecha hacía mucho tiempo, pues era uno de los pocos que tenía acceso a los *quipus* secretos, estaba en contacto con los prisioneros —sobre todo Chuqui Huipa— y sabía de todos los movimientos de la tropa. Pero quería estar seguro, contar con pruebas concluyentes. Se lo debía: Quilisca Auqui le había salvado la vida en varias ocasiones (aunque, repasándolas de nuevo una por una, era claro ahora que él mismo había tramado los peligros de los que le había protegido). Pero el Señor Chimpu Shánkutu había tenido razón una vez más: el infeliz se había desbandado en la traición al «descuidar» el paso de montaña por el que habían llegado los visitantes, para permitir que Huáscar hablara con ellos (gracias a la intermediación del traidor Lloque Huallpa, que también estaba en la trama) y les hiciera sus ofertas. Jamás hay que subestimar el deseo del que trama traiciones de delatarse a sí mismo, decía el Fértil en Argucias. Jamás hay que subestimar su ansia de ver reconocida su traición, la esperanza oculta del traidor de ser descubierto, castigado.

Después de Quilisca Auqui, entran a la habitación en penumbras Inca Huallpa, el encargado de la vigilancia de Huáscar y de los otros prisioneros, y las dos cuadrillas de guardias que debían resguardarlos. No está seguro de la culpabilidad de todos ellos —algunos no han confesado a pesar de la dureza del tormento—, pero no puede darse el lujo de arriesgarse, pues está en juego la vida del Inca, la supervivencia del Mundo. Sin embargo, es con tristeza que contempla los estallidos de los resplandores de las llamas recortando las sombras titilantes de sus rostros resignados, ofreciendo un vistazo fugaz de sus brazos atados a la espalda.

—Despídete de tus cómplices —dice Cusi.

Huáscar contempla las presencias frente a él como a espíritus de ancestros impertinentes que interrumpen su descanso. Su vista es una brasa atizada de pronto por una brisa invisible. Huáscar se vuelve a Cusi, es ahora un puma somnoliento que ha despertado, recuperado su agilidad. Atravesándolo con los ojos, aúlla con la voz en la garganta yo sé quién eres, momia disfrazada, por más que te hayas metido dentro de ese cuerpo torcido conozco de memoria a los espíritus que te animan, te saliste ahora con la tuya pero ya me tocará mi turno, cuando la fuerza de mi ancestro Tupac Yupanqui caiga sobre ti y cambiemos de lugar me tocará mi turno, mientras Quilisca Auqui, Inca

Huallpa y los doce guardias, ya entregados a su suerte, se dejan descoyuntar uno por uno frente a él.

Cusi Yupanqui abandona el cuchitril cuando las ejecuciones aún no han terminado de consumarse, en medio de las imprecaciones de Huáscar, que rebotan cada vez más débilmente en las paredes. Va hacia el depósito de cuerdas de *quipu* vírgenes, toma un manojo, aspira por un instante el silencio denso de las estrellas y se encierra en su habitación para tramar el *quipu* urgente que enviará esta misma noche al Espía del Inca.

Segunda cuerda: blanco entrelazado con negro, en Z

Cada vez son más esporádicos los encuentros de Atahualpa con los funcionarios que marcan los turnos del Mundo, a quienes escucha como si llevaran viento en lugar de voz. Cada vez mayor la desidia del Inca al escuchar los cantares densos de sus *harauis*. Cada vez más cortas las ojeadas a los cuadros dibujados por los *quillcacamayos*, a quienes el Inca despide con rapidez, casi sin ver el resultado de sus esfuerzos, como si los Eventos Importantes ahí consagrados ahora le parecieran ajenos, obsoletos, pueriles. Cada vez más largos los bostezos en sus vistazos a las maquetas que le traen los arquitectos que planean construir los palacios nuevos de Quito a imagen de los del Cuzco. Maquetas de adobe que ahora tardan jornadas enteras ya no en ser aprobadas sino en simplemente ser contempladas.

El juego de los Incas hermanos se ha convertido en la actividad cenital de las vigilias diurnas del Inca (en las nocturnas, el Señor del Principio privilegia los juegos amorosos con sus concubinas). Atahualpa pasa mañanas enteras sentado solo ante las estatuillas, casi sin probar bocado de los cuencos que le ofrecen las cuatro *acllas* asignadas por Salango a su servicio y alertas a recoger cada pelo, cada uña que pudiera desprendérsele. Si no fuera por los ojos del Inca, que saltan de un lado a otro del tablero como los de los *Huillahuisa*, los Hombres Que Sueñan los Sueños de Otros con los párpados cerrados, podría confundírsele con una momia recién embalsamada. De vez en cuando un súbito grito de júbilo siega su silencio y, después de regarse alabanzas a sí mismo por su clarividencia, Atahualpa desplaza firmemente una estatuilla en la superficie de cuadrados pintados, se levanta con aire satisfecho, se sienta en el taburete de enfrente y maldice la excelencia del ataque que acaba de recibir de su oponente.

A pesar del empeño del Inca, Sutu lo ha seguido derrotando en todas y cada una de sus batallas rituales. La humildad del Barbudo Amable, que no se ufana de sus victorias y más bien se las explica entre chapuceos que van y vuelven del *simi* a la lengua peluda, no ha hecho sino hincar aún más la determinación del Señor del Principio.

El mensaje que debe trasmitirle hoy es, sin embargo, demasiado perentorio, y Salango se ve obligado a transgredir la estricta prohibición del Inca de ser interrumpido en sus juegos solitarios.

—Único Señor —dice con la cabeza baja el Recogedor de Restos—. El Señor Cusi Yupanqui me ha enviado un *quipu* con una pregunta urgente, que no puede esperar más.

—Si es la misma de siempre, ya sabe mi respuesta —dice Atahualpa sin apartar la mirada del tablero—. No es el tiempo propicio. Ya le diré yo cuándo entrar a Cajamarca.

—La pregunta es otra, Señor del Principio.

—Suéltala.

—El Señor Cusi Yupanqui necesita saber cuanto antes qué debe hacer con Huáscar, tu hermano.

—La pregunta será otra, pero mi respuesta la misma —gruñe Atahualpa—. Aún no llega el tiempo óptimo para tomar esa decisión.

—El Señor Cusi Yupanqui piensa que ese tiempo está pasando frente a tus narices sin que te des cuenta. Pone su cuello entre tus manos si se equivoca —ante el silencio expectante del Inca, prosigue—. Tu hermano Huáscar ha sido visto en Tarapaco, cerca de Andamarca, por los dos extranjeros que el Barbudo Viejo envió al Cuzco para sacar el oro del *Coricancha*. El inepto se las arregló para burlar la vigilancia de sus guardias y hacer una oferta nueva a los barbudos. Después de mofarse del precio que ofreciste por tu vida y tu libertad, prometió llenar de oro y de plata la plaza de Aucaypata si lo dejaban libre y te entregaban en su poder. Los extranjeros desconfiaron, declinaron el ofrecimiento y siguieron su camino, pero enviaron mensajeros a repetirle la propuesta a sus Señores, a Apu Machu Dunfran Ciscu —la voz de Salango se vuelve una soga jalada de sus dos extremos—: Hijo Predilecto dEl Que Todo lo Ilumina, los mensajeros deben estar a punto de llegar a Cajamarca en cualquier momento, si no lo han hecho ya. Quizá aún no hayas recibido de Tu Padre el anuncio del momento más propicio para la entrada de mi Señor Cusi Yupanqui a Cajamarca para liberarte. Pero dispón ahora mismo con respecto a tu hermano. El Señor Cusi Yupanqui es acechado ferozmente y sin descanso por tus enemigos, que quieren ver a Huáscar libre y a ti muerto y borrado de los *quipus*. Alíviale la tarea y aleja al peligro de ti.

Atahualpa se vuelve al Recogedor. Los ojos del Inca son dos estanques opacos que se fijan largamente sobre él para luego posarse y reflejarse en la superficie de cuadrados pintados, en las estatuillas.

—Dile a Sutu que estoy listo.

El Recogedor de Restos hace pasar al Barbudo Amable, que ha estado esperando pacientemente afuera. Después de hacer una leve venia al Señor del Principio, Sutu se sienta sin más en el taburete frente al Inca, toma del tablero dos guerreros de a pie —uno blanco y uno negro— y los esconde en su espalda. En menos de un respiro tiende los puños cerrados hacia delante. El Inca elige el de la derecha. Sutu abre el puño con la palma hacia arriba: es el guerrero blanco.

Empieza el juego de los Incas hermanos. Atahualpa lanza a sus llamas gigantes que, en ataque concertado con sus guerreros de a pie, sitian de inmediato a los guerreros centrales del Amable, segándoles libertad de movimiento. Con una sonrisa indulgente, Sutu despliega a sus *yanacona*-generales que, desde los flancos, amenazan tanto a las llamas como a los guerreros de a pie que protegen al Inca y a la Mama Huaco del Señor del Principio. El juego se entrampa. Atahualpa despliega al centro a sus *pucaras*, pero los *yanacona*-generales del Amable los ponen en su mira, obligándolos a replegarse. Sutu saca a su Mama Huaco, pero los *yanacona*-generales del Inca acechan los pasillos por donde puede desplazarse, neutralizándola.

La sonrisa ha cedido lugar a un surco en la frente de Sutu, que ya no previene a Atahualpa de las malas consecuencias de sus movimientos. La batalla, feroz e implacable, es por una vez completamente silenciosa. En una entrada audaz, Sutu saca del juego, sin contrapartida, a un *yana*-general impertinente y emprende un ataque lateral con su Mama Huaco. Atahualpa cierra las líneas de defensa que ha erigido en torno a su Inca. Empieza el sitio. Sutu hostiga sin piedad a las *pucaras* enemigas, que deben ceder posiciones para mantenerse a salvo. El juego parece tomar el sendero previsible de los juegos anteriores. El Amable elimina a dos guerreros de a pie de la esquina desguarnecida y hace avanzar a tres de los suyos, preparándose para el asalto final. Pero, en su avance, uno de los guerreros de Sutu libera sin querer a una llama gigante del Señor del Principio olvidada en un rincón. La llama gigante, confabulada con el *yana*-general sobreviviente de Atahualpa, acosa al Inca de Sutu que, desprotegido por su ejército, corre por su vida. El Señor del Principio no tiene problemas en arrinconarlo con su otra llama, que le cierra todas las vías de escape restantes.

Después de un largo silencio cabeceante, Sutu empuja a su Inca y este cae en el tablero y rueda.

—¿No juegas más? —pregunta Atahualpa.

—No —responde Sutu en su precario Idioma de la Gente—. Yo diciendo adiós guerra. Tú vences.

Atahualpa tiende su mano con la palma abierta hacia el Barbudo. Sutu se la estrecha, sinceramente conmovido por la primera victoria de su discípulo. El Señor del Principio acepta y devuelve el apretón con los ojos cerrados para apoderarse mejor de la fuerza del vencido.

Cuando el Amable ha salido de los Aposentos, Atahualpa se vuelve hacia el Espía del Inca.

—Tráeme un traje de luto.

En el Segundo Depósito Salango elige, de entre las rumas de ropa sagrada levantadas hacia el techo, cuatro camisetas tejidas con hilo de oro brocado en que abundan los motivos del duelo.

En el vestidor le aguarda el Único. Le entrega a Salango un espejito ovalado huancavilca con marco labrado de esmeraldas, para que lo sostenga frente a él. Como siempre, Atahualpa se toma su tiempo para probarse cada traje y examinar con abierta coquetería sus posibilidades, ver cómo combinarían con la *mascapaicha* colorada, con el *llautu*, con cada tobillera, con cada cinturón, con cada muñequera y brazalete, cómo se me ve de lejos, qué tal de cerca, desde aquí, desde allá.

Cuando ha hallado el traje de su predilección —una camiseta larga de franjas de *tocapu* rojas y negras, los colores de la sangre recién derramada—, arroja los otros a brazos de su Recogedor de Restos, corrige los pliegues del que ha escogido hasta cerciorarse que llevan la lisura apropiada y se mira frente al espejito una última vez. Esboza una sonrisa ambigua. Su rostro adquiere de pronto la forma de una máscara funeraria esculpida en el rictus de un dolor eterno, despojado del tiempo. Estalla en llanto. Un llanto espeso, de catarata. Interrumpido de vez en cuando por pucheros profundos como los de un *huahua* recién apartado de las tetas de su madre que se ahogara al respirar.

—¿Qué tienes, Único Señor? —pregunta Salango asustado: ¿había hecho probar *absolutamente todos* los alimentos antes que fueran ingeridos por el Inca?

El Señor del Principio no responde. Se sume hondamente en sus lamentos, que se vuelven alaridos destemplados de animales en trance de ser sacrificados. Los extranjeros que custodian la entrada asoman alarmados por los umbrales de la habitación y tratan de cernir a gritos en su lengua lo que le ocurre al prisionero. Atahualpa no espera a que hagan silencio para seguir rajando el aire que le rodea con sus lamentaciones descarnadas.

Al poco rato, aparece ante su puerta el Apu Machu, escoltado por Sutu y los barbudos Sali Cidu y Mina. Les acompaña Firi Pillu quien, siguiendo lo acordado con Salango, apenas si resbala su mirada por la del Recogedor de Restos del Inca. Apu Machu habla con voz pausada, prevenida.

—Mi Señor pregunta por qué tú triste —traduce el chiquillo manteño.

—Un mensajero me ha traído muy malas noticias —responde Atahualpa con la garganta recién escampada pero con alguna que otra nube ronca en la voz, los ojos dirigiéndose a una presencia más allá de las paredes—. Uno de mis generales ha desobedecido mis órdenes y ha matado a mi amado hermano Huáscar.

Firi Pillu traduce.

—No contento con eso, ha ejecutado cruelmente a su Hombre de Guerra, a su madre, a su esposa y a sus dos hijos pequeños. ¡Ni siquiera el hombre sagrado que fuera Supremo Sacerdote Solar se ha salvado de su saña! —Firi Pillu traduce—. Sé que el Apu Machu quería traer a mi hermano a Cajamarca para conocerlo en persona. No sé qué pensará ahora de mí, que no he sabido extender mi mano hasta él y protegerlo como era debido —Firi Pillu traduce—. ¿Me castigará a mí por los desvíos de mi general desobediente? ¿Dejará de tratarme como Único Inca en castigo? ¿Me matará? Dile que quiero saber qué hay en su corazón.

Firi Pillu traspasa las últimas palabras del Inca a la lengua extranjera. Apu Machu escucha con atención. Reflexiona. Intercambia en voz baja unas cuantas palabras con Sutu, que mece la cabeza como hacen cuando los barbudos cuando asienten. Luego se vuelve hacia el Inca. Su voz es suave, paternal.

—Mi Señor dice Inca no estés triste —traduce el manteño—. Mi Señor comprende tu general es tu general, no es tú. Mi Señor es triste por tu hermano.

Apu Machu vuelve a hablar.

—Mi Señor dice Inca no llores más. Para él, tú Único Inca. Nadie otro.

Un aguacero torrencial vuelve a romper súbitamente en el rostro de Atahualpa. El Inca se abalanza sobre el cuerpo del Apu Machu. Mina y Salcidu se llevan de inmediato las manos a los mangos de sus varas filudas, listos para ir en auxilio del Barbudo Mayor y cortar en pedazos al Inca, pero Apu Machu los disuade con un gesto calmante: no hay peligro, es un abrazo, nada más.

Cuando los extranjeros han abandonado la habitación, el rostro del Señor del Principio escampa tan rápido como se cubrió de tormenta.

—Dile al Señor Cusi Yupanqui que mate a mi hermano. Pero que antes, se deshaga en presencia de Huáscar de la intrigante y convenida de su esposa, de la escoria de sus hijos, de su sacerdote senil y su general llorón. Que no escatime en crueldad en el modo de arrebatarles el aliento teniendo a los sirvientes de Huáscar como testigos del suplicio, desde el principio hasta el final. Que luego los deje libres para que digan que todo esto sucedió y esparzan y exageren cómo sucedió, como hacen tan bien los hombres del común.

Salango se pone su carga y se retira respetuosamente de espaldas. El Señor del Principio contempla de nuevo los despojos de la rendición inaudita de Sutu en el juego de los Incas hermanos, como a un *huaca* nuevo cuyos poderes flamantes y portentosos acabaran de manifestarse por primera vez ante sus ojos.

Tercera cuerda: blanco oscuro entrelazado con celeste añil, en Z

Soy linda.
Linda.
Linda.
Él me ha llamado. Por fin se ha fijado en mí y me ha llamado.

Se ha cansado seguro de las piltrafitas esas que van a acostarse con él y entre todas me ha elegido hoy día para gozarme. Para preñarme.

Se muere por mí. Tantas ganas me tiene que no se ha podido aguantar hasta la noche, como es Su costumbre. A mitad de jornada me ha hecho llamar a Su Cuarto. Con una escolta de cuatro barbudos y cuatro guerreros de sangre real para mí solita me ha mandado traer en andas (igualito, ji ji ji, que a Shankaticha).

Suspiro: ¿se demorará mucho en hacerme pasar?

Una seña de su feo Recogedor de Restos: —espera todavía un rato— antes de desaparecer de nuevo dentro de la Habitación del Inca.

Si vieras, mamacita Contarhuacho.

El otro día pasó Atahualpa en andas frente al serrallo, cuando iba a recibir a Sus Señores *quipucamayos*. Yo estaba junto con la Shankaticha preparando chicha para la ceremonia del inicio del *Hatun Pucuy*, el mes de las flores. Entonces posó su vista en mí. Sus ojos bailaron de puro gusto, sus manos sacaron mi prendedor de plata, quitaron sin vergüenza mi mantilla, levantaron mi túnica, sobándome despacito despacito los pezones de las tetitas mientras yo miraba con las mejillas calientes el suelo empedrado pisado por Él, dónde hay un hueco por donde meterme, esconderme. Seguro fue ahí, ji ji ji, que dijo en su adentro: quiero acostarme con esa *aclla* tan guapachosa, tan rica, de la que me ha hablado Inti Palla.

Gracias, Shankaticha, por haberle hablado de mí. Por haberme secreteado que le gusta que le toquen el muñón de su oreja faltante cuando se junta con sus mujeres. Por haberme enseñado a sacarle su savia a la planta de maguey sin hincarme los dedos, a chupar tuna sin manos y sacarle las espinas con la boca, a morder pacae y arrimar las pepitas con la lengua. A aprender a jugar con las cosas del hombre. Con las cosas de Él.

Mi túnica blanca sin mangas, bien alisadita por los costados. Mi cinturón de lana, ceñidito a mi cintura pero tampoco demasiado que no me deje respirar. Mi *lliclla*, bien centradita, con el mismo espacio a cada lado de mi cuello, con sus motivos de la Madre. Mi pelo, bien jaladito, parejito. Y mi tocado huaylas, bien prendido del nacimiento de mis trenzas.

Póntelo cuando te toque tu turno de hacer tu cortejo al Inca, de ser rociada con Su leche, dijo mamá Contarhuacho. Hazte desear, pero tampoco te hagas la disforzada. Lleva con la barbilla en alto el tocado de nuestras tierras Hanan Huaylas. Que canten al viento sus cintitas de colores. Que los encajes con sus dibujitos de animales reluzcan ante el Sol. Que el Señor del Principio se vaya acordando del sitio que tuvieron los huaylas de Arriba y de Abajo al lado de Su Padre, el amado Inca Huayna Capac, y renueve su alianza. Y que las otras que se echan con Él vayan viendo quién eres y cuál es tu lugar, y te vayan haciendo campo.

Único Inca. Papacito. Hermanito. ¿Por qué te demoras tanto? ¿Por qué me tienes en ascuas así?

No importa. Demórate no más: soy linda.

Preciosa.

Por fin.

Aunque en el refugio las *acllas* envidiosas me digan *killincho* dizque porque mi nariz grande se parece a la del cernícalo. Aunque mis caderas no sean redonditas como las de la ñusta Azarpay, que se contonea como venadilla en celo, atrayendo las miradas de los hombres (¿quién se habrá creído que es?). Aunque mi pelo no caiga tan bonito como el de las *acllas* chachapoyas (las pocas que no se han escapado corriendo del Refugio para ir a ayuntarse con un barbudo, las muy *pampayrunas*). Aunque mi piel no sea tan doradita como la de Shankaticha. Yo, Quispe Sisa, princesa de los huaylas de Arriba, hija de Mama Contarhuacho, nieta del Señor Pomapacha Huaylas, futura Señora del Mundo de las Cuatro Direcciones, soy linda: Él me ha llamado.

El Recogedor de Restos sale de nuevo de la Habitación. Me busca con su vista torcida de hombre marcado por el Mal.

Aquí estoy.

Ahora sí. Entra. Ha llegado tu turno.

Unos pasitos. Pequeñitos, de niña linda. Otritos. Otros más.

Suspiro: ya estoy dentro, los umbrales de Tu Cuarto han quedado detrás de mí para siempre, Señor del Principio.

¿Qué hacen estos Señores aquí? ¿Qué hace el horrible Ganso Viejo contigo, todo desdentado, escuálido y esmirriado, con su pelo de choclo seco en la cara, que tanto asquea a las *acllas* que le pusieron su apodo? ¿Qué hace acompañado del mocoso manteño ese que babea por la Shankaticha todas las tardes desde la sombra y dizque traduce la jerga de los barbudos?

¿Por qué no me miras?

Gracias, Apu Machu, le estás diciendo a Ganso Viejo, por haber comprendido que Tu brazo, aunque seas el Señor del Mundo, no puede llegar a todas partes. Por haber compartido

Tu honda tristeza por la muerte violenta de Tu hermano. Quieres hacerle un presente. Tejer una alianza de sangre con él.

El manteño baboso te traduce para Ganso Viejo mirándome de reojo.

Por eso, sigues diciendo, vas a entregarle a una de tus hermanas para que se case con él, calme su hambre de hembra y tenga hijos con él.

Tu mirada. Sobre mí.

¡¿…?!

El baboso pasa tus palabras al idioma peludo. Ganso Viejo balancea la cabeza. Me mira. Sonríe con su sonrisa de dientes picados.

Dame tu mano, me dices.

No te la doy. Me la jalas, me la aprietas, tus ojos de *amaru* mirando a los míos como si fueran de lagartija. De lagartija que sabe que va a ser devorada por la serpiente que la congela con su mirada, pero no puede moverse y escapar. Hundiéndose en ellos como un cuchillo de doble filo sobre un pecho para sacarle el corazón.

Hermanita. Hermanita. Hermanita. Tu hermano el Inca te quiere. Tu hermano el Inca te pide. Tu hermano el Inca te ordena que le hagas el servicio de casarte con este barbudo.

Cuarta cuerda: blanco entrelazado con negro, en Z

Encerrado en el Primer Depósito, el Espía del Inca termina a la luz de los candiles los dos *quipus* que debe enviar cuanto antes al Señor Cusi Yupanqui, que son copias exactas el uno del otro.

Los *quipus* son breves. Informan de la venia de Atahualpa a la ejecución de Huáscar, de la cada vez mayor cercanía del Inca al Barbudo Sutu y Su distanciamiento de Sus servicios de Hijo del Sol. Anuncian el enlace inminente entre el Barbudo Viejo Dunfran Ciscu y Quispe Sisa, la princesa huaylas hija de

Contarhuacho, señora huaylas que fuera esposa secundaria del Inca Huayna Capac. Señalan la nueva negativa del Inca a autorizar la incursión liberadora del Señor Cusi Yupanqui a Cajamarca. Al final, indican que hay un plan, aún en preparación, para asegurar que no correrá riesgo la vida del Inca en el momento del rescate.

A pesar de la brevedad de los *quipus* gemelos, le costó encontrar tiempo para anudarlos. Su doble servicio de Recogedor y Portavoz, sin contar con sus faenas clandestinas de Espía del Inca, le han exigido todo su aliento las últimas cinco jornadas. Además de los cuatro cambios diarios de prendas del Inca que constituían su servicio usual, Salango mismo se encargó de los preparativos de los esponsales del Barbudo Viejo con Quispe Sisa y supervisó personalmente la factura de cada prenda que el Inca vestirá para la ocasión.

Después de marcar la última cuerda con la clave secreta que solo él y Cusi Yupanqui conocen, el Espía del Inca sella los extremos de cada *quipu*, los enrolla con delicadeza y los esconde en los bolsillos cosidos detrás del cinturón de su traje de bayeta. Sopla la luz del candil y, cuando sus ojos se han acostumbrado a la oscuridad, abre las placas de madera colocadas en reemplazo del portón de oro que fuera arrancado de cuajo por los barbudos poco después de su llegada.

Sale. Aspira hondo la negrura que habrá de protegerle. La noche no ha sido ni será visitada por la Madre Luna: es propicia. Con la mayor naturalidad, camina directamente hacia los cuatro barbudos —Lopis, Urtadu, Solis y Monti Nigru, dijo el informante que se llamaban—, que custodian las entradas de los Aposentos. La sonrisa con que les saluda —franca, de *upa*— es recibida con indiferencia. Pero sirve a los barbudos para confirmarles que ya le conocen y no impedirle el paso.

Salango emprende camino hacia el *tambo* acordado con Cusi Yupanqui. Después de recoger los dos *quipus*, dos *chasquis* clandestinos partirán siguiendo trayectos diferentes que culminarán, después de varios relevos, en el paraje secreto en que se halla el campamento del Señor Cusi Yupanqui. Esto si antes no son interceptados, torturados y asesinados por alguno de los muchos que conspiran contra el Inca, en cuyo caso dejarán su aliento sin poder revelar nada: ningún *chasqui* de arribo conoce el destino de su *chasqui* de relevo, y ningún *chasqui* de relevo conoce la procedencia de su *chasqui* de arribo.

Unas ramitas se quiebran a su lado. ¿Es una jugada más del Viento, que gusta de estirarle sus miedos de Espía descubierto para ver hasta dónde puede soportar? Gira lenta, distraídamente, hacia el lugar de donde provino el crujido. Un *sintiru* blanco, extraviado seguro de los pastizales maternos, se escabulle entre los pajonales y desaparece.

A la altura del poyo de piedra que anuncia la proximidad del *tambo*, Salango se esconde entre los matorrales, se cambia rápidamente de ropa y se aplica tinte oscuro sobre la piel.

Cuando el funcionario encargado de la custodia del *tambo* ve acercarse al mendigo por la ruta principal, le hace una ligera venia soñolienta y le entrega la ración de maíz y la tinaja pequeña de chicha debida a cada visitante, que el mendigo recibe con efusión.

Apenas entrado al dormidero, Salango se desplaza con cuidado para no pisar los ronquidos de los treinta visitantes que, en grupos de once, doce y catorce, duermen arropados en sus mantas en el suelo, con sus bultos al lado. Reconoce los tocados de origen chachapoya, huanca y huayucuntu, alineados de acuerdo al lugar del Mundo de donde proceden. ¿A qué vendrían a Cajamarca? ¿A cumplir con sus turnos o, como la mayoría de forasteros recién llegados, a echarse ante los extranjeros pidiendo a voz en cuello la muerte del Inca?

Sin matarlos, Salango cruza hasta el fondo de la habitación, donde está la cámara que funge de cagadero. Una vez en su interior, palpa con suavidad la pared de piedra pulida hasta dar con el adoquín suelto, invisible a simple vista. Lo saca de su sitio rascando sus bordes con dos prendedores de plata. Y coloca los *quipus* en la abertura secreta.

Hay mucho loco suelto en estos tiempos volteados. Por eso el *tambocamayoc* no se sorprende cuando el mendigo sale a toda prisa del *tambo* después de devolverle, de casi arrojarle, las raciones recibidas.

Ya camino de regreso a los Aposentos, de nuevo con sus ropas de Recogedor, el Espía centra su aliento en el siguiente encargo que le hizo Cusi Yupanqui en su último *quipu*: aniquilar por cualquier medio a los Señores Huaman Tito y Mayta Yupanqui, de la nefasta *panaca* del Inca Tupac Yupanqui.

Huaman Tito había sido Hombre que Hablaba a la Oreja del Inca durante la breve regencia del Inca Huáscar. Mayta Yupanqui había liderado ejércitos contra los *yanacona* generales Challco Chima y Quizquiz en la guerra por la borla sagrada. Los dos principales lograron escapar del Gran Escarmiento cuzqueño de Cusi Yupanqui a los parientes, mujeres, deudos y entenados de Huáscar. Eran dados por muertos hasta que llegaron a Cajamarca escondidos en un cargamento de coca hace dos atados y medio de jornadas. Tal como Salango informó en su tiempo al Señor Cusi Yupanqui, desde entonces no han parado de entregar presentes a los extranjeros pidiéndoles con cada vez mayor insistencia que ejecuten al Inca. A diferencia de la conjura fallida contra Huaman —y contra el Señor cajamarca Carhuarayco, el Señor jauja Huacrapáucar, el Señor tallán Huacchua Pfuru, el Señor ñanpallec Chefuin Pisan y el delegado del Señor chimú Cajazinzín, prevenidos oportunamente de las tramas urdidas contra ellos—, esta no puede darse el lujo de fracasar. Por la nobleza de su sangre y la fuerza de su *callpa*, Huaman Tito y Mayta Yupanqui tienen ascendiente incluso entre los pocos nobles de sangre real que permanecen fieles al Señor del Principio y el peso de los dos principales parece estar empezando a mellar la lealtad de estos a Atahualpa.

«No confíes a otras manos que las tuyas el servicio de acabarlos», decía el *quipu*.

En medio de una explanada solitaria frecuentada por luciérnagas, las ramitas vuelven a crujir. No a cinco brazadas de distancia, como la primera vez, sino a dos. No a su lado sino a su espalda.

De un único movimiento velocísimo, el Espía coge con la mano derecha el prendedor que atraviesa su manga izquierda y gira hacia atrás, listo para hundirlo con todas sus fuerzas en el cuerpo enemigo, para llevarse también su aliento en el ataque.

—No vuelvas a hacer eso —dice el Espía al reconocer a la silueta contrahecha inmóvil ante él—. Pude matarte.

La sombra se anima a avanzar un paso. Las haces tililantes de las luciérnagas iluminan el rostro de Firi Pillu como borrándolo a golpe de luz.

—¿Qué haces aquí? —dice el Espía del Inca.

—Es difícil encontrarte a solas, paisano.

—Te he dicho que solo podemos vernos en el Depósito. A mi Señor no le gusta verme en tu compañía, hablando en el idioma del terruño.

—Tú ya no vas al Depósito.

Una sonrisa intenta amanecer, sin éxito, en las comisuras del informante. Pero no logra amenguar el tono de reproche.

—Hay cosas nuevas que están pasando —dice el informante.

—Dime.

—Un extranjero llamado Almagru acaba de topar las costas tallanas.

—Ya lo sé.

—¿Cómo?

—Tú mismo me lo dijiste la última vez que hablamos.

—¿Te… te lo dije?

—Sí.

Firi Pillu mira hacia los matorrales.

—Viene… —sigue Firi Pillu—. Viene camino a Cajamarca con ciento cincuenta barbudos más…

—…y ciento cuarenta llamas gigantes y ochenta varas de fuego. Eso también me lo dijiste.

El informante se queda en silencio, mirando la tierra que pisa como si hubiese desaparecido bajo sus pies.

—Mira, paisanito, si eso era todo lo que querías decirme…

—Treinta jornadas pasadas… —Firi Pillu dice en un manteño arrebatado, trastabillante, como si hubiera olvidado de pronto el idioma materno—. Hace treinta jornadas tú no verme, paisano. Tú no hablar con mí.

—Mis tareas al servicio del Inca me mantienen ocupado.

—Muchas cosas tú no sabiendo… —Firi Pillu no parece oír—. De los extranjeros. Muchas cosas. No te dijo. Digo… quiero decir… no te dije.

—Dime ahora.

—No aquí. En el Depósito. Solos.

—No puedo. Mis tareas al servicio del Inca me…

—¡Ya! ¡Ya! ¡Tus tareas al servicio del Inca! ¡Ya me dijiste! ¡Ya!

A pesar de la oscuridad, puede ver Salango las lágrimas que empiezan a surcar las mejillas de Firi Pillu.

—¡Mira…! ¡Mira…! ¡Mira…!

Firi Pillu empieza a dar de saltos, a estremecerse a ráfagas, como tomado súbitamente por un espíritu nocturno. Solo al cabo de un rato Salango se da cuenta de que los saltos intentan ser pasos de baile, evocar la danza que hiciera para él en su primer encuentro y que conmoviera tanto su corazón —la danza del *guanay*—, que ahora solo le suscitaba una tenue vergüenza ajena compasiva.

No abrazar, no tocar, no consolar al informante.

—Tengo que irme, paisanito —susurra el Espía.

Firi Pillu se interrumpe a media voltereta.

—Todavía no sabes cómo hacen los extranjeros para volar por el aire —su voz es aguda y chillona, pero ha dejado de tropezar—. No sabes… No sabes… No sabes…

—…

—Tienen pájaros gigantes que se llaman Roc. Los barbudos se amarran lonjas de carne a la espalda y ¡los pájaros vienen y los prenden con sus garras y los llevan adonde ellos quieren ir!

—Baja la voz.

—¿Sabes qué pasa cuando todas aves ya son ocupadas? Se suben a unas alfombras de *cumbi* que vuelan y los llevan. ¡Yo he veído! ¡Tú no sabes! ¡No sabes nada!

El Espía del Inca empieza a seguir su camino. Firi Pillu se interpone.

—Quiero ver ella. Otra vez.

—¿…?

—La tallanita. Quiero ver ella, paisano.

—¿…?

—Es mi amada. Digo, todavía no. Pero ser ha. Tú ponme enfrente suyo. Le cuento una historia y se enamora con mí. Me sé ciento, mil, ¡una!

—Paisanito…

—Me amar ha. Cuando ella me oye, me amar ha. Como a los contadores de historia de los mercados de Olón. Tú sabe. Todas las hembra quieren ellos. Y ella quiere mí. Y entonces —las manos del informante, pegajosas de sudor, aprietan a las suyas— tú la pedir has para yo ¿no, paisano?

Arcadas de risa trepan velozmente por la garganta del Espía del Inca.

—¿Inti Palla? ¿Para ti?

Un filo feroz en la mirada de Firi Pillu, brillante como el metal nuevo de los barbudos, las detiene.

—¿Lo hacer has?

Jamás sabrá el Espía del Inca si es una mentira para salir del paso o un juramento de hermanos de tierra manteña lo que aflora de sus labios.

—Sí, paisanito. Lo voy a hacer.

Quinta cuerda: blanco entrelazado con negro, en Z

Una mañana clara, los señores Huaman Tito y Mayta Yupanqui descubren a la entrada de los solares de su *ayllu* en Cajamarca dos cuyes desnucados cada uno. Ninguno de los guardias encargados de celar las residencias puede decir cómo llegaron hasta ahí. Chiquilladas de *auquis* en la edad del taparrabo, seguro. De hijos de nobles de costumbres rotas sin otra cosa que hacer que machacar a sus mayores.

Pero dos jornadas después, en el pozo que surte al barrio cajamarquino de Arriba donde habitan los *ayllus* de la *panaca* del Inca Tupac Yupanqui con la acequia principal que viene desde el río Cumbemayu, se descubren cuatro patos desollados —dejados ahí el día anterior— que han corrompido las aguas del estanque al desangrarse, obligando a vaciarlas por completo. Aún no han dejado de rascarse inquietamente la cabeza cuando, al alba siguiente, encuentran en sus respectivos cuartos de reposo, sin que nadie pueda explicar su procedencia, ocho lechuzas negras con las alas mutiladas.

Huaman Tito y Mayta Yupanqui reconocen por fin las turbias advertencias de los matarifes de Atahualpa, enterado seguramente de sus intentos de convencer a los barbudos de que le sieguen el aliento. De inmediato, ordenan a sus sirvientes liar bártulos a toda prisa. Con un séquito conformado solo por los familiares más cercanos, un contingente mínimo de cargadores de andas y sin prevenir a nadie, toman el sendero del Sol naciente y, tratando de no llamar la atención de los pasantes, emprenden juntos la salida en litera de Cajamarca por la ruta que va hacia el Collasuyo —por donde deben entrar y salir todas las comitivas. Tardan un octavo de jornada en llegar a los poyos que anuncian los límites de la *llacta*. Pero los guardias incaicos apostados en los umbrales no los dejan cruzarlas a pesar de sus airadas protestas: el Inca ha dado la orden de no permitirles abandonar Cajamarca.

Tomados por el pánico, Huaman Tito y Mayta Yupanqui vuelven sobre sus pasos discutiendo entre cuchicheos qué hacer ahora, alertas a cualquier presencia sospechosa en los alrededores. Antes de que sea demasiado tarde, deciden ir a pedirle al Apu Huiracocha Dunfran Ciscu que interceda por ellos ante Atahualpa para que el Inca revoque su prohibición y los deje partir.

El Apu Machu los recibe en el galpón central, donde se halla terminando su merienda en compañía de Firi Pillu, Candía —el gigante mago que conoce los trucos para atrapar al Illapa en los tubos de metal—, Valivirdi —el gordo de la coronilla rapada que preside las ceremonias del dios extranjero— y las *mamaconas* y *acllas* de privilegio que les sirven. Apu Machu Dunfran Ciscu escucha sin mirarles la tensa súplica de los nobles, concentrado en el chorro de licor que una *mamacona* escancia en su *quero* hasta los bordes. Pero presta oídos atentos a las palabras de Firi Pillu, que traduce lo dicho sin dificultad, pues los nobles no hacen sino repetir con diferentes gimoteos la misma petición una y otra vez.

Después de la siesta, los extranjeros y su intérprete manteño acuden a los Aposentos del Inca. Apu Machu Dunfran Ciscu va a la cabeza, le siguen Candía y Valivirdi y al final, cierran la fila Huaman Tito y Mayta Yupanqui, entre cohibidos y envalentonados por la precedencia barbuda. Son recibidos ante la presencia del Único cuando El Que Todo lo Ilumina casi ha culminado Su paseo y ha empezado a despedirse.

—¿De qué te lloriquean estos, Apu Machu? —pregunta Atahualpa, mientras su Recogedor de Restos le alisa los callos de los pies con una piedra pómez—. ¿Son *upas*, acaso? Si he mandado que no les dejen cruzar los linderos de la *Llacta* es para cuidarles su pellejo. Hay mucho *yana* rebelde suelto por ahí, asaltando, matando, vertiendo sangre noble como la de ellos —El Inca abarca con un sucinto ademán de desprecio absoluto a Huaman Tito y Mayta Yupanqui—. ¿Quieren irse de Cajamarca? Que se vayan. Pero si les pasa algo, que después no digan que detrás se escondía la mano del Inca bondadoso que quería protegerlos.

Firi Pillu traduce someramente lo dicho a la lengua barbuda, mientras Apu Machu Dunfran Ciscu y sus acompañantes escuchan con atención. El barbudo intercambia en voz baja unas cuantas palabras con Candía. Se alisa la barbilla. De un súbito movimiento, extrae su larga vara de metal de su envoltura. El extremo pasa como un relámpago siseante peligrosamente cerca del rostro del Señor del Principio y se detiene de pronto apuntando hacia el techo, hacia el cielo. Atahualpa, que no ha movido ni siquiera una pestaña, sigue inmóvil. En los labios del Apu Machu asoma una sonrisa oblicua. Devuelve la vara a su envoltura y la entrega con ostentación a Huaman Tito y Mayta Yupanqui, mientras de su boca brota una sorda murmuración en la jerga barbuda.

—Borde filudo —traduce el manteño—. Protegiendo ustedes. Buen viaje.

Sentado en la silleta de su litera, Huaman Tito yergue orondo la vara otorgada por Apu Machu para su protección, el brazo alzado arriba y adelante, como quien señala la cumbre de una alta montaña protectora avistada a lo lejos. Los cargadores de andas que lo sostienen avanzan sin apuro, como para que a todo el que transita en el tiempo del rocío por las calles de

Cajamarca no le quepa duda alguna del magno poder del que invoca amparo para él y el Señor Mayta Yupanqui, que le sigue detrás con su propia comitiva de guerreros y sirvientes. Llegan a la hora del cénit a los mismos poyos en que fueran detenidos la vez anterior en los umbrales de la *Llacta*, pero ahora los guardias no les impiden la salida y más bien les ayudan a acomodar el equipaje sobre el lomo de las llamas de carga.

Al llegar a los primeros pajonales, las andas de Mayta Yupanqui se ponen a la misma altura que las de Huaman Tito, quien guarda la vara en su funda y hace un gesto corto y seco con la mano. Los cargadores de literas aprietan entonces el ritmo, manteniendo el trote a lo largo de las sucesivas explanadas que les toca recorrer, alternadas por escuetos cascajales y pedregales. Bajan la cadencia al aproximarse al primer paso de montaña, que colinda con un despeñadero abrupto, vertical. En el fondo, tragado por matorrales densos y erizados, ya arrecian los primeros silbidos quejumbrosos de la Señora de la brisa vespertina, celebrados por los grillos con fervor. Cuando las literas se hallan en la parte más angosta del paso, la marcha se ha aminorado tanto que parece detenida. La luz escasea y los portadores y cargadores de litera miran dos veces cada piedra que pisan por temor a resbalarse. Distraídos por lo penoso de su avance, nadie escucha la lenta caída del primer peñasco, que oscurece el cielo como un eclipse fugaz, estremece la tierra en cada tumbo y termina hundiéndose con todo su peso justo sobre los cargadores posteriores de la litera delantera —de Huaman Tito— y los delanteros de la litera trasera —de Mayta Yupanqui—, que restallan como un manojo de hojas secas a la lumbre. Los cargadores que no fueron alcanzados aúllan como perros malheridos y sueltan las andas, que caen pesadamente, levantando dos vastas polvaredas. Sin salir por completo de su aturdimiento, tratan infructuosamente de empujar el peñasco y rescatar a sus compañeros aplastados mientras los sirvientes emprenden una estrepitosa desbandada o se avientan al precipicio de zarzales. Olvidados por todos, Huaman Tito y Mayta Yupanqui salen tambaleándose de sus cabinas desfondadas, visiblemente maltrechos. A duras penas acaban de lograr incorporarse mascullando insultos, cuando cae sobre ellos una ensordecedora andanada de rocones, que los sepulta secamente sin siquiera arrancarles un gemido.

Cuando Salango ha bajado para evaluar los daños, la única señal de vida en los contornos es un haz de luz débil enterrado a medias entre los despojos, que resplandece intermitente como un corazón agonizante.

Salango aparta la tierra que lo cubre y levanta con cuidado la vara extranjera. Contempla con admiración la enrevesada e impecable factura de su asidero —hecho para una mano mucho más grande que la suya—, la perfecta rectitud de sus bordes, la simetría divina de los objetos cuyas mitades son iguales entre sí.

En uno de sus dorsos, aparece de pronto la imagen opaca de su propio rostro —como en aquellos espejitos que los manteños trocaban con sus vecinos de las costas aledañas en los tiempos idos de su felicidad. Lo limpia delicadamente con los dedos para verse mejor. Tarda siete respiros en darse cuenta de la mancha de sangre que se esparce velozmente por los distintivos de su camiseta de Recogedor de Restos, del dolor punzante que le chilla desde su mano derecha con cada latido de su corazón. Examina el corte profundo que casi le ha seccionado los dedos.

¿Por qué te has hecho esto?

Sin esperar la respuesta a su pregunta, Calanga introduce su mano en la bolsa que Salango lleva terciada en su pecho y saca hojas de llantén fresco. Las humedece una por una con saliva y las aplica con cuidado sobre la herida abierta de su esposo. El hondo escozor inicial cede al alivio a medida que Calanga le ata la hoja al dedo con fibra de maguey y la ajusta para que se ciña a la parte afectada.

¿Por qué cada vez que te dejo solo te lastimas?, dice con tierna irritación.

Salango no tiene ganas de escuchar reproches justo ahora. Tiene muchas cosas por hacer y debe actuar rápido. Esconder la vara barbuda en alguna de las cuevas cercanas. Encontrar un vado del río Cumbemayu oculto de las miradas ajenas. Quitarse la ropa manchada de sangre. Lavarla en la orilla. Volvérsela a poner. Regresar corriendo a Cajamarca para que se seque en el camino y llegar al lado de Atahualpa antes que El Que Todo lo

Ilumina se haya despedido de la jornada que está por concluir. Un Recogedor de Restos del Inca que deja mucho tiempo solo a su Señor despierta sospechas.

El Recogedor de Restos del Inca llega finalmente a los Aposentos del Inca en Cajamarca en plena noche. Sus ropas se han secado y la herida ha terminado de cerrar.

Antes de irse a dormir —debe levantarse por la madrugada para acompañar a Atahualpa en sus abluciones al Que Todo lo Ilumina— entra a los Aposentos del Único.

Al lado de la concubina tallana, que yace desnuda de espaldas, duerme el Inca cautivo con la oreja faltante al descubierto.

Habla en sueños.

Décima serie de cuerdas – pasado

Primera cuerda: marrón como el polluelo del pájaro *allqamari*, en S

Durante la luna de descanso, entre un año de estudios y el siguiente, los estudiantes de la Casa del Saber regresaban a vivir con sus familias. La mayoría residía en el Cuzco y sus alrededores y recibía de buen grado en sus viviendas a los compañeros que vivían lejos o tenían a sus parientes cuzqueños de viaje.

Ninguno lo hizo con Oscollo. Después de la muerte violenta de Usco Huaraca en las tierras chirihuanaes y la desaparición de su esposa Sumac en medio del escándalo, corría la voz que Oscollo tenía maleficio y nadie se arriesgaba a contagiarse. Además, nadie quería ser pasto de sospecha de complicidad con las palabras feroces como dentelladas que Sumac había proferido en público en contra del Inca.

Oscollo —había terminado por fin de acostumbrarse a su nuevo nombre inca, que en un principio le erizaba la piel como una manta de lana cruda— recordaba aún el sobresalto de su corazón ante la presencia inusitada de la princesa en la Casa del Saber hacía dos lunas y media. No, no la reconoció en un principio. Tardó en sobreponerse a la súbita cercanía corporal de esta bellísima mujer en el punto más alto de su cénit que olía a flor de cantuta, le llevaba media cabeza, le miraba con los ojos anegados de lágrimas y le hablaba como si lo conociera íntimamente. No pudo evitar contar, con un placer inoportuno, cada uno de los movimientos de sus labios, cada bamboleo de sus pezones erguidos como girasoles apuntándole. Solo al cabo de doce latidos entendió algunas de sus palabras, que querían endurecerle la pepa y no mascaban indirectas y aludían sin miramientos a los salvajes chirihuanaes, que dizque no solo habían ejecutado cruelmente a tu padre Usco Huaraca sino que se lo habían comido en pedacitos.

En un único instante la reconoció —no la veía desde la despedida en la plaza de Vilcashuaman, pero ella llevaba entonces un velo que le cubría el rostro y el pelo— y comprendió lo que ella quería decirle. Demasiado tarde: en ese mismo instante su madre postiza se había dado cuenta de que no era el Oscollo verdadero. Después de una brevísima pausa que duró cuatro edades, la hermosísima Señora le tomó de los hombros y se los zamaqueó con virulencia preguntándole a voz en cuello quién eres tú, dónde está mi hijo. Solo a empujón limpio las *mamaconas* que la acompañaban lograron detenerla y llevársela arrastrando, mientras Sumac seguía gritando, vuelta hacia el punto del Mundo en que se alzaba el *Amarucancha* —el palacio en el que moraba el Joven Poderoso Huayna Capac—, qué has hecho con Oscollo, Inca malnacido de placenta sucia, bramando como zorra herida, así como mandaste a mi marido a la muerte y te robaste al fruto de mi cueva unos *huacas* justicieros te arrancarán el aliento y voltearán tu Mundo, lo quemarán y escupirán sobre las cenizas.

Apenas la sacaron de la Casa del Saber, sus compañeros miraron de soslayo a Oscollo con aterrorizada compasión. Oscollo recibió con alivio su vergüenza ajena. Mejor que lo compadecieran a que sospecharan de él, y nadie sospechaba nada. Todos habían tomado las palabras delatoras de Sumac como de quien venían: una Señora conocida por su aliento extraviado a la que la muerte abrupta de su esposo le había extraviado el aliento más aún.

Aquella noche no durmió. Recordaba una y otra vez las facciones acusadoras de Sumac y sus gritos destemplados. No podía ser que nadie se hubiera dado cuenta. En cualquier momento algún compañero se despertaba, lo señalaba y decía: no es él, no es Oscollo, era verdad lo que decía la princesa. Se levantó del jergón con pesadez en los miembros y un puño en la barriga. Con cuidado para no despertar a sus compañeros, se fue al comedor, vacío al amanecer. Apenas tocó la ración de maíz y la chicha sin fermentar que le sirvió la *mamacona* medio dormida. No quería ver a nadie y no sabía qué hacer consigo mismo, así que se fue al patio de la Casa del Saber, a su rincón favorito. Sacó el *huicullo* del Oscollo verdadero y lo lanzó al aire, una y otra vez, cada vez más alto. ¿Se quedaría pegado al cielo, a alguna nube que, en gratitud por el presente, lo protegería?

—Oscollo.

Recuerda que le costó recordar que ese era su nombre, que el *amauta* se dirigía a él. Le costó entender las palabras de Cóndor Chahua, que le daban el pésame formal por la muerte de Usco y le preguntaban si se sentía con el aliento suficientemente alerta para absorber el aprendizaje. Oscollo asintió, más para calmar al *amauta* que para otra cosa, pues algo crispaba el aliento del maestro, aunque no supiera bien qué. Tardó en entender lo que seguía.

—Tu padre dignificó todos los servicios que le encargó el Inca y su partida es una gran pérdida para todos nosotros —Cóndor Chahua carraspeó—. Cada Hombre Que Sirve ha tratado y sigue tratando de imitarlo en el cumplimiento de su rol, en su capacidad de sacrificio.

El *amauta* miró hacia donde yacía la *mamacona*, vuelta a dormir al lado de la paila con la cuchara en la mano. Un moño de carne empezó a subir y bajar con violencia por la garganta del maestro.

—Yo recomendé que lo destacaran al puesto en el que estaba. Sé que algunos me culpan de su muerte. Comprendo si lo haces tú también —se volvió hacia él—. Antes de proponerle al Inca su traslado buscamos con tu padre todas las maneras posibles de calmar a las *panacas* enojadas con el Único. No había otra alternativa. Usco mismo pidió que lo enviara fuera del Cuzco y lo hiciera servir en un lugar apartado del Mundo para sofocar el descontento y asfixiar la saña acumulada contra el Único. ¿Comprendes, verdad?

Oscollo se quedó en silencio, sin saber qué decir. El *amauta* se le acercó. Lo abrazó con torpeza. Se escucharon ruidos de pasos y conversación aproximándose: los primeros estudiantes que, entre bostezos, venían al comedor a merendar.

—Tómate dos jornadas de descanso.

425

El *amauta* dudó un instante. Con súbita decisión, se volvió sobre sus pasos. Se internó entre los resquicios de luz incipiente que asomaba por encima de las montañas vecinas al Cuzco. Atravesó la zona de los taburetes en círculo y se diluyó en los interiores de la Casa del Saber sin mirar hacia atrás.

Cuerda secundaria: marrón como el polluelo del pájaro allqamari, *en S*

Ante la reticencia de las familias del Cuzco a tener a Oscollo en sus predios durante el tiempo anual de descanso de las clases, el Señor Chimpu Shánkutu lo acogió en su casa. Sin embargo, Oscollo rara vez lo veía. A inicios de cada atado de jornadas, el Fértil en Argucias partía a la *Llacta* Ombligo a cumplir con su servicio de Hombre que Manda y Recibe a los *Tucuyricuy* del Mundo de las Cuatro Direcciones —el rol al que se dedicaba a tiempo completo ahora que no impartía el saber en las artes del espionaje— y solo regresaba a fines de atado, cuando el Padre ya se había despedido.

Oscollo jamás se aburría. Siempre había algo que hacer en casa de las enanitas. Le gustaba estar con la vieja Collana, que cantaba con voz muy bien entonada y fresca canciones de sabor antiguo que contaban por hilachas historias de enanos legendarios. De cuando en cuando se daba cuenta de su presencia, lo confundía con uno de los sirvientes y le mandaba hacer algo absurdo que luego olvidaba. Pero la mayoría de las veces la anciana se quedaba largo rato hablando con él pero tomándolo por otra persona.

—¡Titu Cusi! —le decía—. ¡¿Dónde has estado?! ¡¿Dónde te has metido?! ¡¿Quién te ha dado su mama en mi ausencia?!

A veces Oscollo acompañaba a la Señora Payan a buscar hierbas o arbustos en los bosques aledaños, y le decía esto sirve para tal cosa y esto para tal otra, pero cuando preparaba cocimientos y pociones la fiel herbaria casi siempre prefería cerrar la puerta de la habitación.

La mayor parte del tiempo se lo pasaba con Cayau, la enanita menor, a quien le gustaba mezclarse con los sirvientes y ayudarlos en los quehaceres de la casa y en el cuidado del ganado familiar. Cuando iba a darles de comer a los animales tocados por el *illa*, sin embargo, Cayau siempre iba sola y Oscollo la acompañaba. Juntos le jalaban la cola a un perro recién llegado, nacido con dos cabezas, que giraba en ambas direcciones y no se ponía de acuerdo consigo mismo, competían con los ladridos de los *allqos* pastores, y se hacían lamer las manos por la llama sin patas, que se revolcaba en el suelo de felicidad.

—¿Será verdad eso que dicen? —le dijo un día Cayau—. ¿Que los animales tocados por el *illa* no pueden dar cría?

Oscollo no supo qué contestar. En el rostro redondo de la enanita asomó una sonrisa traviesa.

—Cada vez que traen a un animalito nuevo tocado por el rayo, lo hago juntar con otro de por aquí. Si es machito, con una hembrita. Si es una hembrita, con un machito. Las hembritas casi nunca salen preñaditas. Pero cuando salen, las crías no han sido tocadas por el *illa*, son normales nomás.

Chasqueó la lengua con desilusión. Sin avisar, se levantó y se fue dando de trotecitos loma arriba.

—¿No vas a venir?

Oscollo la siguió. Llegaron a un sendero recubierto de maleza que Oscollo no tardó en reconocer. Lo habían recorrido el año precedente en una de sus caminatas. El caminito daba a un terreno de paredes altas que hacían su interior invisible desde el exterior, que tampoco habían visitado desde entonces.

Cruzaron los umbrales. Cayau sacó, igualito que la vez pasada, unas bolitas pardas de una bolsita que llevaba a la espalda y las vertió en el abrevadero en que comían los animales, que aún tenía comida. Buscó a los animalitos jóvenes con la mirada, pero en lugar de la llamita, la alpaquita y la vicuñita de un año atrás, había tres animales viejos que apenas podían tenerse en pie: una llama de pelaje desgastado y patas trémulas, una alpaca con bolas blancas en los ojos y una vicuña echada en el suelo respirando con agitación. Oscollo no entendía por qué Cayau seguía alimentándolos: era obvio que andaban al borde de la muerte.

—No los has reconocido ¿no? —dijo Cayau con expresión risueña.

No entendió de quién hablaba, de qué hablaba. Su mirada se posó entonces en las cintas de tres colores amarradas al cuello y a la cola de los animales, iguales a las que había visto en los animalitos jovencitos del año anterior.

De pronto, ató en su pepa los cabos de las cuerdas.

Los animales agonizantes eran las crías jovencitas que había visto el año anterior. ¿Qué había pasado con los animalitos? ¿Cómo así se habían envejecido tan rápido?

Cuerda terciaria: marrón como el polluelo del pájaro allqamari, con veta roja en el medio, en S

Le preguntó a Cayau varias veces durante la bajada y durante sus paseos por los pastizales y ella se rió sin decirle nada. Se sintió tentado de ir a preguntarle a la Señora Payan o a Chimpu Shánkutu, pero un barrunto de su pepa le advirtió que era una mala idea.

No regresaron más a verlos. Alguna vez Oscollo le pidió para ir de nuevo, pero Cayau le dijo que para qué, que ya se habían muerto.

Una tarde tranquila y silenciosa en que descansaba en las barracas de los aprendices en las artes del espionaje, vacías en esta época del año, vio a Cayau llamándole de afuera con gestos circulares de su bracito: ven. Oscollo siguió a la enanita, que caminaba con rapidez primero por el campo, luego por el patio y finalmente por los corredores diminutos de la casa, que se sucedían unos a otros y en que tenía que andar agachado y con cuidado para no golpearse la cabeza. La perdía de vista cuando llegaba a medio recodo de una sección y la veía reaparecer al comienzo de la siguiente. Curiosamente, los sirvientes de la casa no estaban. Por fin, Oscollo pudo alcanzarla en el extremo final y sin salida del pasadizo frente a la puerta del aposento particular de Chimpu Shánkutu, que a veces compartía con Payan.

Cayau lo miraba fijamente, con los bracitos cruzados. Parecía una muñequita de lana de esas que se colocaban en las tumbas para acompañar al viajante en el periplo a su Próxima Vida.

—Entra —dijo la enanita, antes de traspasar los umbrales del cuarto.

El miedo le estrujaba la garganta, aunque sabía que Chimpu no vendría sino hasta el próximo fin de atado, en cuatro jornadas.

—Entra —repitió la enanita desde dentro.

Oscollo no encontró en su adentro la fuerza de desobedecer la nueva orden de la enanita, imbuido del alivio íntimo del que no toma decisiones.

Las esquinas del cuarto estaban en penumbras, pero podían distinguirse, en pilas arrimadas a las paredes, ciento setenta y dos prendas plegadas de *cumbi*, deslustradas de sus colores brillantes por la luz opaca que entraba por la única ventana. A través de ella se filtraba la voz asordinada del río hablando a solas en el fondo del valle.

En el centro de la habitación, un cuadrado de muchas pieles y mantas superpuestas tendían el lecho del ausente. Sobre ellas, extendido, yacía como un pájaro posado o muerto el poncho de plumas blancas que Chimpu Shánkutu solía ponerse para dormir.

—Quítate la ropa —le dijo Cayau.

Aunque tenía la certeza de que sería castigado duramente si era descubierto, sintió que la autoridad con que le hablaba la enanita le cubría con una frazada protectora, y se despojó prestamente de sus ropas. De pronto, una vaharada de vergüenza lo inmovilizó y bajó la mirada.

—¿Qué haces ahí parado? Póntelo.

La enanita estaba enfrente suyo, expectante. Oscollo se puso el poncho de plumas que le tendía, dejando el resto de su cuerpo completamente desnudo. El poncho le quedaba bien, como si hubiera sido confeccionado para él.

—Siéntate, Señor —dijo Cayau después de mirarle de pies a cabeza, indicándole el lecho de mantas. Dos brasas en los ojos de la enanita acababan de encenderse.

¿Había dicho Señor? Oscollo se alarmó durante un pestañeo, y giró pensando que Cayau se dirigía a un principal en su detrás. Pero no había en el cuarto más que pilas de prendas y un fardo inmóvil. Se sentó. Cayau se agachó enfrente suyo hasta que su cabezota estuvo a la altura de la desnuda entrepierna de Oscollo.

La enanita miró su tuna fijamente. ¿Tenía acaso algo raro? Oscollo no tenía cómo saber. Aparte de su mamá en tiempos tan remotos que parecían no haber existido jamás, nadie se la había visto nunca. Cayau suspiró con la expresión de quien va a zambullirse a un río desde un peñón a gran altura. Le tomó por las rodillas, le separó las piernas con firmeza, le agarró la tuna y se la arremangó de un tirón.

—Achacháu.

¿La enanita quería acaso desprenderla? No parecía. Cayau acercó su boca a la tuna descubierta de Oscollo y la cubrió, casi mordiéndosela. ¿Quería comérsela acaso? Oscollo no sabía. Le dolía y se aguantaba. Quería complacerla, pero el extraño juego que ella intentaba jugar con su tuna contraída empezaba a serle demasiado doloroso.

—Así no —dijo de pronto una voz surgiendo de una esquina oscura de la habitación.

El fardo inmóvil cruzó el tenue haz de luz vespertina que entraba por la ventana de piedra y el rostro se le dividió fugazmente en dos para volver a unirse en la oscuridad. Era Payan.

Al verla, Oscollo se asustó. Intentó juntar las rodillas y protegerse la entrepierna, pero Cayau las mantenía firmemente separadas con sus dos bracitos. La fiel herbaria se inclinó a la altura de Cayau y tomó su lugar.

—A Chimpu le gusta así —dijo Payan a Cayau.

Un súbito pudor invadió la pepa de Oscollo, quien cerró los ojos para no ver lo que Payan empezaba a hacerle en su tuna con la boca. Sintió con claridad cómo la Señora arrimaba con habilidad la cáscara hacia abajo con la punta de la lengua, cómo la pelaba suavemente como si tuviera espinas escondidas, cómo se la chupaba con el celo del que no quiere hincarse, cómo se le iba endureciendo la fruta hasta convertirse en una estaca a punto de ser clavada con fuerza en alguna parte. El placer le atravesó hasta la nuca como un inesperado golpe de látigo, y todo su cuerpo se tensó como un amasijo de sogas jaladas a la vez, haciéndole gemir.

—Suéltate, Señor —le dijo Payan.

Se sintió disuelto entre nuevas correntadas de placer, más densas, menos esporádicas, que oleaban en las orillas de su adentro por las dos bocas que ahora se turnaban para chuparle, una imitando con cada vez menos torpeza lo que hacía la otra, como cachorros de *allqo* que beben de la teta de la perra sin pelearse. Reconoció esta urgencia de río forzando los diques que lo contenían: la había sentido en los conteos de los censos, cuando Usco Huaraca le permitía acercarse de manera subrepticia a la escogencia de las niñas de la tercera calle que irían a formar parte de los *Acllahuasi*. Eran sin duda alguna las más hermosas del pueblo. Después de ser juntadas en grupo en un lugar apartado y poco visible de la plaza, una *mamacona* de buen ojo les abría la boca, les revisaba los dientes, les hacía preguntas que el Contador de un Vistazo no llegaba a escuchar desde su escondite, les palpaba los muslos, las carnes de los costados, calibraba la turgencia y lisura de sus tetas para cerciorarse de que estuvieran listas para el tacto del Inca, concitando en su estaca esta misma dureza de arco tendido, de piedra a punto de ser hondeada lejísimos, de aluvión de fuego, piedras y lodo bajando por la ladera de la montaña, arrasándolo todo a su paso.

—Bébetela toda —le dijo Payan a Cayau, que recibía los espasmos de leche con la boca abierta—. Y lame las gotitas que salgan a los costados. A Chimpu no le gusta que nada se desperdicie.

Mientras Cayau obedecía con aplicación, Payan se acercó a Oscollo, todavía jadeante, y le dijo al oído:

—Échate, Señor Chimpu Shánkutu.

Oscollo no entendía por qué le llamaban por el nombre del Fértil en Argucias y no estaba seguro de si debía o no obedecer también esta nueva orden, cuando ya recibía un ligero empujón de Payan en el hueco de su pecho, en el punto medio entre sus dos tetillas. Su espalda rebotó con suavidad sobre las capas de mantas con figuras de dioses y animales con las fauces abiertas.

Payan le tomó delicadamente la tuna y, con la paciencia de quien enciende fuego con rama seca y pedernal, la frotó con sus dos manos hacia arriba y hacia abajo. Poco a poco su tuna empezó a crecer de nuevo, absorbida de vez en cuando por la boca sabia y amable de la enanita, que la despertaba de su sueño breve. Cuando la tuna se hubo convertido en estaca, Payan se levantó las faldas, separó sus piernecitas y, apoyándose en sus bracitos a los lados, inclinó su cintura a la altura de su punta, como una niña que se acomoda para embocar la meada en un cagadero muy estrecho.

—Mira bien —le dijo a Cayau, que estaba a su lado, muy atenta.

Lentamente, Payan se sentó sobre la estaca de Oscollo, haciéndola ingresar en una hondura cálida y húmeda en que calzó hasta empalmar. Empezó un vaivén lento que poco a poco fue acelerándose, haciéndose más profundo, más caliente, como una segunda boca de fuego que absorbiera la estaca desde el corazón de la enanita, golpeando, rebotando en la llanura en que habían empezado a asomar hacía muy poco los primeros pelos torcidos de Oscollo. La enanita se incrustaba ahora en él con rítmica violencia y cada vez mayor velocidad. Jadeaba. Su jadeo se fue convirtiendo de manera paulatina en un alarido intermitente de fiera atrapada. Oscollo lo reconoció. Este había sido pues el gemido de bestia herida que tantas veces había escuchado a su padre sacar de su madre, cuando creían que nadie los veía, este el alarido de animal ofrecido en sacrificio por Rampac en las noches perdidas de Apcara.

Payan cedió su lugar a Cayau. La enanita menor repitió con precisión la sentada sobre la estaca dura de Oscollo y los alaridos, mientras Payan apretaba los dedos en la base de la bolsita de Oscollo, tensando sus bolas. Como traídas por fuertes vientos, las oleadas de placer empezaron a venir de nuevo con el mismo deseo de reventar en las orillas, pero con menos urgencia que la primera vez.

Como advirtiéndolo, Payan los hizo cambiar de lugar. Con Cayau en su debajo, la urgencia regresó con fuerza al centro de su cintura y se tornó, sin que nadie se lo hubiera enseñado, movimiento de horadar, desgarrar, dividir, empotrar, castigar en vaivén a la ahora gimiente enanita contra la dureza del lecho de mantas que la separaban del suelo, hasta que en el corazón de Oscollo se fue empozando poco a poco la fuerza del ocelote y, cuando esta hubo rebasado su borde, empezó a volcarse lentamente en aluvión sordo y lento que fue tomando impulso paulatino, creciente, sonoro de piedras calientes empujando desde debajo de la tierra, que salió reventando con furia por la punta erguida de su estaca. La viada fue tal que le chupó hacia dentro del hueco de la enanita, tragándoselo de un solo bocado, haciéndole temblar en espasmos intermitentes que le atravesaron como rayos por la espalda en una tormenta de verano.

Cuando se separó de la enanita, su tuna, replegada ahora como un capullo reciente, estaba manchada de sangre.

—No eres tú. Es ella —le murmuró Payan al advertir su alarma. Y luego, la mujer de las hierbas mágicas se dirigió a Cayau—. Hasta el día en que sea tiempo de preñarte, acércate siempre al Señor en tus turnos de sangre, como hoy. Le gusta mucho ver su tuna enrojecida.

—¡¿Qué es esto?! ¡Titu Cusi Huallpa!

La voz partida procedía del umbral, donde una tercera silueta cubierta de sombras se introducía a tientas en la habitación.

Era Collana.

—¡¿Has venido a regodearte con tus mujeres y no me has llamado?! —dijo la anciana, soltándose la cabellera blanca mientras caminaba hacia ellos—. ¡Huayna Capac ingrato! ¡Desde que parí a tu hijo Chimpu Shánkutu ya no vienes a tomarme, ya no vienes a preñarme!

Oscollo quería decir algo que sacara a la anciana de su error, pero Payan le decía suavemente en la oreja que no debía contradecirla.

—¡Agárrame a mí también! ¡Toma lo que es tuyo, como antes! —decía ahora la anciana lamiendo con destreza el cuello, la oreja, la frente, la nariz, besando los labios de Oscollo—. ¡Vuelve conmigo a los tiempos de tu ternura, a los tiempos seguros en que no eras Sapa Inca!

Las ropas oscuras de la anciana cayeron como una cascada suave, de inicio de temporada de lluvias. Collana acarició a Oscollo como al esposo ausente que no vuelve, como al hijo perdido en la guerra, como al hombre al que se desdice con los gestos lo que se le reprocha con las palabras.

Segunda cuerda: marrón como el polluelo del pájaro *allqamari*, con veta dorada pálida en el medio, en S

Una señal de su brazo y se deshizo el barullo festivo de los estudiantes, felices de volver a verse y ansiosos de ponerse al día.

Primero, Cóndor Chahua los felicitó por haber pasado satisfactoriamente las pruebas de familiaridad con el *Quipu* de los Turnos del Cuzco realizadas a fines del año anterior. Les deseó que hubieran aprovechado la luna de descanso con sus familias para renovarse, pues hasta las tierras más ricas debían ayunar para absorber mejor los abonos y volver a ser fértiles. Luego los hizo salir del aula y empezó a llamarlos por sus nombres uno por uno. Les mandó formar en el centro del patio a medida que los llamaban, en dos hileras frente a frente, una a cinco abrazos de la otra.

El chico delante de Oscollo era Cusi Yupanqui, su compañero de instrucción en las artes del espionaje. Cusi era un muchacho taciturno, alto, de piel clara y rasgos bien equilibrados, que ahora tenía sumido el aliento en las pelusas de la hombrera derecha de su camiseta, que sacaba con cuidado una por una. Llevaba con su elegancia natural de siempre un bellísimo *uncu* nuevo de color añil con tres franjas de *tocapu* tramadas con hilos de oro y veinticuatro dibujos de escaleras encarnadas de cinco peldaños cada una, la marca de la poderosa familia de los Yupanqui, que tenía miembros en tres de los once linajes reales que habían regido el Cuzco desde que los primeros incas clavaron la tierra con su vara. El Inca Pachacutec mismo había sido uno de ellos.

El año pasado, empezó el maestro, se lo habían pasado aprendiendo los Turnos del Cuzco. El que hoy comenzaba aprenderían los Turnos del Mundo, que traían nuevos retos para ellos: urdir y descifrar los *quipus* de conteos, que algunos de ustedes ya conocían y que trabajarían con el *amauta* Papri Inca; los *quipus* de las leyes y los escarmientos, que aprenderían con el *amauta* Chillque Inca; y los *quipus* de las historias importantes, que cernirían y transcribirían con él.

El estudiante que tenían ahora enfrente —vistazo sesgado de Oscollo a Cusi y fugaz de Cusi a Oscollo, que volvió a su labor, centrándose en una pelusa particularmente rebelde— sería durante el resto de su aprendizaje en la Casa del Saber su compañero de *yanantin*, de nudo que no se puede desatar. Los dos serían cuerdas cómplices. Juntos tramarían y cernirían las cifras de los *quipus* de conteos y se protegerían mutuamente del error. Cotejarían si habían comprendido toda información recibida en los *quipus* de las historias y de las leyes y los escarmientos, absolverían juntos sus dudas y darían a cada pregunta del *amauta* una única respuesta. Si uno de ellos acertaba, los dos serían recompensados; si uno fallaba, los dos castigados.

El rumor incipiente de protesta de Tampu Usca Mayta y Cori Atao fue sofocado de inmediato por la voz sin tregua del maestro.

El nudo que ambos formarían los anudaba también para los ejercicios militares con los instructores Challco Chima y Rumi Ñahui, que los curtirían para ser buenos guerreros. También los amarraba para las batallas rituales del *huarachico*, donde los compañeros de *yanantin* cuidarían la espalda del otro como si fuera la suya propia. Pero eso ya lo verían en su momento, cuando les llegara el tiempo de pasar por los umbrales de la virilidad. Por ahora solo les bastaría trabajar juntos, inspirarse, desafiarse y emularse mutuamente en las faenas de los *quipus*. Quién sabía lo que la voluntad de los *huacas* traería después. Cóndor Chahua conocía muchos casos de compañeros de *yanantin* que habían mantenido latiendo su vínculo una vez terminados sus estudios en la Casa del Saber y que habían hallado en el compañero de *yanantin* a un hermano y doble, una cuerda cómplice de un nudo que solo se deshacía con la muerte.

A pesar de que ya habían compartido un año de estudios, Oscollo no sabía qué pensar de su inescrutable nuevo compañero de *yanantin*. Todo el año anterior Cusi había parecido indolente y distraído durante las visitas a los *huacas* y nunca había intervenido por propia iniciativa en el discernimiento de los *quipus* con Cóndor Chahua. Cori Huallpa le había puesto el apodo de El Upa dizque porque «andaba siempre con el aliento en otra parte». Pero de *upa* Cusi no tenía ni un pelo: aunque nadie lo había visto estudiar las cuerdas y sus nudos, había pasado con holgura las pruebas de familiaridad con el *Quipu* de los Turnos del Cuzco. Y había demostrado una extraordinaria resistencia al dolor y al cansancio en las pruebas a las que había sido sometido por el sabio Chimpu Shánkutu, que por algo lo había elegido como aprendiz de Espía del Inca.

Solo se codeaba con Cori Huallpa, Tupac Cusi Huallpa, Titu Atauchi, Cusi Atauchi, Ahua Panti y Huanca Auqui, de familias con sangre rancia de *panaca*. Aunque más justo hubiera sido decir que eran ellos los que se codeaban con él. Ellos lo buscaban, le proponían mataperradas y él accedía a acompañarlos, pero sin nunca mostrar mucho entusiasmo, como si fuera una tarea más.

A diferencia de Ahua Panti, Huanca Auqui, Hango, Cori Atao y Tampu Usca Mayta, a quienes los unieron respectivamente con el *hatun* jauja Manco Surichaqui, el cañari Inguill Tupac, el huanca Huacrapáucar, el chimú Cajazinzín y el chachapoya Kuílap —o algo así, pues nadie sabía pronunciar su nombre—, Cusi Yupanqui no fue a protestar donde Cóndor Chahua el que lo hubieran juntado en *yanantin* con un hijo de *curaca* extranjero o un inca de privilegio, no con alguien de linaje real. Quizá no le importaba. O quizá conocía a Cóndor Chahua y sabía que protestar era inútil: el *amauta* se negó a cambiarles de pareja en todos los casos. Un inca que se preciara de ese nombre, les dijo, tenía que aprender a lidiar con el compañero de *yanantin* que le había tocado en suerte, viniera de donde viniera. Anudar a dos estudiantes de origen desigual iba en el mismo sentido de la corriente de otras reformas que el Inca Huayna Capac sembraba en el Mundo de las Cuatro Direcciones, y de las que ya había cosechado buenos resultados. Un inca que sabía superar sus diferencias con su compañero de nudo abría su corazón para dialogar con los forasteros que toparía en el futuro, y el futuro del Mundo estaba impregnado de forasteros.

Oscollo y Cusi congeniaron de inmediato y hacían un buen *yanantin*. A los dos les gustaba adentrarse en las mañas que les enseñaba el *amauta* Papri Inca para sumar, restar, multiplicar y dividir rápido con el ábaco, que le abrieron a Oscollo un horizonte hasta entonces insospechado. Descubrió que, además del don de contar de un vistazo, tenía el de calcular a gran velocidad y al poco tiempo ya podía prescindir del ábaco para sus cálculos. A medida que los números entraban en confianza con él, le fueron revelando su pepa, su forma, su color, a veces hasta su sabor y su olor. Empezó a tratarlos, se hizo amigo de ellos. Fue cerniendo las afinidades, los recelos, las enemistades mortales. Fue aprendiendo cómo *verlos*, cómo acercárseles, cómo mediar entre dos que no simpatizaban y forjar una alianza entre ellos. Y fue sintiendo un gozo cálido, hondo, que no se podía comparar con nada que hubiera sentido todavía, a medida que le admitían poco a poco como a uno de los suyos.

Entre sus nuevas amistades había un tipo de números que era su favorito. Eran los números expósitos, que no tenían números parientes que los cuidaran. Como todos los otros, podían sumarse y multiplicarse con cualquier otro número y solo ser restados de números mayores que ellos. Pero, a diferencia de los otros, solo podían dividirse entre sí mismos —y el número resultante de la división era uno— o entre uno —y el número resultante era un reflejo de sí mismos sobre la superficie de la laguna. No había manera de prever su aparición en el paisaje numérico, pues no respetaban ningún turno y eran, por lo tanto, completamente impredecibles. Pero cada vez que uno surgía iluminaba el panorama como una bandada de luciérnagas en medio de la noche.

Había aprendido a conocerlos a medida que los iba frecuentando. La diecinueve, por ejemplo, tenía forma de seno, era muy suave y despedía calor. El treinta y uno era callado y tímido como él, pero era dulce y jugoso como la granadilla. La setenta y nueve eran anaranjada del color de la despedida del Sol y le daba siempre la bienvenida con una pose provocativa de *pampayruna* que le hacía sonrojar (dónde estabas, Cayau, ya no se te veía los fines de atado, trotando por los predios del Señor Chimpu Shánkutu). El noventa y siete era azul verdoso, pero tendía a cambiar de color y hacerse uno con su entorno cuando le venía la timidez, como esos lagartos que disuelven sus bordes entre las rocas para esconderse mejor. Su amistad más reciente era la seiscientos sesenta y siete. Tenía la textura del cascajo y era increíblemente susceptible, por lo que era imposible estar a solas con ella mucho rato sin asustarla.

Pero, tuvieran buen o mal temperamento, fueran extrovertidos o introvertidos, expósitos o con una familia frondosa de múltiplos, siempre se sentía a salvo con los números. Nunca lo molestaban, ni lo evitaban ni se burlaban de él —como Cori Huallpa, que le hacía trastadas sin fin.

No, los números no tenían disfraces, ni planes escondidos y —esto lo sabía en lo más profundo de su pepa— jamás lo dejarían solo en un pueblo extraño o permitirían que le cambiaran el nombre.

Jamás lo traicionarían.

Cuerda secundaria: marrón como el polluelo del pájaro allqamari, *con veta dorada pálida en el medio, en S*

Oscollo y Cusi no solo hacían un buen *yanantin* en sus faenas del *Yachayhuasi*, también en su instrucción como espías del Inca. Las claves secretas en *quipu* que ambos creaban para comunicarse únicamente entre los dos no podían ser descifradas por los otros grupos de dobles, solo por Chimpu Shánkutu. El Fértil en Argucias elogió sobre todo una de ellas, la que los dos urdieron juntos para convocarse mutuamente en caso de emergencia: un *quipu* pequeñito de cinco cuerdas con un pequeño lazo amarillo en uno de los extremos, con el que se podía dar instrucciones muy precisas para indicar el espacio y el tiempo del lugar en que la cita urgente debía producirse.

El lacito era la marca de exclusividad de su *yanantin*, que indicaba que era un *quipu* con una clave que solo ellos dos podían entender. Si la primera cuerda no tenía nudos, era un *quipu* falso, hecho para despistar o para hacer caer en una trampa a quien pudiera interceptarlo y descifrarlo (se sobreentendía que no sería uno de los compañeros de *yanantin*). Si tenía un nudo, entonces se trataba de un *quipu* verdadero y sí, había que seguir sus instrucciones.

La segunda cuerda indicaba el sitio en que tendría lugar el encuentro y tenía cuatro nudos. El primer nudo indicaba la parte del Mundo —Collasuyo, una vuelta; Antisuyo, dos vueltas; Contisuyo, tres; y Chinchaysuyo, cuatro— en que ocurriría. El segundo nudo indicaba el tipo de sitio en que se daría la reunión —un *mayu*, río, una vuelta; una *marca*, poblado de medianas dimensiones, dos; una *cancha*, patio o galpón, tres; un *chaca*, puente, cuatro, etc.— y el color del listón de lana que lo acompañaba indicaba algún signo distintivo para descifrar el nombre del lugar —*Yahuarmayu*, río de sangre, por ejemplo, estaba urdido con el color rojo bermejo; *Amarucancha*, patio de la serpiente sagrada, con gris oscuro; Cajamarca, poblado del hielo, con gris blancuzco, etc. El tercer nudo señalaba otro sitio que andaba muy cerca o que se cruzaba con el del segundo nudo. Si el lugar propuesto para la cita era una *llacta* o una *marca*, el tercer nudo indicaba más bien el número de línea sagrada que había que seguir. El cuarto y último nudo señalaba, según la cantidad de vueltas que tuviera, el número del *huaca* en que se daría el encuentro partiendo desde el centro de la *llacta* o de la *marca* en cuestión (nudo con una vuelta = primer *huaca*, con dos vueltas = segundo *huaca* y así).

La tercera y cuarta cuerdas indicaban el tiempo de la cita. La tercera señalaba a partir de cuándo y la cuarta hasta cuándo debía esperar el convocado. El color de la cuerda aludía al número de luna a partir del inicio del año; la posición del nudo indicaba si era el primer, el segundo o el tercer atado de jornadas a partir del inicio de la luna; y la cantidad de vueltas era la cantidad de días a partir del inicio del atado de jornadas.

La quinta cuerda señalaba cuán confidencial debía ser el *quipu*. Si tenía un nudo, su mensajero portador podía sobrevivir. Si no tenía ninguno, debía ser asesinado.

—Guarden esta clave secreta y no lo compartan con nadie —les dijo Chimpu Shánkutu—. Quién sabe si algún día la vayan a necesitar.

Cada fin de atado, cuando le tocaba venir a los predios del Fértil en Argucias para su aprendizaje, Oscollo daba un largo rodeo para evitar pasar enfrente de la casa solariega en que vivían las enanitas. A veces se cruzaba con la señora Payan al regreso del pampón cercado en que él y sus compañeros hacían las prácticas, y ella lo saludaba y seguía su camino como si nada, dejándolo con las mejillas ardientes y un nudo en la garganta.

Con Cayau no se había visto desde su encendido encuentro en la habitación de Chimpu Shánkutu. Desde entonces dos ríos fluían en sentido contrario y se estrellaban en su corazón. Respiraba de alivio cuando entraba al sendero de retorno al Barrio de las Escuelas y ella, una vez más, no aparecía por ninguna parte, y al mismo tiempo le dolía su ausencia, pues la verdad era que extrañaba sus historias de enanitos, su conversación ágil, su risa cantarina, sus saltitos veloces. De vez en cuando evocaba a mitad de un aprendizaje la boca de la enanita sorbiéndolo, sus ojazos mirándolo o sus nalgas apretándolo y se le encendía la tuna con tanta potencia que le hervía la leche hasta rebalsársele. Solo tras muchos esfuerzos lograba apartarla de su pepa y centrarse de nuevo en el nuevo ejercicio o la nueva tarea que debía realizar con Chimpu Shánkutu.

Hoy, por ejemplo, a él y a Cusi les tocaba su turno de hacer «la supervivencia», uno de los umbrales más temidos pero también más esperados por los aprendices de espías. Los que ya habían pasado por la prueba decían que las cinco jornadas al aire libre en que debían sobrevivir por sus propios medios lo curtían a uno más que las prácticas de puntería con el arco y la flecha, la honda y la boleadora, las pruebas de destreza con el hacha y la macana, y los golpes de vara en los brazos y las piernas que recibían de parte de los instructores militares dos tardes por atado de jornadas para irse preparando para el *huarachico*.

Salieron de los predios de Chimpu Shánkutu al atardecer. Antes de partir, el instructor Rumi Ñahui les vendó los ojos. Era tan eficaz su vendaje que no lo atravesaba ni un resquicio de luz. Suspiró: se sentía un poco débil pero muy alerta. Al igual que Cusi, había estado en ayuno estricto de maíz crudo y agua durante los dos días anteriores y no había probado ají ni sal. Palpó el *quipe* que llevaba a la cintura: el puñado de hojas de coca, lo único que le permitían llevar, no se había movido de su sitio.

Iban en fila. Primero Chimpu Shánkutu; luego Cusi, que lo seguía tocándole el hombro con la mano derecha; después Oscollo, que tocaba a su vez el hombro de Cusi; y finalmente Rumi Ñahui, que andaba un poco retrasado borrando las huellas que dejaban a su paso.

Rumi Ñahui era un guerrero píllaro bajo y enclenque cuya apariencia inofensiva despistaba. Su largo aliento en las carreras era legendario. Se decía que había ganado por diez brazas la carrera del cerro Huanacauri hasta la plaza de Aucaypata de su promoción de guerreros, por lo que había sido proclamado Halcón de Alas en los Pies, y que corrió sin sudar diecinueve tramos entre *tambo* y *tambo*, más rápido que los dieciocho *chasquis* con el aliento fresco que le hicieron la competencia. Sin embargo, lo que suscitaba el denso respeto de los estudiantes hacia él era su escalofriante habilidad en las artes del tormento, que enseñaba en la Casa del Saber sin que le temblaran el pulso ni la voz cada vez que había rebeldes prisioneros disponibles.

Rumi Ñahui era hermano y doble de Challco Chima, el otro instructor militar, un *yana*-guerrero de origen chanca de pecho y cuello descomunales que, a pesar de su juventud, dizque ya había pisado él solo los restos y la espalda de treinta y tres guerreros en la guerra del Inca contra los collas y que no había en todo el mundo quien le ganara con la boleadora.

Rumi y Challco encarnaban el ideal del *yanantin*. A menos que tuvieran que cumplir labores en lugares distintos, como ahora, siempre andaban juntos, conversando, merendando o en silencio, dando risa por la enorme diferencia corporal entre los dos.

Cusi y Oscollo caminaron toda la noche: cuando Rumi Ñahui le quitó la venda de los ojos ya asomaba la bienvenida del Padre a la madrugada.

Oscollo pestañeó hasta que su vista dejó de ser herida por la luz y dio un buen vistazo a su entorno. Jamás había visto los cascajales, peñascales y matorrales que les rodeaban. Por la expresión de Cusi, a quien el instructor también acababa de desvendar, él tampoco. De eso justamente se trataba: ni Oscollo ni Cusi tenían la menor idea de dónde estaban y no podrían regresar a los predios del Fértil en Argucias ni a ninguna parte por sí mismos. No les quedaba otra que subsistir aquí como pudieran, sin la ayuda de nadie.

Chimpu Shánkutu cogió varias piedras y formó una ruma con ellas. La sopló. La ruma permaneció en pie.

—Este será el lugar de nuestro encuentro —dijo señalándola—. En cinco jornadas en el tiempo sin sombras nos reunimos aquí.

El Fértil en Arguicas y Rumi Ñahui no tardaron en disolverse entre el humo sinuoso y denso que se alzaba de la tierra caliente.

—Lo primero, buscar de comer y de beber —dijo Cusi—. Después dormimos para recuperar la noche.

Juntaron piedritas claras que se pudieran ver a la distancia. Se llenaron de ellas los bolsillos.

—¿Adónde vamos? —preguntó Oscollo.

Miraron a su alrededor. Una multitud de caminos se abrían en la tierra desértica. Ninguno parecía mejor que el otro. Eligieron al azar un pequeño pedazo de horizonte. Emprendieron la marcha siguiendo una línea imaginaria, dejando grupos de tres piedritas por donde pasaban, reaprovisionándose con las que encontraban a su paso.

—¿Por qué algunas piedras tendrán forma redondeada y otras serán filudas?

—Dice el *amauta* Cóndor Chahua que en un tiempo todo fue una gran Cocha —respondió Oscollo—. Que todo esto estaba cubierto de agua. Las que tienen forma redondeada seguro deben ser de esa época. De tanto rozarlas, el agua las debe haber civilizado.

Anduvieron largo rato sumidos en sus pepas, buscando señales de vegetación. Nada. Cada vez que dejaban una ruma de piedritas buscaban la anterior con la mirada.

—Tú nunca has ido donde las *pampayrunas* ¿no?

—No —respondió Oscollo.

—Un día deberías venir con nosotros.

Por nosotros quería decir: Cori Huallpa, Tupac Cusi Huallpa, Titu Atauchi, Cusi Atauchi, Ahua Panti, Huanca Auqui y Cusi mismo. Pero cada vez que Oscollo se ponía a su alcance, el abusivo Cori Huallpa lo agarraba a cocachos, le daba patadones, le escupía, le empujaba y metía cabe, ante las risas de los demás (menos de Cusi, que se mantenía al margen). Cori Huallpa hacía lo mismo con todos los hijos de *curacas* extranjeros o de incas de privilegio, pero se la agarraba con especial saña con Oscollo, pues intuía en él alguna oscura diferencia que no lograba cernir y que lo hacía extranjero entre los extranjeros. Además Cori Huallpa pertenecía por línea materna al linaje de los deudos de la Señora Anaguarque, denunciados por Usco Huaraca. La muerte violenta del antiguo Gran Hombre que Cuenta en tierras extremas no había impedido que el hijo volviera a pagar por las acciones de su padre.

—No. Está bien así. Sigan yendo ustedes solos nomás.

A media mañana encontraron un tunal a ras del suelo. Tenía ciento setenta y nueve tunas, pero solo quince parecían maduras. Cusi se abalanzó y metió la mano en el matorral seco donde estaban.

—¡Achacháu!

Sacó la mano, donde tenía una espina negra clavada. Oscollo se la quitó con cuidado y la guardó en su *quipe*. En algún momento podría usarla como aguja para remendarse los huecos de la camiseta.

Comieron. Las tunas estaban algo agrias pero estaban comestibles. Con la lenta aplicación y el cuidado del hambre colmada, se metieron en el tunal y sacaron cincuenta tunas verdes eludiendo las espinas y las guardaron en su hatillo. Estaban felices. Ya tenían qué comer y beber durante los días siguientes.

Pasaron treinta y dos nubes sin bordes definidos. Eran nubes espesas, cada vez más oscuras y preñadas, que nacían entre resplandores fugaces y estruendos en una lejanía que se iba acercando poco a poco. Illapa venía con fuerza. Había que encontrar techo pronto.

Encontraron un roquedal agreste que se elevaba en medio del desierto. En su debajo se abría una cueva no muy profunda pero en la que cabían los dos holgadamente, en la que decidieron esperar. Desde el interior se veía bien clarito el avance sostenido del Señor de la Lluvia, el Trueno y el Relámpago mordiéndoles las pisadas, reventando el cielo en dirección hacia aquí.

Cusi se rascaba la mano.

—Qué gracioso —sonrió, pellizcándose—. No siento nada.

—¿A ver?

Oscollo le pellizcó. Ninguna reacción. Le pellizcó de nuevo y nada. Los dos rieron.

Un rayo partió en dos el horizonte. El retumbo tardó dos latidos en darle el alcance. Empezó a llover.

—Ahora sí la Gran *Cocha* se va a desbordar y el Mundo se va a acabar —dijo Oscollo sonriendo.

—¿Qué dijiste?

—No, nada.

—Anda. Cuenta.

—Es una historia de mi tierra —lo pensó dos veces: sí, el verdadero Oscollo había vivido en tierras chancas y hubiera podido conocerla, no había peligro—. Un hombre era dueño de una llama. Siempre paraba lanzándole corontas de choclo. Zonza eres, le decía, y jua, le tiraba una coronta en la barriga. Viva eres, le decía, y jua, otra en el hocico. Demasiado pasto estás comiendo, no estás dejando para las otras, y jua, otra en el cuello. Poco pasto tragas, flaca te vas a quedar, y jua, otra en una de las patas. Por todo le andaba lanzando corontas, cada vez con más fuerza. Y la llamita se dejaba porque su dueño tenía buenos pastos y corrales grandes, con paja suave en que le gustaba recostarse. Pero de tanto andar solita en la *puna*, donde el cielo está más cerca de la tierra, la llamita había aprendido a descifrar lo que anunciaban las estrellas. Y un día dejó de pastar. Su dueño le tiró entonces una coronta que le dio en la panza. ¿Por qué no pastas, malagradecida?, diciendo. ¿Por qué me desprecias el *ichu* que te he invitado? Y la llamita le respondió: ¡Zonzo!, ¿no has visto las estrellas? Dicen que en cinco jornadas la Gran *Cocha* se va a desbordar y el Mundo se va a acabar. ¿Para qué quieres que coma entonces? El hombre se puso a temblar y le preguntó a la llamita: Llamita, mamacita, ¿cómo haremos para salvarnos? Y la llamita le señaló la cima del cerro más alto, y dijo ahí yendo nos salvaremos. Y el hombre subió con su familia y la llamita a la cima del cerro, y la gran Cocha se desbordó y las aguas subieron y todos los hombres del Mundo murieron, menos el hombre y su familia. Y cuando las aguas volvieron a su nivel… ¿qué crees que hizo el hombre?

—No sé.

—Le tiró otra coronta en el hocico por no haberle avisado antes.

Oscollo rio. Aunque la habían escuchado cantidad de veces, todos reían a mandíbula batiente cuando alguien terminaba de contar la historia de la Llama Sabia en la fogata comunal de Apcara de Arriba.

—¿Y? —preguntó Cusi sin reírse.

—¿Y qué?

—¿La llamita se dejó pegar así nomás sin hacer nada?

—…

—¿No sabes si se defendió? ¿Si se escapó y abandonó a su dueño?

—No. La historia acaba allí.

—Ah —Cusi cabeceó, decepcionado—. Bien zonza tu llamita. No hacerse respetar, teniendo el poder de cernir las estrellas…

Oscollo contrajo su pepa. Que la llamita se defendiera y abandonara a su dueño jamás se le había ocurrido a nadie de su pueblo. Jamás se le había ocurrido a él.

Cusi siguió cabeceando tres veces más, con cabeceos más hondos y prolongados. De pronto, cabeceó hasta el suelo abriendo la boca y vomitó.

—¿Qué te pasa?

—Nada. Deben ser las tunas.

—Pero si estaban maduras. Y además a mí no me ha pasado nada.

—Entonces no sé. Será que a ti los *huacas* te quieren.

Cusi sonrió: era una broma. Nadie quería juntarse con Oscollo. Con todo lo que le había pasado —su padre muerto, su madre loca y desaparecida— muchos compañeros creían que los *huacas* se le habían prendido y daba mala suerte.

Cusi se arrancó una de las rodilleras y se limpió con ella las comisuras de los labios.

—Tu mano.

—¿Qué? —Cusi se la observó.

—Se te ha hinchado más.

Cusi se la miró, como si perteneciera a otra persona.

—Qué raro —se pellizcó—. Ahora ya no siento nada tampoco en la muñeca.

Una luz se hizo en la pepa de Oscollo. Metió la mano en su *quipe*, sacó la espina y la observó mejor. Tal como sospechaba, no era una espina sino un aguijón. Negro, largo y curvo.

Oscollo se mordió los labios. Cuando era niño, su padre Asto Condori le había enseñado a reconocer las señales que dejan en el cuerpo las ponzoñas de los bichos de tierra y le había dicho que las picaduras de alacrán no eran peligrosas. Pero al tío Usca Páucar le había picado uno, despacito despacito dizque se le había ido durmiendo la pierna picada hasta la cintura mientras le iban saliendo unas manchas rojizas por todo el cuerpo. Media jornada después, el tío se echó a hacer la siesta y ya no se levantó más.

—Tenemos que regresar.

—¿Adónde?

—A los predios del señor Chimpu Shánkutu. Tienen que curarte.

Cusi se rio.

—Mucha alharaca estás haciendo por un alacrancito, Oscollo. Ya se me va a pasar.

Pero pasó una hervida de papa y Cusi no mejoraba. Empezaba a balbucear palabras sin cuerda común, a respirar con agitación entre gotas de sudor que anidaban en su frente. Necesitaban con urgencia la ayuda de la señora Payan, pero ¿cómo volver? Estaban en medio de una región desértica, estaban débiles —no habían comido en dos jornadas— y no tenían la menor idea de por dónde habían venido.

Una centella lo cegó por un instante, seguida de un estallido poderoso en el cielo. El Señor de la Lluvia, el Trueno y el Relámpago acababa de reventar una nube de un hondazo, haciéndola llorar ahora sí sobre sus cabezas. Menos mal que estaban dentro de la cueva porque si no...

Se volvió hacia Cusi.

Cusi no estaba.

Se agachó desesperado a la altura del suelo y tanteó a un lado y otro con las manos. No se podía ver nada: las nubes tapaban al Padre y no dejaban entrar la luz al interior de la cueva. Topó con la sandalia, con el pie, con la pierna de Cusi. Suspiró aliviado.

—Cusi. Cusi.

Pero su compañero de *yanantin* no respondía. Le escuchó el pecho. El corazón seguía saltando pero apenitas, por terquedad o simple y llana costumbre. Rebuscó presuroso en su *quipe*. Dio con su medida de hojas de la planta sagrada, la única provisión que se les había permitido traer durante la prueba. La dividió en varios puñados y se llevó uno a la boca, repitiendo en voz baja una plegaria: padre Usco Huaraca, anímame con la fuerza de tu *callpa*, padre Usco Huaraca, anímame con la fuerza de tu *callpa*…

Cuando sintió que su pepa estaba lista, se colocó al lado del cuerpo desvalido de Cusi, se lo acomodó por detrás de la nuca y sobre los hombros y, haciendo un esfuerzo supremo, lo levantó en peso. Las rodillas le temblaron al principio, pero las fue separando gradualmente y las piernas se asentaron poco a poco sobre los pies. Cuando su respiración se acostumbró a la carga y retomó su ritmo normal, Oscollo centró el peso en su vientre, tal como recomendaban los cargadores de andas veteranos de tierras lucanas, y recién entonces empezó a andar, siguiendo de vuelta su propio rastro de rumas de piedrecitas que habían dejado en el camino, primero despacio pero cada vez agarrando más viada, descansando de vez en cuando para recuperar el aire y moderando el ritmo de su paso en las superficies pedregosas para evitar los resbalones, pues la lluvia no aflojaba.

Llegaron a media jornada al punto en el que habían quedado en encontrarse con Chimpu Shánkutu al final de la prueba. Posó lo más suavemente que pudo el cuerpo de Cusi sobre el suelo. Se detuvo jadeante, sudoroso o empapado o ambos. Colocó una piedra encima de la ruma que había dejado Chimpu Shánkutu, para agradecerle por haber llegado hasta ahí.

¿Y ahora qué?

Comió lentamente unas tunas con la cabeza hundida entre las rodillas, tratando de encontrar una salida a lo alarmante de la situación. Pero algo rondando a su alrededor no lo dejaba concentrarse. Era el número diez mil ciento nueve, una presencia femenina redondeada que se le acercaba subrepticiamente por la espalda y con su voz ronca de cascajo le hablaba al oído:

—Mírame —le decía—. Yo soy lo que estás buscando.

Oscollo no le hizo caso por un buen rato, pero, ante la insistencia del número, que le era extrañamente familiar, hizo lo que le decía.

—¿Recuerdas dónde nos vimos por última vez? —le preguntó ella.

—No.

—Haz un esfuerzo.

Oscollo obedeció. Y entonces el recuerdo afloró suavemente a su pepa. Diez mil ciento nueve era la cantidad de pasos que él había dado en el primero de los tres tramos para llegar hasta aquí. Sí, Oscollo siempre contaba sus pasos sin darse cuenta, pero prefería silenciar en su corazón los conteos que hacía sin querer para mantener el equilibrio de su pepa —contarlo todo podía convertirse en una carga pesada si uno no sabía poner en silencio a las cifras que le hablaban *todo el tiempo* a su alrededor y les daba la voz solo a aquellas que le interesaban.

Y entonces la luz se hizo en las cuevas de su corazón. Con el aliento renovado, buscó el sitio exacto en que Rumi Ñahui le había quitado la venda de los ojos y los cerró para evocar mejor los detalles precisos del trayecto desde los predios de Chimpu Shánkutu hasta aquí.

La caminata había durado tres bolos de coca. El primer bolo lo habían recibido en la explanada enfrente de la casa de la Señora Payan, el lugar en que los habían vendado. Con el efecto de ese primer bolo habían caminado diez mil ciento nueve pasos. Se habían detenido, siguiendo las costumbres antiguas, en el lugar más alto de los contornos para descansar. Por la blandura del terreno, tenían que haber sido unos pajonales en una meseta. Ahí se habían llevado a la boca el segundo bolo, con el que habían seguido caminando —esta vez en subida por una superficie accidentada— ocho mil doscientos treinta y ocho pasos. Habían hecho un alto para su tercer y último bolo en la parte más alta de un cerro —el viento no silbaba, solo los golpeaba, señal de que era tierra sin cultivar y no había otro *apu* cerca—, desde donde habían caminado en bajada cinco mil setecientos sesenta pasos hasta la llanura en el que estaban.

Se apartó las gotas de lluvia acumuladas en las orillas de sus ojos y giró con la mirada hacia el horizonte, tendiendo cinco mil setecientos sesenta pasos en bajada —más cortos que los de subida— en todas las direcciones posibles. El sitio más elevado era la punta de un cerro que parecía una teta con su pezoncito en el medio. No había ningún *Apu* que le hiciera sombra: ese debía haber sido el lugar de su última parada.

Con mayor trajín que la primera vez —estaba exhausto—, volvió a cargar a Cusi sobre sus hombros y emprendió la marcha. Llegar le tomaría seis mil seiscientos sesenta y tres pasos en lugar de cinco mil setecientos sesenta porque, debido al peso de Cusi, cada paso de Oscollo medía más o menos dos tercios de un paso normal. Para olvidar los menoscabos en su aliento drenado por el cansancio húmedo, contó sus pasos en voz alta durante un buen trecho, calculando de vez en cuando las proporciones de cuánto tenía avanzado y cuánto le quedaba por avanzar. Dejó de hacerlo al darse cuenta que esto, en lugar de empujar su pepa, la oprimía.

Llegó a la punta del pezón poco antes del inicio de la despedida del Padre. Había escampado, así que pudo hacer un alto sobre unas rocas, hacer una nueva ruma de piedras, gracias, numeritos, por colaborarme cuando tengo necesidad, y examinar el estado de Cusi. Estaba bastante pálido y la mano seguía igual de hinchada, pero él seguía respirando.

Cuando aclaró lo suficiente, Oscollo tendió su mirada ocho mil doscientos treinta y ocho pasos hacia todas las posibilidades de bajada en cuyo destino hubiera un pajonal. El único sitio posible era una explanada cerca de unos pequeños edificios de barro y piedra. Pero cuando quiso volver a cargar a Cusi sobre su hombro, sintió un tirón en el tobillo que le atravesó de dolor, y los dos fueron a dar al suelo con estrépito. Cusi despertó a medias. Con la ayuda de Oscollo, logró incorporarse y felizmente ya no hubo que cargarlo: ambos abrazaron la espalda del otro apoyándose en su hombro para cojear menos durante la marcha, lenta y vacilante.

—¿Dónde estamos?

—Cerca.

—¿De dónde? ¿Adónde estamos yendo?

—No te preocupes.

A medida que se acercaban a los predios de Chimpu Shánkutu, el Ocelote Chiquito fue reconociendo los alrededores. Se ubicó por fin: estaban a doscientos diez pasos del quinto santuario de la séptima línea sagrada que se tendía hacia el Antisuyo, que habían visitado con su clase el año anterior. Había que tomar un sendero ancho detrás de la explanada que iba directo a la casa de Chimpu Shánkutu. Pero, como convocados por la certeza complaciente del rumbo por seguir, unos calambres acosaron sus pantorrillas con furor. El dolor de las ampollas reventadas, mantenido a raya hasta ahora por el del tobillo, rompió el sitio de sus plantas y dedos de los pies hasta lo insoportable. No aguantaría mucho más y, por el aspecto sombrío de Cusi, él tampoco.

Quizá por obra de un *huaca* benéfico, los compañeros de *yanantin* toparon en el sendero con unos cargadores que transportaban madera y coca hacia el Cuzco. El funcionario real que los dirigía identificó las insignias de la *panaca* de Cusi y, al ver su estado, le preguntó a Oscollo si podía serle de alguna utilidad.

—Llévanos a casa de la Señora Payan —dijo el Ocelote Chiquito—. Cuanto antes.

Buscó a diez mil ciento nueve para agradecerle, pero su presencia ya se había diluido en el aire o había sido absorbida por la tierra, siempre sedienta de cifras serviciales.

Tercera cuerda: marrón como el polluelo del pájaro *allqamari*, en S

Apenas los estudiantes estuvieron reunidos en el medio del patio del *Yachayhuasi*, Challco Chima le hizo un gesto a Tupac Cusi Huallpa para que se acercara.

—¿Cuáles son los puntos vulnerables en la lucha cuerpo a cuerpo?

Se escuchó un respingo colectivo. Una gota espesa de sudor se deslizó despacio por la frente de Tupac Cusi Huallpa hasta el labio superior, pero la boca no se abrió.

Un puente de piedra se tendió entre las cejas del instructor. Con lentitud, Challco Chima sacó una piedra de medio puño sin aristas y la colocó a cuatro palmas abiertas de donde Tupac Cusi Huallpa luchaba por permanecer de pie.

—Trata de alcanzarla sin moverte de tu lugar.

Tupac Cusi Huallpa se agachó y se estiró tratando de alcanzar la piedra, pero perdió el equilibrio y cayó pesadamente a uno de los lados. Amanecieron risas nerviosas que se callaron de inmediato, avergonzadas de sí mismas, preocupadas de lo que se venía.

—Vete de aquí.

Tupac Cusi Huallpa regresó con paso vacilante a su lugar en el círculo. El dedo que señala se dirigía ahora a su compañero de *yanantin*: el abusivo Cori Huallpa.

—Tú.

Una mueca se formó en la comisura derecha de Cori: el hijo del Señor Auqui Tupac, el hermano del Inca, no estaba acostumbrado a ser indicado con el dedo, a ser aludido en su propia presencia. Se aproximó despacio al instructor, pero sin abandonar su actitud desafiante de siempre.

—¿Cuáles son los puntos vulnerables en la lucha cuerpo a cuerpo?

—No sé.

Challco Chima puso la piedrita a cuatro palmas abiertas de Cori Huallpa.

—Trata de alcanzarla sin moverte de tu sitio.

—No quiero.

Challco Chima soltó un sonoro escupitajo, que cayó a medio dedo del pie izquierdo de Cori.

—Sí quieres. Pero no puedes. Tú también estás con resaca y con las justas te mantienes en pie. Vuelve a tu lugar.

Cori Huallpa abrió la boca, pero el fiero par de ojos que lo traspasaban sin piedad le tapió las palabras. O quizá fuera la simple y llana flojera. O ambos. Obedeció sin chistar.

Challco Chima se mordió los labios. Puso los brazos como asas de jarra. Abanicó a los presentes con la mirada, repartiendo su desprecio en todos los rincones del patio del *Yachayhuasi*.

—Hace tres fines de atado algunos de ustedes estaban con resaca porque acababan de ser los sacrificios de las llamas por el inicio del mes Airihuay, el mes de la mazorca doble, y claro, no podían perderse la borrachera ni la comilona en la plaza de Aucaypata que vinieron después. Hace dos atados estuvieron con resaca por las fiestas de bienvenida al Único Inca Huayna Capac después de su visita de un año a tierras collas, lupacas y charcas, y por supuesto ustedes no podían dejar de brindar dos, tres, diez veces por Su regreso sano y salvo al Cuzco. Si no los *huacas* se hubieran resentido... y las ñustas que asistían también.

Se escucharon algunas risitas, que se estrellaron contra el rostro adusto del instructor: Challco Chima no andaba de bromas.

—Y ahora están con resaca de nuevo porque, después de los cantos y danzas propiciatorios del Buen Viaje para el Nuevo Movimiento del Inca, se han pasado todo el fin de atado, desde la mañana hasta la noche, bebiendo como si tuvieran un saco roto en la garganta —suspiró—. El mal guerrero no es el que no obedece a su Señor. Es el que no está listo cuando lo convoca para la guerra. No hay nada peor que un guerrero que bebe demasiado. Miento. No hay nada peor que un guerrero que bebe demasiado sin la cabeza necesaria para que eso no le impida seguir sirviendo con eficiencia.

—¿Y qué querías, *yana*, que dejáramos de ir? —la voz de Cori Huallpa se alzó, insolente.

Nuevas risas. Que se escondieron en sus guaridas al topar con la expresión adusta del instructor.

Challco Chima se acercó a medio abrazo de Cori Huallpa. El hijo del Señor Auqui Tupac le sostuvo la mirada.

—Qué suerte la de aquel que pelee en la guerra contra ti.

Cori Huallpa iba a replicar, pero algo en la voz suave, irónica, triste de Challco Chima lo detuvo.

El instructor señaló a Kuílap, el forzudo chachapoya.

—Tú. Acércate.

Kuílap se puso al frente.

—Ahórranos tiempo. ¿Tú también te has pasado de chicha en las fiestas del Inca por su Nuevo Movimiento?

El forzudo miró hacia el suelo.

—No me invitaron, *auca*.

—Mejor para ti. Dime. ¿Cuáles son los puntos vulnerables en la lucha cuerpo a cuerpo?

—Cinco.

—¿Cuáles son?

—El corazón, la garganta, las bajas espaldas, el bosque debajo del ombligo y las ingles.

—¿Y con cuchillo?

—Todas las que dije más la nuca.

—Muy bien —dijo Challco Chima.

El instructor puso una piedrita a cuatro palmas abiertas de donde Kuílap estaba parado. Kuílap se agachó, se estiró y la alcanzó sin dificultad.

—Este ejercicio sirve para que el guerrero aprenda a pisar sin hacer ruido, como los ocelotes —dijo Challco Chima. Se inclinó despacio y caminó sobre el sitio lenta, eternamente—. Arrancando el peso de la pisada para ponerlo en el ombligo.

Alejó la piedrita una palma más. Kuílap se agachó, se estiró, pero no podía llegar hasta ella.

—Levanta una pierna y estírala hacia atrás para hacer equilibrio.

Kuílap obedeció y, haciendo un esfuerzo, llegó hasta ella.

—¡Buena, chuncho! —gritó Huacrapáucar.

Challco Chima alejó la piedrita una palma más.

—Ahora con la otra pierna.

Kuílap obedeció. Se agachó y se alargó lo más que pudo, pero aún le faltaban tres dedos para alcanzar la piedrita.

—Dobla la rodilla —dijo Challco Chima—. Despacio, para no perder el equilibrio.

Kuílap plegó lentamente la rodilla y descendió un poco. Estaba dos dedos más cerca, pero le faltaba uno más para llegar a la piedrita.

—¡No puedes, chuncho de mierda¡ —dijo Cusi Atauchi.

—¡No puedes! —aullaron Titu Atauchi y Ahuapanti. De inmediato se unieron al coro Tupac Cusi Huallpa, Hango y Cori Huallpa.

—¡No puedes! ¡No puedes! ¡No puedes!

El cuerpo de Kuílap parecía inmóvil, como descansando, pero el sudor le corría por las mejillas. Al poco rato su cara se tensó como jalada por cuerdas invisibles, empezó a temblar y de su nariz salieron bufidos como de llama molesta. Pero Kuílap no cejaba en el esfuerzo.

—¡Vamos, chuncho! —gritó Huacrapáucar.

—¡Vamos! —dijo Cajazinzín.

—¡No te dejes! —dijo Manco Surichaqui.

—¡Ya llegas! —dijo Cumbarayu.

El vocerío de uno y otro bando se hizo ensordecedor. Pero el chachapoya parecía no escucharlos, estar peleando en un campo alejado de batalla. Challco Chima golpeó el aire con un gesto dirigido a los estudiantes: cállense. Los estudiantes hicieron silencio.

—Saca el peso de tu rodilla y llévala a tu ombligo. Despacio.

Poco a poco el cuerpo de Kuílap, estirado como un arco, se fue estabilizando. Los vaivenes del pecho latiente de Kuílap se espaciaron hasta disolverse.

—Descansa en esa posición. Muy bien. Ya estás listo. Puedes tomarla cuando quieras.

El chachapoya se estiró un poco más y alcanzó la piedrita. Manco Surichaqui, Cajazinzín y Huacrapáucar reventaron en gritos de júbilo y fueron corriendo a darle al Chuncho palmetazos cariñosos en la espalda, ese Chuncho, carajo, diciendo.

Cóndor Chahua, que había presenciado todo desde una esquina del patio, se acercó a Challco Chima y le susurró al oído. El instructor dejó escapar una sonrisa.

—Kuílap, dice el *amauta* que te desafía —dijo Challco Chima—. Que él puede llegar más lejos que tú, dice.

El chachapoya miró a Cóndor Chahua con curiosidad. Hizo una venia respetuosa.

—Si el Apu *amauta* dice que puede, que pruebe.

Cóndor Chahua fue donde estaba Kuílap, que le cedió su lugar.

—¿A cuántas palmas de ti pongo la piedrita, sabio *amauta*? —preguntó divertido el instructor.

Sin decir nada, Cóndor Chahua tomó la piedrita de la mano de Challco Chima y la lanzó por los aires. La piedrita rebotó varias veces y se detuvo a más de diez abrazos de distancia. Todos, incluso Challco Chima, contemplaron al *amauta* sorprendidos.

—¿Puedes llegar hasta ahí? —preguntó Cóndor Chahua a Kuílap.

—No —respondió el chachapoya.

—Yo sí.

El *amauta* buscó con la mirada entre los estudiantes.

—¡Oscollo! —gritó.

El hijo de Huaraca emergió del racimo de chiquillos.

—Dime, Apu *amauta*.

—Ve y recógeme esa piedrita.

Oscollo obedeció.

—¿Ven? —les dijo Cóndor Chahua a todos, con expresión triunfante—. Pude llegar hasta la piedrita sin problemas.

Un largo silencio inundó el patio. Challco Chima chasqueó la lengua, como cada vez que no entendía algo.

—No, Apu *amauta* —dijo Kuílap, con ingenuidad—. Has entendido mal. Uno debe alcanzar la piedrita sin moverse de su sitio.

—Yo no me moví de mi sitio.

—No, pero lo mandaste a Oscollo a que te la trajera —luchó consigo mismo antes de continuar—. Así no vale.

Un largo puente colgante se hizo entre una comisura y la opuesta de Cóndor Chahua: sonreía.

—Tienes razón, Kuílap. Tú ganaste y yo no. Tú seguiste las instrucciones del ejercicio y yo no. Este juego no es para mí —empezó a caminar en dirección al *Yachayhuasi*. Se detuvo a medio camino. Se volvió y los miró a todos. Siguió hablando, masticando las palabras—. Pero si el lugar en que cayó la piedra que lancé es el lugar en que se han alzado los rebeldes cayambis y caranguis y el lugar desde el que la lancé es el Ombligo del Mundo, este no es un juego tampoco para el Único Inca Huayna Capac.

Se dio la vuelta de nuevo y siguió rumbo a la Casa del Saber sin mirar hacia atrás.

Cuerda secundaria: marrón como el polluelo del pájaro allqamari, con veta roja en el medio, en S

El fin de atado llegó por fin. Muy temprano, antes del asomo del Padre entre las montañas, Oscollo hizo sus abluciones, se vistió, cogió una bolsa con su ración de *mote* recién cocido y tomó el sendero poco transitado y sin empedrar que iba a los predios de Chimpu Shánkutu. No esperó a Cusi, con quien solían hacer el camino juntos, pues el Yupanqui se había quedado dormido, algo inusual en él. Además, quería llegar antes que los otros aprendices de espías y tener tiempo para decir sin testigos lo que tenía que decir.

De vez en cuando se cruzaba con algún funcionario que arreaba llamas con madera, coca o tejidos desde o hacia la *Llacta Ombligo*, pero el sendero andaba en su mayor parte vacío a estas horas tempraneras y a Oscollo se le daba por trotar un poco para calentarse y seguir el ritmo de las cifras que se turnaban para hablarle solas o en grupos y hacerle compañía. Pero al cabo de un rato sentía aguijones en las pantorrillas y los talones y debía detenerse. Paciencia, Oscollo, había dicho la Señora Payan, en tres atados las espinas que no te pude sacar se habrán disuelto en tu carne y te dejará de doler.

Llegó a los linderos de los predios del Señor Chimpu Shánkutu con la primera luz de la jornada y fue directamente a la casa de la señora Payan, que los fines de atado salía muy temprano a buscar plantas y hierbas en los bosques de las tierras altas con algunos *yanacona* de servicio y no regresaba hasta bien entrada la mañana. Encontró a Cayau en la chacra principal dándole duro a la *chaquitaclla* y con manojos de plantas anudados a su cinturón. Estaba sola.

—Cayau.

La enanita se volteó hacia él. Lo contempló de arriba abajo con una expresión de infinita lástima.

—¿Qué quieres?

Eran las primeras palabras que ella le dirigía desde su encuentro en la habitación del Señor Chimpu Shánkutu y se sintió tan agradecido de estar recibiéndolas que le dieron ahí mismo ganas de llorar.

—No fuiste a verme a la posada.

Cayau levantó las cejas y bajó la mirada al mismo tiempo. Oscollo recordó, tratando de no dejarse envolver por el resentimiento que le carcomía la pepa. Cuando llegó muy maltrecho después de su accidentada prueba de supervivencia con Cusi, en que su compañero de *yanantin* casi se muere, la Señora Payan se había hecho cargo de ellos: a Cusi le había dado bebedizos que contrarrestaron los efectos de la picadura del alacrán y a él le había curado las ampollas reventadas de los pies y sacado una a una las espinas (aunque no pudo quitarle las que no tenían abertura de salida sobre la piel). Tres días pasaron Oscollo y Cusi recuperándose en la posada en que permanecían los enfermos visitantes, muchas veces señores principales pero también sirvientes que conocían de la generosidad de la Señora de poderes mágicos. En todo ese tiempo Cayau, que vivía en los predios, no había ido a visitarlo ni una sola vez.

Un puente se alzó entre las cejas abultadas de la enanita.

—¿Qué quieres, Oscollo?

—No sé. Quería verte.

—Me estás viendo.

—También quería hablarte. Que me hables.

—¿Qué quieres que te diga?

—Por qué me evitas —la voz se le quebró—. Qué cosa te he hecho que no quieres verme.

Cayau se apartó un velo de sudor que llevaba sobre la frente. Puso la piernita derecha en el apoyo de la *chaquitaclla*.

—Nada —de un golpe de talón hundió la *chaquitaclla* en la tierra, sin levantar la vista. No me has hecho nada, Oscollo.

Un puño invisible apretó la garganta de Oscollo, impidiéndole hablar: era obvio que su presencia incomodaba a la enanita. Y sin embargo no podía irse. Pero tampoco quedarse.

—No es que no me gustes —dijo Cayau sin mirarlo, en voz baja—. Es que… ahora soy fértil. —Un amago de sonrisa asomó en su rostro y desapareció velozmente—. Ha llegado mi tiempo. Es mi turno de hacer que florezca la raza de mi padre.

—No entiendo.

—No importa.

—Sí importa. Explícame.

—Te he dicho que no importa.

Se miraron con intensidad. Cayau empuñó con fuerza el mango de la *chaquitaclla*, como si fuera un arma mortal, y siguió horadando: la conversación había terminado. Por un largo rato el susurro esponjoso de la tierra removida se convirtió en el único sonido del entorno. Un sonido que los hacía cómplices. Que los separaba para siempre.

—¿Dónde está Chimpu Shánkutu?

Cayau se mordió los labios.

—¿Para qué quieres saber?

Oscollo no respondió. Se dio la vuelta y se fue andando a paso firme hacia la casa.

—¡Oscollo!

El falso hijo de Huaraca siguió su camino, sin hacerle caso. Cayau, visiblemente alarmada, soltó la *chaquitaclla* y fue en su detrás.

—¡Espera!

Cayau, que le había dado el alcance gracias a la increíble rapidez de sus piernitas, intentó agarrarle del brazo.

—¡No le digas nada!

Oscollo se zafó de un tirón y continuó caminando. Cayau trató de alcanzarlo de nuevo, pero Oscollo giró hacia la izquierda al final del pasillo.

—¿Qué pasa aquí?

Chimpu Shánkutu estaba de pie en la entrada de su habitación. Tenía un *quipu* desplegado entre las manos cuyas orillas se ovillaban a sus pies.

Oscollo se detuvo.

—Apu Chimpu, tengo que hablar contigo.

Cayau iba a decir algo, pero calló.

—¿Es urgente?

—Sí.

—¿De qué quieres hablarme?

Los ojos de la enanita, gigantes de pánico, trataron en vano de cruzarse con los suyos. Pero Oscollo no le prestó atención.

—De unas cosas que dijo el *amauta* Cóndor Chahua en el *Yachayhuasi*.

En el rostro de la enanita, en que amaneció primero el alivio, fue destilándose una extraña decepción. Por un instante Chimpu observó a Cayau con curiosidad —el abrupto tránsito de expresiones en el rostro de su hija era novedoso para él—, pero de inmediato se centró en Oscollo, en rumiar en su adentro lo que el buen pupilo acababa de decirle.

—Me pediste que le hiciera seguimiento. Que te dijera todas las cosas que hacía y las que decía. Hay algo nuevo. Algo que ha dicho que tengo que contarte.

Chimpu Shánkutu apretó el hombro del discípulo con cariño y lo empujó suavemente hacia su habitación.

—Ven —le dijo el Fértil en Argucias—. Allí podremos hablar más tranquilos.

Mientras partían, Oscollo sintió la mirada de Cayau calcinándole la espalda.

Cuerda terciaria (adosada a la secundaria): marrón como el polluelo del pájaro allqamari, en S

Oscollo tenía una pasmosa facilidad para las cifras, y disfrutaba mucho las faenas con el *amauta* Papri Inca, que les enseñaba los conteos y los cálculos. Pero le gustaban mucho más las clases con el *amauta* Cóndor Chahua, en que aprendían los relatos sagrados.

Los *quipus* de historias y listas de hazañas le obligaban a jugar juegos diferentes —mucho más divertidos— que con sus amigos los números. Los estudiantes debían aprender los principales tipos de historias y en qué orden se presentaban sus grupos de cuerdas. Debían familiarizarse con los diferentes significados que, de acuerdo al tipo de *quipu* en el que estaban, podían tener los colores de los hilos, las posiciones de los nudos, la cantidad de nudos y el sentido en que estaban anudados (hacia la derecha o hacia la izquierda).

Cóndor Chahua le daba a cada *yanantin* un *quipu*. Los miembros del *yanantin* se dividían las cuerdas del *quipu*. A cada estudiante le correspondía cernir las cuerdas que le habían tocado y luego cotejar lo cernido con su compañero, para cerciorarse de que los dos habían cernido bien. Como Cusi andaba últimamente muy distraído y le costaba concentrarse hasta en la más mínima cuerda, Oscollo descifraba los grupos de cuerdas de los dos. Para ganar tiempo, asociaba los colores de los hilos y la posición de los nudos en la cuerda a un número. Luego *tendía los números* frente a él en el orden en que debían ser recordados y se fijaba en aquellos pequeños detalles que hacían a cada uno diferente del otro. Si eran demasiado parecidos, los miraba más de cerca para diferenciarlos. El truco no tenía pierde: le permitía alojar a las cifras fácilmente en su memoria y recordarlas a voluntad. Luego invocaba la parte de la historia que había que recordar y la repetía para sí una y otra vez mientras evocaba en orden los números asociados a ella. Poco a poco la historia se iba superponiendo a la hilera de números. Recordar la historia se volvía entonces simplemente evocar los números en el orden en que los veía.

Fue así como pudo descifrar y fundir con rapidez en su corazón los relatos primigenios, que se pasaron estudiando las primeras dos lunas: la historia de cada una de las Cuatro Edades del Mundo antes de la llegada de los incas al Ombligo de la tierra; la del arribo de los señores Tocay Capac y Pinau Capac, hermanos procedentes de tierras ayarmacas que eran hijos de las serpientes; la de su expulsión de tierras del Ombligo por la hermosísima Mama Huaco, hábil guerrera de piel negra que hablaba a las piedras, los cerros y las lagunas y era respondida por ellos; la del casamiento de la Señora Mama Huaco con su hijo Manco Capac, cuyo padre, se decía, era el padre-montaña Huanacauri; la de cómo desde la laguna de Titicaca vinieron los tres hermanos y las cuatro hermanas de Manco Capac y entraron con él a la cueva sagrada del apu Tamputocco, fueron donde Huanacauri e hincaron su vara en su barriga; la de cómo la Señora Mama Huaco eligió Primer Inca a Manco Capac —su hijo púber— porque era el que tenía mejores orejas y podía soportar los pendientes de oro más pesados; y de cómo madre e hijo plantaron maíz, se echaron juntos en el sitio de Aca Mama y le pusieron el nombre de la lechuza que hacía de testigo mientras se ayuntaban —el Cuzco—, que también significaba 'nudo de carne' en la lengua ancestral.

La luna siguiente se la pasaron cerniendo los *quipus* dedicados a los hechos y hazañas de cada uno de los Únicos Incas que sucedieron a Mama Huaco y sus hijos, y que eran de corta extensión. Descifraron así los *quipus* de los Incas *Sinchi* Roca, Lloque Yupanqui, Mayta Capac, Inca Roca, Yahuar Huaccac y Huiracocha. Eran fáciles de recordar porque las cuerdas obedecían siempre al mismo orden, como los *quipus* de los conteos de los censos. La primera señalaba sus ropas distintivas y los colores que tenían, así como sus armas y en qué brazo las portaban. La segunda describía cómo era su cuerpo en el cénit de la vida e indicaba sus rasgos principales de carácter. La tercera presentaba las hazañas del Inca —y, en una cuerda secundaria, el inventario de los pueblos conquistados por Él (encarnados por las combinaciones de hilos de colores que reproducían los tocados con que eran obligados a cubrirse la cabeza). La cuarta indicaba el nombre de su *Coya*. La quinta revelaba su edad en atados de años al tiempo de morir. La sexta mencionaba sus principales legados a sus descendientes. La séptima hacía una lista de los hijos habidos con la *Coya* y, en una cuerda secundaria, la de los hijos destacados por sus habilidades habidos en otras esposas. La octava hacía un conteo en atados de años del tiempo que pasó como Único Inca. La novena y última revelaba el nombre de su sucesor y, en una cuerda secundaria, la lista de todos los Incas corregentes que tuvo a prueba mientras estuvo en el mando.

Pero los *quipus* que aludían a los tres últimos Incas —Pachacutec el Volteador del Mundo, Tupac Yupanqui el Resplandeciente y Huayna Capac el Joven Poderoso— eran mucho más largos pues no solo mencionaban una lista de sus proezas sino que las narraban en detalle. Así, se pasaron tres atados enteros de jornadas cerniendo los *quipus* con las hazañas del Inca Pachacutec, desde aquel que contaba la historia de cómo había derrotado a los chancas y se había convertido en nuevo Único hasta el que relataba en detalle cómo había fundado y ordenado el Mundo de las Cuatro Direcciones.

A Oscollo le costó muchísimo aprenderse de memoria el *quipu* en que se hablaba de la derrota de los chancas. De pequeño, había oído la historia muchas veces de labios de su padre Asto Condori, quien, antes y después de contarla, enaltecía a los incas por haber venido a tierras chancas a sacarlas de su salvajismo.

Pero al repasar la historia en las cuerdas era más bien Usco Huaraca, su otro padre, quien regresaba a la pepa de Oscollo poniéndole un puño en la garganta y otro en el corazón. El falso hijo de Huaraca no podía dejar de evocar el viaje que hicieron juntos por tierras chancas —con el verdadero hijo de Usco como acompañante— para las faenas de los censos, sobre todo la inspección a Soccos, en que los *quipucamayos* habían fraguado los conteos. El Gran Hombre les había contado entonces su propia historia, la historia de los Huaraca y su rol en la derrota de los chancas. Pero era en otra cuerda del *quipu* en que le venían los estremecimientos que lo atravesaban de la cabeza a los pies, pues concitaron vívidamente la presencia del padre muerto: «Este es el recuerdo, el escarmiento de Carmenca. El puente con los tiempos gloriosos en que el Inca Pachacutec, después de su victoria sobre los chancas invasores, los deslenguó, empaló, castró, descuartizó, hizo tambores de sus pieles y dispuso que nadie sepultara los restos de los bárbaros coleccionadores de cabezas».

En el último atado comenzaron con los *quipus* que aludían a las proezas del Inca Tupac Yupanqui el Resplandeciente. No pudieron trabajar con los que relataban cómo había llegado al Supremo Poder ni con los que narraban su muerte por envenenamiento a manos de la Señora Chuqui Ocllo, pues estaban siendo vueltos a urdir por los Contadores de Historias oficiales, pero sí con el que contaba Su viaje a las islas de Hahuachumbi y Ninachumbi, que, decían, había sido tramado por el mismísimo sabio Huaman Achachi —que estuviera gozando de su Vida Siguiente—, quien había viajado junto con el Inca y contaba con destreza el periplo de Tupac Yupanqui en busca del lugar donde se ocultaba el Padre Que Todo lo Ilumina, en uno de sus grandes Movimientos legendarios.

Fue completamente natural entonces que esta mañana Oscollo le preguntara a Cóndor Chahua en medio de la clase qué pensaba el *amauta* de la campaña militar que daba inicio al siguiente Movimiento del Inca hacia tierras del norte, del que acababan de empezar los preparativos en la *Llacta* Ombligo.

—Es curioso que preguntes eso —dijo el *amauta*—. En mi calidad de Hombre Que Habla a la Oreja del Inca, he venido discutiendo con Él sobre eso durante todo el último atado. Pero no quiere escucharme.

Toda la clase contuvo la respiración, como cada vez que Cóndor Chahua iba a decir una de las suyas. Todos se morían de miedo de lo que iban a escuchar, pero también de curiosidad.

Como si supiera que las miradas estaban aferradas como garras de sus más mínimos movimientos y quisiera prolongar la agonía, el *amauta* juntó las manos en la espalda y empezó a caminar lentamente con la vista en el suelo, como siguiendo una línea visible solo para él que condujera a la pepa de sus pensamientos. Comenzó su perorata como quien recrimina una falta a un muchacho malcriado.

—Las campañas militares son medicinas que el Inca unta sobre el Mundo para bajarle la fiebre y hacerle recuperar su *camaquen*, su fuerza vital. Son por ello necesarias. Pero el Inca no tiene por qué estar presente mientras se aplica la pomada. Sus Movimientos a los lugares alzados, por ello, no lo son.

Un rumor sordo de cuchicheos se hizo de pronto en el aula: ¿había el *amauta* dicho lo que había dicho? Se desvaneció de inmediato: nadie quería perderse lo que seguía.

Cada vez que el Inca se movía, continuó el *amauta*, no solo llevaba la paz a los lugares infestados por la rebelión. También ordenaba el Mundo a su paso. Se reparaban caminos y canales. Se remachaban y construían fortalezas y *tambos*. Se llenaban los depósitos y las Casas de Mujeres Escogidas. Sus desplazamientos tenían un poder benéfico, renovador, y mantenía con las manos ocupadas a los pueblos en turno de servicio, que suelen criar ideas ponzoñosas si se les deja ociosos mucho tiempo. Durante los tiempos de Tupac Yupanqui el Resplandeciente, tal como habían visto ustedes en los *quipus*, el Inca se había movido con frecuencia hacia Arriba y hacia Abajo, a la Derecha y a la Izquierda, duplicando y asentando al mismo tiempo el horizonte. Lamentablemente aquellos tiempos habían terminado. Hoy los linderos del Mundo se hallaban en lugares tan apartados que se tardaba lunas enteras en llegar a los sitios corrompidos y otras tantas en apaciguarlos. Además, a cada Movimiento de Ida correspondía un Movimiento de Vuelta a la *Llacta* Ombligo que restauraba el equilibrio necesario. Como resultado, desde la muerte de su madre la Señora Mama Ocllo hacía ya dos atados de años el Inca Huayna Capac no permanecía en el Cuzco por más de dos años seguidos. Dos años que se pasaba en su mayor parte preparando el siguiente Movimiento, pues jamás se hacían extrañar nuevas rebeliones en un territorio tan vasto como el abarcado ahora por Su abrazo, y aprovechaba el impulso para conquistar nuevos territorios.

—El Inca no tiene por qué ir al frente de sus ejércitos cada vez que a un *curaca* insolente se le ocurre estornudar en un rincón —prosiguió—. Ya que adquirió la costumbre de tomar *yanacona* para Sí, que también tome guerreros que le sirvan a perpetuidad y ya no solo en sus turnos de servicio. Que sean ellos los que peleen las guerras y las ganen en Su nombre. Además… —Cóndor Chahua carraspeó—. El Joven Poderoso ya no es joven. Si el próximo Movimiento que prepara es demasiado largo, corre el riesgo de que ya no le sea posible regresar. De morir en tierras lejanas dejando al Ombligo a merced de la codicia de Sus enemigos durante los tiempos turbulentos que siguen a la partida de un Inca a su Próxima Vida, por poco intempestiva que sea. Cuanto más larga la vara, jamás lo olviden, más frágil.

Las palabras de Cóndor Chahua no tardaron en circular, comentadas con tensa sorna, por los corros de orejones del Cuzco, que jamás terminaban de sorprenderse de las libertades que el Hombre que Hablaba a la Oreja del Inca podía permitirse. Hablaban, sin embargo, en voz baja, temerosos de enemistarse con él, pues sabían que gozaba del favor del Inca. Solo el Señor Michi, un capitán de los hurincuzcos elegido por el Único para liderar uno de los ejércitos que partiría en la campaña militar, se atrevió a increpar al *amauta* públicamente, en medio de la plaza de Aucaypata, con todos escuchando.

—Apu *amauta* —dijo sin hacer la venia de protocolo ante el Hombre Que Habla a la Oreja del Inca, con la barbilla en alto—. ¿Es cierto que dices lo que dicen que andas diciendo? ¿Que es mejor que el Inca Huayna Capac, Único Hijo del Sol que marca los Turnos del Mundo de las Cuatro Direcciones, se quede en el Ombligo y mande a sus generales a que apaguen por Él las fiebres que queman las tierras del Extremo Chinchaysuyo?

—Te han dicho bien.

—El Único no puede hacer eso —el capitán Michi parecía ofuscado, herido o ambos—. El Único debe ir con toda su persona a esos lugares fronterizos. Debe ser Él quien haga ese Movimiento.

—¿Por qué?

—Porque es el Inca —el rostro de Michi hervía de incredulidad: ¿cómo era posible que no fuera obvio para Cóndor Chahua?—. El Hijo y Pastor del Sol no solo se mueve por el Mundo para ordenarlo a su paso. También para encontrar nuevos terrenos que ofrecer a su *panaca* y… —carraspeó— …a los Señores que destacan en la guerra. Así lo han hecho todos los Únicos desde que la Señora Mama Huaco hundió su vara en la *Llacta* Ombligo y convenció de que se fueran a las serpientes que vivían aquí. ¿Con qué tierras quieres entonces que vista y mantenga a los Suyos? ¿O prefieres que nos dé de comer de Su mano con la palma vacía?

El Señor Michi era conocido por impulsivo y muchas veces hablaba solo porque tenía boca. Pero, había que reconocerlo, esta vez tenía razón. Las mejores tierras del Cuzco y alrededores pertenecían a los *mallquis*, las momias vivientes de los doce Únicos Incas que habían precedido al Inca Huayna Capac. En ellas residían los miembros de su linaje real, que las mantenían bien arregladitas, les atendían sus necesidades, les hacían ofrendas de maíz y coca con lo mejorcito de la cosecha y sacaban en andas a pasear y conversar con otras momias durante las fiestas. Los Señores y Señoras que los cuidaban, los principales de la *panaca*, ni siquiera tenían que trabajar las tierras en que vivían y que los alimentaban, pues de ellas se ocupaban *yanacona* o *runacuna* que servían sus turnos de trabajo. Al ponerse la *mascapaicha*, cada nuevo Inca renunciaba a su *panaca* de origen y fundaba la Suya propia. Al poseer una nueva *panaca*, el flamante Único ya no podía usufructuar las tierras de su padre como sus antiguos hermanos de linaje, y debía conquistar nuevos terrenos para Él, sus hijos y sirvientes. No tenía más alternativa que emprender, tarde o temprano, nuevas guerras de conquista.

—Hablas con la verdad, Señor Michi —dijo el *amauta*—. El próximo Movimiento del Inca por el Mundo es quizá innecesario, pero también inevitable —se escucharon resoplidos de aprobación—. A menos que el Inca... —calló, sitiando la atención de los presentes—. A menos que el Inca, para no tener que moverse y salvar así al Mundo del desequilibrio, invoque la generosidad de los *mallquis* y les pida que le entreguen sus tierras para fundar en ellas Su propia *panaca* —se hizo un silencio de tumba vacía—. ¿No sería tiempo de que las momias de los Señores y las Señoras reales empiecen a hacer sacrificios para que el Inca se quede quieto y no tenga que exponer el Mundo al peligro? ¿No sería ya tiempo de que los vivos empiecen a vivir tan bien como los muertos?

Y el *amauta* siguió su camino al *Yachayhuasi*, dejando en su detrás los cuchicheos que crecían hasta hacer retumbar las paredes de los galpones que rodeaban a la plaza. ¿Cómo se atrevía ese *amauta* de sangre impura a sugerir lo que sugería? ¿Quién se había creído que era? ¿Un regalador de territorios ajenos? Si quería dotar al Joven Poderoso de nuevas tierras sin esfuerzo, ¿por qué no lo hacía con las suyas propias?

A la jornada siguiente el Señor Auqui Tupac y un grupo de orejones de las *panacas* de los doce Incas primigenios, entre los que se encontraba el Señor Michi, fue donde el Inca para pedirle la destitución de Cóndor Chahua como *amauta*, pues albergaba en su pepa ideas desquiciadas que, de ser sembradas en la juventud del *Yachayhuasi*, podían dar cosechas desagradables. Cuando, a través de su Portavoz, el Inca preguntó a qué ideas desquiciadas se referían, el Señor Auqui Tupac, hermano paterno del Inca, repitió la propuesta del *amauta* de quitarles las tierras a los *mallquis* y entregárselas al Inca. Huayna Capac rió a carcajadas. Él jamás haría algo como eso, dijo a través del Hombre Que Repetía Las Palabras del Inca, aunque había que confesar que la idea tenía su gracia.

—Hermano Huayna Capac, Único Hijo del Que Todo lo Ilumina y Señor que Marca Sus Turnos —dijo el Señor Auqui Tupac—. No hablaré solo por mi boca sino por la de muchos. Habiendo tanto inca de sangre real con la cabeza bien puesta sobre los hombros ¿por qué te empecinas en tener a ese *amauta* sin linaje conocido como Hombre Que Habla a Tu Oreja?

Una mueca risueña amaneció en el rostro del Inca.

—¿Estás pensando en alguien que pueda reemplazarlo, Apu y hermano? ¿Tú quizás?

—No, hermano y Único Señor —las manos con las palmas hacia afuera, rechazando—. Yo ya estoy demasiado viejo y ese rol requiere de un *camaquen* fresco. Pero ahí tienes al punzante Señor Chimpu Shánkutu, que ha sido discípulo dilecto del legendario Huaman Achachi. Es sangre de tu sangre y tiene el corazón bien puesto en su sitio. No te nublará la vista con malos consejos ni te mostrará terrenos en los que darás pasos en falso. Nadie mejor que él para proseguir con la línea fecunda de Hombres que han Hablado a la Oreja del Inca desde que nuestros más lejanos ancestros salieron de su cueva de origen.

Las soguillas del cuello del Inca se tendieron.

—¿Desconfías acaso de mi pepa, hermano Auqui Tupac? ¿Crees que no soy capaz de cernir un hombre apropiado de uno inapropiado, separar un mal consejo de uno que no lo es?

—No, Único Inca. Pero…

—El *amauta* Cóndor Chahua es un hombre de grandes luces —interrumpió el Joven Poderoso—. A veces no estoy de acuerdo con lo que ellas le hacen ver, pero no me puedo dar el lujo de prescindir de su resplandor sobre Mis jornadas.

Tocó la superficie del taburete de madera a su lado con la palma de su mano derecha.

—Cóndor Chahua seguirá sentado aquí.

Cuarta cuerda: dorado, en S

Cusi tenía entre ceja y ceja a Chuqui Huipa desde la primera vez que la vio, en las fiestas del *Coya Raimi* del año anterior, un año y una luna atrás. La princesa, que acababa de entrar ritualmente en edad de merecer y por eso participaba por primera vez en las fiestas de la Luna, bajaba bailando y cantando con la larga serpiente de ñustas nuevas que venía con ofrendas de *mullu* por el camino empedrado desde la plaza de Intipampa a la de Aucaypata, rogando a la Madre celestial que hubiera buenas lluvias y buena cosecha durante el año siguiente. El Sol de la jornada sin sombras de pronto se detuvo, ¿o fue el corazón de Cusi?, cuando pasó frente a él aquella belleza de ojos como hendeduras de cuchillo y pómulos salientes como rombos de vaso sagrado que danzaba golpeando la tierra más fuerte que nadie, sin por ello enredarse con el cabello suelto que le llegaba a los tobillos.

Volvió a verla aquella misma tarde, en los festines de la plaza, chismeando entre risitas con sus compañeritas de baile, y luego a la jornada siguiente, la última de las celebraciones, riéndose de un borracho derramado en una esquina de la plaza que trataba inútilmente de escupir una mosca que se le había metido dentro de la boca mientras dormía.

Preguntándose cómo así nadie la había visto antes que él, Cusi trató de abordarla antes de que acabaran las fiestas —y las licencias que ellas permitían a los jóvenes de ambos sexos—, pero el cinturón cerrado de mujeres de servicio que la rodeaban en todo momento se lo impidió. La siguió de lejos hasta que la princesa y sus sirvientas llegaron a la puerta del palacio de la Señora Rahua Ocllo, esposa secundaria del Inca Huayna Capac, que quedaba en la ladera colindante al barrio de Tococachi, y estaba fuertemente resguardado por guerreros. Cuando gritaron el saludo ritual: abran paso a la ñusta Chuqui Huipa, hija del Único Inca y la Señora Rahua Ocllo, mujer secundaria del Único, supo que la chiquilla no era otra que la hermana por parte de padre y madre de su compañero Tupac Cusi Huallpa.

A partir de entonces la princesa empezó a meterse sin ser invitada en sus ensoñaciones diurnas y le costaba tanto alejarla de sus latidos que Cusi pronto se hizo famoso por su distracción. Entre sus compañeros empezaron a circular historias sobre sus extravíos de pepa, como aquella vez en que el *amauta* Papri Inca le preguntó por la cuerda que estaban trabajando y él mencionó una que habían cernido el atado de jornadas anterior; o aquella en que se olvidó de hacer su *mocha* de saludo al Inca durante la fiesta del agua y casi se hace merecedor a un castigo doloroso con las cuerdas; o aquella en que fue al *Yachayhuasi* sin sandalias y solo se dio cuenta cuando Tupac Cusi Huallpa, entre risas, se lo hizo notar. Felizmente en el repartimiento de este año le tocó como compañero de *yanantin* el afanoso y aplicado Oscollo hijo de Huaraca, que le cubría las espaldas cuando se pasaba el tiempo en clase con los cabos de los pensamientos sin atar, urdiendo cómo ganar a la princesa para sí.

Los fines de atado de jornadas, después de su aprendizaje de espía del Inca con el Señor Chimpu Shánkutu, Cusi se separaba de Oscollo y regresaba corriendo al Cuzco para juntarse con Cori Huallpa, Tupac Cusi Huallpa, Tupac Atao, Chuquis Huaman y los primos Titu y Cusi Atauchi, con quienes se iba de *pampayrunas* a los pampones fuera de la *llacta*. Después de desfogarse, corrían con los ojos cerrados por los desfiladeros haciéndose los machos y se iban directo al galpón de Cassana, al lado del Barrio de las Escuelas. Ahí se pasaban la tarde aventando *machaqway* o persiguiéndose en el juego del *atoq* y sus presas y, cuando se aburrían, se iban a hondear a la plaza de Aucaypata. Apuntaban a los hocicos de los animales salvajes dibujados en las mantas de los tejados y los mojones de piedras circulares que, colocados enfrente de los palacios, los protegían de los malos espíritus. Pero, sobre todo después del anuncio de la inminencia del Nuevo Movimiento del Inca hacia las tierras cayambis y caranguis en el Extremo Chinchaysuyo, preferían hondear los charcos de sangre que dejaban las llamas descorazonadas en sacrificio a los *huacas* tutelares de Huayna Capac. Las calles de la *Llacta* Ombligo andaban repletas de parejas de *curacas* extranjeros venidos de tierras gobernadas bajo el puño del Inca que, con sus séquitos, hacían cola para reunirse con los funcionarios que organizaban la *mita* guerrera para la campaña militar del norte. Cori Huallpa y los suyos hondeaban los charcos justo cuando pasaba alguno de los visitantes foráneos, fáciles de reconocer por sus tocados exuberantes y el leño que cargaban en la espalda, y se reían a garganta limpia observando la cara de espanto con que los inferiores se miraban la ropa, profanada por los salpicones rojos. Se metían con ellos porque sabían que, a menos que tuvieran urgencia de ingresar a su Vida Siguiente, los forasteros no les harían ni dirían nada, a lo más mascullarían maldiciones y seguirían su camino, pues ofender aunque fuera de palabra a un hijo de inca de sangre real les habría costado el aliento.

Cuando el Padre se despedía de la jornada, Cori Huallpa y los suyos iban al palacio de la señora Rahua Ocllo, donde vivía Tupac Cusi Huallpa, el momento esperado por Cusi y el verdadero propósito de sus andanzas con el grupo del bravucón hijo de Auqui Tupac Inca y sobrino del Inca Huayna Capac. Ahí aprovechaba para ver impunemente a Chuqui Huipa y, de paso, sondear sus gustos. Era un juego penoso, dulce y sin esperanza —en todas las veces que había ido, Chuqui Huipa ni siquiera había posado la mirada sobre él—, pero al que se aplicó con toda su pepa, buscando la clave secreta para sitiar su corazón.

Era claro que Chuqui Huipa disfrutaba con las visitas del grupo de chiquillos, aunque Cusi pudo notar con desazón que la ñusta tenía una especial predilección por Cori Huallpa. Apenas llegaba el grupo al palacio, Chuqui Huipa y sus mujeres de servicio se acercaban con cuencos de madera desbordantes de chicha fresca. La ñusta servía a cualquiera que se le acercara sin hacerle ascos, pero cuando era Cori Huallpa en los ojos de la ñusta se encendían llamaradas negras de crepitación sorda pero intensa. Lo peor de todo era que Cori Huallpa se daba cuenta, y durante la estancia del grupo, que a veces se prolongaba hasta la despedida del Padre, hablaba poniendo una voz grave que rebotaba en las paredes, cortaba el aire en su delante con movimientos rígidos de sus brazos —copiados del instructor Challco Chima— propios de los guerreros que portaban armas pesadas sin descanso, y competía con Tupac Atao, Chuquis Huaman y el mismo Tupac Cusi Huallpa a ver quién golpeaba más fuerte a los *yanacona* que les traían la comida, quién los maltrataba con más gracia, quién hacía sonreír primero a Chuqui Huipa. Les pateaban en el culo, los empujaban, les pellizcaban el brazo, les tiraban cocachos y redoblaban el castigo si perdían el equilibrio o se les caía la comida. Cuando se cansaba de los *yanacona*, o cuando Chuqui Huipa dejaba de hacerle caso, imitaba con sorna a Cóndor Chahua exagerando su sabihondez o contaba historias exageradas sobre Challco Chima y Rumi Ñahui, sin dejar de atribuirse a sí mismo proezas inverosímiles durante los entrenamientos con los temibles instructores militares.

Chuqui Huipa lo escuchaba, y de vez en cuando sonreía.

Cusi no pateaba bien, pero logró copiar igualita la manera en que Tupac Atao les tiraba cocachos a los *yanacona*. El problema era que cuando le tocaba su turno de hacer o decir algo ingenioso no se le ocurría nada y tartamudeaba o se quedaba callado. Cori Huallpa, que no era zonzo y se había dado cuenta de que a Cusi también le gustaba Chuqui, aprovechaba entonces para hacerlo pasto inmisericorde de sus burlas, qué te pasó, ¿el cuy te ha comido la lengüita o te has orinado de nuevo en el taparrabo, como haces todas las noches?, diciendo, y los otros se reían de él a sus anchas y Chuqui Huipa, achacháu, también. Con mucho esfuerzo y práctica logró sacar los mohínes, las poses y disfuerzos de Cori, imitar su risa cachacienta de cascajo. Pero, para desesperanza de Cusi, Chuqui Huipa parecía oler la falsedad de sus nuevos modos y seguía ignorándolo.

Todo cambió extrañamente cuando tuvo que permanecer cuatro días en casa de la Señora Payan para recuperarse de la picadura de alacrán que casi le quita la vida, por lo que no pudo asistir a la visita de fin de atado al palacio de la Señora Rahua Ocllo. Al día siguiente de la jornada en que regresó a la Casa del Saber, Chuqui Huipa fue con tres amigas alharaquientas a recoger a Tupac Cusi Huallpa al Barrio de las Escuelas. A Cusi le pareció extraña la salida de la ñusta de los aposentos del palacio de su madre para algo tan trivial, así como su venida a edificios dominados por la presencia masculina, donde se exponía a los ojos voraces de los estudiantes, siempre hambrientos de carne de hembra, más si era de princesa intocable. Le pareció más raro todavía cuando la venida se repitió las dos jornadas siguientes y descubrió, tratando de sobreponerse a su propia incredulidad, que mientras dizque esperaba a su hermano, Chuqui Huipa miraba de soslayo a Cusi como si llevara rayos negros en sus ojos de cuchillo, que devastaban las resistencias del Yupanqui y lo forzaban a apartar la mirada entre sonrojos de la más vergonzosa felicidad. Una de aquellas veces la princesa se apartó bruscamente de su hermano Tupac Cusi Huallpa, se acercó a Cusi y le preguntó a boca de jarro:

—Tú que has visitado, ¿cómo es la Vida Siguiente?

Cusi tardó dos latidos en entender que ella aludía a su visita reciente a los umbrales de la Muerte, durante la prueba de supervivencia, en que casi los había traspasado.

—Es…

Luchó por evocar su agonía, por remolcar el pasado hacia el presente y compartir alguna revelación primordial que pudiera jalar el interés de Chuqui Huipa. Solo recordó el frío, la humedad, el dolor de la hinchazón en la mano y en las piernas, la insistencia penetrante de las flechas de agua clavándosele en los hombros, en la espalda.

—Es…

Quiso mentir. Contarle una visión como la de los Huilla Huisa, que soñaban de nuevo los sueños del Inca y les encontraban su sentido. O de los Hombres que removían los hechos actuales con azadones y cernían los hechos remotos que les habían dado origen, hacían ofrendas para predecir el futuro y tenían siempre a la mano historias envolventes sobre cómo habían tenido sus visiones.

Pero no se le ocurría nada.

—No te puedo decir —dijo finalmente, maldiciéndose por su falta de agudeza. Porque por más que golpeara una piedra con otra, nunca salían las chispas que deseaba.

Los ojos ávidos y curiosos de la princesa se inundaron de decepción, pero esta no duró más que el tiempo que tardó en cerrarlos y volverlos a abrir.

—Malo —dijo.

Y le dio un golpecito en el pecho, enarbolando una sonrisa ancha como el Mundo y un destello pícaro en las pupilas.

Las venidas se interrumpieron. Había muerto la *Coya* Cusi Huaco Rímay dando a luz, y el Inca Huayna Capac declaró una luna de duelo. Todos en el Cuzco estaban prohibidos de salir de sus casas, con excepción de los embalsamadores a cargo de la preparación del cuerpo de la *Coya* para su Viaje y de las señoras de su *panaca* en edad útil, con la condición de que lloraran en público y anduvieran con ropas desgarradas durante todo el tiempo de su salida. Cuando el duelo terminó, se celebraron con fastos doloridos los funerales de la difunta esposa del Inca y el entumbamiento solemne de su momia en el *Coricancha*, donde gozaría de buena compañía: ahí estaban los *mallquis* de los Únicos Incas anteriores y sus esposas. Acudieron todos los habitantes de la *Llacta* Ombligo que, desde fuera del recinto del Jardín de Oro, resguardado por un cinturón espeso de guerreros, lograron atisbar con la pepa contrita alguno que otro detalle de la ceremonia. Los ojos se posaban en el compungido pero sobrio Huayna Capac, a quien acompañaba, llevado en brazos por las mujeres que se turnaban para amamantarlo, el príncipe recién nacido Ninan Cuyochi.

Unas jornadas después Cusi descubrió, entre los pliegues de una de sus camisetas —doblada con sus pocas pertenencias personales— una peineta de oro con el dibujo privativo de Chuqui Huipa. Riendo a carcajadas en su adentro, admiró la osadía de la princesa preguntándose cómo habría hecho para hacérsela llegar. Y entonces cedió al impulso inevitable de peinarse largo y tendido con la peineta imaginando la cabellera llegándole hasta los talones, tú has peinado a mi amada, diciéndole despacio, tú has sentido su mano, tus puntas han rasgado su cuero cabelludo, qué se siente ser tú, qué se siente ser ella, mientras el bloque espeso de descreimiento que le pesaba en la pepa se iba derritiendo a gran velocidad. Al terminar de peinarse ya aceptaba, con el mayor gozo que había sentido jamás, que no estaba viendo señales de humo donde solo había nubes deshilachadas: las visitas de Chuqui Huipa a Tupac Cusi en el Barrio de las Escuelas habían sido solo un pretexto. La princesa había venido a verlo a él.

Antes de las fiestas de petición de buenas lluvias a la Madre Luna, las chiquillas en edad de casarse se las arreglaban para hacerles saber a los chicos que iban a pasar por su *huarachico* en el mes del *Capac Raymi*, o sea dentro de tres lunas, quién de ellos les gustaba. Así ellos podían saber a qué atenerse cuando les tocara escoger esposa. Si el chico les gustaba solo un poco le entregaban a escondidas antes de la ceremonia un dije de metal, que el elegido debía fingir encontrar luego en el fondo del ojo de agua sagrada durante la realización de los rituales del mes de *Coya Raymi*, que se celebrarían media luna después. Si les gustaba mucho, les entregaban un prendedor de plata fina. Si se morían por ellos, una peineta de oro con sus señales personales. Para que el chico de su preferencia no se creyera, la mayoría de chicas, aunque se murieran por el chico, del prendedor de plata no pasaban. A menos que la atracción de la chica fuera demasiado grande y ella no tuviera reparos en confesarle abiertamente sus sentimientos, con lo que se arriesgaba a la humillante posibilidad de que no fueran correspondidos. ¿Pero qué soltero con corazón en el pecho podía rechazar el ofrecimiento de amor puro de la bellísima princesa Chuqui Huipa?

Quizá porque se había dado cuenta del desvío tomado por el corazón de Chuqui Huipa o porque alguien le había contado, lo cierto es que Cori Huallpa dejó de invitarlo a las andanzas de su grupo. Los escasos encuentros que tenían ahora fuera de la Casa del Saber se impregnaron de una abierta hostilidad. Una tarde que Cusi y Oscollo iban por el sendero que iba de los dormitorios al galpón en que comían la merienda vespertina, se cruzaron con Cori Huallpa, acompañado como siempre de Tupac Atao, Chuquis Huaman, Huanca Auqui y Ahua Panti. Tupac Cusi Huallpa no estaba con ellos. Para sorpresa general, acababa de ser nombrado uno de los dos gobernadores suplentes que regirían los destinos del Cuzco durante la ausencia de Huayna Capac y su madre Rahua le había prohibido salir de su palacio mientras se preparaba para los ayunos de rigor. No podían visitarlo los fines de atado como antes —ni ver a Chuqui Huipa— porque Rahua Ocllo también había prohibido terminantemente los convites.

—¡Saluda, *allícac*! —ladró Cori Huallpa cuando pasaron a su lado.

Cusi no entendió por qué le decían así —nadie había puesto jamás en entredicho la pureza de sangre— y siguió su camino, con Oscollo a su lado. De pronto, Cori Huallpa regresó sobre sus pasos de tres furiosas zancadas y, por la espalda, le tiró a Oscollo un feroz cocacho en la cabeza, que tumbó al chanca boca abajo sobre el sitio. Tupac Atao, Chuquis Huaman, Huanca Auqui y Ahua Panti rieron a mandíbula batiente mientras Oscollo gemía de dolor.

—¿Por qué no le enseñas modales a tu hembrita chanca? —dijo Cori Huallpa a Cusi, con braseros en los ojos—. ¿No has visto cómo no me ha saludado?

Las cuerdas de los brazos y del cuello de Cusi se tensaron, listas para desplegarse con toda su fuerza, pero el Yupanqui no respondió: eran cinco contra uno.

Sin apartar la vista de Cusi, Cori Huallpa puso el pie sobre la espalda de Oscollo, como hacen los guerreros victoriosos para marcar la derrota y humillar al vencido. Oscollo intentó resistirse, pero Cori Huallpa puso todo el peso de su cuerpo sobre la alta y baja espalda del compañero de Cusi.

—¡Quédate ahí, cortador de cabezas! ¡Todavía no te he dado permiso de que te levantes! —A Cusi—. La próxima que tu mujercita no respete, tú también recibes el castigo, como buen compañerito de *yanantin*.

Risas. Cusi tampoco contestó. Sin apartar la mirada de Cusi, Cori Huallpa se bajó de las espaldas de Oscollo.

—Ahora sí, te doy permiso —le dijo.

Cuando Oscollo se estaba reincorporando, le dio un patadón en la pierna, que el chanca encajó sin quejarse ni levantar la mirada, sobándose en silencio.

—Qué tanto anda Cusi con el retaco ese —la voz de Tupac Atao, como Cori Huallpa y los suyos, se alejaba—. Serán compañeros de *yanantin*, pero es un chanca de mierda.

—Se le abre de piernas y se lo embute en el culo, seguro —dijo Ahua Panti.

—Seguro —dijo Chuquis Huaman.

—Con razón ya no viene con nosotros donde las *pampayrunas* —dijo Tupac Atao.

—Habrá que probarlo al chanquita algún día de estos —dijo Huanca Auqui—. No sea que el Cusi nos haya estado escondiendo algún secretito más rico que el de ellas.

Más risas.

Cuerda secundaria: dorado, en S

Llegó el mes del *Coya Raymi* y con él la fiesta de la Citua. Como siempre, el Inca convocó la presencia en su palacio, el *Amarucancha*, del Sumo Sacerdote Solar. Juntos decidieron algunos cambios en los ritos que expulsarían de manera más efectiva que el año anterior los estornudos, las toses, las fiebres y las tembladeras que solían asolar al Cuzco y al Mundo de las Cuatro Direcciones con la llegada de las primeras lluvias. Para evitar cualquier posible contaminación extranjera, ordenaron a los bultos de los *huacas* foráneos que vivían en el Cuzco y a los que los mantenían que no salieran de sus casas y les enviaron bollos con sangre de llama sacrificada para que pudieran subsistir —y de paso, renovaran al comer el alimento solar su compromiso de sumisión al Padre. Mandaron a todos los mochos, jorobados, mancos y lisiados y a todo aquel que tuviera una mitad del cuerpo demasiado diferente de la otra que permanecieran a ocho tiros de piedra de los linderos del Cuzco, para que no contagiaran su caída en desgracia con las fuerzas ocultas —el origen de su desequilibrio— al resto de la población en este tiempo vulnerable. Lo mismo hicieron con todos los perros, para que no convocaran fuerzas maléficas con sus aullidos. Luego enviaron un escuadrón de cuatrocientos guerreros bien armados a las puertas del *Coricancha* para que hicieran guardia: no fuera que alguna dolencia quisiera entrar de manera subrepticia al Jardín de Oro, ingresar al Mundo por el ombligo de su *Llacta* Ombligo. De ahí los guerreros se desplazaron hasta la plaza de Aucaypata bailando al ritmo de las *tinyas* y cantando una letanía de limpieza de eficacia comprobada —pestilencia maldita, quítate el disfraz, sal de tu escondite y vete— y, después de verter chicha guerrera al pie del *ushnu* en el centro de la plaza, se dividieron en cuatro grupos de cien. Dirigiéndose a los cuatro puntos diferentes del horizonte, cada centena de guerreros renovó sus amenazas a las enfermedades que quisieran cernirse sobre el Mundo y partió en tropel hacia el Collasuyo, el Antisuyo, al Contisuyo y al Chinchaysuyo donde, al cabo de ocho tiros de piedra, fueron relevados por otra centena de guerreros que, a su vez, serían relevados por otra centena y así hasta llegar hasta los bordes del Mundo de las Cuatro Direcciones.

La fiesta de la Citua continuó durante la noche. En su momento más oscuro los sacerdotes del Templo del Sol y del templo del *huaca* Huanacauri y la sacerdotisa de la Casa de las Escogidas encendieron antorchas y se untaron todo el cuerpo con harina de maíz, que se lavaron minuciosamente en los estanques sagrados apenas surgieron entre las crestas de las montañas vecinas los primeros rayos del Padre. Lo mismo hicieron los habitantes de la *Llacta* sagrada en cada ojo de agua, cada manantial y cada río dentro de los linderos del Cuzco y alrededores. Solo cuando la primera jornada de la Citua terminó y había mayor seguridad de que las enfermedades que querían escabullirse con el advenimiento de las aguas de Arriba serían mantenidas a raya, pudo celebrarse la fiesta de la petición de buenas lluvias a la Madre Luna.

En verdad la petición de buenas lluvias no era a la Madre misma, pues ella tenía poco poder. Pero la Luna sabía persuadir a otros de que hicieran lo que ella quería. Y por eso se le pedía que intercediera ante el Señor Illapa, el reventador de nubes y gran proveedor de las Aguas de Arriba, y por si acaso también ante del Señor Pachacamac, gran proveedor de las Aguas de Abajo, para que el agua no escaseara ni siquiera en caso de sequía.

La fiesta de la petición se realizaba en un ojo de agua profundo a tres tiros de piedra del Cuzco y en la que solo participaban mujeres. Pero una vez que terminaba se invitaba a los varones que aún no habían pasado por su *huarachico* dizque a ayudar con las ofrendas pero en verdad para permitirles sondear a la chica con que se casarían. Mozos y mozas retozaban, se aventaban y salpicaban agua, se miraban impunemente las prendas mojadas adheridas a los cuerpos frescos, se daban empujones y se hacían cosquillas entre risueños reproches de las matronas que dizque los vigilaban pero en verdad se hacían de la vista gorda. Supuestamente era ahí cuando los chiquillos en edad de transición «encontraban» a su esposa y ellas los «aceptaban», pero casi siempre ya se habían puesto de acuerdo de antemano con ellas en secreto.

—¡Se me ha perdido mi brazalete de *chaquira*! —gritó la princesa Tocto Palla—. ¡Al que lo encuentre le daré un premio que le gustará!

A cinco abrazos de distancia, Titu Atauchi aulló:

—¡Aquí está!

Titu Atauchi hundió la mano en el agua transparente, que le llegaba a la altura de las rodillas, y sacó el brazalete con una sonrisa de oreja a oreja. Tocto Palla se colocó a su lado haciéndose la disforzada. Igual las ñustas y los chiquillos festejaron con estrépito, lo que aprovechó Cusi para dejar caer discretamente la peineta de oro en el agua a sus pies.

—¡Se me ha perdido mi prendedor de plata! —gritó la princesa Cori Coca—. ¡Al que lo encuentre le regalaré mi mantilla brocada!

El hábil Tísoc Inca dijo en voz alta:

—¡Deja de buscarlo!

Y metió la mano en las profundidades del agua que cercaba sus muslos y con expresión triunfal extrajo el prendedor de plata.

—¡Lo tengo conmigo!

Cori Coca se acercó a él fingiendo estar decepcionada, pero los hoyuelos que se abrieron paso en sus mejillas traicionaron una mueca de satisfacción.

Cusi, que no cabía en sí de júbilo anticipando su compromiso de amor eterno con la mujer más hermosa del Mundo, miró de reojo a Chuqui Huipa, que solo estaba a dos abrazos de distancia. La princesa no había intercambiado ninguna mirada con él desde el inicio de la ceremonia, seguro porque a dos abrazos en el sentido opuesto estaba Cori Huallpa con cara de pocos amigos. Por joder, Cusi caló a Chuqui Huipa con desparpajo, pero ella no giró ni siquiera levemente hacia él.

—¡Se me ha perdido mi peineta de oro! —dijo ella de pronto, bajando la mirada—. ¡Al que la encuentre le entregaré mi corazón!

Varias manos se sumergieron sin demora en las profundidades: quizás la princesa *realmente* estaba buscando un pretendiente. Cusi observó por un instante los inútiles trajines de sus compañeros y la mirada de odio que le dirigía Cori Huallpa.

Pero cuando iba a proclamar su descubrimiento a todas las Direcciones, un gañido chillón se le adelantó.

—¡Yo la encontré, hermana de padre y madre! —dijo Tupac Cusi Huallpa.

Cusi Yupanqui y Cori Huallpa se miraron, hermanados súbitamente por el mismo desconcierto.

—¡Pero te has equivocado! —continuó Tupac Cusi Huallpa, con la monotonía del que se ha aprendido sus palabras de paporreta—. ¡No has perdido una peineta sino tres!

El hijo de la Señora Rahua Ocllo mostró en el pozo de sus manos empapadas tres peinetas de oro engastadas de esmeraldas. Por un instante, Cusi tuvo la esperanza de que Chuqui Huipa rechazara las peinetas, no son mías, diciendo, el que se ha equivocado eres tú. Pero Chuqui suspiró, caminó suavemente entre las aguas y se puso al lado de su hermano.

—Tupac Cusi Huallpa, hermano de padre y madre —dijo levantando la mirada y fijándola en algún punto perdido en el horizonte—. Yo cumplo siempre mis promesas. A ti y solo a ti te daré mi corazón.

Cuerda terciaria (adosada a la secundaria): dorado, en S

Los preparativos para el Nuevo Gran Movimiento del Inca empezaban a acelerarse. Cada dos o tres jornadas atados de ingenieros hurincuzcos se reunían en las esquinas de la plaza de Aucaypata con los grupos de picapedreros collas y sus ayudantes y, si las primeras lluvias no los obligaban a guarecerse bajo los galpones hasta que escampara, partían al amanecer. Iban hacia el Chinchaysuyo a refaccionar los Caminos del Inca por los que el Joven Poderoso pasaría, pero también ayudaban a los *ayllus* que encontraban por el camino a arreglar las acequias que surtían de agua a los *tambos* en donde el Inca y su larguísimo séquito descansarían. Trataban de no cruzarse con las docenas de delegados especiales que, en compañía de *quipucamayos* armados de cuentas oficiales, salían del Cuzco en grupos de dos a inspeccionar los depósitos de armas y comida de las *llactas* y poblados a su paso, pues no querían abrumar a los encargados de los *tambos*, que tenían la obligación de alimentar a todos los pasantes y apenas se daban abasto.

La *Llacta* Ombligo bullía de actividad. En las calles —repletas de orfebres chimú, tejedores paracas, carpinteros ayarmacas, sus mujeres e innumerables *yanacona* de servicio— transitaban manojos de cargadores lucanas que llegaban por tandas de las tierras chancas para reparar las literas engastadas en que cargarían a los principales y a los generales durante su viaje por el Mundo, en que cargarían al Inca. En las plazas pululaban los pares de *curacas* extranjeros y los miembros de sus comitivas, que esperaban su turno para encontrarse con el Inca, jugar con Él al *machaqway* y, de acuerdo con los augurios de la suerte, organizar los relevos de guerra: quién suministraría cuántos guerreros, cuándo y dónde. Era fácil identificarlos y no solo por sus tocados: eran los únicos que andaban protegiéndose la vista con el dorso de la mano, como todos aquellos que no estaban acostumbrados al resplandor del oro de los edificios del Cuzco o visitaban la *Llacta* Ombligo por primera vez, y los únicos que se quejaban del cosquilleo de la arena de la plaza en las plantas de los pies.

Detrás de los pliegues de excitación general se respiraba un aire incierto y plano que no se debía a las inseguridades usuales de la campaña militar inminente. Se sabía que el Inca Huayna Capac había visitado con todo su séquito a cada uno de los *mallquis* de los Únicos Incas anteriores y, haciendo copiosas ofrendas, les había pedido que vinieran con Él en su viaje del centro hasta el extremo del Mundo. Ocho le dijeron que era una travesía larga y peligrosa y que se estaban mejor en el Cuzco. Cuatro ni siquiera le contestaron. Corría la voz de que los Hombres que fungían de portavoces de los *mallquis* de los Incas no hablaban por boca de las momias sagradas sino por la suya propia. Dizque aprovechaban su poder para tomar represalia contra el Inca y mostrarle su resentimiento por haber sido tan permisivo con Cóndor Chahua, el Hombre que Hablaba a la Oreja del Inca, que se había atrevido a sugerir que era lícito arrebatarles sus tierras y sirvientes y seguía vivo, indemne y sin castigo, como si no pasara nada. Pero también hubo otros que dijeron que la indignación de los *mallquis* era real y tenía que ver con los planes del Inca de ausentarse del Cuzco por un largo periodo de tiempo, una vez más. Otros hasta insinuaban que el Inca Huayna Capac prefería las tierras del norte a las del Cuzco. A fin de cuentas ¿no había nacido allá y enterrado su placenta? Lo cierto es que Huayna Capac no parecía muy afectado por la decisión de las momias de no venir con Él, siguió haciéndose aconsejar por el *amauta* Cóndor Chahua y convocó a su comitiva al confiable y siempre leal *huaca* Huanacauri, cuyo bulto vestido a partir de entonces empezó a acompañarlo a todas partes.

Pero las nubes negras que se cernían como puños sobre el Mundo no solo exprimían los corazones de los *mallquis* resentidos. Pronto comenzaron a regresar al Cuzco las delegaciones de sacerdotes que el Único Hijo del Sol había enviado a los *huacas* con poderes adivinatorios en busca de oráculos favorables para Su nuevo Movimiento. Los resultados eran desconcertantes: muchos *huacas* hacían presagios negativos, otros se negaban a responder y los pocos que hacían predicciones auspiciosas las mezclaban con otras ambiguas y difíciles de interpretar que no hablaban de los rebeldes que se habían levantado en el Extremo Chinchaysuyo sino de nuevos enemigos, poderosos e invisibles que destruirían no solo la obra del Único sino la de todos los Incas anteriores.

Las profecías de los *huacas*, encargadas por el Inca con carácter confidencial, de alguna manera llegaron a oídos de los Señores principales de las *panacas* más rancias, las más susceptibles y menos fiables en este Mundo de superficie en perpetuo movimiento. Los rumores, que acentuaban sus tintes más sombríos, circularon a la velocidad del Illapa en una noche de tormenta. Muchos comenzaron a dudar en voz baja —en la privacidad de las tertulias antes de la despedida del Padre en que se reunían para mascar coca— de la conveniencia del Nuevo Movimiento del Inca. Era difícil, decían, cernir en un hombre sabio el fin de su cénit y el inicio de su decadencia, de su senilidad. ¿Eran los empecinamientos del Inca signos preocupantes de que comenzaba a chochear?, ¿o más bien indicios alentadores de que había llegado a ese estado del *camac* propio de los ancestros de sabiduría suprema, en que tomaban decisiones sin exprimirse la pepa por la reacción ajena? ¿Y si la advertencia del *amauta* Cóndor Chahua, el de la lengua con dos puntas, tenía lugar? ¿Y si a Huayna Capac lo sorprendía la muerte durante el viaje, la campaña o la estancia en tierras del norte? ¿Por qué el Joven Poderoso se resistía a nombrar un Inca a prueba, con lo que tendría a todos más tranquilos, menos exprimidos en su pepa por la incertidumbre?

Algunos ofrecieron entre susurros —y con previo juramento de no repetir lo que iban a decir— una prueba más del paso vacilante de Su juicio: la poca idoneidad de algunos de los funcionarios elegidos para gobernar el Cuzco durante Su ausencia. Nadie dudaba de la lucidez del intachable Señor Auqui Tupac Inca, venerable hermano paterno y materno del Inca, a quien el Único había nombrado *Incap rantin*, principal encargado de reemplazar al Inca. Había algunas dudas sobre el Señor Hilaquita, cuya sagacidad en los asuntos del Mundo y su lealtad al Inca eran cuestionables. Pero todos enarcaban las cejas por igual ante la elección de los chiquillos Titu Atauchi y Tupac Cusi Huallpa como co-gobernantes del Cuzco y reemplazantes de los titulares en caso de desastre. Que no hubieran pasado aún por los umbrales del *huarachico* se hubiera podido tolerar si el *camac* de los elegidos lo hubiera ameritado. Pero ninguno de los dos jóvenes había destacado hasta entonces ni por sus luces, ni por sus habilidades, ni por la nobleza de su *camac*. ¿Qué pasaba por la pepa del Inca?, se preguntaban.

Y se respondían, pues para nadie era un secreto que, desde la deplorada muerte de la *Coya* Cusi Huaco Rímay, se había desatado una sorda pero feroz disputa entre las Señoras Mama Cahua y Rahua Ocllo, madres de Titu Atauchi y de Tupac Cusi Huallpa, por el dominio del lecho del Inca. Muchos sospechaban que los nombramientos de los incompetentes era el modo del Inca de apaciguarlas. ¿Cómo era posible —se lamentaban muchos en voz casi inaudible— que el Inca, tan sabio en sus decisiones de gobierno, lidiara con tan poco tino con sus hembras? Y se dolían: cómo se iban a extrañar la discreción y la docilidad de la fenecida Señora Cusi Huaco Rímay, que estuviera gozando de su Vida Siguiente, que no imponía su voluntad en la del Inca, sino que Le ayudaba a clarificar la Suya y desplegarla sobre el Mundo.

Nadie lo supo nunca con seguridad, pero corrieron las voces de que una delegación de principales se reunía por las noches con el *amauta* Cóndor Chahua para tratar de convencerlo de que hablara con fuerza a la Oreja del Inca y lo convenciera con su labia poderosa de detener Su Nuevo Movimiento. No hubo tiempo ni manera de saber si el rumor era verdad o no. Cóndor Chahua cayó inesperadamente enfermo y tuvo que dejar de asistir a la Casa del Saber y de cumplir con su rol de consejero más cercano del Inca.

Con la llegada del *huarachico*, la gran borrachera del taparrabo, se suspendieron de pronto las habladurías y una calma chicha se posó sobre el Mundo. Sin ponerse de acuerdo, las *panacas* del Cuzco cambiaron el ánimo beligerante por el festivo. Dejaron de hablar en voz baja contra el Inca para celebrar juntas el advenimiento de la nueva cosecha de chiquillos que defenderían al Mundo de sus enemigos, el cruce de la nueva camada de hijos por el umbral de la virilidad.

Cuerda de cuarto nivel (adosada a la terciaria): dorado, en S

—¡Arriba! —gritó Challco Chima.

El octavo día de las celebraciones rituales del *huarachico* comenzaba. El frío residual de la noche pasada aún les acosaba los pies. Pero los doscientos hombres en ciernes se levantaron de sus talegas de paja brava sin hacer ruido, caminaron a tientas en grupos de diez hacia el manantial en el centro del patio y se lavaron por turnos la cabeza, la cara, el pecho, los brazos, las piernas, los pies.

—¡No se sequen! —rugió el instructor militar—. ¡Dejen que la brisa lo haga por ustedes!

Con la piel erizada de frescura, se pusieron las camisetas con flecos de lana fina y el *llautu* —ambos de color negro— y se anudaron en el cuello las bufandas de lana blanca que sus madres y tías habían tejido para ellos especialmente para la ocasión. Luego se calzaron las sandalias rituales de paja de color de oro, tomaron sus bolsas llenas del forraje que habían acumulado en las últimas ocho jornadas y caminaron en hileras hacia el galpón que fungía de comedor. La *mamacona* les entregó entonces sus dos puñados de maíz crudo, el único alimento que les estaba permitido durante toda la jornada.

Cusi tomó los dos, pero se comió solo uno: para su sorpresa, casi no tenía hambre y no le era difícil guardar un puñado de maíz para inicios de la tarde, cuando habían acabado de recoger forraje maduro en los pajonales de las afueras del Cuzco. Eso sí, siempre tenía mucha sed y el jarro de agua que le correspondía por jornada le quedaba corto.

Se lo habían advertido, pero solo ahora terminaba de creerlo. Los dos primeros días del ayuno solo pensaba en comida, la cabeza le daba vueltas y tenía dificultades hasta para mantener el equilibrio. Pero a partir de la tercera jornada su cuerpo pareció depurarse de los lastres que lo ataban a la tierra y su pepa se convirtió en el zumo espeso de sí misma. El aire parecía más limpio, como a la mañana siguiente de una tormenta nocturna, y los contornos de los objetos más redondos, más definidos, de colores más intensos. Desde el cuarto hasta el octavo día el trabajo en los pajonales se le hizo muchísimo más leve y se pasó toda la jornada recogiendo paja sin parar ni cansarse, sintiendo el aliento más liviano pero más fuerte que al comienzo. Al llegar la noche, salía con el *camac* fresco a mirar las estrellas. Les hacía preguntas que jamás antes habían cruzado por su aliento: si eran hermanas, primas o no tenían parentesco, dónde iba el Padre Sol cuando se despedía de la jornada, dónde la Madre Luna cuando descansaba de la noche, dónde se encontraban los dos, por qué los días se alargaban y se acortaban durante el año, por qué el corazón de los que amaban sin ser correspondidos no reventaba en el pecho de los amantes y todo terminaba de una buena vez. Después de despedirse de las luces titilantes que colgaban del techo del Mundo de Arriba, regresaba con la pepa en un estado de erizada lucidez a la casa sagrada de Collcampata, en que lo olvidaba todo y conciliaba un sueño ligero al que solo una tela muy delgada separaba de la vigilia.

—¡¿Quieres comer?! —preguntó Challco Chima a los hombres a prueba, que se habían formado a la entrada de la casa.

—¡No! —respondieron ellos.

—¡¿Quieres beber?!

—¡Tampoco!

—¡¿Quieres ponerte el taparrabo?!

—¡Sí!

—¡No estás listo todavía! ¡Vete de aquí y demuestra que lo mereces!

Los hombres a prueba tomaron sus bolsas y salieron, dejando sus cuescos en una rama a la entrada. El Padre, que recién asomaba entre los apus vecinos, los saludó con rayos fríos, austeros, exigentes. Emprendieron la marcha a paso ligero y en filas estrechas hacia la plaza de Aucaypata. Apenas doblaron la esquina, el sonido potente de una caracola agrietó el aire y su eco anunció cuatro veces a las Cuatro Direcciones: ya llegaban los jóvenes que cruzarían este año el umbral de la virilidad.

Un clamor de alegría expectante emanó de la muchedumbre que rodeaba la plaza. Cusi Yupanqui divisó casi de inmediato a su padre Yamque Yupanqui entre la marea de camisetas de hilos de oro, de mantas de piel de puma que acordonaba una hilera de guerreros bien armados. Al lado de Yamque estaba su madre Tocto Ocllo, que sin dejar de dar de mamar a la recién nacida Cusi Rímay —nombrada así en honor de la *Coya* fallecida, cuyas virtudes domésticas Tocto Ocllo deseaba convocar— contemplaba a Cusi con contenido pero inocultable orgullo. Por un instante amaneció la esperanza en su pepa al ver al lado de su madre dos trenzas largas en cuyos extremos brillaban cintas con los colores del arco iris. Un vituperio emergió de sus labios al reconocerla: era su prima Oxica, que al verlo le hizo una discreta y risueña inclinación.

Se maldijo a sí mismo. Y casi de inmediato, se maldijo por estarse maldiciendo. Mamá la veía con buenos ojos. ¿Acaso Oxica no era una chica obediente, hacendosa, de buena alcurnia? ¿Alguna vez se había hecho la disforzada y había ocultado que se moría por él? ¿Cuántas veces había tolerado sus desplantes, a veces crueles? ¿Por qué no apreciaba la gran suerte que tenía? ¿Por qué no se plegaba a lo que el futuro le tenía deparado?

Pero la voz que hablaba en su adentro cambió de destinatario.

¿Por qué ella y no tú, Chuqui Huipa, flor de cantuta, eres mi ñusta *callixapa*? ¿Por qué será ella y no tú la chica sin mancillar que me servirá durante las faenas del *huarachico*?, se estrujó su corazón.

Cuando estuvieron bien formados en la plaza, el Sumo Sacerdote Solar dio la orden. Los padres y los tíos de los futuros portadores del taparrabo entraron a la superficie acordonada y sus hijos y sobrinos les entregaron cada uno una bolsa con todo el forraje que había recogido los ocho días precedentes. Ellos dieron las gracias por la bolsa y les entregaron una *huaraca* de nervio de llama —la *huaraca* del guerrero adulto. Sacaron de sus bolsas de lana pares de piedras de bordes rectos y las entrechocaron hasta sacarles chispas. Empezaron a cortarles el pelo.

El pulso de Yamque era firme, pero le permitía girar la cabeza, así que Cusi pudo buscar con disimulo alargando el trayecto lo más posible, pues anticipaba con lacerante certidumbre lo que sus ojos habrían de encontrar. Antes posó brevemente la vista sobre el abusivo Cori Huallpa, a quien trasquilaba con aplicación el Señor Auqui Tupac, futuro *Incap rantin* del Cuzco y hombre venerable, cómo era posible que un padre y su hijo podían ser tan parecidos de rostro y cuerpo y tan diferentes de *camac*, preguntándose, de calidad vital. Observó la cabeza en vías de ser trasquilada de Cusi Atauchi, parecida a la de una serpiente, la de Tísoc Inca, parecida a la un zorro, y la de Huanca Auqui, parecida a la de un halcón o un cóndor, ¿el pelo que llevábamos en la cabeza servía para ocultar mejor la forma del animal ancestral que nos animaba?

Cruzó por un instante la mirada llameante de un anciano con el pelo completamente cano que le parecía familiar pero a quien no terminaba de reconocer. Reparó en Oscollo, a quien le cortaba el pelo el Fértil en Argucias Chimpu Shánkutu, que reemplazaba a Usco Huaraca, muerto en tierras lejanas, en la tarea de acompañar al hijo del chanca ascendido a inca de privilegio en el cruce del umbral. Oscollo giró hacia otro lado. ¿Fingía no haberlo visto o era su imaginación?

Las caracolas sonaron de nuevo, inundando el aire entre los Mundos de Arriba y Abajo. Dieciséis pajes vestidos con camisetas brocadas y con ramas frescas en las manos entraron por la vía que venía del Collasuyo y empezaron a alisar las asperezas de la arena blanca de la superficie. Las andas en que venía el Inca, escoltadas de treinta y dos guerreros a derecha e izquierda, ingresaron a la plaza llevadas en hombros por veinticuatro cargadores lucanas y se detuvieron al pie del *ushnu*. El Sol incipiente acarició el rostro de Su Único hijo, que descendió con parsimonia, subió las escaleras y se sentó en el asiento de piedra erigido en la cima. El Sumo Sacerdote Solar hizo lo propio en un taburete de oro colocado entre la estatua del Padre Sol y la Passamama, la de la Madre Luna. A una señal del Inca, los hombres en ciernes fueron pasando uno por uno frente a Él y Le hicieron su *mocha* de saludo.

El corazón palpitante de Cusi no cabía en su pecho cuando le tocó su turno. Un sabor agridulce invadió su pepa cuando el Único, el que regía los Turnos del Mundo, posó su mirada infinitamente bondadosa sobre él y lo atravesó de arriba abajo. Sintió súbitas ganas de llorar, de ofrendar su vida ahí mismo por el Inca, de morir por Él en una acción valerosa en la primera guerra disponible. Así verías por fin quién era yo, de qué *camac* estaba hecho, lo que te habías perdido por codiciosa.

No pudo resistir más. Buscó y encontró el verdadero objetivo de sus ojos durante toda la mañana.

Una espina penetró su pecho: sí, ahí estabas, al lado de Tupac Cusi Huallpa, llevando su cántaro de chicha y portando sus colores, hermosa hasta la afrenta. De poco le servía decirse a sí mismo lo que repetían los rumores: que la Señora Rahua Ocllo, a quien veía ahora escoltando a sus dos hijos, había impuesto como prometido de Chuqui Huipa a Tupac Cusi Huallpa instigada por la ambición. Al haber sido elegido gobernador suplente del Cuzco, Tupac Cusi Huallpa se convertía de inmediato en un firme candidato a suceder al Inca si —ni el Sol, ni los *huacas*, ni los *mallquis* lo permitieran— el Único partía de Esta Vida a la Siguiente antes de que llegara Su turno. Y si eso ocurría y Tupac Cusi Huallpa se ceñía la *mascapaicha*, le tocaría elegir por esposa, como mandaba la tradición, a una de sus hermanas de padre y madre. Era por eso —todo era claro ahora— que, desde la muerte de la *Coya* Cusi Huaco Rímay, la Señora Rahua Ocllo había prohibido las visitas de todo varón a su palacio: para evitar cualquier roce peligroso de su hija y entregarla inmaculada a su otro hijo.

Cantó el *taqui huari* apretando los dientes, imitando en sus bramidos la voz de la llama en celo pero sacando más bien su quejido al ser sacrificada. Bailó saltando sobre la tierra como si quisiera desfondarla. Cuando llegó la hora sin sombras, fue con todos a hacer su reverencia al Inca, a la estatua del Sol y a la de la Luna. Como todos, pidió permiso a Huayna Capac para ir a prepararse para hacer los sacrificios que les correspondían hacer al día siguiente al *huaca* Huanacauri, el favorito del Inca. El Único, complacido, accedió. Escoltados por toda su familia, los que iban a recibir el taparrabo emprendieron lentamente camino hacia Matagua, una hondonada al pie del cerro en que moraba Huanacauri, en donde pasarían la noche.

Antes de partir, la buscó con la mirada para restregarse con su imagen y despedirse mejor de ella en su adentro para siempre.

Ahí estabas, con los ojos vacíos posados sobre la tierra, al lado de tu hermano paterno y materno, de tu futuro esposo. ¿Te habías rebelado contra la voluntad de tu madre? ¿Habías peleado por el amor que dizque sentías por mí? ¿O todo te había sido fácil?

Poco importaba ya. Las decisiones de Rahua Ocllo regían las de Chuqui Huipa como las de Yamque gobernaban las de Cusi. En poco tiempo, cegada por las luces de la nueva posición de su hermano y amansada por la costumbre, se olvidaría de él. ¿Lograría él olvidarse de ella?

Apartó la mirada de Chuqui Huipa y la posó en lo primero que encontró: el anciano de pelo completamente cano que le parecía familiar, que contemplaba solitario en su rincón a los hombres en ciernes con expresión inasible. Se detuvo en el rostro agrietado por los años, en el brazo derecho que se apoyaba en un cayado de madera labrada. Le llamó la atención su porte austero pero distinguido, que estuviera solo y apartado de sus familiares, si es que los tenía. Aguzó la vista. Examinó con detenimiento sus insignias: eran las marcas distintivas del *amauta* y del Hombre que Hablaba a la Oreja del Inca.

Cóndor Chahua, al darse cuenta de que era observado y reconocido por su antiguo discípulo, levantó levemente la mano en señal de saludo.

Cuerda de quinto nivel (adosada a la de cuarto nivel): dorado, en S

El día siguiente, el décimo del *huarachico*, Cusi se lo pasó con la pepa distraída, lamiéndose las heridas, aún frescas, que la falsía de Chuqui Huipa había dejado en su corazón. De vez en cuando se preguntaba qué extraño mal habría estrujado el aliento del *amauta* Cóndor Chahua en tan poco tiempo, en represalia de qué transgresión contra qué *huaca*. Apenas prestó atención a los ritos que los sacerdotes tarpuntaes hicieron durante toda la jornada en las faldas, la loma y la cima del *huaca* Huanacauri, y Yamque lo reconvenía con un discreto pisotón en el pie cuando su díscolo hijo no mostraba la solemnidad prescrita, pues Huanacauri era el *huaca* favorito de Huayna Capac en el Cuzco y Su único aliado en la batalla sorda que el Inca libraba contra las *panacas* que se oponían a su Nuevo Movimiento hacia las tierras levantiscas, y el Único, que estuvo presente durante todas las ceremonias, era especialmente sensible a las muestras de falta de respeto con el busto de su roca vestida.

Cusi solo pareció despertar de su sopor al final de la tarde, cuando ya se habían disuelto en los aires del Mundo de Arriba las volutas de humo de las cinco llamas sacrificadas por los tarpuntaes y la sangre derramada en el sacrificio había llegado hasta las profundidades del Mundo de Abajo. En la quebrada Quirismanta, al inicio de la despedida del Padre, su padre le azotó los brazos y las piernas con *huaraca* de nervio de llama —como todos los padres y tíos hacían con los chiquillos en tránsito a la hombría—, y el dolor que le laceraba las carnes se mezcló con el que le traspasaba el pecho.

Luego le tocó descansar por tres jornadas, en que los hombres en ciernes durmieron por primera vez en casa de sus padres desde el inicio del *huarachico*. Tenían permiso para comer sin restricciones y recuperar energías, pues el día quince les tocaba realizar la carrera de dos cocidas de papa entre el cerro de la *huaca* de la Señora Anaguarque y el cerro Raurahua, ambos en las afueras del Cuzco.

En la mansión paterna, que después de las jornadas pasadas en el galpón le parecía enorme, dio rienda suelta a su cansancio y durmió toda la primera jornada. El segundo día de descanso vomitó toda la comida que, con la venia y el agrado de su madre, su prima Oxica le había preparado. Le dio mucha vergüenza —aunque, debía confesarlo, también un placer malsano— no poder esconder las arcadas ni contener las regurgitaciones, pues Oxica había insistido en estar presente mientras él se alimentaba y vio con estupor cómo su primo devolvía lo comido en las escudillas que las sirvientes *yanacona* le traían una tras otra.

—Durante diez días solo has comido maíz crudo —dijo su prima, imperturbable—. Tu barriga ha perdido la costumbre de lo que es bueno.

Y volvió a presentarse en casa de su primo el tercer día de descanso con nuevos cuescos de olluco y maíz cocido. A Cusi le gustó mucho la comida, que tenía una dulce acidez, muy diferente al sabor de la de los días anteriores. Le preguntó a Oxica si le había puesto algo, algún condimento quizá. Ella, con expresión de piedra, respondió que no. Cusi se encogió de hombros. Sea lo que sea, dijo, está bien rico. Y siguió comiendo sin dejar nada y relamiéndose los labios.

Aquella noche soñó. Una tormenta caliente, espesa, arreciaba las Cuatro Direcciones. El Cuzco se llenaba de agua a gran velocidad. Cusi buceaba desesperadamente, buscando entre los cadáveres que bailaban al ritmo de las corrientes del Mundo de Abajo a la hermosa Chuqui Huipa. Encontró su cuerpo en el fondo de todos los fondos, atascado en la copa de un árbol de movimientos lentos, sinuosos, inútiles. Cuando le dio la vuelta no reconoció su cara, que era la de otra persona. No te hagas, le dijo la boca de la desconocida con una mueca turbia, cómplice. Tú sabes quién soy.

El día catorce del *huarachico* culminó el descanso y los chiquillos en camino hacia el umbral retomaron el ayuno de rigor. La falta de comida se le hacía a Cusi mucho más tolerable y pudo permanecer de pie toda la mañana, fingiendo sin esfuerzo que seguía con atención las vicisitudes de la ceremonia en la plaza de Aucaypata, que, por su longitud, parecía una prueba más por la que debían pasar para merecer el taparrabo. Al final de la ceremonia, que el Inca y el Supremo Sacerdote Solar se turnaron en dirigir, Cusi y los otros hombres en ciernes recibieron cada uno una camiseta con bandas coloradas y blancas que llamaban *umiña uncu*, una capa blanca y una borla colorada que terminaba en un cordón celeste. Estas eran las primeras prendas que usarían que no habían sido manufacturadas por sus familiares sino que pertenecían a los depósitos del Inca. Luego les dieron unos *yauri* —unos bordones de oro con hachas de piedra en el extremo—, de los que pendían la honda de nervio de llama con que sus parientes los habían azotado en los brazos y las piernas la víspera del descanso de tres jornadas, que debían cuidar en el futuro como si fuera un brazo más. A Oxica y a las otras ñustas *callixapa*, por su parte, se les entregó un *angallo* —la falda de listones colorados y blancos que usaban las ñustas *callixapa* desde los tiempos del Inca Manco Capac— y una *liclla* y una talega con listones colorados, ropas visiblemente diseñadas para combinar con las de los chiquillos en transición y procedentes, como aquellas, de los depósitos estatales.

Ver a la prima en el estrado recibiendo las prendas y haciendo una escueta venia al funcionario encargado de las *collcas* le tocaba la pepa. Algo en Oxica —su sensual timidez, su torpe elegancia o quizá la insegura firmeza de sus movimientos— lo enternecía profundamente. Aprovechando que volvía a su sitio con la mirada baja, observó sus chapitas rosadas, que alguien parecía haber frotado con fuerza, sus piernas bien torneadas, los senos llenos bamboleando su turgencia, visibles a pesar de la blusa que intentaba contenerlos, y una corriente inesperada de deseo le encendió furiosamente la tuna. Oxica, que algo pareció intuir, levantó la mirada en ese mismo momento y se cruzó con la de su primo. Cusi apartó la vista de inmediato, avergonzado, tratando apresuradamente de cubrir con las manos los estragos de la avalancha en su insuficiente taparrabo de hombre en ciernes. Oxica sonrió y Cusi, vencido, también.

No pudo dejar de pensar en ella durante la *mocha* de saludo a los *huacas* tutelares del Cuzco, que marcó el final de la ceremonia, y durante la cual Oxica permaneció al lado de las otras ñustas *callixapa*. Todo el camino de regreso exprimió su pepa sin descanso. ¿Cómo era posible que esta flor de perfume discreto pero denso hubiera crecido a su lado y él no se hubiera dado cuenta?

Aquella tarde les tocó ir a Raurahua, un despoblado frío, rocoso y a desnivel donde los chiquillos que se alistaban para cruzar el umbral de la virilidad debían pasar la noche en compañía de sus familiares y su ñusta *callixapa* antes de la gran carrera de la Señora Anaguarque. Evitó minuciosamente la mirada de Oxica mientras, con la ayuda de Yamque y los tíos Lloque y *Amaru* Capac, levantaba la tienda de campaña. Pero apenas el Padre terminó de recoger la luz de la jornada que se despedía, se deslizó hacia la estera donde yacía su prima y, protegido por la oscuridad, se acostó a su lado, le apartó las enaguas con silenciosa violencia, montó sobre ella y —con la tuna encendida como una estaca— la penetró de un envión. Un resquicio fugaz de luz de La Madre que se filtraba por la entrada le permitió ver la expresión incrédula pero expectante del rostro de Oxica, que no parecía terminar de creer que el palo de carne alzado con fuerza de puño en rebeldía le estuviera verdaderamente hurgando las rendijas, que era real la mano que le separaba las piernas y fijaba su cuerpo contra el suelo, que no era imaginado el movimiento que se empalmaba con el suyo para atravesarla mejor, que no era una visión suministrada por la malicia de un *huaca* pervertido esta otra mano que se escabullía por debajo de su blusa de dormir y le pellizcaba los pezones erectos, que no soñaba estos empellones que la dejaban sin aliento y la obligaban a morderse el dorso derecho para no gritar, para no despertar a los parientes que yacían a menos de dos abrazos de distancia, haciéndose impunemente los dormidos.

Cuerda de sexto nivel (adosada a la de quinto nivel): dorado, en S

El día quince los hombres en ciernes se levantaron muy temprano, hicieron sus abluciones en un riachuelo de las inmediaciones de Raurahua, se vistieron con las ropas que el Inca les había entregado la jornada anterior, se calzaron con las sandalias de esparto fino que sus madres habían confeccionado durante los ocho días del ayuno —las únicas prendas que usarían esa jornada que no pertenecían a los depósitos del Inca— y pusieron en la parte superior de sus bordones de oro un mechón de lana blanca —procedente de sus propios rebaños— y una brizna de paja —procedente de los hatajos de paja que ellos habían recogido durante los ocho primeros días del *huarachico*, los días del ayuno. Luego, en compañía de sus familiares y sus ñustas *callixapa*, fueron caminando al cerro Quilliyacolca, en que habitaba en su Vida Siguiente la Señora Anaguarque, la *Coya* del Inca Pachacutec, oriunda del lugar.

Dizque a la *Coya* Anaguarque la llamaban la Señora de la Carrera Veloz porque una vez, cuando el Inca Pachacutec andaba ausente, un gran diluvio de quince días seguidos había asolado al Cuzco. Ella, después de mandar clausurar con muros de piedra los depósitos de la *Llacta* Ombligo, corrió a toda velocidad cerro arriba, ganándole la carrera a las aguas que trepaban. La *Coya* llegó a la cumbre, que las aguas no pudieron alcanzar, y logró sobrevivir. Pero los cuatro *Incap rantin* que gobernaban el Cuzco y los miembros de sus cortes no corrieron tan rápido como ella, fueron arrastrados por las aguas y se ahogaron.

Dizque mientras subía por las laderas del cerro, la Señora iba gritando con todo su pecho a todos aquellos que encontraba en el camino que fueran a refugiarse a la cúspide del cerro que ahora llevaba su nombre. La Señora tenía fama de extravagante y trastocada y pocos y pocas le creyeron. Pero los pocos y pocas que lo hicieron tomaron maíz, le obedecieron corriendo con todas sus fuerzas y, una vez llegados a las cumbres, fueron testigos de cómo eran arrastrados por las aguas desbocadas los que se habían quedado refaccionando los techos de sus casas, pastando su ganado, trabajando sus tierras, desbrozando sus acequias o acogiendo en sus rostros el calor del Padre. Felizmente había en una lomada alta que no se había inundado una *collca* llena de víveres y la Señora Anaguarque y sus acompañantes pudieron sobrevivir. Después de una luna, cuando las aguas bajaron, fueron ellos quienes entumbaron a los muertos y volvieron a sembrar las tierras con semilla seca. Ellos quienes abrieron nuevamente las compuertas de los depósitos, repoblaron el Cuzco y, bajo el puño suave pero firme de la Señora Anaguarque, continuaron con la tarea de conservar los turnos del Mundo durante la ausencia del Inca. Cuando Pachacutec el Volteador del Mundo regresó al Ombligo y se enteró de lo ocurrido, hinchó el pecho de orgullo por los talones mágicos de Anaguarque y de dolor por la muerte de sus súbditos, nombró ahí mismo a su esposa Señora de la Carrera Veloz y mandó que fuera en la punta de este cerro donde comenzara la carrera que marcaba el día quince del *huarachico*.

Una vez que llegaron al pie del cerro de la Señora, Cusi entregó al Supremo Sacerdote Solar la lana y la paja prescritas y Yamque la llama que le correspondía a su *ayllu* por la iniciación de su hijo. La llama de Yamque fue una de las cinco seleccionadas por el Supremo Sacerdote Solar para el sacrificio al bulto vestido de la Señora y Cusi, que aquella mañana solo había comido un puñado de maíz crudo y bebido la escudilla de chicha picante que Oxica le había preparado, vio y sintió el Mundo como si estuviera hecho de algodón. Observó con arrobo cómo los corazones aún palpitantes goteaban sobre el suelo dejando una estela humeante que se retorcía ante los pies del Supremo Sacerdote Solar esfumándolos y ascendía hasta el cielo como una serpiente viva procedente del Mundo de Abajo. Contempló la *huaraca* de nervio de llama que Yamque había sacado de su cinturón, que despedía un misterioso resplandor amarillo, como si hubiera pasado la noche pasada a la intemperie y lo hubiera recubierto una capa de rocío dorado, procedente —no sabía cómo, pero lo sabía— de un tiempo más puro y confiable que este. Los latigazos de su padre le hicieron cosquillas. Una delgada manta trenzada de hojas frescas protegía su piel y la volvía inalcanzable, indestructible. Quizá por eso cuando Yamque y los otros padres y tíos empezaron a cantar a voz en cuello el *taqui* que evocaba la valentía de los hombres primigenios, que los hombres en ciernes debían emular, pensó que no podían estarse refiriendo a él. ¿De qué valentía hablaban, decía Cusi en su adentro, si él no sentía ningún dolor, si los azotes que lo laceraban sin piedad eran tan placenteros como los arañazos que Oxica había surcado en su espalda?

Oxica. Un paño dulce restregó su corazón, sacudiendo los placeres de la noche anterior, que volvieron a su aliento con gran intensidad. Se volvió hacia su prima, que había subido a su lado sin apartarse más de dos abrazos de distancia, con la tinaja y el vaso siempre listos, rozándole de vez en cuando el dorso de la mano. Intercambiaron un breve vistazo. Una brisa tibia sopló el aliento de Cusi. La felicidad debía ser esta caricia lisa que masajeaba su pepa, que le hacía ver su futuro inminente como un baño de agua tibia, auspiciosa. Una vez pasado por el umbral del *huarachico*, se convertiría en guerrero del Inca y viajaría con los ejércitos del Único a las tierras revueltas. Pelearía en las batallas del Nuevo Movimiento, mataría a muchos enemigos, se ganaría un lugar prominente en la corte del Inca, quien le entregaría en recompensa tierras bien ubicadas en las tierras extremas, quizá en las vecindades del Cuzco. Se casaría con Oxica, que la habría estado esperando pacientemente en la *Llacta* Ombligo, y llenaría con ella el mundo de hijos semejantes a él, incas de sangre pura que darían nueva savia al árbol que sostenía el Mundo de las Cuatro Direcciones, antes de envejecer y pasar a su Vida Siguiente en medio del respeto general. ¿Qué más podía pedir?

Un jalón en la manga de su camiseta lo sacó de su ensoñación. Era Oxica, que sin mirarle a los ojos, le entregó el vaso ritual y lo llenó de chicha picante sin que le temblara el pulso.

—Te espero en la meta —le dijo con discreta coquetería, acomodándose la tinaja a la espalda.

Y se perdió entre las otras ñustas *callixapa*, entre quienes distinguió —qué extraño: la había olvidado por completo— a Chuqui Huipa, la flor de cantuta que le había hecho reventar el corazón hacía tan poco y a quien, sin embargo, miraba ahora con indiferencia, como si ella estuviera en un país alejado desde el que no le llegara su perfume.

—¿Listas?

El Supremo Sacerdote Solar hizo un gesto. Las doscientas ñustas empezaron el camino cuesta abajo. Trotaban despacio, mirando con mucho cuidado por dónde pisaban, pues si derramaban la chicha que llevaban en la espalda debían volver a subir al cerro y llenar su tinaja de nuevo. Al poco rato de iniciada la carrera, un bultito se separó de la hilera de chiquillas que hacía sus meandros en la lomada y comenzó a sacarles ventaja. Era la enanita Cayau, hija de la Señora Payan y del Señor Chimpu Shánkutu, que, a pesar de haber engordado visiblemente desde la última vez que Cusi la había visto, corría con rapidez asombrosa dando de saltitos.

Cusi se volvió a Oscollo, que estaba a su lado. Le sonrió con malicia risueña.

—Ojalá que la Cayau no te haya dado de la misma chicha que ha bebido ella. Si no, nos jodimos.

Pero Oscollo no le hizo caso. Siguió estirando las piernas con cara de piedra, como si no hubiera escuchado.

Cusi suspiró. Desde el incidente en el que Cori Huallpa le había pisado la espalda en su presencia, el hijo de Huaraca no cambiaba palabra con él. Después de las sesiones de aprendizaje de las artes del espionaje durante los fines de atado, Oscollo se quedaba en los predios de Chimpu Shánkutu dizque para practicar lo aprendido, pero, Cusi sospechaba, en verdad para no tener que acompañarlo en el camino de regreso al Cuzco. En el momento de dar cuenta de los deberes que les dejaban a los dos en la Casa del Saber, Oscollo ya no le cubría las espaldas. Cuando el *amauta* Chillque Inca —que había reemplazado a Cóndor Chahua desde el mal repentino y misterioso que lo había postrado y envejecido— les requería, ni Cusi ni Oscollo podían dar una respuesta satisfactoria y Chillque Inca les llenaba de moretones los brazos, antebrazos, muslos y pantorrillas a puro pellizcón, sigan el ejemplo de este par descarriado, diciendo, y jamás serán un buen *yanantin*, sin que ninguno de los dos lanzara el más mínimo quejido.

Al cabo de una hervida y media de papa, desde la cima del cerro Raurahua —el destino final de la carrera— se alzó hacia el cielo una columna de humo, la señal de que la última de las ñustas *callixapa* había llegado a la meta. Con parsimonia de hombre sagrado, el Supremo Sacerdote Solar derramó chicha pura de Callizpuquio en las faldas del bulto vestido de la Señora Anaguarque, quemó maíz, coca y sebo y dio el aviso de que los futuros portadores del taparrabo se alistaran para la partida. Estos formaron, en medio de una sorda lucha por hacerse de un buen sitio, tres hileras uniformes. Los Señores que portaban los *yauris* y las briznas de paja de los hombres por iniciar se pusieron detrás, también en tres filas. Al final se colocaron en orden silencioso los forzudos de servicio, quienes ayudarían a levantarse a los corredores que se desmayaran, cayeran o abandonaran la carrera.

Por ser de sangre real, a Cusi le tocaba estar en la primera hilera, la que estaba adelante, pero prefirió acomodarse en la tercera. No quería sentir en la nuca los bufidos de quienes sí tenían deseos de ganar la carrera y no dudarían en dar los empujones y codazos que fueran necesarios para abrirse paso o impedírselo a los demás. ¿Para qué exponerse a la violencia de los angurrientos de victoria? ¿Qué le importaba esta carrerita? Quedara primero o último, igual le darían su taparrabo, igual se convertiría en orejón. Y, ya convertido en hombre de guerra, le tocaría pelear en la nueva campaña del Inca en las tierras del Chinchaysuyo, realizar alguna que otra proeza en los campos de batalla o alguna que otra exitosa misión de espionaje. Ya estaba. Eso bastaría para que el Inca, fuera quien fuera, le entregara unas cuantas tierras fértiles y un manojo de *yanacona* de servicio que las harían fructificar. ¿Qué más necesitaba?

Oxica mordiéndole las orejas la noche pasada. El tacto de su cuerpo liso, duro, explotando en las yemas de sus dedos en la oscuridad. Buscó a su prima con la mirada en la meta, allá a lo lejos, en la cima de Raurahua. No podía divisarla.

Una andanada de palabras ronca y monótona se alzó por encima del bullicio. El Supremo Sacerdote estaba agachado, elevando una sentida plegaria al imponente bulto vestido que lo tragaba con su sombra: Señora Anaguarque, haz que estos bisoños de fuerza emergente tengan tanta fuerza en las piernas como tú, que cuando estén a punto y lleguen las nubes negras de la guerra, con tu rapidez eludan las flechas, las lanzas y las hondas de los enemigos del Inca y los derroten y les pisen la espalda, diciendo. Luego levantó el brazo hacia el cielo y, después de cinco latidos, lo bajó.

Una estampida general remeció la tierra en su delante. Cusi empezó a trotar a ciegas: la polvareda, que se levantaba hasta cubrirle el horizonte, no le dejaba ver a más de un abrazo. Llegaron a donde se iniciaba la bajada y quiso rezagarse, pero un muro de piernas en su detrás se lo impidió. Comenzó a toser —el polvo que se alzaba de los talones que le precedían se le metía por la nariz y no lo dejaba respirar. Maldijo: o seguía en esta misma posición y padecía esto durante toda la carrera o comenzaba a adelantar corredores para correr en paz, sin nadie levantando el polvo de la tierra que pisaba.

Aumentó el tamaño de su zancada, aprovechando la cuesta abajo para ganar velocidad. Sobrepasó sin dificultad a Anta Inca, Pascar Inca, Cori Yupanqui y Huallpa Roca, que corrían en grupo como protegiéndose de la tentación de correr demasiado rápido, demasiado lento. Cuando el sendero giraba bruscamente, Cusi no frenaba ni contenía la inercia sino que, con un súbito quiebre de cintura, volteaba hacia el nuevo rumbo del camino, sin que la curva le quitara rapidez, y así fue descontando terreno y dejando atrás a racimos de espaldas que a duras penas intentaban resistirse. Poco a poco llegó al ritmo natural de su respiración, aquel en que no se sentía ni corto ni largo de aliento, y se sintió listo y con deseos de desafiar los bordes de su pecho, de expandirlo y encontrar nuevos límites.

Pasó a Huampa y Curambayu, que habían abandonado la carrera y eran atendidos por dos forzudos a ambos lados del sendero cuesta abajo. Los compadeció: ya no podrían continuar con las pruebas del umbral, tendrían que esperar las siguientes en dos años para intentarlo de nuevo. Pensó en Quilisca Auqui, que no había podido con los rigores del ayuno. En Ullco Colla, que se había caído en un barranco durante la subida al *huaca* Huanacauri. En Urco Huaranca, a quien su padre se le había pasado la mano en los golpes en sus piernas y sus brazos con la honda de nervios de llama (y todos sospechaban que era porque dizque se acababa de enterar de que Urco se acostaba en secreto con una de sus concubinas).

Miró en su delante, despejado por fin: ya no había más ovillos de corredores que le levantaran polvo, que le nublaran la vista. Pudo cernir a los compañeros que le llevaban la delantera. Para su sorpresa, eran solo una decena y formaban una larga hilera deshilachada. Estaba demasiado lejos para reconocer a los que iban primero, que ya habían llegado a orillas del cerro, pero identificó a los que estaban cerca.

A diez abrazos iba el jauja Manco Surichaqui, que trataba una y otra vez de adelantar a Tupac Cusi Huallpa y Chuquis Huaman, que estaban hombro con hombro. Eran como una muralla móvil: a cada ataque de Manco por la derecha o la izquierda los dos le cerraban el paso. En una de esas Tupac Cusi Huallpa y Chuquis Huaman parecieron darse por vencidos y le abrieron un espacio para que pasara. Cuando Manco Surichaqui lo hizo, Tupac Cusi Huallpa se colocó de inmediato en su detrás, a menos de medio abrazo de sus talones, y le puso un discreto cabe. Manco voló por el aire durante tres latidos antes de caer con estrépito crujiente de paja brava y cascajo sobre su cadera derecha. A pesar de la relativa lejanía, Cusi pudo escuchar el graznido chillón de Tupac Cusi Huallpa, que celebraba con Chuquis Huaman.

—Ves lo que te pasa por imbécil —dijo el hijo del Único.

—Quién te manda pasar por donde no debes —dijo Chuquis Huaman.

Cusi pasó a Manco cuando este, sentado a la orilla del sendero, aullaba tomándose la herida. Acortó la zancada y aminoró la velocidad: mejor mantenerse a prudente distancia de los tramposos y evitarse problemas. Para qué complicarse la carrera si se estaba tan bien aquí, en esta posición intermedia, segura.

Observó lo que pasaba más adelante. Cori Huallpa, que precedía a Chuquis Huaman y Tupac Cusi Huallpa, aceleró de pronto el paso y adelantó sin dificultad a Titu Atauchi, Cusi Atauchi y Atecayche, que se hicieron a un lado. Poco a poco, el corpulento hijo de Auqui Tupac fue acercándose al escuálido Tísoc, que corría a buen ritmo a pesar de su flacura e hizo un amago de resistencia. Sin embargo, apenas Cori Huallpa lo alcanzó, Tísoc empezó a trastabillar y finalmente le cedió el paso. Como una flecha lanzada con fuerza por un arco recién hecho, Cori Huallpa estiró bruscamente el tranco y fue a la caza del corredor en su delante, que le llevaba diez abrazos.

El corredor no era muy alto y los atuendos ceremoniales le quedaban algo grandes, pero corría con paso largo y desenvuelto que rebotaba sobre el suelo con delicadeza, como si este no estuviera hecho de tierra, maleza, paja brava y piedras sino de paño acolchado. La zancada poderosa de Cori Huallpa, sin embargo, fue acercándose poco a poco hasta ponerse a dos abrazos de sus talones. Sin inmutarse, el corredor volteó ligeramente la cara —¡era Oscollo!— y sin esfuerzo aparente aumentó el paso y le sacó distancia de nuevo. Sorprendido por no haber reconocido las espaldas del compañero de *yanantin* y boquiabierto por su velocidad, Cusi observó intrigado la reacción irritada de Cori, que iba de nuevo al ataque una y otra vez, recuperando terreno en cada ocasión hasta pisar otra vez los talones del hijo de Huaraca, que, cuando parecía estar a punto de flaquear, apretaba suave pero decididamente el paso y se alejaba de nuevo.

En las faldas del cerro Raurahua, donde empezaba la subida —y el último tercio de la carrera— los dos pasaron al chachapoya Kuílap, que iba primero hasta ese momento. Kuílap no alteró el ritmo de su paso para defender la delantera y los dejó sobrepasarlo sin hacerles lucha. Cori Huallpa siguió arremetiendo y Oscollo resistiendo sus ataques, constantes a pesar de que ahora iban cuesta arriba y era mucho más difícil mantener la zancada. De la minúscula mancha dorada que esperaba en la cima —el Inca y su séquito de funcionarios y sirvientes, quien premiaría personalmente el vencedor, las madres y tías de los candidatos al taparrabo, así como las ñustas *callixapa* entre las que te encontrabas tú, prima Oxica— provenían dos zumbidos roncos que se superponían y se anulaban mutuamente, retumbando contra las faldas de los *apus* vecinos, que los repetían hacia el fondo del valle.

—¡Mama Anaguarque, Mama Anaguarque, Mama Anaguarque!

—¡Empuja los talones de tus hijos, empuja los talones de tus hijos, empuja los talones de tus hijos!

De pronto, Cori Huallpa empezó a quedarse atrás. ¿Abandonaba? Pareció en un momento pero no. En la siguiente curva metió la mano en la bolsa que llevaba a la cintura, sacó algo que no se veía. Aceleró bruscamente el paso forzando los límites de su zancada, pero jalando los codos hacia atrás y con la lengua afuera: le faltaba el aire. ¿Por cuánto tiempo seguiría corriendo a este ritmo brutal? Difícil saber, pero el esfuerzo rendía frutos: en un buen centenar de latidos alcanzó a Oscollo. Esta vez, sin embargo, no se puso a las espaldas del hijo de Huaraca como antes sino detrás de su talón derecho. Algo debe haberle gritado que no se escuchó hasta aquí, pues Oscollo volteó la cabeza en su dirección en el mismo momento en que Cori Huallpa extendía el brazo con fuerza hacia él con el puño abierto. Algo le había lanzado a los ojos: Oscollo luchaba ahora por restregarse sin dejar de correr, pero tropezó y se estrelló pesadamente contra un roquedal a la izquierda del camino. Las risas de Atecayche, Cusi Atauchi, Titu Atauchi, Chuquis Huaman y Tupac Cusi Huallpa resonaron como chicotazos en una espalda injustamente castigada, se diluyeron al ver que Oscollo no se movía y arreciaron con renovada fuerza cuando Oscollo dio señales de vida y empezó lentamente a incorporarse.

—¡¿Qué te pasó, chanca?! ¡¿Te resbalaste?!

Risas.

—¡La roca no es hembra, *allícac*! ¡No la abraces!

Más risas.

La pepa de Cusi empezó a quemarle con un escozor nuevo, que no cernía bien pero que lo llenaba de furia. Apretó bruscamente la pisada. Sopesó fuerzas: sus piernas estaban frescas y tenía en el pecho una buena reserva de aliento. Fue recuperando terreno rápidamente y no tardó en alcanzar a Chuquis Huaman y a Tupac Cusi Huallpa. Los dos fingieron cederle el paso, pero cuando Cusi los adelantó, Tupac Cusi Huallpa se colocó de inmediato a la altura de sus talones y trató varias veces de meterle cabe. Cusi eludió sus intentos: corría ahora levantando las puntas de los pies. De un momento a otro, bajó la velocidad, se puso codo a codo a la derecha de Tupac Cusi Huallpa y, cuando llegaban a la última curva del sendero cuesta abajo, en que debían girar a la derecha, le dio un suave empujón en el hombro. Tupac Cusi Huallpa, que se hallaba en el aire justo a mitad de zancada, perdió el equilibrio, trastabilló al llegar a tierra y cayó frontalmente sobre unos tunales rosados de espinas alargadas. Los gritos de dolor del hijo del Único y la concubina Rahua Ocllo, uno de los cuatro futuros *Incap rantin* que regirían los destinos del Cuzco durante la ausencia del Inca en el Nuevo Movimiento, se escucharon hasta la cima del cerro, que de pronto enmudeció.

Chuquis Huaman miró a Cusi de reojo. Qué expresión le habría visto que se abrió hacia la izquierda, sin intentar tomar represalia. Cusi prosiguió con su arremetida y alargó su tranco. Solo le tomó una veintena de latidos llegar a donde estaban Atecayche, Cusi Atauchi y Titu Atauchi, que apenas lo vieron se apartaron y le cedieron la sección central del sendero.

El pequeño pelotón llegó al final del tramo plano de la carrera y al inicio de la subida al Raurahua. Trepar cuestas era el fuerte de Cusi, que tenía cuerdas potentes en las piernas, y el Yupanqui se distanció, acortó distancias sin demora ni dificultad con los que estaban adelante. Sobrepasó al visiblemente exhausto Tísoc, que subía a paso de gusano, y alcanzó a Oscollo, que trotaba con lentitud, como si cada uno de sus pasos fuera el fruto de una profunda reflexión. Cuando estuvo a la altura de su compañero de *yanantin*, sobreparó un instante para correr a su mismo ritmo, contempló la rodilla desgarrada, el muslo y la pantorrilla ensangrentados y el antebrazo rasmillado y lleno de cortes. Oscollo corría a su lado sin quejarse, cojeando, traicionando de vez en cuando alguna mínima expresión de dolor. Al darse cuenta de que Cusi le observaba, giró suavemente hacia él. Cruzaron miradas.

Los ojos de Oscollo eran dulces pero duros; acogían la suerte que les había tocado en el Mundo y rechazaban la compasión. Cusi sintió con nítida fuerza una extraña solidaridad con su compañero de *yanantin* que jamás había sentido antes. Y le dolía, como si lo que le habían hecho se lo hubieran hecho también a él. Como si recién lo estuviera conociendo y descubriera que tenía mucho más en común con él de lo que había podido sospechar en estos dos años que habían compartido faenas en la Casa del Saber.

Oscollo fue el primero en apartar la mirada, en continuar, con trotes cautelosos y disimulando la cojera, el trecho hacia arriba. Si no llegaba a la meta, no lograría pasar por el umbral, no se convertiría en hombre y todos sus esfuerzos por ser recibido en el Mundo de los incas como uno de los suyos no habrían valido para nada.

Cusi aceleró y prosiguió cuesta arriba, congregando de manera paulatina todas las fuerzas de su aliento que le quedaban. No le tomó más de cincuenta zancadas alcanzar y superar a Kuílap, que no se inmutó y siguió manteniendo su mismo ritmo sostenido, ni muy veloz ni muy lento, ajeno a las vicisitudes de lo que ocurría a su alrededor.

De la cima del cerro emergía un rumor incipiente, que iba creciendo a medida que los corredores se acercaban a la meta. ¿Voces de aliento? ¿Insultos? No le importaba. Siguió concentrado mirando el suelo, tratando de obtener la mayor tracción posible de cada pisada, sin prestar atención a nada más. Cuando alzó la vista de nuevo, Cori Huallpa estaba a cinco, cuatro, tres abrazos de distancia y el umbral a unos buenos doscientos. En menos de veinte latidos ya le pisaba los talones. Cori Huallpa metió discretamente la mano derecha en su bolsa y sacó algo. Cedió terreno poco a poco y se puso a la izquierda de Cusi hasta estar hombro con hombro con él. Súbitamente extendió el brazo con violencia, pero Cusi le golpeó la mano en el mismo momento en que lanzaba su contenido y el puñado de tierra estalló en el aire enfrente de los dos, cegándolos a ambos. Orientándose a duras penas y sin dejar de correr, Cusi se arrojó hacia la izquierda, buscando los brazos de Cori, encontrándolos y entrelazándose con ellos. Cori

Huallpa luchó infructuosamente por zafarse y los dos se trabaron en un sordo pugilato que los trenzó como uno de aquellos seres tocados por el *illa* de dos cabezas y cuatro piernas cuyos cuerpos estaban unidos por estrechos nudos de carne. Cayeron rodando a un cascajal al borde del sendero sin dejar de golpearse, buscando a ciegas dónde lastimar mejor. Todo dejó de existir a su alrededor, salvo los insultos, las maldiciones, los puñetazos que recibían o colocaban. Al cabo de una nube de tiempo sin contornos claros, empezaron a escuchar un clamor que llegaba desde la cima del cerro de Raurahua, reticente primero y decidido después, que mentaba un nombre y lo vitoreaba, viva Kuílap, diciendo, viva el nuevo Huamán, el nuevo Halcón Sagrado de Alas en los Pies.

Cuerda de séptimo nivel (adosada a la de sexto nivel): dorado, en S

Entre el día dieciséis y el día veintiuno solo dos cosas ocupaban su aliento.

La primera era la chicha que Oxica le preparaba. Desde la carrera de la Señora Anaguarque, que había terminado con la victoria de Kuílap —a quien a partir de ahora todos llamaban Huamán—, se moría de sed en todo momento y anticipaba, a veces con un nudo en la garganta, la siguiente oportunidad en que le tocaría beber el líquido sagrado, el único que le estaba permitido durante el *huarachico*. Cuando llegaba por fin el momento de saciarse con el sabroso fluido picante, el placer se salía de sus cauces e inundaba su pepa, erizándole la piel. No por mucho tiempo: en menos de un cuarto de hervida de papa ya tenía sed de nuevo.

Casi no tenía hambre. Le bastaba la escueta porción de maíz crudo que le entregaban por la mañana para cumplir con los rituales prescritos —el día dieciséis, la peregrinación al cerro Yavira; del día diecisiete al veinte las ceremonias en la plaza de Aucaypata, en que cantaban y bailaban el *taqui* interminable compuesto por el Inca Pachacutec en loor del Padre Que Todo lo Ilumina y los hijos que empezaban a servirLe— sin cansarse demasiado, marearse o desfallecer.

Empezaba a sospechar que la capacidad que más debía cultivar todo portador del taparrabos era una infinita tolerancia al aburrimiento. Con excepción de los *taquis*, en que por lo menos se distraían moviéndose, gran parte del día permanecían de pie, haciendo *mochas* a los *huacas* y a los bultos del Sol y de la Luna o presenciando las *mochas* de los demás, que se repetían como un turno del Mundo, como una serpiente sagrada que se estuviera mordiendo la cola. Con frecuencia imaginaba que los principales de sangre real que asistían con expresión solemne y orgullosa eran devorados por sus trajes de piel de puma. Que eran masticados por los dientes de oro de la cabeza embalsamada que llevaban calzada en la cabeza.

Estaba harto del ayuno. Harto de las entregas de prendas. Harto de los latigazos en los brazos y las piernas —que ya no le dolían como al principio, pero que incluían irritantes letanías de los sacerdotes solares exigiendo un compromiso total con el Único. ¿Por qué les hacían jurar lealtad al Inca una y otra vez? ¿Es que con una sola vez no les bastaba? ¿Tan poca confianza les tenían?

La segunda cosa que ocupaba su aliento era Oxica. La presencia de su prima, que le encendía hasta la yema de los dedos, había ido invadiendo poco a poco las parcelas de su corazón y Cusi se pasaba gran parte de las ceremonias y peregrinaciones evocando las sensaciones ásperas y ardientes de la noche pasada, anticipando las de la que se aproximaba.

Después de aquel primer revolcón en las faldas del cerro de Raurahua, le había dado el encuentro las noches siguientes. La tarde posterior a la carrera, Cusi tenía la pepa exultante a pesar de las severas represiones que había recibido del Sacerdote que resguardaba el bulto de la Señora Anaguarque dizque por su comportamiento irrespetuoso con el *huaca* de la Señora, pero en verdad por haber humillado públicamente a Tupac Cusi Huallpa, hijo de Rahua Ocllo, la nueva favorita del Inca. Los vergonzosos gritos y lloriqueos de Tupac Cusi Huallpa al pincharse con las espinas del tunal, inadmisibles en un hombre de guerra, socavaban aún más la decisión del Único de nombrarlo *Incap rantin* del Cuzco, ya bastante cuestionada. No le importaba. Se sentía bien consigo mismo a pesar de los raspones y moretones en todo el cuerpo, como si lo hecho le hubiera permitido encontrar un extraño equilibrio del que antes carecía. Quizá por eso no protestó cuando la Señora Payan le limpió las heridas untándolas con una savia penetrante que punzaba como una flecha con punta de fuego y soportó sin chistar sus suaves admoniciones maternales. Cuando la Señora empezaba a colocarle los emplastos, entró Oxica a la tienda y, con los ojos puestos en tierra, le pidió a la Señora que le dejara ayudar. Payan la contempló en silencio, accedió, le dio unas cuantas instrucciones de cómo, dónde y cómo frotar y desapareció misteriosamente.

—¿Tienes sed? —preguntó.

Oxica no esperó la respuesta. Descargó la pequeña tinaja de chicha que llevaba a las espaldas y le sirvió un vaso lleno hasta los bordes. Cusi se lo bebió de un tirón. Oxica le colocó los emplastos respetando las indicaciones de la Señora Payan, pero convirtiendo cada aplicación en una minuciosa y prolongada caricia. La tuna se le despertó y se le convirtió en estaca, se arrancó el taparrabo de lana cruda, tomó con sus dos manos la cabeza de su prima asiéndola de las cintitas de colores que llevaba en las trenzas y la hundió en su entrepierna. Oxica se resistió al inicio, pero terminó por ceder y empezó a chupar. Cuando la estaca ya no pudo levantarse más, Cusi apartó a su prima, la volteó de un movimiento brusco que la puso en cuatro patas, se colocó en su detrás, le levantó las faldas y la horadó de un envión, arrancándole un gemido. Después de quince latidos de empellones, se derramó dentro de ella. Cuando, saciado, retiró su estaca, ahora una pequeña serpiente sin vida, Oxica sollozaba.

La noche siguiente, del día dieciséis, los hombres en ciernes debían dormir en sus *ayllus* respectivos, y Cusi la pasó en el palacio familiar. Oxica le había acompañado durante las ceremonias de la jornada, pero Yamque y Tocto Ocllo habían tenido que pasarle la voz cuando llegaba el momento de servir la chicha, pues andaba distraída, con el aliento en otra cosa. Apenas aparecieron las primeras estrellas, Cusi fue a buscarla a su habitación y, después de despedir a las jóvenes *yanacona* de servicio doméstico que dormían con ella, bebió de la chicha que quedaba en la tinaja —se moría de sed— y la tomó exactamente igual que la noche anterior, pero esta vez sin que ella hiciera nada por resistirse. La visita se repitió las noches de las jornadas diecinueve y veinte, con la única diferencia de que Cusi la penetró también por la otra cavidad.

La jornada veintiuno los inminentes portadores del taparrabo fueron a bañarse a la fuente de Callizpuquio, de donde provenía el agua sagrada con que las ñustas *callixapa* preparaban la chicha. Cusi y sus compañeros entregaron las prendas que habían usado hasta ahora durante el *huarachico* y, completamente desnudos, fueron apedreados en la espalda con tunas espinosas por sus padres y sus tíos. Nadie soltó ni un quejido, pero varios contrajeron el rostro al ponerse la *huahuaclla* —la camiseta de cuadros amarillos y negros con una cruz colorada en el medio— que llevarían a partir de ahora en la guerra y los desfiles. De ahí fueron a la plaza de Aucaypata, donde, después de saludar a los *huacas* tutelares del Cuzco y del Mundo de las Cuatro Direcciones, recibieron de manos de cada uno de sus parientes ropa, una llamita macho a punto de entrar en su cenit y dijes de oro y plata, entre nuevas invectivas para que no fueran traidores ni al Padre Sol, ni a la Madre Luna, ni a ninguno de sus antepasados legendarios. Luego el Supremo Sacerdote Solar mandó juntar manojos de leña vestidos de hombre y mujer, golondrinas de alas azules y pecho colorado, así como las ropas antiguas de los hombres en ciernes —sus prendas infantiles— y los hizo quemar en una gran pira enfrente del Único.

Cuando, siguiendo el rito prescrito, Cusi bebió los dos vasos de chicha en dirección al Padre y arrojó los conchos al suelo, Cusi notó que ya no tenía ese sabor picantito que tanto le gustaba.

—¿Qué pasó con tu chicha? —le dijo—. Sabe diferente.

—Está igual que siempre —respondió su prima con el rostro inexpresivo—. Seguro tienes la lengua sucia y ya no saca bien el sabor.

Al final de la jornada le tocó volver a su casa. Apenas la noche se aposentó sobre el día, Cusi fue a la habitación en que dormía Oxica, pero cuando quiso tomarla la tuna no se le levantó. Hizo que su prima se la chupara por más de una hervida, sin ningún resultado.

—Estás cansado, débil —le dijo Oxica—. Descansa. Mañana es el gran día y tienes que tener el aliento alerta.

Poco después del amanecer lo despertaron sus tíos Lloque y *Amaru* Capac. Después de acompañarlo mientras hacía sus abluciones, lo llevaron al cuarto de la merienda, donde lo esperaba Yamque, su padre, con cuatro grandes tinajas de chicha.

—Bebe —le dijo, alcanzándole una escudilla honda.

Cusi obedeció. La chicha era desabrida, como la de la jornada anterior, pero no protestó. Tampoco protestó porque hoy Yamque no le diera su ración de maíz crudo.

Ante la atenta mirada de sus tíos y su padre, fue bebiendo poco a poco, a trago lento pero bien servido. Su pepa se centró en ver cómo bajaba lentamente la línea que indicaba el borde de la chicha que quedaba, en sentir el hormigueo creciente sobre su piel, la suave torpeza progresiva de sus propios movimientos. Cuando, ya completamente borracho, sus tíos y su padre lo sacaron al patio de su casa, que su madre Tocto Ocllo había mandado limpiar con especial cuidado el día anterior, ya había vomitado tres veces y apenas podía mantener el equilibrio, distinguir los bordes de las cosas. No opuso resistencia cuando los tíos Lloque y *Amaru* Capac le sostuvieron firmemente de los brazos. Sintió cosquillas cuando Yamque empezó a perforarle las orejas con un punzón ardiente. «Este soy yo», dijo en su adentro al acoger en sus fosas el olor de su propia carne al ser quemada. Cernió con sus sentidos embotados cómo su padre trataba de hacer huecos grandes, que mostraran al Mundo que su hijo estaba listo para resistir el peso de los discos de oro —la calidad de su linaje—, pero teniendo muchísimo cuidado de no romperle los pabellones, pues eso daba mal augurio. Estaba conmovido.

—Qué me has hecho, primita —musitó antes de desmayarse.

Cuerda de octavo nivel (adosada a la de séptimo nivel): dorado, en S

Una brisa densa y seca deambulaba por las calles del Cuzco aquella madrugada. Cantaba tonadas cortas y roncas en las esquinas, silbaba en los descampados. Estaba contenta: hoy una nueva oleada de sangre ingresaba a los canales que alimentaban de incas al Mundo. Que renovaban por dos años más la raza de los descendientes del Sol.

Su voz festiva, sin embargo, no pudo ingresar a la plaza de Aucaypata, invadida por una tempestad de crujidos: miles de pisadas en la oscuridad caminando sobre la arena.

Con los primeros destellos del Padre saludando por el horizonte, empezaron a recortarse las figuras de los que se desplazaban. Eran los flamantes portadores del taparrabo y sus ñustas *callixapa*, que terminaban de afluir a la plaza por las ocho calles procedentes de las Cuatro Direcciones y buscaban la fila y la columna que les correspondía según el *ayllu* de la *Llacta* Sagrada en las que vivían.

Cusi era uno de los últimos. Se había despertado tarde con una resaca feroz y punzadas que le hincaban las orejas con cada latido de su corazón. Apenas tuvo tiempo de hacer sus abluciones y, con ayuda de Lloque y *Amaru* Capac, calzarse sus sandalias de guerra —más gruesas y pesadas que las sandalias de paz—, ponerse la *huahuaclla*, ajustar la macana en la cintura y empuñar el escudo de tela y algodón en el brazo izquierdo y el *yauri* en el derecho.

—Los turnos del Mundo pasan rápido —dijo Yamque, alisándole un pliegue de la camiseta de cuadros amarillos y negros con una cruz colorada en el medio, y contemplando el resultado con la pepa derretida de emoción—. El hijo que ayer gateaba y comenzaba su ciclo hoy hace sus primeras armas de guerrero.

Caminó despacio desde la habitación principal del palacio hacia la entrada, tratando de acostumbrarse al peso de su nueva vestimenta. Los *yanacona* de servicio le hacían venias a su paso por los corredores, las *mamaconas* lloraban de arrobada admiración. Buscó con la mirada.

—¿Y Oxica?

—Está enferma —respondió Tocto Ocllo—. No va a poder venir.

El tono de Tocto Ocllo inhibía las preguntas y Cusi no inquirió más. Su madre le sirvió chicha de una tinaja que sostenía una de las *mamaconas*. Cusi alcanzó el *yauri* a Yamque, tomó el vaso que le tendía y bebió. La chicha estaba desabrida y Cusi extrañó el líquido picante de su prima ausente (y el deseo de horadarla, que había desaparecido misteriosamente de su aliento).

Salió del palacio escoltado por sus tíos y su padre, que caminaron a la plaza hombro con hombro con él, dándole de cuando en cuando unas palmadas amables y risueñas en la espalda, entre alguna que otra broma sobre los placeres de la virilidad que le esperaban en su vida futura. Tocto Ocllo les seguía a cuatro pasos de distancia, entonando un cántico de agradecimiento que las mujeres de su séquito coreaban.

No bien llegaron a la plaza, los varones de la familia fueron a ubicarse en las tribunas instaladas en los galpones laterales a la derecha del Inca, donde solo podían sentarse los miembros de los once linajes primigenios. Tocto Ocllo despidió a su cortejo y se acercó a Cusi. Le pellizcó suavemente la mejilla y le dio un beso en la frente.

—Hijo mío. Haz honor a tu nombre.

Mientras observaba a su madre sortear las hileras de andas estacionadas a los lados de la tribuna, seguida por su pequeño enjambre de sirvientas, Cusi recordó las muchas veces que Tocto Ocllo le había dicho esto mismo a lo largo de su vida, tanto cuando Cusi venía de realizar alguna pequeña proeza como cuando acababa de cometer una travesura mayor. Después de las palabras suaves de encomio o las nalgadas bien dadas, su madre le contaba la historia del jovencísimo príncipe de quien esperaba invocar el *camaquen*, y cuya hazaña legendaria traerían del pasado para renovar el presente durante las dos jornadas de Batalla, las últimas del *huarachico*.

Asustado ante el cerco de los chancas del Cuzco, el Inca Huiracocha había huido con su hijo Urco, a quien apodaban El Zonzo por las pocas luces que tenía, e incitó a todos a salvar el pellejo y abandonar el Ombligo a merced de los enemigos. El jovencísimo príncipe, que recibía el nombre de Cusi Yupanqui, decidió quedarse y defender la *Llacta* Sagrada de sus atacantes. Se encomendó al Padre Que Todo lo Ilumina, que se le presentó en sueños y le juró que su lealtad sería recompensada. Al príncipe se le unieron seis guerreros y una guerrera —la famosa Chañan Cori Coca, la Valiente Señora Coca de Oro—, que se apostaron en cada una de las Siete Puertas. A pesar de las pocas armas que tenían, pudieron contener la primera arremetida de los cortadores de cabezas, pero como estos les triplicaban en número, empezaron a doblegar su resistencia.

—De pronto —los ojos de ciervo de Tocto Ocllo se perdían en un punto más allá de Cusi, se negaban en un principio a creer lo que veían, se encendían finalmente de entusiasmo— unas piedras sagradas de los cerros circundantes tomaron forma humana y vinieron en ayuda de los defensores. Juntos, incas y *pururaucas* no solo repelieron el ataque de los cortadores de cabezas sino que los hicieron retroceder hasta sus tierras. Allí les dieron caza y libraron con ellos batallas encarnizadas que terminaron con un enfrentamiento final en el sitio de Ichupampa, que acabó con la victoria de los nuestros —suspiraba—. Dizque la lucha cuerpo a cuerpo fue tan atroz y sanguinaria que a Ichupampa lo volvieron a llamar Yahuarpampa, pampa de sangre. Y a Cusi Yupanqui, el príncipe valiente, que marcó con su triunfo el inicio del Mundo de las Cuatro Direcciones, lo llamaron Pachacutec, Volteador del Mundo.

La voz de Tocto Ocllo se quebraba invariablemente cuando llegaba a este punto de la historia.

—Cuando llegó el tiempo de tu primer corte de pelo, la Señora Cori Rímay, madre de tu padre, insistía en ponerte Huiracocha para evocar al Inca ancestro de su *panaca* primigenia. Yo me opuse. Casi me bota de su palacio por eso, pero igual planté mis dos pies sobre la tierra como si fueran raíces, no, diciendo, si a mi hijo van a ponerle nombre de Único Inca, que no sea el de un viejo cobarde. Que sea más bien el de Cusi Yupanqui para que voltee el Mundo como Él y alise su superficie en el turno de tiempo que le toque vivir —aquí le acariciaba la frente—. Hijo. Un nombre es un traje ajeno que te ponen. Si el traje es burdo, debes hacer prevalecer la calidad de tu pepa sobre él para que los demás conozcan tu valor y te den el lugar que te mereces. Si el traje es fino, si es de llama o vicuña de buena estirpe, si tiene historia, si ha sido tramado con hilos de oro y plata que resplandecen con el fulgor del Padre, si los mejores artesanos lo han confeccionado con amor en un tiempo más puro que este, debes ser digno de él. Que los que te vean portarlo no piensen que es demasiado hermoso, demasiado grande para ti —aquí le pellizcaba suavemente la mejilla—. Cusi Yupanqui, tienes suerte de llamarte como te llamas, pero puede ser una carga pesada que te haga vacilar las rodillas. Invoca el *camaquen* de tu ancestro el Inca Pachacutec, pórtala sobre tus hombros y haz honor a tu nombre.

Apenas todos los invitados a la Batalla —incas de sangre real, incas de privilegio y *curacas* cuyos hijos convertidos en incas pasaban también por el umbral— estuvieron en su sitio, empezó la entrega de tocados, que duró media mañana. A medida que el Padre iba trazando Su arco en el horizonte, Su luz rebotaba con mayor intensidad en las ropas y las joyas de los asistentes, y Cusi y sus compañeros debían cubrirse la vista con el dorso de la mano, pues el resplandor les daba en pleno rostro. A pesar de su ceguera momentánea, podía presentir que una mirada proveniente de las tribunas lograba filtrarse y le observaba atentamente.

Cuando a Cusi le tocó su turno, avanzó y subió al estrado de madera instalado enfrente del *Amarucancha* e hizo una venia ante el Señor Auqui Tupac Inca. Este metió el brazo derecho en una enorme canasta, buceó en ella, sacó un tocado y se lo entregó. Cusi contempló sus colores rojo bermejo y negro: en esta primera Batalla le tocaría defender el bando chanca. Con la debida reverencia, giró hacia la derecha, y evitando mirarLo a los ojos, hizo una profunda *mocha* de saludo al Único Inca Huayna Capac, que estaba sentado en su *tiana* con el rostro cubierto por un velo mientras, a su alrededor, tres *acllas* de servicio con bandejas de comida y bebida prestaban atención a Sus más mínimos movimientos. Con el rabillo del ojo, dio un vistazo fugaz a la silla de madera labrada vacía que estaba a la derecha del Inca, y de cuyo respaldo pendían, en señal de duelo, las prendas con los distintivos del Hombre Que Hablaba a la Oreja del Inca.

Bajó los escalones del estrado con un escalofrío en la espalda, rumiando con desconcierto la flamante noticia —el *amauta* Cóndor Chahua había muerto— cuando topó con la mirada de cuchillo que lo había estado observando. Era Chuqui Huipa, que desde una esquina de la tribuna lateral lo calaba sin vergüenza ni pudor desnudándolo, ¿riéndose de él?, ¿pidiéndole perdón?, en todo caso quemándolo hasta convertirlo en cenizas durante tres latidos que duraron para siempre. Tuvo que mirar al suelo para no caer. Las mejillas le ardían y su corazón daba saltos cada vez más altos que le llegaban hasta las orejas. Una brutal comezón se apoderó de sus pabellones. Sintió el deseo violento de arrancarse los hilitos recubiertos de sangre seca que atravesaban los orificios perforados por su padre la jornada anterior. Un fulminante ataque de sed le subió por la garganta. Pero no había chicha por ninguna parte. Y no estaba Oxica para prepararla.

Maldita sea, maldita sea, maldita sea. ¿No era que ya había pasado tu maleficio sobre mí? ¿Cómo es que vuelvo a estar preso de tu aroma traidor, flor maligna de cantuta?

Un sonido metálico rebotando en los *apus* vecinos lo sacó de sus desvaríos. El Señor Auqui Tupac Inca golpeaba con su vara de oro la loseta de piedra debajo de sus pies.

—La entrega de tocados ha terminado —gritó no bien se congregó silencio suficiente—. Júntense con los de su bando, divídanse en tres grupos y que empiece la Batalla.

Los portadores del taparrabo obedecieron en lento pero concertado desorden, tratando de replicar las posiciones de la contienda primigenia entre incas y chancas, pero modificando la proporción de defensores y atacantes, que no era de uno a tres, como en la Batalla original, sino de uno a uno, para que pudieran combatir en equilibrio de fuerzas y desplegar mejor las habilidades adquiridas en el entrenamiento militar. El *ushnu* —en el centro de la plaza— iba a ser el Cuzco y el pampón que lo rodeaba, los alrededores del Ombligo. Separaba ambos espacios una línea colorada trazada con pizarra pulverizada.

Al sonido de la caracola, el primero de los tres escuadrones «chancas», liderado por las dos parejas compañeros de *yanantin* Llasca y Mayta Yupanqui por un lado, y Paca Yupanqui e Inca Roca por el otro, atacó la retaguardia del *ushnu*. Con una formación en cuña y con los *yauri* con la punta hacia el frente, tentaron una entrada penetrante en terreno enemigo, pero fue repelida con vigor por el destacamento que defendía la parte posterior del *ushnu*. Las parejas de Tupac Cusi Huallpa y Cori Huallpa, y Urco Huaranca y Ancamarca Mayta, que lo lideraban, incluso cruzaron la línea colorada y fueron a perseguir al enemigo en su terreno. Cuando alcanzaban a alguien caído, le descargaban sin asco ni contemplación feroces golpes de macana que le destrozaban el escudo y le desgarraban el brazo, arrancando al desgraciado gritos de dolor que agrietaban el aire. El resto no tardó en arrojar sus armas y huir por una de las calles laterales que daba al Chinchaysuyo, entre vítores de la tribuna de ese lado de la plaza, la de los incas de privilegio, que les lanzaba comida podrida.

El segundo escuadrón «chanca» estaba encabezado por las parejas de Atecayche y Tísoc por la derecha, Ahua Panti y Manco Surichaqui por el centro, y Tampu Usca Mayta y Huamán —el flamante Halcón de Alas en los Pies— por la izquierda. Tomaron el relevo y atacaron en semicírculo cóncavo con las macanas en alto el lado del *ushnu* que daba a la tribuna de los linajes reales, tratando de romper los dos extremos de la muralla de carne que formaban la pareja de guerreros Tupac Atau y Quisu Yupanqui, el grupo de *yanantin* de Atoq e Illescas, y los que venían en su detrás. La entrada de Kuílap y Tampu Usca Mayta tuvo un éxito que pareció sorprender a los mismos atacantes en el extremo que defendían Atoq e Illescas, y no bien lograron cruzar la línea roja se detuvieron como dudando y retrocedieron a los predios permitidos de batalla, donde continuaron combatiendo. Alarmados, Quisu Yupanqui y Tupac Atau sellaron el frente a su cargo, acudieron en ayuda de Atoq e Illescas y, con el ímpetu de las últimas líneas de defensa, que les servía de soporte, expulsaron a los «chancas» del territorio sagrado y saludaron a la tribuna de los linajes, que los roció de alabanzas a voz en cuello.

El tercer escuadrón «chanca», al mando de Hango y Huacrapáucar por la derecha, y Cusi Yupanqui y Oscollo por la izquierda, arremetió sin formación precisa apenas los remanentes del segundo escuadrón terminaron de escapar de la plaza por una de las calles que iba al Collasuyo. Las parejas de Cusi Atauchi y Chuquis Huaman por un lado, y Unan Chullo y Huaipar por el otro, se plantaron sobre sus dos piernas y, con el apoyo de los que bajaban de los escalones superiores del *ushnu* para ayudarlos, frenaron con firmeza la embestida, deteniéndola justo en la línea roja divisoria, donde la lucha se convirtió en un pulso que no se inclinaba ni para el bando «inca» ni para el «chanca».

—¡Vamos, guerreros incas!

—¡Háganlos llorar lágrimas de sangre a estos salvajes!

—¡Fuera de la tierra sagrada, chancas de mierda!

—¡Fuera, malditos cortadores de cabezas!

Cusi, con la pepa aún incierta por la resaca y la visión perturbadora de la princesa Chuqui Huipa, había entrado a la refriega con ganas de abollar a alguien, pero con la misma facilidad con que se le había encendido la pepa de rabia, ahora se le estaba apagando de tristeza y sus brazos comenzaban a flaquear, a golpear más por inercia que por ganas. Entre macanazo y macanazo, volteaba fugazmente para buscar en su detrás pasillos libres para cuando llegara el momento inevitable del repliegue, esperando que fuera otro el primero en abandonar el campo en su sección y acabar de una vez con este absurdo simulacro de batalla, arrojar impunemente las armas y escapar. Pero nadie se animaba: los inhibía el curioso espectáculo de Oscollo combatiendo en la primera línea con energía desesperada de animal acorralado en lucha por su vida. De vez en cuando, en una de sus arrebatadas arremetidas a los defensores del *ushnu*, su compañero de *yanantin* descuidaba imprudentemente alguno de sus flancos y Cusi tenía que cubrirlo, seguido por las parejas «chancas» de Quilisca Auqui y Ullco Colla, de Anta Inca y Pascar Inca, de Hango y Huacrapáucar, y de Huanca Auqui e Inquill Tupac, que ocupaban el terreno ganado y lo defendían con la misma vehemencia, contagiados por el empuje de la fulgurante fuerza vital del hijo de Huaraca.

La tribuna en que se hallaban los miembros de las once *panacas* tomaron el giro inesperado que daban los acontecimientos como un ingrediente nuevo en un plato que conocían bien y que le aumentaba el sabor. Por aquí y allá se escuchaban risueños gritos de aliento a los «chancas» y alguno que otro elogio burlón a su poca disposición a dejarse derrotar así nomás, que fueron desapareciendo conforme se iba aproximando la hora sin sombras, en que el Padre cayó con toda Su fuerza encima de la plaza, sin asomos de una victoria «inca» en el horizonte. La columna liderada por la pareja de Cusi y Oscollo incluso logró cruzar la línea roja de la sección defendida por Cusi Atauchi y Chuquis Huaman y no solo no se detuvo y regresó —como mandaban las costumbres de batalla del *huarachico* desde la época del Inca Pachacutec— sino que profundizó la entrada hasta llegar al escalón inferior del *ushnu*, seguida por la pareja de Quilisca Auqui y Ullco Colla y una buena decena de combatientes. Algunos principales de *panaca* rancia empezaban a volverse de vez en cuando hacia el estrado en que el Único Huayna Capac, con el rostro cubierto por el velo, y Señor Auqui Tupac Inca, que parecía tan desconcertado como ellos, contemplaban el desenlace de la contienda. Cuando la columna de Cusi y Oscollo llegó al segundo escalón, el Señor Auqui Tupac fue con paso irritado hacia la loseta de piedra y la golpeó dos veces con su vara de oro, haciendo resonar las paredes de los templos aledaños a la plaza. Los «chancas», sin embargo, no parecían haber escuchado las llamadas de atención, pues proseguían con la entrada y ya ingresaban al nivel del tercer escalón, rompiendo la resistencia que ofrecían la pareja de *yanantin* Unan Chullo y Huaipar y sus seguidores «incas». El Señor Auqui Tupac Inca abrió la boca para decir algo, pero un gesto firme del Inca indicando que no interviniera lo detuvo y debió conformarse con seguir observando en silencio el enfrentamiento, que ahora sí se inclinaba claramente hacia el lado de los «chancas», que conquistaban el cuarto, el quinto, el sexto escalón. Cuando ingresaron al último escalón, en cuyo nivel yacía el trono de piedra en que el Inca se sentaba para presenciar las ceremonias del calendario solar, un rugido ensordecedor de protesta se apoderó de Aucaypata, el Inca se levantó bruscamente de su *tiana* en el estrado, se apartó el velo del rostro —y aquí los asistentes al evento voltearon la vista a otro lado— cernió con un puente de piedra entre las cejas la feroz disputa que se llevaba a cabo en la última línea de defensa y, sin decir ni una palabra, se fue caminando impasible en dirección a sus Aposentos, dándole la espalda a la Batalla, seguido apresuradamente por sus *acllas* de servicio.

Cusi y Oscollo peleaban lado a lado: un animal de dos cabezas, cuatro brazos y cuatro piernas que desbarataba todo enemigo que se le pusiera delante, detrás o al costado; dos cuerdas unidas por un nudo doble que no se podía desatar por más fuerte que se jalara de sus extremos. Pero, cuando ya parecía que Cusi Atauchi y Chuquis Huaman, que defendían exhaustos el trono de piedra del Inca —el último bastión del *ushnu* y el más importante, pues su captura marcaría irreversiblemente la victoria «chanca» y el fin de la batalla— iban a rendirse, un barullo de golpes emergió de los escalones inferiores: un grupo de guerreros «incas» trataba de abrirse paso hacia arriba. Eran Cori Huallpa y Tupac Cusi Huallpa que, contraviniendo las costumbres de combate del *huarachico*, habían cruzado los límites de la sección en que les tocaba pelear para ir en auxilio del tercer escuadrón «inca», seguidos de la pareja de Urco Huaranca y Ancamarca Mayta y las dos columnas de guerreros que iban en su detrás. La pareja «chanca» de Huanca Auqui e Inquill Tupac sucumbió casi de inmediato a la nueva arremetida, pero los grupos de *yanantin* Quilisca Auqui y Ullco Colla, Anta Inga y Pascar Inca, y Hango y Huacrapáucar y sus seguidores resistieron y lograron mantener la batalla equilibrada. La igualdad se rompió, sin embargo, cuando ingresó al enfrentamiento el forzudo chachapoya Huaman, que había regresado al campo de batalla y peleaba ahora para el bando «inca», descargando golpes de macana que deshacían, como si fueran de humo, los escudos de sus antiguos compañeros de combate. Cori Huallpa y Tupac Cusi Huallpa llegaron finalmente al nivel del último escalón y Chuquis Huaman y Cusi Atauchi, reanimados por refuerzos tan oportunos, pasaron al ataque. Cusi y Oscollo, aislados del resto de la columna, que iba abandonando poco a poco cada uno de los niveles de escalones conquistados, no podían sino pelear a la defensiva, con cada vez menos aliento en el pecho.

De pronto, en una estocada fallida con su *yauri*, Oscollo resbaló, cayó al suelo y soltó sin querer su escudo, que se fue dando un par de botes hacia el segundo peldaño, donde Cusi Atauchi saltó sobre él hasta hacerlo trizas. Tupac Cusi Huallpa, como una serpiente agazapada, arremetió de inmediato sobre Oscollo con una feroz andanada de macanazos, de los que el hijo de Huaraca se protegió como pudo con el brazo izquierdo, que se cubrió a ojos vistas de manchas verdes de las que empezaba a manar sangre profusamente. Sin pensarlo dos veces, Cusi giró en redondo y, descuidando sus espaldas, acudió en defensa de su compañero de *yanantin* y se abalanzó sobre el consentido hijo del Inca que había logrado la posición de *Incap rantin* solo por ser hijo de la concubina favorita Rahua Ocllo, descargó sobre el baboso hermano de padre y madre e inminente esposo de Chuqui Huipa un feroz golpe de macana en pleno cuerpo que lo tumbó al suelo y, ante su mirada aterrorizada, levantó el brazo para rematar al maldito imbécil que le había quitado a la mujer más hermosa y traidora del Mundo.

El golpe que le remeció la cabeza no lo tomó enteramente por sorpresa. De alguna manera lo esperaba, lo deseaba. Por un instante sintió la tentación de acoger sin oponer resistencia los que debían seguirle. Pero al darse la vuelta y ver a Cori Huallpa clamando obscenamente victoria y golpeándose los pechos antes de rematarlo, congregó todas las fuerzas que le quedaban y, apoyándose en una rodilla, extendió su *yauri* en dirección a él con todas sus fuerzas.

La punta atravesó un buen dedo medio de la barriga de Cori Huallpa antes de topar con una superficie dura, que se tiñó de rojo casi de inmediato, y quedarse prendida. Cori Huallpa se volvió hacia Cusi, boquiabierto, musitó algo que Cusi no alcanzó a escuchar y se desplomó. Cusi no vio el destino de su caída: su entorno, del que le llegaba un vago y acuoso rumor, se diluía. Suspiró. Una sonrisa asomó en su rostro: por fin, después de esta infinita luna de mierda, podía descansar.

Quinta cuerda: marrón como el polluelo del pájaro *allqamari*, en S

Las pocas veces que lograba quedarse dormido Oscollo soñaba que el verdadero Gato Salvaje Chiquito, vestido con atuendo chanca de *runa*, lo visitaba en la prisión, conversaba largo rato con él —al despertar, nunca se acordaba de qué hablaban— y reclamaba su nombre, su cuerpo, su identidad. Oscollo —¿cuál sería su nombre a partir de ahora?— accedía con alivio, intercambiaba ropas con el auténtico hijo del Gran Hombre Que Cuenta Usco Huaraca y, cruzando las paredes, se iba flotando por el aire y regresaba a Apcara, que hallaba igual que el día de su partida pero completamente deshabitada, sin nadie para recibirlo. Sin saber a dónde ir, regresaba a la prisión en que había dejado al Gato Salvaje Chiquito, pero estaba vacía.

Oscollo, ahora Sin Nombre, se dirigía entonces a la mazmorra de los castigos —sabía, sin saber cómo, que era ahí a donde se lo habían llevado— y era testigo de cómo el instructor Rumi Ñahui, trenzando cuerdas con las manos, le preguntaba al Gato Salvaje Chiquito por qué has peleado por el lado chanca en la Batalla del *huarachico* con tanta saña, hijo de Huaraca, ¿de verdad te civilizaste durante tu estancia en la Casa del Saber?, ¿de verdad te convertiste en inca?, ¿o estuviste fingiendo todo este tiempo y sigues siendo un inmundo cortador de cabezas en el fondo de tu pepa?

El Gato Salvaje Chiquito, inmovilizado por las cuerdas del tormento, paseaba su mirada por el sitio en que Sin Nombre flotaba invisible en el aire de la habitación, y no decía nada. Rumi Ñahui le pasaba la cuerda por debajo de las axilas y le zafaba los hombros con aplicación. El Gato Salvaje Chiquito gemía de dolor, pero seguía sin confesar que no había sido él sino Sin Nombre, y Rumi Ñahui le pasaba la cuerda en las ingles y le zafaba las piernas del resto del cuerpo, pero como el Gato Salvaje Chiquito persistía en su silencio, le ponía un lazo en el cuello y de un solo tirón lo desnucaba.

Como siempre, Oscollo se despertó sudando y tiritando. Y, como en cada ocasión, la luz de la Madre que entraba por la única tronera de la prisión hallaba a Cusi con los ojos abiertos e inexpresivos, mirando hacia un punto perdido en la pared.

Sintió una oleada de gratitud hacia su compañero de *yanantin*. Aunque Cusi era de sangre noble por los cuatro costados, siempre lo había tratado como igual. Era cierto que, en un tiempo que ahora parecía sepultado, no hacía ni decía nada cuando Cori Huallpa y sus compinches le pisaban la espalda o abusaban de él. Pero había compensado con creces su desentendimiento de entonces. En la carrera al cerro de Raurahua, cuando Cori Huallpa le había arrojado tierra a los ojos, Cusi había ido presto a vengarlo y había dejado fuera de carrera al bravucón. Y ahora, cuando Oscollo había seguido el oscuro impulso de transgredir las normas de combate de la Batalla y pelear hasta la muerte en el bando chanca, Cusi había sacrificado su destino y había estado ahí para cubrirle las espaldas. La imagen vívida de su compañero de *yanantin* peleando a su lado, tapando el flanco apenas Oscollo lo dejaba libre, desviando con su escudo un macanazo que le iba dirigido, adivinando cada uno de sus movimientos para respaldarlo o protegerlo, quedaría fundida en su pepa para siempre.

Un ardor de vergüenza le subió al rostro, quemándole las mejillas, felizmente invisibles en la negrura.

—Perdón.

La silueta de Cusi, inmóvil, había ingresado a la oscuridad: ¿le habría escuchado?

—Vas a morir por mi culpa.

Silencio.

—No sé por qué lo hice. Creo que quise romper el ciclo. Volver el tiempo atrás. Corregir todo y comenzar de nuevo. Con un nuevo presente, pero volteado. Un presente chanca…

—No sé de qué estás hablando.

—No importa. Perdón, hermano y doble.

Un suspiro breve se abrió paso en la oscuridad.

—Si una de las cuerdas del *yanantin* comete un delito, las dos son castigadas —la voz de Cusi era cristalina, despojada de sentimientos inoportunos—. Yo maté a Cori Huallpa y voy a pagar el precio. Y tú vas a morir por el nudo que nos une. Si alguien tiene que disculparse, soy yo. Pero no lo voy a hacer, así que cállate y prepárate para tu Vida Siguiente como un guerrero inca. Sin lamentaciones.

Cusi se tomó las rodillas con los brazos y empezó a balancearse suavemente sobre el sitio. Su perfil entraba y salía del cuadrado de luz que se filtraba por la tronera superior. Su mirada seguía fija en la pared que tenía enfrente.

—Trescientas cuarenta y dos —dijo Oscollo.

Cusi siguió balanceándose.

—La pared en tu delante, que miras tanto. Tiene trescientas cuarenta y dos piedras. Cuéntalas si quieres.

Cusi seguía balanceándose, como si no hubiera escuchado. Pero Oscollo lo conocía y sabía que ahora aguzaba el oído.

—La que está a tu izquierda tiene quinientas cincuenta y cuatro. La que está a tu derecha, quinientas cuarenta. El techo no se ve ahora, pero por la tarde conté la cantidad de briznas de paja que tiene. Son veinticuatro mil setecientos ochenta y nueve. Desde la plaza de Aucaypata hasta este cuarto hay tres mil ochocientos doce pasos, si contamos el pequeño rodeo de setenta y cuatro pasos que los guerreros del Inca nos hicieron dar para cruzar el río Huatanay y el de veintitrés que hubo que dar para hacer un alto en el descampado en que cagamos antes de venir aquí.

Cusi dejó de moverse. Se adelantó ligeramente y la luz del cuadrado recortó su rostro, que observaba a Oscollo con cautela: ¿la proximidad de la muerte había desquiciado a su compañero de *yanantin* en su delante?

—Nunca preguntaste cómo te salvé en la prueba de supervivencia.

Silencio.

—Cuando te pusiste mal, encontré el sendero de retorno recordando la cantidad de pasos que habíamos hecho en cada tramo de nuestro viaje. Los había contado sin querer.

—¿Sin querer?

—Sin querer. Yo cuento todo, hasta las cifras que no quiero contar. Supe en qué dirección debíamos ir porque Chimpu Shánkutu y Rumi Ñahui se habían detenido tres veces durante el camino para renovar su bolo de coca y tenían que hacerlo en la cumbre más alta de la zona, como manda la tradición. Lo único que tuve que hacer es buscar cada vez el sitio más alto por el que podían haber venido y trazar una línea imaginaria hasta el siguiente punto más alto. Lo difícil fue soportar tu peso a mis espaldas durante todo el camino.

Cusi cabeceó, pero era claro por su expresión que no había entendido ni la mitad de lo que le había dicho. Sin embargo se levantó, cruzó la distancia que los separaba y se sentó a su lado. Lo abrazó.

—Gracias, Oscollo.

—Yo no soy Oscollo. Mi padre no es Usco Huaraca sino un *runa* del caserío de Apcara, en tierras chancas.

El rostro de Cusi revelaba, ahora sí, absoluto desconcierto.

—Por mi don de contar rápido, el Señor Usco Huaraca me sacó de los predios de mi padre y me llevó a Vilcashuaman. Juntos viajamos por toda su región y me usó para comparar las cuentas que les presentaban los *quipucamayos* con la cantidad de gente que vivía de verdad en los pueblos, los poblados y los caseríos. Así pudo demostrar que los *quipus* que le entregaban daban cantidades falsas y denunciar a los corruptos. Mira cómo acabó por servir bien al Inca. Mira cómo acabó su hijo Oscollo, el verdadero hijo de Usco Huaraca, que fue sacrificado para que yo pudiera tomar su nombre y entrar a estudiar a la Casa del Saber del Cuzco, que no permite el ingreso de personas como yo. Mira cómo acabó el Señor Cóndor Chahua, asesinado por decirle al Inca sus verdades.

—Cállate.

—Voy a morir, Cusi ¿recuerdas? —un nudo amaneció en su garganta—. ¿Por qué me voy a callar entonces? El *amauta* Cóndor Chahua fue asesinado.

—El *amauta* murió de enfermedad —Cusi hablaba en voz baja, quizá sin darse cuenta—. No sabes lo que dices.

—El Enano Chimpu Shánkutu mató a Cóndor Chahua con una poción para el envejecimiento veloz.

—¿...?

—La poción fue preparada por su esposa la Señora Payan. Y puesta a prueba en sus propios animales por su hija Cayau.

El nudo en la garganta se apretaba, empezaba a estrangularlo: imaginaba a la enanita en el momento de ser preñada por su padre.

—¿Por qué Chimpu Shánkutu haría algo como eso?

—Para convertirse en el nuevo Hombre que Habla a la Oreja del Inca.

Rompió en sollozos. Cusi se apartó de él, como si su compañero de *yanantin* hubiera sido tomado súbitamente por una enfermedad contagiosa. Iba a decir algo, pero un intercambio de voces a la entrada de la prisión lo distrajo. Cuando se oyó el grito marcial de saludo de los guerreros a ambos lados del portón, Oscollo ya había dejado de sollozar y tenía los sentidos puestos en alerta.

El portón se abrió con violenta rapidez, pero sin ganas de tomarlos por sorpresa. Una expresión adusta les contemplaba de arriba abajo desde el umbral: el instructor Rumi Ñahui. Oscollo se estremeció: llevaba una soga con lazo en la mano derecha. ¿En qué momento se había quedado dormido y empezado a soñar de nuevo?

—Cusi Yupanqui —la voz potente del instructor contrastaba con su baja estatura y su extrema delgadez, que le daba una apariencia engañosa de debilidad—. Mataste a Cori Huallpa, inca de sangre noble hijo del Señor Auqui Tupac Inca, Supremo Encargado de la Guerra y hermano de padre y madre del Inca Huayna Capac, Único Pastor dEl Que Todo lo Ilumina. El *quipu* de las Leyes y los Escarmientos castiga ese delito con la muerte. Por eso, tú y tu compañero de *yanantin*, que no supo apartarte de tu acción inicua, merecen que se interrumpa por medio de la cuerda el flujo de su aliento vital.

El nudo en la garganta de Oscollo ahora le cercaba el cuello, ahogándolo: Rumi Ñahui golpeaba suavemente con la soga que tenía en la mano derecha la palma de su mano izquierda.

—Pero el nuevo Hombre que Habla a la Oreja del Inca le ha pedido al Único que les perdone la vida. Dice que el extraño intento de ustedes de revertir nuestra victoria sobre los chancas en la Batalla primigenia y el crimen que cometieron en ella son un augurio enviado por *huacas* benéficos. Dice el Hombre que estos *huacas* de buenas intenciones los han usado a ustedes para prevenir al Inca sobre lo que puede ocurrirle si insiste en realizar Su nuevo Movimiento sin obtener previamente el acuerdo y el apoyo de los *mallquis* de las once *panacas*, que hasta ahora Le han dado la espalda. El Joven Poderoso ha escuchado las palabras del Que Habla a su Oreja y ha mandado entregar cuantiosos regalos a los *mallquis*, ha regalado tierras y sirvientes a los que hablan por su boca, y hecho ofrendas de coca, maíz y *mullu* a los *huacas* que habían oído las opiniones del Señor Cóndor Chahua y eran reticentes a apoyar la nueva campaña, que dizque han empezado a cambiar de opinión...

Carraspeó.

—Pero no piensen que han salido completamente indemnes de su fechoría —Rumi Ñahui hablaba apretando los dientes—. El nuevo Hombre que Habla a la Oreja del Inca le ha sugerido al Único castigos para ustedes. Tú, Cusi Yupanqui, te quedarás en el Cuzco y no podrás pelear ni obtener gloria ni tierras ni sirvientes en ninguna de las campañas militares del Nuevo Movimiento. Y tú, Oscollo hijo de Huaraca, cumplirás una misión secreta en tierras extranjeras, sobre la que el mismo Hombre Que Habla a la Oreja del Inca te informará cuando llegue su momento. Hasta entonces debes permanecer en la *Llacta* Ombligo, como tu compañero de *yanantin*.

Cusi se mordió los labios.

—¿Y quién es ese nuevo Hombre que Habla a la Oreja del Inca, que nos ha salvado el aliento y nos ha castigado? —preguntó.

—El Señor Chimpu Shánkutu.

Cusi y Oscollo cruzaron una larga mirada.

Cuando Rumi Ñahui partió, la prisión permaneció en silencio. Al cabo de veinte latidos, Cusi se levantó y se puso enfrente de la pared que solía contemplar cuando estaba sumido en sus propios pensamientos. La miró fijamente, como si la viera por primera vez.

—¿Cuántas piedras dijiste que había en esta pared?

—Trescientas cuarenta y dos.

Los ojos de Cusi comenzaron a bailar una danza irregular, mientras sus labios musitaban en voz baja.

—Uno, dos, tres, cuatro, cinco...

Cuando terminó la cuenta, cabeceó. Su escueta sonrisa relució en la oscuridad.

—De que tienes el don, lo tienes. Pero francamente no tengo idea de por qué se hizo tanto sacrificio para convertirte en Espía del Inca. Ni para qué podría servir en el futuro.

Decimoprimera serie de cuerdas – presente

Primera cuerda: marrón tierra removida, en Z

Desde que recibió la propuesta traicionera de Zopezopahua de hacerse *sinchi* de las regiones chancas y jaujas, Challco Chima recuerda sus sueños. Su sueño. El único que, con muy pequeñas variaciones, le soplan con insistencia los espíritus turbulentos de la noche.

Es un día soleado. Una serpiente de lana de todos los colores del arco del Illapa repta por el cielo —de un celeste purísimo— a toda velocidad, alcanzando alturas nunca respiradas por el hombre. Roza la única nube —esponjosa como algodón— que hay en los contornos.

Cuando le falta poco para llegar a su momento más alto y empiece su descenso, Challco Chima le lanza su boleadora de tres puntas de plomo con todas sus fuerzas. Su brazo tiene la fuerza vital joven, fresca. Challco Chima todavía no es Challco Chima sino el *huahua* grandulón de Vinchos que infla el pecho de su *ayllu*, el de los Chima, en el poblado de Vinchos, con sus proezas, y al que llaman en burla Umutucha, Enanito. Umutucha aún anda en la edad de estar cuidando las llamas, pero ya es conocido hasta en Vilcashuaman por su buena puntería con la boleadora.

La boleadora de tres puntas atrapa a la serpiente de lana en la altura máxima de su trayecto, estrangulándola. La serpiente, ahogada, mata su caída, ahora vertical.

Umutucha grita «*¡Challco chima!*», como en el juego, pero no está compitiendo con nadie. Vuelve los ojos hacia la chiquilla a la que ha querido impresionar con su destreza. Ahí está Rapa, hojita de árbol, que vive con su familia dos *tupus* más arribita de la ladera. Está trepada en las ramas altas de una morera, dejándole ver sus pantorrillas lisas, formaditas. Viste atavíos de

527

colores sin lavar, puros, antiguos. Le sonríe, como siempre que él regresa cansado de hondear, lanzar boleadora o cargar leña todo el día en lo alto de las lomadas altas que circundan la Ciudad del Halcón Sagrado. Los ojos de Rapa lo han visto. Pudorosos, se hunden suavemente en la tierra, en el mundo subterráneo, su boca cerrada susurrando: qué lindo tiras boleadora, papacito, haré todo lo que pidas, todo lo que mandes.

A Umutucha se le endurece la tuna como una estaca de empalar. «En verdad no es Rapa», está diciendo Challco Chima, que se está viendo soñar el sueño, «pero ya no importa».

Umutu-Challco ahora la está desvistiendo. La está montando por atrás. La chiquilla, que se ha dejado hacer sin ninguna protesta, está gimiendo. Es la primera vez que Umutu-Challco la monta, pero los gemidos le resultan familiares. Sin que vuelva la cara hacia él, Umutu-Challco está sabiendo —siempre lo supo— que la chiquilla no es Rapa sino la hembra comeperra a la que hizo violar por todo su ejército después de que intentara asesinarlo con un prendedor de plata.

Hijo de placenta sucia, le está diciendo ella sin abrir los labios.

¿Cómo haces para hablar, le pregunta Umutu-Challco sin dejar de moverse, si mandé que te cortaran la lengua?

El hueco de la hembra está lleno de espinas de cactus. Umutu-Challco sabe que le están desgarrando su tuna hasta deshacerla en jirones de carne esponjosa, como de nariz recién arrancada. «En verdad sí me está doliendo», dice Umutu-Challco en su adentro, sin interrumpir el vaivén furioso de su cintura, «pero no me importa».

Es entonces que Umutu-Challco siente a su lado la presencia poderosa, perturbadora del hermano de combate Rumi Ñahui contemplándolo. Compadeciéndolo.

Amándolo.

Cuerda secundaria: marrón tierra removida, en Z

El funcionario tasador coloca sobre el platillo de barro todo el oro restante. *Tumis*, tinajas, enchapados de pared enrollados a la mala, dijes, joyas arrancadas de sus cinturones, orejeras, brazaletes, peinetas, mascarillas, estatuillas de *huacas* subordinados aún sin terminar.

El peso del oro amontonado va equilibrándose con la ruma de cascajo que hay en el platillo en el otro extremo, al otro lado del fiel. El tasador espera a que el movimiento de la balanza haya dejado de dudar.

Se escucha un quejido procedente del terraplén en que yacen los orfebres en posición de feto, con los brazos atados a los tobillos. El grito de un guerrero inca a su lado lo hace callar.

—Catorce medidas —dice el tasador en voz alta. Coloca velozmente una semilla de *huayruro* en el huequito de las decenas y otras cuatro de maíz blanco en cuatro huequitos correspondientes a las unidades en la *yupana* de barro cocido con que hace sus cálculos.

—¿Cuánto hasta ahora? —pregunta Challco Chima.

—Ciento diez medidas —responde el tasador mirando su *yupana*.

—¿Nada más?

—Nada más.

El general invencible bufa maldiciones. Se vuelve hacia Yucra Huallpa, pero habla para todos.

—¡No tenemos nada más que hacer aquí! ¡Que los *yanacona* pongan el oro en el *tambo* principal, junto con el resto! ¡Y que la comitiva empiece a liar bártulos! ¡Regresamos a Hatun Jauja!

—¿No vamos a seguir, mi Señor? —pregunta Yucra Huallpa en voz baja.

—No.

—No podemos dejarlos así —dice el segundo con un puente entre sus cejas—. Todavía nos faltan noventa medidas para completar la cuota que tenemos que sacarles a estos para el rescate del Inca y…

—No. Déjalos en libertad.

—Pero Señor…

Challco Chima le da un empujón a su segundo.

—¡Placenta sucia! ¡¿No entiendes?! ¡Te acabo de decir que los sueltes! ¡Regresamos! ¡¿O eres sordo?!

Challco Chima se da la vuelta y camina a zancada larga y rápida hacia su litera, para no contemplar la reacción de

Yucra Huallpa ante el arranque de su aliento. Al verlo llegar, el cargador principal le ofrece con un pánico solícito sus manos entrelazadas con las palmas hacia arriba. Challco Chima las pisa con fuerza excesiva, no solo para darse impulso, sino para lastimar al cargador, que acoge la pisada violenta sin soltar ni un quejido. En el sueño despierto del invencible, el cargador desenlaza las manos, se planta frente a él y le escupe en la cara.

El volcán que Challco Chima porta en la barriga se le enciende, doblándole en dos.

—*Yaya...* —dice la voz preocupada de Yucra Huallpa a sus espaldas.

Challco Chima se reincorpora de inmediato.

—¡A Hatun Jauja! —ruge.

Cuerda terciaria (adosada a la secundaria): marrón tierra removida, en Z

Las andas se desplazan a ritmo del trote de los cargadores lucanas por el sendero de piedra.

Challco Chima no logra escapar de su propio aliento estrujado, que le quema el vientre y le aprieta la garganta. Odia el último servicio ordenado por el Señor Cusi Yupanqui —recabar doscientas medidas de oro de las regiones adyacentes a Hatun Jauja para el rescate del Señor del Principio—, que denigra a un guerrero como él, curtido en diez atados de guerras. Nadie podrá decir que no ha hecho todo lo posible por cumplirlo como si lo hubiera urdido él mismo, como todo buen Hombre que Sirve. No solo ha hecho correrías de despojo en los depósitos en que hacen sus entregas los buceadores de cuevas, que cumplen turnos de trabajo en las minas del Inca de los contornos. Ha vaciado los sitios secretos en que se guarda el oro de los lavaderos de los ríos. Ha saqueado las estatuillas de las tumbas de los ancestros comeperros, lo que le ha granjeado la enconada ojeriza de los principales jaujas que le acompañaban, que habían empezado a colaborar con él de buena gana y ahora lo miran solapadamente de perfil para maldecirlo mejor entre dientes. Y ha hecho una incursión sorpresiva en las casas en que se alojan los orfebres que sirven a la *llacta* de Huanucopampa. No solo les ha arrebatado sus objetos de oro, sino también las dotaciones de lágrima solar que les habían entregado los sacerdotes para que labraran las joyas de los templos.

Pero por donde quiera que va, una sombra furtiva se adelanta a sus pasos. Una sombra que previene de su llegada haciendo correr la consigna de que se le niegue, desvíe u oculte el oro donde jamás pueda encontrarlo. ¿Por qué el Señor Cusi Yupanqui no encomendó este servicio deshonroso a Ucumari o a Onachile? ¿Por qué desperdicia en esta tarea secundaria a un hombre de guerra como él, apartándolo de la faena más urgente y para la que solo él es el indicado: una campaña mucho más brutal que la anterior contra los salvajes chachapoyas, que se niegan a cumplir con sus entregas de flechas a los depósitos del Inca, amenazados muy pronto por una feroz sequía de proyectiles?

Para qué quemarse la pepa más aún con preguntas de las que ya conoce la respuesta. El Señor Cusi Yupanqui no confía, no puede confiar, en nadie más que él en toda la región jauja.

¿Hace bien?

Ya han pasado dos atados de jornadas desde la conversación clandestina que el invencible sostuvo con Zopezopahua, el segundo del general Rumi Ñahui, y todavía se pregunta por qué mierda lo dejó partir sano y salvo. ¿Cómo pudo permitirle ir a reunirse con su Señor en Tomebamba, después de haber escuchado su propuesta ignominiosa de traición? ¿Qué fuerza oscura logró atravesar las murallas de su pecho y suavizó su corazón? ¿Se estaría volviendo acaso blando, senil?

Las llanuras que anuncian los linderos de Hatun Jauja apenas apaciguan el revuelo de su aliento. En uno de los poyos a la vera del camino, rodeado por una cuadrilla de guerreros, le aguarda el general Ucumari.

—El Señor Antamarca Mayta ya llegó —le anuncia el general, con el rostro arado por la incertidumbre—. Te espera en los Aposentos del traidor Apu Manco Surichaqui.

Challco Chima ordena con voz imperiosa a la comitiva que le aguarde en las afueras de Hatun Jauja e ingresa a la ciudad acompañado únicamente por los cargadores de andas y su escolta personal.

Antamarca Mayta. Lo único que su memoria enlaza con el principal son varias imágenes vívidas durante una de las arremetidas a una fortaleza carangui, en la ya lejana campaña del norte del Inca Huayna Capac, en un antaño de guerras más viriles que esta. La primera vez que lo vio aún no sabía su nombre, pero maldijo a ese inca que eludía el contacto directo con el enemigo, que se escondía y luego huía solapadamente del campo de batalla. En el segundo recuerdo, la *pucara* ya había sido finalmente tomada y Antamarca se las había arreglado, quién sabía cómo, para arrimarse con disimulo a los guerreros vencedores. Ahí estaba, bebiendo con ellos, recibiendo con su sonrisa de tortuga bien cebada parte de la gloria. Daría risa si no diera pena, si no diera rabia. ¿Qué hacía el Inca rodeándose de *akatanqas* como este, de escarabajos que solo sabían empujar la caca y hacerse su casa con ella? ¿Por qué elegía a lacra como esta para que recabara en Su nombre el oro del Inca?

El invencible no espera a que los cargadores hayan estacionado la litera al borde de la plaza para bajarse de un salto. Cruza el pampón a pasos decididos. Da una rápida ojeada a las puntas de las picas enterradas en el medio: las cabezas y los miembros mutilados de los principales comeperros siguen ahí. A pesar de la pestilencia del hedor putrefacto, nadie se ha atrevido, nadie se atreverá a sacar ninguno de su sitio. Echa un oblicuo vistazo al puñado diseminado de gentes que merodean por ahí, niños casi todos, que han detenido sus juegos comeperros para verle pasar con expresión indiscernible. Los escoltas Huaipar y Cumbemayo se colocan sin hacer aspavientos a su izquierda y a su derecha. Saben que en los pueblos recién sometidos los *huahuas* son mucho más audaces que sus mayores en el lance por sorpresa —casi siempre de ponzoña mortal— a los hombres de guerra del Inca, por muchos que sean los años que estos les lleven y por alta que sea su jerarquía.

Cuando han llegado a los umbrales de los antiguos Aposentos de Apu Manco Surichaqui, un gesto de Challco Chima a Huaipar y Cumbemayo: esperen afuera.

El Señor Antamarca Mayta le aguarda sentado en el único taburete de madera de la habitación. No se levanta a su llegada.

—¿Tienes el oro?

—Todo no —contesta Challco Chima.

El *akatanqa* bota aire por sus carrillos.

—¿Por qué?

Challco Chima no responde.

—¿No te ha dicho tu Señor Cusi Yupanqui que el Barbudo Joven lo quiere cuanto antes? ¿Qué estás tejiendo? ¿Que maten al Inca?

Un silbido hosco emerge del pecho del *akatanqa*: ¿está suspirando o refunfuñando?

—¿Cuándo lo vas a tener?

—Pronto.

—¿Cuándo pronto?

—Muy pronto.

—¿Por qué tanta demora? —hay cacha en la voz del *akatanqa*—. ¿Te has reblandecido, el servicio es demasiado para ti o te estás volviendo flojo con la edad?

Por injurias mucho menores otros han sido despellejados vivos o han visto en vida su barriga hecha tambor, y el emisario de Atahualpa lo sabe. ¿Por qué a los cobardes les gustará ostentar valentía cuando los protege un poderoso?

—Pues te vas a tener que apurar —el *akatanqa* gesticula con su brazo fofo una amenaza—. El Barbudo Joven ya ronda los sitios aledaños a Pachacamac y se está impacientando. Se pregunta por qué no has recogido todo el oro que el Inca te ha ordenado. Un gruñido suyo y, por tu culpa, puma desdentado y chocho, el Barbudo Viejo va a segar la vida del Señor del Principio en Cajamarca.

Challco Chima se muerde los labios hasta sacarse sangre: no lo toques, dijo el Señor Cusi Yupanqui.

—Dile al Barbudo Joven que voy a enviarle el oro que falta apenas lo haya terminado de juntar.

—¿Enviárselo? —el *akatanqa* sonríe—. ¿Que vas a enviárselo, has dicho?

Un ronquido áspero emerge de su garganta: ¿una carcajada?

—No vas a enviar nada. El Barbudo Joven quiere que tú mismo bajes con el oro al poblado de Cajatambo, se lo entregues en sus propias manos y vayas con él a Cajamarca.

Las manos con que no podrá estrangular al emisario de Atahualpa hunden sus uñas en las palmas.

—¿El Barbudo Joven quiere que vaya con él a Cajamarca?

—Así es.

Una ráfaga violenta sopla la fogata que hay en la barriga del invencible, volviéndola a encender. Challco Chima se inclina levemente como quien reflexiona, pero en verdad para contrarrestar el ardor que le sube poco a poco a la garganta. Que no lo note el *akatanqa* despreciable.

—No puedo hacer eso. No he recibido órdenes.

—Tus órdenes las recibes de mí —los mofletes del *akatanqa* tiemblan ante su golpe de pecho—. Y yo te hablo a nombre del Inca Atahualpa, Señor del Principio y Único Hijo del Sol.

Challco Chima cabecea lentamente. Obedecer una orden como esta es insensato. De acuerdo a los *quipus* recibidos, el Barbudo Joven es mucho más peligroso que el Viejo. El invencible envió espías a pisarle las huellas desde su partida de Cajamarca para hacer un recuento detallado de los que colaboraban con él. Los enviados secretos siguieron al Joven Barbudo —al que los otros extranjeros llaman Apu Donir Nandu o simplemente Donir Nandu—, en su periplo en busca de oro por los poblados de Ichoca, Huancasanca, Tambo, Totopampa, Coronga, Pinga (donde fue bien recibido por el *curaca* Pumapaecha), Huaraz (donde fue bienvenido por el Señor Pumacapillay), Sucaracuay (donde durmió en aposentos ofrecidos por el Señor Marcocana), Pachicoto y Marcara (donde el Señor Corcora le entregó cargadores). Marcaron el paso del Joven extranjero por Huacaranga, Parpunga, Huamamayo, Huarma, Llachu y Suculacumbi hasta que llegó al pueblo aledaño al templo del Padre Pachacamac. Allí, no solo fue alojado por el Señor Taulichusco sino que le visitaron las delegaciones de Lincoto, Señor de Malaque; Alinacay, Señor de Huar; Huarilli, Señor de Huallcu; Tambianvea, Señor de Chincha de Abajo; Huaccha Paichu, Señor de Guarda; Aci, Señor de Colija e Ispilo, Señor de Sallicaimarca (¡ya llegará el tiempo en que estos hijos de *allqo* carachoso y todos los que se echan y babean ante los barbudos reciban su merecido!). Y, aunque el encargo de comentar no formaba parte de su servicio, ninguno de los espías se inhibió de soslayar admiración. Al Barbudo Joven no le tiembla el pulso, dijeron. Cuando de averiguar el paradero del oro se trata, no parpadea en cercenar, castrar, descarnar, enterrar vivo o quemar a sus informantes. Por donde pasa, destruye las momias (como yo) y las piedras de los *huacas* sin temer Su represalia. En los sitios sagrados de Pachacamac, no respetó ninguno de los protocolos de los que quieren consultar los oráculos del Señor de los Temblores. Sin importarle la presencia del *curaca* Taulichusco, Señor de los poblados aledaños a Pachacamac, y de los sacerdotes que cuidaban del templo, destruyó la bóveda en que estaba su sagrada estatua de madera y la hizo quebrar delante de todos, dejándolos boquiabiertos por su osadía.

Challco Chima chasquea la lengua.

—Señor Antamarca Mayta —dice el invencible masticando las palabras como si encerraran un insulto—. No puedo liar bártulos y dejar esta tierra así como así. Aún no he terminado mis servicios a mi Señor Cusi Yupanqui en Hatun Jauja.

—¿Qué servicios pueden ser más importantes que proteger la vida del Inca?

—No tengo permiso de decirte. Pero si lo que quiere el Barbudo Joven es estar seguro de que recibirá el oro prometido, dile que suba él mismo a Hatun Jauja a recogerlo.

—Sus llamas grandes no están acostumbradas a nuestros caminos —replica el *akatanqa*—. Sufren con las trepadas y se les quiebran las patas con los trechos escarpados. Además, ha oído hablar mucho de ti y no le inspiras confianza. Teme... —unos nudillos espesos se abren paso lentamente en medio de su frente, preguntando en lugar de aseverar— ... Teme que le tiendas una emboscada.

Challco Chima se sume en su pepa largo rato. Escupe. Ninguna burbuja asoma de su escupitajo.

—Dile al Barbudo Joven que voy a pensarlo.

—No tienes nada que pensar —farfulla el *akatanqa*—. Te estoy dando una orden en nombre del Inca.

Sin hacerle caso, Challco Chima se da la vuelta y sale de la habitación.

—¡Obedece, quemador de momias, hijo de *pampayruna*! —grita la voz chillona del *akatanqa*—. ¡Obedece!

Challco Chima sigue su camino.

Cuerda de cuarto nivel (adosada a la terciaria): marrón tierra removida, en Z

En el *quipu* que urde a toda prisa, Challco Chima informa a Cusi Yupanqui de su encuentro con Antamarca Mayta. Señala la conminación del emisario del Inca para que el invencible se presente en Cajatambo con el oro recabado en su servicio y baje con el Barbudo Joven a Cajamarca. Pide instrucciones.

Recibe el *quipu* de respuesta dos atardeceres después en el santuario del *huaca* comeperro Carhuallo Carhuancho. Challco Chima está impartiendo aplicado tormento a su sacerdote, quien insiste en desconocer adónde han ido a parar los objetos sagrados de oro de su *huaca*.

El invencible toma el *quipu* del Señor Cusi Yupanqui. Lee su contenido:

«Termina de juntar las doscientas medidas de oro que te encargué. Pon a tu segundo Yucra Huallpa en tu lugar y deja Hatun Jauja. Ve con tu comitiva y tu carga donde el Barbudo Joven. Entrégale tu carga. Acompaña al Joven a Cajamarca. No le hagas daño ni a él ni a los otros barbudos. Tampoco a Antamarca Mayta ni a los otros emisarios del Señor del Principio que les acompañan».

Challco Chima permanece diez latidos con la cuerda extendida entre sus manos.

Ve donde el Barbudo Joven y entrégate a él.

Las últimas dos cuerdas del *quipu* están en una clave secreta compartida solo por él y su Señor, por si acaso alguien había interceptado el mensaje.

«En Cajamarca los *apus* no tienen eco. Ahí dibuja la flecha. Muéstrala al Búho Que Canta. Él te mostrará su gemelo».

A partir de su llegada a Cajamarca, descifra Challco Chima, el Señor Cusi Yupanqui ya no podría comunicarse con él. El rol del invencible sería urdir un plan militar de rescate del Inca. Luego debía comunicar este plan al Búho que Canta; es decir, el Espía del Inca infiltrado en Cajamarca que mantenía informado a Cusi Yupanqui de todo lo que ocurría en el entorno inmediato del Inca, y cuya identidad Challco Chima desconocía. Según el mensaje, el Espía le mostraría una estatuilla en forma de búho para identificarse.

Ve donde el Barbudo Joven y entrégate a él, había dicho el *quipu*.

El invencible suspira. Lo pliega con delicadeza maternal. Coge las tenazas de cobre que había dejado reposando encima de las brasas encendidas mientras cernía el contenido del *quipu*. Enciende uno a uno los extremos. Espera hasta que forman un fuego consistente y empiecen a deshacerse en cenizas que deambulan por el aire.

Siempre con las tenazas en la mano derecha, regresa a la habitación en que se hallan Yucra Huallpa y el anciano sacerdote.

—Sigue sin decir dónde está el oro —dice el segundo.

—Ábrele la boca.

Los ojos del comeperro, que tiene los miembros atados a la espalda, chispean al contemplar las tenazas. Un sonsonete lastimero, infantil surge de sus labios apretados.

—Podemos sacarle las uñas primero —dice Yucra Huallpa con inquietud—. O quebrarle los dedos. O…

Con la mano que le queda libre, Challco Chima empuña el sobrecuellos de la camiseta de su segundo y lo levanta en vilo. Sostiene su mirada abochornada, incrédula.

—Te he dicho que le abras la boca.

¿Por qué no me golpeas, fiel segundo? ¿Por qué no te dejas de reparos y me rompes la cara a puñetazos de una buena vez?

El peso de Yucra Huallpa lo devuelve lentamente a tierra. El segundo asiente despacio, sin dejar de mirar con reverencia a los ojos de su Señor. De un impulso, toma firmemente la cabeza del sacerdote. Coloca su antebrazo izquierdo debajo de la nariz del atormentado y tira con fuerza hacia arriba, mientras jala hacia abajo su mandíbula con el derecho. No tarda en doblar la feroz resistencia del sacerdote a abrir la boca. Mientras escucha indiferente las gárgaras del devoto comeperro, Challco Chima retoma el tormento, contraviniendo a propósito —¿en pos de qué corriente de su corazón?— las lecciones de la buena tortura del Señor Huaman Achachi.

Cuerda de quinto nivel (adosada a la de cuarto nivel): marrón tierra removida, en S

Deja siempre la lengua para el final, está diciendo en voz cavernosa hace dos atados de años el Apu Achachi, en una estancia en tierras collas a la que los aprendices de guerreros le han puesto, en broma, el apodo de La Choza del Saber. Nada de lo que vaya a decirte por tormento te será de segura utilidad —nada desbrozado por tormento lo es—, pero mantén intacta la lengua del atormentado.

El Señor Achachi tiene dos nubes blancas en medio de los ojos, pero se dirige a los que le escuchan como si le contara a cada uno secretos al oído. A su lado, un taciturno y silencioso enano cojitranco está sosteniendo, en el otrora, el parasol de colores con que protege al sabio de los rigores de El Que Todo lo Ilumina. El *kurkichu*, a quien el Achachi llama Chimpu Shánkutu (y el invencible se pregunta, en medio de los gritos del sacerdote comeperro babeante de sangre, si el Señor Chimpu Shánkutu es inmortal, pues en todo el tiempo de su servicio al Inca Huayna Capac, desde los tiempos iniciales en que aún estaba bajo la tutela del Achachi hasta que se convirtió en el Hombre que Habla a la Oreja del Inca, fue siempre un Enano sin edad), lleva una joroba diminuta pero compacta en la espalda que sirve de cayado y guía al Apu en sus desplazamientos, pues el Achachi sigue con el aliento despierto y ágil a pesar de que ha perdido completamente la vista.

Una silenciosa centena de chiquillos provenientes de todas partes —menos de las costas yungas, en donde estaba prohibido que sus habitantes tocaran las armas— está devorando las palabras del anciano instructor. Entre ellos se encuentra un Challco Chima chiquillo, de los tiempos lozanos de antes de su cénit. Como casi todos los que estudian en la Choza, Challco carece de sangre real, pero ha sido elegido por sus dotes para aprender a servir bien en el campo de batalla y convertirse en *yana*-guerrero del Inca: nadie lanza con mejor puntería que él la boleadora, nadie más alto ni más lejos.

A la izquierda de Challco, ovillado sobre sí mismo como para ocultarse mejor, yace el muchachito bajo y enclenque que el sabio Achachi le ha asignado como su compañero de *yanantin*, como dizque hacen en la verdadera Casa del Saber, la del Cuzco. Es el único con sangre real inca en toda la escuela —su madre es una princesa píllara y su padre un inca de la nobleza caído en desgracia. Aunque debe andar por su misma edad, Challco le lleva por lo menos una cabeza de altura. Apenas llegó, el pequeño inca, flaco como una cría mal amamantada, se volvió de inmediato el blanco preferido de los coscorrones, sopapos y pellizcones del abusivo Quizquiz y sus compinches Tucumayu, Rasu Rasu y Sina, que se ensañaron con él sin piedad, qué hace aquí este inca flacuchento, preguntando, por qué no anda con los suyos, ¿acaso sabe flechear, hondear, tirar boleadora como nosotros?, ni siquiera sabe defenderse de los machos, pum, lo golpeaban, debería haberse quedado en la Casa cuzqueña donde daban instrucción a los hembrajes de su calaña. Con silencioso pavor, el pequeño inca recibía los golpes sin protestar. El asedio continuó, haciéndose cada vez más cruel, más despiadado, hasta que el Achachi puso como compañero de *yanantin* del pequeño inca a Challco Chima. Bastó un par de intentos de Quizquiz de levantarlo de las patillas, que Challco Chima respondió aventando al abusivo a las matorrales espinosos aledaños a la Choza —que lo dejaron sobándose por tres atados de jornadas—, para que cesara el acoso. Y aflorara por primera vez en el rostro del pequeño una mirada aliviada, luminosa. Una mirada agradecida.

El anciano Apu Achachi, hermano de la *Coya* Mama Ocllo y, por tanto, tío materno del Inca Huayna Capac, sigue hablando de las reglas de la buena tortura ante su audiencia ensimismada. Su apariencia frágil y sus maneras suaves, más bien de maricón que de hombre de guerra, no engañan a ninguno de los aprendices de guerreros. Hasta el último sabe que el Achachi fue uno de los siete capitanes selectos que acompañaron al Inca Tupac Yupanqui El Resplandeciente en su viaje legendario a las islas de Hahuachumbi y Ninachumbi. Que fue él quien desbarató las dos conspiraciones —la de la mujer secundaria Chuqui Ocllo y la del *Incap rantin* Hualpaya— para matar al Inca Huayna Capac en los tiempos tumultuosos e iniciales de Su ceñimiento de la borla sagrada. De tanto escucharlas, hasta Challco Chima, ya por entonces renuente a dejarse impresionar por las historias, las hizo surcar en su corazón.

La primera conspiración se había tejido poco antes de que el Inca Tupac Yupanqui partiera de viaje a Su Vida Siguiente. Después de siete años de tenerlo como corregente y sucesor, el Inca destituyó súbitamente y sin explicaciones a su hijo Capac Huari, habido en la mujer secundaria Chuqui Ocllo. Designó, en su lugar, al pequeño Titu, hijo de la *Coya* Mama Ocllo, su esposa y hermana de padre y madre. Titu Cusi Huallpa —el nombre con que se le conocía antes de ponerse la borla y tomar el de Huayna Capac— impactaba con su precocidad el aliento de todos los que le conocían. Pero la intempestiva decisión de Tupac Yupanqui escandalizó incluso entre los que simpatizaban con él: Capac Huari no era un hombre de gran capacidad, pero estaba en el punto más alto de su cénit y tenía tres años de experiencia en las lides de la corregencia.

Al poco tiempo de tomada la decisión, Tupac Yupanqui enfermó gravemente de un mal misterioso. Y después de una agonía dolorosa en sus Aposentos de Chinchero, murió. Apenas supieron de Su muerte, los partidarios y familiares de Capac Huari, incitados por su madre la mujer secundaria Chuqui Ocllo, desconocieron la voluntad postrera de Tupac Yupanqui y empezaron en secreto a urdir los preparativos para entregar la borla a Capac Huari. Chuqui Ocllo hizo tratos con las otras *panacas* para ganarse su favor y envió asesinos a los Aposentos de la *Coya* Mama Ocllo para matar al pequeño Titu durante su sueño.

Era entonces cuando comenzaba la leyenda del Señor Huaman Achachi.

El Achachi, gobernador de la región del Chinchaysuyo y tío materno del pequeño Titu, se hallaba de visita en ese momento en la *Llacta* Ombligo. Conocía bien a Chuqui Ocllo, había cernido desde hacía mucho su ambición y se había anticipado a su maldad. Sin hacer aspavientos, puso a salvo al pequeño Titu en la *pucara* de Quispicanchis y lo hizo resguardar por una guardia selecta de guerreros de confianza. Cuando los asesinos llegaron a los Aposentos en medio de la noche, no vieron ni supieron detener los puñales que surgieron de los rincones para degollarlos en el acto en la oscuridad. Antes de que la noticia de la muerte de los fallidos se derramara por la *Llacta* Ombligo, el Achachi se deslizó con una partida de guerreros hacia los barrios del Cuzco en que se habían recogido Chuqui Ocllo, sus familiares y los otros cabecillas de la conspiración, y los cercó. Cuando se cercioró de que no podían escapar, hizo desarmar a la guardia, cruzó los umbrales del palacio y confrontó a Chuqui Ocllo. Zorra asesina, le dijo en tono acusador. Uno de los tuyos ha confesado. Tú mataste al Inca. Lo envenenaste con brebajes prohibidos en despecho por la caída en desgracia de tu hijo ante los ojos del Único. Por eso morirás. Chuqui Ocllo despotricó contra el Inca asesinado, maldito sea el hombre de voluntad ligera que no cumple su palabra, diciendo, aunque lleve *mascapaicha* y se diga Pastor del Que Todo lo Ilumina. Y fue ejecutada de inmediato en presencia de su hijo Capac Huari y de todos los que participaron en la conspiración. A Capac Huari, que no había intervenido en los tejemanejes de su madre y sus parientes, el Achachi lo enclaustró en los Aposentos del Inca en Chinchero, el mismo lugar en que el Tupac Yupanqui había agonizado en sufrimiento, y no le permitió salir de ahí hasta que, después de tres lunas y media de encierro —en que clamaba con los ojos desorbitados ser visitado día y noche por el Inca muerto— se le extinguió el aliento.

La segunda conspiración había sido tramada y sofocada poco después de que el pequeño Titu Cusi Huallpa se ciñera la borla sagrada y se convirtiera en el Inca Huayna Capac.

El Joven Respaldado por Muchos no había cruzado aún los dinteles de su primera calle, la edad mínima requerida para gobernar. Por eso, los sacerdotes solares decidieron adjudicarle un *Incap rantin*, un ayo que gobernaría por él hasta que hubiese alcanzado la madurez suficiente. El *Incap rantin* no era otro que Hualpaya, hijo del general Capac Yupanqui y tío paterno de Huayna Capac, hombre ambicioso pero reputado por su profundo conocimiento de los Turnos del Mundo.

Un día, unos ladrones asaltaron en el paraje de Anta a unos portadores que llevaban un cargamento hacia el Cuzco, junto al barrio en que moraba el *ayllu* del Señor Hualpaya. Para sorpresa de los asaltantes, en lugar de la coca que los cargadores decían portar, hallaron macanas, porras, flechas y lanzas en tal cantidad que solo podían estar destinadas a una rebelión.

Uno de los ladrones era un espía del Señor Huaman Achachi, quien, alertado por la facilidad con que las *panacas* del Cuzco se habían plegado a la conspiración de Chuqui Ocllo, había tendido una red de informantes —la primera en el Mundo de las Cuatro Direcciones— no solo entre los incas de sangre real sino entre gentes de todos los oficios y procedencias, en el Cuzco, las regiones aledañas y las *llactas*. No bien el informante le informó de su descubrimiento, el Achachi fue al *Coricancha*, sacó el *capac unancha*, el Pendón Real de los Verdaderos Acompañantes del Inca, y fue a los Aposentos del palacio en que se hallaba Hualpaya para conminarlo a dejar su cargo de *Incap rantin* de inmediato, pues había sido descubierta su trama contra el Inca. Hualpaya, con expresión airada y sorprendida, se negó. Yo no tejo contra el Inca, dijo. Para nadie es un secreto, Apu Achachi, que desde hace buen tiempo *huacas* sinuosos te nublan la vista, haciéndote ver fuego hasta en el humo que botas de tu boca.

El Achachi sometió entonces al rebelde a las artes del tormento —las mismas que el sabio anciano está inculcando a los aprendices de guerreros que, en el recuerdo de Challco Chima, están escuchando ahora su lección— y le hizo confesar sus planes: enclaustrar al Inca Huayna Capac, asesinarlo y proclamar como nuevo Único a su propio hijo. De inmediato, Hualpaya y su hijo fueron ejecutados y sus nombres, ascendencia, colores distintivos, ropas y proezas desatados de los *quipus*.

Poco después de que Hualpaya fuera ejecutado un funcionario encontró un *quipu* perdido del depósito que señalaba las armas encontradas como los sobrantes de una antigua campaña militar. Hualpaya no había mentido. La confesión arrancada en el tormento había sido falsa.

Durante una luna mi pepa permaneció postrada, sigue diciendo el Achachi. Hualpaya había sido un buen *Incap rantin* y no se merecía su suerte. Pero hubo un año sin rebeliones, luego dos, luego cuatro más. Y poco a poco, el Inca Huayna Capac pudo empezar a pisar firme, a respirar, a no tener que estarse cuidando todo el tiempo las espaldas. Los intentos de despojarlo de la borla sagrada habían cesado.

¿Cuál es la lección que quiero que tomen de todo esto?

El tormento no sirve para desbrozar un nuevo saber escondido en la garganta del atormentado, está diciendo el Apu Achachi abriendo grandes los ojos, dejando ver las nubes blancas que los cubren por completo. Nada de lo que este diga ante la presión oscura del dolor es fiable y por eso debe ser cernido y cotejado con otros testimonios. Pero el tormento intimida al enemigo. Más que la muerte misma. Es fácil no tener miedo de morir. Lo difícil es no tener miedo de sufrir. Por eso, cuando practiquen las artes del tormento, cerciórense que el enemigo vea sus resultados.

El Achachi estira a tientas las manos hacia adelante, como para tocar un cuerpo que se hallara enfrente suyo y que fuera solo visible para él. Como obedeciendo a una señal, el *kurkichu* Chimpu Shánkutu hace un gesto al guardia que protege la entrada del recinto. Este, entre cuchicheos, grazna órdenes apuradas a una presencia más allá de los umbrales.

Un hombre con los ojos vendados y las manos atadas a la espalda entra a la habitación, seguido de dos soldados del Inca. Lleva la boca cosida con hilo de fibra de totora y los carrillos rellenos de piedras: el castigo a los cautivos respondones. Aunque viste ropas ajadas y sucias, pueden reconocerse los colores vivos típicos de la confección colla.

Chimpu Shánkutu conduce al guerrero frente al Achachi, escoltado por los dos soldados. Un leve empujón en la espalda y el colla se arrodilla y pone su cabeza al alcance del anciano. Los soldados le toman un brazo cada uno, como para impedirle caerse de bruces.

El buen tormento puede comenzar o terminar en el Mundo de Arriba del atormentado. Pero debe seguir un orden estricto, dice el Achachi.

Con la mirada opaca vuelta hacia el cielo, palpa sin ambages coronilla, frente, sienes, cejas, párpados, orejas, boca, como si el cautivo fuera un animal recién embalsamado. Desata la venda que cubría su mirada aterrorizada. No me mires, le dice en voz baja en puquina, la lengua colla (que Challco Chima entiende pues la *pacarina* del *ayllu* de su padre se halla en las tierras collas). Saca suavemente unas pequeñas tenazas de cobre del *quipe* terciado en su pecho. De pronto, con rapidez y precisión asombrosas incluso en alguien que no fuera ciego como él, extrae limpiamente los ojos del cautivo, de cuyas cuencas empiezas a brotar chorros profusos de sangre. Antes de que el prisionero reaccione, le arranca también las orejas de dos tirones secos. Sin hacer caso de sus bramidos ahogados y sus violentos intentos de soltarse, el Achachi toma un puñado de arenilla blanca extraído de su *quipe* y lo esparce sobre las heridas. El cautivo grita con todas sus fuerzas y cae desmayado.

Algunos de los estudiantes ríen sonora, infantilmente. El Achachi los hace callar. Nada como la sal para un buen tormento, dice. Un tormento limpio, sin sangre. Que no mancha al que atormenta. Que lo vuelve más difícil de rastrear para quienes saben oler la sangre de uno de los suyos y tratan de ir en su busca a rescatarlo o a vengarlo. Y que permite esparcir la noticia del escarmiento adonde quiera que vaya el miserable durante el resto de su vida.

Mientras habla, va descosiendo lentamente la boca del cautivo. Al cabo, inclina la cabeza hacia adelante y las piedras que hay en su interior caen sobre el suelo como una cascada.

Una señal suya y Chimpu Shánkutu arroja agua sobre el rostro del cautivo, despejando la sangre fresca que le cubría las cuencas vacías, cuyas oquedades oscuras parecen ahora cuevas de animales diminutos. Después de tratar de liberarse infructuosamente de las manos atadas a la espalda, el cautivo descubre la nueva soltura de su boca y ruega por su vida en atropellados borbotones interrumpidos por sollozos. Sin que nadie se lo haya pedido, indica los nombres de las cuevas, montañas y cruces de caminos en que se esconden los almácigos de rebeldes collas, los nombres de algunos de sus líderes. Habla de la estrategia de sus incursiones. Aparecemos de la nada en un poblado colla apartado del alcance del puño del Inca, Padrecito, disfrazados de ancianos y mujeres. Como avispas salvajes atacamos un destacamento de tus guerreros recién convocados a su turno de guerra, porque están menos alertas que los que ya se han calentado en la batalla. Rematamos a los heridos, les arrebatamos sus armas y desaparecemos rápido en los refugios en lo alto de las montañas que te dije, porque sabemos que las expediciones de castigo enviadas por el Inca no se atreverán a subir hasta allí, de miedo de nosotros, los muy maricones.

De pronto, el cautivo se detiene, como si estuviera escuchando el eco de su propia voz y recordara ante quiénes se halla. Una mueca se forma lentamente en su rostro. Una mueca de asco caído en su propia trampa, de odio mortal al mundo que ya no puede ver, a sí mismo. Dos densas lágrimas de sangre caen de sus ojos faltantes, mientras la voz del cautivo se parte lentamente en dos. Aunque despliegues tu manto sucio en la tierra de mis *huacas*. Aunque empedres los caminos debajo de tus pies. Y construyas depósitos de lana. Y edifiques *tambos* en cada cruce de caminos. Y asientes Casas de Escogidas para sembrar con tu leche agria a nuestras más hermosas mujeres. Y repares los canales que vienen de las cimas de las montañas para ganarte la complicidad de la Mama *Cocha*, la Señora del Agua, nuestra Madre. Y desplaces *ayllus* enteros de *mitmacuna* de todos los rincones del Mundo para poblar a mi tierra con sangre sometida de otros pueblos lejanos, no lograrás doblegarnos, Inca de mierda. Tortura a mis hermanos, viola a mi mujer, saca los ojos de mis hijos como a mí, dice riendo. Por cada uno de nosotros al que le quites su aliento, otros cien se pondrán de pie y se alzarán contra ti hasta que el último de los tuyos haya sacado sus sandalias apestosas de cada uno de los pisos en que florece y produce nuestra tierra.

Un leve gesto de la mano del Achachi —es suficiente— y un oportuno puñetazo de uno de los soldados devuelve al cautivo a su sueño.

545

Deja siempre la lengua para el final, dice lentamente el Achachi. No le quites al atormentado la potencia de hablar, la ilusión de que confesando algo, cualquier cosa, podrá liberarse del tormento. Siempre son puras las aguas que brotan del manantial de la desesperación.

El Achachi estira una mano y el *kurku* Chimpu Shánkutu le alcanza un cuchillo. El tierno Challco Chima baja solapadamente la mirada, tratando de ocultar las lágrimas ardientes que le surcan los pómulos. Pero llega nítido a sus oídos el quejido metálico del cuchillo desgarrando, los esfuerzos inútiles del cautivo por gritar y seguir respirando al mismo tiempo, por no ahogarse con su propia sangre, y los chillidos triunfales de sus compañeros cuando el Achachi levanta la lengua seccionada y la muestra a los presentes.

Cuando el Achachi ha terminado con su instrucción, levanta el brazo derecho. De inmediato, un guerrero apostado al lado de los umbrales le hace una señal a alguien afuera. De inmediato, entran al descampado, flanqueados por dos guerreros cada uno, una cincuentena de cautivos collas con los ojos vendados, la boca cosida y las manos atadas a la espalda.

—Que cada *yanantin* tome un prisionero y un par de tenazas, vaya a una de las chozas que rodean a la plaza y ponga en práctica el saber recién aprendido —dice el Achachi.

Frente al colla que les ha tocado en suerte, Challco Chima permanece tenazas en mano, estático y sin atreverse a alzar los ojos, como tocado por un dios sonámbulo. Puede hondear mejor y más lejos que nadie. Puede resistir el dolor más largo y más profundo que muchos guerreros curtidos en la guerra. Vencer en pelea limpia a cualquier grande. Pero jamás ha torturado a nadie. ¿Qué hará cuando venga el anciano instructor, conocido no solo por su sabiduría sino también por la dureza extrema de sus castigos cuando su enseñanza no ha sido bien cernida?

El tierno Challco Chima siente unos dedos abriendo su puño, tomando suavemente las tenazas.

—Déjame a mí, hermano y doble —dice el pequeño píllaro.

El pequeño, que le llega a Challco Chima apenas a la altura del hombro, se coloca frente al cautivo. Con fría pericia, arranca ojos, orejas y lengua, siguiendo uno por uno los pasos de la buena tortura, observado por un boquiabierto Challco Chima, que solo atina a murmurar, entre un suspiro de alivio, un trémulo gracias y luego un vacío de palabras, pues Challco Chima recién recuerda que aún no conoce el nombre de su doble.

—Rumi Ñahui —dice el pequeño, cerniendo su corazón—. Me llamo Rumi Ñahui.

Cuerda de sexto nivel (adosada a la de cuarto nivel): marrón tierra removida, en Z

—Está muerto, *yaya* —dice Yucra Huallpa.

Challco Chima detiene el tormento inútil. Hace rato que el sacerdote es solo un cadáver sanguinolento, que ahora termina de resbalarse sobre el suelo, sin vida, con la garganta quebrada, como pájaro recién desnucado listo para desplumar.

Su propio aliento entra en un estado súbito de excitada calma. El pozo de fuego que le carcomía las entrañas se ha disipado como un incendio apagado suavemente por la lluvia.

Segunda cuerda: blanco oscuro entrelazado con celeste añil, en Z

El gordo cabeza de huevo escupe a toda velocidad su encantamiento en jerga barbuda, levantando los brazos y mirando hacia el cielo.

Mi *liclla* nueva de esposa me aprieta. Apretando me ha estado durante toda la ceremonia. Hasta ahora me he aguantado, pero ya me cansé. Ahoritita mismo que nadie me está mirando me aflojo con disimulo los prendedores de plata que la tienen agarrada de mi pecho.

Miro al estrado enfrente, donde están los principales apelotonados: Mamá Contarhuacho ojeando al gordo. Sonríe: no se ha dado cuenta.

El gordo cabeza de huevo toma la garrafita de plata a su costado. Se vuelve hacia mí. Me toca la nuca con su mano rugosa, espesa, asquerosa. Me musita al oído.

Baja cabeza, traduce el baboso manteño.

Obedezco.

Las gotas de agua se derraman por mi frente. Por mis ojos. Por mis mejillas. Como lágrimas sin sal. Me pongo las manos debajo de la barbilla para que no me mojen la *lliclla* que quiere estrangularme, y caen. Poco a poco van formando en el suelo una cara de barro entre mis pies.

El gordo bota como rayos más palabras en el idioma peludo.

Tu nombre ahora siendo Inés, traduce el baboso. No más Quispe Sisa ya. Inés Huaylas, siendo.

El gordo hace una señal. Ganso Viejo, que estaba detrás de mí, se pone a mi derecha. Se arrodilla. El baboso le imita. El gordo me indica con un gesto que haga lo mismo.

Obedezco.

El gordo toma el amuleto de madera con ese su muñequito barbudo clavado que siempre lleva consigo. Le habla bajito un rato de nube caminando. Le cuenta secretos señalando a Ganso Viejo, señalándome a mí. Luego le dice cosas en voz alta al Ganso, que él escucha con respeto de hijo. El Ganso responde cortito. El gordo me dice cosas a mí.

Tú aceptando Dun[¿?]Huiracocha como esposo, traduce el baboso.

Silencio: todos los que han venido a la ceremonia se me han quedado mirando.

Tú aceptando Dunfrancis[¿?]Huiracocha como esposo, repite el baboso.

Recién me doy cuenta que me estaba —¿para qué?— preguntando.

Sí.

De la boca del gordo sale otro borbotón en lengua peluda.

Ganso Viejo se vuelve hacia mí. Me mira con sus ojos de charco. Me toma de los hombros. Me besa con su boca seca, agrietada, sin labios, su boca de muerto.

Cuando la ceremonia por fin ha terminado, se suelta el barullo en el suelo apisonado de afuera, donde ha estado esperando toda la gente.

Muchos chiquillos y chiquillas en celo empiezan a cantar y bailar *taquis* y *cachuas* a la sombra del galpón, siguiendo el ritmo de las *tinyas*. Veinte barbudos risueños como perros bien comidos beben con mis tíos Hurin Huaylas, que no paran de hacerles reverencias hasta el suelo como si fueran *huacas*.

Una cola larga de visitantes se ha formado para saludarme. Balbucean felicitaciones, que salen de su aliento apestoso a chicha fermentada. Luego regresan a las mesas alineadas a todo lo largo del galpón a seguir embutiéndose de choclo, cuy chactado, papa recién cocida y más chicha, «hecha con maíz especialmente traído de tierras huaylas para ti».

Contenta debes estar, me dicen.

Mama Contarhuacho y Tía Añas Collque no caben en sus pechugas. Desde Tocas, la *llacta* de nuestras tierras Hatun Huaylas, han venido con sus comitivas a Cajamarca para asistir a mis esponsales.

Ven, me dice Mama Contarhuacho, para que saludes a unas paisanas.

Obedezco.

Buen partido el barbudo, me palmean las paisanas en el brazo con ¿alegría?, ¿envidia? Pero no me están mirando a mí sino a Mama Contarhuacho, a mi lado, como si fuera ella y no yo la que se hubiera casado.

¡Sí, a mi Quispe Sisa el barbudo la ha hecho su *Coya*, su Mujer Principal!, dice Mama Contarhuacho, babeando de puro contento.

Pero yo sé que en tu pecho, mamá, estás comparando mi nueva posición con la que tú, mujer secundaria, nunca tuviste.

¡Hazla que beba agua de las primeras lluvias, para que se preñe rápido!, le dice una paisana.

¡Sí, que la Quispe Sisa le saque un hijo al barbudo antes de su próxima sangre!, le dice otra. ¡Un hijo Hanan Huaylas que se vuelva Inca y retome lo que era nuestro! ¡Achakáu!, dice, y se soba el pie en que le ha caído mi pisotón.

Ya no me llamo así, le digo.

La paisana, sorprendida, se vuelve hacia mí: ¿cómo?, ¿qué dijiste, Quispe Sisa?

Otro pisotón.

¡Ayayauuuuuuu!

¡Dije que ya no me llamo Quispe Sisa!, le vuelvo a decir a la que se vuelve a sobar. Ahora tengo nombre barbudo, nombre Huiracocha. Me llamo Inés. Inés Huaylas Ñusta.

Mama Contarhuacho me mira sin comprender, como si una nueva hija le hubiera acabado de nacer y no la reconociera.

La abrazo fuerte, temblando de emoción. De miedo.

Por fin los huaylas empiezan a recuperar el sitio en el Mundo que tuvieron en tiempos de tu padre el Inca Huayna Capac, que supo tratar a las mujeres que amó, me dice suave al oído. Cuánta ñusta, cuánta *palla* soñaría estar en tu sitio. Si tan solo tu abuelo Pomapacha Huaylas pudiera verte con ojos de hombre vivo…

Mi *lliclla* nueva de esposa se cae. Rápido me agacho para tratar de agarrarla, pero es demasiado tarde. Se ha caído al suelo. Se ha embarrado todita.

Levanto la vista.

En mi delante, a ocho abrazos de distancia, unos ojos de *amaru* quemándome de deseo.

¡¿…?! (¿Por qué me miras así, ji ji ji, hermano Inca Atahualpa?)

¿Perdonarte por haberme entregado a Ganso Viejo, quitarme la ropa aquí mismo y botarla en el barro también? ¿Vomitar todo lo que he comido en la fiesta y limpiarme para estar pura para ti? ¿Convertirme en mariposa, irme volando donde estás, posarme sobre tu frente y hacerme tu mujer? ¿Devolverle al gordo con falda mi nombre nuevo y escupirle en la cara, tomar el que Tú elijas para mí y ser empalada por atrevida hasta morir?

Reunir las pocas fuerzas que me quedan. Sostener tu mirada. Preguntarte con los ojos: ¿a qué estás jugando conmigo, hermano Inca Atahualpa, Luz del Mundo? No importa, juega conmigo nomás: sonreírte.

No me devuelves la sonrisa.

Igual seguirte sonriendo. No entiendo tu broma, pero igual ja ja ja qué chistoso eres, hermano Atahualpa.

Sigues sin sonreír.

Soltar la carcajada, alto para que te des cuenta que me di cuenta de tu chiste.

Tu mirada recién tocándome, dándose cuenta de que también estoy ahí, deteniéndose a mitad de su viaje ¿adónde? para preguntarse qué me pasa.

Volteo, riendo todavía a barriga suelta: ¿a quién estabas mirando?

En la explanada de al fondo, el grupo de concubinas del Inca.

En el centro del grupo, justo detrás de mí, el verdadero destino de tus ojos: siempre más alta, más linda que yo, con las chapitas, las tetitas y el atrasito para siempre más bonitos que los míos, la Shankaticha.

Tercera cuerda: gris teñido de rojo, en Z

Amaneçe.

Atribúlase Felipillo. Contenpla vna más vez la orilla acordada para la çita. A su diestra fumean los baños calientes de Pultumarca, do solía hazer abluçiones el Inca antes de ser prendido. A su siniestra, el palenque de madera, canto y adobe desproveýdo de sus enchapados de oro fino por los cristianos a poco de assentar su real en la plaça de Caxamarca.

Pero la dueña de sus desuelos ahún no paresçe.

¿Anda yerro?

No. Es aqueste el lugar de la junta señalado por Doña Inés. Hízoselo dos vezes repetir de la señora quando la conçertavan.

Sospira e ármase de paçiençia. Doña Inés es de fiar. Conosçióla haze menos de dos lunas. Era la moça uaylas que, entre fastos y alharaca, venýa de casar a comienços del mes de março de nuestro Señor con el Gouernador Françisco PiçaRo. No auía la flamante doña más veranos passados que el faraute y era fea de rrostro y carnes, pero mostráuase ájil y sotil de yngenio como mvger ninguna que el faraute tratase de uista y conversaçión.

Quando la doña lo requería, e fazíalo a menudo, trasladáuale Felipillo las hablas con su marido y uertía las palabras del Gouernador al *simi*. En vn abrir y çeRar de oxos calçava la doña en su nueuo rrol como si para él fuesse nasçida. Atendía las tertulias entre Don Françisco y Atao Uallpa y tanbyén las hablas entre su esposo y los *curacas* que uenían a fazelle merçed. Por las tardes, acudía a las pláticas del Gouernador con otros christianos e las oýa con muy mucha atençión, como si en las palabras estrangeras trocadas por su marido con aquestos se deçidiese su vida o su muerte. De uez en quando, requerýa la Doña al faraute por el sentido de aquesta sentençia o estotra, ymitando en la boz y el gesto el mesmo despreçio dyspliçente de los barbudos en su trato con los yndios.

En el poco tienpo libre que le quedaua después de los traslados cotidianos, procuraua el faraute de conçertar con El Que Recoge, que le hiziese juramento de priuada junta con Inti Palla. Fiado de su palabra, pulía vna y otra bez la estoria de amor contrariado que auía aparejado para la çita, en atendiendo la jornada en que su payssano le anunçiasse la fecha del encuentro con Inti Palla.

Pero aqueste le daua largas vna y otra bez. Como la espera se alongaua demasiado, allegóse el faraute de El Que Recoje a la entrada de la Cámara Real vna mañana en que acauaron pronto los traslados entre el Inca y el Gouernador.

—*Paisano ¿cuándo va a ser mi encuentro con Inti Palla?*

Los oxos raudos del Recogedor cataron con alarma el entorno de la Cámara.

—*No me hables aquí* —dixo el payssano entre dientes.

—¿Dónde sino? En todas partes me evitas.

Bolbióse la mirada del payssano hazia él. Posó en la del faraute. Mudóse su rrostro de súpito, en tornándose aflijido.

—*Perdóname, paisanito* —dixo con boz queda—. *No sabía cómo decirte. Le he hablado a Inti Palla de ti y le he pedido que te reciba. Pero ella no quiere.*

No atinaua Felipillo a mouerse. El mundo auíase detenido aldeRedor, aRebatándole las fuerças.

—*¿Por qué?*

—*Dice que no tiene nada de qué hablar con el* allqo *sirviente de los barbudos* —apartóse con la diestra una inuisible gota de sudor que coRe por su frente—. *Fueron sus propias palabras. Dijo que no eres nadie, que no eres nada. Que por más que te empines, jamás llegarás a la altura del dedo de su pie. Casi me manda despellejar solo por haberle mencionado tu nombre y tu propuesta.*

Incóse de inojos el faraute, con el ánimo quebrándosele en pedaços.

—*Pero… ¡tú me prometiste!* —gimió.

—*Baja la voz.*

—*Tú me prometiste* —siguió en deziendo con voz apaziguada, solloçante—. *Por el Señor de las Aguas. Por los Señores que Caminan por Debajo hacia el Poniente y hacia donde nace el Sol. Por el dios Con y el Señor Pachacamac. Solo quiero un encuentro con ella, Hombre que Recoge. Un único encuentro, nada más. Para que me diga en mi delante lo que te ha dicho.*

Allegóse lentamente dél El Que Recoge. Hablóle en voz baxa, apretados los dientes, al oýdo.

—*No hay nada más que se pueda hacer, paisanito.*

—*Pero tú dijiste…*

—*Olvida lo que dije* —dixo el Recogedor quedamente—. *Lo que sigue te lo digo por tu bien. No se te ocurra acercarte a Inti Palla. No se te ocurra mirarla. No se te ocurra ni siquiera mencionarla. Tu cuello te va a dar las gracias. ¿Me estás entendiendo, verdad, paisanito? ¿Me estás entendiendo bien?*

No supo Felipillo en qué punto se tornó El Que Recoje y se partió al ynterior de los Aposentos del Inca. Quánto tiempo quedó afincado en el sitio, manándole ilos de agua por los oxos, la mirada sepultada bajo la tieRa. Quánto anduuo la sonbra tras él antes de posalle en el húmero derecho su mano fría e diminuta.

—¿Qué lengua es esa en que hablabas con el Señor que Recoge? —preguntóle doña Inés.

—*Manteño, mi señora.*

—*Es una lengua suave, bonita.*

—*Es, mi señora.*

—*¿Y de qué hablabas con él, si se puede saber?*

Pestañeó el faraute. Auía en la boz de la doña vn calor estraño al trato que le conosçía. No pudo contestar: lleuaua vn moño atracado en la garganta.

—*Oí que mencionaste a Inti Palla* —dixo la Doña.

Como si las palabras de la moça señora oviessen encantamiento, anegóse presto el rrostro del faraute, aflojóse su coraçón. Syn rrecato y entre hipos, fizo luenga habla a doña Inés en confessando su atormentado amor por la tallana. Díxole cómo se apostaua cada jornada a la ora syn sonbras en la esquina del galpón del Arem del Inca solo para la sentir pasar en çilençio. Cómo, por merzed del Recojedor, pudo entrar syn ser uisto a la Cámara Real y vella holgar con el Inca dvrante toda vna noche. Cómo viola verter sus artes del amor en el Inca mientras le hazía rrelaçión de estorias de sueño y marauilla nunca uistas ny oýdas. Cómo no podía ny comer ny dormir desde aquel día dulçe y açerbo en que hallase el amor, en que uiese con doliente claridad el laço eterno que le uniría a su amada allende la muerte. Díxole de sus desauenidos desseos de conçertar junta con la tallana para contalle vna estoria de amor conplido e contrariado que auía en la alforja y reuelalle en sus postrimerías el fuego de su paçión. De la promesa yncunplida del Señor que Recoje de proueelle çita propiçia con ella. Y de sus duras palabras de agora, donde el Que Recoje le auía protestado que renunçiasse a sus yntinciones de jvnta, pues la tallana no le coRespondía en sus amores por ser demasiado alta para él. Entre lloros, dixo el faraute a doña Inés de su desseo de morir aquí mesmo, que no hera vida alentar syn poder poseer a la Sin Par, dueña y señora por syenpre de sus desuelos.

No bien acauase el faraute la rrelaçión de sus cuytas, acalló Doña Inés e dio suelta rrienda a su rreýr.

—*¿El Recogedor de Restos te dijo que ella no te corresponde? Él no sabe lo que hay en el pecho de Inti Palla. Ella es mi amiga y a mí me cuenta. Ella me ha contado. Su pecho está latiendo por ti.*

Bolcóse el coraçón del faraute. De yncredulidad, pero tanbyén de esperança.

—*Inti Palla no hablaba de otra cosa en el* Acllahuasi —siguió diziendo doña Inés—. *¿Quién será ese chico tan guapo que habla por los extranjeros y que me ojea tanto?, decía. ¿Cómo haré para conocerlo, para saltar los muros de piedra que nos separan y verlo a solas?*

¿Cómo podía ser, espetó Felipillo, si cada bez que el faraute aguardaua en la esquina del galpón para mejor entreuella, la çusodicha le ynorava?

Doña Inés sonryó.

—*Tienes que aprender los modos entreverados de las tallanas.*

¿Qué modos heran esos?, preguntó el faraute.

—*Cuando a las tallanas les gusta un hombre* —dixo doña Inés— *le dicen lo contrario de lo que quieren decir. Le hacen lo contrario de lo que le quieren hacer.*

Y hablóle prolijamente de las maneras de las tallanas para que Felipillo supiesse a qué atenerse en el encuentro. Después, como merçed por los buenos serviçios del faraute en los traslados con su marido, quedó ella mesma en conçertar la junta de los amantes.

—*Cada catorce madrugadas Inti Palla se da baños de luna en los ojos de agua caliente de Pultumarca* —dixo la doña—. *Le toca darse el próximo en cinco jornadas. Espérala en la orilla del manantial frente al solar abandonado. Está escondido a la vista de los que vienen por el Capac Ñan, el Camino del Inca. Si no ha llegado cuando llegues, no te desesperes. Estará queriendo probar tu paciencia. Es un truco tallán para hacerse desear.*

Cuerda secundaria: gris teñido de rojo, en Z

Vna silueta atrabieça el descanpado rrecortándose entre los umos de los baños de Pultumarca, rreçién rroçiados por el primer esplendor del amaneçer. Allégase su sonbra de la orilla. Yntroduçe la pvnta de su pie. El sonido rredondo de las gotas topando vna a vna la svperficie del manantial quitan a Felipillo de su sueño.

Despójase la silueta de sus rropas de un synuoso mobimiento que el faraute, en frotando sus legañas, reconosçe. Deslíçase

Inti Palla hazia el çentro del fumeante oxo de agua hasta que las ondas le topan las rrodillas. Lleua la cavellera bien rrecojida en un escueto moño sostenido con vn prendedor. De espátula a Felipillo, haze la tallana poçillo con sus dos manos y úndelo en el agua. Ábrense suavemente sus nadgas como vna fresca ofrenda frutal tendida al faraute.

«Se hará la desentendida, la que no se ha dado cuenta que estás ahí», dixo doña Inés. *«Así hacen las tallanas con los hombres que les gustan para que las miren sin vergüenza y caigan atrapados en sus redes».*

Alça la tallana por sobre su caveça el poçillo lleno fasta los bordes, mirando hazia las nubes tras que aguarda el nasçiente Astro Rey. Musita en boz baxa encantamientos en tallán que el faraute no logra desçifrar. Uierte en su cogote el agua del poçillo, y rresbala aqueste deshaziéndose a luengo de su passo por los lomos de la amada en ilos de agua que se estuerçen como enredaderas de plata que creçiesen buscando su rraýz.

—*Inti Palla* —dize Felipillo.

Buélbese la tallana hazia el faraute como mordida de súpito por vna serpiente, offreçiendo el uiso de sus pechos dvros e tremulosos, que Felipillo contenpla marauillado myentras se allega a espaçioso passo de la orilla. Yntenta la tallana covrir como puede sus turgentes desnudeçes, mas rebossan aquéstas luengamente las palmas estendidas de sus manos.

«Cuando le hables, se hará la sorprendida, la asustada», dixo doña Inés. *«Te tratará como si no te reconociera, como si fuera la primera vez que te ve. Así hacen estas para que los hombres que les gustan no lo sepan y se sobren».*

—*Inti Palla* —dize el faraute en lengua jeneral, lentamente para estar seguro de hazerse entender—. *Mi corazón también late por ti.*

Los gritos de la amada estremeçen el ayre. Ahunque preuenido de la doblez en las maneras tallanas del amor, espantan aquestos al faraute, y piença él vn pvnto en poner los pies en huýda.

«Si hace alboroto, no te detengas», dixo doña Inés. *«Es otra prueba por la que te quiere hacer pasar la muy sabida para ver si*

te amilanas. Sabe que antes del comienzo del Paseo del Padre los baños de Pultumarca están desiertos. Que nadie podrá oírla».

Pero presto tórnanse los gritos aullidos cada bez más agudos que eriçan la piel. Por luengo rrato queda Felipillo como adormeçido, syn atinar a nada. Fasta que, sin saber bien a qüenta de qué, enpieça a ymitar los gritos de su amada, tal como solía con los animales sagrados en las fiestas al Señor de las Aguas en los tienpos escamoteados de su infançia. A pvnta de los repetir, no tarda el faraute en cosechar buena semejança dellos.

Acalla la tallana e leuanta la mirada. Afíncala en la del amante, los pechos subiendo y bajando en buen conçierto, como si oviese en ellos dos coraçones en lugar de vno, adereçados ya para el svpremo sacrefiçio.

¿Eres presta, Sin Par Inti Palla, para oýr por fin mi rrelaçión de buen amor?

Tiéndele el faraute vna sonRisa rrecatada pero confidente, como todo amante que sigue bien las reglas del cortejo. Ynclínase leuemente Inti Palla hazia adelante varias bezes: ¿es aqueste balançeo el saludo ritual tallán de la amada al amante, la seña clara por que acepta y se somete a su amor?

Ynclina tanbyén el torso vn Felipillo sonRiente de orexa a orexa, fasta que sus húmeros casi topan la tieRa.

Quando se endereça, la tallana ha desapareçido. Urga con la uista so las aguas turbias del manantial, después en cada vno de sus rrincones. Nada. Quando ya ynicia el faraute a clamar encantamiento, emerje Inti Palla de vna orilla esquinera —la más apartada de do aguarda Felipillo—, sale a tropeçones del manantial, e uase coRiendo por el lodoso sendero que da a los pajonales.

«Aunque quieran contigo, si te les acercas para abrirles tu corazón, se escabullen como cuyes. Pero no te dejes engañar por sus disfuerzos».

CoRe tras ella Felipillo. A toda prieça, pues presto ua aRibar la tallana a los pajonales de yerua alçada, do es fáçil ocultarse. Pero, por fortvna de faraute, cáessele a Inti Palla el prendedor que le sujetaua los cauellos y quedan aquestos a merçed del viento y del alcançe de Felipillo, quyen, como logra cobrar distançia fasta estar a tres braçadas de la amada, se afeRa e tira dellos fasta deRiballa sobre el suelo.

Ruedan entranbos. Contienden en feroz forçejeo que paresçe culminar quando el faraute se encarama sobre ella en medio de gritos de la amada, e le sitia las piernas con las dél. Pero sigue gritando la tallana y él deue covrille con fuerça la boca con la mano. Los pugnos de Inti Palla se estrellan como piedras enfureçidas contra el pecho del faraute, aRebatándole vn pvnto la rrespiraçión.

«Como a alpaca salvaje tendrás que cazarla, que domarla».

Apresa Felipillo los braços de la amada con los suyos. Escúpele ella en el rrostro. De vna puñada enbravesçida en la cara de la amada, logra el faraute aplacar por fin su rresistençia. Myentras rresopla agitadamente, toma notiçia que ha prendido su desseo fasta tornarse hoguera de flamas cuyas llamaradas se allegan presto de las nubes. Conprehende por fin el faraute la escura efficaçia de las artes del disfuerço de la amada, que anle trocado la ternura en violençia y la violençia en amor, en esta forma nueua del amor que abrasaua el aliento de los amantes hasta quemallo por entero.

Con la fuerça de las proprias, aparta el faraute las piernas de Inti Palla a entranbos lados. Surca vn lugar en el cuerpo de la amada fasta hallalle la hondura. Tiéndese sobre ella y la covre. La entra.

—No —dize la Sin Par—. No. No. No.

«Si quieren decir sí, dicen no. Si vete, dicen acércate. Si te adoro, dicen te detesto. Cuanto más ganas le tienen, más insultan y ningunean al que les gusta. Ni siquiera cuando él les confiesa su amor ceden en sus juegos las muy porfiadas. Golpean, escupen y arañan como gatos monteses al que más las hace gozar. El amante más arado de cicatrices puede alardear de haber sido el más querido por ellas. Dizque hay quien ha muerto para poderlas amar y quien ha muerto por haberlas amado. Solo los que saben sortear sus fingimientos y las toman por la fuerza logran conquistar su corazón».

Cuarta cuerda: blanco entrelazado con negro, en Z

El Espía del Inca se detiene en el cruce de caminos. Mira a la izquierda. Ahí está, disfrazada de ofrenda de gratitud, de *apacheta*, la pequeña ruma de tres piedras planas que dejó a la ida para marcar el sitio. Bebe toda la chicha que le queda de la ración que le dio el *tambocamayoc*. Otea el entorno, sopesando el silencio. Se quita el disfraz de peregrino del Templo-Fortaleza de Catequil —su favorito, porque nada suscita menos sospechas que un devoto desgreñado del Señor local del Rayo. Vuelve a ponerse su ropa de Recogedor de Restos, escondida en la espesura de los matorrales al lado de la ruma de piedras, donde la Madre Luna, que esta noche se muestra en toda su redondez, no podía alcanzarla. Su cuerpo acoge con placer tibio el traje familiar. Emprende, por fin, el inmenso rodeo por la trocha muy poco transitada que se aleja del río Cumbemayu, donde no se cruzará con nadie durante su regreso a Cajamarca.

Los dos *quipus* urgentes que acaba de colocar en el *tambo* acordado —uno de ellos fiel copia del otro— eran más extensos de lo usual. La primera serie de cuerdas consignaba la llegada a Cajamarca de un contingente de extranjeros al mando de un barbudo al que llamaban Almagru. El Espía del Inca ya había anunciado en un *quipu* anterior su arribo inminente, del que le había prevenido el informante Firi Pillu. Ahora había cernido al Barbudo y podía dar más cuenta de él.

El recién llegado andaba casi por la última calle de la vida. Era tuerto del ojo derecho. Tenía la piel casi negra. Llevaba una enorme cicatriz de color encarnado en la frente. Rengueaba ostentosamente sin doblar la rodilla, como si llevara una *chaqui-taclla* en lugar de pierna izquierda. Se desplazaba casi siempre en llama gigante, incluso para los trayectos cortos. Su voz era oscura como una cueva y redonda como un seno, como si fuera destinada a proteger al que la escucha de los pozos del ánimo. Su único ojo exudaba una entereza acostumbrada a los caminos largos y tortuosos. Igual sorprendía la lealtad incondicional que este barbudo lisiado y contrahecho parecía suscitar en los otros que venían con él: ciento cincuenta y cuatro. Que traían consigo ciento cuarenta varas de metal filudo, treinta y dos tubos de mecha, ciento treinta y cuatro llamas gigantes y trescientos veintitrés sirvientes no barbudos (que se llamaban a sí mismos —esto también se lo había dicho Firi Pillu en una de sus últimas conversaciones— guatimalas y nicaraguas).

Almagru y su grupo habían llegado hacía un atado y medio de jornadas por la ruta que venía del Inicio del Paseo del Sol, pisando las huellas de los dioses que les habían precedido (aunque era claro, a estas alturas, que los barbudos no lo eran). Apu Machu Dunfran Ciscu, Sutu, Mina, Vali Virdi y una comitiva de barbudos principales les dieron el recibimiento en las Puertas de Cajamarca, donde se fundieron en largos y efusivos abrazos. Los barbudos visitantes y anfitriones parecían reconocerse, evocar un pasado compartido en otro tiempo, en otro lugar. No bien llegaron a la plaza, Apu Machu Dunfran Ciscu separó y encerró en una casa a los barbudos recién llegados que estaban enfermos —el Espía tomó nota de las fiebres, carachas y ahogos de pecho a los que habían sucumbido—, dio de comer a los sanos y les asignó vivienda en los barrios de Cajamarca de Abajo, los cuales había mandado vaciar de sus habitantes con la venia displicente del Inca y del Señor Carhuarayco, *curaca* de los cuismancus de Arriba y Abajo.

Las fiestas de recibimiento duraron siete días con sus noches. Los barbudos anfitriones y visitantes bebieron y se enlazaron con mujeres entregadas por el Inca —o más bien, tomadas por los barbudos sin que Él hiciera nada por evitarlo. Cuando las celebraciones terminaron, sin embargo, algo muy extraño había ocurrido. Algo que el Espía marcaba de relieve en la última cuerda de la primera serie, para que Cusi Yupanqui lo tuviera en cuenta en el tiempo de su entrada. El trato entre Apu Machu Dunfran Ciscu y Apu Almagru se había vuelto extrañamente hostil. No, el Espía no malentendía los gestos barbudos. Después de más de tres lunas observándolos, había aprendido a cernirlos con buena puntería. Había sido testigo de sus desplantes mutuos y palabras airadas, inusuales en los dos. No se trataba de una pelea fugaz ocasionada por una disputa de borrachos. El Espía había observado a los dos Apus con atención desde su impune cercanía con el Inca, y ninguno de los dos bebía. Tampoco parecía una disputa por mujeres. Desde su alianza reciente con la princesa huaylas Quispe Sisa, a quien ahora los barbudos llamaban Duñai Nis, Apu Machu Dunfran Ciscu solo dormía con ella. Cuán grave y perdurable era la desavenencia, el Espía no podía decir pues, y de esto hablaba en la segunda cuerda aislada de su *quipu*, había perdido a Firi Pillu, su único informante directo sobre los barbudos.

El Espía del Inca no lo había visto desde su último encuentro, hacía veintitrés jornadas, y le había perdido el rastro desde entonces. Por supuesto, no mencionó en el *quipu* los detalles. Ni el descabellado pedido de Firi Pillu de verse a solas con la concubina favorita del Inca con que no dejaba de atosigarlo. Ni las mentiras descaradas que el Espía tuvo que decirle para intentar disuadirlo de que siguiera insistiendo con su petición. Sí aludió a lo que ocurrió después cuando cuatro *mamaconas* hallaron en los Baños de Pultumarca a Inti Palla, desnuda y llena de magulladuras en el cuerpo, clamando a voz en cuello que había sido profanada por el engendro repugnante que traducía para los barbudos. Apenas Atahualpa se enteró, montó en cólera, la más feroz que el Espía le había visto en todo el tiempo de su reclusión, y exigió a Apu Machu Dunfran Ciscu, con todos los canales de su cuello a punto de reventar, que le entregaran en ese mismo instante al feto para castigarlo como se merecía. El Apu Machu Dunfran Ciscu lamentó lo ocurrido con la concubina, pero se negó. «Si te dejo que me quites a los que me traducen ¿cómo haré para entenderte a Ti y a los tuyos, para hacer que me entiendas?», dijo a través del tallán Martin Illu que, ya de regreso de Pachacamac, había retomado el rol de traductor principal de los barbudos.

Ya fuera por el dolor causado por la afrenta o por el hecho de no poder vengarla, el corazón del Inca se exprimió, se derramó la fuerza vital que empujaba su sangre. Y por primera vez desde que el Espía llegó a Cajamarca a emprender Su rescate, vio el cautiverio impregnado en Su rostro. De ello informaba la tercera cuerda aislada de su informe, cuyos hilos iniciales llevaban la marca amarilla de la alarma. «El Inca ya no come ni bebe», decía el primer nudo, tramado con dos colores secundarios. «Desatiende sus quehaceres cotidianos de Señor Que Manda. No recibe a los funcionarios, aunque vengan de lugares lejanos con encargos importantes. Y pospone las decisiones que debe tomar El Que Impulsa los Turnos del Mundo».

El falso Recogedor de Restos no dijo, para no abundar en detalles innecesarios, que Atahualpa le dejaba elegir por Él las prendas que vestía, lo que para el Espía, que conocía bien al Inca, delataba la magnitud de su postración. Tampoco mencionó que, a pesar de los trastornos que trajo a Cajamarca la llegada de Apu Almagru, el Señor del Principio se quedaba mañanas enteras en el Cagadero Real, de donde el Recogedor tenía que ir a sacarlo con ayuda de las *acllas* de servicio sin que hubiera cagado nada. Que había interrumpido los juegos de los Incas hermanos con Sutu, así como las interminables tertulias que sostenía con él (lo único bueno que salía de todo esto, pues volvía innecesaria la engorrosa tarea de asesinar discretamente al intruso). Dejó sin decir, por último, que las princesas venidas desde tierras lejanas para ser preñadas por Él se quejaban de la tuna desvaída del Inca, que permanecía dormida en sus Turnos Nocturnos con ellas y *no se despertaba con nada.*

Sin embargo, el ánimo diluido del Inca abría quizá una ventana que antes estaba cerrada. Atahualpa podría ver con otras luces la incursión de Cusi Yupanqui en Cajamarca con miras a rescatarlo y le daría finalmente su anuencia. La ocasión era, Señor del Principio, inmejorable. Los barbudos recién llegados no terminaban de instalarse en sus nuevas viviendas y los anfitriones aún no estaban repuestos de las borracheras de la bienvenida, lo que les ponía en desventaja si tenían que llegar a la batalla campal, y que el Inca no albergara duda de que llegaría. Que consultara cuanto antes los oráculos y viera por sí mismo. Si había un momento propicio para el ataque por sorpresa, Hijo Único dEl Que Todo lo Ilumina, era este.

Atahualpa permaneció en silencio, con el aliento extraviado, jalándose una y otra vez la tira de carne de su oreja faltante, que ya no se cubría con vendajes cuando estaba a solas. Le cercaban bandejas llenas de comida arrumadas desde hacía varias jornadas que apenas había tocado, pero que ninguna *aclla* de servicio se atrevía a quitar del centro de la Habitación.

—No —dijo—. Todavía no.

Ni siquiera el regreso hacía dos jornadas de Apu Dunir Nandu sacó al Inca de la nube en que se hallaba sumido. El Barbudo Joven volvía de Pachacamac después de más de tres lunas y media de ausencia, trayendo el oro recabado en los pueblos del camino, los templos del Señor de Yshma y las tierras jaujas. Traía también al general Challco Chima, cuya llegada suscitaba a su paso las miradas aturdidas y horrorizadas de los transeúntes, que no terminaban de creer que el Invencible, el Hijo indiscutido del Illapa que había derrotado treinta batallas seguidas a las tropas de los generales de Huáscar antes de prender al Inepto con sus propias manos, el que no se dobló ni siquiera ante la amenaza —cumplida— del general Atecayche de pasar a cuchillo a sus mujeres y sus hijos si no se daba por vencido, el general de generales a quien todos temían incluso por encima del Inca y de todo hombre nacido en el Mundo de las Cuatro Direcciones, hubiera inclinado su cuello ante los barbudos y doblado su brazo a su voluntad sin la más mínima resistencia. Aunque el Espía del Inca sabía que todo era parte del plan de rescate del Inca por el Señor Cusi Yupanqui —quien le había enviado un *quipu* secreto dándole instrucciones de que tramara con el general la estrategia militar para el asalto—, igual sacudía el corazón del Recogedor de Restos ver al invencible con la mirada enhiesta y fiera, pero desnudo de sus armas, su escolta legendaria y sus fieles guerreros, y con serpientes de metal enroscadas en sus brazos, anchos como piernas; obedeciendo, por disposición de Cusi Yupanqui, las órdenes que le dirigía el Barbudo Joven y que se solazaba en traducir el insolente Martin Illu. El Espía había intentado por todos los medios hablar en privado con él antes de tramar el *quipu* de urgencia, pero los barbudos lo tenían muy bien resguardado y no había sido posible.

Cuerda secundaria: blanco entrelazado con negro, en Z

Aunque el camino de regreso es de bajada, es largo. El *tambo* en que dejó los *quipus* de hoy queda diez tiros de piedra más lejos que los anteriores. El Espía ya había rotado por todos los *tambos* cercanos a Cajamarca y no debía repetirlos. Nunca uses dos veces el mismo escondrijo para tus mensajes, ni para los que mandas ni para los que recibes, decía el Señor Chimpu Shánkutu. No era una simple precaución de hombre sabio. Los *tambocamayos* que resguardaban los *tambos* no eran incondicionales del Inca. Si lo reconocían, podían sospechar. Delatarlo a Sus enemigos. Enviarlo a una muerte segura.

Pero ahora que el peligro ha quedado atrás, el Espía del Inca ha caminado un buen trayecto de la trocha con el aliento distendido, disfrutando del aire fresco de esta noche en que la Madre cumple su turno de blancura total y sin tapujos. La temporada de lluvias casi ha terminado, pero aún caen chubascos como el de anoche, que lavan el aire y siembran charcos que el Espía revienta a saltos por jugar, como cuando era *huahua*.

En eso oye un crujido como el de una ramita que se quiebra en la vera izquierda del sendero, entre los matorrales. Se detiene. No escucha ningún otro ruido: seguramente era un animal nocturno. Prosigue su camino, frenándose de vez en cuando para escuchar con la pepa alerta. El nuevo crujido es similar al anterior y también ocurre a la izquierda del sendero: el animal lo ha estado siguiendo.

El Espía vuelve a detenerse: ¿y si no era un animal?

—*¿Eres tú, paisanito?* —dice en lengua manteña.

El paisanito no responde.

—*Sal. No tengas miedo. Aquí sí podemos hablar.*

El paisanito no sale.

—*Menos mal que te encuentro. Me tenías preocupado. Decían que estabas en una casa secreta donde te había enviado Apu Machu Dunfran Ciscu. Que no te iban a dejar salir hasta que el Inca se calmara.*

Silencio de grillos. El Espía carraspea.

—*De eso justamente quería hablar contigo. Yo puedo ayudarte. Yo puedo hablarle al Inca y convencerlo de que te perdone. Solo tienes que decirme qué andan tramando los barbudos, que han duplicado de número. Si es que van a venir más* —silencio de nuevo—. *Si quieres, también hablamos del terruño. Como antes.*

Una lechuza canta tímidamente en los matorrales.

El Espía aguza el oído. Algo anda mal. Lentamente, se da la vuelta y empieza a regresar sobre sus pasos. A correr. Demasiado tarde: cuatro siluetas han surgido de los arbustos delante y detrás suyo a ambos lados del sendero y ya estrechan el cerco sin apremiarse. La luz plena de la Madre muestra sus burdas indumentarias de *yanacona* —camisetas incoloras y opacas, seguramente de bayeta, y sandalias raídas por el uso— antes de que se le vengan encima en cargamontón. No tarda en arreciar sobre el Espía una lluvia de puñetazos en la cara y, cuando ha caído a tierra, de patadones en los costados, entre insultos y maldiciones que le resultan extrañamente familiares. Solo atina a cubrirse la cabeza, mientras unas manos le rebuscan los bolsillos y la bolsa terciada a lo largo de su pecho.

—No tiene nada —dice irritada la voz en lengua *aru* con el dejo típico de los chancas del sur.

—Es un inca de menor rango —dice una voz ronca en el mismo idioma—. Mírale su tocado.

—¿Qué hacemos con él? —dice un tercero.

Una nueva andanada de patadas responde a la pregunta.

—¡Inca avaro! ¡Ni un puñado de coca has traído contigo!

—¿Qué dicen? ¿Le despellejamos la barriga, como al orejón panzón de la otra vez?

—Sí, y hacemos un tamborcito.

—No. Mejor lo degollamos y lo dejamos en el descampado para que se den su panzada los buitres.

Mientras discuten los *yanacona* continúan con los patadones, pero esta vez sobre los muslos y canillas del inca. Salango se contrae en la posición del feto, vacía su aliento, bucea en su propia pepa, se sale de su cuerpo, lo ve desde afuera a la distancia para separarse del dolor que le lacera, como mandan las enseñanzas del Señor Chimpu Shánkutu para resistir la tortura sin revelar nada, entregándose a los golpes recibidos como a un seno, como a un vientre materno. Ahora los golpes arrecian sobre sus brazos, su espalda, su cabeza, y él los recibe con alivio, mejor morir a manos de ustedes que de unos extraños, ustedes que vienen de mi tierra, que hablan el idioma de mi madre, pero no sepan que entiendo lo que dicen, la muerte que planean para mí y que me liberará por fin de mi servicio, este cuerpo ya no es mi cuerpo, quédenselo si quieren, es lo que queda del otro que murió hace cinco años con Calanga y nuestros gemelos en Olón, amor mío, lo que queda del que no pudo partir en aquel viaje sin regreso a donde duerme el Sol, ¿no es gracioso, Calanga?, ¿salir de Esta Vida así, asaltado por unos miserables *yanacona* desarmados después de haber sobrevivido guerras, atentados, emboscadas, la Gran Pestilencia, tu partida y la de nuestros hijos a la Vida Siguiente?

—¡Se está riendo! ¡El maldito se está riendo!

—¡Inca de mierda! ¡Ahora vas a ver, ahora vas a saber!

Un brazo le arranca de un tirón su camiseta de Recogedor de Restos, dejándole el torso desnudo. El frío mordaz le eriza las tetillas mientras otros brazos se apropian de sus sandalias y sus tobilleras y le arrebatan el tocado. El filo rectilíneo de una piedra cortante brilla a la luz de la Madre. Dos manos le apartan los mechones a los lados para verle la cara. El Espía sabe lo que vendrá: el degüello limpio al modo de los chancas antiguos, no en balde conocidos como los mejores cortadores de cabezas del Mundo de las Cuatro Direcciones.

—¿Yunpacha?

¿Quién eres? ¿De dónde sabes mi nombre? ¿Por qué abres así los ojos al mirarme?

—¡Detente, Xulca!

El filo prosigue su trayecto.

—¡Detente, te he estado diciendo!

¿De quién es esta voz ronca, conocida a pesar de sus disfraces?

La mano titubea. Espera en alto en un silencio pesado, de pregunta.

Una sombra se aproxima hasta estar frente a él.

—Este inca es mi hermano.

Cuerda terciaria (adosada a la secundaria): blanco entrelazado con negro, en Z

Los *yanacona* observan al Espía como a un animal intruso de una especie desconocida. Ticllu escupe dos veces sobre el jirón de tela: un bolsillo recién arrancado de su camiseta de bayeta.

Lo dispone sobre el pómulo reventado —y aún atónito— con toda la delicadeza de que son capaces sus manos encallecidas.

—¿Sabes quién soy?

El Espía del Inca no se da cuenta que le arde, distraído por la alegría y el terror profundos que se disputan su corazón ante el inesperado hallazgo de su hermano.

—¿Por qué te dejaste masacrar así callado? ¿Por qué no hablaste? ¿No reconociste acaso el idioma de tu tierra?

Salango permanece en silencio, los ojos en el suelo. Siente sobre él los de Ticllu contemplando con disimulo los estragos del Mal en su rostro.

—Has… cambiado mucho —dice Ticllu en voz baja.

La mirada del inca magullado se alza lentamente hacia él.

—Tú también —balbucea en *aru*, la lengua de Rampac, que no hablaba en un atado y medio de años.

El abrazo fraterno sacude al Espía hasta hacerle doler. Cuando el rostro del Ticllu se aparta, hay en él lágrimas vivas bailando sobre una sonrisa sin ilusiones, una sonrisa de viejo.

—Sí. Yo también.

Los otros *yanacona* dan rodeos en torno al paisano hermano del Ticllu. Uno de ellos se le acerca para palparle el traje y las insignias de su vestimenta, que le habían arrancado y le han devuelto rápido para que no se muera de frío.

—¿Eres funcionario del Inca? —pregunta el *yana*.

No mentir a menos que sea necesario.

—Sí.

La expectación se enciende en los rostros *yanacona* ante las infinitas posibilidades de un paisano cercano al Hijo del Sol.

—¿Qué servicio cumples en la corte? —pregunta otro.

—Soy el Recogedor de Restos del Único Inca Ticci Capac Atahualpa, Señor del Principio que Empuja los Turnos del Mundo.

—¿Y qué hace un Recogedor de Restos?

—Corta el pelo del Inca. Le recoge las uñas que Se le caen y las guarda en los depósitos.

—¿Y eso para qué? —pregunta un *yana* con ademán aburrido.

—Para ponerlos en sus *huauquis*, sus bultos-hermanos, que viajan como su doble hacia todos los rincones del Mundo de las

Cuatro Direcciones. También guarda las corontas de *choclo* y los huesos de todo animal que se come. Y Le cambia sus mudas de ropa…

Los *yanacona* cruzan miradas. Aunque el Espía no puede leerlas —están a contraluz de la Madre—, adivina que se pasan el uno al otro la decepción por el paisano que, a pesar de tener las orejas perforadas, no logró ser mejor que ellos. Una decepción que se tiñe de desprecio, que no se esfuerzan en ocultar ante Ticllu.

Pero el Ticllu no se da por vencido.

—¿Cómo? ¿Los incas no te habían nombrado *Tupucamayoc*? —le pregunta a su hermano a boca de jarro.

—Eso fue hace tiempo.

—El Inca lo mandó a mi hermano a Apcara como Hombre Encargado de los *Tupus* —explica Ticllu a los otros—. En Su nombre, él asignó a nuestras parejas recién casadas y a los que acababan de tener hijos sus dotes de terreno.

Un *yana* escupe al lado de su pie.

—¿Qué pasó con tu poder? —arremete Ticllu contra Yunpacha.

—¿Qué poder?

—El que te dio la Roca del Guerrero, ¿no te acuerdas?

Yunpacha no parece acordarse.

—Mi hermano podía contar rápido números grandes —dice Ticllu a los otros, y de paso a Yunpacha, como para refrescarle la memoria de su propia gloria—. Le mostrabas el cielo y ahí mismo te decía cuántas estrellas se habían colgado de su cuello. Aventabas semillas de maíz y ya sabía antes que se hubieran desparramado cuántas habían sido sembradas en pampa, cuántas en *puna*. Una ojeada nomás daba y ya había cribado en su corazón la cantidad de árboles de una lomada, de piedras salvajes de un pedregal o civilizadas de una *chullpa*.

Una de las siluetas bosteza ostentosamente. Otra gira hacia atrás, como buscando una amenaza súbita que la rescate de tener que seguir escuchando.

—Si aparece otro orejón, nos avisas —dice la tercera dirigiéndose a Ticllu. Y, empalmando las manos, forma con ellas un corazón, separa ligeramente los dedos gordos y sopla por el orificio

568

que estos dejan en el medio. De él brota mágicamente el llamado de la lechuza que el Espía oyera poco antes de ser emboscado.

Sin mediar palabra, las tres se mezclan con la oscuridad.

Los dos hermanos se contemplan en silencio.

Cuerda de cuarto nivel (adosada a la terciaria): blanco entrelazado con negro, en Z

—Yunpacha ¿qué dolores, qué alegrías te han curtido durante tu ausencia?

El tono en que Ticllu pronuncia la fórmula de saludo entre dos apcarinos que no se han visto hace mucho tiempo es de profunda lástima. El Espía le reconoce sus rodeos de antaño para limar los bordes de lo que en verdad quiere preguntarle: ¿cómo tú, Yunpacha, el sol de los ojos de nuestros padres, la luminaria de Apcara y alrededores, terminaste recogiendo los desechos del Inca?

La compasión del hermano mayor es un animal cuya sed hay que saciar. De la lengua del Espía empieza a manar, con extraña fluidez, la narración de lo supuestamente vivido a partir de su última estancia en Apcara. No podía decirle que aquella vez había adoptado la falsa identidad de un *Tupucamayoc* enviado desde el Cuzco a los poblados chancas del sur para asignar terrenos frescos a los recién casados, pero que su verdadera tarea consistía en tramar un informe —su primero como Espía del Inca— sobre las actividades sospechosas de los habitantes de la región.

Con detalles numerosos y precisos, tal como recomendaba el maestro y sabio Chimpu Shánkutu en sus lecciones, el Espía despliega ante él su vida ficticia como un manto espeso y bien tramado. Después de que partí de Apcara regresé al Cuzco. Justo empezaba el nuevo Movimiento del Inca Huayna Capac, así que me pusieron en las comitivas que marchaban a las tierras del norte donde se había desatado la rebelión. Cumplí con mis turnos en los ejércitos del Inca en las arremetidas contra los caranguis y cayambis, pero sobre todo fui *Tupucamayoc* en los alrededores de Tomebamba. Apenas terminó la guerra, me destacaron a servir en tierras manteñas, donde tuve que aprender sus medidas de tierra y adaptarlas a nuestro *tupu*. Y me quedé allá y puse mis raíces. Y cuando el Mal de las Pústulas se llevó a su Vida Siguiente al Inca Huayna Capac (y aquí el Espía descubre en el rostro del Ticllu, no tocado por el Mal, un ligero estremecimiento) pasé a servir en la corte de funcionarios de su hijo el Inca Huáscar.

El Espía suspira.

A partir de ese momento su vida había sido un remolino en medio del río. Apenas Atahualpa se alzó en contra de su hermano, los guerreros bajo su mando lo consideraban sospechoso de colaborar en secreto con Huáscar y lo hostigaban sin descanso. Hasta que un día un encargado del mismo Atahualpa lo mandó llamar ante su presencia. «Dicen que eres el encargado de asignar terrenos a los *runacuna*», le dijo el Inca. «Voy a darte un servicio más importante. A partir de ahora pasarás a mi cortejo, donde serás el encargado de asignar terrenos a mi caca». Y lo nombró su *Akacamayoc*.

—Cada vez que el Inca tenía ganas de cagar —prosigue el Espía— me mandaba llamar. Yo recogía su caca con una escobita, la molía y la ponía en bolsas. Los sacerdotes la probaban y, si el sabor era correcto, la enviaban hasta las chacras privadas de Su padre el Sol, donde la esparcían para que rindiera maíz sagrado fertilizado por el Único. Pero al poco tiempo el Recogedor de Restos del Inca, que era anciano, murió y, como ya me había agarrado cariño, el Inca me asignó mi nuevo Rol.

Ticllu lo contempla fijamente. ¿Se le había pasado la mano al Espía con el disparate?

—¿No tienes familia?

—¿Familia? —como si no recordara la palabra.

—Mujer. Hijos. *Ayllu*.

—Tenía —suspira—. Pero se los llevó a todos el Mal de las Pústulas.

El abrazo sincero y cálido del hermano mayor le toma por sorpresa devolviéndole sin avisarle a un tiempo más puro, más limpio. Sin saber cómo le empezaron, el Espía se revuelve entre largos espasmos de llanto sobrevenidos de la nada, que el hermano mayor recibe en silencio sobre su hombro. Al separarse, detrás de las arrugas que han arado la frente y los pómulos de Ticllu, detrás de sus ojos anegados por un pantano perpetuo ha asomado aquella misma mirada juguetona, inocente y maliciosa al mismo tiempo, de los tiempos de su infancia.

—¿Y tú, hermano? —pregunta Yunpacha—. ¿Qué dolores, qué alegrías te han curtido a ti?

Ticllu resopla.

—Las de un cargador de andas que ha perdido su litera y a su Señor y sobrevive como puede.

Desde Huanucopampa había venido con todo un contingente de cargadores lucanas estacionados ahí de manera permanente. Los habían mandado llamar para que sirvieran al Señor de Chincha, que era invitado del Inca en Cajamarca y no había traído cargadores de repuesto. Una camiseta a cada uno les habían ofrecido, así que lo iban a cargar durante toda la estancia del Señor, que iba a durar ocho jornadas. El quinto día de servicio tuvieron que llevarlo en andas a la plaza de Cajamarca, donde el Inca había invitado al Señor a ver a unos extranjeros que lo habían venido a visitar y lo estaban esperando. Dizque el Señor no cabía en sí por el honor que le hacía el Inca de tenerlo a su lado y porque tenía mucha curiosidad por conocer a los forasteros.

Ticllu arruga la nariz.

—El resto ya debes saberlo. Al Inca lo atraparon y al Señor de Chincha los extranjeros le hicieron un hueco de fuego en el pecho y le talaron las dos piernas de un solo tajo. Dizque murió desangrado ahí mismo, sentado sobre su silleta, pero no me quedé a averiguar. Con tanto empujón hacia un lado y hacia el otro, me tropecé y me caí y alguien tomó mi sitio justo cuando un extranjero se aventaba con saña sobre mi costado sacudiendo su vara de metal y lo cortaba en dos. Tuve que hacerme camino entre cientos de brazos y cabezas que volaban por el aire, chásss, chásss, y nos caían encima a los que estábamos debajo, luchando por avanzar entre cargadores que se enredaban los pies con sus propias tripas, que botaban sangre a chorros de sus miembros cercenados o peleaban para ir a reemplazar a alguien que había sucumbido cargando las andas del Inca. Estábamos rodeados por todos lados por entrañas esparcidas en el suelo, que nos hacían resbalar y caer a cada rato. Entre estruendos del Illapa que reventaban los oídos, sonidos de cascabeles gigantes que venían de todos lados y humos que salían de sus monstruos de metal, me abrí paso. No sé cómo llegué vivo hasta la única salida que no estaba cubierta por los extranjeros, que nos tenían cercados por todas partes. Era un muro de adobe y todo un grupo de cargadores nos habíamos juntado ahí, empujando. Cuando estaba a punto de ahogarme o morir aplastado, el muro cedió y pudimos salir.

Sin ponerse de acuerdo, cada cargador sobreviviente había ido a reunirse en las afueras de la *Llacta*, donde estaban a salvo, con los de su región. Ticllu se había juntado con tres cargadores lucanas (el hermano mayor hace un vago gesto hacia el pedazo de oscuridad en que se han esfumado sus compañeros de asalto). Trataron de regresar a Huanucopampa, pero la tierra andaba demasiado revuelta por la captura del Inca y fueron emboscados dos veces por bandas de *yanacona*, que los despojaron de todo lo que tenían. Tuvieron que volver a los alrededores de Cajamarca y quedarse ahí. Sacaban comida de los depósitos y los *tambos*, pero todos los hombres de servicio que se habían quedado sin Señor hacían lo mismo y, para no tener que pelearse con ellos, empezaron a robar a los orejones que viajaban solos o con pequeñas comitivas, y de paso a masacrarlos para que supieran (y el Ticllu hace un mohín resignado de disculpas por lo que a Yunpacha le tocó).

—A mi Huayllucha y a mis muchachos no los veo desde hace cuatro lunas —una sonrisa triste atraviesa sus mejillas—. Deberías conocer al más mayorcito. Se parece mucho a ti.

Los dos hermanos se abrazan con la mirada.

—¿Y a Apcara? —pregunta Yunpacha—. ¿No has vuelto?

Una expresión de extrañeza aparece en el rostro de Ticllu.

—No. ¿Para qué?

—Para ver a mamá, a papá, a la Anccucha. A la gente del *ayllu*.

Mohín de incredulidad en el rostro del hermano.

—¿Entonces no has sabido?

—¿Qué?

—Los desplazaron a tierras chachapoyas. Como a más de la mitad de los *ayllus* de Apcara, Antamarca, Chipau y Suntuntu. Y pusieron en nuestros terrenos a unos *mitmacuna* huayucuntus.

Yunpacha pestañea.

—¿Cuándo?

—Hace mucho tiempo.

—¿Cuándo hace mucho tiempo?

—Poco después de que vinieras a visitarnos. Cuando tú eras *Tupucamayoc* —sonríe levemente—. ¿Ahora sí te acuerdas?

—Y esto pasó ¿cuánto tiempo desde que me fui?

Ticllu se rasca la oreja.

—No me acuerdo.

—¿Un atado de jornadas? ¿Seis lunas? ¿Un año?

—No me acuerdo —piensa—. Una luna nomás. Más o menos.

Un puente de piedra asoma lentamente en la frente de Yunpacha mientras su hermano le cuenta los pormenores. Un funcionario inca —un enano que apenas llegaba hasta la cintura— escoltado de cien guerreros había venido a Apcara con la orden del Inca de que se desplazaran de inmediato a tierras chachapoyas. Se le había dado al *ayllu* tres jornadas para que liara todos sus bártulos, durante los cuales el enano y los guerreros habían permanecido acampados en el *tambo* cercano que daba a la laguna de Cochapampa, como si temieran una rebelión. Ahí una parte de la escolta del enano había acompañado a los desplazados a sus nuevas tierras fronterizas. Se había enterado de todo por unos viejos de Chipau que pasaban por Vilcashuaman, donde habían destacado a Ticllu como cargador temporal justo antes del desplazamiento.

—Por eso nomás me salvé. Y también la Huaylla, que se vino acompañándome —suspiró—. No he sabido nada de ellos desde entonces.

Los oídos de Yunpacha siguen en un lado, pero su pecho se ha ido por el otro. A su memoria acuden, sin ser llamados, imágenes de Rampac y Anccu hace diecisiete años, surcando a paso limpio el sendero de regreso a Apcara, luego de haberlo llevado con ellas a presenciar una ceremonia chanca prohibida.

Rampac, Anccu y Yunpacha se habían pasado toda la noche caminando. El amanecer los había sorprendido cruzando el límite entre la *pampa* y la *puna*, que anunciaba los linderos de Apcara. Por cansancio o distracción (o, sospechaba ahora Yunpacha, quizás a propósito), su madre tropezó y dejó caer sobre una roca al borde del camino la bolsa en que llevaba el *poronguito* en que habían llevado su chicha, ahora completamente vacío. La ruptura en varios pedazos había sido breve pero sonora, despojada de los velos que amortiguan los ruidos del *porongo* cuando hay líquido en su adentro. ¿Y ahora?, pareció decir un rostro de Rampac exageradamente preocupado y en el que Yunpacha advertía un trasfondo juguetón. La mano de su madre entró entonces en la bolsa y extrajo —¿cómo?— un *porongo* enterito, sin mella. Luego de devolverlo a la bolsa, con un brazo llamó a sus hijos para que miraran de nuevo su contenido. Ellos fueron, vieron: dentro solo había cuatro pedazos bien rotos de *porongo* roto. Sin dar tiempo para bocas abiertas, Rampac les mostró entonces el doble fondo dentro de la bolsa, tan bien escondido que era invisible a simple vista. Con una sonrisa de astucia, sacó con expresa lentitud un *porongo* exactamente igual al anterior, pero intacto. Todo había sido pues un simple truco.

El corazón de Oscollo se estruja, está a punto de estallar, pero el Ticllu ha seguido hablándole. ¿Qué es lo que le ha estado diciendo?

—Que abandones tu destino de hombre que recoge restos ajenos y te quedes con nosotros, Yunpacha —dice Ticllu—. Una fuerza benéfica ha forzado la suerte para reunirnos. Hagamos caso de la ocasión que ahora nos tiende, hermano, y regresemos a nuestras tierras para rehacer la familia desde las piedras puras que le sirven de cimiento. Dos hermanos chancas unidos son más fuertes que todos los ejércitos.

El rostro prematuramente ajado por las arrugas de Ticllu se superpone a otro. El de su cara joven hace diecisiete años, volviéndose hacia Apcara para contemplar el pueblo desde el último recodo del camino en que se pierde de vista. Aquella mirada fresca se despedía del Padre-Montaña Huacchuayserk'a, de papá, de mamá, de Anccu y de mí, alejándose con paso firme y feliz para cumplir con su turno de servicio, para orgullo de todos, antes de que yo los traicionara. La última vez que te vi.

¿Matarlo para no dejar testigos? ¿Para evitar que mi cobertura sea descubierta y se ponga en riesgo mi servicio?

—No puedo, Ticllu —responde el Espía—. Tengo que volver. Mi Señor el Inca me necesita.

Duodécima serie de cuerdas – pasado

Primera cuerda: blanco entrelazado con negro, en S

Nadie lo reconoció. Los hombres que hacían las faenas de la cosecha en las chacras más alejadas del caserío central de Apcara y que lo veían de lejos ojeaban más bien a los cuatro cargadores en su delante que portaban las angarillas, empinándose para ver mejor, intrigados, la abultada bolsa de venado.

El corazón de Oscollo saltaba cada vez más a medida que sus piernas reconocían el camino, que desandaban sus pasos antiguos de *huahua* por esta trocha que bordeaba la laguna de Cochapampa, por estos pajonales ariscos que habían sido en su infancia los límites del Mundo.

Ya dentro del caserío se desplazaba con lenta parsimonia, cirniendo discretamente los cambios ocurridos durante su ausencia, mientras los apcarinos con que se cruzaba en el camino hacían reverencias al paso del inca recién llegado que portaba las insignias coloradas y amarillas del *Tupucamayoc*, y al que no osaban mirar de frente. Salvo el corral comunitario al que le habían sido refaccionados los portales y el nuevo depósito recién construido, todo estaba igual al día de su partida hacía cuatro años.

No todo. El tiempo sí había dejado secuelas en Añayllu, el mandón de Apcara, que le esperaba en el centro de la explanada con dos vasos de madera en las manos. En su espalda asomaba ya la joroba de los cargadores veteranos que solía acompañar en la vejez a los lucanas de Arriba y Abajo, los favoritos de los incas cuando de portar literas se trataba. Oscollo tardó en reconocer a Chocne, que estaba a su izquierda —debía ser ahora el segundo del mandón––, y que de ser un chiquillo enclenque había pasado a ser un mocetón de carne ancha, dura y bien pulida. Detrás de los dos, repartidos en dos grupos de cuatro, iban ocho hombres, todos en su edad productiva, entre quienes reconoció, con una sonrisa que no dejó salir de su corazón, al Hablador, a Macma y al Ticllu.

Ticllu, hermano. Qué distinto te veías ahora, qué negras tus pupilas, como si la noche se hubiera metido en su adentro, qué plantadas tus piernas sobre la tierra, como dos árboles de buen tronco con las raíces bien incrustadas en el suelo, qué lleno de viento tu pecho, como haciendo espacio para el nuevo aire que vas a respirar. ¿Cómo me verías tú a mí? ¿Cuáles eran los estragos en mi cuerpo de la corriente que nos hace hombres, hermano, durante mi larga estancia por las tierras extrañas?

Añayllu hizo un gesto, Macma se acercó con una tinajita y sirvió chicha en los dos vasos. Añayllu le entregó uno a Oscollo y los dos bebieron. Después de arrojar un poco de lo que quedaba al suelo, intercambiaron vasos, Macma les volvió a servir y los dos volvieron a beber.

—Disculpa que no hayamos mandado una comitiva para recibirte, Señor —dijo el mandón con una sombra de bochorno en la voz—. Pero recién te esperábamos en media luna, como todos los años.

El *Tupucamayoc* se rascó la barbilla, dejando asomar lentamente un puente de piedra entre sus cejas.

—¿Y qué harán Chocne y tú para hacerse perdonar por su afrenta, Señor Añayllu?

Los presentes se miraron solapadamente entre sí. ¿Cómo este joven inca al que veían por primera vez en sus vidas, y que ya les castigaba, conocía los nombres del mandón y su segundo?

—Yo… —balbuceó el mandón, desconcertado— … haré lo que tú digas para desagraviarte, Señor *Tupucamayoc.*

—Solo quiero… —dijo el *Tupucamayoc,* sin abandonar su mohín de seriedad— … que me des un abrazo bien dado. Un abrazo apcarino.

Y abrió los brazos, esperando, ante el silencio sorprendido y cauteloso de los que habían venido a darle la bienvenida. El mandón, vacilante, se le acercó. Sin darle tiempo a reaccionar, el

Tupucamayoc lo estrechó de pronto con mucha fuerza, soltando un huajaylleo hondo, puro, de cascada limpia.

—¿Yunpa… pacha? —preguntó tímidamente el Hablador.

La carcajada del inca recién llegado desbordó su boca, llenando el aire de un vaho burlón y cálido que les era familiar. Pero la ronda de apcarinos seguía abriendo grandes los ojos, ¿cómo?, dudando, ¿este es Yunpacha?, preguntando, ¿el hijo de Asto y de la Rampac que se fue a la entrega de Vilcashuaman y nunca regresó?, no terminando de creer. Ticllu lo miraba fijamente en silencio, como congelado por un rayo de nieve que se derritió cuando Oscollo fue hacia él y lo abrazó.

—Hermano.

El Hablador, sacudido su aliento, se fundió también en el abrazo y los tres lloraron juntos. El Añayllu, Chocne y los otros *runacuna* del caserío, entre conmovidos e incrédulos, aún se restregaban los ojos ante el imposible hermano de *ayllu* que había partido del pueblo, llegado a alturas nunca alcanzadas y regresado con los suyos.

La noticia del retorno de Yunpacha corrió como fuego en yesca por los contornos de Apcara. Todos, viejos, jóvenes y niños, hombres y mujeres, de Apcara de Arriba y de Abajo, venían a la explanada a beber chicha con él y enterrarlo de preguntas: ¿habías estado en la *Llacta* Ombligo? Sí. ¿Y cómo era? Grande, en su plaza nomás cabían cuatro Apcaras juntas, dorada también, con casas de piedra lisa como culito de *huahua*, donde entraban doscientos *runacuna* con los brazos extendidos. Los *mak'tillo*s hacían zumbar la boca, con el aliento suspendido. ¿Y habías podido ver al Inca, Señor Yunpacha?, preguntó uno. A la misma distancia que tú estabas ahora. ¿Y a las *acllas*?, preguntó otro con ají en los ojos y risa de *choclo*. También, pero más de lejitos para seguir teniendo mi cuello entre mis dos hombros. Risas. ¿Y te ibas a quedar en Apcara, Señor Yunpacha? No, tenía que proseguir con su servicio de *Tupucamayoc* en los pueblos vecinos y luego regresar a la *Llacta* Ombligo a reportarse. ¿Y cuándo vendrías de nuevo, para quedarte a vivir para siempre con nosotros?, le preguntó un *mak'tillo* chiquito.

—¡Yunpacha! —gritó una voz familiar, y Oscollo vio venir
rauda hacia él a una hermosa chiquilla de trenzas con cintas
azules que, sin mediar saludo, lo ciñó con todas sus fuerzas. Sus
senos bien formados atravesaron la tela gruesa de su camiseta
de *Tupucamayoc* para aplastarse contra su pecho. Yunpacha
sintió cómo trepaba por su cuerpo, sin preguntarle, la misma
corriente de fuego sordo que lo cruzaba durante los censos del
huamani chanca, cuando veía a la *mamacona* de servicio palpar
a las chiquillas que se convertirían en Mujeres del Inca.

—¡Anccucha! Cómo has crecido, hermanita —le dijo apar-
tándola con suavidad.

—¡Papá está allá! —señaló Anccu hacia un lugar entre la
multitud de pobladores del caserío, al que regresó corriendo, y
en el que Yunpacha distinguió la silueta, suavizada por la edad,
de Asto Condori, que lo contemplaba como a un ancestro que
hubiera regresado a Esta Vida en su delante.

Acompañado de Ticllu y el Hablador y seguido por la
manada de *mak'tillos*, que hacían calzar sus pasos en las huellas
que dejaban las sandalias del *Tupucamayoc*, Oscollo fue donde
su padre. Asto le puso las manos sobre los hombros y le apretó
cálidamente los ojos con los suyos. Había solo trece arrugas
más en sus facciones y dos surcos profundos en su frente, pero
treinta y cuatro pelos blancos habían asomado de sus sienes
desde la última vez. Había además una extraña melancolía en
su rostro que la felicidad de ver a su hijo no lograba borrar del
todo, y que anunciaba el súbito arribo de una vejez prematura.

—¿Dónde está mamá? —preguntó Oscollo.

Ticllu y Asto cruzaron una mirada fugaz.

—Haciendo seguro sus ofrendas al *huaca* de sus ancestros,
como siempre —dijo Asto de manera ladeada—. Pero anda.
Siéntate. Bebe. Y cuéntanos qué dolores y alegrías te han curtido
durante tu ausencia.

Les contó lo que Chimpu Shánkutu le dijo que debía
contarles, que no se alejaba de la verdad en lo que decía, pero
sí en lo que omitía. Les dijo con orgullo que, por su habilidad
para contar de un vistazo, en Vilcashuaman lo habían formado
como ayudante de los censos del Gran Hombre Que Cuenta,

donde había servido por un año. Que ahí había atraído la atención de unos funcionarios del Cuzco, que lo llevaron a la *Llacta* Ombligo para educarlo en la Casa del Saber. Que, después de hacerlo estudiar las cuerdas de los *quipus* por dos años, le habían permitido pasar por las mismas pruebas de virilidad que los incas y, una vez que las superó, perforarse las orejas como ellos y ponerse aros de madera. Que había tomado el nuevo nombre de Oscollo. Que su primera tarea como funcionario del Mundo de las Cuatro Direcciones era realizar la asignación anual de los *tupus* en Apcara, Suntuntu, Antamarca y Chipau a nombre del Inca.

Como recordando de pronto para qué había venido, Oscollo pidió al Hablador que le trajera la bolsa de venado que había dejado con los cargadores en la explanada, y a Ticllu que avisara a los padres de los niñitos recién nacidos que se fueran preparando porque iba a comenzar la medición.

—Hijo mío, el camino desde el Cuzco es largo y recién acabas de llegar —dijo Asto cuando el Hablador y el Ticllu salieron a cumplir con sus demandas—. Cruza los umbrales de tu casa y descansa. Ya mañana, bien comido y repuesto del viaje, comienzas tu faena —suspiró—. Hace tanto que no te vemos, Yunpacha.

Oscollo declinó con cariño. Tenía que comenzar cuanto antes. Ya se verían y hablarían más tardecito, a su regreso, al final de la jornada.

—Vas a dormir en la casa esta noche ¿no? —dijo Anccucha.

—De todas maneras.

Algo desbordaba en la mirada de su hermana.

—¿Por qué?

—Porque tienes que… —dijo con los ojos anegados de alegría—. Hoy vienen a tomarme, hermanito.

Cuerda secundaria: blanco entrelazado con negro, en S

—¡Yauuu, pueblo de Apcara! —dijo el *Tupucamayoc* ahuecando la voz con sus manos para que todos le escucharan—. ¡La entrega de *tupus* a tus hijos recién nacidos va a comenzar!

Con solemnidad, abrió la bolsa de venado que le alcanzaba uno de los cargadores collas que habían venido con él. Extrajo, entre los *quipus* que había en su interior, el que tenía las cifras del último censo de Apcara. Desplegó la última de sus cuerdas, cuyo nudo indicaba la cantidad de niños que había nacido el año anterior: tres.

Levantó la mirada. Las parejas de padres que tenía en su delante eran también tres: no había error en la cuenta.

—¡Todo está listo! —gritó, entregando el *quipu* al cargador colla, que lo volvió a poner dentro de la bolsa. Y luego, volviéndose a las parejas—. Ahora llévenme a sus tierras.

Afortunadamente para él, las tres parejas vivían cerca de la explanada. La asignación del *tupu* para el recién nacido de la primera pareja —Huaman Yauri, un muchacho tranquilo del *ayllu* vecino, y Churama, su mujer, una muchacha a quien Oscollo había dejado flacucha y sin gracia y a la que el tiempo le había pulido los bordes, hermoseándola— no duró mucho. Había un terreno fértil no muy lejos del *tupu* que se les había asignado previamente y, con la cuerda que llevaba la medida del abrazo, el *Tupucamayoc* midió los cincuenta abrazos de largo y veinticinco abrazos de ancho del nuevo terreno, puso poyos de piedra o madera en sus límites y roció chicha sobre ellos, haciendo repetir a Huaman Yauri y a Churama las palabras sagradas que los comprometían a respetar sus linderos, al son de los tambores y *pinkullos* de los viejos. A la segunda pareja —Pusac Cauqui y su prima Chuqui Cauqui— le tocó un terreno pedregoso, y Oscollo se quitó las sandalias de servicio para pisar la tierra con sus pies desnudos, ir hincando el terreno en diferentes lugares con una *chaquitaclla* para cernir el sonido seco y macizo de las piedras que, había adivinado, se encontraban no muy lejos de la superficie, y que logró sacar con la ayuda de Pusac. Al Hablador, que, quién lo hubiera dicho, se había casado con una chiquilla bajita y buenamoza de Apcara de Abajo que ojeaba a su marido como si fuera *huaca* redivivo, le tocó un terreno más pedregoso que el de los Cauqui, pero, como no pudo sacar las piedras ni con la ayuda conjunta de los padres de los tres recién nacidos, le compensó asignándole diez brazadas más de largo y cinco más de ancho que, abonadas con ceniza de *molle* y bosta de *killincho*, le darían un lote excelente.

—Gra… gracias, Yun… Yunpacha, digo Se… Señor *Tu…
Tu… Tupucamayoc…*

Terminado el servicio de ese día, Oscollo regresó a la explanada, bebió chicha con las tres parejas, sus familias y el mandón en la casa comunal en donde se alojaban los visitantes de importancia. Hasta que el Sol terminó de despedirse de la jornada, se quedó a conversar con todos los que venían a saludarlo o a recordar con él las hazañas de su infancia, como aquella vez que viniste a mi chacrita en granizada, Yunpacha, y contaste cuántas bolitas de granizo estaban cayendo en ese mismo momento, o cuando llegó la sequía anunciada por Mama Coca y fuiste a nuestros depósitos y de un solo vistazo sacaste cuánto había y cuántos años y lunas podríamos resistir sin lluvias, ¿te acordabas? Oscollo se quedaba sin piso al escucharlos, pues no había recibido instrucciones de Chimpu Shánkutu con respecto a los que ya conocían su poder y recordaban sus proezas, pero desvió la conversación por otros senderos menos inciertos y riesgosos hasta que llegó el tiempo de irse a descansar. Tres veces le invitó el Señor Añayllu de que se quedara a dormir en su casa, pero el mandón no se resintió al escuchar su negativa. El *Tupucamayoc* tenía una hermana recién casada y debía estar esa noche en su vivienda.

Cuando, guiándose por las luciérnagas, Oscollo llegó a la casa paterna, apenas podía tenerse en pie. Estaba borracho y exhausto y se quedó dormido no bien se echó al lado de las brasas aún tibias del fogón. Sin embargo, lo despertaron en medio de la noche los gritos de Anccu y los primeros barullos de la trifulca. Huillca Paucar y sus hermanos habían entrado a patadas por la puerta trasera, pero cuando Ticllu y Oscollo los enfrentaron, los empujones y codazos que les dieron eran suaves, como si quisieran congraciarse de antemano con sus futuros concuñados. En consideración, la resistencia de Ticllu y Oscollo no duró mucho y, aparte de un par de buenos patadones y empellones por quedar bien con la costumbre, los dejaron pasar donde Anccu que, chillando, los esperaba con su ajuar en la otra habitación, lista para ser raptada. Sin embargo Asto, la última *pucara* de defensa, no quiso hacérselas tan fácil y con un *machaqway* agarró a los intrusos a latigazos que restallaban como bichitos de fuego en medio de la oscuridad, y que casi le sacaron un ojo a uno de los hermanos de Huillca. Ni él ni Huillca se resintieron: conocían a Asto y sabían que, como buen apcarino viejo, le gustaba seguir bien las tradiciones.

A la jornada siguiente, después de una tardía merienda matutina con su padre y su hermano, Oscollo se puso su atuendo de *Tupucamayoc* y, mascando coca entre bostezos, se dirigió a la explanada, donde le esperaban Añayllu y Chocne.

—¡Yauuu, pueblo de Apcara! —gritó con la voz ronca de chicha y mala noche—. ¡La asignación de *tupus* a tus nuevos *runacuna* va a comenzar!

Y, llenándose los carrillos de un nuevo bolo de hojas de coca, emprendió camino a las tierras de los padres de los cuatro nuevos *hatun runacuna* que recibirían sus tierras la jornada de hoy, seguido del mandón, su segundo y algunos viejos, niños y *runacuna* y mujeres en edad productiva que no tenían faena esa jornada.

Los cuatro traspasos fueron bastante similares. Vestidos con sus mejores ropas y bien emperifollados, esperaban el padre y la madre, los hermanos y los abuelos del muchacho recién casado, así como muchos que habían venido a curiosear. En una ceremonia a lágrima viva, el *Tupucamayoc* le retiraba al padre del nuevo *runa* el *tupu* que le había sido asignado para el sostén de su hijo cuando este nació. La madre del nuevo *runa* iba entonces a la entrada de la casa y abría sus puertas a la familia de la esposa, que había estado esperando fuera de los linderos del terreno. A medida que iban entrando, se dirigía a cada miembro con fórmulas rituales de disculpa y las mujeres de la casa les daban de comer y de beber. Cuando todos habían comido y bebido, el *Tupucamayoc* mandaba llamar al *runa* recién casado y, enfrente de ambas familias, le hacía entrega de la tierra que antes había sido de su padre, entre *taquis* y gritos llorosos de júbilo de las señoras. Solo entonces hacía su ingreso la recién casada —y recién raptada—, con el aliento dispuesto a festejar con su marido y con sus dos familias recién enlazadas bailando y bebiendo hasta el amanecer. Una vez que las fiestas hubieran terminado, ella y Huillca harían ofrendas de coca y abono a la Pachamama y se acostarían por primera vez como marido y mujer al pie del *tupu* recién asignado, a la intemperie, juntándose la mayor cantidad de veces que pudieran, para que la Madre Tierra que los acogía fuera tan fecunda en su terreno como ellos.

Oscollo dejó para el final el traspaso de *tupu* del padre de Huillca Paucar a su hijo, para poder quedarse festejando con ellos después de la ceremonia. Cuando la madre de Huillca Paucar, siguiendo la costumbre, despejó los umbrales de la casa para dar la bienvenida a la familia de Anccu, el corazón de Oscollo saltó de gozo dentro de su pecho: entre Asto y Ticllu, abrazada a las cinturas de su padre y su hermano, estaba Rampac.

No habías cambiado nada, mamacita. Tu pelo lustroso no había tomado ni una sola cana. Hasta parecía de *pasña* y no de señora de edad así como lo tenías, no amarrado como solías sino suelto al viento, con cintitas rojas bailándote en las mechas que tenías a ambos lados de tus pómulos, solo un poco más afilados que cuando los dejé.

Pero había algo turbador en la expresión ida del rostro de su madre, algo nuevo en el descuido con que llevaba puesto su tocado de fiesta que no empataba con su recuerdo, en que Rampac se miraba cuatro veces en el estanque donde almacenaban el agua de la lluvia antes de darle el visto bueno a una prenda, a una joya, cuando había que acudir a un evento de mucha menos importancia que el traspaso de *tupu* al esposo de su hija.

—Yunpacha —musitó Rampac al verle, y su rostro nebuloso se iluminó de pronto.

Como olvidando que estaban en medio de una ceremonia formal, repitió su nombre varias veces. Se zafó de los brazos de Asto y Ticllu que intentaban contenerla y cruzó el espacio que dividía a ambas familias, abalanzándose hacia donde estaba el *Tupucamayoc*. No había dado ocho pasos cuando tropezó —no, no había tropezado, no había en su camino nada con que tropezarse— y cayó al suelo. Algunos apcarinos empezaron a murmurar en voz baja y Oscollo detuvo la ceremonia. Se quedó un rato mirando a su madre sin saber qué hacer mientras los murmullos inundaban el recinto poco a poco. De pronto, adelantándose a su turno de entrar, Anccu salió de la habitación contigua, se agachó y ayudó a Rampac a reincorporarse. Los cuchicheos cesaron. Anccu tomó la punta de su mantilla de recién casada, limpió la baba que salía de las comisuras de su madre y, vadeando las ojeadas que la resondraban en silencio, la acompañó a su sitio entre el padre y el hermano.

—Puedes continuar, Apu *Tupucamayoc* —dijo a Oscollo haciéndole una reverencia, y regresó al cuarto de al lado.

Mientras proseguía con los ritos del traspaso, Oscollo intentaba posar el recuerdo de su madre sobre la mujer que tenía en su delante. No podía. Rampac nunca había bebido ni una gota de licor y la babosa que le contemplaba estaba completamente borracha. Lo que más perturbaba su aliento, sin embargo, era que, en medio de la devoción turbia con que era contemplado, yacía una hoguera sorda y opaca. Una llamarada de odio.

Segunda cuerda: blanco entrelazado con negro, en S

Apcara había celebrado toda la noche las fiestas del otorgamiento de los *tupus* a los nuevos *hatun runacuna*. Todo el pueblo, hasta los viejos más viejos, los *mak'tillos* más tímidos y las *pasñas* más disforzadas habían cantado y bailado, juntando la alegría de los matrimonios recientes con la de tener nuevos *hatun runacuna* en Apcara.

Había corrido el licor. Los *runacuna* habían hecho ruedos y se habían pasado las escudillas de mano en mano, desafiándose, escupiendo al suelo. ¿De quién serían las llamas que preferiría el *hatun auqui* Huacchuayserk'a en las jornadas del sacrificio de los días siguientes? ¿De quién sus ofrendas favoritas? ¿Quién prendería más rápido el fuego sagrado en que quemarían los cuerpos descorazonados de los animales ofrecidos? ¿Cuál sería la pareja que se llevaría mejor? ¿Cuál la que haría rendir mejor el *tupu* que le había tocado? ¿Cuál la que tendría más hijos? ¿Cuál la que recibiría la maldición de ser estéril?

A la jornada siguiente, al final de su primera mañana libre de su servicio como *Tupucamayoc*, Oscollo compartió la merienda con sus padres. Era la primera vez que los veía juntos bajo el mismo techo desde su lejana partida a las entregas de Vilcashuaman y los dos comían sin mirarse ni hablarse. El silencio entre Asto y Rampac, que la noche anterior había atribuido al cansancio y las emociones intensas de la jornada, se perfilaba ahora como una cuerda tensa, lista a romperse ante cualquier movimiento en falso.

Entre uno y otro bocado de su papa con *hapchi*, Asto le hacía preguntas a su hijo sobre la *Llacta* Ombligo, el Inca y su corte de Señores, que Oscollo respondía sin escatimar saliva pero sin decir nada que desafiara el saber común, nada peligroso. Asto le escuchaba con el aliento en vilo de un pozo sin fondo, completando casi siempre lo que su hijo tenía que contarle sobre ese mundo ajeno que solo conocía de oídas, mientras Rampac, con la mirada vuelta al fogón, daba de vez en cuando una dentellada a su choclo y escupía los granos hacia el fuego, donde crepitaban o reventaban en el momento menos pensado.

Cuando su hambre y su curiosidad estuvieron saciadas, Asto palmeó la espalda de su hijo.

—Ahora que ya se me casaron mi Ticllu y mi Anccu —dijo— le ha llegado su turno de buscarse una apcarina buenamoza a mi Oscollo *Tupucamayoc*.

Un hilo de voz vino del rincón donde Rampac parecía sumida en su escudilla ya vacía.

—¿Qué dijiste? —preguntó Asto.

—Que mi hijo se llama Yunpacha, no Oscollo —repitió Rampac.

Lo hizo sin mirar a su esposo, con voz firme pero rasposa, que dejaba traslucir los dos *porongos* de chicha que llevaba en su adentro a pesar de que aún no había llegado el periodo sin sombras de la jornada. Era la primera vez que Yunpacha le escuchaba dirigirle la palabra a su padre desde su regreso.

—Yo llamo a mi hijo como a mí me da la gana —dijo Asto.

—Pues a ti siempre te da la gana lo que dice el Inca tu Señor —dijo Rampac, sin levantar los ojos—. Mi hijo ya tiene nombre. Y su nombre es Yunpacha.

Asto Condori se incorporó como picado por una serpiente. Tomó el *porongo* en que había estado bebiendo su mujer y lo lanzó contra la pared, haciéndolo trizas.

—¿Una borracha me va a decir a mí cómo llamar a mis hijos? —dijo mirándola con ojos como rayos—. ¿Ah?

Rampac no respondió y Asto tomó su silencio como una invitación a continuar. No se privó: maldijo el día en que la había conocido, en que le habían obligado a desposarla. Agradeció que la suerte hubiera sido más generosa con el Ticllu, y a él *sí* le hubieran dado a una mujer obediente y respetuosa de su marido como la Huaylla. Menos mal que a él no le había tocado una tinaja sin fondo por esposa, una que no se embutía la garganta de licor hasta regar el suelo con su baba, que no le hacía pasar vergüenzas en las fiestas como otra que él conocía bien y que ahora ultimo nomás había hasta humillado a toda su familia enfrente de toda la comunidad, en la entrega de los *tupus* al marido de su propia hija. Y mientras esto iba diciendo, su brazo se alzaba y se quedaba detenido en el aire, ¿le pegaba o no le pegaba?, confundido a medio trayecto por la indolencia de su mujer, que no daba muestra alguna de estar intimidada por sus gritos.

Con mucha calma, Rampac estaba recogiendo uno por uno los dieciséis pedazos de *porongo* regados por toda la *chuklla* y poniéndolos dentro de un costalillo, mientras su esposo seguía desfogándose, dudando. Cuando Asto se quedó sin palabras, Rampac recogió el silencio y tomó su turno de hablar. Evocó, como una plegaria aprendida a su pesar, cómo se había casado con él hacía dos atados de años. Trajo de la mano de los tiempos remotos el conflicto primigenio que enfrentaba a sus dos pueblos de Apcara y Suntuntu que, a pesar de ser hijos de los padres Uscovilca y Ancovilca, vivían entrematándose por desacuerdos en los poyos que separaban sus tierras. Recordó, como si fuera ayer mismo, la llegada de un enviado del Inca que vino desde el Cuzco a zanjar la disputa para siempre. Cómo, después de una larga y áspera reunión con los mandones de ambos pueblos, el enviado dispuso que doce cabezas de familia de Apcara preñaran a doce hijas de *runacuna* de Suntuntu y que doce cabezas de familia de Suntuntu hicieran lo propio con doce hijas de *runacuna* de Apcara, para fundar con una mezcla masiva de sangres el pacto de no agredirse más.

Rampac se quedó callada y acató la voluntad de su padre sin hacerse ilusiones. Desde siempre había sabido que la sangre del pueblo de su esposo forzado estaba sucia. Por eso, cuando sus hijos sacaron la cabeza de su vientre, no se sorprendió al descubrir en ellos las manchas de Asto (y aquí su mirada cenagosa se elevó lentamente hasta cruzar por un instante la de Oscollo, que sintió que un latigazo de frío le corría por la espalda). Los vio abrir la boca como *upas* con las historias de la *Llacta* Ombligo, imitar en sus juegos el andar y el acento de los funcionarios del Inca que pasaban por Apcara, esperar impacientes el momento en que les tocaría servir sus turnos de cargar literas y bultos de orejones en Vilcashuaman. Y al verlos, siguió quedándose callada. Un día, sin embargo, uno de sus hijos recibió de la Roca del Guerrero el poder mágico de contar rápido de un vistazo. Ella exhaló complacida, pero al mismo tiempo intrigada de que la sangre de su *ayllu* hubiera sido elegida por el Gran *Pururauca* Chanca que velaba por ellos. ¿Tendría su hijo algún designio escondido? No sabía, pero empezó a alojar en su pecho la ilusión, qué zonza había sido, de que hubiera llegado el tiempo cíclico de voltear el Mundo de su lado y de que su hijo fuera un enviado para abonar el terreno. Para cambiar para bien y para siempre la suerte de su pueblo. Por eso, cuando los funcionarios del Inca retuvieron en Vilcashuaman al hijo marcado por el don para ponerlo a su servicio, no solo había sentido en su pecho el dolor de la madre que se separa para siempre del fruto de sus entrañas. Había muerto en su pepa la esperanza de libertad para los suyos. Y, como los cadáveres bien embalsamados, ya no pudo quedarse más callada y empezó a hablar. En voz alta. Con sus *huacas*. Para encontrar consuelo y comprender.

Rampac acarició con su vista los *porongos* arrimados en una esquina de la *chuklla*. Su mirada se posó entonces, con una súbita sonrisa fría, sobre la de su esposo. Abrió la boca del costalillo donde estaban los dieciséis fragmentos del *porongo* que había recogido del suelo, sopló al interior, metió la mano por la abertura y sacó el *porongo* completo, intacto. Sin hacer caso de la turbación de su hijo —¿cómo habías hecho esta magia, mamacita?—, acercó el *porongo* a su pecho y, mirándolo, empezó a cantar: gracias Mama Chicha, que me has permitido volver a estar cerca del padre Huacchuayserk'a, del padre K'arwarasu, del padre Kondorsenk'a, del padre Oscconta. Que me has hecho soportar la ignominia de vivir con un hombre de ánimo sometido, de los que solo aman al que los golpea, admiran al que los domina y llaman a sus hijos con nombres de sirviente.

Fue entonces que su padre se abalanzó sobre su madre, maldito sea el día en que me hicieron casar con una mujer antamarquina y no con una apcarina, una de mi propia sangre, diciendo, y empezó a darle de puñetazos en la cara, en los senos, en el vientre. Rampac, rugiendo como puma herida, no se dejó hacer así nomás y chancó pies, pateó piernas, entrepiernas y metió codazos y arañazos cuando Asto la jaló hacia sí para trabarla. Estrechados en abrazo, entablaron un jadeante pugilato en que los dos daban y encajaban sin chistar, como cuando, hace dos buenos puñados de años, hacían el amor tratando de no despertar a sus hijos y Yunpacha, que tenía el sueño suave, se hacía el dormido para no perturbar sus encuentros íntimos y escuchar sus caricias.

Oscollo ya se había vuelto hacía rato hacia el fogón, en el que se batían algunas brasas sobrevivientes, y lo contemplaba mordiéndose los labios.

El fuego crepitaba, lanzando de vez en cuando a la oscuridad algún grano de *choclo*.

Cuerda secundaria: blanco entrelazado con negro, en S

Era la decimosexta jornada de su periplo por los pueblos chancas del sur y la cuarta de su estancia en Apcara, y Oscollo lamentaba su propia diligencia en el servicio que le habían encargado. La misión dispuesta por el Señor Chimpu Shánkutu —que, Oscollo entendía ahora, se parecía mucho a una prueba de lealtad luego de sus exabruptos en la Batalla del *huarachico*— era que se quedara por un período de una luna, pero él ya había culminado sus labores como *Tupucamayoc* de los pueblos de Chipau, Suntuntu y Apcara y se había quedado sin cobertura que justificara una permanencia mayor en la región. Debía partir cuanto antes e integrarse a la delegación de Espías que partiría de la *Llacta* Ombligo a las tierras del norte. Antes debía pasar por el Cuzco y pagar sus respetos al nuevo *amauta* principal de la Casa del Saber, que había reemplazado al lamentado Cóndor Chahua, que había muerto hacía luna y media.

A menos que tuviera un buen pretexto para permanecer en la tierra, se vería raro un funcionario del Inca que no liara de inmediato sus bártulos de función una vez cumplida su tarea y emprendiera el regreso al Cuzco. No había nada importante que anudar en el informe que preparó para el Fértil en Argucias. Aparte del mal estado en que se hallaba el *tambo* aledaño al caserío de Suntuntu y el retraso con que habían sido cosechadas las tierras del Inca en el caserío de Chipau, nada se apartaba de sus cauces habituales en la vida de los caseríos, nada sospechoso merecía ser mencionado en su *quipu*. Su primera misión como Espía del Inca —inspeccionar su pueblo de origen y alrededores—, que había esperado con la pepa apretada durante su tiempo en la Casa del Saber, terminaba sin grandes vientos. No importaba. Gracias a ella, había podido por fin regresar a su tierra y estar con los suyos después de cuatro años de ausencia. Había podido ver a su madre de nuevo.

Era sobre todo por ella que Oscollo quería quedarse en Apcara un tiempo más. Su padre y sus hermanos lo habían extrañado y estaban contentos de verlo, pero era claro que a Rampac su partida le había abierto una herida íntima que no terminaba de cerrar, dejándola a merced del acoso despiadado de los espíritus de la chicha que se le habían entrado por los resquicios de su aliento y lo habían capturado. Era también claro que el retorno de Oscollo no ayudaba a arreglar las cosas. No dejaba de sentir, por ejemplo, que las constantes injurias de Rampac contra Asto, que daban inicio a batallas campales a puño y patada limpia entre los dos, estaban en verdad dirigidos hacia él. Que su madre lo culpaba oscuramente por su estancia en las tierras de los incas opresores, por forzada que hubiera sido. Que le dolía y le daba vergüenza aquello en lo que su hijo se había convertido.

Felizmente, Huillca, el flamante esposo de su hermana, se le acercó a la hora de la merienda para pedirle a nombre de su *ayllu* que estuviera presente como invitado de honor en las faenas de acondicionamiento de los *tupus* que él mismo les había asignado. Oscollo, que vio la oportunidad de permanecer en su pueblo de origen unas cuantas jornadas más, aceptó de inmediato.

Los trabajos comunales por hacer eran de cierta urgencia. Varios de los *runacuna* que iban a realizarlos —Ticllu entre ellos— tenían que partir en cinco jornadas a cumplir con su turno de servicio cargando literas en la corte de Vilcashuaman y había que aprovecharlos al máximo. Tenían que techar las nuevas habitaciones de las casas de los recién casados —para que las recién casadas pudieran habitarlos— y dejar lista para la siembra la tierra de los *tupus* de los *huahuitas* recién nacidos.

En un comienzo no le permitieron participar en las faenas, pero Oscollo insistió tanto que alguien le alcanzó una *chaquitaclla* y, ante la sonrisa apreciativa de sus antiguos hermanos de *ayllu*, se quitó sus orejeras de oro y, como todos, sudó removiendo, desmalezando, apisonando el abono y trenzando paja. De cuando en cuando, algún *runa* se acercaba a Asto en mitad de la faena y lo palmeaba en la espalda, felicitándolo por el hijo que, a pesar de haber llegado a alturas no tocadas por ningún *runa* de Apcara, no se había dejado sucumbir ante el soroche de los creídos y todavía se ensuciaba de barro las sandalias. Asto cabeceaba orondo, ese es mi hijo, carajo, mi simiente, diciendo bien alto para que todos le escucharan.

Pero su madre seguía sin cambiar de piel. Las cuatro jornadas que duraron las faenas llegaba muy temprano al terreno en que se hacían los trabajos, se sentaba en una esquinita y se pasaba todo el día hilando prendas con dibujos de *amarus* de dientes torcidos y romos y bebiendo del *porongo* del que nunca se apartaba, alejada de las otras mujeres del caserío que, sin hacerle caso, charlaban bullangueramente mientras daban de mamar a sus *huahuas*, cocinaban para sus hombres y sus hijos o preparaban bloques de adobe para secarlos al Sol. Varias veces quiso Oscollo acercarse a Rampac, abandonarse en su regazo aunque fuera un ratito, ser su hijo de nuevo. Pero los ojos lagunosos e idos de su madre lo disuadían. Qué no habría hecho entonces para hacer que su madre recuperara su mirada vivaz, su calor de hembra de fuerza vital sin linderos, que Rampac fuera la de antes. Qué no para ya no sentirla más, como ahora, arrancada para siempre de su mundo.

Las celebraciones por la culminación de los trabajos comunales comenzaron al amanecer y tenían también el sabor de las fiestas de despedida, pues algunos *runacuna* partían al día siguiente a Vilcashuaman y no volverían después de dos lunas una vez cumplido su turno de servicio. En medio de los afanes de los bailes y los cantos en círculo, que se hacían y deshacían al ritmo discontinuo de la libación colectiva, ya nadie sabía si los abrazos eran para felicitarse o para decirse adiós, dónde terminaba el sudor y dónde comenzaban las lágrimas.

Los primeros asomos de llovizna empezaron a la hora sin sombras y fueron tomando la densa consistencia de una meada divina. Oscollo, que no había parado de beber desde la mañana y a duras penas podía mantenerse en pie, veía como en un sueño cómo los charcos incipientes que se formaban a su alrededor iban lavando poco a poco la cara de sus vómitos, que se iban convirtiendo lentamente en flores coloradas y gigantes cuyos pétalos estuvieran despertando, desperezándose. El frío le tocaba los lóbulos de las orejas, impregnando a su pepa de una extraña sensación de libertad. Desde el inicio de las faenas no se había vuelto a poner las orejeras de oro y llevaba puestos una camiseta y un tocado chancas que le había pasado el Hablador y que no se quitaba ni siquiera para dormir. Ahora llenaba de nuevo su vaso hasta los bordes y seguía bebiendo —él, que apenas daba sorbos de chicha en los brindis de función, pues se le subía rápido a la cabeza— como quien cruza un puente colgante hacia un pasado depurado, intacto, en que todavía no era esto que su madre rechazaba. Quiso servirse otra vez, pero derramó la mitad. Maldita seas, por qué no te dejas servir, le dijo a la chicha de la boca para afuera. Pero era a Rampac a quien se dirigía de la boca para adentro.

A la despedida del Padre, el Illapa se desbandó y la lluvia ahora sí empezó a arreciar con todo. Mientras los apcarinos se iban corriendo a sus casas para guarecerse antes de que los ganara la oscuridad, Oscollo se dejaba llevar por sus propios pasos hacia la antigua trocha que daba hacia el desfiladero. No tuvo que cuidarse de no mirar al abismo que se abría como hocico hambriento a su costado, como cuando era niño y venía por aquí: ya no se veía el fondo. Al llegar al pie de la ladera, empezó a escalar. Las gotas que se le estrellaban como flechas de agua en su tocado y su camiseta, empapados por completo, le habían cortado la borrachera de inmediato, pero el impulso de su pepa que lo conminaba a realizar esta visita inesperada seguía siendo un misterio para él. Cuando llegó a la cumbre y divisó, alerta pero inamovible, la sombra más oscura que las otras, se quedó mudo, sin saber qué decirle, qué pedirle. Varios rayos sucesivos iluminaron su perfil. Era exactamente igual que en su recuerdo, pero lo que en su niñez habían sido su nariz de cóndor, sus ojos de *amaru* y sus dientes de puma eran ahora solo curvas, tajos y henduras de piedra tallados caprichosamente por el viento sobre una roca del tamaño de un hombre. Del tamaño de un guerrero. Sin entender bien por qué, verlo así, inútil e impotente, le hizo más fácil prosternarse ante él, preguntarle si era en verdad él quien le había otorgado el poder que lo había apartado para siempre de su madre y con qué designio. Si era, como todos decían, un guerrero chanca convertido en piedra en los tiempos primigenios o, y no se resintiera por lo que iba a decir, solo una roca grande sin méritos en Otras Vidas. No recibió respuesta. Evocó por un instante a la Vicha, su llamita favorita en los tiempos de su infancia, sacrificada ¿absurdamente? ante la roca, y reparó en que no había traído ninguna ofrenda. Sacó una daga de piedra de su *quipe* y se hizo un corte pequeño pero profundo cerca de la muñeca derecha. La sangre, humeante por el frío, no tardó en mezclarse con la lluvia y disolverse sobre la tierra. La roca permaneció en silencio. Oscollo exhaló un suspiro, se incorporó pesadamente y se dio la vuelta, listo ahora sí para emprender el regreso a Apcara. A la *Llacta* Ombligo.

Tras él, contemplándolo desde el cobertizo del refugio en que se alojaban los peregrinos que venían a visitar a la Roca del Guerrero, estaba la inconfundible presencia de Rampac. La oscuridad no le dejó cernir la expresión de su rostro antes de que su madre —¿cuánto tiempo llevaba ahí?— retornara al interior del refugio sin decir una palabra y cerrara el portal.

Cuerda terciaria (adosada a la secundaria): blanco entrelazado con negro, en S

Dos grupos de hombres y mujeres frente a frente, en medio de la explanada central del caserío, a media tarde.

Coquita mía, hojita redonda,
permíteme masticarte,
chupar tu jugo,
llenarme el pecho de tu fuerza.
Dime, ¿me queda vida todavía?
¿Ya no?
Si ya no me queda,
dime la verdad
para buscarla
mascándote,
chupándote.

Una por una, las mujeres, sin dejar de cantar, se separaban del coro, le daban al esposo que partía una bolsita con su dotación de hojas de coca para el camino y se volvían a su sitio. A una de las recién casadas se le escapó un sollozo al entregarle su bolsa a su esposo.

—Un par de añitos te doy —dijo la esposa del Hablador, dándole un codazo para consolarla—. Ahí vas a ver lo feliz que te vas a poner cuando tu marido se vaya a cumplir sus turnos y no tengas que verle la cara por dos lunas.

Todos rieron, incluso el Hablador, que también viajaba, y a quien lo dicho por su esposa le pareció muy gra… gra… gracioso.

Ticllu se acercó a Oscollo y, sin hacer caso del atuendo formal de funcionario del Inca de su hermano, lo abrazó.

—¿Cuándo te vas?

—Mañana al amanecer. Mi rol aquí ha terminado y debo regresar al Cuzco.

—¿Volveremos a verte?

—No depende de mí.

—Trata. Por mamá.

La vieron de reojo. Estaba como siempre observándolo todo desde un rincón pero, para sorpresa de ambos —que no comentaron—, lucía por una vez con el aliento fresco y despejado y no traía consigo su *porongo* de siempre.

Ticllu hizo una venia ante el Señor Añaylu y Chocne y fue a reunirse con el grupo de *runacuna* que partía con él a Vilcashuaman. Huaylla, su mujer, lo acompañaba liderando la escueta delegación de mujeres que iba a recoger lana del ganado del Inca y volvería en atado y medio de jornadas. Oscollo los siguió con la mirada hasta que llegaron al último recodo del sendero. Vio a su hermano volverse para contemplar el pueblo por última vez, hacer una venia cabal hacia el Padre-Montaña Huacchuayserk'a, sonreír, alejarse con paso firme sin mirar hacia atrás y perderse detrás de las montañas, forjando la imagen indeleble que su hermano portaría de él durante los diecisiete años que tendrían que cruzar entre sus orillas opuestas para encontrarse de nuevo.

Tercera cuerda: blanco entrelazado con negro, en S

Oscollo era un halcón sagrado que volaba planeando alto sobre Apcara. Tenía una presa entre las garras y regresaba a su nido. El nido estaba a lo lejos, en un ramaje cerca de la cima del *hatun auqui* Huacchuayserk'a. Era un nido cuadrado, de piedra pulida, bien empalmada y sin resquicios, como la de los edificios de la *Llacta* Ombligo. El sonido grave de las aladas lentas y potentes de Oscollo atravesaban el aire límpido que lo sostenía hasta rebotar en los *apus* vecinos, que lo saludaban con deferencia mascullando por lo bajo contra él.

Solo después de llegar al nido y soltar su presa a sus dos crías hambrientas, que empezaban a desgarrarla con sus picos, el halcón sagrado que era Oscollo se daba cuenta de que el animal que había traído entre sus garras, y al que ahora cubrían siete moscas azules, era la Vicha, que mientras era devorada por los pichones le sostenía la mirada con la misma expresión sumisa de cuando su madre le hacía la incisión en su costado, le sacaba el corazón y lo ofrecía a la Roca del Guerrero en los tiempos gastados de su infancia. Algo estaba balbuceando con su hociquito y Oscollo, con su oído fino de halcón sagrado, le escuchó.

Despierta, Yunpacha, despierta, estaba diciendo.

Cuerda secundaria: blanco entrelazado con negro, en S

—Despierta, Yunpacha, despierta.

Oscollo abrió los ojos. Rampac estaba agachada a su lado, fresca como una planta bañada por el rocío de la mañana.

—Qué sueño tan duro has agarrado en tierras extranjeras, Yunpacha. Un poco más y te aviento agua helada para que despiertes.

Era la primera vez que su madre le dirigía la palabra desde que Oscollo había regresado a Apcara y no se atrevía a salir de su asombro. ¿Estaba despierto de verdad?

—Alístate que tenemos que salir temprano —dijo Rampac.

—¿Adónde vamos? —preguntó Oscollo, calzando sus palabras en medio de dos bostezos.

Rampac no respondió. De una talega pequeña sacó una tinajita y un tubito muy delgado de madera.

—Voltéate.

Oscollo obedeció. Le gustaba oír la voz de su madre con el tono firme y despierto de antes dándole órdenes, marcando de nuevo el turno de las cosas. Pero las manos de Rampac, después de levantarle la camiseta, le estaban separando las nalgas.

—Mamá.

—No te cierres —añadió con suavidad—: solo suelta tu aliento.

Oscollo no quiso contradecirla y se soltó, como en los tiempos en que era *huahua* y tenía calentura y su madre le decía suelta tu aliento, Yunpacha, y le ponía tajadas de papa en todo el cuerpo y luego paños de pancas humedecidos con chicha y le hacía dormir bien abrigadito y Yunpacha sudaba toda la noche y a la mañana siguiente la calentura ya no estaba, se había ido con las estrellas.

Pero ahora su madre le estaba introduciendo por el hueco de su atrás un palillo delgado y liso recubierto de una bolsa alargada, de tela suave y bien lubricada.

—Levanta bien tu detrás —le dijo—. Si no te voy a hacer daño.

Oscollo hizo lo ordenado. Sintió cómo su madre enderezaba el palillo y lo metía más, cómo inflaba la bolsa, cerraba su extremo y a través del palito le soplaba un agüita espesa en su bien adentro.

—Ponte de cabeza.

Yunpacha se puso de cabeza. Sintió cómo el agüita se le paseaba por su adentro. Su barriga hizo ruido, como cuando gritaba de hambre. Sintió una vaharada de calor antes de que su madre le sacara el palillo con delicadeza.

—Ahora vístete. No con esa ropa inca que has traído. Ponte esto más bien —le alcanzó un poncho de lana cruda y un tocado chanca—. Rápido, que ya estamos saliendo.

—Todavía no me has dicho adónde vamos.

Los ojos de su madre se posaron por primera vez en los suyos.

—De paseo.

Oscollo suspiró.

—¿Y cuánto va a durar este paseo?

—Dos días con sus noches.

—Mamá —dijo Oscollo con alarma—. Tengo que estar de regreso en el Cuzco este fin de atado de jornadas. Ya me he quedado en Apcara más tiempo del debido. Tengo obligaciones de función que…

—Dos jornadas. De cuatro años solo voy a tomarte dos jornadas, Yunpacha. ¿Es mucho pedirte?

Se vistió frente a su madre, que lo vigilaba como si fuera a hacer trampa en un juego cuyas reglas desconocía. Cuando salió, afuera les esperaba Anccu, que se frotaba las manos con aprensión mirando a todas partes, como si un *supay* fuera a aparecer de repente en algún rincón del caserío, desierto en esta agonizante madrugada.

—¿Y mi *taita* no viene con nosotros?

—No.

Partieron los tres. Cruzaron con cuidado el desfiladero que los separaba de las tierras en que solían pastar las llamas. Poco a poco, empezó a sentir que el mundo se hacía más lento y que le picaba la piel. Los números, que normalmente estaban tranquilos y se quedaban en sus sitios, ahora estaban excitados y salían de sus madrigueras, se exhibían sin pudor delante suyo, mostrando sus turnos en las cosas. Los turnos de las cosas se sumaban, se restaban, se juntaban y separaban, jugaban a compararse, a repetirse, a emularse, formando una música misteriosa que Oscollo veía posarse sobre el mundo. Del fondo del abismo, se frotaban las patas los grillos para hablarle, *cri cri cri* diciendo, tres cuatro tres tres veces, tres cuatro tres tres, marcando el latido del corazón del universo. Las grandes flores rojas de los pisonayes se les aunaban gritando a sus ojos sus dieciséis quince catorce dieciséis de nuevo matices, y los loros y las enredaderas de flores azules le saludaban, cómo has estado Yunpacha, qué ha sido de tu vida en las tierras extrañas, qué de tus tierras en las extrañas vidas. El viento ondeaba con fuerza de siete soplidos nueve ocho siete de nuevo, moviéndose en concha de caracol, en salto de sapo, en tela de *apasanka* grande soplándole suavemente en el oído te he extrañado, papacito, deslizándose como puma desde la punta del poncho hasta su poto ardiente, ciñendo en su abrazo sus flancos descubiertos, sus pantorrillas desnudas.

Cruzaron el árbol de *molle* que marcaba la subida de la lomada y el árbol hizo que sus uvas rojas sonaran como sonajas y se metió en la pepa de su adentro y echó siete ocho nueve diez raíces sobre la tierra hasta hacerle casi imposible la trepada, pues cada uno de sus pies quería plantarse en un lugar fértil, y su madre y su hermana tuvieron que ayudarle a seguir trepando, un paso, otro, ya van tres mil trescientos cuarenta y cinco, tres mil trescientos cuarenta y seis pasos desde que partimos de casa. Todo lo que veía estaba teñido con tinte de cochinilla roja, pero con los bordes de cada piedra, de cada riachuelo, de cada tallo de *ichu* puestos de relieve. Y mientras, su sombra sobre la tierra se iba achicando lentamente, una pata de pulga de distancia, otra pata de pulga de distancia, otra más, ya iban cuatrocientos dieciséis desde que salimos, y su sombra no se despegaba de su cuerpo.

Cuando pasaban enfrente de un roquedal rodeado de arbustos, un retortijón lo dobló en dos y apenas le dio tiempo para bajarse el taparrabos. Empezó a cagar de manera descontrolada, como si un *huayco* le estuviera saliendo de su detrás, con tanta fuerza que no si no hubiera sido por los brazos firmes de su madre, que lo sujetaban de la cintura, se habría ido de encuentro contra los arbustos.

No habían pasado más de cien respiros cuando les tocó el turno a Rampac y Anccu, que de pronto se metieron corriendo dentro de los matorrales al lado del sendero y se agacharon hasta perderse de vista.

De pronto, antes de que el olor de su caca se hubiera deshilachado en el aire sin obstáculos de la *puna*, Oscollo se sintió limpio, despierto, vacío, poderoso. Los números que antes bailaban sobre las cosas se habían amansado y vuelto a sus sitios reposados de costumbre, pero su aliento poseía una nueva fuerza que le permitió caminar toda la mañana y toda la tarde sin cansarse ni sentir hambre, siguiendo a su madre y su hermana por una telaraña de senderos por los que nunca antes había pasado pero en los que ellas se movían como si de su propia chacra se tratara. Por un momento le pareció que volvían a pasar por caminos que ya habían transitado y estuvo a punto de decírselo a su madre. No lo hizo porque empezó a abonar la sospecha de que lo hacían a propósito para despistarlo.

Al final de la jornada, cuando el Padre Sol ya arreaba la luz hacia la noche, una leve llovizna se les cruzó por el camino y Oscollo sugirió que buscaran un *tambo* para pasar la noche. Rampac se negó.

—¿Por qué? —le preguntó Oscollo.

—Porque no.

Oscollo bizqueó: solo esquivaban los *tambos* los que tenían algo que ocultar y no querían que sus desplazamientos fueran detectados por los funcionarios del Inca, que llevaban un registro estricto de todos los que pedían posada, de dónde venían y hacia dónde iban.

Rampac leyó su aliento.

—¿Puedes confiar en mí? —le preguntó a bocajarro.

—Sí —respondió Oscollo.

Rampac miró a su hija, luego de nuevo a Oscollo.

—Y yo ¿puedo confiar en ti? —le preguntó.

La pregunta lo ofendió.

—Por supuesto, mamá —dijo con voz herida.

Cuerda terciaria (adosada a la secundaria): blanco entrelazado con negro, en S

Rampac caminaba en la incipiente oscuridad sorteando las piedras del camino sin mirarlas, como si supiera de memoria dónde estaban. Detrás suyo, Anccu tarareaba despreocupada un *taqui* de caminata larga, haciendo coincidir la tonada con el ritmo de sus pasos. Oscollo iba al final, contando los suyos para no reflexionar.

A cuatro tiros de piedra de sendero, empezaron a juntárseles grupos pequeños de caminantes. Eran hombres y mujeres en edad sorprendentemente productiva, pero también viejos, *mak'tillos* y *huahuas*. Muchos llevaban atuendos de pueblos alejados de Lucanas de Arriba y de Abajo, pero también camisetas de lana gruesa de la región en que vivían los soras. A otros era más difícil sacarlos por sus prendas: sus tocados, ponchos, *chumpis* y polleras estaban polvorientos y sucios, como si hubieran venido caminando sin parar de parajes incluso más apartados. Todos iban por el mismo camino ancho, pero nadie saludaba ni intercambiaba palabras con los demás. Rampac no parecía alarmada o sorprendida por la compañía de estos extraños caminando a su lado, delante y detrás suyo, que sin embargo comprimían el aliento de su hijo: ¿cómo así se desplazaban, si el Inca tenía prohibido viajar lejos de su pueblo sin permiso?

Habían caminado sin parar toda la noche cuando, después de atravesar el límite que separaba la *pampa* de la *puna*, Oscollo vio, tendido sobre la tierra, un inmenso espejo azul. Tenía la forma de una sandalia gigante y reflejaba las coronas de nubes que se habían puesto los apus en su entorno. No eran espesas y, aunque a Mama *Quilla* no le tocaba venir esta noche para iluminarlos, pudo ver sin problemas el trecho espinoso que les conducía a la meseta llena de gente donde, Oscollo lo supo en ese mismo instante, estaba el destino de su larga caminata.

La meseta al pie de la laguna era cuadrada, no muy grande y sorprendentemente lisa. Parecía la plaza abandonada de un pueblo extinguido que no hubiera dejado más rastro de su paso por el mundo. En sus bordes había una multitud —trescientos quince personas, entre las cuales reconoció a veintiséis apcarinos más— embozada para protegerse del frío, atenta a algo que debía ocurrir ¿entre, al lado de, alrededor de? los dos montículos de tierra exactamente iguales que se erguían en su en medio.

Gracias al resplandor de las estrellas sobre la nieve, Oscollo pudo ver que en cada uno de los montículos había sido labrada una escalera que lo trepaba en espiral, como un *amaru* estrangulando a su presa, y una cuerda larga tendida entre ellos, tensa como la superficie de un tambor virgen.

La chicha empezó a circular entre los asistentes. Siempre sin hablar, se fueron pasando las escudillas y los poronguitos y Oscollo, siguiendo el ejemplo de Rampac y Anccu, bebió. Su cuerpo, que en los últimos tramos se había embotado de cansancio, despertó como si hubiera recibido un latigazo.

No supo de dónde ni en qué momento habían aparecido, pero ahí estaban, uno al lado de cada montículo, dos seres descomunales. Iban en dos patas y tenían tamaño de gente, pero tenían plumas en lugar de piel. Parecían halcones sagrados que hubieran tomado forma humana o hijos de mujer cruzado con halcón. Cada uno de los dos tenía la garra derecha cerrada como un puño, como lista para golpear a un contrincante. El puño blandía dos objetos que Oscollo no podía cernir, que despedían un brillo metálico intermitente. En la otra garra, llevaban un manojo de farditos pequeñitos que, al sobarse unos contra otros, sonaban como pepitas de una sonaja gigante.

En los bordes del rectángulo empezaron a encenderse antorchas pequeñas recubiertas de piel de panza de llama. Como puntos de fuego dibujándose a sí mismos en la oscuridad, parecían suspendidas en el aire y Oscollo se sintió en un sueño en que volcanes diminutos hablaban por sí mismos y ya no necesitaban de intermediarios para expresar su voluntad. Las antorchas iluminaron a los monstruos, recortando sus grandes testas de puma con las fauces abiertas, sus colmillos largos y amenazantes que encerraban una cabeza de hombre en su interior, sus brazos acabando en alas de halcón desplegadas, detenidas en medio de su vuelo (como en mi sueño, dijo Oscollo en su adentro). La garra derecha hacía entrechocar —ahora sí se veía con claridad— un par de piedras pulidas con bordes afilados de las que se usaban para trasquilar las llamas, y la garra izquierda sostenía un manojo no de fardos sino de cabezas humanas momificadas.

Un búho cantó. De algún lugar entre la multitud surgió el tenue sonido de un tambor, que marcaba un ritmo lento pero sostenido. No tardó en aunársele un *pinkullo*, que tocaba una melodía antigua, ronca y áspera, que giraba en círculos.

Sin dejar de entrechocar las piedras filudas, los dos empezaron a bailar al ritmo, cada vez más rápido, de la *tinya*, que acompañaban cantando algunos de los viejos más viejos. Sin perder el paso, los dos monstruos subieron cada uno por la escalera de su montículo hasta llegar a la cima, donde se les pudo ver en toda su plenitud. Aunque eran muy parecidos, uno de ellos estaba vestido de color colorado —el color privativo del Inca— y el otro de varios y vistosos como los del arco iris.

Los monstruos se apostaron en la orilla de cada extremo de la cuerda. Sin dejar de bailar ni de entrechocar las piedras filudas, el colorado dio su primer paso sobre ella y esta empezó a moverse a un lado y otro en vaivén exaltado.

Inmediatamente, se escucharon algunos silbidos agudos de los asistentes dirigidos hacia él.

—¡Inca maldito! ¡Inca traidor!

—¡Ojalá te caigas! ¡Ojalá revientes!

Sin hacer caso de los gritos, el monstruo colorado extendió sus alas para hacer equilibrio y, después de templarla, caminó poco a poco al centro de la cuerda. Una vez ahí, hizo maromas y morisquetas que arrancaron la risa de los presentes y, después de tomar impulso inclinando las rodillas, dio un gran salto, estirando las patas a ambos lados en el aire para volver a plegarlas y caer exactamente en el mismo sitio. Poniendo cara de pánico, movió la cuerda de un lado y a otro como si estuviera a punto de caerse, pero al final, cuando parecía que todo estaba perdido para él, mantuvo el equilibrio.

Rompieron el aire nuevas risas y gritos jubilosos, algunos de ellos —para sorpresa de Oscollo— de los mismos asistentes que poco antes lo habían insultado. Siguiendo el ritmo de la canción, más lento ahora, el monstruo colorado regresó a su extremo en medio de aclamaciones.

Oscollo calculó con la mirada la distancia que había desde la cuerda hasta el suelo: cinco hombres y tres cuartos. Si el monstruo no era un dios sino solo un hombre disfrazado, una caída desde ahí le sería fatal.

El monstruo multicolor, que había estado observando el accionar del otro desde su extremo, pisó la cuerda calibrando su rigidez. Inmediatamente se escucharon los vítores de la multitud aclamándole.

—¡Vamos, Puma Sayku! ¡Haz honor a tu nombre!

—¡Como al puma, al maldito que se dice Hijo del Sol hazlo también correr!

—¡Que no le gane a tu sangre lucana!

—¡Que no le gane a tu sangre chanca!

—¡Que no le gane a tu sangre soras!

Cuando la cuerda estuvo mansa, Puma Sayku, el monstruo multicolor, caminó sobre ella repitiendo uno a uno los gestos iniciales del colorado, pero sin ninguno de los gestos y morisquetas que incitaban a la risa. Sus pasos firmes hicieron oscilar la cuerda y empalmó su subida y su bajada con el ritmo de la canción. La cuerda rechinó. Por un instante pareció que se iba a romper, pero no importaba: si se rompía, el monstruo saltaría al vacío y se iría volando por el aire, como los espíritus antiguos. La cuerda no se rompió. Sin dejar de bailar, el multicolor se fue acercando poco a poco al punto medio mientras la multitud iba haciendo un silencio expectante de *puna* alta. El monstruo llegó al centro, se quedó inmóvil y esperó dos cuatro seis ocho diez tonadas del tambor sobre el sitio. Lentamente, fue doblando las rodillas hasta rozarse los talones con el poto y dio un salto que superó en dos cabezas la altura alcanzada por su oponente —sí, su oponente, pues era claro que los dos monstruos estaban compitiendo— y todos, y Oscollo con ellos, gritaron así se hace Padrecito, así, con alaridos roncos que acompañaron al multicolor en su lento regreso a su extremo de la cuerda.

Cuando le tocó su turno de nuevo, el danzante colorado repitió los pasos y las muecas de la vez anterior, pero al llegar al centro de la cuerda, sacó de una bolsilla de su traje un enorme alfiler de metal, largo como una mano extendida, lo alzó al cielo, mira bien Padrecito K'arwarasu, que tu *huamani* sea testigo, aullando, y se atravesó la nariz.

El multicolor no se amilanó y, cuando le tocó su turno, no solo se atravesó la nariz sino también las orejas. El colorado no solo las orejas sino también los brazos. El multicolor no solo los brazos sino también la garganta. Y cuando le tocó de nuevo su turno al colorado, se abrió el traje emplumado, se atravesó de lado a lado las dos tetillas y colgó de ellas su testa de puma, lanzando un alarido de dolor y de triunfo.

Oscollo estaba perplejo: de ninguno de los huecos que los dos danzantes se perforaban en el cuerpo manaba ni una sola gota de sangre.

Una vez más, era el turno del multicolor y, con una tranquilidad pasmosa, se atravesó las tetillas y colgó de ellas su testa de puma. Luego, tomó el último de los alfileres que le quedaba en la bolsilla y se traspasó la lengua. Lo hizo sin dejar de balancearse sobre la cuerda, suavemente, como quien ensarta un pez. Después, con mucho cuidado, colgó del alfiler la soguilla de la que pendía el manojo de cabezas, y la lengua se estiró como serpiente bajo su peso. Pareció por un instante que se le iba a separar, pero resistió y las cabezas momificadas, golpeándose una contra otra, empezaron a rozarse, a girar, a chismearse y reírse entre ellas.

—¡Puma Sayku, Puma Sayku! —coreó la multitud.

—¡Puma Sayku, vencedor del Inca invasor! ¡Baja de tu cuerda y preña a mis hijas, para que paran hijos como tú! —gritó alguien.

—¡Baja de tu cuerda, Puma Sayku, orgullo chanca!

—¡Baja de tu cuerda, Puma Sayku, orgullo lucana!

—¡Baja de tu cuerda, Puma Sayku, orgullo soras!

El Puma Sayku se descolgó con delicadeza el manojo de cabezas de la lengua y lo dejó caer con suavidad. De inmediato, el ritmo del tambor comenzó a acelerarse y el *pinkullo* a botar sonidos guturales, subterráneos. El Puma Sayku se fue sacando uno por uno los alfileres que tenía en el cuerpo y se puso a bailar cada vez más rápido en medio de la cuerda, dejando escapar con su danza un golpe de tambor para alcanzarlo en el siguiente, como zorro jugando con una perdiz recién atrapada. Oscollo vio los juegos con los números que se escondían en los pasos menudos que seguían o atentaban contra el ritmo, uno dos uno, cómo hacía calzar en sus intersticios giros cada vez más complicados, uno tres uno, alternando con sabiduría los arribas y los abajos, los aquís y los allás del limitado entorno en que podía moverse sin caer, uno tres tres uno, uno cuatro cuatro uno, colocando en un vacío aparentemente olvidado una entrechocada de piedras, dando saltos cada vez más altos, menos de hombre y más de *supay*, uno seis seis seis uno, demorándose cada vez más tiempo en el aire, llegando a tocar sus alas con la puntas de los pies, mientras todos cantaban, ahora sí, metidos con él en una sola voz, en una sola pepa.

De pronto, alguien dio un grito señalando el extremo de la cuerda en que estaba su rival. El danzante colorado estaba agachado, pero no se veía bien desde aquí lo que estaba haciendo.

—¡Está cortando la cuerda! —dijo el del grito.

De todas parte llovieron insultos y maldiciones contra el colorado, pero, para sorpresa de Oscollo, nadie hacía nada para detenerlo. Ni siquiera el Puma Sayku, que, en lugar de irse corriendo a su extremo a ponerse a salvo, seguía bailando en el centro de la cuerda. La cuerda no tardó en romperse y el Puma Sayku cayó con aparatoso estrépito, desbaratándose las alas al chocar contra el suelo. De inmediato, tambor y voces se detuvieron y se hizo el silencio.

Una mujer empezó a balbucear en voz baja y partida un *ayataqui* de muertos recientes, mientras los demás observaban apesadumbrados al danzante caído, marcando el paso y llorando a gritos como tajos. Oscollo no entendía: ¿Por qué nadie se acercaba a ver si seguía con vida? ¿Por qué nadie iba a castigar al tramposo colorado que contemplaba impasible desde su rincón los restos de su oponente?

Entonces el Puma Sayku empezó a moverse. Lentamente, fue estirando sus alas y cada uno de sus miembros. Y, ante la algarabía de todos los presentes, se reincorporó de un salto. Un viejo entró, recogió el racimo de cabezas que estaba en el suelo y se lo alcanzó. El Puma Sayku lo recibió con una venia y reanudó su danza, acompañado esta vez por el colorado que ¿en qué momento? había bajado de su extremo de la cuerda y bailaba a su lado. La tierra temblaba: los presentes la golpeaban fuerte con los pies. Los dos danzantes eran un hombre bailando al costado de su reflejo en una laguna vertical, sin que pudiera saberse quién era el hombre y quién la laguna. Sin dejar de bailar, los dos se dirigieron a un cuadrado negro que había en el medio de los dos montículos y, entre el griterío general, bajaron por él —en ese momento Oscollo recién se dio cuenta de que era una abertura, un pozo sagrado quizá— y desaparecieron dejando como único rastro sus racimos de cabezas.

Seguro habían regresado al fondo del Mundo de Abajo de donde habían salido. Al *Uqu Pacha*.

Cuerda de cuarto nivel (adosada a la terciaria): blanco entrelazado con negro, en S

¿Por qué este ritual, que presenciaba por primera vez, escarbaba en sus extrañas una furia, un resentimiento y una esperanza que le eran familiares y con los que, sin entenderlos bien, se sentía hondamente solidario?

¿De qué hondura conocida de su garganta le salía esta voz ronca que le hacía corear, con su madre, su hermana y los demás, el nombre bendito del danzante Puma Sayku?

¿Por qué denostaba con tanto odio a su rival, aunque fuera inca como él?

Oscollo se sentía como un tejedor que ha dejado a sus manos tejer solas y descubre que han tramado un dibujo que creía olvidado. Mientras seguía voceando con toda su garganta, recordaba haber visto esta danza o una similar en alguna de sus edades improductivas, sin que pudiera cernir cuál, dónde ni cuándo.

Una imagen de su infancia más remota se abría paso en su aliento remecido por lo que estaba viendo, por lo que estaba viviendo. Al borde de un manantial, dos danzantes con pieles de llama bailaban por turnos sobre una cuerda haciendo sonar dos piedras afiladas que tenían en una de sus manos. En la otra no sostenían un racimo de cabezas sino un costal lleno cada uno. Oscollo recordaba bien el costal porque al final uno de los danzantes se caía de la cuerda y el costal se le reventaba contra el suelo, mostrando la lana que llevaba dentro. Era —los espasmos del frío depuraban ahora su recuerdo, afilándolo— la batalla ritual entre los Señores Huaman y Huanca, en la que ambos trataban de cortar el rabo del otro con las piedras afiladas que usaban para trasquilar, golpeándolas para intimidar a su oponente. ¡Cómo se huajayllaban todos —*huahuas*, *runacuna*, mujeres y viejos en la edad nebulosa— con los saltos y maromas que daban, las piruetas que hacían, las caras que ponían! Esta batalla, que terminaba siempre con la victoria del Señor Huaman, marcaba el inicio de la temporada de la esquila, en que todos los *runacuna* trasquilaban por turnos las llamas del rebaño y sacaban lana para las seis lunas siguientes. En algún momento de su niñez la batalla ritual había dejado de realizarse, seguramente prohibida por las autoridades incas, que habrían cernido su potencial subversivo: la batalla ritual traía del pasado al presente la victoria primigenia de los chancas sobre sus enemigos que había dado comienzo a su tiempo glorioso. Pero, después de andar sumergida un atado de años, la danza había renacido con otra forma y otros oponentes: el Inca por un lado, y los pueblos chancas, soras y lucanas por el otro.

Unos ruidos despertaron a su pepa, adormecida por ¿cuánto tiempo? En una esquina de la explanada había ahora un anciano, el mismo que le había alcanzado a Puma Sayku su racimo de cabezas. Se había puesto una testa de puma encima de la cabeza, como los danzantes que le habían precedido y como dizque solían los antiguos guerreros chancas. Algunos de los viejos chochos de Apcara se vestían todavía así, pero ninguno tenía, como este, el carcaj lleno de flechas y la honda gruesa de lana de alpaca, de las que lanzaban piedras a distancias a donde no llegaba la mirada, que las leyes del Inca habían confiscado en tiempos de Pachacutec y estaba prohibido fabricar.

El anciano caminó lentamente hacia el centro de la explanada, en que los danzantes habían rematado su baile, recogió uno de los racimos de cabezas dejados en el suelo y lo levantó en dirección a la multitud. Los músculos de sus brazos, fornidos a pesar de su edad, sombreaban a la luz de las antorchas mientras retumbaba el aullido triunfal de los asistentes.

—¡Yaaauuuu, gente de Lucanas de Arriba y Abajo, de Soras, Chipau, Suntuntu, Apcara y Antamarca! —dijo el anciano—. ¡Mira bien las cabezas de tus antiguos enemigos huaris, primeros habitantes de esta tierra, a quienes nuestros padres Uscovilca y Ancovilca vencieron y borraron del Mundo! ¡Recuerda quién eres y de quién vienes! ¡Escucha la voz de tu Hombre que Sabe!

De pronto, otro anciano surgió de detrás de uno de los montículos y se adelantó. La luz de las antorchas se posó sobre él, acariciándolo. Vestía como los curanderos que sacaban malos espíritus de los cuerpos enfermos, pero portaba prendas coloradas en lugar de blancas. Entre las manos, llevaba dos telarañas multicolores. A pesar de la lejanía, Oscollo pudo reconocer en ellas la misma exuberancia ondulante del *Quipu* de la Ley del Gran Hombre que Cuenta. No eran iguales, sin embargo. A diferencia del *Quipu* de la Ley, estos tenían las cuerdas más pequeñas y, por los colores más ajados y desteñidos, debían ser mucho más antiguos, lo que les hacía despedir un aire sobrenatural del que el otro carecía.

—Hijo de Uscovilca. Hijo de Ancovilca —dijo el anciano alto, claro y sin gritar—. Podría contarte la historia de cómo nuestro antepasado el guerrero Huaman, el hijo del Halcón, venció al guerrero Huanca. De cómo los soldados derrotados del Huanca botaron su cargamento de maíz en la laguna de Acha para poder correr más rápido en su huida vergonzosa. Tengo *quipus* —señaló una bolsa de venado a su lado, escondida a medias por la oscuridad— con *taquis* que cantan alabando la belleza de los choclos que florecieron en la laguna de Acha al verano siguiente, los más hermosos que había visto hasta entonces el Mundo. Que cuentan cómo a la laguna pasaron a llamarla Choclococha y cómo Choclococha se convirtió en nuestra *pacarina*, nuestro *huaca* de origen. Cómo de sus minas surgieron nuestros primeros padres los Señores Uscovilca y Ancovilca. Cómo Uscovilca y Ancovilca fundaron el pueblo de Paucaray y dividieron los pueblos chancas de Arriba y de Abajo. Cómo vencieron a sus enemigos, les cortaron y disecaron sus cabezas para que no se juntaran con sus cuerpos debajo de la tierra. Cómo doblaron y ordenaron a los Huamanes, los Angaraes, los Astos, los Huainacondos, los Tanquiguas, los Quispillacta, los Cochas, los Mayos, los Utunsulla, los Uramarca, los Huilla, y luego los Ancoayllus, los Soras y los Lucanas de Arriba y de Abajo. Pero hoy no quiero rascarte la panza. Hoy quiero pellizcarte. Hoy quiero contarte la historia de cómo nuestro pueblo chanca perdió las Grandes Batallas de Carmenca e Ichupampa. La historia de cómo y por qué fuimos sometidos por el Inca invasor. La historia del Señor Anco Ayllu.

Un murmullo inquieto circuló velozmente entre la multitud, mientras el Hombre que Sabe le daba una mirada espesa al *quipu* que llevaba en la mano izquierda.

—Dicen los Contadores de Historias incaicos que a los hijos de nuestro padre Uscovilca un día les entró la codicia y quisieron tomar tierras que no eran suyas —dijo, despertando un eco suave de protestas, que calmó de inmediato con un gesto. Siguió leyendo—: Dizque siguiendo su aliento extraviado, nuestros padres chancas dividieron sus ejércitos en tres y mandaron el primero, liderado por los generales Malma y Rapa, a tomar el Contisuyo. Que mandaron el segundo, liderado por los generales Tecdovilca y Yanavilca, a tomar el Antisuyo. Y que mandaron el tercero, liderado por los generales Tumay Huaraca y Asto Huaraca, a tomar el Cuzco. Y el primer ejército tomó el Contisuyo hasta más allá de las tierras charcas. Y el segundo ejército tomó el Antisuyo hasta más allá de las tierras chirihuanaes. Y el tercer ejército se acercó a siete tiros de piedra de las puertas del Cuzco y envió al Señor Huaman Huaraca como emisario al Inca Huiracocha, que moraba en la *Llacta* Ombligo.

El corazón de Yunpacha saltó dentro de su pecho al escuchar el nombre de Huaman Huaraca, el abuelo de Usco Huaraca.

—El Inca Huiracocha —continuó El Que Sabe— sabía que toda la tierra a su alrededor había sido tomada por los chancas y, orinándose, le pidió a Huaman Huaraca comer y beber con sus hermanos generales y le ofreció el Cuzco. A cambio, rogó que le dejaran salir en paz de la *Llacta* Ombligo con sus principales, sus mujeres y su *panaca*. Los Huaracas aceptaron y el Inca salió y se refugió en un fuerte a siete tiros de piedra del Cuzco llamado Caquea Xaquijahuana. Pero el menor de sus siete hijos, el Inca Yupanqui, escupió, se negó a partir y decidió hacer frente a los atacantes. Y con los tres guerreros incas Vica Quirau, Apu Mayta y Quiliscachi Urco Huaranca, jóvenes como él, y los tres sirvientes Pata Yupanqui, Murollonca y Apo Yupanqui Ojota Urco Huaranca, se sitiaron para defenderla hasta la muerte.

El Hombre Que Sabe levantó la vista hacia la multitud.

—Nada hay en lo que te he dicho, hijo de Uscovilca y Ancovilca, que no difiera del recuento que hicieron del evento nuestros Contadores de Historias chancas.

Volvió los ojos al *quipu*.

—Dicen los Contadores de Historias incaicos que la víspera del Gran Ataque Chanca, Inca Yupanqui hizo grandes sacrificios y Huiracocha le prometió en sueños que le ayudaría. Que la mañana en que su Inca Yupanqui debía defender la *Llacta* Ombligo del Gran Ataque Chanca era una mañana sin nubes. Tan clara era, dicen, que aunque estaban a diez tiros de *huaraca*, podía verse desde el Cuzco a nuestros generales Tumay Huaraca y Asto Huaraca avanzando por las lomas de Carmenca, sorteando con facilidad las trampas y los fosos que el sitiado había puesto para detenerlos.

La mención inesperada del nombre de Carmenca evocó en Oscollo la montaña de huesos en que había tenido lugar su último encuentro con el Señor Usco Huaraca y le arrancó un estremecimiento.

—En eso, cuando todo parecía perdido para él, el Inca Yupanqui vio a lo lejos… vio a lo lejos… ¿Qué dizque fue lo que vio a lo lejos?

—¡*Pururaucas*! —gritaron los presentes a una sola voz, haciendo eco de una historia que habían escuchado miles de veces.

—*Pururaucas* —repitió El Que Sabe con suavidad—. Rocas convertidas en guerreros que bajaban por millares de los cerros que rodeaban al Cuzco. Los *Pururaucas*, dicen los Contadores de Historias incaicos, pelearon con feroz valentía, imbuidos de la fuerza de los *huamanis*. Dizque gracias a ellos, el Yupanqui pudo derrotar a los Huaraca y sus ejércitos, regresarlos a sus tierras y arrancarles el *mallqui* de nuestro padre Uscovilca. Al final de la batalla de defensa, dizque el Yupanqui quiso ir donde los guerreros misteriosos que le habían prestado servicio para agradecerles, pero ya no estaban. —Leyó—. «Eran enviados del dios Huiracocha, a quien el Yupanqui había hecho sus ofrendas los días y noches precedentes», dicen los Contadores de Historias incaicos.

El viejo caló a los asistentes con la mirada.

—Con esta mentira, los incas del Cuzco hicieron creer a sus vecinos que Huiracocha y los *huacas* más poderosos estaban con ellos. Que ante su fuerza no valía la pena resistirse porque saldrían siempre victoriosos —leyó—. «Así quedó demostrado», dicen los Contadores de Historias incaicos, «que el poder de Huiracocha Pacha Yachachic es superior al de los todos los otros *apus* y *huacas* del Mundo. Que está con el Inca. Que el Inca y solo el Inca es su hijo». Y así diciendo, convirtieron al Inca Yupanqui en Único Inca por sus méritos. Y el Yupanqui, tomando el nombre de Pachacutec, empezó a voltear el Mundo. «A construir el Camino Sagrado de las Cuatro Direcciones», dicen. Esto es lo que dicen los *quipus* de los Contadores de Historias incaicos.

El Hombre que Sabe plegó suavemente pero con gran habilidad el *quipu* de su izquierda y lo arrojó, no sin cierto desdén, encima de una bolsa de venado oculto bajo la sombra de los montículos. Miró de frente a la multitud.

—Pero los Contadores de Historias chancas dicen otra cosa. Seguro no has escuchado sus historias, hijo de Uscovilca y Ancovilca, o las has oído entre susurros. Los que no murieron peleando en Carmenca fueron empalados en Ichupampa. Los que no fueron empalados en Ichupampa fueron perseguidos hasta las cumbres de nuestras *jircas* chancas, soras y lucanas, donde fueron a refugiarse. Hasta allí entraron a atraparlos los soldados del Inca, sin respetar la morada sagrada de nuestros *apus*. Tirándose pedos delante de nuestras rocas vestidas, arriaron a los fugitivos hasta los bordes de los abismos, los empujaron y los vieron reventarse contra las piedras. Y los que no murieron en Carmenca, los que no murieron en Ichupampa, los que no murieron lanzados desde nuestras cumbres… —escupió sobre la tierra— … fueron llevados al Cuzco, donde pasaron al servicio del Inca invasor. Allá les dieron tierras, mujeres y sirvientes. Allá olvidaron nuestras historias para aprender las de ellos. Allá los amaestraron para que hicieran las cuentas de sus dominadores y se hicieran sus *Quipucamayos*.

Yunpacha sintió un escalofrío: no pudo evitar pensar en el fenecido Usco Huaraca.

—Pero hubo otros Contadores de Historias chancas que sobrevivieron escondidos entre los cerros de cadáveres, donde pasaron sin moverse siete jornadas enteras con sus noches. Que vieron cómo la mano impune del Inca derramaba la sangre de sus hermanos. Que no se doblaron ni por la vergüenza de la derrota ni se amedrentaron por la sujeción, la edad o la tristeza. Contadores que quisieron recordar los hechos tal como los habían visto y los pusieron en cuerdas y nudos de colores.

El Hombre que Sabe alzó, sosteniéndolo por el corazón, el *quipu* que tenía en su mano derecha.

—Este es su *quipu*— dijo.

Un aullido ronco, de bestia herida, se alzó de los asistentes y fue a rebotar en las faldas de los *apus*.

De un suave golpe de muñeca, el Hombre que Sabe desplegó el *quipu* y estiró sus cuerdas ante él. Leyó:

—«Tumay Huaraca y Asto Huaraca avanzaban por las lomas de Carmenca para tomar al Cuzco, donde se había encerrado el Inca Yupanqui con sus siete compañeros. De pronto, vieron que de los cerros vecinos bajaban miles de guerreros».

Sus ojos de búho se posaron suavemente sobre la multitud.

—No dice «*Pururaucas*», dice «guerreros» —siguió leyendo—: «Guerreros enemigos que, cuando estuvieron a cinco tiros de *huaraca*, reconocieron como a los ancoayllus, los soras y los lucanas. Sus propios hermanos de la Parte de Abajo».

El Que sabe hizo una pausa, recibida con un silencio de *puna* alta.

—No piedras convertidas en hombres. No seres sagrados soplados por los *huacas* y devueltos a la vida. Sino sus propios hermanos —continuó leyendo—. «Los ancoayllus, los soras y los lucanas de Abajo llevaban sus propios ejércitos, liderados cada uno por su *sinchi*. Pero el *sinchi* de *sinchis* de todos sus ejércitos era Anco Ayllu, el Escurridizo».

El Que Sabe dio dos pasos atrás. El anciano vestido de guerrero chanca, que después de darle la palabra al Hombre Que Sabe había permanecido inmóvil al lado de uno de los montículos, se desplazó hacia el centro de la explanada despidiendo fuego por los ojos. La luz de las antorchas roció sus cejas, blancas como las primeras nieves en los poyos a principios del invierno. Como un ocelote que va tomando impulso, despacio para no asustar a la presa desprevenida, el Guerrero empezó a trotar suavemente sobre el sitio con su porra y su carcaj, haciendo entrechocar las cabezas decapitadas que llevaba en su manojo.

—«Anco Ayllu era el *sinchi* de los *ancoayllus* —continuó El Que Sabe desde un lugar a las espaldas del Guerrero donde no llegaba la luz—. Era astuto como *atoq* de cola blanca y de buena puntería con la *huaraca*. Por eso Tumay Huaraca y Asto Huaraca lo habían mandado a cubrir las entradas posteriores de la *Llacta* Ombligo, donde debía rematar a los incas que salieran huyendo por ese lado después de la batalla. Pero, antes de la contienda, el traidor se había reunido en secreto con el *sinchi* de los soras y el *sinchi* de los lucanas de Arriba y Abajo, y les había dicho:»

—¡Hermanos! —gritó la potente voz de pozo antiguo del anciano Guerrero, que había detenido súbitamente su trote y tomaba ahora su turno de dirigirse a los presentes—. ¡¿Quién se creen estos creídos chancas que son?! ¡¿Por qué debemos seguir soportando la planta de su pie sobre nosotros?! ¡Cuando estén distraídos sitiando a los incas babosos, ataquémoslos por sorpresa por detrás! ¡Como a vizcachas sarnosas hagámoslos correr y rematémoslos! ¡Y cuando nos hayamos liberado de la plaga chanca, volteémonos contra la peste inca! ¡El que portaba su borla colorada es un cobarde senil que ya no puede preñar a su mujer! ¡Ni siquiera se ha quedado a defender la ciudad sagrada de sus ancestros! ¡En manos de un niño que todavía se orina en las mantas y no sabe limpiarse los mocos la ha dejado! ¡No tiene ombligo el inca chiquillo, dicen, sino cordón unido todavía a la matriz de su mamá!

Alguna risas no terminaban de nacer y ya morían en la muchedumbre, ahogadas por la vergüenza.

—«El *sinchi* soras y el *sinchi* lucana estuvieron de acuerdo» —siguió leyendo El Hombre Que Sabe desde un atrás oculto a la mirada—. «Y en el campo de batalla de Carmenca se despacharon bien rompiendo con sus macanas cabezas y mandíbulas chancas. Con sus flechas atravesaron sus pechos valerosos como si fueran de sus peores enemigos. Y como si su mismo ombligo fuera siendo, defendieron las puertas del Cuzco y repelieron a sus atacantes, zanjando la victoria del Inca».

Mientras El Que Sabe hablaba, el Guerrero chanca, que parecía haber rejuvenecido tres calles en un solo latido de su corazón, descargaba toda la fuerza de su macana hacia un lado o hacia el otro, eludiendo con movimientos de puma a oponentes ubicuos que, aunque nadie podía verlos, *estaban ahí.*

El Que Sabe continuó:

—«Cuando terminó la batalla, el Yupanqui salió a las afueras del Cuzco para capturar guerreros y despojos enemigos. Ahí encontró al traidor Anco Ayllu, que le entregó el *mallqui* de nuestro padre Uscovilca y se puso al servicio del Inca».

El Guerrero, que aún respiraba agitadamente por la intensidad de la batalla, se quitó la testa de puma y, con ceremonia, se la entregó al Hombre Que Sabe.

—¡Cómo manchas ese *mallqui*, que no es tuyo, Anco Ayllu maldito! —gritó una voz rauca entre los asistentes.

—¡Zonzo más bien! —dijo otra—. ¡Andar creyendo en la palabra viciada del Inca!

—¡Regresa a la cueva podrida de tu madre llevándote mi caca, Anco Ayllu!

El griterío de protestas se hizo más espeso, pero se diluyó ante un gesto del Hombre Que Sabe: aún no había terminado.

—«Los generales Tumay Huaraca y Asto Huaraca se replegaron a las tierras chancas, donde se les unieron las tropas de los generales Malma y Rapa, que regresaban de sus campañas victoriosas contra los charcas, y Yanavilca y Tecdovilca, que regresaban de sus campañas victoriosas contra los chirihuanaes» —continuó—. «Pero el Inca Yupanqui contaba ahora con los hombres de Anco Ayllu y de los vecinos de la *Llacta* Ombligo, que se habían envalentonado con la victoria inca de Carmenca y declaraban sumisión. Juntos partieron todos a buscar a los seis generales chancas, que se habían replegado en Ichupampa.

A la mención del sitio, una voz femenina rompió el aire de las tinieblas con un lamento prolongado. El que Sabe esperó hasta que el gemido terminó de disolverse en el crepitar de las fogatas.

—«Antes del ataque —continuó leyendo—, el Yupanqui mandó llamar al Señor Huaman Huaraca que, después de negociar con el Inca Huiracocha su huida del Cuzco, había sido capturado y sobornado con mujeres y sirvientes, y lo envió a Ichupampa a negociar la rendición de sus hermanos, pues a pesar del gran número de guerreros de que disponía gracias al traidor Anco Ayllu, temía la imprevisible y legendaria ferocidad chanca».

El Que Sabe levantó los ojos de su *quipu*. Miró a los presentes con intensidad.

—Hijo de Uscovilca y Ancovilca —dijo—. Tan vergonzosas fueron las propuestas de Huaman Huaraca que mi Maestro, el Contador de Historias que me enseñó a leer este *quipu*, rompió la cuerda en que se guardaban. Muy furiosos se deben haber puesto sus hermanos Tumay Huaraca y Asto Huaraca al escucharlo, porque dizque le devolvieron al Inca Yupanqui solo la cabeza de su pariente.

Un frío recorrió la espalda de Yunpacha de abajo arriba, mientras era trepado por su propio desconcierto. De inmediato evocó el cráneo enchapado de esmeraldas con los huecos de los ojos recubiertos de oro fundido. El cráneo del ancestro dizque héroe en que Usco Huaraca y los *pachaca curaca* de Soccos habían bebido chicha juntos.

El Que Sabe continuó:

—«Dos veces trató de cercar el Yupanqui a las fuerzas chancas lideradas por Tumay Huaraca, Asto Huaraca y sus cuatro generales. Dos veces sus fuerzas fueron masacradas sin piedad. Replegado en las alturas de Ichupampa, el Inca Yupanqui le preguntó entonces a Anco Ayllu si sabía una manera de vencerlos. Anco Ayllu le respondió así».

El Guerrero avanzó.

—El chanca es guerrero valiente, Inca Yupanqui —dijo a la multitud ensimismada—. Aunque tengas diez veces más soldados que él, no te tiene miedo. Pero tiene un defecto, es lento para moverse. Así que junta tus ejércitos en un solo lugar y atácalo por ahí. Cuando haga un puño de sus hombres para resistir tu acoso, cambia rápido de rumbo, hazle un rodeo y ataca sus pueblos por detrás, donde están sus viejos, sus mujeres, sus *upas* y sus niños.

Dijo El Que Sabe:

—Pero mis ejércitos también son lentos, dijo el Inca Yupanqui. ¿Cómo hago para que mis tropas cambien de rumbo rápido como dices, Apu Anco Ayllu?

Dijo el Guerrero:

—Apu Inca Yupanqui. Toma a cargadores soras y lucanas para que porten las andas de tus generales. Cargando piedras en la espalda dizque les ganan corriendo a las vicuñas.

El Guerrero empezó a trotar de nuevo, sin desplazarse de su sitio. Aventó al manojo de cabezas por encima de su hombro derecho y lo cargó como si fueran andas de principal.

—«Por entonces, los soras y los lucanas ya eran famosos por su velocidad llevando bultos» —siguió leyendo El Que Sabe—. «Dizque ya desde *huahuas* levantaban andas en grupos y competían para ver quiénes llegaban más rápido a las puntas de los cerros».

Sin dejar de trotar, el Guerrero pasó el manojo de cabezas al otro hombro. Cada cierto tiempo, mientras El Que Sabe hablaba, él seguiría trotando y cambiando de hombro el manojo de cabezas.

—Dicen los Contadores de *Quipus* chancas que el día de la batalla de Ichupampa era un día cubierto de nubes. El Inca Yupanqui dividió a sus ejércitos en tres y los hizo bajar por la lomada que daba directamente a Ichupampa. Pero, cuando Tumay y Asto Huaraca y sus generales Malma, Rapa, Yanavilca y Tecdovilca fueron a darles el encuentro, el Inca Yupanqui ordenó a los suyos que cambiaran de rumbo, rodearan los ejércitos enemigos y atacaran por detrás. Los pies soras y lucanas transportaron las andas de los generales quechuas con tanta rapidez que los chancas fueron rodeados y no pudieron defender su retaguardia, donde estaban sus viejos, sus mujeres, sus *upas* y sus niños —leyó—. «Gracias a los pies soras y lucanas, los incas y sus aliados se bañaron a su antojo en sangre chanca, e Ichupampa fue nombrada *Yahuarpampa*, pampa de sangre. Gracias a los pies soras y lucanas, los incas del Yupanqui y sus aliados vencieron en una sola jornada de batalla. Gracias a los pies soras y lucanas, Tumay Huaraca y Asto Huaraca fueron capturados y descabezados y sus testas puestas en picas y sus cuerpos quemados en piras y sus cenizas aventadas en las cimas de las *jurcas* más altas, ahí donde jadean hasta tu pecho y el mío. Gracias a los pies soras y lucanas, aparecieron sobre el mundo nuevas montañas hechas de cadáveres de los nuestros, dejados sin enterrar bajo pena de muerte por orden expresa del Yupanqui, para que los vieran los cóndores, se los arrancharan los *allqos* y los *atoqs* y los picotearan los buitres».

El Que Sabe interrumpió su lectura y miró de nuevo a los presentes con fijeza. Los lloriqueos, sollozos y gemidos se habían desvanecido.

—A partir de entonces, los *sorascuna* y *lucanascuna* fueron nombrados los Pies del Inca. Y son llamados a Vilcashuaman o al Cuzco a cargar las andas de los orejones y funcionarios del Inca invasor —en su voz serpeó la ironía—. Llevando en andas a los que mandan no hay nadie mejor que ellos, dicen.

En medio del silencio general, El Que Sabe tomó la cuerda siguiente llena de hilos multicolores. Leyó:

—«En cuanto a Anco Ayllu, buscaba un momento para rebelarse contra el Inca, doblegarlo y fundar un nuevo mundo dominado por los ancoayllus. Pero el Inca se había vuelto mucho más fuerte y poderoso, pues los pueblos vecinos del Cuzco, animados por la victoria, ahora se le habían sometido. Así que decidió esperar. Lunas se pasó esperando y el turno de los ancoayllus no llegaba. El Senil se volvió más senil y quiso hacerse suceder por Urco El Zonzo. Pero el Inca Yupanqui mató a Urco el Zonzo y se ciñó la borla colorada. Y tomó el nombre de Pachacutec, el Volteador del Mundo, hizo su siembra de maíz blanco, pactó con el Sol y empezó a tender el Mundo de las Cuatro Direcciones. A hacerse servir en turnos por los vecinos que ahora le temían. A regalarles a sus *curacas* prendas del *cumbi* más fino y vírgenes recién pasadas por su primera sangre. Y a hacerles grandes banquetes para que le fuera más ligera la servidumbre. Y Anco Ayllu seguía esperando el turno de los ancoayllus, pero el turno de los ancoayllus no llegaba. Pachacutec removió la tierra del Ombligo y la abonó con guano traído de las islas nascas. Aprendió de los *quipucamayos* tomados a los yungas a leer las cuentas de los *quipus* y les hizo contar los eriales y las tierras fértiles, las estrellas de las constelaciones de la Llama, del Almácigo de Maíz Tierno, de la *chaquitaclla*, las *huacas* de cada línea por servir y el orden en que debían ser servidas, los *runacuna* disponibles, la leche necesaria para preñar a las mujeres de los pueblos pisados en la espalda. Y Anco Ayllu seguía esperando el turno de los ancoayllus, pero el Flujo de Vuelta no llegaba. Y fue entonces, escúchame bien, hijo de Uscovilca y Ancovilca, fue entonces que Pachacutec decidió alargar las cuerdas de su *quipu*. Fue entonces que decidió emprender la conquista de los pocos pueblos chancas que seguían sin doblarse».

El Que Sabe levantó su mirada del *quipu* para rociarla sobre los asistentes.

—Hijo de Uscovilca y Ancovilca —dijo lentamente—. ¿Cuál de los generales del inca podría cumplir el encargo? ¿Cuál de ellos había peleado como puma en las lomas de Carmenca? ¿Cuál regalado el secreto para vencer a los chancas de sangre hirviente en Ichupampa, ahora Yahuarpampa?

—¡Anco Ayllu! —gritaron al unísono voces rajadas por el dolor. A pesar de haberla escuchado salir del regazo que ahora lo acogía, a Yunpacha le costó reconocer en ese sonido de vientre animal el lamento cascajoso de su madre.

El Guerrero dio un alarido hondo como pozo. Se movió, como despertando de una larga siesta. Saltó sobre una de sus piernas, sobre la otra, haciendo sonar su sonaja de cabezas. Sus pasos pesados levantaban el polvo de la tierra.

—Anco Ayllu —repitió lentamente El Que Sabe—. Anco Ayllu, que seguía esperando el turno de los anco*ayllus* y, para no despertar las sospechas del Inca, obedeció —leyó—. «Y fue con sus ejércitos a tomar para Él la *pucara* de Urcocollac, los caseríos de Uramarca, las *punas* de Utunsulla, a cuyos rebeldes supo combatir y derrotar pues eran sus propios hermanos chancas de Arriba. Y, para que el Inca no dudara de su rodilla doblada, fue más cruel, más feroz, más despiadado con los chancas vencidos que los mismos generales incaicos. Y a todos los guerreros chancas que pasaron por sus manos los deslenguó, desojó, descoyuntó, castró, empaló, despellejó. Hizo tambores de sus pieles y vasos de chicha de sus cráneos, quemó sus cuerpos y orinó sobre las cenizas». Pero el que se hacía llamar Único Inca no creyó en su sumisión e hizo casar a su hermano Capac con una hermana de Anco Ayllu. Y eligió a Anco Ayllu dizque para dirigir los ejércitos de los pueblos recién sometidos que pelearían en nombre del Inca en la nueva campaña de conquista en tierras chachapoyas. Pero en verdad para mantenerlo alejado del Cuzco, por si acaso.

El Guerrero hizo equilibrio en una pierna, luego en la otra, mirándose las plantas de los pies como si no estuviera seguro de sus propias huellas. Su voz retumbó como un trueno en una casa vacía. Se volvió lentamente hacia la laguna y extendió los brazos.

—¡Madrecita Choclococha! —gritó—. ¿Es esta la señal del nuevo turno de los ancoayllus? ¿Es esta la marca del Flujo de Vuelta que he estado esperando para voltearme contra el Inca invasor?

Un viento áspero le respondió. El Guerrero dobló las rodillas sobre la tierra e inclinó la cabeza. El Que Sabe se volvió hacia el grupo de gente donde estaba Oscollo, su madre y su hermana. Oscollo sintió que se dirigía a él.

—«Pero, una vez más, Anco Ayllu sintió que tenía las manos atadas por la astuta mezcla de sangres tramada por el Inca y decidió seguir esperando» —siguió leyendo El Que Sabe—. «Y fue a tierras de Huanucopampa a cumplir el servicio que le habían encargado. Y al frente de los ejércitos de los pueblos recién conquistados por el Inca derrotó a los salvajes chachapoyas y los hizo huir, dejando en ridículo a los generales incaicos que lo habían intentado antes sin lograrlo». ¿Quién se ha creído este chanca sarnoso?, decían los generales. ¿Acaso nuestro igual? Pero, aunque querían, no podían hacerle nada, pues era el protegido del Inca. Así que empezaron a regar rumores sobre su traición inminente, que llegaron a oídos de Pachacutec. Y el Único Inca, que no quería andar peleándose con sus propios generales, decidió mandar matar a Anco Ayllu. Encomendó la tarea a su hermano Capac, que como marido de la hermana de Anco Ayllu, cruzaba pasos él en sus predios con frecuencia. Pero la hermana de Anco Ayllu, que tenía oído de halcón, había escuchado la orden dada a su esposo y envió un mensajero secreto a su hermano para avisarle. Así, Anco Ayllu pudo enterarse a tiempo, juntar los *ayllus* bajo sus órdenes y entrar a las selvas de Arriba, donde desapareció para siempre. Unos dicen que en las selvas altas se encontró frente a frente con unos rebeldes chancas que él mismo había combatido, que los rebeldes lo recibieron con amabilidad y le enseñaron a sobrevivir en las tierras verdes de Vitcos. Otros dicen que los rebeldes fingieron haberlo perdonado pero a la primera que se desprevino lo degollaron sin piedad en venganza por sus crímenes. Otros, que no encontró a nadie y murió estrangulado por un *amaru* que le castigó por sus ofensas. Lo cierto es que desapareció, esperando inútilmente las señales del turno de los ancoayllus, del Flujo de Vuelta que le permitiría fundar un mundo nuevo gobernado por los ancoayllus.

El Hombre que Sabe plegó suavemente el *quipu* de colores, en medio del silencio general.

—Esta fue la historia contada por nuestros Contadores de Historias chancas —dijo con suavidad—. La historia de cómo fuimos sometidos al Inca invasor. La historia de Anco Ayllu. Si el Inca te cuenta otra, no le creas. Si quiere convencerte de que venció por la fuerza de sus *huacas*, tápate las orejas y recuerda la traición de nuestros hermanos. Y alista tu aliento, que está llegando el tiempo sagrado de voltear el Mundo a nuestro favor y verter el Flujo de Vuelta —suspiró—. Pues he escuchado decir que el Inca Huayna Capac ha empezado un gran viaje insensato hacia las tierras del norte y ha dejado como gobernantes del Cuzco a gente incapaz.

Un rumor creció entre los asistentes, que El Que Sabe aplacó subiendo ligeramente la voz.

—Hijo de Uscovilca y Ancovilca —dijo—. No cometas el mismo error de Anco Ayllu. No desprecies a los ineptos, por más que repitan los desaciertos de su ancestro. Con la paciencia de tus viejos, urde el ataque y levántate como un solo puño, no dedos de manos diferentes. Solo así te alzarás con la victoria.

El Guerrero, que había permanecido inmóvil, se levantó de un salto y se puso al lado de El Que Sabe. Sobre el sitio, iguales como mitades, los dos se quitaron las prendas coloradas que llevaban y quedaron completamente desnudos. El frío de la laguna tensó los músculos trajinados de sus brazos, sus tetillas marchitas de pecho viejo. Pero ninguno de los dos temblaba.

Una mujer se aproximó a ellos en medio de la explanada y les tendió una túnica de lana de vicuña a cada uno. Empezó a cantar un *taqui* en lengua *aru*, que, sin saber cómo —no había hablado la lengua desde que era pequeño—, Oscollo podía comprender:

Adiós pueblo de Anco Ayllu
me voy a tierras extranjeras,
tuesta para mí
mi mejor maíz

asa para mí
mi charqui de zorrino,
no me extrañes
no me olvides,
no veré nunca más la planta del pie
del invasor,
su litera no llevaré.
Jajay jajayllas
jajay jajayllas.
Tuesta para mí
mi mejor maíz
asa para mí
mi charqui de zorrino.
Haz ofrendas a mi madre Pachamama
haz ofrendas a mi padre K'arwarasu,
yo volveré,
no veré nunca más la planta del pie
del invasor
su litera no llevaré.
Jajay jajayllas
jajay jajayllas.
Ya me estoy yendo
ya me estoy yendo
yo volveré
yo volveré.

Los sacerdotes se pusieron las túnicas con la facilidad del atuendo conocido. La mujer les alcanzó luego un par de sombreros multicolores que dejaban pender en semicírculo cabelleras hechas de trenzas de cabello humano tan largas que llegaban hasta el suelo. Oscollo supo de inmediato —su madre le había contado la costumbre cuando era niño, en un tiempo que se superponía a este *como si los dos estuvieran ocurriendo a la misma vez*— que eran pelucas de guerreros huaris, tomadas como trofeos de batalla en tiempos de antes del choclo primigenio, el tiempo sagrado de los padres Uscovilca y Ancovilca.

Los dos hombres se miraron y una brisa impregnada de llovizna los acarició. Se tomaron de las manos y se hablaron en *aru* en voz baja, cómplices de un plan decidido por los *huacas*, plan que solo ellos conocían.

Luego, siguiendo el camino de los dos danzantes que les habían precedido, El Hombre Que Sabe y el Guerrero Chanca descendieron por el pozo oscuro y se diluyeron en el Mundo Subterráneo.

Cuarta cuerda: gris piedra, en S

Los cargadores estaban listos. En esta su primera parada en el *tambo* habían comido *charqui* y maíz fresco, bebido dos medidas de chicha ligera —suficiente para atizar el aliento sin nublarlo hasta su siguiente parada— y se habían masajeado los hombros para desendurecerlos. Solo esperaban una señal de su Señor para continuar camino hacia el Cuzco.

Pero el Apu *Tupucamayoc* no daba la orden. Seguía al lado de la valla de adobe que marcaba los umbrales del *tambo*, con los brazos en jarra y la mirada perdida en el horizonte. ¿Se despedía o agradecía a algún *huaca* de la región? Que ellos supieran, ninguno habitaba en estos cascajales. Además, el Señor había estado así, con el aliento como ido de su cuerpo, desde la partida de Apcara la tarde de ayer. Nada le habían visto comer ni beber en todo el trayecto hasta aquí. Nada tampoco en el *tambo*. ¿Habría sido tomado acaso por la tristeza de la despedida de sus parientes chancas, que le habían hecho la antevíspera una fiesta bien rociada en su honor? ¿O quizá le hincaba una espina de otro tunal, de esas que solo acosan el aliento de los Señores que mandan y que ellos no podían comprender? Total, ellos eran solo humildes cargadores.

Al cabo, el Apu *Tupucamayoc* se sobó el pendiente de oro de la oreja derecha primero suavemente y después con fuerza —para limpiarlo de alguna suciedad, seguro—, sacó un *huicullo* de su bolsillo y después de contemplarlo largo rato volvió la mirada a la tierra que pisaba y dejó caer suavemente un escupitajo, que removió con su sandalia. Por fin, alzó los ojos hacia ellos y fue con paso firme en su dirección. Los cargadores empezaron a palmearse los muslos, prestos a cumplir la orden de partida inmediata, pero el Apu *Tupucamayoc* pasó a través de ellos, se detuvo donde estaba la hamaca de carga y asió la cuerda que sostenía la bolsa de venado en que se hallaban sus *quipus* de función y un manojo de cuerdas vírgenes.

—Espérenme —les dijo.

Y, cargándola, volvió a entrar al *tambo*.

Salió dos jornadas después con una bolsa de venado sellada con el listón verdeazulado de los recados urgentes, que alcanzó al mensajero que estaba de turno en el *tambo*.

—*Quipu* para el Cuzco de Abajo. Cuarta línea del Camino que va al Chinchaysuyo. Quinta casa.

—Cuzco de Abajo. Cuarta línea camino que va al Chinchaysuyo. Quinta casa —repite el *chasqui*—. ¿Dirigido a quién, Padrecito?

—Al Señor Chimpu Shánkutu.

Decimotercera serie de cuerdas – presente

Primera cuerda: marrón tierra removida, en Z

Al escuchar el alarido de su jefe, los cargadores de andas se detienen. Sin hacer caso de las manos que abren sus palmas para servirle de escalones, Challco Chima se apea de su litera de un salto liviano y sin rebote. Un salto de puma.

—Quédate aquí —dice a Yucra Huallpa, en la litera de al lado.

Observado por la expectante multitud comeperra, el invencible avanza con estudiada solemnidad por el centro de la plaza de Hatun Jauja. Cruza el ennegrecido campo de picas con cabezas y miembros mutilados que, después de una luna de intemperie, ya más parecen piezas de vajilla de barro mal cocidas que restos de cabezones comeperros. Sin darles una ojeada siquiera, se dirige a paso firme al borde lateral al fondo del cuadrado, seguido a dos hombres de distancia por treinta y dos guerreros selectos bien armados y con costales abultados a la espalda. Sin detenerse, abre su *quipe*, toma un tercer puñado de hojas de coca, se las introduce una por una en la boca y las masca lentamente. Los jugos que exprimen su barriga y le queman por dentro asfixian por tercera vez el sabor de la planta sagrada, no dejándole cernir si es dulce o amarga, si debe seguir la orden o no.

No pudo consultar los augurios. No queda ni un solo brujo agorero en sus ejércitos: tuvo que incluirlos en las nóminas de los que debían ser masacrados después de la captura de Huáscar. No podía darse el lujo de dejarlos con vida: habían sido protegidos del inepto y le habían jurado lealtad. Aunque no eran de alta condición, como Sana, el Supremo Sacerdote de Pachacamac, o los Encargados de Hablar en nombre de los *huacas*, sus presagios eran oídos y respetados por los *yanacona* guerreros y los *runacuna* que iban a cumplir con su turno de guerra, que solían consultarlos antes de las batallas importantes. ¿Qué pasaba si los brujos, siguiendo el rumbo de sus deseos ocultos y su sed de venganza, se ponían de acuerdo para hacer predicciones funestas a los que peleaban en filas de Atahualpa y los predisponían a la derrota, a la traición?

Así, habían pasado por el filo del cuchillo los señores *calparicu*, que cernían el futuro palpando las texturas de las bolsas de aire de los pájaros, los *huiropiricoc*, que escudriñaban la voluntad de los *huacas* en el humo de la grasa de las llamas al ser sacrificadas, los *achicoc*, que sabían si a uno le iría bien o mal en lo que quería emprender mirando en cuántos pedazos se rompía la bosta fresca que aventaba y el dibujo que formaban en el suelo, los *paccharicuc*, que sabían lo mismo, pero mirando cuántas patas les quedaban a las arañas peludas después de empujarlas con un palito por un trecho de siete pasos, y los *camasca*, que habían sido traspasados por un rayo, ido en viaje fugaz al País de los Muertos y regresado imbuidos de *camac* suficiente para curar con hierbas y adivinar el porvenir.

Pero el invencible lamenta sobre todo haber arrebatado el aliento de los *huillahuisa*, los hombres sagrados que volvían a soñar los sueños de otros y los descifraban. ¿Quién le explicaba ahora el sentido de la pesadilla que lo sigue acosando por las noches, en que penetra eternamente a la mujer comeperra que intentó asesinarlo? ¿Quién cerniría el significado de las espinas en el hueco de abajo de la mujer, que le desgarran la tuna hasta convertirla en un manojo de hilachas de carne sanguinolenta? ¿Quién la presencia indolente en el sueño de su antiguo hermano de combate Rumi Ñahui, observándolo todo?

Los barbudos le esperan trepados en sus llamas gigantes, formando un arco frente a la posada en que se han alojado desde que llegaron, hace dos jornadas. Son como veinte. Cada uno lleva un cuchillo largo, recto y reluciente de esos que tajan la carne como si fuera fruta madura. Tres de ellos portan cerbatanas del metal inquebrantable que mencionó Zopezopahua en su informe —cuando vino clandestinamente en nombre de Rumi Ñahui a hacerle la propuesta de que abandonara su servicio al Inca y se convirtiera en *Sinchi*—, que dizque botan fuego en lugar de flechas (¿cuándo podría verlas en acción?). Suspira: los acompaña una escueta delegación de incas principales que, con pucheros congelados en la cara como *huahuas* engreídos, cargan un bulto vestido con los dibujos distintivos de Atahualpa.

Según los espías que lo han mantenido al tanto de sus movimientos, el Joven y su comitiva partieron del templo de Yshma hace dos atados de jornadas y, siguiendo las sendas aledañas a los ríos, pasaron por los poblados de Huaura, Huaranca y Ayllón hasta llegar a Cajatambo, donde descansaron dos días y medio. De ahí fueron a Pumpu, Oyu, Jacamarca y Carma. En todos los poblados los *curacas* rastreros les sirvieron, en todos les dieron la bienvenida. El invencible pidió a sus soplones un pormenorizado puñado de cuerdas con sus nombres para cuando llegara el tiempo de la represalia, sabiendo oscuramente que no podrá llevarla a cabo jamás: a la revuelta le han salido demasiadas raíces como para poder cortarlas todas y, además de las faenas del oro y la plata, otro asunto le exprime la pepa, comprime su aliento día y noche, la zarandea hacia un lado y hacia el otro.

¿Cumplirá la orden insensata que le ha sido encomendada?

A su arribo a Hatun Jauja, los barbudos fueron recibidos con *taquis* jubilosos, comida y bebida en abundancia e insistentes peticiones de parte de los mandones comeperros que habían sobrevivido al escarmiento del invencible para que los recién llegados tomaran en sus manos la venganza contra él. Challco Chima escupe a la orilla izquierda de su sandalia: algunos de esos mandones están aquí, diluidos en la muchedumbre, presenciando el encuentro en silencio, poniendo su cara más inofensiva pero listos para sumarse a la eventual arremetida barbuda contra el invencible y sus guerreros. ¿Por qué no los pasó a todos a cuchillo cuando era su momento?

A diez hombres de los extranjeros, hace un breve gesto con la mano. Los guerreros se detienen y él con ellos.

—He venido a ver al Señor que llaman Apu Donir Nandu.

Un barbudo pegado a su llama gigante con un chiquillo prendido de su espalda se adelanta hasta estar a distancia de habla. Parece andar por el cénit de la vida barbuda, pero despide la autoridad incuestionada de un viejo. Está diciendo palabras en voz baja al oído del chiquillo, que viste como extranjero pero no es rojo como ellos.

—Mi Señor quiere saber si este campo es tuyo —dice el chiquillo en un *simi* pulido pero con fuerte acento tallán.

Sacudida de cabeza del invencible: no entiendo de qué hablas.

El chiquillo señala las picas de la plaza con las cabezas y miembros ensartados.

—Mi Señor quiere saber si lo que hay en este campo es tuyo. Si tú lo hiciste.

Challco Chima da una cadenciosa ojeada a su obra. Se vuelve al barbudo, que le contempla con los ojos cautos e intensos de un ave rapaz que cala a otra.

—Yo lo hice.

Breve torrente peludo del chiquillo al oído de su Señor, quien, sin dejar de observar a Challco Chima, cabecea en silencio ¿valorando?, ¿despreciando? Al cabo, le devuelve al tallán un largo chorro ronco de sonido subterráneo.

—Dice mi Señor que te estuvo esperando dos jornadas en Cajatambo —traduce el chiquillo—. Que por qué no fuiste a presentarte ante él.

—Le mandé al poblado de Pumpu todo el oro que recabé en tierras huancas —vistazo ladeado al Barbudo Joven—. ¿Acaso no lo recibió?

Nuevo chorro barbudo.

—Sí lo recibió —traduce el chiquillo—. Pero la orden que te dio el Inca Atahualpa era bajar a dárselo en sus propias manos. Y luego venir con él a Cajamarca.

—A mí el Inca no me ha ordenado nada.

—¡Sí te ha ordenado, *yana* mentiroso! —grita una voz chillona, nasal, proveniente de la delegación de incas principales, detrás del Barbudo Joven.

Una masa de carne vestida se adelanta. Avanza sebosamente hasta ponerse al lado de Apu Donir Nandu.

—¡Yo mismo he venido y te he hablado en Su nombre! —chilla Antamarca Mayta—. ¡Pero tú no has querido obedecer!

—Cualquiera puede venir y decir que habla en nombre del Inca, Señor Mayta —responde Challco Chima masticando las palabras—. ¿Solo porque hablas escupiendo como llama disforzada tengo que creerte?

—¡Ahí está su *huauqui*! —dice el *akatanqa*, señalando el bulto vestido cargado por los principales—. ¡Su doble con Sus uñas y Su pelo!

—¿Y si es un bulto de mentira hecho para engañar? No, Señor Mayta. Que venga el Inca y me diga con toda su persona lo que quiere de mí y Le obedeceré. Hasta entonces, solo seguiré la saliva de mi Señor Cusi Yupanqui, Supremo Encargado de la Guerra.

Los huecos de la nariz del *akatanqa* se inflan y desinflan como si fueran a estallar. Una mueca torcida —¿una sonrisa?— amanece de pronto en su rostro grasoso. Con expresa lentitud, el Mayta entreabre la pequeña bolsa de venado que lleva terciada al hombro y extrae un pequeño *quipu* de su interior.

—¿Lo reconoces, *yana* miserable?

El invencible aguza la vista y examina el objeto familiar. Aplaca con esfuerzo el nudo que se forma en su garganta.

—Gracias al favor oportuno de un *huaca* benéfico logré interceptarlo —prosigue el *akatanqa*—. En él, tu Señor Cusi Yupanqui te ordena que juntes todo el oro y la plata que puedas conseguir y lo entregues al Barbudo Donir Nandu. ¿Recuerdas qué otros servicios dispone para ti?

Una súbita ventisca fría azota la plaza. El fuego que dormía en las entrañas de Challco Chima vuelve a despertar.

El *akatanqa* despliega el *quipu* y tensa una de sus cuerdas. La cierne.

—Te dice: «Deja a tu segundo Yucra Huallpa, abandona Hatun Jauja y…» —se vuelve al invencible—. «… y acompaña al Barbudo Joven a Cajamarca» —su mueca se perfila, estirándose para abarcar un odio mortal—. Tienes razón, *yana* apestoso. No soy nadie para que te fíes de mi voz y sigas las órdenes que salen de mi boca. Pero ¿por qué desacatas las que manan de las cuerdas del que llamas tu Señor?

Un tenue murmullo se extiende entre los guerreros en su detrás.

—No es a ti a quien debo rendir cuentas de cómo sirvo al que me manda —el invencible da una sonora palmada, que corta de cuajo el rumor que empieza a cundir en la cuadrilla—. ¡Carga! ¡Al suelo!

De inmediato, los guerreros descargan con estrépito los costales que llevan a la espalda, provocando movimientos inquietos de las patas de las llamas gigantes y voces barbudas de alarma. La agitación a su alrededor se convierte en silencio boquiabierto cuando los guerreros abren sus costales y vuelcan su contenido.

—Cuarenta medidas más de oro y treinta de plata —dice el invencible fijando los ojos en el Barbudo Joven, quien, a diferencia de sus compañeros, ha permanecido imperturbable ante la vista del metal—. Mi servicio de recolección está cumplido.

En medio del griterío babeante de los otros barbudos frente a la avalancha de estatuas, placas, cenefas y dijes de metal sagrado, Challco Chima se da la vuelta, cruza la muralla de guerreros incas que le ha acompañado como la uña a su falange y empieza a regresar sobre sus pasos, luchando para no dejarse doblar por la quemazón ácida que ya le trepa la garganta y se apropia de los jugos de su boca. Sin que nadie se lo ordene, los guerreros pliegan sus costales vacíos y se dividen en dos filas paralelas que cubren ambos flancos del invencible, calzando su ritmo al de las pisadas de su Señor sin dejar de mirar de estricto reojo a los comeperros apostados a ambos lados de la plaza, por si acaso.

—¡Detente, *yana* maldito! —grita el *akatanqa*—. ¡Vuelve aquí, hijo de *pampayruna*!

El invencible y sus guerreros prosiguen su camino sin mirar hacia atrás.

Cuerda secundaria: marrón tierra removida con barra ocre en el medio, en Z

Challco Chima da un vistazo por la única ventana de la barraca abandonada en que pasará la noche. Allá abajo, a orillas de la llanura de Maquinhuayo, mil doscientos guerreros vigilan en alerta cansina los alrededores, preparan las tiendas, reparan sus armas o comen una austera merienda de maíz y chicha ligera de campaña servidas por las mujeres de guerra. De vez en cuando, alguna que otra cabeza se vuelve hacia la cima de la lomada, hacia aquí. A pesar de la calma aparente, el invencible, habituado a cernir en un instante lo que sienten las tropas a su mando, percibe su inquietud.

—Déjame solo —le dice a su fiel segundo.

Pero transcurren diez latidos y Yucra Huallpa sigue ahí.

—¿Qué pasa? —dice Challco Chima volviéndose hacia él.

—*Yaya…* —dice el segundo arañando la tierra con los ojos—. Dicen que el Señor Cusi Yupanqui te ha ordenado entregarte al Señor Antamarca Mayta y a los extranjeros que vienen con él. ¿Es cierto?

—¿Quién eres tú para preguntar? —dice el invencible con irritación—. ¿Quién para que yo te responda?

El segundo levanta la mirada hasta cruzar la de su Señor. Lleva antorchas en los ojos.

—Solo uno que ha peleado bajo tu brazo en diez atados de batallas, ha sido tu sombra en cinco y te ha salvado el aliento en dos.

—Solo has cumplido bien el servicio que te ha sido encomendado, Yucra Huallpa.

—Tú también, Señor. Y por eso el Inca necesita de tus garras y tus dientes en libertad. Ni siquiera los *upas* se arrancan su mejor brazo y lo ofrecen al hocico de su enemigo.

El tono de su voz es apremiante como el de una hembra despechada. El invencible contiene el impulso de golpearlo.

—Entonces… ¿es cierto?

Challco Chima no responde. Lentamente, Yucra Huallpa se inclina y se sienta sobre sus pantorrillas, tiende su tronco encima de sus muslos y lo alarga extendiendo los brazos adelante hasta tocar el suelo, hundiendo la cabeza para mostrar mejor la espalda a su Señor.

—Puma Sagrado. Por el Padre Pachacamac, que hace temblar a la Madre con sus estornudos. Por los *huacas* que te han elegido favorito en la guerra. Por lo que más quieras en Esta Vida y la Siguiente. No te entregues. Sirve mejor al Inca y desobedece al Señor Cusi Yupanqui. Quédate en Hatun Jauja con nosotros. Sigue sacando el oro del Inca de la garganta de la tierra para Su rescate y te ayudaremos. Sigue aplastando las cabezas de los cobardes que aprovechan de Su cautiverio para levantarse contra Él y derramaremos la sangre que dispongas. O, si así lo decides… —el jadeo temeroso del segundo invade el silencio— … si tú así lo decides, cambia el blanco de tu arco, álzate, asienta tu pisada en el Contisuyu y conviértete en *Sinchi*, en Único Guerrero que Manda la Región. Haz como hizo tu antiguo hermano de combate Rumi Ñahui en las tierras de Quito y como dicen que planea el Señor Quizquiz en las tierras del Cuzco y del Collasuyu. Toma por fin lo que te corresponde por tus méritos, Puma Sagrado, y estaremos contigo. Los que hemos peleado bajo tu brazo y seguimos con vida seremos uno con tu aliento y con tu paso, vayas donde vayas.

El patadón en el costado no toma al segundo por sorpresa. Lo acoge más que lo recibe. Parece haberlo estado esperando, deseando.

—Yo no soy un traidor —musita Challco Chima.

No está seguro de que el segundo lo haya oído. No importa. El invencible descarga el siguiente aluvión de patadones con un sentimiento oscuro de cariño y gratitud. La palabra manchada que estrujaba su pepa ha brotado por fin como la pus de una herida madura que revienta. No tiene sentido seguir postergando lo que ya ha sido decidido por esta fuerza ajena que habita en su adentro. Por esta fuerza involuntaria que marca los linderos de sus acciones como poyos de un terreno seco. Quizá las razones para rebelarse y convertirse en *Sinchi* sean poderosas, pero él no tiene sangre suficiente para usarlas como estandarte, como su hermano de combate Rumi Ñahui, que es hijo de una princesa píllara, y como el Señor Quizquiz, que es miembro de una familia prominente de incas de privilegio de Livitaca, cerca del Cuzco. Challco Chima no es nadie, solo un *yana* sin linaje nacido por casualidad. Un hombre de guerra que cumple con todo su aliento los servicios militares que se le encomiendan. Y que nunca cambia de bando a mitad de la batalla.

La siguiente andanada de golpes evita la cabeza y los puntos del cuerpo en que el dolor y el daño serán irreversibles. Hay que cuidar al segundo que pasará a ser primero. Al próximo líder de sus tropas, que ha desbrozado sin querer el sendero que su jefe debe transitar.

Cuerda terciaria (adosada a la secundaria): marrón tierra removida, en Z

La multitud que lo mira avanzar por el sendero que va de los baños de Pultumarca a la plaza de Cajamarca trepado en la espalda de una llama gigante, detrás del Barbudo Joven, no cabe en su espanto. Los hombres se derraman en el suelo cubriéndose la vista, las mujeres gimen a lágrima viva o desgarran el aire con sus *ayataquis* de luto, los viejos se arrancan mechones blancos de las sienes maldiciendo estos tiempos volteados en que ningún río sigue su curso natural. Pero también hay quien lo contempla aguantándose a duras penas el júbilo que le desborda por los ojos, descreyendo que el guerrero de entraña maldita que les ha matado un padre, un hijo, un hermano, y que no ha sido doblegado ni por hombre ni por *huaca*, se hubiera dejado atrapar así nomás. ¿Dónde estaba la trampa? ¿Dónde la broma? ¿En qué momento el invencible se liberaba mágicamente de las sortijas enlazadas de metal que le ceñían los brazos y con la sola fuerza de su *callpa* aplastaba a todos los barbudos de un manotazo?

Pero la pequeña comitiva llega a la plaza y Challco Chima sigue sin soltarse. Es recibida con roncas aclamaciones por la horda de extranjeros, más de doscientos, que ya se arremolinan en torno a los recién llegados y los colman de abrazos, empujones y chorros animados en lengua peluda, invadiéndolo todo con un hedor denso y pesado a pellejo de zorrino sin lavar. Ajeno al alboroto que lo rodea, el Joven se apea despacio de su llama gigante y, con una deferencia que sume en el silencio a los demás barbudos, ayuda al invencible a bajarse de la espalda de su monstruo. Challco Chima lo hace con dificultad por los nudos de metal que le uncen los brazos, pero logra pisar tierra sin perder el equilibrio. El Joven intercambia brevemente miradas con él, le da la vuelta y, con delicadeza, empieza a liberarlo de sus sortijas de metal.

El trato respetuoso del Joven Apu Donir Nandu a lo largo del trayecto a Cajamarca ha sido una sorpresa para él. Cuando el invencible fue a pie a entregarse a la tienda barbuda en Hatun Jauja, el Joven Apu no escupió en su sombra ni le pisó la espalda ni le obligó a que besara su sandalia (o como se llame el guante ese que se ponen en los pies). Le asignó una vivienda cómoda, le dio de comer y beber y le permitió mantener el séquito de sirvientes que había traído. Cuando Antamarca Mayta fue y le dio un puñetazo en público para lucirse ante los otros principales que habían venido en el cortejo —sabiendo el muy cobarde que Challco Chima tenía orden de no responder a sus provocaciones—, Apu Donir Nandu apartó al *akatanqa*, lo reprendió severamente y le prohibió que volviera a acercarse a molestarlo. Durante el viaje a Cajamarca, solo obligó al invencible a llevar las culebras enroscadas por las noches. Por las mañanas, él mismo le desanudaba con el mismo cuidado de ahora, lo hacía trepar a su llama y lo llevaba a sus espaldas durante el trayecto que recorrían el resto de la jornada. ¿Cómo sabía que Challco Chima no usaría sus brazos libres para estrangularlo o acuchillarlo al menor descuido, en el momento menos pensado? ¿De dónde le venía esa confianza absoluta en sí mismo, que exudaba como un espíritu inmortal?

Las cosquillas que se apoderan de sus brazos dormidos al ser liberados se convierten en un dolor de agujas furtivas. Abre y cierra los puños hasta que desaparece. Mira a su izquierda. La tosca muralla de piedra sin civilizar que cubre uno de los lados —que no estaba ahí la última vez que vino a Cajamarca hace tres años, cuando enfrentó y derrotó aquí mismo a las tropas del general huascarista Huanca Auqui— es suficientemente alta y larga para servir de refugio a las tropas de asalto. Los dos galpones a uno y otro lado de la plaza, ocupados por guardias barbudos, tendrán… doscientos pasos de largo cada uno. Podrían ser neutralizados con facilidad si los guerreros los atacaban de manera fulminante por detrás centrándose en eliminar primero a las llamas gigantes.

Ahora la derecha. Los tres depósitos que abarcan el otro costado de la plaza, de más o menos doscientos cincuenta pasos de largo. También están vigilados, pero tienen el techo de paja doblemente trenzada. Bien: podrían resistir el peso de los guerreros si estos saltaban desde los tejados. La cuadrilla se descolgaría desde el edificio cercado de árboles de *k'eñua* que estaba a su espalda: el Templo Solar de Cajamarca.

Por supuesto, el ataque, en el que habría que contar muchas bajas en el bando de Cusi, debe ser repentino y realizarse de noche.

Empieza a caminar hacia los Aposentos, flanqueado por el Joven y el tallán traductor y seguido por una informe turba de incas principales, barbudos e incas de privilegio. Pasa al lado de dos atalayas construidas encima del *ushnu*, en el centro de la plaza, donde ocho barbudos, uno de ellos enorme, otean el horizonte con sus cerbatanas de fuego mortal. ¿Estaban ahí de noche? ¿Con más o menos cerbatanas? ¿Eran esas todas las que tenían o había otras escondidas? ¿Dónde?

En todo caso, era hacia ellos que debía dirigirse la primera lluvia de flechas y *huaracazos* en el momento inicial de la incursión: había que aplacar cuanto antes la fuerza del Illapa que los barbudos llevaban consigo, pues podía comprometer la suerte de los tres asaltos simultáneos. Además, era importante acallar a las cerbatanas cuanto antes pues muchos de los guerreros de Cusi seguían creyendo que tenían poder de *huaca*.

Pero otro asunto acecha su pepa más aún. ¿Cómo llegar hasta aquí sin que los barbudos, sus llamas y sus perros cómplices se dieran cuenta? ¿Cómo atravesar con el millar mínimo de guerreros que sería necesario los umbrales de la *Llacta* de Cajamarca en plena oscuridad sin extraviarse y sin ser advertidos?

Arriban a la entrada de los Aposentos, resguardada por doce extranjeros, donde les dan el encuentro dos barbudos viejos, uno de ellos tuerto, que cruzan gárgaras con el Joven y observan con curiosidad recelosa al invencible. El viejo que no es tuerto, chupado como una fruta seca, brama una orden y los guardias dejan el paso. El Joven le hace al invencible el gesto de que entre. Challco Chima se quita las sandalias, toma un leño de una ruma adosada a uno de los dinteles, se lo coloca encima de la espalda e ingresa a la habitación.

El Inca está sentado en un trono de oro rodeado de tres *acllas* de servicio con escudillas de comida y tinajas en las manos. Una de ellas le da de comer en la boca, o más bien intenta sin éxito que Atahualpa abra los labios y acepte el mote fresco y el vaso de chicha que le ofrece. Las prendas bellísimas que este lleva —una camiseta de hilos de oro y plata y una capa de color encarnado— contrastan con su rostro pálido y anguloso. Se le ve mucho más delgado que la última vez que lo vio en su último encuentro en Quito, al inicio de las hostilidades contra Huáscar, y tiene bolsas grises a las orillas de los ojos, como si un *supay* le hiciera malas pasadas en sus sueños.

Sosteniendo el leño a la espalda con su mano izquierda, el invencible hace una profunda venia, se lleva a los labios las yemas de los dedos de su mano derecha y lanza gotitas de saliva, que caen en arco perfecto ante los pies del Inca.

—El guerrero Challco Chima hace su *mocha* al Señor Ticci Capac, Único Hijo del Sol y Marcador de los Turnos del Mundo de las Cuatro Direcciones.

Suena una palmada procedente de la esquina: un funcionario menor con el atuendo y las insignias de Recogedor de Restos del Inca hace gestos a las *acllas* para que se retiren. Tiene la cara devastada por el Mal.

—Señor Challco Chima —dice el Recogedor cuando la última acaba de salir—. El Único Hijo del Sol, El Que Empuja el Mundo de las Cuatro Direcciones y hace respetar sus Turnos, quiere saber por qué te demoraste tanto en acudir a su llamado.

Un puente de piedra surge entre las cejas del invencible: ¿estaba al tanto el Inca de que Challco Chima había venido a Cajamarca para trazar el plan de Su rescate?

—Estaba cumpliendo el servicio que me encargó mi Señor Cusi Yupanqui —responde Challco Chima—. Recoger el oro de las tierras jaujas para el rescate del Inca.

Breve murmullo de Atahualpa al oído de su Recogedor.

—Pregunta el Inca por qué, si te demoraste tanto, recogiste tan poco —dice el funcionario.

—Algunos de tus súbditos esconden el oro o se resisten a entregarlo. Me tomó tiempo convencerlos.

Nuevo cuchicheo de Atahualpa a su Recogedor.

—Pregunta el Inca si sabes la pena para los que toman el oro del Inca para sí.

El invencible aprieta los dientes. Una lengua de fuego empieza a lamerle el vientre por dentro.

—Yo no he tomado el oro del Inca para mí.

Breve bisbiseo de Atahualpa.

—Pregunta el Inca si la sabes.

Challco Chima suspira.

—La primera cárcel. El foso de las bestias de ponzoña mortal. Donde mandan a los de corazón doble y a los grandes delincuentes. Pero yo no he tomado el oro del Inca para mí. Si el Inca lo duda, que me condene ahora mismo a pasar dos días con sus noches en la primera cárcel. Sé que sobreviviré y así quedará demostrada mi inocencia.

Atahualpa permanece un rato en silencio. Al cabo, suelta un largo cuchicheo a la oreja de su Recogedor.

—Dice el Inca que te has vuelto demorón. Que no solo te demoraste en recoger el oro. Que también te demoraste en tomar el puente de Vilcas. Que te demoraste en aplastar la última rebelión chachapoya. Y que te demoraste en someter a los hatunjaujas revoltosos de Apu Manco Surichaqui. Pregunta si es cierto lo que dicen. Que te estás volviendo chocho con la edad.

Challco Chima da un respingo. Con la espina doblada por el peso del leño, gira levemente en dirección hacia Atahualpa, sin mirarlo.

—Único Inca. Este chocho venció la guerra de veinte lunas contra tu hermano Huáscar. Atrapó al Inepto en la silleta misma de su litera. Ganó la *mascapaicha* para Ti. A este chocho nadie lo ha capturado, él solito se ha entregado. No lo dudes ni un latido. Si este chocho hubiera estado a tu costado derecho durante tu encuentro nefasto con los extranjeros, ninguno de ellos se habría atrevido a tocarte ni siquiera en sus sueños barbudos, si los tienen. Al aire libre estarías todavía respirando, no entre estas cuatro paredes.

Atahualpa cabecea en silencio. Habla en voz baja a su Recogedor.

—Dice el Inca que eso es todo. Que puedes retirarte.

Challco Chima empieza a caminar hacia atrás en dirección a la salida, como manda el protocolo.

—Espera.

El invencible levanta la mirada, sorprendido: la voz que viene de escuchar es de Atahualpa. El Inca se ha levantado de su *tiana* y, con los brazos abiertos, camina hacia él.

—Challco Chima. Challco Chima. Challco Chima —las manos del Inca se posan con suavidad sobre los hombros del invencible—. Dime ¿has comido?

—Sí, Único Inca.

—¿Has bebido?

—Sí, Único Inca.

—Muy bien. Los barbudos aprecian tu valor y te tratan como te mereces. ¿Dónde te vas a quedar en Cajamarca?

—Tú me mandaste llamar, Único Inca. Dime dónde quieres que me aloje y ahí me alojaré.

—Los barbudos quieren tenerte con ellos. Ellos serán los que decidan —una sonrisa de oreja a oreja surge en su rostro—. ¿Sabías que te tienen miedo? Han visto tu cosecha de picas en la plaza de Hatun Jauja, han oído cómo despachaste a los parientes y paniaguados de Huáscar en el Cuzco y te tienen miedo —la sonrisa se congela—. Incluso más que a Mí.

El Inca cruza las manos en la espalda. Empieza a caminar de un lado a otro.

—Challco Chima. Challco Chima. Challco Chima. El más leal y efectivo de mis generales. ¿En quién más sino en ti puedo confiar? ¿Quién sino tú cumplirá el servicio que me urge?

El invencible dobla la cerviz hasta casi tocarse el pecho con la barbilla.

—Dime cuál es, Único Inca, y si está en mi poder cumplirlo, lo cumpliré. Pero ya no puedo rendir servicios de guerra. Tal como mandan las normas del buen cautivo, al momento de entregarme enterré mi *huaraca*, mi lanza y mi macana.

—Para el servicio que quiero pedirte solo necesitarás un cuchillo bien afilado y los ojos bien abiertos. Solo quiero que averigües dónde tienen escondido los barbudos a un chiquillo manteño que traduce para ellos. Te será fácil reconocerlo. Tiene cuerpo de renacuajo, orejas de ratón y dientes de vizcacha. Me llega a la altura del hombro y es bizco. Seguro por eso no puede distinguir lo que es suyo de lo que no le pertenece.

El Inca se interrumpe. Challco Chima levanta la vista y es testigo de cómo sus sienes se hinchan y dos gotas ardientes empiezan a manar de sus ojos. Las lágrimas bajan despacio, como acequias que vinieran desde las cumbres de los cerros y se empozaran en sus labios. El invencible, avergonzado de ver lo que ve, desvía la mirada.

—Cuando lo sepas —prosigue Atahualpa con la voz quebrada de rabia— ve y cástralo, embútele las testes en la boca, cósele los labios con hilo de maguey, arráncale el corazón y tráemelo en una canasta profana. El resto de su cuerpo quémalo, escupe sobre las cenizas y sóplalas hasta que cada punto de tierra se haya separado de su gemelo. ¿Has comprendido?

—He comprendido, Único Inca.

Algo en la actitud del invencible parece conmover al Inca.

—Challco Chima, guerrero sin falla. ¿No vas a preguntar por qué quiero castigarlo?

—No.

La mano del Inca se posa sobre su cabeza.

—Ese manteño sarnoso y sin linaje ha ensuciado con su leche a la más amada, hermosa y hábil de todas mis concubinas. Por su culpa, ya no podré volver a tocarla nunca más —la mano se pasea sobre su coronilla en una caricia—. Me han contado que lloras con lágrimas de sangre a los que sirven bajo tu puño y mueren de muerte gloriosa. ¿Es verdad?

Challco Chima, incómodo, no responde.

—Dime ¿tienes mujer?

La imagen fugaz de sus siete concubinas degolladas por Atecayche cruza fugazmente por su aliento.

—No.

—Mejor para ti.

El Inca permanece en silencio largo rato. Cuando vuelve a hablar, el tono de su voz es el de un hombre sumido en sí mismo que habla para escucharse, no para ser oído.

—Si trocaran por muñones estas manos que la han acariciado. Si pelaran esta piel que ha apretado la suya. Si pusieran bolas blancas en estas pupilas que han asido su belleza sin hartarse jamás, me daría por el hombre mejor servido del Mundo.

Atahualpa se queda inmóvil, mirando un punto perdido en el aire, como picado por la mosca del sueño sonámbulo.

—Firi Pillu —dice como recordando la presencia del *yana* guerrero invencible—. El perro manteño que te digo se llama Firi Pillu. Ahora vete.

Cuerda de cuarto nivel (adosada a la terciaria): marrón tierra removida con vetas blanquinegras en el medio, en Z

Después de la conversación de hace cuatro jornadas con el Inca, el Barbudo Joven lo trajo aquí, lo liberó de los *amarus* de metal, le permitió que se bañara en el estanque sagrado en medio del patio y que las mujeres lo vistieran con una nueva muda de ropa (de *abasca* cruda, pues el invencible jamás ha logrado acostumbrarse a las prendas de tramado fino de *cumbi* que le corresponden como hombre alto de guerra). Le habló.

—Dice mi Señor Donir Nandu que seguirás siendo bien tratado si no intentas escapar —tradujo el chiquillo tallán.

El galpón queda dos calles arriba de la plaza, yendo por el camino recto que va al Templo-Fortaleza de Catequil. Está enfrente del *Acllahuasi*, tiene tres paredes de adobe sin ventanas y una cortina de cabuya que da a un patio de tierra, con dos aberturas de arriba abajo por donde entran y salen los sirvientes que vienen a darle de comer y la mujer joven que viene a saciarle su hambre de abajo durante la noche y se retira discretamente con los primeros bostezos del Padre Que Todo lo Ilumina. De vez en cuando, alguno de los guardias barbudos que se turnan para vigilarlo entra a echar un vistazo y sus ojos rebosantes de cautelosa curiosidad se cruzan con los suyos.

Los moños de fuego en la barriga, que habían desaparecido durante el viaje de Hatun Jauja a Cajamarca, volvieron a acosarlo sin tregua y no lo dejaron despejarse y depurar su aliento. Por más que intenta centrarse en el problema que le falta aún por resolver —cómo las cuadrillas de asalto de Cusi llegarán hasta la plaza de Cajamarca sin ser advertidas—, no puede parar de evocar una y otra vez el rostro anegado de lágrimas del Inca de *camac* débil al que debe obediencia. De preguntarse, con un chicotazo de frío en la espalda, si los *huacas* consideran sabio a un guerrero que sigue sirviendo a un Supremo Señor al que se le ha ablandado la pepa.

¿Cómo respetar a un Único que había extraviado las prioridades y ocupaba a Su mejor hombre de guerra con una venganza trivial?

¿Qué haría con el nuevo servicio de cuchillo que le había sido encomendado, que lo ofendía en su fuero más íntimo y lo distraía de su misión?

Después de ser cateada escrupulosamente por los guardias, una sombra ingresa en el galpón y se recorta en el resquicio de luz que se filtra entre las cortinas. Se aproxima hasta estar a distancia de murmullo. De una de sus manos pende una cesta con comida. Tiende la otra en su delante y abre el puño derecho. Sobre la palma tendida hay un buhíto de piedra en miniatura.

—Guerrero invencible —dice el Recogedor de Restos del Inca—. Yo soy el Búho que Canta.

—¿Qué le dice la chicha a la lluvia?

—Nos vemos en el Mundo de Abajo.

—Déjame que te vea de cerca.

Challco Chima acerca la cara del recién llegado a la suya. Reconoce, más allá de su cara amoratada y perforada por el Mal y del tiempo transcurrido, al callado y afanoso chiquillo de la Casa del Saber al que formó como guerrero y preparó para el *huarachico* en sus tiempos de instructor de combate, hace casi dos atados de años. Un conato de sonrisa amanece en sus mejillas.

—Yo te conozco. Yo te entrené en el *Yachayhuasi* del Cuzco. Tú eras el *yanantin* de Cusi Yupanqui en la Batalla del *huarachico* en que murió el hijo del Señor Auqui Tupac ¿verdad?

El Búho Que Canta mira sobre sus propios hombros con alarma.

—Tienes muy buena memoria, guerrero invencible —dice en voz apenas audible—. Y mi disfraz no es tan bueno como yo creía.

Challco Chima cala con la mirada el rostro magullado de su antiguo discípulo.

—¿Qué te pasó en la cara?

El Búho aparta de un manotazo una mosca inexistente.

—Unos *yanacona* revueltos con los que me desencontré en las afueras de la *llacta*.

—Los *huacas* deben estar de tu parte. He sabido de pocos que han salido vivos de esos «desencuentros», Recogedor —sus comisuras se distienden—. ¿O no eres un Recogedor de Restos de Verdad y debo llamarte de otra manera?

—Soy un Espía del Inca. El de Recogedor de Restos es solo un falso servicio para estar cerca del Señor del Principio sin despertar sospechas.

—Esa idea del servicio de Recogedor de Restos ¿la urdiste tú o te la sugirió Cusi?

—La urdí yo.

—No se me habría ocurrido —Challco Chima cabecea valorativamente—. Pero vayamos a lo nuestro, Búho Cantante. He visto lo que tenía que ver durante mi viaje con el Barbudo Joven a Cajamarca, pero me falta apisonar algunos terrenos de nuestro plan. Vayamos primero a la tierra que ya tenemos asentada. El ataque de Cusi Yupanqui y sus cuadrillas debe ser nocturno, contar con los pronósticos favorables de los oráculos de algún *huaca* local importante y hacerse en una noche en que la Madre haya acabado de morir y no se pueda ver nada. ¿Son madrugadores los barbudos?

—No, pero siempre tienen celadores vigilando durante la noche.

—¿Cuántos?

—Veinte. A veces más. A veces menos.

—¿Dónde suelen estar?

—Doce enfrente de los Aposentos del Inca y ocho encima del *ushnu* en el medio de la plaza.

—¿No hay ninguno en las Puertas de la *Llacta*?

—No. Todos están en los alrededores de la plaza.

Challco Chima se muerde los labios.

—Todavía no sé cómo harán Cusi y sus cuadrillas para cruzar los umbrales de Cajamarca y sortear a los habitantes de la *Llacta* sin ser vistos, pero creo que sé cómo capar la reacción de los barbudos una vez que Cusi haya llegado a la plaza. ¿Cuántos son?

—Trescientos veintiuno.

—¿Cuántas llamas gigantes?

—Ciento ochenta y seis.

—¿Cómo están distribuidos los barbudos y los monstruos?

—No entiendo tu pregunta.

—¿En qué edificios duermen?

El Espía del Inca se sume en su pepa. Saca un palito de su *quipe* y dibuja en el suelo liso un cuadrilátero de lados irregulares —la plaza de Cajamarca—, un caracol a cierta distancia encima suyo —el Templo-Fortaleza de Catequil— y un cuadrado en el medio de los dos rodeado de cuadraditos más pequeños —el *Acllahuasi* y las casas habitadas que lo rodean. Va indicando en su dibujo las posiciones de cada lugar a medida que las menciona.

—Hay dos grupos de barbudos, los que llegaron primero y los que llegaron después. Los que llegaron primero son ciento sesenta y nueve y suelen dormir en los edificios que rodean a la plaza. Cincuenta y dos de ellos tienen llamas gigantes y nunca duermen lejos de los abrevaderos en que les dan de comer. Entre veinte y veintitrés más las mujeres que se hacen llevar la mayoría de las noches, a la entrada del galpón a la izquierda de los Aposentos. Entre veintidós y veintisiete, en el galpón que está enfrente. En los depósitos a la izquierda de los Aposentos siempre duermen treinta y tres, once por cada depósito. El resto sé que duermen en las calles aledañas a la plaza, pero no sé cuáles, voy a dar un vistazo esta noche. Los que llegaron después son ciento cincuenta y dos. Duermen en los tres barrios entre la plaza y las faldas del cerro donde está el Templo-Fortaleza de Catequil, donde vive Carhuarayco, el *curaca* cajamarca, con sus mujeres y principales, y —va señalando diferentes cuadraditos— aquí roncan sus invitados chotas, aquí los huambos, aquí los cutervos, aquí los cuismancus y los chuquismancus, repitiendo la distribución de sus tierras en el Mundo. En esta zona es más difícil cernir cómo se reparten los barbudos para dormir, porque andan cambiando de sitio a cada rato, para despistar o para estar donde las mujeres con que van a juntarse durante la noche. Si quieres, paso mañana antes de que se despierte el Padre Que Todo lo Ilumina y te averiguo. Por último, hay un pequeño grupo de barbudos de ambos bandos que pasan la noche en las casas de las *pampayruna*, aquí, cerca de los baños de Pultumarca. Son de diez a veinte, así que no deben ser difíciles de neutralizar.

El Búho que Canta levanta la vista hasta topar con la del invencible, que está empapada de asombro.

—Tú eres el Contador de un Vistazo ¿no es cierto?

—Yo no…

La palma derecha de Challco Chima se coloca en posición vertical: no digas nada.

—Había oído hablar de ti al Señor Chimpu Shánkutu, que esté disfrutando de su Vida Siguiente, pero nunca creí que existieras. Pensaba que eras otra de las tramas de mentira que tejía para mantenernos en permanente incertidumbre, el estado natural del guerrero según él —sonríe—. Por lo visto el Fértil en Argucias nos engañó una vez más, mintiéndonos con la verdad. Pero mejor sigamos con el plan de asalto, que los guardias pueden entrar en cualquier momento. Veamos. Primero, la cantidad de guerreros. En la fuerza de Cusi debe haber por lo menos tres hombres por cada barbudo y cuatro por cada uno de sus monstruos. O sea…

—Mil ciento setenta y uno.

—Consideremos dos mil, por si acaso. Primer terreno por apisonar, no sé cómo dos *huarancas* podrán llegar a la plaza sin que nadie en Cajamarca se dé cuenta, pero es claro que, una vez que lo hayan logrado, deben juntarse detrás de la muralla de piedra, a mano izquierda del camino que viene de los baños de Pultumarca —señala el lado izquierdo de la plaza—. Aquí. La muralla tiene más o menos trescientos zancadas de largo y un hombre y medio de altura. Puede ocultar fácilmente dos huarancas armadas con flechas, macanas y cuchillos, pero sin rodelas. No importa. Para el tiempo de ataque que queremos, no las vamos a necesitar —un puente de piedra surge entre sus cejas—. Si he visto bien, detrás no hay edificios, solo los dos estanques del agua que viene de las alturas de los cerros por el río Cumbemayu y un largo pampón habitado por nadie.

—Has visto bien.

—¿Hay gente que transite por las noches por ahí?

—No.

—Confírmalo. Segundo terreno por apisonar. ¿Quién protegerá la vida del Inca cuando empiece el asalto?

—Yo.

—¿Cómo harás, Búho Cantante? Son doce guardias contra uno.

—Les daré una poción para dormir en la merienda que comen por la noche, antes de empezar su turno. La he probado con tres barbudos sin que se den cuenta y tarda tres papas cocinadas en hacer efecto, un poco más si el barbudo anda cuesta abajo desde el cénit de su edad. Mientras los guardias se vayan quedando dormidos, el Inca se vestirá de pordiosero y un doble vestido como Él tomará su lugar.

La ceja derecha del invencible se alza, intrigada.

—¿Un doble?

—Sí. Por si algún barbudo se da cuenta de que los guardias no están despiertos y entra a los Aposentos a matar al Inca cuando comience el asalto. El doble, que ya hemos conseguido y está en una casa vigilada en las afueras de la *llacta*, entrará conmigo la noche anterior a Cajamarca disfrazado de *yana* de servicio y se esconderá en el corredor subterráneo que hay debajo de los Aposentos, a la espera del ataque.

—¿Y cómo sabes que este doble no te traicionará?

—Tengo de rehenes a sus dos seres más queridos. Si hace algo sospechoso, sabe que los mataré. Le he prometido que, si cumple su servicio, le serán devueltos después del rescate del Inca y que recibirá una dotación generosa de tierras y sirvientes.

—¿Y si muere en la refriega?

—Le he dado mi palabra de inca que el Señor del Principio recompensará su sacrificio haciéndole un buen entumbamiento que le permita hacer un buen viaje a la Vida Siguiente, respetando la vida de sus dos parientes y otorgándoles dos *tupus* de tierra bien abonada a cada uno.

Una mueca descreída asoma en las comisuras del invencible.

—¿Te creyó?

El Búho Cantante abre los brazos: ¿tiene el doble otra alternativa?

Challco Chima chasquea la lengua: sigamos.

—Segundo terreno, apisonado. Vayamos al tercero. Quién, cuándo y cómo dará la señal para comenzar el asalto. ¿Quién decidirá en qué momento se hará el cambio entre el Inca y el doble?

—Yo, guerrero invencible. Una vez que confirme que la poción para dormir está empezando a hacer efecto.

—Entonces debes ser tú quien dé la señal para comenzar el asalto. Dala cuando estés completamente seguro de que el Inca se encuentra sano y salvo. ¿Qué ruidos de animales sabes hacer?

—El *sintiru*, el *puku puku* y el pájaro *guanay*.

—No hay ninguno de esos animales por aquí. Los lugareños se van a dar cuenta. ¿No conoces el ruido de otro animal?

—No.

Los dos reflexionan en silencio.

—Puedo salir por una de las puertas de los Aposentos que da a la plaza, como que quiero tomar aire, y dar un bostezo largo y bien sonoro —dice el Búho—. El *ushnu*, que está justo enfrente, siempre está iluminado por dos fogatas por las noches y su luz se refleja en las paredes exteriores de los Aposentos. Los guerreros de Cusi no solo me oirán, también podrán verme claramente.

Challco Chima se rasca la barbilla.

—Sí. Esa puede ser la señal. Para entonces las *huarancas* ya deberán haberse dividido en cuatro cuadrillas. La primera se quedará detrás de la muralla. Las otras tres se desplazarán con paso de puma detrás de los tres edificios habitados por los barbudos y sus monstruos: los dos galpones y el depósito. Lo ideal sería que cada cuadrilla tenga tres guerreros por cada barbudo y cuatro por cada monstruo, pero nunca llegaremos a saber con exactitud cuántos barbudos duermen en la zona de los chotas, los cutervos, los cuismancus y los chuquismancus, así que es mejor que los guerreros se resignen a prevalecer gracias al ataque por sorpresa.

El invencible toma el palito del Búho que Canta y señala en la tierra los desplazamientos de los guerreros durante el asalto.

—Derroté en esta misma plaza al Señor Huanca Auqui hace unos años y me acuerdo bien de sus calles, sobre todo de las aledañas a la plaza. Para los dos galpones, aquí y aquí, tendrán que entrar por la calle de atrás. Las dos hacen buena sombra de noche, nadie los verá. Detrás de los depósitos también hay una calle discreta, pero es demasiado estrecha y los guerreros no podrán entrar por ahí. Será mejor que suban al ala derecha del Templo del Sol, o sea por aquí. Da justo sobre el techo del depósito central. Que no se expriman el aliento cuando salten. El techo es de paja doblemente trenzada y resistirá su peso en la caída.

Una punzada de fuego atraviesa el vientre del invencible.

—Búho Cantante ¿tienes coca?

El Espía del Inca saca unas hojas de la planta sagrada de su *quipe* y se las entrega. Challco Chima se las coloca en la boca una por una. Las hace crujir con los dientes. No siente su sabor.

—Cuando las tres cuadrillas estén ubicadas en sus puestos, la que se quedó detrás de la muralla lanzará una primera lluvia de flechas contra los barbudos trepados en el *ushnu*, que son los que tienen las cerbatanas de metal y el vaso gigante que escupe fuego y destrucción. Esa será la marca que dará inicio al ataque de las otras tres cuadrillas. El inicio del ataque total. Mientras los barbudos trepados en el *ushnu* están distraídos respondiendo a la flechería de la muralla, las cuadrillas de asalto atacarán a los barbudos dormidos y a sus llamas gigantes, en ese orden de prioridad, en los galpones y el depósito. Que a las llamas no las maten. Que solo les rompan las piernas a golpes de macana. Sin un barbudo que las guíe no pueden hacer nada. Dime, Búho Cantante ¿a los barbudos también se les desparrama la vida si les siegan los canales de sangre que hay en la garganta?

—Sí.

—Entonces que los degüellen. De un solo corte a lo ancho, para no perder tiempo. Y que no dejen heridos en el camino. Un barbudo herido es un barbudo peligroso.

Challco Chima se muerde el labio inferior: algo le exprime la pepa.

—Dime, guerrero invencible —dice el Búho Cantante.

—Por más que el asalto sea bien llevado, es muy probable que las cuadrillas no logren matar a todos los barbudos. Que algunos escapen, se repongan del ataque por sorpresa y contraataquen. Y ya hemos visto los estragos que unos pocos pueden hacer con sus varas filudas…

—Es cierto. Como dices, no hay que subestimar el poder de los barbudos, guerrero invencible. Como dices, es posible que se despierten de nuestro asalto concertado, se levanten y contraataquen. Incluso, si cuentan con el favor de algunos *huacas* resentidos, que consigan doblegar y arrasar a las cuadrillas de Cusi. Pero aún si logran ganar esas batallas, igual habrán perdido la guerra. El principal servicio del asalto no es exterminar a los barbudos. Es distraerlos mientras el Inca es liberado con vida enfrente de sus narices. El corredor subterráneo en que el Único permanecerá escondido durante el asalto da a una salida secreta detrás del Templo de la Culebra, donde no hay barbudos durmientes. Ahí Cusi Yupanqui lo estará esperando con una escolta de guardias disfrazados que lo ayudarán a salir discretamente de la plaza. Cuando hayan llegado a la frontera de la *Llacta*, les darán el encuentro las tropas de Cusi, que en número de veinte mil entrarán a Cajamarca y, haciendo *chaco* con ellos, apagarán sin asco el aliento de los que hayan sobrevivido.

Un puente de piedra surge entre las cejas de Challco Chima.

—Falta un último terreno por apisonar, Búho Cantante.

—¿Cuál es?

—¿Qué pasará conmigo?

El Búho reflexiona.

—Lo mismo que conmigo, guerrero invencible. Tú y yo somos hombres de servicio. Nuestro rescate no es prioritario. Si los *huacas* están con las cuadrillas y ellas logran imponerse, seremos rescatados. Y si no… considerémonos afortunados de que, para liberar la del Inca, nuestra sangre ha sido sacrificada.

La mirada del invencible se aparta hacia la culebra de metal que le ciñó los brazos a la espalda y que ahora yace a su lado, despojada de su aliento.

—Considerémonos afortunados, Búho Cantante.

El lomo aglutinado de la culebra se funde. En él asoman los rasgos del rostro vergonzoso de Atahualpa. Sus huecos de aire son lágrimas cayendo de nuevo desde las cumbres de los cerros para empozarse en la llanura. Gotas de agua de nieve bajando por las acequias de Cumbemayu para recalar en Cajamarca.

—Cumbemayu —musita Challco Chima.

—¿Qué dijiste, Señor?

Challco Chima vuelve la mirada al dibujo de la plaza trazado en el suelo por el Búho Cantante.

—¿Dónde está el acueducto de Cumbemayu?

El Búho Cantante se vuelve hacia su esbozo de *Llacta* en el suelo. Señala una larga línea vertical a la izquierda del dibujo de Cajamarca.

—Aquí.

—Es el más largo, el más antiguo y el mejor labrado que he visto —dice, como para sí—. ¿Sigue funcionando?

—Sigue.

—¿De qué cerros vienen sus aguas?

El Búho pestañea.

—De Majoma, Yanacagua y Cumbe —señala unos puntos apartados a la izquierda de Cajamarca—. Aquí, aquí y aquí.

—¿Y dónde termina?

—Aquí —El Búho dibuja dos pequeños círculos en un punto cercano de la *Llacta*—. En estos dos estanques.

—Los recuerdo bien. Antes de la batalla contra Huanca Auqui, hicimos un alto ahí para que las tropas bebieran. Están a cinco papas bien cocidas de camino a Cajamarca. También recuerdo que de esos dos estanques salían varias acequias menores. ¿Sabes de qué acequias estoy hablando?

—Sí.

—¿Sabes adónde van?

—Cerro abajo. A la *Llacta* de Cajamarca. Sirven las calles, las casas y los edificios que rodean a la plaza. También las piletas del Inca.

Challco Chima comprime su aliento: recuerda.

—Si algún *huaca* de mala entraña no extravía mi memoria, las acequias tienen medio brazo de ancho. Un hombre entra fácilmente de pie.

El Búho Cantante balancea la cabeza de izquierda a derecha.

—He perdido el hilo de tu madeja, guerrero invencible. ¿Qué es lo que quieres decirme?

—Que ya sé cómo los guerreros pueden entrar en Cajamarca sin ser vistos. Si los caudales del acueducto son desviados en las cumbres, Cusi Yupanqui y sus cuadrillas podrán bajar por sus senderos de piedra hasta llegar a los estanques de la plaza. De ahí deberán continuar camino por las acequias, algunas de las cuales deben dar hacia el punto detrás de la muralla. Aunque no vean nada, no se perderán en la oscuridad durante la bajada. Les bastará con seguir primero la ruta del acueducto y después la de la acequia. ¿Cuánto tiempo dijiste que tomaba tu poción de dormilones para hacer efecto en los barbudos?

—Tres papas bien cocinadas.

—¿Cuándo comen su última merienda los doce vigías de los Aposentos?

—Cuando son visibles las estrellas por la noche. Antes de empezar su turno de guardia.

—Si las cuadrillas comienzan a bajar apenas empiece a oscurecer, llegarán con tiempo de sobra a la muralla de piedra.

El Búho Cantante se sume en su pepa, sopesando. Fija los ojos en los del invencible. Hace una profunda venia.

—Guerrero invencible. Si creo lo que estoy palpando con la palma de mi pie, el terreno pendiente en tu propuesta de plan de rescate ha sido apisonado. Confirmaré que nadie transita por las noches cerca de los dos estanques al lado de la plaza. Haré dos moldes de barro de la *Llacta* de Cajamarca, los coceré yo mismo para que nadie más sepa del plan y urdiré dos *quipus* en clave secreta con tus instrucciones para el asalto. Se lo enviaré todo por correo fidedigno a nuestro Señor Cusi Yupanqui, para que cierna sus cualidades y pula sus defectos.

Challco Chima hace una leve inclinación de cabeza.

—Sé que mi parte entre los que te tallaron ha sido pequeña, Búho Cantante, pero permíteme sentirme orgulloso de ti.

—El orgullo es y ha sido mío de haberte tenido como instructor, guerrero invencible —hace una profunda venia—. Sé lo difícil que debe haber sido para un guerrero como tú dejar sus ejércitos y entregarse sin trenzar batalla. Cusi Yupanqui reconoce el inmenso sacrificio que hiciste al ofrecer tu vida para cumplir con el encargo que te dio. Estate alerta. Cuando yo haya logrado convencer al Inca de que dé el visto bueno para empezar el rescate, quizá haya un nuevo servicio para ti. Pero por ahora, tu rol en Cajamarca ha terminado.

Los ojos de Challco Chima se abren con desmesura incrédula.

—¿Cómo? ¿El Inca no quiere dar Su autorización para el rescate?

—No.

La lengua del invencible duda antes de atreverse a preguntar.

—¿Por qué?

—No lo sé.

Un silencio denso se posa entre los dos.

—Me olvidaba —continúa el Búho—. Quita de tus hombros el servicio de matar al manteño que tomó a la concubina del Inca. Quizá el Señor Cusi Yupanqui vaya a necesitarte para una nueva tarea y tienes que tener la pepa y las manos libres.

—Ese servicio de muerte ha sido ordenado directamente por el Único, Búho Cantante.

—Tengo potestad otorgada por Cusi Yupanqui para contravenir la voluntad del Inca si esta no redunda en Su propio beneficio... por lo menos en todo lo que no tenga que ver con Su rescate.

—¿Y si el Señor del Principio me pregunta por qué no he cumplido aún con su servicio?

—Mírate a ti mismo y a tu alrededor. Aunque juntes toda tu *callpa*, encerrado no puedes servirle con toda tu potencia. Él comprenderá.

Challco Chima inclina ligeramente la cabeza.

—Seguiré, como siempre, la saliva sabia de mi Señor Cusi Yupanqui —dice con humildad.

El Búho deja la cesta con maíz y papa recién cocidos al lado de Challco Chima. Da un prolongado vistazo al dibujo del suelo. Lo deshace con su sandalia. Hace una nueva venia al invencible y sale del galpón.

Cuerda de quinto nivel (adosada a la de cuarto nivel): marrón tierra removida, en Z

Aquella noche Challco Chima no puede dormir. El rostro anegado de lágrimas ardientes del Señor del Principio lloriqueando por su concubina cruza su aliento una y otra vez.

¿Qué había pasado con el Atahualpa de los tiempos en que Le había jurado lealtad? ¿Dónde estaba aquel Inca audaz que había demostrado en sus acciones ser el más hábil de los hermanos en pugna por la borla sagrada? ¿Los años habían podrido su aliento? ¿El cautiverio lo había hecho fermentar? ¿O era el mismo de antes y sus dotes aparentes habían sido solo un espejismo de los desiertos yungas?

A su memoria libre de servicio acuden los tiempos turbulentos posteriores a los últimos estragos del Mal que había infestado la tierra, segando la fuerza vital del Inca Huayna Capac y de su primer candidato a sucederlo, el príncipe Ninan Cuyuchi, hacía cuatro años.

Cuerda de sexto nivel (adosada a la de quinto nivel): marrón tierra removida, en S

La silueta masculina llena, esbelta y bien plantada de Atahualpa recibía a Challco Chima a escondidas en la puerta falsa de su palacio. El cielo estrellado de Quito lo recortaba aquella noche como a una estatua de carbón pulido en la oscuridad.

A la convocatoria secreta también habían asistido los hombres de guerra Unan Chullo, Quizquiz, Rumi Ñahui, Onachile, Ucumari y Yucra Huallpa, que, como Challco Chima, se habían distinguido en las campañas victoriosas del norte contra los paracamurus, pastos, caranguis y cayambis en los tiempos del Inca Huayna Capac. Mientras bebía chicha intercambiando vasos de plata con cada uno de ellos, Atahualpa les preguntaba por la salud de sus hijos pequeños, indicando sus nombres, los nombres de sus madres y las casas en que vivían, su manera sinuosa de hacerles saber por dónde iría la represalia si se atrevían a revelar algo de lo que se oiría y diría aquí.

Atahualpa fue al grano. Hacía solo siete lunas desde que Huáscar se había ceñido la *mascapaicha*, pero desde el Cuzco no dejaban de llegar las noticias de sus continuos disparates, que iban mucho más allá de los tropiezos iniciales de un Inca que toma la vara de oro sin tiempo de prueba. Como todos ustedes sabían, después de la conspiración frustrada de Chuquis Huaman para asesinarlo y poner la borla sobre la frente de Cusi Atauchi, Huáscar desconfiaba hasta de su propia sombra, lo que había sido considerado en un principio una marca de prudencia. Los tiempos iniciales de un Inca eran siempre inciertos y todo nuevo Único tenía que demostrar su valía debelando conjuras y eliminando a sus enemigos. Pero el tiempo pasaba y la actitud de Huáscar con los linajes reales, incluso los que habían saludado con todo el corazón su toma de la borla, se volvía cada vez más belicosa. Ni siquiera Urco el Zonzo, el hijo *upa* del Inca Huiracocha borrado de los *quipus* por su ineptitud, había logrado ganarse, y en tan poco tiempo, la tirria de todas las *panacas*. Después de aplastar la confabulación de Chuquis Huaman, por ejemplo, Huáscar se había mudado a toda prisa con su corte desde los barrios del Cuzco de Arriba hacia el Cuzco de Abajo.

—¿A quién en su sano aliento se le puede ocurrir hacer algo así? —una alarma escandalizada se extendió velozmente por el rostro de Atahualpa—. En el Cuzco de Arriba viven los *mallquis* de los seis últimos Incas. Apartarse de ellos no es solo insultar a las seis últimas y más poderosas *panacas*. Es poner en riesgo la integridad del Mundo. ¿Cómo van a insuflar entonces los *mallquis* su saber y poder vitalizador al nuevo Inca si Él se resiste a alternar con ellos, a ser su vecino? ¿Cómo podrá echarse la Próxima Vida sobre Esta y preñarla? ¿Hacer que el pasado fecunde el presente?

No solo eso. Huáscar había elegido para su guardia personal únicamente a guerreros chachapoyas y cañaris, despreciando a los *ayllus* de sangre pura inca del Cuzco de Arriba que se habían encargado de la custodia del Único desde los tiempos del Inca Manco Capac. Había dejado de presentar ofrendas en las celebraciones rituales de los *huacas* del Cuzco de Arriba. Y ahora amenazaba con enterrar a los *mallquis* y despojar a los linajes reales de las tierras que les habían sido entregadas para el sustento de sus familiares y sirvientes. ¿Qué se había creído este Inca advenedizo?, decían en voz alta los Señores que hablaban por las momias. ¿Que porque le habían ceñido la borla de chiripa podía disponer así nomás de lo que no era suyo?

Como si esto no fuera suficiente, continuó Atahualpa, cada vez sonaban más los rumores de los excesos de Huáscar cuando bebía demasiado. Un Inca que no tenía buena cabeza era un Inca peligroso. El Único estaba obligado a beber tinajas enteras de chicha en cada una de las celebraciones del calendario solar. El licor fermentado no debía torcerle el aliento al momento de tomar decisiones —muchas de las cuales empujaban los turnos del Mundo y mantenían sus ciclos de ordenados movimientos—, incluso en sus peores trancas. Cuando Huáscar se pasaba de *queros* le daba por violar a las esposas de los principales de su propia corte, y si sus esposos protestaban, los hacía ejecutar. En una de sus borracheras, Huáscar había sacado a la plaza principal de Pomapampa a cincuenta *acllas* de la Casa de las Escogidas, las había hecho ponerse en fila brazo con brazo y había mandado traer a cien varones dotados de tuna grande. Luego les ordenó que se pusieran detrás de ellas, a ellas que se desenvolvieran las faldas y se inclinaran en la posición de la vicuña, y a ellos que se quitaran los taparrabos y, por turnos de a dos, «uno en nombre del Mundo de Arriba y otro en nombre del Mundo de Abajo», las penetraran a la bruta en su delante. Huáscar se había quedado mirando con la baba cayéndosele hasta que el último de los varones se vació.

—Dicen que es así como preña ahora a sus mujeres y despliega la sangre del Inca por el Mundo —dijo Atahualpa con desprecio—. Con leche que no es suya.

Atahualpa sirvió una nueva ronda de chicha a los guerreros. Todos, él incluido, bebieron en silencio y vertieron el concho que quedaba sobre el suelo. Les volvió a servir.

Por eso los había mandado llamar. No contento con malquistarse con los *mallquis* y los linajes reales que los servían, ahora Huáscar empezaba a apuntar con su arco a los guerreros que, como ustedes y yo, habían participado en las campañas del norte. Apenas Huáscar se ciñó con la borla sagrada, Atahualpa le había enviado una comitiva con quince mantas tejidas con hilos de oro, en señal de sumisión y buena voluntad. La comitiva era liderada por su sastre personal, que fue con el encargo de tomar las medidas del Inca para que la ropa que le regalaría en el futuro le quedara a la perfección. La comitiva regresó con el sastre decapitado y los miembros de la comitiva castrados. Traían un cargamento de prendas de mujer y un *quipu* con la conminación a presentarse cuanto antes en el Cuzco.

Atahualpa se sirvió más chicha. Bebió de un tirón, seco y volteado, sin dejar espuma.

No iría a presentarse ante su hermano. Conocía la suerte de los que habían estado presentes en la guerra de su padre contra los pastos, cayambis y caranguis y habían sido convocados por Huáscar a la *Llacta* Ombligo: apenas pisaban los umbrales eran capturados y enviados a la prisión de Arahuay o Sangacancha o desaparecían misteriosamente para reaparecer degollados en los arrabales del río Chunchul. Sabía muy bien que no presentarse ante el Inca era un acto de desafío, de rebelión abierta. Que era solo cuestión de tiempo que Huáscar enviara tropas contra él. Por eso les pedía que apoyaran su alzamiento. No tenían que contestarle ahora. Pero debían saber que Cusi Tupac, el Albacea de las Últimas Voluntades del Inca Huayna Capac, torpemente maltratado por el inepto, ya le brindaba en secreto su respaldo, así como varias *panacas* del Cuzco, aunque no les diría cuáles para no comprometerlas. Les prometía que, si se alzaba con la victoria, no olvidaría a los que habían peleado y ganado sus batallas. Él redoblaría las tierras y mujeres que el Inca Huayna Capac les había regalado y que Huáscar iría seguramente a reclamarles, pues era claro que este era solo el inicio de una maniobra de su hermano destinada a arrebatarles lo que habían ganado con su esfuerzo en las guerras de su padre. A detener el ascenso merecido de los *yanacona* guerreros a alturas nunca vistas por hombres de servicio, iniciado por Huayna Capac, y devolverlos a su planicie anterior. No se sorprendieran entonces si a ustedes también les llegaba su turno y recibían cualquier día de estos la orden de comparecer en la *Llacta* Ombligo de inmediato.

Los generales le dijeron que lo pensarían y los días siguientes mantuvieron reuniones clandestinas para discutir su pedido. Todos —Challco Chima entre ellos— estaban de acuerdo en que era cierto lo que Atahualpa decía sobre Huáscar, pero también en que él no era una mejor opción que su hermano. Atahualpa tenía fama de astuto, engatusador y hábil con su labia, pero esas eran virtudes de doble filo en un cobarde: la única vez que le había tocado combatir, se había escapado del campo de batalla, lo que le había valido la severísima recriminación de Huayna Capac. Su última experiencia militar, si así podía llamársela, se remontaba a las batallas rituales del *huarachico* bajo la supervisión del mismo Challco Chima, donde no había destacado ni por su fuerza ni por su valentía ni por su velocidad. Que tuviera la oreja rota tampoco decía en su favor. Un inca común y corriente debía ser bien proporcionado y tener la mitad izquierda del cuerpo igual a la derecha. Era pésimo signo que uno que aspiraba a ceñirse la borla fuera mocho de una oreja, que no fuera capaz de cargar en uno de sus lóbulos el peso de un pendiente de oro. Solo lo favorecía el que los guerreros más jóvenes simpatizaran con él y le tuvieran aprecio, debido seguramente a su facilidad de palabra, su buen porte, su éxito con las ñustas —que se lo peleaban en las danzas de las fiestas de la tierra— y su falta refrescante de escrúpulos y de respeto a sus mayores. También le ayudaba ser hijo de la Señora Tuta Palla, de la prominente *panaca* del Inca Pachacutec, quien había sido muy influyente en su periodo de favorita —muy breve, pues había pasado muy joven a su Vida Siguiente. Atahualpa era, además, el único entre los que habían participado en la guerra y se habían quedado en el norte que cumplía con los requisitos de sangre para aspirar a la borla sagrada: ser hijo del Inca y de una mujer nacida en el seno de alguno de los linajes reales. Si Huáscar decidía ensañarse contra los *yanacona* guerreros y despojarlos de sus bienes, solo Atahualpa podría legítimamente levantarse y defenderlos. Pero hasta ahora Huáscar parecía demasiado ocupado fastidiando a las momias de los Incas precedentes y sus *panacas*, y solo había convocado a su presencia, para eliminarlos o desaparecerlos, a incas de sangre real de linajes competidores que podían hacerle sombra con sus hazañas guerreras. Todavía no se había metido con los *yanacona*-generales. Por eso, al cabo de cuatro jornadas de deliberaciones acordaron no apoyar a Atahualpa, mantener un perfil bajo para no atraer la atención de Huáscar y esperar a que las cosas en el Cuzco se calmaran.

Challco Chima recuerda que, para su sorpresa y la de los otros *yanacona*-generales, Atahualpa decidió alzarse de todos modos, lo que no dejó de impresionarlo de manera favorable. Pero los torpes inicios de su alzamiento no hicieron sino confirmar sus reticencias. El hijo de Huayna Capac y Tuta Palla se trasladó a Tomebamba y mandó construir bultos con uñas y cabellos de su padre en el mismo lugar en que el Joven Poderoso Apoyado por Muchos había enterrado su placenta, como si Huayna Capac siguiera mandando la tierra desde la Vida Siguiente y no hubiera en la Vida Presente *nadie* capaz de reemplazarlo, lo que era una manera de desconocer al hermano que llevaba la borla. La provocación se dejó sentir en los cañaris: ¿cómo Atahualpa se atrevía a entrar en *su llacta* sagrada de ellos y venir a insinuar en *sus* predios que el Inca Huáscar no estaba suficientemente habilitado para ser Inca? Ya vería ese mocho creído cómo ellos defendían al Único que, tirándose pedos en la cara de la corte cuzqueña, les había confiado Su defensa y los había colocado en Su guardia personal. Bajo el mando de su *curaca* Ullco Colla, los cañaris echaron abajo los bultos vestidos y fueron en busca de Atahualpa. Algunos decían que lograron atraparlo, lo encerraron en una casa y él logró escapar convirtiéndose en *amaru*. Otros contaban que salió por un hueco que hizo en la pared con una vara de oro entregada a escondidas por una mujer principal que se había enamorado de él. Challco Chima no creía en esas historias, seguramente propaladas por el mismo Atahualpa, pues conocía bien a los cañaris —los había tenido tanto de aliados como de enemigos, según los vaivenes de la campaña militar del norte de Huayna Capac— y sabía que, de haber capturado a Atahualpa, lo habrían despellejado ahí mismo. Lo más probable era que el mocho hubiera simplemente logrado eludir el cerco que le tendían o huido, como parecía ser su costumbre, tejiendo una coartada divina para justificar su cobardía y sacarle provecho.

A pesar de la humillación recibida y de los consejos de Quizquiz y Rumi Ñahui de que desistiera de su intento, Atahualpa no se dio por vencido. Apenas regresó a Quito, convocó a los jóvenes guerreros que simpatizaban con él, armó un ejército compuesto en su mayoría por chiquillos recién pasados por su *huarachico* y fue con ellos a Tomebamba. Los jóvenes, empujados por la sangre ardiente de su edad, atacaron en una gran embestida que halló desprevenido a Ullco Colla —quien, sin embargo, se dio maña para escabullirse y huir— y, sin demasiada resistencia, se hicieron con la *llacta*. Pero Atahualpa cometió aquí un nuevo error, que mostró una nueva grieta en su carácter defectuoso: no fue en busca del *curaca* cañari para eliminarlo de una buena vez y no quiso o no pudo disuadir a los jóvenes bajo su mando cuando, embriagados por su victoria, decidieron seguir camino hasta la costa de Tumbes a darle un escarmiento al Señor Tumbalá, *curaca* de la isla de Lampuná, que acababa de anunciar su sumisión al Inca Huáscar. Atahualpa y los jóvenes guerreros visitaron al Señor Chilimasa, *curaca* de Tumbes y enemigo mortal de Tumbalá, y le propusieron atacarlo juntos. Chilimasa aceptó, envió por la noche trescientos buceadores que desataron las lianas que unían las balsas lampunaeñas y arremetió a la mañana siguiente con una flota de quinientas embarcaciones en que iba una fuerza conjunta de guerreros incas y tumbesinos. Los de Lampuná se pertrecharon durante una luna en el centro de la isla, donde guardaban sus depósitos de armas y comida, y resistieron a pie firme. Los incas bajo las órdenes de Atahualpa, no acostumbrados al calor, al suelo llano, a los pantanos y a las sabandijas de las tierras yungas, se deshacían en mareos, fiebres y diarreas, y muchos abandonaban su aliento en esas tierras extremas. Cuando a la Madre Luna le tocó su turno de morir y despojar a la tierra de Su luz, Tumbalá y los lampunaeños contraatacaron. Con la ferocidad del que ha sido agredido por sorpresa y quiere devolver sorpresa y media, pasaron a cuchillo a la mitad de los aliados sitiadores y, siguiendo a la estampida espantada de enemigos sobrevivientes que huían en balsa por su vida, tomaron las balsas restantes y cruzaron el trecho de agua que los separaba de las orillas tumbesinas. Una vez en tierra, remataron a todos los que siguieran empuñando armas, prendieron fuego a los palacios de madera y adobe pintado que eran el orgullo de Tumbes y la envidia de sus vecinos, arrasaron con sus chozas y sembríos y tomaron, por si acaso, seiscientos cincuenta rehenes en edad de combatir. Si Atahualpa lo hubiera planeado, no le habría salido peor. Mientras viajaba de regreso a Quito con la cola entre las piernas, cundía por la *llacta* quiteña la noticia de que los generales Hango, Ahua Panti y Cusi Yupanqui, enviados por Huáscar, se acercaban a Tomebamba con tres ejércitos de trescientos incas principales y diez mil hombres tomados en turno de guerra de las tierras de Hatun Jauja, Tarma, Pumpu, Huánuco, Huaylas y Cajamarca para unirse a las fuerzas de Ullco Colla y el general *mitmac* Atoq, Hombre Que Todo lo Ve del Inca Huáscar, y aplastar el alzamiento.

Los generales *yanacona* guerreros convocaron a una reunión secreta de emergencia en Quito. Cada uno había recibido por separado un *quipu* de parte de Huáscar con la orden de presentarse en el Cuzco sin tardanza. La advertencia de Atahualpa se confirmaba. Ahora sí ya no cabía duda: la agresión anunciada no era solo contra él y los incas de sangre real que habían intervenido en la campaña del norte, también estaba dirigida contra ellos. Si querían sobrevivir, no les quedaba más remedio que apoyar a Atahualpa en su lucha por la borla. A regañadientes, fueron juntos a declararle sumisión y le ofrecieron dar batalla en su nombre a los incas cuzqueños de Huáscar y sus aliados cañaris. Después de beber chicha intercambiando vasos con cada uno de ellos, Atahualpa aventó lo que quedaba en la tinaja al suelo, que mi sangre se derrame como esta chicha, diciendo, si no me vengo de esos cañaris desgraciados que han tumbado los bultos de mi padre, entréguenme el cráneo de Atoq para beber chicha, la panza de Hango para tocar el tambor y el aliento vivo de Cusi Yupanqui para ganar la *mascapaicha*.

Challco Chima, Quizquiz y Rumi Ñahui, y sus segundos Yucra Huallpa, Ucumari y Onachile, invocando los turnos de guerra, levaron sesenta mil hombres de las tierras de los niguas, los yumbos, los sigchos y los panzaleos. Los lugareños, cansados de los años de hostilidades del Inca Huayna Capac un atado y medio de años antes, se resistieron al principio y hubo que prometerles una camiseta suplementaria para que se decidieran a acudir a las llanuras de Chillogallo, de donde emprendieron juntos la marcha forzada. Arribaron a los meandros del río Ambato antes que las tropas de Hango, Ahuapanti y Cusi Yupanqui, y tomaron sin problemas los puentes de cuerdas colgantes que les permitirían maniobrar en ambas orillas. De poco les sirvió. Al primer embate de los de Huáscar, los hombres de guerra de los *yanacona*-generales huyeron del campo de batalla en dirección a sus tierras y Challco Chima y Yucra Huallpa tuvieron que ir a alcanzarlos y juntarlos de nuevo a punta de amenazas. A medio camino del *Capac Ñan* que iba hacia Quito, se encontraron con Atahualpa que, enterado de la derrota estrepitosa de los suyos, venía a dar el encuentro a sus generales. Bajo su mando iban varios ejércitos de caranguis, cayambis, otavalos y cochisquíes liderados por sus *curacas*, lo que no dejó de sorprender a Challco Chima, pues los líderes de esos pueblos todavía recordaban en sus fiestas la masacre de Huayna Capac a los suyos en Yahuarcocha y siempre encontraban pretextos para evadir sus turnos de guerra en los conflictos del Inca. ¿Cómo habría hecho Atahualpa para convencerlos de que le siguieran en su aventura?

Cuando Atahualpa llegó frente a Challco Chima con los *curacas* que le seguían, recriminó en voz alta y agriamente a Challco Chima por haberse dejado derrotar cuando todos los augurios indicaban que el viento soplaba a su favor. De qué augurios estabas hablando, mocho mentiroso, tuvo ganas de decirle, arrancándole de paso la única oreja que le quedaba, si no has mandado a ningún sacerdote a hacer ninguno. Se aguantó: era claro que Atahualpa inventaba augurios favorables para persuadir a los que venían con él de que los *huacas* estaban de su parte, de que la suerte lo favorecía. Resondrar a Challco Chima en público era una manera de exhibir autoridad y de paso darles gusto a los que pudieran estar resentidos con el general invencible por algún exceso suyo del pasado. Un gesto bien tramado. Pero mejor siguió escuchando las palabras de Atahualpa, que ahora se dirigía a los *curacas*, en voz bien alta y modulada para que todos le escucharan.

Hacía tres noches, hermanos de combate, estaba diciendo Atahualpa, había recibido la visita de su madre Tuta Palla. No la veía desde el día de su muerte prematura en pleno cénit, hacía dos atados de años, cuando un puño aparecido en medio de su vientre le había consumido su fuerza vital. Tuta Palla había venido vestida con ropa que jamás había visto llevar a ñusta alguna: un tocado recubierto de pedrería fina con plumas de avestruz, una pollera de bayeta con una manta negra que le caía desde el cuello y una *lliclla* gigante de hilos de oro sujeto con un prendedor de plata a la altura del pecho (el atuendo típico, pensó Challco Chima, de las mujeres principales caranguis). Estoy contenta, le dijo Tuta Palla, porque a mi bulto vestido que los sacerdotes dejaron a tu cuidado jamás le han faltado sus ofrendas. Porque mis tierras son labradas respetando los turnos de descanso y mis sirvientes están siempre bien comidos y bebidos, le dijo. En agradecimiento por su diligencia, había venido a hacerle una visita, a revelarle un secreto. Mi nombre verdadero no es Tuta Palla sino Tocto Coca, le dijo. No soy de Hatun Ayllu, la *panaca* del Inca Pachacutec, como te mintieron los cuzqueños engreídos, sino de Quilaco, *ayllu* carangui. Mírame bien, esta es mi ropa verdadera. En tiempos del Inca Tupac Yupanqui fui llevada al Cuzco, donde me entregaron a tu padre Huayna Capac, que me amó como ninguna mujer ha sido amada antes por un hombre-*huaca*. Cuando naciste, se encariñó tanto contigo que, después de mi muerte repentina, fraguó tu falsa filiación, pues en ese Ombligo podrido el nacido sin sangre de *panaca* por línea materna no podía llegar a ser Único Inca y tu padre no quería segarte el horizonte que te merecías por tus habilidades. Y entonces, continuó Atahualpa, su madre le entregó una vara de oro. Cuando seas Único Inca, le dijo Tuta Palla, lleva esta vara. Así no te olvidarás de los *huacas* y los *huillcas* que te convirtieron en serpiente sagrada para que pudieras evadirte de la prisión cañari y te alzaras con la borla.

Challco Chima hizo una breve mueca risueña y admirativa por la desfachatez con que Atahualpa alimentaba la leyenda de su falsa evasión. No hubo con quién compartir su mueca: los *curacas*, sus segundos y las tropas a su alrededor bebían las palabras del mocho como si de chicha fresca en un desierto yunga se tratara.

Y entonces, continuó Atahualpa, su madre le entregó un cinturón de tres bandas de *tocapu* con dos dibujos combinados recurrentes, el del Principio del Mundo y el de los *Capac*, los

Señores poderosos apoyados por muchos. Cuando seas Único Inca, hijo mío, le dijo, tu nombre será Ticci Capac, Señor Poderoso del Principio. Mirando estos dibujos, le dijo, urde un nuevo comienzo, acaba con el Ombligo caduco, empuja el Mundo hacia el extremo Chinchaysuyo y hunde en él la vara que te di. ¡Con sangre de caranguis, carambis, otavalos y cochisquíes, funda el nuevo Ombligo en los pisos de nuestros predios!

El rugido colectivo de los *curacas* y sus ejércitos sacudió la tierra. Lo que seguía estaba cantado: Atahualpa apartó entonces su capa y mostró a la multitud el cinturón, que llevaba en su mano derecha, y la vara, en la izquierda, en medio de los gritos ensordecedores.

La treta funcionó. Cuando las tropas de Huáscar y las de Atahualpa se volvieron a enfrentar en la angostura de Mullihambato, los caranguis, cayambis, otavalos y cochisquíes se batieron como pumas hambrientos y no cejaron hasta aplastar al enemigo. Ellos constituirían la fuerza principal en toda la campaña.

Después de la victoria en la batalla de Mullihambato, Challco Chima cumplió con el encargo de Atahualpa: rebanó la barriga de Hango, arrancó los ojos y cortó la cabeza de Atoq y capturó vivo a Cusi Yupanqui. Solo el escurridizo Ahua Panti logró escapar. Por órdenes precisas de Atahualpa, el invencible compartió con Cusi el botín de guerra, le dio comida y bebida de hombre victorioso, le ofreció su litera y lo llevó al palacio de Tomebamba que antes ocupaba el *curaca* cañari Ullco Colla, muerto en la batalla, y donde Atahualpa acogió a Cusi Yupanqui con los brazos abiertos. Los dos entraron a los Aposentos en la mañana y se encerraron a beber chicha juntos toda la jornada. Nadie supo qué fue lo que Atahualpa le dijo con su labia, pero cuando los dos salieron de los Aposentos aquella noche, Cusi Yupanqui juraba por el *mallqui* del Inca Pachacutec que no pararía hasta ver derrotado y depuesto al inepto y a Atahualpa sentado en su lugar. Atahualpa, por su parte, anunció que esa misma jornada empezaba su ayuno de tres jornadas y los preparativos para ceñirse la borla sagrada, y que nombraba a Cusi Yupanqui Supremo Encargado de la Guerra, general por encima de los otros generales.

Los reparos a la designación por parte de Rumi Ñahui, Quizquiz y el mismo Challco Chima, que desconfiaban de todo aquel que no había participado en las campañas de Huayna Capac —sobre todo si era un orejón criado en la molicie del Cuzco—, no se hicieron esperar, pero Atahualpa persistió en el nombramiento. Había que reconocerlo: fue una excelente decisión. Cusi Yupanqui trazó las líneas generales de la guerra —empujar poco a poco la contienda hacia el Cuzco hasta forzar el enfrentamiento final con Huáscar lo más cerca posible de la *Llacta* Ombligo—, pero dejó a la discreción de los *yanacona-*generales los detalles de cómo llevarla a cabo. Cusi era un inca de sangre real, pero era obvio desde un principio que no tenía los engreimientos de los orejones cuzqueños, que no toleraban que les hablaran de igual a igual y se resentían por cualquier cosa (y encima hacían desplantes en pleno campo de batalla). Además, conocía bien a los generales cuzqueños que iban a enfrentar, pues había estudiado y alternado con ellos en la Casa del Saber del Cuzco e incluso había pasado su *huarachico* con algunos. Se notaba a tiro de piedra que haría buen uso de la formación de Espía del Inca que había recibido de manos mismas del Fértil en Argucias Chimpu Shánkutu. Finalmente, sus habilidades y destrezas resplandecían a la luz del odio que Cusi rezumaba contra Huáscar y los suyos, un odio puro y sin límite macerado por los jugos de una vida pasada a su servicio.

Se convino que Rumi Ñahui se quedaría con Atahualpa para garantizarle protección y que Challco Chima y Quizquiz y sus segundos Yucra Huallpa y Ucumari se encargarían de la campaña militar. Antes de que Challco Chima y Quizquiz partieran en pos de Ahua Panti el resbaloso y sus tropas remanentes, Atahualpa los reunió en un encuentro privado. Les pidió que, en la campaña que empezaba, respetaran la vida de todo enemigo que viniera en son de paz. Había que saber cosechar el descontento que el inepto había sembrado en toda la tierra y alimentarse de él. Cuando un ejército se rinda, les dijo, pónganlo enfrente de las tropas en la batalla siguiente. Mejor tenerlos delante que en la espalda. Así ustedes se ahorrarán hombres y pertrechos de guerra, los podrán vigilar de cerca y ellos se sentirán obligados a pelear bien para mostrar su fidelidad. Challco Chima y Quizquiz se miraron, sorprendidos: luego de sus tropiezos iniciales, Atahualpa mostraba buena puntería en sus dictámenes de guerra. Quizá se habían equivocado con él y la *mascapaicha* le calzaría bien sobre la frente.

No les costó hallar el rastro de Ahua Panti y lo que quedaba de su ejército. Se habían afincado a orillas del río Pomapongo, donde se habían juntado con el general Huanca Auqui, que venía desde el Cuzco con más de quince mil hombres frescos enviados por Huáscar. La fulminante arremetida de los generales apabulló a los cuzqueños, que fueron cediendo posiciones hasta que, no teniendo adonde más replegarse, se aventaron o cayeron al río, donde muchos se ahogaron. Ahua Panti y Huanca Auqui lograron, sin embargo, huir y se batieron en retirada a Cusibamba.

Lo que vino después fue una sucesión de enfrentamientos en que Challco Chima, Quizquiz y sus segundos aplastaban a las tropas de Huanca Auqui y Ahua Panti y las forzaban al repliegue. Así ocurrió en Cajabamba, Cajamarca —a pesar de que los de Huáscar fueron apoyados aquí por una fuerza adicional de ocho mil flecheros chachapoyas— y Cochahuaylla. Ahua Panti y Huanca Auqui no tuvieron más remedio que seguir retrocediendo hacia Cuterво, Cocota y las orillas del río Galumba. Cuando estaban a la altura del puente de Vilcachaca, llegó desde el Cuzco el general cuzqueño Llasca con un refuerzo de treinta mil guerreros, pero ni con su ayuda pudieron contrarrestar el avance avasallador del invencible, Quizquiz y los suyos. Llasca cayó al abismo y murió despatarrado y Ahua Panti el escurridizo y Huanca Auqui escaparon. A medio escape los cuzqueños se encontraron con el general Cori Atao que, con treinta mil hombres de socorro, venía de la *Llacta* Ombligo a reforzarlos. Pero, aunque los de Huáscar eran más y tenían el aliento fresco, fueron destrozados. Se retiraron a Pumpu, donde Quizquiz y sus tropas los alcanzaron y derrotaron de nuevo. Ahua Panti, Huanca Auqui y Cori Atao, aturdidos, se retrajeron a Hatun Jauja, donde recibieron el auxilio de ejércitos de huancas, yauyos, angaraes, chancas y soras, unos cuarenta mil guerreros en total. Venía con ellos el general Mayta Yupanqui, que traía desde el Cuzco diez mil guerreros más y la orden de jalarle las orejas a

Huanca Auqui y demostrarle con el ejemplo cómo se derrotaba a los *yanacona* de aliento inflado que peleaban en las filas de Atahualpa. Mayta Yupanqui no pudo demostrar nada. Challco Chima y Quizquiz deshilacharon sus ejércitos como ropa vieja en Yanamarca, cerca del tercer *tambo* de Hatun Jauja. Y él, Ahua Panti, Huanca Auqui y Cori Atao debieron huir otra vez hasta llegar a la boca del puente Angoyaco, donde se detuvieron para reponerse. El segundo Yucra Huallpa, el fiel Inga Mita y una cuadrilla de hombres de cuchillo se internaron en el puente durante la noche y, siguiendo las disposiciones de Challco Chima, mataron sin hacer ruido a los principales yauyos, que eran barrigones, y los despellejaron. El sonido denso de los tambores hechos con la piel fresca de sus barrigas despertó la mañana siguiente a Ahua Panti, Huanca Auqui, Cori Atao y Mayta Yupanqui que, estremecidos de horror ante la visión de los yauyos desbarrigados, levantaron sus ejércitos y se replegaron a Picoy, donde les dieron el encuentro los generales cuzqueños Inca Roca y Quilisca Auqui, que venían de la *Llacta* Ombligo con treinta mil hombres más. Juntos fueron a enfrentar a Challco Chima y Quizquiz. Prevenidos por sus espías de por dónde iban a pasar, Challco Chima y Quizquiz enviaron cuadrillas a las cumbres de los *apus* colindantes al puente Rumichaca y, en el momento en que los de Huáscar lo cruzaban, los cercaron por ambos lados. Cuando los ejércitos cuzqueños se arrimaban al centro del puente para defenderse mejor, las cuadrillas apostadas en las cimas de los cerros aventaron desde las alturas rocas gordas que desfondaron el puente, llevándose con él a gran parte de los guerreros. Quilisca Auqui fue capturado, pero Ahua Panti, Huanca Auqui, Cori Atao y Mayta Yupanqui lograron escabullirse de la emboscada. En su huida quemaron el puente de Vilcas para retrasar a los de Atahualpa y ganar tiempo. Challco Chima y Quizquiz, al no poder perseguirlos por el puente, dejaron sus bártulos, sus heridos, sus mujeres de guerra, sus concubinas y sus hijos pequeños y, ligeros de equipaje, dieron un veloz y largo rodeo por tierras soras y entraron por tierras chancas a Andahuaylas, donde los cercaron y, luego de un par de embestidas, los obligaron una vez más a replegarse. A escapar.

Una punzada ardiente dobla en dos al invencible. ¿Vale la pena seguir enhebrando estos recuerdos, continuar con los hilos dolorosos que les siguen?

Al regresar a Vilcas después de la nueva victoria para recoger a los que habían dejado atrás, se encontraron con un panorama sangriento: los heridos de su bando habían sido rematados, las mujeres de guerra —entre ellas, sus propias concubinas—, evisceradas y descabezadas, y los bebitos, rotos, abollados y desangrados a golpe de macana. Challco Chima y Quizquiz, tocados en lo más profundo de su pepa, se llenaron los ojos con la visión de sus cadáveres y, para no olvidarlos jamás, contuvieron las lágrimas. Juraron venganza. Por unos niños que habían logrado esconderse y salvarse de la masacre, supieron por dónde habían ido los malditos que habían violado la norma sagrada de no tocar a la retaguardia enemiga, de no meterse con los viejos, las mujeres de guerra y los niñitos de pecho. Con ayuda de unos pisteros del lugar les siguieron el rastro hasta que encontraron sus tiendas de campaña dos jornadas después.

Era un destacamento de doscientos guerreros, instalado en un rellano a la entrada de la selva baja, bien oculto por los ramajes, bejucos y lianas y la poca luz que se filtraba por las copas de los árboles altos de los contornos. En el mayor silencio que pudieron, se dividieron en tres grupos como las tenazas y la cola del alacrán y cercaron a los desgraciados. Cinco rondas de flechas bien lanzadas desde tres lados diferentes acabó con su precaria resistencia de mocosos entrados a servir turnos de guerra antes de tiempo. Como los sitiados no tenían a donde huir, se rindieron. Challco Chima no esperó hasta haber terminado de desarmarlos para preguntarles por su jefe, el dueño de la masacre que había transgredido las reglas de combate. Los cuzqueñitos señalaron al general Atecayche, él ha sido, él ha sido, diciendo. Atecayche se plantó frente a Challco Chima, sí pues, yo mismo he sido, le dijo, y no me arrepiento, *yana* sirviente de mochos, tú comenzaste este remolino de sangre con tus despellejamientos, tú te cagaste primero en las reglas de combate con tus ataques nocturnos, tus tomas de mujeres, tus mutilaciones y ejecuciones en masa, la guerra es la guerra, diciendo, ¿y ahora vienes a lloriquearme porque te imito?, ¿porque recojo tus escupitajos y te los embadurno en la cara?

El castigo que aplicaron a Atecayche fue acorde con la afrenta: le segaron las partes y se las metieron en los carrillos, le arrancaron los ojos y lo dejaron encerrado en una cueva para que se lo devoren los bichos de tierra. La crueldad extrema de la represalia no les mitigó el dolor. Tampoco les consoló cuando, para continuarla y llevarla a su fin, cortaron la acequia de la vida que irrigaba los cuellos de los doscientos guerreros bisoños de la cuadrilla enemiga y los dejaron desangrándose. El dolor de Challco Chima y Quizquiz sería irreversible. La guerra contra Huáscar ya no era solo un servicio que prestaban a Atahualpa. Era una represalia personal.

Poco recuerda Challco Chima de cómo terminó su campaña victoriosa. De cómo, después de andar persiguiendo a Huanca Auqui, Ahua Panti, Cori Atao y Mayta Yupanqui hasta el Ombligo del Mundo, enfrentó finalmente a Huáscar en el campo de Xaquijahuana, donde el inepto, alentado por los oráculos favorables de los *huacas* de Titicaca y Huanacauri, sobornados a punta de ofrendas y amenazas, había ido en litera con un ejército de solo cinco mil guerreros para, en uno de sus arranques de beodez, brindar un apoyo a los suyos que ninguno de sus generales le pidió. De cómo, en audaz arremetida contra las andas de Huáscar, lo capturó con sus propias manos, se vistió con su ropa, se sentó en su silleta y, haciéndose pasar por él, convocó a los ejércitos de Huanca Auqui, Ahua Panti, Cori Atao y Mayta Yupanqui a una trampa mortal. De cómo, cuando los hubo hecho jirones, festejó la victoria bebiendo sangre fresca de cadáveres enemigos, entre rugidos y manchándose las fauces, en el cráneo recién engastado del general Atoq. De cómo, con el aliento bruñido por el odio, entró al Cuzco con Quizquiz y el recién llegado Cusi Yupanqui —que había dejado a Atahualpa en Huamachuco, bajo la protección de Rumi Ñahui— y juntos entraron a las viviendas de los *amautas* de la *panaca* Capac *Ayllu*, los degollaron y quemaron sus *quipus*. De cómo violentaron el palacio en que moraba el *mallqui* del Inca Tupac Yupanqui y, después de orinarse encima de la momia vestida, le prendieron fuego, pasaron a cuchillo al sacerdote que hablaba por Él y a todos sus familiares, entenados y sirvientes. De cómo, finalmente, buscaron y encontraron en sus casas a los hermanos y las esposas de Huáscar y a los principales de la *panaca* Capac *Ayllu*, el linaje real de Tupac Yupanqui, mandaron plantar picas a los bordes del sendero que venía del Chinchaysuyo y, después de hacer arrancar los fetos de los vientres de las mujeres preñadas, empalaron a todos, prometiendo muerte larga y dolorosa a todo el que se atreviera a descolgarlos.

Su memoria se posa más bien en un incidente fortuito que le ocurrió poco antes de la victoria final, cuando en su pepa sedimentaba que haberse vengado de la muerte de sus concubinas y sus hijos nonatos no lo sacaría de la profunda desazón en que se hallaba.

Acababa de concluir una de las escaramuzas previas a la última batalla, los *quipucamayos* contaban a los muertos y las pocas mujeres de guerra que habían sobrevivido la masacre de Atecayche peinaban el campo en busca de heridos con aliento suficiente para ser transportados a las tiendas de la retaguardia. Una de ellas lo llamó: uno de los heridos que no habían podido transportar por la gravedad de su lesión pedía hablar con el Apu general en privado. Challco Chima, que jamás se negaba a los deseos de un agonizante que había peleado para él, acudió sin tardanza. El herido, que yacía en un pequeño charco de sangre a la orilla de una lomada cubierta de cadáveres enemigos, tenía una flecha en el vientre y respiraba a duras penas. Challco Chima se aprestaba a consolarlo y ayudarlo con palabras dulces a transponer el umbral a la Vida Siguiente, pero el agonizante lo interrumpió con un gesto de apremio, que pedía hablar a solas. Cuando la mujer de guerra se fue, el hombre habló. Puma invencible, le dijo, voy a morir pronto. Tú no me conoces, pero yo he sido uno de los mensajeros que recibía y entregaba tus mensajes al inicio de esta guerra. Hay algo que tengo que decirte, algo que tienes que saber. Yo fui el que puso en tus manos el *quipu* que dizque era de Huáscar, dijo entre vaivenes de su aliento. ¿Qué *quipu*?, preguntó Challco Chima. El que te ordenó presentarte en el Cuzco de inmediato. Ese *quipu*, dijo el malherido entre jadeos, no venía de parte de Huáscar, como sé que te dijeron. Atahualpa mismo me lo dio para que te lo entregara, amenazando matar a toda mi familia si no lo hacía. Con la pepa mojada de temor, cedí. Desde entonces he tenido esta carga, este servicio pendiente contigo. ¿Me perdonarás, mi Señor, dijo entre sollozos, por haberte cumplido demasiado tarde y fuera del turno debido? ¿Por haberte fallado?

Challco Chima asintió. Sostuvo la mano mientras el agonizante, con sonrisa de bebito recién cagado, terminaba de cruzar el Umbral.

Mientras regresaba a su tienda, calibraba el peso de la revelación. Si la convocatoria al Cuzco que había recibido —y que había decidido su entrada en la guerra— era falsa, era más que probable que las de los otros generales *yanacona* tampoco provinieran de Huáscar, que hubieran sido tejidas por Atahualpa. Con la sangre embalsándose en las acequias de sus sienes, desvió la caminata hacia la tienda de Quizquiz para contarle lo que acababa de descubrir y tramar junto con él la represalia más apropiada contra el mocho. La ira fue cediendo con cada uno de sus pasos para dejar lugar a la risa. Una carcajada prolongada, agria y honda como la mentira que le había dado origen.

Atahualpa había logrado engatusarlo a él y a los otros generales para forzarlos a entrar en su guerra por la *mascapaicha*, una guerra a la que Huáscar ni nadie los había llamado. Ante una situación adversa y extrema, había actuado con presteza, habilidad y falta de escrúpulos y se había hecho con la victoria.

Había actuado como un Único Inca.

Cambió de rumbo. En lugar de ir donde Quizquiz —a quien no diría nada, como a ninguno de los otros generales *yanacona*— fue a una cueva cercana, cerciorándose de que nadie le seguía. Protegido por la oscuridad, juntó piedras y las puso en rumas: una ruma por mujer y una piedra de la ruma por cada hijo muerto. Se arrodilló ante ellas y lloró. Largo y tendido, por primera vez desde que partieran a su Vida Siguiente, lloró. Por el futuro que se abría con el advenimiento del nuevo Único (que no compartiría con ellos). Por la victoria inminente del mejor. Por la sangre de los vencidos aún por derramar.

Por su soledad.

Cuerda de séptimo nivel (adosada a la de quinto nivel): marrón tierra removida, en Z

Las dos siluetas —que deben haber entrado en la habitación mientras él dormitaba, sumido en los recuerdos— se le acercan con cautela. Logra cernirlas cuando cruzan los senderos de luz que se filtran por las cortinas de cabuya, que enmarcan sus rostros.

—Mi Señor Sutu quiere saber dónde está el oro que tienes escondido —dice el chiquillo tallán.

Challco Chima, sentado en un taburete de madera adosado a la pared, examina fugazmente al extranjero que lo observa: un barbudo de los que rodearon al Joven a su llegada y le dieron la bienvenida.

—Todo el oro que tenía ya se lo entregué a tu Señor Apu Donir Nandu —dice, suspirando de impaciencia—. Tú estabas ahí.

—No le entregaste todo.

—¿Quién dice?

—Mi Señor Sutu tiene una piedra transparente que descubre las mentiras. Su piedra le ha dicho que estás mintiendo.

—Dile que la frote bien y mire de nuevo.

El tallán traduce. Sutu replica palabras ásperas en barbudo.

—Dice mi Señor que si no dices de una vez dónde está el oro que tienes escondido, te vas a arrepentir.

—Tú eres tallán ¿no?

El tallán trastabilla con la mirada: sí.

—¿Por qué estás con estos? —la barbilla del invencible apunta a Sutu—. Atahualpa los ha tratado bien a ustedes.

Un ofuscado rubor asoma en las mejillas del tallán.

—Eso no te importa.

Sutu interviene. Intercambia breves gárgaras con el tallán.

—Dice mi Señor que, por última vez, si no dices dónde está el oro que tienes escondido, te vas a arrepentir.

—Dile que, por última vez, ya le di a tu Señor Donir Nandu todo el oro que tenía. Que si quiere encontrar más, vaya y se lo pida a los sacerdotes de los templos sagrados que lo tienen enterrado. No a mí.

El tallán se vuelve a Sutu y bota un nuevo chorro barbudo por la boca. Sutu se acerca a Challco Chima hasta estar en su delante. La piel lisa y sonrosada de sus mejillas —que daría un buen par de tamborcitos— se ahueca en dos hoyuelos: sonríe. De pronto, da un patadón lateral a las patas del taburete en que está sentado el invencible, haciéndolo caer. Un ardor punzante en la barriga de Challco Chima: las instrucciones de Cusi Yupanqui le prohíben patear las piernas del barbudo, hacerlo caer y, ahora al mismo nivel, matarlo a puñetazos. Con un súbito puente de piedra sobre sus cejas negrísimas, Sutu le indica con un gesto de la mano que se levante. Challco Chima obedece. De un empujón, Sutu lo vuelve contra la pared y le jala las manos a la espalda. El invencible se deja hacer, escucha el sonido resbaloso del *amaru* de metal desperezándose en las manos del barbudo, siente los anillos fríos de la bestia enroscándosele con saña en las muñecas, en los antebrazos.

—¿Fuego? —le dice Sutu al oído en *simi*—. ¿Fuego estás queriendo?

La sorpresa de oír al barbudo echar palabras en el Idioma de la Gente lo toma a contrapié —¿cómo?, ¿de quién habría aprendido?— y no puede cernir su orden, su significado. Sosteniéndolo por detrás, Sutu lo conduce a empellones fuera del galpón, seguido por el chiquillo tallán.

La luz abrupta del Padre lo ciega y debe entrecerrar los ojos en medio del tráfago de vociferaciones de Sutu a los guardias. Logra distinguir a dos de ellos que parten, uno a la calle que se dirige a los depósitos de Cajamarca y el otro a uno de los galpones vecinos. A los demás los siente en su detrás, empujándolo por turnos hacia la esquina despejada del pampón en que yace el palo grueso y denso de hombre y medio de altura que usan los sacerdotes para calar, siguiéndole la sombra, el tránsito del Sol a través de la jornada.

—¿Dónde oro? —balbucea Sutu en *simi* precario—. ¿Dónde?

El guardia que fue al galpón vuelve con una soga larga de cinco dedos de ancho y la entrega a Sutu. Sutu amarra al invencible al palo solar, ciñendo las serpientes a sus brazos y los brazos al palo hasta hacerle doler, mientras suelta una cabellera de palabras barbudas en tono amenazante.

—Dice mi Señor que te va a hacer doler mucho si no hablas —traduce el tallán.

—Dile que soy uno de los guerreros que ganó las guerras del Inca. Que si me lastima, el Único se enojará y tomará represalia contra él.

El tallán traduce lo dicho. Sutu usa su pecho como fuelle de tripa de llama —está riendo— y replica.

—Dice mi Señor que ha sido el Inca mismo el que le ha dicho que te pregunte por el oro y te saque la respuesta como mejor le parezca.

—Mentira. El Inca no puede haber dicho eso.

El tallán traduce. Sutu se queda mirando al invencible, se vuelve al guardia que vino del galpón y le suelta un torrente peludo. El guardia empieza a dirigirse con paso rápido hacia la calle que da a la plaza.

—Atabalipa aquí —dice Sutu en tono confiado—. Ahora. Ahora.

Un rescoldo de brasa adormecida vuelve a encenderse en la barriga del invencible.

El guardia que había partido tomando la calle de los depósitos regresa jadeante, seguido por diez *yanacona* de servicio cargados de rumas de leña y bolas del paja, altas como medio hombre. Sutu les señala, moviendo la mano en círculo, la zona al pie de Challco Chima. Uno por uno, los *yanacona* apean su carga, dando al invencible vistazos fugaces entre horrorizados e incrédulos. Retornan a paso rápido, corriendo casi, por donde vinieron.

Sí: el dolor perpetuo en la barriga y sus problemas para dormir le habían prevenido, su pepa no lo había estado engañando todo este tiempo: venir aquí había sido un error.

Demasiado tarde. Mientras los guardias amoldan la paja y la leña en el suelo con práctica visible, un puño cerrado de barbudos —una veintena— cruza en tres filas la esquina de la calle que viene de la plaza y dobla hacia aquí. A distancia de habla, los barbudos de la hilera delantera se apartan a ambos lados: el puño se abre. Atahualpa surge de su palma, seguido de cerca por su Recogedor de Restos, el Búho que Canta. Camina a la derecha

678

del Inca uno de los barbudos viejos —el no tuerto— que le dio la bienvenida a la comitiva del Apu Donir Nandu a su llegada.

—¿Qué pasa aquí? —pregunta Atahualpa con una máscara severa en el rostro.

La pregunta no se dirige a nadie en particular, pero Challco Chima se apresura a responderla. El tallán traduce para los barbudos todo el intercambio de palabras.

—Único Inca. Este barbudo quiere incendiarme para hacerme decir dónde está el oro que falta. Dice que tú le diste permiso para que lo hiciera.

—Yo no le di permiso de nada. El barbudo me preguntó si sabías dónde estaba el oro que falta para pagar mi rescate y yo le contesté que no. Que si quería confirmarlo, te preguntara él mismo.

—Único Inca. El barbudo te ha entendido mal. Cree que yo sé dónde está el resto del oro. Dice que una piedra transparente se lo ha dicho y quiere usar el fuego para hacerme confesar.

Atahualpa sonríe.

—Esa también quisieron hacérmela a mí —baja la voz hasta que es apenas un hilo de sonido—. Ya conozco sus poderes y *sé* que no tienen ninguna piedra transparente.

—¡Único Inca! —dice Challco Chima con desesperación—. ¡No importa si la tienen o no! ¡Yo he visto la mirada del barbudo y *sé* que, si no intervienes, va a pasarme por el fuego! ¡Por la momia viva de tu ancestro el Inca Pachacutec, dile que se detenga, que te consta que hablo con la verdad! ¡Te lo pide el guerrero al que debes la borla sagrada que llevas en la frente!

Pulseo de miradas entre Atahualpa y Sutu.

—No te hará nada —murmura el Inca, sonriendo—. No puede. Se rindió ante Mí en el último juego de los Incas hermanos que jugamos.

—¡¿…?!

—Es un juego barbudo donde el vencedor adquiere poder sobre la pepa del vencido. Él se rindió antes de que lo derrotara. Tú eres un general de mi ejército victorioso, así que no puede tocarte.

El Inca avanza hacia Challco Chima —que aún no logra hacer nudos con las palabras sin cabo del Único— hasta estar a distancia confidencial.

—¿Y? —dice en un susurro—. ¿Ya cumpliste mi encargo?

Silencio invencible de siete latidos.

La frente de Atahualpa se pliega, expectante. Al cabo, su rostro se ablanda. Su voz adquiere un tono amistoso.

—Te perdono —dice—. Pero apenas los barbudos te aflojen el cautiverio como a mí, centra tu pepa en el servicio que te encargué.

El Inca se da la vuelta y empieza a alejarse del pampón sin mirar hacia atrás, acompañado por el Búho Que Canta, el Barbudo Viejo de cara chupada y su escolta. A menos de veinte pasos, el grupo se detiene. El Búho trueca palabras en voz baja con el Inca, Le hace una venia y regresa sobre sus pasos hacia el palo en que yace atado Challco Chima. El Inca prosigue su camino hacia la calle que da a la plaza, seguido por el resto de su séquito.

Mientras tres guardias untan con aceite del pantano la leña y la paja acumulada, el Búho y Challco Chima intercambian miradas. En su rostro horadado por el Mal asoma una profunda compasión.

El invencible toma aire. Nunca logró aprender las plegarias que trataban de enseñarle de pequeño y por eso tararea en su adentro una canción humilde de desbroce de acequias que cantaba de niño para reconfortarse cuando se extraviaba de noche. Sabe que el Señor Pachacamac, Padre de todos los Padres, será indulgente con la sustitución.

Sutu coge una de las antorchas encendidas colgadas de las paredes y, acompañado del chiquillo tallán, se acerca a Challco Chima, un flujo de palabras peludas saliendo de su boca.

—Mi Señor te pregunta por última vez —traduce el tallán—. ¿Dónde está el oro que tienes escondido?

Challco Chima traga saliva: está listo.

—Ya te he dicho todo lo que tenía que decir.

El chiquillo tallán traduce la respuesta. Sin mediar respiro, Sutu pone la punta de la antorcha en la base de la hoguera. Un bramido sordo estalla a los pies del invencible y una ráfaga de aire tibio le lame la piel en su huida asustada hacia las nubes. Una súbita cortina de fuego de medio brazo de alto se alza a su alrededor. El dolor que lo fulmina proviene de las piernas, pero trepa por su cuerpo como una hiedra voraz. Sus muslos se tensan, se contorsionan. Tarda en reconocer el grito no humano que perfora las paredes como suyo, en atribuir este olor espeso a grasa derritiéndose a su propia carne chamuscada, sácame, barbudo, sácame de aquí, sus muñecas lacerándose más hondo con cada sacudida de sus brazos contra los anillos de metal, su corazón golpeando con todas sus fuerzas las puertas de su pecho para salir vivo de su encierro, sácame y te digo dónde está el oro de mierda que me pides. Sus ojos asfixiados por el humo no logran ver las manos que apartan la leña hacia los lados suspendiendo su suplicio, pero reconocen el espejismo de bordes de vapor que se tiende en su delante —la silueta inconfundible de Sutu—, su voz chillona —dónde oro, dónde— machacándole los oídos. El invencible suelta la retahíla de medias verdades y verdades inofensivas que tenía preparada: el oro lo tiene Quizquiz, lo tiene el Supremo Sacerdote Solar Vila Uma, lo tienen las momias de los Incas, lo tienen los sacerdotes del *Coricancha*, los *runacuna* que hacen turnos en las minas del Inca, los orfebres… Una larga gárgara del chiquillo tallán traduce lo dicho a la lengua peluda. Después de un espeso silencio, dos flechas ardientes vuelven a atravesar al invencible desde los talones hasta la coronilla: Sutu ha vuelto a poner la leña encendida debajo de sus pies —ellos no, dónde *tú* escondiendo oro. Su cuerpo se remece en convulsiones, su espalda y sus brazos se ensanchan y de sus poros brota un denso pelambre dorado que, mojado por el sudor, lo protege del fuego barbudo, le salen cola y garras y, juntando aire, suelta su rugido de guerra, ahhhhhhhhhhhhhhhhhhhhhhhhhhhh, fresco como brisa de *puna*, y con la sola fuerza de mi pecho reviento mis cuerdas de metal, salto a tierra, le doy un zarpazo bien dado a la cabeza del barbudo, chaass, que la arranca de su cuello y se aleja toc toc toc, dando botes como poronguito, jua jua jua me río y comienzo a correr, tucutún tucutún tucutún a correr por el pampón, por la calle lateral, por la plaza de Cajamarca mientras los otros barbudos, que estaban distraídos tratando de volver a juntar la cabeza de Sutu con su cuello, se vuelven hacia mí y empiezan a perseguirme, y les voy sacando distancia y le doy el alcance a Atahualpa, que se ha alejado de su séquito barbudo, y él voltea, qué pasa aquí, diciendo, y yo me volteo y me tiro un pedo apestoso en su cara, huele Inca de mierda, que venga y te rescate tu mamá carangui, y a zancada limpia me escabullo entre las hordas de barbudos que llegan del pampón y ahora vienen hacia aquí, no podrán atraparme, hijos de *pampayruna*, trepando estoy ya a las cuevas fúnebres de Otuzco donde me espera un perro que me dice bienvenido y me lame con cuidado las heridas, y el ardor de mis patas se diluye y se apaga el fuego perpetuo de mi panza, y entonces el perro me conduce por un *huricoc*, una acequia de aguas subterráneas por debajo del Mundo, y buceamos, buceamos, y el perro saca su hocico por la boca de un manantial, da un vistazo alrededor y me dice no, todavía no hemos llegado, y seguimos buceando, y salimos de nuevo pero esta vez por la boca de una cueva, y en el fondo está el general Atecayche, las hormigas saliéndole por las cuencas vacías de su cráneo, ahora ya sabes cómo es, diciendo, ya aprendiste, y me devuelve a mis mujeres y a mis hijos, que se han inflado de nuevo de aliento y han vuelto a la vida, y ya estoy abrazando a cada uno con todas mis fuerzas, dónde se habían metido, pero el perro me jala la cola, tenemos que seguir, diciendo, no hemos llegado todavía, y seguimos buceando, y llegamos a una boca de tierra y salimos y es el pozo de agua de la plaza de Vinchos, mi pueblo que no he pisado desde *huahua*, y ya estoy en mi casa de chico, y no está nadie de mi familia, solo el antiguo Inga Mita con su pecho machucado y su atuendo de escolta, cómo has estado, Umutucha, diciendo, y más allacito está la mujer comeperra de mis sueños con un *machaqway* de tres puntas en la mano, sonriéndome, y viene y me la entrega y yo la lanzo, *challco chimaaaaaaa*, gritando, el eco repitiendo chima chima chima, y la serpiente de lanas multicolores surca el cielo a todo lo largo y lo recibe el Padre Que Todo lo Ilumina sonriendo con Su Luz, y la mujer se coloca en la posición de la vicuña y yo la monto, y su hueco ya no despedaza mi tuna —encendida de nuevo con potencia, como en el cénit de mi juventud—, me la acaricia más bien apretándola como un guante untado en su adentro con savia de maguey, y siento una presencia y giro la cabeza y ahí está, mojando con su sombra todo el valle, mi hermano de combate Rumi Ñahui, por fin llegaste, hombre de guerra, diciendo, te estuvimos esperando, y mi segundo Yucra Huallpa, a su lado, se adelanta y me entrega una vara de madera de *molle*, y yo la hundo en la tierra hasta el fondo, aquí comienza el tiempo de voltear el Mundo de nuevo, rugiendo con toda mi voz, aquí se funda por fin el Ombligo de la Era de los *Sinchis*.

Segunda cuerda: blanco oscuro entrelazado con celeste añil, en Z

Alguien viene a verte, Duñainés, me dice la vieja *yana* de servicio que me asignó mi hermano Atahualpa para que me sirva desde que me regaló en matrimonio.

¿Quién será? Una de mis «primas» huaylas, seguro. De esas convenidas que no han parado de aparecer desde que me casaron y solo vienen a fastidiar, tú que eres esposa del Ganso Viejo, paisana, diciendo, pídeme esto, pídeme esto otro a los barbudos como si fuera de tu parte, que a ti te hacen caso, ¿lo harás?

Dile que no estoy.

Está insiste que te insiste, madrecita, dice la vieja. Dice que es tu amiga del *Acllahuasi*. ¿Qué le digo?

Aguaito por el mirador. Ahí estás tú, con tu camiseta de lana burda y el tocado marrón caca que te obligaron a ponerte. Tu atuendo de *pampayruna* que quiere rebajarte y, achacáu, solo te aumenta lo bonita.

Dile que pase.

Entras. El taburete en mi delante está vacío, pero te quedas paradita en silencio al lado del umbral, con tus bracitos cruzados y tus ojitos de *taruca* mirando al suelo, llenecitos de vergüenza.

Cómo has estado, Shankaticha. No he sabido nada de ti desde que te violaron, decirte con mala entraña. Pero cómo me vas a escuchar, si esto que te digo te lo digo en mi adentro.

Shankaticha, mamacita, tiempo que no nos veíamos. Y luego mirarte el atuendo poniendo cara de zonza, como si no supiera: ¿qué haces con esa ropa?

Vienes corriendo, te agachas, te arrodillas en el suelo y me besas los pies. Tus lágrimas se me empozan entre los dedos haciéndome cosquillas, pero me aguanto la risa que se me sale.

Te ayudo a levantarte.

Shankaticha ¿qué te ha pasado?

Me cuentas todo. El nauseabundo sapo manteño te forzó. El Inca, apenas se enteró, te sacó a patada limpia de su serrallo maldiciéndote por haberte dejado ensuciar, te prohibió que volvieras a pisar los Aposentos y te mandó a servir de *pampayruna* en las chozas del fondo de los baños de Pultumarca. Hace dos y medio atados de jornadas que sirves: cualquier funcionario del Inca convocado a Cajamarca a cumplir con sus turnos tiene derecho a desfogarse contigo cuando quiera. Como quiera. Cuanto quiera.

Tu tez lisa se arruga hasta convertir tu cara en una máscara fúnebre, bellísima, aunque hecha para mostrar el verdadero sufrimiento.

Hasta los barbudos vienen, dices. Y son peor. Cuando solo están las demás y no tú, les gusta meterse con dos o tres mujeres a la vez. Pero cuando estás tú, se olvidan de las otras y hacen fila para estar contigo. Te agarran de a dos a la vez. De a tres. De a cuatro. Y te jalan del pelo o te pegan o te patean si no les gusta cómo te mueves, cómo los tocas, cómo los chupas.

Sollozas: dos quejidos agudos, compactos, saliendo de tu garganta de venado. Dos gotitas perfectas de rocío salado cayendo por tus mejillas.

Son asquerosos, asquerosos, dices.

Tu mirada se sume en un silencio pesado, de abismo. Se endurece poco a poco como una suave capa de hielo. Te limpias las lágrimas como quien aparta un velo que no te deja ver bien.

Sabes que estás sucia, dices. Que una mujer manchada por leche que no es Suya ya no es digna de ser tocada por el Inca. Así como respetas Sus designios para el Mundo, respetas Sus designios para ti. Pero ¿y si *alguien* Lo convencía de que Se desvíe y te cambie de servicio?

Tus ojos alzados. Hacia mí.

¿Podía hacerte un favor, Señora Huaylas?, me preguntas.

Dime.

El poderoso Apu Machu Dunfran Ciscu era mi esposo. ¿Y si yo le pedía que lo convenza al Inca de que te saque de *pampayruna*? Con ayudar en la cocina a las *mamaconas* (sabes salar y rellenar el pescado como nadie), hacer de llorona en los entumbamientos, cantar bailando *taquis* en las fiestas sagradas o hacer de mujer simple de servicio te conformas. Y si se puede (pero no importa si no se puede), tú sabes contar historias desde chiquita. Puedes ayudar a los viejos que las enhebran a recoger en *quipu* las que has aprendido. Las que vienen de tu pueblo tallán, las que vienen del Chinchaysuyo, las que vienen de cualquier parte. ¿Qué te decía? ¿Podía colaborarte con eso?

Juego con mi prendedor de plata: me lo pongo en la *lliclla*, me lo quito, me lo vuelvo a poner.

¿Qué tanto tienen de asquerosos?

Tu carita preciosa contrayéndose: ¿qué he dicho que no has entendido?

Que qué tienen de asquerosos los barbudos. Yo soy su *Coya* y me acuesto con su *curaca* todas las noches. Dime qué tienen de asquerosos que una *pampayruna* como tú —porque *pampayruna* eres, mamacita, sino no lo habrías provocado al feto manteño ese que te violó— no se quiere rebajar a acostarse con ellos.

Te quedas plantada en tu sitio, mirando mis labios como si fueran de *supay*.

Esos a los que sirves. ¿Por qué calles de la vida andan?

Me ves con cara de cuy que no logra encontrar el hueco de su casa.

Esos a los que te tiras ¿son jóvenes o viejos?

La mayoría de los incas va por su cénit, me dices despacito bajando la mirada de nuevo, con chapitas apareciéndote en las mejillas. Con los extranjeros no estás segura, pero parece que son casi todos jóvenes.

Mis uñas se hunden en mis brazos cruzados.

¿Y cómo es?

¿Cómo es qué?

Que te agarren barbudos forzudos, bien despachados, con todos sus dientes. Por tu culpa, yo uso los juegos de amor que me enseñaste solo para Ganso Viejo. Me abro de piernas para él, su tuna agrietada le mamo si no se le despierta. Lo ayudo a que acabe si él solo no llega a regarme con su leche. Y cuando se ha saciado, a su lado duermo soportando su olor a momia fresca, a orín. Por tu culpa mi Señora Mama Contarhuacho viene a preguntarme todas las jornadas y le contesto no, mamacita, todavía no le he sacado un hijo al Barbudo. Por tu culpa tengo que hacerme la contenta ante las Señoras principales huaylas que vienen a visitarme por la suerte que me tocó de haber chapado al Inca Barbudo para mí. Esconderles que me importa un grano de *choclo* parir un Inca huaylas para dárselo a nuestro pueblo. Que ando de *huaca* en *huaca* haciendo ofrendas a ver si alguno se anima a chuparle su aliento al Ganso Viejo y lo manda derechito a su Vida Siguiente y así me quito la carga de la espalda de una vez y ya no tengo que aguantarme las ganas de vomitar cada vez que me pone sus manazas encima.

Y sigo hablando, pero no oyes nada porque ya te fuiste.

Tercera cuerda: gris teñido de rojo entrelazado con celeste añil, en Z

Me he enterado, Sin Par Inti Palla, que un día en tiempos recientes había un chiquillo que vivía encerrado en una casucha. Un día vio un poronguito *viejo tirado en un rincón. Como estaba sucio, lo frotó para sacarle lustre. Hubieras visto la cara que puso cuando de la boca del* porongo *salió un montón de humo que no le dejó ver nada y después un Hechicero con un tocado enorme como esos que usa el Inca para esconder la oreja que le falta.*

El Hechicero estiró los brazos y las piernas y, agradecido por haberlo liberado, le dijo al chiquillo que pidiera un deseo.

Me he enterado, Sin Par Inti Palla, que el chiquillo pensó en ti. Que recordó que por tu culpa desde hacía veinticinco jornadas se encontraba en esta casucha oscura, fría y horrible de las afueras de Cajamarca, donde el Gobernador Don Francisco lo había enviado para protegerlo de los asesinos del Inca que andaban buscándolo para matarlo. Que eras tú quien lo habías acusado después de la primera y única noche de amor que tú y él pasaron juntos, diciendo a todo el mundo que él te había forzado cuando lo único que él había hecho era darte gusto tomándote según las costumbres enrevesadas de tu pueblo. Que Dios Todopoderoso, el huaca barbudo, seguro te había castigado, pues el Inca, apenas te quejaste con él, dizque te despreció y te mandó a las chozas de Pultumarca a que te dejaras agarrar por quien quisiera hasta que se te acabaran los respiros.

Me he enterado, Sin Par Inti Palla, que como el chiquillo se quedaba callado y seguía sin decir cuál era su deseo, el Hechicero le dio un pellizcón en el cachete y le preguntó de nuevo. Dicen algunos que él pidió una vida larga y próspera, con muchos hijos y sirvientes. Dicen otros que él pidió muchas mujeres y un miembro grueso y hábil para satisfacerlas. Pero yo sé que fue otro el deseo que pidió.

—Señor Hechicero —dijo el chiquillo—. Solo deseo que liberes a la Sin Par Inti Palla de su servicio de pampayruna.

Cuerda secundaria: gris teñido de rojo, en Z

Sacan a Felipillo de sus desvaríos y ensoñaciones vnas pisadas que se allegan fasta aquí. No logra la lluvia çeRada de la tarde ahogar su bulliçio salpicante.

Salta el coraçón del faraute: ¿eran aquí por fin los sicarios de Atao Uallpa que le acosan? ¿doblegarían a la guardia e le matarían?

Detyénense las pisadas a la entrada. Monta vna boz reçia y escura de christiano entrado en años que Felipillo conosçe bien. Vna boz axada por el uso que se pone en rraçones con las de Porras, Maldonado y Aldana, los çeladores a quyen, por mandato de don Françisco, toca oy guaresçer el bohío en que se oculta el faraute de los ataques enemigos.

No es menester que se abra la puerta para que sepa Felipillo quyén es.

—¡Don Diego!

CoRe de alegría el faraute le abraçar, pues no le výa desque la güeste de don Françisco se partiesse dél en Panamá, dos años enteros passados que semejan siglos.

—¡Quieto aí! —dize Don Diego de Almagro, de pie en el unbral—. Por Dios y todos los santos, Felipillo. Apestas peor que dies ratas muertas —apriétasse las nariçes—. Alínpiate y adereça tus aparejos que te uienes comigo.

Un calofrío desmonta rabdo el espinaço del faraute.

—No puedo quitarme de acá, Don Diego. Me tyenen en este bohío por horden de don Françisco.

—Lo sé —sonrýe con yntinçión—. Ya me contaron que forçastes la concubina fauorita del Rey yndio y que te busca para tajarte la caveça.

—¡Yo no la forçé, don Diego! ¡Yo no la forçé!

—Aquella no es mi hazienda, Felipillo. Que sigas syn descaveçar, sí es. Ya hablé con el Gouernador y él otorgó de grado que te partas dél y passes a mi seruiçio. Que dize que con Martinillo le basta y sobra para sus traslados.

Íncase de inojos el faraute.

—Don Diego, no me saques —dize con ilos de agua manándole de los oxos—. El Rey Atao Uallpa quyere mi muerte cruel. Si aprehende que soy quito, porfiará en tomarme catiuo, atormentarme con muy mucha dolor e aRebatarme la uida.

Cata Don Diego al faraute con el solo oxo que le queda.

—No te cures del Rey Atabaliba que yo te protejeré dél y los que despache contra ti. Ninguno no podrá te cometer desaguisados myentras yo aliente. Vna sola cosa te demando y te ganarás mi defendimyento.

Apártasse las lágrimas Felipillo, en atendiendo lo que sigue.

—Sé mi lengua y traslada para mí.

Cuerda terciaria (adosada a la secundaria): gris teñido de rojo, en Z

Los traslados solo son de madrvgada y al cabo de la noche. En aquellas oras deve Felipillo passar al *simi* las hórdenes de Diego a los seruientes que le acoRen a vestirse, a los que le siruen de comer, a los que le cargan los bultos. Nvnca faltan seruiçios nueuos para los *yanacona* que uienen a offreçérsele, pues para Don Diego, como para los demás christianos, es de moros y jvdíos hazer cossas con las manos.

Salido el Sol, pártese Almagro a las casas alueñadas de la plaça do se haze la fvndiçión del oro y la plata del rrescate del Inca. Aconpáñanle don Rodrigo de Orgoños, su braço e oxo derechos, e Felipillo, que no se parte de su nueuo señor ny a la ora de mear, aya o no aya traslado de por medyo.

Dvrante la mañana, cata don Diego cómo el Contador Real Antonio NauaRo escriue rrelaçiones de lo traýdo en los cargamentos que uienen de aRibar, en preçençia del Veedor García de Sauzedo e del Tesorero Alonso Riquelme. Si en março e comienços de avril heran ralos e espaçiados los cargamentos e no se esforçauan los Offiçiales Reales, desque bolbiesse don Hernando PiçaRo a Caxamarca con el oro e plata de Pachacamac, Hatun Jauja y aldeRedores, se uen con el travajo rredoblado e poco tienpo para holgar.

Ante ellos passan ileras de uasos, cántaros, çenefas, çarçillos, collares, cvchillos, estatuas, braçaletes y dixes, que no paresçen auer fin. Acauada la qüenta del día y puesta en pliegos de escreuir, que NauaRo guarda como si fuessen el tuétano de su alma, haze el Contador entrega de las pieças a los yndios artesanos que, so tutela del fundidor mayor Pedro Pineda, las funden en la hornaçina ynprovisada a ese fin e llenan con el líquido vnos moldes en forma de baRas.

Mvchas estatuillas de labrado finísimo dan gemidos e se rrebuelben en el fuego antes de dar su último sospiro. Estrújase el coraçón del faraute de uellas. ¡Quánto amor e yndustria auían puesto en ellas sus artífiçes! ¡Quánto tienpo, quánta paçiençia gastados en balde! ¡Quánto más travaxoso era hazer que deshazer!

Después de la merienda, quando las baRas se han enduresçido pero ahún no acauan de enfryar, el artesano marcador les pone la marca del Rey. Pesa el artesano aqvylatador en sus balanças las que se fvndieron la jornada preçedente, prestas para ser portadas. NauaRo apunta, haze las quantías y calcvla la quinta parte, que yrá a parar a las arcas del Rey, y que Riquelme aparta del rresto del botín.

Pero la mirada acuçiosa de Almagro solo se pone en Pineda de luengo de las jornadas, que no en los Offiçiales Reales.

Vn día Pineda se allega dél.

—¿Qué tanto me catáys, don Diego?

—Al oxo del amo engorda el cauallo, Pineda.

—¿Pençáys acaso que voy a sustraer baRas para mi persona? ¿Me tomáys por vn ladrón?

—Syn affrentar, Pineda. Vos soys de la conpaña del Gouernador PiçaRo e le amáys e servís con agradeçimyento. Buestro lijítimo amor puede hazervos olvidar que, en las faenas del thesoro, auéys dos amos en lugar de vno.

—Pues de poca pro vos es veer que el cavallo engorde, si el çuçodicho no vos pertenesçe.

—Cantad claro, Pineda. Como los honbres.

—Y claro canto, don Diego. Que ny buestra merzed ny los que han uenido en su conpaña no Resçebiréys ny vn solo peso del thesoro de Atabalipa.

—¿Quyén dize? —lleua Almagro la mano hazia el mango de la espada—. ¿Vos?

—Yo no digo. Yo solo rrepito.

—¿Y a quyén rrepetís, si saber se puede?

Señala Pineda los techos de paxa trençada de vna casa grande de piedra polida que se leuanta al lado de la plaça. El palaçio do afinca don Françisco.

Baxa Almagro a la morada del Gouernador enbravesçido e masticando vituperios. Síguenle el leal Orgoños y Felipillo, que no se sale de la sonbra de su señor.

El Gouernador, que haze la merienda con su ermano don Hernando y con Hernando de Soto, les resçibe con amabilidad. Yntrígasse el faraute de veer a los dos Hernandos congregados en buena jvnta, pues fasta donde él sabe, andauan querellados. Don Hernando PiçaRo auía quitado la palabra a Soto desque aqueste pusiesse tormento de fuego al guerrero Challco Chima ha casi vn mes. El ermano del Gouernador, que auía dado la horden de no tocar al catiuo, se allegó al sitio del tormento justo a tienpo para saluar la uida del jefe yndio. Quando Don Hernando PiçaRo pudo estoruar el fuego, aqueste auía comido las carnes de los pies de Challco Chima, que yazía syn sentido, e le lamía ya la de la piernas. Desde estonçes los dos Hernandos no se hablauan. Hasta agora, que se passan entre pláçemes el pan.

Syn parar mientes en la preçençia de los capitanes del Gouernador, desbócase don Diego con don Françisco, que le responde agramente y con palabras afiladas. Comiença el altercado.

Por lo que entiende el faraute de sus fablas, quyere don Françisco hazer rrepartimyento del thesoro de Atabalipa solo entre los que prendieron al Inca. Dize seguir en esto la ley antigua que rrige los rrescates de los Reyes catiuos. Dispútalo don Diego.

—Dizen que el que las sabe las tañe, don Françisco —dize Almagro al Gouernador—. Bien sabe Dios que yo he tañido, y tañido bien. He adobado y aparejado nauíos. Juntado he jente e cavallos en Tierra Firme, en Panamá como en Nicaragua. Passado he desauenturas y anbres, echado espadas y rodelas contra yndios donde fue menester. En ello se me an partido no solo grandes dineros como a Buestra Merzed, tanbyén tres dedos de la mano y un oxo de la cara —e muéstrale las falanjes que no están e la escura oquedad de su oxo absente, perdido en vna rrefriega al comienço del byage segvndo—. ¿Qué ha de atañer que no fuesse yo preçente en Caxamarca y tomasse al Inca con mis propios braços, si proveí los buestros para que lo hiziésedes?

No ualen rraçones. El Gouernador no da su braço a torçer. Tanbyén no lo da Don Hernando PiçaRo, que rreplica a don Diego con crueça. Los de Almagro no se auían puesto en estrechos como ellos. En la uida no mamaua el que lloraua sino el que aRiesgaua su pellejo. Don Diego no se auía quebrantado la salud con la dolençia de las beRugas en Coaque ny lazerado las carnes en los pantanos de Tunbez ny puesto a gran peligro por prender a Atabalipa en Caxamarca, como ellos.

La contienda contynúa esa jornada y las syguyentes, e monta en aspereça. A su calor vanse don Françisco e don Diego de crudas bozes el vno contra el otro vn día sí vn día no. Solo con dylaçión se serenan, y a penas dvras, que ya no ay Bartolomé Ruyz para mudalles el pelo malo e detenelles las peleas, pues hera el Maestre quyen antes se ponía entre los conquystadores y les aquietaua los ánimos quando ya yvan a yrse a las espadas.

Hera muerto don Bartolomé. Vnas dolores agudas de pecho auíanle devençido el coraçón a vna jornada a pie de Caxamarca, quando ya se auistauan los linderos de la çibdad desde la conpaña de don Diego. Como el faraute lo svpo, sintióse pungido e desamparado: tanto nadar, mi Señor Bartolomé, Dios guarde de tu alma, para acauar ahogándote en la orilla. Por dos enteras jornadas manáronle los oxos, desavridos de congoxa, myentras se menbraua del barbvdo amable y de barba bermexa que le passase la lengua de christianos con dulçor e paçiençia. Que le mostrasse los secretos de jarcias, áncoras, velas y gobernalles en los nabíos christianos durante sus correrías por costas mantas, uancauilcas, punaeñas y tunbeçinas. Que le contasse como un padre a un su fijo estorias de mareantes testarudos, byages fasçinantes e monstruos fabulosos.

Pero los lloros se le fueron e quédale la paz, que bueno es al afligido llorar para descansar. Tanbyén vásele disipando el myedo de ser destaçado e descaveçado que le consvmía los días y las noches de su ençieRo, pues passan las jornadas y ningúnd sicario de Atao Uallpa ossa traspassar la çelosa guardia que le proteje en todo tienpo por doquier que va.

Como si poco fuesse, don Diego le haze buen tratamyento. No lo costriñe a comer alueñado de los christianos en la merienda, como solía hazer don Françisco, e le habla como vno más de la güeste, no como al yndio lengua que es. Endemás, no se desquita con él ahunque ande de grand enoxo, como agora. Pues brótanle con frecuençia los malos hvmores por los negoçios que hazen don Françisco y su conpaña con el thesoro del Inca. Bien dezían quel bien ajeno no pone consuelo si es a costa de nuestro proprio bien.

Vn día desencónase el Gouernador e conçede que Almagro y los suyos han algúnd meresçimyento por sus esfuerços. Por los resarçir, ofresçe dadivar los dineros que don Diego le deve a los maestres de los nabíos que truxeron a su güeste a las costas del Pirú, que quyeren hazer Recabdo e partirse quanto antes destas tierras.

—Eso no nos harta ny a mí ni a mi güeste, señor Gouernador —dize don Diego, en mostrando en la fación el desamor que le cobra por la povreça del ofresçimyento.

—Ay Don Diego. ¿Qué hazemos vos y yo querellando a nuestra hedad? Querellar es travajo de moços, e nosotros ya peinamos más canas que cavellos de fresca color.

—Querellar tanbyén es obra de uegez, don Françisco, si ay justiçia e honrra en la querella.

Sospira el Gouernador.

—Dadme vn día para lo pençar.

A la jornada syguyente encuéntranse de nueuo PiçaRo e Almagro. Apryeta el Gouernador a su soçio del húmero diestro con afeto e affiçión, que toman a don Diego despreuenydo.

—Está bien —dize don Françisco—. No solo pagaré a buestros maestres. En vna semana haré auto de Repartimyento de la plata que me dio Atabalipa para su Rescate. Venid con buestra conpaña a la plaça. Aí avréys, vos lo prometo, vna sorpresa que apaziguará las paçiones e los enojos e quitará las sonbras de los Rostros.

Cuerda de cuarto nivel (adosada a la terciaria): gris teñido de rojo, en Z

El dies y siete de jvnio del año del Señor de myll quinientos e treynta y tres, poco después de la salida del Sol, enpieçan los christianos a hazer congregaçión aldeRedor del *ushnu*, en la meytad mesma de la plaça, çerca de las atalayas do hazen vijía los çeladores con sus arcabuzes y don Pedro de Candia montado ençima del cañón. A entranbos lados de las atalayas, yérguense dos galpones cuyas coviertas de tela no dexan veer lo que ay adentro.

Muchos uienen ahún syn desadormeçer, todo oxeras e bosteços, pero con la mano en acariçiando el mango de la espada. No es prevençión contra yndios, defendidos de entrar en la plaça durante toda la jornada del Repartimyento, sino contra christianos de la güeste rrival. Que están los ánimos caldeados y vna chança o afrenta fuera de sitio bastaría para ençender vna vatalla que no podrían apagar.

Syn que persona no lo diga, los que uenieron al Pirú con don Françisco hazen jvnta por vn lado y los de la conpaña de don

Diego por el otro. El sermón del cvra Ualberde, de palabras suaues e conçiliadoras, no paresçe amançar los coraçones aspereçados de los dos bandos, que se catan entre sí con escoçor de luengo de la Missa. Acauada aquesta, assiéntanse los Offiçiales Reales en vna banca frente a las conpañas. Passan luego el escriuano Pero Sancho, el secretario Juan de Sámano —con vn bastón, pues lleua la pierna tollida desde el día de la prisión de Atao Uallpa— y, algo apartado de los dos primeros, el Gouernador Françisco PiçaRo.

Suena la tronpeta de Pedro Alconchel, que acalla a los que mvrmvran en boz baxa. Buélbense las miradas hazia la entrada de los Aposentos del Inca.

Sale Atao Uallpa de su cámara. Uiene hazia aquí con çosegado pie. Aconpáñanle su Recojedor de Restos, çinco mvgeres de seruiçio, dos servientes que portan su trono de oro e los doze guardias christianos que le escoltan.

Ocúltasse Felipillo tras la espátvla de don Diego, para estar fuera del alcançe del viso de Atao Uallpa y del payssano que no le svpo cunplir, do puede auistar syn ser auistado. Detyénese el Inca entre las dos conpañas de christianos e se asienta en su trono tres pisadas delante del cortejo que con él uiene. Como está çerca, cátale el faraute de soslayo.

No ay en Atao Uallpa cossa de temer sino de conpadesçer. No ay más la furia de los oxos que hazía tremolar piernas. No ay más la esplendente magnifiçiençia que hazía incarse de inojos sobre el sitio. Luze más bien malparado, desastrado, amortesçido. Como si anduuiesse en vna pesadilla que ha durado más de lo que fuese menester, e de que no podiesse acordar.

Melchor Palomino, vno de los que le custodia, dixo ayer que ya no haze el Inca las abluziones al Sol que ponía por obra con las primeras luzes del día. Que come y bebe en el lecho, que solo dexa bien entrada la mañana. E quando sale de la cámara real, como agora, lo haze con los paños que lleua puestos (no como antes, que tardaua medya mañana en descoger prendas). Que ningvna cossa le saca de su pasmo. Quiçá por ello no toma notiçia el Inca de la reuerençia displiçente que le haze el sabihondo Martinillo, que se allega dél e se tyene de su lado.

Pónese don Alonso Riquelme en el çentro de la plaça. Habla de la prisión del caçique Atabalipa (e Martinillo traslada todo lo que dize a oýdos del Inca). De cómo el caçique yndio prometió a los christianos españoles que se hallauan en ella vn bohío lleno de oro y dos de plata. De cómo el caçique dio, truxo e mandó dar e traher parte dello. E de cómo los Offiçiales del Rey, a quyen él Representaua, jvntaron, hizieron fundir, aquylatar e marcar las baRas de oro.

Estiende don Alonso Riquelme el pliego que lleua entre las manos. Lee de bozes.

—Del thesoro Recaudado hasta agora e por Repartir —dize don Alonso— descontóse la quinta parte, que coResponde a su Majestad el Rey, e que don Hernando PiçaRo, que se partió ayer de Caxamarca, le dadivará en su persona.

Algvnos christianos de la conpaña del Gouernador se persignan e murmuran desseos de buen byage.

—De lo que quedó —contynúa— pagáronse los derechos del fundidor, del marcador y del aquylatador, que por cada çient baRas resçebieron vna cada vno.

Asoma algúnd baRunto, que se parte tan Rabdo como se uino.

—La plata uamos a la Repartir agora. El oro queda bien guaresçido de daño y mengua en nuestros depósitos. De todo lo qual doy fee.

Çede Riquelme su lugar a don Juan de Sámano, el secretario de don Françisco, que estiende sus pliegos e lee.

—Su Magestad el Rey manda que todos los prouechos y frutos que en la tieRa se ovieren y ganaren, los dé y rreparta el señor comendador Françisco PiçaRo —espáçiase la boz del secretario, ponyendo Relieue en las palabras— *segúnd y como a él le pareçiere y cada vno mereçiere por su travajo y persona.*

Silençio: solo óyense los balbuceos de Martinillo trasladando para Atao Uallpa.

Prosigue Sámano, esta bez con la boz en su natural cadençia.

—Y quiere el señor comendador señalar y nonbrar ante mí, Juan de Sámano, su secretario, la plata y el oro que cada persona ha de auer y lleuar, segúnd nuestro señor Dios lo dio a entender a su conçiençia. Y señala y nonbra como sigue. El Repartimyento, ansý del oro como de la plata, ha de hazerse entre las personas que se hallaron en la prisión del caçique Atabalipa, y que por ello ganaron con su meresçimyento el dicho oro y la dicha plata.

Gritos y abraços de alegría bullen en la güeste del Gouernador. En el ala de la conpaña de don Diego óyense mvrmvllos inçipientes de protesta. Don Françisco faze un gesto hazia aquestos: el secretario ahún no ha terminado.

—A los otros, que uenieron en la güeste del mariscal don Diego de Almagro y tanbyén padezieron esfuerços e travajos, se les ha de entregar vn total de çient myll ducados, a descontar de lo que queda del oro y la plata cobrados e por cobrar en la prisión de Atabalipa.

Cotéjanse Almagro y Orgoños con oxos yncrédulos.

—¡Mirad! —señala vno de don Diego la diestra de la plaça.

De tras las telas que cuvren los galpones çeRados frente al *ushnu* salen treynta y çinco yndios natvrales con bolsas llenas cargadas en la espátula. Como se allegan de don Diego y descargan el monte de baRas de oro ante él, monta el estruendo en la conpaña, suenan silbos acá, vozes allá, danse abraços por acvllá. Quando los yndios se Retiran, ya son todos los de don Diego en holgança y ay en ellos más ánimo de fiesta que de Repartimyento.

Contenpla don Diego el monte de baRas, con pregunta en los oxos.

—Son setezientas —dize Sámano, en rrespondiendo—. De dies y ocho onças cada vna.

Myentras cvnde la çelebraçión entre los de don Diego, en el ala de la conpaña de don Françisco frúnçense ceños y ay muda ayrada de visiones. Pero ninguno no dize palabra contra el dictamen del Gouernador ny estonçes ny en lo que queda de la Repartiçión, que se aluenga por el resto de la jornada, y en que don Françisco y los suyos acojen la plata que coResponde a cada vno.

Por lo que entiende Felipillo, don Françisco diuidió el thesoro en dozientas dies y siete partes. Cada parte tyene vna quantía de plata, que es de çiento ochenta y vn marcos, y vna quantía de oro, que ahún se desconosçe, pues no acaua de aRibar a Caxamarca todo el oro de los alderredores.

Ansý, don Françisco resçibe oy sus treze partes de plata; Hernando PiçaRo, sus siete; Hernando de Soto, sus quatro; Juan PiçaRo, Pedro de Candia y Sebastián de Venalcáçar, sus dos y media; Gonçalo PiçaRo, Gonçalo de Pineda, Ruy Hernández Briçeño ansý como los secretarios y escriuanos Françisco de Xerez, Juan de Sámano y Pero Sancho, sus dos y vn otavo. Cada jinete lléuase dos partes —vna por el honbre y otra por el cauallo—; los honbres de a pie y el padre Juan Sosa, vicario del ejérçito, vna cada vno. Y a los jinetes y a los honbres de a pie se les incrementa hasta medya parte más si travajaron bien, conforme su seruiçio e calidad.

Almagro, seguido de Orgoños y Felipillo, se allega de don Françisco e le haze merçed por los çient mil ducados de oro que le tocaron a él y a su conpaña en el Repartimyento. Abráçanse PiçaRo y Almagro con effuçión de ermanos que se tornan a ueer tras años de absençia.

—¿E a mý? —pregunta Felipillo de espaçio—. ¿Quánto me toca?

Buélbense PiçaRo, Almagro e Orgoños a él, como si solo agora parassen mientes en su presençia.

—Yo tanbýen estuue en la prisión del Inca, Señor Gouernador —dize el faraute—. ¿Qué parte del thesoro me toca a mý?

Pónese la cara de PiçaRo de piedra. Házese el silençio. Rónpelo el faraute en rryendo: hera burla, solo burla, don Françisco. Rýen tanbýen PiçaRo y los otros: ¿Dar vna parte tanbýen a Felipillo? Buena hera la chança.

A la caýda del Sol termina el Repartimyento e se disuelven las conpañas.

Atao Uallpa, que ha presençiado todo el Repartimyento syn dezir palabra, enpieça a tornar sobre sus passos, de buelta a sus cámaras rreales.

A medyo camino, la uista del Inca cruça la del faraute. Baxa la uisión Felipillo, amenguado de súpito e muerto de miedo. Pero ménbrase de que don Diego está a su lado y, fiado del defendimyento de su nueuo señor, tórnala a alçar.

Conténplale el Inca. No con odio. Más bien con curiosidad.

Torna el Inca e sigue por su vía hazia sus Apossentos. A su derecha, es otra mirada la que topa con ynsistençia la del faraute.

Es el Recojedor de Restos, que le haze señas con los oxos. Que le pide vn nueuo encuentro. Quanto antes.

¿Cómo, después de lo contesçido por su culpa, osaua su payssano procvrar otra çita con él? ¿Andaua fuera de su çeso? ¿O tramaua vna tranpa para le apartar de don Diego y matalle mejor a nonbre de Atao Uallpa?

Sácale el faraute la lengua con toda la saña que lleua. Aferra el braço de don Diego e buélbese a sus proprios passos. Que van para el contrario horiçonte syn catar atrás.

Cuarta cuerda: dorado, en Z

Cuando el Padre Que Todo lo Ilumina empieza a despedirse de la jornada, Cusi Yupanqui deposita sus ofrendas en la gruta central del bosque de piedra de Cumbemayu, al pie del Dibujo Antiguo tallado en una de sus paredes. No está al tanto de los gustos de este *huaca* extranjero, pero ninguno que él conozca le ha hecho ascos a la chicha, la coca y el maíz ofrecidos en buena ceremonia. Con la voz ronca del respeto, le pide permiso al Señor de las Aguas que Bajan para poner una vez más sus sandalias y las de sus guerreros en los predios abrigados por Él, que abarcan los acueductos y las acequias que dan a Cajamarca.

Como ayer, el *huaca* le responde con una brisa satisfecha, aquiescente. Cusi hace una venia agradecida. Con la pepa más tranquila por la promesa del Dibujo —pero sin fiarse de ella por completo: nunca se sabe con estos *huacas* foráneos—, saca de su *quipe* un puñado de hojas de la planta sagrada, el noveno de esta jornada, y se lo mete en la boca. El contacto crujiente y áspero de la coca con su lengua le arranca un largo bostezo, su tributo personal por otra noche sin dormir, antes de empujarle la vigilia.

No tarda en avistar los bordes de la meseta rodeada de matorrales espesos. Se detiene. Da una larga mirada al horizonte a sus espaldas. No, no hay peligro. Se vuelve hacia el abarcado por su pecho. Levanta el brazo izquierdo.

Una silueta diminuta y sin bordes asoma y se mueve entre los arbustos. Es Yucra Huallpa, que se adelanta hacia unas rocas y agita los dos brazos hacia delante: ¿qué dijo el *huaca*?

Cusi estira los dos brazos hacia delante: dijo que sí, que da su autorización.

Yucra Huallpa pone el brazo derecho a la altura del ombligo: ¿están listos?

Cusi gira medio cuerpo hacia la izquierda. Junta los brazos en cruz. De inmediato, del borde más lejano de la meseta surge una masa humana vestida con ropa de guerra color tierra y dispuesta en grupos compactos: sus diez cuadrillas de cien guerreros. Ninguno de los brazos de sus diez líderes se mueve.

Cusi se vuelve hacia Yucra Huallpa. Le muestra la palma de su mano derecha a la altura de su cabeza: sí, estamos listos.

Yucra Huallpa se torna en dirección a los matorrales y, como Cusi, junta los brazos en cruz. Un conglomerado informe de gente asoma del borde opuesto y se desmadeja hasta convertirse en diez hileras bien tramadas del mismo tamaño, que se intercalan ordenadamente y en silencio con las diez cuadrillas de Cusi. Se colocan a la derecha del acueducto, de un abrazo de ancho, y, haciendo una larga fila, empiezan a bajar con paso cauteloso, de desfiladero.

Desde que recibió hace dos atados de jornadas los *quipus* y las maquetas de barro con los planes de Challco Chima, Cusi Yupanqui se la ha pasado anudando y desanudando los detalles del asalto final a los barbudos y el rescate de Atahualpa sano y salvo. Después de dos jornadas exprimiendo su aliento, este botó por fin su jugo denso, puro. Si el escuadrón de asalto estaba conformado por dos mil guerreros, tal como sugería el invencible, el ataque debía realizarse con dos jefes guerreros —no tres, como dictaban las costumbres de guerra—, pues así las órdenes irían con más fluidez desde la cabeza hasta la cola de la serpiente.

Uno de los jefes, no podía ser de otra manera, sería Cusi mismo. Tenía que estar presente en la ofensiva y confinar a los más recónditos rincones sus posibilidades de fracaso. No es que no confiara en sus combatientes. La mayoría eran hijos de orejones que habían venido con él desde el Cuzco como parte del destacamento de diez mil hombres enviado por Huáscar para combatir a Atahualpa, a comienzos de la guerra entre los hermanos. Eran los únicos que habían logrado sobrevivir la embestida feroz de Challco Chima y sus *yanacona*-guerreros en Mullihambato y la masacre que vino después. Cuando, tras la derrota, Cusi Yupanqui defeccionó al bando de Atahualpa, los cuzqueños le habían seguido sin chistar y habían peleado para él en los combates sucesivos, fogueándose con tanta rapidez que ya eran capaces de enfrentar sin quitar el cuerpo al general huascarista más experimentado. Sin embargo, eran jóvenes y necesitaban todavía un puño firme al cual asirse, una huella bien delineada a la cual seguir.

No fue difícil cernir al otro jefe militar que le acompañaría en el asalto. Con Rumi Ñahui no se podía contar: el general píllaro no había respondido ninguno de sus *quipus* conminándolo a que recogiera y entregara el oro de Quito y los alrededores, donde dizque se había asentado con sus tropas. Con Quizquiz tampoco: su presencia como Regente en nombre de Atahualpa en el Cuzco no podía ser relevada ni sustituida. Aunque los linajes reales del Cuzco de Arriba y del Cuzco de Abajo se habían sometido a Atahualpa de la boca para afuera, en su adentro esperaban el más mínimo flaqueo en la fuerza de Su puño para volteárseLe. Se sabía que los muy malditos andaban incluso buscando el favor de los barbudos. En su último informe, el Espía del Inca infiltrado en los Aposentos de Atahualpa señalaba el reciente arribo a Cajamarca de Tupac Huallpa, un retoño malogrado de la vastísima prole de Huayna Capac. El jovenzuelo venía acompañado del orejón Tísoc, su ayo e instructor, que le limpiaba los mocos y hablaba por él. Los dos habían sido enviados por los miembros sobrevivientes de la nefasta *panaca* del Inca Tupac Yupanqui, a que ambos pertenecían, para hacer presentes a los peludos y decirles que, pese a la derrota de Huáscar y las represalias sangrientas de Atahualpa contra sus familiares, entenados y sirvientes, los linajes reales del Cuzco no Lo reconocían como el Único. ¡Qué suerte tenían el mocoso y su niñera de que Cusi no tuviera aliento y manos libres para ocuparse de ellos ahora! ¡Ya verían cuando el Inca hubiera sido rescatado y les llegara su turno!

Era obvio que el otro líder del asalto debía ser Yucra Huallpa. Había peleado como segundo de Challco Chima desde principios de la guerra de los hermanos y, decían, lo había salvado en varias ocasiones de una muerte segura. Después de aplastar con su Señor la rebelión de los huancas comeperros, el guerrero había permanecido en Hatun Jauja, donde la presencia de destacamentos no era indispensable, pues Apu Manco Surichaqui y los suyos habían quedado bien escarmentados por las mutilaciones en masa de Challco Chima, y pensarían siete veces antes de volver a rebelarse contra el Inca. Además, el que fuera fiel segundo y era ahora primer hombre de guerra seguramente ardería en ansias de vengar a su Señor. Según el último informe del Espía del Inca, que Cusi no había dudado en compartir con su nuevo compañero de guerra, los barbudos habían quemado los pies y las piernas de Challco Chima en uno de los pampones aledaños a la plaza. (Sus gritos, muecas y contorsiones de dolor, señaló el Espía en un extraño por innecesario nudo hilado de azul aparte, no habían originado ninguna reacción de parte del Inca). Pero el invencible había logrado sobrevivir y ahora se recuperaba gracias a los cuidados de unas Señoras que Curaban.

Mientras esperaba la llegada de Yucra Huallpa y mil de sus guerreros selectos —convocados a presentarse ante él lo antes posible—, Cusi se centró los días siguientes en cernir y pulir el plan de ataque del general Challco Chima, que no parecía ofrecer muchas aristas a primera impresión. Después de los intentos iniciales de ponerlo a prueba, fue claro, sin embargo, que la propuesta del invencible tenía una gran debilidad en sus cimientos. El bloqueo de los acueductos del río Cumbemayu, que Challco Chima sugería, terminó la primera noche con sendas inundaciones de los terrenos adyacentes en las cumbres, que por suerte no llamaron la atención de los habitantes de la zona. Además, el cauce desviado de su rumbo le hizo darse cuenta a Cusi de un problema en que el invencible no había reparado. Los pobladores de Cajamarca y alrededores estaban acostumbrados al sonido sordo de las aguas fluyendo por los canales de piedra, que ya formaba para ellos parte del silencio. Incluso si los guerreros bloqueaban exitosamente las aguas la noche del asalto, los lugareños cajamarcas, que sudaban odio por los incas, notarían su ausencia, sospecharían y avisarían a los barbudos.

Fue a Yucra Huallpa a quien se le ocurrió la solución no bien llegó de Hatun Jauja con su escuadrón de *yanacona*-guerreros —mil hombres sucios y mal vestidos, pero bien armados— y se reunió con él en consejo de guerra. Al principio del encuentro, Cusi no sabía muy bien qué pensar del antiguo lugarteniente de Challco Chima, pues un brillo extraño y ambiguo —como el de un cuchillo de doble filo— surgía de vez en cuando de su mirada. Sus maneras ásperas tampoco ayudaban a Cusi a entrar en confianza. Todo acabó, sin embargo, cuando empezó la discusión. Para sorpresa de Cusi, Yucra Huallpa no tuvo miramientos en apartar la idea de Challco Chima de desviar los caudales de las aguas para descender por el acueducto a Cajamarca —pulir el plan que ha trazado mi Señor es el mejor tributo a su legado, diciendo— y bajar más bien por el sendero de trocha que corría a lo largo del acueducto. Si al comienzo de la bajada los guerreros podrían guiarse viéndolo a su costado, cuando arreciara la oscuridad podrían orientarse oyendo el sonido de las aguas que corrían por él, que no solo les orientaría durante el prolongado recorrido, sino que también les serviría de cobertura para sus movimientos.

Además de cubrirles, esta noche el suave rumor de las aguas les hace compañía como un tenue pero persistente canto de caminata manando de la tierra al lado de sus pies. Son los grupos de *yanacona*-guerreros de Yucra Huallpa los que marcan el paso durante la bajada. Muchos de ellos han sido preparados por el invencible para los servicios de guerra nocturnos y andan con pie firme en la más absoluta oscuridad. Además, han peleado en estos predios contra el general Huanca Auqui en la campaña victoriosa del invencible contra las tropas de Huáscar, y conocen bien el terreno. Manteniendo un hombre de distancia entre un guerrero y el siguiente, avanzan poco a poco por el sendero cuesta abajo, tratando de no hacer ruido y de no perder de vista en ningún momento el acueducto, cuyos enormes bloques de piedra cortada y alineada por manos ancestrales no dejan sin embargo de intimidarlos como una horda de fantasmas incógnitos de poder desconocido.

Cuando la luz del Padre cede su lugar a las tinieblas, los *yanacona*-guerreros y sus pares cuzqueños llegan por fin a los dos estanques de agua que indican el final del acueducto. Es aquí donde anoche se vieron obligados a detenerse y regresar, pues de estos dos estanques partían diferentes acequias, de factura más reciente que la del acueducto, y no sabían cuál de ellas era la que debían seguir. A la mañana siguiente —la mañana de hoy— Cusi envió a tres exploradores disfrazados de gente de servicio quienes, después de descartar la acequia que trasvasaba aguas hacia las piletas de los Aposentos del Inca y la que daba al Templo Solar, marcaron con discretas señales de cal —que Cusi y su vanguardia en este mismo momento reconocen— la que da a la muralla contigua a la plaza en que las tropas de asalto deben juntarse antes del ataque total.

No bien reanudan la bajada, un ramalazo de cansancio le atraviesa y un nuevo bostezo asoma de su boca sin pedirle permiso. Su mano se introduce por décima vez en el *quipe* terciado a la espalda y busca a tientas. Nada en el fondo, nada en los rincones, maldita sea. Cusi respira hondo, tranquilo, guerrero, tranquilo, sin dejar de andar a tientas en la negrura, centrándose en el sonido de las aguas al borde del camino para contener la desesperación que se filtra por las ventanas de su cuerpo, por los intersticios de su pepa. Haciendo un esfuerzo supremo, convoca toda la vigilia que le queda para resistir esta sanguijuela que se le ha metido en el cuerpo y le chupa vorazmente la fuerza vital, este lastre sibilino que empieza a cerrarle de manera intermitente el párpado derecho, ajúúúúúúúúmm, que comienza a proponerle cada recodo plano del trayecto como un lecho posible, que lo empuja impunemente a la horizontalidad. Pero su orgullo de hombre que manda le impide pedir coca a un subordinado y sigue adelante sin decir nada, resistiendo a duras penas este peso invisible encima de los hombros que lo zarandea a los costados hasta casi hacerle perder el equilibrio.

En un meandro la tropa se detiene abruptamente y Cusi tropieza con el talón del guerrero que le precede. En la noche se perfila la agitación de unos pastizales cercanos, del que surgen los ruidos interruptos de un sordo pugilato. Provienen de una pequeña hondonada a tres abrazos de la tropa, que contiene el aliento con las lanzas prestas. Los ruidos no tardan en convertirse en gemidos combinados de un barbudo y una mujer joven cuyo origen Cusi no logra descifrar. Los gemidos, cada vez más largos, se entrelazan hasta hervir en un sordo alarido común, que arranca en el corazón de Cusi una oleada de tristeza.

Ya no estás aquí, Chuqui Huipa, flor de cantuta. ¿Seguirán tus tetas hinchadas de leche en tu Vida Siguiente? ¿Podrás darle de mamar a tu criatura? ¿Serás feliz, haciéndole compañía al Inepto de tu esposo? ¿Me perdonarás por lo que te hice?

No sabe en qué momento se quedó dormido, qué fue lo que soñó y cuándo reanudaron la bajada. Pero un viento frío y súbito le cachetea las mejillas, despertándolo a media caminata. Cusi mira a su alrededor. Acaban de llegar detrás de la muralla. Las tropas se están posicionando en sus sitios preestablecidos tratando de hacer el menor ruido posible.

Asoma ligeramente la cabeza, aguzando los ojos. Ahí están, en medio de la plaza, el *ushnu* profanado por la presencia del gigante y su hatajo de barbudos con tubos de metal que, cegados por sus propias antorchas, no nos pueden ver (y que, no lo saben, serán el primer destino de nuestra primera manada de flechas voraces en el ataque final). Se empina ligeramente. Al fondo a la izquierda, en la esquina de la plaza, logra divisar la entrada de los Aposentos —vigilada por los doce barbudos que dijo el Espía en su informe— en que duerme el Inca.

Un alacrán le pica en el brazo. Cusi se vuelve a la izquierda, de donde vino el pellizcón. Yucra Huallpa le señala con la barbilla una de las esquinas de la plaza habitada por la negrura. Cusi no sabe en un principio hacia qué apunta. Poco a poco, sin embargo, se perfilan varias siluetas en movimiento. Una es la de un hombre entrado en años en ropa de bayeta y las otras las de dos barbudos. El viejo gimotea, tirando de vez en cuando de las mangas de los barbudos, que —solo ahora llega Cusi a divisarlas— jalan a rastras a dos sombras. Se produce un forcejeo entre el viejo y los dos peludos y uno de ellos le da un sonoro golpe al anciano, que queda tendido sobre el suelo, balbuceando. Los barbudos vuelven a su tarea, jalando y resoplando, hasta entrar a una zona iluminada por las antorchas, que revelan la identidad de las sombras sin voluntad: dos chiquillas apenas cruzadas por sus primeras sangres en costalillo inca de dormir. Un látigo de reconocimiento le atraviesa por la espalda al ver el rostro de una de ellas.

¿Eres tú, Cusi Rimay, hermanita, luz de mis ojos? ¿Dónde te habías metido? ¿Qué te han hecho, qué te quieren hacer estos salvajes?

Imbuido por una correntada de odio, salta hacia delante en dirección a la plaza, pero una mano más veloz que él le agarra de la camiseta por la espalda, lo devuelve hacia atrás de la muralla y lo ciñe contra su cuerpo, mientras otra le tapa la boca, con arte suficiente para dejarle respirar. Cusi codea y patea con todas sus fuerzas, pero el cuerpo resiste a pie firme los puntillazos. Sin dejar de debatirse, Cusi advierte que por la esquina opuesta de donde salieron los dos barbudos y las dos muchachas han aparecido cinco barbudos más. Tres de ellos renguean o hacen esfuerzos para mantenerse en pie: están borrachos. Uno de los borrachos llama a voz en cuello a los que tienen en su poder a las chiquillas. Estos responden ásperamente y sin detenerse. Los otros dos se suman y sueltan una feroz andanada de gárgaras, al parecer insultos y amenazas. Los dos replican de manera similar. Los borrachos, súbitamente despiertos de su sopor, sacan las varas de metal de sus fundas y empiezan a correr hacia los otros, que sueltan a las dos chiquillas y desenfundan sus varas a su vez, listos para enfrentarlos. Cusi alcanza a ver los rostros de las dos chiquillas que huyen despavoridas. Ninguna es Cusi Rimay.

El sonido metálico de los cuchillos chocando no dura mucho, pues es interrumpido por los ladridos roncos del gigante barbudo, que se baja de dos saltos del *ushnu*, va en dirección hacia ellos y los llena de reproches, que parecen calmarles la pepa, pues bajan las armas.

—¿Regresamos, Apu? —le susurra Yucra Huallpa al oído, más afirmando que preguntando.

705

La vergüenza se viste de serenidad cuando responde:
—Regresamos.

Quinta cuerda: gris teñido de rojo, en Z

La semana syguyente de la jvnta en la plaça, haze don Diego Repartimyento entre los çiento çinqüenta y vn christianos de su conpaña de los çient myll ducados que le diesse don Françisco, a partes yguales. No demanda para sý proprio vna parte mayor de thesoro, como le coResponde por ser caveça de la güeste. Recobra ansý el amor de los suyos, que si ayer le ynjuriauan o echauan a los leones con la boca por no auer sabido protejer el común interesse, oy le dizen onbre liberal, derecho e de buena fee.

A Felipillo don Diego no le rreparte nada.

Tras el Repartimyento de la plata andan de locvra los christianos de entranbas güestes. Véndense harmas, cauallos e sederías a preçios eçeçibos. Trócanse lonjas de çerdo por su peso en plata. Págase el uino como si fuese licor de la eterna moçedad. Algvnos beben e, bien rroçiados, vanse de puños o de espadas por vn quítame estas paxas, e deven uenir don Françisco o don Diego a los atajar.

La noche açuça el deshorden e lo yncrementa. Mvchos se proveen de señoras prençípales, negras e moras para tenellas como mançebas, e óyense los gritos femininos en las calles, casas e palaçios. Abvndan tanbyén quexas lastimeras de yndios, que claman a los barbudos por usar con sus mvgeres e fijas syn ningvna uergüenza.

Queda el faraute solo en su bohío, apartado de aquestos affanes. Como don Diego no está y no ay traslados por hazer, súmesse Felipillo en sus cuytas y menbranças.

Pienza el faraute en Juanillo. En lo dichoso y bienandante que hera su primo en tieRas de christianos. En cómo toleraua syn protestar las penurias e maltratos de los byages. En cómo no auía cossa española que no uiesse e no oyesse con deleyte. En cómo se partieron en los aldeRedores de Truxillo, pues Candia lo lleuaua a la uilla de

Çamora, do moraua su familia. En cómo tornó Juanillo de aquella tieRa pálido y fiebroso, para morir en la uilla christiana de Seuilla, después de vnas toses que le sacaron todas las sangres por la boca. En quyén cobraua su parte por tres años de seruiçio a los christianos.

Vnos mvrmvros e rruydos a la entrada del bohío lo sacan de sus deuaneos e desvíos. Al cabo, golpean el portón.

—Felipillo. Felipillo.

Es la boz de Orgoños, que haze la guardia del faraute.

Abre Felipillo en la escuridad. Endemás de Orgoños, están Juan de Sahabedra, capitán de don Diego, y Rodrigo Medina, moço de cauallerías de la conpaña.

—¿Qué queréys, señor Orgoños?

—Que uengas. Que ay menester de vnos traslados.

—¿A estas oras?

—Sí.

—¿Los traslados son para don Diego?

—No.

—¿Para quyén son estonçes?

—Para mý.

Rýen Sahabedra y Medina e siénteles el faraute los tufos, olientes a vino.

—No puedo yr con buestras merzedes, señor Orgoños. Díxome don Diego que, por mi segurança e la de los que uelan por mí, no saliesse de noche.

—Si es por myedo del caçique Atabalipa, no te cures. Que nós tres te haremos buen rrecabdo dél —a Sahabedra y Medina—. ¿Es çierto lo que digo?

—Çierto es —responden los mentados entre hipos.

Sospira el faraute rresignado.

—Uamos.

Cuerda secundaria (adosada a la principal): gris teñido de rojo, en Z

En guiándose por las hachas de fuego adosadas a las paredes de los palaçios, rrecoRen los quatro la vía prençipal que va hazia los baños de Pultumarca. Quando toma el faraute notiçia de hazia donde se encaminan, es demasiado tarde para dar marcha atrás.

Quedan las casas de las *pampayrunas* en vn rrecodo escondido del sendero que da a los baños del Inca. Ay en sus afueras tres christianos en buena plática, que de ueer a Orgoños le hazen uenias de saludo. No ay asomo de yndios, que tyenen defendido andar de noche por calles, senderos y casas de seruiçio.

Alléganse Orgoños y los suyos del vnbral de la entrada, que cruçan syn ynpedimento pues no ay puerta de por medyo. Haze el lugartenyente seña a los otros de que entren. Obedeçen Sahabedra y Medina.

—Vos tanbyén —dízele Orgoños a Felipillo.

Fórmase vn moño en la garganta del faraute.

En la primera cámara ynterior ay çinco christianos más apossentados en mantas adosadas a las paredes, que apenas tornan hazia ellos quando los rreçién aRibados se adentran. No puede el faraute los desygualar, que cada vno anda rrebuelto con vna yndia entre los braços.

—¿Dó está ella?

Vno de los acostados señala con yndolençia la cámara que sigue.

En la cámara syguyente, vna ilera de seis christianos aguarda ante vna puerta çeRada. Óyense jemidos e vozes fuyendo del ynterior, que rrasgan los oýdos del faraute. Çesan al cabo. Salen de la cámara dos christianos todo chanças e rrisas, en dándose de codaços. Va a passar al quarto el primero de la ilera, pero estórvale Orgoños, poniéndose en su vía.

—¿Qué me queréys?

—Buestro turno. Para mý y para estos —señala con la barbilla a Sahabedra, Medina e Felipillo.

Asoman quexas e rreclamaçiones de los que siguen en la ilera. Acállanse a la uista de lo que Orgoños uiene de lançar por los ayres al primero, y que este cata en la palma abierta de su mano: vna heRadura de plata.

—Fúndanla e dibydan los dineros buestras merçedes.

La última cámara es toda ahumada de los vapores de vn açequia, que cruça la habitaçión. Con los inojos incados en las orillas, dos yndias syn hedad remoxan paños en las aguas humeantes e alinpian, lavan y enxuagan con delicadeça el cuerpo desnudo de Inti Palla.

Como si oviesen rresçebido encantamyento, quédanse los christianos contenplando suspendidos la tallana belleça, que ha la uista yda de los que extrauiaron el çeso. Quiébrase el coraçón del faraute de la veer ansý.

Sacúdese Orgoños el primero del hechiço.

—Dezilde a la pvta que aya contentamyento, pues venistes a tomalla de nueuo —dixe el lugartenyente de don Diego.

Dubda Felipillo.

—*Sin par Inti Palla* —balbuçea en la lengua *simi*—. *Perdóname por haber venido. No estoy aquí queriendo por mi propia voluntad.*

—Dezilde que esta bez no disfuerçe, que no ay caçique Atabalipa que ponga cuyta por ella.

—*Estos barbudos me han traído. Yo… sé que no quieres verme. Que no me perdonas lo que te hice… Por tus dioses marinos y tu señora capullana, yo no quise lastimarte, Sin Par Inti Palla.*

Tornan los oxos de Inti Palla a la uida. Affincan en los de Felipillo.

Inca los inoxos el faraute.

—*Perdóname. Perdóname.*

—¡¿Qué hazes, Felipillo?! —dízele Orgoños con enojo—. ¿Has perdido el çeço?

Álçale en tomándole de la camisa e pónelo de pie.

—Agora dezilde a esta yndia que torne e se abaxe e se abra de piernas. Que uas a holgar con ella.

Queda el faraute en silençio, alojados los oxos para syenpre en la mirada syn fin de la tallana.

—Felipillo.

—…

—¡Felipillo! ¡Traslada lo que te he dicho!

—…

Dale Orgoños vn coscoRón en la caveça, que dobla al faraute.

—¿No uas a trasladar?

—*No.*

Cáenle puntapiés de Medina en el costillar.

—¡Quyén te entiende! —dize Orgoños con menospreçio—. Esta yndia quejosa te denunçia con Atabalipa, el caçique hordena tu muerte e solo puedes delivrarte de su saña merzed a los offiçios de don Diego. Te trahemos con peligro de nuestras personas a que te uengues y huelgues con ella a tu saçón. ¡Y te deniegas e nos hazes desayre!

Dale Medina vna puñada en la cara. Otra. Enpieça el faraute a sentir en la boca el sabor açerbo de su propria sangre.

—Mala landre te mate, yndio de merda.

Syn que sepa Felipillo en qué punto, hase levantado Inti Palla de su sitio e venido a la altura de los barbudos. Tomando está agora de la mano a Orgoños y Medina, que, como por encanto de las myll y vna noches de las estorias de don Bartolomé, dexan de golpear al faraute e se tornan hazia ella.

Enpieça Inti Palla les acariçiar con muy e mucha yndustria a la altura de las vergüenças. A les quitar espaçiosamente los ávitos.

—Cata y saca leçión, Felipillo —dize Orgoños en sonrriendo e con yntinçión—. Que solo es bueno el yndio que comprehende syn traslado lo que se le dize. E conple syn dylaçión e buen amor lo que se le pide.

Sexta cuerda: dorado, en Z

Cusi y los suyos alcanzan el bosque de piedras de Cumbemayu al romper el amanecer. No hay indicios de que los cajamarcas de la zona hayan advertido su presencia ni de ida ni de vuelta. Por si acaso, una cuadrilla de veinte *yanacona*-guerreros de Yucra Huallpa se ha quedado en la retaguardia para borrar cualquier huella de su paso hacia arriba y hacia abajo. El simulacro de entrada a la plaza de Cajamarca ha sido todo un éxito.

Agradece en su fuero íntimo a Yucra Huallpa, quien, con su habitual discreción, no ha mencionado durante todo el regreso el incidente en que casi se desbanda y se lanza al ataque de los barbudos. Tendrá que habituarse a los continuos espejismos que le tiende su pepa desvelada, aceptar la visita continua de fastasmas y seres que marcaron su pasado como las picaduras de los mosquitos en los fangales, acoger a los recién llegados con serenidad y dialogar con ellos cerniendo lo que dicen como uno cierne los propios sueños.

Antes de mandar a sus tropas y a las de Yucra Huallpa a sus tiendas a dormir, Cusi les asigna una ración suplementaria de maíz —que deben consumir fría, pues están terminantemente prohibidas las fogatas. Los tres puñados de coca que se embutió antes de emprender el retorno a Cumbemayu le mantienen erecta la vigilia. Tampoco esta noche podrá eludir este insomnio que le acosa desde hace cuatro lunas, carcomiendo sin piedad sus carnes y su aliento. Socavando las murallas que dividen el presente y el pasado.

El cielo es un pozo negro de recuerdos antiguos que asoman desde detrás de las estrellas para mezclarse con los recientes. Un dolor opaco salido de no sabe dónde le oprime el pecho y le anuda la garganta. Cusi Rimay es una chiquilla con trencitas de hilitos de oro y una corona de flores en el cuello. Está radiante, en el cénit de la belleza que pueden alcanzar los que aún no han alcanzado su cénit. Viene de la mano de Atahualpa, a quien Cusi ha acompañado en su ayuno purgante de una luna. Cusi se acerca a la pareja, ciñe la *mascapaicha* sobre las sienes del nuevo Único Inca. Atahualpa, Señor del Principio, le estoy diciendo, Hijo elegido del Que Todo lo Ilumina y hermano del Illapa, Señor del Rayo y el Trueno, empuja los Turnos del Mundo de las Cuatro Direcciones y vela por el bienestar de los que te sirven, por el bienestar de tu esposa Cusi Rimay. El dolor adquiere bordes afilados, punzantes. Cusi Rimay es ahora una bebita que ya ha adquirido sus contornos definidos de persona. Acaba de cumplir un año de nacida y está berreando como vicuñita herida, yo sosteniéndola. Mamacita Tocto Ocllo, que acaba de perforarle sus orejitas para ponerle pendientes de ñusta y ponerle nombre, me mira sin pestañear mientras se lava en la pileta de la residencia las manos manchadas de sangre, tú eres su hermano mayor, diciendo, su guardián, que nadie la melle, que nadie la dañe, ¿lo prometes?

Cusi llama a gritos a una mujer de servicio. Le pide dos *porongos* de chicha densa, bien fermentada.

Bebe. Sigue bebiendo, de la boca misma de los *porongos*, sin prisa pero sin pausa, hasta que se queda completamente borracho, completamente dormido.

Lo despiertan jalones en el brazo, una sombra que se recorta en el vacío: Yucra Huallpa.

—Apu. Lamento interrumpir tu sueño, pero hemos avistado una fogata.

Tragándose un bostezo que le trepa por la garganta, Cusi se sienta sobre el lecho. Siente un vahído.

—¿Estás bien, Señor?

—Estoy.

—Yo… pensé que querrías saber. Como prohibiste expresamente que encendiéramos fogatas…

Cusi se sostiene la cabeza con ambas manos, pero las cosas siguen dando vueltas a su alrededor todavía por un rato. Ha perdido la costumbre de beber, de abandonar su fuerza vital a las disipaciones de la borrachera. Se levanta con dificultad. El suelo debajo de sus pies se desplaza firmemente hacia atrás, ayudándolo a mantener el equilibrio, a salir de la tienda.

Hay que reaccionar rápido: la presencia de una fogata en estos predios puede atraer la atención de los cajamarcas que viven por aquí, que pueden divisar las tiendas de las cuadrillas de Atahualpa instaladas en Cumbemayu. Pero, por alguna razón que no se detiene en desentrañar, la idea de haber sido descubiertos le produce una profunda alegría íntima.

—Allá —el dedo de Yucra Huallpa señala un punto de la llanura cerro abajo, al pie de la meseta, del que se eleva una tenue espiral de humo. Al lado, unos puntitos negros: un racimo desperdigado de gente.

—¿Son de los tuyos o de los míos?

—De ninguno de los dos —responde Yucra Huallpa—. He verificado y los guerreros están completos. ¿Quieres que mande una cuadrilla a averiguar?

—No. Yo me encargo.

Cusi hace una señal a un grupo de cuzqueños que terminan su merienda matutina y les indica la humareda. Sin mediar respiro, empieza a trotar suavemente cuesta abajo, para sacudirse el sueño de la pepa. No tarda en sentirlos a su lado, dispersándose para no llamar demasiado la atención.

La resaca se diluye rápidamente con la agitación del descenso. Cusi dobla las rodillas para rebotar mejor y adopta un trote sigiloso, de animal al acecho. A media lomada se deja tragar por unos pastizales altos que le hacen perder de vista a los demás, pero no para de correr, sabiendo que los cuzqueños se desplazan en el mismo sentido a sus costados. Atraviesa a grandes zancadas el campo de *ichu* que se abre en su delante con un súbito arrebato de plenitud que lo devuelve fugazmente a una calle infantil, a la edad perdida en que espantaba pájaros. Siente que cruza un largo sueño amarillo, hondo como una cueva de luz, que le araña de caricias los brazos y las piernas a cada paso que da. Pero el sueño se termina abruptamente cuando Cusi llega al extremo del pajonal y regresa el aire libre, que le permite cernir, a menos de medio tiro de piedra, a los invasores que encendieron la fogata.

Reconoce de inmediato al desnucado Challco Yupanqui, el Sumo Sacerdote Solar promovido por Huáscar, que sirve un vaso de chicha al degollado general Huanca Auqui. A los dos se les ve rozagantes en su Vida Siguiente, les ha caído bien cruzar el Umbral aunque haya sido por la vía violenta. A su lado, sentado en una roca, está Huáscar, que lleva aún las prendas raídas y sucias de mujer que le obligaron a vestir desde su captura. Sigue portando la pesada argolla de piedra tallada que Cusi le puso alrededor del cuello antes de empujarlo al fondo del río Andamarca, pero el que fuera el Inca inepto se las arregla para estirar el brazo, llevarse con la mano una papa a la boca y darle un mordisco. A Cusi le cuesta atar en su aliento este semblante sereno y satisfecho con aquellos ojos descuencados por la sangre sitiada en el cogote, con las narices que se inflaban y desinflaban en su recuerdo, luchando por una escueta bocanada de aire, con aquella boca que torcía sus comisuras para pedirle con voz aquenada no me mates, Cusi, dime lo que quieras y lo tendrás pero no me mates, ¿se te antojan sirvientes?, ¿tierras?, ¿vírgenes del Sol?, ¿prendas labradas de oro? Nada, Cusi no quería nada, solo que Huáscar se callara y se dejara ejecutar en paz. ¿Y a ella?, le preguntó Huáscar con expresión taimada señalándole a su esposa, a la hermosa Chuqui Huipa, ¿a ella no la quieres? Cusi recuerda que entonces contempló a Chuqui, que no sabía debajo de qué piedra enterrar su mirada. Así como estaba, con brazos y piernas atados a la espalda, una mordaza en la boca y las ropas mugrientas y descoloridas desbordadas por sus senos rebosantes de leche materna, parecía un bulto vestido entumbado por error. Sin responder, Cusi abrió el *quipe* gastado por el uso que llevaba a todas partes, sacó de él una peineta de mujer y la puso en el regazo de Chuqui. Los ojos de la *Coya* brillaron de reconocimiento —era la peineta que ella le había entregado a Cusi como prenda de compromiso en los tiempos de sus escarceos amorosos infantiles, un compromiso que ella había traicionado— y se alzaron para cruzarse con los suyos. ¿Brillaban de vergüenza?, ¿de desprecio?, ¿de amor por fin correspondido? Cusi sintió el súbito deseo de saber, de arrancarle la mordaza y escucharle decir lo siento, Cusi, papacito, yo quería cumplir mi compromiso contigo, yo te quería a ti, pero no tenía alternativa, y con el dolor de mi corazón tuve que aceptar las tres peinetas de oro que me ofreció Huáscar en las ceremonias del *tinku*, tuve que decir que sí a su petición de matrimonio y olvidar nuestro compromiso, ¿cómo me iba a negar si era mi hermano de padre y madre?, ¿cómo me iba a resistir si era el más firme candidato a suceder al Único Inca?, ¿cómo iba a levantarme contra las costumbres sagradas de nuestros ancestros?, todos estos años he soplado en mi adentro la brasa del amor que sentía por ti con la esperanza de apagarlo y, a mi pesar, ha renacido siempre de sus rescoldos, ¿me perdonas, me llevas contigo y comenzamos un nuevo tiempo desde las cenizas? Pero Cusi se aguantó las ganas y no lo hizo. Se volvió más bien a Huáscar y le dijo: no, no la quiero, quédate con ella. Y cuando el Inepto vio que su oferta rastrera era rechazada, convocó de su entraña podrida un puño de flema verde y lo escupió sonoramente sobre la sombra de Cusi: *yana* de momias caducas, diciendo, maldita sea la jornada en que te hice mi brazo derecho, en que te nombré general de mis tropas, que el *mallqui* del Inca Tupac Yupanqui te lance un rayo maléfico, perro traidor, y padezcas el mismo destino del mocho Atahualpa que usurpó la *mascapaicha* y que morirá de muerte cruel antes de que haya terminado su turno, llevándose consigo a toda su simiente. Había sido ahí, recuerda ahora, que Cusi —con la pepa limpia, más harto que invadido por el odio o la sed de venganza— tomó al Inepto por la argolla que tenía en el cuello y lo aventó al río Andamarca. Antes de que se diluyeran en el sitio sus últimas burbujas, ahí mismo había desnucado uno por uno a los hijos pequeños de Chuqui Huipa enfrente de la *Coya* y, después de botar sus cuerpos sin vida a las cascadas, la estranguló sin que ella, con los ojos descuencados atravesando los suyos, opusiera la más mínima resistencia.

Cuando Cusi llega finalmente a la falda del cerro y puede distinguirlos con toda nitidez, las sombras que regresaron del pasado han desaparecido misteriosamente para convertirse en un grupúsculo de desarrapados inmundos alrededor de una fogata. Tienen los rostros aterrorizados recubiertos de polvo y están congelados en las tareas domésticas de la gente que viaja —cocinar, merendar, zurcirse las prendas y repararse las sandalias. A duras penas pueden distinguirse los colores desteñidos de su tocado, de los *ayllus* aledaños a Quito.

Cusi se cerciora de que la cuadrilla cuzqueña le ha dado el alcance y está cuadrada en torno suyo.

—Apaguen esa fogata de inmediato —ordena con voz de trueno.

Con visible atolondramiento, los forasteros esparcen los leños, echan tierra sobre ellos y pisotean los posibles rescoldos.

—¿Quiénes son ustedes?

Los invasores se miran entre sí. Uno de ellos, el más viejo, se adelanta sacudiéndose las cenizas de su camiseta de bayeta. Las piernas le tiemblan al desplazarse.

—Somos *runacuna* de Otavalo, Señor —dice despacio en *simi* con marcado acento norteño.

—¿De dónde vienen?

—Del Cuzco, Señor.

—¿Qué hacen aquí?

—Hemos terminado nuestro servicio de guerra en las tropas del general Quizquiz contra el Inca Huáscar... quiero decir, contra el Borracho Inepto. Nos estamos volviendo a nuestras tierras. El general Quizquiz le dio permiso a nuestro *curaca* para que nos fuéramos, nuestro turno estaba cumplido, diciendo.

Cusi peina la treintena de forasteros de un vistazo.

—¿Dónde está el *curaca* de ustedes?

El *runa* traga saliva.

—Lo mataron en una emboscada que nos hicieron unos ladrones *yanacona* hace dos jornadas, Señor. Nos robaron todo. Nuestra ropa... nuestra comida... —el *runa* baja los ojos—. Nuestras mujeres...

El tono es sincero, abatido, convincente. Pero la pepa de un orejón cuzqueño curtido en las lides de guerra no se ablanda así nomás.

—¡A mí tú no me engañas! —dice Cusi—. ¡Ustedes son desertores! ¡Guerreros amujerados que abandonaron a su *curaca* sin cumplir su turno completo de guerra!

—¡No, Señor! —los canales de las sienes del *runa* se aniegan, sus cejas uniéndose en pánico ofendido, verdadero—. ¡Desertores no somos! ¡El Señor Quizquiz les ha hablado igual a los *curacas* de los *ayllus* caranguis, carambis, pifos y otavalos que pelearon para él! ¡Ellos también han recibido permiso después de pelear con valentía, y se están regresando a sus tierras!

—¡No te creo!

—¡Pregúntales tú mismo, Señor! —el forastero señala con el brazo a lo lejos—. ¡Allá están! ¡Ve, habla con ellos y verás que te dicen lo mismo que nosotros!

Cusi se vuelve a la sección del horizonte indicada por el viejo. Traga saliva. Una sorda maldición se le escapa entre los dientes.

Desde varios puntos de la parte opuesta de la llanura, que no se podían ver desde las tiendas al pie del bosque de piedras de Cumbemayu, se elevan cinco columnas de humo que llegan hasta el cielo.

Séptima cuerda: blanco entrelazado con negro, en Z

—*Gracias por venir.*

La luz tenue de la Madre que se filtra por los tragaluces del Primer Depósito ilumina los movimientos esquivos y reticentes de Firi Pillu.

—*No es una trampa, paisanito* —continúa el Recogedor—. *¿Por qué querría hacerte daño?*

—*Yo no te tengo miedo.*

El chiquillo manteño se abre camino con paso vacilante entre las rumas de cestas llenas de uñas, ropas y cabello humano que se elevan hasta el techo. Se sienta en el taburete frente al Recogedor de Restos del Inca. Su rostro de renacuajo tiene una expresión nueva que el Recogedor no le conocía. Una expresión desconfiada, desafiante, adulta.

—*¿Qué quieres?*

—*Primero disculparme contigo, paisanito* —pone una máscara de impotencia—. *Hice lo que pude para conseguirte una cita con la tallanita, pero no me tuviste paciencia, te atolondraste y mira lo que te pasó. Si te hubieras esperado un poco, yo…*

—*Tú eres un espía.*

Los ojos del Recogedor de Restos se agrandan, luchando por salirse de sus huecos. Pero Firi Pillu recibe a pie firme su falsa indignación.

—*No digas tonterías, paisanito* —resuella el Recogedor con displicencia.

—*Yo no soy tu paisanito.*

—*Y yo no soy un espía. No sé de dónde…*

—*¡Mira, Señor farsante!* —dice con tono chirriante, de voz en tránsito incompleto—. *¡A mí no me importa quién eres ni a quién sirves! ¡Solo dime lo que quieres saber! ¡Es para eso que quieres verme ¿no?!*

—*Baja la voz.*

El Recogedor mira hacia los tragaluces —nada se mueve— y deja pasar diez latidos de silencio —nadie los ha oído. Cierne y sopesa velozmente otro cambio ocurrido en Firi Pillu desde la última vez que se encontró con él, cuatro jornadas antes de que cometiera la estupidez de violar a la concubina favorita de Atahualpa: el chiquillo ya no trastabilla ni cambia de orden las palabras cuando habla en lengua manteña.

—*Eres ingrato porque estás ciego, hermano de tierra* —dice con tono de sinceridad—. *El Inca le encargó al general Challco Chima que te encontrara y te matara con saña. Pero antes de que pudiera cumplir con su encargo, tus Señores le achicharraron las piernas. Atahualpa, mortificado, me pidió que le buscara reemplazantes. Yo le he dicho que mandé una cuadrilla de espías que te seguían en todo momento, esperando la oportunidad para asestarte el golpe mortal. Pero no envié a nadie. Si el Inca se entera, me quedo sin cuello. Agradece pues. Si todavía estás vivo es por mí.*

Pero la mentira diluida entre las verdades —que el Inca le había mandado buscar un sustituto de Challco Chima para el servicio de asesinar a Firi Pillu— no parece allanar los muros de defensa del informante.

—*Solo dime lo que quieres saber* —dice el chiquillo manteño sin pestañear con el rostro contraído, imperturbable, feroz.

El Recogedor mueve la cabeza hacia uno y otro lado, liberando del cuello dos concisos sonidos de huesos acomodándose en su sitio. Suspira. Busca primeras preguntas de las que ya sabe la respuesta.

—*Háblame del general Challco Chima. ¿Sigue vivo?*

—*Sí.*

—*¿Cómo está?*

—*Bien para lo que le tocó. Después del fuego que le pusieron se le quedaron pegadas la pierna derecha con la izquierda. Unas señoras que curan se las lograron separar de nuevo con unos cuchillos de piedra, pero ya no camina ni puede estar de pie. Dizque el fuego le quemó la fuerza vital de la cintura para abajo.*

—*¿Va a sobrevivir?*

—*Sí. De a poquitos, pero se está recuperando. Pero ya no va a volver a andar nunca. Por lo menos eso es lo que dicen las señoras que lo atienden.*

Todo es cierto hasta ahora. El Espía había hablado con las señoras y le habían dicho lo mismo.

—*¿Dónde lo tienen alojado ahora?*

—*En los Aposentos donde vivía Donir Nandu antes de su regreso a tierras barbudas.*

—*¿Tú mismo lo has visto?*

—*Sí.*

—*¿Cómo lo tratan?*

—*Bien. Dejan que sus sirvientes le den de comer y de beber. Y que las mujeres que curan le pongan emplastos de hierbas en las quemaduras. Pero los barbudos están molestos con él. Dicen que es por su culpa que el Señorcito Tupac Huallpa anda de diarrea en diarrea vaciándose en cagadas. Que él le puso veneno en la comida, dicen.*

El Recogedor de Restos evoca la figura pusilánime de Tupac Huallpa, el muchachito hijo de Huayna Capac desgarbado y asustadizo que llegara del Cuzco con su tío Tísoc Inca hace diez jornadas, y de cuyo arribo informó en detalle a Cusi Yupanqui en un *quipu* secreto. Tupac Huallpa, o más bien su ayo Tísoc Inca, que hablaba por él, pidió a voz en cuello la muerte de Atahualpa y ofreció, a nombre de las *panacas* de Cuzco de Arriba, una alianza con los barbudos. El mocoso bien se merecía la muerte, pero el invencible no se habría atrevido a tramar nada contra él ni contra su ayo sin antes haber solicitado la autorización del Espía, que coordinaba en Cajamarca las acciones para el rescate del Inca por orden de Cusi. ¿Quién sería pues el que envenenaba de a pocos a Tupac Huallpa? ¿O era que, además de deslucido y torpe, el joven orejón tenía la barriga floja de los enfermizos?

El Recogedor cabecea. El informante es confiable. Todo lo dicho por él hasta ahora corre en el mismo sentido del río, de acuerdo a los informantes que tiene repartidos en Cajamarca. Es tiempo de pasar a las preguntas cuya respuesta ignora.

—*Dime, hermano manteño. ¿Por qué Apu Machu repartió el oro y la plata del Inca entre los barbudos?*

—*Para cumplir la promesa que les hizo.*

—*¿Qué promesa?*

—*De que los iba a hacer poderosos si venían con él.*

—*¿Poderosos? ¿De qué poder hablas, hermano manteño? Al fundir las estatuas, los brazaletes y dijes, los extranjeros les quitaron todo su valor. Todo el tiempo y el trabajo que pusieron en ellos los orfebres. Toda su habilidad.*

Un surco se forma sobre la frente de Firi Pillu. Tarda en responder.

—*Para los barbudos no es el trabajo que pusieron los orfebres lo que les da al oro y la plata su poder. Por eso no les importa fundirlo.*

—¿Qué es lo que les da poder entonces?

—*Su forma.*

—*¿Qué forma?*

Firi Pillu se muerde el labio inferior: ¿está recordando o inventando?

—*Esa que toma cuando lo funden.*

El chiquillo manteño dibuja con el dedo un pequeño rectángulo en el aire.

—*¿Quieres decir la forma del ladrillo de adobe?*

Firi Pillu asiente.

—*Eso era algo que también quería preguntarte* —continúa el Recogedor—. *¿Por qué fundieron el oro y la plata en pequeños ladrillitos? ¿Quieren construir casas enanas con ellos?*

—*No* —el informante sonríe, visiblemente divertido por la idea—. *El ladrillo fundido es más compacto, más fácil de llevar, de repartir.*

—*¿Y para qué lo reparten?*

—*Para que todos puedan compartir sus poderes. Si lo funden de otra forma no tiene ningún valor para ellos, pero con forma de ladrillo pueden usarlo para trocar cosas grandes. Una hembra, un barco, un caballo…*

—*¿Un qué?*

—*Un caballo. Así llaman a sus llamas gigantes* —el informante busca y encuentra la hebra de sus palabras anteriores—. *Todas las cosas grandes pueden trocar con las barras, así llaman a los ladrillitos, dizque hasta la Puerta de la Vida Siguiente. Para las cosas más pequeñas cortan los ladrillos en pedacitos redondos y chiquitos que llaman maravidís. Esos se los guardan en sus bolsas para que nadie los vea y sepa cuántas tienen. Entre los barbudos hay mucho ladrón…*

El Recogedor trata de comprender de qué habla, pero no logra asir sus palabras de buenas a primeras. La noción de los ladrillos trocadores le parece, sin embargo, vagamente familiar, y el Recogedor exprime su pepa. A su memoria acuden las hachitas de cobre que viera en los mercados huancavilcas y que tanto le llamaron la atención la primera vez que los vio. Cabían en la palma de una mano y las usaban los *mindalaes* que llegaban de viaje de tierras otavalas, cañaris, caranguis, cayambis, panzaleas, chimbas y yumbas para intercambiar madera balsa, collares de *chaquira*, espejos, coca y lapislázuli con los mercaderes huancavilcas y manteños, en los tiempos en que vivía con Calanga, en los tiempos en que era feliz… Pero no ahondes en estos recuerdos, sapito mío. No ahora.

—*Entonces los barbudos no quieren sacar el oro y la plata de las entrañas de la tierra para curar un Mal que asola a su país* —continúa—. *Lo hacen por simple y llana codicia.*

—*Sí.*

El Recogedor tamborilea el suelo de piedra, sopesando la información.

—*Dime, hermano manteño. Poco antes del reparto de la plata el Señor Donir Nandu partió de Cajamarca de nuevo con una comitiva de veinte barbudos. ¿Adónde fue?*

—*A tierras barbudas.*

—*¿Para qué?*

—*Para entregar al curaca que manda a todos los barbudos parte del oro y la plata que sacaron.*

—*Y este gran* curaca *de barbudos ¿cómo es?*

La mirada de Firi Pillu se ausenta por seis latidos de su corazón.

—*Tiene barba en todo el cuerpo y es alto como una casa. Come peces que respiran por un hueco en la cabeza. Viaja en mantas voladoras que le obedecen y amarrado a las garras de aves gigantescas, que no le hacen ningún daño.*

—*¿Lo has visto?*

—*Sí* —se muerde los labios—. *No, pero me han contado.*

No arar más allá de los terrenos del saber del informante. Volver a los que este conoce de primera mano.

—*Y el Señor Donir Nandu ¿va a regresar?*

Firi Pillu suspira.

—*No lo sé.*

El Recogedor se rasca la coronilla.

721

—Hay otra cosa que quiero que me expliques, hermano manteño. Los dos jefes barbudos Apu Machu y Almagru. No los entiendo. Cuando Almagru llegó a Cajamarca, Apu Machu lo recibió con cariño de hermanos. Pero en menos de una luna los dos ya estaban peleados. Por lo menos eso es lo que parecía, porque se la pasaban todo el día intercambiando ronquidos furiosos en su idioma peludo. Las peleas, además, se extendían a las tropas que trajo cada uno, porque a varios de ellos los vi discutiendo y golpeándose con sus varas de metal con barbudos del otro grupo. Pero pocas jornadas después, cuando Apu Machu les repartió la plata fundida que el Inca les entregó para Su rescate, parecía que se habían reconciliado. Incluso se emborracharon juntos, algo que ninguno de los dos suele hacer ni solo ni acompañado. Pero desde hace poco los dos llevan candela en los ojos de nuevo y sueltan truenos por la boca contra el otro. ¿Qué les pasa a los barbudos que tienen el aliento tan cambiante?

La mirada de Firi Pillu es un charco de aguas fangosas, insondables.

—Te lo digo… con una condición.

—¿Cuál?

El informante tasa, sopesa, se anima.

—Libera a Inti Palla.

El Recogedor resuella de alivio —por esto es que has venido hasta aquí a pesar de mis desaires, arriesgando tu pellejo—, de decepción —no porque yo sea, a pesar de todo, tu hermano de tierra manteña.

—Firi Pillu. Te equivocas conmigo. Yo no tengo poder para…

—Sácala de su servicio de pampayruna y déjala que regrese a su tierra tallana. Si no, no te digo nada.

—No puedes pedirme eso.

—¿Por qué no?

—No está en mis funciones quitar y poner servicios. Eso solo le corresponde al Inca.

—Tú lo vistes y le cortas su pelo. Háblale. A ti te va a escuchar.

El Recogedor hace una mueca que quiere ser burlona, pero en el que se desliza sin querer una profunda compasión.

—Firi Pillu. Manchaste una concubina real. Bastante suerte ha tenido ella de que el Inca la pusiera de pampayruna y no la mandara destripar. Bastante suerte has tenido tú de haber sobrevivido

al alcance de Su garra. Si contravengo Su voluntad y el Inca se entera, yo no seré tan suertudo como ustedes.

—*Lo que quieres saber bien vale la pena que te arriesgues.*

La cara del informante despide un fulgor extraño. El brillo inconfundible del que tiene una buena mercancía por trocar.

Ningunear al informante. Regatear lo que tiene que ofrecer para que no se crea demasiado.

—*Nada de lo que me has dicho hasta ahora vale un grano de* choclo —dice el Recogedor—. *¿Quién me dice que lo que me vayas a revelar tendrá el valor de lo que me estás pidiendo?*

Firi Pillu farfulla. Se levanta de un salto. Empieza a andar con paso decidido hacia la salida del Depósito.

—*Está bien, está bien, solo estaba fastidiando* —concede el Recogedor—. *Voy a ver lo que puedo hacer.*

El informante gira hacia él.

—*¿Vas a «ver lo que puedes hacer»?* —la burla en su voz adquiere un tono gimiente, llorón—. *No, «paisano». Si no vas y liberas a Inti Palla primero, no te digo nada.*

El Recogedor esboza una media sonrisa.

—*No, paisanito* —dice con serenidad—. *Así no es. Primero tú respondes a la pregunta que te he hecho y después, si tu respuesta lo vale, yo hago lo que me pides, si está en mi poder. Ahora vete y regresa cuando de verdad estés listo para hablar, para ayudarme. Antes de eso no quiero volver a verte por aquí, ¿has entendido?*

En el rostro del informante aparece la mueca del *supay*.

—¿Y qué pasa si voy y te acuso ahora mismo con los barbudos? —dice con voz chillona, de animal al que le han pisado la cola—. ¿Si voy y les digo que eres un espía y que no eres Recogedor ni nada, como dices?

—*Hazlo* —dice el Recogedor con toda la tranquilidad que es capaz de fingir—. *A ver quién te ayuda entonces a liberar a Inti Palla de su servicio.*

Las facciones de Firi Pillu se suavizan de inmediato.

—*Entonces… ¿sí la puedes liberar?*

Mentir. Embaucar al informante para sonsacarle lo que se desea saber. Exagerar —o minusvalorar— el propio poder si con ello consigues que colabore contigo.

Pero, por alguna extraña razón, el Recogedor le confiesa la verdad.

—*No lo sé.*

Firi Pillu se contrae sobre sí mismo. Pasa un largo tiempo con el rostro hundido entre las sombras, cabeceando. Da una larga exhalación.

De acuerdo con las normas barbudas, empieza a decir, el que atrapaba a un rey extranjero se quedaba con los despojos del adversario. Apu Machu había sido el que atrapó a Atahualpa, así que era él quien se quedaba con el oro y la plata que le habían sacado al Inca por el rescate. Para que Almagru y los suyos no se sintieran defraudados, Apu Machu les había ofrecido setecientos ladrillos de plata. En un principio Almagru y los suyos se pusieron muy contentos con la parte del tesoro que les tocó, pero entonces llegó el cargamento de oro del Cuzco y todo cambió.

Cuerda secundaria: gris teñido de rojo, en Z

La mañana del ueynte y dos de jvnio, ménbrase el faraute, restallaron en la plaça tres estruendos de arcabuz. Proçedían de las atalayas al lado del *ushnu*, do Pedro de Candia, Miguel de Florençia e Martín de Alcántara dauan de guaçábaras en señalando el oriçonte.

—¡Christianos a la uista!

Felipillo no se despegaua de los passos de don Diego, que acvdía al descanpado al lado de la plaça do hauían conçierto don Françisco, sus ermanos, Soto, Venalcáçar y grand quantía de christianos de entranbas conpañas para rresçebir entre vítores y algaçaras a los rreçién tornados.

Heran Pedro de Moguer, Martín Bueno y Juan de Çárate, que fuessen enuiados del Gouernador a la çibdad del Cvzco para pujar el porte del oro del Inca a Caxamarca. ARibauan a cauallo, seguidos de vna luenga comitiua de yndios prençipales e jente de seruiçio, ansý como vna ilera de más de dozientas ouejas de tieRa con los lomos cargados de bolsas repletas de oro a pvnto de desfondar.

Acosáronlos los soldados a pregvntas sobre las tieRas de que uenían. No se hizieron de rrogar los pregvntados e hablaron con behemençia del Cvzco, la çibdad más fermosa e labrada del mvndo segúnd ellos, do quedaua vn çiento de vezes el oro que traýan, que no lo auían podido tomar porque vn yndio de gueRa llamado Quizquiz y vn saçerdote llamado Uila Uma gelo estorvauan.

—No ovo sino conçeder —dixo Moguer—, pues ahunque la fortuna ayuda a los ossados, Dios proteje al prvdente, no al temerario. Nosotros héramos tres y los yndios de Quizquiz dies myll. Héramos pocos y ellos mvchos, y los mvchos solo con mvchos se ablandan. Partámonos de aquí, démosles su meresçido y finquemos allá. ¡Qué hazemos en Caxamarca con migaxas si en Cvzco nos aguardan banquetes!

Las syguyentes jornadas se rretomaron los travajos del oro, flacos después del primer Repartimyento. Bolbió Pineda a fvndir, el aquylatador a aquylatar, el marcador a marcar, NauaRo a escreuir autos y Reqüentas del oro traýdo —los cántaros, uasos, fuentes, tronos de oro maçiço, ansý como las más de quinyentas planchas que covrían las paredes del tenplo que dezían *Coricancha*— y las baRas en que se tornauan después de fvndidas, Garçía de Sauzedo a uerificar que no ovo yerro, e Riquelme a apartar el quinto del Rey. E bolbió don Diego (con Felipillo al lado) a catallos con ynpotençia, pues conforme proseguía la fvndiçión e la Reqüenta, se yva haziendo vna Ruma, vn monte, vna pirámide de baRas del oro Reçién allegado del Cvzco, de que no le tocaría nada a él ny a su conpaña. De súpito, los çient mil ducados resçebidos, que tanto le contentassen a él y los suyos, paresçían agora vna mala limosna de domingo.

Su güeste, que tanbyén hera testigo de cómo se yuan hinchando en vn santiamén las partes de oro de los de don Françisco y su conpaña, tornaron a sus Resquemores e Ressentimyentos de antes, que no se estorvauan de dezir a boz en cuello. Esta bez los del Gouernador Piçarro no se quedaron callados. Hizieron escarnios e chanças con los de don Diego de su ynconstançia, mentaron madres, ynjuriaron ermanas o les affrentaron de palabra en sus mesmas personas. Los de don Françisco Respondieron escalando ynsultos, escupitajos e desafíos. De quando en quando, consumóse alguna trifulca, algúnd duelo o enfrentamyento con puños, espada o harma blanca entre christianos de entranbos bandos que las admoniçiones e los avisos de don Françisco e don Diego apenas lograuan aplacar. Pero la contienda de conpañas paresçía fuera de ser conthenyda.

Cuerda terciaria (adosada a la primaria): blanco entrelazado con negro, en Z

—Es por eso que Apu Machu y Almagru decidieron reunirse para encontrar una solución que los contentara a los dos —continúa Firi Pillu—. Juntos acordaron que lo mejor para todos era dejar Cajamarca y partir al Cuzco.
—Pero el Inca todavía no termina de entregar el cuarto de oro que les prometió… —replica el Recogedor.
—Eso no les importa.
—¿Cuándo liberan al Inca?
—No lo van a liberar.
—¿Por qué no? Si no Lo dejan cumplir con Su palabra, no tienen derecho a retenerlo.
—Anoche los dos se reunieron con los otros jefes barbudos para discutir sobre lo que van a hacer con el Inca ahora que tienen decidido hacer el viaje. Todos piensan que es demasiado peligroso llevarlo al Cuzco con ellos. Dicen que si hacen eso los pueden atacar por sorpresa en cualquier momento, por cualquier flanco, en un territorio que no conocen. Por eso, después de muchas discusiones, Apu Machu resolvió que lo mejor era mandarlo en uno de sus barcos a la tierra de los barbudos. Algunos creían que lo mejor era matarlo, pero…
—¿Quiénes?
—Almagru. Y los funcionarios que vienen de parte del supremo curaca que manda a los barbudos. Dicen que han escuchado algunos rumores de que unos ejércitos andan rondando en las afueras de Cajamarca. Pero los rumores no fueron confirmados por los incas principales, que dijeron que no habían escuchado nada, que todo eran mentiras. Además, a Apu Machu lo apoyaban Sutu y el Señor Donir Nandu, que les dijo antes de irse que de

ninguna manera debían tocar al Inca, que debían mantenerlo con vida costara lo que costara.

El Recogedor exprime su pepa. Que Apu Machu pensara mandar a Atahualpa a sus tierras le cambiaba los planes. Debía reflexionar.

—*Y los barbudos ¿no piensan regresar a sus tierras con Él en su poder?*

—*No. Un grupo se irá a España, así se llama su tierra, con el Inca. Los que quedan se van al Cuzco, a seguir robando oro y todo el que puedan sacar de las entrañas de la tierra* —Firi Pillu se muerde los labios. Musita, sin ironía en la voz—. *Paisano. ¿Tú vas a liberar a Inti Palla, verdad?*

—*Haré lo que pueda hacer* —responde con sinceridad.

Dos gotas refulgentes asoman de los ojos de Firi Pillu y caen suavemente por sus mejillas. Nunca consueles al informante que sufre, decía el sabio Chimpu Shánkutu. Que no se apoye en tu mano para levantarse. Así sabrá sin ilusiones qué esperar de ti. Qué esperar de sí mismo cuando llegue la tormenta. Pero una convicción más profunda y desconocida le impele a abrazar al paisanito, a no rechazarlo cuando se desembalsa en un llanto impetuoso y sordo de bebito recién destetado.

—*¿Ustedes van a liberar al Inca, verdad?*

—…

—*¡Cuando lo hagan, maten a todos los barbudos! ¡A toditos! ¡Que no quede ni uno solo andando sobre estas tierras!*

—*Baja la voz.*

El llanto cesa abruptamente. La mirada de Firi Pillu escampa como recién pasada por una lluvia de verano.

—*Paisano* —dice, con el dorso de la mano derecha limpiando en silencio los restos de lágrimas—. *¿Tú crees que el Inca perdonará mi afrenta y ya no me matará, ahora que te he dicho lo que te he dicho, ahora que lo he salvado?*

El Recogedor suspira.

—*Sí* —miente sin asco, y acoge en su pecho al paisanito, que le abraza con todas sus fuerzas.

Octava cuerda: blanco entrelazado con negro, en Z

Cuando el Recogedor de Restos entra a la recámara interior del fondo de los Aposentos, la última que le falta revisar, el Inca tampoco se encuentra aquí.

El Recogedor maldice en su adentro: ha buscado al Señor del Principio en la pileta de agua sagrada en que se lava los pies, en la terraza en que solía recibir a sus funcionarios cuando aún se esmeraba en cumplir cabalmente con su rol de Empujador de los Turnos del Mundo, en el cuarto en que retozaba con sus concubinas —que apenas visita desde la profanación violenta de su favorita—, incluso debajo de las rumas de ropa y mantas del Segundo Depósito, donde permanece sepultado jornadas enteras cuando no desea ver a nadie.

Solo queda un sitio donde el Inca y sus *acllas* pueden haberse metido.

Va a paso firme hacia la puerta cerrada del fondo de las recámaras interiores, se detiene ante sus umbrales y abre la puerta. De inmediato unas agrias hilachas de olor a caca seca ofenden su nariz. El Recogedor no hace nada por contener su acoso y avanza por el pequeño patio de tierra sin techar sorteando a su paso los huecos sin fondo visible que se esparcen a sus pies, apartando de cuando en cuando de un manotazo alguna de las ciento cincuenta y siete moscas azules que manan de ellos en relevos, ansiosas por bienvenirlo.

Atahualpa está en una de las esquinas del Cagadero del Inca en cuclillas sobre uno de los huecos. Tiene los ojos cerrados, una extraña expresión de paz en el rostro, la camiseta recogida hasta las rodillas y las nalgas al aire. Lo rodean sus tres *acllas* de servicio vestidas de blanco, dos de ellas de pie en actitud expectante y una agachada a Su altura, con el rostro contraído de concentración. A medida que el Recogedor se acerca, el hedor a mierda fresca se vuelve denso, penetrante.

—No sé, padrecito Único Inca —dice la *aclla* con el pánico dibujado en la voz.

—¿Y ustedes? —el ademán va dirigido ahora a las otras dos *acllas*, que de inmediato se doblan a Su mismo nivel y se quedan quietas un rato, con expresión aterrorizada.

—Nada, padrecito Señor del Principio —dice una.

—Nada, padrecito Hijo dEl Que Todo lo Ilumina —dice la otra.

—Nada, nada, nada. Para nada sirven ustedes —Atahualpa escupe a un lado de su pie derecho. Habla sin abrir los ojos ni volverse hacia el Espía—. Tengo un nuevo servicio para ti, Recogedor.

Le hace la seña de que se incline.

—Único Inca —dice el sirviente íntimo, aún de pie—. Apu Machu, Almagru y otros barbudos quieren una audiencia urgente contigo. Te están esperando en el cuarto principal de los Aposentos. No llevan buena cara.

—Hazme primero el servicio que te pido y después vamos para allá.

El Recogedor se agacha hasta estar a la altura del Inca.

—Quiero conocer mi suerte —dice Atahualpa. Señala a las *acllas* sin mirarlas—. Ninguna de estas es capaz de cernir los mensajes del Señor de la Caca.

—¿Los mensajes de quién?

—Del Señor de la Caca. Es un *huaca* nuevo que se ha manifestado y que estoy poniendo a prueba. Le he asignado un terrenito al lado de las tierras del Sol en las afueras de Cajamarca y he dispuesto que le entreguen dos medidas de coca y una tinaja de chicha al final de cada ciclo de la Madre, para ver si conseguimos su favor, que nos ilumine con su sabiduría.

—No me dijiste nada de esta nueva disposición.

—¿No? Bueno, ahora te lo estoy diciendo. Este Señor me envía mensajes a través del olor de mis tripas. He tratado de comprenderlos, pero uno no puede cernirse a sí mismo cuando de caca se trata. Uno se acostumbra demasiado rápido al olor de su propia mierda.

El Recogedor carraspea.

—Hijo dEl Que Todo lo Ilumina. Nada más lejos de mí que contradecir tus dictámenes. Pero ¿qué te hace pensar que los augurios de este *huaca* nuevo son fiables y se merecen los dones y ofrendas que quieres hacerle?

—¿Qué te hace pensar que los del Señor de Pachacamac, el de Huamachuco o los de cualquiera de esos *huacas* engreídos cuyos sacerdotes engordan comiendo y bebiendo en los predios del Mundo de las Cuatro Direcciones son más fiables que los suyos? Si vamos a buscar augurios de valor dudoso, por lo menos que sea de *huacas* que no sean pedilones. Y si queremos augurios eficaces y los arrogantes nos han fallado ¿por qué no probar con el *huaca* más humilde y que pide menos de todos? Porque el Señor de la Caca es el menos pretencioso de los que me ha tocado conocer, de los que se han dignado visitarme.

—¿El Señor de la Caca te ha visitado?

—Anoche. En sueños. Sus ropajes eran miserables como los de un *yana* y por eso en un comienzo desconfié. Pero el calor que despedía suplía su falta de apariencia poderosa. Un calor benéfico, amable, de cuarto cerrado habitado por niñas no pasadas aún por sus primeras sangres. El *huaca* no tenía boca y no hablaba con palabras sino con efluvios. Le pude entender. Así como fertilizo la tierra, me dijo, fertilizaré tu conocimiento. Solo tienes que cernir lo que yo te diga oliendo el olor de tu propia caca.

El Inca abre los ojos. Se vuelve al Recogedor.

—Necesito un buen Intermediario que me permita comprender Sus señales olorosas. Un cernidor de signos, como un Huilla Huisa, que sueña los sueños de otros para interpretarlos. Si un *huaca* benéfico te dotó del poder de cernir las cantidades de un solo vistazo, mi fiel Recogedor, quién sabe si no te dotó también de otras habilidades en el cernimiento de los signos del Mundo, como el de oler la caca ajena y sacarle su sentido.

—Señor del Principio. Yo no…

—Tú sí. Vamos.

El Recogedor se acerca al borde del Cagadero del Inca. Cierra los ojos. Aspira con angustia: ¿es cierta la sospecha que lo anda rondando los días pasados?

¿El Inca se ha vuelto loco?

Como una prenda que uno hace de cabos sueltos, hila los sucesos recientes en el comportamiento extraño del Inca. ¿Logrará encontrar un dibujo, un patrón de hilado que lo explique?

730

Cuerda secundaria: blanco entrelazado con negro, en Z

Hace poco menos de una luna, recuerda el Recogedor, cruzó a lo largo del cielo nocturno una enorme cabeza de fuego con una larga cabellera, que iluminó de un lado al otro el horizonte.

Atahualpa convocó de inmediato a su Hombre Que Cierne los Cielos y este le dijo que era un presagio funesto para el Inca. Aquella noche Atahualpa durmió en el Segundo Depósito, enterrado bajo cerros de ropa, y no salió del Aposento en cuatro jornadas ni siquiera para recibir a los barbudos. Los cuencos con comida se acumulaban en los umbrales apenas mordisqueados, y los *porongos* de chicha apenas sorbidos. Cuando en la quinta jornada Atahualpa salió de su encierro, habían aparecido manojos de canas en sus sienes y surcos profundos en las bolsas y esquinas de sus ojos. Volvió a convocar a su Hombre que Cierne los Cielos y le pidió que le dijera cómo hacía para cernir los signos celestes, para saber si eran buenos o malos augurios los que pregonaban. «No tengo autoridad para revelarlo», replicó el Que Cierne los Cielos. «¿Ni siquiera al Único Inca?» «Ni siquiera al Único Inca». Atahualpa lo estranguló ahí mismo.

Atahualpa no esperó a que terminara la jornada para convocar a los sacerdotes de los *huacas* de los alrededores de Cajamarca para que le dijeran cómo cernían las tripas de las llamas que sacrificaban. Y como sus respuestas ambiguas no colmaron su curiosidad, mandó que les dieran sesenta y cuatro azotes con cuerdas mojadas, que arrancó la carne de la espalda de una mitad de los sacerdotes y mató a la otra. A la mañana siguiente mandó llamar a dos Hombres que Hablan por Boca de las Momias —de los que saben hacer manar las palabras que los Únicos Incas dicen en su Vida Siguiente—, que recién acababan de llegar del Cuzco. Los dos Hombres se acercaron a los Aposentos con desconfianza, pues habían venido a Cajamarca a rendir pleitesía secreta a los barbudos —el Recogedor los había mandado seguir discretamente y estaba al tanto de todos sus movimientos—, pero se tranquilizaron cuando Atahualpa les preguntó con su propia voz, sin intermediarios, miramientos ni saludos protocolares, qué decía la Momia de Huayna Capac sobre él.

—Te dice que disfrutes cuanto puedas tu victoria sobre tu hermano —le dijo el que hablaba por ambos, trastabillando con la voz—. No te queda mucho tiempo rigiendo los Turnos del Mundo.

Atahualpa rió. Cómo sabían que era eso lo que les había dicho y no otra cosa, les preguntó. Ellos no entendieron la pregunta. Quiero que me revelen las artes de cernir los labios de la Momia de Huayna Capac, les dijo, de las Momias en general. Así, hablaré en el futuro con ellas sin tener que molestarlos a ustedes, diciendo. ¿Había bebedizos que tomaban, plantas que comían para acceder a la comprensión de Sus mensajes, para hacer audible el sonido de su voz en la Vida Siguiente? ¿Había un grupo de signos secretos en que comunicaban Sus deseos? Si los Hombres Que Hablaban por las Momias le descubrían ese saber, Atahualpa les perdonaría la traición de haber ofrecido estatuillas de oro y plata, dos bolsas de maíz recién cocinado y diecisiete mujeres vírgenes a los barbudos. Los Hombres, temblando por haber sido descubiertos, le dijeron nosotros tenemos el poder de hablar por las Momias, Señor del Principio, pero no las mañas para explicarlo. Atahualpa cabeceó, tomó la piedra afilada con que su Recogedor de Restos le cortaba el pelo, y de cuatro movimientos secos les segó ahí mismo las orejas, aprendan a oír, carajo, y los sacó a patadas de sus Aposentos, váyanse, embusteros de mierda, diciendo, regrésense al Cuzco en la misma posición en que se pusieron ante los peludos: de rodillas.

Los días siguientes el Inca se los pasó recapitulando ante el Recogedor, sin que pareciera venir a cuento, algunas de las batallas de su gesta victoriosa para alzarse con la borla. Pero no hablaba mucho de las batallas en sí, sino de las represalias después de que estas terminaban.

La primera fue la batalla de Pumapungo. Al final de la batalla, recordó el Inca, Atahualpa decidió escarmentar a los habitantes del Cañar, que se habían plegado a las tropas del general Ahua Panti, enviado por Huáscar para hacerle frente. Como castigo, Atahualpa ordenó a los tres *curacas* cañaris alzados que acudieran al centro de la plaza, donde sus tres pueblos habían sido congregados por disposición del Inca. Una vez ahí, él mismo les abrió el pecho a los *curacas* rebeldes y les sacó el corazón, los hizo cocinar y sazonar en especias olorosas, cortar en pedacitos y repartir entre los cañaris presentes. Todo el que no quiso comer en el banquete corrió la misma suerte que sus jefes.

Pero no era la dulzura de la venganza merecida lo que impregnaba las palabras del Inca al evocar el hecho traicionero sino una extraña curiosidad que le embargaba.

—Antes de entregar los corazones a mi cocinero, traté de cernir el color del corazón de los traidores —Atahualpa le dijo al Espía del Inca con sorprendida frustración—. ¡Pero no era diferente del de los otros corazones!

Poco después de los descorazonamientos de los cañaris, le dijo Atahualpa en otro de sus desvaríos, una cuadrilla de otavalos enviados por Huáscar intentó sin éxito meterse en su tienda en los alrededores de Quito para asesinarlo. Después de atraparlos a todos, pensó en descorazonarlos a ellos también, pero al final prefirió enterrarlos vivos y sembrar la tierra encima de sus cuerpos con árboles frutales. Siete lunas después, cuando los árboles dieron sus frutas y estas maduraron, el Inca las hizo probar por *yanacona* domésticos.

—Ninguno de los *yanacona* murió ¿puedes creer? —dijo Atahualpa, sorprendido—. ¡Las frutas no eran venenosas!

El último hecho que Atahualpa mencionó en los extraños devaneos de su pepa, hace medio atado de jornadas, fue el aplastamiento de la rebelión de los paltas, poco después del inicio de la guerra contra Huáscar. Como en los ejércitos paltas peleaban hasta las mujeres preñadas, cuando terminó la batalla ordenó que las abrieran y les sacaran los bebitos de sus vientres. No solo quería castigar ejemplarmente a ese pueblo levantisco, dijo, sino examinar con sus propios ojos los fetos de los malvados y ver si tenían los rasgos del *supay*. Pero el examen detenido fue concluyente: los bebitos nonatos de las hembras de mala entraña tenían rasgos iguales a los de los otros.

—¿Por qué los colores y los sabores no revelan la verdad de las fuerzas vitales que los albergan? —le preguntó un atribulado Atahualpa—. ¿Por qué los fetos esconden la maldad que habita el aliento de sus progenitores?

El Inca suspiró de impotencia.

—¿Por qué los *huacas* nos engañan así?

Cuerda terciaria (adosada a la cuerda principal): blanco entrelazado con negro, en Z

Con los ojos cerrados, el Recogedor compone con su rostro una sucesión de máscaras que fingen revelar cómo su adentro se trastorna a medida que el olor, uniforme en un principio, va adquiriendo contornos definidos, como los objetos y sonidos nocturnos cuando acaban de apagarse las antorchas.

El Recogedor abre los ojos.

—Hijo dEl Que Todo lo Ilumina —dice finalmente—. El mensaje del olor de Tu excremento sagrado no debe ser recibido por otros oídos que los Tuyos.

El Inca hace una señal. Las tres *acllas* se reincorporan y abandonan el patio.

—Señor del Principio. El Señor de la Caca ha augurado que los barbudos no cumplirán su promesa de liberarte.

El Inca se rasca la barbilla, pensativo. Se endereza, se levanta el taparrabos hasta calzárselo en la pelvis. Se mete en sí mismo, enlaza las manos a la espalda y empieza a pasearse en círculo. Hay un puente espeso de carne entre sus cejas.

—¿Estás seguro de que es eso lo que te ha dicho? ¿No te habrás confundido y habrás olido mal?

—He olido bien.

—Uno nunca sabe. Agáchate para que huelas de nuevo y te asegures.

—No será necesario, Señor del Principio —gesto corto del Recogedor—. El Señor de la Caca ha sido claro en sus señales.

Atahualpa resuella. El Recogedor carraspea: este es el momento que estaba esperando.

—Hay algo más, Hijo dEl Que Todo lo Ilumina. El Señor de la Caca augura que los barbudos te llevarán a sus tierras peludas más allá de la Gran Cocha. Dice que cuando ellos toquen las orillas quemarán las cáscaras gigantes y no volverán a construir otras. Que te afincarás en los predios extranjeros hasta que te juntes con los Tuyos. Que, por más que quieras e intentes, no te dejarán regresar nunca.

Atahualpa deja de caminar. Su mirada se pierde más allá de las paredes que lo tienen prisionero. Dos líneas fugaces cruzan sus mejillas y una sonrisa infantil aparece en su rostro. Algo está saliendo mal.

—Único Inca —se apresura el Recogedor con tono urgente, irguiéndose sobre sus dos piernas—. Tú puedes hacer frente y vencer al augurio funesto del Señor de la Caca con solo decidirlo. Cusi Yupanqui y Yucra Huallpa se encuentran apostados con sus cuadrillas en las afueras de Cajamarca. El plan de ataque no solamente ha sido trazado, también limado y pulido. Di una palabra y harán su entrada para rescatarte y librar al Mundo de las Cuatro Direcciones del peligro de quedarse sin cabeza.

El Inca le hace un escueto gesto de que se calle.

—¿Así que eso es lo que quieren? —dice con júbilo apenas soterrado—. ¿Después de robar Mi oro quieren robarme a Mí?

Atahualpa empieza a caminar a paso rápido en dirección a la zona de las habitaciones.

—¿Qué esperas?

El Recogedor le sigue los pasos. Entran al pasillo que atraviesa los Aposentos, pero en lugar de ir al Aposento principal, donde les aguardan los barbudos, el Inca se desvía hacia las puertas de los Depósitos.

—Señor del Principio. Apu Machu, Almagru y los otros peludos te están esperando…

Atahualpa hace una breve mueca displicente —que sigan esperando— y prosigue su camino. El Recogedor suspira de alivio cuando el Inca no entra al Segundo Depósito, en cuyas rumas de ropa usada le gusta zambullirse cuando anda apesadumbrado, de mal humor o ambos. Atahualpa ingresa más bien al Tercero, donde se hallan las prendas nuevas más finas. Se prueba una túnica brocada con motivos acuáticos y se calza unas sandalias cosidas con hilos de oro. Mira el conjunto a través del espejo redondo con marco de plata adosado a la pared, el único de los ocho que tenía que los barbudos le han permitido conservar. Le queda un poco suelto, pero no está mal.

—¿Qué te parece? ¿Crees que le gustará al *huaca* principal de los barbudos cuando esté en su delante?

—Señor del Principio...

El Inca se pone de perfil. Su extrema delgadez se pone ahora sí en evidencia, así como los mechones blancuzcos que han invadido sus sienes. Se quita la túnica de un solo impulso.

—Mmm, no abriga tanto —la arroja hacia un rincón. Vuelve a buscar entre las rumas de ropa—. Los augurios son invencibles, fiel Recogedor. ¿No lo sabías? Si el Señor de la Caca es tan poderoso como parece, no vale la pena intentar hacerLe frente. Anuda en tu memoria. ¿Qué clima tienen las tierras barbudas? ¿Tienen estaciones de lluvias? ¿Frío y calor, como nosotros? Cuando haya terminado la visita del Apu Machu, ve y pon estas preguntas en *quipu*, así como todas las que te vaya diciendo a partir de ahora. Dime. ¿El Señor de la Caca dijo algo sobre si a ti también los barbudos te traían a sus tierras?

—No.

—No importa. Tú te vas conmigo para allá.

El rostro del Inca se ilumina: ha encontrado algo que llama su atención. Con delicadeza, saca de la base de la ruma una capa de piel de murciélago cubierta de manchones negruzcos.

—Esta es la capa que manché con la sangre de Unan Chullo ¿verdad?

—Sí.

—Pobre imbécil. No supo hacerme respetar, como debe un buen Portavoz del Inca. ¿Por qué no mandaste quemar la capa, como es tu obligación?

—No lo sé, Único Inca.

—Debería castigarte por eso.

Atahualpa se coloca sobre la espalda la capa manchada, que —lo comprueba de inmediato— disimula bien sus hombros escuálidos. Se mira nuevamente en el espejo. Su mirada se fija en las manchas. Algo en ellas parece subsumirlo. Jala hacia abajo la *mascapaicha* que lleva ceñida en la cabeza, de manera que sus cordones cubren sus mejillas afiladas. Su imagen en el espejo despide por un instante solemnidad, magnificencia, inmortalidad.

—Voy a decirte un secreto, mi fiel Recogedor.

—Dime, Único Inca.

—Júrame por tu *huaca* de origen que no vas a contárselo a nadie.

—Te lo juro, Señor del Principio.

Atahualpa le musita al oído.

—Cuando me vaya a vivir a la tierra barbuda, el Mundo de las Cuatro Direcciones sobrevivirá.

Empieza a caminar hacia la salida.

—Y ahora veamos qué quieren decirme esos barbudos. Qué nuevas señales me traen.

Cuerda de cuarto nivel (adosada a la terciaria): blanco entrelazado con negro, en Z

En el Aposento principal les esperan con ostensible impaciencia el tuerto Almagru y el Señor Binal Cásar, el barbudo de edad en declive que desde la partida de Donir Nandu a tierra peluda no se aparta de su lado.

En segunda fila, van Apu Machu, con unas serpientes de metal en las manos, y Firi Pillu.

Atahualpa escruta al chiquillo con ojos sorprendidos, que se colman poco a poco de odio incandescente. Es la primera vez que lo tiene frente a sí desde que el huancavilca manchó a su concubina favorita, y no parece terminar de creer que nadie haya podido cumplir Su deseo de matar —y con crueldad— al renacuajo manteño.

Firi Pillu, sudoroso, baja la mirada y se pone ligeramente detrás de la espalda de Almagru, pero sin ocultarse del todo. Intenta cruzar un vistazo con el Recogedor, pero este le evita.

Atahualpa se vuelve y habla con furia al oído de su Recogedor.

—Pide el Inca que Apu Machu traiga a su traductor tallán para que traduzca este cambio de palabras —dice el Recogedor—. Dice que no va a decir nada en presencia de un sucio profanador de *acllas* como tú.

—¡Yo no la forcé a propósito, Señor Inca! —dice Firi Pillu a Atahualpa—. ¡Todo fue una equivocación!

—¡No te dirijas al Señor del Principio, perro sirviente de barbudos! —grita con furia el Recogedor.

Se arma el barullo, que escala de volumen con rapidez. Apu Machu interviene. Hasta el Recogedor llega el sonido de su respiración agitada mientras Firi Pillu convierte el intercambio en gárgaras barbudas. Apu Machu escucha alerta y pacientemente. Algo —¿la preocupación?, ¿la edad?, ¿la noche de la víspera, quizá pasada sin dormir?— ha cavado ojeras en las orillas inferiores de sus ojos, ha afilado sus pómulos de piedra. Un borbotón cascajoso sale de su boca derramándose en el aire.

Firi Pillu suspira con aire compungido.

—Dice mi Señor que no me ha traído por su gusto para ofenderte —la voz del traductor manteño es un chillido agudo, dolido, llorón—. Dice que prefiere cómo traduce el tallán, pero el tallán ha partido de viaje con el Señor Sutu. Que no sabe cuándo regresará, dice. Que no tiene otra salida que usarme a mí. Que lo que tiene que hablar con el Inca no puede esperar hasta su retorno. Que si no fuera por eso, no habría venido conmigo, dice.

Atahualpa contempla con atención inexpresiva a Firi Pillu. Escupe al lado de su pie derecho. Su mirada se posa brevemente en Apu Machu, los otros barbudos y vuelve al manteño. Murmura al oído del Recogedor. El Recogedor vierte sus palabras.

—Dice el Inca que diga tu Señor lo que tenga que decirle.

Firi Pillu trueca chorros peludos con Apu Machu.

—Mi Señor está molesto contigo —traduce el manteño con voz insegura—. Quiere saber por qué estás clavando cuchillos en su espalda.

Atahualpa abarca a los visitantes con la mirada. Centra su aliento en Apu Machu y ladea la cabeza hacia la derecha. Se vuelve hacia el Recogedor y le habla en voz baja al oído.

—Dice el Inca que tu Señor se está burlando de Él. Que le ha visto la espalda y no tiene nada clavado.

Firi Pillu pone lo dicho en jerga barbuda. Una apretada media sonrisa corta en dos el rostro de Apu Machu. Un nuevo chorro surge de su garganta, más largo que el anterior.

—Apu Machu dice que sabes bien que está hablando de los ejércitos que tienes levantados en las afueras de Cajamarca. Que está decepcionado de ti. Que te ha tratado como a su hijo favorito y tú no le has correspondido, dice.

Nuevo cuchicheo de Atahualpa a la oreja de su funcionario.

—Quiere saber el Inca de qué tinaja ha bebido su chicha tu Señor —dice el Recogedor—. Que seguro es de esa chicha chachapoya que hace ver falsas visiones.

Trueque veloz de chorros en barbudo entre Firi Pillu y Apu Machu.

—Dice mi Señor que él no ha bebido nada.

Nuevo murmullo del Señor del Principio, mucho más largo que el anterior.

—Dice el Inca que entonces tu Señor debe haber oído los rumores falsos del Señor Carhuarayco, *curaca* cajamarca, el Señor Huaman, *curaca* chachapoya, o del Señor Apu Manco Surichaqui, *curaca* hatunjauja. Que estos sebosos siembran mentiras para cosechar Su muerte, dice. Que si tu Señor ha decidido seguir el sendero que le marcan esos animales que reptan, que no se queje después de haberse perdido en el camino.

Firi Pillu traduce. Apu Machu suelta una nueva cascada de gárgaras.

—Apu Machu dice que no fueron ellos quienes le dijeron que tus ejércitos están cerca —traduce Firi Pillu—. Que fueron unos sirvientes que él ha traído desde tierras nicaraguas. Que estos sirvientes no le mienten nunca, dice. Que ellos estaban lavando ropa en una de las acequias de las afueras de Cajamarca y vieron sus pisadas y los restos de sus fogatas en los pastizales. Dice… —el manteño trastabilla con la voz—. Dice que el Inca es un mentiroso y un traidor que no cumple sus promesas.

Un resplandor titilante se apodera de las pupilas del Inca. Susurra a la oreja de su Recogedor.

—Pregunta el Único a tu Señor si ve algún agujero en las paredes de Sus Aposentos por donde pueda pasar el cuerpo de un hombre.

Firi Pillu pasa lo dicho al idioma barbudo. Apu Machu planea la mirada por la habitación. Replica.

—Apu Machu dice que no —traduce el manteño.

Nuevo murmullo del Inca al oído de su Recogedor.

—Pide el Único a tu Señor que vea si al Inca le han crecido alas en la espalda.

El Inca se da la vuelta. Firi Pillu traduce. Apu Machu habla de nuevo.

—Apu Machu dice que no, que no le han crecido.

Nuevo susurro de Atahualpa.

—Pide el Único a tu Señor que vea si al Inca le han salido sandalias de metal en las plantas de los pies, como los que tienen las llamas gigantes corredoras que Apu Machu ha traído.

Atahualpa se quita las sandalias y levanta una por una la planta de sus pies, mientras el manteño traduce lo acabado de decir. Graznido ronco y corto de Apu Machu.

—Apu Machu dice que no, que no le han salido.

Un suave y alargado bisbiseo se desliza de los labios de Atahualpa a los oídos prestos de su funcionario más íntimo.

—Pregunta el Inca cómo piensa entonces tu Señor que Él escapará del castigo peludo si Él manda un ataque como el que tu Señor dice. Que tu Señor anda despistado si cree que los guerreros del Inca se levantarían sin Su autorización, pues en Sus predios ni un pájaro vuela ni las hojas de un árbol se menean si Él no lo manda. Que si aquí hay alguien que no está cumpliendo sus promesas, no es Él. Pide el Inca que tu Señor vuelva a verlo cuando tenga burlas más graciosas que contar. Que esta no le ha dado risa, dice.

Atahualpa se pone de espaldas a los barbudos. Un rumor ronco surge de detrás de Firi Pillu. Es Almagru, que está soltando una sonora y agria catarata de gárgaras dirigidas a Apu Machu. Apu Machu se da la vuelta como picado por una serpiente y replica con la misma aspereza. Empieza un feroz trueque de chorros entre los dos, que el Señor Binal Cásar intenta apaciguar, sin éxito.

—¿No le has pedido perdón al Inca de mi parte? —dice en voz baja Firi Pillu al Recogedor, pero con audible desesperación—. ¿No le has dicho que no forcé a Inti Palla a propósito? ¿Que todo fue un malentendido?

El Recogedor traga saliva.

—No sé de qué me hablas.

Los ojos de Firi Pillu se fijan en los suyos, pero el Recogedor los evade. Se vuelven a Atahualpa, que también los evita, con asco visible.

—¿Entonces tampoco te ha contado, Señor? —pregunta Firi Pillu en voz alta, con angustia—. ¿Tampoco te ha dicho que los barbudos pensaban llevarte a sus tierras?

El rostro de Atahualpa se enciende. Su mirada se eleva y se posa en Firi Pillu, que la sostiene con una fuerza extraña, nueva. El Inca se vuelve hacia el Recogedor. Una mueca cáustica y burlona atraviesa su rostro: así que Señor de la Caca ¿no?

Entretanto, ha escampado la trifulca barbuda. Almagru, el aparente vencedor, se acerca a paso rápido al Inca y le dobla los brazos a la espalda, sin que Apu Machu haga nada por impedirlo. El Recogedor intenta interferir, pero Binal Cásar se interpone y le da un sonoro puñetazo en la cara, que le zamaquea las mejillas y lo tumba sobre el sitio. Almagru masculla palabras en barbudo.

—Dice el Señor Almagru que esto es por tu propia seguridad —traduce Firi Pillu—. Está mintiendo, por supuesto.

—No te dirijas al Señor del Prin…

—Los barbudos pensaban llevarte a sus tierras —prosigue Firi Pillu sin hacer caso— pero están cambiando de opinión. Ahora algunos quieren matarte.

—¡Te he dicho que dejes de…

—Cállate, Recogedor —dice Atahualpa sin dejar de mirar a Firi Pillu a los ojos, mientras Almagru le ciñe el cuello con un anillo grueso, unido a una larga serpiente de metal que termina en una bola. El Inca no intenta resistirse. Binal Cásar suelta la bola y esta retumba sobre el suelo. Almagru saca un pequeño adminículo de metal, que introduce en una cajita pequeñita de madera, que utiliza para cerrar el anillo.

—Es una *llavi*. Sirve para abrir y cerrar el *amaru*. No te preocupes. Sé donde la colocan y puedo entregártela cuando llegue el momento de tu liberación. Podrás quitártelas sin que se den cuenta.

Apu Machu suelta una nueva cascada larga en idioma peludo.

—Dice Apu Machu que lamenta lo del *amaru* que te amarra los brazos, pero que es mejor para todos que no te muevas de aquí. Dice que si no intentas nada contra ellos te dejarán libre de nuevo. Otra mentira. Anoche se reunió con Almagru y los otros jefes barbudos y hablan de quitarte la vida hagas lo que hagas.

—¿Cuándo?

—No lo han decidido todavía —responde el manteño—. Pero mañana por la noche se reúnen de nuevo.

Un moño sube en la garganta del Inca.

—No pueden matarme —dice—. Yo respeté las reglas del buen vencido. Yo entregué el oro y la plata que me pidió. Yo derroté a Sutu en el juego de los Incas hermanos.

—El Señor Sutu está en Huamachuco, dizque buscando a tus ejércitos. En verdad Apu Machu lo mandó allá para deshacerse de él, pues Sutu es de los que más insistía en mandarte a tierras barbudas. En cuanto al oro que les entregaste, ni una lágrima pasará a manos de Almagru y los que vinieron con él.

—¿Por qué?

—Las leyes barbudas dicen que todo el oro y la plata de tu rescate es de Apu Machu, porque fue él quien te capturó. Es por eso que el tuerto insiste en matarte. Para poder viajar al Cuzco y empezar a recibir de la repartición del oro que obtengan allá. Apu Machu también quiere viajar a la *Llacta* Ombligo para conseguir el oro, pero ahora está cambiando de opinión. Él también quiere viajar al Cuzco a quitarle su oro, pero ahora está cada vez más convencido de que sería más peligroso ir contigo que sin ti.

Una cascada inquieta surge de la garganta de Apu Machu, que Firi Pillu apacigua con un breve intercambio de gárgaras.

—Pregunta el Apu Machu qué tanto hablo contigo. Le he dicho que quieres que te quiten el *amaru* de metal porque te aprieta demasiado. Que estoy tratando de convencerte de que es por tu bien, pero te sigues quejando.

Atahualpa mira a Firi Pillu con curiosidad.

—¿Qué *huaca* habla por tu boca, Hombre de las Señales Verdaderas?

—Ninguno. Yo hablo solo por mí.

El Inca reflexiona.

—¿Cómo quieres que te retribuya por las noticias que me traes?

Firi Pillu responde de inmediato.

—Libera a tu favorita Inti Palla de su servicio como *pampayruna*. Y déjala que regrese con los suyos a sus tierras tallanas.

Atahualpa sonríe débilmente. Observa a Firi Pillu. Un manto de empatía inusitada cubre el rostro del Inca.

—¿Eso es todo?

—Hay otra cosa.

—Dime, Hombre de las Señales Verdaderas.

—Cuando vengan a rescatarte y estés libre, —se vuelve ligeramente hacia Apu Machu, Almagru y Binal Cásar— mátalos de muerte cruel a estos y a todos los barbudos que vienen con ellos. No dejes a ninguno vivo. ¿Lo harás, Único Inca?

El Inca contempla largamente al sapo manteño.

—Lo haré.

Una sonrisa amanece en el rostro de Firi Pillu. Se vuelve a los barbudos e intercambia cascadas de sonido inofensivo con ellos. Sin más, parten de los Aposentos.

Atahualpa palpa la capa de murciélago. Se detiene largamente en la contemplación de una mancha negruzca de la capa. Suspira.

—Debería haberte matado a ti y no a Unan Chullo —dice sin mirar a su Recogedor—. Era un buen Portavoz del Inca.

Se quita la capa y la arroja en un rincón.

—Hombre que Habla por el Señor de la Caca, por fin he visto las señales. Ha llegado el tiempo. Dile a Inti Palla que acabó su servicio de *pampayruna* y que puede regresar a su tierra tallana. Y da a Cusi mi autorización para que emprenda Mi rescate mañana por la noche.

Levanta la mirada hacia el Recogedor. Por primera vez desde que el funcionario recuerda, hay en ella una luz feroz, limpia, decidida.

—El Inca está listo para ser liberado.

Cuerda de quinto nivel (adosada a la de cuarto nivel): blanco entrelazado con negro, en Z

El Espía del Inca avanza con paso de ocelote por el sendero que va a los baños de Pultumarca. Un manojo de nubes deshilachadas cubre a medias a la Madre, que esta noche esconde con pudor siete décimos de su cuerpo.

No se ha cruzado con nadie en el camino. Desde que cundió el temor del ataque por sorpresa, los barbudos se han enclavado en los alrededores de la plaza y ya no vienen por aquí. Tampoco ha visto pasar habitantes del Mundo de las Cuatro Direcciones, que siguen respetando la prohibición de circular por calles, trochas y plazas durante la noche, aunque los extranjeros ya no estén presentes para castigar su incumplimiento con la muerte.

El Espía del Inca sigue su camino ayudándose con la escasa luz que rebota de los charcos agonizantes de la llovizna de inicios de la tarde. No demora en llegar a la casa principal de las *pampayruna*, que permanece en silencio. No hay señal de los tres barbudos que suelen vigilar por turnos la entrada día y noche. Entra. Camina a tientas por el vestíbulo —alguien ha apagado (o nadie ha encendido) la antorcha de la entrada. Por si acaso, se quita una por una las sandalias haciendo equilibrio primero sobre una pierna y luego sobre la otra. El frío punzante de las piedras alisadas del recinto lateral endurece sus pantorrillas.

El Espía cruza los umbrales del recinto de la esquina, el más alejado de la casa. Se detiene. Unos concisos ronquidos de viejo se elevan por turnos en donde debería estar el lecho central y por un instante cree haberse equivocado de habitación.

—¿Y tu don, Señor? —le dice en voz baja una joven y redonda voz de mujer. El Espía, que solo la ha oído impostada especialmente para llenar los oídos del Inca con sus historias extraordinarias —aquellas noches en que el Recogedor cedía a la curiosidad y atestiguaba sus orgías con el Único—, tarda dos latidos en reconocer a Inti Palla.

—No he traído.

El desconcierto de la concubina casi puede tocarse con los dedos de la mano a pesar de la oscuridad. En reciprocidad por los servicios sexuales recibidos, los funcionarios que visitaban la casa debían traer un don para los depósitos que alimentaban a las *pampayruna*. No se sabía si los barbudos también tenían la obligación de traer algo, pero nunca lo hacían.

—No he venido para eso.

El Espía se acerca en silencio hacia el lugar de donde proviene la voz. Poco a poco se dibuja la silueta de la cama y de los bultos en ella:

744

a orillas de las fronteras derecha e izquierda, dos ancianas *mamaconas* dormidas; sentada al pie, Inti Palla, vestida de una camiseta suelta de bayeta clara que no logra ocultar los bordes bien pulidos del cuerpo en su debajo. La escasa luz que entra por la ventanilla alta esculpe su cabeza, pero deja en las sombras su rostro, que mira sin ojos hacia aquí. El Espía se siente observado con cautelosa curiosidad.

—Inti Palla. Eres libre. El Señor del Principio y Movedor del Mundo de las Cuatro Direcciones ha decidido desatar el nudo que te une a Él. Él te da Su licencia para que regreses a tu tierra.

Las palabras sedimentan lentamente en los oídos de la concubina. Pero el Espía es incapaz de cernir hacia dónde se dirige el movimiento que producen en su pepa.

—No pierdas tiempo en ritos y ofrendas de gratitud —continúa—. Prepara tus bártulos, toma las dos señoras que te sirven y vete antes de que el Padre haya dado sus primeros pasos en la jornada que comienza. Sigue el camino cuesta arriba que va hacia el Templo-Fortaleza del dios Catequil. En sus faldas te estará esperando una comitiva de diez guerreros que garantizará tu protección hasta que hayas llegado sana y salva a los fueros de los tuyos.

El Espía calla. El silencio se empoza en la negrura hasta desbordarse. Un leve resplandor fugaz asoma en el rostro de la tallana: ¿una lágrima?

—Señor —musita Inti Palla—. Yo soy una humilde sirviente del Único. Donde ha estado Su felicidad, ahí he puesto siempre mi corazón. Hasta cuando mi suciedad Lo obligó a sacarme de Sus Aposentos he seguido fielmente Sus designios. *Pampayruna* ha querido que sea y *pampayruna* seguiré siendo hasta que me cambie de servicio. Pero que no me pida que me separe de Su lado.

Un ramalazo de furia invade el aliento del Espía.

—Tallana *upa* —dice apretando los dientes—. Despierta de tu sueño de inocentes. No estás en una de esas historias absurdas que le contabas al Único en tus juegos con Él, cuando aún no te despreciaba. No te volverás piedra, ni manantial, ni acequia sagrada por la fuerza de un *huaca* benéfico conmovido por tu amor. El Inca ya se olvidó de ti. Anda más pendiente del olor de su caca que de tu suerte de *pampayruna*. Ni siquiera ha sido él por su propia voluntad quien me encomendó el servicio de liberarte.

Inti Palla es ahora una cuerda tensándose de a pocos sin hacer ruido.

—¿Quién ha sido entonces?

—El chiquillo manteño ese que traduce para los barbudos se lo hizo prometer. Es por él que vas a ser libre de nuevo. Él se lo pidió al Inca.

Un arroyo de voz le responde.

—El que me manchó…

El silencio vuelve a empozarse. A derramarse.

—Vamos, Inti Palla. Toma tus *mamaconas* y sal de aquí cuanto antes. La cuadrilla que te aguarda en las faldas de Catequil no tiene toda la noche.

El Espía escucha un respingo breve, firme, definitivo.

—No me moveré de aquí, Señor —dice la tallana en voz baja—. Este es mi sitio y este es el servicio elegido para mí por el Único que Marca los Turnos del Mundo.

Un aluvión de fuego inunda la pepa del Espía. Para su sorpresa, es suyo este brazo que se aleja para tomar impulso, suya esta mano que remece de un bofetón el rostro perplejo de la caída en desgracia.

—¡¿Es que no te das cuenta, tallana estúpida?! ¡¿Es que no te das cuenta?! ¡El Inca ya te abandonó, ya no te quiere a su lado!

Un dique invisible empieza a agrietarse en algún lugar del aliento del Espía del Inca. De sus ojos se desbordan lágrimas espesas, ardientes. Trata de contenerlas, pero ya son un torrente salido de su cauce que arrasa con todo a su paso. El Inca te abandonó como a mí, como a todos nosotros. De su garganta surgen espasmos ventrales, animales, que lo sacuden entre gemidos. Ignora qué recuerdos oscuros los convocan, pero son agudos como espinas de tuna incrustadas en el corazón.

El barullo despierta a las viejas, que se incorporan a medias en el lecho, alarmadas. Inti Palla les acaricia la cabeza como si fueran *huahuas*, les musita al oído señalando vagamente hacia el Espía. Ellas cabecean dócilmente, se restriegan las legañas, se levantan y, sin hacer ruido, salen de la habitación. La tallana se vuelve hacia él y el funcionario más íntimo del Inca se siente, una vez más, traspasado por sus ojos brillantes como estrellas, únicas secuelas de vida en las tinieblas.

—Si no tienes don ahora no importa —dice su voz conmovida, maternal—. Me lo traes después.

Lentamente, la concubina se abre de piernas.

—Ven, sapito mío.

Como fulminado por un hondazo del Illapa en la cabeza, el Espía cae de rodillas. ¿Eres tú, Calanga? ¿Qué hacen tus palabras saliendo de esos labios ajenos, impuros? ¿Es esto lo que estás queriendo? ¿Esto lo que estás mandando? ¿O habla un *huaca* a través de ti?

Como quien obedece una orden perentoria e indiscutible venida desde la Vida Siguiente, Salango repta hasta donde está Inti Palla y, guiándose por un tenue retazo de luz, cubre con su cuerpo incrédulo el de la tallana que se le ofrece. Hace cuánto tiempo que no… La turgente lisura de los senos de la hembra es obvia al contacto con su pecho, el calor fulgurante de su cuerpo le calienta la pepa, derritiéndola de inmediato. Con hábil rapidez, la caída en desgracia lo abraza como una enredadera de mil tallos, le aprisiona la cintura con las dos piernas, le hace embocar la tuna —encendida ¿en qué momento?— en su caverna del origen y, sin dejar escapar sonido alguno, empieza a ondular pegado a él, succionándolo desde su debajo como si tuviera una boca escondida en el fondo de su cueva. El placer de ser bebido como si fuera un ansiado líquido vital invade su cuerpo caduco. El ritmo que urde en común con Inti Palla lo funde a ella como si fueran metales hermanos, metales esposos. Se cierne sobre Salango una honda desazón, pero es una desazón compartida, solidaria, y aparta su rostro del de la tallana para contemplarlo mejor.

—Te gusta mi servicio ¿no? —le dice ella con una escueta sonrisa en los labios.

El tiempo de estallar, que se aproximaba, se diluye en el vacío. El vaivén continúa pero poco a poco asoman en su pepa las raíces de una planta venenosa. Empieza a invadirlo la sensación de que, a pesar de las apariencias, el rostro tallán que tiene ante sí es en verdad su propio rostro, el cuerpo que está penetrando es su propio cuerpo. La sensación de que se está fornicando a sí mismo.

Se aparta con violencia. Dos súbitas arcadas lo doblan, pero no vomita más que aire.

—¿Estás bien, Señor?

Una nueva cachetada zarandea el rostro de Inti Palla. Salango contempla largo rato su mano desconcertada, que ha dejado de ser la suya. Cuando vuelve a levantar la vista, la tallana ya no está a su lado: se ha replegado en el rincón más lejano y oscuro de la habitación, tratando de no hacer ruido.

Salango retrocede, gira y vuelve sobre sus pasos. Ahuecando la pisada para no hacer ruido, sale de la casa como si un *supay* lo estuviera persiguiendo.

El aire frío no lo depura del súbito vacío en la barriga. De la podredumbre que se apodera de su pepa velozmente. Empieza a trotar por senderos marginales del Camino del Inca para cumplir con su siguiente tarea —encontrarse con Cusi Yupanqui en una casa franca de las afueras de la *llacta* y avisarle que Atahualpa ha dado finalmente su autorización para el rescate, que debe tener lugar a la noche siguiente—, deteniéndose de vez en cuando para cerciorarse de que nadie le sigue. Su aliento dividido regresa bruscamente y sin avisar al recuerdo antiguo que lo barruntaba sordamente durante su encuentro con la concubina caída en desgracia. Aquel recuerdo que creía muerto en su pepa para siempre, pero que solo estaba oculto, encendido y al acecho, presto a devolverle, como ahora, al tiempo pasado en que servía como Gran Hombre que Cuenta Hombres y Cosas en el extremo Chinchaysuyo. Al tiempo remoto en que, siguiendo el mandato del Inca Huayna Capac y el Gran Hombre que Hablaba a Su Oreja Chimpu Shánkutu, visitaba los primeros pueblos de su expedición civilizadora por las costas fronterizas del norte. Cuando descubrió que Calanga, su mujer, le traicionaba.

Quiere huir del recuerdo doloroso con todas sus fuerzas y corre más rápido por los descampados. Elige a propósito senderos estrechos con espinos a los lados, que le surcan de rasguños la cara, los brazos y las piernas. Pero no logra distraerse a punta de sufrimiento corporal. Lo evoca todo como si fuera ayer. Como si fuera hoy. Como si estuviera ocurriendo de nuevo en este mismo momento y no en un poblado perdido de Atacames, en las tierras del norte, hace siete años.

Decimocuarta serie de cuerdas – pasado

Primera cuerda: blanco entrelazado con negro, en S

Lo evoca todo como si fuera ayer. Como si fuera hoy. Como si estuviera ocurriendo de nuevo en este mismo momento, y no en un poblado perdido de Atacames hace siete años.

Por aquel entonces recién empezaba a habituarse al nombre de Salango, el nombre de isla manteña que le había puesto el Señor de Colonche y con el que trataba de cumplir, con muchísimas dificultades, la embajada civilizadora que le había encargado el Inca Huayna Capac. Con Calanga, su joven esposa manteña, que traducía para él, recorría las tierras del norte tratando de enseñar a sus habitantes las virtudes del tributo, de la alianza con el Único.

Aquella noche en que la luz se hizo para él era noche cerrada. Salango acababa de despertarse por un mal sueño y buscaba a tientas el cuerpo de Calanga para acabar de convencerse que los espíritus submarinos que lo acosaban no habían traspasado su vigilia.

Calanga no estaba.

¿Qué ibas a hacer ahora, sapito mío?

Salango bostezó sin hacer ruido. Se irguió sobre el lecho de paja cubierto de hojas de palma trenzada. Agujetas y calambres se apoderaron entonces de sus piernas y brazos, rescoldos del día larguísimo en el último poblado Atacames de su itinerario civilizador.

Aquella jornada, las treinta balsas manteñas que Salango lideraba —que el Señor de Colonche había puesto a su disposición en señal de buena voluntad con el embajador del Inca— habían logrado sortear, después de una serie de maniobras bruscas de los balseros que las conducían, una peligrosa hilera de peñascos alineados frente a las costas de Coaque. Los vómitos continuos de Salango solo cesaron cuando acostaron en los muelles.

Salango miró a la oscuridad derecha, a la izquierda: ¿por dónde andaría Calanga?

A duras penas pudo corresponder a la bienvenida del Señor de Coaque, que le condujo en persona a la estancia especialmente preparada para él y su mujer. Mientras los sirvientes manteños puestos por el *curaca* de Colonche a su servicio descargaban de las balsas el cargamento de presentes, Salango se remojó la cabeza para decidir mejor qué regalos entregaría al Señor de Coaque, en qué orden, con qué palabras. De poco le había servido. A la hora de la merienda, en que el Señor vino a darle el encuentro y comer cortésmente en su compañía, Salango le obsequió a nombre del Inca Huayna Capac trece llamas blancas, diez camisetas de lana —inútiles, reflexionó demasiado tarde, para un clima cálido como este— y diecisiete cestillas de coca recién cosechada. Después de una retahíla efusiva de agradecimientos, traducidos oportunamente por Calanga, el Señor de Coaque rompió a llorar: no te podíamos aceptar los dones de Huayna Capac, Señor enviado, ni él ni su pueblo tenían con qué retribuir Su generosidad. ¿No me creías, Señor? Sin mediar palabra, el Señor de Coaque tomó a Salango firmemente del brazo y, entre lágrimas y sollozos, caminó con él por todo el poblado, mira con tus ojos, Señor enviado, mira la pobreza en que vivimos. Y Salango vio las casas vacías, los riachuelos agotados, la tierra seca, y luego las mechas desgreñadas de los niños arrancándose los piojos. La escasez.

No eran los vómitos ni la prolongada caminata, sin embargo, lo que lo tenía completamente exhausto. Era lo infructuoso de sus esfuerzos civilizadores. La respuesta del Señor de Coaque había sido la misma que la de los mandones de las seis aldeas pidres, los cinco poblados campaces y los tres asentamientos costeros atacames por los que había pasado, por más cambios que hizo en el protocolo de la entrega de los presentes, la calidad de los dones y la amabilidad de las palabras elegidas para ganarse la buena voluntad del *curaca* local al que debía persuadir. Gracias por tus presentes, Hombre que Habla por el Inca, pero míranos, somos pobres, no podemos devolverte algo acorde con lo que nos entregas, ser recíprocos contigo. ¿Cómo siembras en el salvaje la semilla del tributo, del turno de trabajo? ¿Cómo le enseñas a dar si no tiene con que retribuir lo recibido?

Calanga no estaba en el corredor. Tampoco en el cagadero. ¿Quizá en el depósito —vacío— en que guardaban sus cosechas?

Por más que trataba, Salango no podía comprender. El Portavoz del Inca y el Señor Chimpu Shánkutu le habían prevenido del salvajismo primitivo de los que ocupaban estas tierras. Pero, dos atados de jornadas después de haberse instalado en Colonche con Calanga había sido testigo de algo sorprendente. El enorme pampón frente a la casa del *curaca*, que había permanecido vacío desde su arribo al poblado —los hombres y mujeres en edad productiva pasaban la mayor parte del día en sus chozas, sumidos en los trabajos del *mullu*—, empezó de pronto a llenarse de gente. Hombres, mujeres, niños y ancianos de los pueblos vecinos —a los que, en todo el tiempo que Salango llevaba en tierra manteña, no había visto venir ni siquiera de visita—, llegaban a Colonche como un chubasco de verano. Traían sacos repletos de brazaletes de *chaquira*, vasijas, piedras refulgentes de todas las formas y colores, prendas de los más variados diseños y tamaños. Siguiendo un orden invisible, desplegaron sus mantas en el suelo en lugares preestablecidos del pampón —aunque no hubiera marca alguna, todos sabían cuál era el que le correspondía. Los espacios libres eran ocupados poco a poco por los extranjeros que, recién arribados en balsa a los muelles de Colonche desde el norte, el sur y el poniente, o acabados de llegar exhaustos del levante después de cruzar las montañas a pie con los lomos de sus llamas desfondados por los pesos de sus cargamentos, descargaban sus bultos sobre el suelo aventándolos con el estrépito del que desea convocar la atención ajena, anunciar su llegada. Llevaban consigo canastos, ollas y vasijas llenos hasta los bordes de frutas desconocidas, sal, coca recién recolectada, pieles curtidas y sin curtir de animales exuberantes sin nombre en el Idioma de la Gente, madera balsa, sombreros de plumas de más colores que el arco del Illapa, cañas largas como palmeras, peinetas de caparazón de tortuga, y objetos curiosos cuya utilidad Salango no podía cernir, como multitud de dijes tallados en joyas de piedras brillantes engastadas de madreperla, estatuillas de Señores diminutos en una aleación de metal indiscernible y unos charquitos portátiles de agua dura —¿congelada?— enmarcados de plata, en los que uno podía ver su propio reflejo en movimiento. Una vez instalados en sus sitios, empezaron a intercambiar lo que traían con los manteños, en un extraño frenesí colectivo de actividad, que asombró a Salango por su rapidez, pues en sus desenfrenados intercambios apenas si se servían de las balanzas de cobre que llevaban. Pero también por su extraordinaria precisión. Las cantidades acordadas para los intercambios *eran exactamente las mismas* —Salango había hecho los conteos de un vistazo— aunque las personas que hicieran el intercambio fueran de procedencia o lengua diferente, y no hubieran podido ponerse de acuerdo con anterioridad. Fuera el que trocaba un mercader chimbo, chono o atacames, un atado de conchas de *mullu* era *siempre* intercambiado por tres medidas de hojas de coca o cinco de sal, un puñado de perlas *siempre igual* a cuarenta hachitas de cobre o una medida de obsidiana. ¿Quién había decidido estas equivalencias estrictamente respetadas por todos?, ¿cuándo?, ¿dónde?

Pero la pregunta que ahora le acuciaba era otra. Si los pueblos salvajes que había visitado en su tarea civilizadora eran tan miserables, ¿de dónde venían las riquezas traídas en balsa desde el norte?, ¿había pueblos, trayectos ocultos que habían escapado a su inspección?

Los trueques duraron cinco jornadas enteras. Cuando llegaba la noche, la Madre aparecía para ofrendarles su luz y la de las perlas engastadas en su pecho. Todos recubrían entonces lo que sobraba de lo que habían venido a ofrecer y lo que acababan de obtener en los intercambios. Empezaba a correr el licor. Comenzaban las historias. Historias que algunos viajantes, iluminados sus rostros por los fogones encendidos, contaban con la animación gesticulante de los que han bebido demasiado, en medio de las puyas y chanzas de los que les escuchaban.

Eran historias frescas que conmovían a todos o les hacían reír. El idilio prohibido entre un pirata lampunaeño y una mujer tumbesina, que desoyeron los consejos de sus pueblos enemigos y se fugaron juntos a la Isla de las Tortugas Gigantes para amarse en paz. El reencuentro entre dos hermanos *mindalaes* peleados hace quince años por un error de cálculo en la medición de un trueque, que se reconciliaron cuando el Inca invasor destruyó sus tierras comunes en Cansacoto, trocaron todo lo que tenían por armas sustraídas de los depósitos cañaris y murieron juntos empuñándolas contra Él. El último chisme sobre un *curaca* carangui roñoso, al que todos odiábamos porque adulteraba sus balanzas, y al que su sirviente contador le robó todo lo que tenía, incluso el bulto vestido de su *huaca* tutelar. El regreso de un dios barbudo antiguo y olvidado que acababa de volver de su destierro y navegaba en cáscaras gigantes en las costas de Panamá, y con quienes uno de los viajantes se había cruzado en el trayecto en balsa hacia aquí. Historias que yo te traducía a regañadientes y entre bostezos, pues después de haberme pasado todo el día traduciendo tus instrucciones a los sirvientes para los preparativos del viaje, lo único que quería era irme a descansar.

Salango cruzó el umbral de la choza que fungía de depósito en medio de la oscuridad. En una de las habitaciones de al fondo se filtraba un tenue haz de luz lunar. Pero ni rastro de Calanga. Estaba a punto de salir cuando escuchó su voz. Iba a llamarla. Se detuvo. Su esposa no estaba sola. Una voz le hablaba entre cuchicheos. En una lengua extranjera que Salango no conocía. Una voz redonda. Varonil. Calanga rió. Su risa era suave. Nueva. Cómplice. Una risa de mejores amigos. De hermanos. De amantes.

Los vio y el corazón le dio un vuelco. El hombre, sin dejar de intercambiar sonrisas con Calanga, se acercaba a la salida posterior del depósito. El rayo de luz de la Madre lo recortó fugazmente en la negrura. Sus labios carnosos, su pecho amplio, sus piernas fornidas, sus ropas de fibra modesta pero digna, de colores vivos. Lo reconoció: era un enviado del *curaca* de Císcala, poblado que Salango iría a visitar tres jornadas después en su viaje civilizador. Mi Señor quiere ver cuánta gente y equipaje traes, había dicho el hombre al presentarse ante él aquella misma mañana —y Calanga había traducido.

Con sigilo, Salango retrocedió hasta salir del depósito. Regresó a su choza, súbitamente exhausto por las preguntas que empezaban a juntársele en la pepa y apenas se cubrió con la cobija, se quedó dormido. Despertó a la mañana siguiente. Calanga dormía a su lado.

Zarparon a Císcala dos días después. Las corrientes y los vientos eran más apacibles que en las costas del sur, y Salango pudo abandonarse sin angustia a la contemplación del horizonte. Recordó con claridad su pesadilla de hacía tres noches.

La pesadilla había sido esta: Salango estaba en medio de la Gran Cocha Infinita. Nadaba furiosamente hacia Salango, la isla que le había dado su nombre manteño. Algo había en ella de inconmensurable valor que debía obtener con urgencia. Que le salvaría de un peligro voraz. Sin embargo, por más que nadaba desesperadamente hacia la isla, esta permanecía siempre a la misma distancia. Burlándose de él.

Llegaron a Císcala cuando el Padre estaba a punto de despedirse de la jornada y Su luz se desvanecía en el horizonte. Como estaba previsto, el *curaca* le dio la bienvenida al enviado del Inca. Previsto fue el cortés ofrecimiento al ilustre visitante de las mejores hamacas del lugar. Previsto el asombro exagerado del *curaca* ante los regalos traídos por Salango. Previstas sus disculpas y sus lágrimas por no poder retribuir la prodigalidad del Inca como Él se merecía. Prevista la sofocante e inútil caminata por todo el poblado, para que el enviado del Inca compruebe con sus propios ojos la miseria de Císcala.

Pero Salango ya no estaba pendiente de los protocolos, que se cumplían por sí solos como si tuvieran vida propia. Su aliento se centraba más bien en cada gesto, cada mirada, cada palabra de su mujer, sin saber exactamente lo que buscaba. Lo supo al final de su diálogo con el *curaca*, que Calanga tradujo cabalmente. Se encontraba ya en las fórmulas de despedida que marcaban el final de la visita, fracasada como todas las anteriores, cuando de los labios de su mujer afloró una sonrisa efímera dirigida a un lugar más allá de las espaldas del Señor de Císcala, donde se hallaba el hermoso enviado con el que había tenido su cita secreta. Quien, cuando pensaba que nadie lo veía, sonrió a la esposa de Salango con todos sus dientes.

Una nube inesperada de desaliento se cernió sobre Salango, arrebatándole súbitamente la fuerza de sus miembros, enterrando su mirada.

A sus pies, algo apartado del cañaveral de donde seguramente procedía, yacía un cáñamo de bambú, remanente quizá de una balsa recién construida. Lo levantó y le dio un vistazo a su interior: estaba lleno de piojos.

—¿Cuántas cabezas de familia viven en Císcala? —dijo sin dejar de mirar dentro del cáñamo.

Calanga tradujo su pregunta. Y luego, la respuesta del *curaca*:

—Quinientos setenta.

Salango le pasó el cáñamo. El *curaca*, con reticencia, lo recibió. Dio una breve ojeada y, al percatarse de su contenido, lo arrojó de inmediato al suelo. Los piojos empezaron a salir a borbotones.

—¿Cuántos piojos había dentro del cáñamo? —preguntó Salango.

Por un instante, no supe si me preguntabas a mí o al *curaca*. Como yo no sabía la respuesta, traduje. El *curaca*, sin saber si reírse o enojarse, respondió cautamente en su lengua.

—Dice que no sabe —traduje.

—Hay cuatro mil cincuenta y tres —dijo Salango—. Dile que, para redondear, solo tomaré para el Inca siete piojos por cada cabeza de familia de Císcala. O sea tres mil novecientos noventa.

¿Qué malagua le ha picado a tu esposo Pelícano Tierno?, preguntó el *curaca* en voz baja cuando traduje lo que habías dicho. Yo no sabía, no entendía.

—Dile que regresaré exactamente en una luna —siguió diciendo Salango—. Que cuando vuelva, quiero ver otro cáñamo como este lleno con la misma cantidad de piojos, ni uno más ni uno menos.

Yo traduje para el *curaca*.

—Que, hasta que su pueblo encuentre con qué corresponder la generosidad del Inca, volveré sin falta para recoger personalmente los piojos cada vez que la Madre se ponga su vestido blanco. Que si no cumple con la entrega, se lo contaré a Huayna Capac. Y el Joven Poderoso, con el dolor de su compasivo corazón, mandará desplazar a tierras de Císcala cientos de extranjeros, como hizo en los dominios de los chimbos, cayambis y caranguis, para que las pueblen, las despierten de su sueño y las hagan producir como él y los suyos no supieron.

También pediste piojos en los pueblos beliquiamas por los que pasamos, ofendiendo sin asco a los *curacas*. Parecía que hubiera dejado de importarte ganarte su favor, congraciarte por las buenas con ellos. Tus amenazas eran cada vez más directas. Tus insultos, más ponzoñosos y humillantes. Los *curacas*, con la boca abierta, me hacían repetir la traducción. Cuando se cercioraban de que habían oído bien, se disculpaban contigo por su pobreza, te agradecían por la generosidad de tu instrucción con grandes reverencias mientras te llenaban de improperios que no podías entender, sabiendo que yo no los iba a traducir. Empecé a preocuparme. En nuestros primeros encuentros en Colonche, antes de este periplo, cada vez que hacíamos el amor era como si yo te salvara de nuevo de aguas extrañas en que te estuvieras ahogando sin remedio, y a las que me había arrojado sobre todo por lástima. Ahora me jalabas del pelo, me pegabas y arañabas con una rara saña y se te daba por metérmela por el culo con una fuerza repulsiva. Apenas me hablabas durante el resto del día a menos que fuera para pedirme, para ordenarme tradúceme esto, tradúceme lo otro, como si fueras mi *curaca* y no mi esposo. Yo me aguantaba las ganas de romperte la cara solo para no hacerte sospechar. Pero algo me decía que ya era demasiado tarde, que te habías dado cuenta de todo.

En el último pueblo de los beliquiamas por el que pasó en su expedición civilizadora, Salango, Calanga y su comitiva permanecieron tres jornadas. Fue a insistencia del *curaca*, que trataba de hacerse perdonar a punta de hospitalidad la misteriosa falta que su pueblo había cometido para merecer el maltrato del enviado del Inca. De día, Salango recibía delegados de los pueblos niguas que iría a visitar en su siguiente parada y que venían a presentarle cortésmente su saludo, y soportaba interminables fiestas y homenajes en su honor; de noche, rumiaba, como ahora, un nudo de piedra alojado en su garganta que le impedía conciliar el sueño.

Calanga estaba a su lado, tendida en el lecho. Su cutis brillando a la luz tililante de las antorchas que morían en el patio. Sus pechos subiendo y bajando en silencio como olas sin viento. Hermosa. Inocente.

Le dio la espalda y cerró los ojos. No ceder a los repentinos deseos de matarla. De destrozar a golpes esa boca que susurraba al oído de extraños por las noches. Desfigurar a punta de arañazos ese rostro que sonreía fugazmente a otros cuando él no lo miraba, que se reía de él a escondidas. Morder a dentelladas esos labios hasta arrancarles toda la verdad, todas las mentiras. Pero tampoco abandonarse al impulso, que sentía al mismo tiempo o inmediatamente después, de abrazarla hasta apropiarse de sus sueños más recónditos, hasta ser correspondido. ¿Me amas? Si no, ¿por qué no te vas de una vez y me libras de esta fuerza violenta que se ha alojado en mi corazón?, ¿de este terremoto que me zarandea a la ternura más infinita en un latido y al asesinato en el siguiente?

Como cada noche previa a la partida al pueblo siguiente, Calanga apartó suavemente el cobertor que la cubría, creyendo que él estaba dormido. Se levantó y, haciendo el menor ruido posible, salió de la habitación.

Como cada noche previa a la partida al pueblo siguiente, Salango esperó un tiempo prudencial antes de empezar a seguirla. Los hombres con los que se citaba eran siempre los enviados extranjeros. Los lugares del encuentro, de una marcada discreción: un vestíbulo poco frecuentado recubierto de hojas de palma, la zona más oscura de un pampón, una cueva a orillas de la playa. Hoy era una choza abandonada en la zona menos habitable del pueblo, a medio tiro de piedra de la casa en que el *curaca* beliquiama les había brindado alojamiento.

La vio entrar. Se acercó sigilosamente a los umbrales, permaneciendo apartado de la entrada y de la única ventana. Miró al interior. Ahí estaban Calanga y su amante de hoy: el enviado del *curaca* de Bolanigua, que había arribado anteayer al pueblo beliquiama para entregarle presentes a Salango en nombre de su Señor.

¿Por qué Salango no irrumpía en la habitación? ¿Por qué, como siempre, se quedaba petrificado viendo a Calanga trabar íntima cháchara con su amante inminente, en un idioma extranjero que no podía comprender? ¿Por qué se resignaba a ser testigo de los inicios de la seducción pero jamás se quedaba hasta el final, para ver a su esposa consumar de una buena vez lo que tanto temía, lo que había anticipado en su aliento tantas veces?

Fue entonces que se dio cuenta de que era capaz de entender expresiones del idioma en que hablaban. La lengua nigua era bastante parecida al yumbo, que Salango había tenido que aprender durante sus faenas como espía del Inca durante la guerra de los cayambis y caranguis para infiltrarse mejor en territorio enemigo.

Se acercó para escuchar bien. Pudo comprender por primera vez muchas de las palabras de amor que su mujer trocaba con su amante entre susurros.

Nótefíesdepelícanotiérno. Elhuáhuapodráparecérzónzopéroahídonde [] con ésacarítadesápománsoquetiéneávístoparaelíncavárias []. Cuandollégueváentregár [] preséntesparatuseñór. Quetuseñórno [] retribúya. Esúnatrámpa [] tuseñormuéstreloquetiéne [], loquepuédeacérletributáren [].

¿Qué débehacérentóncesmiseñór?, preguntó en voz baja el enviado.

Escondértódo, respondió Calanga entre cuchicheos. Elalgodónlasálelajíel [] laobsidiánaelórotódo. Quelhuáhua novéanáda. Sinóváilecuéntaalíncaielíncaviéneiseloquítacomo [] héchocontódoslos [] ensucamíno. Mira [] loscañarisloscaránguisloscayámbislospástoslosquillacíngaslospanzaléosloschímboslosyúmbosiatódoslosquefuéron [] enlaguérra. Mira [] colóncheiatódoslospuébloshuancavílcasimantéñosquele regaláronmúlluiesmeráldasacámbiode [] iaóraestáncondenádosaentregár [] cuátro [] poráñoparasiémpre.

Calanga sonrió, con esa sonrisa cómplice que había desvelado a su esposo por atados de jornadas.

Pongámosundíquealacodíciasinfíndelinvasór.

Cuerda secundaria: blanco entrelazado con negro con veta amarilla en el centro, en S

Salango no intervino en ese momento ni después, cuando Calanga y el mensajero del *curaca* de Bolanigua se separaron —sin ayuntarse, sin ni siquiera tocarse como hombre y mujer— y su esposa regresó a toda prisa a la barraca y se deslizó sin hacer ruido en el lecho conyugal para no perturbar el sueño macizo de su marido.

Tampoco la confrontó por su engaño al día siguiente, cuando, luego de una marcha de media jornada, llegaron a Bolanigua. El *curaca* los recibió entonces con una alegría agria, torcida. Pero, para su sorpresa, el enviado del Inca no le entregó un cáñamo vacío para que lo llenara de piojos, como le decían que había hecho en los pueblos por los que había pasado en su trayecto. Pelícano Tierno, como lo apodaban los *curacas* de la región, mostró buen talante en Bolanigua: insistió en que el *curaca* aceptara sus presentes sin contrapartida alguna y no quiso que se le paseara por el pueblo para comprobar su pobreza.

Tampoco hubo entrega de cáñamo en ninguna de las paradas restantes en los pueblos campeces y sigchos, que marcaron el final de la misión civilizadora hacia el norte.

Nunca supe por qué, sapito mío, pero nuestros encuentros por las noches mudaron de piel. Dejaste de forzarme, de jalonearme como animal huraño. Empezaste a ceñirme con suavidad, como pidiéndome permiso con cada uno de tus movimientos, pero con una firmeza que me derritió. Quise resistirme. Tú eras un enviado del Inca invasor. Pero algo en ti había cambiado. No solo tus ojos, que ahora me miraban limpios de odio. No solo tus manos, que me tocaban ahora sin aprensión, con la autoridad del que no necesita violentar para vencer. No solo tu boca, que aprendía sin prisa y sin pausa a besarme y morderme en los lugares que me gustaban y a verter ríos de malas palabras en mi idioma cuando nos llegaba el momento de la catarata compartida. Era la súbita certeza de ya no estar al lado de un niño que necesitaba protección. De ser tomada, abarcada, penetrada por un hombre. Quizá por eso, cuando pasaron dos lunas completas y mis sangres no me visitaron, una alegría —dolorosa— me invadió. Iba a parir un hijo tuyo. Estaba encinta de mi enemigo.

Apenas regresaron a Colonche, Salango tramó un informe para el Señor Chimpu Shánkutu sobre su estancia en tierras manteñas y su periplo civilizador. Le dedicó veinticinco cuerdas al inventario detallado de todo lo que había visto y escuchado en el pampón de los intercambios en Colonche —que consideraba de gran interés— y solo una a sus nulos hallazgos en tierras salvajes.

«Tu segundo regalo estorbó al primer regalo que me diste», decían las últimas cuerdas de su *quipu*, que urdió con nudos en la barriga y la garganta, después de una noche en vela. «¿Te lo devuelvo o me deshago discretamente de él?» La mujer que me diste estorbó mi tarea durante el viaje, Señor Chimpu Shánkutu. Incitó a los pueblos a ocultar sus bienes, a engañar al Inca. Dime qué debo hacer con ella ¿matarla con disimulo o devolvértela?

Un atado de jornadas después, a la hora del crepúsculo, apareció ante la choza de Salango un mendigo con una enorme bolsa de venado. Estaba raída por el uso, como la de los peregrinos que visitan *huacas* lejanos.

—¿Qué le dice el agua del mar al agua del río? —preguntó el mendigo a Salango después de contemplar sus insignias.

—Apártate que ha llegado mi turno.

El mendigo le entregó la bolsa y se escabulló como un espíritu de la noche. Después de cerciorarse que Calanga no andaba cerca, Salango desató con rapidez el nudo sagrado. En el interior había dos *quipus*, uno muy pequeño y uno muy grande. El lazo ornamental al inicio del pequeño indicaba que era el que debía preceder en la lectura. Salango lo desplegó.

«No devuelvas ni te deshagas del segundo regalo: consérvalo contigo. Pero manténlo en un lugar oscuro de tu vivienda», decían las primeras cuerdas. Salango no debía tomar revancha contra Calanga. Su esposa debía seguir creyendo que Salango no se había dado cuenta de su engaño. «Ahora despliega tu tercer regalo: el *quipu* de historias sagradas que acompaña a este *quipu* de instrucciones. Léelo. Solo cuando lo hayas terminado de leer, regresa a este y continúa».

Salango desplegó el *quipu* multicolor, que tenía la impresionante belleza y vistosidad de los *quipus* que contaban las historias que debían recordarse. Este era de signos ásperos, antiguos.

Leyó:

Quipu secundario adosado a la cuerda secundaria: multicolor, en S y Z

Este es un *quipu* sagrado del Inca.
Si lo tocas con tus manos, con tus ojos,

si no tienes la venia del Inca
morirás.

En la Casa del Saber del Cuzco
hay otro *quipu* más corto,
ese lo pueden tocar los *amautas*,
ese lo pueden tocar los que estudian las historias
en las Casas del Saber.

Tupac Yupanqui, Príncipe Heredero del Inca número 8
—el Único Inca Pachacutec Inca Yupanqui—,
viajó 3 años antes de su investidura
—el de la Gran Sequía del Cuzco—
en el año 2 de su Primer Movimiento Hacia Arriba
como Jefe de Todos los Ejércitos
al anillo de islas pardas de afuera llamada Hahuachumbi
y al anillo de islas de fuego llamada Ninachumbi
en dirección al Lugar de Reposo del Sol.

Partió de Manabí,
en la 4ª. Parte del Mundo, el Chinchaysuyo
en la 6ª. Línea, a orillas de la Gran *Cocha* Infinita,
con 2225 hombres —1550 incas y 675 manteños y huancavilcas
y 145 balsas.

Regresó 11 lunas después.
Trajo como trofeo mucho oro labrado,
1 hombre manchado,
1 silla de tumbaga,
5 pieles gruesas de monstruos
y 1 mujer.
No encontró lo que buscaba.

Mi nombre es Antarqui,
soy el Nigromante de Tupac Yupanqui,
los muertos me hablan, yo hablo a mi Señor.
Yo anudo este *quipu*,

yo vi lo que ya está anudado,
yo vi lo que está por anudar.

Tupac Yupanqui conquistó
a los lampunaeños, a los manteños, a los huancavilcas,
para el Único Inca Pachacutec Inca Yupanqui, Volteador
del Mundo,
—no digas Su nombre en voz alta
sin un leño en tu espalda—.
Los venció en la guerra.
Vertió su sangre en la tierra y en el agua,
pisó sus despojos.
Pactó con ellos.

Un día de paz en tierras manteñas,
una balsa de mucha eslora, de mucha gente hábil
apareció, llegó a la orilla.
«¿De dónde vienen ustedes?», preguntó Tupac Yupanqui
a los manteños navegantes.
«De la faja de islas pardas de afuera llamada Hahuachumbi
y de la faja de islas de fuego llamada Ninachumbi,
donde duerme el Sol».

El Amauta dijo:
«No hay fajas de islas donde duerme El Que Todo lo Ilumina,
nadie ha llegado, nadie puede llegar
donde duerme El Que Todo lo Ilumina
sin volverse carbón encendido,
sin volverse ceniza soplada, esparcida por el viento.
No creas a los manteños,
son mentirosos
como todos los habitantes de las costas».

«¿De dónde vienen esos?»
Tupac Yupanqui preguntó al *Huillahuisa*,
El Que Vuelve a Soñar los Sueños del Inca.
El *Huillahuisa* durmió, soñó y no vio nada.

«¿De dónde vienen esos?»
Tupac Yupanqui preguntó al Cóndor.
El Cóndor extendió sus alas, voló y no vio nada.

«¿De dónde vienen esos?»
Tupac Yupanqui preguntó a Antarqui el Nigromante.
Yo bebí una bebida de viaje,
pedí permiso a los *huacas*,
hablé con los ancestros,
viajé hacia atrás
cruzando nubes blancas y negras
por encima de la Gran *Cocha*
hacia donde duerme el Sol.
Vi a los manteños viniendo
en el pasado.
«Vinieron de unas fajas de islas pardas de afuera,
vinieron de unas islas de fuego», regresé.
«Los manteños no mintieron».

Tupac Yupanqui reunió 2225 hombres:
1550 incas y 675 manteños y huancavilcas,
hizo construir 145 balsas:
135 de 1 piso, 10 de 2 pisos,
las hizo untar con miel, savia, aceite negro de pantano.
Convocó a Huaman Achachi, Conti Yupanqui y Quihuar
Tupac, del Cuzco de Arriba,
    y a Yancan Mayta, Cachi Mapaca, Mascu Yupanqui y
Llimpita Usca Mayta, del Cuzco de Abajo,
    designó como doble a su hermano Tilca Yupanqui,
    dejó a Apu Yupanqui como Jefe de Todos los Ejércitos en tierra,
    nombró Hombre que Lidia con los dioses extranjeros a
Antarqui el Nigromante.

El dios Con,
El dios del Sol y de la Gran *Cocha* Infinita,
El que navega por Arriba y por Abajo,
el dios que dicen Con Ticci Huiracocha,

para él hizo fiestas y ofrendas.
En cada vela dibujó su cara-insignia barbuda.
«¿Cuidarás cada mástil, cada tronco,
cada liana, cada espadilla de navegación?»

Tupac Yupanqui navegó por la Gran *Cocha* Infinita
hacia donde el Sol reposa.
De día
se puso la borla sagrada de Príncipe,
comió *charqui, chuño, cancha*, algas,
carne de pescados voladores, llamas de *Cocha*,
animales que nadan en la superficie sin nombre conocido,
bebió agua de los cáñamos sellados de las balsas,
agua fresca de lluvia,
sangre fresca de pescado.
Por las noches
levantó los pies
para no quemarse con las brasas ardientes de la Gran *Cocha*
Infinita.

Pasaron 3 lunas.
Los hombres estaban cansados,
los hombres estaban cansados.
«Por este sendero de agua
solo hay monstruos y tortugas gigantes,
hermano.
Regresemos»,
dijo Conti Yupanqui, del Cuzco de Arriba.

«Todavía no llegamos
a las fajas de islas pardas de afuera de Hahuachumbi,
a las fajas de islas de fuego de Ninachumbi»,
dijo Tupac Yupanqui.

Pasó 1 atado.
Los hombres estaban tristes,
los hombres estaban tristes.

«Por este sendero de agua
no hay aves en el cielo,
hermano.
Regresemos»,
dijo Llimpita Usca Mayta, del Cuzco de Abajo.

«Todavía no llegamos
adonde duerme el Sol»,
dijo Tupac Yupanqui.

Después de 1 atado,
Tupac Yupanqui llegó a la faja de islas de Hahuachumbi,
ahí yacen muertos 55 hombres: 48 incas, 7 huancavilcas.
32 balsas naufragaron
por rocas coloridas enojadas:
salieron del Mundo de Abajo
con marea baja.

Con marea alta
Tupac Yupanqui entró por el Estrecho Rojo.
Mucha gente de ahí le ayudó
con balsas pequeñas para 5 hombres:
no se sabe cuántas.
En el suelo puso los pertrechos de guerra,
con las manos desnudas saludó.
«Paz».
En una isla pequeña, parda, lisa
desembarcó.
Ahí mandó construir un altar de piedra,
lo vistió.
«Gracias, Con Ticci Huiracocha».
No fue atacado.

Dos reyes hermanos de ahí: Taroi y Tavere
fueron a la isla pequeña:
«Ven a Manga Riva, nuestra isla grande
en forma de sandalia».

Tupac Yupanqui fue.

Se quedó 2 lunas:
los de la Vida Siguiente fueron entumbados,
las balsas y las tablas de orza se secaron,
las velas descansaron,
las cuerdas y los nudos fueron cambiados.
En el ombligo de Manga Riva
Tupac Yupanqui mandó construir un altar de piedra,
lo vistió.
«Gracias, Con Ticci Huiracocha».

«¿Dónde duerme el Sol?»,
preguntó Tupac Yupanqui.
Los reyes hermanos le dieron
una calabaza
redonda, burilada, engastada con conchitas.

Antarqui el Nigromante
tradujo
al Idioma de la Gente:
«¡El Sol nunca duerme!
¡Siempre está despierto,
caminando!».

Tupac Yupanqui agradeció el presente,
partió.
Los reyes hermanos fueron buenos anfitriones:
1 atado de jornadas
le despidieron
con grandes fiestas, con *taquis* largos.

Tupac Yupanqui viajó por la Gran *Cocha* Infinita
de regreso
a donde el Sol empieza su paseo por el cielo.
Después de 1 luna
llegó a la faja de islas de fuego de Ninachumbi.

A 50 tiros de piedra
El Que Ve Lejos vio
desde lejos
15 *pururaucas* —guerreros convertidos en piedra—
gigantes
armados
alineados en la orilla
esperando.

«Tú lees los augurios,
Antarqui el Nigromante.
¿Volverán esos *pururaucas*
a tomar forma humana?
¿Pelearán contra mí
o vendrán a mi servicio
como hicieron con mi Padre
el Único Inca Pachacutec
en la defensa del Cuzco
contra la plaga chanca?»,
preguntó Tupac Yupanqui.

Bebí,
por encima de la Gran *Cocha* Infinita
viajé,
vi de cerca
los bordes de las costas,
hablé con los *pururaucas*
en su lengua.
«No son *pururaucas*.
Son *huacas* de guerreros antiguos:
no fueron guerreros,
no tomarán forma humana.
Hay 787 en la isla», regresé.

Tupac Yupanqui desembarcó
en la orilla
al pie del volcán Rano Kao

—así le llaman los de ahí—.
Sobre la arena puso los pertrechos de guerra,
con las manos desnudas saludó.
«Paz».

Salieron 12 reyes
desarmados
1 por clan.
Fueron buenos anfitriones:
dieron de comer, de beber
a todo el ejército,
hicieron fiestas:
hombres tatuados en la cabeza, el pecho, los brazos
bailaron como pájaros
5 jornadas
«Gracias»:
Tupac Yupanqui compartió con ellos
la comida, las semillas que llevó.

En la isla
había árboles frondosos —parecía la noche a su sombra,
sembríos civilizados,
frutales sumisos,
ganado gordo,
canteras de piedra de volcán
buena para el tallado,
totora para trenzar 10000 canoas,
gente pacífica, hábil en las faenas de la piedra
suave y dura.

«¿Cómo se llama esta isla?»,
preguntó Tupac Yupanqui.
«Ti Pitu Ti Hinua
—así le llaman los de ahí—,
o Rapa Nui»,
dijo 1 rey.

Tupac Yupanqui mandó hacer
un edificio de piedra bien cortada y pulida
con la cara hacia El Que Todo lo Ilumina
para las ceremonias sagradas a su Padre.
Dejó a cargo
a Conti Yupanqui
del Cuzco de Arriba,
a Yancay Mayta
del Cuzco de Abajo,
a 58 incas de sangre real
y 32 talladores
traídos del Cuzco.
No dejó balsas.

«Preparen la tierra
para el regreso del Inca»,
dijo Tupac Yupanqui.

Antes de su partida
el rey de Ti Pitu Ti Hinua
le regaló
1 hombre negro
y 1 mujer
con el cuerpo tatuado
de pájaro.

Tupac Yupanqui siguió el sendero de agua
de regreso
hacia donde nace el Sol.
Después de 3 lunas
cruzando la Gran *Cocha* Infinita,
llegó a la costa chimú.

El Señor del Gran Chimú
fue buen anfitrión:
dio de comer, de beber
a 1800 hombres,

reparó las balsas quebradas,
obsequió a Tupac Yupanqui
muchas piezas de oro labrado,
1 silla de tumbaga.

Tupac Yupanqui puso sus armas en el suelo,
se inclinó ante los *huacas* extranjeros.
«Volveré».
Siguió camino.

1 luna después
en Manabí hicieron fiestas.
Tupac Yupanqui volvió rojo
con 1710 hombres —1260 incas y 450 manteños y
huancavilcas,
y 80 balsas.

Auqui Yupanqui,
Jefe de Todos los Ejércitos en tierra,
lo recibió
con grandes fiestas, con *taquis* largos.
«Bienvenido».
Tupac Yupanqui lo mató.

Tupac Yupanqui trajo mucho oro labrado,
1 silla de tumbaga,
1 hombre negro
y 1 mujer preñada.

En Tomebamba La Grande
la mujer tatuada parió del Inca
1 niño varón.
Miró hacia donde el Sol reposa, lloró.

Se convirtió en pájaro,
voló a su isla,
llevando a su hijo

prendido del ala.
No volvió.

Esta es la historia del viaje de Tupac Yupanqui
a las fajas de islas de afuera de Hahuachumbi
y a las fajas de islas de fuego de Ninachumbi.
Si tocaste este *quipu* con tus manos, con tus ojos,
si no tienes la venia del Inca
ya estás muerto.

Cuerda terciaria (adosada a la secundaria): blanco entrelazado con negro, en S

Salango volvió a plegar el *quipu* y a devolverlo a su bolsa con gran dificultad, pues el pulso le temblaba como el de un viejo atacado por el Mal Senil. Era claro que Chimpu Shánkutu se lo había enviado con la venia del mismísimo Inca Huayna Capac, pero no por ello Salango dejaba de sentir que no estaba autorizado a tocarlo.

Conocía bien la historia del viaje del Inca Tupac Yupanqui a las islas de Hahuachumbi y Ninachumbi. La había estudiado en *quipu* en la Casa del Saber del Cuzco bajo la dirección del *amauta* Cóndor Chahua, quien la hacía repetir a los estudiantes hasta que se la sabían de memoria. Se decía que el *quipu* había sido urdido por el mismísimo Huaman Achachi, ciego sabio y legendario Hombre Que Hablaba a la Oreja del Inca Huayna Capac, Apu general que había viajado a los anillos de islas de Hahuachumbi y Ninachumbi con el Inca Tupac Yupanqui, *Incap rantin* del Chinchaysuyo en tiempos del Resplandeciente. A instancias del maestro, Salango —que en sus tiempos de estudiante respondía más bien al nombre de Oscollo hijo de Huaraca— había visitado el *Poquencancha*, el Recinto de Imágenes y Trofeos del Inca, para ver la silla de tumbaga y los despojos mortales del hombre negro aludidos en la historia sagrada.

Sin embargo, la versión que tenía ahora ante sus ojos era distinta de la que le habían enseñado. A diferencia del *quipu* estudiado en la Casa del Saber, la descripción de los lugares visitados por Tupac Yupanqui era aquí muy precisa. Los eventos eran contados en detalle y con un tono extraordinariamente vívido. Como si el *quipucamayoc* que había anudado el *quipu* sagrado —fuera Huaman Achachi, como decía la leyenda, o Antarqui El Nigromante, si este realmente había existido (nunca se sabía con los *amautas* que copiaban las historias, pues les gustaba modificarlas e inventarse identidades diferentes)— reviviera los hechos narrados a medida que los contaba.

Pero la diferencia más importante, que le intrigaba, estaba en que en la versión de la historia que había leído con sus compañeros en el *Yachayhuasi* no se mencionaba a ninguna mujer traída por Tupac Yupanqui desde el anillo de islas de Ninachumbi a las costas de Manabí ni a ningún hijo suyo.

Siguiendo las instrucciones de Chimpu Shánkutu, Salango retomó la lectura del *quipu* pequeño:

«Lee hasta comprender».

Pasó a la cuerda siguiente:

«El Inca no tuvo, no tiene, no tendrá interés en las regiones salvajes del norte. El Inca sabe de sus riquezas, pero sus tierras y climas son demasiado ásperos para la planta de Su pie. Tu servicio en tierra manteña era un servicio de fachada. Tenía como destino ganarte la confianza del *curaca* de Colonche, preparar una cobertura creíble para tu servicio verdadero».

Salango respiró hondo. Prosiguió con el siguiente par de cuerdas.

«Hemos recibido informes fidedignos de que el hijo secreto habido por el Inca Tupac Yupanqui con la mujer de Ninachumbi es hoy un hombre poderoso en la isla de su madre. Que se alió con los descendientes de Conti Yupanqui, Yancay Mata y los orejones arquitectos que se quedaron allá para terminar el altar a Con Ticci Huiracocha, y se cruzaron y tuvieron hijos con mujeres de la isla».

«Hemos recibido informes fidedignos de que el hijo secreto habido por el Inca Tupac Yupanqui se cruzó con las hijas de estas uniones, también tuvo hijos con ellas y fundó su propia *panaca*. Que está esperando que sus hijos varones hayan cruzado los umbrales de la virilidad para hacer un Gran Movimiento de Vuelta.

Es decir, para ir con ellos de viaje con una gran flota de balsas a las tierras del Inca, matar al Único y reclamarlas como suyas».

Salango ciñó entre sus dedos el siguiente grupo.

«Tu servicio verdadero es el siguiente:»

«Le dirás al *curaca* de Colonche que debes emprender un nuevo viaje civilizador en nombre del Inca Huayna Capac hacia donde el Sol se despide, y renovar la alianza de Tupac Yupanqui con las islas lejanas. Le pedirás quinientas balsas con cinco tripulantes cada una. A cambio, le ofrecerás la suspensión de sus envíos de *mullu* y esmeraldas al Inca por cinco años. Si le parece poco, ofrécele siete años».

«Cuatro mil guerreros disfrazados de *runacuna* se desplazarán de Tomebamba a las costas manteñas para viajar contigo. Entre ellos estará Ninan Cuyuchi, Príncipe Heredero del Inca Huayna Capac. Si el *curaca* te pregunta quiénes son, le dirás que son *mitmacuna*, hombres desplazados enviados para civilizar y poblar en nombre del Inca las islas del poniente».

«Cuando todo esté dispuesto, partirán al anillo de islas de Ninachumbi. Una vez que estén allá, el Príncipe Heredero Ninan Cuyuchi se presentará ante el hijo de Tupac Yupanqui con presentes de parte del Único Inca Huayna Capac. Cuando el hijo extranjero de Tupac Yupanqui los reciba, Ninan Cuyuchi lo matará».

«Si no lo logra, mata tú al hijo extranjero de Tupac Yupanqui».

«En cualquiera de los casos, trae al Príncipe Heredero Ninan Cuyuchi sano y salvo a tierras del Inca».

Al final del *quipu*, un rizo con dos bandas de hilos rojos cruzados a través:

«Nadie fuera de ti debe aprehender los signos de este *quipu*, bajo pena de muerte. La tuya y la del que haya aprehendido la noticia».

Cuerda de cuarto nivel (adosada a la terciaria): blanco entrelazado con negro, en S

El *curaca* de Colonche aceptó gustoso la oferta que le tendió Salango a nombre del Inca de suspender el tributo de *mullu* y esmeraldas al Inca por cinco años a cambio de su colaboración en la nueva empresa civilizadora de las islas del Poniente. De inmediato, envió mensajeros a los pueblos yumbos, chonos y sigchos para negociar sendos envíos de madera balsa, algodón —para las velas— y fibra de maguey —para las cuerdas y los nudos—, y puso a disposición de Salango los mejores constructores de balsas manteñas, que debieron abandonar toda otra actividad durante siete lunas para centrarse con dedicación exclusiva en el cumplimiento del desmesurado pedido del Inca.

Con la agitación que vivía Colonche, la memoria de los viejos manteños se encendió. Evocaban los Primeros Viajes hacia las costas del norte de los confines del Mundo, en que se obtuvo la obsidiana, la turquesa y el lapislázuli a cambio de la Concha Sagrada. De los primeros intercambios con mercaderes que se hacían llamar por el nombre de *pochteca*. De los Antiguos Inicios del tráfico con las Islas del Poniente en gigantescas balsas de totora, interrumpido hacía ocho años. Otros, que habían participado en el viaje de Tupac Yupanqui a las Islas del Poniente hacía una generación, empezaron a circular remembranzas del periplo del Inca. Cómo sobrevivieron a tempestades que caían como cascadas, a olas que llegaban hasta el cielo, al extravío de balsas cuyos remeros vigías se quedaban dormidos durante la noche, despertaban alejados de la corriente principal, no podían recuperar el rumbo y se perdían para siempre en el horizonte, a la podredumbre prematura de una veintena de balsas cuyas hendeduras no habían sido bien selladas y naufragaron, a monstruos marinos de doce brazos que se llevaron a siete hombres a visitar el Mundo Submarino del Señor de las Aguas. Se contaron historias de peces voladores con voz humana, de islas que, al poner el pie sobre ellas, resultaron ser tortugas gigantes, de bestias de cien ojos que emergían por las noches para devorar a los que no respetaban sus leyes en el Mundo de la Superficie, de serpientes marinas luminiscentes y largas como cocoteros que estremecían al que las tocaba hasta desmayarlo, de hombres tatuados que volaban como pájaros y aguantaban buceando tanto como las ballenas, de hombres con cuerpo humano y piernas de balsa de totora prohibidos por una maldición de su dios de poner pie en tierra, condenados a navegar eternamente.

Algunos sacerdotes del Señor de las Aguas recibieron en sueños la visita de parientes que habían viajado con el Inca, habían sobrevivido a las adversidades del viaje de ida, pero se habían quedado en las islas por orden suya y no habían regresado nunca más. Los sueños de los sacerdotes se parecían entre sí. El pariente ausente volvía cargado de regalos, se ponía al día con lo acontecido a sus hijos y a los hijos de sus hijos durante su ausencia. De pronto, asomaban en su rostro lágrimas de fuego. Emergían de sus labios palabras de furia contra la colaboración manteña en el nuevo viaje del Inca, contra las oscuras apetencias del arrogante Señor que se hacía llamar Único cuando de único solo tenía lo ladrón. ¿No se acordaban acaso de sus crueldades durante la Guerra del Mullu, de las que se salvaron solo los que lograron escapar en balsa?, ¿de las muertes bestiales de los ancestros que no pudieron partir?, ¿de las doscientas familias manteñas que partieron desterradas en castigo por su feroz resistencia contra el invasor? ¿Y todo para qué? ¿Para que los *curacas* manteños de ahora se orinaran y terminaran pactando la entrega sin contrapartida de miles de conchas sagradas y esmeraldas por año? ¿Para que el *curaca* de ahora tramara con él un viaje sin provecho alguno para su pueblo que le iba a costar lunas y lunas de trabajo?

Durante las fiestas del Señor de las Aguas en que se le hicieron más ofrendas que de costumbre, el *curaca* de Colonche anunció la construcción de un templo más grande para la Suprema Divinidad y nuevos aposentos para sus sacerdotes. Repartió con solemnes aspavientos cera, miel y coca de sus depósitos personales a cada una de las familias de balseros y buceadores de los cinco pueblos abarcados por su abrazo. Luego convocó a los mandones, hizo sentar a cada uno en su silla personal de piedra y le regaló una mujer y una turquesa recién traída por los *mindalaes* desde el extremo norte, más allá de las costas de Panamá. Acogió con calidez paternal sus abrazos y venias de agradecimiento y les invitó a beber licor dulce con él. En el calor de la borrachera, les pidió que acercaran sus pechos hacia él. Les habló con voz suave, íntima.

Como todos sabían, el tráfico marítimo con las Islas del Poniente se había interrumpido de golpe hacía ocho años a causa

777

de los piratas lampunaeños. Los malditos atracaban y degollaban a todo aquel que osaba intentar el ingreso a Colonche por las costas del sur. El bloqueo tenía consecuencias nefastas no solo para Colonche, sino también para Jipijapa, Jocay, Charapotó, Tosagua, Coaque, Cancebí, Atacames y los pueblos y puertos de las costas manteñas y huancavilcas. Sus navegantes no tenían dificultad alguna para partir hacia el Poniente —bastaba con entrar mar adentro y montarse sobre la corriente que iba en esa dirección— pero sí para regresar a las costas huancavilcas y manteñas, pues la corriente hacía un círculo y volvía por el sur, frente a la isla de Lampuná, donde les esperaban los piratas, listos para el asalto.

La Suprema Divinidad de las Aguas les ofrecía ahora una oportunidad de liberarse, de romper el bloqueo para siempre —la voz del *curaca* enronqueció: se volvió potente, astuta—. Bastaba con participar del nuevo viaje civilizador del enviado del Inca. Las insignias del Inca en las velas de las balsas disuadirían a los piratas lampunaeños de atacarlos. Y si eran tan tontos como para trabar combate con su flota, mejor todavía. Los *mitmacuna* del Inca eran conocidos por su brutalidad. Sin asco los aplastarían como a cangrejos fastidiosos. Limpiarían el mar. Lo dejarían solo para Colonche y sus aliados, que se volverían los únicos beneficiarios de los trueques con el Poniente. ¡Todo a cambio de quinientas balsas con sus tripulantes, un peso mucho más ligero que cinco años de tributos de *mullu* y esmeraldas!

El *curaca* suavizó el tono, que volvió a ser confidencial.

Seguro todos ustedes habían oído hablar de las prevenciones resentidas de los viejos contra la participación manteña en la empresa del Inca, de los sueños de mal augurio de los sacerdotes. Pero bastaba con dar un vistazo a su enviado para convencerse de que no había nada que temer. El extranjero no era como los engreídos emisarios del Inca Tupac Yupanqui, de hacía una generación. No tenía las arrogancias de los *mulluchasquicamayos*, los funcionarios que cobraban en los tiempos de hoy los tributos de *mullu*, que aprovechaban la menor ocasión para desplegar su prepotencia y aires de superioridad. El forastero era un hombre parco, sencillo, honesto. Desde su llegada a Colonche no había exigido ninguna prebenda, ningún privilegio. No había usado su calidad de invitado para ordenar la construcción de ningún templo ni ninguna casa. Ninguna afrenta ni amenaza había salido de su boca, solo palabras amables —y en la lengua local, en que intentaba hacerse entender. Había comido caca y bebido orina para poder adoptar un nombre manteño, que ostentaba con orgullo. Hasta se había casado con una mujer manteña que, según las buenas lenguas, no tardaría de parir un hijo suyo. Y, a diferencia de todos los incas que nos visitaron, había adoptado como suyo el tocado de aquí. Por supuesto, el *curaca* había escuchado los comentarios de algunos que veían su largo viaje por las costas del norte con suspicacia y preocupación. Pero él mismo lo había hecho seguir a lo largo de su periplo y había confirmado que era inofensivo. El extranjero, le habían dicho sus espías, se la había pasado haciendo presentes a nombre de su Señor a los pueblos por los que pasaba con la vana esperanza de forjar alianzas con ellos. Habían visto también algo que llamaba su atención. En la mayor parte de los poblados el enviado no había pedido nada a cambio, pero en otros había pedido…, agárrense de sus hamacas, …¡piojos!

El *curaca* rió a carcajadas.

—Pobrecito —dijo con desprecio.

Los mandones rieron también, alabaron la sabiduría del *curaca*, le prometieron aplacar cualquier conjura que pudiera surgir en sus pueblos respectivos y bebieron con él hasta la despedida del Sol.

La construcción de las balsas encargadas por el enviado del Inca culminó sin más contratiempos tres lunas después. Casi de inmediato, empezaron a arribar los primeros grupos de guerreros desde Tomebamba y Quito. Estaban disfrazados de *mitmacuna* y llevaban tocados de sus supuestos lugares de procedencia. Fueron ocupando en orden de llegada las tierras áridas que el *curaca* de Colonche les asignaba en los poblados de Jipijapa, Jocay, Charapotó y Tosagua, inmediatamente al norte de Colonche, con cuyos mandones había acordado dividir las tareas de la expedición y compartir los eventuales beneficios.

Tres atados de jornadas después, los cuatro mil guerreros ya habían construido sus campamentos en las costas manteñas.

Empezaron entonces los preparativos para el viaje. Todos en los poblados manteños comenzaron a juntar el agua de las lluvias y a verterla en cañas huecas de bambú. Cuando estaban llenas, los balseros las sellaban por sus extremos y las colocaban en los flancos de las balsas, como suministro. Cuando arreciara la sed en medio del mar, abrirían las cañas y la beberían, combinándola con el agua salada del mar en cantidades iguales —un secreto celosamente guardado para no morir de sed en las travesías marítimas largas. Los mercaderes hacían traer coco y moños de frutas desde las selvas quijas, que durarían a bordo entre veinte y veinticinco jornadas. De la carne no habría por qué preocuparse. Ni siquiera habría necesidad de llevar instrumentos de pesca, pues los peces del Poniente, recibiendo el mandato del Señor de las Aguas, se trepaban solitos sobre las balsas por las noches en tales cantidades que saciaban el hambre de los navegantes sin que ellos tuvieran que esforzarse. La coca ya la habían empacado en bolsas bien cerradas y compactas, para que resistieran mejor la humedad. Habría, eso sí, que buscar los mapas de caña que indicaban mediante piedras y cordeles las islas y corrientes que encontrarían por el camino, que debían llevar para cuando el cielo estuviera demasiado nublado y no pudieran orientarse mirando a las estrellas.

Solo faltaba Ninan Cuyuchi, quien, según un suscinto *quipu* del Señor Chimpu Shánkutu, se había retrasado por unas fiebres y no tardaría en llegar.

Tardé una luna en confesártelo, cuando ya iba por las tres de embarazo. Mi pecho estaba partido en dos. Yo no quería engendrar un hijo tuyo, pero tampoco quería abortar un hijo mío. Yo necesitaba procrear como un árbol recién transplantado a una tierra extranjera necesita tender sus raíces. Aunque Colonche era el lugar de mi nacimiento, me habían arrancado de él cuando era niña. Cuando mi padre partió de Colonche hacia las Islas del Poniente y no volvió, mi madre murió de la enfermedad de la tristeza y mis tíos Olón y Jama, que eran mercaderes y no tenían hijos, me tomaron a su cargo. Como nunca estaban en Colonche y no querían dejarme sola, decidieron llevarme a sus viajes sin fin por las costas del norte y las tierras del Levante. Les acompañé por cinco años en sus larguísimos periplos por las montañas y sus estancias en los mercados. Con ellos aprendí a regatear, a medir los pesos en las balanzas, a calcular con rapidez las equivalencias de los productos, a comprender de tanto escucharlas las lenguas de los pueblos por los que pasábamos, a hablar el *simi* —la lengua de los invasores—, que los *mindalaes* usaban para sus trueques cerca de los asentamientos de Quito y Tomebamba. Pero también me enseñaron cómo cernir en la tierra devastada la cercanía de los campos de batalla, que debíamos evitar a toda costa, pues por aquel entonces la guerra entre los incas y los cayambis y caranguis pasaba por sus tiempos más caldeados, y corría el riesgo de extenderse por los pueblos yumbos, panzaleos, sigchos y atis, en donde se respiraba el odio contra el invasor. De vez en cuando, sin embargo, nos topábamos con un contingente de guerreros incas, mis tíos les entregaban coca, fruta seca o sal y los salvajes orejones nos dejaban en paz. Un día, sin embargo, no fue eso lo que ocurrió. Estábamos descansando en la casa de un pariente de mis tíos en Cansacoto, un poblado a jornada y media de Quito donde se reunía el mercado más grande de la zona, cuando de pronto apareció frente a los umbrales del vecindario de los *mindalaes* una gran partida de guerreros del Inca bien armados. El Señor de Cansacoto ofreció coca y pescado seco para que se fueran, pero el inca que iba al mando los rechazó. Era un enano sin edad con una enorme joroba que le salía de la espalda; iba ridículamente vestido de guerrero inca y al verlo me vinieron las cosquillas de la risa, pero mis tíos, que se dieron cuenta, me dieron un pellizcón que me hizo aguantarme y quedarme calladita en mi sitio. ¿Esto es todo lo que tienes que dar a los que vienen del Inca?, preguntó el enano inca al Señor de Cansacoto, ¿acaso quieres burlarte de mí? El Señor de Cansacoto se deshizo en disculpas y añadió estatuillas de oro y prendas finas de algodón a su entrega. El enano inca balanceó su cabezota —lo ofrecido no era suficiente—, y me pareció tan chistoso que me reí a barriga suelta, ahora sí sin que mis tíos pudieran impedirlo, sembrando risitas incluso entre los salvajes de su contingente. El enano inca se volvió hacia mí y se quedó mirándome con fijeza. Apartó la vista y, sin inmutarse, dijo de pronto dirigiéndose al Señor de Cansacoto: Entrégame esa niña y nueve otras que yo elegiré, y me daré por desagraviado. Y, sin darle tiempo para negarse, fue señalando a la Iscual, a la Biro, a la Kahuán, a la Shingate y a otras cinco de las que no me acuerdo el nombre, y nadie, ni mis tíos ni los padres de las niñas, que reventaron el aire con sus gritos, ni el Señor de Cansacoto, al que el sudor le chorreaba por las sienes como a perro calvo, se atrevieron a hacer nada para detener a los salvajes que nos tomaron. Y fue así como nos enviaron a la Casa de las Escogidas de Tomebamba la Grande. Pero, como yo todavía no sabía, durante todo el camino no paré de llorar, diciendo para mí que iban a matarnos a todas por mi culpa. Hasta que, después de jornada y media de marcha, divisamos la ciudad a diez pedradas de distancia. Yo la había visto solo de lejos y por eso, se me secaron las lágrimas del puro pasmo cuando cruzamos sus umbrales. Era la ciudad más grande y bonita que había visto nunca. Paramos en la orilla recta de una plaza grande como seis mercados juntos, frente a las puertas de una casa de piedra pulidísima y adobe muy bien plantada, resguardada a los lados por guerreros salvajes. Nos hicieron entrar y, al ver que había un montón de niñas bien vestiditas con sus adornitos, así como nosotras, nos pusimos más tranquilas. Nos arrimaron a todas en un cuarto aparte. A poco, vino una señora vieja vestida de blanco y con mantilla con prendedores de plata que nos revisó por separado el cuero cabelludo, los dientes, las tetas, los dos huecos y los pies, y nos explicó en un dialecto muy suave de *simi* que nos quedaríamos durante una luna alejadas de las demás chicas para limpiarnos y acostumbrarnos a las normas de la Casa, que entonces nos juntaríamos con las demás para empezar nuestra educación de escogidas del Inca. Mientras la vieja hablaba, la Iscual, la Biro, la Kahuán y las otras me miraban con desesperación, gimiendo en pasto, en kara, en puruhá: qué está diciendo la señora, Calanga, qué está diciendo. Y yo les traduje en voz bien bajita a cada una en su idioma. La señora vieja se me quedó viendo y me preguntó qué estaba haciendo y yo le dije que le estaba traduciendo lo que había dicho a cada una en su propia lengua. Qué lenguas eran esas, preguntó, y yo le dije. Y ella: ¿Qué otros idiomas hablas? Y yo: Hablo huancavilca, huancavilca manteño, chone, nigua, kara, pasto, cañar, palta, panzaleo, puruhá, sigcho, quillaycinga y otavalo. También tu lengua *simi* de salvajes, me dio ganas de decirle pero me aguanté. Y a la señora vieja se le pusieron los ojos como carboncitos encendidos, se mordió los labios, se recogió la falda larga y salió dando pasitos apurados. A su regreso, la acompañaba el enano y una docena de hombres con tocados diferentes. Reconocí sus trajes: los llevaban en los pueblos atravesados por los *mindalaes*. ¿De dónde eres?, me preguntó en su *simi* nasal el enano adefesio. Manteña de Colonche, le dije. Y entonces uno de los que iba con él me habló en manteño y yo le contesté en manteño. Y luego otro me hizo conversación en quillaycinga y yo le respondí en quillaycinga. Y luego otro en panzaleo, y otro en pasto y así, y a cada uno les iba respondiendo en su lengua, cambiando de una a otra como quien cambia de pierna al caminar. Y el enano, que durante todo ese tiempo estuvo observando en silencio, trocó unas cuantas palabras con ellos y ellos le hicieron señas: sí, la chiquilla les había replicado bien en su idioma. Y el enano me miró, sonrió y se fue. Y toda una luna pasó. Y llegó el fin de nuestro aislamiento, de nuestra cuarentena. Y a mí y a las nueve niñas que habían sido tomadas conmigo nos pusieron juntas con las otras que vivían y aprendían allí. Y me tuvieron ayudando a las recién llegadas que trastabillaban en el aprendizaje del *simi*, lo que me gustaba mucho. Debía practicar el idioma con ellas, hacerles perder el miedo, el respeto. Pero también tenía que cumplir las tareas de todas las que se preparaban para ser mujeres del Inca. Y de solo pensarlo, buáááááá, me pongo a bostezar. Debíamos asistir a las viejas de la Casa en la preparación del licor fermentado que ellos llamaban chicha —que probé una vez, aj, a escondidas—; pasarnos jornadas enteras amasando harina de maíz, mezclándola con sangre de llama; cardando lana, tiñéndola, tejiendo prendas que jamás usaríamos; o aprendiendo de memoria interminables cantos de alabanza a su Sol, mucho más caprichoso y duro que el Sol manteño. Tareas todas estas que me aburrían muchísimo, por lo que me escapaba de la Casa cada vez podía trepando la pared medianera que daba a la plaza. Y, como siempre me atrapaban, me enviaban donde la Vieja Mayor, que se relamía eligiendo nuevas reprimendas y castigos para mí. Hasta que un día me mandaron llamar a la presencia del Inca. Y, como yo era chúcara, entre dos viejas tuvieron que sujetarme para ponerme los vestidos incomodísimos de Escogida que va a ser liberada de su condición y entregada en matrimonio. Como me puse dura de doblegar a pesar de que me decían que debería estar agradecida por una gran oportunidad como esta, me metieron ají por el poto y, ya tranquilita, me escoltaron al cuarto del Inca, donde me esperaban sentados el enano adefesio, un viejo y el hombre más hermoso del mundo en la flor de su edad. Y frente a ellos, sapito mío, estabas tú. Me cuesta recordar lo que me dije sobre ti cuando nos conocimos. Lo que me seguí diciendo cuando me tomaste la primera vez —y la segunda y la tercera y las siguientes. Mis evocaciones del pasado cambiaron desde que supe que habías puesto tu simiente dentro de mí. Se trastocaron las importancias de lo que debía ser recordado. Mi cuerpo hinchándose poco a poco se convirtió en el campo de lucha entre dos fuerzas contrarias. La que me incitaba a resistir al enemigo por todos los medios a mi alcance. Y la que me gritaba con una violencia visceral desconocida para mí que me dejara de niñerías y cumpliera sin tardanza con mi deuda pendiente con la Madre Tierra, con el arraigo. Por eso, cuando mi tía Jama, que llevaba la cuenta estricta de mis ciclos de sangre, descubrió que había perdido dos y fue y se lo dijo al *curaca* de Colonche, suspiré con alivio: ya no tenía opción, tenía que contártelo de una vez.

Cuando Calanga le reveló que iba a ser padre, Salango acababa de recibir los dos *quipus* con el relato sagrado del viaje del Inca Tupac Yupanqui a las Islas del Poniente y su nueva —verdadera— misión en tierras manteñas. No pudo dormir en toda la noche, presa de ahogos y convulsiones en su corazón que lo acosaron sin tregua. A la mañana siguiente, fue a presentarse ante el *curaca* de Colonche con la propuesta del Inca de sustituir el tributo de *mullu* y esmeraldas de cinco años por balsas y tripulantes, que este no tardó en aceptar. A partir de entonces, se ausentó de su casa. Se abocó con celo desquiciado a supervisar la construcción de las balsas, atento al empalme de cada tronco con el siguiente, al trincado de cada soga, al tramado de cada lona, como si en un nudo mal ajustado, una cuerda más corta o una vela más tensa de lo necesario se pusiera en juego la vida del Inca, las trazas de una traición. A media jornada, recibía la visita del *curaca*, que venía a compartir con él la merienda, y Salango debía escucharlo divagar con delirante exaltación sobre las futuras empresas comunes entre incas y manteños, que el enviado del Inca entendía con grandes dificultades durante sus primeros encuentros pues el *curaca* ahora prefería prescindir de Calanga para las traducciones —con el suspiro de alivio de Salango. Poco a poco, sin embargo, fue cerniendo más y más palabras de lo que el *curaca* decía, pues sus desvaríos recorrían siempre los mismos caudales, se retorcían en los mismos meandros. Desde el comienzo de la tarde hasta el crepúsculo, Salango revisaba el trabajo avanzado durante la jornada, masticando hoja de coca para mantener el aliento despierto. Casi siempre se quedaba a dormir en una hamaca habilitada en una choza de la zona de obras. Pero, de cuando en cuando, bien entrada la noche, regresaba hasta Colonche solo para ver a su esposa dormida. Gestando un hijo suyo.

Calanga dio a luz mellizos —un varoncito y una mujercita— una soleada mañana de comienzos de verano, una media luna justa antes de que las balsas estuvieran terminadas. Salango postergó con mil pretextos la ocasión lo más que pudo, pero dos lunas después, aterrorizado, se animó finalmente a tomar por primera vez a sus dos hijos en brazos. Fue como si un rayo que había permanecido largo tiempo al acecho atravesara de pronto su garganta. Esa doble carne palpitante, con vida propia, terminaba de atraparlo para siempre en su servicio en tierra manteña; este servicio que había recibido a regañadientes y al que, sin embargo, se había aplicado con toda su *callpa*, como cabal sirviente del Inca; este rol que le había exigido una lengua, una tierra, un clima, una mujer a los que le había costado lo indecible adaptarse, pero que ahora formaban parte de sí mismo. La manita en miniatura, arrugadísima como la de un viejo, se aferró del dedo de Salango, y él la retiró, asustado. ¿Por qué este animalito recién nacido confiaba en él? ¿No se daba cuenta a lo que se arriesgaba? Una lágrima escapó de pronto a su estrecha vigilancia y se abrió paso en la mejilla de Salango. A pesar suyo, este ser desprotegido que dependía de sus decisiones para no morir no solo le infundía horror sino que lo llenaba de una profunda alegría íntima, de una brutal lucidez. Toda su vida anterior no era sino una larga excursión absurda por nombres ajenos, falsos, que le habían extraviado de algo que no podía cernir con claridad, pero que no era, no podía ser esto que estaba viviendo, por más que quisiera parecerlo. Nombres que lo condenaban a engañar, pero sobre todo a ser engañado, como ahora. Por el *curaca* que le albergaba en Colonche. Por los Señores que visitaba en tierras vecinas. Por su propia mujer. Incluso por su propio Señor Chimpu Shánkutu que —Salango lo alojaba en su corazón como un guijarro en la sandalia desde que había recibido los *quipus* con su último servicio— le había ocultado su verdadera misión desde un comienzo.

Y entonces, en su aliento asomó, con una espantosa claridad, lo que se había estado ocultando a sí mismo, lo que hasta ahora no había querido enfrentar. La misión a la que le enviaban suponía una muerte segura para él. Corrían los rumores de que Ninan Cuyuchi —a quien ya llevaban esperando una luna para poder partir, sin que Chimpu Shánkutu enviara noticias suyas— era un joven inexperto y de temperamento débil que solo debía su posición de Príncipe Heredero al empecinamiento de su padre el Único Inca Huayna Capac. Si la expedición llegaba con bien a la isla de Ninachumbi en que habitaba su hermano extranjero, Ninan Cuyuchi no sería capaz de levantar la mano contra él, mucho menos de matarlo. Salango tendría que hacerlo en su lugar. Chimpu Shánkutu lo sabía, el Inca lo sabía, quizá hasta Ninan Cuyuchi mismo lo sabía: era para eso que mandaban a un Espía del Inca como acompañante del Príncipe Heredero. Si Salango salía con vida del servicio, lo que era muy poco probable, los capitanes que iban en la expedición lo matarían discretamente para poder adjudicar mejor la hazaña al consentido Ninan Cuyuchi; así Huayna Capac podría mostrar la valía de su protegido ante las *panacas* cuzqueñas y apuntalar su posición como Inca siguiente sin objeciones mayores de parte de las *panacas* reales del Cuzco, que esperaban siempre la menor oportunidad para pulsear con el puño de Huayna Capac y socavar su poder. Bastaba saber leer lo que omitían las cuerdas del *quipu* de instrucciones para darse cuenta. Que Salango fuera lo suficientemente sagaz para poder hacerlo no le servía de nada. Igual tendría que cumplir con su misión. No había cómo escapar a un servicio del Inca.

Nuestro hijo se quedó dormido entre tus brazos, nuestra hija entre los míos. Me distraje por un instante del odio que debía tener al enemigo de mi pueblo. Me dejé llevar por la naciente cuerda de fuego que me uncía al padre de mis hijos. Te pregunté qué nombres querías ponerles. No sabías. Te pregunté cómo se llamaban tus padres. Dijiste con tosquedad que no importaba, que ya estaban muertos y entumbados en su tierra de salvajes. Luego, con tono más suave, que fuera yo la que eligiera los nombres de nuestros hijos, pues habían nacido en mi tierra. Yo te propuse Guayas para nuestro hijo, como el río de caudal ancho de la sierra a dos jornadas de Colonche, que decían que curaba a los mentirosos, y Jocay para nuestra hija, como el poblado costero en que había nacido mi madre, y que no quedaba lejos de la isla que te había dado tu nombre manteño. ¿Qué te parecía?

Salango no dijo nada. Se sacó uno por uno los pendientes de oro de las orejas, mirando a su esposa con fijeza.

Se lo contó todo.

El verdadero propósito de este viaje a las Islas del Poniente, Calanga, no era establecer lazos en nombre del Inca con los pueblos de allí. Era encontrar a un hermano peligroso de Huayna Capac que vivía en la isla de Ninachumbi, que ustedes los manteños llamaban la Isla de los Seres de Piedra. Los hombres del Inca que irían en las balsas al Poniente no eran *mitmacuna*, eran guerreros listos para doblegar a quien sea en el combate. El periplo civilizador por las tierras del norte —en que Calanga creyó engañarlo incitando a los *curacas* a no retribuir los presentes que Salango les entregaba, para así ocultar sus posesiones— había sido solo una cobertura para este viaje, el único realmente importante. Todo había sido tramado por su Señor para ese fin. La mudanza del enviado a Colonche. Su adopción del nombre y las costumbres manteñas. Su estudiada bonhomía, con que logró ganarse la confianza del *curaca*. Este matrimonio en que los dos estaban atrapados. Hasta el nacimiento de Guayas y Jocay, que volvía a Salango vulnerable al castigo si no cumplía con su misión.

¿Que era… cuál?, te pregunté. ¿Cuál era tu misión, Salango?

Asesinar personalmente al hermano del Inca afincado en el Poniente. Salango no era un simple enviado para tareas civilizadoras. Era un Espía del Inca, especialmente elegido para su tarea por su facultad de contar de un solo vistazo cualquier cantidad, por grande que fuera. Entrenado por su Señor para asumir identidades ajenas, infiltrarse en los pueblos extranjeros, sonsacar información sin despertar sospechas e inventariar con rapidez y exactitud sus bienes. Para torturar y resistir la tortura. Para matar, si era necesario, con o sin discreción… aunque el servicio le costara la vida.

Salango suspiró. Puso con delicadeza a Guayas en su cestilla de paja.

—No quiero morir —dijo con voz trémula—. No ahora. Todavía no.

Se acercó despacio a Calanga. Tomó a Jocay y la posó al lado de su hermano. Luego ciñó suavemente a su mujer por la cintura y la tomó de la mano. Ella no lo rechazó.

—Vámonos a una de las Islas del Poniente, fuera del alcance del Inca —dijo Salango casi en un susurro—. A esa Isla de las Tortugas Gigantes de la que hablaban los extranjeros en el pampón de Colonche después de los intercambios ¿te acuerdas? Esa a la que fueron el pirata lampunaeño y la mujer tumbesina para amarse en paz, en la historia que tradujiste para mí. He visto niños más pequeños que Guayas y Jocay buceando en las playas manteñas. Si nuestros hijos salieron a su madre, soportarán las penurias del viaje. Y si salieron a su padre, lograrán adaptarse a su nueva tierra por hosca, por dura que sea. Hay quinientas balsas con sus bastimentos listas en las orillas. Nadie se dará cuenta si el día de mañana solo quedan cuatrocientas noventa y nueve.

Mientras no llegue Ninan Cuyuchi, el Príncipe Heredero del Inca, que debe arribar de incógnito en cualquier momento a Colonche para liderar la expedición, estamos a tiempo. Estamos a tiempo…

Aquella noche Salango y Calanga entrelazaron sus cuerpos con la ternura crispada de la angustia. Salango no tardó en ser un volcán humano arrojando su baba de fuego en el vientre de su mujer. Librado por fin del secreto que sofocaba su aliento desde que tenía memoria, se quedó profundamente dormido.

Viéndote así tendido, inerme ¿cómo juntar odio suficiente para matarte? Reuní fuerzas repitiéndome lo obvio. Eras el enemigo de mi pueblo. Tu misión en la Isla de los Seres de Piedra solo traería desgracias a Colonche y a nuestras tierras. El asesinato de un Señor del Poniente —inca o no— a manos de un miembro de una expedición manteña nos exponía a represalias acordes con la magnitud de la afrenta. Los habitantes de las Islas de los Seres de Piedra vendrían hasta nuestras costas a vengarse. Empezaría un remolino de revanchas de sangre que nadie podría detener. Había que matar al ave en el huevo. Cuanto antes.

Pero después de tu descarnada confesión, una fuerza superior me lo impedía. Antes de que surgiera la primera reverberación del Sol me lavé, tomé a mis dos hijos en brazos y siete conchas de *mullu* y fui a visitar al Hombre Sagrado que leía las tripas de los albatros. Le pregunté si debía matarte o conservarte con vida. Después de recibir mi ofrenda de *mullu* y cumplir con minuciosidad con los ritos del desventrado, el Hombre Sagrado me dijo: da exactamente lo mismo.

Sumida en la desesperación, fui a casa del *curaca* para contarle tus traiciones y que fuera él quien decidiera lo que debía hacerse contigo, quien pusiera la mano sobre ti. Tuve que esperarlo media mañana, pues unos vómitos y unas calenturas lo habían hostigado toda la tarde de la víspera y apenas podía tenerse en pie. Cuando terminé de ponerlo al tanto, su rostro había palidecido —o quizás ya estaba pálido desde antes y no me había dado cuenta—, pero retomó fugazmente sus colores con la furia que le invadió. Apenas recuperara fuerzas suficientes, con estas palmas él te colgaría de los dedos gordos de los pies hasta que toda tu sangre se te bajara a la cabeza y te la reventara, que luego amortajaría tu cuerpo deshecho con prendas burdas de sirviente y escupiría sobre él y lo enviaría con una comitiva de guerreros del Inca a los que habría mandado castrar previamente en su presencia, para que el Inca supiera lo que se hacían en Colonche con los espías extranjeros que...

El *curaca* se desplomó, y los sirvientes tuvieron que devolverlo a rastras a su lecho. Calanga esperó a que se recuperara en los días siguientes para que pudiera cumplir sus promesas, pero su condición iba empeorando día y día. Afortunadamente para ella, Salango no mencionó de nuevo su propuesta de partir juntos en balsa a escondidas, pues tuvo que ausentarse de urgencia para hacer frente a un brote de hombres afectados por llagas y pústulas en la zona en que se alojaban los falsos *mitmacuna* que irían al Poniente, y permaneció fuera de Colonche.

Menos de media luna después, el *curaca* murió. Calanga pidió de inmediato una audiencia con su hermano mayor, encargado provisoriamente de las tareas de gobierno, para contarle las traiciones de Salango y que él dispusiera lo que había que hacerse con su esposo traidor. Pero el hermano del *curaca* estaba demasiado ocupado haciendo los preparativos para los funerales y las ceremonias de su nombramiento como nuevo Señor de Colonche, que se postergaron porque cuatro mujeres del *curaca* recién fallecido y veinte de sus sirvientes cayeron postrados por vahídos, fiebres y dolores de cabeza. Cuando los funerales finalmente se realizaron —a toda prisa, pues el cadáver del *curaca* no pudo recibir los cuidados de los embalsamadores, enfermos también—, los pampones en que debían alinearse los pobladores para despedirse del *curaca* estaban prácticamente vacíos, pues para entonces dos de cada tres habitantes de Colonche había sido tomado por el Mal o atendían a alguien alcanzado por Él.

Nunca supe bien cuándo me vinieron las fiebres. Yo siempre he sido caliente desde chiquita, sobre todo cuando algo me anda dando vueltas en la barriga, como ahora que no sabía qué hacer contigo, pues el nuevo Señor seguía sin recibirme. En los dolores de cabeza y el malestar que me abatían vi solo huellas de la lucha feroz que se libraba en mi pecho por ti. Las llagas y los escozores en la lengua y la boca me molestaban para comer, pero tampoco tanto. Cuando me salieron erupciones en toda la cara, lo único que pensé fue que me dejarían cicatrices tan horribles que al verme me abandonarías. Las heridas en mis brazos y mis piernas, que se extendieron rápidamente por mis manos y mis pies, las acogí casi con alivio, pues con ellas se me fueron los dolores, me bajó la fiebre y empecé a sentirme bien de nuevo. Pero las heridas se convirtieron muy pronto en semillas de fruta alojadas debajo de mi piel, que, ya no podía seguir negándolo, me igualaban a los cuerpos ulcerados y deformes que pululaban por todo Colonche infestados de supuraciones, llagas infectadas y costras, antes de morir estrangulados por espíritus malditos. Quise dejar a Guayas y Jocay con mis tíos, pero ellos ya se habían contagiado y se preparaban para morir. Me encerré en nuestra casa deseando desesperadamente que regresaras, sapito mío, que volvieras cuanto antes, sin saber bien si era para matarte antes de que llegara tu Príncipe Inca o para que me consolaras de los estragos del Mal y me dijeras que seguías queriéndome aún a pesar de lo fea que me había puesto con estas llagas en mi cara, en mis brazos, en mis manos, en mis pechos, y me hicieras el amor suavemente como la última noche que estuvimos juntos, y me tomaras de la mano diciendo, aunque fuera con una mentira en la sonrisa, no vas a morir, Calanga, no vas a morir, apenas te sanes tomaremos una balsa y nos fugaremos juntos a la Isla de las Tortugas Gigantes, como el pirata lampunaeño y la tumbesina de la historia, y envejeceremos juntos viendo crecer a nuestros hijos, que serán tan hermosos como tú.

Aunque hubiera deseado volver antes, Salango solo pudo regresar a Colonche tres atados de jornadas después de su partida. Todo ese tiempo se la pasó lidiando con la Peste, que empezó a saquear alientos con saña perniciosa no bien Salango llegó a los campamentos costeros en que se alojaban los falsos *mitmacuna* del Inca. Le esperaban los mandones manteños de la zona, que le propusieron trocar ayuda mutua, pues sus poblaciones también habían sido afectadas por el Mal. Salango aceptó y envió de inmediato un *quipu* urgente al Señor Chimpu Shánkutu solicitando autorización para realizar en tierra manteña las ceremonias de la *capac cocha*, en que se sacrificaban un niño y una niña puros y de buena proporción para suplicar los favores excepcionales de El Que Todo lo Ilumina en caso de desastre. No recibió respuesta. Mandó otro *quipu* solicitando de Tomebamba sacerdotes y Hombres que Curaban y, de paso, preguntando en clave secreta cuándo llegaría el Príncipe Heredero a tierras manteñas. Tampoco fue respondido. Entretanto, los cadáveres empezaban a amontonarse en las orillas, porque la gente moría más rápido de lo que podía ser enterrada. Muy pronto, el olor a podredumbre ya llegaba a veinte tiros de piedra y los mandones discutían acaloradamente sobre si quemar el cuerpo negaba *siempre* al muerto el ingreso a la Vida Siguiente. Como recordando su existencia, alguno le preguntó a Salango qué había de la ayuda prometida por el Inca. Salango no supo qué decir. Tampoco supo qué decir cuando los pocos falsos *mitmacuna* que sobrevivían al Mal empezaron a fugarse, en manojos pequeños primero y en masa después, abandonando a los enfermos agonizantes en las barracas. Tampoco cuando, sin previo aviso, dejaron de venir los *chasquis* del Inca desde Tomebamba y Quito. Un día, los mandones se reunieron de urgencia sin invitar a Salango a la junta. Acordaron, sin pedirle su opinión, tomar las balsas construidas para la expedición del enviado del Inca, embalsar en ellas las rumas de cadáveres, conducirlas mar adentro y dejarlas a merced de la corriente que se las llevaría al Poniente para siempre. Salango comprendió entonces que ya no tenía nada que hacer ahí, que había llegado el momento de partir, de regresar.

Llegó a Colonche con el crepúsculo después de un viaje a pie de jornada y media. El árbol de senderos que atravesó para llegar hasta el pueblo estaba, salvo uno que otro cadáver al lado del camino disputado por perros y aves de carroña o alguna hilera sigilosa de hombres que transportaba al hombro madera balsa —ladrones de los pocos vestigios que quedaban de la flota—, completamente desierto. En los pampones del pueblo, que antes bullían de actividad, solo había niños marcados por el Mal jugando a hacer conteos de semillas y perros escuálidos husmeando comida. Por la calle de los galpones de los talladores, en que solo yacían algunas mesas de trabajo habitadas por algún que otro cincel abandonado, venía una procesión de ancianas con sahumerios en las manos cantando, en los tonos más agudos que Salango había escuchado jamás, desgarradoras canciones de limpieza.

Apenas cruzó los umbrales de su choza, le recibió el hedor rancio a carne sin salar dejada a la intemperie propia de los cuerpos enfermos, que, después de cuatro atados de convivencia con el Mal, reconocía ahora de inmediato. La choza estaba desordenada y sucia como una nave abandonada a la deriva. No había rastro de los sirvientes encomendados por el *curaca* de Colonche a su servicio. Haciendo esfuerzos para no ser vencido por las arcadas que pugnaban por salir de su garganta, entró en cada una de las habitaciones. Encontró a Calanga en el aposento conyugal, yaciente en el lecho con los ojos cerrados y hundidos, completamente inmóvil. No la reconoció de inmediato. La cara y los brazos esqueléticos —lo único visible bajo la manta impregnada de supuraciones y de supuraciones sobre supura-ciones— estaban recubiertos de minúsculos volcanes apagados que habían escupido sangre en lugar de fuego, dejando a su paso una secuela de costras infestada de moscas; el pelo estaba apelmazado y duro como una peluca de máscara del Espíritu del Murciélago; y su mano —la misma que Salango había apretado hacía apenas una luna para proponerle un horizonte ahora clausurado— sobresalía como un manojo de cuerdas de un *quipu* de huesos y pellejo.

Atoró un golpe de llanto, suspiró, tragó saliva y se levantó: no debía perder tiempo con los muertos. Empezó a buscar por toda la casa. Debajo de los respaldares, encima de los taburetes, en el rincón oculto del desván, tratando de no dejarse doblegar por la angustia que se agolpaba en su pecho hasta no dejarlo respirar.

—Están aquí —dije—. Conmigo.

Y te volviste hacia mí, mirándome como si no pudieras creer que todavía estuviera viva, mientras yo, con las pocas fuerzas que me quedaban, alzaba lentamente la manta para mostrarte. Al ver a Guayas y a Jocay acurrucados sin vida sobre mi pecho, te derramaste fulminado en el suelo a mi costado, temblando y llorando como bebito recién arrancado de los brazos de su madre. Daba una pena verte, sapito mío. Entender de pronto, demasiado tarde, que tú también habías sido una víctima de todo esto. Y te susurré entre restos de voz agonizante te amo, siempre te amaré, siempre estaré contigo vayas adonde vayas, libre por fin de las mentiras que tuve que decirte por el bien de mi pueblo, acariciando tu corazón cuando esté a punto de reventar de la tristeza, aquietando la turbulencia cuando no te deje ver a través, persiguiéndote con la verdad cuando no quieras escucharla.

Cuando Calanga rindió su aliento, Salango enrolló los *quipus* con las instrucciones secretas, se sacó los pendientes de oro y lo arrojó todo con todas sus fuerzas al fondo del cagadero. Hurgó entre los instrumentos de piedra. Encontró el cuchillo con que su esposa desescamaba el pescado. Se hizo cortes en las manos, los brazos, las piernas, el cuello, la cara (aquí te nació, sapito mío, la peligrosa costumbre de hacerte daño a ti mismo cuando te abruma la soledad), pero la muerte por desangrado no llegó, pues las heridas no eran suficientemente profundas. Le faltaba aliento para ir a alguna montaña cercana y arrojarse al vacío y carecía de valor para atragantarse de piedras hasta morir. Por eso dio la bienvenida con alivio a los primeros signos del Mal en su propio cuerpo. Acogió con agradecimiento los dolores de cabeza, las llagas y las pústulas que devastaron su salud. Y luego el delirio nebuloso que lo sumió en un sueño permanente, apenas interrumpido por hilachas de vigilia, en que le visitaba un espíritu solemne, antiguo y entrañable de los tiempos idos de su infancia en su pueblo natal, que le musitaba que tuviera paciencia, que todavía no había llegado su tiempo de partir, que tenía un servicio pendiente que cumplirle, un servicio que voltearía el Mundo y acabaría con el turno nefasto de los que se decían a sí mismos Hijos del Sol y su falso Progenitor Que Todo lo Ilumina, que vengaría a sus padres chancas y restablecería en su lugar el mando de los *huacas* que antes habían gobernado la tierra. Solo al final, cuando ya era claro que el Mal no lo mataría y empezaba lentamente a abandonarlo, reconoció a la presencia que le había hablado en su sueño. Era el *Pururauca* de

Apcara, el Guerrero que se había convertido en piedra después de mucho llorar por haber sobrevivido la masacre de la batalla de Ichupampa, en que el Inca Pachacutec había vencido a los chancas y clavado la vara que daba inicio al Mundo de las Cuatro Direcciones. El legendario *Pururauca* de Apcara, todo adquiría sentido ahora, lo había elegido —una noche de tormenta en que perseguía loma arriba una llamita correlona escapada del rebaño— para voltear el Mundo y empujarlo en una nueva dirección. Apenas recordaba las jornadas siguientes a la pedrada en la cabeza que lo había tenido un atado de jornadas a punta de morir. Pero jamás olvidaría la expresión pura, generosa, humana de la Vicha al ser entregada en sacrificio.

Cuando Salango tuvo aliento suficiente para levantarse, entumbó a Calanga, a Guayas y a Jocay en una cueva. Al regresar a su choza, se enteró de las noticias, que pasaban velozmente de boca en boca por los pocos sobrevivientes que se atrevían a circular por las calles de Colonche.

—Huayna Capac Inca ha muerto. Ninan Cuyuchi, su hijo y Príncipe Heredero, ha muerto. El Mundo ha muerto.

Decimoquinta serie de cuerdas – presente

Primera cuerda: gris teñido de rojo entrelazado con celeste añil, en Z

Es la Missa de difuntos començada.

Oyen todos los christianos en silençio los latines de Ualberde, assentados con horden y conçierto en el edifiçio de la plaça que haze las vezes de yglesia en Caxamarca. Solo se echa en falta a Soto, Orgoños, Estete y al sabihondo tallán Martinillo, que ovieron de partirse a Huamachuco ha dies jornadas en busca de las miliçias de yndios que —coRían los Rumores— se aparejauan para sitiar la çibdad, acauar con los christianos e delivrar al Inca de su prisión.

En el çentro de la naue de la yglesia a tres braçadas del altar, entre las dos ileras de assientos ocupados por los christianos, yaze el cuerpo maçilento e syn uida de Atao Uallpa, puesto en vna caxa abierta syn labrado ny color. Tyene el Inca los oxos çeRados e no ha cauello en la caveça, que todo el que auía se quemó para que los yndios no los vsassen como amuletos e pelucas de sus ýdolos. Porta endemás vna borla colorada çeñida sobre las sienes, que oculta la orexa que le fallesçía. Es su mortaxa brocada de mucho veer e son sus faldas e Rodilleras de primor, pero disparzieron las sandalias de oro que le pusieron los paganos çaçerdotes yndios quando finó.

No se parte de Felipillo el pesar que lo tyene postrado. ¿Cómo pudo esta muerte acontesçer, barrunta el faraute, si él auía preuenido a Atao Uallpa mesmo de lo que tramauan los christianos? ¿Por qué desoyó el Inca sus consejos e no atajó su proprio finamiento?

¿Por qué syguen uiuos los christianos y Felipillo a su seruicio?

799

Persígnanse, íncanse de inoxos e dizen los christianos los paternóster —e los ymita el faraute, que nvnca pudo aprehender de coraçón los travajos de la Missa. Quando aRiba el pvnto del sermón prençipal, escúchase grand alboroto de jvnta de yndios en las afueras del Reçinto. Aperçíbense los christianos, que uan sienpre adereçados para estos menesteres e ponen la diestra en el mango de la espada, prestos al contraataque.

Pero no es jvnta de yndios lo que se allega a toda marcha de la yglesia, sino de yndias. Más de çient yndias moças e biejas, prençipales e de seruiçio, atauiadas todas con sus ávitos amarillos de fiesta, e sus dixes e alhajas, que cruçan la teRaça y el atrio e Retunban los muros con sus bozes lastimeras, en detenyendo la Missa.

—¡*Padrecito!* ¡*Hermanito!* ¡*¿Dónde estás?!* ¡*¿Es cierto lo que dicen?!* ¡*¿Que te has ido así, sin despedirte de nosotras?!*

Reconósçelas Felipillo con vn nudo en la garganta. Son las *mamaconas* e *acllas* del Arem del Inca, que uiesse el faraute en sus escapadas para auistar syn ser auistado a la moça de sus ensueños, la Sin Par Inti Palla.

Procvran algvnos christianos de atajallas, pero no bastan a las conthener, que las yndias son muy muchas e porfían e aprietan con toda su pujança. A golpe de esfuerços logran ellas allegarse de la caxa del Inca. Como las primeras lo veen en su mortaxa, gritan e caen desacordadas e fuera de su sentido sobre el sitio.

—¡*Padrecito!* ¡*Hermanito!*—dizen las que les siguen, con ilos de agua manándoles por los oxos, fincados en el Inca yaziente—. ¡*¿Quién te ha hecho esto?!* ¡*¿Vas a irTe de Viaje así, sin Tu ajuar ni Tus vasos de oro, sin Tu coca, sin Tu comida ni Tus estatuillas, sin Tus mudas de ropa nueva, con el cuerpo sin preparar por los embalsamadores para Tu Vida Siguiente?!*

Rásgase vna concvbina los uestidos. Tírase aquesta de los cavellos. Aráñase estotra los cueros. Golpéase la de acvllá la frente contra vn mvro fasta se la rebentar. Espantados, pugnan algvnos christianos de hazelles estorvo, pero no se dexan las yndias ynpedir.

—¡Dezildes que çessen, Felipillo!—grítale salido de su çeso el Gouernador—. ¡Ques aquesta la casa de Dios e no la deven escarnir!

—*¡Señoras, señoras!* —dízeles el faraute—. *¡No pueden hacer eso aquí! ¡Este es el templo del huaca barbu…!*

Pásmase el faraute en la meytad mesma del traslado. Entre la copia de yndias que penan e se lazeran está la Sin Par Inti Palla, con ávito de color tieRa que haze discordia con las otras, enbestidas de amarillo. Anda tirándose de los cavellos con uiolençia e solo quedan algunas matas de su antaño luenga cavellera.

¿Qué haces aquí, descanso y alivio de mi pena, alegría de mi corazón? ¿No deberías andar libre en tu tierra tallana, en compañía de los tuyos, como me prometió mi paisano? ¿Y qué demonio malnacido te cortó la cara y te segó tu pelo, que fueran dechado de hermosura?

Despiértale vn golpe seco en el cogote.

—*¡Felipillo!* —dízele el Gouernador—. *¡¿Qué moxca te ha picado?! ¡Traslada, que no ay Martinillo que me valga e pendo de ti!*

Repite el faraute çinco bezes el traslado en *simi*, poniendo la mirada en la que más que a sý mesmo ama, que no da seña de le conosçer. Desóyenle las señoras los primeros, escúchanle los postrimeros. Mengua poco a poco el desbarajuste.

—*¡Padrecito! ¡Hermanito!* —habla vna *mamacona* syn apartar la uista de la caxa que habita su Señor—. *¡¿Dónde Te van a entumbar estos barbudos?! ¡¿Dónde iremos a seguirTe sirviendo, a hacerTe compañía?!*

Traslada Felipillo lo dicho por la *mamacona*, para el Gouernador.

—No lo hemos de pvblicar —dize don Françisco—. Si les revelamos dó uamos a enteRar a Atabalipa, los yndios yrán a tomar su cuerpo e lo profanarán con sus cvltos, hechiçerías e paganas çerimonias. E Atabalipa es muerto baptiçado e con nonbre de christiano.

—*Señoras* —traslada Felipillo—. *Los dioses barbudos son celosos. Le tienen prohibido decir al Apu Machu dónde van a entumbar al Inca. Váyanse.*

Ajítanse las señoras e las mançebas. Mvchas braman e dan bozes, aquestas caminan en çírculo como boRachas, estotras se amortesçen en çilençio (como Inti Palla, que está sola en vn rincón con la uista perdida). Vnas quantas quyeren Retomar sus lazeraçiones a sý proprio, pero esta bez logran los barbudos las contrariar. Con no poco esfuerço las sacan a todas de la yglesia e las lleuan a las cámaras de Atabalipa, do las dexan ençeRadas fasta que se apazigüen en conpañía de la jente de seruiçio que travaja aí. De ynmediato jvnta el Gouernador dies christianos para que cvstodien las entradas, e da la horden que no ningvno entre ny salga en las cámaras syn su permiso.

—La moça con vn lunar en el boço es para mý, Señor Gouernador —dize vna boz.

—Mía la moçuela pequeña de mantilla colorada —otra.

—E la fermosa ancha e grande de nariçes, ya tyene dueño quando se haga el Repartimyento —otra más.

—¡Callad, bestias! ¡¿O ahún no tomáys notiçia que hazemos duelo por la muerte de vn Rey?! —dize el Gouernador.

Házese entre los christianos el çilençio e la contriçión. Cresçido de grand enoxo, apártase el Gouernador vna gota de agua que le cae por la mexilla e torna a franco tranco a la yglesia, seguido de todos aquellos cuya presençia en las cámaras de Atabalipa no es menester, Felipillo entre ellos.

Prosigue la Missa ynteRunpida. Quando se hallan en el pvnto de la sancta comvnión, allégase del Gouernador vno de los que quedaron encargados de la custodia, que uiene aguijado e con el coraçón en la boca. Háblale al oýdo. Contráese la frente del Gouernador, que oraua de inoxos con la ostia ahún no acauada de tragar. Cruça el Gouernador miradas con Sauzedo, Mena, Almagro (con quyen, desde la muerte del Inca e los aparexos para el byage a la çibdad del Cuzco, hase reconçiliado don Françisco), Orgoños e Felipillo. Leuántase el Gouernador, haze vna uenia al altar en que offiçia Ualuerde e se parte de la yglesia de nueuo. Al cabo, los otros le siguen.

ARiban el Gouernador e los mentados a toda prieça a la entrada de las cámaras del Inca. Aguárdanles los otros cvstodios con los senblantes cuytados e sacados de conçierto. Vno dellos señala con afliçión vna de las puertas ynferiores, entreabierta. Alléganse della el Gouernador y los suyos e cruçan el vnbral con espaçioso passo.

Reconosçe Felipillo la cámara por su tamaño, su tronera. Es aquella en que uiese por única uez a Atao Uallpa holgando con Inti Palla e dos de sus concvbinas, aquella noche feliz e açiaga que le cambió la uida, que le mostró el amor. En las dos esquinas opuestas ay agora vna veyntena de mançebas, las más donçellas, dando quedamente llantos e lloros syn parar. Esparzidas en el suelo del çentro de la cámara yazen más de ochenta. Muy muchas lleuan sus proprias cavelleras atadas aldeRedor de sus proprios cuellos estrangulados.

Vna de ellas, que porta vna túnica blanca con lanparones bermexos, es la única desproveýda de cavello. Lleua los oxos clausurados e vna lánguida sonrrisa en los labios. Por su loçana belleça, diríase vna prinçesa dormida de las myll y vna estorias del Maestre Bartolomé, si no fuesse rrecostada sobre vna charca de sangre.

Inti Palla lleua vn prendedor de plata clauado en el coraçón.

Segunda cuerda: blanco oscuro entrelazado con celeste añil, en Z

Míralos.

Bien orondos están. Ahí, en la explanada del centro, a orillas del cuadrado de mantas brocadas que cubren la tierra enfrente del *ushnu*. En andas han venido, pero han debido dejarlas afuera porque el Ganso Viejo no les ha querido dejar.

Cómo sonríen los muy perros. Cómo babean cambiando saludos, cómo mueven la cola y se arrastran a los pies de los que tienen insignias de *panacas* mejores que las de ellos, los muy sobones.

Como si todo siguiera en su sitio. Como si el Mundo no se hubiera volteado. Como si no estuvieras muerto.

¿Vomitan también allá en la Vida Siguiente?

Mira ahora hacia el otro lado. A esos viejos, a esos *yanacona*, a esas mujeres de servicio, a esos niños sin linaje real en el cinturón.

Nunca los había visto antes con todos mis ojos. Cómo rondan la explanada una y otra vez como *huahuas* recién destetados. Cómo se emborrachan, cómo lloran, cómo patean las piedras, cómo escupen al lado de su pie, cómo se rasgan las únicas ropas que llevan. Dizque están así desde que te fuiste. Cuatro jornadas están todo pasmados, como si hubieran visto al Padre Sol llorar en su delante lágrimas de sangre. ¿Quién empujará ahora los Turnos del día y la noche, preguntando, quién la siembra y la cosecha, llorando con las manos tendidas hacia el cielo, quién la vida y la muerte?

¿Los ves? ¿Los ve ella contigo?

Un jilguero se posa en el techo de paja trenzada del galpón donde las *mamaconas* han puesto la chicha para el banquete. Qué bonito su pecho rojo, su pancita azul. Da saltitos, canta, se queda quietecito mirando con desprecio a todos los que estamos en la plaza de Cajamarca, a los principales.

¿Eres Tú?

Con su piquito se rebusca debajo del ala. Ha encontrado un bichito, parece, y se lo está comiendo. Volando llega otro y se posa cerquita a su lado. Parejita deben ser. ¿Shankaticha?

Achacháu.

Deja de estar distraída mirando a cualquier parte, me dice Mama Contarhuacho a la oreja mientras me sobo el atrasito, donde me cayó el pellizcón. La ceremonia va a comenzar en cualquier momento.

Me aliso la *lliclla*, me acomodo el tocado con nuestros colores, me pongo seria: soy una señora huaylas, soy la *Coya* del Apu Machu, del Barbudo más Principal.

¿Y?, ¿para cuándo?, me dice en voz baja Mama Contarhuacho sin mirarme.

Para cuándo qué, mamacita, le respondo.

Para cuándo el Inca huaylas que me prometiste, me dice. El Inca huaylas que le debes a nuestro pueblo.

No sé, le digo.

Ella se molesta, cómo que no sabes, diciendo. Cinco lunas has tenido para sacarle un hijo al Barbudo y nada. ¿Qué te pasa? ¿Estás seca por dentro? ¿O no te estás esforzando lo suficiente?

Yo sí me estoy esforzando, le digo con una bola en la garganta. Todos los días lo estrujo al Ganso Viejo, digo al Apu Machu, pero no me preña. De repente es su leche que está malograda.

Apúrate, me dice. Si no, le pasamos al Barbudo una de tus primas. Una de las hijas buenamozas de tu tía Añas Collque. Seguro tiene más potencia que tú.

Me volteo hacia ella furiosa, incrédula.

Está que se aguanta la risa.

No te pongas así, me dice. Te estaba fastidiando nomás. Y no te preocupes por el Inquita que me debes. Hay tiempo de sobra.

Un fragor de gente, ¿aclamando o insultando?, viene de un tumulto en la bocacalle que va al Templo-Fortaleza del Señor Catequil. Unos cargadores traen en hombros a un señor canoso en una silla. Lo rodean ocho barbudos con palos erguidos de metal y alacranes en vez de ojos, listos para hincarlo si intenta escapar.

Cómo se le va a ocurrir escapar, si solo es un viejo puro hueso y pellejo medio dormido. Trajeado con ropas de *cumbi*, pero con *amarus* de metal amarrados a los brazos. Con las piernas descubiertas, que dejan ver las vendas de las rodillas para abajo. Las cicatrices fresquitas de las quemaduras de los muslos para arriba.

Cómo lo han dejado al pobre Challco Chima: no lo había reconocido.

Los barbudos que lo escoltaban se quedan en la explanada. La silla logra hacerse paso entre la marea de principales, llegar hasta la tierra cubierta, subir al *ushnu*. Un bosque de brazos la baja con cuidado y la posa en el segundo nivel a la izquierda. Parece una momia a medio enfardar eternizada en la posición del feto.

Miro de reojo al techo de paja trenzada: Tú y la Shankaticha ya se han ido. ¿O será que has tomado otra forma para espiarnos desde su Vida Siguiente?

El Padre Que Todo lo Ilumina yace en el punto más alto de Su paseo, en el periodo sin sombra de la jornada. ¿Acaso te has escondido en su detrás? Lo miro fijamente sin pestañear uno, dos, tres, cuatro, cinco latidos… No puedo aguantar más y cierro los ojos. Cuando los abro de nuevo, no puedo ver nada. Estoy ciega.

Inca Atahualpa. Papacito. Hermanito. Perdón, perdón, perdón. ¿Qué querías que hiciera? Vine desde el Cuzco para estar contigo y no me hiciste ni Tu *Coya*, ni Tu esposa secundaria, ni Tu concubina. Como prenda vieja me regalaste al Ganso Viejo. ¿Cómo iba entonces a acompañarte en Tu Viaje a la Vida Siguiente como las otras, como Shankaticha?

Yo no soy. Yo no fui. Yo no seré como ella. Jamás tendré las tetitas como ella, el atrasito como ella, la piel bronceadita como ella. Jamás me querrás como la quisiste. Jamás me condenarás a jugar con las cosas de los hombres, para castigarla por la falta de dejarse profanar. Jamás me mataré como ella para estar contigo en tu Vida siguiente sin tener obligación.

Achacháu. ¿Otra vez?

Bien molesta volteo a mirar —veo de nuevo— a Mama Contarhuacho —qué pasa ahora— frotándome el brazo que me pinchó. Ella solo alza la barbilla, apuntando en su delante.

Ahí están Tísoc Inca y el zoncito, bien engalanados con camisetas de hilos de oro. Aunque al zoncito la suya le queda grande, por el ayuno que hizo de tres jornadas para purificarse, seguro.

No le digas así, me había dicho Mama Contarhuacho. Va a ser Único Inca, muéstrale respeto a Tupac Huallpa.

Pero yo le había dicho zoncito al zoncito en su mismo delante. Desde que llegó a Cajamarca con su tío el Señor Tísoc Inca y Apu Machu lo trajo a vivir a nuestra casa le he estado diciendo.

Por qué me dices así, me preguntó hace un atado de jornadas.

Porque se la pasaba todo el día encerrado en su cuarto, al que le sellaron las ventanas y el tragaluz porque se meaba de miedo, el muy zonzo. Aceptando solo la comida y bebida que yo le daba y haciendo probar por *yanacona* todo lo que le daban los demás. Cagando en un hueco dentro de la casa que hicieron especialmente para que no tuviera que salir.

El Mocho quiere matarme, me dijo.

Yo me reí. Qué tanto miedo le tenía si esta era la casa de Apu Machu, la más segura de toda Cajamarca, diciendo. Y Atahualpa sabía que el Apu Machu le brindaba protección. ¿Igual se iba a atrever a hacerle daño?

Igual, respondió y se volvió a meter en su cuarto. Y solo salió cuando anunciaron que los barbudos te habían quitado el aliento, quemado y entumbado. Y entonces fui yo la que se encerró, la que todo ese día y el siguiente se quedó en casa llorando, muerta de tristeza.

Un jalón en la manga de mi blusa colorada, una voz musitando en mi oído: qué tienes hoy, hija, que estás tan distraída.

Vuelvo a centrar mi pepa.

La ceremonia de la toma de la borla sagrada, que ahora sí acaba de comenzar, pasa rapidito.

Tupac Huallpa y Tísoc Inca suben por las escaleras del *ushnu*, que los barbudos han despejado para la ocasión —es aquí donde guardan sus tubos de metal. Hacen una leve reverencia a Challco Chima, que el viejo guerrero apenas devuelve. Luego, Tísoc se sienta en el escaño de piedra a la derecha en el segundo nivel y Tupac Huallpa en el tercero, donde ha sido colocado el trono de oro que entregaste a Ganso Viejo como parte de tu rescate, que nunca te cumplió. Tísoc le entrega a Tupac Huallpa una vara de oro en la mano derecha y le coloca la *mascapaicha* sobre la frente. La borla se resbala tres veces hasta que finalmente se prende de su cabeza. Se escuchan los aullidos y bramidos jubilosos y rastreros de los principales.

Tupac Huallpa baja del *ushnu*, con la cara medio asustada. En el pedazo de tierra entre el *ushnu* y la explanada, cubierto de mantas brocadas multicolores, cada principal le besa la mano y la mejilla, vuelve su cara hacia el Sol, Le da las gracias por el advenimiento del nuevo Único y promete ofrendas a los *huacas* de su linaje para que tenga larga vida. Cada agradecimiento compite con el anterior, está más lleno de zalamerías, de sobonerías. Finalmente Tupac Huallpa vuelve a subir al *ushnu* y bebe intercambiando *queros* de oro primero con Tísoc Inca y luego con Challco Chima.

Mama Contarhuacho y yo nos ojeamos.

La chicha escanciada se desliza por la garganta de Tupac Huallpa. Las gotas se unen formando un riecito que moja despacito todo su adentro.

Sé por fin dónde te has metido, Inca mío, papacito, hermanito. Desde dónde lo estás viendo todo, riéndote.

Los cantos y bailes celebratorios empiezan. Ganso Viejo y el nuevo Único Inca se hacen regalos mutuamente. Tupac Huallpa le entrega penachos, brazaletes y collares de plumas blancas. Recibe una pequeña cruz de metal con el muñequito barbudo clavado y sin ropa. Es un *huauqui* pequeñito, igualito al que tenía el gordo cabeza de huevo el día que me mojaron con agua en la cabeza, que me casaron con Ganso Viejo. Dicen que el *huauquita* te da suerte si lo llevas contigo, pero es mentira. Yo tengo uno, lo paseo a todas partes y mírame.

Mama Contarhuacho me lleva de la mano a la explanada al lado del *ushnu*, donde acaba de empezar el banquete por el nuevo Inca.

Le digo que estoy cansada. Vámonos a la casa, Mamacita.

Ella no me hace caso. Se acerca en silencio al corro de Tupac Huallpa, prendida siempre de mi mano.

Un ratito, me dice bajito sin mirarme. Un ratito y nos vamos.

Dizque el Inca Tupac Yupanqui Resplandeciente, está diciendo el zoncito —que ya no parece tan zoncito—, hizo cuando comenzaba su Turno de Único Inca un banquete así como este en la plaza del Cuzco para todos los *ayllus* vecinos de la *Llacta* Ombligo.

Los principales que lo rodean en corro están lamiendo como perros sobones cada palabra que sale de su boca.

Pero a mitad de la comilona y la chupadera, continúa Tupac Huallpa, la comida y la bebida se terminaron y los vecinos se quejaron. ¿Cómo nos invitas a una fiesta que no tiene suficiente de comer y de beber?, diciendo. En la próxima fiesta a que nos invites, cerciórate primero, si no nos ofendemos y nos vamos. Y se fueron. El Resplandeciente no dijo nada. Al otro año los volvió a invitar. Pero esta vez surtió el banquete con comida y bebida abundante. Dizque las rumas de platos y tinajas eran tan altas que no dejaban ver la silueta de los *apus* que rodean al Cuzco desde la plaza de Aucaypata, y los vecinos invitados comieron y bebieron felices los manjares y bebidas que les habían traído. Ahora sí da ganas de venir a tus banquetes, Tupac Yupanqui, diciendo, ahora sí eres buen anfitrión. Pero a mitad de la comilona y la chupadera, cuando quisieron salir de la plaza para orinar y hacer sus necesidades, Tupac Yupanqui no les dejó. Terminen toda la comida y la bebida primero, si no me voy a ofender y nunca más los voy a invitar. Y los vecinos volvieron para seguir comiendo y bebiendo hasta acabar con todo lo que había de comer y de beber. Pero muchos no pudieron aguantarse y, haciéndose un campito en el pampón nomás, mearon e hicieron su caca a la vista de todos.

Tupac Huallpa empieza a carcajearse de su propia historia, con tantas ganas que se dobla en dos. Tísoc y los principales lo acompañan con una risa que quiere ser cómplice pero fracasa en el intento.

El Inca sigue riendo, pero ahora las carcajadas se le han vuelto arcadas que lo sacuden hasta hacerlo vomitar, a intervalos violentos, una espesa sopa verde. Tísoc corre a su lado.

¿Qué has comido, Único Inca?, le pregunta inquieto Tísoc. ¿Qué has bebido?

Nada, en todo el banquete no había comido ni bebido nada, dice Tupac Huallpa antes de desmayarse.

Cuando el Hombre Que Cura por fin llega, Tupac Huallpa ya ha recuperado el aliento. Está sentado en su taburete, no era nada, solo la chicha que me cayó mal, haciendo bromas, para alivio de los barbudos, de Tísoc Inca y de los principales presentes, que, sin embargo, por si acaso, ya no prueban bocado del banquete. Uno nunca sabía.

Ya, dice Mama Contarhuacho. Ahora sí, vámonos nomás.

Hay tiempo, dice en voz baja sin mirarme mientras caminamos de vuelta al palacio. Paciencia.

Tercera cuerda: dorado, en Z

Soy un *yana*.

Soy un *yana*, repite Cusi mirándose en el reflejo del agua atrapada en el pocillo de sus dos palmas vueltas hacia arriba. Su rostro, sin embargo, sigue pareciéndose a sí mismo, no termina de caber en el nuevo rol que le ofrece su disfraz. Bebe el agua de su propia imagen y deja caer el concho en el suelo enfrente de sus pies. Se seca las manos en el taparrabos de bayeta, el taparrabos de sirviente. Mete la derecha en el *quipe*. Aferra un puñado de hojas de coca. Para qué. Ya no necesita mantenerse despierto. Desde que el Inca murió se queda dormido en cualquier parte y puede dormir una jornada completa de un tirón. Abre el puño y el moño crujiente se despega de sus dedos, que se pierden en el fondo de la bolsa. Sí. Es cierto que de vez en cuando sigue usando la planta para calmarse la pepa, mantener a raya los nudos que lleva en la garganta. Pero no hoy. No ahora.

Mira por la ventana una vez más. Cinco viejos apoltronados en el suelo de una esquina, con las camisetas sucias y la boca abierta, babeante de la borrachera; dos señoras anudando un paquete frente a la puerta de la casa de enfrente, distraídas en su quehacer; dos niños en el medio de la calle, siguiendo dos barquitos que navegan por la acequia. Nadie mira hacia aquí. Estira la cabeza para ver mejor: nadie está circulando por las calles laterales. Toma aire, se carga de un envión a la espalda el bolsón de yute lleno de maíz que está a su lado, empuja suavemente la puerta con la rodilla y, soy un *yana*, repitiéndose por última vez, sale de la choza y entra sigilosamente a la calle transversal.

Hace once jornadas que no mastica la planta sagrada, que duerme normalmente. Después de un periodo en que la fuerza vital pareció abandonarlo, la ha ido recuperando poco a poco. Ya no mezcla los mundos del sueño y la vigilia como antes, y va acumulando una serena lucidez que afina su *camac*, que le pule los bordes ariscos. Ahora que transita bulto a la espalda los barrios alejados de la plaza de Cajamarca, por ejemplo, puede respirar con transparencia la tensa e incierta agitación de las delegaciones de cutervos, chotas, cuismancus, chuquismancus, huambos y otros pueblos que vinieron a rendir pleitesía a los barbudos y lían ordenadamente sus bártulos para emprender el regreso a sus tierras: ¿qué pasaría ahora? Puede ver —sin ser visto— los preparativos de los barbudos y los orejones comechados que se arrejuntan para hacerles compañía en su viaje hacia el Cuzco.

Se une a una fila de *yanacona* que lleva cuesta abajo tinajas de chicha, bolsas de papa, oca y maíz y cestillas de *charqui* hacia el pampón central de la plaza, donde están estacionadas las llamas de carga. Manteniendo los ojos en el suelo apisonado, se desvía a la derecha a medio camino y entra a un sendero empedrado que sube hacia el Templo de Catequil. Se topa con otro grupo de *yanacona* que va en sentido inverso transportando lingotes de oro en unas angarillas, bajo la estricta vigilancia de dos hileras de barbudos, una a cada lado. Traga saliva y pasa a su costado, tratando de no atraer su atención. Por fin llega a la calle estrecha que da al *Acllahuasi* y dobla a la izquierda. Enfrente del umbral de la Casa de las Escogidas hay un barbudo clavando un semicírculo de plata —el brillo del metal lunar es inconfundible— en la planta de la pezuña de una llama gigante. El barbudo se detiene, le echa un largo vistazo de arriba abajo, decide que es inofensivo y sigue clavando.

Entra a la Casa. Anda por el corredor hasta llegar al patio central, donde descarga el bolsón con un resoplido.

—Ahí no es su sitio —dice una voz en su detrás mientras Cusi trata de recuperar el aliento—. Llévalo a la plaza, donde están poniendo todo.

Cusi voltea lentamente, tratando de contener el miedo que le trepa por la espalda.

Ante él, mirándolo, un hombre pintado y enjoyado de pies a cabeza, con la camiseta muy ceñida en la cintura: el eunuco del *Acllahuasi*.

—Yo… Me dijeron que trajera el maíz aquí.

El eunuco se acerca a distancia de abrazo con un puente en medio de sus cejas. Contempla fijamente su disfraz de *yana* de servicio, acercando la vista a los lóbulos de sus orejas, cuyos agujeros delatores de su condición de inca han sido sellados con grasa de llama.

—¿Qué le dice el agua al acueducto? —pregunta el eunuco.

—Guíame pero no interrumpas mi camino.

El eunuco señala uno de los pasadizos de piedra que nacen del patio, el más alejado a la derecha.

—No tardes, Señor. En cualquier momento vienen los peludos que nos van a hacer la escolta durante el viaje. No querrás estar aquí cuando lleguen.

Cusi entra por el corredor, que se ensancha y se convierte en un patio más pequeño que el anterior, con un galpón abierto al aire libre. A su sombra, un racimo de *acllas* vestidas de blanco, vigiladas por una *mamacona*, meten manojos de lana en unas canastas de gran tamaño. Apenas notan su presencia, las mujeres sagradas dejan de hacer lo que están haciendo y miran a tierra. Todas menos una.

El corazón de Cusi da un brinco. No esperaba encontrar ya a la niña rechoncha y asustadiza que dejó en Quito hace un año y once lunas, poco después de los esponsales de su hermana con el Inca Atahualpa, pero tampoco a la mujer de rasgos afilados y porte esbelto que ahora le mira de frente con intensidad.

—Cusi Rimay.

Cunde fugazmente la alarma entre las *acllas*, que se miran entre sí sin saber qué hacer. Con aplomo que le desconoce, Cusi Rimay hace un gesto que las tranquiliza, le dice unas cuantas palabras al oído a la *mamacona*. La *mamacona* cabecea aprobatoriamente y le señala una pequeña puerta en la esquina. Cusi Rimay camina con sigilosa energía en esa dirección, seguida de su hermano. Ambos entran al cuarto, angosto y sin ventanas, iluminado únicamente por una velita de sebo que revienta de sombras el techo y las paredes. Cusi Rimay cierra la puerta.

—Hermanita. Luz de mis ojos —dice Cusi abriendo los brazos.

Pero Cusi Rimay no se abalanza a los suyos. Se mantiene más bien a prudente distancia, mirándolo con un fulgor extraño en la mirada.

Cusi da un vistazo rápido a su alrededor.

—¿Dónde están tus bártulos?

—En ninguna parte. No voy a ir contigo.

Cusi sonríe.

—No tengas miedo. Conozco un desvío bastante seguro que los barbudos no conocen. No te va a pasar nada.

—Yo no tengo miedo.

El tono es firme, hostil. Y el fulgor no se ha ido de sus ojos desafiantes. La sonrisa se diluye en las comisuras de Cusi.

—No hay tiempo para engreimientos, Cusi Rimay. Saca tus cosas y vámonos de una vez.

—Vete tú. Yo me quedo aquí.

—No te puedo dejar aquí. Mañana los barbudos están partiendo hacia el Cuzco y ahí sí que no podré hacer nada para rescatarte.

—Mejor.

—¿Mejor qué?

—Que no hagas nada para rescatarme. Los barbudos me tratan bien. Quiero quedarme con ellos.

Cusi Yupanqui se queda clavado sobre el sitio un par de latidos, como si de labios de su hermana hubieran brotado palabras en una lengua desconocida. Una correntada de furia invade su pepa.

—¿Qué es eso de que te tratan bien? *Pampayruna* de mierda. ¿Te estás revolcando con alguno?

Cusi Rimay permanece en silencio. Un puñetazo remece su rostro y cae al suelo. Se acaricia la mejilla enrojecida. Su incredulidad inicial cede con rapidez a una tirria espesa y sin fondo.

—¿Y qué si estuviera? —dice con lágrimas ardientes asomando en las orillas de sus ojos—. ¿Me empalarías, como a las hermanas y esposas de Huáscar? ¿Me abrirías la barriga para ver si estoy preñada y si estoy, me sacarías el bebito? ¿O me degollarías, como hiciste con sus primos, tíos, hermanos y entenados?

El brazo se levanta, presto a terminar la faena, pero se queda a medio camino, temblando.

Podría responderte. Decirte no seas ingenua, una guerra es una guerra y Huáscar, de haber vencido, habría hecho exactamente lo mismo con nosotros. Si uno desea gobernar con el suelo firme bajo sus pies, no puede dejar vivos a sus enemigos rumiando su derrota, ni a sus mujeres, que parirán y criarán nuevos enemigos, ni a sus hijos, que una vez crecidos tratarán de vengar a sus padres y a los ancestros de su *panaca*. Pero para qué, Cusi Rimay, si así no podré disolver esa mirada embebida de odio que me hiere peor que una flecha envenenada, si no entenderás que todo lo que hice lo hice por tu bien, el del Inca y el del Mundo de las Cuatro Direcciones, si no conocerás jamás el peso de la promesa hecha a mama Tocto Ocllo de cuidarte y protegerte ni mi impotencia por no haberla podido cumplir.

Cusi sale de la habitación, del corredor, del patio, de la casa.

Con el bolsón de maíz a la espalda, regresa sobre sus pasos con la pepa vacía, centrándose en la visión de su propia sombra para olvidarse mejor de su entorno, de lo que acaba de pasar, del peligro que corre si alguien se da cuenta de quién es en realidad y lo denuncia. Se ve obligado a parar ante el paso detenido de unos cargadores que llevan en andas a un Señor. Las andas ocupan la calle a todo lo ancho, pues las acompañan a ambos lados un séquito de mujeres y sirvientes y una escolta de doce barbudos bien armados, que no le dejan ver al hombre que vigilan. Cuando los barbudos se apartan y Cusi se da cuenta de quién es, es demasiado tarde para dar la vuelta.

Challco Chima está mirando hacia el Sol con los párpados cerrados. Las carnes esculpidas se le han ablandado y secado y lleva emplastos verdes adheridos a los pies. Ha envejecido por lo menos un atado de años desde la última vez que lo vio, en Huamachuco, hace cuatro lunas. De pronto, el invencible —¿se puede seguir llamando así y sin cacha al viejo lisiado que tiene en su delante?— abre los ojos, que se posan sobre los suyos. El cruce de miradas dura tres latidos que se prolongan una eternidad: a pesar de su disfraz, lo ha reconocido. Todo esto es por tu culpa, calla a gritos Challco Chima. Tu culpa que yo me haya entregado a estos barbudos. Tu culpa que me hayan quemado las piernas. Tu culpa que hayan matado a Atahualpa. Tu culpa que hayan ceñido la borla sagrada sobre la frente dócil de un inepto aún más inepto que el Inepto. Mira lo que pasa por andar embutiéndote de coca los carrillos, por no dormir cuando debes y quedarte dormido cuando no, por no andar centrado en tu misión y andar pensando más bien en tu hermanita, que solo te mentaba para maldecirte entre dos insultos. ¿Y si abro la boca y les digo a estos quién eres, para que te linchen y así pagues tus faltas?

Pero la litera reinicia su marcha cuesta abajo y la mirada de Challco Chima sigue su camino, transportándose con su portador hacia delante, abandonando a Cusi como si nunca lo hubiera visto.

Cusi toma un puñado de hojas de coca y se lo mete en la boca. No vuelve a levantar más los ojos hasta que ha cruzado los umbrales de la *Llacta*.

Cuerda secundaria: dorado, en Z

Dos jornadas después, cuando los barbudos y sus cómplices finalmente han partido hacia el Cuzco, Cusi y el Espía del Inca salen de sus respectivos escondites en las afueras de la *Llacta* y entran juntos a Cajamarca. Mientras Cusi le cuenta en voz baja y en detalle cómo ocurrió la muerte del Inca, los sigue y resguarda una partida de sesenta y cuatro guerreros selectos y bien armados liderados por Yucra Huallpa, que ha dejado al resto de su ejército de diez mil hombres en las cimas de Cumbemayu, esperándolo para ir tras las huellas de los barbudos y acabar con ellos.

El grupo avanza con cautela por las calles vacías de actividad, transitadas esporádicamente por niños, mujeres y viejos. El *curaca* cajamarca Carhuarayco, sus principales y sus *runacuna* —los únicos habitantes en edad de guerra que quedan— han divisado a la distancia a la cuadrilla y han ido a refugiarse al Templo-Fortaleza de Catequil, en lo alto del cerro que cobija al Poblado del Hielo, donde tienen escondidas sus armas y provisiones, y donde ahora se atrincheran para el sitio.

Pero Cusi, el Espía y los guerreros, que no quieren nada con ellos, prosiguen su recelosa caminata y llegan a la plaza. Por todas partes hay pequeños cerros de vajilla rota, secuela de las fiestas por la puesta de la borla en la frente indigna de Tupac Huallpa, y niños en la edad del gateo jugando en sus faldas. Se dirigen al Templo de la Culebra, que los barbudos habían convertido en adoratorio a su *huaca* principal. A diferencia de los demás galpones y edificios que rodean la plaza, tiene la entrada clausurada. A una señal de Cusi, dos guerreros desclavan la cruz de madera incrustada en el pórtico y la destruyen a golpes de hacha. Un discreto crujido procedente del interior pone a todos en alerta. El pórtico se abre y tras él, hay una anciana de ojos hundidos. Tiene el pelo completamente cano y el semblante lleno de arrugas pero extrañamente sereno.

No parece sorprendida de verlos y más bien como si los hubiera estado esperando. Sin decir palabra, la anciana los invita a pasar.

Todo el suelo está recubierto de velas de sebo, la mayoría apagadas. En el medio del recinto hay un rectángulo de tierra recientemente removida, recortado por la luz estrecha y turbia que proviene de la única ventana.

—Ahí está —dice la anciana.

Ocho guerreros van hacia el rectángulo, remueven la tierra con sus lanzas y empiezan a cavar con sus propias manos. Al cabo de media hervida de papa y a un brazo y medio de profundidad, surge del Mundo de Abajo una estela de moscas azules: han hallado el cadáver de Atahualpa. Tiene el rostro chupado, la nuca rota y el pelo calcinado por el fuego de la saña barbuda, pero un examen más detallado le permite ver que solo tiene quemados el cuero cabelludo y parte de la espalda: si lo entumbaban quizá Atahualpa todavía podría entrar a su Próxima Vida.

El cadáver del Inca está demasiado descompuesto para embalsamarlo, pero igual Cusi ordena que lo amortajen y tiendan en el suelo mientras construyen unas angarillas con la tela y los palos de unos estandartes abandonados en un rincón. Cuando están listos para emprender el viaje, Cusi ordena buscar a la anciana, porque quiere despedirse.

La anciana ha desaparecido.

—Aquí nos separamos —le dice Cusi a Yucra Huallpa en la entrada del Templo de la Culebra, con una mano posada sobre su hombro—. El Espía y yo nos vamos a Tomebamba. Tú ve a seguirle el rastro a la plaga barbuda y aplastarle la cabeza.

—Tiene varias, Apu. Tupac Huallpa, Tísoc Inca, los hijos de las *panacas* del Cuzco de Arriba, los tallanes, los huancas… Hasta los chachapoyas están ahora con ellos.

—Acaba con todas. Pero antes derriba esta *Llacta* maldita y desentierra sus cimientos. Que no queden techo ni pared en pie en la tierra de los que alojaron a los asesinos del Único Inca.

Se abrazan. Se desean mutuamente *huacas* benévolos interviniendo en su favor. Parten en direcciones opuestas.

Con treinta y dos guerreros a su mando, Cusi y el Espía emprenden camino hacia el Chinchaysuyo. Van a paso sostenido por las tierras de los chotas, los huambos, los paracamurus, los paltas y los huayucuntus, tomando los senderos montañosos más alejados del *Capac Ñan*, donde son menos vulnerables a las emboscadas enemigas. Eligen los desfiladeros más altos para que el frío de las alturas demore la putrefacción del cuerpo del Inca, que acosa con ahínco las narices de todos, y haga más tolerable el viaje. Cuando entran a territorio cañari adoptan, por si acaso, la indumentaria de los *upas* mendicantes y cantan canciones fúnebres mal entonadas, que concitan la compasión de los habitantes de los poblados por los que pasan, pero los mantiene a prudente distancia: es creencia extendida en estas tierras que los *upas* dan mala suerte.

Al cabo de siete jornadas de caminata sin tregua, cruzan los linderos de un caserío cañari cercano a Cusibamba. Pasan sin ser advertidos al lado de un pamponcito en que hombres y mujeres cantan y bailan furiosamente entre fogatas que iluminan sus rostros encendidos por la borrachera. Hasta Cusi y los suyos llegan los vivas a los barbudos, los brindis roncos por la muerte del Mocho que los había castigado con crueldad durante la guerra entre los hermanos y había desplazado a muchos de ellos de sus tierras, por fin te masacraron igual que masacraste, Inca de mala entraña y peor simiente, diciendo, pobrecitos nomás los gusanos que se estén atragantando con tu venenoso corazón.

Cusi no puede contenerse y detiene a su cuadrilla. A un gesto suyo, los guerreros rompen filas, entran al caserío, pasan a cuchillo a todos sus pobladores, incluyendo los viejos y los niños, y desbaratan y echan abajo todas las casas de piedra que encuentran.

Cuando reemprenden la marcha, Cusi saca de su *quipe* un bolo de hojas de la planta sagrada y se lo mete en la boca.

Aquella noche no puede dormir. La estirada lucidez otorgada por la planta sagrada lo devuelve a los días anteriores a la muerte del Inca. En lugar de visitantes del pasado acosando su sueño, tiene puños estrujando su garganta y su barriga. Preguntándole: ¿Cómo pudo pasar esto? ¿Cómo, con todos los planes y preparativos que se hicieron para rescatar al Inca sano y salvo, no se le pudo arrancar a tiempo de las garras barbudas? ¿De quién fue la culpa? ¿De varios *huacas* rencorosos? ¿De Atahualpa? ¿De Challco Chima? ¿De mí? ¿De todos nosotros?

Cuerda terciaria (adosada a la secundaria): dorado con vetas blancas y negras, en Z

Cusi había decidido entrar a la *Llacta* de manera clandestina poco menos de una luna antes, y así se le comunicó al Espía del Inca en un *quipu* urgente en clave secreta.

El Espía le respondió con su prontitud habitual. Había una casa franca en el Barrio de los Caracoles, en las fronteras de la *Llacta*. Nadie lo reconocería ahí: sus habitantes eran sobre todo *yanacona*. El barrio era bastante seguro. Los nobles y principales afincados en los vecindarios más cercanos a la plaza no ensuciaban las sandalias en las calles de la zona, que consideraban peligrosa: en ellas solían producirse los robos impunes de los antiguos sirvientes a sus antiguos amos.

La casa quedaba en el cruce de la tercera línea sagrada con la cuarta calle contando a partir de la Puerta que daba al *Capac Ñan* que venía del Antisuyo. Tendría un pequeño dibujo al lado del pórtico: una doble escalera con un Sol arriba y una Luna que, vistos ladeando la cabeza hacia la derecha, se convertían en el ojo y las fauces de un felino. El dibujo era uno de los que el Espía del Inca y él habían inventado para comunicarse cuando eran hermanos y dobles y estudiaban juntos en la Casa del Saber del Cuzco. Cusi lo había utilizado para convocarlo a su último servicio como Espía del Inca: rescatar al Único sano y salvo de su cautiverio barbudo.

El Espía no inquirió por el objetivo de la entrada.

Cusi entró a la *Llacta* durante la noche, disfrazado de *mamacona*. En la casa franca lo acogió una *mamacha* que, sin hacer preguntas, lo instaló en un cuarto al fondo y sin ventanas, le dio papas y maíz cocidos, una garrafa de chicha fresca, una nueva muda de ropa ligera y un atado de cuerdas vírgenes. La cita con el Espía del Inca tuvo lugar en la casa misma al día siguiente, poco después de la hora sin sombras. Después de saludarse escueta pero efusivamente —no se veían en siete lunas, desde aquel encuentro en las afueras de Cajamarca en que Cusi le había encargado su misión— el Yupanqui fue al grano.

—Quiero hablar personalmente con el Inca.

El Espía retrocedió ligeramente la cabeza, pero en su rostro no amaneció expresión alguna.

—Hemos hecho sacrificios a los *huacas* familiares de Atahualpa y nos han dado buenos augurios —continuó Cusi—. Todo está listo. El segundo simulacro de entrada a Cajamarca corrigió los errores del primero. Las dos cuadrillas tienen el aliento afilado para el ataque definitivo y sin cuartel a los barbudos —carraspeó—. Ya no seré yo quien lidere el asalto. Quiero coordinar todo desde aquí. Esta casa franca es segura ¿verdad?

El Espía del Inca mostró la palma de su mano: sí.

—Bien. Con Challco Chima ya no podemos contar y tú estás demasiado ocupado con tus funciones de Recogedor. Le he pasado el mando general de los ejércitos a Yucra Huallpa. He compartido los simulacros con él y entiendo por qué Challco lo tenía de segundo. No tengo la menor duda de que va a dirigir con buen pulso la bajada a la plaza y el ataque total.

No dijo —Cusi apenas se atrevía a decírselo a sí mismo— la verdadera razón del traspaso de poder: para entonces el sueño se le mezclaba tanto con la vigilia y los seres del presente con los del pasado que se consideraba a sí mismo un verdadero peligro para las tropas a su mando. Tampoco reveló el otro motivo de su deseo de estar en Cajamarca durante la intervención: asegurarse de que a Cusi Rimay no le pasaría nada.

—No podemos seguir postergando el asalto —continuó—. Hay que actuar ya. Mañana comienza la siguiente muerte de la Madre. Tenemos que aprovecharla. Si la dejamos pasar, habrá que esperar hasta la luna siguiente para conseguir otras siete noches de absoluta oscuridad. Hay que convencerlo de que dé su venia para la entrada de Cajamarca ahora.

—Hermano y doble —la voz del Espía es una cuerda estirada hasta el límite de sus fuerzas—. Yo comparto tu urgencia. Justamente vengo de hablar de nuevo con el Inca después de una reunión que tuvo con los barbudos. Sigue negándose a dar el visto bueno al intento de rescate, pero la semilla que he dejado con nuestras conversaciones ha crecido y está a punto de dar fruto. Ten un poco de paciencia. Muy pronto Atahualpa…

—Yo *sé* que puedo convencerlo —interrumpió Cusi—. No sería la primera vez que logro persuadirlo de algo a lo que se opone con toda su *callpa*. Cuando trazábamos los lineamientos de la campaña contra Huáscar, Atahualpa era ferviente partidario de mantener los enfrentamientos lo más cerca posible de las tierras del norte, donde podía contar a su disposición con los turnos de guerra indiscriminados de los pueblos que habitan la región, que le apoyaban fielmente en su lucha por la borla. Era una charla cuesta arriba pero, con tres tinajas de chicha picante de por medio, supe hacerle ver que la guerra debía desplazarse gradualmente hacia el Sur y terminar en la *Llacta* Ombligo, donde su victoria se volvería caudalosa y nadie la pondría en discusión. ¿Qué prefieres?, le pregunté. ¿Vencer escaramuzas en Tomebamba o ganar la guerra en el Cuzco? ¿Ser un *Sinchi* de las tierras del norte o el Único Inca de todo el Mundo de las Cuatro Direcciones?

El Espía dio un largo respingo.

—Hermano y doble. El Atahualpa de ahora ya no es el mismo que el del inicio de la campaña contra Huáscar. Dudo que sea convencido con las mismas palabras de antes. Y además, tiene los movimientos restringidos. Los barbudos le han puesto una serpiente de metal en el cuello y ya no lo dejan salir de sus Aposentos ni siquiera para hacer sus abluciones al Padre. ¿Cómo harás para hablar con Él?

Cusi se rascó la barbilla.

—En el plan de asalto que tú y Challco Chima prepararon y que me enviaste mencionaste un túnel subterráneo del que saldría el Inca después de que hubiera sido sustituido por el doble…

—Sí.

—Dijiste que la salida daba a un patio detrás del Templo del Sol.

—Eso dije.

—Dijiste también que los barbudos no la conocían.

—Sí, pero desde que corren los rumores de que hay unos ejércitos preparando el ataque a Cajamarca, han redoblado la vigilancia. Algunos duermen montados en sus llamas gigantes en los alrededores de la plaza, no muy lejos de la abertura del túnel. Y además, no es de ellos de quienes más te tienes que cuidar. La abertura está en un barrio infestado de principales de la *panaca* de Tupac Yupanqui. No habrías avanzado más de dos abrazos por la calle que da al patio trasero del templo y, por bien disfrazado que estés, ya te habrían reconocido y linchado sobre el sitio.

Cusi tamborileó el suelo con los nudillos: llegaba a una conclusión.

—No hay cómo llegar hasta ahí.

El Espía chasqueó la lengua.

—No. En la noche del asalto todos estarán demasiado distraídos defendiéndose del triple ataque para estar pendientes de la entrada. Pero ahora, aunque no sepan que esta existe, rondan por ahí y no hay cómo entrar sin que se den cuenta.

Cusi cabeceó y bajó la mirada.

—No hay manera de que me ponga en contacto con Atahualpa y trate de convencerlo —sentenció en voz casi inaudible.

—No hay, hermano y doble.

Cusi se mordió los labios hasta casi sacarse sangre.

—Entonces no queda otro remedio que rescatar al Inca sin Su autorización —dijo.

Levantó la mirada hasta cruzarla con la del Espía, que dejó asentar el silencio entre los dos. Su rostro revelaba un profundo desconcierto: ¿acababa Cusi de decir lo que acababa de decir? Poco a poco, sin embargo, una luz tenue se fue haciendo paso en sus ojos. Sus comisuras en tensión empezaron a ceder.

—Eso parece.

—Entonces no hay nada más que decir. Daré de inmediato la orden a Yucra Huallpa. El ataque tendrá lugar mañana.

—Hermano y doble —dijo el Espía con un puente de piedra entre las cejas—. Mañana es demasiado pronto. Los barbudos están prevenidos de la inminencia del ataque no solo por rumores. Algunos de sus sirvientes les fueron a contar que habían visto el humo de tus fogatas y las huellas de las pisadas de tus ejércitos en las lomas de las afueras de Cajamarca.

Cusi maldijo entre dientes.

—No eran huellas nuestras sino de unos imbéciles *runacuna* que regresaban a sus tierras después de su turno de guerra en las filas de Quizquiz —escupió al lado de su sandalia—. ¡Tanto cuidado que habíamos puesto en no dejar ningún rastro y esos hijos del *supay* lo arruinaron todo!

—Hay otra cosa que también tenemos que considerar —prosiguió el Espía—. Es luminosa tu idea de atacar durante el tiempo de la muerte de la Madre. Pero quizá la misma luz haya iluminado a los barbudos y se les haya ocurrido lo mismo. Si ya están alertas a la posibilidad de un ataque, van a duplicar su vigilia durante las seis noches de la muerte de la Madre, pues saben que en ellas son más vulnerables.

—¿Qué propones?

—Que las cuadrillas esperen hasta que el periodo de la muerte de la Madre haya terminado.

Cusi cabeceó.

—¿Atacamos a la jornada siguiente entonces?

—No. Espera algunos días más después hasta que los barbudos hayan bajado la guardia de nuevo.

—¿Cuántos?

—Cuatro. En la cuarta jornada después de la muerte de la Madre, el Inca Pachacutec logró finalmente doblegar a los chancas que sitiaban las cuatro puertas del Cuzco y fundó el Mundo de las Cuatro Direcciones. Dicen algunos hombres sagrados que ese día es de buenos augurios para la guerra, desde el amanecer hasta el anochecer.

—Nunca había escuchado eso —sonrió—. ¿Desde cuándo haces caso de lo que dicen los hombres sagrados, Espía del Inca? Te recordaba más bien burlón con todo lo que salía de sus bocas.

—Uno cambia, hermano y doble —dijo el Espía con absoluta seriedad.

Cusi dio una palmada leve sobre el suelo.

—Bueno —suspiró—. Atacaremos cuatro jornadas después de la muerte de la Madre. Urdiré el *quipu* ahora mismo. ¿En qué tiempo es seguro que salga a ponerlo en el *tambo* que acordé con Yucra Huallpa?

—Apenas el Padre se haya despedido de la jornada.

—Bien.

—A menos que haya algo que nos obligue a cambiar de planes, no voy a venir a visitarte, hermano y doble. No quiero atraer la atención sobre ti.

Cusi se acercó al Espía del Inca. Le tomó los hombros con los dos brazos.

—Nos vemos en el asalto, entonces.

—Nos vemos.

Se abrazaron. No eran capaces de decirlo, pero los dos sabían que esta era quizá la última vez que se veían. El Espía se fue hacia la salida y Cusi regresó a su banqueta. Tomó una de las cuerdas vírgenes que le había dejado la *mamacha* y la plegó en dos. Hizo girar la cuerda plegada sobre sí misma, la jaló y, cuando parecía que estaba lista, le hizo un nudo en el extremo. Cuando Cusi se estiró para colocarla entre los dedos de su pie derecho se dio cuenta de que el Espía seguía en el umbral.

—Dime.

El Espía del Inca se inclinó ante Cusi y le besó el dorso de la mano.

—Hermano y doble. Perdona mi atrevimiento. Solo quiero estar seguro de que ves con todos sus colores la prenda que estamos a punto de tejer.

—¿De qué hablas?

—Si el ataque fracasa y el Inca muere, todos te echarán la culpa y te matarán. Pero si el ataque tiene éxito y rescatas con vida a Atahualpa… Tú Lo conoces. Te hará todas las fiestas y honores en agradecimiento a tu hazaña militar y luego te enviará a la muerte lenta de las cuerdas por haberLo desobedecido. ¿Por qué no esperas un poco más de tiempo a que yo lo convenza y así te cubres las espaldas? Quizá…

—No, Espía del Inca —interrumpió Cusi—. No sé qué nubes le impiden ver a Atahualpa que no solo es Su cuello el que está en juego sino el de todo el Mundo de las Cuatro Direcciones. Pero ya no podemos esperar hasta que Su cielo se despeje. Y si mi espalda tiene que cargar con el servicio y mi cuello pagar las consecuencias, gustoso lo aceptaré aunque Él no sepa reconocerlo.

El Espía cabeceó, hizo una venia y se fue.

La jornada siguiente Cusi recitaba en su pepa el plan de rescate de Atahualpa para que se convirtiera en un pasado que solo había que repetir cuando la visita inesperada de Huáscar y Chuqui Huipa lo distrajo. Los dos buceaban en el aire a su lado, como suspendidos, Huáscar con su rodela de piedra alrededor del cuello y Chuqui con un prendedor de oro reluciente sosteniéndole la *liclla* de color opaco. El aire en que nadaban tenía la densidad y consistencia del fondo de una *Cocha* turbia y verdosa, con cintas espesas de agua rojiza —¿color sangre?— deshaciéndose con cada movimiento, tenuemente iluminadas por angostos e intermitentes rayos de Sol que venían desde arriba. Mataste al Inca equivocado, sirviente de mochos, le decía Huáscar mientras manoseaba a una Chuqui Huipa indolente, qué vas a hacer ahora, carcajeándose con la boca cerrada, dime, qué vas a hacer ahora.

La jornada siguiente se le acabó la dotación de coca que había traído y le pidió a la *mamacha*, pero ella no tenía. Cusi le dijo que fuera a buscar, pero ella respondió que no había por ninguna parte en todo Cajamarca, que los bandoleros *yanacona* habían saqueado los depósitos de toda la *Llacta*. Una manada de agujas se turnaron para hacerse cosquillas en la nuca y recorrerle la espalda de arriba abajo durante toda la tarde. La barriga se le contraía exprimiéndole los jugos y dejándole sin aire, con el corazón brincando como cuando Cusi subía cerros a zancada limpia, pero no recibió ninguna nueva visita de seres del pasado o de otra Vida en toda la jornada.

Aquella noche durmió sin interrupciones por primera vez desde que supo que habían capturado al Inca. Se despertó a media jornada inquieto y con hambre, pero después de dar cuenta de la pequeña merienda que la *mamacha* le había puesto a sus pies, se volvió a dormir, por más que hizo todo lo posible por mantenerse despierto.

Las dos siguientes jornadas, a su pesar, se las pasó también durmiendo. Despertaba con la pepa descansada, serena y limpia, con la sensación de haber regresado de la muerte. No tardaba, sin embargo, en ser invadido por un remordimiento teñido de vergüenza: por no haber estado repasando sus acciones durante el asalto y por el profundo alivio que sentía por haberse quitado de los hombros la responsabilidad del ataque.

Las tres siguientes jornadas se las pasó soñando. Soñó que Yucra Huallpa y Atau Cachi bajaban con las cuadrillas siguiendo el acueducto de Cumbemayu, pero los pobladores de los sitios aledaños se daban cuenta, avisaban a los barbudos y las cuadrillas se veían obligadas a replegarse hacia las alturas. Soñó que Yucra Huallpa y Atau Cachi bajaban con las cuadrillas siguiendo el acueducto de Cumbemayu, lograban llegar hasta la muralla al lado de la plaza, pero eran advertidos y repelidos con fuerza antes de que pudieran dividirse en tres grupos y atacar por tres frentes simultáneos. Soñó que Yucra Huallpa y Atau Cachi bajaban con las cuadrillas siguiendo el acueducto de Cumbemayu, atacaban por tres frentes simultáneos a los barbudos, pero la poción del Espía no hacía efecto en los que vigilaban al Inca y estos Le segaban la vida antes de que pudiera ser reemplazado por su doble. Soñó que Yucra Huallpa y Atau Cachi bajaban con las cuadrillas siguiendo el acueducto de Cumbemayu, eliminaban a tiempo la resistencia barbuda, la poción del Espía surtía efecto, el Inca era sustituido a tiempo por su doble y Cusi le daba el encuentro a la salida del túnel detrás del Templo del Sol y, haciéndose paso entre cadáveres peludos, lo rescataba sin un solo rasguño; en agradecimiento, Atahualpa lo abrazaba como a un hermano predilecto, le hacía fiestas en su honor y le perdonaba por haber dado la orden del ataque sin Su autorización. Pero, a diferencia de las visitas de los seres del pasado, a quienes Cusi confundía con los de su Vida Presente, esta vez sabía bien que se trataba solamente de un sueño. Que el Atahualpa que lo estaba perdonando no existía.

La jornada siguiente, cuando faltaban tres días para el asalto final, Cusi, con la vigilia ya completamente recuperada, envió a la *mamacha* a que confirmara que las *acllas* seguían estando en el *Acllahuasi* y Cusi Rimay con ellas. Sabía que las habían estado cambiando de sitio para despistar a los *yanacona* que las acosaban y quería estar seguro del lugar en que estaba para liberarla. La *mamacha* salió temprano por la mañana, pero no estaba de vuelta antes de la hora sin sombras, como era su costumbre. Cusi la estuvo esperando toda la tarde, pero no volvió.

Poco antes de que el Padre se despidiera de la jornada, Cusi escuchó una agitación inusual en los alrededores de la casa franca. Eran chillidos desgarradores que parecían provenir de un matadero de animales que acabaran de instalar no lejos de ahí. Esperó a que la *mamacha* regresara para preguntarle sobre ello, pues los ruidos no cesaban, pero al final de la jornada ella seguía sin aparecerse. Tomando todas las cautelas necesarias, decidió salir de la casa, a pesar del riesgo que suponía para su vida: era claro que algo muy grave estaba ocurriendo o acababa de ocurrir.

A ambos lados de la acequia empedrada que dividía la calle en dos yacían hombres del común desparramados boca arriba, mirando al cielo con los ojos entornados, balbuceando como borrachos. Pero los gritos no provenían de ellos sino de la esquina, donde un grupo de mujeres del común se golpeaba a puño limpio el corazón, se tiraba de las trenzas hasta arrancárselas y se hacía jirones los vestidos.

—El Inca ha muerto —le dijo un niño súbitamente adulto con semblante inexpresivo, con quien cruzó miradas fugazmente—. El Mundo ha muerto.

Cuerda de cuarto nivel (adosada a la secundaria): dorado, en Z

Los paisajes que atraviesan suavizan sus aristas, sus colores. Los habitantes de los caseríos por los que cruzan —y con los que se saludan a lo lejos con cautela— llevan el pelo corto, ya no la cabellera larguísima y sin civilizar enrollada en la cabeza en forma de guirnalda: Cusi y los suyos han abandonado por fin el territorio cañari y entrado a zona controlada por los incas.

En un recodo oculto del sendero se quitan sus disfraces de *upas* mendicantes y retoman sus atuendos de guerra. Siguen caminando. El frío lacerante de la sierra ha dejado su lugar a un frío más benigno que ya no logra proteger el cadáver de Atahualpa, que continúa con tesón su camino hacia la podredumbre: hasta los guerreros más curtidos de la cuadrilla se amarran un paño a la nariz durante su turno cargando las esterillas que transportan los restos del Inca.

Hace cuatro jornadas que el cielo ha dejado de estar al alcance de la punta de los dedos: el terreno que pisan ha iniciado un lento pero persistente declive. De debajo de las piedras empiezan a surgir, cada vez menos espaciadas, pequeñas y tupidas florestas que anuncian la proximidad del valle de Tomebamba.

Cusi reconoce en los alrededores, que se le hacen familiares, la huella de sus propios pasos y tiene la extraña sensación de estar cerrando un ciclo, un círculo. Fue aquí mismo que las tropas huascaristas que lideraba fueron derrotadas sin atenuantes por los ejércitos combinados de Challco Chima, Quizquiz, Rumi Ñahui, Yucra Huallpa, Urco Huaranca y Unan Chullo. Fue en estos mismos campos que Challco Chima, después de matar al general Hango y rebanarle limpiamente la barriga, atrapó a Cusi para llevarlo ante Atahualpa, al encuentro que marcaría su destino.

¿Qué habría pasado si el entonces futuro Inca no hubiera ordenado que le preservaran la vida? ¿Qué si Cusi, en el encuentro con el Único en Tomebamba, se hubiera negado a convertirse en su brazo derecho, a cambiar de bando en la guerra entre los hermanos? Un nebuloso presentimiento se apodera del fondo de su pepa. ¿Qué es todo esto? ¿Una ironía jugada sin querer por el tiempo transcurrido o un augurio de señales ambiguas que no sabe interpretar?

No bien hacen una parada en el primer *tambo* de la primera línea sagrada que parte de Tomebamba, donde comen y beben, son interceptados por una milicia de soldados incas. Apenas el líder advierte la presencia del cadáver del Inca, manda a uno de los guerreros a dar aviso de la llegada de los recién llegados, se pone al servicio de Cusi y los suyos y, con el resto de la milicia como escolta, se ofrece a traspasar con ellos los umbrales de la *llacta* y conducirlos ante el general Rumi Ñahui. Ninguno de los soldados manifiesta, se sorprende Cusi, el más mínimo dolor ante el cuerpo inerte de Atahualpa.

Revientan el aire los *pututus*. Su sonido hondo y lúgubre acompaña el lento paso de los visitantes por las calles de Tomebamba y las gentes se les acercan en silencio respetuoso. Algunos hacen venias o murmuran deseos de buen Viaje a la Vida Siguiente, otros arrojan flores al Inca muerto, algunas mujeres lloran. Pero hay algo profundamente postizo en estas lágrimas y estos gritos destemplados, que se diluyen y escampan con rapidez. Cusi toma un puñado de hojas de la Madre, pero la coca está amarga. Prueba con otro puñado, pero tiene el mismo sabor. Mientras las mastica, no puede evitar observar que los transeúntes —nobles o de sangre impura— parecen bien comidos, bebidos y dormidos, que las calles empedradas por las que transita están bien mantenidas, que las fachadas de los edificios principales acaban de ser pintadas, que el *Mullucancha*, que fuera destruido por Atahualpa, ha sido remodelado en barro y tiene concha fresca en sus paredes y esmeraldas engastadas en sus dinteles, que los bultos vestidos de los *huacas* tienen colores frescos, que los depósitos de ropa, comida y armas por los que pasan están llenos. Cabecea. El Mundo extremo en el que ha puesto los pies —el Mundo que lidera y protege Rumi Ñahui— ha decidido, para bien y para mal, sustraerse a la guerra lejana de Atahualpa y centrarse en las que debe librar en su entorno inmediato.

Llegan al Templo del Sol. Cusi contempla con fijeza sus paredes enchapadas de oro reluciente —de oro, recuerda, que Rumi Ñahui se negó repetidas veces a entregar para el rescate del Inca— con dibujos entallados, que contrastan con las piedras negras y jaspeadas que le sirven de base, traídas especialmente desde el Cuzco. Su opulencia magnificente, que antes le fascinaba, ahora simplemente le repugna.

Se quita las sandalias y deja las armas al pie solo para cumplir el protocolo: preferiría andar con los pies vestidos, no desnudos, en un sitio que no ha hecho sacrificios por el bienestar del Inca, y con la mano sintiendo el peso tranquilizador del hacha, de la macana.

El Espía y el resto de la comitiva sigue su ejemplo. Los doce guerreros que custodian la entrada les ceden el paso y Cusi y los suyos entran al patio, recubierto de paja de oro y poblado de llamas, alpacas, vicuñas, ocelotes, zorros y aves labrados con el metal solar, y que quiere copiar ostentosamente los jardines del *Coricancha* cuzqueño y solo logran parecer una mala parodia hecha al vuelo. Pasan por un sendero de plata en el medio, que los conduce hasta el vestíbulo de los Aposentos interiores, donde les esperan el general Rumi Ñahui, su segundo Zopezopahua y una veintena de jóvenes que, por sus largas túnicas brocadas de *cumbi* de mangas alargadas con dibujos primigenios en el cinturón, deben ser novicios del Culto Solar. Curiosamente, no hay ningún sacerdote en los contornos.

En el tiempo que no se han visto —desde comienzos de la campaña contra Huáscar, hace dos años y medio— Rumi Ñahui ha adelgazado, sus sienes se han poblado de canas y su nariz se ha afilado hasta convertirlo en un ave rapaz. Un misterioso resplandor en la mirada lo hace lucir más despierto, más alerta, más joven que antes. O quizá es su camiseta de lana basta y sin brocar, más propia de un guerrero de a pie que de un general con derecho a hacerse llevar en andas.

Rumi Ñahui fue su instructor militar en la Casa del Saber del Cuzco en un tiempo remoto, pero nunca fueron amigos, nunca guerrearon juntos y ninguno de los dos sabe fingir. No intercambian bienvenidas, abrazos, vasos de chicha ni letanías protocolares de saludo. Sin mirar a Cusi, el general se acerca a las esterillas en que yace el cadáver de Atahualpa —cuyo hedor ya ha tomado el recinto por asalto—, se inclina hasta distancia de abrazo y lo observa largamente sin taparse la nariz, sin apartarse las moscas y sin que su rostro traicione huella alguna de asco. Cada uno de sus movimientos rebosa de energía controlada, impredecible, peligrosa.

—Es demasiado tarde para mandarlo embalsamar —dice Cusi—. Pero hay que prepararlo para Su entumbamiento.

Rumi Ñahui hace una señal con la mano y cuatro novicios se hacen cargo del cadáver y lo llevan a un Aposento interior.

Cusi se adelanta.

—¿Puedo hablarte con el corazón en la mano, Rumi Ñahui?

Rumi Ñahui, ligeramente sorprendido, hace una leve inclinación de cabeza.

Cusi junta las palmas a la altura del pecho. Suspira.

—Desobedeciste mis órdenes y no entregaste a los barbudos el oro del Chinchaysuyo, tal como te encargué. Sé que asesinaste al Señor Quilliscachi, a quien te envié como mi representante para que te recordara tus deberes con el Inca. No contestaste el *quipu* que Quilliscachi tenía en su poder y que te estaba dirigido, aunque llevaba el sello de la urgencia. Cada una de estas traiciones, lo sabes bien, te hace merecedor de la muerte dolorosa por el castigo de las cuerdas.

Cusi hace una larga pausa, que no origina ninguna reacción visible en Rumi Ñahui.

—Pero no he venido desde Cajamarca para ejercer contigo mis atribuciones de Hombre Que Juzga, que me corresponden por mi rol de Supremo Encargado de la Guerra. Estos son tiempos volteados y debemos olvidar las afrentas del pasado y juntar nuestras fuerzas contra el enemigo común. Los barbudos han ceñido la borla sagrada sobre las sienes del *upa* miedoso Tupac Huallpa y ahora se dirigen hacia el Cuzco a confirmar su nombramiento. Con ellos no solo van los incas malnacidos de las *panacas* del Cuzco de Arriba, que se aliaron con Huáscar en la guerra entre los hermanos. También van delegaciones armadas de tallanes, huayucuntus, huambos y chachapoyas, a las que dizque se les unirán en Jauja los huancas del *curaca* comeperro Guacrapáucar. El general Yucra Huallpa los hostiga con su ejército todo lo que puede en su recorrido por el Mundo y lo mismo hará el general Quizquiz apenas lleguen a la *Llacta* Ombligo. Pero la verdad de las verdades es que donde hay uno de nosotros hay tres de ellos, y que el número de ellos aumenta y el nuestro disminuye. No podemos darnos el lujo de permanecer desunidos mientras ellos superan sus diferencias para atacarnos mejor.

Rumi Ñahui cabecea en silencio. Un silencio opaco y sin fisuras.

—¿Qué propones, Apu Cusi?

—Entumbemos a Atahualpa con todas las pompas, los lujos y alardes de que nunca gozó Inca alguno en Su paso por el Umbral. Que los ecos de Sus funerales retumben en el Mundo de las Cuatro Direcciones y lleguen a oídos de los usurpadores.

Pero que también los escuchen los pueblos que nos sirven. Que hasta el último *curaca* del último poblado del último rincón sepa que Tomebamba la Grande ya no es solo el lugar donde el Inca Huayna Capac nació, enterró su placenta y murió. Que ahora, vuelto sagrado y empujado por la presencia de Atahualpa en su Vida Siguiente, Tomebamba ha sacado al Cuzco de su pedestal y es el nuevo Ombligo del Mundo naciente, del Mundo recién volteado. Que todos reconozcan el advenimiento de un tiempo que se superpone al de nuestro padre Pachacutec, en que el Arriba se vuelve el Abajo y el Abajo el Arriba. De un tiempo en que se culmina por fin el Gran Movimiento del Sur hacia el Norte que trazó en vida nuestro padre Huayna Capac y cumplió en muerte Su hijo Atahualpa. Que, una vez que hayamos terminado los ritos del entumbamiento del Señor del Principio y haya pasado el periodo de duelo por Su lamentable Partida, todos se reconozcan en el nuevo Inca que tomará su lugar.

Rumi Ñahui levanta ligeramente la ceja izquierda.

—¿Un nuevo Inca?

—Sí. Debemos desconocer el nombramiento de Tupac Huallpa y designar cuanto antes a un nuevo Inca.

—¿Cómo?

—De la misma manera en que procedió el Albacea de Huayna Capac cuando el Inca murió acosado por el Mal. Presentaremos tres candidatos a los Oráculos de Quito. Ellos decidirán quién es el más apto para sucederLo.

—¿Atahualpa dejó dicho a quiénes quería como posibles sucesores?

Cusi se vuelve hacia el Espía del Inca.

—No —dice el Espía.

—¿Quién los designará entonces? —pregunta Rumi Ñahui.

—Yo —responde Cusi—. Atahualpa murió sin contar con un Inca a prueba aprendiendo las faenas del gobierno y, como soy el único aquí con sangre de linaje real, soy el único calificado para ser el Albacea de Su Voluntad.

Rumi Ñahui cabecea. Dos hoyuelos ¿sarcásticos? asoman en su rostro.

—¿Y a quiénes tienes en tu pepa para el Supremo Rol, Apu Cusi?

—A Atícoc, Tupatauchi y Ninan Curo.

—¿Los tres hijos pequeños de Atahualpa?

—Sí. Si estoy bien informado, están aquí en Tomebamba bajo tu tutela.

—Estás bien informado. Pero a Atícoc le faltan aún varios años para pasar por su *huarachico* y Tupatauchi y Ninan Curo no acaban de salir de la edad del gateo.

Cusi da un paso al frente.

—Yo seré el ayo y mentor del elegido por los Oráculos hasta que alcance la edad viril. Haré como hizo el Inca *Amaru* con su hermano menor Tupac Yupanqui el Resplandeciente, que aún no había dado su estirón cuando el Inca Pachacutec lo escogió para sucederLo. Y como hizo el Señor Hualpaya con el pequeño Cusi Huallpa, cuando el pequeño aún no era el Inca Huayna Capac y necesitaba apoyarse en el puño de un adulto para tomar sabias decisiones.

Rumi Ñahui chasquea la lengua. Cabecea.

—¿Puedo hablarte con el corazón en la mano, Apu Cusi, Supremo Encargado de la Guerra?

—Habla.

Rumi Ñahui junta las palmas a la altura del pecho. Extiende con firme suavidad el puño de carne que forman —su corazón— en dirección hacia Cusi.

—El Mundo que pisabas se ha volteado hace tiempo debajo de tus pies y no te has dado cuenta. Han pasado ya dos atados de años desde que el Inca Huayna Capac empezó a rastrear en todo el Mundo de las Cuatro Direcciones chiquillos *yanacona* especialmente dotados para las faenas de la guerra. Así encontró en Livitaca a Quizquiz el indomable. Así encontró en Vischongo a Challco Chima el invencible. Así me encontró en tierras píllaras a mí. Hace un atado esos chiquillos, entrenados a punta de sudor y sangre en el campo de batalla, se convirtieron en generales y ganaron para el Inca la guerra contra los cayambis, los caranguis y sus aliados. Ya sé. No es eso lo que dijeron los *quipus* oficiales, que atribuyeron el triunfo al apoyo de los orejones de sangre rancia de *panaca*, que solo hacían acto de presencia en la retaguardia, nos dejaban la pelea a nosotros y luego se regresaban a sus comilonas y sus borracheras a festejar nuestra victoria o lamentar nuestra derrota. Pero ellos saben y nosotros sabemos. Fuimos nosotros y no ellos quienes salvaron a Huayna Capac de una muerte segura cuando los guerreros otavalos Lo desbancaron de sus andas. No los generales orejones Cusi Topa Yupanqui y Huayna Achachi, como mienten las cuerdas y los nudos tramados por orejones *quipucamayos*. Fuimos nosotros quienes pusimos el pecho para ayudarLo a vencer en la hondonada de Cocharangue, que convertimos en lago de sangre, en *Yahuarcocha*, con la que vertimos de los cuerpos enemigos. No el general orejón Mihi, como dicen sin vergüenza los *taquis* que se cantan y bailan en las fiestas anuales de la primera cosecha de maíz en la *Llacta* Ombligo. Y luego, casi un atado después, cuando el Joven Poderoso Empujado por Muchos pasó a Su Vida Siguiente y Atahualpa se alzó contra su hermano, fuimos nosotros quienes peleamos sus batallas, lo defendimos de sus enemigos y le dimos la victoria. Tus hermanos de sangre real —el primer dedo de Rumi se eleva hacia Cusi— y tú con ellos, no lo olvides, tomaron partido por el Inepto y perdieron su guerra miserablemente. ¿Qué te hace cernir que la sangre caduca que corre por tus acequias te hace más hábil que nosotros? ¿De qué manantial sacas que de los linajes estancados de tus ancestros quechuas manan decisiones más sabias que las nuestras? ¿Qué te hace pensar que, en los tiempos nuevos que corren, debemos poner el futuro del Mundo en tus manos?

Una oleada de irritación estalla en las orillas de la pepa de Cusi.

—¡Más respeto con el que te manda, *yana* guerrero! ¡Yo soy el Supremo Encargado de la Guerra, elegido por el Único!

—Ya no soy tu *yana*, la guerra ha terminado y el Único está muerto —dice Rumi Ñahui, imperturbable—. Dime, Supremo Encargado de la Guerra. ¿Por qué el Inca está así?

—¿Así?

—Muerto. Mis espías me contaron que Atahualpa entregó el oro y la plata que pedían los barbudos. ¿Es verdad?

—Es verdad.

—¿Por qué está muerto entonces?

Cusi da un largo respingo.

—Está muerto —mastica las palabras— porque el general encargado de protegerlo fue incapaz de llevar a cabo su servicio y lo dejó a merced de extranjeros que no saben cumplir con sus promesas.

La alusión tiene filo y apunta hacia él. Pero Rumi Ñahui tiene el escudo preparado.

—No, Apu Cusi. Está muerto porque desoyó mis insistentes advertencias y decidió meterse al hocico de su enemigo. Está muerto porque tú mandaste al mismo hocico al general invencible que hubiera podido rescatarlo. Está muerto porque perdiste tiempo esperando la venia del Inca y juntando oro y plata para pagar su rescate en lugar de atacar a los barbudos y exterminarlos sin contemplación. La tarea de designar a los posibles sucesores del Único te queda grande. La tarea de ser ayo y mentor del nuevo Inca te queda más grande aún. Pero aunque calzaras bien en los servicios que querías para ti, daría exactamente lo mismo. Las dos nuevas tareas que planteas son obsoletas, inútiles. Ha muerto el Inca, pero no para que lo suceda un Inca nuevo. La Edad de los que se consideraban Hijos del Sol y oprimían a los demás en Su nombre se despide de la jornada, termina su turno sobre la tierra. Ahora empieza… —reflexiona— ahora empiezo la Era de los *Sinchis*, de los Grandes Combatientes que Mandan la Región. Que el Inquita baboso y los barbudos que le acompañan se queden con las otras tres Direcciones del Mundo. A mí me basta y me sobra con Tomebamba, donde hundiré mi vara en el nuevo Ombligo y tenderé líneas sagradas que se extenderán por todo el nuevo Chinchaysuyo.

—¡Esas son palabras traicioneras contra el Inca! —grita Cusi—. ¡Retráctate!

—No puede haber traición si ya no hay Inca al cual traicionar, Apu Cusi.

Cusi se vuelve a los suyos.

—¡Atrápenlo!

Los miembros de su cuadrilla intercambian miradas de impotente desconcierto: no tienen armas. No han salido de la nube pasajera que les inmoviliza, y Zopezopahua y los novicios que rodeaban a Rumi Ñahui ya han sacado sus dagas y forman un círculo amenazador en torno a ellos; otros tres se han interpuesto entre su jefe y Cusi, a quien se dirigen las puntas de sus lanzas. Un moño de carne asciende por la garganta de Cusi a pesar suyo: los novicios no eran novicios sino guerreros disfrazados.

Rumi Ñahui aparta al guerrero en su delante. Se acerca hasta estar a un abrazo de Cusi.

—Cusi Yupanqui —dice Rumi Ñahui con suavidad—. Yo no tengo la labia de Atahualpa. No tengo su sangre real, no eres mi pariente y sé que no voy a ganarme tu favor con oro, ropas brocadas o mujeres de formas placenteras. Ni siquiera puedo ofrecerte una venganza, un enemigo compartido con el que puedas saldar afrentas antiguas. ¿Cómo hago para ponerte de mi lado sin tener que amenazarte, sin forzar tu voluntad? ¿Cómo hago para que aceptes el Mundo que nace y me reconozcas como *Sinchi*?

Cusi Yupanqui le escupe en la cara. Los tres guerreros disfrazados que le vigilaban empujan velozmente sus dagas contra él, prestos a matarlo sobre el sitio, pero Rumi Ñahui los detiene con un gesto de la mano, mientras se limpia con la otra.

—¿De verdad quieres morir así, Apu Cusi? ¿Linchado como un perro?

La expresión de Rumi Ñahui es sincera, sin dobleces.

—No.

—Tuviste errores de niño de pecho en el rescate del Inca. Pero urdiste la estrategia en la guerra contra Huáscar que nos empujó a la victoria —le hace una reverencia—. Elige tu muerte, Cusi Yupanqui.

Cusi no se había puesto a pensar en ello, pero la manera selecta de su partida a la Vida Siguiente surge de sus labios por sí sola, como si hubiera sido largamente meditada. El rostro de Rumi Ñahui, que hasta ahora no había expresado emoción alguna, delata su sorpresa. Entre los falsos novicios surgen risitas, que Rumi Ñahui sofoca con una lenta ojeada que los abarca con sus nubes negras y truena silenciosamente sobre ellos.

—La muerte violenta que prefieres te será concedida.

Toda aquella noche Cusi la pasa en vela, mascando puñado tras puñado de la hoja sagrada, entregada sin límite por los guardias que vigilan la entrada de la habitación en que lo tienen encerrado.

Para su sorpresa y felicidad, Chuqui Huipa viene a visitarlo, a hacerle compañía. Como en uno de sus sueños, bucea en el aire sangriento a su lado, como suspendida, con un prendedor de oro brillante sosteniéndole la *lliclla*. No ha venido con el inepto. Está sola. Voy a verte pronto, le dice Cusi sin abrir los labios.

¿Por qué el verdadero amor no se extingue con el tiempo y sobrevive todas las victorias, todas las derrotas? ¿Por qué, a pesar de tu desprecio en Esta Vida, amor mío, quiero vestirme como el hombre que amaste para ser uno contigo en la Siguiente?

Antes de que rompa la madrugada, una *mamacona* le da las prendas que pidió. Después de lavarse hasta el último rincón de su cuerpo, Cusi se viste despacio. Su piel desnuda se eriza al contacto de la falda, de la blusa, de la mantilla: estas serán las últimas ropas que vestirá en Esta Vida.

Los falsos novicios de la víspera, esta vez con atuendo de guerra, le atan los brazos a la espalda y lo conducen discretamente por un sendero de trocha que da hacia las afueras de la *llacta*. Ya no se burlan de las ropas de mujer de Cusi: Rumi Ñahui camina a su lado con ceño adusto, solemne.

Le es difícil seguirles el paso: debe alzarse las faldas superpuestas a cada rato, pues le impiden moverse con fluidez, la mantilla le aprieta sobre los hombros a pesar de que no hay un alfiler de plata que la ciña y la blusa que encontraron en los depósitos le queda demasiado chica. Pero su pepa está hinchada de felicidad: vestido como ella, empieza a sentir por fin lo mismo que sintió el amado por su amada, comienza a ser uno con Chuqui Huipa.

Poco después de una papa hervida de marcha, llegan a un despeñadero. Cusi se sube a una roca al borde del precipicio que da al fondo del valle, al río que cruza en su debajo. Hace un gesto de saludo a Rumi Ñahui, que se lo devuelve.

Uno de los guerreros le coloca un anillo de piedra en el cuello.

Estoy listo, flor de cantuta. Busca tu reflejo en el agua y me encontrarás.

No espera a que lo empujen para saltar al vacío.

Cuarta cuerda: blanco entrelazado con negro, en Z

Una hilera rala y desmadejada de nubes huérfanas avanza lentamente hacia el Poniente de las montañas verdes de Cajas. Rumi Ñahui, sentado en un rellano rocoso cerca de la cima, trata de asir un ovillo de vapor que pasa a su lado. Lanza una corta exclamación: el ovillo se deshace entre sus dedos.

Cuando las nubes han terminado de pasar y el cielo vuelve a despejarse, contempla hacia el fondo del valle, en que brillan al Sol los tejados de paja trenzada de Tomebamba La Grande. Con parsimonia de hombre con la garganta bien rociada, bebe más chicha de un sorbete de plata que sale de la calavera enchapada de oro que yace en sus faldas: el cráneo drenado y curtido de Atahualpa.

Lo voltea una vez más y, mirando a los ojos sin cuencas, le suelta otro reproche largo y furibundo en voz baja que, después de un prolongado silencio, él mismo responde imitando la voz del Inca muerto.

Se la ha pasado bebiendo desde el entumbamiento del que fuera Señor del Principio, que, por orden suya, se realizó en el más absoluto secreto. No avisó de la escueta ceremonia ni a los principales, ni a los *curacas*, ni a los ayos y madres de los hijos pequeños de Atahualpa. No cumplió con los ritos colectivos del duelo y del Buen Paso a la Vida Siguiente que siempre acompañan los funerales del Único. No permitió *taquis* de lloronas para acompañar al cadáver descompuesto a su última morada. Y prohibió bajo pena de muerte a los contados asistentes —Zopezopahua, el Espía del Inca y los dos guerreros que se turnaron para cargar el bulto descabezado— que revelaran el sitio del reposo eterno de sus restos: una cueva apartada en las afueras de la *llacta* a la que solo se accedía por un angosto desfiladero, que sellaron con una roca sin civilizar.

De pronto, como advirtiendo por primera vez su presencia, Rumi Ñahui se vuelve hacia el Espía del Inca, sentado a su lado.

—¿Estás contento aquí?

El Espía asiente.

—Has engordado —continúa Rumi Ñahui—. Te has puesto chaposo. Esta tierra te quiere.

—Has sido un excelente anfitrión, Rumi Ñahui.

—Y tú un excelente Espía del Inca —le pasa el brazo por encima del hombro y lo estrecha contra sí—. Me mantuviste informado de todo lo que ocurría en Cajamarca, a pesar de los rumores maléficos que Atahualpa hizo correr sobre mí. Todos los creyeron, incluso Cusi Yupanqui y Challco Chima. No tú.

—Te conozco. Nunca fuiste ni un cobarde ni un traidor. No podías haber abandonado a Atahualpa a su suerte con los extranjeros. Y además, podía necesitar de tu ayuda para el rescate del Inca.

—El rescate del Inca…

Rumi Ñahui toma el cráneo. Contempla sus ojos vacíos. Cabecea con amarga reprobación. Bebe. Esparce el concho en el suelo, agitando el cráneo varias veces.

—Dime ¿de verdad querías rescatarlo o fingías todo el tiempo para despistarnos a todos?

El Espía permanece en silencio.

Rumi Ñahui sonríe. Eructa.

—Quédate, Oscollo —dice mirando al horizonte.

El Espía suspira. Ha estado esperando este momento desde que llegó a Tomebamba con Cusi Yupanqui y el cadáver de Atahualpa, hace ya más de una luna.

—El Mundo se ha roto por su lado más débil y se ha volteado —continúa Rumi Ñahui. Señala la *llacta* a lo bajo—. Mira cómo asoma la nueva superficie en Tomebamba. El Que Todo lo Ilumina sigue estando en el mismo sitio, pero es la nueva Edad de los *Sinchis*, de los Guerreros Valientes que defienden a sus pueblos en tiempos de peligro. Yo tomaré mi lanza y mi macana y pelearé al frente de los nuestros hasta mi último aliento contra los barbudos y sus aliados, cuando se atrevan a venir. Porque van a venir, ten por seguro, van a venir.

Bebe de nuevo y le ofrece la calavera de Atahualpa al Espía, que declina con suavidad.

—Cuando los hayamos aniquilado y mi servicio se acabe, yo no seré como los *Sinchis* antiguos, que se retiraban a sus predios después que terminaban sus faenas de guerra —continúa—. Me quedaré aquí y mandaré a los que pueblan esta tierra. Velaré por los hombres de guerra que se pasaron toda la vida defendiendo al Inca de sus enemigos. Por los *curacas* que vengan en son de paz y reconozcan como suyo el nuevo rumbo que se abre. Hasta por los incas de sangre real que renuncien al Inca y a los sueños y costumbres del Mundo de antes de la vuelta y quieran instalarse en esta tierra generosa, como los guerreros incas que vinieron en la comitiva de Cusi Yupanqui y han sido recibidos con los brazos abiertos. Pero también habrá sitio para los incas de privilegio como tú, que fueron sembrados en campos extranjeros y luego cosechados por el Inca, que sirvieron bien al Único y a las Cuatro Direcciones cuando los incas empujaban los Turnos del Mundo y ahora pueden esparcir sus habilidades en cualquier parte.

El Espía permanece en silencio. Rumi Ñahui se vuelve hacia él.

—Oscollo, cuando vengan los barbudos voy a necesitarte. Tú los conoces. Has visto los tubos en que atrapan al Illapa y sus llamas gigantes. Sabes qué quieren, qué creen, qué temen. Con tu ayuda los devolveré a las costas de la Gran Cocha, haré que se suban a sus cáscaras y se regresen a su tierra. Y cuando llegue la paz, también habrá un lugar para ti bajo el Sol tomebambino. He mandado construir las escuelas donde se formarán los habitantes de la nueva *Llacta* Ombligo, el centro del antiguo Chinchaysuyo, donde no solo se instruirán los hijos de los principales sino de todos los que tengan ojos y manos para aprender. De los *yanacona* guerreros. De los *curacas*. Hasta de los *mindalaes* que viajan de un lado a otro trocando mercancías. Ahí se enseñarán los *quipus* de los conteos, las historias de Tomebamba y los pueblos vecinos, pero también de los incas y sus leyes, pues no queremos repetir sus errores y adelantar el fin de nuestro ciclo por nuestra propia necedad. Para eso necesitaremos *amautas*, hombres instruidos en el *Yachayhuasi*, con experiencia de guerra y de gobierno que sepan exprimir lecciones del Mundo que se acaba de voltear. Hombres como tú.

El Espía sigue en silencio.

—Además… —Rumi Ñahui le da un golpe fraternal en la espalda— … tengo una hermana recién pasada por sus primeras sangres. Te va a gustar. Es buenamoza, tiene buena mano en la cocina… —sonríe con malicia fingida y posa el brazo sobre su hombro— … y tiene un gusto perverso por los hombres con la cara tocada por el Mal…

El Espía se muerde los labios.

Rumi Ñahui ríe.

—¿O será que tienes inclinaciones prohibidas? Porque te puedo conseguir una corte de guerreritos de tu elección. En el nuevo Mundo no estará penado por la ley y no tendrás que esconderte.

—Rumi Ñahui. Te agradezco tu doble generosidad, pero preferiría volver a mi pueblo.

Rumi Ñahui cabecea.

—¿Cuál de ellos? Los espías del Inca tienen siempre más de uno.

—El pueblo en que estaba la tierra de mis padres.

—¿Vischongo?

—No. Apcara.

—No lo conozco.

—Queda cerca de un poyo fronterizo entre tierras chancas y lucanas.

Rumi Ñahui lo mira con extrañeza.

—¿Tú creciste ahí?

—Sí.

—Qué raro. Yo creía que el *ayllu* de tu padre el Gran Hombre que Cuenta Usco Huaraca estaba en Vilcashuaman.

—Usco Huaraca no era mi padre. Me hicieron pasar por su hijo Oscollo para que pudiera estudiar en la Casa del Saber del Cuzco, pues el hijo de un *runa* no tenía derecho a educarse. El verdadero Oscollo fue asesinado para que yo ocupara su lugar.

Rumi Ñahui va a empezar a reírse, pero no, el Espía no está bromeando.

—A ver, Oscollo de mentira. A mí tienen que repetirme las cosas cuando estoy borracho. ¿He entendido bien o me estás diciendo que el hijo de un simple *runa*, sin ofender, el hijo de un simple *runa*, hip, digo, de un poblado perdido en tierras lucanas era tan importante para el Inca que valía la muerte del hijo de uno de sus mejores funcionarios?

—Sí.

—¿Y por qué? ¿Qué tenía ese chiquillo, hip, digo, qué tenías tú que era tan valioso?

Jamás, jamás digas quién eres, quién has sido, decía el sabio Chimpu Shánkutu. Pero el Mundo en que saber demasiado tenía mortales consecuencias ya está volteado o muerto.

El Espía se acerca y mira con fijeza a Rumi Ñahui.

—En tu ceja izquierda hay cuarenta y ocho pelos, y cuarenta y cuatro en tu derecha. Cuarenta y siete arrugas surcan tu rostro —le toma las manos—. Hay ciento diecisiete pliegues en tu mano izquierda y ciento treinta en la derecha —se vuelve de nuevo a Rumi Ñahui—. Tengo esta habilidad desde que era niño.

Rumi Ñahui ríe a carcajadas, gratamente sorprendido. Toma el cráneo de Atahualpa y bebe en silencio sin chasquear la lengua, observando a su interlocutor. Eructa. Una sombra de seriedad ha oscurecido su rostro.

—¿Usco sabía que sacrificaron a su hijo por ti?

—Sí.

—¿Y lo aceptó sin chistar?

El Espía traga saliva.

—Sí.

Rumi Ñahui cabecea.

—Usco Huaraca —murmura como para sí—. Gran Hombre que Cuenta los Hombres y Cosas del Mundo. Los grandes dominios siempre reposan sobre hombros extranjeros fieles como los tuyos. Como los míos —bebe de nuevo. Se vuelve al Espía. Posa sobre él su mirada de párpados pesados—. ¿Y tú? ¿Quién eres? ¿Cómo te llamas? ¿En verdad?

El Espía toma la calavera de Atahualpa y se sirve chicha hasta los bordes. Bebe hasta la última gota.

—No lo sé.

Cuerda secundaria: blanco entrelazado con negro, en Z

Se desplaza lentamente y sin apuro. Camina sin parar a lo largo del día y cuando le alcanza la noche toma posada en los *tambos* del camino, abandonados en su mayoría, donde se aprovisiona de *charqui* y chicha para la jornada siguiente. Lleva una camiseta y un tocado lucana que halló en los depósitos de ropa vieja de Tomebamba, abandonada por los *mitmacuna* de su pueblo de origen desplazados a tierras cañaris, que los han dejado allí porque han terminado adoptando el atuendo y el tocado de su nueva morada. Cuando comparte trayecto con un grupo de viajeros, les dice en un *simi* precario que es un cargador lucana pobre que regresa a sus tierras después de haber perdido a su Señor. Lo que, bien mirado, no se aleja demasiado de la verdad.

—Que los *apus* benéficos te sigan pisando la sombra como hasta ahora —le dijo Rumi Ñahui antes de beber su último *quero* con él—. Tus servicios en el Mundo aún no han terminado.

La cuadrilla de guerreros que Rumi Ñahui le asignó para su protección personal lo acompañó por todo el territorio cañari hasta los poyos fronterizos, donde le desearon buena suerte en su periplo. Ha cruzado sin contratiempos la tierra de los saraguros, los paltas, los changacaros, los malatos, los calvas, los ayabacas y los huambos y ahora se aproxima al territorio de los cajamarcas.

Ayer soñó con la Roca del Guerrero. Solo recuerda una sensación acogedora de aprobación y bienvenida que no lo abandonó al despertar y que lo sigue acompañando ahora que transita por el sendero empedrado del *Capac Ñan* sin ser impelido por otro ritmo que el de su respiración.

¿Por qué rechazó el tentador ofrecimiento de Rumi Ñahui? ¿De dónde viene este oscuro impulso de regreso que baña su pepa? No lo sabe, pero el dulce sabor interno de la decisión correcta se ha ido asentando con cada día que pasa, casi con cada paso que da, empezando a liberar la cálida compañía de las cifras que dialogan en su entorno y se acercan de nuevo a hablarle, como en los tiempos de la Casa del Saber, como en los tiempos de su infancia.

Cuando llega a la altura de los umbrales de Cajamarca empieza a dar un rodeo: podría ser reconocido a pesar de su vestimenta extranjera. Se detiene a algunos pasos de iniciada la marcha: ¿y qué si lo descubrieran? El Inca está muerto.

El Inca está muerto y en el camino que da a la plaza en que murió las paredes de adobe de las residencias han sido derribadas. No hay rastro de la escalera de piedra que subía al Templo-Fortaleza que dominaba Cajamarca y que —puede verlo desde aquí abajo— yace ahora por tierra, destruido hasta los cimientos. La Casa de las Escogidas, que se elevaba por encima de la plaza, es solo un par de pilares chamuscados de menos de una pierna de alto. Y en la plaza... ya no hay plaza. En donde estaban la explanada y los edificios laterales solo hay rumas de piedras en desorden y donde estaba el *ushnu*... ya no queda nada.

A medida que se acerca y cruza el pampón en ruinas que antes era la plaza, de las rumas de piedras empiezan a aflorar orillas de telas cubiertas de lodo seco, puntas de lanzas quebradas, palos de estandartes de los que apenas se adivinan los colores, penachos de plumas desgarrados, tocados deshechos, vasijas rotas, ruedas de macanas desprendidas de sus mangos, hondas, huesos aún recubiertos de pellejo, de ropa sin clasificar que no deja adivinar su alta o baja alcurnia. Y entre una ruma y otra, grandes y aceitosas manchas negruzcas que recubren el suelo, la sangre seca que la Madre Tierra no ha terminado de beber.

¿Está dormido, soñando un sueño vacío de gente y lleno de destrucción, un sueño de mal augurio? Cae en la cuenta que desde su entrada a Cajamarca no se ha cruzado con nadie, que la única presencia que lo acoge es el silbido sibilino del viento.

Solo entonces ata los cabos en su pepa. En un extremo de la cuerda: los estragos a su alrededor; en el otro, la orden dada por Cusi Yupanqui a Yucra Huallpa de arrasar toda la *llacta*. Cabecea admirativamente: Yucra Huallpa ha cumplido con eficiencia concienzuda su labor de devastación. La contempla en sus siniestros detalles. No festeja la destrucción, pero tampoco la lamenta. La guerra es una competencia de mensajes cifrados que los enemigos se envían por turnos. Ahora le ha tocado a Yucra Huallpa mandar el suyo a Carhuarayco. ¿Cuándo y cómo respondería el *curaca* cajamarca?

De pronto, advierte que en una esquina del cuadrilátero oculta por una ruma de piedras, al lado de donde estaba el Templo de la Serpiente, un pequeño edificio sigue en pie. Sorprende el escrúpulo con que han sido respetadas sus cuatro paredes y hasta la cantería de sus cimientos, que contrasta con la ferocidad destructora sin contemplaciones que lo rodea.

Es el Aposento principal del Inca. El cuarto en que Atahualpa decidía los turnos del Mundo. En que contaba a los pintores *quillcacamayos* los cuadros de Sus hazañas futuras para que los fueran pintando desde antes de que hubieran ocurrido. En que fingía estar recluido por su propia voluntad, conceder a los barbudos lo que se le antojaba, que se parecía demasiado a lo que ellos le pedían. En que tramaba sus orgías nocturnas con su concubina favorita, cuando ella aún no había sido profanada, y se consumía por no poder tocarla más, después que el manteño la cubrió. En que jugaba día y noche al juego de los Incas hermanos, creyendo que tenía fuerza premonitoria. En que ofrecía su nuca a su Recogedor de Restos cada dos atados de jornadas, y este trataba infructuosamente de convencerlo de que diera por fin su autorización para el ataque total de Cusi Yupanqui, que lo rescataría de las manos barbudas y acabaría con ellos.

Pero en lugar de su negativa habitual, esta vez el Inca tiene una respuesta diferente.

Cuerda terciaria (adosada a la secundaria): blanco entrelazado con negro, en Z

—He visto las señales —dice Atahualpa con súbita firmeza en la voz—. Dale a Cusi el visto bueno para que emprenda Mi rescate. El Inca está listo para ser liberado.

Y el Recogedor de Restos sale a toda prisa para cumplir con el servicio. Intenta, sin éxito, persuadir a la concubina tallana de ejercer la nueva libertad de movimiento que el Inca le ha concedido, y termina yaciendo con ella: la ha confundido con Calanga, consigo mismo, con todas las víctimas presentes y futuras de su trato con el Inca.

No lo sabe entonces, pero algo ha explotado en su adentro, un relámpago de luz irreversible ha iluminado su pepa. Y mientras trota por senderos marginales del Camino del Inca para reunirse con Cusi Yupanqui en una casa franca de las afueras de la *Llacta*, la voz de la Roca del Guerrero le habla al oído, y el Espía ve con claridad la oportunidad inaudita que se le acaba de presentar.

Una decisión largamente macerada en sus propios jugos va sedimentándose en su pepa a medida que, incapaz de contenerse en el rincón en que se hallaban, los recuerdos dolorosos se van abriendo camino en su pecho y se van desplegando en su delante. Evoca con un nudo en la garganta cómo su servicio de falso Hombre Que Cuenta le permitió conocer a Calanga, pero también cómo lo obligó a utilizarla. Recuerda con una punzada en el corazón cómo fue naciendo el amor entre los dos casi a pesar suyo, cómo este fue alzándose silenciosamente por encima de sus lealtades contrapuestas. Y ve cómo el Señor Chimpu Shánkutu había previsto ese amor y lo había utilizado en su provecho. Cómo iba a deshacerse de él apenas dejara de serle útil, como si fuera una más de aquellas prendas que el Único utilizaba solo una vez para luego pasarla por el fuego hasta convertirla en cenizas. No era nada personal. Esa era la manera de proceder del Inca con los que se oponían a Su puño, pero sobre todo con los que trabajaban a su servicio.

Apenas se dan el encuentro en su cita clandestina, la angustiosa pregunta de siempre aflora de labios de Cusi Yupanqui.

—No —miente el Espía del Inca—. El Inca sigue sin dar su autorización para el rescate.

Y cuando Cusi Yupanqui propone proceder al asalto prescindiendo del permiso del Único, el Espía finge acceder, pero postergando la fecha lo más posible de manera que Atahualpa ya haya sido ejecutado por los barbudos para entonces.

Muy temprano en la jornada siguiente, antes de los primeros haces de luz del Padre, Atahualpa despierta al Recogedor para preguntarle si cumplió con su encargo.

—No —responde el Recogedor.

Atahualpa cierne con un puente de piedra la mirada de su Recogedor: ¿estás hablando en serio?

—En mi calidad de Hombre que Habla a Tu Oreja, he estado pensando, Único Inca y Pastor de los Turnos del Mundo de las Cuatro Direcciones. Esta es la perfecta oportunidad de mostrar tus poderes divinos. Muéstrales a los barbudos y a los que se han aliado con ellos tu verdadera condición de *amaru* elegido por Tu Padre El Que Todo lo Ilumina.

—No entiendo de qué hablas, Recogedor —dice Atahualpa con irritada alarma en la voz.

—Olvida el plan de rescate. Deja que asome tu forma subyacente y conviértete en serpiente sagrada, deshazte de las cuerdas de metal que te ciñen, repta entre las piernas barbudas y huye de aquí, tal como hiciste durante tu cautiverio a manos de los cañaris.

Atahualpa se rasca la barbilla.

—Despliega las fuerzas de Arriba y Abajo que has estado ocultando al Mundo de en Medio, Señor del Principio. Vete y dales el encuentro a Cusi Yupanqui y Yucra Huallpa en la salida de Cajamarca, regresa con ellos, doblega al Extranjero ladrón y haz *chaco* con él. Este es el momento de Sol en cénit que has estado esperando para convocar tu potencia. Nada ni nadie podrá hacerte sombra. Conviértete en *amaru* ahora y desmiente los rumores de los malhablados, que están deambulando sin dique por todos los rincones del Mundo.

—¿Qué rumores?

—Que solo eres un hijo vanidoso y pueril de Huayna Capac, y no un hombre-*huaca*. Que ganaste la guerra contra Huáscar no porque hayas sido elegido por tu Padre para regir los destinos de las Cuatro Direcciones, sino porque tus *yanacona*-generales estaban curtidos en la guerra y los dEl Inepto no. Que, con la suprema arrogancia que ciega Tus ojos, has dejado que los extranjeros se te acerquen demasiado y te has dejado capturar. Que durante tu cautiverio has estado más pendiente de las posaderas de tu concubina favorita que de los esfuerzos de tus generales por liberarte. Que al postergar una y otra vez tu autorización para el rescate has puesto en peligro no solo Tu vida sino la del Mundo solo por satisfacer tu malsana curiosidad. Que jamás ganaste una batalla por Ti mismo y que Tu padre, el Joven Poderoso Apoyado por Muchos, jamás habría propuesto Tu nombre a los oráculos para elegir al que habría de sucederLo. Que…

El feroz puñetazo de Atahualpa remece el moflete del Recogedor y tumba a este al suelo. Lo cose a patadones hasta que, con la pierna en el aire, se detiene.

—Es suficiente, Recogedor.

El Único camina en círculo por veinte latidos. Tiene los brazos trenzados en su detrás.

—No quiero abrumar a los barbudos con mis poderes divinos y no necesito demostrarles nada a los chismosos —dice al cabo—. Ve cuanto antes donde Cusi Yupanqui y dile que le doy mi autorización para que venga a rescatarme.

—Ya lo hice —dice el Recogedor, sobándose desde el suelo.

Atahualpa parpadea, sorprendido.

—Cusi Yupanqui, Yucra Huallpa y los suyos vendrán a rescatarte esta noche —dice su funcionario más íntimo—. Así que estate preparado.

El Único cabecea, sonriendo.

—Eso es lo que me gusta de ti. Uno nunca puede estar con el aliento desprevenido.

No lo ayuda a levantarse.

Cuerda de cuarto nivel (adosada a la terciaria): blanco entrelazado con negro, en Z

Aquella mañana Atahualpa pide al barbudo que lo vigila que le permita ir al estanque del patio de sus Aposentos, en que solía lavarse los pies y hacer sus abluciones a El Que Todo lo Ilumina, un ritual que había abandonado desde que Firi Pillu forzó a su favorita hace tres lunas y media. El barbudo acepta y, con su varita en forma de dedo con el extremo doblado, abre el anillo que lleva en el cuello y que lo ata a la bola de metal. Terminadas las abluciones, que el Inca realiza con cuidado inhabitual, este murmura al oído de su Recogedor:

—Las aguas de Mi Padre me han dado buenos augurios. Si todos hacen lo que tienen que hacer, me ha dicho, todo saldrá bien.

Atahualpa manda llamar a Apu Machu. El líder barbudo viene al poco rato acompañado de Firi Pillu. Atahualpa los recibe vestido con la *mascapaicha* ceñida sobre la frente, su traje de gala y la capa de murciélago cubierta de la sangre de Unan Chullu, que ha hecho desmanchar para la ocasión.

Un bramido impaciente surge de la garganta de Apu Machu.

—Pregunta mi Señor para qué lo has llamado. Si es para confesar de una vez por todas tu traición.

—No, Hombre de las Señales Verdaderas —dice el Inca dirigiéndose a Firi Pillu—. Lo he llamado para hablar contigo.

—Señor del Principio, no es prudente… —empieza el Recogedor.

Atahualpa lo detiene de un gesto.

—Esta noche vienen a liberarme —prosigue dirigiéndose a Firi Pillu—. Quiero saber si, tal como dijiste, es verdad que puedes conseguir esta tarde la estatuilla esa en forma de dedo que los barbudos usan para atarme a su bola de metal.

El rostro del chiquillo manteño se ilumina a pesar suyo.

—¿La *llavi*? Sí, sé dónde la tienen.

—Entrégasela a mi Recogedor antes del crepúsculo y escóndete en el cuarto principal del Templo de la Serpiente, donde los guerreros de la cuadrilla que van a venir a rescatarme tienen orden de respetar tu vida y guardarte sano y salvo.

El Recogedor, Búho Que Canta encargado de coordinar el rescate, no recuerda haber dado una orden semejante.

Una breve cascada de cantos rodados surge de la boca de Apu Machu. Firi Pillu vacila, traduce lo dicho con cierta aprensión.

—Si no es para confesar tu traición, pregunta mi Señor para qué lo has mandado llamar.

El Inca reflexiona.

—Dile que quiero agradecerle su visita a nuestras tierras. Que gracias a él y a los que vinieron con él he visto cosas nunca vistas y aprendido costumbres ajenas que me exprimieron la pepa hasta sacarle su mejor jugo. Que aunque no cumple sus promesas, aprecié su compañía y lo recordaré con cariño cuando llegue el momento de separarnos.

Firi Pillu pasa lo dicho a la lengua barbuda. Apu Machu contempla fijamente a Atahualpa. En sus comisuras ajadas por la edad asoma una extraña sonrisa melancólica. Replica una nueva cascada de colores oscuros.

—Mi Señor dice que también te recordará. Con amor de padre.

En un extraño rapto, Apu Machu se acerca a Atahualpa y lo abraza. El Señor del Principio, sorprendido al inicio, acoge el abrazo y lo sostiene. Se apartan al cabo de tres latidos. Se observan largamente y sin pudor a tres manos de distancia.

—Qué curioso —dice Atahualpa—. Quiere matarme, pero parece conmovido de verdad.

—No vayas a compadecerte de él ahora, Único Inca —musita Firi Pillu mordiéndose los labios.

Una escueta sonrisa ladeada aflora en las comisuras del Inca, que no deja de contemplar al Apu Machu.

—No, Hombre de las Señales Verdaderas. La compasión es un pájaro de mal agüero que nunca ha hecho su nido en mi corazón. No la tendré con el ladrón que me quitó lo que es mío y no la tendré con sus compinches.

—Y no te olvides de Inti Palla —dice Firi Pillu con voz aquenada, chillona, impertinente—. Tú me prometiste.

Atahualpa se vuelve a su Recogedor, cediéndole la respuesta.

—Inti Palla ya es libre —dice el funcionario—. Puede regresar a su tierra cuando así lo desee.

Firi Pillu cabecea con una sonrisa que apenas logra contener.

En la hora sin sombras, Atahualpa devora en soledad —y con hambre fresca— una cestilla de *choclos* cocidos sin sal y papas sin ají. No bebe chicha, solo agua del estanque en el centro del patio (que, recuerda el Recogedor, viene directamente de las acequias del bosque de piedra de Cumbemayu). Toda la jornada ha evitado el contacto con las concubinas y *acllas* de servicio y, cuando llega el turno de ir al Cagadero Real, se hace acompañar solo de su íntimo funcionario, que carga a su lado la bola de metal.

—Adiós, Señor de la Caca —dice de cuclillas en tono burlón, después de aspirar hondamente sus propios efluvios—. La próxima vez que entres en mis sueños pidiendo ofrendas, sacerdotes y sirvientes, haz mejores predicciones.

Al cabo, se dirige a la recámara real, en uno de los Aposentos interiores, donde duerme toda la tarde. Cuando el Recogedor lo despierta, poco antes del crepúsculo, una extraña fuerza contenida ha pulido los filos del Inca, acentuándolos.

—Señor del Principio, tu doble con ropa de *yana* ya te está esperando en el corredor subterráneo de los Aposentos para cambiar de sitio contigo cuando comience el ataque. Y Firi Pillu ya pasó por aquí.

El Recogedor extiende la palma abierta de su mano. Sobre ella está la *llavi*, la varita que rompe el cerco que tiende en su cuello el anillo de metal. Atahualpa ofrece el pescuezo a su funcionario, quien introduce la *llavi* en el mismo agujero en donde la metió Almagru cuando lo ató a la serpiente con cabeza en forma de bola. Intenta girar hacia la izquierda, pero algo obstaculiza el movimiento. Trata de nuevo hacia la derecha, se escucha un sordo sonido metálico y el anillo se abre en dos: el Inca está libre.

—A qué aliento se le ocurre amarrarme a un *amaru*, aunque sea de metal —dice Atahualpa con una exhalación, saltando de alegría sobre el sitio y luego caminando en círculo—. ¡Si a Mí la Serpiente Sagrada me quiere!

—Vuelve aquí, Señor del Principio —susurra el Recogedor con alarma—. Puede venir algún barbudo.

Atahualpa obedece con docilidad. El funcionario vuelve a cerrar el anillo y guarda la *llavi* en su *quipe*.

Cuando el cielo celeste deja su turno al cielo rojizo, que marca la diaria partida del Padre, la ronda de doce guardias que custodia a Atahualpa deja su turno a la siguiente. Como siempre, después de acomodarse en sus muñones de madera respectivos, lo primero que hacen es clavar los dientes en la merienda de fin de la jornada que les traen las *acllas* de servicio, que reciben a cambio alguno que otro manoseo y pellizcón.

Cuando entre los custodios cunden los últimos cabeceos y los primeros ronquidos —la poción que les puso ha empezado a surtir efecto—, el Recogedor sale de la Habitación, espera que el resplandor de las fogatas laterales del *ushnu* lo recorte contra las paredes exteriores de los Aposentos y, tal como lo manda el plan de Challco Chima pulido por Cusi Yupanqui, da un bostezo largo y sonoro. Luego regresa a los Aposentos.

Encuentra al Inca jugando con el anillo que le unce el cuello.

—¿No será ya el momento de hacer el cambio con el doble? —pregunta Atahualpa.

—No, Señor del Principio. El ataque no ha empezado todavía.

—Pero así vamos a ganar tiempo.

—No, Único Inca. Necesitamos una distracción para los barbudos que están en el *ushnu*, que son los que tienen las varas de fuego. Y tenemos que estar seguros de que los guardias que vigilan tus puertas están bien dormidos antes de salir al Tercer Depósito, donde está la abertura en el suelo que da al corredor subterráneo. Si lo hacemos antes del momento debido, alguien puede descubrirte y el plan de rescate se habrá echado a perder.

—Está bien —dice Atahualpa con una mueca de disfuerzo.

Esperan un rato. No se escucha ningún ruido procedente del *ushnu*.

—¿Qué pasa?

—No sé, Señor del Principio. El asalto ya debería haber comenzado.

Siguen esperando. Transcurren quinientos latidos. Nada.

—¿Cuánto tiempo dura el efecto de tu poción?

—Tres papas cocinadas.

—No puedo quedarme aquí. Ábreme el anillo.

—Señor del Principio…

—¡Ábreme te he dicho!

El Recogedor obedece. A toda prisa el Inca se despoja de sus ropas hasta quedarse solo con el taparrabos.

—Vamos.

El Recogedor y Atahualpa aguzan el oído. Escuchan los resuellos y ronquidos de los tres guardias que resguardan la puerta que da al patio interior. El Recogedor se quita las sandalias. Los dos cruzan el umbral en silencio caminando en las puntas de los pies. El patio está iluminado por candiles de sebo que penden de las paredes. Avanzan lentamente hacia el fondo, pegando la espalda al muro lateral. Llegan a la altura del Tercer Depósito sin hacer demasiada sombra. Entran. Los recibe un hedor a carroña, a maíz podrido, que se hace paso en la total oscuridad para penetrarles las narices.

—¿Dónde estás?

—Aquí abajo, Señor del Principio.

Atahualpa también se pone de rodillas. El Recogedor y el Único gatean a tientas. Se topan con varias rumas de cestillas que al volcarse dejan caer su contenido sobre ellos: unos golpes de puño infantil, que rebotan sobre sus espaldas para dar al suelo. A manotazos apartan los que pudieran estar en su camino, quizá huesos y corontas. El Recogedor sigue avanzando, tantea el suelo, busca.

—Aquí es —dice el Recogedor.

Levanta con las uñas los bordes de la laja de piedra que da al subterráneo. La desplaza con el ruido opaco de protesta de la piedra bien labrada al frotarse contra una sin civilizar.

—Sana —murmura el Recogedor. No hay respuesta. Con voz más alta—. Sana.

Silencio: un ronquido barbudo a lo lejos, procedente del patio.

—No está, Señor del Principio.

—¿Cómo que no está?

—Parece que se fue. Que se escapó.

—No puede haberse escapado. Este túnel no tiene otra salida.

—Quizá se quedó atascado en el medio.

—Vamos a buscarlo.

—No podemos. Tenemos que regresar. El ataque va a empezar en cualquier momento.

—Voy a quedarme aquí.

—No, Único Inca. Por lo que más quieras. Sigamos el plan tal como ha sido trazado y vuelve conmigo a los Aposentos. Ahí esperaremos juntos el desenlace victorioso del nudo que te tiene prisionero.

Atahualpa y el Recogedor emprenden el camino inverso hacia los Aposentos, lo suficientemente lento para no despertar a los barbudos, lo suficientemente rápido para no cruzarse con el inicio del ataque.

—¿Dónde pudo haberse metido Sana? —pregunta el Inca cuando se han puesto a buen recaudo.

—Ya lo averiguaremos cuando llegue Cusi y nos toque ir de nuevo al corredor subterráneo, Señor del Principio.

Pasan dos hervidas de papa, comprimiendo lentamente la oscuridad a su alrededor. Pero el asalto sigue sin comenzar. Una tercera hervida se cuela suavemente en el tiempo, aclarándolo hasta hacerlo amanecer. Las primeras luces del Padre recortan al Inca pegado a la ventana, dibujan y pintan sus labios sangrantes y sus dientes apretados. Cuando se escuchan los primeros bostezos y desperezamientos de la guardia, Atahualpa es un bulto vestido inerte al lado de la tronera con una máscara en que se halla congelada la incredulidad. Sin decir palabra, el bulto se acerca donde el Recogedor y le ofrece el pescuezo, como una llama blanca resignada que entrega su pecho a la caricia mortal del sacerdote que la sacrificará.

—Este es el momento que esperabas, Único Inca —le susurra el íntimo funcionario al oído—. Despliega las fuerzas de Arriba y Abajo que has estado ocultando al Mundo de en Medio, deshazte del lazo de este barbudo y de las cuerdas de metal que te ciñen y repta entre las piernas barbudas.

El Inca niega suavemente con la cabeza. El Recogedor junta los extremos del anillo de metal alrededor del pescuezo del Inca y gira la *llavi* que, con un leve sonido metálico, funde el anillo en un círculo perfecto y sin fisuras.

Cuerda de quinto nivel (adosada a la de cuarto nivel): blanco entrelazado con negro, en Z

Aquella mañana Atahualpa no se cambia de ropa, no se lava los pies y no pide permiso para hacer sus abluciones cotidianas al Padre. Permanece sentado en su trono de oro, con la bola de metal y la serpiente enroscada sobre las faldas, reflexionando.

—¿Qué le habrá pasado a Cusi? No es de los que faltan al servicio que prometen.

El Recogedor no responde. Atahualpa se vuelve hacia él.

—No pareces muy asombrado de que no haya venido.

—No es la primera vez que incumple con su deber, Señor del Principio. Acuérdate. Antes de pelear para ti, Cusi guerreaba para el inepto Huáscar. Quizá cambió de bando de nuevo.

—Porque lo convencí de que era Mi turno y que los *huacas* estaban conmigo. Pero desde entonces me ha sido siempre leal.

—Se es leal hasta que se deja de serlo. El sirviente más fiel puede convertirse en el más pérfido traidor entre un latido y el siguiente.

—Y mi doble ¿no te parece muy extraño que se haya escapado?

—No.

—Pues debería parecerte. Tú me dijiste que tenías cautivos a sus seres queridos. Que su lealtad era a toda prueba.

—Si un hombre valora más su propio cuello que el de los seres que ama, es poco lo que puedo hacer para coercionarlo, Señor del Principio.

Cerca de la hora sin sombra, se presenta sin anunciarse en los Aposentos Piru Sanchu, un extranjero esbelto que suele acompañar a Apu Machu a todas partes, pero que nunca había venido antes a la Cámara Real. Lleva un pellejo enrollado bajo el brazo, lo acompañan —lo escoltan— dos barbudos en el cenit de la vida con varas de metal atadas a la cintura y Firi Pillu, que no logra ocultar su expresión desconcertada.

—¿Qué haces aquí, Único Señor? —bisbisea el chiquillo al Inca. Gira ligeramente la cabeza hacia el Recogedor—. ¿No funcionó la *llavi* que te di?

Ni el Inca, que tiene los ojos cerrados y la bola entre sus muslos, ni el Recogedor responden. Piru Sanchu carraspea. Despliega el pellejo con solemnidad. Es un pellejo ondulado, fino, amarillo, depilado por ambos lados, atiborrado de esas manchas de hormigas con que los barbudos capturan las palabras en el aire para repetirlas luego a voluntad. Junta los pies, toma aire y, recorriendo el pellejo con la vista, suelta un chorro de gárgaras en peludo.

—Dice mi Señor que has hecho cosas muy malas y que te van a castigar —traduce Firi Pillu—. Que te has acostado con tus hermanas, dice.

Se percibe en el bulto inerte un ligero estremecimiento. Piru Sanchu continúa.

—Dice mi Señor que has ofendido al Supremo *Huaca* Barbudo, arrojando al suelo la caja sagrada en que estaban sus palabras. Que has matado a tus hermanos con crueldad, entre ellos a tu hermano Huáscar.

Atahualpa abre lentamente los ojos, que se posan en la tierra bajo sus pies. Piru Sanchu sigue diciendo gárgaras.

—Dice mi Señor que has mentido y traicionado a Apu Machu. Que has levantado a tus ejércitos contra los barbudos. Que has ocultado parte del oro que ibas a entregarle. Que…

Con sorprendente velocidad Atahualpa abraza la bola, se incorpora, la balancea y lanza a su delante. La bola cae pesadamente y con gran estruendo a menos de un palmo de los pies de Piru Sanchu, que logra eludirla saltando hacia atrás.

—¿Quién es este para hablarme así? —grita el Inca—. ¿Dónde esta Apu Machu?

Firi Pillu traduce atropelladamente. Piru Sanchu responde masticando cada fragmento de la gárgara asustada que lleva atrapada en la garganta.

—Dice que Apu Machu está ocupado —traduce el manteño—. Que no puede venir.

—¡Dile que el Único que ha cumplido sus promesas le pide que venga!

Firi Pillu vierte la protesta al idioma barbudo. Piru Sanchu, que ha recuperado su habitual compostura barbuda, le replica sin ambages.

—Dice mi Señor que no hay motivo para que Apu Machu venga. Que las palabras que te acaba de decir son las mismas que Apu Machu ha ordenado que se pronuncien en tu delante. Que por tus delitos y tu mal comportamiento te prepares para morir a la caída del Sol.

Piru Sanchu pliega el pellejo manchado con expresa lentitud y sale. Firi Pillu va a seguirlo, pero sobrepara a medio camino, va hacia donde está el Recogedor, de un movimiento veloz le quita la *llavi* y sale corriendo sin mirar hacia atrás.

—¿Habrán tenido razón los oráculos? —dice Atahualpa a su Recogedor—. ¿Será cierto que voy a morir?

El Recogedor no responde.

El Único permanece el resto de la mañana remojándose los pies en el estanque sagrado del patio, jugando a embalsar y desembalsar la corriente con los empeines, con los talones, con las puntas de los dedos de los pies, acariciando de cuando en cuando la bola de metal. A veces levanta los ojos y da un largo vistazo interrogativo a las montañas vecinas. Al camino que viene de las alturas del bosque pétreo de Cumbemayu.

—No, Cusi no —dice el Inca en voz baja—. Él no.

Cuando el Padre se despide de la jornada, vienen a los Aposentos del Inca Apu Machu, Almagru, Binal Cásar, Vali Virdi y Riqui Limi, seguidos de varios guardias y acompañados de Firi Pillu. Almagru se acerca a Atahualpa, saca la *llavi*, la introduce en la ranura del anillo del cuello y se lo abre. Dos guardias barbudos prenden al Inca de ambos brazos. Las *acllas* de servicio, que han venido desde los Aposentos interiores a ver qué está pasando, empiezan a gemir, a llorar a grito limpio.

—¡Dile a Apu Machu que le doy otro cuarto de oro y otros dos de plata! —grita el Inca—. ¡Que se los entrego en menos de una luna, ya fundido y moldeado en forma de ladrillo, como a él le gusta!

Firi Pillu traduce. Apu Machu intercambia miradas fugaces con Almagru y Riqui Limi, que mueven la cabeza de izquierda a derecha: la negativa barbuda.

—¡Ese tuerto y ese gordo me quieren quitar el aliento por gusto, Apu Machu! —dice Atahualpa apretando los dientes—. ¡No te conviene que los escuches! ¡Si me matas, ni un solo hombre en toda la tierra te obedecerá!

Firi Pillu traduce. Cortísima gárgara de Apu Machu.

—Dice mi Señor que no hay nada que hacer. Ya es demasiado tarde.

Apu Machu hace un gesto. Los dos guardias barbudos se llevan a Atahualpa a empellones a la puerta principal de los Aposentos, que alguien ha abierto de par en par. Las *acllas* de servicio los golpean en la espalda y los brazos o tratan de interponerse en su camino, pero otros cinco barbudos las apartan, jalonean o empujan de revés. Apu Machu, Almagru, Binal Cásar, Riqui Limi y Vali Virdi, salen y Firi Pillu y el Recogedor los siguen.

Al cielo de color encarnado, desprovisto de nubes, lo surcan vetas moradas y azules, como una gigantesca piedra jaspeada recién extraída de las profundidades de la Gran Cocha que alguien hubiera incrustado en el Mundo de Arriba. El Padre, una orejera de oro pendiente de una inmensa oreja invisible, no se decide a despedirse de la jornada y la alarga contra su voluntad.

En la tierra la plaza rebosa de gente: un primer y estrecho cinturón de doscientos noventa y cinco barbudos silenciosos con la mano alerta al lado del agarradero de su vara de metal, otro conformado por una nube dorada de ciento setenta y cinco hombres bien vestidos y con tocados diferentes —entre los cuales puede distinguir al otrora invencible Challco Chima sentado en una litera estacionada en tierra, vigilada por dieciséis barbudos—, y un tercero, mucho más espeso, abigarrado, variopinto y diverso, de tres mil cuatrocientos quince hombres, mujeres y niños del Mundo, la mayoría con expresión consternada o de la más absoluta incredulidad.

En el centro de la plaza está el *ushnu*, profanado por la presencia a ambos lados de las dos atalayas de madera en que, como siempre, están encaramados oteando el horizonte el gigante barbudo, sus tres acompañantes y sus gruesas cerbatanas de metal, que el Recogedor alguna vez creyó dotadas del poder de atrapar al Illapa y, de qué servirá saberlo ahora, son solo armas barbudas más sofisticadas que las del Mundo de las Cuatro Direcciones.

Se escucha el sonido cóncavo de los pututus alargados de metal que los extranjeros soplan para anunciar la inminencia de un evento importante. El cinturón de barbudos retrocede —y con él el de los *curacas* y el de la gente del común— hasta despejar el rectángulo de la plaza, en el que, a veinte pasos del *ushnu*, yace clavado sobre la tierra un palo grueso de un hombre y medio de altura al pie del cual hay un denso nido de ramas apiladas. Atahualpa abre grandes los ojos, da un grito de espanto y empieza a debatirse furiosamente contra los brazos que lo llevan a empellones hacia él.

—¡No!

El Inca cae al suelo. Se escucha una exhalación en toda la plaza. Dos guardias se suman a los otros dos y llevan a rastras al Inca hacia el madero.

—¡Quemado no!

Unas manos diligentes lo atan con firmeza, pero Atahualpa sigue luchando entre y durante vociferaciones cada vez más estridentes, déjenme entrar intacto a Mi Vida Siguiente, clamando, sin mella a mi nueva Vida en forma de momia. Firi Pillu traduce. El panzón Vali Virdi intercambia gárgaras apresuradas con Apu Machu y ordena a los guardias que se detengan. Se acerca al Único. Una breve retahíla de cascajo crujiente raspa por dentro su garganta.

—Dice que si te *bautizas* ya no te quemarán —traduce Firi Pillu.

—¿Si me qué?

—Si dejas que te ponga un nuevo nombre barbudo.

—¿Y para qué quiero yo un nuevo nombre barbudo?

Firi Pillu traduce. Un nuevo chorro sale de la boca de Vali Virdi, más corto que el anterior.

—Dice que con ese nombre podrás entrar al Mundo de Arriba de los barbudos y conocer a su *huaca* principal.

—Si dejo que me lo ponga ¿ya no me quemarán?

—Así es.

—¿Qué me harán entonces?

Firi Pillu pone lo dicho en barbudo. Apu Machu responde.

—Dice que te van a estrangular hasta romperte el cuello.

Atahualpa da un respingo.

—Dile a este barbudo que me ponga todos los nombres barbudos que quiera. Pero que no me queme.

Firi Pillu traduce. Vali Virdi eructa una orden y los guardias desatan las manos y los pies del Inca. Un guardia le alcanza a Vali Virdi un pequeño mortero de piedra. Con un gesto, Vali Virdi le pide a Atahualpa que agache levemente la cabeza. Atahualpa obedece. Vali Virdi vierte con suavidad el contenido del mortero —un licor inodoro y transparente— encima de la coronilla del Inca, mientras susurra atropelladamente una larga catarata de sortilegios en idioma peludo.

—No me dolió —susurra Atahualpa con voz triunfante.

—Era agua —Firi Pillu—. Los barbudos te la echan en la cabeza cuando te ponen un nombre nuevo.

—¿Y qué nombre nuevo me puso?

—Faran Ciscu.

—¿Faran Ciscu? ¿Como el Apu Machu?

—Sí.

—¿Para qué? Ninguno de mis ancestros me confundirá con él cuando les dé el encuentro en mi Vida Siguiente.

Vali Virdi brama. Uno de los guardias hace una señal hacia un rincón. De él surge una veintena de nicaraguas, que retiran presurosos la yesca y el ramaje apilado en la base del palo y colocan en su lugar un muñón de tronco de árbol en cuya superficie pueden adivinarse, descascarados, los escaques blancos y negros del tablero en que el Inca jugaba al juego de los Incas hermanos. Uno de los guardias le indica al Inca que se siente. Atahualpa contempla por un instante el dibujo que forman los cuadrados, sonríe con acritud y obedece. Dos guardias le amarran las manos a unas abrazaderas a cada lado del tronco que le sirve de asiento, mientras otros dos le amarran los pies y otro más perfora con un instrumento de metal el palo a la altura de la nuca del Inca. Vali Virdi extiende una y otra vez su amuleto de madera en forma de cruz, barruntando nuevos encantamientos. Apu Machu se aproxima al Inca y suelta ante él una concisa sarta de gárgaras.

—Dice Apu Machu que ahora que vas a morir, es su deber hacerse cargo de tus hijos y amarlos como si fueran suyos —traduce Firi Pillu—. Que quiere saber dónde están.

Una sonrisa ladeada asoma en las comisuras del Inca.

—Dile que le agradezco por su generosidad, pero que no se lo diré. Que no quisiera que los ame con el mismo amor de padre que tenía conmigo y ellos disfruten como yo las consecuencias de su amor.

Firi Pillu traduce. Un puente de piedra asoma entre las cejas de Apu Machu y regresa en silencio a su sitio al lado de Almagru, Binal Cásar y Riqui Limi. Firi Pillu sigue los pasos de su Señor.

—Adiós, Hombre de las Señales Verdaderas.

Firi Pillu no se vuelve ni responde. Un barbudo se coloca detrás de Atahualpa. Introduce una cuerda y especie de manivela de madera en el agujero del palo y la calibra con cuidado.

—Único Inca —le susurra el Recogedor—. Este es el momento de gloria que esperabas. El momento de mostrarle al Mundo Tu verdadera condición de *amaru*. Por tu padre El Que Todo lo Ilumina y los *huacas* que lo escoltan. Conviértete en serpiente sagrada y huye de aquí. Ahora.

Vali Virdi se levanta las faldas, se pone de rodillas y empieza a entonar un sonsonete. Le hace una señal al barbudo, que gira la manivela. Atahualpa reflexiona a toda prisa: el Recogedor tiene razón: ha llegado el momento. Cierra los ojos y convoca con todas sus fuerzas su verdadera condición. Cuando vuelve a abrirlos, cruza por un instante la mirada del Recogedor y asoma en toda su crudeza el fulgor de la verdad recién asida. Las cuerdas se tienden alrededor de su cuello, que empujan hacia fuera sus ojos enrojecidos.

—El traidor fuiste tú —dice el Inca con un resto de voz.

Quinta cuerda: rojo encarnado con hilos de oro, en Z

Fuiste tú, perro trai…

Pero la cuerda le aprieta el cuello con más fuerza, empujándolo contra la estaca puntiaguda que sobresale del palo a la altura de la nuca. Atahualpa abre la boca grande para gritar o respirar mejor y no logra ni lo uno ni lo otro. Se debate contra las cuerdas que lo ciñen, contra los guardias barbudos que vigilan cada uno de sus movimientos. Se escuchan los primeros gemidos provenientes de la muchedumbre. Los canales de sus sienes se hinchan, sus ojos se dilatan como buches, su cara se infla como la tripa de llama que usan los niños en sus juegos. El Inca empieza a sudar, su tez se azula como bañada en un tinte paracas inspirado en la Gran Cocha. Sus músculos se tensan, su lengua intenta sin éxito escaparse de la garganta que la tiene prisionera, la baba comienza a caerle por las comisuras formado un charquito a la orilla de los pies. De pronto se escucha un conciso pero sonoro crujido de huesos. Como obedeciendo dócilmente una orden superior, el cuerpo de Atahualpa se distiende y se derrama en la silla con los ojos abiertos.

La plaza queda súbitamente en un silencio espeso, alerta. Las cabezas barbudas giran hacia todos los rincones, con una mano en la orilla de su vara de metal. De pronto, los hombres en edad productiva que lo miraban todo desde el cinturón más externo del gentío caen al suelo como borrachos, las mujeres se jalan de las trenzas y se desgarran los faldones, amanecen los quejidos penetrantes de las *mamachas* y las lamentaciones sentidas de los viejos, que gimen contemplando al Inca muerto como bebitos destetados antes de tiempo.

Nada logra sofocar, sin embargo, el grito ronco y estentóreo de Challco Chima, que se ha levantado quién sabe cómo sobre sus dos piernas calcinadas y extiende sus dos brazos en dirección hacia el cadáver fresco. Pero no es tristeza ni dolor lo que sale de su garganta, lo que exuda su rostro luminoso. Es más bien júbilo. Una alegría ventral, honda y sin fisuras que horada el aire hasta rebotar en los *apus* vecinos, que se miran entre sí al recibir el eco de su larga carcajada, y no saben de qué se ríe el invencible, si reír también ellos o llorar por la suerte del Hijo del Sol, por el destino incierto del Mundo que se voltea irreversiblemente ante sus ojos.

Decimosexta serie de cuerdas – futuro

Primera cuerda: marrón grisáceo, en Z

—¿Cómo te llamas? —pregunta el chiquillo.

—Pedro Anco Ayllu —responde el anciano.

—¿Cuántos años tienes?

El anciano suspira y se acomoda en el muñón de madera en el que se halla sentado y del que no puede levantarse, pues ha perdido el uso de las piernas. Su cabellera larguísima es completamente cana. Las arrugas de su rostro no logran disimular las honduras de la viruela, quizá más antiguas. Golpea una mosca invisible con el dorso de la mano.

—Ya ni me acuerdo, Padrecito. Hace mucho tiempo que se acabó mi edad productiva.

—Seguro tienes que ver con esos que cantan y bailan poseídos por el *diablo* y hacen hechicerías. Con esos *taqui onqoy*.

—No es verdad, Padrecito.

—No es eso lo que le han dicho a mi Señor el Visitador Albornoz.

—Nadie puede haberte dicho nada, Padrecito. Yo no tengo nada que ver con ellos.

El chiquillo intérprete se muerde el labio superior. Se vuelve hacia el Visitador y traduce a la lengua cristiana el breve intercambio de palabras con el viejo. El Visitador se mesa las barbas, cabecea, se alza las faldas de la túnica y empieza a pasearse con las manos enlazadas en la espalda mirando hacia el suelo, las señales inequívocas de que se aburre, que el chiquillo ha aprendido a reconocer después de tres años pasados con él extirpando las idolatrías de las tierras chancas y lucanas. El Visitador da un lento rodeo alrededor del muñón en que está sentado el viejo.

Se detiene detrás de él, a la altura de su oreja derecha. Le dice unas frases en cristiano.

—Dice que tienes razón —traduce el chiquillo—. Que no es por eso que ha venido a verte. Pero que uno nunca sabe con ustedes.

En el rostro del viejo asoma una sonrisa estúpida. El sacerdote reanuda su paseo en círculo pero al revés, mirando al suelo como si quisiera encontrar la huella de sus propios pasos. Sigue hablando.

—Dice el Señor Visitador que don Juan Antay, tu *curaca*, ha dicho que tú eres el encargado de los *quipus* de tu *ayllu*. ¿Es verdad?

—Sí —dice el anciano—. Tengo conmigo todos los *quipus* de todos los *ayllus* de Apcara.

El chiquillo traduce y el rostro del Visitador ahora sí se enciende de interés. El Visitador replica.

—Dice Juan Antay que tienes un *quipu* de tiempos de los incas con los sitios de los santuarios de las *idolatrías* de Apcara y sus alrededores.

El rostro del viejo adquiere la expresión despistada de los seniles. Balancea las nalgas sobre el taburete, como si ello le ayudara a desmalezar mejor las palabras en Lengua General del chiquillo.

—Dice tu *curaca* Juan Antay que tienes un *quipu* secreto —vuelve a decir el chiquillo—. Un *quipu* que dice dónde están los *huacas*, los *mallquis* y los *huillcas* de Apcara y sus sitios vecinos.

—Así es, Padrecito.

—Dáselo al Señor Visitador.

El viejo cala al chiquillo con la mirada, luego al Visitador. Hace una escueta señal a su asistente, un indio muy joven vestido igual que él —camisa y pantalones de *abasca* zurcidos con sencillez— que, en el rincón más alejado de la habitación, parece hallarse a la espera permanente de sus órdenes. El indio joven hace una reverencia y toma una pequeña escudilla de barro del estante atiborrado de recipientes adosado a la pared. Se dirige hasta una tinaja que se halla en el otro extremo de la habitación. Abre la tapa que la cubre. Hunde la escudilla hasta el fondo. La escudilla asoma llena hasta los bordes de una fina harina azulada. Portándola con ceremonia, el indio joven va donde el viejo y se la entrega. El viejo escupe sobre la harina. Mueve los dedos en redondo hasta fundir la harina y el escupitajo en una masa compacta. Tiende un vistazo cauteloso hacia el sacerdote. Empieza a murmurar en voz baja palabras incomprensibles.

—*¡¿Pero qué hechizerías me echa este, Felipe?!*

—*No son hichesería. Es el Padrenuestro en quichua, Señor Vecitador.*

El viejo ha cerrado los ojos y ahora saborea el polvo humedecido, chasqueando de cuando en cuando la lengua. Al volver a abrirlos, su rostro luce despejado, como imbuido de nueva *callpa*. Con un movimiento de la palma sorprendentemente grácil le pide a su asistente que se acerque. Le musita palabras al oído. El indio joven hace una reverencia y sale.

—Muchos *diablos* disfrazados de gente de bien han venido a pedir este *quipu* antes que tú, Padrecito —dice el viejo—. Dicen que vienen de parte de Dios Nuestro Señor, pero están mintiendo, lo único que quieren es saber dónde están los *huacas* para darles de comer y volverlos a la vida. Yo sé que algunos después se emborrachan y bailan y, blasfemias diciendo, dicen que han sido poseídos por ellos. Andan pregonando que hay que matar a todos los cristianos españoles como tú, que ya no hay que hablar en tu idioma podrido, dicen. Y en medio de la borrachera golpean a los que visten ropas de cristiano hasta sacarles el *alma*. Les queman las plantas de los pies a los indios que van a las iglesias, Huiracocha ha muerto, diciendo, qué tanto van a adorarle, qué tanto van a ofrecerle. Es ahora el turno de nosotros los *huacas* renacidos de regir la tierra, hablando como si llevaran una sonaja en la garganta.

El viejo suspira. Hace una profunda reverencia ante el sacerdote.

—El sabor de tu maíz es dulce, Padrecito. Al maíz sagrado no lo engañan, ha sido pasado por agua bendita. Tú sí eres Emisario de Nuestro Señor, Su ángel. Tú sí actúas de Su parte.

El indio joven vuelve a entrar en la habitación con un *quipu* enrollado, que alcanza al viejo con parsimonia. Sin moverse de su taburete, este arranca el sello que ciñe sus cuerdas. Estas, recién liberadas, derraman sus colores por el suelo.

Sin que nadie se lo haya pedido, el viejo explica, como una catarata sorda y monótona, el contenido del *quipu*. Muestra cómo cada cuerda es una línea sagrada que se extiende desde la plaza principal de Apcara hacia un punto diferente del horizonte en que el Sol descansa. Cómo el color de lana de que ha sido hecha cada cuerda indica un *ayllu* diferente de Apcara. Cómo cada *ayllu* rotaba de color cada tres años en los tiempos antiguos, para que así todos los *ayllus* sirvieran a todos los *huacas* y no se encariñaran solo con algunos. Luego, revela las claves para reconocer a los *huacas* más importantes. Al padre-montaña Huacchuayserk'a, el *huaca* de origen de Apcara, se lo reconocía porque su nudo tenía una única vuelta. A las Lagunas Madre y Padre, sus hijos más devotos, porque sus nudos tenían dos vueltas, hacia la izquierda el Padre y hacia la derecha la Madre. Y así.

Felipe Ayala ha desplegado un pergamino virgen y tomado la pluma de ganso, que moja de cuando en cuando en el tintero sin perder palabra.

Uacas parientes lexano de Uachuayserca	3 bueltas
Mallquis, uacas bestido de antepazados adorador de ýdolos	4 bueltas
Uillcas, tiene dos colores diz q por q son mitad gente mitad dios…	5 bueltas

Y así hasta llegar a los nudos de nueve vueltas, que indicaban los campos de maíz en que habían nacido *choclos* de dos cabezas, y los de diez vueltas, que marcaban la presencia de las *mamas*, piedras madres que habían dado luz a las minas de oro y plata y servían de hitos para llegar hasta ellas.

Mamas, itos de piedra diz q paren oro i plata	10 bueltas

El viejo calla de pronto. Felipe Ayala levanta la cabeza. El anciano está observando el pergamino. Felipe sonríe para sus adentros, pues le gusta lucirse ante los indios que no conocen el arte de leer y escribir y le adjudican poderes de *huaca*. Siente con agrado el peso de los ojos antiguos posados en su faena mientras sigue poniendo en cifras el saber portado por el *Quipu*. Un saber que el cura va a necesitar para extirpar mejor las idolatrías que infestan la región, sobre todo la del *taqui onqoy*, la enfermedad de los indios dizque poseídos por los *huacas* antiguos, que cantan y bailan ritos paganos en su nombre y maldicen a Dios, que se ha propagado por Apcara y sus alrededores como la *caracha*. Con Albornoz han encontrado doscientos sesenta y dos santuarios, aunque se sabe que hay más escondidos. Los santuarios están ubicados a lo largo de veintiséis líneas irregulares que parten desde Apcara. Todas las líneas tienen diez *huacas*, menos dos, que tienen once. Hay cuatro *ayllus*. Cada *ayllu* tiene dos *huacamayos*, encargados de que los *huacas* estén bien servidos y no les falte nada. Con excepción del *ayllu* más antiguo, que no tiene ninguno.

Felipe Ayala escribe las últimas cifras:

262 santuarios en total	
26 lineas en total	
24 lineas	10 uacas
2 lineas	11 uacas
4 *ayllus* en total	
3 *ayllus*	2 *uacamayos*
1 *ayllu*	0 *uacamayos*

—*Preguntadle si tiene más* quipus —dice Albornoz.

Ayala traduce. El viejo no aparta la vista del pergamino, en el que Ayala hace rodar un secante. Luego, con actitud ceremoniosa, enrolla el *quipu* y lo entrega al Visitador.

—Hay más en el Gran Depósito —dice el anciano en actitud reflexiva—. A tres tiros de arco de aquí, siguiendo la ruta que va hacia el *tambo* de Chipao —se palmea las dos piernas inmovilizadas, en actitud contrita—. Yo no puedo ir con tu Señor Visitador. Pero mi aprendiz conoce el camino. Él lo acompañará.

El indio joven se dirige a la salida y espera en la puerta. Ayala traduce y el Visitador cabecea y sigue al indio joven. Ayala enrolla rápidamente el pergamino, se lo pone bajo el brazo y se levanta para darles el alcance. Pero el brazo extendido del viejo lo está señalando con el dedo apuntador vuelto hacia abajo.

—Tú no puedes ir.

Ayala, desconcertado, se detiene sobre el sitio.

—*¿Qué te ha dicho el yndio?* —pregunta el Visitador.

—*Que yo no puedo yr.*

—*¿Y por qué no?*

El anciano le habla directamente al Visitador.

—Tú eres hombre sagrado, él no. No puede entrar con sus pies manchados al Gran Depósito. Lo hemos consagrado al Señor Jesucristo.

Ayala traduce.

—*Dezidle que me servís, Ayala. Que uienes conmigo.*

Ayala traduce.

—Si él va, mi asistente no te dirá dónde está el sitio donde guardamos los *quipus*.

Ayala traduce. Albornoz se mesa las barbas. Mira a los ojos, sopesando su firmeza.

—*Esperadme aquí a que torne* —dice el Visitador a Ayala.

Cuerda secundaria: marrón grisáceo, en Z

Cuando Albornoz ha partido hacia el Gran Depósito guiado por el indio joven, el viejo le hace a Ayala el gesto de que se acerque.

—Tú eres de por aquí ¿verdad?

—No.

—Sí. Sí eres. Tu acento es de estas tierras. Y esa cara… ¿No serás pariente de los Huamán Poma, que vivían en Suntuntu?

El rubor asoma en las mejillas de Felipe.

—No sé de qué estás hablando. Yo soy Felipe Ayala, nieto de Luis de Ávalos de Ayala, gran servidor y capitán de *Su Magestad* el Rey de España —se repone—. He aprendido tu lengua solo porque me criaron las sirvientas lucanas de mi padre.

—Tranquilo. Solo quería decirte que es muy bueno que haya gente como tú, gente de aquí que habla varias lenguas y ayuda a los hombres santos que difunden la palabra de Nuestro Señor. Pero si no eres de aquí…

—No soy de aquí.

—Ah.

Silencio.

—¿Sabes? Yo quiero que tu Señor esté contento con su visita a Apcara. ¿Tú crees que está contento con nosotros?

—Sí.

—Estamos colaborando. Él se da cuenta de que queremos ayudarlo a destruir los ídolos paganos, ¿no?

—Se da cuenta.

El anciano carraspea.

—Mira, así como nosotros colaboramos con ustedes, ustedes podrían colaborar con nosotros, ¿verdad?

—¿Qué cosa quieres?

—Solo un favorcito.

—¿Qué favorcito?

—No es muy grande. Es pequeñito.

—No me hagas perder la paciencia, viejo. ¿Qué favor quieres?

—Yo soy el Hombre Que Sabe de Apcara. Siempre ando curioseando, siempre ando aprendiendo. Para gloria de Diosnuestroseñor —señala el pergamino con timidez—. ¿Me muestras de nuevo esos dibujitos tan bonitos que hiciste en ese pellejito?

Ayala duda: ¿cuenta con licencia para revelar los registros de su Señor? Pero la sonrisa infantil del viejo y el deseo de acallar sus impertinencias y evitar más preguntas le incitan a mostrárselo. ¿Qué mal podía haber en darle gusto a este pobre anciano ignorante que creía sin dobleces en Dios?, ¿que se había ganado su confianza al entregarle al padre Albornoz todos los *quipus* a su cargo?

El pergamino se adhiere a la piedra larga y pulida sobre la que ha sido desplegada, pero cediendo una tenue doble comba en ambos bordes.

—Qué bien hechecitos que son. ¿Son palabras?

—Algunos, otros no —un resabio de alarma cruza su corazón—. ¿Sabes leer?

—No. Pero los frailes que nos salvaron de las garras del demonio tenían libros abiertos de donde sacaban la palabra de Dios. Estos, por ejemplo, son palabras, ¿no?

—Sí.

—Pero estos de aquí no.

—No. Esos de ahí no.

—¿Qué son entonces?

—Números. Este es el tres. El cuatro. El cinco…

—¿Y estos que están juntos?

—Doscientos sesenta y dos. Dos seis dos.

—¿Y acá?

—Veintiséis. Dos seis.

—Nunca los había visto.

—Son números. Juntándolos puedes formar el número que quieras.

—Qué raro.

—¿Por qué?

—Para sus números los padrecitos de la iglesia de Apcara hacían dibujos diferentes.

El viejo toma el cayado de madera apoyado en uno de los brazos de su taburete. Sin levantarse, traza con la punta lentamente varios signos sobre el polvo de la tierra apisonada entre sus pies: I V X L C D M.

Por un instante, Ayala observa con el ceño fruncido sin entender. De pronto, sonríe.

—Ah sí. *Esos* números. Ya casi no los usan. Estos son mejores.

Y, sin mediar palabra, tiende un pedazo arruinado de pergamino, hunde la pluma en el tintero y tachona el pergamino de cifras, uno debajo del otro. Luego, escribe una línea horizontal al final y otra cifra.

—Esta es la suma de todas las otras —dice en tono triunfante.

El viejo balancea la cabeza, con el ceño endurecido.

—También es fácil hacer restas con los números nuevos. Y multiplicar. Y dividir. Y hacer fracciones.

El viejo cabecea con expresión concentrada. Señala donde dice '10 *huacamayos*'.

—¿Qué número es este a la izquierda?

—Diez.

—¿Qué es esto?

—El cero.

—¿El qué?

—El cero. La nada.

El viejo se vuelve hacia Ayala con sorpresa.

—Si quieres decir que no hay nada, escribes cero —insiste Ayala.

—No entiendo. Si quieres decir que no hay nada, no pones nada y ya está.

—No es así. El cero ayuda a los otros números —Ayala señala la parte del pergamino en que escribió '10 *huacas*'—. Este uno, ahora que está a la izquierda del cero, se ha vuelto diez.

Hunde la pluma en el tintero y vuelve a escribir '10', pero añade un cero a la derecha.

—Ahora se ha vuelto cien.

Escribe otro cero a la derecha.

—Ahora se ha vuelto mil.

—¿Y puedes poner cuantos ceros quieras?, ¿sin límite?

—Hasta que te canses.

El viejo se rasca la barbilla. Señala la parte en que Ayala ha escrito '0 *huacamayos*'.

—¿Y aquí? Aquí está solo, no tiene ningún número al que ayudar.

—Ah. Ahí quiere decir 'nada'.

El viejo sacude la cabeza, como si todo se le hubiera vuelto a mezclar de nuevo.

—Quiere decir —repite Ayala— que no hay ningún *hua-camayoc* sirviendo a los *huacas* en ese *ayllu*.

—Has podido dejar el espacio vacío. No poner nada.

—No, porque entonces el Señor Visitador habría pensado que era una pregunta sin respuesta. Que tú no habías sabido responder y él tenía que volver para preguntarte. El cero ahí es un cero cero. Quiere decir 'ningún *huaca*mayoc'. Quiere decir 'nadie'. Quiere decir 'nada'. Nada de nada.

El viejo reflexiona.

—Nada de nada —repite.

Sin despegar las posaderas de su taburete, se inclina levemente. Contempla fijamente los dibujos que hiciera en la tierra apisonada. Alza una pierna y, apoyándose en la otra, los deshace con el pie.

Cuerda terciaria (adosada a la secundaria): marrón grisáceo, en Z

—¿Ya se fueron? —pregunta Pedro Anco Ayllu desde su taburete.

—Acaban de cruzar los pajonales que van a Chipao con toda su comitiva —le responde Juan Usco Huaraca.

Pedro Anco Ayllu mira de reojo a su sobrino a punto de cruzar los umbrales de la virilidad, el único varón de la familia que, además de él, ha sobrevivido a la última epidemia que se ha ensañado con Apcara, sus alrededores y, según ha escuchado decir, también los territorios chancas y lucanas. Como siempre, un ramalazo de cariño lo invade al comprobar que, conforme va creciendo, aumenta el extraordinario parecido que Juancito tiene con el Ticllu. Cómo sacarías pecho, hermano, si lo vieras a tu nieto. Ha salido igualito a ti.

—¿Les diste todos los *quipus*?

—Todos los del Falso Depósito, tío. Tal como indicaste.

Pedro esboza una sonrisa amarga. En el Falso Depósito solo se hallaban *quipus* en que se mencionaba *huacas* vencidos o muertos. *Huacas* ya desprovistos de poder. Que el Visitador se entretuviera con ellos todo el tiempo que quisiera.

—Tráeme la canasta de las cuerdas vírgenes.

Juan hace una reverencia y sale a cumplir la orden.

Pedro suspira. Su mirada se pasea por cada uno de los rincones de esta casa que lo ha albergado desde su regreso a Apcara hace ya más de treinta años. En las grietas profundas de las paredes se esconde el tiempo transcurrido. Pedro se queda mirando una fisura profunda y oscura en el medio, en cuyas honduras se ocultan los primeros pasos que dio, temblorosos y frescos, sobre los poyos limítrofes de Apcara después del retorno. Evoca su recorrido emocionado por la plaza —en que no reconoció a nadie—, su desazón al llegar a sus tierras y verlas ocupadas por *mitmacuna* huayucuntus y su vergüenza al recordar que había sido porque él denunció las ceremonias subversivas que hacían a sus *huacas* prohibidos que toda su parentela y su *ayllu* fueron desplazados a tierras chachapoyas. Pero también recuerda la alegría inmensa, las lágrimas y los abrazos al encontrar, instalados en un *tupu* apartado de las tierras comunales, a su hermano Ticllu y su familia, que habían vuelto recientemente de sus desvaríos de *yana* sin Señor por las tierras del Mundo, y que lo acogieron en sus predios sin hacer preguntas.

Poco a poco, los *mitmacuna* huayucuntus y los cañaris que ahora habitaban la mayor parte de Apcara les fueron agarrando confianza a él y al Ticllu y empezaron a incluirlos en los turnos de trabajo en los terrenos comunales y, cuando estuvieron seguros de que ni él ni el Ticllu tenían la intención de reclamarles sus tierras, a invitarlos a sus fiestas y emborracharse con ellos. Incluso el nuevo *curaca*, un antiguo huayucuntu barrigón y de buen talante, le quiso hacer corralito con varias chiquillas huayucuntus recién pasadas por sus primeras sangres para que sentara cabeza, pero él se negó con amabilidad. Algunos en el pueblo empezaron a pensar que el recién regresado era un *illa* golpeado por un rayo, un *upa* sin remedio o un perturbado sin el aliento en su sitio, pues cuando no estaba cumpliendo sus turnos de trabajo se la pasaba encerrado solo en la choza que fungía de depósito, de la que salía solamente para recibir la merienda familiar que le traían sus sobrinos y para irse a dormir con el resto de la familia. Una noche unos niños se metieron a escondidas en la choza misteriosa y descubrieron con asombro dos enormes cerros de sogas. Apenas el *curaca* se enteró, fue a visitarlo, vio las montañas de *quipus* y le preguntó cómo había aprendido el arte de las cuerdas anudadas. Cuando Pedro —a quien, por iniciativa del Ticllu, todos llamaban por entonces Yunpacha— le respondió que había aprendido en la Casa del Saber del Cuzco, lo nombró de inmediato Hombre Que Sabe, le encargó el registro de los depósitos de Apcara y mandó construir una casa especial para él con el esfuerzo comunal. En ella, Pedro no solo hacía los presupuestos anuales de lo que necesitaban para sobrevivir, los conteos de lo que producían y los registros de todo lo que se guardaba. También enseñaba a los niños en la edad del espantapájaros a jugar con las cifras, a aparearlas y sustraer unas de otras en el ábaco de arcilla, a ponerlas en *quipu* y, si mostraban interés y habilidad, a urdir y descifrar los *quipus* que contaban las historias antiguas de los ancestros chancas.

Ese fue su encargo en el *ayllu* y en todo el pueblo durante las tres décadas siguientes. Siguió cumpliendo ese servicio cuando los barbudos llegaron a Apcara y se instalaron en unas tierras vecinas con la venia del *curaca*, que los recibió con amabilidad, pues no tenía nada contra ellos. Y no dejó de cumplirlo mientras tenían lugar los acontecimientos que iban destruyendo lo poco que quedaba del Mundo de las Cuatro Direcciones, de los que se iban enterando, por boca de viajeros de paso, mucho tiempo después de que habían ocurrido, como quien escucha el eco en las montañas de unos gritos que no tienen nada que decirnos. La muerte del falso Inca Tupac Huallpa por envenenamiento; el ceñimiento de la *mascapaicha* sobre la frente del jovencísimo Manco Inca, nacido en el seno de la *panaca* de Tupac Yupanqui el Resplandeciente; la guerra de Manco Inca y sus flamantes aliados los españoles contra el general Quizquiz (que nunca se rindió y fue asesinado por sus propios generales por terco); la rebelión en Tomebamba de Rumi Ñahui (aplastada con saña por los españoles, que quemaron vivo al general píllaro después de alcanzada la victoria); el cambio de corazón de Manco Inca (que se dio cuenta, demasiado tarde, que los españoles no eran sus aliados sino sus enemigos); el cerco fallido de Manco Inca a los españoles en Cuzco y en Lima; la huida de Manco Inca a las tierras escurridizas de Vilcabamba, donde murió y donde se alojaron los Incas siguientes, que renunciaron a voltear el Mundo a su favor y ya no regresaron más al Cuzco, dejando la tierra a merced de los españoles y los tres *Huacas* que los protegían, que formaban su Único Gran *Huaca*.

En un inicio los pobladores de Apcara no se alarmaron con la presencia de los españoles en las tierras contiguas. Más bien les dieron la bienvenida. Después de todo, habían doblegado a los Incas invasores que los habían oprimido. Pronto se dieron cuenta de su error. Apenas se afincaron, los españoles se apropiaron de los mejores terrenos, los dividieron sin respetar los poyos antiguos establecidos por los Incas y forzaron al *curaca* de Apcara, al de Chipao, Andamarca y Suntuntu a hacerlos producir con el trabajo de sus *ayllus*. Si no estaban contentos con el resultado —y nunca lo estaban— los españoles los castigaban con crueldad. Qué rápido se desengañaron los apcarinos de estos barbudos que supuestamente los habían liberado de los Incas opresores y que habían resultado peores que ellos, pues también los obligaban a renunciar a sus *huacas*, a sus nombres y a sus ropas, les robaban su ganado, violaban impunemente a sus mujeres y repartían a sus anchas enfermedades nunca vistas ni padecidas que los iban diezmando, sin que el Padre Huacchuyaserk'a ni el Padre Karwarasu, por más ofrendas y plegarias clandestinas que les hicieran, se atrevieran a desafiarlos.

Quizá por esto Pedro —que, cuando los hombres sagrados españoles lo obligaron a renunciar a su nombre, pidió ser bauti- zado con el del cristiano que negó tres veces a su Señor— buscó y encontró refugio aquí, en esta habitación, el único lugar en que se ha sentido siempre a salvo del desastre que devastaba su entorno. En la única actividad que le servía de consuelo, antes de que el Mal de los huesos que se tuercen le impidiera continuar. En el único objeto que justifica de alguna manera su existencia.

Toma impulso con las posaderas y se levanta de un salto. Se golpea las piernas adormiladas. Se da la vuelta. Con mucho cuidado, retira la cubierta del falso muñón de tronco de árbol en que se hallaba sentado y saca con dificultad el enorme *quipu* enrollado que se encuentra en su interior. Vuelve a poner la cubierta del taburete, se sienta y avienta el *quipu* varias veces en su delante hasta que está completamente extendido y son visibles sus quince series de cuerdas multicolores.

Pedro recorre con la vista las historias urdidas en el *quipu*, que no ha tocado en diez años y que narran su última misión como Espía del Inca: el rescate abortado de Atahualpa. En las series pares de cuerdas cuenta también la historia de su vida, desde el tiempo de su niñez en que recibió su don hasta la muerte de su mujer y de sus hijos. La historia termina con su regreso a Apcara. El color de la lana de cada cuerda alude a una persona diferente desde cuya perspectiva se cuenta la historia, un ejercicio extraño que no había visto hacer antes en ningún *quipu* y que le ha sido muy útil para ponerse mejor en el lugar de otros en el momento de narrar. Las cuerdas blancas de color oscuro entrelazadas con celeste son para Quispe Sisa, las grises teñidas de rojo para Felipillo, las doradas para Cusi Yupanqui y las marrones del color de la tierra removida para Challco Chima. Para referirse a sus propias andanzas ha utilizado hasta ahora cuerdas de dos tipos de colores. El marrón —como las plumas del polluelo del pájaro *allqamari*— para indicar los tiempos anteriores a su llegada al umbral de la virilidad y el blanco entrelazado con negro —como las plumas del pájaro *allqamari* durante la edad adulta— para hablar de su tiempo en el cénit. Las series de cuerdas impares, urdidas en Z, aluden al presente; las series de cuerdas pares, urdidas en S, al pasado.

Juan regresa, pone la canasta frente a Pedro y se va: sabe que su tío y maestro hace casi diez años que no vuelve a tocar este *quipu* y muy probablemente prefiere seguir urdiéndolo en completa soledad.

Pedro abre la tapa de pajilla trenzada. El interior está lleno hasta los bordes de cuerdas vírgenes de diferentes colores dobladas hacia la izquierda o la derecha. Reflexiona. Elige con dificultad —el dolor de las junturas de las manos es insoportable— un manojo de cuerdas de color marrón grisáceo, el del plumaje del pájaro *allqamari* cuando llega a la vejez y se prepara para morir. Se cerciora de que están en Z. Toma la primera cuerda, la dobla en dos y la ciñe en el extremo derecho de la cuerda principal. Coloca el otro extremo en el espacio al lado de su dedo gordo del pie derecho. Tensa la cuerda. Empieza a urdir el primer nudo.

Vino un Visitador
Se llevó doscientos sesenta y dos quipus
Del Falso Depósito.

Los dedos se quedan en vilo en el aire. La yema de su dedo madre izquierdo acaricia el resto de la cuerda pendiente, virgen aún. Los dedos continúan:

Trajo un nuevo signo
De parte de su Señor
Que nos matará.

Cuerda de cuarto nivel (adosada a la terciaria): marrón grisáceo, en Z

Las nubes negras que se ven en el horizonte se apoderan poco a poco del crepúsculo.

Las *ojotas* de Pedro recorren con avidez el sendero que bordea la laguna. La llovizna es una leve caricia sin pausa sobre el poncho. Hay alguno que otro charco en las hondonadas de la trocha que conduce a las faldas de la antigua loma de sus juegos infantiles. La loma en forma de teta en cuya cima se yergue la Roca del Guerrero.

Sus pies labrados por la edad saben apoyarse en las aristas húmedas de las piedras que emergen a su paso, pero le cuesta cada vez más trabajo avanzar. La pendiente se va escarpando y ahora puede tocar sin agacharse el destino de su próxima zancada. Apenas ve: la penumbra ha despachado toda secuela del paseo del Sol por el cielo.

El Sol no se pasea. Es una llama obediente y con bozal que lleva eternamente su carga, arreada por otros. Por el Otro. Del fondo del valle le llega el eco débil pero persistente de voces de niños entonando cánticos. Aguza el oído: cantan en la lengua sagrada que los curas usan en la casa de *Diosnuestroseñor*, que no entiende. Escupe al lado de su pie derecho. Seguro son los resabios de la comitiva de Albornoz, maldito sea, que debe estar alejándose por la ruta sinuosa que va a Antamarca, donde continuará desalojando a los *huacas*, desbaratando sus ofrendas, quemando sus *quipus*.

Suspira. Se aparta el sudor de la frente.

¿Qué hago ahora? Al mocoso de Suntuntu y al Cazador de *Huacas* logré engañarlos, pero pronto vendrán otros más listos que ellos, con mayores poderes. Y te descubrirán. Y te destruirán.

Empieza a trepar por la ladera.

¿Cuándo vas a cumplir con tu parte, Roca del Guerrero? Yo he cumplido con la mía. Tú eres testigo. Desde que me concediste mi don me he puesto sobre los hombros y sin chistar todos los roles que me pediste, he recibido todos los nombres que me encomendaste hasta que se volvieron parte de mí. En cumplimiento de mi compromiso contigo y sus Hijos tuve que jurar fidelidad al que decían Único. Para no despertar sospechas, traicioné la confianza de mi madre, que me mostró las ceremonias subversivas contra el Inca que ella y muchos chancas inconformes practicaban en secreto. Acallando el dolor que partía en dos mi corazón, la denuncié al Señor Chimpu Shánkutu y la represalia no se hizo esperar: todo el *ayllu* fue obligado a desplazarse a tierras chachapoyas de los bordes del Mundo, a una muerte segura. Recuerda. No fue la única vez. Cuando el Mal se llevó de un zarpazo a mi mujer y a mis hijos, quise morir con todas mis fuerzas, pero tú te presentaste en mis sueños de enfermo y me ordenaste que siguiera con vida. No puedes, me dijiste, tienes un servicio pendiente, y yo, yendo en contra de mi deseo más íntimo, me dejé sobrevivir. Como quien toma varias piedras al azar y descubre que empalman —que *alguien* las ha tallado para que empalmen—, he sabido siempre que yo era parte de un designio tuyo, aunque no podía cernir claramente en qué consistía. Pero ya sabía en el fondo de mi pepa que requeriría grandes sacrificios de mi parte.

Las nubes negras ya están aquí, interponiéndose entre los restos de luz diurna y él, disolviendo los bordes del camino, la silueta de las cosas. Se empina. Alcanza a divisar en la cima el bulto vestido de la Roca del Guerrero, en que rebotan los últimos retazos de luz de la jornada. Siente una opresión en el antebrazo izquierdo. Se aparta de nuevo el sudor de la frente, extrañamente frío. Sigue trepando.

¿Acaso protesté, acaso me rebelé? No, lo que no me destruyó me hizo hombre. Pisé la tierra, me levanté de nuevo. Junté aliento, sabiendo oscuramente que me preparaba para servirte aunque no supiera en qué consistiría mi servicio. Y cuando llegó aquel infortunado mensajero de Cusi Yupanqui, mi doble, mi compañero de *yanantin*, requiriendo mi presencia en Cajamarca para emprender el rescate de Atahualpa ¿quité el cuerpo acaso? No, respondí a tu llamado y, a pesar de mi pepa cansada, acudí de inmediato. Me volví a poner mi traje manchado de Espía del Inca. Me mantuve alerta del sentido en que soplaba tu voluntad.

¿Cuándo supe mi rol, cuándo me fue revelado? ¿Fue acaso aquel día que guardé en el Cuarto Depósito de prendas del Inca el traje de murciélago que el Mocho manchó con la sangre gratuita de su fiel Portavoz? ¿Después de alguno de los encuentros que tuve con el desgraciado chiquillo manteño que me servía de informante, que abrían mis recuerdos de Salango y les echaban sal? ¿Acaso después de escuchar de labios del Ticllu la historia de lo que ocurrió con nuestro pueblo, nuestros padres, nuestras tierras, de lo que ocurrió con Anccu, y darme cuenta (aunque esa es otra mentira, yo ya lo sabía antes que me lo contara mi hermano) que todo había sido por mi culpa? ¿O después de ver en la mañana al Mocho presenciando con displicencia las torturas infligidas a Challco Chima, el general de generales que le había ganado sus batallas, y luego verlo en la tarde lloriqueándole a Pizarro porque le habían manchado su *aclla* favorita? ¿O fue todo junto?

No lo sé, pero cuando me fue revelado que el Mundo estaba maduro para voltearse, que el Tiempo del Sol había terminado sobre la tierra, ¿me tembló el pulso? No, fui tu brazo, me hice verdugo por ti. Dejé que se apagara la mecha inútil del Mocho, que se quebrara en pedazos el Mundo caduco de las Cuatro Direcciones. ¿Para qué?, ¿para que la luz gastada dEl Que Todo lo Ilumina fuera reemplazada por la del nuevo Huiracocha, esa maldita Matriz Creadora de Españoles que solo vela por ellos mientras que a nosotros nos exprime los jugos? ¡¿Cuándo vas a retomar tu forma humana y alzarte contra Él?! ¡¿Cuándo vas a convocar a tus hermanos e instaurar con ellos el Tiempo de los *Pururaucas*, de los Guerreros de Piedra que anunciaban nuestros antepasados?! ¡¿Cuándo vas a empujar a los barbudos hasta las orillas de la Gran Mama Cocha y botarlos de aquí?!

Una mano invisible se introduce en su pecho, separa su carne y aprieta su corazón como si quisiera exprimirlo. El dolor se extiende velozmente por el cuello, la mandíbula y la espalda. La presión en el antebrazo izquierdo se vuelve insoportable. Una grieta de luz parte el cielo en dos y desaparece. Casi de inmediato, se oye el estruendo del tambor con que Illapa anuncia su llegada.

El tiempo óptimo de tu revuelta ya pasó, Roca del Guerrero. Diosnuestroseñor, el nuevo gran *huaca*, ya lo sabe todo, no lo tomarás por sorpresa. Está de pie, vestido con su traje y su sombrero de hierro, escoltado por todos sus ángeles y sus santos armados hasta los dientes, listo para enfrentarte a ti, a tus *huacas* aliados y a todos tus Guerreros. Me ha enviado Su señal, la cifra nueva con que ha atrapado la nada. La nada. El tiempo entre la muerte de un dios y el nacimiento de otro en que todo y nada puede suceder. El tiempo en que tuviste tu oportunidad y la perdiste. Se llama cero. Tiene forma de Sol vacío, forma de eclipse. Si doblegué al Sol y dejé de él solo los bordes como a una eclipse perpetua, está diciendo carcajeándose, ¿crees que unos *Pururaucas* miserables y unos *huaquitas* miedosos tienen alguna chance contra Mí? Nada. La victoria contra el Sol no es nada para Él. Trae cuantos Guerreros, *huacas* y *huillcas* quieras, está diciendo, después de la Gran Batalla decisiva me verás siempre vencedor, el Mundo se volteará siempre de Mi lado.

Illapa lanza desde las nubes sus primeras ocho, treinta y dos, doscientas cincuenta y seis flechas de agua, que le van adhiriendo la ropa al cuerpo como con savia de maguey, y Pedro puede sentir el creciente escalofrío apoderándose de un veintisieteavo, dos veintisieteavos, tres cincuentaitresavos de su cuerpo. Aparta el dolor que ahora consume todo su cuerpo e intenta divisar la cresta del monte cuesta arriba en que le espera la Roca del Guerrero, pero las flechas de agua intentan perforarle los ojos y

Pedro debe cubrírselos, sin saber si es la orina ardiente del Illapa, su propio sudor o sus propias lágrimas lo que recorre sus mejillas.

Eso no es todo. Prepárate, Guerrero. Huiracocha no envía uno sino dos ejércitos contra ti. El del Cero de la Izquierda y el de los Ceros de la Derecha. Cuando lo miras por primera vez, el ejército de Ceros de la Derecha parece más poderoso, pues ayuda a las cifras que están a su izquierda a saber lo que son. Mira su 70, por ejemplo. Gracias al cero a su derecha, el siete sabe que no es solo siete sino diez veces siete. Mira su 14009. El nueve sabe que es nueve. Pero, si no fuera por los ceros a su derecha, el cuatro creería que solo es cuarenta cuando, gracias a los ceros, puede darse cuenta que es cien veces cuarenta. El uno creería que es cien y no cien veces cien. Nuestros *quipus* saben hacer lo mismo, me dirás, y sin necesidad de ningún signo divino. Les basta con dejar un espacio sin nudos en la posición que corresponde para que cada cifra de arriba conozca su verdadero poder. Es cierto. Pero tú no has visto cómo los nuevos dibujos en que ciñen a los números, con el apoyo de sus ejércitos de Ceros a la Derecha, les permiten sumar, sustraer, cruzar y repartir números con cruel exactitud, en menos del tiempo que tarda el eco en retornar y sin ayuda de ábaco. ¿De qué servirá ahora el poder que me diste si un cualquiera como el ayudante del Cazador de *Huacas* puede emularlo con solo pluma, tinta y saliva?

Resbala sobre la tierra escarpada, en la que corre en su delante un espeso río de lodo, y cae sobre las palmas de sus manos. Se sobrepone al dolor en el pecho, a la rigidez que se ha apoderado de su espalda. Haciendo un esfuerzo supremo se incorpora de nuevo, se sacude las tobilleras de fango y sigue trepando.

Pero el poder de los Ceros de la Derecha no es nada comparado con el del Cero a la izquierda, del cero con que designan a su número vacío. Cuando añades y sustraes, todo es fácil. Si a cualquier número le sumas cero, es igual al mismo número. Si a cualquier número le restas cero, es igual al mismo número. Pero, ¿qué pasa cuando lo cruzas con cualquier otro número? ¿Cuánto es ocho veces nada? ¿Cuál es la diferencia entre ocho veces nada y un millón de veces nada?

Nuevo resbalón y nueva caída, esta vez de espaldas. Las agujas de agua que se le meten por la nariz no lo dejan respirar. O quizá es su pecho, convertido en un nudo de carne cuyos cabos fuerzas ocultas estiran desde todos los puntos de su cuerpo.

Pudimos contra sus caballos. Ya nadie les teme y algunos nacidos aquí han aprendido a montarlos mejor que Sus hijos españoles. Pudimos contra el hierro. Nuestros plateros estudiaron el nuevo metal duro y ahora saben fabricarlo con pureza, y nosotros cortar con él. Pudimos contra la pólvora. Conocemos ahora los secretos de sus armas y, aunque nos está prohibido usarlas, tenemos la potencia de hacerlo cuando llegue el momento. Por mucho tiempo creí que se trataba de un dios poderoso, pero inferior. Lo demostraba el sistema numérico rudimentario, inoperante, que usaban en sus cuentas.

¿Pero qué quieres que hagamos con el nuevo signo mordaz que ahora nos envía, en que anuncia con desdén que, en su lucha contra ti, también tendrá al Demonio como aliado? ¿Qué haremos contra este su signo nuevo que, como el Anfitrión del Infierno, tiene doble faz? ¿Contra este cero luminoso y oscuro, generoso y egoísta, voraz y en ayuno perpetuo?

Cierra los ojos.

¿Por qué no me respondes? ¿Te has acobardado acaso? ¿Se te ha ido el aire y ya no te atreves a enfrentárteLe? ¿O será que solo eres una simple roca sin aliento?, ¿que jamás recibí de ti don alguno?, ¿que recibí mi don de otro *huaca* disfrazado de ti?, ¿que no recibí mi don de nadie y todo fue una visión falsa que me engañó toda mi vida?

Suspira. Levanta su brazo derecho para protegerse de la lluvia que le cae en el rostro, que se empoza en los bordes de sus párpados y vuelve la cabeza de lado para drenarlos. Abre los ojos de nuevo. Hay veintiocho mil trescientos veintidós gotas cayendo eternamente a su alrededor, una cifra que, observa con tristeza maravillada, es igual a varios números solitarios multiplicados entre sí: dos por siete por siete por diecisiete por diecisiete. Da las encarecidas gracias a los amigos abrazados diciéndole adiós. Una extraña calma se apodera de su pepa. Liberada de sus compromisos de servicio con el Mundo, su facultad de contar de un vistazo se desborda voluptuosamente en todos los objetos que su mirada desfalleciente encuentra a su paso, contando con avidez sin límite y con íntimo placer los cincuenta y dos —ahora cuarenta y siete, ahora treinta y cuatro— copos de nubes negras que se apachurran en el cielo estrujadas por el Illapa, las treinta y cuatro mil setecientos quince hojas de árboles que se estremecen al viento a quinientos dos ritmos diferentes, de las cuales ochocientas veintiuna están cayendo al suelo *en este mismo instante*, las ciento siete —ahora ciento dos, ahora noventa y cinco— variedades de gris que anegan el cielo, cerniendo sin querer a la velocidad del nuevo rayo que acaba de partir el horizonte en dos las proporciones cambiantes entre los tamaños de las cosas, que se han vestido de fiesta para despedirse mejor.

Cuerda de quinto nivel (adosada a la cuarta): blanca, en Z, hecha de cabello humano

Cuando pasaron los días y Pedro no regresaba de su paseo, Juan Usco Huaraca le avisó a Juan Antay de la desaparición de su tío abuelo y maestro y el *curaca* de Apcara organizó la búsqueda. La cuadrilla de hombres en edad productiva de los *ayllus* de Apcara de Arriba y Abajo no tomó mucho tiempo en encontrar su cadáver: a pesar de la prohibición española de seguir adorando a los *huacas*, Pedro Anco Ayllu seguía haciendo ofrendas con frecuencia a la Roca del Guerrero, el *Pururauca* que esperaba eternamente que se volteara el Mundo en favor de los *huacas* de tierras chancas y lucanas y se acabara el sometimiento de sus hijos al Inca. Así, a nadie sorprendió que lo hallaran boca arriba a mitad de la lomada (aunque sí que tuviera los ojos abiertos).

Cuando Pedro había regresado a instalarse de nuevo en el pueblo más de treinta años atrás, nadie en la comunidad entendía la terca fidelidad del Sabio a ese *huaca* mudo y sin poder. Al fin y al cabo, el Mundo acababa de voltearse contra el Sol y los que se llamaban sus hijos y un nuevo *Gran Huaca* se había sentado en su lugar con sus hijos barbudos y el futuro parecía despejado de nubes para los chancas.

Poco a poco, conforme se fueron dando cuenta de que la plaga española era aún peor que la plaga inca, le fueron dando la razón. A medida que la opresión de los nuevos Señores se fue mostrando y haciendo insoportable, ellos también empezaron a frecuentar no solo al Guerrero sino también a los *huacas* de los alrededores, a cantar y bailar hasta ser uno con ellos en el *taqui onqoy*, vuelvan y empujen la Nueva Vuelta del Mundo, Padrecitos, diciendo, arrinconen al *Gran Huaca* de ellos en las orillas de la Gran *Cocha*, hagan que se regrese volando a su país en compañía de todos sus hijos y caduquen y se despeguen de nosotros los trajes, oraciones y costumbres que nos enseñaron. De poco les duró. El anuncio de la llegada a Apcara del cura Albornoz, que, se decía, castigaba con dureza a los que habían participado en el *taqui onqoy*, sembró el pánico entre los habitantes del pueblo y muchos abandonaron sus visitas a los *huacas* y se hicieron los desentendidos. No Pedro, que siguió visitando a la Roca del Guerrero hasta que lo halló la muerte.

Mientras se realiza la construcción de la pequeña torre funeraria que el *curaca* ha ordenado en su honor —Pedro ha sido el Hombre que Sabe de Apcara por más de treinta años y a Juan Antay aún le remuerde haberlo acusado con Albornoz—, su sobrino y discípulo quema sus ropas y sus pertenencias y prepara el cuerpo sin aliento vital para su Viaje. Ha mandado hacer unas sandalias de suela espesa —¿serán ásperas las piedras del camino en la Vida Nueva?—, una flamante camiseta bordada y un tocado con plumas de colores vivos mezcladas con plumas de halcón, el pájaro chanca que nos vincula con los ancestros. Ha juntado maíz y coca frescos y abundante chicha en vasijas para que no pase hambre ni sed en su periplo, así como siete conchas rojas gigantes de *mullu*, la ofrenda favorita de su tío abuelo y maestro en sus pagos a los *huacas*, que pocos usan por estas tierras apartadas de la Gran Cocha y de las costas del norte, de donde las mandan traer. No ha olvidado el *huicullo* que Pedro tenía siempre en la bolsa, ese cogollo de maguey del que no se apartaba ni para mear y que, decía el maestro, había pertenecido en el otrora a Oscollo Huaraca. «El verdadero», se apresuraba a añadir Pedro en aquellas raras ocasiones en que se pasaba de vasos de chicha con su sobrino y le contaba de su juventud, de aquel extraño pasado en que había tenido cuatro lenguas, siete roles y cinco nombres, uno de ellos despojado al hijo de su Señor, que tuvo que morir en su lugar.

—Ese Señor se llamaba Usco Huaraca y es para que tengas sus mismas habilidades que le pedí a tus padres que te pusieran su nombre cuando cruzaste el umbral de la virilidad.

Estas confidencias eran la excepción, pues a Pedro Anco *Ayllu*, que compartía sin diques su saber inagotable sobre las cuentas y las historias del Mundo volteado, no le gustaba hablar de sí mismo. Por ello, grande fue la sorpresa de Juan cuando Pedro, al final de su larga instrucción en el arte de las cuerdas y sus nudos, le contó del enorme *quipu* secreto en el que se había pasado trabajando durante los últimos treinta años, en el que recapitulaba su existencia hasta antes de su regreso a Apcara. Y grande su estupefacción cuando, siguiendo una extraña corazonada, fue esta mañana a cernir las últimas cuerdas tramadas por su tío abuelo y descubrió que narraban, con siniestro detalle, su propia muerte.

Cuando la *chullpa* está lista, Juan Usco Huaraca va a la casa en que las *mamachas* acaban de vestir al cuerpo y están a punto de amortajarlo. Contempla las facciones plácidas del hombre que le ha enseñado todo lo que sabe. Hunde las manos en la larga y frondosa cabellera blanca, separando los mechones para acariciarlos mejor. A su pepa acuden los recuerdos en que este hombre aparece en su vida, que se disputan su atención. Uno de ellos se desprende del manojo. Es la lección inicial en el arte de las cuerdas y sus nudos, a la que asisten los hijos de los *runacuna* de Apcara en la edad del espantapájaros, sin distinción de jerarquía, y que se le ha quedado burilada para siempre en el corazón. El maestro está diciendo que los *quipus* no solo sirven para registrar las cuentas y los presupuestos sino también los calendarios de la siembra y la cosecha, las ofrendas a los *huacas*, las canciones sagradas, las historias antiguas y recientes y cualquier cosa del Mundo regida por turnos. Está hablando de los colores que deben utilizarse en la confección —siempre colores naturales— y los materiales, lana de alpaca o de algodón —si están a mano—, y madera, cáñamo, metal y pelo humano si no se hallan disponibles o quiere marcarse el contenido como de importancia singular.

Un rayo de luz surge en su aliento.

—Déjenme un momento a solas con él.

Las *mamachas* salen en silencio. Juan saca un cuchillo de piedra de la bolsa. Con cuidado, hace una leve reverencia y secciona una gruesa mecha de la nuca, donde los cabellos son mucho más largos. La separa en dos grupos de mechones delgados. Los hace girar sobre sí mismos hasta que se hacen compactos. Entrelaza uno con el otro. Empieza a tramar los primeros nudos de la cuerda que engarzará al final del *quipu* gigantesco, que entumbará con el resto de su ajuar en la *chullpa*, para que el maestro lo continúe en su Vida Siguiente.

Cuando pasaron los días y Pedro no regresaba de su paseo, Juan Usco Huaraca le avisó a Juan Antay de la desaparición de su tío abuelo y maestro y el *curaca* de Apcara organizó la búsqueda…

Un *quipu* gigante hallado en una *chullpa* (M373)

Umberto Miccelli
Universidad de Bolonia

En julio de 2008, en circunstancias un tanto fortuitas, fue hallada en la localidad de Aucará (provincia de Lucanas, departamento de Ayacucho, Perú) una *chullpa* —una torre funeraria prehispánica— de estructura circular. Esta, de 155cm de alto y 325cm de diámetro, ha sido construida de adobe, paja y piedra y se encuentra en buen estado de conservación[1]. En su interior había:

a) una momia recubierta de algodón en posición fetal bastante deteriorada,

b) veinticuatro vasijas de cerámica con motivos figurativos del puma y del halcón, con restos de mazorcas de maíz,

c) siete conchas marinas *Spondylus* de color rojo y de gran tamaño,

d) una bolsa de lana con hojas de coca completamente desintegradas y un pequeño cogollo de maguey petrificado, y,

e) una bolsa de piel de venado con un *quipu* de extraordinarias dimensiones enrollado en su interior, en perfecto estado, al que hemos denominado M373, siguiendo nuestra detallada enumeración y clasificación de todos los *quipus* existentes y accesibles a los investigadores (véase Miccelli 2009).

Como se sabe, la presencia de los motivos del halcón y del puma son comunes en la cerámica del grupo étnico chanca (González Carré 1992: capítulo 3), si bien su complejidad

---

1   Unos pobladores de la localidad realizaban trabajos de excavación y desbroce de acequias en unos terrenos aledaños cuando hallaron una antigua torre sepultada. Una vez realizados los trabajos de limpieza, que nos tocó dirigir, descubrimos que se trataba de una *chullpa* e hicimos el inventario resumido de lo que contenía, que trascendió, por su evidente importancia, a la prensa local, y que consignamos aquí con mucho más detalle. Véanse «El Comercio», 16/10/08, «Descubren *quipu* gigante en Ayacucho», p. A1, A18 y «La República», 17/10/08, «Hallazgo de *quipu* gigante desafía a arqueólogos», pp. 3-4 y 18/10/08, pp. 12-15.

figurativa y abstracta hace suponer cierta influencia incaica colonial (Cummins 2004: pp.177-204). Por otra parte, las conchas marinas *Spondylus* eran utilizadas con fines ceremoniales en toda la región andina, especialmente las de color rojo, que eran las más solicitadas y difíciles de conseguir (Blower 1996: capítulo 6). Con excepción del cogollo de maguey, cuya presencia llama la atención pues no tiene precedentes conocidos por nosotros, los objetos al interior de la *chullpa* son típicos de un ajuar funerario andino en los siglos XVI y XVII (Miccelli 2005: pp. 17-20 y capítulo 4).

El estudio radiológico correspondiente concluyó que la momia, que viste un tocado de plumas de colores y un atuendo de lana fina, pertenece a un individuo de género masculino de edad muy avanzada fallecido entre los años 1535 y 1600, rango de fechas confirmado por el análisis químico de la bolsa con los restos de hojas de coca y de la bolsa de piel de venado que albergaba el *quipu* M373.

Cabe mencionar que la larga cabellera del individuo, completamente cana, carece de un grueso mechón a la altura de la nuca[2].

El *quipu* M373

El *quipu* M373 tiene las siguientes características, algunas de las cuales llaman la atención:

(1) La cuerda transversal u horizontal es de 315 cm de longitud. De ella penden 59 cuerdas colgantes, agrupadas en 16 series por medio de canutos multicolores situados inmediatamente debajo de la transversal, que separan cada serie de las que la rodean.

(2) Las longitudes de las colgantes varían entre 29 y 88cm y de ellas penden cuerdas subsidiarias de segundo nivel (adosadas a las colgantes), tercero (adosadas a las de segundo nivel), cuarto (adosadas a las de tercer nivel), quinto (adosadas a las de cuarto nivel) y sexto nivel (adosadas a las de quinto nivel). Esto es

---

2   Un nuevo estudio radiológico realizado cuando este artículo se hallaba en prensa reveló que este mechón fue utilizado para confeccionar la última cuerda de M373.

inusual: en nuestra base de datos de los *quipus* existentes solo hemos hallado como máximo cuerdas de tercer nivel.

Es necesario mencionar además que en la serie de cuerdas número 13 —a partir del pequeño lazo que indica el inicio del *quipu*— la distancia entre la cuerda transversal y el extremo inferior de la cuerda de sexto nivel es de 420cm, lo que técnicamente convierte a este *quipu* en el más largo reportado hasta ahora.

(3) En la serie de cuerdas número 14 hay un *quipu* pequeño incrustado a la colgante principal, aparentemente de factura mucho más antigua que el *quipu* gigante al que hacemos referencia.

(4) La última cuerda de la serie de cuerdas número 16 es de cabello humano. Este es un rasgo excepcional. Si bien el investigador italiano Radicati de Primeglio formuló la posibilidad de que hubiera *quipus* confeccionados a base de cáñamo, pelo de venado e incluso de metal (Radicati 1990: p. 89), la casi totalidad de los casi 500 *quipus* reportados hasta ahora son de algodón o lana. El único *quipu* confeccionado con cabello humano del que tenemos noticia es el descrito por Hugo Pereyra (Pereyra 1997: p. 194). Como él, creemos que lo inusual de la materia con que ha sido manufacturada indica que esta cuerda «debe guardar información importante» (Pereyra 1997: 194).

(5) Las series de cuerdas impares están tramadas en el sentido Z. Las series de cuerdas pares están tramadas en el sentido S.

(6) Las cuerdas tienen en su mayoría nudos de 5 a 9 vueltas, pero hay muchas con nudos de 10, 11, 12 y 13 vueltas.

Esto último sugiere que por lo menos parte de este *quipu* no es de carácter numérico. Expliquémonos.

Los *quipus* numéricos o de contabilidad

Tal como fuera descubierto por Locke (1990 [1923]) y analizado en detalle por Ascher y Ascher (1997), el sistema de registro numérico de los *quipus* incaicos es de base decimal.

El sistema posicional de base diez es el sistema numérico en el que solo puede haber dígitos del 1 al 9, y en el que cada posición consecutiva hacia la izquierda —o hacia la derecha, esto no es relevante— se multiplica por 10. Dado el número 3502, por ejemplo, tenemos (3 x 1000) + (5 x 100) + (0 x 10) + (2 x 1).

El sistema de base decimal es el que utilizamos hoy en día en todo el mundo occidental. Es por la cercanía cultural que tenemos con él que nos es difícil tomar conciencia de que al utilizarlo estamos aplicando reglas muy sofisticadas y de lo extraordinario que resulta el hecho de que los incas lo hayan conocido y aplicado en sus *quipus* de carácter numérico.

Para darnos una idea de lo extraño que puede ser este sistema para quien no lo conoce, recuérdese que en la misma época de la conquista española, inicios del siglo XVI, en todo el Occidente europeo el sistema de notación numérica más común era el de los números romanos, bastante impráctico para realizar cálculos aritméticos. Es quizá por la poca familiaridad que tenían con el sistema de base decimal que los cronistas consideraron al *quipu* un instrumento del demonio y ordenaron su destrucción masiva en el Concilio de Lima de 1583 (Vargas Ugarte 1959).

Ascher y Ascher (1997: pp. 29-35) muestran cómo a cada vuelta de nudo corresponde una unidad. Es decir que si un nudo tiene 9 vueltas la información que vehicula es '9'. Si se trata de un *quipu* numérico —censal, por ejemplo— este 9 debe ser multiplicado por 1, por 10, por 100 o por 1000 dependiendo de su posición en la cuerda.

Tal como hemos señalado, el *quipu* M373 tiene muchos nudos de 10, 11, 12 y 13 vueltas, lo que lo hace incompatible con el sistema decimal. También es incompatible con la hipótesis de que se trata de un *quipu* numérico la irregular disposición de los nudos, que indica que no se les ha adjudicado un valor posicional. Finalmente, las cuerdas tienen un cromatismo de una exuberancia extraordinaria. La regularidad en que se combinan sus colores hace difícil pensar que cumplan un fin puramente ornamental.

Por lo expuesto anteriormente, es razonable concluir que nos hallamos ante un *quipu* con información no numérica.

El cromatismo en los *quipus* no numéricos

¿Existían pautas para descifrar la información trasmitida en los colores en los *quipus* no numéricos?

Antes de contestar a esta pregunta, sería conveniente recordar cómo se codificaba la información en los *quipus* de carácter numérico. El Inca Garcilaso nos proporciona en este sentido información muy valiosa.

«Según el color deducían lo que significaba cada hilo; así el amarillento, oro; el blanco, plata; el rojo, gente de guerra, etc.

«Las cosas que no tenían interpretación en los colores iban puestas según un orden conocido, empezando por las de más calidad y siguiendo las de menos; cada cosa en su género, como en las mieses y legumbres. Pongamos como comparación las de España: primero el trigo, luego, cebada, garbanzo, haba, mijo, etc. Y así también cuando daban cuenta de las armas: primero ponían las que tenían por más nobles, como lanzas, luego dardos, arcos y flechas; porras, hachas, hondas y las demás armas que tenían. Hablando de los vasallos, daban cuenta de los vecinos de cada pueblo, y luego juntos los de cada provincia. En el primer hilo ponían los viejos de 60 años para arriba; en el segundo, los maduros de 50 arriba y el tercero contenía los de 40; y así de 10 en 10 años hasta los niños de pecho. En el mismo orden contaban las mujeres por edades.

«Algunos de estos hilos tenían otros hilillos delgados del mismo color, como hijuelas [añadidos], o excepciones de aquellas reglas generales, como si dijéramos en los hilos de hombres o mujeres de tal edad, que se deseaba agregar que eran casados; los hilillos significaban el número de los viudos o viudas que de aquella edad había aquel año; pues estas cuentas eran anuales y no daban razón sino de un solo año». (Garcilaso 1609-1617 [1976], Libro VI, cap. 8)

Un ejemplo interesante de este modo de codificar es un *quipu* presentado en 1561 por los señores Hatun Xauxa a la Audiencia de Los Reyes, como parte de un largo reclamo. Los *quipucamayos* leyeron la información contenida en sus nudos y la traducción fue transcrita por los escribanos de la Audiencia, sin que hubiera ningún inconveniente en aceptarla como parte de la evidencia del pleito (ver Espinoza 1971).

Este *quipu* registra con extraordinario detalle lo entregado por la comunidad hatunxauxina a los españoles y a los incas, de manera voluntaria o a la fuerza, a lo largo de los 15 años posteriores a la muerte de Atahualpa. Se registran en perfecto orden 19 eventos muy concretos, desde el paso de Francisco Pizarro por los *tambos* de Xauxa en 1533 hasta el del pacificador La Gasca con el ejército real en 1548.

John Murra ha propuesto un análisis de las etno-categorías subyacentes a la lista de lo entregado a los sucesivos invasores (Murra 1975), que es bastante ilustrativo de la manera cómo los incas categorizaban. Veamos un par de ejemplos de esto.

La categoría II, correspondiente a las cuerdas 3, 4 y 5 del *quipu*, trata de los auquénidos que, según Murra, parece formar parte, conjuntamente con la primera, de una etno-categoría mayor: la de los seres vivientes. El *quipu* enumera sucesivamente, las «obejas de la tierra» —llamas, pacos, guanacos o vicuñas; auquénidos de carga en general—, los «carneros para su comida» y finalmente las «obejas, carneros y pacos rancheados». «Rancheados» quiere decir «tomados por la fuerza».

Por otra parte, la categoría IV —cuerdas 9 a 14— presenta los alimentos básicos —maíz, quinua y papa, en ese orden de importancia— y lo que ha sido rancheado de cada uno de estos productos.

Aunque no contamos con la descripción del *quipu* numérico transcrito que dio lugar al memorial, no es difícil imaginar las correspondencias entre su contenido concreto y los colores, señalada por Garcilaso, y que debe ser básicamente la misma en todos los otros *quipus* de carácter numérico, tal como puede colegirse de descripciones de numerosos *quipus* de este tipo. Esto es, la correspondencia entre una categoría nominal —representada mediante una combinación particular de hilos de colores— con una categoría numérica —representada por la cifra indicada mediante los nudos.

Pero ¿tienen los *quipus* no numéricos este mismo tipo de correspondencia entre los colores y la información?, ¿obedecen a la misma manera de codificar que los *quipus* numéricos?

M373: Un *quipu* no numérico complejo

Prácticamente desde que fueran descubiertos por los cronistas españoles, se decía que existían *quipus* con información no numérica. Esto se prestó a muchas interpretaciones fantásticas. Una de ellas era que el de los *quipus* era un sistema de escritura alfabética, es decir que por medio de la combinación de nudos y colores se podía formar las diferentes letras de un alfabeto. Dicha interpretación fue formulada por el padre Acosta (1590 [1894], t.II: p.164), quien recibió en confesión a una india que «leyó» en un *quipu* la interminable lista de sus pecados cometidos desde la infancia, y dedujo arbitrariamente la existencia de un alfabeto.

La hipótesis de la escritura alfabética generó una abundante literatura, alguna de ella bastante pintoresca. Raimondo di Sangro, príncipe de Sansevero, por ejemplo, la defendió basándose en un supuesto alfabeto de sonidos cuyos dibujos pueden verse en un delirante libro titulado *Lettera Apologetica dell'Esercitato accademico de la Crusca* (Sansevero 1750) que se inspira, según él, en los escritos del jesuita Blas Valera. Este alfabeto se transcribe tal cual en la *Historia et Rudimenta Linguae Piruanorum*, uno de los controvertidos documentos «hallados» en Nápoles (Minelli, Miccinelli y Animato 1995) supuestamente escrito por el sacerdote jesuita, y cuya autenticidad ha sido cuestionada con fundamentos bastante sólidos por el historiador Juan Carlos Estenssoro (1997). En lo que respecta al supuesto alfabeto, basta compararlo con cualquier *quipu* auténtico para darse cuenta de que es el producto de la imaginación.

Sin embargo, no cabe duda alguna de que algunos *quipus* eran utilizados para trasmitir información de carácter histórico, como las genealogías, los eventos considerados de importancia e inclusive las costumbres.

En 1542, el gobernador Vaca de Castro ordenó la transcripción de las declaraciones de los *quipucamayos* —personas encargadas de tramar y descifrar *quipus*— Collapiña, Supno y otros dos cuyos nombres se desconoce, publicadas bajo el nombre de *Relación de los quipucamayos Collapiña y Supno* (ver Collapiña [1973]). Aunque es difícil separar lo dictado en quechua por los *quipucamayos* de lo que agregaron de su propia cosecha los transcriptores Juan de Betanzos y Francisco Villacastín, el texto presenta información que, por su naturaleza, solo puede atribuirse a los *quipucamayos*. En el relato se afirma, por ejemplo, que Huáscar fue inca por un periodo de dos años y cuatro meses y que el tiempo total de duración del imperio incaico fue de 470 años; se narran además una serie de hechos históricos —como las acciones de Paullo Inca en favor de los españoles— y de costumbres con tal orden y grado de detalle que es difícil adjudicarlos exclusivamente a la buena memoria de los *quipucamayos*[3].

Por otra parte, Anello Oliva (1631 [1998]) dice haber conocido en 1631 al *quipucamayoc* Catari, cacique de Cochabamba, «cronista que fue de los Incas y lo fueron sus Padres» (Oliva 1631 [1998]: p. 42), poseedor, según Oliva, de *quipus* con viejas

---

3   Véase, por ejemplo, la descripción del proceso de selección de las mujeres del inca. «La mujer que se aplicaba para mujer legítima del inga, la tenían muy recogida en la casa y recogimiento de las *mamaconas*, hasta que tenían edad y la abajaba la regla natural de las mujeres, y el día que la abajaba a la primera conjunción de la Luna, la ponían en ceremonias, que la encerraban con algunas *mamaconas*, parientes mas cercanas del inga, que la tenían en compañía hasta ver la luna nueva de otra conjunción, no la dejando ver Sol ni Luna ni ánima viviente mas que tenía en su compañía y los treinta días que la tal ñusta estaba inclusa y encerrada, no la dejaban comer ni gustar sal ni ají, mas de un poco de maíz blanco mal cocido, ni de beber mas de agua fría; y habiendo cumplido la orden de los treinta días a manera de ayuno y penitencia, el día siguiente, al cuarto de la Luna al cuarto del alba, antes del día, la sacaban de donde había estado y la llevaban a la fuente de Curicancha, ques la fuente del huerto que al presente es en el convento de Sto. Domingo en esta ciudad del Cusco, acompañada de los mas principales ingas y parientes suyos, y en aquella agua fría de la fuente la bañan el cuerpo y la visten de una vestidura y ropa de color blanca y colorada que para el efecto llevan; y llegado ella al al inga, le hace su acatamiento con mucha humildad y el inga la recibe con mucho amor, llevantando los ojos dando gracias al Sol juntamente con sus sacerdotes, y llevantándose el inga de su asiento, la calzaba unas «ojotas» muy pulidas, ceremonialmente; y estando ella calzada de mano del inga, toma el inga en la mano dos vasos pequeños de oro de «chicha», y alzando los ojos al cielo, los vierte en el suelo ofreciendo el uno al Sol y el otro a Guanacaure que era la «guaca» de los ingas. Y al inga y nueva *Coya* les ponen en las manos y en la cabeza dos plumitas de pilco. Tras esto traen dos corderos blancos sin ninguna mancha, y el uno de los sacerdotes toma los corderos, y abriéndoles por un lado, les sacan el corazón y le ofrece al Sol y a Guanacaure, guaca de los ingas. Toman luego los corderos y todas las plumas que cada uno tenía en las manos, amontonándolas sobre los corderos y con muchas pláticas de oración que les hace decir a todo el pueblo, ponen fuego al monton de los corderos y plumas en sacrificio al Sol y a Guanacaure, por el bien y vida largos años del inga y coya con buenos subcesos; y de allí en adelante le dan nuevo nombre del que antes tenia, que era ñusta, legitimando mujer e hijos. Y los hijos que procedían de aquestas mujeres ligítimas fueron herederos y subcesores ingas del reino, y a estos respetaban todos los del reino como a ligítimo Señor» (Collapiña 1974)

tradiciones históricas que el autor dice en varias oportunidades estar utilizando como referencia.

Por último, tenemos el valioso testimonio del Inca Garcilaso de la Vega, quien afirmó saber tanto de los *quipus* como los indios[4]. El cronista mestizo se refirió a los *quipus* como «cuentas», y al *quipu*camayo como «contador» o «el que tiene a su cargo las cuentas», y proporcionó una detenida descripción de cómo funcionaban los *quipus* de carácter numérico (Garcilaso 1609-1617 [1976], Libro VI, caps. 8 y 9), que no ha sido contradicha por los sofisticados estudios de Ascher (1990), Ascher y Ascher (1997) y Gary Urton (2003). Sin embargo, Garcilaso señaló también la existencia de *quipus* que servían exclusivamente como instrumento mnemotécnico, es decir como una especie de ayuda memoria para recordar hechos, leyes, ritos y ceremonias. Y no dudó en referirse a los *quipucamayos* también como «escribanos» e «historiadores» (Garcilaso 1976 [1609]: Libro VI, cap.9, p. 26).

El cronista peruano indica además el modo en que los *quipuca-mayos* «daban cuenta de sus leyes, ordenanzas, ritos y ceremonias»:

«por el color del hilo, tamaño y número de nudos sacaban la ley que prohibía tal o cual delito y la pena que se daba a quien la quebrantaba. Decían el sacrificio y ceremonia que correspondía a tales y tales fiestas que se hacían al Sol. Declaraban la ordenanza y fuero que hablaba en favor de las viudas, pobres o pasajeros; y así daban cuenta de todas las cosas que eran tomadas de memoria como tradición. Cada hilo y nudo les traía a la memoria lo que en sí contenía, a semejanza de los mandamientos o artículos de nuestra fe católica y obras de misericordia, que por el número sabemos lo que en él se nos manda»

(Garcilaso [1609], Libro VI, cap.9, pp. 26-27)

Si, como afirma Garcilaso, existían *quipus* no numéricos de carácter mnemotécnico ¿es el nuestro uno de ellos?

---

4 «Yo conversé sobre los *quipus* y nudos con los indios de mi padre y con otros *curacas*, cuando por San Juan y Navidad venían a la ciudad a pagar sus tributos. Los *curacas* ajenos acudían y rogaban a mi madre que mandase a constatar sus cuentas; pues como gente maliciosa, no se fiaban de los españoles, pensando que los engañasen en aquel particular hasta que yo les certificase la verdad, leyéndoles los traslados que de sus tributos me traían y cotejándoles con sus nudos; de esta manera supe de ellos tanto como los indios». (Garcilaso de la Vega, Inca. *Comentarios Reales de los Incas*, Libro VI, cap. 9).

¿O quizá estos —y nuestro *quipu*— habían sido confeccionados siguiendo códigos que Garcilaso, por alguna razón, desconocía?

Un *quipu* no numérico que no describe un patrón básico

Marcia Ascher, quien ha realizado en colaboración con Robert Ascher una detallada descripción de 191 *quipus* (Ascher y Ascher 1978), consigna la existencia de ejemplares concretos en los que los números registrados en los nudos no son cantidades, y señala un indicio para reconocerlos. De acuerdo con esta investigadora:

> «Tenemos la fuerte sospecha de que estamos ante un *quipu* no cuantitativo cuando una intrincada estructura lógica contiene muy pocos números de pequeño valor, que se repiten una y otra vez. Podemos imaginar muchas analogías para esta clase de *quipu*: la descripción codificada de una danza con sus pocos pasos básicos diversamente ordenados, una descripción fila a fila de un patrón textil; o incluso, una partitura musical. Más comunes son los *quipus* que parecen contener números como etiquetas y cantidades numéricas».

(Ascher 1990: pp.121-122)

En uno de los 3 *quipus* de estas características descrito por Ascher, por ejemplo, todos los valores de los nudos son 0, 1, 2 ó 4, con la excepción del valor que se registra en una cuerda secundaria, que es 6. Ascher cree que estos valores son etiquetas y que hay mucha información contenida en sus posiciones (Ascher 1990: p.122), aunque no formula ninguna hipótesis acerca de su contenido.

Si bien creemos que la recurrencia de números de pequeño valor es un rasgo para reconocer a los *quipus* no numéricos que describen un patrón básico, es obvio que no se aplica a todos los tipos de *quipu* no numérico.

El *quipu* de que se trata en este trabajo, por ejemplo, tiene muchos nudos con números de alto valor, en muchos casos superior a 9. Es poco probable, por ello, que describa algún patrón básico de orden dancístico, textil, astronómico, musical o semejante.

Todo parece indicar, más bien, que es de un orden mucho más complejo.

Si, como afirma Garcilaso, existían *quipus* no numéricos de carácter mnemotécnico ¿es M373 uno de ellos?

M373: Un *quipu* ¿mnemotécnico? con información no solo desconocida sino imposible de conocer

En su trabajo sobre el sistema lógico-numérico de los *quipus*, Marcia Ascher (1990) cita al investigador holandés Zemanek (1970), quien, en su intento de aclarar y relacionar las capacidades de información y procesamiento de las computadoras y los seres humanos, distingue cinco clases de información: numérica, física, formateada, texto natural y texto formal. Para dar una idea de la información formateada, da un ejemplo que nos permite ver nuestra incapacidad para comprender el significado de los datos si uno no conoce previamente su formato.

August	August	August
Praha 20	Agosto 20	CSSR
Praha 20	Agosto 20	CSSR
70 Ag 10	70 Ag 10	August August

Lo que estos datos significan se vuelve más claro si se nos dice que lo anterior es un registro policial dispuesto de la siguiente forma:

Nombre	Apellido	Ocupación
Lugar de nacimiento	Fecha de nacimiento	Ciudadanía
Ciudad	Calle	País
Ingreso	Salida	Firma

Una persona que desconozca la estructura de este arreglo de 4 x 3 y las claves para entenderlo tendrá, aunque pertenezca al contexto en que ha sido emitida la información, muchas dificultades en descifrar su contenido. Por otra parte, la habilidad para extraer información de este formato depende mucho de lo cultural. No basta con conocer las categorías del mundo real a que hacen referencia sus etiquetas. Es necesario tener cierto conocimiento de la cultura local, que nos permita reconocer que 'Aug 20' es una calle de Praga, que '70 Aug 20' es una fecha del siglo XX (1970), y que *August* significa 'payaso' en checo.

Es necesario imaginar las limitaciones de una persona perteneciente a una cultura diferente, no familiarizada ni con las claves del formato ni con sus categorías del mundo real. Esa es nuestra posición al enfrentar este *quipu*, no muy diferente de la de un inca que, confrontado al formato anterior, no le encontraría sentido a las nociones de 'país', 'calle', 'ingreso' y 'apellido'.

Podremos saber algo de su estructura, pero jamás podremos decodificar totalmente ningún *quipu*. Aun cuando la momia en cuya *chullpa* fue enterrado el *quipu* M373 resucitase para revelarnos las claves del formato utilizado para confeccionarlo —asumiendo que el individuo en cuestión podía leer el *quipu*—, no seríamos capaces de extraer toda su información a menos que compartiéramos su conocimiento cultural, es decir las categorías del mundo real utilizadas en la confección del *quipu*. Si este problema hace muy difícil que logremos descifrar los *quipus* numéricos, las dificultades aumentan exponencialmente en el caso de los *quipus* no numéricos.

Conclusiones

Algunas cosas podemos afirmar, sin embargo, con referencia al caso específico del *quipu* M373:

1.- Es improbable que contenga información fundamentalmente numérica, pues muchos de sus nudos tienen más de 9 vueltas, y los incas utilizaban un sistema numérico de base diez. Por otra parte, los nudos no están siempre a la misma altura, lo que descarta que la posición de los nudos haya sido pertinente, como ocurre en los *quipus* numéricos.

2.- Es improbable que este *quipu* describa un patrón básico, como la partitura de una canción o de una danza, las claves de percusión de un mensaje transmitido por tambores a distancia, o la descripción sumaria del comportamiento de una estrella u otro fenómeno astronómico a lo largo del año. Tal como señala Ascher (1990: pp.121-122), en toda descripción de un patrón básico recurren unos pocos números de pequeño valor, lo que no ocurre con M373, que cuenta con nudos de 1 hasta 12 vueltas.

3.- Es posible que se trate de un ayuda memoria, como algunos de los *quipus* de carácter mnemotécnico mencionados por Garcilaso de la Vega (Garcilaso 1976 [1609], Libro VI, cap.9, pp. 26-27). Este ayuda memoria, sin embargo, debió contar con una serie de códigos que permitirían que la información trasmitida en él pudiese pasar de un *quipucamayoc* a otro sin deformaciones esenciales.

4.- No tenemos el menor indicio de lo que significan las combinaciones de colores que aparecen regularmente a lo largo de las series de cuerdas.

5.- No tenemos el menor indicio del significado de los nudos de sus cuerdas, y no hay manera de llegar a conocerlo. Solo nos queda imaginarlo, haciendo uso, o abuso, de la audacia especulativa de que ya hemos hecho demasiada gala en este trabajo, con la arbitrariedad de nuestras categorías y prejuicios culturales y de nuestro limitado conocimiento de las categorías incaicas y su manera de expresarlas.

¿Quizá los nudos servían para clasificar hechos vinculados a los personajes mencionados en sus combinaciones de colores? ¿Quizá las posiciones de las cuerdas indicaban los diversos momentos de la vida de diversos personajes y sus hazañas, a la manera de los retratos-resumen con que el cronista indígena Guamán Poma narraba las hazañas de los Incas, sus esposas y sus capitanes? ¿O se trataba de un solo personaje, de su paso por las diferentes «calles» de la vida —fases vitales de una persona de acuerdo a su potencial productividad?

¿Tenía M373 un carácter sagrado, y cada uno de sus nudos constituía una jaculatoria de propiciación dentro de una práctica mágico-religiosa relacionada con los muertos? ¿O era más bien de carácter profano, y cada nudo era una invectiva o chiste en una cuerda alusiva al personaje mencionado por medio de la combinación de colores correspondiente?

Una vez más, no hay manera de saberlo. Algo podemos inferir, sin embargo, a partir del hecho de que M373 fuera hallado en una *chullpa* funeraria. Sea cual fuere su contenido del *quipu*, debió revestir una importancia fundamental para la momia a la que acompañaba, ese hombre fallecido en circunstancias misteriosas que, con sus ofrendas, comida y bebida, iniciaba su largo camino hacia la región de los muertos, y para quien uno o varios anónimos hacedores de *quipus* se tomaron el descomunal trabajo de imaginar y luego hilar, tejer, anudar, enlazar, hilo por hilo, punto por punto, nudo por nudo, lazo por lazo este gigantesco y singular *quipu*.

Referencias

ACOSTA, Joseph de (1590 [1894]): *Historia Natural y Moral de las Indias*, Madrid.

ASCHER, Marcia (1990): «El Sistema Lógico-Numérico de los *Quipus*» en *Quipu y Yupana*, CONCYTEC, 1990, pp.109-124.

ASCHER, Marcia & ASCHER, Robert (1978): *Code of the Quipu Databook*, Ann Harbor: University of Michigan Press, 1978. (También se encuentra disponible en microficha en University Microfilms International).

ASCHER, Marcia & ASCHER, Robert (1981): *Code of the Quipu: A Study in Media, Mathematics, and Culture*. Ann Harbor, University of Michigan Press, 1981.

ASCHER, Marcia & ASCHER, Robert (1997): *Mathematics of the Incas: The Code of the Quipu*, Dover Publications, New York, 1997.

BLOWER, David (1996): *The quest for mullu: concepts, trade and the archaeological distribution of Spondylus in the Andes*. Tesis (M.A.) - Trent University.

COLLAPIÑA, SUPNO ET ALIA (1974): *Relación de la descendencia, gobierno y conquista de los incas por Collapiña, Supno y otros quipucamayos*, Editorial Jurídica, Ediciones de la Biblioteca Universidad, Colección Clásicos Peruanos, Pontificia Universidad Católica del Perú. (Con un estudio introductorio de Juan José Vega).

CUMMINS, Thomas (2004). *Brindis con el Inca: La abstracción andina y las imágenes coloniales de los queros*. Universidad Nacional Mayor de San Marcos, Lima.

ESPINOZA SORIANO, Waldemar (1971): ¿«*Quipu*-memorial de los Hatun-Xauxa»? en *Anales Científicos de la Universidad del Centro*, Huancayo, 1971-1972, pp.201-387.

ESTENSSORO, Juan Carlos (1997): «¿Historia de un fraude o fraude histórico?» en *Revista de Indias* 57, no. 210: pp. 566-578.

GONZÁLEZ CARRÉ, Enrique (1992). *Los Señoríos Chankas*. Universidad Nacional de San Cristóbal de Huamanga, Instituto Andino de Estudios Antropológicos, Huamanga.

GARCILASO DE LA VEGA, Inca (1609-1617 [1976]): *Comentarios Reales de los Incas*, edición a cargo de Aurelio Miró Quesada. Biblioteca Ayacucho, Caracas.

LOCKE, Leland (1990 [¿19??)]): «El *Quipu* No. 8713 del Museo de Historia Natural de Nueva York» en *Quipu y Yupana*, pp.73-77, CONCYTEC.

LOCKE, Leland (1923): *The Ancient Quipu or Peruvian Knot Record*, American Museum of Natural History, New York.

MICCELLI, Umberto (2009 [última actualización]). Base de datos de los *quipus*. http://instruct1.cit.pucp.edu/research/miccelli/

MICCELLI, Umberto (2005): *Ajuares funerarios andinos*. Fondo Editorial de la Pontificia Universidad Católica del Perú, Lima.

LAURENCICH MINELLI, Laura, Clara Miccinelli y Carlo Animato (1995): «Il documento seicentesco Historia et Rudimenta Linguae Piruanorum» en *Studi e Materiali di Storia delle Religioni* 61, pp. 363-413.

MURRA, John (1975): «Las etno-categorías de un *quipu* regional» en *Formaciones Económicas y Políticas del Mundo Andino*, IEP, 1975.

OLIVA, Anello S.J. (1631 [1998]): *Historia del reino y provincias del Perú y vidas de los varones insignes de la Compañía de Jesús*, Fondo Editorial de la Pontificia Universidad Católica del Perú, Lima.

PEREYRA, Hugo (1997): «Los *quipus* de cuerdas entorchadas» en *Homenaje a María Rostworowski*, IEP, pp.187-197.

RADICATI DE PRIMEGLIO, Carlos (1990a): «Hacia una tipificación de los *quipus*» en *Quipu y Yupana*, CONCYTEC, pp.89-96.

RADICATI DE PRIMEGLIO, Carlos (1990b): «El Cromatismo en los *Quipus*. Significado del *quipu* de canutos» en *Quipu y Yupana*, CONCYTEC, pp.39-50B.

SANSEVERO, Raimondo di Sangro, principe di (1750): *Lettera Apologetica dell'Esercitato accademico della Crusca*, Nápoles.

URTON, Gary (2003): *Signs of the Inka Khipu: Binary Coding in the Andean Knotted-String Records*, University of Texas Press, Austin.

VARGAS UGARTE, Rubén (1959): *Historia de la Iglesia en el Perú* (vol. 2) (1570-1640), Ed. Aldecoa, Burgos.

ZEMANEK, H. (1970): «Some Philosophical Aspects of Information Processing» en *The Skyline of Information Processing*, H. Zemanek (ed.), Amsterdam, North-Holland, pp.93-140.

Agradecimientos

El autor desea agradecer:

A Marcia y Robert Ascher, sin cuyos estudios acerca de los *quipus*, realizados a lo largo de 30 años, esta novela no habría podido cernir la maleza del grano en todo lo que se ha escrito sobre los *quipus* y no habría dispuesto de un marco teórico para empezar a comprenderlos.

A Brian Bauer, que esclareció al autor sobre las líneas sagradas del Cuzco, también llamadas *ceques*. El Doctor Bauer —que es disléxico— realizó el descomunal trabajo de identificar dónde estuvo o pudo estar *cada uno* de los 328 santuarios indicados en la *Relación de las guacas del Cuzco* que aparece en la *Historia del Nuevo Mundo* de Bernabé Cobó, y escribió el resultado de sus investigaciones en *El Espacio Sagrado de los Incas*, un libro de lectura obligatoria para quien quiere comprender la concepción andina del espacio sagrado.

A José Antonio del Busto, quien, además de sus populares estudios sobre la época pre-inca, inca y el descubrimiento y conquista del Perú, escribió el ensayo más completo sobre el traductor indígena Martinillo. Además, publicó un estudio sobre el viaje de Tupac Yupanqui a las islas de Hahuachumbi y Ninachumbi que fue una de las fuentes de inspiración del canto épico en forma de *quipu* que aparece en esta novela.

A Miguel Dumett Echevarría, que introdujo al autor al conocimiento de Ayacucho y su cultura con generosidad sin límites.

A Waldemar Espinoza Soriano, gracias a cuyos exhaustivos y amenos trabajos sobre los huaylas, los huancas, los huayucuntus, los chonos, los chimbos, los chachapoyas, los cuismancus, los otavalos, los cayambis y caranguis, el autor pudo hacerse una idea cabal de la perspectiva que sobre los Incas tenían los grupos étnicos bajo su férula y del rol que tuvieron en su caída. Esta novela también debe mucho a *La destrucción del Incario* que ofrece un agudo análisis sobre las razones del abrupto fin del imperio incaico.

A Thor Heyerdahl, que al intentar demostrar la hipótesis —falsa— del origen de la población polinesia en Sudamérica, mostró con sólidas evidencias, refrendadas por historiadores y arqueólogos, la posibilidad, confirmada por testimonios de toda índole, del viaje del Inca Tupac Yupanqui a Mangareva (una de las islas Gambier) y la Isla de Pascua.

A John Murra, quien estudió la organización social y económica del imperio incaico a partir de sus fuentes históricas, pero aproximándose a ellas con la mirada de un antropólogo, es decir de un detective cuyo objeto de investigación no está muerto sino escondido. Murra, profesor rumano que vivía en los Estados Unidos entre los 40 y 50 del siglo XX, se vio impedido de viajar por los que decidían la política exterior norteamericana de los tiempos de McCarthy —que veían con malos ojos su participación como voluntario en la guerra civil española—, y no pudo realizar en tierras ecuatorianas la investigación antropológica que tanto ansiaba. Para consolarse, hizo de tripas corazón y fundó la etnohistoria andina.

A Raúl Porras Barrenechea, que se tomó el puntillosísimo trabajo de desempolvar las llamadas «relaciones primitivas», es decir aquellas cartas, crónicas y relatos contemporáneos a los tiempos iniciales de la conquista, escritos por testigos directos de lo que narraban. Para una comprensión cabal de esos tiempos iniciales, el autor de esta novela ha privilegiado este material de primerísimo mano a las crónicas y documentos que vinieron después.

A Alfredo Torero, sin cuyo diagnóstico del estado de las lenguas en el Perú prehispánico esta novela no habría podido formarse una idea cabal de las que se hablaban en el imperio, dónde y cuándo. Acosado por el gobierno de Alberto Fujimori, el Doctor Torero se vio obligado a salir al exilio en 1992, de donde no le fue posible regresar.

A Juan José Vega. Sin sus libros *Los Incas frente a España, La Guerra de los Viracochas* y *Pizarro en Piura* esta novela no habría podido ser concebida. El historiador tuvo además la increíble generosidad de ofrecer al autor, a quien solo conocía de manera epistolar, copias fotostáticas de todas sus notas hacia un estudio sobre Felipillo, Martinillo y los otros traductores indígenas que frustró la muerte.

También desea agradecer de manera especial a Juan Carlos Estenssoro, desfacedor de anacronismos, empujador de ánimos y, *last but not least,* amigo sin falencia. A Miguel Carneiro, que corrigió el manuscrito de esta novela. A Isabelle Decencière, que acompañó al autor por la llamada Ruta del Sol, serie de playas ecuatorianas en que vivieron antiguamente los huancavilcas y los manteños, y con quien visitó las ruinas incaicas de Pumapungo e Ingapirca. A Fietta Jarque, quien, desde que leyó esta novela, movió cielo y tierra para que pudiera ver la luz. Y a Esteban Quiroz, editor amigo y cómplice que, desafiando el sentido común, apostó por ella y la hizo caminar por todo el Perú.

Igualmente, tiene una deuda enorme con Luis Andrade, que revisó el glosario de palabras de idiomas indígenas.

Además, quiere dar las gracias a las siguientes personas, que se tomaron la molestia de responder consultas puntuales de carácter diverso: Miguel Dumett Canales, César Itier, Frank Salomon, Ricardo Santos y Margarita Torres.

Finalmente, a María Niubo y José Vargas, que jamás se hicieron de rogar cuando el autor tuvo a bien convocarlos para leer en voz alta alguna nueva secuencia que acababa de escribir, compartieron sus sinceras críticas con él y lo apoyaron indesmayablemente los diez años que duró la escritura de esta novela.

Glosario de palabras en idiomas indígenas

Abasca – Tela burda confeccionada con lana de llama. La utilizaba en sus prendas la gente del común.

Achicoc – Adivino que lee el futuro a partir de la cantidad de pedazos en que se divide una bosta al ser aventada y el dibujo que forman en el suelo.

Aclla – Virgen escogida por su belleza y su linaje para pertenecer al *Acllahuasi*, en donde tejía prendas para el Inca, preparaba el *zancu* y aprendía cantos religiosos.

Acllahuasi – Casa de las Escogidas. Lugar en que vivían las *acllas*.

Achira – Hoja con que se cubre el maíz antes de convertirlo en chicha.

Akatanqa – Escarabajo pelotero. / Expresión que se utiliza para insultar.

Allícac (pl. **Allicaccuna**) – Despectivamente, inca de privilegio. / Por extensión, persona arribista.

Allicaccucha – Persona arribista, despectivamente.

Allcamari – Tipo de gavilán que habita los Andes peruanos. Cuando es un polluelo, su pelaje es de color marrón; cuando llega a la madurez, adquiere los colores blanco y negro; y cuando llega a la vejez, su pelaje vuelve a adquirir el color marrón.

Allqo – Perro.

Amaru – Serpiente sagrada.

Amauta – Hombre sabio, depositario de conocimiento. / Dícese del docente que impartía instrucción en el *Yachayhuasi*. Entre sus funciones estaba la de componer *quipus* sagrados en loor del Inca.

Angallo – Falda con listones colorados y blancos que llevaban las ñustas *callixapa* durante las ceremonias del *huarachico*.

Apacheta – Ruma de piedras que se deja al borde de los caminos, en las abras y en las cumbres. Desea ritualmente buena suerte al caminante que transita por el mismo camino.

Apasanka – Tarántula andina.

Apu – Montaña sagrada y la divinidad que la habita. / Tratamiento de respeto a una persona considerada sabia y/o anciana.

Atoq – Zorro andino.

Auca – Guerrero.

Auqui – Príncipe incaico.

Ayarachi – Canción de lamento.

Ayaharahui – Canto ceremonial que se canta en los entumbamientos.

Ayataqui – Canto ceremonial que se canta por la muerte de un ser querido.

Aylli – Canción triunfal.

Ayllu – Agrupación de familias que compartían unas tierras y se consideraban descendientes de un lejano antepasado común.

Cachacuna – Mensajeros corredores, también llamados *chasquis*.

Cacharpariy – Canto y baile comunitario que finaliza una celebración o rito.

Cachua – Canción y danza en corro.

Callanca – Recinto en el que se alojaban los ejércitos de paso.

Callpa – Fuerza que se adquiere mediante el esfuerzo constante físico y mental.

Calparicu – Adivinos que ciernen el futuro y el pasado palpando la textura de las bolsas de los pájaros.

Camac – Fuerza que anima a una persona. / Prototipo que anima, sostiene y protege a una especie.

Camaquen – Fuerza vital.

Camasca – Persona tocada por una divinidad sobrenatural que tiene poderes curativos con las hierbas y capacidad para anticipar el porvenir.

Cancha – Patio. Galpón.

Capac cocha – Ceremonia que involucraba el sacrificio de parejas de niños de ambos sexos, que se realizaba a la muerte de un Inca o en situaciones de crisis con miras a concitar el favor del Sol y los *huacas* tutelares del incario.

Capac Ñan – Camino del Inca.

Capac unancha – Pendón real.

Caracha – Sarna. / Por extensión, cualquier erupción de la piel que produce comezón o picazón.

Chipana – Brazalete de bronce del Inca.

Ceque – Línea sagrada que, partiendo de la ciudad del Cuzco, organizaban los *huacas*, constituyendo un sistema espacial religioso.

Cocha – Gran superficie de agua. Puede ser un lago o una laguna. / La Gran Cocha: el mar.

Collca – Depósito estatal.

Corequenque – Pájaro sagrado de los incas. Sus plumas multicolores eran utilizadas para adornar la *mascapaicha*.

Coricancha – Templo de oro en el Cuzco, en el que se adoraba al Sol. Tenía un jardín de oro, con estatuas que reproducían cada planta y animal del Tahuantinsuyu.

Coya – Esposa principal del Inca.

Cumbi – Tela fina confeccionada con lana de alpaca y vicuña. Por su fineza, colorido y belleza pertenecían a los señores, sacerdotes y *huacas*.

Curaca – Jefe político y administrativo de un *ayllu*.

Chaca – Puente.

Chaco – Cacería ceremonial. Se ubica a un grupo de animales en un terreno cercado y se les caza.

Chacnaycamayoc – Torturador del Inca.

Chacra – Tierra para labrar.

Challco Chima – Juego de competencia de lanzamiento del *machaqway*. El juego inspiró posiblemente el sobrenombre del general Challco Chima.

Chaquira – Collar o brazalete hecho de cuentas, abalorios o conchas.

Chaquitaclla – Palo excavador, instrumento de labranza típico de los Andes.

Charqui – Carne deshidratada que se cubre con sal y se expone al Sol. La deshidratación permite conservar la carne por tiempos prolongados.

Chasca – Estrella del amanecer.

Chasqui – Corredor que, por medio de un sistema de relevos, enviaba mensajes y encomiendas pequeñas durante el Imperio incaico.

Chihuaco – Pájaro de la selva central peruana.

Chiroca – Pájaro amarillo con buche negro que habita en los manglares.

Choclo – Maíz cocido.

Chotarpo huanarpo – Planta afrodisíaca.

Chuclla – Choza.

Chullpa – Torre funeraria de piedra.

Chumpi – Cinturón labrado con lana fina e hilos de colores vistosos.

Chunga – Destacamento de diez guerreros.

Chuño – Papa deshidratada. Tiene extraordinarias propiedades curativas, especialmente para males del estómago.

Guanay – Especie de cormorán propio de Sudamérica. Produce el guano.

Hapchi – Ensalada de papa harinosa.

Haraui – Canción de amor. / Canción acerca de las vidas de otras personas. / Por extensión, canto.

Hatun auqui – Montaña principal.

Hatun curaca – *Curaca* principal.

Hatun pucuy – Mes de la floración.

Hatun runa – Hombre en la plenitud de sus facultades físicas y mentales y por ello tributario de turnos de trabajo en tierras del *curaca* y del Inca.

Huaca – Lugar sagrado y la divinidad que lo habita.

Huacacamayoc – (Pl. **huacacamayos**). Persona encargada del mantenimiento de un *huaca*.

Huacapuncu – Pórtico a la entrada del Cuzco.

Huahua – Hijo pequeño, con respecto de la madre.

Huahuaclla – Camiseta de cuadros amarillos y negros que se usa en los desfiles.

Huajayllarse – Reír a carcajadas.

Huamani – Región en la que vive un grupo de *ayllus* del mismo grupo étnico. / Divinidad que protege a los seres humanos y al ganado.

Huancar – Tambor hecho de piel.

Huanchaco – Pájaro de plumaje negro y rojo típico de Cajamarca.

Huaraca – Honda tejida de lana para lanzar piedras, terrones, etc. Tiene la forma de una cuerda con un ensanchamiento en la parte media, para colocar el proyectil.

Huaracazo – Golpe recibido por un proyectil lanzado con una *huaraca*.

Huaranca – Guarnición de mil guerreros.

Huarachico – Grupo de ritos, fiestas, pruebas de resistencia física, carreras y batallas rituales con que se celebraba el paso de un joven inca a la adultez, y que culminaba con la entrega del taparrabo de guerrero y la perforación de los lóbulos, que lo habilitaba para recibir las orejeras de oro de inca. Duraban aproximadamente un mes.

Huauqui – Bulto que servía de doble del Inca, al que le habían puesto parte del pelo y las uñas del Único y que era adorado en su nombre en lugares apartados del Cuzco.

Huayco – Aluvión estacional. Suele ocurrir durante las épocas de lluvias.

Huayruro – Semilla de una planta que crece en la Amazonía. Es de color rojo y negro. Apreciado en los Andes, pues sugiere complementariedad y equilibrio.

Huicullo – Objeto que se lanza en juegos de niños, hecho con cogollo de maguey.

Huillahuisa – Hombres que sueñan los sueños del Inca y los interpretan.

Huillca – Lugar sagrado y la divinidad que lo habita.

Huiropiricoc – Adivinos que leen el humo de la grasa de las llamas al ser sacrificadas.

Huricoc – Acequia de aguas subterráneas que conduce al Mundo de Abajo.

Ichu – Pasto del altiplano andino empleado como comida para el ganado.

Illa – Rayo.

Illapa – Ser divino responsable de las lluvias, los truenos y los relámpagos.

Illapacamayoc – Funcionario encargado de lanzar piedras a las nubes para impedir que llueva.

Incap rantin – Funcionario encargado de reemplazar al Inca durante su ausencia del Cuzco.

Japiñuño – Espíritu maligno o fantasma que vive en lugares deshabitados y se aparece de noche a los viajeros o transeúntes solitarios, tomando la figura de una mujer hermosa con grandes pechos.

Jora – Chicha fermentada.

Jirca – Montaña.

Killincho – Cernícalo pequeño que habita los Andes del sur.

Kurku (diminutivo: **Kurkichu**) – Jorobado.

Llacta – Centro religioso/administrativo de los Andes durante el Imperio inca. Se diferencia de la ciudad en que su población, con pocas excepciones, era móvil y solo residía en él por temporadas.

Llampu – Harina sagrada que se utilizaba en los sacrificios.

Llautu – Especie de turbante utilizado por el Inca, que llevaba plumas del pájaro *corequenque* y sujetaba un franja de colores llamada *mascapaicha*. Otros funcionarios tenían autorización para usarlo, pero de color amarillo.

Lliclla – Mantilla multicolor que se coloca sobre los hombros y se sujeta en el pecho gracias a agujas.

Lloclla – Aluvión estacional. Suele ocurrir en las épocas de lluvias.

Machaqway – Serpiente de lana multicolor. Se lanzaba al aire en un juego de nombre similar.

Mak'tillo – Niño.

Mallqui – Espíritu y momia del miembro más antiguo de un linaje.

Mama – Piedra madre que ha dado a luz a una mina.

Mamacona – Mujer de servicio.

Mamacha – Tratamiento afectuoso para las mujeres mayores.

Marca – Poblado de medianas dimensiones.

Mascapaicha – Borla imperial del Único Inca, que pende de su *llautu*. La borla es de lana colorada con incrustaciones de hilos de oro y plumas de *corequenque*.

Mayu – Río.

Minca – Trabajo comunitario que se realiza a favor de miembros del *ayllu* al que se pertenece.

Mindalaes (sing.: **mindalá**) – Palabra de origen pasto (no quechua). Mercaderes especializados que circulaban mayoritariamente entre mercados de regiones y poblaciones del actual Ecuador. Algunos eran navegantes e intercambiaban productos con grupos alejados de la costa norte —se dice que incluso llegaron a las costas de la actual Centroamérica— y la costa sur. Posiblemente hicieron intercambios con grupos étnicos de la actual región de Chincha, al sur de Lima.

Mita – Turno de trabajo. Usualmente era de tres lunas por año.

Mitmac (pl. **Mitmacuna**) – Persona perteneciente a un grupo de familias separado de su comunidad originaria por el Imperio inca y trasladado a otro territorio del Imperio para cumplir funciones económicas, sociales, culturales, políticas y militares.

Mocha – Beso al Sol y venia ritual que se hacía frente a un dignatario.

Molle – Árbol cuya madera se utiliza para la leña y cuyo fruto se emplea en la preparación de un tipo de chicha.

Mote – Granos de maíz cocido.

Mullu – Concha spondylus, que vive en los mares cálidos del norte del Perú y del Ecuador. Es muy utilizada en los Andes con fines rituales y decorativos.

Mulluchasquicamayoc (pl. **Mulluchasquicamayos**) – Funcionario incaico encargado de cobrar el tributo en *mullu* de los grupos étnicos sometidos en las costas del actual Ecuador.

Ñusta – Princesa inca.

Ñusta callixapa – Princesa encargada de dar de comer y beber a un hijo de principal que pasa por su *huarachico*.

Ochacamayoc – Verdugo del Inca.

Ojota – Sandalia hecha de cuero o de fibra vegetal.

Oscollo – Ocelote andino.

Pacarina – Literalmente: lugar del amanecer. Sitio mítico de origen de un grupo étnico.

Paccharicuc – Adivino que lee la suerte a partir de la cantidad de patas que le quedan a una araña peluda al ser empujada con un palito.

Pachaca – Guarnición de cien guerreros.

Pachamama – Madre Tierra.

Pampa – Tierra baja.

Pampayruna – Mujer pública. Vivían en lugares especialmente asignados para su oficio, fuera de los pueblos.

Panaca – Linaje real. Estaba constituido por la descendencia de un monarca, excluyendo de ella al hijo que le sucedía en el mando.

Papacha – Tratamiento afectuoso para los hombres mayores.

Pasña – Mujer joven que trabaja la tierra.

Phullu – Capelina sagrada.

Pincullo – Instrumento de viento hecho de caña.

Pivihuarmi – Prometida.

Pokcha – Gran canasta en la que cabía una media fanega, o sea 27.7 litros.

Porongo – Vasija de barro o cerámica para almacenar agua o fermentar chicha.

Pucara – Fortaleza.

Pucllacoc – Niños de entre aproximadamente cinco y siete años, edad en que solo recolectan leña y cuidan de los niños pequeños.

Puku puku – Pájaro andino.

Puna – Tierra ubicada en zonas altas de los Andes.

Pururauca – Guerrero mítico convertido en piedra.

Pututu – Instrumento musical de viento de los Andes hecho de una caracola marina.

Qanchis – Siete.

Quero – Vaso ceremonial. Podía ser de oro, plata o madera, según la importancia de con quien se bebía.

Quilla – La Luna, divinidad femenina.

Quillca – Paños pintados de carácter figurativo en que se contaban historias. / Sistema de rayas de colores pintadas de manera consecutiva; servía para comunicar mensajes.

Quillcacamayoc – Funcionario encargado de los *quillcas*.

Quipe – Bolsa pequeña en que solía llevarse coca u objetos pequeños.

Quipu – Artefacto constituido por cuerdas con nudos e hilos de colores que servía para transmitir información numérica y no numérica en los Andes prehispánicos. Se sabe que eran usados en contabilidad y se sospecha que se les usaba para registros de patrones —calendarios, partituras, pautas de tejidos, etc.— y narraciones.

Quipucamayoc (pl. **Quipucamayos**) – Funcionario encargado de los *quipus*.

Runa (pl. **Runacuna**) – Persona. / Todo individuo con edad y salud suficientes para tributar en tiempo de trabajo en tierras del *curaca* y el Inca, en tiempos del Imperio incaico.

Runcu – Cestilla.

Saccsa – Flecaduras de colores que el Inca llevaba debajo de las rodillas.

Shucaqui – Impresión muy fuerte causada por un susto, que permite la entrada de espíritus negativos.

Simi – Forma abreviada de la expresión «*runa simi*» o Idioma de la Gente, la lengua quechua en el Imperio incaico.

Sinchi – Guerrero que manda una región.

Sintiru – Cerdo salvaje.

Soroche – Mal de altura.

Supay – Ser sobrenatural que gobernaba el Ucu Pacha, o Mundo de Abajo.

Tahuantinsuyu – Mundo de las Cuatro Regiones o Cuatro Direcciones.

Taita – Padre (tratamiento cariñoso). Hombre respetable y/o de edad avanzada.

Taku – Polvo blanco que se utilizaba en los sacrificios.

Tambo – Albergue en el que los ejércitos y las personas que viajaban por el Imperio incaico descansaban y se alimentaban antes de proseguir su camino.

Tambocamayoc – Funcionario encargado de la administración de un *tambo*.

Taptana – Tablero para hacer juegos, cuentas y apuestas.

Taqui – Canción. Se canta y baila al mismo tiempo.

Taqui huari – Canción que se cantaba en el *huarachico*.

Taqui onqoy – Literalmente, enfermedad del canto y baile. Movimiento indígena nativista de fines del siglo XVI de carácter religioso y político. Invocaba a los *huacas* para derrotar al Dios cristiano y expulsar a los invasores españoles que eran sus «hijos». Los participantes en este movimiento, «poseídos» por estos *huacas*, cantaban y bailaban frenéticamente, de ahí el nombre del movimiento. / Designa, por extensión, a todos aquellos que participaron en este movimiento.

Taruca – Venado propio de los Andes de Perú y Bolivia.

Tiana – Trono del Inca, hecho de oro.

Tinku – Lugar de encuentro de dos ríos, y por ello considerado sagrado.

Tinya – Pequeño tambor hecho de cuero, utilizado en la música andina.

Tocapu – Decoración de los tejidos incaicos basada en series de cuadrados con dibujos en su interior.

Tocrícoc – Funcionario que gobierna una región.

Tucuyricuy – Hombre que Todo lo Ve. Encargado de inspeccionar de manera secreta lo que ocurre en una región.

Tumi – Cuchillo ceremonial. Algunos eran utilizados para hacer trepanaciones en cráneos.

Tupu – Medida de área y longitud de tierra que se entregaba a un *hatun runa* en el momento de su matrimonio para que su familia pudiera satisfacer sus necesidades. Se entregaba un *tupu* al *hatun runa* con el nacimiento de cada nuevo hijo y se le quitaba cuando este pasaba a formar una nueva familia.

Tupucamayoc – Funcionario encargado de medir la tierra y, según su productividad, otorgar los *tupus* a los flamantes *hatun runacuna*.

Umiña uncu – Capa que los iniciados del *huarachico* llevaban durante algunos de los ritos de iniciación.

Uncu – Camiseta sin mangas.

Upa – Persona tonta o de pocas luces. Se le considera tocado por alguna divinidad sobrenatural.

Ucu Pacha – Mundo de Abajo.

Ushnu – Construcción desde la cual el Inca presidía las ceremonias más importantes. Había uno en las principales *llactas* del Tahuantinsuyu.

Yachayhuasi – Casa del Saber. Lugar en que los hijos de principales incas e incas de privilegio recibían educación.

Yana (pl. *Yanacona*) – Sirviente separado de su *ayllu* para servir al Inca. No sirve en turnos de trabajo sino a perpetuidad.

Yanantin – Par. Relación armoniosa entre diferentes cosas. / Nudo bien hecho y que por lo tanto no se puede desatar. / Dícese de la pareja de estudiantes que trabajaba junta en el *Yachayhuasi* o Casa del Saber en el Cuzco.

Yauri – Bordón de oro.

Yaya – Tratamiento a la vez afectuoso y de respeto a una persona experimentada.

Yunga – Habitantes de un grupo étnico de la costa cercana al actual Nazca. / Por extensión, todos los habitantes de las tribus de la costa y las tierras bajas en general.

Yupana – Ábaco andino.

Zancu – Pan que se comía durante los sacrificios en las ceremonias del Inca.

Glosario de palabras en español de inicios del siglo XVI

Para poder recrear el habla posible del traductor indígena Felipillo, quien anduvo viajando con los conquistadores y permaneció en tierras españolas y panameñas entre 1526 y 1530 antes de comenzar sus labores como traductor, he utilizado como referencia ediciones críticas de *La Celestina* de Gonzalo de Rojas, el *Amadís de Gaula* y del tercer volumen de la *Crónica del Perú*, de Pedro Cieza de León, así como las cartas dictadas por Francisco Pizarro a sus amanuenses y editadas por Guillermo Lohmann Villena. Estos textos fueron escritos/dictados/publicados por primera vez entre 1499 y 1554.

He tratado de reproducir en la grafía de las palabras ciertas normas básicas de escritura del español de entonces. Soy consciente de la relativa arbitrariedad de mis opciones, pues a inicios del siglo XVI la escritura de una palabra no estaba establecida y podía fluctuar mucho de un texto a otro. En aras de la simplicidad, en la novela —y por ende en este glosario— aparece una única opción, la más acorde con las normas que he señalado o la que se presenta con la mayor frecuencia.

a – con uso de 'para'; p.ej. a eso fue mi venida.

acaeçimiento – hecho, evento.

acarrear – traer.

acatamiento – testimonio de respeto.

acaudillarse – organizarse en torno a un líder para pelear.

achaque – excusa o pretexto.

achaque de iglesia – asunto relacionado con la iglesia, quizá con la justicia eclesiástica o inquisición.

acogerse – refugiarse.

acometedor – enérgico.

a constelación – por designio de las estrellas.

aconteçer – ocurrir, pasar.

acordar – despertar, ser consciente.

acorro – recurso, amparo, auxilio.

acreçentamiento –aumento.

acuerdo – estado de vigilia.

a derechas – correctamente.

adáraga – escudo ovalado.

adereçar(se) – adornar(se), preparar(se).

adereço – adorno.

adevinar – adivinar.

adovar – preparar los navíos para el viaje. Por extensión, preparar.

afeite – cosmético.

afistular (la llaga) – convertirse una llaga en fístula.

aflacar – aplacar.

aflijirse – entristecerse, deprimirse.

aflojar (una pena) – disminuir un dolor.

aforrar – poner una muda interior.

afrenta – ofensa, agravio.

agradeçimiento – gratitud.

a gran pieça – a gran distancia.

agudo – inteligente.

aguçar – afinar.

ahincar – instar con ahínco.

ahumada – señal que para dar algún visto se hace en las atalayas o lugares altos, quemando paja u otra cosa.

ahun – aún.

ahunque – aunque.

ahusar – dar figura de huso.

aína o **ayna** – pronto.

ál – otra cosa, otra razón; **lo ál** – lo demás.

alançear – dar lanzadas, herir con lanza.

alebrastarse – acobardarse.

a la saçón – en ese tiempo.

albañar – cloaca.

albarada – reparo para defenderse en la guerra.

alcándara – soporte utilizado para que se posen los halcones en la cetrería.

alcançar – alcanzar, llegar a; *en lenguaje cortés*, entrar en contacto con la amada.

alegría (el) – la alegría.

algúnd – algún.

a lo público – en público.

allegar(se) de – acercar(se) a.

allende de – además de; más allá de.

alongar – retrasar.

altamar – marea alta.

altercar – contender, discutir.

alteça – altura.

alto nacimiento – nacimiento con pureza de sangre, posiblemente en la aristocracia.

alunos – algunos.

amançarse – apaciguarse, calmarse.

amanojado – en manojo.

amenguar – infamar, deshonrar.

amohinarse – disgustarse.

amorteçido – desmayado, exánime.

áncora (echar y alçar) – ancla.

anélito – aliento.

ansí – así.

ansimismo – también.

ante – antes.

antojársele a alguien – tener la impresión.

a osadas – a la brava.

aparejar – hacer los preparativos para algo; p.ej. aparejar la comida.

aparejarse – reunir los aparejos y las cuerdas de un barco para zarpar.

aparejo – disposición, actitud.

apaziguar – calmar.

aperçibido – listo, dispuesto.

aplacer – agradar, contentar.

apocarse – acobardarse, humillarse.

apremiar las postemas – sacarse las costras, usualmente con el objetivo de acelerar la cura.

aprestarse – alistarse.

aprovechar – ser de utilidad.

apuñear – dar de puñadas (puñetazos).

aquejarse – molestarse, impacientarse.

aqueste – este.

aquejar – apremiar, dar prisa.

ardimiento – ardor, valor, intrepidez, denuedo.

armada (el) – grupo de personas que azuzan y espantan a los animales para que se dirijan justo donde están los cazadores. / Ejército.

arquibo –archivo.

arrepiso (ser) – arrepentido (estar).

asaz – suficiente.

asechança – acechanza, persecución.

asentarse – sentarse, instalarse.

asosegadamente – con sosiego.

aspereçar – volverse áspero, irritarse; p.ej. no hay tan manso animal que con amor o temor de sus hijos no aspereçe.

atajar – interrumpir.

atalayar – convertir en atalaya, es decir en un lugar desde donde se puede ver bien al enemigo.

ataviar – preparar, adornar.

a tiento – de manera aproximada.

atormentar – hacer sufrir.

atordido – aturdido, confundido.

atrabeçar – atravesar.

auctor – autor.

avenir – ocurrir, suceder.

aver – haber, tener.

aver flaco ynjenio – no ser muy inteligente.

aver memoria – recordar.

averse cristianamente – proceder con honradez.

avezar – instruir, enseñar.

ávito – hábito, ropa en general.

ay cuitado de mí – ay desgraciado de mí.

ayuso – abajo.

balça – balsa.

baldón – mancha en la honra, injuria, insulto.

barloventear – navegar siguiendo la dirección del viento.

barva – barba.

basta – es suficiente.

bastecer – abastecer.

bastimento – provisión para sustento de una gran cantidad de personas.

batel – barco.

baxamar – marea baja.

baya – bahía.

bellaco – ruin.

bez *(pl. bezes)* –vez.

bienandante – feliz, dichoso.

bien de gana – de buena gana.

bienquisto – de buena fama, estimado.

bivo de coraçón – animoso, vivaz.

blanca – moneda.

bofordar – hacer dar cabrillas y balanceos al caballo.

bohío – choza.

bolber la hoja – cambiar de actitud.

bolber la(s) espalda(s) – dar la vuelta y huir.

bolberse – regresar.

boluntad – voluntad.

borceguí – tipo de calzado semejante a la bota.

botar – huir.

boto – voto.

buelta – revuelta, riña.

bramar – gritar.

broquel – escudo; p.ej. tomar por broquel: usar como escudo.

brevaje – brebaje.

brevemente – dentro de poco tiempo.

buena manderecha – habilidad, destreza, gracia.

buena pro os haga – saludo: que ustedes tengan provecho.

bulliçio – ruido.

cabe – cerca de.

caça – caza.

çaçerdote – sacerdote.

cadahalso – tablado que se hace en lugar público para algún auto de solemnidad.

caducar – caer, *fig.* dejar de atraer.

calabaço – recipiente de calabaza, usado para transportar el agua.

calças – pantalones.

cámara – habitación.

cancre – cáncer.

canpaña – campo.

caney – bohío (choza) de grandes dimensiones.

capilla – especie de capucha prendida al cuello de algunas prendas de vestir y de algunos hábitos religiosos.

capitular – pactar, convenir (sin necesariamente la connotación de ceder).

cargo – agradecimiento.

cata que – mira que, advierte que.

catar – mirar.

cavalgar – cabalgar.

caxquete – casquete, casco antiguo de armadura.

caxquillo – punta de la flecha.

ceguedad – ceguera.

çellar – sellar.

çeyba – ceiba, madera al parecer común en la zona del Ecuador.

çibdad – ciudad.

çilencio – silencio.

cimera – competencia de los galanes cortesanos por sus damas.

çinta – cintura.

cobrar – recobrar.

çoçegarse – calmarse, tranquilizarse.

cohermano – primo.

collado – cerro.

comarcano/a – cercano/a.

cometer desaguisados – cometer excesos.

comiçión – encargo.

como quiera que – aunque.

conçertar – preparar; reunirse para ponerse de acuerdo.

con dylación – tomando mucho tiempo.

congoxarse de – entristecerse por.

congruo – apropiado.

conoscer de trato e vista e conversación – conocer de manera directa.

conpaña – compañía, grupo de personas.

conplir – cumplir.

conponedor – el que ajusta, concierta o compone una cosa.

conquerir –conquistar, vencer.

conseder – conceder.

conseja – patraña.

consuno (de) – al mismo tiempo, de manera concertada.

con tanto que – con la condición de que.

contescer – ocurrir.

contradezir – contradecir.

convenible – razonable.

convidado – invitado.

coraça – coraza en su totalidad o cada una de las partes que la conforman; úsase en plural p.ej. llevar estas coraças.

cortezón – corteza grande.

coxquear – cojear.

coxquillas – cosquillas.

coyuntura – ocasión, oportunidad.

crescidos – muchos.

creyría – creería.

criança – cortesía, urbanidad.

criar – tener.

crudo/a – cruel.

cuantidad – cantidad.

cudiçioso – codicioso.

cuestión – discusión; p.ej. 'mejor sería, señor, que se gastase esta hora que queda en adereçar armas que en buscar cuestiones'.

cuitada de mí – persona por la que me preocupo.

cuitado de mí – pobre de mí.

cuitas – preocupaciones.

curar de – cuidar a.

çuseder *(también 'suçeder')* – suceder.

çuseso – éxito.

dacá – dame acá.

dádiva – presente, regalo.

dar alboradas – hacer música al aire libre en la madrugada, usualmente para alguien.

dar buenas posadas – alojar.

dar cobro – proteger.

dar guerra – enfrentar en guerra.

dar conçierto – tener lugar una cita; p.ej. 'a eso fue aquí mi venida, a dar conçierto en tu despedida y mi reposo'.

dar de las espuelas – hincar las espuelas en el caballo.

dar mal año – golpear, lastimar.

dar sano – curar.

darse prieça - darse prisa.

dar vozes – gritar.

debaxo – debajo.

de coro – equivalente del francés 'par coeur', es decir 'de memoria'.

defender – prohibir.

de fuero – por ley.

de grado – voluntariamente, sin conflicto; (puede añadirse un posesivo entre ambas palabras: de mi grado, de tu grado, de su grado, etc.).

de guisa que – de modo que.

de hoy más – de hoy en adelante.

dél – de él.

delectable – placentero.

deleite – placer.

de espacio – despacio.

deliberar – pensar.

delibrar – liberar.

demanda – solicitud, petición.

demás de – además de.

dende – de ahí.

denostado – tratado con denuesto, ofendido, insultado.

dentera – envidia.

denuedo – valor, ánimo.

dende a – después de.

de que – de lo que.

derrota – rumbo marítimo.

descabullir – escabullir.

descontentamiento – desagrado.

desfucia – desconfianza.

desadormeçer – sacar del adormecimiento.

desaguisado – agravio.

desalabar – hablar mal de.

desamor (cobrar) – empezar a odiar.

desanparar – dejar solo, desprotegido.

desapoderadamente – desenfrenadamente, sin resistencia.

desavrido – amargado.

descaeçimiento – desvanecimiento, desmayo.

desconformidad – disputa.

desfalescer – desfallecer.

desmandarse – portarse una persona groseramente, sobre todo con sus superiores.

despachar – ordenar, mandar.

desque – desde que.

deste/o/a – de este, de esto, de esta.

destorçer – sacar del desvío, volver al buen camino.

destruyçión – destrucción.

de súpito – de pronto.

de suso – más arriba.

desvariado – que desvaría, que delira.

desvelar – galicismo por 'descubrir, revelar'.

desviado (estar) – estar alejado.

desviar – alejar; p.ej. 'desvía estos vanos y locos pensamientos de ti, porque mi honra y persona estén sin detrimento de mala sospecha seguras'.

detenençia – tardanza.

devanear – desvariar, delirar.

devençido – vencido.

devoción – oración.

dexar –dejar en el sentido de 'realizar una acción'; p.ej. 'la tierra que dexavan descubierta'.

dexar en memoria – registrar algo de manera que se recuerde.

dezir – decir.

día y vito – el alimento de cada día.

días ha grandes – hace mucho tiempo.

dibulgar – divulgar.

dies – diez.

diesmo – diezmo.

dinidad – dignidad.

Dios en ayuso – después de Dios.

disfavor – falta o pérdida del favor de alguien.

disigno – designio.

disimulaçión – disimulo.

disipar – hacer desaparecer, destruir.

dislate – disparate, locura.

dispusiçión – disposición, aspecto.

dispuesto – gallardo, apuesto.

dó – doy.

do – donde.

doliente – enfermo.

don – regalo, presente.

donoso – gracioso.

dotar natura – otorgar la naturaleza.

dubdar – temer.

dulçor (la) – sensación agradable.

e o é – y.

enbaimiento – embuste.

enbraçadura – uno de los juegos de correas que llevaba el escudo y que no se percibía desde el exterior, y por la cual el caballero pasaba el brazo izquierdo.

encogimiento – cortedad de ánimo.

enpachar – estorbar, impedir.

enpacho – vergüenza.

empecer – dañar, perjudicar.

en aviso de – como prevención de.

en balde – en vano, sin utilidad.

enbarcarse – embarcarse.

enbiar – enviar.

en buena ora – con bendición.

corrillos (en) – a escondidas.

enconarse – darse con mayor insistencia.

encontrar con – encontrarse con.

encorozado – viene de encorozar, es decir, poner la coroza o gorro en forma de cucurucho de papel en el que se pintaban las faltas cometidas por quien lo llevaba. El Santo Oficio, jueces religiosos, exponía a los encorozados a la burla pública. Los principales delitos eran: la bigamia, los relajados en religión, la hechicería, etc. Los jueces civiles ponían en la picota a carnudos, alcahuetas y otro tipo de reos.

endemás – particularmente.

endereçar – arreglar; p.ej. 'endereçar el tienpo' por 'arreglarse el clima'.

en estremo grado – en extremo.

enoramala – en mala hora.

enpacho – obstáculo.

en poca hora – en poco tiempo.

enpresa – tarea.

ensalçar – alabar.

ensordar – volver sordo.

entender en sí – pensar en sí.

entonçe – entonces.

entrambos – ambos.

entre comer – mientras come(n).

entre sí – para sí; p.ej. 'dezir entre sí'.

entredicho – prohibición.

estribera – estribo de la montura de la caballería.

envestir – vestir, poner.

enxemplo – ejemplo.

es bien – es conveniente.

escalera – una forma de tortura de la inquisición.

escarnir – escarnecer, hacer burla, violar, manchar.

es cavallería –el conjunto de los componentes que necesita el caballero para sus faenas, incluyendo la armadura; p.ej: 'es cavallería ligera de aver y grave de mantener'.

escrevir – escribir.

escuro – oscuro.

escusarse – excusarse.

esentamente – libremente.

esento – exento, libre, persona sobre la que nadie tiene jurisdicción.

esforçar – dar fuerza o vigor.

es menester – es necesario.

espadas y rodelas – expresión para indicar que se apela a las armas; p.ej. 'salir con rodelas y espadas, o echar espadas y rodelas'.

espantarse – asombrarse; p.ej. no poco se espantaron.

espanto – sorpresa; úsase con concebir, 'concebir espanto'.

espátula – espalda.

espirençia – experiencia.

espeçura – espesura.

esquadrón – escuadrón.

estado – situación social; p.ej. 'considerando tu estado'.

estar en su çeso – pensar bien.

estender – extender, ampliar; p.ej. 'estendiste mi mereçer'.

estero – estuario, riachuelo.

estorvar – poner obstáculos.

estorcer – desviar.

estorvar – impedir.

estotro/a – este otro, esta otra.

estraño – extraño.

estregar – frotar una cosa con otra para limpiarla.

estruendo – mucho ruido.

faboreçer – ayudar.

facción – cara, lado.

falço – falso.

falçar – falsear.

falçario – falsificador, falsario.

falsar – echar a perder.

fallescer – faltar.

fecho – hecho.

fiarse de – confiar en.

fieldad – calidad de fiel, fidelidad.

figurado – puesto en figura, representado.

fijo – hijo.

finjir o **fengir** – fingir.

físico – médico.

flacas fuerças – debilidad.

floresta – bosque (= fr. fôret).

forçoso – inevitable; p.ej. forçoso camino (= la muerte).

franco – generoso.

franqueça – generosidad.

fuera de su sentido – fuera de sí, en un estado emocional irracional.

galardonar – recompensar.

ganoso (estar _ de) – tener ganas de.

gerifalte – halcón.

gesto – rostro.

gorguera – adorno de tela blanca, plegado o fruncido, que se colocaba alrededor del cuello.

governar – gobernar.

gozarse – gozar.

graçia –cualidad positiva de una persona; p.ej. 'extremadas gracias'.

gradesçer – agradecer.

grave – difícil.

guaresçido – resguardado.

guaçábara – alarido.

güésped – huésped.

habado – de varios colores.

haber – tener; p.ej. haber menester = ser necesario.

habla (la) – conversación.

hablar en – hablar de.

hacha – antorcha.

haçienda – conjunto de propiedades y bienes.

halda – falda.

harto – mucho, demasiado, p.ej. 'travajó harto'.

hartura – plenitud.

hazer enojo – hacer cosas que puedan hacer que uno se enoje.

hazer cuartos – cortar en pedazos.

hazer señor – convertir en señor.

hazer sus aleluyas y conciertos – hacer sus negocios y contratos.

hazer jente – juntar gente.

hazer liga de – confabularse para.

hazer tuerto – equivocarse.

herbiente – hirviente, impaciente.

herir – causar daño; término muy usado para referirse a lo que hacen los caballeros.

hogaño – en la actualidad, en los tiempos actuales.

holgar – pasarla bien, gozar, descansar; tener relaciones sexuales.

holgar bien de – alegrarse de.

hordenar – ordenar.

hostigar – acosar, perseguir.

huesso – todo tipo de materia dura animal o vegetal.

huestantigua – aparición, fantasma.

huyr – huir; imperativo 1ª persona plural: huigamos.

impervio – constante.

interesse – interés.

jemido – gemido.

jénero – género, tipo.

jente – gente.

Jesuchristo – Jesucristo.

jornada – empresa.

juyzio – sentido del juicio.

justa – pelea de caballeros.

justar – hacer justas, competencias.

labrandera – costurera.

laceria – miseria, pobreza.

landre – tumor que aparece en la ingle.

lenaje – linaje.

lexía – agua que tiene en disolución sales alcalinas, puede usarse con fines cosméticos. No confundir con 'lejía'.

lexos – lejos.

levantar un caramillo – difamar.

lijítimo – legítimo.

lisión – lesión.

livianamente – con facilidad.

loar – alabar.

loçano – vigoroso, fuerte; fig. orgulloso.

longura – longitud.

loor – elogio.

los más – la mayoría.

luego – enseguida.

luengo – largo.

lunbre – luz.

lunbre de pajas (a) – desprevenido; p.ej. no vengo a lunbre de pajas.

llagado – cubierto de llagas, herido.

lloro – sustantivo del verbo 'llorar'.

maestre – piloto de navío.

maestrescuela – dignatario eclesiástico que ocupa funciones de enseñanza.

maestro – cirujano.

maliçia – mala intención.

malsufrido – poco paciente.

mançebo – joven, muchacho, sin experiencia.

manço – manso, tranquilo.

mandamiento – orden.

manera –costumbre, condición; p.ej. de buenas maneras era acompañado.

mantenimiento – alimento para sostenerse.

mañoso – tramposo.

maravedí – moneda; pl. maravedises.

mareante – navegante por mar.

marear – viajar por mar.

marisma – terreno bajo anegadizo, que se halla a orillas del mar o de los ríos.

mas – pero.

más aína – con mayor rapidez, con mayor facilidad.

medrar – mejorar, aumentar.

melecina – medicina.

membrarse de – reunirse con, recordar.

membrudo – de grandes miembros.

mengua – falta, carencia.

menguar – disminuir un río su caudal. Por extensión: disminuir en general.

mentar – mencionar.

mercadero – mercader.

merced – favor.

mereçimiento – cualidad de merecer algo.

mesclar – mezclar.

mientra – mientras.

mill – mil.

moço – joven.

mochacho – muchacho.

mohíno – triste, disgustado.

movedor – el que hace mover, el que insta.

mover otro partido – proponer otro trato.

mudar – cambiar.

mundano – perteneciente al mundo, cotidiano.

nao – navío.

natural – naturaleza; p.ej. proçede de su natural.

naturales – indios del lugar.

neçesidad – necesidad.

ningúnd – ningún.

nos – nosotros.

noticia (aver) – enterarse de algo.

nublado – multitud, copia, abundancia.

ome hijodalgo – hombre hidalgo.

onrar – honrar.

ora – hora.

ostinado – obstinado.

ovidiençia – obediencia.

oxo – ojo.

ospedaje – hospedaje; hazer buen ospedaje: hospedar bien.

paçificar –pacificar.

paçión – enojo.

palafrén – caballo manso de los reyes.

palanciano – cortés, palaciego.

pandero – instrumento pastoril que se tañe; pandereta.

pareçer – opinión.

parlería – cualidad de hablar demasiado.

partirse – salir.

partirse de una habla – terminar una conversación.

paso – sigilosamente, silenciosamente; p.ej. venir muy paso, hablar muy paso.

pedir albricias – pedir el regalo que se brinda al mensajero que trae las buenas noticias.

pena – dolor.

penado – dolorido.

pender – depender: «de su diligencia pende mi salud, de su tardanza mi pena, de su olvido mi desesperanza».

pençar – pensar.

peñol – monte peñascoso.

pedir merçed – pedir algún beneficio.

perder el çeso –volverse loco.

peregrino – úsase con el sentido de 'extraño'.

perfeto – perfecto.

permiçión – permiso.

pescado – cualquier animal procedente del mar.

pestífero – propio de la peste, diabólico.

peyne – peine.

pieça – cosa; distancia.

pláceme – obedezco con gusto.

platicar – conversar, hablar.

plazer – placer, gozo.

plega – plazca; p.ej. plega a Dios, hijos, que no os hurtéys la bendiçión el uno al otro.

polido –elegante, trabajado.

poderoso – capaz; p.ej. heran poderosos de matar cavallos.

ponderar – alabar.

porfiar – insistir.

poridad – secreto.

porque – para que.

porrar – dar golpes a la puerta.

posar – alojarse, tener posada.

poseçión – posesión.

premia – urgencia, esfuerzo.

prençipal – persona de gran importancia.

presumir – suponer.

presto – pronto.

prevaleçer – vencer.

prieça – prisa.

privar el çeso – hacer perder la cordura.

procurar (de) – tratar (de).

prometimiento – promesa.

propiedad – rasgo de carácter.

protestar – insistir.

protetor – protector.

proveer – despachar un auto; suministrar.

providençia – disposición, previsión.

provisión – encargo, cargo.

puente (la) – puente (el).

pues que – puesto que.

pujança – fuerza, vigor; también refuerzo.

punar (de) – luchar por.

punto – momento; p.ej. en un punto.

quál – qué.

qualquier (*pl. cualesquier*, **se escribe antes del nombre**) – cualquier.

quanto – cuanto.

quatro – cuatro.

quando – cuando.

quedar – quedarse.

quél – que él.

quentas –cuentas.

querella – queja.

querellarse de – quejarse de.

ques – que es, que está.

quesido – querido.

ranchería – conjunto de ranchos o chozas.

rancho – choza.

ratonar – comer el ratón una cosa.

real – campamento militar.

reboçado – cubierto el rostro con un rebozo o manta.

recatado – cauteloso.

recatar – encubrir, ocultar.

recato – cautela.

recaudar – ejecutar, realizar.

recaudo – lo recaudado; p.ej. traer buen recaudo.

reçelar(se) de – tener recelo de.

reçebir – recibir.

reçio – con mucha fuerza, más sonoramente.

recojerse – retirarse, p.ej. recojéndose todos al navío, se hizieron a la vela.

recreçer – aumentar una cosa.

recontar – hacer un recuento de algo, narrar.

reformarse – recuperarse.

refriega – combate de poca importancia.

regaço – regazo.

regozijo – regocijo.

rehazer – rehacer.

rehuzar – rehusar.

relaçión – informe, reporte; p.ej. 'enbiar relación'.

reliquias – restos, huellas, tanto físicos como espirituales, p.ej. resentimientos.

rematarse – perderse.

remedar – imitar.

remirar – volver a mirar.

remirarse – esmerarse.

rençilla – disputa.

reñir – pelear.

repunar – repugnar.

resabio – mal gusto residual.

retraimiento – habitación, alcoba.

revesar – vomitar, devolver.

rodear – dar rodeos.

ruynar – arruinar, convertir en ruinas.

sacrefiçio *(también 'sacrifiçio')* – sacrificio.

saltaparedes – ladrón que salta las paredes.

saltar en tierra – bajar a tierra.

sañudo – iracundo.

satisfazer – satisfacer.

sayo – cualquier vestido, cierta camisa antigua.

segúnd – según.

segurança – seguridad.

selaje – grupo de nubes de colores.

senblante – rostro, cara, semblante.

sençillo – no compuesto; p.ej. tú sientes tu pena sencilla e yo la de entrambos.

sentido – dolido, ofendido.

señorear – apoderarse de una cosa y sujetarla a su dominio; p.ej. señorearse de una finca.

ser aviso – avisar.

ser en – estar a favor de.

seyendo – siendo.

siénega – ciénaga.

siguir – seguir.

so – debajo de.

sobervio – arrogante, soberbio.

sobrado – de más.

sojusgar – sojuzgar.

solaz – diversión.

soldada – salario.

solimán – cosmético.

soltar un arcabuz – disparar un arcabuz.

sonbroso – que tiene sombra.

sotil – sutil.

spessura – espesura.

spíritu – espíritu.

¡súfrete! – ¡resiste! ¡aguanta!

surjir – surgir, aparecer a la vista.

talante (aver) – tener voluntad.

tenençia – posesión.

tenería – curtiduría.

tiñoso – con tiña (insulto).

tocante (a) – referente a.

tollido – tullido, inválido.

topar – entrar en contacto con.

tornar (a) – volver a hacer.

travajado (estar) – haber pasado por muchos trabajos.

tractante – tratante, mercader.

trasponer – transplantar.

trayçión – traición.

trayo – traigo.

trena – trencilla o galón con que iba adornada la lanza.

triaca – contraveneno, antídoto.

tumbar – dar tumbos.

turar – durar.

turbaçión – perturbación.

turbarse – perturbarse.

tutriz – tutora.

ungüento – perfume, droga aromática.

univerçal – universal.

untura – producto cosmético para untar.

valer – servir; p.ej. el buen huir nos ha de valer.

vallesta – ballesta.

vaçallo – vasallo.

vastar – bastar, ser suficiente.

vatalla – batalla.

vaylar – bailar.

ventura – suerte.

verter – dejar caer, incluso cuerpos sólidos; p.ej. verter piedras.

vezino – vecino.

vían – veían.

viçioso – degenerado, vicioso.

visitaçión – visita oficial.

viso – vista, sentido de la visión.

vitualla – provisiones, comida.

vos – usted; os.

xagu[a]do – desagüe; fuente, manantial.

yda – ida.

ydolo – ídolo.

yermar – dejar yermo.

yncusar – acusar.

yndio – indio.

ynfiel – infiel.

ynformar – informar.

yngrato – ingrato.

ynorante – ignorante.

ynpedimento – impedimento.

ynpetrar – conseguir una cosa solicitada.

ynportunidad – calidad de algo que está fuera de lugar.

ynstruçión – documento legal en que se dan órdenes de manera oficial.

ynstrumento – instrumento.

yntinçión – intención.

yntitular – llamar.

ynumanamente – de manera inhumana.

yquidad – equidad.

yr – ir.

ys – vais.

zalema – reverencia.

Índice

Este libro se terminó
de imprimir en
Móstoles, Madrid,
en el mes de
abril de 2022

«Para viajar lejos no hay mejor nave que un libro.»

EMILY DICKINSON

Gracias por tu lectura de este libro.

En **penguinlibros.club** encontrarás las mejores
recomendaciones de lectura.

Únete a nuestra comunidad y viaja con nosotros.

penguinlibros.club

Penguin
Random House
Grupo Editorial

 penguinlibros

MAPA DE LAS LENGUAS UN MAPA SIN FRONTERAS 2022